한국 아동문학비평사 자료집 **8**

# 한국 아동문학비평사를 위하여

한국 아동문학비평사 자료집 **8**

# 한국
# 아동문학비평사를
# 위하여

류덕제 지음

보고사
BOGOSA

## 서문

# 한국 아동문학비평사를 위하여

『한국아동문학비평사 자료집』(이하 '자료집')을 읽다 보면 처음 보는 비평가(작가)를 수도 없이 만나게 된다. 비평가들 가운데는 널리 알려진 이름도 있지만 그렇지 않은 사람들도 많다. 사전을 찾아도 도움을 받을 수 없는 이름들이 왜 이렇게 많은가 싶다. 지금까지의 아동문학 연구가 소수의 명망가 중심으로 이루어졌고, 자료를 찾고 확인하는 실증주의적 노력이 미흡했던 탓이 크다.

자료집을 보면 서양과 일본의 아동문학가들도 자주 언급된 것을 알 수 있다. 일제강점기와 해방기 우리나라 아동문학에 크고 작은 영향을 끼친 서양과 일본의 아동문학가들에 대해서도 지금까지 제대로 연구하지 못하기는 마찬가지다.

문예 단체도 그렇다. 승효탄의 「조선소년문예단체소장사고(消長史稿)」를 통해 어느 정도 확인이 되지만 여기에 언급되지 않은 수많은 문예 단체가 있었는데도 제대로 정리가 되지 못했다.

문학 연구를 함에 있어 작가를 제대로 알면 연구의 폭과 깊이가 더해진다는 것은 불문가지의 사실이다. 일차적으로 이 책은 자료집을 읽는 데 도움이 되도록 하기 위해, 비평가(작가)를 소개하고 문예 단체를 정리하였다. 자세한 내용은 다음과 같다.

첫째, '한국 아동문학 비평가(작가)'는 아동문학 비평문을 집필한 필자들을 소개한 것이다. 비평문을 남기지 않은 작가들도 일부 포함하였는데 관련되는 내용을 이해하는 데 도움이 되도록 하기 위한 것이다. 백과사전이나

문학사전 등 여러 사전의 도움을 받아 소개한 비평가(작가)도 다수 있다. 사전의 도움을 받을 수 있는 비평가(작가)는 간략하게 핵심적 내용만 밝혔다. 반면 사전의 도움을 받을 수 없는 비평가(작가)들은 신문과 잡지에 언급된 부스러기 정보라도 최대한 수습하여 소개하였다. 향후 이를 바탕으로 작가연보가 더 확충되기를 바라는 마음에서다. 비평가(작가)마다 생몰 연도, 필명, 출생지, 주요활동, 아동문학 비평문, 저서 등을 밝혔다. 자세한 내용을 밝힐 수 없는 경우 '신원 미상'으로 표시하였다.

둘째, '한국 아동문학가 일람'을 표로 만들어 제시하였다. 자료집에 나오는 비평가(작가)들뿐만 아니라, 일제강점기와 해방기의 신문과 잡지에 작품을 발표한 작가들을 망라하고자 하였다. 활동 시기나 작품의 양으로 볼 때 크게 관심을 끌지 못한 작가들도 가급적 이름을 올려놓았다. 당대 아동문학의 현장을 가늠해 볼 수 있도록 하기 위함이었다. 그렇지만 모든 작가를 망라할 수는 없어, 작품의 수가 상대적으로 많거나 여러 매체에 작품을 발표한 경우를 선정기준으로 삼았다. 필명과 출신 지역 및 참여한 문예단체를 밝혔다.

셋째, '외국 아동문학가'를 소개하였다. 자료집의 비평문에서 언급된 '서양 아동문학가'와 '일본 아동문학가'를 대상으로 하였다.

자료집에는 서양 인명이 많이 나온다. 그런데 같은 사람인데도 서로 달리 표기한 경우가 허다하다. 심지어 같은 지면에서조차 표기가 일관되지 못한 경우도 많다. 일본 책에 가타카나(片假名)로 표기된 인명을 우리말로 옮기는 과정에서 발생한 혼란으로 보인다. 이들 인명을 현재 외래어표기법에 따라 정리하였다.

한국 아동문학 비평가(작가)와 외국 아동문학가에 대한 소개는, 한글명, 원어명, 생몰 연도, 국적과 출생지역, 주요활동, 주요 작품과 저서, 한국에 번역된 작품과 소개된 경우 등의 순서로 제시하였다.

넷째, '아동문학(소년문예) 단체'를 정리하였다. 일제강점기 조선의 소년회와 문예단체는 전모를 알기 어려울 정도로 많았고 소장(消長) 또한 무상하였다. 그래서 '大邱가나리아會 尹福鎭'과 같이 문예단체명을 드러내어 작품 발표를 한 경우를 우선하였다. 소년회 명의로 작품 활동을 한 경우에는 활동 정도에 따라 일부 반영하였다. 단체명, 동인(同人), 창립(결성) 일자, 그리고 단체명이 표기된 작품명 등을 밝혀 놓았다.

다섯째, '한국 아동문학 비평목록'을 제시하였다. 아동문학, 소년운동, 소년회순방기로 나누었다. 한국아동문학비평사 참고자료는 한국전쟁 이후에 발표된 비평문 중에 한국 아동문학비평사를 이해하는 데 도움이 되는 것들을 추려 모았다. 비평목록은 비평가(작가)별로 가나다순으로 정렬한 것이다. 비평가(작가)별로 비평목록을 찾아보기 쉽게 하기 위함이다. 본명이나 필명 중에 대표성을 띠는 이름으로 통일하여 같은 비평가(작가)의 글은 한곳에 모이도록 하였다. 이름을 통일하되 원문에 표기된 이름은 괄호 속에 밝혀 두었다. 동일 작가(비평가)의 비평문은 발표 연대순으로 정리하였다. 연대순으로 정렬한 비평목록은 자료집의 목차를 참고하면 될 것이다.

마지막에는 이 책을 집필하면서 도움을 받은 참고문헌을 정리해 두었다. 아동문학을 연구하는 연구자들에게 일정한 도움이 될 것으로 생각한다.

작가 한 사람의 이력을 확인하기 위해 많은 시간과 노력을 기울였다. 부스러기 정보들을 두루 수집(蒐集)하여 정리해야 한 사람의 이력이 재구(再構)된다. 남아 있는 정보가 많지 않아 벽에 부딪히는 경험을 자주 맛보아야 했다. 필명의 본명을 찾아내는 일, 한글 표기는 같으나 한자 표기가 다른 동명이인을 가려내는 일, 같은 필명을 사용하는 서로 다른 필자들을 분간해 내는 일, 허다한 오식(誤植)으로 인한 사실 확인의 어려움을 해결하는 일, 상충(相衝)되는 정보를 정확하게 확인하는 일 등이 대표적인 어려움이었다.

10여 년이 넘도록 이 작업을 하면서, 일차적인 원칙은 무엇보다 먼저 사실을 정확하게 확인해야 한다는 것이었다. 그러나 확인할 수 있는 사실과 근거는 부족하고, 필요한 자료는 소장처를 알 수 없는 경우가 적지 않았다. 소장처와 소장자를 알지만 아쉽게도 손이 닿지 않아 안타까움을 금할 수 없었던 때도 많았다.

사전마다 생몰 연도, 등단작, 작품명 등이 다른 경우가 있어 확정하는데 많은 시간을 쏟았다. 한국 아동문학가들의 경우 일일이 신문과 잡지의 원본을 찾아 확인하였다. 서구 아동문학가들의 경우 최종 기준은 『Encyclopedia of Britannica』를 따랐고, 일본 아동문학가들은 참고문헌에 밝혀 놓은 일본의 여러 사전을 교차 확인하였다. 짧은 어학 능력으로 인해 잘못 번역한 것이 적지 않을 것으로 생각한다. 또 필자의 아둔함으로 이미 밝혀진 내용조차 제대로 참고하지 못한 것도 많을 것이다. 앞서 발간한 자료집에 나타난 오류는 이 책에서 바로잡았다. 발견하지 못한 오류가 적지 않을 것으로 생각한다. 눈 밝은 아동문학 연구자들의 비정(批正)을 기다린다.

어디에서도 구하지 못한 자료를 확인하기 위해 〈근대서지학회〉 오영식(吳榮植) 선생으로부터 많은 도움을 받았다. 일본 아동문학과 관련하여 김영순(金永順) 선생과, 도쿄준신대학(東京純心大學)의 오타케 기요미(大竹聖美) 선생께 문의하여 바로잡은 것이 적지 않았다.

자료의 추가와 교정을 위해 마지막 손질을 하고 있던 작년 초에 코로나 19로 대구(大邱)는 큰 충격에 빠졌다. 교정(校庭)에는 목련과 매화가 활짝 꽃망울을 터뜨렸지만 봄 같지 않은 봄을 이 책과 함께 씨름했다. 새로운 비평자료가 발굴될 때마다 깁고 보태어 완전을 기하느라 1년여의 시간이 훌쩍 지나갔다.

책의 출간을 위해 애를 써 준 보고사의 김흥국 사장과, 긴 시간 수시로 추가와 삭제 그리고 수정하자는 요구를 묵묵히 받아준 황효은 씨에게 고맙다는 말을 전한다.

이제 한국근대아동문학비평사를 집필하는 일이 남았다. 몸과 마음을 추슬러 계획한 대로 잘 마무리하고 싶다.

2021년 4월
대명동 연구실에서 류덕제

# 일러두기

1. 인명은 본명을 표제어로 하였다. 단, 필명이 더 널리 알려진 경우는 필명을 표제어로 하였다.

2. 필명은 호(號), 아호(雅號), 별명(別名)을 통틀어 필명(筆名)으로 표기하였다. 창씨개명(創氏改名)은 창씨명으로 따로 표기하였다. 일본 인명의 경우, 호(号), 아호(雅号), 하이고(俳号), 별명(別名) 등을 그대로 밝혔다.

3. 서양 인명의 경우, 『표준국어대사전』을 따라 캐럴(Carroll, Lewis)과 같이 표기하였다. 단, 마크 트웨인(Mark Twain), 로맹 롤랑(Romain Rolland)과 같은 경우 『표준국어대사전』에 두 가지로 올라 있어 익숙한 것을 취해 '마크 트웨인', '로맹 롤랑'을 표제어로 올렸다. 이 경우에도, '트웨인(Twain, Mark) → 마크 트웨인(Mark Twain)'과 같이 표시해 두었다.

4. 일본 인명의 경우, 『표준국어대사전』과 외래어표기법을 따랐다. '芥川龍之介'의 경우, '개천용지개'가 아니라 '아쿠타가와 류노스케(芥川龍之介)' 또는 '아쿠타가와 류노스케'로 표기하였다.

5. 일본어 고유명사의 경우 다음과 같이 표기하였다.

   가) 지명의 경우, '東京'은 '도쿄'로 표기하였다.

   나) 고유명사와 일반명사가 결합된 경우, '東京帝國大學'은 '도쿄제국대학', '慶應義塾大學'은 '게이오기주쿠대학'과 같은 방식으로 표기하였다. '築地小劇場'은 '축지소극장'이 익숙해 본문에서는 이를 취하되, 각주에서 '쓰키지쇼게키조'와 같이 일본어 발음을 밝혀 놓았다.

   다) '御伽噺＝お伽噺'는 '오토기바나시'로, '昔噺'은 '옛이야기'로 통일하였다.

라) 단체나 책명(冊名), 잡지명 등의 경우, 본문에서는 '〈조대동화회(早大童
話會)〉', 『소설신수(小說神髓)』, 『와세다문학(早稻田文學)』, 『문예전
선(文芸戰線)』, 『명성(明星)』' 등과 같이 표기하였고, 각주에서 일본어
발음을 밝혀 놓았다.

6. 약물(約物)은 다음과 같이 표기하였다.

가) 『    』: 책명, 잡지명, 신문명

나) 「    」: 논문명, 평론명

다) 〈    〉: 단체명, 노래(동요곡), 영화, 연극

# 차례

# 1

# 한국 아동문학 비평가(작가)

**강병주**(姜炳周: 1882~1955)　장로교 목사, 한글학자. 필명 백남(白南), 옥파(玉波), 구슬결. 경상북도 영주(榮州) 출생. 목사이자 신학자인 강신명(姜信明)의 아버지이다. 1915년 대구 계성학교(啓聖學校), 대구성경학교를 거쳐, 1927년 평양신학교를 졸업하였다. 1920년경 〈영주청년회(榮州靑年會)〉 창립에 참여하였고, 1920년 6월 22일 〈영주청년회〉 제1회 강연회에서 「조혼의 폐해(早婚의 弊害)」라는 제목으로 강연을 하였다. 1923년 풍기교회(豊基敎會), 명동제일교회 등에서 일하였다. 1925년 6월 25일 〈영주기독청년면려회(榮州基督靑年勉勵會)〉에서 강연회를 개최하였는데, 강병주 목사는 「청년아! 하자」라는 제목으로 강연을 하였다. 1927년 1월경 아동문제를 연구하고 조선 정조(朝鮮情操)를 토대로 한 아동문학을 건설하고자, 경성(京城) 관철동(貫鐵洞)에 사무소를 두고 〈꽃별회〉〈꽃별회〉를 창립할 때, 유도순(劉道順), 박동석(朴東石), 김도인(金道仁), 한형택(韓亨澤), 진종혁(秦宗爀), 한정동(韓晶東), 최병화(崔秉和), 안준식(安俊植), 노수현(盧壽鉉), 주요한(朱耀翰), 양재응(梁在應), 염근수(廉根守) 등과 함께 참여하였다. 1933년 〈조선야소교장로회총회(朝鮮耶蘇敎長老會總會)〉 종교교육부(宗敎敎育部)에 근무하면서, 3월 3일 함북, 함남(咸北咸南) 지방 7개 군을 망라한 함중노회(咸中老會) 주최 제4회 주일학교대강습회에서 강연을 하고, 4월 22일 경안주일학교대회(慶安主日學校大會)에서 정인과(鄭仁果) 목사와 함께 지도하였다. 영주에 내명학교(內明學校)를 설립하여 교장으로 봉직하였고, 안동 경안중학교(慶安中學校)의 교장도 역임하였다. 1943년에는 동흥학교(東興學校)를 설립하여 실용적인 교육에 힘썼다. 3·1운동에 가담하여 대구형무소에서 8개월간의 옥고를 치렀고, 1938년에는 일제가 강요한 신사참배를 거부해 구속당하기도 하였다. 1938년 황국신민(皇國臣民)의 십자군을 표방하며 총후(銃後)의 황국신민으로서 활동할 것을 공표한 〈내선인기독교연합회(內鮮人基督敎聯合會)〉를 조직하였는데, 유각경(兪珏卿), 함태영(咸台永), 유억겸(兪億兼), 양주삼(梁柱三), 윤치호(尹致昊), 김활란(金活蘭), 박유병(朴裕秉) 등과 함께 평의원으로 참여하였다. 〈조선어학회〉의 유일한 목사 회원으로 한글보급운동에 적극 참여하였다. '한글 목사'라는 별칭으로 알려졌다. 1946년 10월 〈조선어학회〉와 〈진단학회(震檀學會)〉가 주최한 한글반포오백주년기념 행사에 위원으로 참여하였다. ▶아동문학 관련 비평문으로 「동화 교수(敎授)의 준비 – 종교교육」(『종교시보(宗敎時報)』, 1934년 12월호), 「그리워지는『아희생활』」(『아이생활』, 1936년 6월호) 등이 있다. 이 외 다수의 한글 관련 글과 시, 동시(요)가 있고, 비평문으로 「내 설음에 대하야(전2회)」(『동아일보』, 1927.9.2~3), 「안서시집(岸曙詩集)을 읽고(전5회)」(『조선일보』, 1929.12.22~27) 등이 있다. ▶저서로『신선동화법』(탐손 講述, 姜炳周 筆記, 조선야소교장로회총회종교교육부, 1934.5)이 있다.

**강소천**(姜小泉: 1915~1963)  아동문학가. 본명 강용률(姜龍律), 필명 强勇搮. 함경남도 고원군(高原郡) 출생. 김소춘(金少春), 채몽소(蔡夢笑), 김고성(金孤星), 금빗새(金俊洪), 한춘혜(韓春惠) 등과 함께 함흥 〈횐빛문예사〉(횐빗文藝社) 소속으로 활동하였다. 1930년 고원보통학교, 1937년 함흥 영생고등보통학교를 졸업하고, 1945년 고원중학교, 1946년 청진여자고급중학교, 1948년 청진제일고급중학교 등에서 교편을 잡았다. 1940년『매일신보』신춘현상문예 동화 부문에 「전등불의 이야기(전3회)」(1940.1.6~10)가 당선되었다. 이때 주소가 '고원군 고원면 관덕리 강소천(高原郡 高原面 觀德里 姜小泉)'으로 되어 있다. 1950년 월남하였다. 1951년 문교부 편수관을 거쳐 1959년부터 이화여자대학교, 연세대학교 등에서 아동문학을 강의하였다. ▶아동문학 관련 비평문으로 「아동과 독서」(『조선일보』, 1954.9.6), 신간서평 「『리터엉 할아버지』 최태호(崔台鎬) 동화집」(『조선일보』, 1955.11.26), 「만화영화〈백설공주〉를 보고」(『조선일보』, 1956.10.24), 「재미있고 유익한 동화를 많이 쓰겠다」(『조선일보』, 1962.1.13) 등이 있다. ▶저서로 동요 동시집『호박꽃초롱』(박문서관, 1941), 동화집『조그만 사진첩』(다이제스트사, 1952), 동화집『꽃신』(문교사, 1953),『꿈을 찍는 사진관』(홍익사, 1954) 등이 있다.

**강승한**(康承翰: 1918~1950)  아동문학가. 필명 유성(流星), 옥엽(玉葉), 김삼엽(金三葉), 창씨명 香山月磨. 황해도 신천(信川) 출생. 1934년 7월부터 〈조선방송협회(朝鮮放送協會)〉 제2방송에서 라디오에 적합한 신민요(新民謠)를 현상모집하여

9월 13일 심사를 한 바, 강승한은 「압록강(鴨綠江)」으로 2등 당선되었다. 1935년부터 1937년까지 『동아일보』 신천지국 주재 기자로 활동하였다. 1939년경 소학교 교원시험에 합격하여 황해도 공립 용천심상소학교, 옹진소학교 등에서 재직하였다. 해방 후 〈북조선문학예술총동맹〉 황해도 지부장으로 활동하였다. 1950년 10월 17일 6 · 25전쟁 도중 유엔군에게 체포되어 처형되었다. ▶아동문학 관련 비평문으로 「(제3회)동요 월평 − 『아이동무』 9월호」(流星; 『아이동무』 제3권 제10호, 1935년 10월호)가 있다. ▶저서로 사후에 간행된 『한나산』(조선작가동맹출판사, 1956)이 있다. 이 외에 다수의 동요 작품이 있다.

**강신명**(姜信明: 1909~1985)  목사, 교육자. 필명 소죽(小竹). 경상북도 영주(榮州) 출생. 목사 강병주(姜炳周)의 아들이다. 경성 배재고등보통학교 3학년을 마치고 1928년 대구 계성학교에 전입학하여 1930년 졸업한 후, 1934년 평양의 숭실전문학교 영문과를 졸업하였다. 1938년 평양의 장로회신학교 본과를 마치고 1940년 일본 도쿄신학교(東京神學校)에서 수학하였다. 1953년 미국의 프린스턴신학교(Princeton Theological Seminary)에서 교회사 분야의 신학석사 학위를 받았다. 목회뿐 아니라 교육 사업에 적극적으로 참여해, 서울의 동흥중학교 교장, 숭실대학 재단이사, 계명대학 재단이사, 연세대학교의 재단이사 및 이사장을 역임하였다. 1982년 숭실대학교 제4대 총장으로 임명되었다. ▶저서로 『아동가요곡선삼백곡(兒童歌謠曲撰三百曲)』(평양: 농민생활사, 1936; 재판 1940)이 있다.

**강영달**(姜永達: ?~?)  아동문학가. 필명 목양아(牧羊兒). 지린국립사범학교(吉林國立師範學校)를 졸업하였다. 옌지(延吉)에서 발간된 『가톨릭소년』을 통해 문필 활동을 하였다. ▶아동문학 관련 비평문으로 「(詩評)동시를 읽고」(『가톨릭소년』 제1권 제4호, 1936년 7월호), 「독후감 − 동요를 읽고」(『가톨릭소년』 제1권 제6호, 1936년 9월호), 「독후감 − 8월호의 시」(『가톨릭소년』 제1권 제7호, 1936년 10월), 「독후감」(『가톨릭소년』 제1권 제8호, 1936년 11월호), 「(詩評)10 · 11월호 시단평」(『가톨릭소년』 제2권 제1호, 1937년 1-2월 합호), 「독자문단평」(『가톨릭소년』 제2권 제4호, 1937년 5월호), 「독자문단 독후감」(『가톨릭소년』 제2권 제10호, 1937년 12월호), 「10월호 시평과 감상」(『가톨릭소년』 제3권 제1호, 1938년 1월호) 등이 있다. 이 외에 다수의 동요 작품이 있다.

**강창복**(姜昌福: ?~?)  신원 미상. ▶아동문학 관련 비평문으로 「읽은 뒤 감상」(『별나라』 통권50호, 1931년 5월호)이 있다.

**강창옥**(康昌玉: ?~?)  신원 미상. 함경남도 북청군 신창항(新昌港) 출생. ▶아동문학 관련 비평문으로 「남의 동요와 제 동요」(『별나라』 통권55호, 1931년 12월호)가

있다. 이 글은 한영수(韓靈洙), 한익삼(韓益三) 등이 각각 서덕출(徐德出)의 「봄
편지」와 고긴빗〔고장환〕의 작품을 복사 모작한 것을 지적한 것이다.

**계윤집**(桂潤集: ?~?)　음악가. 필명 계윤(桂潤), 계수(桂樹), 월중계수(月中桂樹),
게수나무. 평안북도 선천(宣川) 출생. 아동문학 단체인 선천 〈호무사〉(호무社)를
통해 문학 활동을 하였다. 1931년경 주소가 평안북도 선천군 심천면(深川面) 부황
동(付皇洞)으로 되어 있다. 1934년경 안신모(安信模), 김성호(金成浩) 등과 함께
선천농민공생조합(宣川農民共生組合) 활동을 하였고, 선천신성학교(宣川信聖學
校) 재단 완성을 위해 기부금을 내기도 했다. ▶아동문학 관련 비평문으로 「『별나라』
독자 제군에게」(宣川 호무社 桂潤集;『별나라』, 1931년 12월호)가 있다. 이 외에
다수의 동요 작품을 발표하였다.

**계정식**(桂貞植: 1904~1974)　바이올린 연주자, 교향악단 지휘자. 평안남도 평양(平
壤) 출생. 1922년 숭실전문학교를 중퇴하고, 도쿄 도요음악학교(東洋音樂學校)에
입학하여 바이올린을 전공하던 중, 1923년 독일로 유학을 갔다. 1924년 독일 뷔르
츠부르크(Würzburger)에 있는 바이에른주립음악원(Bayerishes Staatskonserva-
torium der Musik)에서 바이올린을 전공, 1929년 졸업하였다. 이후 뷔르츠부르크
대학교(Universität Würzburger), 스위스 바젤대학교(Universität Basel)에서 수학
하였다. 1934년 바젤대학교에서 조선의 궁정음악과 민요에 관한 논문으로 박사학
위를 취득하고, 1935년 3월 9일 12년간의 유학생활을 마치고 귀국하였다. 1936년
5월 이화여자전문학교 교수로 부임하여 1943년까지 재직하였다. 1941년 〈조선음
악협회(朝鮮音樂協會)〉 이사에 선출되었고, 11월 〈조선임전보국단(朝鮮臨戰報國
團)〉을 결성할 때 발기인으로 참여하였다. 이후 『매일신보』, 『조광(朝光)』 등에
음악을 통해 일제의 식민지배와 침략전쟁을 옹호하고 동조하는 내용의 글을 발표하
였다. 해방 후 경성음악학교(교장 玄濟明) 교수로 재직하였다. 1945년 9월 현제명
(玄濟明), 김성태(金聖泰) 등과 함께 우리나라 최초의 민간 교향악단인 고려교향악
단을 조직하여 활동하였다. 1961년 미국으로 이주, 브루클린음악학교(Brooklyn
Conservatory of Music) 등에서 교수 활동을 하였다. 계정식의 친일행위에 대해
「일제강점하 반민족행위 진상규명에 관한 특별법」 제2조 제13·17호에 해당하는
친일반민족행위로 규정되어 『친일반민족행위진상규명 보고서』 IV-1: 친일반민족
행위자 결정이유서(pp.247~271)에 관련 행적이 상세하게 기록되었다. ▶아동문학
관련 비평문으로 「가요곡집 『물새발자욱』을 보고」(『동아일보』, 1939.7.26)가 있
다. ▶저서로 『중등노래교본(초급용)』(교회음악연구회, 1946), 『오페라의 샘』(호락
사, 1960) 등이 있다. 계정식의 삶과 음악 활동에 관해서는 오유진의 「계정식의

생애와 음악활동」(『음악과 민족』 제45호, 2013.4)을 참고할 수 있다.

**고고회**(高古懷: ?~?)   신원 미상. 황해도 해주(海州) 출생. ▶아동문학 관련 비평문으로 「(문단탐조등)유천덕 군(劉天德君)의 '수양버들'」(『동아일보』, 1930.11.1)이 있다. 이는 「수양버들」(鐵山 劉天德: 『동아일보』, 1930.10.13)이 「수양버들」(尹福鎭: 『신소년』, 1926년 4월호)을 표절한 것이라고 밝힌 것이다.

**고동환**(高東煥: ?~?)   아동문학가. 필명 고노암(高露岩). 평안남도 순안(順安) 출생. 1932년 4월 진남포상공교(鎭南浦商工校) 상업과(商業科) 입학생 50명 중 조선인 36명이 입학하였는데 고동환이 있다. 「교차점(交叉點)」(『삼천리』 제4권 제1호, 1932년 1월호)에 주요한(朱耀翰)에게 질문하는 내용이 있다.

**고문수**(高文洙: 1915~?)   아동문학가. 황해도 해주(海州) 출생. 해주제이공립보통학교(海州第二公立普通學校)와 황해도 재령(載寧)의 재령공립농업학교(載寧農業學校)를 졸업했다. 1932년 동아일보사의 '1932년도 제2회 학생 브나로드운동(Vnarod 運動) 긔자대원'에 연희전문(延禧專門)의 원유각(元裕珏) 등 8명 가운데 한 명으로 선발되었다. 1930년 『동아일보』(1930.1.2)에 '작문' 분야 '일기문' 2등으로 당선되었다. ▶아동문학 관련 비평문으로 「(독자평단)『어린이』는 과연 가면지(假面誌)일까? - 『어린이』에게 오해를 삼는 자에게 일언함」(『어린이』, 1932년 5월호), 「『어린이』지 5월호 동요 총평」(『어린이』, 1932년 6월호) 등이 있다. 이 외에 동요 등 다수의 아동문학 작품을 발표하였다.

**고삼열**(高三悅: ?~?)   아동문학가. '高三說'로도 표기하였다. 평안남도 평양부 출생(平壤府 上水口里 二〇七). 1925년 10월 5~6일 〈평양소년회〉 주최, 『동아일보』, 『조선일보』, 『시대일보』 3지국 후원으로 평양천주교회당(平壤天道敎會堂)에서 제1회 전조선소년소녀현상웅변대회를 개최하였는데, 이때 '평양 서문외 유년주일학교 고삼열(平壤 西門外 幼年主日學校 高三悅)'이 「가을의 감상」이란 제목으로 대회에 참여하였다(「소년소녀 전선(全鮮) 웅변 - 소년회 주최 3지국(三支局) 후원」, 『시대일보』, 1925.10.4). 1931년 2월 회장 강순겸(姜順謙), 총무 고삼열, 서기 강봉주(姜奉周), 회계 이신실(李信實), 도서부장 강순겸, 출판부장 고삼열, 사교부장 최순애(崔順愛), 서무부장 남재성(南在晟), 연예부장 칠석성(七夕星)과, 지도자로 백학구(白學九) 선생, 고문에 한정동(韓晶東), 남궁랑(南宮浪)과 함께 소년소녀 문예단체인 〈평양새글회〉(平壤새글會)를 창립하였다.

**고여성**(高麗星: ?~?)   신원 미상. 필명 여성(麗星). 평안남도 평양(平壤) 출생. ▶아동문학 관련 비평문으로 「『동요시인』 총평 - 6월호를 닑고 나서(전7회)」(麗星: 1932.6.10~17)가 있다. 이 외에 다수의 시와 동요 작품을 발표하였다. 『동요시인』은 평양에서 발간된(1932년 5월호, 창간호) 동요, 동시 전문 잡지인데, 양가빈(梁佳彬)의 「『동요시인』 회고와 그 비판(전2회)」(『조선중앙일보』, 1933.10.30~31)에 동요시인사 발기인 등의 내용이 밝혀져 있다.

**고인태**(高仁泰: ?~?)  신원 미상. 경기도 양주(楊州) 출생. 1948년 10월경 『조선일보』 양주지국장, 1949년 7월경 『새한민보』 의정부지국장을 역임하였다. ▶아동문학 관련 비평문으로 「아동교육과 아동문예의 서설」(『실생활』, 奬産社, 1934년 5월호)이 있다.

**고장환**(高長煥: 1907~?)  소년운동가. 필명 고긴빛(고긴빗). 경성(京城) 출생. 1923년 정홍교(丁洪教) 등과 함께 〈반도소년회(半島少年會)〉를 조직하였고, 1925년 9월에는 방정환(方定煥)의 〈소년운동협회(少年運動協會)〉에 맞서 〈경성소년연맹회(京城少年聯盟會)〉를 창립하였다가 명칭에 대해 일제 당국의 반대가 있자 〈오월회(五月會)〉로 바꾸었다. 1926년 1월에 창립된 〈서울소년회〉에서 문병찬(文秉讚), 고장환(高長煥), 이원웅(李元雄), 조수춘(趙壽春), 현준환(玄俊煥), 박기훈(朴基薰) 등 6인의 집행위원 중 한 사람이었다. 1926년 3월 12일 〈서광소년회(曙光少年會)〉에서 경성소년지도자의 연합기관인 〈오월회〉의 혁신 임시총회를 열었는데, 이원규(李元珪), 고장환, 김효경(金孝慶), 민병희(閔丙熙), 문병찬(文秉讚), 정홍교(丁洪教), 박준표(朴埈杓) 등이 집행위원이었는데 그중 한 사람으로 선임되었다. 1927년 10월 〈소년운동협회〉와 〈오월회〉 계통의 64개 단체가 합쳐 〈조선소년연합회(朝鮮少年聯合會)〉(中央常務書記)로 단일화하고, 1928년 회명을 바꾸어 〈조선소년연맹(朝鮮少年聯盟)〉으로 개칭하는 등의 일에 주요 역할을 하였다. 1927년 9월 1일 한정동(韓晶東), 정지용(鄭芝溶), 신재항(辛在恒), 김태오(金泰午), 윤극영(尹克榮) 등과 함께 〈조선동요연구협회(朝鮮童謠研究協會)〉를 창립하는데 발기인으로 참여했다. 1928년 〈전남소년연맹(全南少年聯盟)〉 사건으로 정홍교, 김태오(金泰午) 등과 함께 보안법 위반으로 기소되었고, 1929년 12월 〈조선소년연맹〉 간부로 정홍교(丁洪教), 최청곡(崔靑谷)과 함께 일제 당국에 검거된 바 있다. ▶아동문학 관련 비평문으로 「동요 의의 – 동요대회에 임하야」(『조선일보』, 1928.3.13), 「행복을 위하야 어머니들에게 – 어린이날을 당해서」(『중외일보』, 1928.5.6), 「깃거운 긔념날에 우리들은 엉키자 – 어린동무들에게」(『조선일보』, 1928.10.20), 「편집 후 잡화(雜話)」(조선동요연구협회 편, 『조선동요선집 – 1928년판』, 박문서관, 1929.1), 「부형모자(父兄母姊) 제씨에게」(『조선일보』, 1930.5.4), 「소년운동 제현께 – 어린이날에 당하여(전2회)」(『조선일보』, 1933.5.7~10), 「머리말」(『설강동요집』, 한성도서주식회사, 1933.5), 「동화 한아버지, 안더센 선생(전4회)」(『조선일보』, 1933.7.29~8.4), 「조선의 아동은 본시, 영양이 부족 – 무엇보다도, 억세고 굿세기를」(『조선중앙일보』, 1934.1.2), 「아동과 문학 – 1934년의 전망(전7회)」 (『매일신보』, 1934.1.3~28), 「생명의 새 명절 조선의 '어린이날' – 열세 돎을 맞으며(상,하)」(『동아일보』, 1934.5.4~5), 「어린이날을 직히는 뜻과 지나온 자최(상,중,하)」(『매일신보』, 1936.5.3~5) 등을 발표하였다. ▶저서로『파랑새』(박문서관, 1927),『세계소년문학집(世界少年文學集)』(박문서관, 1927), 번역서『똥·키호-테와 껄리봐 여행기』(박문서관, 1929),『현대명작아동극선집』(영창서관, 1937) 등과, 〈조선동요연구협회〉 대표 고장환(朝鮮童謠研究協會代表 高長煥) 명의로 편찬한 『조선동요선집(朝鮮童謠選集) – 1928년판』(박문서관, 1929)이 있다.

**고한승**(高漢承: 1902~1949)  신극운동가, 아동문학가. 필명 서원(曙園), 포빙(抱氷, 抱氷生), 고마부(高馬夫). 경기도 개성(開城) 출생. 1913년 12세에 경성의 김거복(金巨福)과 결혼하였다. 1914년 개성 제일공립보통학교(開城第一公立普通學校)를 졸업하고, 1920년 보성고등보통학교를 졸업하였다. 1920년 4월 마해송(馬海松), 진장섭(秦長燮) 등과 함께『여광(麗光)』동인으로 활동을 하였다. 1920년 연희전문학교에 입학하였으나 중퇴하고 일본으로 건너가 1921년 일본 도요대학(東洋大學) 문학과에 입학하였다. 도쿄(東京) 유학 중 신극 연구단체인 〈극예술협회(劇藝術協會)〉 창립 회원으로 활동하였다. 1921년 고한승(高漢承)은 김성형(金星炯), 공진형(孔鎭衡), 장희순(張熙淳), 공진항(孔鎭恒), 김승영(金昇永), 진장섭(秦長燮), 유기풍(劉基豊), 손인순(孫仁順), 최우용(崔禹鏞), 마상규(馬相圭), 윤광수(尹光洙), 하동욱(河東旭), 공진태(孔鎭泰) 등과 함께 개성 출신 유학생 단체인 〈송경학우회(松京學友會)〉를 주도하고 귀국하여 아마추어 학생극 활동을 벌였다. 1921년 7월 11일 〈개성충교엡웟청년회(開城忠橋엡웟靑年會)〉[1] 주최로 공진태(孔鎭泰), 진장섭(秦長燮)과 함께 도쿄유학생 강연회를 열었는데, 고한승은 「예술미(藝術美)와 자연미(自然美)」라는 주제로 강연하였다. 1923년 조준기(趙俊基), 고한승(高漢承), 최승일(崔承一), 최영진(崔瑛珍), 김호성(金昊性), 김광훈(金光薰),

---

1 '엡웟청년회'는 현재 〈기독교대한감리회청년회〉(Methodist Youth Fellowship. 약칭 MYF)의 전신이다. '엡웟청년회(Epworth League)'는 1889년 5월에 처음 미국에서 조직된 감리교의 청년 신앙운동 단체이다. 한국에서는 1897년 5월에 제13회 미감리회(美監理會) 한국선교연회의 결정으로 조직된 한국 감리교의 청년단체이다. 엡웟(Epworth)을 한자로 의법(懿法)으로 표기하여 의법청년회(懿法靑年會)라 하기도 하였다. 엡웟은 감리교회의 창시자인 웨슬리(Wesley, J.)가 출생하고 성장한 영국의 지명인데, '하나님의 은혜로 자라남'이란 뜻이다. (조이제, 「한국 엡웟청년회의 창립 경위와 초기 활동」, 『한국기독교와 역사』 제8호, 한국기독교역사연구소, 1998, 82~83쪽)

김영팔(金永八), 최문우(崔文愚), 이준업(李俊業) 등과 함께 형설회순회연극단(螢雪會巡廻演劇團)이라는 단체를 조직하여 전국적인 공연활동을 펼쳤다. 『조선일보』의 후원을 받아 조춘광(趙春光)의 〈개성(個性)의 눈뜬 후〉와 고한승의 〈장구(長久)한 밤〉 등을 상연하였는데, 특히 〈장구한 밤〉은 입센(Ibsen, Henrik Johan)과 하웁트만(Hauptmann, Gerhard)의 영향을 받아 창작한 것으로 가장 위대한 작품이라는 평가를 받기도 했다. 1923년 4월 개성 진장섭의 집에서 김영보(金泳俌), 이기세(李基世), 최선익(崔善益), 고한승(高漢承), 진장섭(秦長燮), 조숙경(趙淑景), 마해송(馬海松) 등 7명의 회원으로 이루어진 문인회 〈녹파회(綠波會)〉를 조직하였다. 1923년 5월 방정환, 손진태, 정순철, 고한승, 진장섭, 정병기, 강영호, 조준기 등 8명이 〈색동회〉를 조직한 후, 『어린이』에 동화를 발표하는 등 소년운동과 아동문학 활동을 활발하게 전개하였다. 1924년 김거복과 이혼하고, 1925년 4월 경성제일고등여학교(京城第一高等女學校) 재학 중인 김숙자(金淑子)와 결혼하였다. 1925년 경성(京城)의 소년지도자대회 창립총회를 열고 방정환, 정홍교와 함께 위원이 되는 등 소년운동에 적극 가담하였다. 1926년경 『매일신보』 학예부 기자로 활동하였다. 1927년 영화 연구를 목적으로 심훈(沈熏), 나운규(羅雲奎), 최승일(崔承一), 김영팔(金永八), 이익상(李益相), 김기진(金基鎭), 유지영(柳志永), 안석영(安夕影), 윤기정(尹基鼎), 임화(林和) 등과 함께 〈영화인회(映畵人會)〉를 창립하였다. 동화 창작과 구연에 힘썼고, 어린이들의 지위 향상과 인격 향상에 힘을 기울였다. 1928년 개벽사(開闢社)의 상무취체역(常務取締役)에 취임하였다. 1933년 4월 개성(開城)에서 공진항(孔鎭恒), 김학형(金鶴炯), 김재은(金在殷), 고한승(高漢承), 이선근(李瑄根), 김영의(金永義), 박일봉(朴一奉), 김병하(金秉河), 마태영(馬泰榮), 박재청(朴在淸) 등 10명이 동인이 되어 『고려시보(高麗時報)』를 발간하였다. 일제 말기 송도항공기주식회사(松都航空機株式會社)를 설립하여 일본군에 비행기를 보내야 한다고 주장하는 등 적극적인 친일행위를 하였고 이로 인해 1949년 6월 〈반민족행위특별조사위원회〉(反民特委)에 의해 친일파로 공민권 정지 5년 형을 언도받았다. 이후 친일파로 몰리자 술로 마음을 달래다 화병으로 쓰러져 10월 29일 부산에서 세상을 떠났다. 해방 후 개벽사에 근무하면서 잡지 『어린이』를 복간 운영하였다. ▶저서로 마해송, 김영보(金泳俌), 진금성(秦金星 = 秦長燮), 고한승, 공진항(孔鎭恒), 김학형(金鶴炯), 임영빈(任英彬), 이기세(李基世) 등과 함께 〈개성녹파회(開城綠波會)〉에서 간행한 합작 시집 『성군(星群)』(개성: 문화관, 1924)과, 창작동화와 동화극을 모은 『무지개』(이문당, 1927)가 있다.

**고화영**(高火映: ?~?) 신원 미상. ▶아동문학 관련 비평문으로 「조선 초유의 연합학예회의 감상」(『별나라』 통권60호, 1932년 7월호)이 있다.

**곽복산**(郭福山: 1911~1971)  언론인. 필명 우당(牛堂). 전라남도 목포(木浦) 출생. 유년 시절에 기독교계 사립 영신학교(永信學校)와 소성의숙(小星義塾)에서 보통학교 교육을 받았다. 중학교 과정은 일본 와세다대학(早稻田大學) 통신강의록으로 독학했다. 1927년 10월 9일 〈김제소년독서회(金堤少年讀書會)〉 창립총회에서 회장으로 선임되었다. 1927년 11월 15일 〈김제소년회〉를 〈김제소년동맹(金堤少年同盟)〉으로 변경하고 곽복산이 집행위원장을 맡았다. 1928년 7월 26일 곽복산은 박세혁(朴世赫), 이종규(李鍾奎), 박세탁(朴世鐸), 김영계(金泳桂), 박노순(朴魯順) 등과 함께 〈조선소년총연맹〉 전북연맹 창립준비위원회의 조직 준비위원으로 활동했다. 1928년 7월 23일 〈조선소년총연맹 김제소년동맹〉에서 제1회 남조선소년축구대회를 열기 위해 의연금을 받은 것에 대해 김제경찰서에서 곽복산을 소환하는 등 제동을 걸었다. 1929년 2월 28일에는 〈김제소년동맹〉 집행위원장이었던 곽복산이 김제경찰서로부터 가택수색을 당하였다. 1929년 3월 동아일보사 김제지국 총무직을 사임하였다. 20세에 일본으로 가서 도쿄물리학교(東京物理學校) 예과를 마치고 와세다대학 정치경제학과를 2년 만에 중퇴한 뒤, 신문학 공부를 위해 당시 유일하게 신문학과가 있던 조치대학(上智大學) 신문학과 제1회 입학생으로 입학하여 졸업하였다. 일본 유학을 가기 전인 1927년에 어린 나이로 『동아일보』 지방 기자가 된 것을 인연으로, 1935년 4월 동아일보사에 들어가 사회부 기자로 일했다. 1940년 1월 「(소학아동 보건좌담)튼々하게 키우자! 씩々하게 자라자!」 좌담회에 동아일보사 측에서 곽복산, 정래동(丁來東), 이하윤(異河潤) 등과 함께 참여하였다. 1940년 8월 『동아일보』 폐간된 뒤 『매일신보(每日新報)』의 기자로 일했다. 광복과 함께 『동아일보』 복간 준비위원이 되고, 1945년 12월 복간되자 재입사하여 사회부장이 되었다. 1946년 12월 백낙준(白樂濬), 홍종인(洪鍾仁), 설의식(薛義植) 등과 대학원 수준의 신문학원 설립을 위한 창립총회를 가졌다. 1947년 4월 조선신문학원(朝鮮新聞學院)이 설립되자 초대 원장이 되었다. 1952년 3월 동아일보사에 세 번째 입사, 그해 4월까지 1개월간 편집국장 겸 논설위원을 지냈다. 1953년 서울 수복과 함께 신문학원에 신문보도과 외에 신문영어과, 신문사진과를 신설하는 한편, 기성 기자 재교육을 위한 신문기자 아카데미 강좌, 전국 지방기자 강좌, 방송연구 강좌 등을 실시, 한국 언론계의 개척자로 활약하였으며, 한때 세계통신 고문, 『중앙일보』 주간(취체역), 합동통신사 이사를 역임했다. 1955년 홍익대학 신문학과 교수를 거쳐, 1957년 11월 문교부로부터 우리나라 최초로 신문학 교수 자격을 승인받았으며, 1958년 중앙대학 신문방송학과 교수가 되었다. 1959년 〈한국신문학회〉 창립을 주도, 초대 회장이 되었으며, 1966년 한국신문연구소 이사와 대한민국문화예술상 심사위원 등을 지냈다. 1961년 서울특별시 문화상을 수상하였다. ▶아동문학 관련 비평문으로 「망론의 극복」(『중외일보』, 1928.5.10), 논설 「어린이를 학대 말고 보호합시다(전6회)(東京 郭福山;『동아일보』, 1935.2.9~21) 등이 있다. 이 외에 다수의 동요 작품을 발표하였다. ▶저서로 『신문학개론』(신문학원출판부, 1955), 『언론학개론: 매스 미디어 종합 연구』(일조각, 1973) 등이 있다.

**구옥산**(具玉山: ?~?) 여성운동가. 1924년 3월경 〈경성여자고학생상조회(京城女子苦學生相助會)〉 순회 강연단의 일원으로 구옥산은 배혁수(裴赫秀), 정종명(鄭鍾鳴)과 함께 황해도 장연(長淵), 황해도 은율(殷栗), 평안남도 안주(安州), 평안남도 박천(博川), 평안남도 정주(定州), 황해도 황주(黃州) 등지를 순회하며 여성의 지위 향상과 사회 활동 등에 대해 강연하였다. ▶아동문학 관련 비평문으로 아동문학 관련 비평 「당면문제의 하나인 동요 작곡 일고찰」(『동아일보』, 1930.4.2)이 있다.

**구왕삼**(具王三: 1909~1977) 아동문학가, 동요 작곡가, 음악평론가, 찬송가 편집자, 사진작가, 비평가. 경상남도 김해(金海) 출생. 1930년 12월 김해 야학 폐쇄 문제로 〈김해청년동맹(金海青年同盟)〉의 맹원으로 '로동자 농민 무산 시민에게 격함(勞動者農民無產市民에게 檄함)'이라는 격문(檄文)을 산포(散布)하였다가 〈김해 농민연맹(金海農民聯盟)〉 간부 허성도(許成道)와 함께 출판법(出版法)[2] 위반으로 검거된 바 있다. 1934년 『별건곤(別乾坤)』의 '유행소곡(流行小曲) 제3회 당선 발표'에 선외가작으로 「황혼의 고독」(제73호, 1934년 6월호)이 당선되었다. 1934년 장로교총회에서 찬송가 개정 편찬을 위해 종교음악 문헌을 수집하기 위해 찬송가위원회 상무로 일하던 구왕삼이 도쿄(東京)에 파견되었다. 이 시기 아이생활사에 재직하면서 음악평론 활동을 하였다. 해방 이후 사진(寫眞) 작가로 활동하면서 비평도 활발하게 하였으며, 1963년 이후 '동아사진콘테스트' 심사위원으로 활동하였다. 2009년 사진작가로서의 구왕삼의 삶을 기려 강원도 영월의 동강사진박물관에서 구왕삼 사진전(10.9~11.22)을 개최한 바 있다. ▶아동문학 관련 비평문으로 「아동극에 대한 편견 - 〈동극연구회〉 조직을 계기하야」(『신동아』, 1933년 5월호)가 있다. 음악 관련 비평으로 「이전 음악과(梨專音樂科) 간행, 민요합창곡집」(『조선일

---

2 출판법(出版法=しゅっぱんほう)은 1893년(明治 26년), 일본에서 신문지 이외의 보통 출판물을 단속할 목적으로 제정한 법률이다. 엄격한 내용 제한, 금지를 규정하고 있기 때문에 언론의 자유, 표현의 자유에 대한 중대한 제약이 되었다. 출판법과 별도로, 일간 신문과 일반 정기간행 잡지를 단속하기 위해 1909년 5월에 제정한 신문지법(新聞紙法=しんぶんしほう)이 있었다. 이 둘은 제2차세계대전 후 1949년에 같이 폐지되었다.

보』, 1931.8.10), 「주일학교 음악연구(전4회)」(『기독신보』, 1937.4.14~21), 「유행가요곡에 대하야 – 이하윤(異河潤) 씨의 논문을 읽고서(상,하)」(『동아일보』, 1934.4.11~12),[3] 「현대 유행가곡론(流行歌曲論) – 특히 시대적 리듬과 신민요 음악개척 문제에 대하야(전4회)」(『동아일보』, 1934.5.6~11), 「연전 음악회 연주 평(전3회)」(1934.11.18~21), 「민족음악의 사적 견해(私的見解)(전2회)」(『중앙일보』, 1932. 2.8~12), 『조선중앙일보』에 「시조 작곡의 소감 – 홍 씨(洪氏)의 가요집을 독하고」(1934.3.19), 「음악시언(5) – 윤극영 씨의 독창을 듯고」(1934.6.19), 「을해년의 악단 – 그 회고와 새로운 희망(전5회)」(1935.12.26~30) 등을 발표하였다. 해방 후 『전선문학』에 「전시 악단의 동향」(제2호, 1952년 12월호), 「악단현상 – 상반기의 악단」(제6호, 1953년 9월호) 등을 발표하였다.

**구직회**(具直會: 1910~?) 아동문학가. 경기도 수원(水原) 출생. 1929년 『조선일보』에 동요 「두부 장사」(京城 具直會; 『조선일보』, 1929.1.1)가 현상 당선되었고, 1930년 『매일신보』 신춘현상문예에 「자며 웃는 애기」(京城 具直會; 『매일신보』, 1930.1.1)가 '선외가작 동요'로 당선되었다. 1930년 8월 15일 〈수원청년동맹(水原靑年同盟)〉 양감지부(楊甘支部) 제1회 정기대회에서 용소리(龍沼里) 대화의숙(大化義塾) 대표로 구직회가 축사를 하였다. 이 시기에 구직회는 대화의숙이라는 무산야학(無産夜學)의 교사로 활동하고 있었다. 1931년 5월 3일 어린이날 행사를 하려던 소년동맹지부와 청년동맹지부의 장주문(張柱文), 구직회, 이원섭(李元燮) 등과 〈수원청년동맹〉 집행위원장인 박승극(朴勝極)을 포함하여 총 6인이 검거되었다가 석방되었다. 1932년 9월 건전 프로 아동문학의 건설보급과 근로소년작가의 지도 양성을 임무로 월간 잡지 『소년문학(少年文學)』을 발행함에 있어 송영(宋影), 신고송(申孤松), 박세영(朴世永), 이주홍(李周洪), 이동규(李東珪), 태영선(太英善), 홍구(洪九), 성경린(成慶麟), 송완순(宋完淳), 한철석(韓哲錫), 김우철(金友哲), 박고경(朴古京), 구직회, 승응순(昇應順), 정청산(鄭靑山), 홍북원(洪北原), 박일(朴一 = 朴芽枝), 안평원(安平原), 현동염(玄東炎) 등과 함께 주요 집필가로 참여하였다. ▶아동문학 관련 비평문으로 「조물주란 무엇이냐」(『신소년』, 1932년 4월호)와 같은 다수의 강좌(講座)가 있다. 이 외에 다수의 동요와 동화 작품을 발표하였다.

**권구현**(權九玄: 1902~1937) 시인, 미술가. 본명 권구현(權龜鉉), 필명 흑봉(黑星),

---

3 이하윤의 「유행가요곡의 제작 문제」(『동아일보』, 1934.4.25)에 대한 비판이었고, 구왕삼의 글에 대해서는 김관(金管)이 「형식주의자의 궤변 – 이(異) 씨의 유행가요곡 문제에 관련하야 구(具) 씨의 논을 박(駁)함(전4회)」(『동아일보』, 1934.4.27~5.2)으로 반박문을 썼다.

천마산인(天摩山人), 김화산인(金華山人). 충청북도 영동(永同) 출생. 영동공립보통학교를 마치고 일본에서 대학과정을 마쳤다고 하나 구체적인 것이 밝혀지지 않았다. 〈카프(KAPF)〉에 가담하였으나 김화산(金華山) 등이 주도한 아나키스트 문학 편에서 〈카프〉와 논전을 펼쳤다. 1933년 〈조선미술전람회〉에 「춘희(椿姬)」로 입선하였다. ▶아동문학 관련 비평문으로 「동화연구의 일 단면 – 동화집『금쌀애기』를 읽고」(天摩山人;『조선일보』, 1927.12.6)가 있다. 문학 및 미술 평론이 다수 있다. ▶저서로 단독 사화집(詞華集)『흑방의 선물(黑房의 膳物)』(영창서관, 1927)이 있는데, 시조와 단곡(短曲, 짧은 악곡) 97편이 수록되어 있다. 자세한 연보와 작품목록은 김덕근이 편찬한『권구현 전집』(박이정, 2008)을 참고할 수 있다.

**권덕규**(權悳奎: 1890~1950) 국어학자. 필명 애류(崖溜), 한별. 경기도 김포(金浦) 출생. 1910년 휘문의숙에 입학하여 1913년에 졸업하고, 1920년 휘문학교의 조선어 교사로 부임한 이래 중앙학교, 중동학교에서 국어 및 국사를 가르쳤다. 주시경(周時經)의 뒤를 잇는 학자들 가운데 한 사람으로 1921년 12월 3일 〈조선어연구회(朝鮮語研究會)〉 창립에 참여하였다. 1942년에는 〈조선어학회〉 사건으로 불구속 입건되었다가 이듬해 4월 기소중지가 되었다. ▶아동문학 관련 비평문으로 「권두에 쓰는 두어 말」(趙喆鎬,『소년군교범(少年軍教範)』, 조선소년군총본부, 1925)이 있다. ▶저서로『조선어문경위(朝鮮語文經緯)』(광문사, 1923),『조선유기(朝鮮留記(上, 中)』(상문관, 1924; 1926),『조선유기 약(朝鮮留記略)』(상문관, 1929),『조선사』(정음사, 1945),『을지문덕』(정음사, 1946) 등이 있다.

**권태응**(權泰應: 1918~1951) 동요 작가. 충청북도 충주(忠州) 출생. 1932년 충주공립보통학교를 졸업하였다. 1935년 경성제일고등보통학교에 재학 중 최인형(崔仁衡), 염홍섭(廉弘燮) 등과 함께 항일 비밀결사단체에 가입하여 민족의식을 키웠다. 졸업 직전 친일 발언을 한 학생을 구타하여 종로경찰서에서 조사를 받았다. 1937년 경성제일고보를 졸업하고, 일본 와세다대학 정경과(政經科)에 재학 중 염홍섭 등과 독서회를 조직하여 조국의 독립과 새로운 사회 건설에 대해 논의하였다. 1938년 일본 경찰에 체포되어 항일운동 혐의로 3년 형을 선고받고 스가모구치소(巢鴨拘置所)에 복역하던 중 폐결핵으로 1940년 6월 출옥하였다. 대학은 퇴학당하였다. 1941년 고향으로 돌아와 농사를 지으며 야학을 운영하면서 창작활동에 전념하였다. 6·25전쟁 도중 약을 제대로 구하지 못해 병세가 악화되어 1951년 3월에 사망하였다. 2005년 항일운동의 공훈이 인정되어 대통령표창이 추서되었다. 2018년 충주 중원문화재단에서 독립운동가이자 동요 시인인 권태응의 탄생 100주년을 기념하여 권태응 문학상을 제정하였다. ▶아동문학 관련 비평문으로 「지은이의 말」(권태응,『감자꽃』, 글벗집, 1948.12)이 있다. ▸저서로 동요집 『감자꽃』(글벗집, 1948)이 있다. 『감자꽃』에 대한 서평으로, 김원룡(金元龍)의 「(신간평)권태응(權泰應) 동요집 『감자꽃』」(『경향신문』, 1949.3.24), 윤석중(尹石重)의 「머리말」(권태응, 『감자꽃』, 글벗집, 1948.12) 등이 있다.

**권환**(權煥: 1903~1954)  시인, 평론가. 본명 권경완(權景完). 필명 권윤환(權允煥), 권찬(權燦). 창씨명 權田煥. 경상남도 창원(昌原) 출생. 일본 야마가타고교(山形高校)를 졸업하고, 1927년 교토제국대학(京都帝國大學) 독문학과를 졸업했다. 귀국 후 『중외일보』 기자로 활동했고, 1930년 7월에 〈카프(KAPF)〉 중앙집행위원으로 선출되었다. 1931년 〈카프〉 제1차 사건으로 피검되었으나 불기소 처분되었고, 1935년 〈카프〉 제2차 사건에 연루되어 집행유예로 석방되었다. 1946년 〈조선문학가동맹(朝鮮文學家同盟)〉[4] 전국문학자대회에서 서기장으로 선출되었다. 1954년 마산(馬山)에서 사망하였다. ▸아동문학 관련 비평문으로 「서문(一)」(『푸로레타리아동요집』불별』, 중앙인서관, 1931.3), 「서문」(『소년소설육인집』, 신소년사, 1932.6) 등이 있다.

**금철**(琴澈: 1905~1981)  아동문학가, 언론인. 금철(琴徹)로도 표기하였다. 1926년 7월 30일에 결성된 〈강화소년군(江華少年軍)〉의 회원으로 활동하였다. 1927년 11월 24일 〈강화소년군〉 주최 동화회 및 소년문예강연회에 방정환(方定煥)과 함께 금철은 〈조선소년문예연맹〉 간사 자격으로 참석하였다. 1928년 5월 첫 일요일인 6일 〈조선소년총연맹〉 주최로 어린이날 행사가 개최되었는데, 견지동(堅志洞) 시천교당(侍天敎堂)에서 최청곡(崔靑谷)과 함께 활동사진 해설을 하였다. 1928년 7월 24일부터 8월 10일까지 전강화순회동화단(全江華巡廻童話團)이 강화도 지역에서 동화회를 개최할 때, 경성제국대학의 조규선(趙圭善), 아동도서관의 금철(琴

---

4  해방 후 문단이 〈조선문화건설중앙협의회〉와 〈조선프롤레타리아예술동맹〉으로 분열되자, 박헌영 (朴憲永)을 중심으로 한 〈조선공산당〉은 〈조선문화건설중앙협의회〉의 노선이 전략적으로 유리하다고 보아 당의 승인을 내려 주고, 〈조선프롤레타리아예술동맹〉도 합류할 것을 명령하였다. 1945년 12월 3일 〈조선문화건설중앙협의회〉의 임화, 김남천, 이태준 등이 주동이 되어, 〈조선프롤레타리아예술동맹〉의 송영, 이기영, 한설야와 회동하였고, 양 단체에 소속되어 있던 〈조선문학건설본부〉와 〈조선프롤레타리아문학동맹〉이 발전적으로 통합을 이루어 〈조선문학동맹〉(1945.12.13)이 되었다. 이후 1946년 2월 8일과 9일에 조선문학자대회가 열렸는데 여기에서 〈조선문학동맹〉의 명칭을 〈조선문학가동맹〉으로 개칭하였다. 1946년 2월 24일 총25개 문화예술단체가 망라되어 〈조선문화단체총연맹〉이 되었다. 〈조선문화단체총연맹〉이 좌익인 〈민주주의민족전선〉(1946년 2월 15일 조직)을 지지하자 우익계 문화예술인들이 탈퇴하여, 1947년 2월 13일 〈전국문화단체총연합회〉를 결성하였다.

澈), 전일교(全一校), 박인범(朴仁範) 등이 연사로 참여하였다. 1931년 4월 22일
자로『매일신보』강화지국장으로 임명되었다가, 1933년 7월 의원 해직하였다.
1932년 6월『매일신보』강화지국장 자격으로 안둥현(安東縣), 평양(平壤), 개성(開
城), 문산(汶山) 등을 시찰하였다. 1933년 4월경 강화도회(江華道會) 의원 선거에
출마하였다. 1933년 7월 5일 이마이타(今井田) 정무총감의 강화도 시찰을 수행하
고「今井田停務總監 江華島視察」(『매일신보』, 1933.7.7)이란 수행록(隨行錄)을 남
겼다. 1935년 9월경부터 1937년 6월경까지『조선일보』강화지국장으로 재직하다
가, 1940년 4월『조선일보』본사 사업부로 영전하였다. 1936년 10월 10일 강화공
립보통학교 후원회가 개최되었는데 금철은 평의원으로 선임되었다. 1937년 6월
30일 강화합일보통학교(江華合一普通學校) 승격 기념식에 동창회장 자격으로 참
석하였다. 해방 후 1947년 2월 9일 소년운동자 제2차 간담회에서 '조선 소년운동의
금후 전개와 지도단체 조직'과 어린이날 준비에 관한 것을 토의하고 조선 소년지도
자협의회를 조직하기 위해 준비위원을 선임하였는데, 양재응(梁在應), 남기훈(南
基薰), 양미림(楊美林), 윤소성(尹小星), 안준식(安俊植), 박홍민(朴興珉), 정홍교
(丁洪敎), 최청곡(崔青谷), 윤석중(尹石重), 현덕(玄德), 정태병(鄭泰炳), 김태석
(金泰晳), 최병화(崔秉和) 등과 함께 선임되었다.『조선일보』사회부장과『한국일
보』총무국장을 역임하였다. ▶아동문학 관련 비평문으로「쑤준히 할 일」(『조선일
보』, 1928.5.6)이 있다. 위고(Hugo, Victor Marie)의『레미제라블』을「아 ─ 무정
(전26회)」(『조선일보』, 1928.2.2~3.6)으로, 뮤흐렌의「진리의 성(전35회)」(『중
외일보』, 1928.5.6~6.20)[5]을 번역하였다. 이 외에 동화「백합화가 된 정희(전5회)」
(『중외일보』, 1928.7.15~19) 등 다수의 아동문학 작품을 발표하였다.

**김관**(金管: 1910~1946?)  클라리넷 연주가, 음악평론가. 본명 김복원(金福源), 창
씨명 金澤竹一郎. 경기도 개성(開城) 출생. 송도고등보통학교(松都高等普通學校)
를 졸업하고 연희전문학교(延禧專門學校)를 거쳐 니혼대학(日本大學) 경제학부를
졸업하였다. 1930년대 전반 연희전문 음악부에서 현제명(玄濟明)의 지도하에 김성

---

5  다음과 같은 제목으로 연재되었다.「진리의 성(전7회)」(『중외일보』, 1928.5.6~13),「새로 된 울:
   속 진리의 성(전4회)」(『중외일보』, 1928.5.14~17),「만족의 마신(魔神): 속 진리의 성(전2회)」
   (『중외일보』, 1928.5.18~19),「꿈에서 꿈으로: 속 진리의 성(전1회)」(『중외일보』, 1928.5.20),
   「이상한 벽: 속 진리의 성(전5회)」(『중외일보』, 1928.5.29~6.2),「비: 속 진리의 성(전3회)」(『중외
   일보』, 1928.6.3~5),「세 동무: 속 진리의 성(전4회)」(『중외일보』, 1928.6.8~11),「마차 쓰는 말:
   속 진리의 성(전4회)」(『중외일보』, 1928.6.12~15),「다리: 속 진리의 성(전5회)」(『중외일보』,
   1928.6.16~20)

태(金聖泰), 김대연(金大淵), 이유선(李宥善) 등과 함께 활동하였다. 1936년 4월 윤복진과 더불어 『음악평론(音樂評論)』을 발간하였으나 통권2호로 종간되고 말았다. 1938년 2월에는 〈김관음악연구소(金管音樂硏究所)〉를 개관하였다. 1941년 3월 25일 설립된 〈조선음악협회(朝鮮音樂協會)〉의 이사 14명 중 한국인 이사 함화진(咸和鎭), 계정식(桂貞植), 김원복(金元福), 김재훈(金載勳) 및 평의원 홍난파(洪蘭坡), 김세형(金世炯), 이애내(李愛內) 등과 함께 활동하였다. 일제강점기 말에 「동아의 신정세와 음악문화의 재출발」(『매일신보』, 1940.7.7), 「국가의 신체제와 신음악의 건설(전3회)」(『매일신보』, 1940.9.21~24), 「국민·문화·음악(전4회)」(『매일신보』, 1941.7.23~26) 등 친일 성향의 글을 발표하였다. 2009년 〈친일반민족행위진상규명위원회〉가 발표한 친일반민족행위 705인 명단에 포함되었다. ▶아동문학 관련 비평문으로 「우리들은 엇더한 노래를 불너야 조흔가」(『별나라』통권 49호, 1931년 4월호), 「레코-드에 의한 음악감상법(전6회)」(『여성』 제2권 제2호~제7호, 1937년 2월~7월), 「조선 악단 좌담회 – 회고와 전망」(『조광』 제3권 제4호, 1935년 4월호),[6] 「문학자와 음악」(『조광』, 1937년 12월호), 「문화와 음악 – 조선 악단의 현상과 비판」(『인문평론』, 1939년 12월호) 등을 발표하였다. 동요 작가 윤복진(尹福鎭)은 김관과 교우가 깊었는데 김관의 죽음을 맞아 「음악교우록 – 김관 군의 부음을 듯고(전5회)」(金水鄕;『중앙신문』, 1946.1.13~17)를 발표하였다. 자세한 연보와 작품목록은 신설령의 박사학위 논문인 「김관의 음악평론과 식민지 근대」(동아대학교 음악문화학과 박사학위논문, 2004)를 참고할 수 있다.

**김광균**(金光均: 1914~1993) 시인, 아동문학가. 필명 우두(雨杜). 경기도 개성(開城) 출생. 송도상업학교(松都商業學校)를 졸업하고 고무공장 사원으로 군산(群山)과 용산(龍山) 등지에 근무하면서 어린 시절부터 시를 쓰기 시작하였다. 1927년 8월 〈개성소년동맹(開城少年同盟)〉을 창립하는 등 소년운동과 소년문예운동에 활발하게 참여하였고, 1930년 3월 개성(開城)에서 현동염(玄東炎), 최창진(崔昌鎭) 등과 함께 〈연예사(硏藝社)〉를 창립하였다. 1936년 서정주(徐廷柱), 오장환(吳章煥) 등과 함께 『시인부락(詩人部落)』 동인으로 참여하였고, 1937년에는 『자오선(子午線)』 동인으로 참여하였다. ▶아동문학 관련 비평문으로 '소년보고문학' 「소년

---

6  1935년 2월 19일 도쿄 긴자(東京銀座)의 다방 '에스키모'에서 김관, 김문보(金文輔), 박영근(朴榮根), 윤복진(尹福鎭) 등 네 사람이 조선 악단을 회고, 비판, 전망해 본 좌담회 내용을 수록한 것이다. 당시 상당한 물의가 있었는데, 그 내용은 성악가가 작곡을 하는 풍토를 비판하다가 현제명의 「니나」를 문제 삼은 것 때문이었다. 여기에 대해 현제명(玄濟明)이 「(樂壇時評)동경서 열린 조선 악단 좌담회기(樂壇座談會記)를 읽고(전3회)」(『조선중앙일보』, 1935.4.8~10)를 통해 반박하였다.

부는 작구 조직된다」(『별나라』통권49호, 1931년 4월호)가 있다. 이 외에 다수의 동시 작품이 있다. ▶저서로 시집 『와사등(瓦斯燈)』(남만서점, 1939), 『기항지(寄港地)』(정음사, 1947), 『황혼가(黃昏歌)』(산호장, 1959), 『추풍귀우(秋風鬼雨)』(범양사, 1986), 『임진화(壬辰花)』(범양사, 1989) 등과 문집 『와우산(臥牛山)』(범양사, 1985)이 있다. 자세한 연보와 작품목록은 김학동과 이민호가 공동 편찬한 『김광균전집』(국학자료원, 2002)을 참고할 수 있다.

**김기전**(金起瀍: 1894~1948?)  언론인, 종교인. 필명 소춘(小春), 묘향산인(妙香山人). 뒤에 이름을 '金起田'으로 바꾸었다. 평안북도 구성(龜城) 출생. 1913년 보성전문학교(普成專門學校) 법과를 졸업하였다. 1909년 천도교에 입교하였고, 매일신보사(每日申報社) 기자와, 『개벽(開闢)』의 주필을 역임하였다. 『개벽』과 『조선농민』등의 잡지에 많은 양의 논설을 발표하였다. 1921년 방정환, 이정호(李定鎬), 박달성(朴達成), 차상찬(車相瓚), 김옥빈(金玉斌), 박용준(朴庸准) 등과 함께 〈천도교소년회(天道敎少年會)〉를 조직하여 소년운동을 전개하였다. 1925년 10월에 〈천도교청년당(天道敎靑年黨)〉의 조기간(趙基栞), 이돈화(李敦化), 박사직(朴思稷) 등과, 농민운동에 관심이 많은 이성환(李晟煥, 도쿄유학생), 선우전(鮮于全, 동아일보사 촉탁), 이창휘(李昌輝, 변호사), 박찬희(朴瓚熙, 동아일보 기자), 김준연(金俊淵, 조선일보 기자), 유광렬(柳光烈, 조선일보 기자), 김현철(金顯哲, 시대일보 기자), 최두선(崔斗善) 등과 함께 〈조선농민사(朝鮮農民社)〉를 창립하였다. 1948년 3월 1일 반공의거 운동(3·1운동 재현 운동) 때 평양에서 행방불명된 것으로 알려졌다. ▶아동문학 관련 비평문으로 「〈천도교소년회〉의 설립과 기 파문」(『천도교회월보』제131호, 1921년 7월호), 「가하(加賀)할 소년계의 자각 - 〈천도교소년회〉의 실사(實事)를 부기(附記)함」(『개벽』, 1921년 10월호)이 있고, 아동문학과 관련된 다수의 논설이 있다. 이광수의 『무정』에 대한 평론으로 「『무정』122회를 독ᄒ다가(上)」(金起瀍: 『매일신보』, 1917.6.15), 「『무정』122회를 독ᄒ다가(ᄒ)」(平壤 金起瀍: 『매일신보』, 1917.6.17)가 있다. ▶저서로 『천도교청년당지(天道敎靑年黨黨志)』, 『당헌석의(黨憲釋義)』, 『조선지위인(朝鮮之偉人)』(개벽사 출판부, 1922) 등이 있다. 자세한 작품목록과 연보는 소춘김기전선생문집편찬위원회가 편찬한 『소춘김기전전집(전3권)』(국학자료원, 2010~2011)을 참고할 수 있다.

**김기주**(金基柱: ?~?)  아동문학가. 호 춘재(春齋). 평안남도 평원군 청산면 구원리(平原郡 靑山面 舊院里) 출생. 1920년 7월 10일 〈평원청년구락부(平原靑年俱樂部)〉 창립총회에서 총무로 선임되었다. 1923년 8월 18일 영유공립보통학교(永柔公立普通學校)에서 평원학우정기총회(平原學友定期總會)를 개최하였는데 김기주는 집행위원으로 선임되었다. 1924년 6월 22일 평원군 숙천명륜당(肅川明倫堂)에서 열린 유림강연회(儒林講演會)에서 「사풍(士風)의 개선」이란 연제로 강연하였다. 1930년 『매일신보』(12.25)에 『신진동요집(新進童謠集)』을 발간한다고 예고하였다가 『조선동요선집(朝鮮童謠選集)』으로 개제하여 발간한다며 옥고(玉稿)를 보내달라고 하는 등 동요 창작과 보급에 힘을 쏟았다. 이와 관련하여 매일신보사 학예부 주최 "지상 '어린이' 간친회"에 「친밀」(1931.1.3)이란 제목으로 『전조선동요집』을 간행하겠다는 의지를 피력하기도 하였다. 1932년 8월 동아일보사가 접수한 미국 컬럼비아대학(Columbia Univ.) 조선도서관(朝鮮圖書館) 기증도서 모집에 김기주는 『조선신동요선집(朝鮮新童謠選集)』을 기증하였다. ▶아동문학 관련 비평문으로 「1930년에 대한 '소년문단회고'를 보고 – 정윤환(鄭潤煥) 군에게 주는 박문(駁文)(전2회)」(『매일신보』, 1931.3.1~3)이 있다. 이 외에 다수의 아동문학 작품을 발표하였다. ▶저서로 동요집 『조선신동요선집 제1집(朝鮮新童謠選集 第一輯)』(평양: 동광서점, 1932)이 있다.

**김기진**(金基鎭: 1903~1985) 시인, 평론가. 필명 팔봉(八峰, 八峰山人, 八峰學人, 八峰生), 여덟뫼(여덜뫼, 여들뫼), 구준의(具準儀), 긔진, 동초(東初, 동쵸, 창씨명 金村八峯. 충북 청원(淸原) 출생. 1913년 부친이 영동군수로 부임함에 따라 영동공립보통학교에 입학하여 1916년에 졸업하였다. 배재고등보통학교에 입학하여 재학 중 1920년 초 일본으로 건너가 1921년 릿쿄대학(立教大學) 영문학부 예과에 입학하였으나, 1923년 5월 중퇴하였다. 이때부터 사회주의 사상과 문학에 관심을 갖게 되었다. 1922년 5월 가형(家兄) 김복진(金復鎭), 박승희(朴勝喜), 이서구(李瑞求) 등과 함께 도쿄 조선인유학생 연극단체인 〈토월회(土月會)〉를 주도적으로 결성하였다. 1924년 새로운 경향의 문학을 제창하며 박영희(朴英熙), 안석영(安夕影), 김형원(金炯元), 이익상(李益相), 김복진(金復鎭) 등과 함께 문예단체 〈파스큘라(PASKYULA)〉의 창립 회원으로 참가했다. 1925년 8월 문예단체 〈염군사(焰群社)〉와 〈파스큘라〉가 합쳐 〈조선프롤레타리아예술동맹〉(KAPF)[7]이 발족할 때 창립회원

---

7  1925년 8월경에 결성된, 사회주의 혁명을 위한 문학가들의 단체로 〈카프(KAPF)〉라고도 한다. 에스페란토 표기인 'Korea Artista Proleta Federatio'의 머리글자를 딴 약칭이다. 1922년 9월경에 조직된 〈염군사(焰群社)〉(무산계급 해방문화의 연구 및 운동을 목적으로 하여 이호(李浩), 이적효(李赤曉), 김두수(金斗洙), 최승일(崔承一), 박용대(朴容大), 김영팔(金永八), 송영(宋影), 심대섭(沈大燮), 김홍파(金紅波) 등에 의하여 구성)와 문학가단체 〈파스큘라(PASKYULA)〉(김기진(金基鎭), 박영희(朴英熙), 김복진(金復鎭), 김형원(金炯元), 안석영(安夕影), 이익상(李益相), 연학년(延學年), 이상화(李相和) 등의 머리글자를 따서 명명)가 당시 국내 사회주의운동단체와 관련하

으로 참여하였다. 『매일신보』, 『시대일보』, 『중외일보』, 『조선일보』의 기자로 근무하였다. 1931년 '〈카프〉 제1차 검거 사건'으로 종로경찰서에 체포되었다가 석방되었고, 1934년 '〈카프〉 제2차 검거 사건(전주 사건 또는 新建設社 사건)'으로 형 김복진과 함께 전주경찰서에서 조사를 받고 70여 일 동안 구금되었다가 석방되었다. 1938년 9월 조선총독 미나미 지로(南次郎)가 제주도와 호남을 시찰할 때 동행하며 「남 총독 수행기(南總督隨行記)」를 썼다. 1939년 10월 조선총독부 외곽단체로 설립된 〈조선문인협회〉의 발기인으로 참여했고 대동아전쟁(大東亞戰爭)의 정당성을 시로 옮기도 하였다. 1943년 조선총독부의 지시에 따라 〈조선문인보국회〉의 상무이사가 되었다. 이 외에도 일제강점기 말에 다수의 친일행위를 하였다. 이로 인해 2008년 발표된 민족문제연구소의 『친일인명사전』 수록예정자 명단 문학 부문에 들어 있으며 〈친일반민족행위진상규명위원회〉가 발표한 친일반민족행위 705인 명단에도 포함되었다. 6·25전쟁 중 서울에서 체포되었고, 인민재판에 회부되어 즉결처분을 받았으나 구사일생하였다. ▶아동문학 관련 비평문으로 「동화의 세계 −『우리동무』독후감(전4회)」(八峰學人; 『중외일보』, 1927.3.10~13)이 있다. 이 글은 한충(韓沖)이 편찬한 『조선동화 우리동무』(芸香書屋, 1927.1)에 대한 비평이다. 김기진의 저작물에 대해서는 홍정선이 편찬한 『김팔봉 문학전집(전6권)』(문학과지성사, 1988~1989)을 참고할 수 있다.

**김남주**(金南柱: 1904~?)  언론인, 아동문학가. 필명 백조(白鳥), 상암(想庵). 경상남도 삼천포(三千浦) 출생. 1924년 경남 교원시험에 합격하여, 1926년까지 울산공립보통학교, 삼천포공립보통학교 훈도(訓導)를 지냈고, 1934년 효자동(孝子洞) 청운보통학교(靑雲普通學校)의 촉탁교원(囑託敎員)으로 있었다. 1927년 『동아일보』 현상에 단편소설 「소작인 김첨지(전8회)」(1927.1.4~11)가 당선되었다. 『중외일보』, 1931년 『중앙일보』 편집부장, 1937년 동아일보사(東亞日報社) 사천지국(泗川支局) 고문 등으로 활동하였다. 조재관(趙在寬), 진우촌(秦雨村) 등과 함께 『습작시대(習作時代)』와 『백웅(白熊)』을 합해 문예잡지 『신인(新人)』을 발간하였다. 1932년 8월 7일 창립한 〈조선문필가협회(朝鮮文筆家協會)〉에 발기인으로 참여하였다. ▶아동문학 관련 비평문으로 「문예와 교육(전4회)」(『조선일보』, 1926.2.20~23), 「문예가는 전사(戰士) − 문단 제가의 견해(36)」(『중외일보』, 1928.8.6), 『어린이』

---

여, 그리고 일본 프로문학의 영향 아래 〈카프〉로 통합된 것은 1925년 8월경이었다. 1931년 제1차 검거, 1934년 신건설사(新建設社) 사건으로 제2차 검거 등으로 심한 탄압을 받고, 조직 내부의 갈등으로 인해 조직원들의 전향이 계기가 되어 1935년 5월 공식적으로 해체되었다.

부록인 '어린이 세상'에 「(어린이 강좌, 제5강 – 소설 잘 쓰는 법」(제7권 제8호, 1929년 10월호) 등이 있다. 이 외에 다수의 아동문학 작품을 발표하였다.

**김남천**(金南天: 1911~1953)  소설가. 평안남도 성천(成川) 출생. 본명 김효식(金孝植). 1929년 3월 평양고등보통학교를 졸업하고 일본에 유학하여 도쿄 호세이대학(法政大學) 예과에 입학하였다. 1929 호세이대학 재학 중 〈조선프롤레타리아예술동맹〉 동경지회에 가입하였다. 1937년 이후 새로운 창작방법론으로 헤겔(Hegel, G. W. F.)과 루카치(Lukács, G.)의 이론을 수용한 로만개조론을 제출하여, 대상의 총체성과 풍속이 드러나야 한다는 이론을 폈다. 해방 직후 1945년 8월 16일 임화(林和)와 함께 〈조선문학건설본부〉를 설립한 후, 〈조선문학가동맹〉이 결성되자 이 단체의 서기장이 되었다. 이후 월북하여 1948년 북한 최고인민회의 제1기 대의원에 선출되었다. 1953년 6·25전쟁 휴전 직후 남로당계 박헌영(朴憲永) 세력을 제거하는 사건과 관련하여 '종파분자'로 지목되어 숙청되었다. ▶아동문학 관련 비평문으로 「발(跋)」(『(현덕 창작집)남생이』, 아문각, 1947.11)이 있다.

**김대봉**(金大鳳: 1908~1943)  의사, 시인. 호는 포백(抱白, 金抱白), 김대봉(金大奉). 경상남도 김해(金海) 출생. 평양의학전문학교를 졸업하였고 경성제국대학 세균학 교실에서 연구하고 의원을 개업하였다. 1931년 겨울 김대봉은 김조규(金朝奎), 남궁랑(南宮琅), 황순원(黃順元) 등과 함께 평양(平壤)에서 동요시인사(童謠詩人社)를 발기하였다. 1938년 박남수(朴南秀), 김상옥(金相沃), 김용호(金容浩), 윤곤강(尹崑崗), 임화(林和) 등과 함께 『맥(貊)』의 창간 동인으로 활동하였다. ▶아동문학 관련 비평문으로 「신흥동요에 대한 편견(전2회)」(『조선일보』, 1931.11.1~3), 「동요비판의 표준(전2회)」(『중앙일보』, 1932.1.18~19), 「동요단 현상의 전망」(『중앙일보』, 1932.2.22) 등이 있다. 이 외에 다수의 아동문학 작품을 발표하였다. ▶저서로 시집 『무심(無心)』(맥사, 1938)과, 한정호가 편찬한 『포백 김대봉전집』(세종출판사, 2005)이 있다.

**김동리**(金東里: 1913~1995)  작가, 소설가, 평론가. 경상북도 경주(慶州) 출생. 호적명 김창귀(金昌貴), 족보명 김태창(金太昌), 아명(兒名) 창봉(昌鳳). 자 시종(始鍾). 동양철학자 범부(凡父) 김기봉(金基鳳)이 동리의 큰형인데, '동리'라는 호를 그가 지어 주었다고 한다. 경주 제일교회 소속의 사립 계남학교(啓南學校) 6년을 졸업하고, 1928년 4월 대구의 계성학교(啓聖學校)에 입학하여 1930년 4월 서울 경신학교(儆新學校) 3학년에 편입하였으나 1931년 중퇴하였다. 1934년 『조선일보』 신춘현상에 시 「백로(白鷺)」(慶州郡 慶州邑 城乾里 金昌貴: 1934.1.12)가 선외 가작으로 입선되어 등단하였고, 1935년 『조선중앙일보』 신춘현상에 단편소설 「화

랑의 후예(전6회)」(金始鍾: 1935.1.1~10)가 당선되고, 1936년『동아일보』신춘현
상에 단편소설 「산화(山火)(전13회)」(金東里: 1936.1.4~18)가 당선됨으로써 소
설가로서의 창작활동을 하게 되었다. 해방기 좌익의 〈조선문학가동맹〉에 대항하여
〈한국청년문학가협회〉를 결성하여 초대 회장에 올랐다. 1953년부터 서라벌예술대
학 문예창작과 교수로 재직하였고, 1954년 예술원 회원, 1970년 〈한국문인협회〉
이사장으로 피선되었다. ▶아동문학 관련 비평문으로 「(신간평)『초생달』읽고 - 윤
석중 동요집」(『동아일보』, 1946.8.13), 「(의견 ③)동요와 동시는 형식적인 면에서
밖에 구분되지 않는다」(『아동문학』제3집, 배영사, 1963.1) 등이 있다. ▶저서로
단편소설집『무녀도』(을유문화사, 1947), 『황토기』(수선사, 1949), 『실존무』(인간
사, 1955), 『등신불』(정음사, 1963), 평론집『문학과 인간』(백민문화사, 1948),
『문학이란 무엇인가』(대현출판사, 1984), 시집『바위』(일지사, 1973), 유고시집
『김동리가 남긴 시』(문학사상사, 1988), 수필집『자연과 인생』(국제문화사, 1965),
『사색과 인생』(일지사, 1973) 등이 있다.

**김동석**(金東錫: 1913~?)  시인, 평론가. 아명 김옥돌(金玉乭), 필명 김민철(金民
轍). 경기도 부천(富川) 출생. 1922년 인천공립보통학교에 입학하여 1928년 3월
졸업하였다. 같은 해 인천상업학교에 입학하였다가 시위 주도로 퇴학당하여 중앙
고등보통학교에 편입하였다. 1933년 경성제국대학에 입학하여 법문학부 영문학
과에서 수학하였다. 1938년 경성제국대학을 졸업하고 잠시 모교 중앙고보에서 후
배들을 가르치다가 대학원에 진학한 후 보성전문학교(普成專門學校) 강사로 부임
하였다. 해방 후 〈조선문학가동맹〉에 가담하여 비평가로 활동하다가 1950년 가족
과 함께 월북하였다. 김동리(金東里)와 펼친 순수논쟁으로 주목을 받았다. 「순수
의 정체 - 김동리론」(『신천지』제2권 제10호, 1947년 11-12월 합호)에서 김동리
의 순수문학을 비판하였고, 문학의 사회적 역할을 적극 옹호하고 문학의 시류적인
정치성을 특유의 비유와 논리로 비판하였다. ▶아동문학 관련 비평문으로 「머리ㅅ
말」(윤석중, 『(윤석중동요집)초생달』, 박문출판사, 1946)이 있다. ▶저서로 시집
『길』(정음사, 1946), 수필집『해변의 시』(박문출판사, 1946), 김철수, 김동석, 배
호 3인 수필집『토끼와 시계와 회심곡』(서울출판사, 1946), 평론집『예술과 생
활』(박문출판사, 1947), 『(김동석평론집)뿌르조아의 인간상』(탐구당서점, 1949)
등이 있다.

**김동인**(金東仁: 1900~1951)  소설가. 필명 금동(琴童, 琴童人, 金童), 춘사(春士),
김만덕, 시어딤(김시어딤), 창씨명 곤토 후미히토(金東文仁), 히가시 후미히토(東
文仁). 평안남도 평양(平壤) 출생. 1912년 평양숭덕소학교(平壤崇德小學校)를 졸

업하고 숭실중학교(崇實中學校)에 입학했으나 1913년 중퇴했다. 1914년 일본으로 건너가 도쿄학원(東京學院) 중학부에 입학했다가 1915년 메이지학원(明治學院) 중학부 2학년에 편입했다. 1917년 9월 가와바타 미술학교(川端畵塾)에 입학했다. 1919년 2월 도쿄(東京)에서 주요한(朱耀翰), 전영택(田榮澤), 최승만(崔承萬), 김환(金煥) 등과 함께 한국 최초의 순문예 동인지인 『창조(創造)』를 자비로 간행했다. 1919년 3월 아우 김동평(金東平)의 3·1운동 격문을 써 준 것이 발각되어 출판법(出版法) 위반 혐의로 4개월간 투옥되었다. 1938년 산문 「(一日一人)국기(國旗)」(『매일신보』, 1938.2.4)를 쓰며 내선일체와 황민화를 선전 선동하면서부터 일제에 협력하는 글쓰기를 시작하였다. 1939년 4월부터 5월까지 북지황군위문 문단사절(北支皇軍慰問文壇謝絶)로 활동하였고, 같은 해 10월 〈조선문인협회(朝鮮文人協會)〉 발기인으로 참여했다. 1943년 4월 〈조선문인보국회(朝鮮文人報國會)〉에 참가하였다. 1944년 1월 19일부터 28일까지 「반도 민중의 황민화 - 징병제 실시 수감(隨感)(전10회)」(『매일신보』, 1944.1.16~28)을 통해 조선인 학병에 동조하는 글을 쓰는 등 친일에 앞장섰다. 1955년 『사상계(思想界)』가 동인문학상(東仁文學賞)을 제정해 시상하고 있으며 1987년부터는 조선일보사가 주관하고 있다. 우리나라 최초의 작가론이라 할 수 있는 「춘원연구」(『삼천리』, 1934년 6월호~1939년 6월호)를 발표하였다. ▶아동문학 관련 비평문으로 「자선 주간(慈善週間)의 메달일 쓴」(『동아일보』, 1932.1.1){특집 「32년 문단전망 - 어쩌케 전개될까? 전개시킬까? 문단 제씨의 각별한 의견(전20회)」(『동아일보』, 1932.1.1~11)의 제1회분)}, 「녀름날 만평 - 잡지계에 대한(8)」(『매일신보』, 1932.7.20), 「아동물 출판업자」(『중앙신문』, 1946.5.4) 등이 있다. 김동인의 소년잡지에 대한 만평에 대해 김약봉(金若鋒)은 「김동인 선생의 잡지만평을 두들김 - 특히 소년잡지 평에 대하야」(『어린이』, 1932년 8월호)를 통해 비판하였다. ▶아동문학 관련 저서로 『아기네』(한성도서주식회사, 1937)가 있다. 이는 『동아일보』에 「아기네」(1932.3.1~8.12), 「떠오르는 해」(1932.8.13~9.14), 「형과 아우」(1932.9.15~23), 「빛나는 우물」(1932.9.28~10.3), 「골육」(1932.10.5~16), 「말 탄 온달」(1932.10.19~10.30) 등으로 연재한 '아동소설'을 묶어 출판한 것이다.

**김동환**(金東煥: 1901~?)  시인. 필명 김파인(金巴人, 巴人, 巴人生), 취공(鷲公), 강북인(江北人), 초병정(草兵丁), 창랑객(滄浪客), 창씨명 시로야마 세이주(白山青樹). 함경북도 경성(鏡城) 출생. 1926년 신원혜(申元惠)와 혼인한 후 서울로 이주하였다. 뒤에 소설가 최정희(崔貞熙)와 결혼하였다. 1921년 일본 도요대학(東洋大學) 영문학과에 진학하였다가 간토대지진(關東大震災)으로 중퇴하고 귀국하였다.

1929년 6월 종합지『삼천리(三千里)』를 자영하였고, 1938년에는 자매지『삼천리문학(三千里文學)』을 간행하였다. 일제 말기 친일 활동을 하였고, 6·25전쟁 중 납북되었다. ▸아동문학 관련 비평문으로「학생 문예에 대하야」(『조선일보』, 1927. 11.19)가 있다. 이 외에「상무적 소년(尙武的少年)이 되라」(『어린이』제6권 제1호, 1928년 1월호),「『어린이』 창간 8주년 기념 예사(禮辭) - 주장에 철저하라」(『어린이』제9권 제3호, 1931년 3월호) 등이 있다. 이 외에 다수의 아동문학 작품을 발표하였다. ▸저서로『국경의 밤』(한성도서주식회사, 1925),『(장편 서사시)승천하는 청춘』(신문학사, 1925),『삼인시가집(三人詩歌集): 춘원, 요한, 파인 합작』(삼천리사, 1929),『해당화: 서정시집』(대동아사, 1942) 등이 있다. 자세한 작품과 생애에 대해서는『파인 김동환문학연구(巴人金東煥文學研究), 총람편(總覽篇)』(논문자료사, 2000)의 '김동환 연보', '김동환 작품연보'를 참고할 수 있다.

**김말성**(金末誠: ?~?) 신원 미상. ▸아동문학 관련 비평문으로「조선 소년운동 급(及) 경성 시내 동 단체 소개」(『사해공론』, 1935년 5월호)가 있다.

**김명겸**(金明謙: ?~?) 아동문학가. 필명 김예지(金藝池). 함경남도 이원군(利原郡) 출생. 1935년 7월 동아일보사 이원지국(利原支局) 군선분국장(群仙分局長)에 임명되었다가, 분국이 지국으로 승격하여 11월 1일부터 군선지국장에 임명되었다. 소년문예단체인 〈이원불꽃사〉(利原불꽃社) 활동을 하였다. ▸아동문학 관련 비평문으로「『파랑새』발간을 들고」(金藝池;『별나라』, 1931년 7-8월 합호)가 있다. 이 외에 서한문「옛날 동무에게 - 한 사람의 배신자로붙어」(『신소년』, 1931년 5월호), 수필「불볕과 싸우는 동무들 - 지지 안는 힘을 기르자」(『신소년』, 1931년 9월호), 편지글「어촌에 잇는 동무에게」(『신소년』, 1931년 9월호) 등의 논설과 동요 등 다수의 아동문학 작품을 발표하였다.

**김병하**(金秉河: 1906~?) 곤충학자. 필명 금구(金龜), 금거북. 경기도 개성(開城) 출생. 송도고등보통학교(松都高等普通學校)를 나와 독학으로 곤충을 연구하여, 〈송경곤충연구회(松京昆蟲研究會)〉, 〈조선곤충연구회〉 등을 조직하는 등 곤충학의 권위가 되었다.『조선농민사전』 편찬을 위해 장단군(長湍郡)에 칩거하기도 하였다. 1933년 4월『고려시보』 발간 당시 거화(炬火) 공진항(孔鎭恒), 청농(靑儂) 김학형(金鶴炯), 범사초(凡斯超) 김재은(金在殷), 포영(抱永) 고한승(高漢承), 하성(霞城) 이선근(李瑄根), 송은(松隱) 김영의(金永義), 일봉(一峯) 박일봉(朴一奉), 금구(金龜) 김병하(金秉河), 마공(馬公) 마태영(馬泰榮), 춘파(春波) 박재청(朴在淸) 등 10명의 동인 중 한 사람으로 참여하였다. 1933년경 숭실전문학교(崇實專門學校) 조교수로 재직하였다. 김병하가 채집한 곤충 표본이 1932년 스페인(Spain)의 대학과, 1935년 스웨덴(Sweden) 황태자에게, 해방 후 하지(Hodge, John Reed) 중장을 통해 워싱턴대학에 각각 전달되기도 하였다. 여러 가지 발명도 많이 하였는데, 1940년 누점포획기(螻蛄捕獲器)를 발명하여 〈제국발명장려회〉로부터 조선 사람으로선 처음으로 금패(金牌) 표창을 받기도 했다. 해방 후 개성 송도중학(松都中學) 교유(敎諭)로 재직하였다. ▶아동문학 관련 비평문으로 「곤충동화(전24회 이상)」(『조선중앙일보』, 1933.11.16~12.31), 「박물동요 연구 – 식물개설 편(전29회 이상)」(『조선중앙일보』, 1935.1.26~3.21?) 등이 있다. ▶저서로 『농업전문답집(農業專門答集)』(개성: 향토사, 1939)이 있다.

**김병호**(金炳昊: 1904~1961)  시인, 아동문학가. 필명 계림(鷄林), 탄(彈, 金彈), 김병아(金炳兒). 경상남도 진주(晉州) 출생. 1925년 3월 경상남도 공립사범학교 특과 졸업 후 조선공립보통학교 교사를 시작으로 경상남도 일대의 교사, 교장으로 근무하였다. 1928년 8월 엄흥섭(嚴興燮), 진우촌(秦雨村), 김찬성(金贊成) 등 신진 시인들과 함께 월간 문예잡지 『신시단(新詩壇)』을 발간하였다. 1954년 발광(發狂)하였으며 1961년 부산 해운대에서 동사(凍死)하였다고 한다. ▶아동문학 관련 비평문으로 「신춘당선 가요 만평 – 삼사분(三社分) 비교 합평(전3회)」(『조선일보』, 1930. 1.11~14), 「4월의 소년지 동요(전3회)」(『조선일보』, 1930.4.23~26), 「예술가의 편어(片語)(전2회)」(『중외일보』, 1928.5.3~5), 「최근 동요평(전3회)」(『중외일보』, 1930.9.26~28), 「최근 동요평」(『음악과 시』, 1930년 9월호), 「동요 강화」(『신소년』, 1930년 10-11월 합호), 「『조선신동요선집』을 읽고」(『신소년』, 1932년 7월호), 「내가 쓰고 싶은 문장」(『무명탄(無名彈)』 창간호, 1930년 1월호) 등이 있다. 이 외에 동요, 동화 등 다수의 아동문학 작품을 발표하였다.

**김봉면**(金鳳冕: ?~?)  교사. 1925년 경기도 영평공립보통학교(永平公立普通學校) 훈도를 시작으로 1926년부터 1936년까지 경성 주교공립보통학교(京城 舟橋公立普通學校)를 거쳐, 1937년 미동보통학교(渼洞普通學校) 훈도로 재직하였다. 1936년 10월경 주교공립보통학교 교원 자격으로 일본 오사카(大阪), 도쿄(東京) 등지의 교육 상황을 시찰하는 경성 시내 보통학교 교원 시찰단원의 일원으로 참가하였다. 1936년 12월 13일 명월관(明月館)에서 아동교육문제좌담회(兒童敎育問題座談會)가 개최되었는데 주교보통학교 교원 자격으로 참가하였다. 그 내용은 「아동교육문제 좌담회(전6회)」(『매일신보』, 1937.1.1~7)로 연재되었다. ▶아동문학 관련 비평문으로 「동극(童劇)에 대한 편론(片論)」(『예술』 창간호, 1935년 1월호), '6학년생의 입학시험 지도'에 관한 글 「독방지도(讀方指導)(전8회)」(『매일신보』, 1937.1.30~2.15) 등이 있다.

**김사엽**(金思燁: 1912~1992)  국문학자. 필명 청계(淸溪). 경상북도 칠곡(漆谷)에서 출생. 1932년 대구고등보통학교(大邱高等普通學校)를 졸업한 후, 1933년 3월 경성제국대학(京城帝國大學) 예과 문과 B조에 합격하여 1938년 3월 졸업논문 「정철의 생애 및 그 작품 연구(鄭澈の生涯及其作品研究)」로 조선어문학과를 졸업하였다. 1947년 서울대학교 교수, 1953년부터 1960년까지 경북대학교 교수를 역임하였고, 1963년부터 1982년까지 오사카외국어대학(大阪外國語大學) 한국어과에 재직하였으며, 1982년부터 1991년까지 동국대학교 교수 겸 일본학연구소장으로 한일 문화교류에 힘썼다. 1984년 일본 정부로부터 훈4등욱일소수장(勳四等旭日小綬章)을 받았고, 1985년에는 쌍방 양국의 문화교류에 기여한 공로로 야마가타반토상(山片蟠桃賞)을 수상하였다. ▼아동문학 관련 비평문으로 「동요 작가에게 보내는 말」(『조선일보』, 1929.10.8), 「(귀향문예)민요채집기 – 경북지방을 중심으로(전5회)」(『조선일보』, 1935.8.2~9), 「경북민요의 특이성(민요연구)(전16회)」(『조선일보』, 1935.10.17~11.10), 「신민요의 재인식 – 아울러 일본 민요운동의 작금(전7회)」(『조선일보』, 1935.12.11~21), 「남해연안 주민의 민요와 이언(俚諺)(전7회)」(『조선일보』, 1936.12.10~17), 「예술민요 존재론 – 그 시대성과 토속성에 관하야(전4회)」(『조선일보』, 1937.2.20~24), 「조선민요의 연구(전4회)」(『동아일보』, 1937.9.2~7) 등이 있다. 이 외에 다수의 아동문학 작품을 발표하였다. ▼저서로 방종현(方鍾鉉)과 함께 편찬한 『속담대사전』(조광사, 1940), 『조선문학사』(정음사, 1948), 『정송강 연구』(계몽사, 1950), 『이조시대의 가요연구』(학원사, 1956), 『일본의 만엽집(萬葉集): 그 내포된 한국적 요소』(민음사, 1983) 등이 있다. 자세한 연보와 작품목록은 김사엽전집간행위원회에서 전 저서를 망라해 발간한 『김사엽 전집(金思燁全集)(전32권)』(박이정, 2004)을 참고할 수 있다.

**김상덕**(金相德: 1916~1978)  경성(京城) 출생. 필명 낙산학인(駱山學人), 창씨명 가나우미 쇼토쿠(金海相德). 1930년 3월 메이지대학 예과(明治大學豫科) 상과(商科)를 졸업하였다. 『동아일보』의 브나로드(Vnarod) 운동 기사(1932.9.1)에 따르면, 경기도 고양군(高陽郡) 용강면(龍江面) 신정리(新井里)에서 7월 25일부터 8월 23일까지 남 60명과 여 25명의 아동이 참가하였다고 전하는데, 이때 책임대원으로 활동하였다. 1934년 10월 창립된 〈청조회(靑鳥會)〉가 1935년 6월 동요 동극 연구 단체 〈두루미회〉(두루미會)로 개칭되었는데 김상덕이 이 단체를 직접 지도하였다. 1935년 〈조선어린이날준비협의회〉의 연락부(連絡部) 일을 정세진(丁世鎭), 김완봉(金完奉), 김영일(金榮一), 김상덕(金相德) 등이 맡았다. 1936년 6월 6일 조선아동극의 진실한 연구를 위하야 〈아동극연구협회(兒童劇研究協會)〉를 창립하였는데,

"시대의 추이(推移)와 함께 거러나가는 아동극의 진보적(進步的) 방면을 확보(確保)하면서 조선 어린이의 연극적 도야(陶冶)를 조장(助長)하고 조선 아동극의 새로운 창조(創造)와 수립(樹立)을 목적"으로 자하유치원(紫霞幼稚園)에서 창립총회를 개최하였다. 당시 창립위원은 남기훈(南基薰), 김태석(金泰晳), 박홍민(朴興珉), 유기홍(柳基興), 정영철(鄭英徹), 김상덕(金相德), 김호준(金虎俊) 등이었다. 1936년 12월 김필진(金弼鎭), 정세진(丁世鎭), 김상덕(金相德), 김운강(金雲崗), 한상진(韓相震), 김영진(金英鎭), 김용경(金龍卿), 김완근(金浣根), 박동일(朴東一), 진장섭(秦長燮), 김태오(金泰午), 이정호(李定鎬), 정홍교(丁洪教), 남기훈(南基薰), 홍순익(洪淳翼), 고장환(高長煥) 등과 함께 〈조선아동애호연맹(朝鮮兒童愛護聯盟)〉 발기인 및 창립준비위원으로 참여하였다. 1938년 〈두루미회〉의 아동극 「즐거운 원족(遠足)」을 '작(作)과 지도(指導)'한 사람이 김상덕이다. 1939년 10월경 어린이를 좀 더 어린이답게 지도하기 위해 〈동심원(童心園)〉 창립을 주재하였다. 1940년 3월경 〈동심원〉 주최로 아동극 공연을 개최하였다. 1941년 2월경 아동예술(兒童藝術)의 순화(純化)와 그 진흥을 도모하고 일본어 보급과 내선일체의 구현에 노력하며 일본 정신의 진의(眞義)에 입각한 아동예술교화(兒童藝術教化)를 목적으로, 〈경성동극회(京城童劇會)〉를 창립하였는데, 김상덕은 다수의 일본인과 더불어 최병화(崔秉和), 진장섭(秦長燮), 함세덕(咸世德) 등과 함께 참여하였고, 함세덕과 김상덕은 간사로 피선되었다. 해방 후 1946년 2월경 조선출판문화사를 창립하여 주간(主幹)으로 활동하면서 정기간행물로 가정 잡지 『부인(婦人)』을 발간하였다. 1949년 10월경 『부인』의 주간을 그만두고 월간 『여성(女性)』의 주간으로 자리를 옮겼다. 1952년 중학생의 교양과 학습을 위한 종합교재로 『학우(學友)』를 발행하였는데 사장은 이병준(李炳俊)이고 김상덕은 편집장을 맡았다. 1956년 2월 25일 〈한국아동문학회〉 제3회 정기총회에서 출판위원으로 선임되었다. ▶저서로 『세계명작아동극집』(조선아동예술연구협회, 1936; 신문당서점, 1937), 『조선유희동요곡집』(신문당서점, 1937), 『마음의 꽃다발(聖劇集)』(조선기독교서회, 1939), 『어머니독본(上)』(남창서관, 1942), 『어머니의 힘』(남창서관, 1943), 『(가정소설)암야(暗夜)의 등불』(金相德; 성문당서점, 경성: 1943), 『(가정소설)안해의 결심』(金海相德; 성문당서점, 경성: 1943), 『반도명작동화집』(金海相德; 일본어, 경성: 성문당서점, 1943), 『어머니의 승리』(金海相德; 경성동심원, 1944), 장편동화 『다로의 모험(太郎の冒險)』(金海相德; 일본어, 경성: 성문당서점, 1944), 『조선고전물어』(金海相德; 일본어, 경성: 성문당서점, 1944), 『어머니의 승리 - 군국모성의 미담가화집』(金海相德; 신흥서관, 1944), 동화 동극집 『꿈에 본 장난감』(평문사, 1945), 『한국

동화집』(숭문사, 1959) 등이 있다. 이 외에 동화와 아동극 등 다수의 아동문학 작품을 발표하였다.

**김상묵**(金尙默: ?~?)　아동문학가. 평안남도 용강군(龍岡郡) 출생. 진남포 삼숭보통학교(鎭南浦 三崇普通學校)를 졸업하였다. 〈용강일꾼회〉(龍岡일꾼會) 활동을 하였다. 1930년 진남포 삼숭학교 학생 시절부터 『별나라』, 『신소년』, 『동아일보』, 『중외일보』, 『매일신보』 등에 다수의 동요를 발표하였다.

**김성도**(金聖道: 1914~1987)　아동문학가, 교사. 필명 어진길(魚珍吉), 창씨명 金原聖道. 경상북도 경산군 하양(慶山郡 河陽) 출생. 1930년 7월 2일 『매일신보』에 전래동요를 기보(寄報)할 때 주소를 '경남 경산군 하양면 금동동 48(慶南 慶山郡 河陽面 琴東洞 四八)'[8]로 밝혔다. 1928년 3월 하양공립보통학교를 졸업하고 1931년 대구 계성학교(大邱啓聖學校)를 3학년 수료 후, 1931년 4월 서울 경신학교(儆新學校)로 전학하여 1933년 3월 졸업하였다. 1933년 4월 연희전문학교(延禧專門學校) 문과 본과에 입학하여 1937년 3월에 졸업하였다. 1933년 11월 정인섭(鄭寅燮), 현제명(玄濟明), 정홍교(丁洪教), 백정진(白貞鎭), 최성두(崔聖斗), 김복진(金福鎭), 노천명(盧天命), 유삼렬(劉三烈), 남응손(南應孫), 김지림(金志淋), 유기흥(柳基興), 원치승(元致升), 모기윤(毛麒允), 이구조(李龜祚), 원유각(元裕珏), 신원근(申源根) 등과 함께 〈조선아동예술연구협회(朝鮮兒童藝術研究協會)〉를 결성할 때 참가하였다. 1934년 문예지 『북성(北星)』 창간호에 윤희영(尹喜永), 모기윤(毛麒允), 목일신(睦一信), 최인화(崔仁化) 등과 함께 집필자로 참여하였다. 1949년 순음악잡지 『필하아모니』를 발간할 때 주간 김성태(金聖泰)와 함께 편집인 김성도로 참여하였다. ▶저서로 『병아리 학교(童謠曲附)』(금별사, 1934), 시집 『청과집(靑顆集)』(황규포, 윤계현, 김성도, 박목월 공저; 동화사, 1948), 『복조리』(배영사, 1968), 『별똥』(보성문화사, 1971), 『하나·둘·셋』(예림당, 1978) 등이 있다. 이 외에 다수의 동요와 동화 작품이 있다.

**김성용**(金成容: 1911~?)　소년운동가, 아동문학가. 필명 두류산인(頭流山人). 함경남도 단천(端川) 출생. 1928년 3월 4일 김성용의 사회로 〈단천소년동맹〉 임시총회를 개최하였고, 1929년 4월 27일 어린이날 기념행사 관련 〈조선소년총동맹 단천소년동맹〉의 집회 및 1929년 11월 4일 〈조선소년총동맹 단천소년동맹〉 제2회 대회가 금지된 것과 관련하여, 〈조선소년총동맹〉 본부 중앙위원인 김성용이 교섭하는 등

---

8　'慶南'은 '慶北'의, '琴東洞'은 '琴樂洞'의 오식이다. 연희전문학교 학적부에는 '경북 경산군 하양면 금락동 48(慶北 慶山郡 河陽面 琴樂洞 四八)'로 되어 있다.

소년동맹 활동을 하였다. 1930년 1월 25일 단천 역전(驛前)에서 〈단천청년동맹〉 창립 기념일 만세 사건으로 구금되기도 하였다. 1930년 5월 이태규(李太圭: 慶南), 박근산(朴槿山: 北靑), 최달수(崔達守: 馬山), 지일천(池日天: 利原), 황용암(黃龍岩: 密陽), 정홍조(鄭紅鳥: 彦陽) 등과 함께 〈조선소년총동맹〉 전국대회 개최 준비위원으로 활동하였다. ▶아동문학 관련 비평문으로 「소년운동의 조직문제(전7회)」(『조선일보』, 1929.11.26~12.4), 「동심의 조직화 – 동요운동의 출발도정(전3회)」(『중외일보』, 1930.2.24~26), 「동화운동의 의의 – 소년문예운동의 신전개(전4회)」(頭流山人; 『중외일보』, 1930.4.8~11), 「소년운동의 신 진로 – 약간의 전망과 전개 방도(전5회)」(頭流山人; 『중외일보』, 1930.6.7~12) 등이 있다.

**김성칠**(金聖七: 1913~1951)  역사학자. 필명 제산(霽山). 경상북도 영천(永川) 출생{주소는 영천군 청통면 원촌동 215번지(永川郡 清通面 院村洞 二一五 番地)}. 1927년 경상북도 영천군 신령공립보통학교(新寧公立普通學校)를 졸업하고 1927년 대구공립고등보통학교(大邱公立高等普通學校)에 입학하였다. 1928년 대구고등보통학교 2학년 때 〈신우동맹(新友同盟)〉을 결성 공산주의 사상을 선전 · 교양하고 학생맹휴로 이어 온 대구 학생비밀결사 사건으로 검거된 바 있는데, 이 사건은 조선 최초의 중학생 결사운동이었다. 이 사건으로 1930년 3월 12일 대구복심법원(大邱覆審法院)에서 징역 2년 집행유예 5년을 언도받았다. 이로 인해 대구공립고등보통학교를 퇴학하고, 이후 5개년 간 가사를 도와 농사에 종사하면서 시(詩), 농업(農業), 역사(歷史)에 관한 서적을 섭렵하였다. 1932년 『동아일보』에서 논책(論策) 모집 중 '농촌구제책(農村救濟策)' 현상모집에 1등으로 당선되었다. 이 상금으로 일본 규슈(九州)의 후쿠오카(福岡) 도요쿠니중학(豊國中學)에 유학하여 1934년 3월 중학과정을 마쳤고, 1934년 3월 경성법학전문학교에 입학하여 1937년 졸업하였다. 1935년 5월 『동아일보』 창간 15주년 기념 채택 특별원고 발표에 「도시와 농촌과의 관계」라는 논문이 채택되었다. 전라남도 대치(大峙), 경상북도 장기(長鬐) 등지에서 1941년까지 금융조합(현 농업협동조합) 이사로 재직하였다. 1941년 경성제국대학 법문학부에 입학하여 사학(史學)을 전공하던 중, 1943년 겨울 학병 응모 거부로 학업을 중단하였다. 1944년 봄 다시 금융조합 이사로 복직하여 일하던 중 충청북도 제천시 봉양읍에서 광복을 맞았다. 1945년 12월부터 1946년 3월까지 〈금융조합연합회〉 지도과장을 역임하였다. 1946년 3월 경성대학(1945년 10월 10일 교명 변경) 법문학부에 복학하여 그해 여름에 졸업하고 사학과 조수(助手)가 되어 연구 활동을 하다 1947년 서울대학교 문리과대학 사학과 조교수가 되었다. 1951년 피난 수도인 부산에서 고향인 영천으로 중구절(重九節) 제사를 모시러 갔다가 불의의 사고(괴한의 총탄)로 죽었다. 부인은 이화여자대학교 국어국문학과 교수로 재직한 이남덕(李南德)이고, 역사학자 김기협이 아들이다. ▶저서로『용비어천가(상,하)』(조선금융조합연합회, 1948),『조선역사』(조선금융조합연합회, 1946; 정음사, 1947),『고쳐 쓴 조선역사』(조선금융조합연합회, 1948),『조선사: 사회생활과 역사부』(정음사, 1948),『동양역사』(정음사, 1947),『신동양사』(金庠基, 金一出, 金聖七 공저, 동지사, 1948),『우리나라 생활』(정음사, 1949),『동양사개설(공저, 1950),『열하일기(전5권)』(정음사, 1948~1950), 벅(Buck, Pearl Sydenstricker)의『대지(大地)』(태극사, 1953; 아동문화사, 1950), 강용흘(姜鏞訖)의『초당(草堂)』(금융도서주식회사, 1948)을 번역 출판하였다. 유고(遺稿)로 6·25전쟁 중의 일기인『역사 앞에서 – 한 사학자의 6·25 일기』(창작과비평사, 1993)가 있다. 김성칠이 번역한『대지』에 대해 홍효민(洪曉民)은「김성칠 역,『대지』를 읽고」(『매일신보』, 1940.12.11)를 통해 "근래에 보기 듬은 명역(名譯)의 하나"라고 극찬하였다.

**김소엽**(金沼葉: 1912~?)　아동문학가, 소설가. 본명 김병국(金炳國). 경기도 개성(開城) 출생. 개성상업학교 4학년에 재학 중이던 1930년 광주학생사건에 동조하는 시위를 기도하다가 무기정학을 당하였다. 중국 상하이(上海) 신광외국어학교 영문과에 진학하였으나 2년 만에 중퇴하였다. 1930년 시「돛아나는 싹」(『학생』 제13호, 1930년 4월호), 평론「북극성의 신사도적(北極星의 紳士盜賊)」(『동아일보』, 1930.10.5),「최근의 연극시장 만평」(『매일신보』, 1932.1.9), 소설「급행열차」(『조선일보』, 1932.5.27), 시「배 우에서」(『동광』 제36호, 1932년 8월호),「흙 한 줌 쥐고」(『동광』 제38호, 1932년 10월호) 등을 통해 작품 활동을 하였다. 1934년『조선중앙일보』 신춘문예의 단편소설 분야에「도야지와 신문」(1934.1.7)이 2등으로 당선되었다. 김소엽은 스스로 "중앙일보에 2등 당선된「도야지와 신문」이 처녀작"(「신진작가 좌담회」,『조광』, 1939년 1월호, 245쪽)이라고 하였고, "참된 의미의 문학생활은 쇼와(昭和) 9년 중앙일보에「도야지와 신문」이 당선된 다음부터 시작했다고 보는 것이 옳겠다."(「나의 소설 수업(修業)」,『문장』 제16호, 1940년 5월호, 123쪽)고 하였다. 1946년 〈조선문학가동맹〉에 가담한 뒤 월북하였다. ▶비평문으로「연극운동의 회고와 비판 – 대중극장을 예로 들어(전2회)」(『조선중앙일보』, 1933.8.30~31), 이태준(李泰俊), 유진오(俞鎭五), 서항석(徐恒錫), 이무영(李無影), 김유정(金裕貞), 정인섭(鄭寅燮) 등을 만난 내용을 담은「문단 제가 방문기(文壇諸家訪問記)」(『조선중앙일보』, 1935.12.9)가 있다. ▶저서로 작품집『갈매기』(남창서관, 1941; 한성도서주식회사, 1942)가 있다.

**김소운**(金素雲: 1907~1981)　시인, 수필가. 본명 김교환(金敎煥). 필명 소운(巢雲,

素雲生), 삼오당(三誤堂), 철심평(鐵甚平 = 鉄甚平). 부산(釜山) 출생. 1920년 일본으로 건너가 도쿄 가세중학교(開成中學校)에 입학했으나 1923년 간토대지진〔關東大震災〕으로 중퇴하였다. 한국 문학을 일본에 번역 소개한 것이 가장 큰 활동이자 업적이었다. 1948년에 제막된 우리나라 최초의 시비인 상화시비(尙火詩碑)(대구 달성공원)를 건립하는데 주도적으로 참여하였다. ▶아동문학 관련 비평문으로 「'전래동요, 구전민요'를 기보(寄報)하신 분에게 – 보고와 감사를 겸하야」(『매일신보』, 1933.3.23), 「윤석중 군의 근업(近業) – 동시집 『일허버린 댕기』」(『조선일보』, 1933.5.10) 등이 있다. ▶저서로『조선민요집(朝鮮民謠集)』(泰文館, 1929; 新潮社, 1941),『언문 조선구전민요집(諺文朝鮮口傳民謠集)』(東京: 第一書房, 1933),『조선동요선(朝鮮童謠選)』(東京: 岩波書店, 1933),『조선민요선(朝鮮民謠選)』(東京: 岩波書店, 1933)과 수필집으로『마이동풍첩(馬耳東風帖)』(고려서적, 1952),『목근통신(木槿通信)』(1952),『삼오당잡필(三誤堂雜筆)』(진문사, 1955),『건망허망(健忘虛妄)』(남향문화사, 1966),『물 한 그릇의 행복』(중앙출판공사, 1968),『김소운수필선집(전5권)』(아성출판사, 1978) 등과 동화집『착한 어린이: 보리알 한 톨』(수도문화사, 1952)이 있다.

**김약봉**(金若鋒: ?~?)  신원 미상. ▶아동문학 관련 비평문으로 「김동인 선생의 잡지 만평을 두들김 – 특히 소년잡지평에 대하야」(『어린이』, 1932년 8월호)가 있다. 이 글은 김동인(金東仁)의 「녀름날 만평 – 잡지계에 대한(전10회)」(『매일신보』, 1932.7.12~22) 중 제8회가 소년문학 잡지 관련 내용인데 이에 대한 반박문이다.

**김억**(金億: 1896~?)  시인, 평론가. 필명 안서(岸曙, 岸曙生), 석천(石泉), 돌샘, 김포몽(金浦夢), A.S., 처음 이름은 희권(熙權)인데 뒤에 억(億)으로 개명하였다. 평안북도 정주(定州) 출생. 오산학교(五山學校)를 거쳐 일본 게이오기주쿠대학(慶應義塾大學) 영문과에 입학하였으나 아버지의 죽음으로 학업을 중단하고 귀국하였다. 이후 오산고등보통학교(五山高等普通學校), 숭덕학교(崇德學校)의 교원을 역임하였다. 1924년 동아일보사와 매일신보사 기자가 되었으며, 1934년 경성방송국[9]에 입사하기도 하였다. 6·25전쟁 중 납북되었다. ▶아동문학 관련 비평문으로, 한정동(韓晶東)의 「소곰쟁이」(『동아일보』, 1925.3.9) 표절 논란이 일어났을 때 신문

---

9  1927년 2월 16일 오후 1시부터 JODK라는 호출부호로 〈경성방송국〉이 첫 전파를 발사하였다. 처음에는 일본어와 조선어의 혼합 방송이었는데, 1933년 4월 26일 일본어를 제1방송으로 조선어를 제2방송으로 하는 이중 방송으로 개편하였다. 1932년 4월 7일 사단법인 〈경성방송국〉을 사단법인 〈조선방송협회〉로 개칭하였고, 1935년에는 〈경성중앙방송국〉으로 바꾸었다.(한국방송공사,『韓國放送六十年社』, 1987 참조)

사 쪽 고선위원(考選委員)으로서 의견을 밝힌 「(문단시비)'소곰쟁이'에 대하여」(『동아일보』, 1926.10.8)가 있다. ▶저서로 최초의 역시집(譯詩集)인 『오뇌의 무도』(광익서관, 1921), 톨스토이의 『참회록』을 번역한 『나의 참회』(한성도서주식회사, 1921), 최초의 창작 시집인 『해파리의 노래』(조선도서주식회사, 1923), 『안서시집(岸曙詩集)』(한성도서주식회사, 1929), 중국과 한국의 한시를 번역한 『망우초(忘憂草)』(한성도서주식회사, 1934), 『소월시초(素月詩抄)』(박문서관, 1939), 중국 한시를 번역한 『동심초(同心草)』(조선출판사, 1943), 백거이(白居易), 이백(李白), 두보(杜甫)의 시를 번역한 『야광주(夜光珠)』(조선출판사, 1944), 『(조선여류한시선집)꽃다발』(박문서관, 1944), 조선시대 규수작가 매창(梅窓)·옥봉(玉峰)·난설헌(蘭雪軒)·부용(芙蓉)·죽서(竹西)·삼의당(三宜堂)의 시를 번역한 『금잔듸 - 조선규수한시선집』(동방문화사, 1947), 민요풍의 시집 『민요시집』(한성도서주식회사, 1948), 한국과 중국의 여류시인의 시를 번역한 『옥잠화(玉簪花)』(이우사, 1949) 등이 있다. 타고르(Tagore, Rabīndranāth)의 시집을 번역한 것으로 『키탄자리』(평양: 이문관, 1923), 『신월(新月)』(문우당, 1924), 『원정(園丁)』(회동서관, 1924), 『고통의 속박(束縛) - GITANJALI』(동양대학당, 1927) 등이 있다. 자세한 연보와 작품목록은 박경수가 편찬한 『안서 김억전집(岸曙金億全集)』(한국문화사, 1987)의 9권에 있는 '작품연보 및 서지'를 참고할 수 있다.

**김여수**(金麗水: 1905~1988)  시인. 본명 박팔양(朴八陽), 필명 여수(麗水, 麗水山人, 麗水學人), 김니콜라이, 박승만(朴勝萬), 박태양(朴太陽), 창랑객(滄浪客). 경기도 수원(水原) 출생. 1912년 재동공립보통학교(齋洞公立普通學校)에 입학해 1916년 졸업하고, 1916년 4월 배재고등보통학교(培材高等普通學校)에 입학하여 1920년 졸업한 후 2년 뒤 1922년 경성법학전문학교(京城法學專門學校)에 입학하였다. 경성 법전 재학 시 정지용(鄭芝溶), 박제찬(朴濟瓚), 전승영(全承泳) 등 휘문고보생과 김용준(金鎔俊), 김경태(金京泰), 이세기(李世基), 김화산(金華山) 등과 함께 등사판 동인지 『요람(搖藍)』을 발간했다. 김화산, 이세기 등과 함께 한국 현대시사에서 최초의 사화집으로 평가되는 『폐허(廢墟)의 염군(焰群)』(조선학생회: 한성도서주식회사, 1923)에 「물노래」를 발표했다. 1923년 『동아일보』 '현상당선신시(賞乙)'에 「신의 주(神의 酒)」와 「봄비」(昭格洞 朴勝萬; 『동아일보』, 1923.5.25)가 당선되었다. 1925년 〈조선프롤레타리아예술동맹〉(KAPF) 맹원으로 활동하였지만, 1934년 예술주의적 동호인 단체인 〈구인회(九人會)〉에 가담하는 등 다양한 문학적 경향을 보여주었다. 1925년 안석주(安碩柱), 윤극영(尹克榮), 김기진(金基鎭) 등과 함께 소년소녀단체인 〈달리아회〉(다알리아회, 따리아회)의 지도자로 참여하였다. 1930년 1월 2일 『조선일보』의 '사회문제원탁회의 제7분과' 주제인 '소년운동'에 관해 방정환(方定煥), 정홍교(丁洪敎) 등이 토론할 때 사회를 보았다. 『동아일보』, 『조선일보』, 『중외일보』 기자와 1931년 11월 『중앙일보』 사회부장을 역임하였다. 1937년 만주 신징(新京)[10]으로 이주하여 『만선일보(滿鮮日報)』 기자로 취직했다. 해방 후에는 〈조선문학가동맹(朝鮮文學家同盟)〉에 가담하였다가 월북하였다. 북한에서 『로동신문』 부주필, 〈조선작가동맹〉 부위원장 등을 역임했으며, 1966년 반당 종파 분자로 숙청되었다가 1981년 복권되었다. 1988년 10월 4일 사망하였다. ▶아동문학 관련 비평문으로 '소년문학운동 가부 – 어린이들의 문학열을 장려하는 것이 가할가, 고려를 요하는 문제' 특집에 발표한 「진정한 의미의 건전한 문학을」(『동아일보』, 1927.4.30), 「당선된 학생 시가에 대하야」(麗水; 『조선일보』, 1929.1.1), 「내가 조와하는 동요」(朴八陽; 『소년중앙』 제1권 제2호, 1935년 2월호), 「(문단탐조등)'표절' 혐의의 진상 – 동요 '가을'에 대하야」(麗水; 『동아일보』, 1930.9.23)(이 글은 한용수(韓龍水)가 「(문단탐조등)문제의 동요 – 김여수의 '가을'」(『동아일보』, 1930.9.17)을 통해 김여수의 「가을」이 표절 작품이라고 적발한 데 대해 해명하는 내용이다.), 「신간 독후유감(三) – 윤석중 동시집 『잃어버린 댕기』」(麗水學人; 『조선중앙일보』, 1933.7.6) 등이 있다. 이 외에 다수의 동요 작품을 발표하였다. ▶저서로 시집 『여수시초(麗水詩抄)』(박문서관, 1940)가 있다. 배상철(裵相哲)이 쓴 인물평으로 「문인의 골상평(骨相評)(三) – 심상득격자 박팔양(心相得格者 朴八陽)」(『중외일보』, 1930.7.29)이 있다.

**김영건**(金永鍵: 1910~?) 문학평론가, 역사학자. 서울 출생. 필명 김명희(金明姬). 아버지 김정현(金定鉉)은 황해도 지역 군수 및 조선총독부 중추원 조사과 촉탁을 지냈다. 그래서 김영건은 해주고등보통학교를 다니다 1학년을 마치고 1923년 경성 제이공립고등보통학교로 전학하여 1927년 3월 제2회로 졸업하였다. 1931년 무렵부터 베트남 하노이에 소재한 프랑스 원동학원(遠東學院)[11]의 도서관 사서로 근무

---

10 일본이 만들었던 만주국(滿洲國)의 수도였다. 현재 중국 지린성(吉林省) 창춘시(長春市)이다. 만주국은 1931년 9월 만주사변(滿洲事變)을 일으켜 중국 북동부를 점거한 일본이 1932년 3월 1일 청나라의 폐제(廢帝) 푸이(溥儀)를 집정(執政)에 앉혀 국가의 성립을 선언한 것이다.

11 극동학원(École Française d'Extrême-Orient)을 말한다. 프랑스령 인도차이나 총독 두메(Doumer, Paul)의 제안으로 1898년 베트남 사이공(Saigon)에 개설한 인문과학 연구기관이다. 1900년 본부를 하노이(Hanoi)로 옮기면서 원동박고원(遠東博古院)으로 개칭하였다. 약칭은 EFEO이다. 인도차이나를 중심으로 아시아 지역 전반에 대한 연구를 전개하였다. 1908년부터 캄보디아의 앙코르와트(Angkor Wat) 유적지를 보수하였고, 제2차세계대전 후인 1957년 본부를 하노이에서 사이공(현 호찌민=Ho Chi Minh)으로 옮겼다가 프랑스령 인도차이나의 해체와 함께 1968년 프랑스 파리로

하면서 일본과 한국 관련 자료를 관리하고 연구하였다. 1936년 『동아일보』에 「안남유기(安南遊記)(전9회)」(『동아일보』, 1936.7.1~12)[12]를 기고하였다. 1940년 일본군이 베트남을 점령하자 일본으로 옮겨 〈일본민족학회〉 회원으로 활동하였고, 1942년 일본에서 『일·불·안남어회화사전』을 발간하였다. 해방 후 〈진단학회〉 회원들과 교류하면서 조선의 대외 관계사에 대한 글을 발표하였다. 〈조선문학가동맹〉에 가담하여 1946년 제1회 조선문학자대회의 준비위원이 되었고, 대회에서 「세계문학의 과거와 장래의 동향」을 보고하였다. 1948년경 월북한 것으로 보인다. ▶아동문학 관련 비평문으로 '알렉산드라 브루스타인'의 글을 번역한 「소련의 아동극」(『문학』 창간호, 조선문학가동맹중앙집행위원회서기국, 1946.7)이 있다. ▶저서로 『일·불·안남어회화사전(日·仏·安南語會話辭典)』(岡倉書房, 1942), 『인도지나와 일본의 관계(印度支那と日本との關係)』(富山房, 1943), 『어록(語錄) - 1942~1944년의 유서(遺書)』(백양당, 1945), 『조선개화비담(朝鮮開化秘譚)』(정음사, 1947), 『(유물사관)세계사 교정(敎程)(전4권)』(Bochalov, L. A. 외 저, 김영건, 박찬모(朴贊謨) 역; 백양당, 1947~1949), 『여명기(黎明期)의 조선』(정음사, 1948), 『문화와 평론』(서울출판사, 1948) 등이 있다.

**김영보**(金泳俌: 1900~1962) 극작가, 아동문학가, 언론인. 필명 소암(蘇岩), 창씨명 다마미네 가즈오(玉峰和夫). 경상남도 부산(釜山) 출생. 1912년 3월 경기도 개성(開城)의 한영서원(韓英書院) 초등과를 졸업하였고, 1915년 3월 중등과, 1918년 고등과를 졸업하였다. 1916년 9월 조선총독부 보통 문관 시험에 최연소자로 합격하였다. 1924년 7월 경성 수송유치원(京城 壽松幼稚園) 원감에 임명되었다. 1926년 와세다대학 정치학부에서 수학하였다. 1928년 3월 조선총독부 기관지 경성일보사(京城日報社)와 매일신보사(每日申報社) 편집국에서 근무하였다. 1941년 7월 매일신보사 오사카(大阪) 지사장에 취임하였다. 1945년 10월 대구(大邱)에서 동인제로 『영남일보(嶺南日報)』를 창간하여 초대 편집국장에 임명되었고, 1946년 2월 『영남일보』 제2대 사장에 임명되었다. ▶아동문학 관련 비평문으로 「머리말」(『꽃다운 선물』)이 있다. 이 외에 다수의 아동문학 작품을 발표하였다. ▶저서로 우리나라

---

이전하였다. 인도차이나(Indo-China)는 인도차이나반도의 동부를 차지한 옛 프랑스령 연방으로, 지금의 베트남, 라오스, 캄보디아를 가리킨다.

12 「(安南遊記)安南의 文壇(1~2)」(『동아일보』, 1936.7.1~2), 「(安南遊記)安南의 古都(3~6)」(『동아일보』, 1936.7.3~9), 「(安南遊記)占城의 文化(7)」(『동아일보』, 1936.7.10), 「(安南遊記)安南의 서울 順化(8~9)」(『동아일보』, 1936.7.11~12)이다. 안남(安南)은 '베트남(Vietnam)'의 다른 이름이고 '順化'는 베트남 중부에 있는 도시 '후에'를 가리킨다.

최초의 창작 희곡집『황야에서』(조선도서주식회사, 1922)와 동요 동화집『(작곡부 동요동화집)꽃다운 선물』(삼광서림, 1930.4)이 있다. 자세한 내용은 아들 김동소가 엮은『소암 김영보 전집』(소명출판, 2016)을 참고할 수 있다.

**김영수**(金永壽: 1911~1977) 아동문학가, 극작가, 소설가, 방송작가. 필명 金影水, 창씨명 北原 繁. 서울 출생. 배재고등보통학교(培材高等普通學校)와 중동학교(中東學校)를 거쳐 일본 와세다대학 영문과를 중퇴하였다. 1934년『조선일보』에 단막극「광풍(狂風)」(『조선일보』, 1934.1.18~30)이, 1935년『조선중앙일보』에 단편 소설「여심(女心)」(1935.1.22~2.17)이 가작 당선되었고, 1939년『조선일보』에 단편 소설「소복(素服)」(『조선일보』, 1939.1.7~2.4)이 1등 당선되었다. 1931년 9월 소용수(蘇瑢叟), 이정구(李貞求), 전봉제(全鳳濟), 이원수(李元壽), 박을송(朴乙松), 승응순(昇應順), 신고송(申孤松), 윤석중(尹石重), 최경화(崔京化) 등과 함께 〈신흥아동예술연구회(新興兒童藝術研究會)〉를 창립 발기하였다. 1933년 7월경 고영호(高永昊) 등과 함께 〈조선소년극예술연구회(朝鮮少年劇藝術研究會)〉를 발기하고, 1934년 7월 도쿄(東京)에서 김정호(金正好), 김진수(金鎭壽), 송기영(宋箕永), 주영섭(朱永涉), 황순원(黃順元), 김영수(金永壽), 김동혁(金東爀), 김진순(金鎭順), 이순갑(李順甲), 이용준(李容俊), 이휘창(李彙昌), 박은식(朴殷植), 송관섭(宋寬燮), 최춘선(崔春善), 김정환(金貞桓), 김병기(金秉麒), 장오평(張五平) 등과 함께 극단 학생예술좌(學生藝術座)를 창립하였다.『조광(朝光)』편집을 맡아보다가 1941년 고려영화사 선전부장(高麗映畵社宣傳部長)으로 취임하였다. 해방 후 1945년 12월 김영수는『어린이신문』(고려문화사) 편집동인에 임병철(林炳哲), 윤석중(尹石重), 정현웅(鄭玄雄), 채정근(蔡廷根), 박계주(朴啓周) 등과 함께 참여하였다. 1946년 7월경 고려문화사『어린이신문』부에서 〈조선아동예술연구회〉를 조직할 때, 김영수는 채정근(蔡廷根), 박계주(朴啓周), 최영수(崔永秀), 송영호(宋永浩), 임동혁(任東爀) 등과 함께 특별회원으로 참여하였다. ▶아동문학 관련 비평문으로「(신간평)윤석중 제7동요집『아침까치』」(『경향신문』, 1950.6.9)가 있다. 그 외 비평문으로「조선 신극운동의 현단계와 그 전망 - 중간극(中間劇)의 검토를 중심과제로(전6회)」(『동아일보』, 1937.7.16~22), 1938년 평론「(신인은 말한다)희곡문학 - 나의 문단 타개책(상,중,하)」(『동아일보』, 1938.9.13~17) 등이 있다. 이외에 다수의 동요 작품을 발표하였다.

**김영일**(金永一: 1913?~?) 아동문학가. 경기도 개성(開城) 출생. 1927년 4월 18일 소년문예운동을 목표로 김영일(金永一), 현동염(玄東濂＝玄東炎)과, 이창업(李昌業), 황기정(黃基正), 이우삼(李愚三), 양월룡(梁月龍), 최창진(崔昌鎭), 오명중(吳

明重) 등과 함께 〈소년문예사〉를 창립하였다. 1927년 〈개성 소년연맹〉 교양부장, 서기 등 임원으로 활동하였다. 1927년 10월 22일 『중외일보』 개성지국과 『소년계』, 『새벗』, 『소녀계』 3지사 후원으로 동화·음악대회를 개최하고, 제17회 통상회(通常會)를 개최하였는데 김영일은 선전부 임원으로 활동하였다. 1928년 『동아일보』 신춘현상 문예에 작문 부문과 동요 부문에 당선되었다. 1928년 〈개성 송도점원회(開城松都店員會)〉 제8회 정기총회에서 위원으로 피선되었다. 1928년 4월 18일 〈소년문예사〉 창립 1주년 기념식에서 김영일이 동인(同人) 감상담을 발표하였다. 창립 1주년 기념으로 잡지 『소년문예(少年文藝)』를 발간하고자 하여 원고를 경무국 도서과로 보냈으나 전부 압수되었다고 한다. 「남양군도(南洋群島)는 어떠한 곳인가(전7회)」(在南洋사이판島 金永一;『조선중앙일보』, 1933.11.3~12), 「남양(南洋)의 동포생활 평양(平壤)에서 상영(上映)」(『조선중앙일보』, 1933.11.10)에서 "다년간 남양에 건너가 잇던 김영일(金永一) 씨"라고 한 점과, 「태평양 중에 잇는 남양군도에도 동포-현재 재주자 수(在住者 數) 이백칠팔십명, 농산업(農産業)에 종사한다」(『조선중앙일보』, 1933.10.29)에 "남양군도 재류조선인친목회(南洋群島在留朝鮮人親睦會) 고문 김영일(金永一) 씨가 참고자료와 영화 17권을 가지고 조선까지 나와서 방금 시내 동명(東明)호텔에 묵고 잇스며 남양에 대한 선전을 하리라는데" 등으로 보아 남양군도에 이주하였던 것으로 보인다. ▶아동문학 관련 비평문으로 「최후의 승리는 물론 올 것이다」(『별나라』 제3권 제5호, 1928년 7월호)가 있다.

**김영일**(金英一: 1914~1984)  아동문학가. 본명 김병필(金炳弼), 필명 석촌(石村), 김옥분(金玉粉), 창씨명 가네무라 에이이치(金村英一). 황해도 신천(信川) 출생. 1935년 오산고등보통학교(五山高等普通學校) 입학, 1938년 니혼대학(日本大學) 예술창작과를 졸업하였다. 1933년 11월 6일 자로 동아일보사 황해도 송화지국(松禾支局) 기자에 임명되었다. 1936년 『조선중앙일보』 신춘문예에 '東京 金玉粉'이란 이름으로 동요 부문에 「병아리」가 3등으로 당선되었다. 1938년 『매일신보』 신춘문예에 '東京市 金玉粉'이란 이름으로 유행가 부문에 「모으는 마음」(『매일신보』, 1938.1.15)이 선외가작으로 입선되었다. 일제강점기 말에 서대문경찰서 고등계 형사로 친일 행각을 하였다. 민족문제연구소의 『친일인명사전』 명단에 포함되었다. 해방 후에 경기도 경찰 간부로 재직하였다. 1949년 12월 12일 박목월, 김원룡(金元龍), 윤석중, 윤복진, 민장식(閔壯植), 이원수(李元壽) 등과 함께 최병화(崔秉和)의 장편 소년소설 『희망의 꽃다발』(민교사) 출판기념회를 발기하였다. 1950년 4월 9일 김철수(金哲洙), 임원호(任元鎬), 최병화, 박목월, 김원룡, 박인범(朴仁範), 윤복진(尹福鎭), 이원수 등이 발기하여 김영일의 『다람쥐』 출판기념회를 개최하였다. 1952년 〈아동예술협회〉 발족 당시 간사장으로 선임되었다. 1954년 〈한국아동문학회〉 결성에 참여하여 이원수와 함께 부회장에 선임되었다. 1959년 〈한국아동문학회〉 회장에 취임하였다. 1979년 소년소설 『골목에 피는 꽃들』로 제1회 대한민국아동문학상을 수상하였고, 1982년 장편동화 『꿈을 낚는 아이들』로 제2회 이주홍아동문학상을 수상했다. 1989년 대한민국 옥관문화훈장이 추서되었다. 1992년 서울대공원에 「다람쥐」 노래비가 건립되었다. ▶아동문학 관련 비평문으로 「내가 좋아하는 동요」(『아이생활』, 1943년 3월호), 「사시소론(私詩小論)」(전2회)(『아이생활』, 1943년 7-8월 합호~10월호), 「(강좌)동요를 희곡화하는 방법(전4회)」(『가톨릭소년』 제1권 제6호, 1936년 9월호~제2권 제1호, 1937년 1-2월 합호), 「(강좌)동화를 희곡화하는 방법(전2회)」(『가톨릭소년』 제2권 제5호, 1937년 6월호~7월호), 「사시광론(私詩狂論)」(『아동자유시집 다람쥐』, 고려서적주식회사, 1950) 등이 있다. 이 외에 다수의 동요 작품을 발표하였다. ▶저서로 『아동자유시집 다람쥐』(고려서적주식회사, 1950), 동요집 『소년 기마대 – 전시국민학교노래책』(건국사, 1951), 『(글짓기를 위한)어린이 문학독본: 3·4학년』(춘조사, 1962), 『푸른 동산의 아이들』(계진문화사, 1963), 동요 동시집 『봄동산에 오르면』(서문당, 1979), 『나팔꽃 병정』(삼성당, 1980), 『꿈을 낚는 아이들』(삼성당, 1982) 등이 있다.

**김영진**(金永鎭: 1899~1981)  시조 시인. 필명 적라산인(赤羅山人), 나산(羅山). 경북 군위(軍威) 출생. 1925년 일본 도요대학(東洋大學) 문과를 졸업하였다. 아동문학 잡지 『소년조선(少年朝鮮)』 주간을 역임하였다. ▶아동문학 관련 비평문으로 적라산인(赤羅山人)이란 필명으로 데아미치스(De Amicis, Edmondo)의 「사랑의 학교」(『신민』 제30호, 1927년 10월호)를 번역하면서 남긴 글이 있다. 김영진은 「사랑의 학교」(『신민』 제30호~제38호, 1927년 10월호~1928년 6월호)를 총9회 연재하였다.

**김영팔**(金永八: 1904~1950)  신극 초창기의 연극인, 아동문학가. 서울 출생. 1920년 니혼대학(日本大學) 문학예술과에 입학하였으나 곧 중퇴하였다. 1923년 김우진(金祐鎭), 조명희(趙明熙), 홍해성(洪海星) 등과 함께 〈극예술협회〉를 조직하여 창립 동인이 되었다. 1923년 형설회순회극단(螢雪會巡廻劇團)의 일원인 학생 배우로 전국을 누볐다. 경기도 개성(開城)의 〈송경학우회(松京學友會)〉의 연극에 찬조출연하기도 하였다. 1925년에 김영보(金泳俌), 안석주(安碩柱), 고한승(高漢承) 등과 연극연구단체 〈극문회(劇文會)〉를 조직했으나 무산되었다. 〈카프(KAPF)〉의 창립회원으로도 활약했으나, 1927년 〈경성방송국〉(JODK)에 취직하여 1931년 〈경성방송극협회〉의 고문이 되자 〈카프〉로부터 제명당하였다. 해방 후 월북하여 한국전쟁 시기에 사망하였다. ▶아동문학 관련 비평문으로 「(시대와 나의 근감)방송 편감(片感)」(『시대상(時代像)』 제2호, 1931년 11월호)이 있다.

**김영희**(金永喜: ?~?)  『별나라』 동인. 『별나라』 발행인 안준식(安俊植)의 부인이다. ▶아동문학 관련 비평문으로 「(이날을 마지며, 오월 첫재 공일은 어린이날)자녀에게 욕하지 말고 자유롭게 기르자 (1)」(安俊植 夫人 金永喜 女史 談: 『조선일보』, 1931.4.21)가 있다. 이 외에 「북간도로 끌니여 간 임순(任順)이」(『별나라』 제14호, 1927년 7월호) 등 다수의 동화와 동요가 있다.

**김영희**(金英熹: ?~?)  아동문학가. 필명 김석연(金石淵), 산양화(山羊花). 경상북도 달성군 현풍(達城郡 玄風) 출생. 고보(高普)에 입학한 후 대구 남산정 480(大邱 南山町 四八〇)에 기거한 것으로 보인다. ▶아동문학 관련 비평문으로 「담화실」(『신소년』, 1927년 4월호)에 박상린(朴尙麟)의 동요를 비판한 내용의 글을 투고하였고, 「동화의 기원(起原)과 심리학적 연구(전11회)」(『조선일보』, 1929.2.13~3.3)가 있다. 이 외에 다수의 동요와 동화시(童話詩) 작품을 발표하였다.

**김오양**(金五洋: ?~?)  신원 미상. 충청남도 논산군(論山郡) 강경(江景) 출생. ▶아동문학 관련 비평문으로 『동아일보』의 '자유종(自由鐘)' 난에 발표한 「소년운동을 하고 조해(何故阻害)?」(『동아일보』, 1926.1.27)가 있다.

**김완동**(金完東: 1903~1963)  교육자, 아동문학가. 필명 포훈(苞薰), 한별. 전라북도 전주(全州) 출생. 전주고등보통학교(全州高等普通學校)를 졸업하고 대구고등보통학교 사범과를 거쳐 줄곧 교직에 종사하였다. 군산공립보통학교(群山公立普通學校) 훈도, 〈군산청년동맹(群山靑年同盟)〉 활동, 군산제이공립보통학교(群山第二公立普通學校) 설립 운동 등 군산에서 활발한 활동을 하였고, 1930년경 경성(京城)으로 학교를 옮겼다가, 이후 1938년경까지 충청남도 서천(舒川) 일원에서, 1939년경에는 함경북도 소재 사립 보신심상소학교(普信尋常小學校) 교장으로 재직한 것으로 확인된다. 1930년 2월 〈경성초등학교 조선어연구회(京城初等學校朝鮮語研究會)〉 창립총회 후 임원으로 선임되었다. 1930년 『동아일보』 신춘문예에 동화 부문 3등으로 「구원의 나팔소리!(전3회)」(1930.1.9~12)가 입선되었고, 1930년 『조선일보』에 신춘현상문예 동화 부문에 「약자의 승리(전3회)」(1930.1.11~15)가 당선되어 등단했다. ▶아동문학 관련 비평문으로 「신동화운동을 위한 동화의 교육적 고찰 ─ 작가와 평가 제씨에게(전5회)」(『동아일보』, 1930.2.16~22)가 있다. 1930년대에 다수의 동요 작품을 발표하였다. ▶저서로 유고시집 『반딧불』(보광출판사, 1965)이 있다.

**김완식**(金完植: ?~?)　신원 미상. 경상남도 창녕(昌寧) 출생. ▶아동문학 관련 비평문으로 「전조선 야학강습소 연합대학예회를 보고서」(『별나라』통권60호, 1932년 7월호)가 있다.

**김요섭**(金耀燮: 1927~1997)　함경북도 나남(羅南) 출생. 청진교원대학 수학. 1942년 『매일신보』 신춘문예에 동화 「고개 넘어 선생(상,하)」(『매일신보』, 1942.3.1~8)으로 등단하였다. 이때 주소가 '함북 나남 초뢰정(咸北 羅南 初瀨町)'[13]이다. 1947년 월남하였다. ▶저서로 작품집 『물새발자국: 제1회 소천문학상 수상작가 제6창작집』(배영사, 1964), 『지하철 속의 동화: 김요섭 메르헨』(갑인출판사, 1979), 『날아다니는 코끼리: 장편 환상동화』(현암사, 1986) 등과, '아동문학사상' 연구서 『(제1권)환상과 현실』(보진재, 1970), 『(제2권)창작기술론』(보진재, 1970), 『(제3권)안델센 연구』(보진재, 1971), 『(제4권)어머니의 사랑』(보진재, 1971), 『(제5권)문학교육의 건설』(보진재, 1971), 『(제6권)쌩 떽쥐뻬리 연구: Le petit prince를 중심하여』(보진재, 1971), 『(제7권)동요와 시의 전망』(보진재, 1972), 『(제8권)전래동화의 세계』(보진재, 1972), 『(제9권)(안델센 작)그림 없는 그림책 연구』(보진재, 1970), 『(제10권)현대 일본아동문학론』(보진재, 1974)과, 『(교사용지도총서 2)아동문학의 지도법(전2권)』(교문사, 1971), 『어른을 위한 동화집』(서문당, 1972), 『현대 동화의 환상적 탐험』(한국문연, 1986), 『어린 왕자 – 그 영원한 세계, 생텍쥐페리의 「어린 왕자」총 연구』(동화문학사, 1991) 등이 있다. 김요섭, 어효선, 정주상이 편찬한 『(한국)아동문학 60년 선집(전10권)』(교학사, 1986)이 있다. 번역으로 스미스(Smith, L.H.)의 『아동문학론』(정음사, 1975)이 있다.

**김용호**(金容浩: 1912~1973)　시인. 필명 학산(鶴山), 야돈(野豚), 추강(秋江). 경상남도 김해(金海) 출생. 1928년 마산상업학교를 졸업한 뒤 일본으로 건너가 1941년 메이지대학(明治大學) 전문부 법과를 졸업하였다. 해방 후 1946년 예술신문사(藝術新聞社) 주간, 1956년부터 1958년까지 『자유문학』 주간 등을 지냈다. 1958년 단국대학교 국문과 교수로 부임하여 1968년부터 문리과대학 학장 등을 역임하였다. ▶아동문학 관련 비평문으로 「(신간평)종달새」(『경향신문』, 1947.6.29)가 있다. ▶저서로 시집 『향연(饗宴)』(홍아사, 1941), 『해마다 피는 꽃』(시문학사, 1948), 『푸른 별』(남광문화사, 1952), 서사시집 『남해찬가(南海讚歌)』(남광문화사, 1952), 『날개』(대문사, 1956) 등이 있다.

**김용환**(金龍煥: 1912~1998)　만화가. 경상남도 김해(金海) 출생. 김의환(金義煥)

---

13 「신춘당선작품 발표」(『매일신보』, 1942.1.1)에 밝혀 놓은 주소다.

은 동생이다. 일본에 유학하여 도쿄제국미술대학(東京帝國美術大學)에서 미술 공부를 하였고, 일본의 권위 있는 소년잡지 『일본소년(日本少年)』[14] 등에 기타코지(北宏二)라는 이름으로 삽화를 연재해 당대 일본 만화계의 주목을 받았다. 1946년 「홍부와 놀부」를 연재하고, 『보물섬』, 『손오공』, 『토끼전』 등을 출판하였다. 1947년 10월 27일 제1회 만화 개인전람회를 개최하였다. 1953년 『학원』에 「코주부 삼국지」를 연재한 후 이를 단행본 3권으로 출간해 큰 인기를 끌었다. 1954년 제1대 〈대한만화가협회〉 회장을 역임하였다. 1996년 한국만화문화대상 공로상을 수상하였다. 1998년 12월 1일 미국 로스엔젤레스 근교 토런스(Torrance) 시의 자택에서 사망하였다. 2018년 10월 5일부터 9일까지 그의 고향 김해에서 '코주부, 김용환의 60년 작품세계' 특별전이 열렸다. ▶아동문학 관련 비평문으로 「만화와 동화(童畫)에 대한 소고」(『아동문화』 제1집, 동지사 아동원, 1948년 11월호), 「『보물섬』에 대하여」(『(아협그림얘기책 4)보물섬』, 조선아동문화협회, 1946.10), 「『홍부와 놀부』에 대하여」(『(아협그림얘기책 1)홍부와 놀부』, 조선아동문화협회, 1946.9) 등이 있다.

**김우철**(金友哲: 1915~1959)　아동문학가, 평론가. 필명 백은성(白銀星). 평안북도 의주(義州) 출생. 1929년 독서회 및 동맹휴학 사건으로 신의주고등보통학교(新義州高等普通學校)를 출학당해 중퇴하였다. 이 학교를 다닐 때부터 '백은성'이라는 필명으로 동요를 창작 발표하였다. 1928년경 〈의주꿈동무회〉(義州꿈동무會) 활동을 하였다. 1930년을 전후하여 『별나라』, 『신소년』 등에 관여하면서 문단 활동을 시작하였다. 1929년 봄 일본으로 건너갔으나 수학을 포기하고 1931년경 귀국하였다. 1931년 귀국 후 신의주(新義州)에서 안용만(安龍灣), 이원우(李園友) 등과 〈프롤레타리아아동문학연구회〉를 조직하여 그 일원으로 활동하였다. 1932년 6월경 만주(滿洲)로 건너가 3년여 정도 머물렀다. 〈조선프롤레타리아예술동맹〉(KAPF)의 후반기 맹원으로 활동하면서 아동문학의 문제를 계급적인 관점에서 논의한 평론을 다수 발표하였다. 1932년 9월 건전 프로아동문학의 건설보급과 근로소년작가의 지도양성을 임무로 월간 잡지 『소년문학(少年文學)』을 발행함에 있어 송영(宋影), 신고송(申孤松), 박세영(朴世永), 이주홍(李周洪), 이동규(李東珪), 태영선(太英善), 홍구(洪九), 성경린(成慶麟), 송완순(宋完淳), 한철석(韓哲錫), 김우철(金友哲), 박고경(朴古京), 구직회(具直會), 승응순(昇應順), 정청산(鄭靑山), 홍북원(洪

---

**14** 『니혼쇼넨(日本少年)』은 1906년 지쓰교노니혼샤(實業之日本社)에서 창간한 아동용 월간잡지로 1938년 폐간되었다.

北原), 박일(朴一), 안평원(安平原), 현동염(玄東炎) 등과 함께 주요 집필가로 참여하였다. 1934년 신건설사(新建設社) 사건에 연루되어 1년여의 옥고를 치렀고, 1936년 6월 적색비밀결사(赤色秘密結社)를 획책한 혐의로 신의주서(新義州署)에 검거되기도 하였다. 해방 후 1946년 〈북조선문학예술총동맹〉[15] 평안북도위원회 위원장으로 활동한 것으로 알려져 있다. 1950년 6·25전쟁이 발발하자 종군작가로 활동하면서 인민군 용사들의 영웅성을 노래한 작품들을 창작하였다. 1957년 4월에 발간된 『김우철 시선집』에는 해방 전부터 발표한 그의 시 작품이 수록되어 있다. 한설야(韓雪野)가 숙청된 것에 대한 당의 문예정책에 반발하여 철도에서 자살한 것으로 알려져 있다. ▶아동문학 관련 비평문으로 「아동문학에 관하야 – 이헌구(李軒求) 씨의 소론을 읽고(전3회)」(『중앙일보』, 1931.12.20~23), 「11월 소년소설평 – 읽은 뒤의 인상을 중심 삼고」(『신소년』, 1932년 1월호), 「秋田雨雀 씨와 문단생활 25년(卄五年) – 그의 오십 탄생 축하보(祝賀報)를 듯고」(『중앙일보』, 1933.4.23), 「동화와 아동문학 – 동화의 지위 밋 역할(전2회)」(『조선중앙일보』, 1933.7.6~7), 「아동문학의 문제 – 특히 창작동화에 대하야(전4회)」(『조선중앙일보』, 1934.5.15~ 18), 「아동문학의 신방향」(『아동문학』 제1집, 평양: 어린이신문사, 1947년 7월호) 등이 있다. 이 외에 동요, 동화, 소년소설 등 다수의 아동문학 작품과 일반 문학 관련 비평 또한 다수 발표하였다. ▶저서로 첫 시집 『나의 조국』(평양: 문화전선사, 1947)과 『김우철 시선집』(평양: 조선작가동맹출판사, 1957) 등이 있다.

**김원룡**(金元龍: 1911~1982)  아동문학가. 경상남도 마산(馬山) 출생. 1937년경부터 동요를 발표하였다. 1946년 2월 아동 잡지 『새동무』의 편집 겸 발행인으로 새동무사를 경영하였다. 6·25전쟁 중 대구에서 이원수(李元壽)가 편집주간이 되어 발간한 『소년세계』[16]의 운영위원으로 활동했다. 1954년 이후 남향문화사를 운영하면서 출판문화 사업에 평생 종사했다. ▶아동문학 관련 비평문으로 「아동교육의 진실

---

15 해방 후 평양 지역에 처음으로 결성된 문예단체는 〈평양예술문화협회〉이고, 이어 〈조소문화협회(朝蘇文化協會)〉(1945.11.11)가 결성되었다. 〈평양예술문화협회〉의 이념과 색체에 불만을 품고 있던 사람들이 〈평남지구프롤레타리아예술동맹〉(1946.1)을 조직하면서 〈평양예술문화협회〉는 해체되었다. 이 무렵 서울 문단의 세력 다툼에서 밀려난 〈조선프롤레타리아예술동맹〉 맹원들과 〈조선문학가동맹〉 결성 후 세력에서 밀린 사람들이 월북하여 새로운 문학예술단체를 결성한 것이 〈북조선문학예술총동맹〉(1946.3.25)이다. 해방기 남한에서도 1945년 12월 27일 〈조소문화협회〉가 결성되었다.

16 1952년 7월 1일 자로 대구(大邱)에서 창간되어 1955년 11월 통권36호로 종간된 소년소녀잡지이다. 『소년세계』를 만드는 사람들은 오창근(吳昌根), 김원룡(金元龍), 이원수(李元壽), 최계락(崔啓洛), 정영희, 편집고문 김소운(金素雲) 등이었다.

성 - 열과 성으로 실력 배양하라」(『경향신문』, 1947.4.24), 「(문화)문화 촌감(文化寸感) - 왜말 사용을 근절하자!」(『경향신문』, 1947.9.7), 「애기 교육과 만화」(『경향신문』, 1948.4.4) 등과, 서평으로 「(신간평)권태응(權泰應)동요집 『감자꽃』」(『경향신문』, 1949.3.24)과 「(신서평)희망의 꽃다발」(『경향신문』, 1949.12.8) 등이 있다. ☞저서로 동시집『내 고향』(새동무사, 1947), 『세 잠자리』(동화출판공사, 1982) 등이 있다.

**김원섭**(金元燮: ?~?)  신원 미상. 1925년 『동아일보』 신춘문예 당선동요인 한정동(韓晶東)의 「소금쟁이」(『동아일보』, 1925.3.9)에 대해 홍파(虹波)가 「당선동요 '소금장이'는 번역인가」(『동아일보』, 1926.9.23)를 통해 표절 의혹을 제기하자, 이어 문병찬(文秉讚)이 한정동을 옹호하고, 한정동 본인의 해명과, 한병도(韓秉道), 최호동(崔湖東)의 비판 등으로 이어져 논란이 지속되었다. 논란이 계속되자 동요 고선자(考選者)인 김억(金億)이 「'소곰쟁이'에 대하여」(『동아일보』, 1926.10.8)를 통해 "어린동무에게 해(害)를 주지 아니하고 만흔 이익을 준 이상 나타난 결과인 공리적 의식(功利的意識)으로 보아서 그 즛을 자미업다 할지언정 한(韓) 군을 그럿케 가혹하게 힐책할 것은 아니고 엇던 편으로 보면 감사할 여지가 잇슬 것"이라고 하였다. ☞아동문학 관련 비평문으로, 「(문단시비)'소곰장이'를 논함」(『동아일보』, 1926.10.27)을 통해, 김억(金億)이 「'소곰쟁이'에 대하여」(『동아일보』, 1926.10.8)에서 「소금쟁이」가 "어린동무에게 해를 주지 아니하고 만흔 이익을 준" 작품이므로 감사할 여지가 있다는 주장에 대해 비판하였다. 「영화만담수언(映畵漫談數言) - 연출감독자의 직책(상,하)」(『중외일보』, 1928.3.29~30) 등의 글도 발표하였다.

**김원철**(金元哲: ?~?)  신원 미상. ☞아동문학 관련 비평문으로 「소년운동과 어린이날」(『소년운동』 창간호, 1946년 3월호)이 있다.

**김월봉**(金月峰: ?~?)  신원 미상. ☞아동문학 관련 비평문으로 「(수신국)이고월 군(李孤月君)에게」(『별나라』, 1931년 7-8월 합호)가 있다. 이 글은 이고월(李孤月)의 「(수신국)반동적 작품을 청산하자!」(『별나라』 통권50호, 1931년 5월호)가 제목과 달리 부정확한 초계급적, 민족적 의식을 엿볼 수 있다는 점을 비판한 글이다. 『별나라』 등 잡지와, 『동아일보』 등 신문에 다수의 수필과 동요 작품을 발표하였다.

**김의환**(金義煥: 1915~?)  만화가. 경상남도 김해(金海) 출생. 만화가 김용환(金龍煥)의 동생이다. 형 김용환과 함께 일본에 유학해 미술교육을 받았다. 이때 시바요시오(芝義雄)라는 필명으로 활동하였다. 1946년 〈조선아동문화협회〉를 통해 『어린 예술가』,[17] 『까치집』(방운용 작), 『웅철이의 모험』(주요섭 작), 1947년 『걸리버 여행기』, 1948년 『왕자와 부하들』(조풍연 작) 등을 출간하였다. 1949년 9월호부터 동지사아동원에서 발간한 어린이 잡지 『어린이나라』에 정현웅(鄭玄雄), 임동은(林同恩) 등과 함께 만화와 삽화를 그렸다. 현덕(玄德)의 소년소설 『광명을 찾아서』(동지사아동원, 1949)에 삽화를 그렸다. ▼아동문학 관련 비평문으로 「『껄리버여행기』에 대하여」(『(아협그림예기책 7)껄리버 여행기』, 조선아동문화협회, 1947.3), 「『어린 예술가』에 대하야」(『(아협그림애기책 5)어린예술가』, 조선아동문화협회, 1946.11), 「『피터어 팬』에 대하여」(『(아협그림애기책 3)피터어 팬』, 조선아동문화협회, 1946.10) 등이 있다. 주요섭의 『웅철이의 모험』 삽화도 김의환의 작품이다.

**김일암**(金逸岩: ?~?) 신원 미상. ▼아동문학 관련 비평문으로 「(수신국)작품 제작상의 제 문제」(『별나라』, 1932년 2-3월 합호)가 있다. 소년문학 가운데 표절, 사이비 프로 소년 작가 문제를 지적한 것으로, 김춘강(金春岡), 박병도(朴炳道), 김명겸(金明謙) 등이 『별나라』와 『신소년』에 투고하면서 『어린이』, 『아희생활』, 『소년세계』 등에 투고하는 것은 매명(賣名)에 지나지 않는다는 내용이다.

**김일준**(金一俊: ?~?) 함경남도 함흥(咸興) 출생. 함흥 영생중학(永生中學)을 졸업하였다. ▼아동문학 관련 비평문으로 「동요론 – 동요작가에게 일언」(『매일신보』, 1940.10.13)이 있다.

**김정윤**(金貞允: ?~?) 신원 미상. ▼아동문학 관련 비평문으로 「아동시의 지향(전3회)」(『태양신문』, 1949.7.22~24), 「아동시 재설(再說) – 아동 자유시와 몬타-주(상)」(『태양신문』, 1949.10.30), 「아동작품의 신전개」(『새한민보』 통권59호, 11월 상중순호, 1949.11.20), 「아동운동의 재출발」(『한성일보』, 1950.5.5) 등이 있다.

**김종명**(金鍾明: ?~?) 아동문학가, 소년운동가. 경상남도 삼랑진(三浪津) 출생. 1923년 〈포천학생친목회(抱川學生親睦會)〉 주최 포천학생순극(抱川學生巡劇)에 기부를 하였고, 1923년 『동아일보』 밀양지국 삼랑진 분국을 설치하였는데 분국장 겸 기자(分局長兼記者)였으며, 1923년 8월 17일 『동아일보』 삼랑진 분국 주최 음악강연회에 동래 김기삼(東萊金琪三), 삼랑진 김종명이 연사로 참여하였다. 1924년 10월 19일 삼랑진 성결교회(聖潔敎會) 내에서 〈기독청년회(基督靑年會)〉를 조직하였는데 회장으로 취임하였다. 1925년 4월 15일 조선기자대회에 『조선일보』 밀양지국 소속으로 참여하였다. 1925년경 『조선일보』 밀양지국, 1926년경 『중외일보』 마산지국장(馬山府 儒町 八〇番地)으로 재직하였다. ▼아동문학 관련 비평문으로 「아동극 소론(전3회)」(『가톨릭청년』, 1936년 5월, 6월, 8월호)이 있다.

**김진태**(金鎭泰: 1917~2006) 아동문학가. 필명 김신일(金信一), 오석(悟石), 유산

---

17 위다(Ouida)의 『플랜더스의 개(A Dog of Flanders)』를 그림애기책으로 만든 것이다.

(有山). 서울 출생. 대구고등보통학교를 졸업하고 1936년 광림사범학교를 졸업하였다. 대구 계성중·고등학교 교사로 다년간 근무하였다. 1941년 『만선일보(滿鮮日報)』에 소설 「이민(移民)의 아들」이 당선되었고, 이어 같은 신문에 소설 「광려(光麗)」가 입선되었다. 아동문학에 매진하기 위해 『경향신문』 신춘문예에 응모하여 「고집쟁이 양」(1947.1.26)이 당선되었다. 대구에서 〈조선아동회〉를 창립할 때 창립회원이었고, 아동문학 잡지 『아동(兒童)』을 박목월(朴木月), 김상신(金尚信), 김홍섭(金洪燮) 등과 함께 발간하였고, 최해태(崔海泰)가 발간한 아동지 『새싹』의 편집을 맡기도 하였다. 해방 후 〈대구아동문학회〉 회원으로 활동하였다. ▶아동문학 관련 비평문으로 「동요 이야기」(『새싹』 제6호, 1947년 9월), 「동지적인 결합으로 – 아동문예지 운동(어린이운동 회고 – 대구를 중심으로)」(『매일신문』, 1955.5.1) 등이 있다. ▶저서로 동화집 『별과 구름과 꽃』(배영사, 1968), 평론집 『동시 감상』(내동문화사, 1962), 3인 수필집 『산문산책(散文散策)』(형설출판사, 1972), 수필집 『침묵의 향기』(그루, 1986) 등이 있다. 박영종(朴泳鍾), 남대우(南大祐)의 「아동문화 통신」(『아동문화』 제1집, 동지사아동원, 1948년 11월호)에서 김진태를 포함한 대구지역의 아동문학가를 소개하였다.

**김철수**(金哲洙: 1913?~?)   아동문학가. 함경남도 이원군(利原郡) 출생. 니혼대학(日本大學) 예술과에서 수학하였다. 1930년 『동아일보』 신춘현상 동화 부문에 「어머니를 위하야」(『동아일보』, 1930.1.3~4)가 2등 당선되었다. 이때 주소가 '함남 이원군 서면 문평리 김철수(咸南 利原郡 西面 文坪里 金哲洙)'였다. 1931년 『동아일보』 신춘문예 동화 부문에 「집 업는 남매(전6회)」(東京 金哲洙; 『동아일보』, 1931. 1.7~16)가 1등으로 당선되었다. 1934년 『조선일보』 혁신기념 일천원 현상소설 모집에 「고향을 등진 사람들」로 응모하여 예선 7편 중에 들었으나 최종 권리를 포기하여 탈락된 적이 있다. 해방 후 〈조선문학가동맹〉 시부(詩部) 위원이자 서울시 지부 맹원으로 활동하였다. 이후 〈국민보도연맹(國民保導聯盟)〉[18]에 가맹하였다가 6·25전쟁 중 월북한 것으로 알려져 있다. 1946년 동요집 『봉선화』를 출간할 예정이라 하였으나 발간 여부는 확인되지 않는다. 1948년 7월 23일 임학수(林學洙) 시집 『필부의 노래』 출판기념회를 동화백화점(東和百貨店) 지하식당에서 개최하였는데, 김철수는 이병기(李秉岐), 정지용(鄭芝溶), 김기림(金起林), 조벽암(趙碧巖), 조운(曺雲), 김광균(金光均), 이흡(李洽), 김용호(金容浩), 이용악(李庸岳), 설

---

18 1949년 6월 좌익 전향자를 계몽·지도하기 위해 조직된 관변단체이다. 6·25전쟁 도중인 1950년 6월 말경부터 9월경까지 수만 명의 국민보도연맹원이 군과 경찰에 의해 살해되었다.

정식(薛貞植), 이병철(李秉哲), 여상현(呂尙玄), 김광현(金光現), 박훈산(朴薰山), 김창집(金昌集), 전창식(田昌植) 등과 함께 참석하였다. 1950년 4월 9일 독도유원지(纛島遊園地)에서 임원호(任元鎬), 최병화(崔秉和), 박목월(朴木月), 김원룡(金元龍), 박인범(朴仁範), 윤복진(尹福鎭), 이원수(李元壽) 등과 함께 김영일(金英一) 동요집 『다람쥐』 출판기념회의 발기인이 되었다. ▼아동문학 관련 비평문으로 「동요 짓는 법(전19회)」(『어린이신문』, 1947.3.29~8.2)이 있다. 이 외에 다수의 동화(소년소설), 동요(동시)가 있다. ▼저서로 수필집 『토끼와 시계와 회심곡』(김철수, 金東錫, 裵澔 공저; 서울출판사, 1946), 시집 『추풍령』(산호장, 1949), 『동요 짓는 법』(고려서적주식회사, 1949) 등이 있다.

**김철하**(金鐵河: ?~?) 신원 미상. 경상남도 남해(南海) 출생. 『신소년』 남해지사를 맡고 있었다. ▼아동문학 관련 비평문으로 「(자유논단)작품과 작자」(南海支社 金鐵河; 『신소년』, 1932년 8월호)가 있다.

**김첨**(金尖: ?~?) 신원 미상. ▼아동문학 관련 비평문으로 「(藝苑포스트)아동문학을 위하야」(『조선일보』, 1934.12.1)가 있다. 『신소년』, 『별나라』, 『조선중앙일보』 등에 동요(동시) 작품을 발표하였다.

**김춘강**(金春岡: 1914~?) 아동문학가. 본명 김복동(金福童), 필명 김춘강(金春岡, 金春崗), 봄뫼, 김선혈(金鮮血)("피를 흘리면서 죽는 일이 있더라도 내 목적만은 완전히 다한다."는 의미에서 만든 필명), 자호 화암(花巖). 강원도 홍천(洪川) 출생(주소는 江原道 洪川郡 西面 牟谷里 四四六). 1922년 홍천군 서면 소재 사립 모곡학교(牟谷學校)에 입학하여 1928년 졸업하였고, '와세다중학(早稻田中學)' 과목으로 자습한 후 1932년 9월 춘천군 남면 후동(春川郡南面後洞) 소재 남면의숙(南面義塾)의 교원으로 재직하다가 1933년 4월 모곡학교 임시교원이 되었지만 6월에 사임하였다. 1933년 7월부터 8월까지 평양 숭실전문학교(平壤崇實專門學校) 고등농사학원 강습회(高等農事學院講習會)에 참석하였고, 9월에 다시 모곡학교 임시교원이 되었다가 퇴직한 후 동척회사(東拓會社) 홍천 사업구 목탄계 감독(洪川事業區木炭係監督)으로 재직하였다. 1930년 8월경 『소년세계(少年世界)』 '홍서지사(洪西支社)'를 경영하고 있었다. 1931년 5월 〈농군사(農軍社)〉를 조직하였는데 원산(元山)의 박병도(朴炳道)와 진주(晋州)에서 〈신력사(新力社)〉(〈새힘사〉를 일제 관리들이 '新力社'로 표기한 것으로 보인다.)를 만들어 활동하고 있던 정상규(鄭祥奎)가 함께 하였다. 강령과 규약은 정상규가 보내 온 〈신력사〉의 그것에 준하여 김춘강이 만들었다. 강령은 "전조선 무산소년작가를 망라하여 조직하되 1. 무산소년작가의 친목을 도모할 것, 2. 무산소년문예 창작에 힘쓸 것, 3. 일체의 반동 작품을 박멸할 것" 등이었다. 〈농군사〉의 회원은 김춘강, 박병도, 정상규가 중심인물이었고, 조경제(趙敬濟), 김용묵(金龍默), 남궁치(南宮治), 정준묵(鄭俊默), 김종하(金鍾河) 등이 참여하였다. 1930~1932년 『매일신보』의 「동무소식」 난에 다수의 글월을 남겼다. 1933년 11월 남궁억(南宮檍) 등과 함께 '江原道 洪川郡 西面 牟谷里'를 중심으로 모곡학교(牟谷學校) 불온교수(不穩敎授) 사건 및 비밀결사 십자가당(十字架黨) 사건에 관련되어 다수가 검거되었는데 이때 김춘강(농업)도 검거되었고, 1935년 1월 경성지방법원에서 보안법 위반 방조죄로 징역 6월에 집행유예 3년 처분을 받았다. 1935년 6월 27일, 동아일보사(東亞日報社) 춘천지국(春川支局) 기자로 임명되었다. 1936년 3월 만주(滿洲)로 이주하여, 1938년 7월 만선일보사(滿鮮日報社) 반곡지국(磐谷支局) 기자가 되었다가 8월 초순에 북중지국(北中支局) 특파원으로 베이징(北京)에 파견되었다. 1939년경 '北京 東四橋子胡同 2호'에 거주, 만선일보사 지사의 기자를 겸하며 신분판매사를 경영하였다. 일제의 「昭和思想統制史資料(185)」에 따르면 "강렬한 민족 공산주의자"로 평가되었다. 일제의 「김복동 소행조서(金福童 素行調書)」에는 "남궁억(南宮檍)의 감화를 받아서 항상 불온한 언동을 할 염려가 있는 자로 주의 중에 있는 자"라 하였고, "농후한 민족사상을 가진 자이므로 개전의 가망이 없다."고 하였다. ▼아동문학 관련 비평문으로 「(수신국)창작에 힘쓰자」(『별나라』 통권38호, 1930년 2-3월 합호)가 있다. 1930년대에 『어린이』, 『별나라』, 『신소년』, 『소년세계』, 『매일신보』 등에 다수의 동요를 발표하였다.

**김태석**(金泰晳: ?~?)　교사, 음악가. '金泰晳, 金泰哲, 金泰晢' 등으로 표기되었다.[19] 창씨명 長水宜宗. 왕신학원(旺新學院) 내에 있었던 〈왕신동요연구회(旺信童謠硏究會)〉의 대표자이다.[20] 〈홍제소년군(弘濟少年軍)〉에 참여하여 활동하였다. 1933년 〈조선소년군(朝鮮少年軍)〉이 창립된 지 10여 년이 되어 중앙기관으로 〈조선소년군총본부(朝鮮少年軍總本部)〉를 두었는데, 이때 김태석은 음악부장을 맡았다. 1934년 경성부 관훈동(京城府 寬勳洞)의 북성잡지사(北星雜誌社)에서 월간문예지 『북성(北星)』이 발간되었는데 창간호 집필자로 윤희영(尹喜永), 유현상(劉賢商), 모기윤(毛麒允), 목일신(睦一信), 김태석(金泰晳), 김성도(金聖道), 최인화(崔仁化),

19 일제강점기 신문과 잡지에 따라 '金泰晳, 金泰哲, 金泰晢' 등으로 표기되고 있으나, 『(조선동요곡집)꾀꼴이』의 지은이를 철필(鐵筆) 글씨로 '金泰晳'으로 표기하였다. 『한국아동문학비평사 자료집』에서는 신문과 잡지의 기사 원문에 표기된 이름은 그대로 밝히되, 따로 서술할 때는 '김태석(金泰晳)'으로 통일하였다.

20 김말성(金末誠), 「조선 소년운동 급(及) 경성 시내 동 단체 소개」, 『사해공론』 제1권 제1호, 1935년 5월호, 56쪽.

김만조(金萬祚), 이문호(李文鎬), 원치복(元致復), 장순이(張順伊), 남숙우(南淑祐), 김동섭(金東燮), 박헌식(朴憲植), 원학성(元學星), 전시철(全詩喆) 외 여러 사람이었다. 1934년 7월 2일부터 28일까지 〈조선아동예술연구협회〉에서 전조선을 순회하며 동화대회를 열게 되었는데, 동화부(童話部)에 모기윤(毛麒允), 김복진(金福鎭), 유기흥(柳基興), 김태석(金泰晳), 최인화(崔仁化), 원유각(元裕珏) 등, 동요부(童謠部)에 유삼렬(劉三烈), 윤희영(尹喜永), 원치승(元致升), 김용섭(金龍燮) 등과 함께 참여하였다. 1936년 6월 6일 자하유치원(紫霞幼稚園)에서 〈아동극연구협회(兒童劇研究協會)〉를 창립할 때, 남기훈(南基薰), 김태석(金泰晳), 박흥민(朴興珉), 유기흥(柳基興), 정영철(鄭英徹), 김상덕(金相德), 김호준(金虎俊) 등과 함께 창립위원으로 참여하였다. 1935년부터 1939년까지 경성방송국 라디오 왕신학원 동요 발표에 반주자로 활동하였다. 1941년 왕신학원 창립 23주년 기념식에 김태석은 10주년 근속표창을 수여받았다. 해방 후, 1945년 11월경 아동극단 〈호동원〉을 창립하였는데, 기획부에 김세민(金細民), 문예부에 함세덕(咸世德), 김훈원(金薰園), 최병화(崔秉和), 김처준(金處俊), 연출부에 김태석(金泰晳), 이하종(李河鍾), 김희동(金喜童), 음악부에 박태현(朴泰鉉), 김태석(金泰晳), 무용부에 박용호(朴勇虎), 한동인(韓東人), 김애성(金愛聲), 미술부에 김정환(金貞桓), 이희안(李熙安), 홍순문(洪淳文), 고문(顧問)에 안종화(安鍾和), 송영(宋影), 안영일(安英一), 이서향(李曙鄕), 진우촌(秦雨村) 등과 함께 참여하였다. ▶아동문학 관련 비평문으로 '홍제소년군 김태석(弘濟少年軍 金泰晳)' 명의로 쓴 「성품에 맛처 양육하시요」(김태석 외, 「소년운동자로써 부모님에게 한 말슴 - 어린이날을 마즈면서」, 『조선일보』, 1933. 5.7)가 있다. ▶저서로 『(조선동요곡집)꾀꼴이』(경성꾀꼴이회, 1936)가 있다.

**김태영**(金台英: ?~?)   경상남도 의령(宜寧) 출생. 『아이생활』의 집필 동인으로 활동하였다. 이성락(李成洛), 고장환(高長煥), 최상현(崔相鉉), 이영한(李永漢), 박천석(朴天石), 김창덕(金昌德) 등과 함께 『아이생활』의 기자로 활동하였다. ▶아동문학 관련 비평문으로 「(동요연구, 동요작법)동요를 쓰실녀는 분들의게(전5회)」(『아희생활』, 1927년 10월호~1928년 3월호) 등이 있다.

**김태오**(金泰午: 1902~1976)   시인, 아동문학가. 필명 설강(雪崗, 雪崗學人), 눈뫼, 정영(靜影). 전라남도 광주(光州) 출생. 광주숭일학교(光州崇一學校)와 경성예술학원(京城藝術學院)을 나와 도쿄 니혼대학(日本大學) 문학예술과를 졸업하였다. 이후 1년간 의주양실학교(義州養實學校) 교원, 5년간 광주숭일학교 교원, 경성보육학교(京城保育學校) 교원, 해방 후 중앙대학교 교수와 부총장 등을 역임하였다.

『아이생활』의 주요 필진이었다. 1927년 8월 〈조선소년연합회〉 창립 준비위원으로서 아희생활사가 파견하여 신의주(新義州), 평양(平壤), 해주(海州), 인천(仁川) 등지를 두루 거쳐 귀경하는 서북지방 순회 동화 활동을 수행하였다. 1927년 9월 1일 한정동(韓晶東), 정지용(鄭芝鎔), 신재항(辛在恒), 윤극영(尹克榮), 고장환(高長煥) 등과 함께 〈조선동요연구협회(朝鮮童謠硏究協會)〉를 결성하였다. 1928년 8월경 〈전남소년연맹(全南少年聯盟)〉 조직과 관련하여 보안법 위반으로 정홍교(丁洪敎), 고장환(高長煥) 등과 함께 기소되어 3개월 금고형(禁錮刑)으로 수감되었다가 12월에 석방된 바 있다. 1930년 1월에는 도쿄(東京)에 있는 조선 소년소녀들을 위한 동화동요대회를 개최하기도 하였다. 1934년 7월경 조선문예가 일동의 '한글 철자법 시비에 대한 성명서' 발표에 참여하였다. ▶아동문학 관련 비평문으로 「어린이의 동무 '안더-센' 선생 – 51년제를 맞고(상,하)」(『동아일보』, 1926.8.1~4), 「전조선소년연합회 발기대회를 압두고 일언함(전2회)」(『동아일보』, 1927.7.29~30), 「동화의 원조 안더-센 씨 – 52년제를 마지하며」(『조선일보』, 1927.8.1), 「심리학상 견지에서 아동독물 선택(전5회)」(『중외일보』, 1927.11.22~26), 「정묘 일년간 조선소년운동 – 기분운동에서 조직운동에(전2회)」(『조선일보』, 1928.1.11~12), 「소년운동의 지도정신(상,하)」(『중외일보』, 1928.1.13~14), 「소년운동의 당면 문제 – 최청곡 군(崔靑谷君)의 소론을 박(駁)함(전7회)」(『조선일보』, 1928.2.8~16), 「인식착란자의 배격 – 조문환 군(曹文煥君)에게 여(與)함(전5회)」(『중외일보』, 1928.3.20~24), 「이론투쟁과 실천적 행위 – 소년운동의 신전개를 위하야(전6회)」(『조선일보』, 1928.3.25~4.5), 「어린이날을 당하야 어린이들에게(전2회)」(『동아일보』, 1929.5.4~5), 「어린이날을 마지며 부형모매(父兄母妹)께!」(『중외일보』, 1929.5.6), 「동요 잡고 단상(전4회)」(『동아일보』, 1929.7.1~5), 「고대 아동생활의 연구(전27회)」(『동아일보』, 1930.3.3~4.5), 「예술교육의 이론과 실제(전9회)」(『조선일보』, 1930.9.23~10.2), 「소년문예운동의 당면에 임무(전8회)」(『조선일보』, 1931.1.30~2.10), 「동요운동의 당면 임무」(『아이생활』, 1931년 4월호), 「건실한 문학 수립」(『조선일보』, 1933.1.2; '침체된 조선아동문학을 여하히 발전식힐 것인가'에 관한 『조선일보』의 설문에 대한 응답), 「동요 짓는 법 –(동요작법)」(『설강동요집』, 한성도서주식회사, 1933.5), 「동요운동의 당면 임무(전4회)」(『조선일보』, 1933.10.26~31), 「소년운동의 회고와 전망 – 1934년의 과제(상,하)」(『조선중앙일보』, 1934.1.14~15), 「동요예술의 이론과 실제(전5회)」(『조선중앙일보』, 1934.7.1~6), 「조선 동요와 향토예술(상,하)」(『동아일보』, 1934.7.9~12), 「동심과 예술감」(『학등』 제8호, 1934년 8월호), 「본지 창간 만 십주년 기념 지상 집필인

좌담회」(『아이생활』, 1936년 3월호)(참석자는 金泰午, 高長煥, 崔昶楠, 洪曉民, 任英彬, 尹永春, 咸大勳, 李卯默, 許奉洛, 方仁根, 李軒求, 李泰俊, 徐恒錫, 朴魯哲, 具聖書, 金鍵, 崔仁化, 本社側 社長, 主幹 등이다), 「노양근 씨(盧良根氏)의 동화집을 읽고」(『동아일보』, 1938.12.27) 등이 있다. 이 외에 다수의 동요와 동화를 발표하였다. ▶저서로『세계명작동화집』(김태오 편저; 아희생활사, 1927), 동요집『설강동요집(雪崗童謠集)』(한성도서주식회사, 1933)과, 시집『초원: 정영시집(草原: 靜影詩集)』(청색지사, 1939) 등이 있다.

**김태준**(金台俊: 1905~1949)  국문학자, 사상가. 평안북도 운산(雲山) 출생. 필명 천태산인(天台山人). 1926년 공립 이리농림학교를 졸업하고, 경성제국대학 예과에 입학하여 1928년에 졸업하고, 1931년 3월 경성제국대학 법문학부 문과를 졸업하였다. 조윤제(趙潤濟), 이희승(李熙昇), 김재철(金在喆) 등과 더불어 〈조선어문학회〉를 결성하였다. 그 뒤 명륜학원(明倫學院) 및 경성제국대학 강사를 지냈다. 1939년 박헌영(朴憲永)을 중심으로 하는 〈경성콩그룹〉의 독서회 사건에 연루되어 복역하다가 1941년 병보석으로 출옥하였다. 해방 후 조선공산당 재건준비위원회의 주요 멤버로 활동하였다. 1949년 11월 이주하(李舟河), 김삼룡(金三龍), 박우룡(朴雨龍) 등과 함께 국군토벌대에 체포되어 수색(水色)에서 사형되었다. ▶아동문학 관련 비평문으로 「(조선가요개설)동요편(전3회)」(『조선일보 특간』, 1934.3.21~24)이 있다. ▶저서로『조선한문학사』(조선어문학회, 1931),『조선소설사』(淸進書館, 1933),『증보 조선소설사』(학예사, 1939),『조선가요집성(朝鮮歌謠集成)』(조선어문학회, 1934) 등이 있다.

**김하명**(金河明: 1923~1994)  국문학자. 평안북도 영변군(寧邊郡) 출생. 고향에서 소학교와 농업학교를 다니고, 평양사범학교(平壤師範學校)에서 공부했으며, 해방 후 1948년 8월 서울대학교 사범대학 국문과를 졸업하였다. 1947년 〈조선과학동맹(朝鮮科學同盟)〉 서울시 지부 주최 학생 현상논문 모집에 서울대 사범대학 학생으로 「삼상결정(三相決定)과 우리의 입장」이란 논문을 응모하여 2등 당선되었다. 6·25전쟁 도중 월북하였다. 1951년 5월 김일성종합대학 어문학 교원, 1958년 8월 조선어문학부 학부장, 1964년 6월부터 사회과학원 문학연구소 소장, 1993년부터 〈주체문학연구소〉 고문으로 활동하였다. 초창기 북한의 국문학 연구에 많은 업적을 쌓았다. ▶아동문학 관련 비평문으로 「아동교육의 애로」(『경향신문』, 1947.2.16), 「작문교육 단상」(『경향신문』, 1947.4.20), 「아동문학 단상」(『경향신문』, 1947.5.18) 등이 있다.

**김한**(金漢: 1909~?)  영화배우, 미술가. 본명 김인규(金仁圭), 창씨명 星村洋. 서울 출생. 1933년 도쿄미술학교(東京美術學校)를 졸업했다. 영화 〈숙영낭자전〉(1928), 〈방아타령〉(1931), 〈대도전(大盜傳)〉(1935), 금강키네마 제작 〈은하에 흐르는 정열〉(1935), 〈미몽(迷夢)〉(1936), 〈새 출발〉(1939) 등에 출연했다.[21] 1932년 김유영(金幽影), 서광제(徐光霽), 이효석(李孝石), 홍해성(洪海星), 윤백남(尹白南), 심훈(沈熏), 김영팔(金永八), 유도순(劉道順), 안종화(安鍾和), 최정희(崔貞熙), 이경손(李慶孫), 윤봉춘(尹逢春), 김대균(金大均), 나웅(羅雄), 문일(文一), 현훈(玄勳), 함춘하(咸春霞) 등과 함께 영화와 극 중심의 잡지 『신흥예술』을 창간하고, 〈임자 없는 나룻배〉를 감독했던 이규환(李圭煥)과 김유영(金幽影), 박제행(朴齊行), 서월영(徐月影), 심영(沈影), 김정환(金貞桓), 김연실(金蓮實), 김선영(金鮮英) 외 몇몇과 더불어 조선영화제작소(朝鮮映畵製作所)를 창립하였으며, 12월경 심영, 안종화, 박제행, 서월영, 백연(白烟), 강석연(姜石燕), 김선초(金仙草), 김선영, 남보선(南寶仙), 지춘방(池春芳) 등과 함께 명일극장(明日劇場)을 만들기도 하였다. ▶아동문학 관련 비평문으로 「전환기에 선 소년문예운동(전3회)」(『중외일보』, 1927. 11.19~21)이 있다. 이 외에 다수의 동화와 소년소설을 발표하였다.

**김항아**(金恒兒: ?~?)  신원 미상. ▶아동문학 관련 비평문으로 「(評記)〈조선소녀예술연구협회〉 제1회 동요·동극·무용의 밤을 보고…」(『사해공론』 제1권 제1호, 1935년 5월호)가 있다.

**김해강**(金海剛: 1903~1987)  시인. 본명 김대준(金大駿). 전라북도 전주(全州) 출생. 1925년 전주사범학교를 졸업하고 전주사범학교와 전주고등학교 등에 재직하며 한평생 교육계에 종사하였다. 1962년 〈한국예술문화단체총연합회〉[22] 전라북도 지부 초대 지부장을 역임하였다. 1925년 『조선문단』에 주요한(朱耀翰)의 추천으로 「달나라」(『조선문단』 제13호, 1925년 11월호)가 발표되었고, 1927년 『동아일보』 제1회 신춘문예에 시 「새날의 기원」(해강: 『동아일보』, 1927.1.1)이 당선되어 문단에 등단하였다. 문단 교우관계는 엄흥섭(嚴興燮), 김병호(金炳昊), 윤곤강(尹崑崗) 등과 깊은 교분을 맺었고, 김남인(金嵐人, 본명 金益富)과는 깊은 우정으로 2인

21 이상은 김한(金漢)의 「배우생활 십년기 – 미술학교를 나와서, 〈숙영낭자전〉에서 〈집 없는 천사〉에 이르기까지」(朝鮮藝興社 金漢)『삼천리』, 1941년 1월호, 222~231쪽)를 참조한 것이다. 〈대도전〉 출연은 「新映畵 〈大盜傳〉」(『조선중앙일보』, 1935.2.6), 〈은하에 흐르는 정열〉은 「朝鮮映畵 – 〈銀河에 흐르는 情熱〉」(『매일신보』, 1935.8.10), 〈미몽〉은 「京城撮影所作品 – 〈迷夢〉」(『매일신보』, 1936.7.4) 참조.

22 1962년 1월 5일 창립되었고 약칭은 '예총(藝總)'이다. 해방 후 좌익 문화예술단체와 이데올로기 차이를 보였던 〈전국문화단체총연합회〉(약칭 文總)의 이완된 조직을 재규합하여 결성되었다.

시집 『청색마: 김남인김해강시집(青色馬：金嵐人金海剛詩集)』(명성출판사, 1940)을 발간하기도 했다. ▶아동문학 관련 비평문으로 「사랑하는 소년 동무들에게 – 우리는 좀 더 동무들을 사랑합시다」(『별나라』, 1932년 2-3월 합호)가 있다. 이 글은 소년문사들끼리 서로 간에 비난이 심한 데 대해 자제를 권유하는 내용이다. ▶저서로 시집 『동방서곡(東方曙曲)』(교육평론사, 1968), 『기도하는 마음으로』(전주합동인쇄소, 1984) 등이 있다. 자세한 연보와 작품목록은 최명표가 편찬한 『김해강시전집』(국학자료원, 2006)을 참고할 수 있다.

**김현봉**(金玄峰: ?~?) 신원 미상. 강원도 춘성(春城) 출생. ▶아동문학 관련 비평문으로 「(소년평단)철면피 작가 이고월 군(李孤月君)을 주(誅)함」(『어린이』, 1932년 6월호)이 있다. 이 글은 이고월[李華龍]의 표절 행각을 비판한 것이다.

**김혈기**(金血起: ?~?) 신원 미상. 직공소년. 북만주(北滿洲) 거주. ▶아동문학 관련 비평문으로 「투고 작가 여덟 동무에게」(『별나라』 통권50호, 1931년 5월호)가 있다. 이 글은 박병도(朴炳道), 조경신(趙敬信), 목일신(睦一信), 정현걸(鄭賢杰), 박약서아(朴約書亞), 김성도(金聖道), 이종순(李鐘淳), 김대창(金大昌) 등 8명의 '약한 동무'들에게 작품 발표에 대한 욕심을 버리고 주장과 주의를 굳세게 하라는 당부의 내용을 담고 있다.

**김홍섭**(金洪燮: 1917~?) 아동문학가. 필명 만산(晩山). 경상북도 대구(大邱) 출생. 대구농림학교(大邱農林學校)를 졸업하고 1941년 일본 호세이대학(法政大學)을 수료하였다. 만주국 흥농부(興農部)에서 근무하였다. 해방 후 대구농림학교와 대구계성학교(啓聖學校), 대륜학교(大倫學校)에서 교편을 잡았다. 6·25전쟁 중 대륜학교에 근무하다 체포되어 처형된 것으로 보이나 정확한 사실은 확인되지 않는다. 해방 후 1945년 12월 30일 대구에서 박영종(朴泳鍾), 김진태(金鎭泰), 이원식(李元植) 등과 함께 〈조선아동회(朝鮮兒童會)〉를 발기하였다. 아동 잡지 『아동(兒童)』(주간 朴泳鍾, 산문 金鎭泰, 운문 金洪燮)과 『아동회그림책』을 발간하였다. 해방 후 대구에서 발간한 아동 잡지 『새싹』은 제11호부터 동인제로 변경하였는데 신태식, 황윤섭, 최해태, 김진태와 더불어 '새싹 동인 발기인'이 되었고 편집도 김홍섭이 맡았다(1946년부터 제10호까지는 김진태 편집). 『아동』과 『새싹』 등에 다수의 아동문학 작품을 발표하였다. ▶아동문학 관련 비평문으로 「문화건설의 기조 – 아동문화건설의 의의」(『건국공론』 제2권 제2-3 합호, 1946년 4월호)가 있다.

**김홍수**(金泓洙: 1911~1965) 언론인. 서울 출생. 일제강점기 『오사카매일신문(大阪每日新聞)』[23] 서울지국 기자, 해방 후 『조선일보』 사회부장, 『동아일보』 취재부장, 『경향신문』 논설위원, 『중앙일보』 주필, 『대한일보』 논설위원 등을 역임했다.

▶아동문학 관련 비평문으로 「(신간평)소년 기수」(『경향신문』, 1947.6.26), 「(신간평)동화 『박달방망이』」(『동아일보』, 1948.11.10) 등이 있다.

**남궁랑**(南宮琅: ?~?)   아동문학가. 필명 남궁요한(南宮요한), 남궁인(南宮人). 이름의 한자 표기는 '南宮琅, 南宮浪' 등이 있다. 평안남도 평양(平壤) 출생. 평양 광성고등보통학교(光成高等普通學校)를 졸업하고, 1931년 평양숭실전문학교(平壤崇實專門學校)에 문학과에 입학하여 1935년 3월에 졸업하였다. 1929년 5월 30일 〈평양기독교청년회〉 주최로 백선행기념관(白善行紀念館)[24]에서 '우리의 수학(修學)함은 인격본위로 할가? 직업본위로 할가?'라는 주제로 토론회를 하였는데 남궁랑은 부편(否便) 연사로 참여하였다. 1931년 1월에 창립된 〈평양새글회〉(平壤새글會)에 한정동(韓晶東)과 함께 고문으로 활동하였다. 1931년 겨울 남궁랑은 김대봉(金大鳳), 김조규(金朝奎), 황순원(黃順元) 등과 함께 평양에서 〈동요시인사(童謠詩人社)〉를 발기하였나. 1934년 『조선일보』 신춘 현상문예 유행가(流行歌) 부문에 「방아찟는 색시」(南宮人 作: 『조선일보』, 1934.1.18)가 당선되었다. ▶아동문학 관련 비평문으로 「동요 평자 태도 문제 - 유 씨(柳氏)의 월평을 보고(전4회)」(『조선일보』, 1930.12.24~27)가 있다. 『별나라』, 『동아일보』, 『조선일보』, 『중외일보』 등에 다수의 동요, 동화, 소년소설을 발표하였다.

**남기훈**(南基薰: ?~?)   아동문학가. 경성부(京城府) 서강(西江: 현 서울특별시 마포구 서강동) 출생. 〈아동극연구협회(兒童劇研究協會)〉와 〈경성방송아동극연구회(京城放送兒童劇研究會)〉의 대표가 남기훈인데 그의 주소지가 경성부 창전정(倉前町) 261번지로 되어 있다.[25] 1935년 8월 25일 〈경성방송아동극연구회〉를 조직하여 동요극(童謠劇) 「누구 것이 조흐냐」(南基薰 作)를 경성방송국 라디오에서 지휘하였고, 1936년 6월 김태석(金泰晳), 박흥민(朴興珉), 유기홍(柳基興), 정영철(鄭英徹), 김상덕(金相德), 김호준(金虎俊) 등과 함께 〈아동극연구협회〉 창립위원으로

---

23 『오사카마이니치신붕(大阪每日新聞)』은 일본 신문의 하나이다. 『大阪日報』가 1888년 11월에 개칭하여 창간하였다. 1911년 『東京日日新聞』을 매수하여 전국지가 되었고, 1943년 『每日新聞』으로 개칭하였다. 『朝日新聞』, 『讀賣新聞』과 함께 3대 신문으로 평가된다.

24 백선행(白善行: 1848~1933)은 일제강점기 평양(平壤)에서 거금을 출연하여 평양 일대의 각급 학교를 지원하는 육영사업을 하였고, 시민들의 문화시설로 대동강 옆에 석조 건물로 대공회당(大公會堂)을 건립하였는데 이를 백선행기념관이라 하였다. 1927년 4월 15일 기공식을 하여 1929년 5월 4일 개관식을 거행하였다.

25 1911년 경성부 서강면 창전리(京城府 西江面 倉前里)였다가, 1914년 경기도 고양군 용강면 창전리로 바뀌었고, 1936년 창전정(倉前町)이 되었다.

활동하는 등 아동극에 많은 노력을 기울였다. 1936년 12월 〈조선소년총연맹(朝鮮少年總聯盟)〉, 〈경기도소년연맹(京畿道少年聯盟)〉, 〈경성소년연맹(京城少年聯盟)〉 등 세 단체를 완전 해체하고 새로운 단체 결성을 위한 〈조선아동애호연맹〉 발기회의를 한 바 진장섭(秦長燮), 김태오(金泰午), 이정호(李定鎬), 정홍교(丁洪敎), 홍순익(洪淳翼), 고장환(高長煥) 등과 함께 창립 준비위원으로 활동하였다. 1930년대에 어린이날 행사에 주도적으로 참여하였다. 해방 후 1946년 3월 〈어린이날전국준비위원회〉의 위원장 양재응(梁在應), 교섭부 박인범(朴仁範), 선전부 최청곡(崔靑谷), 감독위원 안준식(安俊植), 박세영(朴世永), 윤소성(尹小星) 등과 함께 총무부를 맡아 준비하였고, 1947년 5월 〈어린이날전국준비위원회〉와 서울시준비위원회 공동 주최의 기념식에 사회를 보는 등 어린이 관련 활동을 적극적으로 하였다. 〈조선소년운동중앙협의회(朝鮮少年運動中央協議會)〉에서 1946년 3월 창간호를 발간한 『소년운동(少年運動)』의 편집인으로 활동하였다. ▶아동문학 관련 비평문으로 「(日評)아동극과 방송단체(전2회)」(『조선중앙일보』, 1936.3.10~11), 「(日評)아동 독품(兒童讀品) 문제(상,하)」(『조선중앙일보』, 1936.3.19~20), 「뜻깊이 마지하자 '어린이날'을! ─ 오월 첫 공일은 우리의 명절」(『동아일보』, 1936.5.3), 「어린이날을 당하야 조선 가정에 보냅니다」(『조선중앙일보』, 1936.5.4), 「어린이날을 뜻잇게 마지하자」(어린이날중앙준비회 남기훈; 『매일신보』, 1937.5.2), 「조선의 현세(現勢)와 소년지도자의 책무」(『소년운동』 창간호, 조선소년운동중앙협의회, 1946년 3월호), 「어린이날을 앞둔 소년 지도자에게」(『소년운동』 제2호, 조선소년운동중앙협의회, 1947년 4월호), 「커 가는 어린이들」(『민중일보』, 1947.5.4), 「어린이날을 맞이하야 소년지도자에게(전2회)」(『부인신보』 제296호~제297호, 1948.5.6~7) 등이 있다. 이 외에 다수의 동요, 동화 작품이 있다.

**남대우**(南大祐: 1913~1950)  아동문학가. 필명 남우(南宇), 남서우(南曙宇, 曙宇學人), 남상호(南相昊), 남성(南星), 남산초인(南山樵人, 南山), 지리산인(智異山人), 남양초(南洋草), 김영우(金永釪), 유용현(劉龍炫), 신맹덕(申盟德), 신맹원(申孟元), 종달새, 김정임(金貞姙), 남산하동인(南山霞洞人), 적우(赤宇). 경상남도 하동(河東) 출생. 1927년 하동공립보통학교(河東公立普通學校), 1929년 하동농업보습학교(河東農業補習學校)를 졸업하였다. 1930년 7월경 『중외일보』 하동지국의 집금원(集金員)이 되었고('南大佑'로 되어 있으나 오식으로 보인다.), 동아일보 하동지국장과, 『만선일보』 하동지국장 및 지방 주재 기자, 1934년 3월 『조선중앙일보』 하동지국 기자가 되었다. 1933년 4월 12일 『동아일보』 하동지국 총무인 남대우는 사상 서적을 구독한다는 혐의로 하동경찰서에 검거되었다가 5월 15일 석방된 바 있다. 1942년부터 하동공립보통학교 교사로 재직하였다. 해방 후 하동에서 〈하동문화협회(河東文化協會)〉를 이끌었다. 1934년 『동아일보』 신춘현상문예 동화 부문에 「쥐와 고양이(전4회)」(『동아일보』, 1934.1.5~12)가 당선되었다. 『아동문학 관련 비평문으로 「『신소년』 3월호 동요를 읽은 뒤의 감상」(『신소년』, 1934년 4-5월 합호)과 「아동문화 통신」(박영종, 남대우;『아동문화』 제1집, 동지사아동원, 1948년 11월호) 등이 있다. 이 외에 1930년부터 『신소년』,『별나라』,『동아일보』, 『조선일보』,『중외일보』,『조선중앙일보』,『매일신보』 등에 다수의 동요, 소년시 등을 발표하였다. 이고산(李孤山)이 「문예작품의 모작에 대한 일고 - 남대우 군(南大祐君)에게」(『조선중앙일보』, 1934.2.15)를 통해 남대우의 모작을 지적한 바 있다. 『저서로 동요집 『우리 동무(제1집)』(하동문화협회, 1945), 『우리 동무(제2집)』(하동문화협회, 1946)와, 사후 아들 남기욱이 편찬한 『우리 동무』(정윤, 1992)가 있다.

**남응손**(南應孫: 1914~?)  아동문학가. 필명 남석종(南夕鍾, 南夕鐘, 石鐘), 남풍월(南風月), 풍류산인(風流山人). 함경남도 신고산(新高山) 출생. 1917년 원산공립상업학교에 입학하였으나 사고로 퇴학하고, 3년간 〈신고산소년단〉 활동을 하였다. 경성고등예비학교(京城高等豫備學校)를 거쳐 1931년 4월 연희전문학교(延禧專門學校) 문과에 입학하였다. 1935년 3월 도쿄 메이지대학(東京明治大學)을 졸업하였다. 1927년 12월 20일 함남 안변군 〈신고산소년회(新高山少年會)〉 주최 안변소년소녀현상웅변대회에서 「동무여! 싸와 나가자」란 연제로 참여하였다. 1929년 8월 상순경에 문예사상을 발휘하고 연구발표를 목적으로 〈금붕어사〉를 창립하였다. 1930년경 『조선경찰출판월보(朝鮮警察出版月報)』(제17호)에 따르면, 남응손이 편찬한 『안변시인집(安邊詩人集)』에 실린 「금붕어」란 시가 "나라를 빼앗긴 조선 민족을 어항에 갇힌 물고기에 빗대어 풍자한 시"라 하여 내용이 삭제된 바 있다. 1931년 8월 '제1회 학생 하기 브나로드운동'의 '기자대 소식 - 제3종 고향통신(2)'에 '신고산' 대원 자격으로 「활기가 업는 시민」(『동아일보』, 1931.8.26)이란 글을 발표하였다. 1933년 11월 〈조선아동예술연구협회(朝鮮兒童藝術硏究協會)〉 창립 시 정인섭(鄭寅燮), 현제명(玄濟明), 정홍교(丁洪敎), 백정진(白貞鎭), 최성두(崔聖斗), 김복진(金福鎭), 노천명(盧天命), 유삼렬(劉三烈), 김지림(金志淋), 유기흥(柳基興), 원치승(元致升), 모기윤(毛麒允), 한보패(韓寶珮), 이구조(李龜祚), 김성도(金聖道), 신원근(申源根), 원유각(元裕珏) 등과 함께 발기 동인으로 참여했으며, 1934년 5월경 도쿄서 〈조선문인사(朝鮮文人社)〉(事務室, 東京市 神田區 西神田 一の四 昭和ビル 十一號)를 창립할 때에 함효영(咸孝英), 김관(金管), 유치진(柳致

眞), 마해송(馬海松) 등과 함께 참여하였다. 1936년경 함경남도 안변군 신고산 일대 청년들을 중심으로 한 사상 사건에 연루되어 구금된 바 있다. ▶아동문학 관련 비평문으로 「한 씨 동요에 대한 비판」(夕鐘;『조선일보』, 1929.10.13), 수필 「가을에 생각나는 동무들(상,하)」(南應孫;『매일신보』, 1930.10.5~7), 「조선의 글 쓰는 선생님들(전5회)」(南應孫;『매일신보』, 1930.10.17~23), 「『매신(每申)』 동요 10월 평(十月評)(전9회)」(南夕鐘;『매일신보』, 1930.11.11~21){이 글에 대해 전춘파(全春坡)가 「평가와 자격과 준비 – 남석종 군(南夕鐘君)에게 주는 박문(駁文)(전5회)」(『매일신보』, 1930.12.5~11)을 통해 반박한 바 있다.}, 「11월 동요평(전3회)」(南應孫;『조선중앙일보』, 1933.12.4~7), 「새해를 마지하야 어린니에게 드리는 말슴(전2회)」(『매일신보』, 1934.1.3~5), 「아동극 문제 이삼 – 아동극을 중심으로 하야(전6회)」(南夕鐘;『조선일보』, 1934.1.19~25), 「'조선신흥동요운동의 전망'을 읽고(상,하)」(風流山人;『조선중앙일보』, 1934.1.26~27), 「조선과 아동시 – 아동시의 인식과 그 보급을 위하야(전11회)」(南夕鐘;『조선일보』, 1934.5.19~6.1), 「문학을 주로 – 아동 예술교육의 연관성을 논함(상,하)」(南夕鐘;『조선중앙일보』, 1934.9.4~6), 「(아동문학강좌 1)문학이란 무엇인가」(南夕鐘;『아이생활』, 1934년 9월호), 「(아동문학강좌 2)동요란 무엇인가」(『아이생활』, 1934년 11월호), 「(아동문학강좌 3)아동자유시란 무엇인가」(『아이생활』, 1935년 1월호), 「(아동문학강좌 4)작문이란 무엇인가」(『아이생활』, 1935년 6월호), 「(아동문학강좌 5)동화란 무엇인가」(『아이생활』, 1935년 7월호), 「(아동문학강좌 6)동극이란 무엇인가」(『아이생활』, 1935년 9월호), 「(아동문학강좌 7)소설이란 무엇인가」(『아이생활』, 1935년 10월호), 「(아동문학강좌 完)조선의 문사(文士)와 문학 잡지 이야기」(『아이생활』, 1935년 11월호), 「1935년 조선아동문학회고 – 부(附) 과거의 조선 아동문학을 돌봄」(南夕鐘;『아이생활』, 1935년 12월호) 등이 있다. 1920년대 후반부터 다수의 동요와 동화를 발표하였다. ▶저서로 1934년 3월 동요집 『해가 떳나』를 발행하려고 준비한다는 기사가 있으나 발행 여부는 분명하지 않다.[26]

**남재성**(南在晟: ?~?) 아동문학가. 평안남도 평양(平壤) 출생. 1931년 강순겸(姜順謙), 칠석성(七夕星), 이신실(李信實), 고삼열(高三悅), 황순원(黃順元), 심예훈(沈禮訓) 등과 함께 〈평양새글회〉(平壤새글會) 회원으로 활동하였고, 발족 당시 '서무

---

26 「남응손(南應孫) 군 동요집 『해가 떳나』– 발행 준비 중」(『동아일보』, 1934.3.4)에 "아동문예에 뜻을 두고 방금 동경에 가 잇는 남응손(南應孫) 군은 동요집 『해가 떳다』를 발행하랴고 준비 중이라고 합니다."라 하였다.

부장' 일을 맡아 보았다. ▶아동문학 관련 비평문으로 「(문단탐조등)김형식(金亨軾) 군의 '버들편지'는 표절」(『동아일보』, 1931.3.31)이 있다.

**남철인**(南鐵人: ?~?)  신원 미상. ▶아동문학 관련 비평문으로 「최근 소년소설평」 (『어린이』, 1932년 9월호)이 있다.

**노양근**(盧良根: 1906~?)  아동문학가. 필명 양아(洋兒, 良兒, 羊兒), 노양근(鷺洋 近), 양근이(陽近而, 壤近而, 羊近而), 노철연(盧澈淵, 盧澈然), 철연이, 노천아(盧 川兒, 老泉兒). 창씨명 原田良根. 황해도 금천(金川) 출생. 1930년 『중외일보』에 '동화동요 급(及) 마(馬)의 전설 가작발표'에 「의마(義馬)」(1930.1.5~6)가 가작으 로 당선되었다. 『동아일보』의 신춘 현상에 여러 번 당선되었는데, 1931년 소년소녀 신춘문예에 동요 「단풍」(『동아일보』, 1931.1.3)이 가작, 동화 「의좋은 동무」가 2등 당선되었고, 1934년 신춘현상문예 동화 부문에 「눈 오는 날(전7회)」(盧良根; 『동 아일보』, 1934.1.13~23)로 가작(佳作) 당선되었고, 1935년 신춘현상 문예에 양아 (洋兒)라는 필명으로 「조선학생의 노래」(『동아일보』, 1935.1.1)가, 동시에 동화 부문 선외가작으로 「참새와 구렝이(상,하)」(鷺洋近; 『동아일보』, 1935.1.13~2.4) 가 당선되었으며, 1936년 신춘문예에 동화 「날아다니는 사람(전9회)」(盧洋兒; 『동 아일보』, 1936.1.1~10)이 당선되었다. 1934년 『조선일보』 신춘현상문예에 동화 「순이와 빵장사」(羊兒 盧良根; 『조선일보』, 1934.1.1~4)가 당선되었다. 이상의 당 선자 소개를 종합하면, 원적(原籍)이 황해도 금천군(金川郡) 백마면(白馬面) 명성 리(明城里)이고 당시 주소는 철원군(鐵原郡) 중리(中里) 148(一四八)이었다. 학력 은 개성(開城) 송도고등보통학교(松都高等普通學校)를 졸업하고, 와세다대학 문학 통신수업(早大文學通信修業)을 하였으며, 고향과 개성(開城), 창도(昌道), 철원(鐵 原) 등지에서 다년간 교편생활을 한 것으로 확인된다. 1941년 5월 5일 부민관(府民 館)에서 〈경성동극회(京城童劇會)〉의 제1회 공연에서 노양근의 「열세동무」를 홍은 표(洪銀杓)가 〈소년 애국반〉으로 각색하여 정현웅(鄭玄雄) 장치, 정영철(鄭英徹) 연출로 공연하였다. ▶아동문학 관련 비평문으로 「『어린이』 신년호 소년소설평」 (『어린이』, 1932년 2월호), 「『어린이』 잡지 반년간 소년소설 총평(전2회)」(『어린 이』, 1932년 6~7월호), 「(一週一話)독서하기 조흔 때이니 조흔 책 읽으시오」(『동 아일보』, 1939.9.17) 등이 있다. 이 외에 다수의 동화, 소년소설 및 어린이 관련 수필과 논설이 있다. ▶저서로 동화집 『날아다니는 사람』(조선기념도서출판관, 1938), 장편 소년소설 『열세동무』(한성도서주식회사, 1940) 등이 있다. 특히 『날 아다니는 사람』은 조선기념도서출판관의 제2호 출판 도서이다. 조선기념도서출판 관의 제1호는 김윤경(金允經)의 『조선 문자 급 어학사(朝鮮文字及語學史)』이고,

『날아다니는 사람』은 제2호이다. 기념도서 출판이란 독지가가 기념으로 출판비를 대고 출판한 도서를 말하는데 『날아다니는 사람』의 경우, 오세억(吳世億), 이숙모(李淑謨) 씨가 1937년 12월 29일 결혼을 하면서 기념으로 출판비를 제공해 출판한 것이다.

**노자영**(盧子泳: 1898~1940)  시인, 수필가. 필명 춘성(春城), 꿈길(꿈길). 황해도 송화군(松禾郡) 출생. 1913년 평양 숭실중학교에 입학하여 1917년에 졸업하였다. 황해도 풍천(豊川)에 있는 사립 양재학교(養在學校)에서 교편을 잡았다. 1919년 『매일신보』에 시 「월하의 몽(月下의夢)」(1919.8.15), 11월에 「파몽(破夢)」(1919. 11.3), 「낙목(落木)」(1919.11.17) 등을 발표하면서 작품 활동을 시작하였다. 1920년 한성도서주식회사에 입사해 편집 일을 도왔다. 『서울』, 『학생』의 기자로 재직하면서 감상문 등을 발표하였다. 1921년 『장미촌(薔薇村)』 창간 동인으로 참여하였다. 1922년 동아일보사에 입사하여 사회부 기자생활을 시작하였고, 『백조(白潮)』의 동인으로 참여하였다. 1923년 출판사 청조사(青鳥社)를 만들었다. 여러 책의 성공으로 많은 돈을 벌게 되어 1926년 일본으로 유학을 가 니혼대학(日本大學)에서 수학하였다. 1928년 폐질환으로 학업을 그만두고 귀국해 이후 5년여를 병석에서 지냈다. 1933년경까지 어렵게 투병생활을 하느라 출판사 청조사를 처분하였다. 1934년 병이 완쾌되어 『신인문학(新人文學)』을 간행하면서 의욕적으로 문학 활동을 하였다. 1936년 자본이 부족하여 『신인문학』을 폐간하였다. 1937년 조선일보사출판부에 입사하여 『조광(朝光)』을 편집하였다. 『조선일보』에 소설 『인생특급』(1937.10.5~12.9)을 연재해 크게 인기를 얻었다. 1940년 8월 『조선일보』가 폐간되자 해직되었다. 시는 낭만적 감상주의로 일관하였으나 신선한 감각이 돋보이기도 하였고, 산문에서는 소녀 취향의 문장으로 명성을 얻었다. ▸아동문학 관련 비평문으로 「첫머리에 씀(序文)」(춘성(春城) 편, 『세계명작동화선집 천사의 선물』, 청조사, 1925.7)이 있다. ▸아동문학 관련 도서로 동화집 『(세계명작동화선집) 천사의 선물』(청조사, 1925), 번역 『소공자(小公子)』(청조사, 1926) 등이 있다. 저서로 시집 『처녀(處女)의 화환(花環)』(청조사, 1924; 창문당서점, 1929), 『내 혼(魂)이 불탈 때』(청조사, 1928), 『백공작(白孔雀)』(미모사서점, 1938)과 소설 『반항(反抗)』(신민공론사, 1923), 『(연애소설)이리앳트 니야기』(신생활사, 1923),[27]

---

27 호메로스(Homeros)의 『일리아스(Ilias)』를 가리킨다. 이는 『일리아스』를 한국에 처음 소개한 것으로 확인된다.(김헌, 「식민지 조선의 『일리아스』 읽기 – 연애소설로 읽은 노자영 연구」, 『인문논총』 제76권 제3호, 서울대 인문학연구원, 2019.8 참조)

소설집 『무한애(無限愛)의 금상(金像)』(청조사, 1925), 『금색의 태양』(명성출판사, 1940) 등과 『사랑의 불꽃: 연애서간』(신민공론사, 1923),[28] 시극·감상문·기행문 등을 모은 『표박(漂泊)의 비탄(悲嘆)』(창문당서점, 1925), 『(세계개조)십대사상가(十大思想家)』(조선도서주식회사, 1927), 수필집 『황야(荒野)에 우는 소조(小鳥)』(청조사, 1927), 수필집 『청춘의 광야(曠野)』(청조사, 1924; 재판 창문당서점, 1929), 『세계대웅변가연설집』(영창서관, 1930), 수필집 『유수낙화집(流水落花集)』(청조사, 1935), 수필집 『청공세심기(靑空洗心記)』(한성도서주식회사, 1935), 수필집 『영원(永遠)의 몽상(夢想)』(창문당서점, 1938), 수필집 『(수필, 기행, 평론, 잡필)인생 안내』(세창서관, 1938), 『(문예미문서간집)나의 화환(花環)』(미모사서점, 1939) 등이 있다.

**로인**(?~?)  신원 미상. 「아동문학 관련 비평문으로 「좀 더 쉬웁게 써 다고 – 신년호 박현순(朴賢順) 동무에 글을 읽고」(『신소년』, 1933년 3월호)가 있다.

**마해송**(馬海松: 1905~1966)  아동문학가, 수필가. 본명 마상규(馬湘圭). 경기도 개성(開城) 출생. 개성학당을 거쳐 중앙고보, 보성고보에 재학 중 동맹휴학 사건으로 중퇴하고, 1921년 니혼대학(日本大學) 예술과에서 수학했다. 이때 기쿠치 간(菊池寬)의 강의를 들으면서 그의 제자가 되었다. 1932년 기쿠치 간이 주재하는 『문예춘추(文藝春秋)』 창간 편집에 참여하여 편집장이 되었으며, 『オール讀物』[29]를 단독 편집하여 공전의 히트를 쳤고, 1930년 문예춘추사에서 젊은이 대상의 잡지로 발행하다 중단되었던 『모던 일본(モダン日本)』[30]을 인수하여 크게 성공시켰다. 1921년 마상규(馬相圭)는 김성형(金星炯), 공진형(孔鎭衡), 고한승(高漢承), 장희순(張熙淳), 공진항(孔鎭恒), 김승영(金昇永), 진장섭(秦長燮), 유기풍(劉基豊), 손인순(孫仁順), 최우용(崔禹鏞), 윤광수(尹光洙), 하동욱(河東旭), 공진태(孔鎭泰) 등과 함께 개성 출신 유학생 단체인 〈송경학우회(松京學友會)〉를 주도하고, 귀국하여 아마

---

28 판권지에 '저작 겸 발행자'로 '米國人 吳殷瑞'(미국인 오은서)라고 되어 있는데, 이는 노자영의 익명이다.

29 『오루요미모노(オール讀物)』는 문예잡지의 이름이다. 일본의 문예춘추사에서 1930년 7월 『분게이슌주(文芸春秋)』 하기 임시증간으로 기쿠치 간이 명명한 'オール讀物号'를 발행하였다. 호평을 받게 되자 1931년 4월부터 월간지로 독립하였다.

30 『모단닛폰(モダン日本)』은 쇼와(昭和) 모더니즘을 표방하고, 1930년 10월 기쿠치 간이 문예춘추사에서 창간한 오락잡지다. 『新太陽』으로 개제하였다가 전후 다시 『モダン日本』으로 복간하였다. 1931년에 『オール讀物』에 있던 마해송(馬海松)이 참가하여 1932년 사장이 된 마해송이 독립하여 모던일본사(モダン日本社)에서 발행하였다.

추어 학생극 활동을 벌였다. 1923년 4월 1일 마해송(馬海松)은 개성에서 진장섭(秦長燮), 최선익(崔善益) 공진항(孔鎭恒), 이기세(李基世), 김영보(金泳俌), 고한승, 조숙경(趙淑景) 등의 문예 동지들과 함께 〈녹파회(綠波會)〉를 조직하였다. 1923년 박홍근(朴弘根)이 개성에서 발행하던 『샛별』에 「어머님의 선물」(『어린이』, 1925년 12월호 재수록), 「바위 나리와 아기별」(1923년 개성에서 제2회 어린이날에 구연함;『어린이』, 1926년 1월호) 등을 발표하면서 작품 활동을 시작했다. 1924년 개성에서 〈샛별사〉가 주최한 동화회 겸 가극회에 고한승, 전수창(全壽昌)과 함께 참여하였다. 박홍근이 개성에서 단독으로 발행하던 『샛별』의 편집을 1925년부터 맡아보기로 하였다. 1934년 도쿄에서 함효영(咸孝英)이 편집한 월간문예지 『조선문인(朝鮮文人)』이 창간되자 김관(金管), 유치진(柳致眞), 남석종(南夕鍾), 마해송 등이 집필자로 참여하였다. 1959년 「모래알 고금」으로 아동문학가로서는 최초로 제6회 자유문학상을 수상했고, 「떡배 단배」, 「비둘기가 돌아오면」으로 제1회 한국문학상을 수상했다. ▶아동문학 관련 비평문으로 「악동 탄생」(『신천지』 제8권 제3호, 1953년 7-8월 합호), 「(신문화의 남상기)나와 〈색동회〉 시대」(『신천지』 제9권 제2호, 1954년 2월호) 등이 있다. 이 외에 다수의 동화와 동화극(소년극) 등 아동문학 작품을 발표하였다. ▶저서로 마해송, 김영보, 진금성(秦金星: 秦長燮), 고한승, 공진항, 김학경(金鶴炯), 임영빈(任英彬), 이기세 등과 함께 합작시집으로 〈개성녹파회(開城綠波會)〉에서 간행한 『성군(星群)』(開城: 문화관, 1924)과, 동화집 『해송동화집(海松童話集)』(東京: 同聲社, 1934), 『토끼와 원숭이』(신구문화사, 1947), 수필집 『편편상(片片想)』(새문화사, 1948), 『사회와 인생』(세문사, 1953)(겉표지에 '편편상 1, 2집 합본'이라고 밝혀 놓았다), 『모래알 고금』(가톨릭출판사, 1958), 『요설록(饒說錄)』(신태양사, 1958), 『마해송 아동문학독본』(을유문화사, 1962), 소설 『아름다운 새벽』(민중서관, 1962) 등이 있다. 자세한 작품연보는 『마해송전집』(문학과지성사, 2013)을 참고할 수 있다.

**모기윤**(毛麒允: 1912~1983)  아동문학가. 필명 월천(月泉), 모령(毛鈴), 일완(日完), 백령(白鈴), 모은천(毛隱泉), 모은숙(毛銀淑), 창씨명 毛利麒允. 함경남도 원산(元山) 출생. 시인 모윤숙(毛允淑)의 남동생이다. 1925년 함경남도 원산보통학교, 평양 광성고등보통학교(光成高等普通學校)를 거쳐 1937년 연희전문학교(延禧專門學校) 문과를 졸업하였다. 1924년 4월 26일 창립된 〈함흥소년회(咸興少年會)〉의 총무 역할을 맡았다. 1925년 7월 21일 함흥의 중하리예배당(中荷里禮拜堂)에서 개최된 소년소녀웅변대회에서 3등으로 입상하였다. 1930년 3월 8일 함흥중앙교회 〈기독소년면려회(基督少年勉勵會)〉 주최 동요동화 대회에 한해룡(韓海龍) 등

8명 중 한 사람으로 참석하였다. 1931년 『동아일보』 신춘문예 동요 부문에 '함흥 모령(咸興毛鈴)'이라는 이름으로 「눈 꽃 새」(1931.1.3)가 3등으로 당선되었다. 이 작품은 권태호(權泰浩)에 의해 곡보(〈눈·꽃·새〉, 『동아일보』, 1933.3.15)가 붙여졌다. 그런데 이보다 먼저 모은숙(毛銀淑)이란 이름으로 「눈꽃새」(『중외일보』, 1930.3.9)가 이미 발표된 데다, 일본 동요의 번안이라는 지적도 있다.) 1931년 7월 18일 〈함흥기독교청년회〉 소년부 주최 동화대회에 배정삼(裴正三), 한승원(韓昇原)과 함께 연사로 참여하였다. 1932년 8월 25일 동아일보사 함흥지국 주최의 위안납량음악회(慰安納凉音樂會)에 악사(樂士)로 참여하였다. 1933년 연희전문학교 문과 본과에 입학하면서 장서언(張瑞彦), 설정식(薛貞植), 김성도(金聖道), 조풍연(趙豐衍) 등과 함께 〈문우회(文友會)〉 회원이 되었다. 1933년 9월 23일 연희전문학교 주최 동아일보사 후원의 제1회 전조선 중등학교 육상 경기대회의 대회 임원 가운데 박영준(朴榮濬), 김성도(金聖道), 이구조(李龜祚), 설정식(薛貞植) 등과 함께 신문기자로 활동하였다. 1933년 11월 28일 원유각(元裕珏), 정인섭(鄭寅燮), 현제명(玄濟明), 정홍교(丁洪敎), 백정진(白貞鎭), 최성두(崔聖斗), 김복진(金福鎭), 노천명(盧天命), 유삼렬(劉三烈), 남응손(南應孫), 김지림(金志淋), 유기흥(柳基興), 원치승(元致升), 한보패(韓寶珮), 이구조(李龜祚), 김성도(金聖道), 신원근(申源根) 등과 함께 조양유치원(朝陽幼稚園)에서 〈조선아동예술연구협회(朝鮮兒童藝術硏究協會)〉를 조직하기 위해 창립총회를 열었는데, 회장은 원유각, 연구부장은 모기윤이 맡았고, 이어 모기윤이 회장을 역임하였다. 1934년 2월 15일 〈조선아동예술연구협회〉가 동화의 밤을 개최하였을 때 동화실천부(童話實踐部)의 모기윤, 김복진(金福鎭), 원유각이 연사를 맡았다. 1934년 연희전문학교 문과 2학년 때 '문학연구 장학금'을 수령하였다. 1934년 경성부 관훈동(京城府 寬勳洞)의 북성잡지사(北星雜誌社)에서 월간문예지 『북성(北星)』이 발간되었는데 창간호 집필자로 모기윤(毛麒允)은 윤희영(尹喜永), 유현상(劉賢商), 목일신(睦一信), 김태석(金泰晳), 김성도(金聖道), 최인화(崔仁化), 김만조(金萬祚), 이문호(李文鎬), 원치복(元致復), 장순이(張順伊), 남숙우(南淑祐), 김동섭(金東燮), 박헌식(朴憲植), 원학성(元學星), 전시철(全詩喆) 외 여러 사람과 함께 참여하였다. 1934년 7월 2일부터 28일까지 〈조선아동예술연구협회〉에서 전 조선을 순회하며 동화대회를 열게 되었는데, 동화부(童話部)에 모기윤(毛麒允), 김복진(金福鎭), 유기흥(柳基興), 김태석(金泰晳), 최인화(崔仁化), 원유각(元裕珏) 등, 동요부(童謠部)에 유삼렬(劉三烈), 윤희영(尹喜永), 원치승(元致升), 김용섭(金龍燮) 등이 참여하였다. 1934년 10월 6일 〈종로중앙기독청년회(鐘路中央基督靑年會)〉 소년부 주최 동화동요회에 연사로 참여하였다. 1936년 4월 29일 〈종로기독교청년회〉 소년부에서 동화의 밤을 개최할 때 김태오(金泰午), 최인화(崔仁化) 등과 함께 모기윤은 「황금 날개」란 동화를 낭독하였다. 1969년 제1회 대한민국 문화예술상 대통령상(방송상)을 수상하였다. 1983년 11월 6일 서울 자택에서 숙환으로 사망하였다. 동요, 소년시, 동화 등 다수의 아동문학 작품을 발표하였다. ▶저서로 『(고금 명작)문장독본』(신향사, 1954), 『(현대걸작)문학선(文學選)(상,하)』(양문사, 1956), 『시의 화원』(일문서관, 1958) 등이 있다.

**모윤숙**(毛允淑: 1909~1990)  시인. 필명 영운(嶺雲), 모악인(母岳人), 모악산인(母岳山人). 아동문학가 모기윤(毛麒允)은 모윤숙의 남동생이다. 함경남도 원산(元山) 출생. 1925년 함흥 영생보통학교, 1927년 개성 호수돈여자고등보통학교(好壽敦女子高等普通學校)를 졸업하고, 1927년 이화여자전문학교 예과에 입학, 1931년 영문학과를 졸업하였다. 1934년 보성전문학교(普成專門學校) 교수였던 안호상(安浩相)과 혼인하였다. 1937년 시와 산문의 중간 형식인 『렌의 애가(哀歌)』(청구문화사)를 출간하였다. 일제강점기 말엽 〈조선임전보국단(朝鮮臨戰報國團)〉[31] 경성지부 발기인으로 참여하는 등 친일행위를 하여, 「일제강점하 반민족행위 진상규명에 관한 특별법」 제2조 제11·13·17호에 해당하는 친일반민족행위로 규정되어 『친일반민족행위진상규명 보고서』 Ⅳ-5: 친일반민족행위자 결정이유서(290~335쪽)에 관련 행적이 상세하게 수록되었다. ▶아동문학 관련 비평문으로 「『세계걸작동화집』을 읽고 - 가정에 비치할 보서(寶書)」(『여성』, 1937년 1월호)가 있다.

**목일신**(睦一信: 1913~1986)  아동문학가. 필명 은성(隱星, 睦隱星), 김부암(金富岩), 김소영, 목옥순(睦玉順), 임일영(林一影), 창씨명 大川一銀. 전라남도 고흥군 고흥읍(高興邑) 출생. 1928년 고흥공립보통학교를 졸업한 뒤 전주 신흥학교(信興學校)에 입학하였다. 1937년 일본 오사카(大阪) 간사이대학(關西大學)을 졸업하였다. 1930년 『동아일보』 신춘문예에서 「참새」(『동아일보』, 1930.1.1)가 선외 입선(選外入選)되었고, 『조선일보』 신춘문예 동요 부문에 「시골」(『조선일보』, 1930.1.4)이 당선되었다. 이때 주소가 '고흥군 읍내 행정리(高興郡 邑內 杏亭里)'로 되어 있다. 1931년 『조선일보』 신춘문예 동요 부문에 「물네방아」(1931.1.1)가 2등으로 당선되었다. 1933년 이대봉(李大鳳), 이정구(李貞求), 박은봉(朴銀鳳), 원유각(元

---

**31** 1941년 10월 22일 서울에서 조직된 친일단체이다. 김동환(金東煥)이 주동하여 만든 〈임전대책협의회〉(1941년 8월 창립)와 윤치호(尹致昊)가 중심이 된 〈흥아보국단(興亞報國團)〉이 〈국민총력조선연맹〉의 권고와 주선에 따라 통합한 단체이다.

裕珏), 남석종(南夕鍾), 박청진(朴青震) 외 20여 인과 함께 〈아동예술연구회(兒童藝術研究會)〉를 조직하였다. 1934년 경성부 관훈동(京城府 寬勳洞)의 북성잡지사(北星雜誌社)에서 월간문예지 『북성(北星)』이 발간되었는데, 창간호 집필자로 윤희영(尹喜永), 유현상(劉賢商), 모기윤(毛麒允), 김태석(金泰晳), 김성도(金聖道), 최인화(崔仁化), 김만조(金萬祚), 이문호(李文鎬), 원치복(元致復), 장순이(張順伊), 남숙우(南淑祐), 김동섭(金東燮), 박헌식(朴憲植), 원학성(元學星), 전시철(全詩喆) 외 여러 사람과 함께 참여하였다. 1934년 『조선일보』 신춘현상 유행가 부문에 「새날의 청춘」(1934.1.13)이 당선되었다. 1934년 7월부터 〈조선방송협회(朝鮮放送協會)〉 제2방송에서 라디오에 적합한 신민요(新民謠)를 현상모집하여 9월 13일 심사한 결과, 목일신이 임일영(林一影)이란 이름으로 응모한 「동백꽃 필 때」가 1등으로 당선되었다. 1937년 『매일신보』 신춘현상문예 '유행가(流行歌)' 부문에 「영춘곡(迎春曲)」(『매일신보』, 1937.1.15)이 선외가작으로 당선되었다. 1938년 9월 1일부로 동아일보사 보성지국(寶城支局) 기자로 임명되었다. 1943년 순천 매산고등학교(順天梅山高等學校), 1948년 목포여자중고등학교, 1954년 서울 이화여자고등학교, 1958년 배화여자중고등학교 교사로 부임하여 1978년 퇴직하였다. 1960년 이후 경기도 부천군 소사읍 범박리 신앙촌으로 이주하여 1986년 사망할 때까지 거주하였다. 〈한국아동문학가협의회〉 부회장과 〈한국음악저작권협의회〉 이사 등을 지냈다. 1977년 8월 전라남도 고흥군 고흥동국민학교(高興東國民學校)에 「누가 누가 잠자나」를 새긴 노래비가 세워졌고, 2000년 10월 부천시 원미구 중동에 있는 부천 중앙공원에도 시비가 세워졌다. ▸대표적인 작품으로 「누가 누가 잠자나」, 「비누 방울」, 「아롱아롱 나비야」 등이 있다. ▸저서로 이동순이 편찬한 『목일신 동요곡집』(소명출판, 2015)이 있다.

**목해균**(睦海均: 1913~?)  아동문학가. 경기도 안성(安城) 출생. 명륜전문학교(明倫專門學校)를 졸업하였다. 안성, 광주(廣州), 양평(楊平)의 중고등학교에서 교사로 재직하였다. ▸아동문학 관련 비평문으로 「(전시아동문제)아동과 문화 – 전시 아동문화의 실천방향①」(『매일신보』, 1942.3.7), 「(전시아동문제)아동과 문화 – 전시 아동문화의 실천방향②」(『매일신보』, 1942.3.10), 「(전시아동문제)동화와 동화작가 – 아동문화의 실천방향③」(『매일신보』, 1942.3.11), 「(전시아동문제)동화와 동화작가 – 아동문화의 실천방향④」(『매일신보』, 1942.3.12), 「(전시아동문제)동요와 동요작가 – 아동문화의 실천방향⑤」(『매일신보』, 1942.3.14), 「(전시아동문제)동요와 동요작가 – 아동문화의 실천방향⑥」(『매일신보』, 1942.3.18), 「(전시아동문제)동극과 동극 작가 – 아동문화의 실천방향⑦」(『매일신보』, 1942.3.19),

「조선 아동문화의 동향」(『춘추』, 1942년 11월호) 등이 있다. 해방 후에도 「아동독물과 학교교육」(『동아일보』, 1955.8.25) 등의 비평문이 있다. 이 외에 다수의 동화와 소년소설 등 아동문학 작품을 발표하였다. ▼저서로『밤톨 삼형제』(金英一, 李柱訓, 睦海均 공저; 인문각, 1963), 『한국아동문학전집 8』(김성도 외 11인 동화소설집; 민중서관, 1963), 『쌍피리 부는 아이』(교학사, 1966) 등이 있다.

**문병찬**(文秉讚: ?~?)  아동문학가. 필명 추파(秋波). 서울 출생. 1925년 8월 8일 〈청구소년회(青邱少年會)〉의 창립총회에서 사회를 보았고, 이세훈(李世勳), 김현숙(金賢淑), 임희순(林喜順), 김익순(金益舜) 등과 함께 간사 중 한 사람으로 활동하였다. 〈오월회(五月會)〉 회원이었으며, 고장환(高長煥) 등과 함께 1926년 1월에 창립된 〈서울소년회〉의 6인의 집행위원{문병찬(文秉讚), 고장환(高長煥), 이원웅(李元雄), 조수춘(趙壽春), 현준환(玄俊煥), 박기훈(朴基薫)} 중 한 사람이었다. 1926년 3월 12일 〈서광소년회(曙光少年會)〉에서 경성 소년지도자의 연합기관인 〈오월회〉의 혁신임시총회(革新臨時總會)를 열었는데, 이원규(李元珪), 고장환, 김효경(金孝慶), 민병희(閔丙熙), 문병찬(文秉讚), 정홍교(丁洪教), 박준표(朴埈杓) 등과 함께 집행위원 중의 한 사람으로 선임되었다. 1926년 4월 1일 〈오월회〉는 5월 1일 '어린이데-'를 맞아 동요동화대회와 기행렬(旗行列)을 하기로 하였는데, 문병찬은 이원규(李元珪), 정홍교(丁洪教), 박준표(朴埈杓)와 함께 전형위원이 되었고, 민병희(閔丙熙), 이원규(李元珪), 최규선(崔奎善)과 함께 교섭부(交涉部)를 맡아 일을 진행하였다. 1926년 8월 5일부터 이한용(李漢容)과 함께 〈오월회〉의 지방순회 동화회 및 9월에 있을 전조선소년지도자대회 관련 건으로 북선 지방(北鮮地方)을 순회하였다. 1926년 〈청구소년회(青邱少年會)〉의 대표로 활동했다. 1927년 4월 정홍교, 전백(全栢), 노병필(盧炳弼), 김택용(金澤用), 최호동(崔湖東), 최규선(崔奎善) 등과 함께 〈오월회〉의 '어린이데이' 준비 위원으로 활동하였다. 1928년 7월 현숭(玄崇), 이응석(李應錫), 윤시영(尹始榮), 이창룡(李昌龍), 길승배(吉承培), 김대균(金大均), 문병찬(文秉讚) 등과 함께 노동자들의 동인제로 만든 『노동군(勞働群)』을 발행하기로 발기하였다. ▼아동문학 관련 비평문으로 「'소금쟁이'를 논함 – 홍파(虹波) 군에게」(『동아일보』, 1926.10.2), 『매일신보』의 '어린이를 옹호하자, 어린이데이에 대한 각 방면의 의견' 특집에 「쑤지람보다 감화적 교훈 – 예일고결한 그들에게 학대는 무슨 리유인가」(青邱少年會 文秉讚; 『매일신보』, 1926.4.5) 등이 있다. 이 외에 다수의 동화 작품을 발표하였다. ▼저서로『조선소년소녀동요집』(대산서림, 1926), 『세계일주동요집』(영창서관, 1927) 등이 있다. 『세계일주동요집』에 대해, 우이동인(牛耳洞人, 李學仁)은 「세계일주동요집을 보고」(「동요

연구(5, 6)」, 『중외일보』, 1928.11.19~20)에서 편집과 번역의 문제점을 지적한 바 있다.

**민고영**(閔孤影: ?~?)  신원 미상. 황해도 재령(載寧) 출생. 『아동문학 관련 비평문으로 「(감상문)깃쁜 일! 통쾌한 소식 – 동무들아 섭々해 말나」(『별나라』 통권57호, 1932년 2-3월 합호)가 있다. 이 글은 『별나라』가 신년 현상 원고를 모집했으나 하나도 싣지 못했다는 「사고(社告)」를 보고 쓴 감상문이다. 힘없는 무기력한 작품들로 지면을 채우는 것보다 검열 때문에 수록하지 못했다는 것이 오히려 "통쾌한 소식"이고 "용기와 깃쁨은 다시 소생되는 것"이라며 섭섭해 말라는 내용이다.

**민병휘**(閔丙徽: 1909~?)  비평가. 필명 민화경(閔華景), 오영(梧影), 민광(閔光). 경기도 개성(開城) 출생. 개성상업학교를 졸업하였다. 1925년 6월 7일 〈개성천도교소년회(開城天道敎少年會)〉의 제1회 임시총회에서 학습부 위원으로 선정되었다. 〈개성소년회〉 창립 3주년을 맞아 1925년 6월 13일 임시총회를 개최하여 임원을 개선하였는데 민병휘가 대표위원, 김광균(金光均)은 학습부 위원으로 선임되었다. 6월 25일 〈개성소년회〉 창립 3주년 기념식에서 민병휘가 위원 대표로 개회사를 하는 등 소년회 활동을 활발하게 하였다. 1925년 소년운동을 통일하고자 개성에서 〈새벽회〉를 창립하여 위원으로 활동하였다. 1926년 1월 18일 개성에서 문예에 뜻이 있는 사람들이 모여 무산문예에 힘을 쓰고자 〈효성회(曉星會)〉를 창립하였는데, 민병휘는 편집부 임원으로 선임되었다. 1920년대 말기부터 〈카프(KAPF)〉를 중심으로 평론 활동을 하였다. 1928년 6월 28일 〈개성청년동맹〉 송도지부(松都支部) 설치대회가 있을 때, 민병휘는 〈조선프롤레타리아예술동맹〉 개성지부 위원 자격으로 축사를 하였다. 1929년 7월 19일 〈해주민영회(海州民映會)〉에서 조선문예사의 송영(宋影)과 〈카프〉 개성지부 민병휘를 초청하여 문예대강연회를 개최하였는데, 민병휘는 「예술운동의 신전개」라는 제목으로 강연을 하였다. 1930년 4월 27일 〈조선프롤레타리아예술동맹〉 개성지부 간부였던 민병휘가 검거되었다. 1930년 현동염(玄東炎)과 함께 〈개성청년동맹(開城靑年同盟)〉의 선전조직부를 맡아 일했다. 1930년 7월 7일 〈개성청년동맹〉 집행위원 민병휘는 일본 잡지 『戰旗』(5월호)에 실린 기사 문제로 청교면 덕암리(靑郊面德巖里) 자택에서 검속된 바 있다. 1930년 11월경 개성에서 월간잡지 『깃발』을 창간하기로 하고 편집책임을 맡았다. 1931년 개성에서 프로연극단체인 대중극장(大衆劇場)의 창립을 주도하였다. 개성 대중극장 제1회 공연은 송영(宋影)의 〈면회 일체 거절〉, 싱클레어의 〈이 층의 산아이〉, 이기영(李箕永)의 〈월희(月姬)〉, 민병휘의 〈젊은이들〉, 〈마리아와 아들〉을 상연하기로 하였다. 1931년 5월 서울에 있던 군기사(軍旗社)가 개성으로 이전하였을 때,

이적효(李赤曉), 양우정(梁雨庭), 조백원(趙伯元), 한상준(韓相駿), 민병휘(閔丙徽) 등 『군기(群旗)』의 편집위원 5인 중 한 사람이었다. 1931년 〈카프〉 집행부의 미온적 태도를 비판하다 이적효(李赤曉), 양창준(梁昌俊), 엄흥섭(嚴興燮), 민병휘 등 4인이 제명당하는 이른바 '군기사건(群旗事件)'의 당사자이다. 1931년 민병휘 (閔丙徽)는 이춘원(李春園), 주요한(朱耀翰), 염상섭(廉尙燮), 김기진(金基鎭), 김 원주(金源珠), 박노아(朴露兒), 이성환(李晟煥), 김규택(金奎澤), 채만식(蔡萬植), 박진(朴珍), 최경화(崔京化), 박희도(朴熙道), 김을한(金乙漢), 박팔양(朴八陽), 김 영팔(金永八), 송영(宋影), 안준식(安俊植), 연성흠(延星欽), 김동환(金東煥), 김진 구(金振九), 윤백남(尹白南) 등과 함께 문예잡지 『대중문예(大衆文藝)』의 창간 및 집필에 참여하였다. 1931년 11월경 공작위원회(工作委員會) 사건으로 검거되었다 가 1932년 2월 1일 기소유예 처분을 받는 등 일제 당국이 예의 주시하는 활동을 하였다. 1932년 7월경 개성의 프롤레타리아 극단 대중극장(大衆劇場) 제1회 공연 에 민병휘의 〈마도로스와 웨트레스(一幕)〉 등이 선정되었고, 민병휘는 연출부 위원 으로 선임되었다. 1933년 5월경 개성에서 학술문예연구 잡지를 발간하기 위해 이 병렬(李炳烈), 현동염(玄東炎), 박일봉(朴一峰) 등과 함께 동인으로 참여하였다. 1938년 개성의 연극 애호가들이 극단 신인무대(新人舞臺)를 조직하고 4월 28일, 29일 양일에 걸쳐 개성좌(開城座)에서 제1회 공연을 할 때 민병휘의 〈도시환상곡 (전3막 6장)〉이 자신의 연출로 공연되었다. 해방 후 1945년 12월에 〈조선문학가동 맹〉에 가담하였다가 월북하였다. ▶아동문학 관련 비평문으로 「소년문예운동 방지 론을 배격(전2회)」(『중외일보』, 1927.7.1~2)이 있다. 이 외에 「조선푸로예술운동 의 과거와 현재」(『대조』 제6호, 1930년 9월호), 「예술의 대중화 문제(前承) - 속 (續)조선푸로예술운동의 과거와 현재」(『대조』 제5호, 1930년 8월호), 「춘원의 『흙』과 민촌의 『고향』 - 농민소설로서의 대조」(『조선문단』 제23호, 1935년 5월 호) 등 일반문학에 대한 다수의 평론을 발표하였다.

**민봉호**(閔鳳鎬: 1911~?) 아동문학가. 황해도 신천(信川) 출생. 1929년 『어린이』의 '소년소설 급(及) 미담' 현상모집의 소년소설 부문에 「다정다루(多情多淚)」(『어린 이』, 1929년 7-8월 합호. 작품은 9월호에 수록됨)가 당선되었다. 1931년 별나라사 신천지사(信川支社)가 신설될 때 민봉호는 민영식(閔暎植)과 함께 고문(顧問)이 되었다. 1932년 『어린이』 100호 기념에 「오즉 감격이 잇슬 뿐! - 독자의 한 사람으 로서」를 투고하였다. ▶아동문학 관련 비평문으로 「11월 소년지 창기개평(創紀槪 評)」(『조선일보』, 1930.11.26), 「신진으로서 기성에게 선진으로서 후배에게, 금춘 소년 창작(전4회)」(『조선일보』, 1930.3.31~4.3) 등이 있다. 이 외에 동화와 소년소설(소녀소설) 등 다수의 아동문학 작품을 발표하였다.

**박계주**(朴啓周: 1913~1966) 소설가. 필명 서운(曙雲), 박진(朴進). 간도 용정(間島 龍井) 출생. 구산소학교(邱山小學校)와 용정 영신중학교(永新中學校)를 졸업하였다. 1929년 『간도일보(間島日報)』[32] 신춘문예에 「적빈(赤貧)」이 입선되었고, 1938년 '朴進'이란 필명으로 「순애보(殉愛譜)」(『매일신보』, 1939.1.1~6.17 연재)가 『매일신보(每日新報)』의 1천원 현상 장편소설 모집에 당선되어 본격적인 작품 활동을 시작하였다. 해방 후 1945년 12월 『어린이신문』(고려문화사) 편집동인에 박계주, 임병철(林炳哲), 김영수(金永壽), 윤석중(尹石重), 정현웅(鄭玄雄), 채정근(蔡廷根) 등이 함께 참여하였다. 1946년 7월경 고려문화사 『어린이신문』 부에서 〈조선아동예술연구회〉를 조직할 때, 박계주는 김영수(金永壽), 채정근(蔡廷根), 최영수(崔永秀), 송영호(宋永浩), 임동혁(任東爀) 등과 함께 특별회원으로 참여하였다. 〈사유문학가협회〉의 초대 사무국장 및 중앙위원을 맡았다. 6·25전쟁 중 박영준(朴榮濬), 김용호(金容浩) 등과 납북되던 중 탈출하였다. 1949년 박노갑(朴魯甲), 박계주(朴啓周), 송완순(宋完淳) 등 10여 명이 『소년소녀소설전집』을 민교사(民敎社)에서 출판하기로 하였다. ▶아동문학 관련 비평문으로 「(북·레뷰)윤석중 저 『어깨동무』를 읽고」(『삼천리』 제12권 제8호, 1940년 9월호)가 있다. ▶저서로 『순애보(殉愛譜)』(매일신보사, 1943), 『애로역정(愛路歷程)』(매일신보사, 1943), 『처녀지(處女地)』(박문출판사, 1948), 『춘원 이광수(春園李光洙): 그의 생애 문학 사상』(朴啓周, 郭鶴松 공저; 삼중당, 1962) 등이 있다.

**박고경**(朴古京: 1911~1937) 아동문학가. 동요 작가. 본명 박순석(朴順錫), 필명 박고경(朴苦京), 목고경(木古京), 박춘극(朴春極), 박순석(朴珣石), 각씨탈(角市脫). 평안남도 진남포(鎭南浦) 출생. 진남포의 사립 득신학교(私立得信學校), 평양 숭실학교(平壤崇實學校)를 졸업하였다. 1929년 8월경 〈진남포청년동맹(鎭南浦靑年同盟)〉에 가입하여 활동하였다. 진남포에서 정명걸(鄭明杰), 전용재(田龍在) 등과 함께 〈붓춤사〉(혹은 〈붓춤營〉), 고삼열(高三悅), 선우천복(鮮于天福), 고희순(高義淳), 강순겸(姜順謙), 박봉팔(朴鳳八) 등과 함께 평양에서 〈새글회〉라는 소년문예단체를 결성하여 문학 활동을 하였다. 1930년 7월 14일 평양의 백선행기념관(白善行紀念館)에서 〈조선청년평안남도연맹〉 설립 대회를 개최하였는데 박고경은 집행위원으로 선임되었다. 1930년 7월 22일 진남포 비석엡윗청년회관(碑石엡윗靑年

---

32 일제강점기 만주(滿洲)에는 『만몽일보(滿蒙日報)』(1933년 新京 발행)와 『간도일보』(龍井 발행) 두 개의 한글판 신문이 있었다. 1937년 10월 21일 이 둘을 합쳐 『만선일보(滿鮮日報)』가 되었다.

會館)에서 개최된 〈진남포청년동맹〉에서 서선민중운동자대회(西鮮民衆運動者大會) 개최를 위한 준비위원으로 선임되었다. 1931년 10월 평양(平壤)으로 이주하였다. 1930년 초반에 만주, 중국 북평(北平)으로 이주하였다.[33] 1932년 송영(宋影), 신고송(申孤松), 박세영(朴世永), 이주홍(李周洪), 이동규(李東珪), 홍구(洪九), 김우철(金友哲), 정청산(鄭靑山), 구직회(具直會), 승응순(昇應順), 박일(朴一), 안평원(安平原), 현동염(玄東炎) 등과 함께 건전한 프로아동문학의 건설보급과 근로소년작가의 지도 양성을 임무로 잡지 『소년문학(少年文學)』을 발행하기로 하고 주요 집필자로 활동하였다. 1933년 조봉암(曺奉岩)이 중심이 된 조선공산당재건사건으로 복역하였고, 1934년 다시 평양에서 문화 클럽 관련으로 검거되기도 하였다. 1936년 『조선중앙일보』 신춘문예 현상 발표에 따르면 동화 부문에 '鎭南浦 朴苦京'이란 이름으로 「게산이(전2회)」(『조선중앙일보』, 1936.1.1~3)가 1등 당선되었다. ▶아동문학 관련 비평문으로 「대중적 편집의 길로 - 6월호를 읽고」(『신소년』, 1931년 8월호)가 있다. 이 외에 다수의 동요, 소년시, 동화 작품을 발표하였다. 이성주가 박고경의 작품을 표절한 것에 대해 비판한 조탄향(趙灘鄕)의 평문으로 「(문단탐조등)이성주 씨(李盛珠氏) 동요 「밤엿장수 여보소」는 박고경 씨(朴古京氏)의 작품(전2회)」(『동아일보』, 1930.11.22~23)이 있다.

**박기혁**(朴璣爀: 1901~?)   교육자. 강원도 삼척군(三陟郡) 출생. 경성제일고보 사범과(京城第一高普 師範科)를 졸업하였다. 1923년 평창공보(平昌公普)를 시작으로 1928년 원주공보(原州公普), 1931년 소초공보(所草公普), 1933년 고저공보(庫底公普), 1936년 상장공보(上長公普), 1938년 황지심상소학교(荒地尋常小學校) 등에서 훈도로 재직하였다. 1954년 강원도 동해(東海) 북평중학교(北坪中學校) 교장으로 교사 신축에 정성을 쏟았다. ▶아동문학 관련 비평문으로 「동요작법」(『(창작감상)조선어작문학습서』 소수)이 있다. ▶저서로 『(창작감상)조선어작문학습서』(이문당, 1931), 『(비평감상동요집)색진주(色眞珠)』(활문사, 1931, 재판 1937) 등이 있다.

**박노일**(朴魯一: ?~?)   아동문학가. 1927년 4월 박노일은 연성흠(延星欽), 박상엽(朴祥燁), 이석근(李石根), 박장운(朴章雲) 등과 함께 동인이 되어 〈별탑회〉(別塔會)를 발기하였다. 이어 1927년 6월 배영학교에서 개최된 〈별탑회〉 제6회 동화회에 박장운, 박상엽, 연성흠과 함께 참여하였고, 1927년 7월 제11회 동화회에는 연성

---

33 붓춤사 정우봉(鄭宇烽)의 「떠나는 길!!」(『동아일보』, 1931.1.13)에는 시의 말미에 '북국(北國) 가신 박고경(朴古京) 동무에게'라 하여, 박고경이 북국으로 떠났음을 알 수 있다.

흠, 장무쇠(張茂釗), 박상엽 등과 함께 참여하였다. 1935년 〈별탑회〉가 있던 배영학원(培英學院)의 원장으로 재직하였으며, 배영학원과 같은 무산아동 교육기관이 경성(京城)에만 30여 곳이나 되어 〈재경학원연합회〉를 창립하였을 때 박노일은 서무(庶務) 일을 맡아보았다. 1932년 5월 21일 경성부 외 신당리(新堂里)에 있는 〈동아소년군본부(東亞少年軍本部)〉에서 무산아동을 위하여 동화회를 개최하였을 때 연성흠, 장동국(張東國)과 함께 참여하였다. 1932년 8월 동아일보사의 제2회 학생하기 브나로드(Vnarod) 운동에 박노일은 책임대원으로 고양군 신당리(高陽郡 新堂里)의 신당학원(新堂學院)에서 〈동아소년군본부〉의 첫 사업으로 무산 아동들을 대상으로 하여 한글, 동화 등을 교육하려 하였으나 주재소의 금지 명령으로 중지하였다. 해방 후 1945년 10월 12일 소년운동 관계자들이 소년운동의 재기를 위하여 〈조선소년운동중앙협의회〉를 결성하였을 때 박노일은 최병화(崔秉和), 한백곤(韓百坤), 양재응(梁在應) 등과 함께 위원으로 참석하였다. 1946년 3월 〈조선소년운동중앙협의회〉 주최로 〈어린이날전국준비위원회〉를 결성하였을 때, 박노일은 최병화, 양재응, 정세진(丁世鎭), 정청산(鄭靑山), 이동규(李東珪), 송완순(宋完淳), 홍구(洪九), 윤복진(尹福鎭), 한백곤(韓百坤), 이주홍(李周洪), 박아지(朴芽枝), 현덕(玄德), 최청곡(崔靑谷), 염근수(廉根守) 등 55인의 준비위원 중 한 사람으로 참여하였다. 1946년 9월 〈조선아동문화보급회〉에서 『아동순보(兒童旬報)』를 창간할 때 윤백남(尹白南), 신문균(申文均), 김한배(金漢培), 정규완(鄭奎浣), 조용균(趙容均), 최병화(崔秉和), 김혜일(金惠一), 김태석(金泰晳) 등과 함께 참가하였다. 『별나라』, 『조선일보』, 『중외일보』 등에 다수의 동화 작품을 발표하였다.

**박노홍**(朴魯洪: ?~?)  충청북도 충주(忠州) 출생. 1931년 『동아일보』 신춘현상 시조 부문에 「봄빛」(『동아일보』, 1931.1.6)이 3등으로 당선되었다. 이때 주소가 "청주읍 본정(淸州邑 本町) 1의 324"였다. 1935년 『동아일보』 15주년 기념으로 모집한 '농어산촌 생활기록(農漁山村生活記錄)' 중에서 선외가작으로 「빈부기(貧婦記)(전16회)」(『동아일보』, 1935.7.30~8.16)가 당선되었다. 1935년 『조선중앙일보』에 소설 「분(粉)이(전11회)」(1935.8.13~29)를 연재하였다. 1937년 『매일신보』 신춘현상 시조 부문에 「사비성(泗沘城)을 차저서」(『매일신보』, 1937.1.9)가 당선되었다. 이때 주소는 "경성 관훈정 정미사진관 내(京城 寬勳町 正美寫眞館 內)"로 되어 있다. ▶아동문학 관련 비평문으로 「김도산(金道山) 군의 '첫겨울'을 보고」(『어린이』, 1932년 5월호)가 있다.

**박누월**(朴淚月: 1903~1965)  본명 박유병(朴裕秉), 필명 박누월(朴樓越, 朴嶁越), 유벽촌(柳碧村). 1930년대의 대표적인 영화인이자 영화소설 작가이다. 〈단성사(團

成社〉〉박승필(朴承弼)의 조카이다. 1926년 니혼대학(日本大學) 문학부 예술과에 입학하여 공부하였고, 1927년 오사카(大阪)으로 가 '帝國키네마 小坂撮影所'에 입소하여 배우와 감독술을 배워 영화에 대한 모든 것을 연구하였다. 1927년경 극운동 단체인 〈산유화회(山有花會)〉를 조직하였는데 윤성구(尹星구), 백소화(白笑花), 박송화(朴松花) 등과 함께 활동하였다. 1930년 원산(元山)에서 조선예술좌(朝鮮藝術座)란 신극운동단체가 창립되었는데, 연출부에 임서방(任曙肪), 각본부 박영(朴英), 박창환(朴昌煥), 장치부에 권태촌(權態村), 전명선(全明善), 선전부에 박누월(朴淚月), 신성림(申星林) 등이 참가하였다. 1931년 조용균(趙容均)과 함께 영화잡지 『영화시대(映畵時代)』를 창간했다.(해방 후 1946년 4월 한경(韓鏡)이 『영화시대』를 속간할 때 박누월이 편집인을 맡았다.) 영화시대사에서는 1931년 박누월 원작의 청춘애화 「승방(僧房)에 지는 꽃」을 제작하였다. 1936년 영화배급과 제작을 할 목적으로 영화조선사(映畵朝鮮社)를 창립할 때 신량(辛樑)과 함께 주도하였고, 『영화조선(映畵朝鮮)』이란 잡지도 발간하였다. 1965년 서울 종로(鐘路)에서 영양실조로 쓸쓸하게 사망했다. ▶아동문학 관련 비평문으로 「영화의 관상안(觀賞眼)」(『신민』 제42호, 1928년 10월호)이 있다. ▶저서로 영화소설 『세 동무』(金曙汀 원안, 朴淚月 편집; 영창서관, 1930), 『아리랑 민요집』(박누월 편, 영창서관, 1930), 『(소년소녀명극선집)어데로 가나』(박누월 편, 영창서관, 1930), 영화소설 『회심곡』(영창서관, 1930), 영화소설 영화소설 『압록강을 건너서』(영화시대사, 1931), 무대 각본 『결혼행진곡』(박누월 편, 영화시대사, 1932), 영화전문 서적인 『영화배우술』(朴嶁越; 삼중당서점, 1939), 서간집 『(젊은이의 애정서간)사랑의 불꽃』(朴嶁越; 정연사, 1955; 진문출판사, 1960), 『인기스타아 서한문』(朴嶁越; 정연사, 1964) 등이 있다.

**박랑**(朴浪: ?~?)   신원 미상. ▶아동문학 관련 비평문으로 「(隨想)아동문단 소감」(『아이생활』 제19권 제1호, 1944년 1월호), 「아동문단 수립의 급무」(『조선주보』, 1946.11.4) 등이 있다.

**박병도**(朴炳道: ?~?)   아동문학가. 함경남도 원산(元山) 출생. ▶아동문학 관련 비평문으로 「김혈기 군(金血起君)에게」(『별나라』, 1931년 12월호), 「맹인적 비평은 그만두라」(『별나라』, 1932년 2-3월 합호) 등이 있다. 「김혈기 군에게」는 김혈기가 「투고작가 여덟 동무에게」(『별나라』, 1931년 5월호)에서 박병도의 작품에 대해 언급하자 이에 대해 응답한 글이다. 이 외에 『중외일보』, 『조선일보』, 『매일신보』, 『신소년』, 『별나라』 등에 다수의 동요, 동화, 소년소설 등을 발표하였다.

**박산운**(朴山雲: 1921~1997)   시인. 본명 박인배(朴仁倍). 경상남도 합천군(陝川郡)

출생. 일본 주오대학(中央大學)을 중퇴하였다. 일제 말기 학병으로 강제 징집되어 학업을 그만둔 것으로 보인다. 해방 후 귀국하여 1945년 「버드나무」로 등단하였고 이듬해에는 김상훈(金尙勳), 김광현(金光現), 이병철(李秉哲), 유진오(兪鎭五)와 공동으로 『전위시인집(前衛詩人集)』을 발간하였다. 김기림(金起林)이 편집국장으로 있던 『현대일보(現代日報)』에서 김상훈과 함께 기자 생활을 한 것으로 알려져 있다. 1948년 7월경 월북하였다. 1953년 임화(林和) 숙청 여파로 집필 금지 처분을 받았고, 1963년 한설야(韓雪野) 숙청 여파로 적대 계층 성분으로 색출되었다고 한다. ▶아동문학 관련 비평문으로 서평 「현덕(玄德) 저 동화집 『포도와 구슬』」(『현대일보』, 1946.6.20)이 있다. ▶저서로 이병철(李秉哲) 등과 함께 발간한 『전위시인집(前衛詩人集)』(노농사, 1946)이 있다. 북한에서 발간한 시집으로는 『내 고향을 가다』(평양출판사, 1990), 『(서사시)두더지고개: 이 시를 남녘땅 어머니들에게 바친다』(평양출판사, 1990), 『내가 사는 나라』(문학예술종합출판사, 1992) 등이 있다.

**박석윤**(朴錫胤: 1898~1950)  언론인, 만주국(滿洲國) 관료. 필명 새별, 박촌(樸村). 전라남도 담양(潭陽) 출생. 최남선(崔南善)의 여동생 최설경(崔雪卿)과 결혼했다. 조선총독부의 후원으로 도쿄제국대학(東京帝國大學) 영어과를 졸업하고, 1924년 총독부 관비연구생(總督府官費研究生)이 되어 영국 케임브리지대학교(Univ. of Cambridge)에 유학했다. 귀국 후 『시대일보(時代日報)』 정치부장과 『매일신보(每日申報)』 부사장을 지내며 언론을 통해 조선총독부에 적극 협력했다. 친일단체인 〈민생단(民生團)〉을 창단하여 항일 무장 세력 탄압과 귀순에 가담하는 등 적극적인 친일 활동을 하였다. 친일 공로로 만주국(滿洲國)의 폴란드[波蘭] 주재 총영사직을 맡기도 하였다. 1946년 평안남도에서 '친일분자'로 체포되어, 1948년 평안남도 재판소에서 '친일반역자' 혐의로 사형선고를 받고 항소했으나 6월 9일 사형이 최종 확정되었다. 2009년 〈친일반민족행위진상규명위원회〉가 발표한 친일반민족행위 704인 명단에 포함되었다. ▶아동문학 관련 비평문으로 「영국의 소년군 – 조철호(趙喆鎬) 선생에게(전5회)」(在倫敦 朴錫胤; 『동아일보』, 1926.2.4~22)가 있다.

**박세영**(朴世永: 1902~1989)  아동문학가, 시인. 필명 성하(星河, 朴星河), 백하(白河), 혈해(血海, 朴血海), 박계홍(朴桂弘).[34] 창씨명 木戶世永. 경기도 고양(高陽) 출

---

34 "本籍 京畿道 楊州郡 和道面 鹿村里 四三七番地. 當時 京城府 峴底洞 四五番地ノ一八九 號 李有基 方. 雜誌 ピョルナラ社 編輯記者 不拘束 世永コト 朴桂弘 當三十一年"(「出版法違反及其他檢擧에 관한 건(우리동무事件)」, 京城本町警察署長, 1932.12.15: 한국사데이터베이스)에 '세영 곧 박계홍 당 31년'이라 하여 박세영이 박계홍이라 하였다.
　　다음과 같은 자료도 있다. "「懸賞當選者紹介 – 民謠 「包湖頌」, 朴桂弘(當三十一歲) 京城 胎生.

생. 1917년 배재고등보통학교(培材高等普通學校)에 입학하여 1919년 3·1운동 때 등교 거부로 퇴학당한 것으로 스스로 밝히고 있으나, 학적부에 따르면 1920년 4월 배재고등보통학교 3학년에 편입학하여 1922년 3월 졸업한 것으로 되어 있다. 배재고보 재학 중 작문 교사 강매(姜邁)의 영향 아래 글쓰기에 관심을 갖게 되었다. 송영(宋影)과 함께 동인지『새누리』를 발간하고 기행문「설봉산에서」, 시「약수터」를 실었다. 1922년 배재고보를 졸업한 뒤 중국으로 가 난징(南京)의 진링대학(金陵大學), 상하이(上海)의 후이링(惠靈)영문전문학교에서 수학하였다. 상하이(上海), 톈진(天津)에 체류하면서 프롤레타리아 문학 운동단체 〈염군사(焰群社)〉의 중국 특파원으로 활동했고, 시「황포강반」등을『염군』에 기고했다. 귀국한 뒤 연희전문학교에 입학했고, 1925년 8월〈조선프롤레타리아예술동맹〉(KAPF)에 가맹하였다. 귀국 후 송영과 함께 〈카프〉의 영향 밑에 있던 소년잡지『별나라』를 편집하면서 당시 많은 독자를 장악하고 있던 천도교 계열의 소년잡지『어린이』와 대립했다. 1929년 동요극「어린 소제부」필화 사건으로 용산경찰서에 한때 구금되었다. 1928년에서 1929년에 걸쳐『별나라』에 투고된 동요에 대해 선후평(選後評)을 붙였다. 1930년 12월, 박세영(朴世永)은 노동자 농민의 아들딸들의 교양을 위하여 이주홍(李周洪), 신고송(申孤松), 엄흥섭(嚴興燮), 이구월(李久月), 손풍산(孫楓山), 양우정(梁雨庭) 등과 함께 프롤레타리아 소년 잡지『무산소년(無産少年)』을 발간하기로 하였다. 1930년대에 들어서 평양 고무공장 파업투쟁을 성원하는「야습」,「누나」, 여공의 고백 형식으로 쓴「산골의 공장」, 제국주의 열강의 군비 확장 경쟁을 폭로하는「1928년」등의 시를 발표했다. 1934년〈카프〉도쿄지부(東京支部)가 발간한 잡지『우리 동무』배포사건에 연루되어 4개월간 구금되었다. 그 후 일제의 억압을 피해 문학창작을 단념하고 해방될 때까지 절필하다가 1945년 서울에서 해방을 맞았다. 1945년〈조선프롤레타리아문학동맹〉결성에 참여하고 중앙집행위원으로 선임되었다. 〈조선문학건설본부〉[35]와〈조선프롤레타리아문학동맹〉[36]을 통합하여 〈조선

水下洞公普와 培材高普 卒業. 以後 四年間 敎員生活을 하고 日本 留學의 길을 떠난 以後로는 거의 放浪生活을 하였음. 現在는 商業을 하는 一便 文藝에도 뜻을 가지고 잇다 한다."(『동아일보』, 1935.1.10)

35 1945년 8월 16일, 서울 종로 한청빌딩에 자리 잡고 있던〈조선문인보국회〉(1943.4.17)의 간판을 내리고 그 자리에 임화(林和), 이태준(李泰俊), 김남천(金南天), 이원조(李源朝) 등이 주도하여 조직한 단체이다. 이후〈조선음악건설본부〉,〈조선미술건설본부〉,〈조선영화건설본부〉등이 연합하여〈조선문화건설중앙협의회〉(1945.8.18)를 발족하였다.

36 임화(林和) 중심의〈조선문화건설중앙협의회〉에 대해 불만을 품은 이기영(李箕永), 한설야(韓雪

문학가동맹(朝鮮文學家同))[37]이 결성되었을 때 중앙집행위원이 되었다. 1946년 5월 11일, 어린이날준비위원회가 종로청년회관에서 소년문제대강연회를 개최하였을 때 안준식은 「조선소년운동에 대하야」, 김호규(金昊圭)의 「어린이 교육에 대한 개론과 실제」, 양미림(楊美林)의 「세계아동문화의 조류」 등과 함께 박세영(朴世永)은 「아 동문학운동과 금후 진로」를 발표하였다. 1946년 6월 월북하였고, 10월 〈북조선문학 예술총동맹(北朝鮮文學藝術總同盟)〉에 참가하여 출판부장을 맡았다. 1967년 주체 문학이 제기된 뒤에도 다른 작가들과는 달리 숙청되지 않고 줄곧 시작(詩作) 활동에 종사했다. ▶아동문학 관련 비평문으로 「고식화한 영역을 넘어서 – 동요·동시 창작 가에게」(『별나라』, 1932년 2-3월 합호), 「전선(全鮮) 야학 강습소 사립학교 연합대 학예회 총관」(『별나라』, 1932년 7월호), 「동요·동시은 엇더케 쓸가(二)」(『별나 라』, 1933년 12월호), 「동요·동시는 엇더케 쓰나(三)」(『별나라』, 1934년 1월호), 「동요·동시는 엇더케 쓰나(四)」(『별나라』, 1934년 2월호), 「작금의 동요와 아동극 을 회고함」(『별나라』, 1934년 12월호), 「조선 아동문학의 현상과 금후 방향」(조선문 학가동맹중앙집행위원회서기국 편, 『건설기의 조선문학』, 1946년 6월) 등이 있다. 이 외에 동요, 소년 서사시, 동화, 합창극, 소년소설 등 다수의 아동문학 작품을 발표하 였다. ▶저서로 1938년 시 40편을 골라 발간한 시집 『산제비』(중앙인서관, 1938; 별나라사출판부, 1946), 해방 후 발간한 동극집 『아동극집』(宋影, 朴世永; 별나라 사, 1945), 1946년 일제하에 집필했으나 검열로 인해 발표할 수 없었던 〈카프〉 시기 의 작품을 포함하여 간행하였으나 유실되어 남아 있지 않은 시집 『유화(流火)』, 1947 년 북한에서 발간한 첫시집 『진리』(문화전선사), 1953년 전선 문고시집의 하나로 발간한 시집 『승리의 나팔』, 1956년 『박세영 시선집』(조선작가동맹출판사), 1958년

---

野), 한효(韓曉), 송영(宋影), 윤기정(尹基鼎), 이동규(李東珪), 박세영(朴世永), 홍구(洪九) 등은 〈조선프롤레타리아문학동맹〉(1945.9.17)을 조직하였다. 이후 〈조선프롤레타리아음악동맹〉, 〈조 선프롤레타리아미술동맹〉, 〈조선프롤레타리아연극동맹〉 등을 규합하여 〈조선프롤레타리아예술동 맹〉(1945.9.30)이 발족되었다.

**37** 해방 후 문단이 〈조선문화건설중앙협의회〉와 〈조선프롤레타리아예술동맹〉으로 분열되자, 박헌영 (朴憲永)을 중심으로 한 〈조선공산당〉은 〈조선문화건설중앙협의회〉의 노선이 전략적으로 유리하 다고 보아 당의 승인을 내려 주고, 〈조선프롤레타리아예술동맹〉도 합류할 것을 명령하였다. 1945 년 12월 3일 〈조선문화건설중앙협의회〉의 임화, 김남천, 이태준 등이 주동이 되어, 〈조선프롤레타 리아예술동맹〉의 송영, 이기영, 한설야와 회동하였고, 양 단체에 소속되어 있던 〈조선문학건설본 부〉와 〈조선프롤레타리아문학동맹〉이 발전적으로 통합을 이루어 〈조선문학동맹〉(1945.12.13)이 되었다. 이후 1946년 2월 8일과 9일에 조선문학자대회가 열렸는데 여기에서 〈조선문학동맹〉의 명칭을 〈조선문학가동맹〉으로 개칭하였다.

시집 『나의 조국』(국립미술출판사), 1963년 동시집 『박세영 동시선집』 등이 있다.

**박승극**(朴勝極: 1909~?) 소설가, 비평가. 경기도 수원(水原) 출생. 1924년 배재고 등보통학교에 입학하여 1928년 4년 수료한 후, 일본의 대학에 입학했으나 사상불온으로 퇴학당하고 귀국했다. 고향 수원에서 〈조선프롤레타리아예술동맹〉 수원 지부를 결성하고 계급문학 운동에 앞장섰다. 1930년대 중반 창작방법논쟁에 적극적으로 참여함으로써 비평가의 입지를 굳혔다. 1930년 수원에서 우리나라 최초로 프롤레타리아 미술전람회를 개최하여 농촌 청년의 혁명의식을 고취하였다. 1931년 수진농민조합 사건(水振農民組合事件)으로 구금되었다가 1932년에 석방되었다. 해방 후 1945년 〈조선문학건설본부(朝鮮文學建設本部)〉와 〈조선프롤레타리아문학동맹〉, 1946년 〈조선문학가동맹(朝鮮文學家同盟)〉 및 〈조선건국준비위원회(朝鮮建國準備委員會)〉 등에 가담하였다. 1946년 2월 15일 〈민주주의민족전선(民主主義民族戰線)〉 결성에 참여하고, 1948년 8월 25일 해주(海州)에서 열린 〈남조선인민대표자대회〉에서 제1기 최고인민회의 대의원으로 선출되었다. ☞아동문학 관련 비평문으로 「(소년문학강좌)소년문학에 대하야」(『별나라』, 1933년 12월호), 「(소년문학강좌)소년문학에 대하야(二)」(『별나라』, 1934년 1월호), 「(講話)문학가가 되려는 이에게 – 편지의 형식으로써!」(『별나라』, 1934년 11월호) 등이 있다. ☞저서로 수필집 『다여집(多餘集)』(금성서원, 1938)이 있다. 자세한 연보와 작품목록은 박승극문학전집편집위원회가 펴낸 『박승극 문학전집(전2권)』(학민사, 2001~2011)을 참고할 수 있다.

**박승택**(朴承澤: ?~?) 출판사 청조사(靑鳥社) 대표를 역임했다. ☞아동문학 관련 비평문으로 「염근수 급 우이동인에게(廉根守及牛耳洞人에게)」(『동아일보』, 1927. 4.2)가 있다. 이 글은 염근수와 우이동인(李學仁)이 청조사에서 발간한 『새로 핀 무궁화』와 『병든 청춘』을 표절 등의 이유로 비판한 것에 대해 출판사 대표로서 반박한 것이다.

**박아지**(朴芽枝: 1905~1959) 아동문학가, 시인. 본명 박일(朴一). 함경북도 명천(明川) 출생. 중국에서 중학을 졸업하고 도쿄세이소쿠영어학교(東京正則英語學校)를 거쳐 도요대학(東洋大學)을 중퇴하였다. 귀국 후 전라남도 완도중학원(莞島中學院)에서 교편을 잡았으나 학교가 폐쇄되어 그만두고는 귀향하여 농촌 생활을 하면서 〈신간회(新幹會)〉 일에 힘을 쏟았다. 1926년 12월 진우촌(秦雨村), 한형택(韓亨澤), 김도인(金道仁), 유도순(劉道順), 최병화(崔秉和), 양재응(梁在應), 염근수(廉根守), 엄흥섭(嚴興燮) 등과 함께 『습작시대(習作時代)』(창간호는 1927년 2월호) 발간을 도모했다. 1931년 서울로 와 채물상(菜物商), 과일 행상, 하루 17시간 이상

산양유(山羊乳) 배달을 하였다. 1927년 동아일보 신춘현상의 시가(詩歌) 부문에 「어머니시여!」(『동아일보』, 1927.1.6)가 당선되었고, 1930년 『매일신보』 신춘현상문예에 '명천(明川) 박아지(朴芽枝)'라는 이름으로 민요 「감자 파는 처녀」(『매일신보』, 1930.1.1)가 선외가작으로 당선되었으며, 1932년에는 『중앙일보』 신춘문예에 시 「밀행」(朴一; 『중앙일보』, 1932.1.1)이 1등 당선되었다. 이때 또 다른 신문에 투고한 작품이 친구들 사이에 말썽이 되어 고민을 했다고 한다. 해방 후 송영(宋影), 박세영(朴世永), 엄흥섭(嚴興燮) 등과 함께 『별나라』 복간에 참여하고, 『우리문학』 편집에 관여하였으며, 〈조선문학가동맹(朝鮮文學家同盟)〉의 아동문학 분과에서도 활동하였다. 1946년 박세영(朴世永), 송영(宋影), 이찬(李燦) 등과 함께 월북하였다. ▶아동문학 관련 비평문으로 「박세영론(朴世永論)」(『풍림』, 1937년 4월호), 「조선심과 민요시(전4회)」(『중외일보』, 1927.2.12~17), 「민요시론(전4회)」(朴枝芽; 『중외일보』, 1927.3.5~8)('朴枝芽'는 '朴芽枝'의 오식) 등이 있다. 이 외에 『별나라』, 『신소년』, 『새벗』 등에 다수의 동요, 아동극 등을 발표하였다. ▶저서로 시집 『심화(心火)』(우리문학사, 1946), 북한에서 발간한 시집 『종다리』(조선작가동맹출판사, 1959)가 있다.

**박양호**(朴養浩: ?~?)  신원 미상. ▶아동문학 관련 비평문으로 「본지 일년간 문예운동에－송년편감(送年片感)」(『소년세계』 제3권 제12호, 1932년 12월호)이 있다.

**박영만**(朴英晚: 1914~1981)  독립운동가. 필명 화계(花溪). 평안남도 안주(安州) 출생. 안주에서 소학교를 졸업하고 1927년 평안남도 진남포공립상공학교(鎭南浦公立商工學校)에 진학하였으나, 1929년 3학년 재학 중 광주학생운동에 가담하였다가 퇴학당하였다. 일본으로 유학해 와세다대학에서 수학하였다. 1940년부터 1942년 사이 친일 문인 이광수(李光洙)와 최재서(崔載瑞) 등을 공격하는 유인물을 배포하다가 일본 경찰에 적발되어 1942년 중국 산서성(山西省) 극난파(克難坡) 지역으로 망명하였다. 이때 산서대학(山西大學)에서 한글 강습을 하였으며 이후 광복군(光復軍)으로 활동하기 시작하였다. 1943년 2월 광복군 제2지대에 입대, 광복군 군가인 「압록강 행진곡」(韓悠韓＝韓亨錫 작곡)을 작사하였다. 〈미군전략정보처〉(OSS)에 한국인 공작반을 설치하도록 하는 데 큰 역할을 하였고, 〈미군전략정보처〉의 한국인공작반에 특파되어 미군으로 하여금 광복군의 존재 가치를 인식하게 하였다. 1943년 11월에 김구(金九)의 명령을 받고 중국 충칭(重慶)에 도착하여 대한민국 임시정부 선전부 선전위원으로 임명되었다. 1944년 5월에는 광복군 총사령부 정훈처 선전과원(宣傳科員)으로 활약하였다. 1944년 6월 지대장 이범석(李範奭)을 도와 한미연합 군사훈련을 성공시켰고, 광복군 총사령부 정훈처 선전과장(參領, 중령)에 임명되어 활약하다가 광복을 맞았다. 해방 전 『소년』지에 다수의 전래동화 작품을 발표하였다. ▶저서로『조선전래동화집(朝鮮傳來童話集)』(학예사, 1940), 『새로운 성(城)(上)』(학예사, 1948), 『새로운 성(城)(下)』(금룡도서, 1949), 『전기소설(傳記小說) 주춧돌: 남파 박찬익(南坡 朴贊翊) 선생의 생애』(신태양사, 1963), 『논픽션 소설 광복군: 운명 편(상,하)』(협동출판사, 1967), 『실록소설 광복군: 여명 편』(협동출판사, 1969) 등이 있다.

**박영종**(朴泳鍾: 1915~1978)   아동문학가, 시인. 필명 박목월(朴木月), 영동(影童), 박영동(朴泳童). 경상북도 월성군 건천(月城郡 乾川) 출생. 1929년 3월 건천(乾川) 공립보통학교 6년을 졸업하고, 1930년 4월 대구 계성학교(啓聖學校)에 입학하여 1935년 3월 졸업하였다. 이후 도일(渡日)하여 영화인들과 교유하다가 귀국하였다. 1934년 「통·딱따·통·짝짝」(『어린이』, 1934년 6월호)이 '특선동요'로 수록되었고, 같은 해 '아동문예 현상'에 「제비마중」(『신가정』, 1934년 6월호)이 당선되었다. 해방 후 1945년 〈조선아동문화협회(朝鮮兒童文化協會)〉에서 『주간소학생』, 『소학생 벽신문』을 발간할 때 윤석중, 조풍연(趙豊衍), 정진숙(鄭鎭肅), 박두진(朴斗鎭) 등과 함께 창간 준비위원으로 참여하였다. 1945년 12월 30일 대구에서 〈조선아동회(朝鮮兒童會)〉를 창립할 때 박영종(朴泳種)은 이영식(李永植), 김상신(金尙信), 이원식(李元植), 김옥환(金玉煥), 김홍섭(金洪燮), 김재봉(金再逢), 김진태(金鎭泰) 등과 함께 참여하였다. 1946년 『아동(兒童)』, 1947년 『동화(童話)』 등 대구(大邱)에서 발간한 아동문학 관련 잡지를 편집하였다. 1947년 〈조선청년문학가협회(朝鮮靑年文學家協會)〉의 아동문학부장을 맡았다. 1949년 4월 30일 〈전국아동문학작가협회(全國兒童文學作家協會)〉를 결성할 때 박목월은 김동리(金東里), 윤석중(尹石重), 그 외 7인과 함께 발기인으로 참여하였다. 1950년부터 『시문학』, 1973년부터 시 전문지 『심상(心象)』을 발행하였다. 1962년부터 한양대학교 교수로 재직하였다. ▶아동문학 관련 비평문으로 「(뿍·레뷰)재현된 동심 -『윤석중 동요선』을 읽고」(『동아일보』, 1939.6.9), 「꼬리말」(윤석중, 『동요집』어깨동무』, 박문서관, 1940.7), 「동요 짓는 법 - 동요작법(전11회)」(『주간소학생』 제1호~제12호, 1946.2.11~4.29), 「명작감상 동요독본(전7회)」(『아동』 제1호~제7호, 1946.4~1948.4), 「동요감상 자장가」(『새싹』 제4호, 1947.4), 「동요 맛보기(전8회)」(『소학생』 제60~68호, 1948년 9월호~1949년 6월호), 「동요를 뽑고 나서(동시를 뽑고 나서: 뽑고 나서)」(『소학생』 제64호~제75호, 1949년 1-2월 합호~1950년 2월호), 「단순의 향기 -『굴렁쇠』의 독후감」(『연합신문』, 1949.2.5), 「동요 교재론」(『새교육』 제2권 제5-6합호, 1949년 9월호), 「아동문화 향상의 길」(『신천지』 제46호,

1950년 5월호) 등이 있다. 이 외에 다수의 동요 작품을 발표하였다. ▶저서로『동시집』(조선아동회, 1946),『초록별』(조선아동문화협회, 1946),『동시교실: 지도와 감상』(아데네사, 1957),『산새알 물새알: 박목월 동요동시집』(문원사, 1961),『동시의 세계』(배영사, 1963) 등과 편저로『현대동요선(現代童謠選)』(한길사, 1948),『명작 동요선(名作童謠選)』(산아방, 1950) 등이 있다.

**박용철**(朴龍喆: 1904~1938) 시인. 필명 용아(龍兒). 전라남도 광산(光山) 출생. 1916년 광주공립보통학교를 졸업하고, 1917년 휘문의숙(徽文義塾)에 입학하였다가 배재학당(培材學堂)으로 전학하여 1920년 졸업을 앞두고 자퇴한 후 귀향하였다. 이후 일본 도쿄(東京) 아오야마학원(靑山學院) 중학부를 거쳐 1923년 도쿄외국어학교 독문학과에 입학하였으나, 간토대지진〔關東大震災〕으로 학업을 중단하고 귀국하였다. 이어 연희전문학교(延禧專門學校)에 입학하였으나 몇 달 뒤 자퇴하였다. 문학에 관심을 기울인 것은 아오야마학원 재학 중에 김영랑(金永郎)과 교우하면서 비롯되었다. 사재를 털어 1930~31년에『시문학(詩文學)』3권, 1931~32년에『문예월간(文藝月刊)』4권, 1934년에『문학(文學)』3권 등 도합 10권을 간행하였다. 1935년 자신이 주재하던 시문학사에서 정지용의『정지용시집(鄭芝溶詩集)』과 김영랑의『영랑시집(永郎詩集)』을 간행하였다. 해외문학파(海外文學派), 극예술연구회(劇藝術研究會) 회원으로 활동하였다.『시문학』창간호(1930년 3월호)에「떠나가는 배」,「밤 기차에 그대를 보내고」,「싸늘한 이마」,「비 내리는 밤」등 5편의 시를 발표하면서 시작(詩作) 활동이 전개되었다. 평론「시적 변용(詩的 變容)에 대해서」(『삼천리문학』, 1938)는 대표적인 시작 이론(詩作理論)이다. 박용철은「명작세계동요집 – 색동저고리(전18회)」(『아이생활』, 1932년 2월호~1933년 12월호)를 통해 세계 여러 동요 작가의 작품을 번역 소개하였다. 1934년부터『아이생활』(1934년 1월호~1935년 2월호)의 '독자동요란'에 독자들이 투고한 작품을 고선(考選)하였다. ▶저서로『박용철전집(朴龍喆全集)(전2권)』(동광당서점, 1939~40)이 있다.

**박을송**(朴乙松: 1910~?) 아동문학가. 경성 중앙기독교청년회 학교와 경성고등예비학교, 경성 도멘영어학교, 대구 계성학교(啓聖學校) 등에서 수학하였다. 1927년부터『동아일보』에 동시「어머님이 조쵸」(大邱 新町 朴乙松: 1927.12.18)를 시작으로,「웃는 참새」(朴乙松: 1927.12.31),「달밤」(朴乙松: 1928.1.6),「저녁」(京城 朴乙松: 1928.8.26),「바다가 조개」(京城 朴乙松: 1928.9.2),「귀쏘람이」(京城 朴乙松: 1928.10.25) 등을 발표하다가, 1929년『동아일보』신춘 현상문예의 동요 부문에「귀쑤람이」(京城 鍾路 朴乙松:『동아일보』, 1929.1.5)[38]가 당선되었고,「어머니 가슴」(1929.1.21)이 선외 입선되었다. 그 후 동요 「쇠꼴이」(朴乙松; 1929. 3.15), 「청개골이」(朴乙松; 1929.10.10), 「귓도람이」(京城 朴乙松; 1929.10.26) 등의 작품을 발표하였다. 1930년 10월 『동아일보』 주최 제2회 전조선남녀학생작품 전람회의 중등학생부 수공 수예 부문에 「사자(獅子)」가 등외 가작(입상), 「치(齒)」 가 입선되었다.(이때 신원이 '中央基靑校 朴乙松 廿一歲'(중앙기청교 박을송 21세) 로 되어 있다.} 1931년 9월 소용수(蘇瑢叟), 이정구(李貞求), 전봉제(全鳳濟), 이원 수(李元壽), 승응순(昇應順), 김영수(金永壽), 신고송(申孤松), 윤석중(尹石重), 최 경화(崔京化) 등과 함께 〈신흥아동예술연구회(新興兒童藝術硏究會)〉를 창립 발기 하였다.

**박인범**(朴仁範: 1908~1985)  아동문학가. 필명 박두루미, 창씨명 靑山鶴夫. 강원도 문천(文川) 출생. 배재중학교를 졸업하고 연희전문학교를 중퇴했다. 1928년 7월 24일부터 8월 10일까지 전강화순회동화단(全江華巡廻童話團)이 강화도 지역에서 동화회를 개최할 때 조규선(趙圭善), 금철(琴徹), 전일교(全一校) 등과 함께 연사로 참여하였다. 1928년 12월 30일 〈신간회(新幹會)〉 강화지회(江華支會)에서 간사회 를 개최하였을 때 준비위원으로 참여하였다. 1940년 라디오 프로그램에 김복진(金 福鎭), 김광호(金光鎬) 등과 함께 참여하였다. 1940년 3월 경기도 시흥군 흥동심상 소학교(興東尋常小學校) 교무주임 자격으로 『동아일보』 강화지국을 방문하였다. 해방 후 1946년 3월 〈어린이날전국준비위원회〉가 어린이날 행사를 위해 부서를 정하였을 때, 위원장 양재응(梁在應), 총무부 남기훈(南基薰), 교섭부 박인범(朴仁 範), 선전부 최청곡(崔靑谷), 감사위원 안준식(安俊植), 박세영(朴世永), 윤소성(尹 小星) 등이 함께 참여하였다. 1947년 2월 9일 국립도서관 강당에서 소년운동자 제2차 간담회에서 '조선소년운동의 금후 전개와 지도 단체 조직'과 어린이날 준비에 관한 것을 토의하고 〈조선어린이날전국준비위원회〉를 조직하였는데, 양재응, 남기 훈, 양미림(楊美林), 윤소성, 안준식, 박흥민(朴興珉), 정홍교(丁洪敎), 곽복산(郭 福山), 최청곡, 윤석중(尹石重), 금철, 김영수(金永壽), 현덕(玄德), 정태병(鄭泰 炳), 김태석(金泰晳), 최병화(崔秉和) 등과 함께 준비위원으로 참여하였다. 1949년 2월 『어린이나라』를 발간하는 동지사아동원(同志社兒童園)에서 창간 기념으로 홍 은순(洪銀順), 박두루미, 현재덕(玄在德) 3인이 서울 시내 각 국민학교를 순회하는 구연동화회(口演童話會)를 개최하였다. 1950년 4월 9일 김영일(金英一)의 동시집 『다람쥐』 출판기념회에 임원호(任元鎬), 최병화, 박목월(朴木月), 김원룡(金元龍),

---

38 「귀쏘람이」(『동아일보』, 1928.10.25)를 개작한 작품이다.

윤복진(尹福鎭), 이원수(李元壽) 등과 함께 발기인으로 참여하였다. 6·25전쟁 때 월북하였다. ▶아동문학 관련 비평문으로 「내가 본 소년문예운동」(『소년세계』 제1권 제3호, 1929년 12월호), 「아동작품 선택에 대하야 – 부형과 교사에게」(『자유신문』, 1949.5.5), 「동화문학과 옛이야기(상,하)」(『자유신문』, 1950.2.5~6), 「(신간평)『노래하는 나무』(세계명작동화선집)」(『자유신문』, 1950.4.15) 등이 있다. ▶저서로 동화집 『빨간 구두』가 있다.

**박일봉**(朴一峰: ?~?)   시인. '朴一奉'으로도 표기하였다. 경기도 개성(開城) 출생. 1933년 2월 『고려시보(高麗時報)』를 발간할 때 공진항(孔鎭恒), 고한승(高漢承), 김병하(金秉河), 박재청(朴在淸) 등과 함께 동인으로 참가하였다. 1933년 5월경 개성(開城)에서 학술문예연구 잡지를 발간하기 위해 이병렬(李炳烈), 현동염(玄東炎), 민병휘(閔丙徽) 등과 함께 동인으로 참여하였다. 1935년 5월 『고려시보』의 경영을 공고히 하기 위해 주식회사를 조직하고자 할 때 발기인으로 참여하였다. ▶아동문학 관련 비평문으로 한정동(韓晶東)의 「소금쟁이」 표절 논란에 관한 평론 「예술적 양심(전3회)」(『중외일보』, 1926.12.6~9)이 있다. 이 외에 『조선일보』, 『중외일보』, 『매일신보』 등에 다수의 시를 발표하였다.

**박자영**(朴赴影: ?~?)   신원 미상. 필명으로 이자영(李赴影), 박운중(朴雲重), 이운중(李雲重), 이중(李重) 등을 쓴 것으로 보인다. 1933년 『매일신보』 신춘현상의 동화 부문에 「어머니를 위해서」(朴赴影: 1933.1.25~27)가 선외가작으로 당선되었고, 1934년에도 『매일신보』 신춘문예 현상 동화 부문에 「불상한 동무(전3회)」(『매일신보』, 1934.2.22~24)가 선외가작으로 당선되었다. ▶아동문학 관련 비평문으로 「이솝의 생애(전15회)」(박자영 역; 『매일신보』, 1932.9.9~28)가 있다. 이 외에 『매일신보』에 다수의 동화 작품을 발표하였다.

**박준표**(朴埈杓: ?~?)   필명 철혼(哲魂). 경성(京城) 출생. 1923년 9월 이원규(李元珪), 고장환(高長煥), 신재항(辛在恒), 김형배(金炯培), 김효경(金孝慶) 등과 함께 〈반도소년회(半島少年會)〉의 혁신을 위해 노력하였다. 1925년 3월 반도소년부에서 '우리의 생활요소는 물질이냐? 정신이냐'란 주제로 신춘토론회를 열었는데 물질편(物質便)에 고장환(高長煥), 안용성(安鎔性), 최주(崔柱), 이병규(李丙圭)가 정신편(精神便)에 정수신(鄭守信), 이희경(李熙敬), 신재항(辛在恒), 송천순(宋千珣)이 맡았는데 심판은 이백악(李白岳=李元珪), 박철혼(朴哲魂)이 맡았다. 1925년 9월 〈경성소년연맹(京城少年聯盟)〉 총회에서 임시의장은 정홍교(丁洪教)가 집행위원에 정홍교, 송몽룡(宋夢龍), 최화숙(崔華淑), 고장환(高長煥), 노병필(盧炳弼), 김효경(金孝慶), 이정호(李定鎬), 이유근(李有根) 등과 함께 박준표(朴埈杓)가 당선되었다. 1925년 11월경 서울에서 홍광표(洪光杓), 이명제(李明濟)가 편집사무를 맡고 임시 사무를 박준표(朴埈杓)가 맡아 〈새별사〉를 창립하고 소년소녀 월간잡지 『새별』을 발행하기로 하였다. 잡지 『신진소년(新進少年)』(1925~1926)을 발간하였다. 1926년 〈우리소년회〉에서 소년소녀 잡지 『우리소년』을 발간할 때 주필로 초빙되었다. 1926년 최상현(崔相鉉), 권태술(權泰述), 유석조(庾錫祚) 등과 함께 소년소녀잡지 『영데이』를 발간하였다. 1926년경 〈선명소년회(鮮明少年會)〉 대표를 역임하였다. 1926년 3월 12일 〈오월회〉 혁신총회에서 이원규(李元珪), 고장환(高長煥), 김효경(金孝慶), 민병희(閔丙熙), 문병찬(文秉讚), 정홍교(丁洪敎) 등과 함께 집행위원을 맡았다.[39] ▶아동문학 관련 비평문으로 「(講話)동요 짓는 법」과 「선자(選者)의 말삼」(이상 『신진조선』 제2권 제3호, 1926년 6월호) 등이 있다. 이 외에 다수의 동요, 동화 작품을 발표하였다. ▶저서로 『사랑의 꿈』(哲魂 作; 영창서관, 1923), 『삼대수양론(三大修養論)』(존 뿌랏기, 朴埈杓; 태화서관, 1923), 『현대청년수양독본』(哲魂 朴埈杓; 영창서관, 1923), 『(實用獨習)최신일선척독(最新日鮮尺牘)』(朴埈杓; 영창서관, 1923), 『수양독본』(朴哲魂 저; 영창서관, 1924), 『십분간연설집』(朴埈杓; 박문서관, 1925), 『윤심덕일대기(尹心悳一代記)』(朴埈杓; 박문서관, 1927), 『문예개론』(哲魂 作; 문창서관, 1928), 『농촌청년의 활로』(朴埈杓; 삼광서림, 1929), 『림거정전』(朴哲魂; 세창서관, 1931), 『청춘의 애인』(朴埈杓; 세창서관, 1931), 번안소설 『빛나는 그 여자』(朴哲魂 번안; 영창서관, 1937) 등이 있다.

**박철**(朴哲: ?~?)  신원 미상. 1926년 3월 27일 〈오월회〉 주최 소년소녀현상동화대회가 견지동 시천교당에서 열렸을 때, 동화부 심판은 이익상(李益相), 이서구(李瑞

---

39 박준표(朴埈杓) 등의 활동을 가늠해 볼 수 있는 것으로 다음과 같은 내용을 참고할 수 있다. "(전략)그런 후 동년 구월 일일에 혁신(革新)의 봉화를 들게 되어 완전한 어린 사람의 집단을 창설케 되어 대외적(對外的)이나 대내적으로 모-든 것을 변경케 되얏스니 이럿케 활동에 노력케 된 이는 지금에 쇼년잡지상으로 그 일홈이 혁혁하게 날니는 리원규(李元珪) 씨이엿습니다. 그째에 간부로는 高長煥, 辛在桓, 朴埈杓, 李元珪, 金炯培, 金孝慶 등 제씨를 새로운 쇼리를 친 만치 새로운 길을 발기에는 만흔 고통을 멀니치며 대대적으로 하얏습니다.

◇

그 뒤에 다시금 회 내에는 서로ㅡ 암투가 남모르게 홀으든 중 간부들은 이곳져곳으로 흐터져서 고장환 씨는 〈서울쇼년회〉를 창립케 되고 박준표 김형배 신재환 등 제씨는 〈새벗회〉를 창설케 되고 김효경 씨는 〈우리쇼년회〉를 창립케 되여 이 모듬에 일대 파란이 일어낫슴니다. 그러나 리원규 씨는 다시금 뜻마맛 동지를 구하게 되엿스니 그 뒤 간부로는 金鍾喆 崔東植 崔奎善 등 제씨이엿슴니다. 그리하야 쏘다시 더욱 힘 잇는 소리를 치며 일하여 나갓슴니다.(하략) (「(少年會巡訪記)어린이들의 뜻잇는 모든 모임을 주최해 - 半島少年會 功績(一)」, 『매일신보』, 1927.8.30)

求), 김기진(金基鎭)이었고, 박철(朴哲)은 장명호(張明鎬)와 함께 동요부 심판으로 참여하였다. 1950년 3월 26일 박철이 지은 어린이 노래 「불굴의 힘」이 방송되었다. ▶아동문학 관련 비평문으로 「아동잡지에 대한 우견(愚見)」(『아동문화』 제1집, 동지사아동원, 1948년 11월호), 「어린이날의 유래와 의의」(『부인신문』, 1950.5.3) 등이 있다. ▶저서로 소년소설 『해방(解放)』(동문사, 1948)이 있다.

**박태원**(朴泰遠: 1909~1986)　경성(京城) 종로(鍾路) 출생. 필명 구보(仇甫, 丘甫), 구보(丘甫), 몽보(夢甫), 박태원(泊太苑). 경성사범부속보통학교를 거쳐 경성제일고등보통학교에 입학하였으나 17세 무렵 학교를 휴학하고 외국문학 작품을 탐독했다. 1929년 일본으로 가 도쿄 호세이대학(法政大學) 예과에 입학하였으나 이듬해에 중퇴하였다. 1933년 이상(李箱), 이태준(李泰俊), 정지용(鄭芝溶), 김기림(金起林), 조용만(趙容萬), 이효석(李孝石) 등과 함께 〈구인회(九人會)〉 활동을 하였다. 6·25전쟁 중 월북히였다. ▶아동문학 관련 비평문으로 「『언문조선구전민요집』-편자의 고심과 간행자의 의기(意氣)」(『동아일보』, 1933.2.2)가 있다. ▶저서로 『소설가 구보 씨의 일일(小說家 仇甫氏의 一日)』(문장사, 1938), 『천변풍경(川邊風景)』(박문서관, 1938), 『군국(軍國)의 어머니』(박태원 저, 국민총력조선연맹 문화부 감수; 조광사, 1942), 장편소설 『여인성장(女人盛裝)』(영창서관, 1942), 『중국동화집』(정음사, 1946), 의열단장 김원봉(金元鳳)의 활약상을 그린 『약산과 의열단』(백양당, 1947) 등이 있다. 월북 후 역사소설 『계명산천은 밝았느냐』(1963~1964), 『갑오농민전쟁』(1977~1984) 등을 집필하였다. 톨스토이의 「바보 이반」(1886)을 「바보 이뽠(전18회)」(『동아일보』, 1930.12.6~24)과 「바보 이뽠」(『어린이』, 1933년 10~1934년 4월호)으로 번역하였고, 도일(Doyle, Sir Arthur Conan)과 프레데릭(Fredericks, Arnold)의 『바스카빌의 괴견(怪犬)·파리(巴里)의 괴도(怪盜)』(李石薰, 朴泰遠 譯; 조광사, 1941)에서 박태원은 『파리의 괴도』를 번역하였다.[40]

**박홍제**(朴弘濟: 1911~?)　아동문학가. 필명 정일송(鄭一松). 〈근우회(槿友會)〉 중

---

40 『파리의 괴도』 원작자는 미국 작가인 쿠머(Kummer, Arnold Frederic: 필명 Arnold Fredericks)다. 원작은 필명 'Arnold Fredericks'로 발간한 『백만 프랑(One Million Francs)』(NY: W.J. Watt & Company, 1912)이고, 이를 호시지마 다케오(星島武夫)가 『百萬法』(博文舘, 1922: 1939)으로 번역하였다. 박태원은 호시지마 다케오의 『백만 프랑(百萬法)』을 『파리의 괴도』라는 제목으로 바꿔 중역한 것이다. 『백만 프랑』은 1915년 11월에 존 노블(Noble, John W.) 감독에 의해 〈백만 달러(One Million Dollars)〉라는 영화로 개봉되었다.(이상 박진영, 「박태원의 추리소설 번역과 상상력 －『파리의 괴도』와 「최후의 억만장자」」, 『구보학보』 제10집, 2014, 265~266쪽 참조)

앙집행위원장(槿友會中央執行委員長)을 지낸 정종명(鄭鍾鳴)의 아들이다. 1925년 1월 18일 박홍제(朴弘濟)는 박대성(朴大成), 윤석중(尹石重), 이기용(李基庸), 김 두형(金斗衡) 외 7인과 함께 서울 〈무산소년회(無産少年會)〉 발기회를 하고 24일 창립총회를 하였다. 1930년 4월 30일 박홍제는 메이데이(May Day)에 오월 격문(五月檄文) 사건을 일으켜 치안유지법(治安維持法)[41] 위반 및 출판법(出版法) 위반으로 징역 1년 6개월 언도를 받고, 19세의 나이에 모친과 함께 서대문형무소에 갇혔다가 김천(金泉) 소년형무소에서 옥살이를 한 바 있다. 이때 정종명은 「김천 소년형무소에 복역 중인 박홍제(朴弘濟)에게」(『여인』 창간호, 1932년 6월호)란 글을 써 위로하였다. 격문 사건으로 박성녀(朴姓女), 리배근(李培根), 김영윤(金令胤) 등과 함께 기소되었다. 1925년 『소년운동』(少年運動)을 창간하려 한 바 있고, 1927년에는 정홍교(丁洪敎)가 "농촌소년(農村少年) 로동소년(勞動少年) 학업소년(學業少年)들의 과학덕으로 정신을 수양"하도록 하기 위해 『소년조선』을 창간할 때, 박홍제는 최독견(崔獨鵑), 백남규(白南奎), 홍은성(洪銀星), 최남선(崔南善), 이서구(李瑞求), 김을한(金乙漢) 등과 함께 집필 동인으로 참여하였다. 모친 정종명은 박홍제를 투사로 만들려고 하였으나 박홍제는 "시나 동요나 소설을 쓰는 것에 열중"하였다. ▶아동문학 관련 비평문으로 「운동을 교란하는 망평망론(忘評忘論)을 배격함 – 적아(赤兒)의 소론을 읽고 –」(『조선일보』, 1927.12.12)가 있다. 이 외에 『동아일보』와 『중외일보』, 『조선일보』 및 『소년조선』 등에 다수의 동화를 발표하였다. 「아버지 인물평 아들의 인물평」(『삼천리』 제4호, 1930년 1월호)에서 '지식(智識)보다 경험(經驗)이 만혼 일꾼'이란 소제목으로 어머니 정종명에 대한 평을 쓰기도 했다.

**박흥민**(朴興珉: 1912~1967)　아동문학가. 경성(京城) 출생. 1927년경부터 『별나라』 등에 작품을 발표하였으며, 1936년부터 방송아동극을 창작하고 연출하였다. 1936년 6월 김태석(金泰晳), 남기훈(南基薰), 유기홍(柳基興), 정영철(鄭英徹), 김상덕(金相德), 김호준(金虎俊) 등과 함께 〈아동극연구협회〉 창립위원으로 활동하

---

41 치안유지법(治安維持法)은 일본의 구헌법(明治憲法)에 따라 국체(國體)의 변혁과 사유재산 제도를 부인하는 결사 활동(結社活動)과 개인적 행동을 처벌하기 위해 제정된 법률이다. 1925년 4월 제정되어 1928년 개정되었는데, 공산당원뿐만 아니라 그 지지자 게다가 노동조합, 농민조합 활동, 프롤레타리아 문화운동 참가자에까지 적용되게 하였다. 1935년 이후 일본공산당 지도부가 괴멸한 후 치안유지법은 종교단체, 학술연구 서클에까지 탄압을 하여, 파시즘으로 나아가 국민의 사상을 통제하는 무기로서 활약을 했다. 1941년 전면적으로 개정되었다. 주로 공산주의 활동을 억압하기 위해 적용하였다. 위반자에 대해서는 사형을 포함한 중형(重刑)이 부과되었고, 사상의 탄압에 중요한 역할을 하였으나, 1945년 11월 연합국최고사령부의 각서에 의해 폐지되었다.

는 등 아동극에 많은 노력을 기울였다. 1938년 1월경 문인, 연극평론가, 연극인들
이 제휴하여 낭만좌(浪漫座)를 조직할 때 연출부 김욱(金旭), 학예부 진우촌(秦雨
村) 등과 함께 연기부에 박홍민이 참여하였다. 1940년 6월 15일 〈경성 동심원(童心
園)〉 주최 동화, 동요대회를 할 때 동화 부문에 노양근(盧良根), 최인화(崔仁化),
박홍민(朴興珉)이 참석하였다. 1947년 1월 30일 조선소년운동자 간담회를 개최하
였을 때, 박홍민(朴興珉)은 최청곡(崔靑谷), 양미림(楊美林), 정홍교(丁洪教), 양재
응(梁在應), 윤소성(尹小星), 전병의(全秉儀), 안준식(安俊植), 남기훈(南基薰), 정
세진(丁世鎭), 김태석(金泰晳), 안정복(安丁福), 정성호(鄭成昊), 손홍명(孫洪明),
홍찬(洪燦), 유시용(劉時鎔) 등과 함께 발기인으로 참여하였다. 1956년 〈한국아동
문학회〉 임시총회에서 동극(童劇) 분야 상임위원으로 참여하였고, 1958년 3월 제5
차 정기총회에서 한정동(韓晶東)이 회장이 되고, 박홍민은 김진수(金鎭壽), 홍은순
(洪銀順), 박경종(朴京鍾), 박화목(朴和穆), 김상덕(金相德) 등과 함께 상무(常務)
로 선임되었다. 1959년 6월 제6회 〈한국아동문학회〉 정기총회에서 김영일(金英一)
이 회장이 되고 박홍민은 부회장으로 선임되었다. 1964년 〈한국아동극협회(韓國兒
童劇協會)〉 창립총회를 개최하였는데 회장 주평(朱萍), 감사(監事)로 장수철(張壽
哲), 박홍민(朴興珉)이 선임되었다. 1964년 11월경 뇌일혈로 졸도하였으나 의식을
회복하였고, 아동문학가들이 중심이 되어 '우정의 입원비'를 모금하기도 하였다.
1960년 삼일절 기념방송극제에서 「족보(族譜)」가 청취자 투표 우수 작품상에 선정
되었다. ▶아동문학 관련 비평문으로 「(뿍레뷰)노양근 저(盧良根著) 『열세동무』」
(『동아일보』, 1940.3.13), 「(다시 찾은 우리 새 명절 어린이날)어린이는 명일(明
日)의 주인이요 새 조선을 건설하는 생명, 오늘을 국경일로 축복하자」(『자유신문』,
1946.5.5) 등이 있다. 이 외에 다수의 동화, 소년소설을 발표하였다. ▶저서로 바리
데기 설화를 바탕으로 한 '장편동화' 「제칠공주(第七公主)」(전40회)」(『동아일보』,
1939.5.17~7.12)를 단행본으로 발간한 『제칠공주(第七公主)』(성문당서점, 1944),
『역사의 향기: 방송 인기프로』(남향문화사, 1961)와 동화집 『흥부와 놀부』 등이
있다.

**박희도**(朴熙道: 1889~1951) 종교인, 교육자. 황해도 해주(海州) 출생. 해주 의창학
교(懿昌學校) 보통과와 고등과를 졸업한 후, 평양숭실학교를 거쳐 연희전문학교(延
禧專門學校)를 중퇴하였다. 뒤에 협성신학교(協成神學校)(현 감리교신학교)를 졸
업하였다. 중앙유치원(中央幼稚園)과 영신학교(永信學校)를 설립하였다. 1918년
9월 〈조선기독교청년회(朝鮮基督教青年會)〉 간사로 취임하였다. 1919년 3월 1일
민족대표 33인 중 한 사람으로 독립선언문에 서명하고 태화관(泰和館) 회의에 참석

하였으며, 이로 인해 2년 형의 옥고를 치렀다. 중앙유치원 원감을 하면서 잡지『신생활(新生活)』을 창간하였다. 1922년 11월 제11호에 '러시아 혁명 5주년 기념'을 특집으로 다룬 기사가 문제 되어 체포 함흥형무소에서 2년 동안 복역하였다. 1939년 친일 잡지『동양지광(東洋之光)』사장이 되어 내선일체 정책을 홍보하는 역할을 하였다. 1940년 〈국민총력조선연맹〉[42]과 〈조선임전보국단(朝鮮臨戰報國團)〉에서 활동하였고, 1943년 학병 권유 강연을 한 것 등 친일행위로 해방 후 〈반민족행위특별조사위원회〉(反民特委)에 체포되었으나 병보석으로 석방되었다. ┏아동문학 관련 비평문으로「오호, 방정환 군의 묘」(『삼천리』제23호, 1934년 2월호)가 있다.

**방정환**(方定煥: 1899~1931)  아동문학가. 필명 소파(小波, 小波生, 소파生, 方小波), 서삼득(徐三得), 목성(牧星, ㅁㅅ생), ㅅㅎ생, ㅈㅎ생, 몽견초(夢見草, 見草), 몽중인(夢中人), 북극성(北極星), 파영(波影, 波影生, 金波影), 운정(雲庭, 雲庭生, 雲庭居士, 方雲庭), 銀파리, 잔물, SP생(에쓰피생), 깔깔박사, 삼산인(三山人, 三山生), 성서인(城西人), 쌍S(雙S, 双S, SS생, 雙S生), CW(CW生, CWP), 우촌(雨村, 梁雨村). 경성부 야주개(京城府 夜珠峴) 출생.(본적은 京城府 堅志洞 118) 1918년 보성전문학교에 입학, 이듬해인 1919년 3·1운동이 일어나자 독립선언문을 배포하다가 일본 경찰에 체포되어 고문을 받았다. 1920년 도요대학(東洋大學) 철학과에 입학하였다. 1921년 김기전(金起瀍 = 金起田), 이정호(李定鎬) 등과 함께 〈천도교소년회(天道敎少年會)〉를 조직하여 소년운동을 전개하였다. 1923년 아동 잡지『어린이』를 창간하였고, 아동보호 운동과 아동문학의 보급에 일생을 바쳤다. ┏아동문학 관련 비평문으로「동화를 쓰기 전에 ─ 어린이 기르는 부형과 교사에게」(牧星; 『천도교회월보』제126호, 1921년 2월호),「(작가로서의 포부) 필연의 요구와 절대의 진실로 ─ 소설에 대하야」(『동아일보』, 1922.1.6),「새희에 어린이 지도는 엇지 홀가?(一) 소년회와 금후방침」(『조선일보』, 1923.1.4),「처음에」(『어린이』, 1923.3.20),「새로 개척되는 '동화'에 관하야 ─ 특히 소년 이외의 일반 큰 이에게」(小波; 『개벽』제31호, 1923년 1월호),[43] ┏소년의 지도에 관하야 ─ 잡지『어린이』창간에

---

42 1940년 10월 조선총독부 차원에서 조직한 친일단체를 가리킨다. 〈국민정신총동원조선연맹〉의 후신으로 조직되었다가, 1945년 7월 8일 〈국민의용대〉가 조직됨으로 7월 10일 여기에 통합·흡수되어 해체되었다.

43 이정현의「방정환의 동화론 '새로 개척되는 동화에 관하야'에 대한 고찰 ─ 일본 타이쇼시대 동화이론과의 영향 관계」(『아동청소년문학연구』제3호, 2008.12)에 따르면, 방정환이 다카기 도시오(高木敏雄)의『동화의 연구(童話の研究)』(婦人文庫刊行會, 1916), 오가와 미메이(小川未明)의「동화를 쓸 때의 나의 마음가짐(私が童話を書く時の心持)」, 아키타 우자쿠(秋田雨雀)의「예술 표현

제(際)하야, 경성 조정호 형(曹定昊兄)께」(『천도교회월보』, 1923년 3월호), 「나그네 잡긔장」(『어린이』 제2권 제2호~제3권 제5호, 1924년 2월호~1925년 5월호),[44] 「어린이 찬미」(『신여성』, 1924년 6월호), 「동화작법 – 동화 짓는 이에게」(小波生; 『동아일보』, 1925.1.1), 「'허잽이'에 관하야(상,하)」(『동아일보』, 1926.10.5~6), 「(대중훈련과 민족보건)제일 요건은 용기 고무 – 부모는 자녀를 해방 후 단체에, 소설과 동화」(『조선일보』, 1928.1.3), 「천도교와 유소년 문제」(『신인간』, 1928년 1월호), 「(인사말슴)세계아동예술전람회를 열면서」(『어린이』 제6권 제6호, 1928년 10월호), 「조선소년운동의 사적 고찰(一)」(『조선일보』, 1929.1.4), 「조선소년운동의 역사적 고찰(전6회)」(『조선일보』, 1929.5.3~14), 「7주년 기념을 마즈면서」(『어린이』, 1930년 3월호), 「아동문제 강연 자료」(『학생』, 1930년 7월호) 등이 있다. 배상철(裴相哲)이 쓴 「문인의 골상평(骨相評)(十五) – 후중득격자 방정환(厚重得格者 方定煥)」(『중외일보』, 1930.8.12)은 방정환에 대한 인물평이고, 이정호(李定鎬)의 「오호 방정환 그의 일주기를 맞고, 고금인물순례기」(『동광』 제37호, 1932년 9월호), 차상찬(車相瓚)의 「오호 고 방정환 군 – 어린이운동의 선구자!, 그 단갈(短碣)을 세우며」(『조선중앙일보』, 1936.7.25)는 추도문이자 인물평이라 할 수 있다. 저서로 『사랑의 선물』(開闢社, 1922)이 있고, 유고집으로 『소파전집(小波全集)』(박문출판사, 1940)이 있다. 자세한 연보와 작품은 염희경의 『소파 방정환과 근대 아동문학』(경진출판, 2014)과, 한국방정환재단이 편찬한 『정본 방정환 전집(전5권)』(창비, 2019)을 참고할 수 있다.

**백석**(白石: 1912~1996)  시인. 본명 백기행(白虁行). 평안북도 정주(定州) 출생. 1924년 오산소학교를 졸업하고 1929년 오산학교(五山學校: 오산고등보통학교)를 졸업하였다. 1930년 『조선일보』 신춘독자문예 모집에 단편소설 「그 모(母)와 아들(전5회)」(『조선일보』, 1930.1.26~2.4)이 당선되었다. 1930년 조선일보사 후원 춘해장학회(春海獎學會)[45]의 장학생이 되어 일본 도쿄 아오야마학원(靑山學院) 영어

---

으로서의 동화(藝術表現としての童話)」(이상 특집 「동화 및 동화극에 대한 감상(童話及童話劇についての感想)」, 『早稻田文學』, 1921년 6월호), 그리고 「문화생활과 아동예술 – 창간사에 부쳐(文化生活と兒童藝術 – 創刊の辭によせて)」(『童話研究』 창간호, 日本童話協會, 1922.7) 등을 두루 참고한 것이라 하였다.

**44** 이 글은 『한국아동문학비평사 자료집 1』에 수록되어 있다. 본문의 '렴 선생님'은 '림 선생님'의 오타이다. 따라서 각주 52의 "렴 선생님'은 염근수(廉根守)"라고 한 것은 잘못이다.

**45** 춘해장학회는 조선일보 사주 계초(啓礎) 방응모(方應謨)의 또 다른 호(號)인 춘해(春海)를 따 1928년 평안북도 정주(定州)에 설립한 장학회 이름이다.

사범과에 입학하여 1934년 졸업하였다. 이후 조선일보사에 입사하여 1935년 『조
광(朝光)』 창간에 참여하였고, 1936년 함경남도 함흥 영생고등보통학교 영어 교사
로 부임하였다. 이때 소설가 한설야(韓雪野＝韓秉道), 시인 김동명(金東鳴)을 만
나고, 기생 김진향(김영한＝자야)을 만났다. 1940년 만주(滿洲) 신징(新京)으로
가서 만주국 국무원 경제부의 말단 직원으로 근무하다가 6개월 만에 그만두었다.
해방이 되자 고향으로 돌아와 1947년 〈북조선문학예술총동맹〉 외국문학 분과위원
이 되어 러시아 문학을 번역하는 일에 매진하였다. ▶아동문학 관련 비평문으로는
「동화문학의 발전을 위하여」(『조선문학』, 1956년 5월호), 「나의 항의, 나의 제의」
(『조선문학』, 1956년 9월호), 「큰 문제, 작은 고찰」(『문학신문』, 1957.6.20), 「아
동문학의 협소화를 반대하는 위치에서」(『문학신문』, 1957.6.20), 「마르샤크의 생
애와 문학」(『아동문학』, 1957.11) 등을 발표하여 북한에서 아동문학 논쟁을 본격
화하게 된 계기가 되었다. 강소천(姜小泉)의 『호박꽃 초롱』(박문서관, 1941)에
「『호박꽃 초롱』 서시」를 썼다. ▶저서로 번역 『동화시집』(쓰 마르샤크 저, 백석 역;
민주청년사, 1955), 동화시집 『집게네 네 형제』(조선작가동맹출판사, 1957) 등이
있다.

**백철**(白鐵: 1908~1985)  문학평론가. 본명 백세철(白世哲), 창씨명 시라야 세이테
쓰(白矢世哲). 평안북도 의주(義州) 출생. 1927년 신의주고등보통학교를 졸업하고
그해 일본으로 건너가 도쿄고등사범학교(東京高等師範學校) 문과를 졸업하였다.
1930년 일본 〈전일본무산자예술연맹(全日本無産者芸術連盟)〉(약칭 〈NAPF〉) 맹원
이 되었고, 1931년 10월 중순경 귀국하여 잡지 『개벽(開闢)』 편집부장으로 재직하
였다. 1932년 5월 13일경 임화(林和)의 권유로 〈카프(KAPF)〉에 가입하여 중앙위
원으로 활동하였다. 1934년 〈카프〉 제2차 검거 사건에 연루되어 전주형무소에 수감
되었는데, 이 사건으로 전향하게 되었다. 1939년 『매일신보』 문화부장으로 취임하
였고, 1940년에는 천황폐화친열특별관함식배관근기(天皇陛下親閱特別觀艦式拜
觀謹記)(『삼천리』, 1940년 12월호)를 발표하였다. 이후 친일단체인 〈조선문인협
회〉 간사가 되어 '白矢世哲'로 창씨개명하였고, 『매일신보』, 『국민문학』 등을 통해
친일 문필 활동을 하였다. 해방 후 서울여자대학교, 동국대학교 등을 거쳐 1955년
중앙대학교 문리과대학 학장에 취임하였다. ▶아동문학 관련 비평문으로 「소년 견
습직공의 수기」(白世哲; 『어린이』, 1932년 1월호)와 「신춘 소년문예 총평 – 편의
상 『어린이』지의 동시·동요에 한함」(白世哲; 『어린이』, 1932년 2월호), 「(신간
평)소파전집」(『매일신보』, 1940.6.14) 등이 있다. ▶저서로 『조선신문학사조사(朝
鮮新文學思潮史)』(수선사, 1948), 『조선신문학사조사, 현대편』(백양당, 1949),

『국문학전사』(李秉岐 공저, 1957), 『문학의 개조』(신구문화사, 1959), 『백철문학전집(전3권)』(신구문화사, 1968) 등이 있다. 자세한 서지는 김윤식의 『백철연구』(소명출판, 2008)를 참고할 수 있다.

**백학서**(白鶴瑞: ?~?)　아동문학가. 필명 백효촌(白曉村, 曉村), 백참봉(白參奉), 백하생(白霞生). 황해도 신천군(信川郡) 온천면(溫泉面) 장재리(長財里) 출생. 재령공립보통학교(載寧公立普通學校)를 졸업하였다. ▶아동문학 관련 비평문으로 「『매신(每申)』 동요 평 - 9월에 발표한 것(전8회)」(『매일신보』, 1931.10.15~25)이 있다. 이 외에 다수의 소년소설과 동요 등을 발표하였다.

**밴댈리스트**(?~?)　신원 미상. ▶아동문학 관련 비평문으로 「에취·지·웰스」,[46](『동아일보』, 1924.12.29), 「동요에 대하야(未定稿)」(『동아일보』, 1925.1.21) 등이 있다.

**변영로**(卞榮魯: 1897~1961)　시인, 영문학자. 경성(京城) 출생. 필명 수주(樹州). 서울 재동, 계동보통학교를 거쳐 1910년 사립 중앙학교에 입학하였으나 자퇴하였다. 1915년 조선중앙기독교청년회학교 영어반에 입학하여 3년 과정을 6개월 만에 마쳤다. 1919년 독립선언서를 영문으로 번역하였다. 1931년 미국 캘리포니아주립산호세대학에서 수학하였다. 1948년 제1회 서울시문화상(문학 부문)을 수상하였다. ▶아동문학 관련 비평문으로 「(문예야화 13)제창 아동문예」(『동아일보』, 1933.11.11)가 있다. ▶저서로 수필집 『명정사십년(酩酊四十年)』(서울신문사, 1953), 『수주시문선(樹州詩文選)』(경문사, 1959), 영문시집 『진달래동산(Grove of Azalea)』(국제출판사, 1947) 및 1981년 유족들이 간행한 『수주변영로문선집(樹州卞榮魯文選集)』(한진출판사, 1981) 등이 있다.

**변영만**(卞榮晚: 1889~1954)　법조인, 교육자. 경기도 강화(江華) 출생. 필명 곡명(穀明, 曲明, 穀明居士), 산강재(山康齋), 삼청(三淸), 백민거사(白旻居士), 변광호(卞光浩, 卞光昊), 변자민(卞自旻, 卞子敏). 변영태(卞榮泰), 변영로(卞榮魯)는 동생이다. 1905년 관립법관양성소에 입학하여 1906년 졸업하고, 보성전문학교(普成專門學校)에 입학하였다. 1908년 졸업과 동시에 법관이 되었으나 사법권이 일본에 이양되자 사직하고 신의주(新義州)에서 변호사 개업을 하였다. 1910년 국권이 피탈되자 중국에 망명하였다가, 1918년 귀국하여 한학과 영문학을 연구하였다. 해방

---

46 웰스(Wells, Herbert George: 1866~1946)를 가리킨다. 밴댈리스트는 위의 「에취·지·웰스」에서 "웰스의 작품에는 언제나 과학적 방면에 붓을 잡지 아니한 것이란 업다. (중략) 그리고 단순히 과학적 지식을 줄 뿐만 아니고 무슨 교훈을 주랴는 경향이 보인다."고 하였다. 웰스의 과학소설가로서의 면모를 소개하고자 한 것이다.

후 성균관대학교 교수로 후진 양성에 힘썼다. ▶아동문학 관련 비평문으로 '곡명거사'란 이름으로 발표한 「우리 '어린이'들의 전도(前途) – 어린이날을 보내면서」(『조선일보』, 1931.5.5)가 있다. ▶저서로 『세계삼괴물(世界三怪物)』(斯密哥德文 原著, 卞榮晩 意譯; 광학서포, 1908), 『산강재문초(山康齋文鈔)』(용계서당, 1957) 등이 있다.

**북악산인**(北岳山人: ?~?)  신원 미상. ▶아동문학 관련 비평문으로 「조선 소년운동의 의의 – 5월 1일을 당하야 소년운동의 소사(小史)로」(『중외일보』, 1927.5.1)가 있다.

**빈강어부**(濱江漁夫: ?~?)  신원 미상. ▶아동문학 관련 비평문으로 「소년문학과 현실성 – 아울러 조선소년문단의 과거와 장래에 대하야」(『어린이』, 1932년 5월호)가 있다.

**서덕출**(徐德出: 1906~1940)  아동문학가. 본명 서정출(徐正出), 호적명 서덕줄(徐德茁), 필명 서여송(徐旅松), 서심덕(徐沈德), 서추성(徐秋星), 서신월(徐晨月), 자(字)는 덕이(德而). 5세 때 척추를 다쳐 다리를 쓰지 못하는 장애인이 되었다. 1925년 동요 「봄편지」(『어린이』 제3권 제4호, 1925년 4월호)를 발표하며 문단활동을 시작하였다. 이후 방정환, 윤석중, 윤복진, 신고송 등과 교류하며 작품 활동을 했다. 1927년 8월 9일, 윤석중, 윤복진, 신고송이 서덕출을 찾아와 「슮흔밤」을 공동 창작하였다. 1924년 서울의 윤석중(尹石重), 합천(陜川)의 이성홍(李聖洪), 마산(馬山)의 이원수(李元壽), 언양(彦陽)의 신고송(申孤松), 수원(水原)의 최순애(崔順愛), 대구(大邱)의 윤복진(尹福鎭), 원산(元山)의 이정구(李貞求), 안변(安邊)의 서이복(徐利福), 안주(安州)의 최경화(崔京化), 진주(晋州)의 소용수(蘇瑢叟) 등과 함께 소년문예단체 〈기쁨사〉(깃븜사)를 창립하였다. ▶아동문학 관련 비평문으로 「창간호브터의 독자의 감상문」(『어린이』 통권73호, 1930년 3월호)이 있다. 이 외에 다수의 동요 작품을 발표하였다. ▶저서로 동생 서수인이 김장호와 윤석중의 도움을 받아 편찬한 유고동요집 『봄편지』(자유문화사, 1952)가 있다. 1968년 울산 학성공원에 '봄편지 노래비'가 세워졌다.

**서정주**(徐廷柱: 1915~2000)  시인. 필명 미당(未堂), 궁발(窮髮, 窮髮居士), 창씨명 다쓰시로 시즈오(達城靜雄). 전라북도 고창(高敞) 출생. 1936년 『동아일보』 신춘문예에 시 「벽(壁)」(『동아일보』, 1936.1.3)이 당선되었고, 김광균(金光均), 오장환(吳章煥)과 함께 동인지 『시인부락(詩人部落)』을 창간하여 주간을 맡았다. 1941년 첫 시집 『화사집(花蛇集)』(남만서고)을 출간하였다. 1942년부터 1944년까지 친일 작품을 많이 발표하였는데, 특히 1943년에는 최재서(崔載瑞)와 함께 일본군 종군기자로서 취재를 다닌 탓으로 보인다. 해방 후 문교부 초대 예술과장을 역임했다. 일제강점하 반민족행위 진상규명에 관한 특별법 제2조 제11, 13호에 해당하는 친일반민족행위로 규정되어 『친일반민족행위진상규명 보고서』 IV-8: 친일반민족행위자 결정이유서(pp.229~251)에 관련 행적이 상세하게 기록되었다. ▸아동문학 관련 비평문으로 「(서평)윤석중 동요집 『굴렁쇠』를 읽고」(『동아일보』, 1948.12.26)가 있다. ▸저서로 『화사집(花蛇集)』(남만서고, 1941), 『귀촉도(歸蜀道)』(선문사, 1948), 『서정주시선』(정음사, 1956), 『신라초(新羅抄)』(정음사, 1961), 『서정주육필시선(肉筆詩選)』(문학사상사, 1975) 등이 있다.

**성촌**(星村: ?~?)   신원 미상. 박영하(朴永夏), 최석숭(崔錫崇) 등과 함께 소년문예단체 〈세우사(細友舍)〉를 창립하고 문학 활동을 하였다. 전식(田植)은 '세우 김성촌 군(細友 金星村 君)'(「반박이냐? 평이냐? - 성촌 군(星村 君)의 반박에 회박(回駁)함(四)」(『매일신보』, 1931.9.20)이라 하여 김(金) 씨 성을 가진 사람인 것으로 보이나 누구인지 분명하게 확인되지 않는다. ▸아동문학 관련 비평문으로 「전식 군(田植君)의 동요평을 읽고 - 그 불철저한 태도에 반박함(전4회)」(『매일신보』, 1931.9.6~10)이 있다. 이 외에 다수의 동요 작품을 발표하였다. 「전식 군의 동요평을 읽고」는 전식의 「7월의 『매신(每申)』 - 동요를 읽고(전9회)」(『매일신보』, 1931.7.17~8.11)에 대한 반박문이다. 성촌의 반박을 받은 전식은 다시 「반박이냐? 평이냐? - 성촌 군의 반박에 회박함(전5회)」(『매일신보』, 1931.9.18~23)을 통해 재반박한 바 있다.

**소용수**(蘇瑢叟: 1909~?)   아동문학가. 경상남도 진주(晋州) 출생. 진주제이공립보통학교(晋州第二公立普通學校)를 졸업하였다. 일본 유학을 한 것으로 보이나 시기나 학교는 확인되지 않는다. 1924년 서울의 윤석중(尹石重), 합천(陜川)의 이성홍(李聖洪), 마산(馬山)의 이원수(李元壽), 울산(蔚山)의 서덕출(徐德出), 언양(彦陽)의 신고송(申孤松), 수원(水原)의 최순애(崔順愛), 대구(大邱)의 윤복진(尹福鎭), 원산(元山)의 이정구(李貞求), 안변(安邊)의 서이복(徐利福), 안주(安州)의 최경화(崔京化) 등과 함께 소년문예단체 〈기쁨사〉(깃븜사)를 창립하였다. 1931년 9월 신고송(申孤松), 이정구(李貞求), 전봉제(全鳳濟), 이원수(李元壽), 박을송(朴乙松), 김영수(金永壽), 승응순(昇應順), 윤석중(尹石重), 최경화(崔京化) 등과 함께 〈신흥아동예술연구회(新興兒童藝術研究會)〉를 창립 발기하였다. 1939년경 만주국 국무청 홍보처 고등관보, 선무일보 편집주임(滿洲國 國務廳 弘報處 高等官補, 宣撫日報 編輯主任)으로 재직하였다. 1940년 7월경 만주국(滿洲國) 안동성(安東省) 서무과에 사무관으로 근무하였다. ▸아동문학 관련 비평문으로 「창간호브터의 독자의 감상문」(『어린이』, 1930년 3월호), 「나의 연구 신흥민요(新興民謠) - 그 단편적 고찰(전3회)」(『조선일보』, 1930.10.3~5)이 있다. 이 외에 다수의 동요 작품을 발표하였다.

**손길상**(孫桔湘: ?~?) 아동문학가. 경상남도 진주(晋州) 출생. 1923년 진주제일고등보통학교(晋州第一高等普通學校)에 입학하여 1928년에 졸업하였다. 1928년 진주 진명학원(進明學院)에 입학하여 수학하다가, 1930년 경성부 종로 중앙기독교청년회학교(中央基督敎靑年會學校)에 입학하여 수학하였다. 진주의 정상규(鄭祥奎), 이재표(李在杓) 등과 함께 〈새힘사〉(새힘社)를 통해 소년문예활동을 하였다. 1929년『동아일보』신춘문예에 동시 「나그네님」(『동아일보』, 1929.2.6)이 선외가작으로 당선되었다. 1930년 4월 6일 〈진주청년동맹(晋州靑年同盟)〉 정기대회에서 신태민(申泰珉)과 함께 소년부에 부서 배정을 받았고, 집행위원장 김기태(金基泰) 이하 신태민(申泰珉) 등 10인의 집행위원 중 한 사람으로 활동하였다. 노동야학(勞動夜學) 활동을 하였다. 1930년 8월경 '중앙청년학교 손길상(中央靑年學校 孫桔湘)'의 자격으로 '진주군 진주면 평안동(晋州郡晋州面平安洞)'에서 문자보급반 활동을 하였다. 1930년 11월 12일 중앙기독교청년회학교 1학년으로 동맹휴학을 하여 무기정학 처분을 받았다. 1933년 10월에는 일본 반제 및 조선공산청년동맹원 가담 혐의 건으로 일본 경시청에 피검되었다가 같은 해 12월 기소보류 처분되어 풀려난 적이 있다. 1936년경 만주국 문교부(滿洲國文敎部)에 재직하였고, 〈신경조선인청년회(新京朝鮮人靑年會)〉 활동을 하였다. 1936년 2월 29일 신징(新京)에서 재만조선아동학교(在滿朝鮮兒童學校) 교육의 보조적 역할과 아동 정서 교양을 목적으로 회장 이홍주(李鴻周), 총무 손길상(孫桔湘), 위원 배익우(裵翊禹), 박경민(朴卿民), 정항전(鄭恒篆), 임병섭(林炳涉), 강재형(姜在馨), 엄익환(嚴翼煥), 김진영(金振永) 등이 참여하여 조직한 〈아동문학연구회(兒童文學硏究會)〉에서 활동하였다. 1936년 3월 30일 신경 제1회 소년소녀동화대회를 개최하였는데 이때 만주국 문교부 소속 심사위원으로 참석하였다. ▶아동문학 관련 비평문으로 「『신소년』 9월 동요평」(『신소년』, 1931년 11월호)이 있다. 이 외에『신소년』,『별나라』,『아이생활』,『조선일보』,『동아일보』,『중외일보』 등에 다수의 동요 작품을 발표하였다.

**손위빈**(孫煒斌: ?~?) 신원 미상. 손위빈은 「조선영화사(朝鮮映畫史) 10년간의 변천」(『조선일보』, 1933.5.28)과 「조선신극 25년 약사(전11회)」(『조선일보』, 1933.7.30~1933.8.16)[47]를 연재한 것으로 보아 연극과 영화 분야에서 활동한 것으로

---

47 손위빈의 글은 제1회와 제2회, 제8회~제11회 총 6회분은 「朝鮮新劇二十五年略史」로, 제3회~제7

짐작된다. ▶아동문학 관련 비평문으로 「(조선신극25년약사, 9)맹아기의 '학생극'과 '레뷰-' 신극열(新劇熱)의 상승시대 – 신흥극단의 출현」(『조선일보』, 1933.8.12), 「(조선신극 25년 약사, 10)허무주의를 고조한 종합예술협회 동화극의 출현」(『조선일보』, 1933.8.13) 등이 있다.

**손진태**(孫晉泰: 1900~?)　민속학자, 국사학자. 필명 남창(南滄). 1900년 경상남도 (현 부산광역시) 동래(東萊) 출생. 일본 와세다대학 졸업 후 1932년 〈조선민속학회〉를 창설하였다. 6·25전쟁 중 서울대학교 문리대 학장으로 재직하다 납북되었다. ▶아동문학 관련 비평문으로 「조선의 동요와 아동성」(『신민』, 1927년 2월호)이 있다. 이 외에 다수의 역사 동화와 동시 작품을 발표하였다. ▶저서로 『조선고가요집(朝鮮古歌謠集)』(東京: 刀江書院, 1929), 『조선신가유편(朝鮮神歌遺篇)』(東京: 鄉土研究社, 1930), 『조선민담집(朝鮮民譚集)』(東京: 鄉土研究社, 1930), 『조선민족설화의 연구』(을유문화사, 1947) 등이 있다.

**손풍산**(孫楓山: 1907~1973)　아동문학가, 언론인. 본명 손중행(孫重行), 손재봉(孫在奉). 경상남도 합천(陜川) 출생. 대구공립고등보통학교(大邱公立高等普通學校)를 졸업하고 1927년 경남공립사범학교(현 진주교육대학교)를 졸업하였다. 이후 경상남도 거제의 이운보통학교(二運普通學校)(현 장승포초등학교) 등 교직에 몸담았다. 1930년 12월 손풍산(孫楓山)은 노동자 농민의 아들딸들의 교양을 위하여 이주홍(李周洪), 신고송(申孤松), 엄흥섭(嚴興燮), 이구월(李久月), 박세영(朴世永), 양우정(梁雨庭) 등과 함께 프롤레타리아 소년 잡지 『무산소년(無産少年)』을 발간하기로 하였다. 해방 후 1949년부터 『연합신문』, 『국제신문』, 『부산일보』, 『민주신보』 등 언론계에 투신하였다. 『별나라』, 『신소년』, 『새벗』 등에 다수의 아동문학 작품을 발표하였다. 『(푸로레타리아 동요집)불별』(중앙인서관, 1931)에 손풍산의 작품으로 「낫」, 「거머리」, 「물총」, 「불칼」, 「물맴이」 등 5편의 동요가 수록되어 있다. ▶저서로 신문 시사 단편을 모아 이주홍(李周洪)이 장정(裝幀)을 맡아서 발간한 『동남풍(東南風)』(부산일보사, 1967)이 있다.

**송남헌**(宋南憲: 1914~2001)　독립운동가, 현대사 연구가, 아동문학가. 필명 경심(耕心), 창씨명 松原秀逸. 경상북도 문경군 산북면 대하리(聞慶郡 山北面 大下里)

---

회 총 5회분은 「朝鮮新劇運動略史」라 하였다. 각 회의 내용에 따른 부제가 따로 붙어 있다. 이 가운데 '학교극'과 '동화극'을 다룬 제9회와 제10회만 아동문학과 직접 연관이 된다. 『한국아동문학비평사 자료집 5』에 손위빈의 글이 실려 있는데 202쪽 각주 109번의 내용에 착오가 있었다. 여기서 바로잡는다.

출생. 1934년 대구사범학교(大邱師範學校)를 졸업하고, 3월 31일부로 전라북도 군산부(群山府)의 군산보통학교 훈도(訓導)로 임명되었다. 이어 1936년 서울 재동보통학교(齋洞普通學校), 1938년 경성 재동심상소학교(京城齋洞尋常小學校) 교사로 재직하면서 아동문학가로 활동하였다. 1943년 허헌(許憲) 등과 함께 대한민국 임시정부의 활동과 광복군의 전과를 주위에 전했다는 '경성방송국 라디오 단파방송' 사건 관련 조선임시보안령(朝鮮臨時保安令)⁴⁸ 위반 혐의로 서대문형무소에서 8개월의 옥고를 치렀다. 해방 후 우사(尤史) 김규식(金奎植) 선생의 비서실장을 맡아 좌우합작과 남북협상에 참여하였다. 1961년에는 군사정부에 의해 혁신정당 활동을 한 혐의 때문에 좌익으로 몰려 1963년까지 옥고를 치렀다. ▶아동문학 관련 비평문으로 「창작동화의 경향과 그 작법에 대하야(상,하)」(『동아일보』, 1939.6.30~7.6), 「예술동화의 본질과 그 정신 - 동화작가에의 제언(전6회)」(『동아일보』, 1939.12.2~10), 「아동문학의 배후(상,하)」(『동아일보』, 1940.5.7~9), 「명일의 아동연극 - 〈동극회〉 1회 공연을 보고」(『매일신보』, 1941.5.12) 등이 있다. ▶저서로 한국 현대사 분야의 역작들인 『해방 3년사』(성문각, 1976), 『한국현대정치사』(성문각, 1980), 『김규식 박사 전집(전5권)』 중 『몸으로 쓴 통일독립운동사』, 『송남헌 회고록: 김규식과 함께 한 길』(이상 송남헌 외 지음, 한울, 2000) 등이 있다.

**송석하**(宋錫夏: 1904~1948)  민속학자. 필명 석남(石南). 경상남도 울주(蔚州: 현 울산) 출생. 1922년 부산공립상업학교를 졸업하고 일본 도쿄상과대학{현 히토쓰바시대학(一橋大學)}에 유학하였다가 1923년 간토대지진〔關東大震災〕으로 중퇴하고 귀국하였다. 그 후 민속에 관심을 갖고 현지 조사에 나섰다. 1932년 손진태(孫晉泰), 정인섭(鄭寅燮) 등과 함께 〈조선민속학회(朝鮮民俗學會)〉를 창립하고 민속학 연구지인 『조선민속』을 발행하였다. 1934년 이병도(李丙燾), 김두헌(金斗憲), 손진태(孫晉泰), 이병기(李秉岐), 조윤제(趙潤濟) 등과 함께 〈진단학회(震檀學會)〉를 창설할 때 발기인으로 참여하였다. 1946년 국립민족박물관(현 국립민속박물관)을 개관하는 데 도움을 주었고, 서울대학교에 인류학과를 설치하였다. ▶아동문학 관련 비평문으로 박영만(朴英晚)의 『조선전래동화집』(학예사, 1940)에 쓴 「서(序)」가 있다. ▶저서로 유고집 『한국민속고』(일신사, 1960)가 있다. 손진태(孫晉泰)의 「송석하 선생을 추모함」(『민성』 제5권 제1호, 1949년 1월호)을 참고할 수 있다.

---

48 조선총독부제령 제34호(1941.12.26 제정)로 제정된 날부터 시행되었다. 제1조에 "이 영은 전시에 언론, 출판, 집회, 결사 등의 단속을 적정하게 하여 안녕질서의 유지를 목적으로 한다."라 하여 그 성격이 잘 드러나 있다. 여기서 전시란 1941년 12월 7일 발발한 태평양전쟁을 가리킨다.

**송순일**(宋順鎰: 1902~1950)  시인, 소설가. 필명 양파(陽波, 宋陽波). 황해도 안악 (安岳) 출생. 6·25전쟁 때 사망한 것으로 알려졌다. 20세에 S 미션계 중학을 졸업 한 후 도일(渡日)하여 1년간 도쿄(東京)에 유학하였고, 귀국하여 1927년 6월부터 황해도 안악군(安岳郡) 소재 사립 안신보통학교(安新普通學校)에서 교사생활을 하 여 1937년 10월 근속 10주년 표창을 받았다. 1926년 〈재령청년연맹(載寧靑年聯 盟)〉 창립 시 검사위원으로 참가하였다. 1926년 11월 〈재령무산청년회(載寧無産靑 年會)〉에서 주최한 학교교육과 사회교육 중 어느 것이 우선이냐는 주제의 토론에 사회교육이 우선이라는 측 토론자로 나섰다. 1925년 「부화」(『조선문단』 제11호, 1925년 9월호)가 당선되면서 본격적인 문학 활동을 시작하였다. 1928년『중외일 보』의 '문단제가의 견해'(1928.7.13)에 '당면의 중대 문제, 창작의 제재문제, 대중 획득의 문제, 추천서적' 등에 양건식(梁建植), 홍효민(洪曉民) 등과 함께 답을 하고 있어 당시 문인으로서의 반열을 짐작할 수 있다. ▶아동문학 관련 비평문으로 「(자유 종)아동의 예술교육」(『동아일보』, 1924.9.17)과 수필 「교단만화(敎壇漫話)(전8 회)」(『동아일보』, 1929.2.9~20), 강화(講話)「배호는 이에게 드리는 말슴」(『별나 라』, 1934년 12월호) 등이 있다. 이 외에 다수의 시, 민요 등의 작품을 발표하였다.

**송악산인**(松岳山人: 1887~1952)  한국화가. 본명 황종하(黃宗河), 필명 우석(友 石), 인왕산인(仁王山人), 동필(東必), 황호랑이. 경기도 개성(開城) 출생. ▶아동문 학 관련 비평문으로 「부녀(婦女)에 필요한 동화 – 소년 소녀의 량식」(『매일신보』, 1926.12.11), 「동요를 장려하라 – 부모들의 주의할 일」(『매일신보』, 1926.12.12), 「가정부인과 독서 – 각 방면으로 필요」(『매일신보』, 1926.12.19) 등이 있다.

**송영**(宋影: 1903~1979)  소설가, 극작가, 아동문학가. 본명 송무현(宋武鉉), 필명 송동량(宋東兩), 앵봉산인(鴬峯山人), 수양산인(首陽山人), 관악산인(冠岳山人), 석파(石坡), 은구산(殷龜山), 창씨명 山川實. 서울 출생. 1919년 배재고등보통학교 를 중퇴하고 1922년 일본으로 가 유리 공장의 수습직공으로 일하면서 노동 체험을 쌓았다. 1922년 말 결성된 〈염군사(焰群社)〉를 조직하는 데 일익을 담당하고, 1925 년 〈조선프롤레타리아예술동맹〉(KAPF)의 맹원으로 가담하여 대표적인 소설가, 극 작가로 활동하였다. 1932년 3월 임화(林和), 윤기정(尹基鼎), 현인(玄人 = 李甲基), 신고송(申鼓頌), 이상춘(李相春), 유인(唯仁 = 申石艸, 申應植) 등과 함께 『연극운 동』을 간행하였다. 박세영(朴世永)과 더불어『별나라』편집에 참여하였다. 1934년 신건설사 사건(新建設社事件)으로 검거되어 옥고를 치르기도 했다. 해방 후 임화, 김남천, 이태준 중심의 〈조선문학건설본부〉(〈조선문화건설중앙협의회〉)에 맞서, 이기영(李箕永), 한설야(韓雪野) 등과 함께 〈조선프롤레타리아문학동맹〉(〈조선프롤레타리아예술동맹〉)을 결성하였다. 1946년 6월에 월북하여 〈북조선문학예술총동맹〉 중앙 상무위원, 제2, 제4기 최고인민회의 대의원, 〈조국통일민주주의전선〉 중앙위원, 〈조소친선협회(朝蘇親善協會)〉 위원, 〈조국평화통일위원회〉 상무위원 등을 거쳤다. ▼아동문학 관련 비평문으로 「아동극의 연출은 엇더케 하나?」(『별나라』 통권48호, 1931년 3월호), '32년 문단전망 – 어쩌케 전개될까? 전개시킬까? 문단 제씨의 각별한 의견' 특집(『동아일보』, 1932.1.1)에 「전기적 임무(前期的 任務)를 다하야…」(『동아일보』, 1932.1.5), 「소학교극의 새로운 연출(二)」(『별나라』, 1933년 12월호), 「〈동극연구회〉 주최의 '동극 · 동요의 밤'을 보고」(『별나라』 통권75호, 1934년 2월호), 「(별나라 續刊辭)적은 별들이여 불근 별들이여 – 『별나라』를 다시 내노면서」(『별나라』 해방 속간 제1호, 1945년 12월호) 등이 있다. 이 외에 다수의 동화, 벽소설(壁小說), 동요, 아동극 등의 아동문학 작품을 발표하였다. ▼저서로 『아동극집』(宋影, 朴世永; 별나라사, 1945), 희곡집 『인민은 조국을 지킨다』(문화전선사, 1947) 등이 있다. 송영에 대한 글로 이기영(李箕永)이 쓴 「(작가인상기)송영 군(宋影君)의 인상과 작품」(『문학건설』 창간호, 1932년 12월호)을 참고할 수 있다.

**송완순**(宋完淳: 1911~?) 동요시인, 아동문학가, 평론가. 필명 구봉학인(九峰學人), 구봉산인(九峰山人, 九峰散人), 송구봉(宋九峰), 송소민(宋素民), 소민학인(素民學人), 한밭(한밧), 송타린(宋駝麟), 백랑(伯郎), 호랑이, 호인(虎人), 송호(宋虎, 宋虎人), 송강(宋江). 충청남도 대전군(大田郡) 진잠면(鎭岑面)의 "조그만 지주(地主)" 집안에서 출생하였고, 일찍 부모가 구몰하여 형 송관순(宋寬淳)의 보호하에 성장하였다. 1927년 3월 충청남도 진잠공립보통학교(鎭岑公立普通學校)를 5년 수료하고 4월에 휘문고등보통학교(徽文高等普通學校)에 입학하였으나 병으로 인해 9월 30일 자로 휴학을 하고 이듬해인 1928년 4월 30일 가사상의 이유로 1학년 1학기에 자퇴하였다. 〈조선프롤레타리아예술동맹〉(KAPF)에 참여하였으나 1930년 4월 20일 〈카프〉를 중상했다는 이유로 〈카프〉 중앙위원회 결의를 거쳐 제명되었다. 1926년경 고향 대전(大田)에서 〈소년주일회(少年週日會)〉 활동을 하였고, 이후 『어린이』, 『신소년』 등의 독자담화실이나 독자동요란을 통해 문학 활동을 하였다. 1931년 7월경 양창준(梁昌俊), 엄흥섭(嚴興燮), 김관(金管), 김광균(金光均), 현동염(玄東炎), 안함광(安含光), 박충진(朴忠鎭), 민병휘(閔丙徽), 장비(張飛), 궁규성(弓奎星) 등과 함께 예술잡지 『대중예술(大衆藝術)』을 8월 창간호로 발간하기 위해 준비를 하였다. 1932년 송영(宋影), 신고송(申孤松), 박세영(朴世永), 이주홍(李周洪), 이동규(李東珪), 태영선(太英善), 홍구(洪九), 성경린(成慶麟), 김우철(金友

哲), 박고경(朴古京), 구직회(具直會), 승응순(昇應順), 정청산(鄭靑山), 홍북원(洪北原), 박일(朴一), 안평원(安平原), 현동염(玄東炎) 등과 함께 건전 프로아동문학의 건설보급과 근로소년 작가의 지도 양성을 목표로 월간 『소년문학(少年文學)』을 발간하기로 하였다. 해방 후에는 〈조선문학가동맹〉에 가담하였고, 1946년 〈조선문학가동맹〉 중앙집행위원회에서 아동문학부 위원을 보선(補選)할 때 박세영(朴世永) 등과 함께 아동문학부 위원이 되었다. 1949년 1월경, 박노갑(朴魯甲), 박계주(朴啓周) 등과 함께 『소년소녀소설전집』을 회현동(會賢洞)의 민교사(民教社)에서 발간하기로 하였다. 1949년 11월경 자진하여 정지용(鄭芝溶), 정인택(鄭人澤), 양미림(楊美林), 박노아(朴露兒) 등과 함께 〈국민보도연맹〉에 가맹하였으나, 그 후 월북하였다. ▶아동문학 관련 비평문으로 「신소년사 기자 선생 상상기」(『신소년』, 1926년 6월호), 「공상적 이론의 극복 – 홍은성(洪銀星) 씨에게 여(與)함(전4회)」(『중외일보』, 1928.1.29~2.1), 「비판자를 비판 – 자기변해(自己辯解)와 신(申) 군 동요관 평(전21회)」(九峰山人;『조선일보』, 1930.2.19~3.19), 「개인으로 개인에게 – 군(君)이야말로 '공정한 비판'을(전8회)」(九峰學人;『중외일보』, 1930.4.12~20), 「동시말살론(전6회)」(九峰學人;『중외일보』, 1930.4.26~5.3), 「조선 동요의 사적(史的) 고찰(二)」(『새벗』 복간호, 1930년 5월호), 「동요의 자연생장성 급(及) 목적의식성」(宋九峰;『중외일보』, 1930.6.14~?)(5회 연재 중 중단), 「동요의 자연생장성 급 목적의식성 재론(전4회)」(九峰學人;『중외일보』, 1930.6.29~7.2), 「'푸로레' 동요론(전15회)」(『조선일보』, 1930.7.5~22), 「(자유평단: 신진으로서 기성(既成)에게, 선진(先進)으로서 후배에게)공개반박 – 김태오(金泰午) 군에게」(素民學人;『조선일보』, 1931.3.1), 「동요론 잡고 – 연구노-트에서(전4회)」(『동아일보』, 1938.1.30~2.4) 등과, 해방 후 「아동문학의 기본 과제(상,중,하)」(『조선일보』, 1945.12.5~7), 「아동문화의 신출발」(『人民』 제2권 제1호, 1946년 1-2월 합호), 「조선 아동문학 시론(試論) – 특히 아동의 단순성 문제를 중심으로」(『신세대』 제1권 제2호, 1946년 5월호), 「(문화)아동출판물을 규탄」(『민보(民報)』 제343호, 1947.5.29), 「아동문학의 천사주의(天使主義) – 과거의 사적(史的) 일면에 관한 비망초(備忘草) –」(『兒童文化』, 동지사아동원, 1948년 11월호), 「나의 아동문학」(『조선중앙일보』, 1949.2.8) 등이 있다. 이 외에 1920년대부터 『중외일보』, 『동아일보』, 『조선일보』, 『신소년』, 『별나라』 등의 신문과 잡지에 다수의 동요, 동화를 발표하였다. ▶저서로 프리체(Friche, Vladimir Maksimovich)의 책을 번역한 『구주문학발달사(歐洲文學發達史)』(開拓社, 1949)가 있다.

**송창일**(宋昌一: ?~?) 아동문학가. 필명 창일(蒼日), 창씨명 宋山昌一. 평안남도 평양(平壤) 출생. 1930년 평안북도 소학교 및 보통학교 교원 시험(제2종)에 합격하였다. 이후 평양 광성보통학교(光成普通學校) 등에서 교사로 재직했다는 기록이 있다. 1931년『조선일보』신춘현상 동요 부문에「거라지의 꿈」(平壤 宋昌一;『조선일보』, 1931.1.1)이 2등으로 당선되었다. 1933년『동아일보』주최의 '제3회 학생 계몽운동' 보도에 보면 '평양부(平壤府)'에서는 빈민 아동 중심으로 평양 정진여자보통학교(正進女子普通學校)에서 7월 24일부터 8월 7일까지 한글, 산술, 역사 등을 가르쳤는데 송창일도 교사로 참여하였다. 1940년 7월 9일부터 13일까지 평양애린원(平壤愛隣院) 주최 제2회 상설탁아소지도자강습회를 광성유치원 보육실에서 개최하였는데, 송창일은 강사로 참여하여「동화법(童話法)」을 강의하였다. 해방 후 북한에서 활동하였다. 〈평양예술문화협회〉(1945년 9월)와 〈프롤레타리아예술동맹〉이 결합하여,〈북조선예술총연맹〉(1946년 3월 25일)이 결성되었고 이것이 〈북조선문학예술총동맹〉(1946년 10월)으로 개칭되었을 때, 아동문학위원에 송창일(宋昌一), 박세영(朴世永), 송영(宋影), 신고송(申鼓頌), 강훈(姜勳), 이동규(李東珪), 정청산(鄭靑山), 강승한(康承翰), 강소천(姜小泉), 노양근(盧良根), 윤동향(尹童向), 이호남(李豪男) 등이 이름을 올리고 있다. 1953년에 〈북조선문학예술총동맹〉은 부문별로 재조직되는데 〈조선작가동맹〉의 아동문학 분과위원회에, 위원장 김북원(金北原), 위원으로 송창일은 강효순, 이진화, 신영길, 리원우, 윤복진, 박세영, 이효남 등과 함께 이름을 올리고 있다. 1954년부터 1956년 1월호까지『아동문학』의 편집위원으로 활동하며 다수의 작품을 발표하였다. 아동문학 관련 비평문으로「동요운동 발전성 – 기성문인, 악인(樂人)을 향한 제창(상,하)」(『조선중앙일보』, 1934.2.13~14),「아동문예의 재인식과 발전성(전4회)」(『조선중앙일보』, 1934.11.7~17),「아동문예 창작 강좌 – 동요 편(3~4)」(『아이동무』, 1935년 3월호~4월호),「아동극 소고 – 특히 아동성을 主로 –(전6회)」(『조선중앙일보』, 1935.5.25~6.2),「아동불량화의 실제 – 특히 학교 아동을 중심으로 한 사고(私稿)(전9회)」(『조선중앙일보』, 1935.11.3~13),「아동문학 강좌(전9회)」(『가톨릭소년』, 1937년 11월호~1938년 8월호),「동화문학과 작가(전5회)」(『동아일보』, 1939.10.17~26),「북조선의 아동문학」(『아동문학』제1집, 평양: 어린이신문사, 1947년 7월호),「1949년도 소년소설 총평」(『아동문학집』제1집, 평양: 문화전선사, 1950.6) 등이 있다. 이 외에 동요, 동화, 소년소설 등 다수의 아동문학 작품을 발표하였다. 송창일의『참새학교』와『소국민훈화집(少國民訓話集)』에 대해, 이석훈(李石薰)의「(신간평)송창일 씨 저『참새학교』평」(『조선일보』, 1938.9.4), 임인수(林仁洙)의「아동의 명심보감(明心寶鑑) – 송창일의『소국민훈화집』독후감」

(『아이생활』, 1943년 7-8월 합호), 김창훈(金昌勳)의 「송창일 저 『소국민훈화집』 독후감」(『아이생활』, 1943년 7-8월 합호) 등의 서평이 있다. ▶저서로 동화집 『참새 학교』(평양: 평양애린원, 1938)[49], 『소국민훈화집』(아이생활사, 1943) 등이 있다.

**송철리**(宋鐵利: ?~?)　아동문학가. 창씨명 石山青苔. 함경남도 혜산군(惠山郡) 출생. 이후 요녕성 장백현으로 이주하였다. 1931년 1월 1일 요령성 장백현(遼寧省長白縣)의 소년단체 8~9개소를 통합하여 〈전장백현소년동맹(全長白縣少年同盟)〉을 창립할 때 중앙집행위원으로 선임되었다. 1937년 『매일신보』 신춘현상문예에, 동요 「발자욱」(『매일신보』, 1937.1.14)이 당선되었다. 1940년 『만선일보(滿鮮日報)』 신춘문예에 「쩌나간 사람」(1940.1.16)이 민요 부문에 가작으로 당선되었다. 『조선일보』, 『동아일보』, 『조선중앙일보』, 『매일신보』 등에 다수의 동요, 동화 등 아동문학 작품을 발표하였고, 『만선일보』에 여러 편의 시를 발표하였다.

**승응순**(昇應順: 1910~1937)　아동문학가. 대중가요 작사가. 필명 승효탄(昇曉灘), 쇠내. 대중가요 작사 시에는 금릉인(金陵人), 금능인(金能仁), 남풍월(南風月), 추엽생(秋葉生) 등의 필명을 사용했다. 황해도 금천군(金川郡) 갈현리(葛峴里) 출생. 1927년 금천공립보통학교(金川公立普通學校)를 졸업하였다. 1927년 『별건곤(別乾坤)』에 작품을 투고했으나 입선하지 못하고 선자(選者)인 파인 김동환(巴人 金東煥)으로부터 미숙하다는 평가를 받았다.(『별건곤』, 1927년 10월호) 상급학교에 진학하지 못하다가 1928년 보성고등보통학교(普成高等普通學校)에 입학했으나 1930년경 맹휴사건으로 퇴학당하였다. 보성고보 재학 중 성경린(成慶麟) 등과 함께 동요 창작 모임인 〈희망사〉를 조직하였다. 1931년 4월 연희전문학교(延禧專門學校) 문과 별과에 입학하였으나 한 학기 수업 후 중퇴했다. 1931년 9월 소용수(蘇瑢叟), 이정구(李貞求), 전봉제(全鳳濟), 이원수(李元壽), 박을송(朴乙松), 김영수(金永壽), 신고송(申孤松), 윤석중(尹石重), 최경화(崔京化)와 함께 〈신흥아동예술연구회(新興兒童藝術研究會)〉를 창립하였다. 1932년에 원유각(元裕珏), 정진석(鄭鎭石) 등과 함께 동인지 『문학(文學)』 창간에 참여하고, 『소년문학』의 집필자로 활동하였으며, 라디오 드라마를 연출하기도 하였다. 1933년 5월 19일 태서관(太西舘)에서 벌어진 윤석중 동시집 『잃어버린 댕기』 출판기념회에 이광수, 김동환, 박팔양,

---

[49] 『조선일보』(1938.8.17)에 「참새학교(創作童話集), 宋昌一 作 京城 基督教 朝鮮監理會 總理院 教育局 發行」이라 되어 있다. 이석훈(李石薰)의 「(新刊評)宋昌一 氏 著 『참새학교』 評」(『조선일보』, 1938.9.4) 말미에 '平壤愛隣院印刷所'라 한 것으로 보아 출판사가 따로 없고 인쇄소를 출판사로 밝힌 것 같다.

이태준, 이하윤, 심의린(沈宜麟), 차사백(車士百), 홍난파, 정인섭, 정진석(鄭鎭石), 임동혁(任東爀), 유의탁(柳宜卓) 등과 함께 참석하였다. 1933년 「무명초」라는 작품으로 포리돌(Polydor) 레코드회사에서 작사가로 데뷔하여, 이후 오케(Okeh) 레코드 문예부장으로 재직하면서 다수의 대중음악 가사를 작사했는데 「타향」(「타향살이」로 널리 알려져 있음), 「이원애곡」, 「사막의 한」을 위시해 100여 편이 훨씬 넘는다. 1937년 1월 2일 27세로 고향에서 병 요양 중 사망했다. ▸아동문학 관련 비평문으로 「신소년사 기자 선생님 상상기(취미)」(『신소년』, 1927년 4월호), 「조선 소년문예고」(『문예광』 창간호, 1930년 2월호), 「조선 소년문예단체 소장사고(消長史稿)」(『신소년』, 1932년 9월호) 등이 있다. 대중가요와 관련된 글로 「레코-드 일년간 회고) ─ 조선 레코-드의 장래(전2회)」(金陵人; 『조선중앙일보』, 1936. 1.1~5)가 있다. 이 외에 『별나라』, 『신소년』, 『조선일보』, 『동아일보』, 『중앙일보』, 『조선중앙일보』 등 잡지와 신문에 동요, 동화 등 다수의 아동문학 작품을 발표하였다.

**신고송**(申孤松: 1907~?)  아동문학가. 본명 신말찬(申末贊), 필명 고송(孤松, 鼓頌), 신찬(申贊). 경상남도(현 울산광역시) 울주군(蔚州郡) 언양(彦陽) 출생. 1916년 언양공립보통학교에 입학하여 1920년 3월 졸업하였고, 1925년 4월 대구사범학교(大邱師範學校)에 입학하여 1928년 3월에 졸업하였다. 대구에서 보통학교 교사를 하다가 사상불온을 이유로 청도 유천보통학교(淸道楡川普通學校)로 좌천되었다가 이어 해임된 후 프롤레타리아 문예운동에 뛰어들었다. 1924년 서울의 윤석중(尹石重), 합천(陜川)의 이성홍(李聖洪), 마산(馬山)의 이원수(李元壽), 울산(蔚山)의 서덕출(徐德出), 수원(水原)의 최순애(崔順愛), 대구(大邱)의 윤복진(尹福鎭), 원산(元山)의 이정구(李貞求), 안변(安邊)의 서이복(徐利福), 안주(安州)의 최경화(崔京化), 진주(晋州)의 소용수(蘇瑢叟) 등과 함께 소년문예단체 〈기쁨사〉(깃븜사)를 창립하였다. 1930년 12월 노동자 농민의 아들딸들의 교양을 위하여 이주홍(李周洪), 엄흥섭(嚴興燮), 이구월(李久月), 손풍산(孫楓山), 박세영(朴世永), 양우정(梁雨庭) 등과 함께 프롤레타리아 소년 잡지 『무산소년(無産少年)』을 발간하기로 하였다. 1931년 9월 소용수(蘇瑢叟), 이정구(李貞求), 전봉제(全鳳濟), 이원수(李元壽), 박을송(朴乙松), 김영수(金永壽), 승응순(昇應順), 윤석중(尹石重), 최경화(崔京化)와 함께 〈신흥아동예술연구회(新興兒童藝術研究會)〉를 창립하였다. 1932년 3월 임화(林和), 윤기정(尹基鼎), 현인(玄人＝李甲基), 이상춘(李相春), 유인(唯仁) 등과 함께 『연극운동』을 간행하였다. 1932년 4월 2일 청량사(淸凉寺)에서 임화, 권환, 신고송, 김기진, 안막(安漠) 등이 발기해 『카프작가칠인집(캅프作家

七人集)』(집단사, 1932) 출판 기념의 밤을 개최하였다. 1932년 7월경, 『신소년』 사무소에서 이동규(李東珪)를 〈카프(KAPF)〉에 가맹하도록 권유하였다. 1932년 8월경 정당한 프롤레타리아 연극 건설을 목표로 이귀례(李貴禮), 이상춘(李相春), 강호(姜湖), 송영(宋影), 권환(權煥) 등과 함께 극단 『신건설』을 결성하였다. 1932년 12월 신고송(申孤松)은 건전 프로 아동문학의 건설보급과 근로소년작가의 지도 양성을 임무로 송영(宋影), 박세영(朴世永), 이주홍(李周洪), 이동규(李東珪), 태영선(太英善), 홍구(洪九), 성경린(成慶麟), 송완순(宋完淳), 한철석(韓哲錫), 김우철(金友哲), 박고경(朴古京), 구직회(具直會), 승응순(昇應順), 정청산(鄭靑山), 홍북원(洪北原), 박일(朴一), 안평원(安平原), 현동염(玄東炎) 등과 함께 월간잡지 『소년문학(少年文學)』을 발행하였다. 1932년 12월 '별나라사 사건'으로 인해 출판법 위반 혐의로 기소된 바 있다. 해방 후 〈조선프롤레타리아문학동맹〉의 중앙 집행위원으로 활동하다 1946년 월북하였다. ▶아동문학 관련 비평문으로 「9월호 소년잡지 독후감(전5회)」(『조선일보』, 1927.10.2~7), 「동심에서부터 – ◇기성동요의 착오점, 동요시인에게 주는 몇 말(전8회)」(『조선일보』, 1929.10.20~29), 「새해의 동요운동 – 동심 순화와 작가 유도(전3회)」(『조선일보』, 1930.1.1~3), 「동요와 동시 – 이 군에게 답함」(『조선일보』, 1930.2.7), 「현실도피를 배격함 – 양(梁) 군의 인식오류를 적발(전2회)」(『조선일보』, 1930.2.13~14), 「동심의 계급성 – 조직화와 제휴함(전3회)」(鼓頌; 『중외일보』, 1930.3.7~9), 「공정한 비판을 바란다 – '비판자를 비판'을 보고(전3회)」(『조선일보』, 1930.3.30~4.2), 「동요운동의 당면문제는?(전2회)」(鼓頌; 『중외일보』, 1930.5.14~18), 「슈프렛히·콜 – 연극의 새로운 형식으로(전5회)」(『조선일보』, 1932.3.5~10), 「(강좌)조희 연극」(『별나라』 제58호, 1932년 4월호), 「연합 대학예회의 아동극을 보고」(『별나라』 통권60호, 1932년 7월호), 「아동문학 부흥론 – 아동문학의 르네쌍쓰를 위하야(전5회)」(『조선중앙일보』, 1936.1.1~2.7), 「(신간평)동심의 형상」(『독립신보』, 1946.6.2) 등이 있다. 이 외에 동요, 동화, 아동극 등 다수의 아동문학 작품을 발표하였다. ▶저서로 『소인극(素人劇)하는 법; 자립연극 지도서』(申鼓頌 저; 신농민사문화부, 1946), 『농촌연극 써클 운영법』(국립인민출판사, 1949) 등이 있다. 자세한 연보와 작품목록은 김봉희의 『신고송문학전집 1,2』(소명출판사, 2008)을 참고할 수 있다.

**신길구**(申佶求: 1894~1974)  한의약 학자. 필명 소송(召松). 경성(京城) 출생. 보성고등보통학교를 졸업하고 보성전문학교를 중퇴한 후 일본 와세다대학에서 공부했다. 귀국하여 10년 가까이 청강 김영훈(晴崗金永勳)에게서 본초학(本草學)을 전수받고 1928년에 한약업사 허가증을 취득했다. 1948년에는 경희대 한의과대학 전신인 동양의약대학의 교수를 하면서 후학 양성에 힘썼다. 그의 학술을 집약한 책은 『신씨본초학: 총론(申氏本草學: 總論)』(수문사, 1972), 『신씨본초학: 각론(申氏本草學: 各論)』(수문사, 1973)인데 한의학계의 필독서로 꼽힌다. ▶아동문학 관련 편저로 이솝우화를 가려 뽑은 『세계명작교육동화집(世界名作敎育童話集)』(영창서관, 1926)이 있다.

**신명균**(申明均: 1889~1940) 한글운동가, 아동문학가. 필명 주산(珠汕). 경성부(京城府) 출생. 한성사범학교(漢城師範學校)를 졸업하고 교육자의 길을 걸었다. 1914년부터 1922년까지 독도(뚝섬)공립보통학교(纛島公立普通學校) 교원을 역임하였다. 주시경(周時經)이 운영한 조선어강습원(朝鮮語講習院)에서 1912년 3월 중등과 3회, 1913년 3월 고등과 1회로 졸업하였는데, 고등과 동기생으로는 최현배(崔鉉培), 권덕규(權悳奎), 김두봉(金枓奉), 이병기(李秉岐), 장지영(張志暎)이 있었다. 1920년대 〈대종교청년회(大倧敎靑年會)〉가 결성되었을 때 중앙청년회에서 활동하였다. 1927년 보성전문학교에서 강의하였고, 1930년 9월부터 1934년 4월까지 동덕여자고등보통학교에서 조선어 과목을 가르쳤다. 주시경 사후 동료들과 〈조선어연구회〉, 〈조선어학회〉를 조직하여 유지를 계승하였고, 1922년부터 1938년 4월까지 〈조선교육협회〉 이사로 활동하였다. 출판사 중앙인서관(中央印書館)을 운영하면서 많은 잡지와 서적을 간행하였다. 아동문학 잡지 『신소년(新少年)』을 편집·발행하였다. 신명균은 민족주의자이면서도 박헌영(朴憲永), 김태준(金台俊), 이관술(李觀述), 홍구(洪九) 등 사회주의자들과 교유하면서 민족협동노선을 지지하였다. 일제 말기 〈조선어학회〉를 〈국민총력조선어학회연맹〉으로 바꾸는 일과 창씨개명 등에 항의해 1940년 11월 자결하였다. 『신소년』 등에 다수의 아동문학 작품을 발표하였다. ▶저서로 『(한글통일)조선어철자법』(상식보급회, 1934), 편저로 『송강가사(松江歌辭)』(중앙인서관, 1933), 『주시경선생유고(周時經先生遺稿)』(중앙인서관, 1933), 『시조집(時調集)』(중앙인서관, 1934), 『소설집(小說集)(1,2)』(김태준(金台俊) 교열; 중앙인서관, 1936~37), 『시조전집(時調全集)』(이병기(李秉岐) 교열; 중앙인서관, 1936), 『가사집(歌詞集)(상,하)』(중앙인서관, 1940) 등이 있다.

**신영철**(申瑩澈: 1895~1945) 아동문학가. 필명 효산(曉山), 약림(若林). 충청남도 서천(舒川) 출생. 일본 도요대학(東洋大學) 철학과를 졸업하고, 도쿄 유학생들로 조직된 〈색동회〉(색동會) 간사로 활동하였다. 1925년 개벽사(開闢社)에 입사하여 2월부터 『어린이』의 기자 일을 맡아보고, 『개벽(開闢)』 폐간 후 속간된 『별건곤(別乾坤)』을 주재하였다. 1926년 『신여성』 제26호(1926년 5월호)부터 편집기자로 참여하였다. 방정환이 죽은 뒤인 1931년 10월부터 1932년 9월까지 『어린이』 '편집담

임자가 되었는데 이 기간 동안『어린이』는 대체로 계급주의적 색채를 띠었다. 만주(滿洲)로 옮겨 가 염상섭, 안수길(安壽吉), 이종환(李鍾桓) 등과 함께『만선일보(滿鮮日報)』를 발행하였고, 학예부장을 지냈다. 강좌, 논설 등 다수의 아동문학 작품을 발표하였다. ▶저서로『만주조선문예선(滿洲朝鮮文藝選)』(신영철 편; 新京: 조선문예사, 1941),『(신체미문)학생서한(學生書翰)』(黃義敦, 申瑩澈 공편; 홍문원, 1926)과,『싹트는 대지』(신영철 편; 新京: 만선일보사출판부, 1941),『반도사화와 낙토 만주(半島史話와 樂土 滿洲)』(신영철 편집; 新京: 만선학해사, 1943) 등이 있다.

**신재항**(辛在恒: ?~?)   아동문학가. 필명 소석(素石), 창원(暢園). 1925년 3월 1일 경성 누하동(樓下洞)〈반도소년회(半島少年會)〉에서 '우리의 생활요소는 물질이냐? 정신이냐?'라는 주제로 신춘토론회를 열었는데, 물질 편 연사로는 고장환, 안용성(安鎔性), 최주(崔柱), 이병규(李丙圭)가 정신 편 연사로는 정수신(鄭守信), 이희경(李熙敬), 신재항(辛在恒), 송천순(宋千珣)이 참가하였다. 심판으로는 박철혼(朴哲魂＝朴埈杓)과 이원규(李元珪)가 맡았다. 1927년〈오월회〉의 어린이데이 기념 준비를 할 때 준비위원 중 한영우(韓榮愚), 윤소성(尹小星), 이원규(李元珪), 한영석(韓英錫), 박준표(朴埈杓), 최호동(崔湖東) 등과 함께 서무부를 맡았다. 1927년 9월 1일 한정동(韓晶東), 정지용(鄭芝溶), 윤극영(尹克榮), 김태오(金泰午), 고장환(高長煥) 등과 함께〈조선동요연구협회(朝鮮童謠研究協會)〉를 창립할 때 발기인으로 참여하였다. 1927년 11월〈조선동요연구협회〉에서는〈조선소년연합회〉,〈조선소년문예연맹〉,〈조선프롤레타리아예술동맹〉등 3 단체의 후원을 받아 소년문예대강연회(少年文藝大講演會)를 열 계획을 가졌다. 1928년〈조선동요연구협회〉에서『조선동요선집(朝鮮童謠選集, 第一輯, 一九二八年版)』을 발행할 때 한정동, 윤극영, 유도순, 김태오, 정지용, 고장환, 신재항 등 7인이 편집간사로 활동하였다.『새벗』(제4권 제11호, 1928년 11월호)에 '본지 집필 선생 면영'으로 '尹小星, 劉智榮, 韓東昱, 盧炳弼, 辛在恒, 崔源基, 洪銀星, 李元珪, 高長煥, 金在哲, 崔鳳河, 金永八, 高丙敦' 등이 있어『새벗』의 주요 필진이었음이 확인된다. 1933년 2월 26일 소년연맹회관에서〈조선동요연구협회〉간사회를 열고 간사 증선 및 부서 작정, 기관지『동요운동』간행, 동요주간의 설정, 동요독본, 동요작법, 동요집 및 이론 전개, 소책자 간행 노력 등을 결의하였는데, 이때 신재항은 서무부(庶務部)의 상무(常務){庶務部 辛在恒(常務) 高長煥 ◀研究部 金泰午(常務) 鄭芝鎔, 韓晶東 ◀普及部 崔泳柱(常務), 劉道順, 丁洪教, 尹福鎭 ◀出版部 高長煥(常務), 辛在恒 ◀作曲部 玄濟明(常務), 朴慶浩, 尹克榮, 金泰午}로 참여하였다. 1937년 1월 27일 택시에 치어

뇌출혈로 생명이 위독하게 되었다. 다수의 아동문학 작품을 발표하였다.

**신재향**(辛栽香: ?~?)  아동문학가. 필명 힌돌, 재향초(載香草). 『새벗』의 고선자(考選者)로 활동하였다. ▶아동문학 관련 비평문으로 「『소년세계』 속간을 마즈며」(『소년세계』 제3권 제1호, 1932년 1월호), 「선후여언」(『새벗』 제4권 제8호, 1928년 8월호) 등이 있다.

**심의린**(沈宜麟: 1894~1951)  교육자, 국어학자. 필명 송운(松雲). 서울 출생. 일찍이 할아버지와 아버지로부터 한문을 배웠으며, 교동보통학교(校洞普通學校)를 거쳐 1917년 한성고등보통학교(漢城高等普通學校) 사범부를 졸업한 후, 모교인 교동보통학교 교사로 있다가 이어서 경성사범학교부속보통학교로 옮겼다. 〈계명구락부(啓明俱樂部)〉와 〈조선광문회(朝鮮光文會)〉 활동을 하였고, 1921년 〈조선어연구회〉(현 〈한글학회〉)가 조직되자 이 모임에 가입하여 학회를 통한 한글 연구에 몰두하였다. 1927년 〈조선어연구회〉의 기관지 『한글』 창간에 참여하고, 1928년에는 〈조선광문회〉의 『조선어사전』 편찬사업의 제1차 조사위원으로 어휘 조사와 문법 연구에 전념하였다. 1930년 경성여자사범학교 교유(敎諭)로 옮겼으며, 같은 해 조선총독부가 「조선어언문철자법규정」을 공포하자 1931년부터 1932년까지 사이에 '중등조선어강좌'를 발표하다 중지당하고, 이어서 '개정 언문철자법강좌'를 열었다. 1935년 〈조선음성학회〉에서 정인섭(鄭寅燮), 이종태(李鍾泰)와 더불어 아동 감독과 독서지도를 담당하였다. 1936년에는 여러 해 동안 연구, 조사, 정리한 문법자료를 모아 『중등학교 조선어문법(全)』(조선어연구회)을 펴내어 문법교과서로서 널리 영향을 끼쳤다. 1941년에 일제가 조선어과를 배제하자 경성여자사범학교를 퇴임하고, 1943년부터 1945년까지 경성 화산국민학교(華山國民學校) 교유로 근무하였다. 1946년에 다시 서울대학교 사범대학 부속중학교에 복직되었다. 1949년에는 『음성언어교육』(서울대학교사범대학 출판부)을 펴내기도 하였다. 1950년 6·25전쟁을 맞아 7월에 서울대학교 사범대학 부속중학교를 의원면직하였으며, 수복한 뒤 6·25전쟁 때 좌경 학생을 도왔다는 혐의로 체포되어 부산형무소에 수감 중 옥사하였다. ▶아동문학 관련 비평문으로 「(보육학교 당국자에게 보내는 말 3)유치원 개혁은 보육학교서부터 – 음악회 열 번보다 동요회 한 번이 필요」(『조선중앙일보』, 1934.11.15)가 있다. ▶저서로 『조선동화대집(朝鮮童話大集)』(한성도서주식회사, 1926), 『실연동화(實演童話)』(이문당, 1928) 등이 있다.

**심훈**(沈熏: 1901~1936)  소설가, 시인, 영화인, 독립운동가. 본명 심대섭(沈大燮), 아명 삼준, 삼보, 필명 해풍(海風), 금강생(金剛生), 금호어초(琴湖漁樵), 백랑(白浪). 서울 출생. 1915년 경성제일고등보통학교(京城第一高等普通學校)에 입학하였고 1919년 3·1운동에 가담하였다가 투옥 퇴학당하였다. 경성제일고보 동기생으로 작곡가 윤극영(尹克榮)(내외종간), 색동회원 조재호(曺在浩), 의열단원 박열(朴烈) 등이 있었다. 1920년 중국으로 망명하여 1921년 항저우(杭州) 치장대학(之江大學)에 입학하였다. 1923년 사회주의 문화운동 조직인 〈염군사(焰群社)〉에 참가하였다. 1924년 동아일보사에 입사하였으나 철필구락부(鐵筆俱樂部) 사건으로 이듬해 해직되고, 1925년 고한승(高漢承), 김영보(金泳俌), 이경손(李慶孫), 최승일(崔承一), 김영팔(金永八), 안석주(安碩柱) 등과 함께 〈극문회(劇文會)〉를 조직하였다. 『아동문학 관련 비평문으로 「경성보육학교의 아동극 공연을 보고(전2회)」(『조선일보』, 1927.11.16~18), 「아동극과 소년영화 – 어린이의 예술교육은 엇던 방법으로 할가(전3회)」(沈薰;『조선일보』, 1928.5.6~9) 등이 있다. 『저서로 1930년 초에 발간하려다 검열로 출판하지 못한 『그날이 오면』(한성도서주식회사, 1949)이 해방 후에 발행되었다. 자세한 연보와 작품목록은 『심훈전집(沈熏全集)(전3권)』(탐구당, 1966)을 참고할 수 있다.

**안덕근**(安德根: 1907~?) 아동문학가. 필명 안영(安英). 황해도 해주(海州) 출생. 〈해주청년회(海州靑年會)〉 집행위원 등을 역임하면서 사회운동 분야에서 열심히 활동하였다. 1926년 11월 황해도 남천(南川)으로 이사를 하였다. 김팔봉(金八峯)의 「조선문학의 현재의 수준」(『신동아』 제4권 제1호, 1934년 1월호)에 따르면, 안덕근을 동반자 작가로 분류하고 있다. 1925년 〈해주문예협회(海州文藝協會)〉의 임원으로 활동하였고, 1926년 5월 〈해주노동연맹(海州勞働聯盟)〉 발회식에 참여하여 〈해주청년회〉 집행위원 자격으로 축사를 하였다. 1927년 〈신간회(新幹會)〉 해주지회 간사로 활동하였을 뿐만 아니라, 중앙집행위원으로도 활동하였다. 1927년 6월 해주 지역 신극 연구단체인 〈민영회(民暎會)〉 창립을 주도하고 각본부의 집행위원으로 활동하였다. 1927년 9월 〈해주청년회〉 정기총회에서 교육부 위원으로 선임되었다. 1928년 5월 〈조선프롤레타리아예술동맹〉 해주 지부 좌장으로 임시총회를 주재하고 교양부 임원으로 활동하였으며, 1932년 5월 〈해주청년동맹(海州靑年同盟)〉의 동맹원 등 26명과 함께 비밀결사를 조직했다는 등의 이유로 검거되기도 하였다. 1933년 6월 14~15일 〈해주청년동맹〉 주최로 임화(林和), 이갑기(李甲基)를 초청하여 해주문예강연(海州文藝講演)을 개최할 때 안덕근이 「조선문학의 신계단」이란 제목으로 강연을 하였고, 1934년 8월 해주삼남수재구제회(海州三南水災救濟會)에서 연극회를 개최한 바 안덕근의 작품 〈경쟁이중주(競爭二重奏)〉를 공연하였다. 1936년 5월 18일 진보적 청년들이 〈해주문화협회(海州文化協會)〉를 창립하였을 때 연극부 임원을 맡았다. 해방 후 1947년 5월 『광명일보(光明日報)』의 편집국장으로 활동하였고, 6월 〈조선신문기자회(朝鮮新聞記者會)〉의 재정부장을 역임하였다. 1947년 9월 23일 『광명일보』 편집국장 안덕근이 수도경찰청에서 취조를 받고 있던 중 미군정 포고령 2호 위반 혐의로 불구속 송청되었다. ▶아동문학 관련 비평문으로 「동화의 가치」(『매일신보』, 1926.1.31), 「푸로레타리아 소년문학론(전12회)」(『조선일보』, 1930.10.18~11.7) 등이 있다. 그 외 비평문으로 정순정(鄭順貞)과 공동 집필한 평론 「예술동맹 해주지부 설치를 보고」(『중외일보』, 1927.12.23), 「신극예술운동 – 해주 민영회(海州 民映會) 혁신을 보고」(海州 安英: 『중외일보』, 1929.4.5), 「맑쓰주의 예술론」(『비판』 제2권 제11호, 1932년 11월호), 「'투루게-넵흐'의 작품에 대한 단상」(『조선중앙일보』, 1933.8.22), 「해방 이후의 연극운동」(『독립신보』, 1946.8.15) 등과, 다수의 동화, 동요 등 아동문학 작품을 발표하였다.

**안용만**(安龍灣: 1916~1975)  아동문학가, 시인. 필명 안용민(安龍民). 평안북도 신의주(新義州) 출생. 1931년 광주학생운동 동맹휴학 사건으로 중학교에서 출학당한 후, 일본으로 가 〈일본전국노동조합협의회(日本全國勞動組合協議會)〉 등에서 노동운동을 하였다. 1934년 2월 귀국하여 〈카프(KAPF)〉 사건으로 피검되었다. 『별나라』, 『신소년』 등에 아동문학 작품을 발표하다가 이후 시를 썼다. 1935년 『조선일보』 신춘문예 시 부문에 「저녁의 지구(地區)」(『조선일보』, 1935.1.1)가 당선되었고, 1935년 『조선중앙일보』 신춘현상의 시 부문에 「강동(江東)의 품 – 생활의 강 '아라가와'여」(『조선중앙일보』, 1935.1.1), 1936년 『조선중앙일보』 신춘현상 모집에 응모하여 시가 부문에 「봄의 '커터' 부(部)」(『조선중앙일보』, 1936.1.4)가 당선되었다. 해방 직후에는 신의주에서 김우철 등과 더불어 『서북민보』를 창간하였고, 1946년에는 조선공산당평안북도위원회 기관지 『바른말』을 편집하였다. 이후 〈북조선문학예술총동맹〉 평안북도위원회 위원장을 지냈으며, 6·25전쟁 기간 평양에서 현역 작가로 활동하였던 것 외에는 압록강 강반에서 창작 생활을 하였다. 다수의 아동문학 작품을 발표하였다. ▶저서로 『동지에의 헌사』, 『나의 따발총』, 『안룡만 시선집』, 『새날의 찬가』 등 4권의 시집을 출간하였다.

**안재홍**(安在鴻: 1891~1965)  정치인, 사학자. 필명 민세(民世). 경기도 평택(平澤) 출생. 1911~1914년 와세다대학 정경학부를 졸업하였다. 1919년 3·1운동을 지도하고, 비밀결사인 대한민국청년외교단에 가담하여 상하이(上海) 임시정부 연통부(聯統府) 역할을 하다 검거되어 3년간 옥고를 치렀다. 『시대일보(時代日報)』, 『조선일보』 등 언론 활동을 하였다. 1936년 임시정부와 긴밀히 연락한 활동이 드러나 2년, 1942년 〈조선어학회〉 사건으로 다시 2년 동안 옥고를 치렀다. 6·25전쟁 도중 납북되어 1965년에 사망한 것으로 전해진다. ▶아동문학 관련 비평문으로 「자라가는 어린이들을 위하야」(『학창』 창간호, 1927년 10월호), 「『박달방망이』를 추들음」(정홍교, 『(정홍교 동화집)박달방망이』, 남산소년교호상담소, 1948) 등이 있다.

**안정복**(安丁福: ?~?)  소년운동가. 1925년 7월 26일 〈취운소년회(翠雲少年會)〉 발기총회를 개최하였을 때 안정복은 임시의장으로 사회를 보았고, 회장 황수(黃秀), 총무 신종훈(辛種薰), 교양부 천덕기(千德基), 안정복, 이봉묵(李鳳默), 운동부 김옥인(金玉仁), 정재덕(鄭在德), 이영우(李英雨) 등이 임원을 맡았다. 이후 〈취운소년회〉의 간부 등으로 소년운동을 하였고, 경성 안정효(安晶曉) 등과 함께 〈꾀꼬리사〉(꾀꼬리社) 회원으로 활동을 하였다. 1927년 7월 〈취운소년회〉 동화대회의 연사로 참여하였다. 1928년 2월 〈경성소년연맹(京城少年聯盟)〉 발기회에서 준비위원으로 선임되었고, 7월 27일 제1회 정기대회에서 고장환(高長煥)이 위원장이 되고 안정복은 상무서기로 선출되었다. 1928년 7월 29일, 〈조선소년총연맹 경기도소년연맹(朝鮮少年總聯盟 京畿道少年聯盟)〉 창립대회에서 중앙 상무서기로 선임되었다가 중앙집행위원회에서 조사부장으로 임명되었다. 1928년 7월~8월에 걸쳐 개최된 〈취운소년회〉의 임간 동화대회에서 이정호(李定鎬), 홍은성(洪銀星), 안준식(安俊植)을 초청하였는데 〈취운소년회〉 내부에서는 김옥인과 안정복이 연사로 참여하였다. ▶아동문학 관련 비평문으로 「파쟁에서 통일로 − 어린이날을 압두고(상,중,하)」(『중외일보』, 1930.4.21~25), 「전국 동지에게 −〈소총(少總)〉 재조직을 제의함」(『중외일보』, 1930.6.6), 「〈소총(少總)〉 침체와 그 타개책에 대하야(전5회)」(『조선일보』, 1932.2.10~24) 등이 있다. 이 외에 아동문학 작품도 발표하였다.

**안준식**(安俊植: 1899/1901~1951)  소년운동가, 아동문학가. 필명 운파(雲波, 安雲波), 구름결. 경기도 수원(水原) 출생. 본적은 경성부(京城府) 혜화동(惠化洞) 89-3번지이고 『별나라』를 발간할 당시의 주소는 경성부 영락정(京城府 永樂町) 1-65번지였다.[50] 1916년 수원의 보통학교를 졸업하고, 서울의 배재고등보통학교(培材高等普通學校)를 다니다 1925년에 중퇴한 것으로 보인다. 1925년 서울야학교를 보광

---

50 생년과 출생지 주소는, 「各種運動情況, 昭和 七年 下半期後의 重要事件 檢擧, 出版法違反其ノ他 檢擧(『昭和 九年 三月 治安情況』)」(한국사데이터베이스 경성지방법원 검사국 문서)와 박태일의 「수원 지역 어린이문학가 안준식의 삶과 문학」(『한국문학논총』 제81집, 2019.4, 97~100쪽) 참조. 앞의 문서에 따르면 안준식의 나이를 '34'세로 밝혀 놓아 환산하면 1899년생이 된다. 이 문서에는 신고송, 이찬, 임인식, 박계홍(박세영)의 나이도 표기되어 있는데 현재 밝혀진 것과 일치한다. 박태일은 북한의 「략력」(『현대조선문학선집: 아동문학집 10』(조선작가동맹출판사, 1960)을 따랐다. 좀 더 확인할 필요가 있다.

학교(普光學校)로 확장하여 무산아동과 직업아동 교육을 할 때 강인희(姜仁熙), 박병훈(朴秉勳) 등과 함께 무보수로 교육하였다. 1925년 9월 경성 동부를 중심으로 무산청년들의 모임인 〈동광청년회(東光靑年會)〉를 창립하였다. 1925년 서울야구단을 조직하여 단원으로 활동하였으며, 1926년 〈신광소년회(新光少年會)〉를 맡아 운영하였다. 1926년 창간된 『별나라』에 안준식(安俊植)은 김도인(金道仁), 김영희(金永喜, 안준식의 부인), 이정호(李定鎬), 이학인(李學仁), 이강흡(李康洽), 염근수(廉根守), 방정환(方定煥), 박누월(朴淚月), 박아지(朴芽枝), 송영(宋影) 유도순(劉道順), 양재응(梁在應), 연성흠(延星欽), 진종혁(秦宗爀), 한정동(韓晶東), 최규선(崔奎善), 최병화(崔秉和), 최희명(崔喜明) 등과 함께 동인으로 참여하였다. 1927년에는 이강흡(李康洽) 등과 함께 〈성북소년회(城北少年會)〉를 창립하여 위원으로 활동하였으며, 1927년 1월 안준식은 유도순(劉道順), 박동석(朴東石), 김도인(金道仁), 한형택(韓亨澤), 진종혁(秦宗爀), 최병화(崔秉和), 강병국(姜炳國), 노수현(盧壽鉉), 주요한(朱耀翰), 양재응(梁在應), 염근수(廉根守) 등과 함께 아동문제연구회인 〈꽃별회〉를 창립하였다. 1927년 4월에는 연성흠(延星欽), 이정호(李定鎬), 장무쇠(張茂釗), 박상엽(朴祥燁), 박노일(朴魯一) 등과 함께 아동문제연구 단체인 〈별탑회〉(별塔會)를 창립하였다. 월간 어린이 잡지 『별나라』(1926년 6월 창간)의 주간, 1934년 6월에 창간한 월간 문학지 『문학창조(文學創造)』의 편집 겸 발행인이었다. 1927년 7월 30일 〈조선소년운동협회(朝鮮少年運動協會)〉와 〈오월회(五月會)〉를 중심으로 양분되어 있던 소년운동 단체를 통합하기 위한 〈조선소년연합회(朝鮮少年聯合會)〉 결성 시 창립준비위원으로 활동하였고, 1927년 10월 16일 〈조선소년연합회〉 창립대회 시에 사회를 보고 중앙검사위원으로 활동하였다. 1928년 4월 〈별탑회〉 주최 정기동화회 연사로 참여하였고, 1929년 7월에는 〈조선아동예술작가협회(朝鮮兒童藝術作家協會)〉 창립에 김영팔(金永八), 양재응(梁在應), 최병화(崔秉和), 염근수(廉根守) 등과 함께 집행위원으로 참여하였다. 1932년 9월경 비밀결사를 조직해 적색 잠행운동을 하려다가 별나라사 인쇄인이었던 이유기(李有基)와 함께 구금되었고, 1932년 11월경 연극운동사(演劇運動社)에서 발간한 『연극운동』을 매개로 모종의 운동을 했다는 혐의로 신고송(申孤松), 이귀례(李貴禮), 임화(林和) 등과 함께 구금되기도 했다. 해방 후 1946년 5월 11일 어린이날준비위원회가 종로청년회관에서 소년문제대강연회를 개최하였을 때 박세영(朴世永)의 「아동문학 운동과 금후 진로」, 김호규(金昊圭)의 「어린이 교육에 대한 개론과 실제」, 양미림(楊美林)의 「세계아동문화의 조류」 등과 함께 안준식은 「조선소년운동에 대하야」를 발표하였다. 1947년 2월 〈조선소년지도자협의회〉를 조직하기 위해 준비위원으로 활동하였다. 1951년 3월 6·25전쟁 도중 월북하다가 황해도 금천(金川)에서 폭격으로 사망하였다. ▶아동문학 관련 비평문으로 「첫돌을 마지하면서」(『별나라』, 1927년 6월호), 「연합학예회를 맛치고 – 여러분께 감사한 말삼을 듸림」(『별나라』 통권60호, 1932년 7월호), 「전선무산아동연합대학예회를 열면서 – 『별나라』 6주년 기념에 당하야(전2회)」(『조선일보』, 1932.5.28~29), 「어린이날 준비회에 대한 공개장」(『중앙일보』, 1932.4.26) 등이 있다. 이 외에 동화 등 다수의 아동문학 작품을 발표하였다. ▶저서로 소년소설집 『달도 운다』(안운파 저; 별나라사, 1945)가 있다.

**안평원**(安平原: ?~?)  동화작가. 필명 긴내. 경상북도 영천군(永川郡) 금호면(琴湖面) 출생. 보통학교를 졸업한 뒤 상급학교에 진학하지 못한 것으로 보인다. 1929년 5월에 〈글꽃사〉(글꽂社)를 〈조선소년문예협회(朝鮮少年文藝協會)〉로 변경하고 회원을 전 조선으로 확대 모집하였는데, 경성(京城) 동인으로는 이명식(李明植), 이동규(李東珪), 신순석(申順石), 이규용(李圭容), 구직회(具直會), 정태익(鄭台益) 等이고, 지방 동인으로는 영천(永川) 안평원(安平原), 문천(文川) 김돈희(金敦熙), 합천(陜川) 이성홍(李聖洪), 재령(載寧) 오경호(吳慶鎬), 정평(定平) 채규삼(蔡奎三), 안악(安岳) 우태형(禹泰亨) 등이었다. 1932년 9월 건전 프로아동문학의 건설 보급과 근로소년작가의 지도양성을 목표로 송영(宋影), 신고송(申孤松), 박세영(朴世永), 이주홍(李周洪), 이동규(李東珪), 태영선(太英善), 홍구(洪九), 성경린(成慶麟), 송완순(宋完淳), 한철석(韓哲錫), 김우철(金友哲), 박고경(朴古京), 구직회(具直會), 승응순(昇應順), 정청산(鄭靑山), 홍북원(洪北原), 박일(朴一), 현동염(玄東炎) 등과 함께 『소년문학(少年文學)』을 창간하였다. ▶아동문학 관련 비평문으로 「신소년사 기자 선생 상상기」(『신소년』, 1927년 6월호), 「(小論)알기 쉽게 감명 잇게 씁시다 – 3월호를 읽고 늣긴 바 잇서 글 쓰는 동무들에게 제의함 –」(『신소년』, 1934년 4-5월 합호) 등이 있다. 이 외에 동요, 동화, 소년소설 등 다수의 아동문학 작품을 발표하였다.

**안회남**(安懷南: 1910~?)  소설가, 평론가. 본명 안필승(安必承). 서울 출생. 신소설 『금수회의록(禽獸會議錄)』의 작자 안국선(安國善)의 아들이다. 1924년 휘문고등보통학교(徽文高等普通學校)에 입학하였다. 1944년 9월 태평양전쟁 말기에 일본 기타큐슈(北九州) 탄광으로 강제 징용되었다가 해방과 함께 귀국하였다. 1946년 〈조선문학가동맹〉 중앙집행위원회 소설부 위원장을 맡아 활동하다가 월북하였다. ▶아동문학 관련 비평문으로 「아동문학과 현실」(『아동문학』 창간호, 조선문화건설중앙협의회 조선문학건설본부 아동문학위원회, 1945년 12월호)이 있다. ▶저서로 단편소설집 『안회남 단편집』(학예사, 1939), 소설집 『탁류를 헤치고』(영창서관, 1942) 등이 있다.

**양가빈**(梁佳彬: ?~?)　아동문학가. 필명 양천(梁天), 신철(申哲). 평안남도 평양(平壤) 출생. 1934년 7월경, 박고경(朴古京) 등과 함께 비밀 문화 클럽을 조직한 혐의로 검거되기도 하였다. ▶아동문학 관련 비평문으로 「(강좌) 써-클 이야기」(梁天; 『별나라』 통권67호, 1933년 4-5월 합호), 「『동요시인』 회고와 그 비판(전2회)」(『조선중앙일보』, 1933.10.30~31)이 있다. 이 외에 동요, 동화, 소년소설 등 다수의 아동문학 작품을 발표하였다.

**양명**(梁明: 1902~?)　일제강점기 사회주의 운동가. 다른 이름은 이강(李江, Lee Kang), 양건록(梁健錄), 양건일(梁建一). 경상남도 통영(統營) 출생. 1919년 무렵 베이징대학(北京大學) 문과에서 수학하였다. 1924년 베이징(北京)에서 결성된 〈혁명사(革命社)〉에 가입하고 잡지 『혁명(革命)』 발행에 참여하였다. 1925년 8월 『조선일보』 기자로 근무하면서 안광천(安光泉)의 소개로 〈조선공산당〉에 입당했다. 1926년 3월 〈레닌주의동맹〉 결성에 참여하였고, 12월 〈조선공산당〉 제2차 대회에 참석하여 중앙위원 후보로 선임된 후 〈고려공산청년회〉 책임비서가 되었다. 1931년 12월부터 이듬해 8월 15일까지 모스크바의 〈동방노력자공산대학(東方勞力者共産大學)〉에서 연구원으로 있었다. 「신문학 건설과 한글 정리」(『개벽』 제38호, 1923년 8월호), 1932년 모스크바에서 「만주사변과 조선」, 「조선의 민족개량주의에 관해」를 집필하여 코민테른(Comintern)[51] 간행물 『민족식민지 문제 자료』에 게재했고, 1934년경 모스크바에서 외국문출판사 한글 담당 직원이 되었다. ▶아동문학 관련 비평문으로 「문학상으로 본 민요 동요와 그 채집(採輯)」(『조선문단』, 1925년 9월호)이 있다.

**양미림**(楊美林: 1912~?)　아동문학가. 본명 양제현(楊濟賢). 황해도 송화군(松禾

---

51 코민테른(Comintern)은 공산주의 인터내셔널(Communist International)의 약칭이다. 제3인터내셔널이라고도 한다. 1919년 3월 모스크바에서 창설되어 1943년 5월까지 존속되었던 각국 공산주의 정당의 국제 통일조직이다. 제1인터내셔널(1864~1876), 제2인터내셔널(사회주의 인터내셔널, 1889~1914)의 붕괴 이후, 레닌(Lenin, V. I.) 등은 제1차세계대전 중에 새로운 제3인터내셔널 창설을 목표로 활동을 계속해, 30개국의 공산주의 제 정당 혹은 혁명적 조직의 대표 50여 명을 모스크바에 모아, 1919년 3월 2일부터 6일까지 코민테른 제1회 대회를 개최하였다. 코민테른은 제2인터내셔널에 비해 훨씬 강고한 국제적 단결과 규율을 갖고 소련(蘇聯)이라고 하는 사회주의 국가를 지주(支柱)로 하는 데에 이르렀다. 또 민주적 중앙집권의 조직 원칙을 갖고, 코민테른집행위원회의 지도 아래 활동하는 것으로 정해졌다. 1943년 5월 15일 국내 및 국제정세가 복잡화하고 각국 공산당이 현저하게 독립성을 강조하기 때문에 해산하였다.

郡) 출생. 송화공립보통학교(松禾公立普通學校)와 진남포상업학교(鎭南浦商業學校)를 졸업하고, 1935년 3월 와세다대학 전문부 정치경제과를 졸업하였다. 1936년 11월경 경성중앙방송국(京城中央放送局) 제2방송과(第二放送課) 아동부 주임으로 취임하였다. 1939년 7월 21일 JODK 제2방송 어린이좌담회의 사회를 맡았다. 1940년 5월 5일 아동애호주간에 아동애호간담회를 개최하기로 하였는데, 양제현(楊濟賢)은 김해마(金愛瑪), 독고선(獨孤璇), 이헌구(李軒求), 정인섭(鄭寅燮), 차사백(車士百) 등과 함께 참여하였다. 1943년 대한민국 임시정부의 활동과 광복군의 전과를 주위에 전했다는 '경성방송국 라디오 단파방송' 사건(朝鮮臨時保安法 違反) 때 단파방송을 통해 수신한 내용을 송남헌(宋南憲)에게 전한 것으로 알려졌다. 해방 후 1945년 〈조선문학동맹〉 아동문학위원회 위원으로 활동하였다. 1946년 3월 13일 결성된 〈전조선문필가협회〉의 추천회원 440명 중에 포함되었다. 1946년 5월 11일 어린이날준비위원회가 종로청년회관에서 소년문제대강연회를 개최하였을 때 안준식의 「조선소년운동에 대하야」, 박세영(朴世永)의 「아동문학운동과 금후 진로」, 김호규(金昊圭)의 「어린이 교육에 대한 개론과 실제」 등과 함께 양미림(楊美林)은 「세계 아동문화의 조류」를 발표하였다. 중앙여대와 조선보육사가 공동 주최(군정청 문교부 후원)하여 1946년 7월 23일부터 1주일간 개최한 제1회 하기 보육강습회의 '보육이론' 강사(아동음악은 나운영(羅雲英), 아동미술은 이인성(李仁星) 등)로 참여하였다. 1946년 10월경 경성전기회사(京城電氣會社) 비서과장으로 임명되었다. 1946년 방송국에 근무한 경험을 살펴 「아나운써-의 세계」(『동아일보』, 1946.12.10)을 발표하였다. 1946년 12월 30일 서울방송국의 전재(戰災) 아동을 위한 방송 출연금 200원을 전재아동구제에 써 달라며 경향신문사에 기탁하였다. 1947년 1월 30일 소년운동자간담회를 개최하여 '어린이날에 관한 문제'를 논의하기로 하였는데 양미림도 발기인으로 참여하였다. 1947년 2월 소년운동자 제2차 간담회에서 소년지도단체 조직과 어린이날전국준비위원회를 조직하기로 하였는데, 양미림은 양재응(梁在應), 윤소성(尹小星), 남기훈(南基薰), 안준식(安俊植), 박흥민(朴興珉), 정홍교(丁洪敎), 최청곡(崔靑谷), 윤석중(尹石重), 금철(琴徹), 현덕(玄德), 정태병(鄭泰炳), 박인범(朴仁範), 김태석(金泰晳), 정성호(鄭成昊), 김원룡(金元龍), 최병화(崔秉和) 등과 함께 어린이날전국준비위원회의 준비위원 및 상무위원으로 활동하였다. 1947년 5월 어린이날 행사 중 덕수궁(德壽宮)에서는 어린이날 기념과 표창식이 있었는데, 양미림은 부형대표로 답사를 하였다. 1947년 8월 10일 『조선출판신문』(朝鮮出版新聞)을 창간하여 발행인이 되었다. 1947년 10월 경향신문사의 설문(해방 후 조선출판서적 중 가장 재미있는 책은 무엇입니까)에 오천석

(吳天錫), 윤영춘(尹永春), 옥선진(玉璿珍), 함대훈(咸大勳), 조지훈(趙芝薰), 김광주(金光洲), 김송(金松), 이무영(李無影) 등과 함께 책을 추천하였다. 1948년 12월 15일부터 20일까지 〈여성문화협회〉에서 여성문화강좌를 개설하였는데 김기림(金起林), 김동석(金東錫), 김동리(金東里), 설의식(薛義植), 노천명(盧天命) 등과 함께 강사로 참여하였다. 1949년 11월경 자진하여 정지용(鄭芝溶), 정인택(鄭人澤), 송완순(宋完淳), 박노아(朴露兒) 등과 함께 〈국민보도연맹(國民保導聯盟)〉에 가맹하였다. 그 후 월북하였다. ▶아동문학 관련 비평문으로 「방송에 나타난 아동문예계의 한 단면」(『아이생활』 제140호, 1937년 10월호), 「소년필독 세계 명저 안내(전3회)」(『소년』, 1939년 10월호~12월호), 「노양근 저(盧良根 著)『열세동무』독후감」(『조선일보』, 1940.3.11), 「(북·레뷰)김태오 요, 김성태 곡(金泰午 謠, 金聖泰曲), 유치원 동요곡집」(『조선일보』, 1940.4.25), 「아동학서설 – 아동애호주간을 앞두고(상,중,하)」(『동아일보』, 1940.5.1~5), 「아동문제 관견(管見)(전5회)」(『동아일보』, 1940.6.2~14), 「아동예술의 현상(전5회)」(『조선일보』, 1940.6.29~7.9), 「(演藝週題)고상한 취미 – 아동의 오락 문제」(『매일신보』, 1940.7.29), 「전시하 아동문제(전3회)」(『매일신보』, 1942.1.29~2.3), 「라디오 어린이시간에 대하여」(『아동문학』 창간호, 1945년 12월호), 「아동문학에 있어서 교육성과 예술성(상,중,하)」(『동아일보』, 1947.2.4~3.1), 「'어린이 시간' 방송에의 회고와 전망」(『소년운동』 제2호, 조선소년운동중앙협의회, 1947년 4월호), 「'어린이 세계'에 접근하자」(『여성신문』, 1947.5.10), 「김원룡(金元龍) 동시집『내 고향』을 읽고」(『경향신문』, 1947.11.16), 「아동독물 소고(兒童讀物小考)」(『조선교육』 제1권 제7호, 조선교육연구회, 1947년 12월호), 「아동문화를 말하는 좌담회」(楊美林 외;『아동문화』 제1집, 동지사아동원, 1948년 11월호), 「아동방송의 문화적 위치」(『아동문화』 제1집, 동지사아동원, 1948년 11월호) 등이 있다. 이 외에 동요, 동화 등 다수의 아동문학 작품을 발표하였다. ▶저서로 정태병(鄭泰炳)과 공동 번역한『연애와 결혼』(문화출판사, 1948)이 있다.

**양우정**(梁雨庭: 1907~1975) 아동문학가, 정치가. 본명 양창준(梁昌俊), 해방 후 양우정(梁又正)으로 개명하였다. 경상남도 함안군(咸安郡) 출생. 함안보통학교(咸安普通學校)를 졸업하고, 대구고등보통학교(大邱高等普通學校)에 입학하였으나 4학년 때 반일학생 사건에 관련되어 퇴학당하였다. 이후 일본 와세다대학 전문학부 경영학과를 다니다 중퇴하고 귀국하였다. 귀국 후 〈신간회(新幹會)〉 지부에 가담하기도 하고 농민 소작쟁의에 참가하기도 하였다. 1928년 〈카프(KAPF)〉 중앙위원이 되었고 김기진(金基鎭)이 사회부장, 박영희(朴英熙)가 문예부장을 맡고 있던 『중외일보』에 시를 발표하기 시작하였다. 1930년 9월호 『음악과 시(音樂과 詩)』를 발행할 때 발행인 겸 편집인이었다. 1930년 12월 노동자 농민의 아들딸들의 교양을 위하여 이주홍(李周洪), 신고송(申孤松), 엄흥섭(嚴興燮), 이구월(李久月), 손풍산(孫楓山), 박세영(朴世永) 등과 함께 프롤레타리아 소년 잡지 『무산소년(無産少年)』을 발간하기로 하였다. 1930년 12월에 이적효(李赤曉), 엄흥섭(嚴興燮) 등과 함께 〈카프〉 개성지부에서 기관지 『군기(群旗)』를 발행할 때 주간을 맡았고, 〈카프 쇄신동맹〉을 결성하였다가 이로 인해 1931년 4월 개성지부가 해체되고 〈카프〉에서 제명당했다. 1931년 10월 '중국공산당 동만(東滿) 특위 조선국내공작위원회(朝鮮國內工作委員會) 사건' 및 '반제동맹(反帝同盟) 사건'에 연루되어 4년간 서대문형무소에서 복역하였고, 1936년에는 〈경남문학청년동맹(慶南文學靑年同盟)〉 사건에 연루되어 다시 1년간 복역하였다. 감옥생활 후 어렵게 지내다가 친일잡지 『녹기(綠旗)』에도 관여하였다. 1934년 7월부터 〈조선방송협회(朝鮮放送協會)〉 제2방송에서 라디오에 적합한 신민요(新民謠)를 현상모집하여 9월 13일 심사를 한 바, 양우정의 「낙동강(洛東江)」이 3등으로 당선되었다. 해방 후 언론계에 투신하여 1945년 11월 창간한 반공신문 『대동신문(大東新聞)』 주필, 1946년 3월에 『현대일보』를 창간하고 이어 『평화일보』 창간, 1948년 영자지 『유니언타임스』 창간, 1949년 1월에 『연합신문』, 1952년 4월에 『동양통신』을 창설하였다. 〈대한독립촉성국민회(大韓獨立促成國民會)〉의 선전부장으로 반탁 투쟁에 앞장섰다. 이후 정계에 입문하여 이승만(李承晩)의 총애를 받아 1950년 5월 함안에서 무소속으로 제2대 민의원에 당선되었다. 이어 자유당을 결성하고 제2인자가 되었다가 정국은(鄭國殷) 사건이라는 간첩단 사건에 연루되어 1953년 10월에 체포, 징역 7년 판결을 받았으나 이승만의 총애로 1954년 2월 특사로 석방되었다. ▶아동문학 관련 비평문으로 「동요와 동시의 구별(전3회)」(『조선일보』, 1930.4.4~6), 「작자로서 평가(評家)에게 – 부정확한 입론의 위험성: 동요 평가(評家)에게 주는 말(전2회)」(『중외일보』, 1930.2. 5~6) 등이 있다. 이 외에 다수의 동요, 동시 등 아동문학 작품을 발표하였다. ▶저서로 『6학년 동요동화집』(조선아동문화사, 1946), 『싸우는 민족의 이론』(梁又正; 민족문화출판위원회, 1947), 『(이승만 대통령)독립노선의 승리』(梁又正: 독립정신보급회, 1948), 『이 대통령 투쟁사: 이승만』(梁又正; 연합신문사, 1949), 『이 대통령 건국정치 이념』(연합신문사, 1949), 엘머 휠러(Elmer Wheeler)의 책을 번역한 『백만인의 웅변술: 현대연설 · 사회(司會)의 새 방법』(한일출판사, 1961) 등이 있다. 자세한 연보와 작품 목록은 서범석의 「양우정의 시 연구」(『국어교육』 제98권, 한국어교육학회, 1998)를 참고할 수 있다.

**양재응**(梁在應: ?~?)  아동문학가. 필명 고봉(孤峯, 梁孤峯). 경성(京城) 출생. 1926년 창간된 『별나라』에 양재응(梁在應)은 김도인(金道仁), 김영희(金永喜), 이정호(李定鎬), 이학인(李學仁), 이강흡(李康洽), 염근수(廉根守), 방정환(方定煥), 박누월(朴淚月), 박아지(朴芽枝), 송영(宋影) 유도순(劉道順), 안준식(安俊植), 연성흠(延星欽), 진종혁(秦宗爀), 한정동(韓晶東), 최규선(崔奎善), 최병화(崔秉和), 최희명(崔喜明) 등과 함께 동인으로 참여하였다. 1926년 7월경, 『별나라』 동인으로 활동할 당시 주소는 '서울 光熙町 二丁目'이다. 1927년 아동문학 건설을 위한 〈꽃별회〉를 창립하였는데, 양재응(梁在應)은 유도순, 박동석(朴東石), 한형택(韓亨澤), 김도인(金道仁), 진종혁(秦宗爀), 한정동(韓晶東), 최병화(崔秉和), 노수현(盧壽鉉), 강병주(姜炳周), 주요한(朱耀翰), 안준식(安俊植), 염근수(廉根守) 등과 함께 동인으로 참여하였다. 1927년 5월 어린날 행사를 〈조선소년운동협회〉의 이름으로 하기로 결의하였을 때, 양재응은 방정환, 조철호, 정성채(鄭聖采), 고한승, 안준식, 진장섭, 이성환(李晟煥), 최병화, 신명균(申明均), 유지영(柳志永), 연성흠(延星欽), 이정호(李定鎬), 염근수(廉根守), 장무쇠(張茂釗), 윤석중(尹石重) 등과 함께 위원으로 참석하였다. 1928년 2월 공주(公州)에서 창간된 순문학 동인지 『백웅』(白熊)의 동인이다. 동인은 양고봉(梁孤峯), 윤파운(尹把雲; 상갑), 강철수(康喆洙), 철고(鐵鼓) 김종국(金鍾國), 진우촌(秦雨村), 엄흥섭(嚴興燮), 운공(雲公), 금원(琴園) 안신영(安信永), 박아지(朴芽枝) 등이다. 1927년 2월 창간된 『습작시대(習作時代)』에 양재응은 유도순, 박아지, 최병화, 염근수 등과 함께 동인으로 참여하였다. 1927년 10월 20일 창립된 〈백의소년회(白衣少年會)〉의 위원장을 맡았다. 1929년 〈경성소년연맹(京城少年聯盟)〉의 어린이날 준비에 고장환(高長煥)이 책임을 맡고 교섭부에 정홍교(丁洪敎), 이정호(李定鎬), 재정부에 최청곡(崔靑谷), 선전부에 안정복(安丁福), 양재응(梁在應) 등이 위원을 맡아 참여하였다. 1929년 7월 4일 양재응은 김영팔(金永八), 안준식, 최병화, 염근수 등과 함께 아동예술의 연구와 그 보급을 도모할 목적으로 중앙유치원에서 아동예술작가를 망라하야 〈조선아동예술작가협회(朝鮮兒童藝術作家協會)〉를 창립하고 그 집행위원이 되었다. 1929년 10월 26일 〈백의소년회〉의 동화대회가 광희정예배당(光熙町禮拜堂)에서 개최되었는데 양재응과 염근수가 연사로 참여하였다. 1930년 1월 11일 〈백의소년회〉의 동화대회에 유인경(兪仁卿), 신수옥(申秀玉), 염근수와 함께 연사로 참여하였다. 1930년 〈경성소년연맹〉에서 〈어린이날준비위원회〉를 조직하였을 때 양재응은 정홍교, 방정환, 이정화, 안정복(安丁福), 안준식, 이원규(李元珪), 이주홍(李周洪) 등과 함께 준비위원으로 참여하였다. 1930년 6월 9일 광희문예배당(光熙門禮拜堂)

에서 개최된 〈백의소년회〉의 동화대회에 이정호, 연성흠, 양재응 3인이 연사로 참여하였다. 1930년 9월경, 염근수와 함께 아동과학 잡지 『백두산(白頭山)』을 창간 발행하였다. 1931년 어린이날 기념행사를 위해 임시조직인 전선(全鮮)어린이날중앙연합준비회를 조직하였을 때 정홍교(常務), 방정환, 고장환이 총무부를 맡았고, 양재응은 지방부의 준비위원 중 한 사람으로 참여하였다. 1931년 9월부터 1936년 7월경까지 아동 잡지 『시대상(時代像)』의 편집 겸 발행인을 맡아 통권 44호(?)를 발간하였다. 1932년 9월 조선총독부 경무국 도서계의 '불허가차압출판물목록(不許可差押出版物目錄)'에 양재응의 「朝鮮ノ妻(조선의 안해)」가 포함되었다. 1933년 12월 5일 〈동광소년군총본부(東光少年軍總本部)〉에서 임시총회를 열고 부서를 정했는데, 양재응은 위원장을 맡았다. 1946년 3월, 〈전조선문필가협회(全朝鮮文筆家協會)〉의 추천 회원에 이름을 올리고 있다. 1947년 1월 30일 조선 소년운동의 새로운 계획을 수립하기 위해 소년운동자간담회를 개최하게 되었는데 양재응은 최청곡, 양미림, 정홍교, 윤소성(尹小星), 안준식, 남기훈, 정세진(丁世鎭), 안정복(安丁福), 홍찬(洪燦), 유시용(劉時鎔), 금철(琴徹) 등과 함께 발기인으로 참여하였고, 회의 후 양재응은 정홍교, 양미림, 남기훈, 정세진과 함께 1947년 어린이날 준비위원으로 선임되었다. 1948년 〈조선소년운동자연맹(朝鮮少年運動者聯盟)〉에서 정부 수립을 경축하는 모자대회(母姊大會)를 개최하기로 하였을 때 위원장 정홍교와 양재응은 최청곡, 정세진, 안종화(安鍾和) 등과 함께 위원으로 참여하였다. ▶아동문학 관련 비평문으로 「침체된 조선 아동문학을 여하히 발전시킬 것인가(1) – 문학가를 선택하자」(『조선일보』, 1933.1.2), 「(隨想)소년운동을 회고하며 – 고인이 된 동지를 조(吊)함 –」(『소년운동』 제2호, 조선소년운동중앙협의회, 1947년 4월호)이 있다. 이 외에 다수의 동화 등 아동문학 작품을 발표하였다. ▶저서로 『밤에 우는 새』(아동문고간행회, 1928), 동화집 『갈대피리』(1930), 소설집 『조선의 안해』(이문당, 1933; 평문사, 1948), 『조선농촌부업독본(朝鮮農村副業讀本)』(부업연구회, 1936) 등이 있다.

**양정혁**(楊汀赫: ?~?)　아동문학가. 함경남도 이원(利原) 출생. 양정혁(楊貞奕)으로도 표기하였다. 1930년 『동아일보』 신춘현상에 「버들강아지」(『동아일보』, 1930. 1.1)가 선외가작으로 당선되었다. 이때 밝힌 주소가 "이원군 서면 북문리(利原郡 西面 北門里)"이다. ▶아동문학 관련 비평문으로 「장차 나슬 일꾼을 위하야」(『별나라』 제3권 제5호, 1928년 7월호)가 있다. 이 외에 다수의 동요 작품이 있다.

**양주삼**(梁柱三: 1879~?)　기독교 조선감리교 목사. 평안남도 용강(龍岡) 출생. 필명 백사당(白沙堂), 창씨명 하리하라 주산(梁原柱三). 1910년 테네시 주 밴더빌트대학 신학부에 입학하여 1913년 6월 졸업하였다. 1913년 9월 예일대학 신학부에 들어가 1914년 6월까지 수학하였다. 귀국한 후 1915년 1월 협성신학교 교수로 임용되었다. 일제강점기 말에 조선임전보국단 발기인 및 평의원으로 선임되는 등 친일행위를 하였다. 해방 후 부일 협력 행위로 반민특위에 구속되었다가 풀려났다. 『친일반민족행위진상규명보고서』에 이름이 올랐다. 1950년 8월 납북되었다. ▸아동문학 관련 비평문으로 「서」(박유병(朴裕秉) 저, 『(어린이얘기책)사랑의 세계』, 광명사, 1936.11), 「나의 당부」(『소년중앙』 창간호, 제1권 제1호, 1935년 1월호) 등이 있다.

**엄달호**(嚴達鎬: 1917?~?)  아동문학가. 경성(京城) 출생. 1932년 4월 휘문고등보통학교(徽文高等普通學校)에 입학하여 졸업한 후, 1938년 4월 연희전문학교 문과(延禧專門學校文科)에 입학하여 1941년 졸업하였다. 연희전문 동기생으로는 윤동주(尹東柱), 송몽규(宋夢奎), 허웅(許雄), 김삼불(金三不), 유영(柳玲) 등이 있다. ▸아동문학 관련 비평문으로 「(강좌)동요에 대하야」(『가톨릭소년』 제2권 제2호, 1937년 3월호), 「(동요강좌)진정한 동요(2)」(『가톨릭소년』 제2권 제6호, 1937년 7월호) 등이 있다. 이 외에 다수의 동요를 발표하였다.

**엄창섭**(嚴昌燮: 1914~?)  아동문학가. 경상북도 영주(榮州) 출생. 양정고등보통학교(養正高等普通學校)를 졸업하고 1935년 4월 경성사범학교 강습과(1년제)와 연희전문학교(延禧專門學校) 문과 본과에 합격하였다. 1930년대 '소백산하 엄창섭(小白山下 嚴昌燮)'이란 이름으로 『매일신보』의 '동무소식' 난에 자주 이름을 올렸고, 다수의 작품도 발표하였다. 1947년 11월 5일 경향신문사 풍기지국장으로 임명되었다가 1947년 12월 13일 자로 해임되었다. 1949년 5월 풍기(豊基)에 중학교를 설립하기 위해 거금을 희사하였다. ▸아동문학 관련 비평문으로 「(문단탐조등)'가을'을 표절한 박덕순 군(朴德順 君)의 반성을 촉(促)한다」(『동아일보』, 1930.11.14), 「(문단탐조등)정신업는 표절자 김경윤(金景允)에게」(『동아일보』, 1930.11.30) 등이 있다. 이 외에 동시, 동요 등 다수의 아동문학 작품을 발표하였다.

**엄필진**(嚴弼鎭: 1894~1951)  교육자, 아동문학가. 필명 성주(星洲), 소당(笑堂). 경상북도 출생.[52] 대구공립농업학교(大邱公立農業學校)를 졸업하였다. 1912년 9월

---

52 「조선총독부 시정 25주년 기념표창자 명감」에 출신지를 '경상북도'로 밝혀 놓았다. 임동권(任東權)의 「엄필진 저 조선동요집 해설」(『한국민속학』 제8집, 1975, 117~118쪽)에는 "편저자 엄필진은 주소가 경상북도 김천군 남산정(金泉郡 南山町) 13번지 7로 되어 있으나 전에 내무장관과 주일대사를 지낸 바 있는 고 엄민영(嚴敏永)의 부친이다. 저자는 호적상 본적은 경상북도 경산군(慶山郡)으로 되어 있으나 1894년 4월 16일 충북 황간(忠北 黃澗)에서 태어났다고 하며 (중략) 대구농림학

5일 공주공립보통학교(公州公立普通學校) 대용교원(代用敎員)으로 교직에 발을 들였고, 1918년 3월 조선공립보통학교 부훈도(副訓導) 자격을, 11월 26일 훈도 자격을 획득하였다. 1918년 3월부터 김천공립보통학교(金泉公立普通學校) 훈도로 부임하였다. 1928년에는 동교 보호자회에서 십년근속사은식(十年勤續謝恩式)을 거행하였고 동교 동창회에서도 공로를 표창하고 축하연을 열었다 한다. 1927년 〈김천소년회(金泉少年會)〉 주최 김천소년문예전람회의 심사위원으로 석태형(石泰衡), 홍보용(洪甫容), 백기만(白基萬), 김복룡(金福龍) 등과 함께 위촉되었으나 경찰의 간섭으로 사퇴하였고, 1927년 9월 조선일보사 김천지국 주최로 금릉청년회관(金陵靑年會舘)에서 음악동화회(音樂童話會)를 개최하였는데 이영국(李永國), 엄필진(嚴弼鎭), 정용진(丁龍鎭)이 초청되었다. 1930년 4월 경상북도 선산군 고아공립보통학교(高牙公立普通學校) 교장으로 영전하였다. 1930년 5월 5일 고아공립보통학교에서 동화회를 개최하였는데 교장 엄필진의 동화는 아동과 학부모에게 대환영을 받았다고 한다. 1934년 경상북도 군위군(軍威郡) 부계공립보통학교(缶溪公立普通學校) 훈도 겸 교장으로 재직하였다. 1953년 7월경 엄필진의 딸 엄정자(嚴貞子)와 관련된 사건이 신문에 기사화된 바 있는데 여기에 따르면 엄필진은 해방 후 경상북도 경산군(慶山郡)에 거주하고 있었던 것으로 확인된다. ▶아동문학 관련 비평문으로 「서문」(『조선동요집』, 창문사, 1924)이 있다. 이 외에 동화 등 다수의 아동문학 작품을 발표하였다. ▶저서로 우리나라 최초의 동요집으로 알려진 『조선동요집(朝鮮童謠集)』(창문사, 1924)이 있다.

**엄흥섭**(嚴興燮: 1906~1987)   소설가, 평론가, 아동문학가. 필명 향(響, 嚴響). 충청남도 논산(論山) 출생. 1926년 경상남도공립사범학교(慶尙南道公立師範學校)를 졸업하였다. 인천(仁川)의 문예잡지 『습작시대(習作時代)』, 공주(公州)의 문학동인지 『백웅(白熊)』, 진주(晋州)의 시 전문지 『신시단(新詩壇)』 등의 동인으로 활동하였다. 1930년 12월 엄흥섭(嚴興燮)은 노동자 농민의 아들딸들의 교양을 위하여 이주홍(李周洪), 신고송(申孤松), 이구월(李久月), 손풍산(孫楓山), 박세영(朴世永), 양우정(梁雨庭) 등과 함께 프롤레타리아 소년 잡지 『무산소년(無産少年)』을 발간하기로 하였다. 1930년 전후 〈조선프롤레타리아예술동맹〉에 가담해 중앙집행

교(大邱農林學校)를 졸업하고 보통학교 훈도 경상북도 일대의 여러 학교에서 교편을 잡았고 (중략) 1951년 6월 18일 59세를 일기로 작고하였다."라 하여 생몰년과 출생지를 밝혀 놓았다. 「동시(童詩)가 걸린 버스정류장……'문학공간'으로 변신 - 청주시와 함께 하는 동시동락(童詩同樂) 추진」(『충청일보』, 2016.2.22)에는 엄필진의 생몰년을 '1894~1951'으로, 출신지를 충청북도 영동(永同)이라 하였다.

위원이 되기도 하였으나, 1931년 『군기(群旗)』 사건으로 〈카프(KAPF)〉를 떠났다. 해방 후 1946년 3월 『인천신문(仁川新聞)』 편집국장을 역임하였다. 1945년 9월에 결성된 〈조선프롤레타리아문학동맹〉에 이기영(李箕永), 한설야(韓雪野) 등과 함께 집행위원으로 가담하였고, 1946년 〈조선문학가동맹(朝鮮文學家同盟)〉 소설부 위원으로 활동하다, 1951년 6·25전쟁 중 월북하였다. ▶아동문학 관련 비평문으로 「여름방학 지상좌담회」(엄흥섭 외 ; 『신소년』, 1930년 8월호), 「(실제훈련)우리들의 설날, 국제소년데를 엇더케 마지할가?」(嚴響 ; 『별나라』 통권50호, 1931년 5월호), 「작문·수필 이야기(一)」(『별나라』 제74호, 1934년 1월호), 「수필·작문 이야기(二)」(『별나라』 제75호, 1934년 2월호), 「(나의 수업시대, 작가의 올챙이 때 ⑦) 칠세 때 밤참 얻어먹고 얘기책 보던 시절 – 다시금 그리워지는 내 고향(上)」(『동아일보』, 1937.7.30), 「(나의 수업시대, 작가의 올챙이 때 ⑧) 독서에 형과도 경쟁, 소학 때 동요 창작 – 『습작시대』 전후의 삽화(中)」(『동아일보』, 1937.7.31), 「(나의 수업시대, 작가의 올챙이 때 ⑧) 동호자가 모이어 『신시단』 발간 – 당시 동인은 현존 작가들(下)」(『동아일보』, 1937.8.3), 「『별나라』의 거러온 길 – 『별나라』 약사(略史)」(『별나라』 해방 속간 제1호, 1945년 12월호) 등이 있다. 이 외에 동요, 동시, 동화 등 다수의 아동문학 작품을 발표하였다. ▶저서로 단편집 『길』(한성도서주식회사, 1938), 『세기의 애인』(광한서림, 1939), 박화성, 한인택, 이무영, 강경애, 조벽암 등과 같이 『신가정』에 연재한 연작소설을 묶은 『파경(破鏡)』(중앙인서관, 1939), 장편소설 『수평선』(조선출판사, 1941), 소설집 『행복』(영창서관, 1941), 소설집 『정열기(情熱記)』(한성도서주식회사, 1941), 『봉화(烽火)』(성문당서점, 1943), 『흘러간 마을』(백수사, 1948), 『인생사막』(학우사, 1949) 등이 있다.

**연성흠**(延星欽 : 1902~1945)  교육자, 아동문학가, 소년운동가. 필명 호당(皓堂, 皓堂生, 皓堂學人), 과목동인(果木洞人), 창씨명 延原武雄. 경성(京城) 출생. 야간학교 배영학원(培英學院)을 설립하여 무상교육을 하였다. 1924년 4월 홍순준(洪淳俊 = 洪銀星), 김영팔(金永八) 등과 함께 등사판 동인지 『백범(白帆)』을 발행하였다. 1925년 4월 3일 조선기자대회 준비회 제3회 위원회에 '백범사(白帆社)' 대표로 참석하였다. 1924년 6월부터 주간으로 소년소녀잡지 『어린 벗』을 발행하였다. 1924년 소년단체 〈명진소년회(明進少年會)〉와 1925년 8월 〈경련청년회(京蓮青年會)〉를 조직하여 회장이 되었고, 1926년 2월경 홍순준(洪淳俊) 등과 함께 〈오전문학사(五錢文學社)〉를 창립하였으며, 1927년 아동문학연구단체인 〈별탑회〉(별塔會)를 결성하였다. 해방 후에는 1945년 김영일(金英一), 최병화(崔秉和)와 더불어 아동예술연구단체인 〈호동원(好童園)〉을 창립하였다. ▶아동문학 관련 비평문으로 「안

더슨 선생의 동화 창작 태도(전6회)」(『조선일보』, 1927.8.11~17), 「10월의 소년 잡지(전5회)」(『조선일보』, 1927.11.3~8), 「『세계명작동화보옥집』을 내노흐면서」(皓堂 延星欽 편저, 『세계명작동화보옥집』, 이문당, 1929.5), 「동화구연 방법의 그 이론과 실제」(『중외일보』, 1929.7.15), 「동화구연 방법의 그 이론과 실제(전18회)」(『중외일보』, 1929.9.28~11.6), 「서문 대신으로」(이정호 역, 『사랑의 학교』, 이문당, 1929.12), 「영원의 어린이 안더-슨 전(傳)(전40회)」(『중외일보』, 1930.4.3~5.31), 「영원의 어린이 안더-슨 선생 – 그의 소년시대」(『어린이』 제8권 제4호, 1930년 4-5월 합호) 등이 있다. 이 외에 동화, 소년소설, 동화극 등 다수의 아동문학 작품을 발표하였다. ▶저서로 『세계명작동화보옥집(世界名作童話寶玉集)』(이문당, 1929), 역서에 혼 예링크의 『권리쟁투론』(태화서관, 1924) 등이 있다. 연성흠〔延皓堂〕의 「영원의 어린이 안더-슨전(傳)(전40회)」(『중외일보』, 1930.4.3~5.31)은 아시야 로손(蘆谷蘆村)의 『안데르센 – 영원한 어린이(アンダアゼン – 永遠のこども)』에 근거해서 쓴 것이다. 「안더슨 선생의 동화 창작 태도(전6회)」(『조선일보』, 1927.8.11~17)는 경성제국대학 교수 다나카 우메키치(田中梅吉)의 「안데르센의 동화 창작상의 태도(アンデルセンの童話創作上の態度)」(『文敎の朝鮮』, 1926년 2월호)를 전문 번역한 것이다.

**염근수**(廉根守: 1907~2003)  아동문학가. '廉根壽'로도 표기하였다. 필명 백천(白川), 낙랑(樂浪), 랑랑(랑랑生), 소녀성(少女星). 황해도 배천(白川: 연백의 옛 지명) 출생. 1921년 양정고등보통학교(養正高等普通學校)에 입학하여 수학하였다. 1925년 10월 경성 시내 관훈동에 사무소를 둔 〈문화소년회(文化少年會)〉에서 〈소년소녀문예회(少年少女文藝會)〉를 창립하는 데 발기인으로 관여하였다. 1931년 결혼 이후부터 강원도 강릉(江陵)에서 기거하다. 1989년 이후 서울시 은평구 갈현동에서 살았다. 『별나라』 편집에 관여하였는데, 1926년경부터 『별나라』의 속표지에 그림을 그렸고, 1927년 8월 19일 황해도 배천(白川)에 소년운동이 침체함을 유감으로 생각하여 아동관(兒童舘)을 창립하고 관장으로 취임하였다. 1926년 9월부터 『별나라』의 새로운 동인으로 참여하였다. 1929년경부터 『조선일보』에 이정호(李定鎬), 양재응(梁在應), 최병화(崔秉和) 등의 작품에 삽화를 그렸다. 1927년 1월 유도순(劉道順), 박동석(朴東石), 한형택(韓亨澤), 김도인(金道仁), 진종혁(秦宗爀), 한정동(韓晶東), 최병화(崔秉和), 노수현(盧壽鉉), 강병국(姜炳國), 주요한(朱耀翰), 안준식(安俊植), 양재응(梁在應) 등과 함께 〈꽃별회〉를 창립하였다. 1928년 1월부터 『새벗』의 편집에 관여하였고, 1930년 10월 20일 자로 창간된 『백두산(白頭山)』의 편집주간을 맡았다. 1930년 6월경 아동교육을 위하여 '교육완구 근수식

삼천리(教育玩具 근수式 三千里)'라고 하는 아동교육 완구를 고안하여 특허출원을 하기도 하는 등 교육 방면에 관심이 컸다. 1992년 〈새싹회〉(회장 윤석중)에서 주는 제20회 새싹문학상을 수상했다. 경기도 양평군 옥천면 아신리 가족묘원에 안장되어 있다. ▶아동문학 관련 비평문으로 「(문단시비)김여순 양(金麗順孃)과 『새로 핀 무궁화』 – 이학인 형(李學仁兄)께 올님」(『동아일보』, 1927.3.9), 「1만 3천 5백인이 총동원한 조선 초유의 대전람회」(『별나라』, 1927년 7월호) 등이 있다. 이 외에 동화, 동요 등 다수의 아동문학 작품을 발표하였다. ▶저서로 시집 『다래 아가씨』(오상출판사, 1989), 『서낭굿』(누리기획, 1992)과 동시집 『물새발자욱』(누리기획, 1992) 등이 있다.

**오경호**(吳慶鎬: 1912~?)  아동문학가. 필명 오경호(吳京昊, 吳鏡昊, 吳庚昊, 吳鏡湖, 吳璟瑚). 황해도 재령(載寧) 출생. 재령 보명학원(載寧普明學院)을 졸업하였다. 1929년 5월에 〈글꽃사〉(글꽂社)를 〈조선소년문예협회(朝鮮少年文藝協會)〉로 변경하고 회원을 전 조선으로 확대 모집하였는데, 경성(京城) 동인으로는 이명식(李明植), 이동규(李東珪), 신순석(申順石), 이규용(李圭容), 구직회(具直會), 정태익(鄭台益) 등이었고, 지방(地方) 동인으로는 영천(永川) 안평원(安平原), 문천(文川) 김돈희(金敦熙), 합천(陜川) 이성홍(李聖洪), 재령(載寧) 오경호(吳慶鎬), 정평(定平) 채규삼(蔡奎三), 안악(安岳) 우태형(禹泰亨) 등이 참여하였다. 1931년경 〈시우사(詩友社)〉 활동을 하였다. 1931년 2월 13일 황해도 재령군 신원면 화석리(載寧郡新院面花石里)의 〈화석농우회(花石農友會)〉 제7회 정기총회에서 오경호(吳慶鎬)는 김영문(金永文), 최승호(崔承鎬), 최승해(崔承海), 안형근(安亨根), 윤홍준(尹弘埈), 윤영근(尹永根), 윤경묵(尹卿默), 이찬국(李燦國) 등과 함께 위원으로 선출되었고, 이 회의 결의사항 가운데 오경호가 다녔던 '보명학원(普明學院) 유지의 건'이 들어 있다. 1932년 9월경 동아일보사 신원지국(新院支局) 총무로 임명되었다가, 1933년 3월 14일 의원해직되었고, 다시 1933년 6월 8일 총무에 임명되었다. 동요, 소년시, 동화, 소년소설 등 다수의 아동문학 작품을 발표하였다.

**오봉환**(吳鳳煥: 1905~1999)  소년운동가, 독립운동가. 충청북도 충주(忠州) 출생. 경성 협성학교 재학 중 중앙고등보통학교 재학 중이었던 조철호(趙喆鎬)와 함께 〈조선소년군〉을 창설하였다. 1922년 10월 5일 〈조선소년군〉이 창립될 때 오봉환이 1호 대원이 되었다.(총 8명의 대원으로 시작하였다.) 1926년 6·10만세운동의 소년군 관련범으로 검거되었다가 풀려난 뒤 상하이(上海)로 망명하였다. 상하이에서 〈동자군(童子軍)〉을 조직하여 활동하다 김구(金九)의 지도로 난징(南京)의 황포군관학교(黃浦軍官學校)에 입학하여 1928년 졸업한 뒤, 의열단(義烈團)에 가입하였다. 밀명을 띠고 귀국했다가 인천(仁川)에서 체포되었다. 1932년 11월 28일 〈충주소년군(忠州少年軍)〉 창립 1주년 기념식에 소년군 대장 자격으로 사회를 보았다. 1934년 3월 〈조선소년군〉 총본부 간사장으로 취임하였다. 1935년 10월 〈조선소년군〉 창립 13주년 기념과 소년운동을 활성화하기 위해 시상부 조철호, 심판부 오봉환 등 위원을 나눠 맡았다. 1937년 9월 〈조선소년군〉 총사령관인 조철호(趙喆鎬)와 함께 구속되어 반일활동에 대한 조사를 받고, 일본 〈건아단(健兒團)〉 편입을 강요받았으나 불응하고 〈조선소년군〉을 해산하였다. 1956년 4월경 관산 조철호선생 15주기 추도식 준비위원장(冠山趙喆鎬先生十五周忌追悼式)을 맡았다. 1962년 10월 〈대한소년단〉 창설 40주년 기념식에서 무궁화 금장을 수상하였다. ▶아동문학 관련 비평문으로 「〈소년군〉의 기원」(『조선주보』 제1권 제4호, 1945년 11월 5-12일호 합호)이 있다.

**오상근**(吳祥根: 1881~?)  사회운동가, 야담가(野談家). 필명 일소(一笑). 경성부 종로(鍾路) 출생. 1920년 4월 11일 〈조선노동공제회(朝鮮勞動共濟會)〉 창립총회를 개최할 때 대회장 박중화(朴重華), 총간사 박이규(朴珥圭)와 함께 오상근은 의사장으로 참여하였다. 1920년 7월 오상근 등 15인의 발기로 각종 도서의 저술·편집·번역·출판·판매 등을 목적으로 하는 홍문사(弘文社)를 설립하기로 하였다. 1920년 〈조선청년회연합회(朝鮮靑年會聯合會)〉 기성회의 위원장으로 활약하고, 1920년 12월 2일 창립 집행위원장으로 선출되었다. 집행위원은 장덕수(張德秀), 장도빈(張道斌), 박일병(朴一秉), 안확(安廓) 등이었다. 〈조선청년회연합회〉의 기관지『아성(我聲)』(1921년 3월 15일 창간) 발행인(제3호와 제4호: 제1호와 제2호의 발행인은 安廓)으로 활동하였다. 1921년 9월 6일 〈조선청년회연합회〉의 위원장으로서 일제 경찰에 의해 가택수색을 당하고 취조를 받았다. 1922년 2월 14일 천도교당(天道敎堂)에서 소년의 모임이 없는 것을 유감으로 생각해 마상규(馬湘圭=마해송) 등과 함께 〈조선소년단(朝鮮少年團)〉을 발기하고, 그 본부는 경성 조선청년연합회관 안에 두었다. 이때 오상근은 「〈조선소년단〉의 발기에 대하야」란 강연을 하였다. 1922년 2월경 문일평(文一平) 등 20명의 발기로 〈단연동맹회(斷煙同盟會)〉를 조직하였다. 1926년 말경 잡지『동조(同助)』를 발간하기 시작해 1928년경까지 발간하였다. 1927년 9월『동조(同助)』 제10호의 발간을 위해 오상근의 이름으로 출원하였으나, 「농촌청년에게 주다(農村靑年ニ與フ)」란 글이 도회와 농촌을 대비하고 착취문화에 관한 내용을 담았다고 하여 삭제당하였다. 이때 주소가 "경성부 종로 2정목 85 오상근(京城府 鍾路 二丁目 八五 吳祥根)"으로 되어 있다. 1929년 3월 〈조선물산장려회〉 경성지회 정기총회에서 오상근은 20명의 대의원 중에 한 사람으로 피선되었다. 1934년 10월 7일 마산(馬山)에서 동아일보사 마산지국에서 일반 시민을 위안하고자 야담회를 개최하였는데, '야사(野史)연구가 오상근(吳祥根)'이 초빙되었다. 1939년 1월경부터 12월경까지 『매일신보』의 '일일일인(一日一人)' 난에 수필, 야담 등을 발표하였다. 1939년 7월경부터 일제강점기 말까지 경성방송국 제2방송에 야담가(野談家)로 출연하였다. ▶아동문학 관련 비평문으로 「〈조선소년단〉의 발기를 보고 - 참고을 위하야」(『동명』 제7호, 1922.10.15), 「미국(米國)의 소년의용단 -〈조선소년단〉의 참고를 위하야」(『동명』 제8호, 1922.10.22), 「일본의 소년의용단 -〈조선소년단〉의 참고를 위하야」(『동명』 제9호, 1922.10.29) 등이 있다. 이 외에 다수의 글을 발표하였다. ▶저서로 『단종사(端宗史)』(衆修社, 1936), 『단종사화(端宗史話)』(영창서관, 1938), 『조선야담대해(朝鮮野談大海)』(영창서관, 1941) 등이 있다.

**오천석**(吳天錫: 1901~1987)   교육학자, 아동문학가. 필명 천원(天園, 吳天園, 吾天園, 오텬원), 동산, 바울, 에덴. 평안남도 강서(江西) 출생. 1919년 일본 아오야마학원(靑山學院) 중등부를 졸업하고, 미국 코넬대학(Cornell Univ., 1925), 노스웨스턴대학(Northwestern Univ., 1927), 컬럼비아대학(Columbia Univ., 1931)에서 교육학으로 학사·석사·철학박사 학위를 받았다. 1932년부터 4년간 보성전문학교 교수로 재직하였으나 일제의 탄압으로 중국 상하이(上海)로 피신하였다. 해방 후 미군정청 문교부 차장, 부장을 역임하면서 한국 교육을 민주주의 초석 위에 재정립하는 일에 주도적인 역할을 하였다. 이후 대한교육연합회장(1950), 한국교육학회장(1955~1960), 이화여자대학교 대학원장(1955~1960) 등을 역임하였다. 1960년 제2공화국 민주당 정권 때 문교부장관을 역임하였다. ▶아동문학 관련 비평문으로 「『금방울』 머리에」(오텬원 편, 『(동화집)금방울』, 광익서관, 1921.8), 「머리로 들이고 십흔 말슴」(吳天園 역, 『세계문학걸작집』, 한성도서주식회사, 1925.2) 등이 있다. ▶저서로 안데르센의 동화 등을 번역한 동화집 『금방울』(광익서관, 1921.8), 『세계문학걸작집(世界文學傑作集)』(한성도서주식회사, 1925.2) 등이 있다.

**요안자**(凹眼子: ?~?)   신원 미상. ▶아동문학 관련 비평문으로 「동화에 대한 일고찰 - 동화 작자에게」(『동아일보』, 1924.12.29)가 있다.

**원유각**(元裕珏: 1911~?)   아동문학가, 교사. 창씨명 原元鐵雄. 1931년 연희전문학교(延禧專門學校) 문과 본과에 입학하였고, 1931~2년에 동아일보사 중심의 학생 브나로드(Vnarod) 운동에 대원으로 참여하였다. 1932년 문학연구와 발표 기관을 표방하며 동인잡지 『문학(文學)』을 승응순(昇應順), 정진석(鄭鎭石), 홍두표(洪斗杓), 김호규(金昊奎) 등과 함께 창간하였다. 1933년 7월 17일부터 8월 2일까지 연희전문학교 청년회 하기전도대(夏期傳道隊)의 일원으로 박덕배(朴德培), 유삼렬(劉三悅＝劉三烈)과 함께 안성(安城) 지역으로 순회 전도를 하였다. 1933년 11월 정인섭(鄭寅燮), 현제명(玄濟明), 정홍교(丁洪敎), 백정진(白貞鎭), 최성두(崔聖斗), 김복진(金福鎭), 노천명(盧天命), 유삼렬(劉三烈), 남응손(南應孫), 김지림(金志淋), 유기홍(柳基興), 원치승(元致升), 모기윤(毛麒允), 이구조(李龜祚), 김성도(金聖道), 신원근(申源根) 등과 함께 〈조선아동예술연구협회(朝鮮兒童藝術硏究協會)〉를 결성하여 회장에 취임하고, 1934년 동회 주최 '동화의 밤'에 연사로, 1934년 조선어린이날중앙준비회의 재정부 위원, 1935년 조선어린이날준비협의회의 총무부 준비위원 등 소년운동 및 소년문예운동에 주도적으로 참여하였다. 1939년에는 경기도 초등교원 시험에 합격하여 경기도 평택 성동심상소학교 촉탁교원(平澤城東尋常小學校 囑託敎員)으로 시작해 경기도 일원의 소학교 훈도로 근무하였으며, 해방 후 1950년대에도 경기도 일원의 국민학교 교장으로 근무한 것으로 확인된다. ▶아동문학 관련 비평문으로 「조선 신흥 동요운동의 전망(전5회)」(『조선중앙일보』, 1934.1.19~24)이 있다. 이 외에 동요, 동화 등 다수의 아동문학 작품을 발표하였다. 「조선 신흥동요운동의 전망」에 대해 풍류산인(風流山人)이 「조선 신흥동요운동의 전망을 읽고(상,하)」(『조선중앙일보』, 1934.1.26~27)를 통해 반박하였다.

**월곡동인**(月谷洞人: ?~?) 신원 미상. 아동문학가. ▶아동문학 관련 비평문으로 「동요 동화와 아동교육(전3회)」(月谷洞人 抄譯;『조선일보』, 1930.3.19~21)을 발표하였다.

**유광렬**(柳光烈: 1899~1981) 언론인. 필명 종석(種石). 경기도 파주(坡州) 출생. 1913년 경기도 고양군 일산에서 면서기로 일했다. 1917년 방정환(方定煥)과 〈청년구락부(靑年俱樂部)〉를 조직하여 기관지『신청년(新靑年)』을 발행하였다. 『매일신보』에 입사하였다가, 1920년『동아일보』창간 사원으로 입사 1923년까지 사회부 기자, 상하이(上海) 특파원, 사회부장을 지냈다. 1924년 조선일보사 사회부장, 1926년 시대일보사 사회부장, 중외일보사 편집국 차장, 1927년 다시 조선일보사로 옮겼다. 1934년 매일신보사로 옮겨 1940년까지 편집국장, 도쿄(東京) 특파원을 지냈다. 일제 말기 신문과 잡지에 일제의 식민통치에 협력하고 침략전쟁을 선전 선동하는 글을 지속적으로 발표하였다. 〈조선임전보국단(朝鮮臨戰保國團)〉, 〈국민동원총진회(國民動員總進會)〉, 〈조선언론보국회(朝鮮言論保國會)〉 등에서 일했다. 1980년 〈새싹회〉로부터 소파상(小波賞)을 수상하였다. 친일행위로『친일인명사전』(민족문제연구소, 2009)에 수록되었다. ▶아동문학 관련 비평문으로 「소파의 영전에 － 그의 5주기에 임하야」(『매일신보』, 1936.7.23)가 있다. ▶저서로『간도소사(間島小史)』(태화서적, 1933), 『기자 반세기』(서문당, 1969) 등이 있다.

**유도순**(劉道順: 1904~1945) 시인, 동요 작가, 언론인. 필명 월양(月洋), 월야(月野), 홍초(紅初), 유초(幼初), 범오(凡吾), 서두성(徐斗成).<sup>53</sup> 평안북도 영변(寧邊) 출생. 니혼대학(日本大學) 영문과를 졸업하고 『시대일보』, 『매일신보』 기자 생활을 하였다. 1923년 『동아일보』 일천호 기념현상 모집에 동요 「봄」이 '상갑(賞甲)'으로 당선되었다.<sup>54</sup> 1925년 5월 2일 〈영변엡윗청년총회(寧邊엡윗靑年總會)〉에서 문학부장을 맡았다. 1926년 창간된 『별나라』에 유도순(劉道順)은 김도인(金道仁), 김영희(金永喜), 이정호(李定鎬), 이학인(李學仁), 이강흡(李康洽), 염근수(廉根守), 방정환(方定煥), 박누월(朴淚月), 박아지(朴芽枝), 송영(宋影), 양재응(梁在應), 안준식(安俊植), 연성흠(延星欽), 진종혁(秦宗爀), 한정동(韓晶東), 최규선(崔奎善), 최병화(崔秉和), 최희명(崔喜明) 등과 함께 동인으로 참여하였다. 1927년 1월 박동석(朴東石), 김도인(金道仁), 한형택(韓亨澤), 진종혁(秦宗爀), 최병화(崔秉和), 안준식(安俊植), 강병국(姜炳國), 노수현(盧壽鉉), 주요한(朱耀翰), 양재응(梁在應), 염근수(廉根守) 등과 함께 아동문제연구회인 〈꽃별회〉를 창립하였다. 1927년경 강서군 청년회학교(江西郡 靑年會學校)에서 교편을 잡고 있었다. 1931년 『매일신보』 신춘현상문예에 시극(詩劇) 「저 달이 지기 전에(전1막)(전6회)」(紅初; 『매일신보』, 1931.1.8~14)가 당선되었다. 1932년 김유영(金幽影), 서광제(徐光霽), 이효석(李孝石), 홍해성(洪海星), 윤백남(尹白南), 심훈(沈熏), 김영팔(金永八), 김한(金漢), 안종화(安鍾和), 최정희(崔貞熙), 이경손(李慶孫), 윤봉춘(尹逢春), 김대균(金大均), 나웅(羅雄), 문일(文一), 현훈(玄勳), 함춘하(咸春霞) 등과 함께 영화와 극 중심의 잡지 『신흥예술』을 창간하였다. 1945년 소련군에게 학살당하였다. 다수의 동요, 동화, 번역 작품을 발표하였다. 이 외에 유행가 작사가로도 활동

---

53 범오(凡吾), 서두성(徐斗成)이 유도순의 필명이라는 것은 송방송의 『한겨레음악대사전』(보고사, 2012, 569쪽)에 밝혀 놓은 것이다. 그러나 장유정은 「유도순의 대중가요 가사 분석과 작품 규정 문제」(『동악어문학』 제60집, 동악어문학회, 2013.2, 249~253쪽)에서 '徐斗成'과 '凡吾'가 유도순이 아닐 가능성이 크다고 하였다. '幼初'는 『雅號 別號 及 筆名 藝名 一覽表』(『出版大鑑』, 조선출판문화협회, 1949, 92쪽)와 「文藝家名錄」(『문예월간』 제2권 제1호, 1932년 1월호, 92쪽)에 밝혀져 있다. '號는 幼初'라 되어 있다. 「作家作品年代表」(『삼천리』 제9권 제1호, 1937년 1월호, 230쪽)에 "月洋은 제가 달밤을 想像하고 지은 것, 紅初는 曙海 君이 지어 준 것"이라 유도순 스스로 밝히고 있다. 따라서 앞의 '幼初'는 '紅初'의 오식으로 보이고, '凡吾'와 '徐斗成'은 논란이 있으나, 문헌에 제시되어 있으므로 여기에 밝혀 놓았다.

54 이름이 '月洋 柳道順'으로 되어 있으나, 필명 '月洋'이 유도순(劉道順)이므로, '柳道順'은 '劉道順'의 오식으로 보인다.

하였는데 특히 1930년대 신민요를 가장 많이 작사하였다. ▶저서로 시집『혈흔의
묵화(血痕의 默華)』(청조사, 1926), 아동소설집『아동심청전(兒童沈淸傳)』(활문
사, 1928) 등이 있다. 「『혈흔의 묵화』와 작자의 분개고언(憤慨苦言)」(『시대일보』,
1926.3.15)은 청조사(靑鳥社)의 춘성 노자영(盧子泳)이 시집『혈흔의 묵화』를 빈
약하고 소홀하게 만들었다며 분개한 내용의 글이다.

**유동민**(劉東敏: ?~?)  아동문학가, 소년운동가. 필명 백담(白潭). 함경남도 원산(元
山) 출생. 1927년 10월 16일 함경남도 덕원군의 〈덕원청년연맹(德源靑年聯盟)〉은
분산적이고 비조직적이라는 이유로 해체하고 〈덕원청년동맹(德源靑年同盟)〉을 조
직하여 청년운동의 통일을 꾀했는데 이때 유동민은 15인의 신임위원 중 한 사람으
로 선임되었다. 이어 1927년 11월 10일 덕원군(德源郡)의 〈당우청년회(堂隅靑年
會)〉에서는 이 회를 해체하고 〈덕원청년동맹〉 당우지부(堂隅支部)를 창립하였는
데, 덕원군 적전면 송중리(德源郡 赤田面 松中里)에서는 〈덕원청년동맹〉 송중지부
(松中支部)를 창립하였다. 여기에 유동민은 지부원(支部員)으로 임명되었고, '지부
위원회'에서 부서 분담을 한 바, 안천수(安千洙)와 함께 '상무(常務)' 일을 맡았다.
1928년『조선일보』신춘현상 시 부문에「조선의 마음」이 입선되었다. 1936년 7월
11일 원산 기자단(元山記者團)이 주최한 원산발전좌담회(元山發展座談會)의 주최
자 8인 중 한 사람으로 참여하였다. ▶아동문학 관련 비평문으로「무산아동 야학의
필요(전3회)」(『중외일보』, 1927.11.10~12)가 있다. 이 외에 다수의 아동문학 작
품을 발표하였다.

**유두응**(劉斗應: ?~?)  함경남도 함흥(咸興) 출생.(일제강점기 때 주소는 咸興府 春
日町 二丁目 二六). 1938년경 함경남도 함흥(咸興)에서 잡지『백파(白波)』를 발간
하였다. ▶아동문학 관련 비평문으로「(가정과 문화)소년소설의 지도성 – 소년문학
의 재건을 위하야(전4회)」(『조선일보』, 1946.1.8~11)가 있다. ▶저서로『조선의
정치 동향』(삼우출판사, 1946), 르블랑(Leblanc, Maurice Marie Émile)의 괴도 뤼
팽의 이야기를 '루팡 전집'으로 번역하였는데,『(괴기탐정)천고의 비밀(제1권)』(삼
우출판사, 1945),『악마의 굴(惡魔의 窟)』(산해당, 1953) 등이 있다.

**유백로**(柳白鷺: ?~?)  아동문학가. ▶아동문학 관련 비평문으로「소년문학과 리아리
즘 – 푸로 소년문학운동(전5회)」(『중외일보』, 1930.9.18~26)이 있다(5회 연재 말
미에 '계속'이라 되어 있으나 이어진 글을 찾을 수 없다). 이 외에「노서아 문단의
근황(露西亞 文壇의 近況)(전2회)」(『조선일보』, 1930.7.15~16),「독일 문단의 근
황(전2회)」(『조선일보』, 1930.7.17~18),「'프로' 문학의 대중화(전5회)」(『중외일
보』, 1930.9.3~10) 등의 비평과 다수의 시를 발표하였다.

**유봉조**(劉鳳朝: ?~?)  함경남도 홍원(洪原) 출생. 함남 홍원노동학원(勞働學院) 교사로 재직하면서 무산아동들의 수업료를 보조하기 위해, 1927년 7월 25~26일 양일간 음악무도회를 개최하였다. 1928년 4월경 동아일보사 함경남도 홍원군의 홍원지국 기자로 활동하였다. 1935년 1월 『동아일보』 현상문예 모집에 유봉조의 「새끼미의 그들」이 5선까지 들었다. ▶아동문학 관련 비평문으로 「소년문예운동 방지론을 닑고(전4회)」(『중외일보』, 1927.5.29~6.2)가 있다. 이 외에 다수의 시 작품을 발표하였다.

**유삼렬**(劉三烈: 1909~?)  아동문학가. '劉三悅'로 표기하기도 하였다('劉三烈'과 '劉三悅' 두 가지 표기가 있다. 윤복진(尹福鎭)이 『물새발자옥』을 유삼렬에게 증정하면서 "劉三悅 大兄에게 드림. 一九三九年 六月 三十日. 서울서 作詩者로"라 하여 '劉三悅'로 표기하는 것도 일반적이었던 것 같다.) 경기도 개성(開城) 출생. 개성송도고등보통학교(松都高等普通學校)를 졸업하고 연희전문학교(延禧專門學校)에 입학하여 음악부원으로 활동하였다. 1934년 3월 10일 제16회 연희전문학교 문과를 졸업하였다. 1932년 연희전문학교 〈학생기독청년회〉에서 박상래(朴商來), 정학룡(鄭學龍)과 함께 하기 휴가 중 호남 지방 순회강연을 다녔다. 1932년 7월 제2회 브나로드(Vnarod) 계몽대원으로 참가하였는데 연희전문에서는 1학년 이규선(李揆璇), 2학년 원유각(元裕珏), 3학년 유삼렬이 참여하였다. 1933년 11월 〈조선아동예술연구협회(朝鮮兒童藝術研究協會)〉 창립 시 정인섭(鄭寅燮), 현제명(玄濟明), 정홍교(丁洪敎), 백정진(白貞鎭), 최성두(崔聖斗), 김복진(金福鎭), 노천명(盧天命), 남응손(南應孫), 김지림(金志淋), 유기흥(柳基興), 원치승(元致升), 모기윤(毛麒允), 한보패(韓寶珮), 이구조(李龜祚), 김성도(金聖道), 신원근(申源根), 원유각(元裕珏) 등과 함께 발기 동인으로 참여하여 총무(總務)를 맡았다. 1933년 7월에서 8월까지 박덕배(朴德培), 원유각(元裕珏), 유삼렬(劉三悅), 김성도(金聖道), 유기흥(柳基興) 등 〈연전학생기독교청년회(延專學生基督敎靑年會)〉의 하기전도대(夏期傳道隊)의 대원으로 각지 순회전도를 하였다. 1934년 7월 2일부터 28일까지 〈조선아동예술연구협회〉에서 전 조선을 순회하면서 동요 동화대회를 개최하게 되었는데 윤희영(尹喜永), 원치승(元致升), 김용섭(金龍燮) 등과 함께 동요부를 담당했다.

**유상모**(柳相模: ?~?)  아동문학가. 경상남도 남해(南海) 출생. 구명(舊名) 유상성(柳相成). ▶아동문학 관련 비평문으로 「(별님의 모임)닑은 뒤의 감상」(『별나라』 통권51호, 1931년 6월호)이 있다.

**유운경**(柳雲卿: ?~?)  시인, 아동문학가. 서울 출생. 1928년 경성약학전문학교(京城藥學專門學校)를 졸업하였다. 1931년 『동아일보』 신춘현상의 좌우명 부문에 가작으로 당선되었는데 이때 주소가 '시내 수창동 226의 3(市內 需昌洞 二二六ノ三)' 이었다. 해방 후 〈조선문화건설중앙협의회〉 산하 〈조선문학건설본부〉 회원으로 활동하였다. ▶아동문학 관련 비평문으로 「동요 동시 제작 전망(전22회)」(『매일신보』, 1930.11.2~29)이 있다. ▶저서로 '최신소설' 『무정세월(無情歲月)』(태화서관, 1926)이 있다.

**유재형**(柳在衡: 1907~1961) 아동문학가, 언론인, 교육자. 필명 유촌(柳村), 유촌학인(柳村學人). 충청북도 진천군(鎭川郡) 출생. 진천보통학교와 1927년 청주공립농업학교를 졸업하였다. 진천군 이월면의 서기 겸 기수로 임용되었고, 1931년 9월 제천군 농회 기수로 근무하다 1934년 5월 사임하였다. 1934년 5월부터 조선총독부 촉탁으로 진천, 괴산, 충주 등지에서 근무하였다. 1930년 2월경 중외일보사 진천지국 기자, 4월경 동아일보사 진천지국 기자로 취임하였다. 1930년 진천의 신명야학(新明夜學)이 무산아동을 대상으로 교육을 함에 있어 조선성공회(朝鮮聖公會) 신부 임인재(壬寅宰) 등과 함께 무보수로 교수하였다. 해방 후 〈조선건국준비위원회〉 충주지부에서 등사판으로 보도지(報道紙)를 발간하였는데 유재형이 그 일을 담당하였다. 이 일을 계기로 1946년 3월 충주중학교 국어 교사로 임용되어 교직생활을 시작하였으며, 1952년 4월부터 1961년까지 충주고등학교에서 근무하였다. ▶아동문학 관련 비평문으로 「『조선일보』 9월 동요(전2회)」(『조선일보』, 1930.10.8~9), 「'아츰이슬'-작자로서」(柳村: 『동아일보』, 1930.11.2), 「『조선』, 『동아』 10월 동요(전3회)」, 『조선일보』, 1930.11.6~8), 「『조선』, 『동아』 양지(兩紙)의 신춘 당선 동요 만평(상,중,하)」(『조선일보』, 1931.2.8~10) 등이 있다. 이 외에 동요 등 다수의 아동문학 작품을 발표하였다. 시인 신경림(申庚林)은 유재형의 문하생이었고, 유종호(柳宗鎬)(문학평론가, 전 이화여자대학교 교수, 전 대한민국예술원 회장)는 유재형의 아들이다. ▶저서로 『(유촌 시집)대추나무 꽃피는 마을』(새한인쇄사, 1954), 『(유촌 시집)종소리와 꽃나무』(한미문화사, 1957) 등이 있다.

**유지영**(柳志永: 1896~1947) 아동문학가, 언론인. 필명 팔극(八克), 버들쇠, 김을희(金乙姫). 1913년 선린중학(善隣中學)을 졸업하고 일본으로 건너가 와세다대학을 다니다 도쿄음악전문학교로 전학하였다. 1919년 5월 『매일신보』에 공채 입사한 이후 『조선일보』, 『시대일보』, 『동아일보』 등의 기자로 활동했다. 기자로 재직하면서 동요, 동화 및 희곡을 발표하였다. 영화평을 써서 관객들에게 도움을 주는 친목단체인 〈찬영회(讚映會)〉를 일간지 학예부 기자들인 이서구(李瑞求), 이익상(李益相), 최독견(崔獨鵑), 심훈(沈熏) 등과 함께 조직하였고, 1927년 영화 연구를 목적으로 심훈(沈熏), 나운규(羅雲奎), 최승일(崔承一), 김영팔(金永八), 이익상(李益

相), 김기진(金基鎭), 고한승(高漢承), 안석영(安夕影), 윤기정(尹基鼎), 임화(林和) 등과 함께 〈영화인회(映畵人會)〉를 창립하였다. 1927년 〈조선소년운동협회(朝鮮少年運動協會)〉 어린이날준비위원회 선전부 위원이 되었다. 해방 후 정치에 참여하였으나 곧 병사하였다. ▶아동문학 관련 비평문으로 「동요 지시려는 분끠」(버들쇠;『어린이』 제2권 제2호, 1924년 2월호), 「동요 짓는 법」(버들쇠;『어린이』 제2권 제4호, 1924년 4월호), 「동요선후감(동아일보 소재)을 읽고」(『조선문단』, 1925년 5월호) 등이 있다. 이 외에 「고드름」(버들쇠 작요, 윤극영 작곡;『어린이』, 1924년 2월호) 등 다수의 동요를 발표하였다.

**유천덕**(劉天德: ?~?) 아동문학가. 필명 철산아(鐵山兒), 국타(菊朶, 菊朶生, 劉菊朶), 유하원(劉霞園). 평안북도 철산(鐵山) 출생. 계윤집(桂潤集), 정윤희(鄭潤熹), 전식(田植), 김형식(金亨軾), 오윤모(吳允模) 등과 함께 소년문예단체 〈선천호무사〉(宣川호무社) 동인으로 활동하였다. ▶아동문학 관련 비평문으로 표절을 둘러싸고 발표한 것이 있다. 해주읍 고고회(海州邑 高古懷)의 「(문단탐조등)유천덕 군의 '수양버들'」(『동아일보』, 1930.11.1)에 대해, 유천덕은. 「동무소식」(『매일신보』, 1931.5.17)을 통해 표절이 아님을 주장하였고, 이어 「동무소식」(『매일신보』, 1931. 6.18)에서는 고고회의 표절 사실을 공격하였다. 이 외에 다수의 동요 작품을 발표하였다.

**유치진**(柳致眞: 1905~1974) 극작가, 연출가. 필명 동랑(東郎). 경상남도 통영(統營) 출생. 1921년 도쿄 도요야마중학(豊山中學)에 입학하여 1925년에 졸업하고, 1926년 도쿄 릿쿄대학(立敎大學) 예과를 거쳐 1927년 영문과에 입학하여 1931년 졸업하였다. 1931년 7월 서항석(徐恒錫), 이헌구(李軒求), 이하윤(異河潤), 장기제(張起悌), 정인섭(鄭寅燮), 김진섭(金晉燮), 함대훈(咸大勳) 등과 〈극예술연구회(劇藝術研究會)〉를 조직하였다. 1934년 일본으로 건너가 주영섭(朱永涉), 이해랑(李海浪) 등이 주도한 도쿄학생예술좌(東京學生藝術座)의 창립을 후원하여 「소」를 초연하였다. 1940년 12월 〈조선연극협회(朝鮮演劇協會)〉 이사로 취임하면서 일제에 협조하기 시작하여, 1943년 4월 〈조선문인보국회〉 이사 등으로 친일의 길을 걸었다. 해방 후 은둔하다가 1947년 한국무대예술원 초대원장이 되면서부터 활동을 다시 시작하였다. 1958년 한국연극연구소(이후 서울연극학교, 서울예술전문학교: 현 서울예술대학교)를 설립하여 초대 이사장에 취임하였다. 1961년에 창립된 〈한국예술문화단체총연합회〉 초대 회장을 역임하였다. ▶아동문학 관련 비평문으로 「가정과 학교를 위한 간단한 인형극 – 이론과 실제(전13회)」(『매일신보』, 1933.6.13~26)가 있다. ▶저서로 『유치진희곡전집(상.하)』(성문각, 1971), 『동랑 유치진전집(東郎柳致眞全集, 전9권)』(서울예대출판부, 1993) 등이 있고, 작가연보와 작품에 대한 자세한 내용은 이 책들을 참고할 수 있다.

**유현숙**(劉賢淑: 1898~?)  여성운동가. 교육자. 이화학당 졸업. 1922년 4월 1일 김영준(金永俊), 전유덕(田有德), 유현숙(劉賢淑), 이완구(李玩昫) 등 20여 명의 신여성과 함께 여성운동의 일환으로 서울에서 〈여자고학생상조회(女子苦學生相助會)〉를 조직하여, 불우한 여성에 대한 교육을 도왔다. 1923년경부터 갑자유치원(甲子幼稚園) 원장을 역임하였다. 1925년 9월 26일 제2회 여자토론대회에 유각경(兪珏卿) 등과 함께 참여하기도 하였다. 1933년 11월 18일 갑자유치원 원장으로서 창립 10주년 근속 표창식을 거행하였다. 『아동문학 관련 비평문으로 「동심잡기(童心雜記)'를 읽고 – 윤석중 씨에게 답함(전3회)」(『동아일보』, 1933.12.26~28)을 발표하였는데, 이는 윤석중의 「동심잡기」(『신여성』 제7권 제11호, 1933년 11월호)[55]에 대한 반박문 성격의 글이다. 이에 대해 윤석중은 「'동심잡기'에 대한 나의 변해(辯解) – 유현숙(劉賢淑) 씨의 질의와 충고에 답함(전3회)」(『동아일보』, 1934.1.19~23)으로 재반박하는 글을 썼다. 이 외에 「어린이를 옹호하자(二) – 어린이데이에 대한 각 방면의 의견」(『매일신보』, 1926.4.6)에 '의복이 중한가 자녀가 귀한가'라는 내용의 글을 썼고, 고아를 위해 꽃을 파는 일을 앞장서 추진하면서 「고귀한 자선화(慈善花) – 성스러운 뜻」(『매일신보』, 1926.10.17)이라는 글을 기고하였다. 「아들과 딸을 구별치 맙시다」(『매일신보』, 1926.12.12), 「(여성직업예찬)조선 아동을 위하야 일생을 바칠 결심 – 귀치 안은 때도 한두 번 아니다(三) 보모가 나의 사명」(『매일신보』, 1930.2.28) 등의 글을 발표하였다.

**유희각**(柳熙恪: ?~?)  아동문학가. 필명 유석운(柳夕雲).[56] 강원도 원주(原州) 출생. 매일신보사 학예부 주최 '지상(紙上) 「어린이」 간친회(懇親會)'(主催 每日申報社學藝部)(第二日)[57]에 원주(原州)의 유희각(柳熙恪)은 평원(平原)의 김기주(金基柱), 이일상(李日相), 예산(禮山)의 홍순익(洪淳益), 경성(京城)의 김경하(金景河)와 김학헌(金學憲), 고양(高陽)의 조계룡(曹季龍), 남해(南海)의 박대영(朴大永), 함흥

---

**55** 1933년에 발표된 같은 제목의 「동심잡기(童心雜記)」(『신여성』 제7권 제7호, 7월호)도 있다.

**56** 유희각(柳熙恪)의 동요 「고무신」(『매일신보』, 1930.11.9)을 발표할 때 주소가 '원주군 건등면 반계리(原州郡 建登面 磻從里) 一四七〇'('磻從里'는 '磻溪里'의 오식)이고, 유석운(柳夕雲)이 동요 「가을」(『매일신보』, 1930.11.13)을 발표할 때 주소 또한 '原州郡 建登面 磻溪里 一四七〇'이어서 '柳夕雲'과 '柳熙恪'이 같은 사람으로 보인다.

**57** 「紙上'어린이' 懇親會」(『매일신보』, 1931.1.3)에 '原州郡 柳熙恪'의 이름으로 「規則的」이란 제목의 글을 발표하였다.

(咸興)의 이창수(李昌洙), 평북 초산(平北楚山)의 박인걸(朴仁傑) 등과 함께 참여하였다. 이 외에 동요 등 다수의 아동문학 작품을 발표하였다.

**윤고종**(尹鼓鍾: 1912~1977)   언론인, 문학평론가. 본명 윤종(尹鍾), 필명 고종생(鼓鍾生), 공포생(功砲生). 함경남도 함흥(咸興) 출생. 1933년 함흥영생학교(咸興永生學校)를 졸업하였다. 1934년 『동아일보』 신춘현상 문예평론으로 「조선문단을 논함」(『동아일보』, 1934.1.14~20)이 가작(佳作) 당선되어 문단 활동을 시작하였다. ▶아동문학 관련 비평문으로 「(문단탐조등)소년연작소설 '마지막의 웃음'은 권경완 씨(權景完氏)의 원작」(鼓鍾生;『동아일보』, 1931.4.22)이 있다. 이 외에 관련 비평문으로, 「표절에 대하야 - 효정 군(曉汀君)에게 드림」(『매일신보』, 1931.4.8), 「예술가와 표절(전2회)」(『매일신보』, 1931.5.22~23) 등과 문학 일반에 대한 다수의 비평문을 발표하였다. ▶저서로 5인 수필집 『쑥꽃 사어록(私語錄)』(범조사, 1959)이 있고, 사후 장남 윤의목에 의해 『윤고종문집(尹鼓鍾文集)』(아이스토리, 2008)이 발간되었다.

**윤극영**(尹克榮: 1903~1988)   동요 작가, 작곡가. 필명 청강(晴崗), 포운(抱雲), 따리아. 세칭 '반달 할아버지'라고 하였다. 서울시 종로구 소격동(昭格洞) 출생. 1917년 교동보통학교(校洞普通學校)를 졸업하고 경성제일고등보통학교에 입학하였다. 1919년 외종형 심훈(沈熏)을 따라 3·1운동에 참가하였다. 1921년 경성고등보통학교를 졸업하고 경성법학전문학교에 입학하였으나 중퇴하고, 일본 도쿄음악학교(東京音樂學校), 도요음악학교(東洋音樂學校) 등에서 성악과 바이올린을 전공하였다. 1923년 방정환(方定煥), 손진태(孫晉泰), 조재호(曹在浩), 정순철(鄭順哲), 마해송(馬海松) 등과 함께 〈색동회〉를 창립하였다. 1925년 5월 10일 아동극, 자유화, 동요 등 어린이의 예술적 방면의 수양을 목적으로 한 〈달리아회〉(다알리아회, 따리아회)를 조직하였는데 안석주(安碩柱), 김병조(金秉兆), 윤갑숙(尹甲淑), 심대섭(沈大燮), 윤극영(尹克榮), 임병설(林炳卨), 김기진(金基鎭), 윤병섭(尹秉燮), 서정옥(徐廷沃), 김여수(金麗水) 등이 제1회 아동극 발표 공연의 책임자로 참여하였고, 9월 29~30일 양일간 〈달리아회〉 제1회 공연을 내청각(來靑閣, 매일신보사 사옥)에서 개최하였다. 1926년 간도(間島)로 이주하여 동흥중학(東興中學)에서 음악과 작문을 지도하였고, 동요작곡집인 『(윤극영동요작곡집 제1집)반달』을 펴냈다. 이후 광명중학, 광명여고에서 교사로 재직하였다. 윤석중의 「우산」(『중외일보』, 1927.7.31)에다 곡을 붙여 발표하였다. 1927년 9월 1일 한정동(韓晶東), 정지용(鄭芝溶), 신재항(辛在恒), 김태오(金泰午), 고장환(高長煥) 등과 함께 〈조선동요연구협회(朝鮮童謠硏究協會)〉를 창립하는데 발기인으로 참여하였고, 1929년 2월 22일,

이광수, 주요한, 김정식[素月], 변영로, 이은상, 김형원(金炯元), 안석주, 김억, 양주동, 박팔양, 김동환, 김영환(金永煥), 안기영(安基永), 김형준(金亨俊), 정순철(鄭順哲) 등과 함께 〈조선시가협회(朝鮮詩歌協會)〉를 창립할 때 동인으로 참여하였다. 1934년 5월 10일 귀국하여 시창회(試唱會), 6월 15일 독창회를 개최하였으며, 1940년 다시 간도로 가 〈하얼빈예술단〉을 조직하였으나 일제의 압력으로 1년 만에 해산하였다. 1941년 〈오족협화회(五族協和會)〉에 가입하였다. 1946년 팔로군(八路軍)에게 재산을 몰수당하고 투옥되어 복역 중 중병에 걸려 풀려났다. 1947년 간도(間島)를 탈출하여 서울로 돌아왔다. ▶아동문학 관련 비평문으로 「노래의 생명은 어대 잇는가」(『신여성』, 1924년 7월호), 「세계악단의 과거 현재 – 음악에 대한 사견(私見)!」(『시대일보』, 1926.1.2), 「(想華)지나간 악상(樂想)의 이삼편(二三篇)」(『매일신보』, 1926.11.28), 「(암흑기의 아동문학 자세)〈색동회〉와 그 운동」(『사상계』 제165호, 1967년 1월호) 등이 있다. 해방 후 회고록인 「반달 노래에 실려 온 반생」(『사상계』, 1962년 3월호~6월호)을 연재하였다. ▶저서로 우리나라 최초의 동요작곡집 『(윤극영동요작곡집 제1집)반달』(서울 따리아회, 1926), 『(동요40주년기념)윤극영 111곡집』(세광출판사, 1964), 이향지가 엮은 『윤극영 전집(전2권)』(현대문학, 2004) 등이 있다. 작가연보와 작품에 대한 자세한 내용은 『윤극영 전집』을 참고할 수 있다.

**윤기정**(尹基鼎: 1903~1955)  소설가, 비평가. 필명 효봉(曉峰), 효봉산인(曉峰山人). 경성(京城) 출생. 사립 보인학교(輔仁學校)를 졸업하였다. 1922년 9월에 결성된 〈염군사(焰群社)〉에서 활동하였다. 1924년 〈서울청년회〉에 소속되어 최승일(崔承一), 송영(宋影), 박영희(朴英熙) 등과 더불어 〈염군사〉와 〈파스큘라(PASKYULA)〉(1923년경에 발족된 프롤레타리아 문학단체)를 통합하기 위해 노력하였다. 1925년 〈조선프롤레타리아예술동맹〉의 서기국장과 중앙위원을 역임하였고, 1927년 〈카프(KAPF)〉의 아나키스트 김화산(金華山) 등과의 논쟁에 참여하였다. 1931년과 1934년에는 두 차례에 걸친 〈카프〉 사건으로 검거되었다가 각각 기소유예와 집행유예로 석방되었다. 해방 후 송영, 한설야(韓雪野), 이기영(李箕永) 주도의 〈조선프롤레타리아예술동맹〉의 서기장으로 활동하다가 월북하였다. ▶아동문학 관련 비평문으로 「서문(二)」(『(푸로레타리아 동요집)불별』, 중앙인서관, 1931.3)이 있다.

**윤복진**(尹福鎭: 1907~1991)  아동문학가. 호적명 윤복술(尹福述), 필명 김수향(金水鄉), 김귀환(金貴環), 파랑새, 백합화(百合花), 김수련(金水蓮), 가나리아, 목동(牧童). 창씨명 波平鄉. 경상북도 대구(大邱) 출생. 1914년 대구의 희원보통학교(喜瑗普通學校)와 계성학교(啓聖學校)를 나와 일본 니혼대학(日本大學) 전문부와 1936

년 호세이대학(法政大學) 법문학부 영문과(法文學部英文科)를 졸업했다. 1924년 서울의 윤석중(尹石重), 합천(陜川)의 이성홍(李聖洪), 마산(馬山)의 이원수(李元壽), 울산(蔚山)의 서덕출(徐德出), 언양(彦陽)의 신고송(申孤松), 수원(水原)의 최순애(崔順愛), 원산(元山)의 이정구(李貞求), 안변(安邊)의 서이복(徐利福), 안주(安州)의 최경화(崔京化), 진주(晋州)의 소용수(蘇瑢叟) 등과 함께 소년문예단체 〈기쁨사〉(깃븜사)를 창립하였다. 1926년 봄에 윤복진이 발기하여 서덕출(徐德出), 신고송(申孤松), 문인암(文仁岩), 박태석(朴泰石), 황종철(黃鍾喆), 송완순, 승응순(昇應順) 등과 함께 대구 〈등대사〉를 조직하여 동인 활동을 하였다. 1930년 『동아일보』 신춘문예 현상모집에서 김귀환이란 이름으로 투고한 「동리의원」(『동아일보』, 1930.1.1)이 1등으로 당선되었다. 1934년 도쿄에서 함효영(咸孝英)이 편집한 월간문예지 『조선문인(朝鮮文人)』이 창간되자 김관(金管), 유치진(柳致眞), 남석종(南夕鍾), 마해송(馬海松) 등과 함께 집필자로 참여하였다. 해방 후 〈조선문학가동맹〉 아동문학분과위원회 사무장을 맡았다. 1950년 월북하여 〈조선작가동맹〉 중앙위원회의 작가로 꾸준히 작품 활동을 하였다. 아동문학 관련 비평문으로 「3신문(三新聞)의 정월동요단 만평(전9회)」(『조선일보』, 1930.2.2~12), 「(성공의 길)동요 짓는 법」(『동화』, 1936년 7-8월 합호), 「(아동문학강좌)동요 짓는 법(2,3,완)」(『동화』, 1936년 10월호, 1937년 3월호~4월호),[58] 「(신간평)윤석중 씨 동요집 『억게동무』를 읽고」(『매일신보』, 1940.7.30), 「선후감(選後感)」(『아이생활』, 1940년 9-10월 합호, 1941년 4월호~6월호, 1942년 1월호, 1942년 6월호, 1942년 8월호), 「독자 동요선」(『아이생활』, 1943년 1월호) 등을 발표하였다. 해방 후 「아동문학의 당면과제 – 민족문화 재건의 핵심(상,하)」(『조선일보』, 1945.11.27~28), 「담화실」(『아동문학』 창간호, 1945년 12월), 「아동문학의 진로(전2회)」(『영남일보』, 1946.1.8~9), 「어린 벗을 사랑하는 친애하는 동지들에게!」(윤복진 편, 『초등용가요곡집(初等用歌謠曲集)』, 파랑새사, 1946.3), 「아동에게 문학을 어떻게 읽힐가」(『인민평론』 창간호, 1946년 3월호), 「동요고선을 맡고서」(『어린이나라』, 1950년 3월호), 「뽑고 나서」(『어린이나라』, 1950년 4-5월 합호), 「(발문)나의 아동문학관」(『꽃초롱별초롱』, 1949.8), 「동요 고선을 맡고서」(『어린이나라』, 1950년 3월호),

---

58 이상 「동요 짓는 법」 가운데 일본의 기타하라 하쿠슈(北原白秋), 사이조 야소(西條八十), 야나기사와 겐(柳澤健) 등의 동요관을 소개하고 있는데 이는 아동보호연구회가 편찬한 『동화 동요 및 음악무용(童話童謠及音樂舞踊)』(兒童保護研究會, 1923) 중 마쓰무라 다케오(松村武雄)가 집필한 '동요의 의의와 종류(童謠の意義と種類)'(85~92쪽)를 부분부분 인용한 것이다.

「석중(石重)과 목월(木月)과 나 – 동요문학사의 하나의 위치」(『시문학』 제2호, 1950년 6월호) 등을 발표했다. 이 외에 동요, 동화 등 다수의 아동문학 작품과 음악 평론을 발표하였다. ✔저서로 『동요곡보집(童謠曲譜集)』(박태준 작곡; 등사판, 1929), 『중중때때중』(박태준 작곡; 등사판, 무영당서점, 1931), 『양양범버궁』(박태준 작곡; 등사판, 무영당서점, 1932), 『도라오는 배』(박태준 작곡; 등사판, 무영당서점, 1934), 『물새발자옥』(박태준 작곡; 교문사, 1939), 동요집 『꽃초롱별초롱』(아동예술원, 1949), 『초등용가요곡집』(윤복진 편; 파랑새사, 1946), 『세계명작아동문학선집 1』(윤복진 엮음; 아동예술원, 1949), 『(세계명작동화선집)노래하는 나무』(윤복진 엮음; 아동예술원, 1950), 번역서 『전락의 역사(轉落의 歷史)』(모던출판사, 1950) 등이 있다. 『물새발자옥』에 대한 평가는 스위스에서 음악박사 학위를 받은 계정식(桂貞植)의 「가요곡집 『물새발자옥』을 보고」(『동아일보』, 1939. 7.26)를 참고할 수 있다.

**윤석중**(尹石重: 1911~2003)  아동문학가. 필명 석동(石童, 石童生), 돌중, 꽃동산. '尹碩重'으로도 표기하였다. 서울 출생. 1921년 교동공립보통학교(校洞公立普通學校)에 입학하여 4년 만에 졸업하고, 1925년 사립 양정고등보통학교(養正高等普通學校)에 입학하였으나 1929년 자퇴하였다. 1930년 도쿄 세이소쿠영어학교(東京正則英語學校)에서 영어 공부를 하다가 생활 곤란과 외조모(外祖母)의 요청으로 1년이 안 돼 귀국하였다. 1923년 심재영(沈在英)(신문기자 심우섭(沈友燮)의 아들이자 『상록수』를 지은 심훈(沈熏)의 조카), 설정식(薛貞植)(시인이자 영문학자로 월북 후 정전회담 때 북측의 통역, 『동아일보』 주필을 지낸 설의식(薛義植)의 아우)과 독서회 〈꽃밭사〉를 조직하였고, 1924년 합천(陜川)의 이성홍(李聖洪), 마산(馬山)의 이원수(李元壽), 울산(蔚山)의 서덕출(徐德出), 언양(彦陽)의 신고송(申孤松), 수원(水原)의 최순애(崔順愛), 대구(大邱)의 윤복진(尹福鎭), 원산(元山)의 이정구(李貞求), 안변(安邊)의 서이복(徐利福), 안주(安州)의 최경화(崔京化), 진주(晋州)의 소용수(蘇瑢叟) 등과 함께 소년문예단체 〈기쁨사〉(깃븜사)를 창립하였다. 1924년 동요 「봄」(『신소년』, 1924년 5월호)이 입선되었다. 1925년 박대성(朴大成), 박홍제(朴弘濟), 이기용(李基庸), 김두형(金斗衡) 등과 함께 〈서울무산소년회(無産少年會)〉 발기에 참여하였다. 1925년 「옷둑이」(『어린이』, 1925년 4월호)가 입선되었고, 『동아일보』에 제1회 신춘문예에 동화극(童話劇) 「올뱀이의 눈(전3회)」(『동아일보』, 1925.5.9~13)이 선외가작으로 선정되었다. 1926년 〈조선물산장려회(朝鮮物産獎勵會)〉에서 모집한 「조선물산장려가」(金永煥 작곡; 『동아일보』, 1926.9.1)가 1등으로 뽑혀 이름이 널리 알려지게 되었다. 1927년 여름 언양의 신고송(申孤松), 대구의 윤복진(尹福鎭)과 함께 울산의 서덕출(徐德出)을 찾아가 4인 합작동요 「슱흔 밤」을 창작하였다. 1931년 9월 소용수(蘇瑢曳), 이정구(李貞求), 전봉제(全鳳濟), 이원수(李元壽), 박을송(朴乙松), 김영수(金永壽), 승응순(昇應順), 신고송(申孤松), 최경화(崔京化)와 함께 〈신흥아동예술연구회(新興兒童藝術研究會)〉를 창립 발기하였다(1932년 신고송, 이원수, 승응순(昇應順) 등과 함께 〈신흥아동예술연구회〉를 발기했으나 일제 당국의 불허로 창립식도 열지 못하고 유산되고 말았다고 한다)(윤석중의 『어린이와 한평생』, 범양사출판부, 1985). 1933년 아이동무사 주최로 평양 백선행기념관(白善行記念館)에서 윤석중동요발표회(尹石重童謠發表會)를 개최하였다. 1933년 차상찬(車相瓚), 최영주(崔泳柱)의 권유로 개벽사(開闢社)에 입사하여 『어린이』 편집을 맡았다. 1935년 『어린이』가 폐간되자 학예부장 이태준(李泰俊)의 주선으로 『조선중앙일보』 편집기자로 입사하였다. 1935년 『소년중앙』, 『중앙』 등의 편집을 맡았다. 1936년 『조선중앙일보』가 폐간되자 이은상(李殷相)의 주선으로 조선일보사로 자리를 옮겨, 『소년』, 『소년조선일보』의 편집을 맡았다. 1939년 봄에 백석(白石), 방종현(方鍾鉉) 등의 주선으로 『조선일보』 방응모(方應模) 사장의 계초장학금(啓礎奬學金)을 받아 일본 유학길에 올라 조치대학(上智大學) 신문학과에서 공부하다가 1944년 징용장이 나오자 징용을 피해 귀국하였다. 해방 후 1945년 12월 윤석중은 『어린이신문』(고려문화사) 편집동인에 임병철(林炳哲), 김영수(金永壽), 정현웅(鄭玄雄), 채정근(蔡廷根), 박계주(朴啓周) 등과 함께 참여하였다. 1945년 9월 〈조선아동문화협회(朝鮮兒童文化協會)〉를 조직하고 을유문화사(乙酉文化社)를 창립한 뒤, 1946년 2월 11일 자로 『주간소학생』 창간호를 발간하였다. 1949년 4월 30일 〈전국아동문학작가협회(全國兒童文學作家協會)〉를 결성할 때 윤석중은 김동리(金東里), 박목월(朴木月), 그 외 7인과 함께 발기인으로 참여하였다. 1966년 어린이 선도 사업 유공자로 선정되어 정홍교(丁洪敎)와 함께 문화훈장 국민장을 받았다. 1967년 〈한국문인협회〉 아동문학분과위원장을 맡았다. 1978년 필리핀의 라몬 막사이사이(Ramon Magsaysay) 재단이 주는 라몬 막사이사이상(언론 문학 창작 부문)을 수상하였다. 1986년 〈대한민국예술원〉 원로회원(아동문학)이 되었고, 1989년 대한민국예술원상을, 1992년 인촌상(仁村賞)을 수상하였다. ▶아동문학 관련 비평문으로 「(여행기)선물로 드리는 나그네 '색상자'—(남국여행을 맛치고)」(『어린이』 제6권 제7호, 1928년 12월호), 「출판기념 회상 – 동요집의 회상」(『삼천리』 제5권 제10호, 1933년 10월호), 「'동심잡기'에 대한 나의 변해(辯解) – 유현숙(劉賢淑) 씨의 질의와 충고에 답함(전3회)」(『동아일보』, 1934.1.19~23), 「노래를 지으려는 어린 벗에게」(『조선중앙일보』, 1934.10.15), 「(다시 찾은 우리 새 명절 어린이날)어린이 운동 선구(先驅)들 생각」(『자유신문』, 1946.5.5), 「(아협 상타기 작문 동요 당선 발표)동요를 뽑고 나서」(『소학생』 제49호, 1947년 8월호), 「현상문예작품 아동작품을 읽고」(『한성일보』, 1950.2.5), 「(문화지표)아동문화 향상의 길」(『신천지』 제46호, 1950년 5월호), 「덕출 형을 찾아서 – 스물두 해 전 이야기」(서수인 편, 『서덕출동요집』봄편지』, 자유문화사, 1952), 「(작가의 유년기)『신소년』지에 '봄'을……」(『자유문학』, 1959년 5월호), 「한국 아동문학 서지(書誌)」(『아동문학의 지도와 감상』, 대한교육연합회, 1962.1), 「한국 아동문학 소사」(『아동문학의 지도와 감상』, 대한교육연합회, 1962.1), 「동심으로 향했던 독립혼 – 한국어린이운동약사」(『사상계』, 1962년 5월호), 「(암흑기의 아동문학자세)잡지 『어린이』와 그 시절」(『사상계』 제165호, 1967년 1월호), 「한국동요문학소사」(『예술논문집』 제29집, 대한민국예술원, 1990) 등이 있다. 이 외에 동요, 동화시 등 다수의 아동문학 작품을 발표하였다. ▶저서로 『윤석중동요집』(신구서림, 1932), 『(윤석중동시집 제1집)잃어버린 댕기』(게수나무회, 1933), 『조선아동문학집(신선문학전집 제4권)』(조선일보사출판부, 1938), 『윤석중 동요선』(박문서관, 1939), 『초생달』(박문출판사, 1946), 『굴렁쇠』(수선사, 1948), 『아침까치』(산아방, 1950), 『엄마손』(학급문고간행회, 1960), 『어린이를 위한 윤석중 시집』(학급문고간행회, 1960), 『우리민요 시화곡집』(학급문고간행회, 1961), 『윤석중 아동문학독본』(을유문화사, 1962), 『윤석중 동요집』(민중서관, 1963), 『윤석중 동요 525곡집』(세광출판사, 1980), 『어린이와 한평생』(범양사출판부, 1985), 『(새싹의 벗)윤석중전집(전30권)』(웅진출판사, 1988) 등이 있다. 자세한 연보와 작품목록은 김제곤의 『윤석중 연구』(청동거울, 2013)를 참고할 수 있다.

**윤소성**(尹小星: ?~?)  아동문학가. 경성(京城) 출생. 1926년 1월 3일 이현규(李顯奎), 이정욱(李正旭)과 함께 〈시천교소년회(侍天敎少年會)〉 창립총회를 하였고, 이어 김응한(金應漢), 이성현(李成賢), 임기용(林基用), 김성준(金成俊) 등의 위원과 함께 윤소성이 위원장으로 활동하고, 농촌 소년을 위해 『무궁화』라는 리플릿을 발행하여 무료로 배부하였다. 『매일신보』의 '어린이를 옹호하자(四) 어린이데이에 대한 각 방면의 의견'에 〈시천교소년회〉 대표로 「생일 축연에는 어린이를 주빈으로」(『매일신보』, 1926.4.8)를 실었다. 1926년 9월 20일 시천교소년부에서 윤소성과 한영우(韓榮愚) 2인이 발기하여 무궁화사(無窮花社)를 창립하였다. 1927년 9월 8일 시천교당(侍天敎堂)에서 개최된 무궁화사 주최의 추기동화대회(秋期童話大會)에 윤소성은 방정환, 정홍교와 함께 연사로 참여하였다. 1928년 1월 3일 밀양청년회관에서 개최된 〈밀양소년회(密陽少年會)〉 주최의 강연회에 전백(全栢), 박정식 (朴貞植)과 함께 윤소성이 참여하였다. 1928년 2월 12일 〈오월회(五月會)〉가 해체 된 후 뒤를 이어 새로운 운동을 전개하기로 하고 경성 시내 견지동 무궁화사에서 19단체가 참가하고 16단체 대의원이 출석하여 〈경성소년연맹(京城少年聯盟)〉을 조직할 때 위원장 정홍교(丁洪教), 상무서기 최청곡(崔青谷), 이정호(李定鎬) 그리 고 집행위원으로 안정복(安丁福), 방정환, 연성흠, 장무쇠(張茂釗), 민병희(閔丙 熙) 등과 함께 윤소성이 선임되었다. 1928년 〈조선소년총연맹〉이 결성된 후 도 연 맹 조직운동을 펼쳐 7월 8일 밀양(密陽)에서 〈경남도소년연맹〉을, 7월 29일 수원 (水原)에서 〈경기도소년연맹〉을, 이어 8월 5일 나주(羅州)에서 〈전남도소년연맹〉 을 재조직하기로 하였는데, 〈조선소년총연맹 전남도연맹〉 재조직위원으로 강석원 (姜錫元), 조문환(曺文煥), 정홍교(丁洪教), 고장환(高長煥), 최청곡(崔青谷), 김태 오(金泰午)와 함께 윤소성이 선임되었다. 1928년 7월 8일 〈조선소년총연맹 경남도 연맹〉을 조직할 때 조직위원으로 조용복(趙鏞福), 최청곡과 함께 윤소성이 참여하 였다. 1929년 4월 조선소년영화제작소(朝鮮少年映畵製作所)에서 어린이날을 영화 화하기로 하였는데 간사로는 고장환, 양하철(梁河喆), 최청곡, 유시용(劉時鎔), 김 정록(金正祿), 정세진(丁世鎭), 정홍교, 박세혁(朴世赫), 한창섭(韓昌燮), 이경손 (李慶孫), 김태오, 이원규(李元珪)와 윤소성이 참여하였다. 1947년 2월 23일 어린 이날전국준비위원회에서 전국회의를 개최하여 대표위원으로 양재응, 최청곡, 양미 림, 남기훈, 정홍교, 박흥민(朴興珉), 정성호(鄭成昊), 김태석(金泰晢)과 함께 윤소 성을 선임하였다. 『아동문학 관련 비평문으로 「소년운동자의 '어린이날'의 감상, ◇……깃분 날을 마지하면서」의 특집에 「결의를 잘 직힙시다」(侍天教少年會 尹小 星;『조선일보』, 1928.5.6)를, '어린이란'에 발표한 「힘잇게 배워라(상,하)」(『중외 일보』, 1928.8.6~7) 등이 있다. 이 외에 다수의 아동문학 작품을 발표하였다.

**윤영춘**(尹永春: 1912~1978)   시인, 영문학자, 중문학자. 북간도(北間島) 밍둥춘(明 東村) 출생. 필명 윤활엽(尹活葉), 윤활빈(尹活彬). 밍둥소학교(明東小學校)와 지 린성(吉林省) 제4(第四)사범학교를 졸업하였다. 1932년 첫 작품으로 단편소설 「간 도의 어느 날」(『제일선』, 1932년 10월호)을 '활빈'이란 필명으로 발표하였다. 1933 년 2월부터 『신동아』의 시단에 시를 발표해 오다가, 1934년 3월 '윤활엽'이란 필명 으로 『신동아』 현상문예 시 부문에 「지금은 새벽」이 1등 당선되었다. 1938년 메이 지학원(明治學院) 고등부를 거쳐 니혼대학(日本大學) 법문학부 영문학과를 졸업하 였다. 이후 미국 프린스턴대학교(Princeton Univ.) 대학원에서 2년간 연구하고 중 국으로 가 기자 생활을 하다가, 도쿄 메이지학원과 니혼대학에서 강사 생활을 하였다. 1943년 7월 당질(堂姪)인 윤동주(尹東柱)와 윤동주의 고종사촌 송몽규(宋夢奎)가 교토(京都)에서 체포되고 뒷날 옥사하였을 때 뒤치다꺼리를 하였다. 이때 윤영춘도 검거되어 '루스벨트와 장개석'의 스파이 혐의로 취조를 받았다. 해방 후 1957년 신흥대학(경희대학교의 전신) 교수로 취임하였다. ▼아동문학 관련 비평문으로 「(신간평)윤석중 저『굴렁쇠』」(『국제신문』, 1948.12.5)가 있다. 윤동주(尹東柱)와 송몽규(宋夢奎)의 최후를 알린 「고 윤동주에 대하여」(『문예』 제14호, 문예사, 1952)와 이를 고쳐 쓴 「명동촌에서 후쿠오카까지」(『나라사랑』 제23집, 외솔회, 1976)가 있다. 이 외에『무화과』(숭문사, 1948),『하늘은 안다』(문연사, 1954),『백향목(柏香木)』(형설출판사, 1977) 등의 시집과『현대중국시선』(청년사, 1947.7), 궈모뤄(郭沫若)의 책을 번역한『소련 기행』(을유문화사, 1949),『현대중국문학사』(계림사, 1949),『중국문학사(재판)』(백영사, 1954),『문학과 인생』(박영사, 1957) 등의 저서가 있다.

**윤지월**(尹池月: ?~?)    동요 작가. '尹池越'로도 표기하였다. 함경남도 이원군(利原郡) 출생. 강원도 홍천(洪川)의 김춘강(金春岡 = 金福童)이 조직한 〈농군사(農軍社)〉의 임원으로 김춘강과 교류하였다. ▼아동문학 관련 비평문으로 「(동무소식)장성관 군(張成寬君)에게」(『매일신보』, 1931.3.25), 「1932년의 아동문예계 회고」(『신소년』, 1932년 12월호)가 있다. 이 외에 동요 등 다수의 아동문학 작품을 발표하였다.

**윤철**(尹鐵: ?~?)    아동문학가. 평안북도 정주(定州) 출생. ▼아동문학 관련 비평문으로 「1932년을 마즈며 소년문예운동에 대해서」(『신소년』, 1932년 1월호)가 있다. 이 외에 다수의 아동문학 작품을 발표하였다.

**이경석**(李景錫: 1906~1996)    유도인(柔道人). 필명 경원(鏡圓). 경상남도 합천(陜川) 출생. 1921년 배재고등보통학교(培材高等普通學校)에 입학하면서 유도(柔道)에 입문하였고 1925년 졸업하였다. 1930년 일본 주오대학(中央大學) 법학부를 졸업하였다. 1931년 경성 종로구 수송동에 조선연무관(朝鮮研武館)을 설립하였다. 일제의 탄압에도 불구하고 조선연무관에서 한글학자 이병기(李秉岐), 이희승(李熙昇), 이극노(李克魯) 등을 초청하여 한글강습회를 주최하였다. ▼아동문학 관련 비평문으로 「축사」(노양근,『날아다니는 사람』, 조선기념도서출판관, 1938.11)가 있다.

**이고월**(李孤月: ?~?)    아동문학가. 본명 이화룡(李華龍), 이청룡(李靑龍), 일농졸(一農卒). 함경북도 무산(茂山) 출생. 1934년 무산 명륜학교(茂山明倫學校)에 입학하였다. 문예잡지『글벗』을 발행하려고 준비 중, 1930년 2월 28일 함경북도 삼장경찰서(三長警察署)에 의해 가택수색을 당하기도 하였다. 1930년 11월 노동야학을 열어 문맹퇴치운동에 앞장섰다. 1931년 11월 동요집『파랑새』를 발행하였다. 「아동문학 관련 비평문으로 「창작에 힘쓰자 − 새빗사 정상규(鄭祥奎) 군에게」(『소년세계』제2권 제6호, 1930년 6월호), 「반동적 작품을 청산하자!!」(『별나라』, 1931년 5월호), 「회색적 작가를 배격하자」(『별나라』, 1932년 1월호), 「'스무하로밤'을 표절한 한금봉(韓金鳳) 군에게」(『소년세계』제3권 제3호, 1932년 3월호) 등이 있다. 이 외에 다수의 아동문학 작품을 발표하였다. 이고월에 대해서는 동시대의 아동문학 작가, 비평가들이 비판적 평가를 많이 하고 있다. 정상규는 이고월의 「창작에 힘쓰자」에 대해, 「나의 답변 − 이고월(李孤月) 씨의 적발에 대하야」(『소년세계』, 1930년 8-9월 합호)를 통해 반박하였고, 「반동적 작품을 청산하자!!」에 대해서는, 김월봉(金月峰)이 「이고월 군에게」를 통해 반박하였으며, 『파랑새』발간에 대해서는 김예지(金藝池 = 金明謙)가 「『파랑새』발간을 들고」(『별나라』, 1931년 7-8월 합호)를 통해 비판하였다. 채몽소(蔡夢笑)는 「이고월 군에게」(『별나라』, 1932년 1월호)에서 이고월의 표절행위를 비판하였고, 김현봉(金玄峰)도 「철면피 작가 이고월 군을 주(誅)함」(『어린이』, 1932년 6월호)에서 이고월의 표절행위를 들어 비판하였으며, 호인(虎人 = 宋完淳)은 「아동예술 시평(時評)」(『신소년』, 1932년 8월호)에서 이고월을 나무라고 있다.

**이광수**(李光洙: 1892~1950)  소설가. 아명 보경(寶鏡), 필명 춘원(春園), 장백산인(長白山人), 고주(孤舟), 외배, 올보리, 노아자(魯啞子), 닷뫼, 당백, 경서학인(京西學人), 호상몽인(滬上夢人), 창씨명 가야마 미쓰로(香山光郞). 평안북도 정주(定州) 출생. 1905년 〈일진회(一進會)〉 유학생으로 선발되어 도일 다이세이중학(大成中學)에 입학하였으나 학비 곤란으로 귀국, 이듬해 다시 도일 메이지학원(明治學院) 중학부에 편입하여 학업을 계속하였다. 1915년 9월 김성수(金性洙)의 후원으로 도일하여 1916년 와세다대학 철학과에 입학하였다. 1937년 〈수양동우회(修養同友會)〉 사건으로 투옥되었다 병보석으로 출감한 후, 1939년 친일어용단체인 〈조선문인협회(朝鮮文人協會)〉 회장이 되었고 '香山光郞'로 창씨개명을 한 후 본격적인 친일행위를 하였다. 해방 후 〈반민족행위특별조사위원회〉(反民特委)에 의해 서대문형무소에 수감되었으나 불기소 처분을 받았다. 1950년 7월 납북되었다. 이광수의 친일 활동은 「일제강점하 반민족행위 진상규명에 관한 특별법」 제2조 제11·13·17호에 해당하는 친일반민족행위로 규정되어 『친일반민족행위진상규명 보고서』 IV-11: 친일반민족행위자 결정이유서(762~857쪽)에 관련 행적이 상세하게 수록되어 있다. 「아동문학 관련 비평문으로 「자녀중심론」(『청춘』, 1918년 9월호), 「소년에게(전5회)」(魯啞子;『개벽』, 1921년 11월호~1922년 3월호), 「(신간평)윤석중 군의 『잃어버린 댕기』」(『동아일보』, 1933.5.11), 「윤석중 군의 집을 찾아」
(『아이생활』, 1936년 11월호) 등이 있다. 스토(Stowe, Harriet Elizabeth Beecher)
의 『Uncle Tom's Cabin』(1852)을 『검둥의 셜음』(신문관, 1913)으로 번역하였다.
소설가로서 이광수의 대표작을 추려보면, 1917년 한국 최초의 근대 장편소설인 『무
정(無情)』(『매일신보』, 1917.1.1~6.14; 광익서관, 1918)과 『재생』(『동아일보』,
1924.11.9~1925.9.28; 회동서관(상,하), 1926), 『마의태자(麻衣太子)』(『동아일
보』, 1926.5.10~10.2(상편), 1926.10.11~1927.1.9(하편); 박문서관, 1928), 『단
종애사(端宗哀史)』(『동아일보』, 1928.11.30~1929.12.11; 박문서관, 1935), 『흙』
(『동아일보』, 1932.4.12~1933.7.10; 한성도서주식회사, 1935) 등 많은 작품이 있
다. 자세한 연보와 작품목록은 김윤식의 『이광수와 그의 시대』(전3권, 초판, 한길
사, 1986; 전2권, 개정증보판, 솔출판사, 1999)를 참고할 수 있다.

**이구월**(李久月: 1904~?)　아동문학가. 본명 이석봉(李錫鳳). '李九月', '李石峯'으로
도 표기하였다. 경상남도 마산(馬山) 출생. 1925년부터 김해보통학교에서 교직을
시작해, 1928년부터 1936년까지 통영보통학교에 재직하였다. 1930년 12월, 노동
자 농민의 아들딸들의 교양을 위하여 이주홍(李周洪), 엄흥섭(嚴興燮), 신고송(申
孤松), 손풍산(孫楓山), 박세영(朴世永), 양우정(梁雨庭) 등과 함께 프롤레타리아
소년 잡지 『무산소년(無産少年)』을 발간하기로 하였다. 해방 후 1947년 『경향신문』
신춘문예에 동요 2석(二席)으로 「가게수레〔玩具行商車〕」(『경향신문』, 1947.1.26)
가 당선되었다. ▶아동문학 관련 작품으로 「여름방학 지상 좌담회」(참석자 엄흥섭,
손풍산, 김병호, 신고송, 이구월, 늘샘, 양창준, 이주홍;『신소년』, 1930년 8월호)
외에 동요, 동화 등 다수의 작품을 발표하였다. ▶저서로 시집 『새봄』(한글문화보급
회 경남지부, 1949)이 있다.

**이구조**(李龜祚: 1911~1942)　아동문학가. 평안남도 강동군(江東郡) 출생. 강동공
립보통학교(江東公立普通學校)와 사리원농업학교(沙里院農業學校)를 졸업하였다.
1933년 연희전문학교(延禧專門學校) 문과 본과에 입학하면서 장서언(張瑞彦), 설
정식(薛貞植), 모기윤(毛麒允), 김성도(金聖道), 조풍연(趙豐衍) 등과 함께 〈문우
회(文友會)〉 회원이 되었다. 〈문우회〉 시절 시, 동요 창작과 동화, 소년소설 창작도
병행하였다. 1937년 연희전문학교 문과를 졸업하고 신촌상업학교 강사로 재직하
였다. 1933년 11월 정인섭(鄭寅燮), 현제명(玄濟明), 정홍교(丁洪敎), 김복진(金福
鎭), 노천명(盧天命), 유삼렬(劉三烈), 남응손(南應孫), 유기흥(柳基興), 원치승(元
致升), 모기윤(毛麒允), 김성도(金聖道), 원유각(元裕珏) 등과 함께 〈조선아동예술
연구협회(朝鮮兒童藝術硏究協會)〉를 창립하면서 발기 동인으로 참가하였다. ▶아

동문학 관련 비평문으로 「(아동문예시론)동요 제작의 당위성(1~3)」(『조선중앙일보』, 1936.8.7~9), 「아동문예시론(4~7)」(『조선중앙일보』, 1936.8.11~14), 「어린이문학 논의(1) 동화의 기초공사」(『동아일보』, 1940.5.26), 「어린이문학 논의(2) 아동시조의 제창」(『동아일보』, 1940.5.29), 「어린이문학 논의(3) 사실동화(寫實童話)와 교육동화」(『동아일보』, 1940.5.30), 「후기(後記)」(『까치집』) 등이 있다. 이 외에 동화극, 동요(동시), 소년소설 등 다수의 아동문학 작품을 발표하였다. ▶저서로 『까치집』(예문사, 1940.12)이 있다.

**이극로**(李克魯: 1893~1978)  국어학자. 정치인. 필명 고루(이고루, Li Kolu),[59] 동정(東正), 물불. 경상남도 의령(宜寧) 출생. 6세부터 16세까지 마을 서당인 두남재(斗南齋)에서 한문 교육을 받았다. 1910년 마산 창신학교(馬山昌信學校)에 입학하여 1년간 수학하였다. 1909년 국권회복을 내세운 〈대동청년단(大東靑年團)〉에 가입하였다. 단원은 안희제(安熙濟), 윤세복(尹世復), 김동삼(金東三), 이원식(李元植), 최병찬(崔秉瓚), 김규환(金圭煥), 신채호(申采浩), 이시열(李時說), 신성모(申性模) 등인데 훗날 이들과 교유하면서 독립운동을 하였다. 1911년 국권상실을 알고 독립군이 되기 위해 만주(滿洲)로 갔다. 1920년 중국 상하이동지대학(上海同濟大學) 예과를 마치고, 1922년 4월 베를린의 프리드리히빌헬름대학(Friedrich Wilhelms Universität: 현 Humboldt Universität zu Berlin) 철학부에 입학하여 1927년 졸업하였다. 1929년 『조선어사전』(뒷날 〈조선어학회〉의 『조선말큰사전』)편찬 집행위원, 1930년 한글맞춤법 제정위원, 1935년 조선어표준어 사정위원, 1936년 조선어사전 편찬 전임위원 및 〈조선어학회〉 간사장을 지냈다. 1942년 10월 1일 '조선어학회사건'으로 검거되어 징역 6년을 선고받고 함흥형무소(咸興刑務所)에서 복역하다가, 1945년 광복과 더불어 석방되었다. 1946년 〈건민회(建民會)〉 위원장을 지냈다. 1948년 4월 '남북 제 정당·사회단체 연석회의'에 참석하기 위해 평양에 갔다가 돌아오지 않고 북한에서 활동하였다. 1949년 〈조국통일민주주의전선(祖國統一民主主義戰線)〉(약칭 〈祖國戰線〉) 중앙위원회 의장, 1953년 최고인민회의(最高人民會議) 상임위원회 부위원장, 1962년 과학원 조선어 및 조선문학연구소장, 1970년 〈조국평화통일위원회(祖國平和統一委員會)〉 위원장 및 박사 등을 역임하였다. ▶아

---

59 이고루(Li Kolu, Kolu Li)는 이극로의 중국식 로마자 표기인데, 이극로는 자신의 이름을 중국과 유럽에서 'Li Kolu'로 사용하였다.(고영근, 「이극로의 사회사상과 어문운동」, 『한국인물사연구』 제5호, 한국인물사연구소, 2006, 326쪽: 고영근, 「자료 탐색과 정리의 뒤안길」, 『백민전재호박사 팔순기념문집』, 간행위원회, 2007, 5쪽)

동문학 관련 비평문으로 「머리말」(노양근, 『날아다니는 사람』, 조선기념도서출판관, 1938.11)이 있다. ▶저서로 『음성학』(아문각, 1947), 『고투 사십년(苦鬪四十年)』(을유문화사, 1947) 등이 있다. 이극로에 대해서는 박용규의 「일제시대 이극로의 민족운동연구: 한글운동을 중심으로」(고려대학교 대학원 사학과 한국사전공 박사학위논문, 2009)를 참고할 수 있다.

**이기영**(李箕永: 1895~1984)  소설가. 필명 민촌(民村), 성거산인(聖巨山人), 성거(聖居), 양심곡인(陽心谷人), 양심학인(陽心學人). 충청남도 아산(牙山) 출생. 1907년 사립 상리학교에 입학하여 1911년에 졸업하였다. 1922년 고학으로 도쿄세이소쿠영어학교(東京正則英語學校)를 다녔다. 1923년 간토대지진〔關東大震災〕으로 귀국한 후, 1924년 『개벽(開闢)』 창간 4주년 기념 현상작품모집에 「옵바의 비밀편지」(『개벽』 제49호, 1924년 7월호)가 소설 3등으로 당선되었다. 1925년 조명희(趙明熙)의 알선으로 조선지광사(朝鮮之光社)에 취직하는 한편, 8월 한설야(韓雪野), 조명희와 함께 〈조선프롤레타리아예술동맹〉(KAPF) 창립과정에 가담하였다. 1931년에는 〈카프〉 제1차 검거로 구속되었다가 1932년 초에 집행유예로 석방되었다. 1934년 극단 신건설사(新建設社) 사건과 관련된 〈카프〉 제2차 검거로 또 구속되어 1년 반 동안 투옥되었다가 1935년 12월 징역 2년 집행유예 3년을 언도 받고 풀려났다. 해방 후 임화(林和), 김남천(金南天) 중심의 〈조선문화건설중앙협의회〉에 맞서 한설야 등과 함께 〈조선프롤레타리아예술동맹〉을 결성하여 활동하였고, 1946년 〈조선문학가동맹〉에 참여하지 않고 월북하여 평양에서 〈북조선문학예술총동맹〉을 결성, 초대 위원장이 되어 활동하였다. 이후 북한에서 계관작가(桂冠作家)로 추대되었고, 1957년 최고인민회의 부의장, 1972년 이후 〈조선문학예술총동맹〉[60] 중앙위원장으로 활동하였다. ▶아동문학 관련 비평문으로 「책머리에」(노양근, 『열세동무』, 한성도서주식회사, 1940.2), 「붉은 군대와 어린 동무」(『별나라』 속간 제2호, 1946년 2월호) 등이 있다. ▶저서로 『고향(故鄉)』(『조선일보』, 1933.11.15~1934.9.21; (상,하): 한성도서주식회사, 1936~1937; 아문각, 1947~1948), 『신개지(新開地)』(삼문사, 1938), 『봄』(성문당서점, 1944), 『인간수업(人間修業)』(서울타임스사, 1946) 등과, 북한에서 발표한 장편대하소설 『두만강』(조선작가동맹출판사, 1954~61)이 있다.

---

60 1946년 3월 25일 김일성(金日成)의 지시에 의해 〈북조선예술총연맹〉을 결성하고, 10월에 〈북조선문학예술총동맹〉으로 개칭하였다. 1951년 3월 〈조선문학예술동맹〉으로 개편하였으나 남로당계 숙청과 함께 해체시켰다가, 1961년 3월 2일 〈조선문학예술총동맹〉으로 부활시켰다.

**이단**(李團: 1896~?)  천도교 지도자. 필명 이성삼(李成三), 창씨명 松本天雄, 松本明宰, 松本朋宰. 경성(京城) 출생. 천도교(天道敎)에서 발행한 잡지 『개벽(開闢)』의 평양지사장을 맡았으며, 천도교청년당 중앙위원과 천도교 종무원장을 지냈다. 일제강점기 말에 중일전쟁에 협력하는 〈국민정신총동원천도교연맹〉 이사를 지냈다. 천도교 기관지 『신인간(新人間)』 주간을 역임했다. 친일반민족행위자 705인 명단에 포함되었다. ▶아동문학 관련 비평문으로 「소년 지도자에게 일언함」(『소년운동』 제2호, 조선소년운동중앙협의회, 1947년 4월호)이 있다.

**이돈화**(李敦化: 1884~1950?)  천도교 사상가. 필명 야뢰(夜雷), 백두산인(白頭山人), 두암(豆菴), 야광(夜光), 야고보(夜孤步), 저암(猪巖), 창해거사(滄海居士), 도호(道號) 긍암(亘菴), 창씨명 白山一熊. 함경남도 고원(高原) 출생. 6·25전쟁 중 납치되어 사망 여부는 명확하지 않다. 1902년 동학(東學)에 입도하여, 1920년 『개벽』을 창간하여 주간을 맡아 1926년 폐간될 때까지 천도교 교리 해석 관련 글을 실었다. 일제강점기 말에 최린(崔麟)이 태평양전쟁 지원 활동에 적극적일 때 조선임전보국단(朝鮮臨戰報國團)에 참여하여 일제에 협력한 행적이 있다. 2009년 〈친일반민족행위진상규명위원회〉가 발표한 친일반민족행위자 705인 명단에 포함되었다. ▶아동문학 관련 비평문으로 「신조선의 건설과 아동문제」(『개벽』, 1921년 12월호)가 있다. ▶저서로 『인내천: 요의(人乃天: 要義)』(개벽사출판부, 1925), 『수운심법강의(水雲心法講義)』(天道敎中央宗理院知道觀, 1933), 『천도교창건사(天道敎創建史)』(天道敎中央宗理院, 1933), 『신인철학(新人哲學)』(天道敎中央總部, 1948) 등이 있다.

**이동규**(李東珪: 1911~1952)  아동문학가, 소설가, 평론가. 필명 철아(鐵兒). 경성부(京城府) 행촌동(杏村洞) 출생. 1929년 5월에 〈글꽃사〉(글꽃社)를 〈조선소년문예협회(朝鮮少年文藝協會)〉로 변경하고 회원을 전 조선으로 확대 모집하였는데, 경성(京城) 동인으로는 이명식(李明植), 이동규(李東珪), 신순석(申順石), 이규용(李圭容), 구직회(具直會), 정태익(鄭台益) 등이고, 지방 동인으로는 영천(永川) 안평원(安平原), 문천(文川) 김돈희(金敦熙), 합천(陜川) 이성홍(李聖洪), 재령(載寧) 오경호(吳慶鎬), 정평(定平) 채규삼(蔡奎三), 안악(安岳) 우태형(禹泰亨) 등이었다. 1932년 신소년사(新少年社)에 입사해 편집 일을 보았는데, 1월 31일 출판법 위반으로 서대문경찰서 고등계에 검거되었다. 1932년 7월경 신고송(申鼓頌)의 권유로 『신소년』 사무소에서 〈카프(KAPF)〉에 가맹하였고, 1934년 2월부터 〈카프〉 문학부의 부원이 되었다. 1932년 9월 건전 프롤레타리아 아동문학의 건설보급과 근로 소년작가의 지도 양성을 목표로 송영(宋影), 신고송(申孤松), 박세영(朴世永),

이주홍(李周洪), 태영선(太英善), 홍구(洪九), 성경린(成慶麟), 송완순(宋完淳), 한철석(韓哲錫), 김우철(金友哲), 박고경(朴古京), 구직회(具直會), 승응순(昇應順), 정청산(鄭靑山), 홍북원(洪北原), 박일(朴一), 안평원(安平原), 현동염(玄東炎) 등과 함께『소년문학(少年文學)』을 창간하였고, 12월 이기영(李箕永), 한설야(韓雪野), 백철(白鐵), 송영(宋影) 등 당대의 프롤레타리아 작가들과 함께『문학건설(文學建設)』창간에 관여하였다. 1934년〈카프〉제2차 검거〔新建設社 事件〕로 피검되어 전주형무소(全州刑務所)에 수감되었다가, 1935년 12월 집행유예로 석방되었다. 해방 후 1945년 9월 17일〈조선프롤레타리아문학동맹〉에 가입하였고, 11월 조선문화창조사(朝鮮文化創造社)를 조직하여 김용호(金容浩), 이동규(李東珪), 박석정(朴石丁) 등이 종합 월간잡지『문화창조(文化創造)』를 발간하였다. 1946년〈조선문학가동맹〉에 가입하여 중앙 집행위원으로 선출되었으나, 3월 말에서 4월 중순경 월북한 것으로 확인된다. 1950년 6·25전쟁이 발발하자 종군작가단의 일원으로 남하. 문화공작 요원으로 경남 지방에 파견되었다가 인민군 후퇴 중 월북 길이 막혀 지리산에서 이현상(李鉉相) 휘하의 남부군(南部軍) 문화지도원으로 편입되었다가 1952년 지리산 거림골 환자트에서 사살된 것으로 알려졌다. ▶아동문학 관련 비평문으로「동요를 쓰려는 동무들에게」(『신소년』, 1931년 11월호),「소년문단의 회고와 전망」(『중앙일보』, 1932.1.11),「소년문단 시감(時感)」(『별나라』, 1932년 1월호),「일농졸·이적아 두상에 일봉(一農卒·李赤兒 頭上에 一捧) – 아울러 이원규(李元珪) 두상에도 –」(鐵兒:『신소년』, 1932년 6월호),「이 적은 책을 조선의 수백만 근로소년 대중에게 보내면서」(『소년소설육인집』, 신소년사, 1932.6),「해방 조선과 아동문학의 임무」(『아동문학』제1집, 평양: 어린이신문사, 1947년 7월호) 등이 있다. 이 외에 동요(동시), 소년시, 동화극, 벽소설 등 다수의 아동문학 작품을 발표하였다. ▶저서로『낙랑공주(樂浪公主)』(명문당서점, 1941),『(대각간) 김유신』(명문당, 1944),『그 전날 밤』(조선작가동맹출판사, 1956) 등이 있다. 이동규에 관한 글로는, '본사 A기자'의「아동문학작가(二) 이동규(李東珪) 씨 방문기」(『신소년』, 1934년 4-5월 합호)를 참고할 수 있다.

**이동찬**(李東燦: 1905~?)  신원 미상. 이동찬(李東贊), 이서찬(李西贊)도 동일인으로 보인다. 함경남도 신고산(新高山) 출생. 이후 만주 안동현(滿洲安東縣)[61]에 거주

---

61 '李東燦'에 관해서는,「新少年突擊隊」(『신소년』, 1933년 3월호, 10쪽), K.S生,「一九三四年 作家 照明台」(『신소년』, 1934년 4-5월 합호, 31쪽). '李東贊'에 관해서는, 南應孫,「(隨想)가을에 생각나는 동무들(下)」(『매일신보』, 1930.10.7), 南夕鍾,「朝鮮과 兒童詩 – 兒童詩의 認識과 그 普及을

한 것으로 확인된다. 1928년 11월 8일 함경남도 안변군 신고산주재소로부터 평소 주의자로 지목된 이석조(李錫朝), 이동찬(李東贊), 주용균(朱龍均), 이자순(李子順) 등이 가택수색을 당하였는데, 이동찬은 서신 기타 등을 압수당하였다. 1933년 10월 〈안둥조선인청년회〉 소년부에서 우리 사회의 일꾼인 소년들을 잘 훈련시키기 위해 동화대회를 개최하였는데, 이동찬(李東燦)은 강재환(姜齋煥), 장홍식(張洪植)과 함께 연사로 참여하였다. 『아동문학 관련 비평문으로 「독자담화실」(安東縣 李東燦;『어린이』제10권 제2호, 1932년 2월호), 「(자유논단)〈소세동지문예회(少世同志文藝會)〉! 그 정체를 폭로함」(安東縣 李西贊;『신소년』, 1933년 5월호), 「벽소설에 대하야」(李西贊;『조선일보』, 1933.6.13), 「어린이 속간을 축함」(예전 애독자 이동찬;『어린이』제123호, 복간5월호, 1948년 5월호) 등이 있다. 동요 「개골이」(개고리)는 홍난파(洪蘭坡)가 곡을 붙여 널리 불린 노래다.[62]

**이명식**(李明植: 1911~?)   아동문학가. 평안북도 의주(義州) 출생. 1927년 6월 의주에서 장선명(張善明), 유종원(劉宗元)과 함께 소년 잡지『조선소년(朝鮮少年)』을 창간하였다. 〈글꽃사〉(뒤에 〈朝鮮少年文藝協會〉로 개칭) 동인 활동을 하였다. 1928년 4월 9일 〈의주청년동맹(義州靑年同盟)〉이 창립될 때 장선명과 함께 집행위원이 되었고, 이어 서기, 집행위원회의 조사연구부원 등으로 활동하였다. 조선지광사(朝鮮之光社)에 재직하였다. 이후 「고국을 등지고 – 엇던 소년의 수기(전7회)」(『중외일보』, 1928.10.17~23)와 홍구(洪九)의 「아동문학 작가의 프로필」(『신소년』, 1932년 8월호)에 "이명식 군은 지금 어대서 무엇을 하는지 소식을 모른다. 그럼으로 우리는 활활 붓는 불길 갓흔 그의 작품에 접하지 못한다'고 한 것, 그리고 승효탄(昇曉灘)의 「조선소년문예단체 소장사고(消長史稿)」(『신소년』, 1932년 9월호)에 "경성에 잇는 동인으로는 이명식 군(군은 '조선지광사'를 나와 표연히 조선을 버린 후 지금 어대로 갓는가?)"이라고 한 것 등으로 미루어볼 때, 이명식이 당시 조선(朝鮮)을 떠나 아동문학 활동을 하지 못하고 있음을 엿볼 수 있다. 동요, 소년시, 소년소설 등 다수의 아동문학 작품을 발표하였다.

---

爲하야(6)」(『조선일보 특간』, 1934.5.26), 南夕鍾, 「一九三五年 朝鮮兒童文學 回顧 – 附 過去의 朝鮮兒童文學을 돌봄」(『아이생활』, 제10권 제12호, 1935년 12월호, 30쪽), '李西贊'에 관해서는, 李西贊, 「(自由論壇)少世同志文藝會! 그 正體를 暴露함」(『신소년』, 1933년 5월호), 李西贊, 「壁小說에 對하야」(『조선일보』, 1933.6.13)를 참고할 수 있다.

62 童謠 「개골이」(高山 李東贊;『중외일보』, 1927.4.14) "개골개골개골이 창가를한다/아들손자며느리 다아모여서/밤새도록하야도 듯는이업나/듯는사람업서도 밤이밝도록/개골개골개골이 창가쏘한다/개골개골개골이 비위도조타//"

**이무영**(李無影: 1908~1960)  소설가, 아동문학가. 본명 이갑용(李甲龍), 필명 용구
(龍九), 무갑(戊甲), 용삼(龍三), 누성(淚聲), 탄금대인(彈琴臺人), 이산(李山). 충
청북도 음성(陰城) 출생. 휘문고보(徽文高普)를 중퇴한 후 1925년 일본 세이조중학
(成城中學)에서 수학하였다. 1932년 〈극예술연구회(劇藝術研究會)〉 동인으로 가
입하였고, 1933년 이효석(李孝石), 정지용(鄭芝溶) 등과 함께 〈구인회(九人會)〉 동
인으로 활동하였다. 1936년 이흡(李洽)과 함께 『조선문학(朝鮮文學)』을 창간하여
주재하였다. 1943년 전시 하 조선의 예술문화를 위해 노력한 공로로, 신태양사(新
太陽社)의 전신인 모던일본사(モダン日本社)에서 기쿠치 간(菊池寬)의 성금으로
제정한 조선예술상(朝鮮芸術賞)의 제4회 수상자가 되었다. 수상작은 「青瓦の家(푸
른 기와집)」이다. 이때 미술에 심산 노수현(心汕盧壽鉉), 음악에 함화진(咸和鎭)이
수상했다. 일제강점기 말엽 〈조선문인회〉 활동 등 친일 색채의 작품 활동을 하였다.
아동문학 관련 작품은 『동아일보』에 '애기네소설'이란 이름으로 다수의 유년동화를
연재하였다.[63] ▶저서로 『의지할 곳 없는 청춘』(탄금대인: 청조사, 1927), 『폐허의
울음』(청조사, 1928), 『취향(醉香)』(조선문학사출판부, 1937), 『무영단편집(無影
短篇集)』(한성도서주식회사, 1938), 『명일의 포도(鋪道)』(삼문사, 1938), 『청와의
가(靑瓦の家)』(신태양사, 1943), 『대동아전기(大東亞戰記)』(이무영, 이태준 공편:
인문사, 1943), 일문(日文) 『정열의 서(情熱の書)』(東都書籍株式會社 京城支店,
1944), 『흙의 노예』(1946), 『먼동이 틀 때』(영창서관, 1949), 『고도승지대관(古都
勝地大觀)』(이무영 편: 조선여행사출판국, 1948), 『향가(鄕歌)』(민중서관, 1949),
『B녀의 소묘(B女의 素描)』(희망사, 1953), 『(장편소설)농민』(대한금융조합연합
회, 1954), 『(단편집)벽화(壁畵)』(문장사, 1958) 등과 소설 창작서로 『소설작법』
(영문사, 1949)이 있다.

**이문해**(李文海: ?~?)  아동문학가. 평안남도 평양시 기림리(箕林里) 출생. ▶아동문
학 관련 비평문으로 「동무소식」(『매일신보』, 1931.6.2)이 있다. 「동무소식」은 따
로 글의 제목이 없어 해당란의 이름을 적은 것인데, 평양 원보성(元寶成)의 「님
그리는 봄」(『동아일보』, 1931.4.28)은 유도순(劉道順)의 「진달내꽃」(『별건곤』 제
4권 제3호, 1929년 4월호)을 표절하였다는 내용이다. 이 외에 다수의 동요 작품을
발표하였다.

**이병기**(李炳基: ?~?)  신원 미상. ▶아동문학 관련 비평문으로 「동요 동시의 분리는

---

63 이무영(李無影)이 『동아일보』 1935년 5월 26일 자 「이쁘던 닭」을 시작으로 1935년 12월 22일
자 「둘 다 미워」까지 매 일요일(日曜日)마다 '어린이 日曜' 난에 연재한 것을 가리킨다.

착오 - 고송(孤松)의 동요운동을 읽고(전2회)」(『조선일보』, 1930.1.23~24)가 있다. 이 글은 신고송(申孤松)의 「새해의 동요운동 - 동심순화와 작가 유도」(『조선일보』, 1930.1.1~3)에 대해 비판한 글이다.

**이병기**(李秉岐: 1891~1968)  학자, 시조시인. 전라북도 익산(益山) 출생. 필명 가람(嘉藍). 1910년 전주공립보통학교를 거쳐, 1913년 관립한성사범학교를 졸업하였다. 재학 중 1912년 조선어강습원에서 주시경(周時經)으로부터 조선어문법을 배웠다. 연희전문학교와 보성전문학교의 강사를 하면서 조선문학을 강의하다가 1942년 〈조선어학회〉 사건으로 옥고를 치렀다. 해방 후 미군정청 편수관을 지냈다. 1946년부터 서울대학교 교수로 재임하였다. ▶아동문학 관련 비평문으로 「32년 문단 전망 - 어쩌케 전개될까? 전개시킬까? 문단 제씨의 각별(各別)한 의견(3) 참되고도 새로워야」(『동아일보』, 1932.1.3), 「(축 창간사)『가톨릭소년』은 감축하와다」(『가톨릭소년』 창간호, 간도 용정: 가톨릭소년사, 1936년 3월호), 「어린이는 모두가 시인」(『소학생』 제69호, 조선아동문화협회, 1949년 7월호), 「'모래밭' 선평」(이병기, 이원수, 김철수:『진달래』, 1949년 9월호) 등이 있다. ▶저서로『가람시조집(嘉藍時調集)』(문장사, 1939; 백양당, 1947),『국문학전사』(李秉岐, 白鐵 공저: 신구문화사, 1961),『가람문선』(신구문화사, 1966) 등이 있다.

**이산**(李山: ?~?)  언론인, 문인, 아동문학가. 필명 철퇴(凸堆), 리산, 이가(李街), 이산가(李山街), 이욱정(李旭町), 이욱(李旭), 이산(李傘). 영문 필명 LS. '旭町'과 '李山街'는 김천의 〈조선문예협회(朝鮮文藝協會)〉 사무실이 있던 주소 '東部 旭町 89番地 李山街方'[64]에서 보듯이 지명에서 비롯되었다. '李旭'은 '町'이 탈락된 이름인 것 같고, '李傘'도 '李山'을 달리 표기한 것으로 보인다. 경북 김천(金泉) 출생. 이산(李山)은 김천에서『무명탄(無名彈)』을 발간했던 사람으로『중외일보』 등에 다수의 동시(동요) 뿐만 아니라, 시, 소설, 그리고 조선 자작농 유지책, 중소상공업 등 다방면에 걸친 논설도 발표하였다.

**이상화**(李相和: 1901~1943)  시인. 필명 무량(無量), 상화(尙火, 想華), 백아(白啞, 白亞). 경상북도 대구(大邱) 출생. 경성중앙학교(현 중앙중고등학교) 3년을 수료하고, 1922년 파리 유학을 목적으로 도쿄(東京)의 아테네프랑세(Athénée Français)[65]

---

64 「全朝鮮文學靑年의 統一機關인 朝鮮文藝協會 機關紙『無名彈』 續刊」, 『조선일보』, 1930.6.10.
65 1913년 프랑스인 코트(Cotte, Joseph)가 일본의 도쿄(東京)에서 창립한 언어학교로 현재의 언어와 고전어(古典語)를 가르쳤다. 코트는 도쿄제국대학 강사로 고전 그리스어와 그리스 문학을 가르치다 병으로 그만두고, 도쿄외국어학교(東京外國語學校)에 '고등프랑스어' 교실을 설립하고 1913년 1월부터 가르치기 시작하였다. 1914년 이 학교를 '아테네 프랑세(アテネフランセ)'라 명명하였다.

에서 2년간 프랑스어와 문학을 공부하다가 간토대지진〔關東大震災〕을 겪고 귀국하였다. 1917년 현진건(玄鎭健), 백기만(白基萬), 이상백(李相佰)과 더불어 대구에서 『거화(炬火)』를 프린트판으로 발행하면서 시작 활동(詩作活動)을 하였다. 『백조(白潮)』 동인으로 본격적인 문단 활동을 하였으며, 1919년 3·1운동 때는 백기만 등과 함께 대구 학생 봉기를 주도하였다가 실패하였다. 1925년 김기진(金基鎭) 등과 함께 〈파스큘라(PASKYULA)〉에 가담하였고, 8월에 〈조선프롤레타리아예술동맹〉(KAPF)의 창립회원으로 참여하였다. 1927년 의열단(義烈團) 이종암(李鍾巖) 사건 관련 및 1937년 3월 형 이상정(李相定) 장군을 만나러 중국으로 갔다 와서 각각 구금되었다. 이후 대구 교남학교(嶠南學校)(현 대륜중고등학교)에서 교편을 잡았다. 『아동문학 관련 비평문으로 「선후(選後)에 한마디」(李相和, 崔韶庭 共選; 『동아일보』, 1924.7.14)가 있다. 1946년 김소운(金素雲)의 발의로 대구 달성공원(達城公園)에 우리나라 최초로 '상화 시비(尙火詩碑)'가 건립되었다.

**이서구**(李瑞求: 1899~1981)  극작가, 방송작가, 언론인. 필명 고범(孤帆, 孤帆生), 외돛(외돛), 고성(孤星), 관악산인(冠岳山人), 화산학인(花山學人), 이춘풍(李春風), 남궁춘(南宮春), 창씨명 마키야마 스이구(牧山瑞求). 경기도 안양(安養) 출생. 1922년 니혼대학(日本大學) 예술과를 중퇴하였다. 1920년 『매일신보』 신춘문예에 단편소설 「고독에 우는 모녀」(孤帆生; 『매일신보』, 1920.1.3)로 2등 당선되었다. 1923년 김기진(金基鎭) 등과 함께 도쿄(東京)에서 〈토월회(土月會)〉를 창립하고 연극 활동을 하였다. 시에론(Chieron)사 문예부장을 지냈고, 1926년경 매일신보사 사회부장을 역임했다. 1927년 11월 소년문예운동이 방향전환을 함에 따라 농촌소년, 노동소년, 학업소년을 위해 정홍교(丁洪敎)가 『소년조선(少年朝鮮)』을 발간할 때, 이서구는 집필동인으로 참여하였다. 1932년 12월 잡지 『금강(金剛)』을 주재하여 발간하였다. 『동아일보』, 『조선일보』 기자, 『매일신보』, 『중외일보』 사회부장, 경성방송국 연예주임, 1935년 동양극장(東洋劇場) 설립 및 전속 극작가로 활약하였다. 1940년 12월 22일 조선총독부의 통제하에 조직된 〈조선연극협회〉의 회장으로 선임되면서 본격적으로 일제에 협력하였다. 1942년 〈조선연극문화협회〉 초대 이사장을 역임하였다. 해방 후 1949년 한국무대예술원 원장을 역임하였고, 6·25 전쟁 때 종군작가단의 부단장으로 활동하여 화랑무공훈장을 받았다. 2009년 친일반민족행위자로 『친일인명사전 2』(민족문제연구소)에 등재되었다. 작품으로 「사랑에 속고 돈에 울고」, 「홍도야 울지 마라」 등이 있다.

**이석현**(李錫鉉: 1925~2009)  아동문학가. 필명 현석(玄石), 검돌. 함경북도 회령(會寧) 출생. 1946년 강계사범전문(江界師範專門)을 나와 이서국민학교(吏西國民

學校) 교원으로 있다가 월남하였다. 1951년 신흥대학(新興大學) 국문과를 졸업하고 교원 생활을 거쳐 신문기자, 『가톨릭소년』의 편집장을 역임하였다. 〈가톨릭문우회〉 총무, 〈색동회〉 회원, 〈한국문인협회〉 아동문학 분과 위원을 역임하였다. 1966년 김요섭(金耀燮), 김사림(金思林), 박경용(朴敬用), 박홍근(朴洪根), 석용원(石庸源), 신현득(申鉉得), 유경환(劉庚煥), 조유로(曺有路), 최계락(崔啓洛) 등과 함께 〈동시인(童詩人)〉 동인을 결성하였다. 1971년 한정동(韓晶東), 이원수(李元壽), 박홍근(朴洪根), 박경용(朴敬用) 등과 함께 〈한국아동문학가협회〉를 창립하였다. 1975년 4월 30일 캐나다로 이민을 갔다. 1970년 제2회 한정동문학상, 1985년 제12회 새싹문학상을 수상했다. ▶아동문학 관련 비평문으로 「(암흑기의 아동문학자세)『가톨릭소년』과 『빛』의 두 잡지」(『사상계』 제165호, 1967년 1월호)가 있다. ▶저서로 동요시집 『어머니』(가톨릭청년사, 1958), 동극집 『가톨릭극집』(가톨릭출판사, 1963), 동화시집 『메아리의 집』(성바오로출판사, 1966), 동화집 『성큼성큼』(대한기독교서회, 1970), 『아름다운 비밀』(성바오로출판사, 1972), 동시집 『가을 산마을』(세종문화사, 1975) 등이 있다.

**이석훈**(李石薰: 1907~1950?)   소설가. 본명 이석훈(李錫壎), 필명 금남(琴南), 이석훈생(李石薰生, 石薰生), 이훈(李薰), 석훈(石薰), 창씨명 이시이 가오루(石井薰), 마키 히로시(마키 요, 牧洋). 평안북도 정주(定州) 출생. 1925년 3월 관립 평양고등보통학교를 수료하고, 1926년 4월 일본 와세다제일고등학원(早稻田第一高等學院) 문과에 입학한 후 1927년 3월 질병으로 중퇴하였다. 1929년 『오사카마이니치신문(大阪每日新聞)』 통신원, 『경성일보』 특파원, 1932년 개벽사, 1933년 경성방송국 제2방송 아나운서, 1936년 평양방송국 주임 등으로 활동했다. 1930년 『동아일보』 신춘문예에 희곡 「궐녀(厥女)는 왜 자살했는가?(전6회)」(『동아일보』, 1930.3.4~9)가 당선되어 등단한 이후 많은 작품을 발표하였다. 1933년 〈극예술연구회(劇藝術研究會)〉 회원으로 신극운동에 가담하였고, 연극단체 문예좌(文藝座)를 조직하기도 하였다. 일제강점기 말에 〈조선문인협회〉 간사, 〈조선방송협회〉 회원, 『조선일보』 기자, 친일단체인 〈녹기연맹(綠旗聯盟)〉 편집 촉탁을 역임하였고, 국민문학(國民文學) 건설에 앞장섰으며, 1941년 11월경 〈조선문인협회〉에서 성지파견(聖地派遣) 작가로 선발되어 일본의 여러 신궁(神宮)을 참배하고 황국에 충성을 맹세하고 전몰장병의 영령의 명복과 전쟁터에 있는 용사들의 무운장구를 비는 등 문인 직역봉공(職域奉公)에 앞장서는 등 친일의 길을 걸었다. 1943년 단편소설 「고요한 폭풍(靜かな嵐)」으로 조선총독부 정책에 발맞추어 조선인의 황국신민화에 용왕매진한 공로로 〈국민총력조선연맹〉이 수여하는 국어문예연맹상(國語文藝

聯盟賞)을 수상하였다. 1944년『만선일보(滿鮮日報)』에서 근무하다가 해방을 맞아 서울로 돌아와 칩거하면서 번역 일을 하였다. 1950년 국방부 정훈국을 거쳐 해군 정훈감 서리로 근무하다가 제대하였고, 6·25전쟁 직후 북한군에 체포되어 행방불명되었다. 친일반민족행위진상규명보고서에 친일행위가 자세하게 기록되었고,『친일인명사전 2』(민족문제연구소, 2009)에 이름을 올렸다. ▶아동문학 관련 비평문으로「(신간평)송창일(宋昌一) 씨 저『참새학교』평」(『조선일보』, 1938.9.4)이 있다. ▶저서로 소설집『황혼의 노래』(한성도서주식회사, 1936; 조선출판사, 1947),『문예감상독본(文學鑑賞讀本)』(백민문화사, 1948) 등이 있다. 도일(Doyle, Sir Arthur Conan)과 프레데릭(Frederic, Arnold)의『바스카빌의 괴견(怪犬)·파리(巴里)의 괴도(怪盜)』(李石薰, 朴泰遠 譯; 조광사, 1941)에서 이석훈은「바스카빌의 괴견(The Hound of the Baskervilles)」을 번역하였고, 이어 도일의『심야의 음모』(세계서림, 1948),『바스카아빌의 괴견』(야사연구회, 1948) 등도 번역하였다.[66] 이 외에『부활』(대성출판사, 1947),『항복 없는 백성』(보리스 고르바또프 작, 이석훈 역; 창인사, 1947),『비밀의 열쇠』(개조출판사, 1950) 등도 번역하였다.

**이설정**(李雪庭: ?~?)　신원 미상. ▶아동문학 관련 비평문으로「(일평)위기를 부르짖는 소년문학」(『조선중앙일보』, 1936.2.19)이 있다.

**이성홍**(李聖洪: 1911~?)　아동문학가. 경상남도 합천군(陜川郡) 출생. 아동문학가 이주홍(李周洪)의 동생이다. 1924년 서울의 윤석중(尹石重), 마산(馬山)의 이원수(李元壽), 울산(蔚山)의 서덕출(徐德出), 언양(彦陽)의 신고송(申孤松), 수원(水原)의 최순애(崔順愛), 대구(大邱)의 윤복진(尹福鎭), 원산(元山)의 이정구(李貞求), 안변(安邊)의 서이복(徐利福), 안주(安州)의 최경화(崔京化), 진주(晋州)의 소용수(蘇瑢叟) 등과 함께 소년문예단체〈기쁨사〉(깃븜사)를 창립하였다. 1927년 12월 30일과 31일 양일 동안 황해도〈안악소년회(安岳少年會)〉에서 창립 기념으로 전조선소년소녀작품전람회를 개최하였는데 습자(習字) 부문에 2등으로 당선되었다. 1927년 합천에서〈달빛사〉(달빗社)를 창립하여 등사 잡지『달빛』(달빗)을 2호까지 발행하였다. 1927년에『별나라』합천분사 분사장을 맡았다. 1927년경〈합천소년회(陜川少年會)〉 활동을 하였다. 1929년 5월에〈글꽃사〉(글꼿社)를〈조선소년문예협회(朝鮮少年文藝協會)〉로 변경하고 회원을 전 조선으로 확대 모집하였는데, 경성(京城) 동인으로는 이명식(李明植), 이동규(李東珪), 신순석(申順石), 이규용(李圭容), 구직회(具直會), 정태익(鄭台益) 등이었고, 지방 동인으로는 영천(永川)

---

[66] 『바스카아빌의 괴견』은『바스카빌의 괴견』(1941)의 재판이다.

안평원(安平原), 문천(文川) 김돈희(金敦熙), 합천(陜川) 이성홍(李聖洪), 재령(載寧) 오경호(吳慶鎬), 정평(定平) 채규삼(蔡奎三), 안악(安岳) 우태형(禹泰亨) 등이 참여하였다. 1930년『동아일보』신춘문예 동요 부문에 선외가작으로「새해 아츰」(『동아일보』, 1930.1.1)이 당선되었다. 이때에 김귀환(大邱 金貴環: 尹福鎭의 필명)의「동리의원」이 1등 당선작, 박고경(鎭南浦 朴古京)의「편지」가 2등 당선작, 선외가작으로「버들강아지」(利原 楊汀赫),「한머니 안경」(京城 金永壽),「우박」(奉天 金大鳳),「참새」(高興 睦一信),「새해 아츰」(陜川 李聖洪) 등이 선외가작으로 당선되었다. 1930년 6월경『중외일보(中外日報)』합천지국 기자로 활동하였다. 1931년 5월 17일〈합천소년동맹(陜川少年同盟)〉제6회 정기총회에서 이성홍이 임시의장을 맡아 회의를 진행하였다. 해방 후 월북하였다.

**이성환**(李晟煥: 1900~?) 언론인. 필명 벽타(碧朶), 창씨명 安興晟煥. 함경남도 영흥(永興) 출생. 1922년 일본 교토고등잠업학교(京都高等蠶業學校)를 졸업하였고, 1932년까지『개벽(開闢)』동인으로 일했다. 1925년 10월, 조선농민사(朝鮮農民社) 이사로 일했고, 1927년 조선농민사 주간, 천도교청년당 중앙집행위원 등을 역임하였다. 1931년 10월 12일 전조선농민조합이 재만(在滿) 동포 문제를 조사하기 위해 이성환을 만주로 파견하였다. 이후 지원병, 징용, 징병을 선전 선동하는 한편 일본의 침략전쟁 승리와 내선일체 및 대동아공영권 확립을 주장하는 등으로 친일의 길을 걸었다. 1949년 3월〈반민족행위특별조사위원회〉(反民特委)에 체포되었고, 〈친일반민족행위진상규명위원회〉가 발표한 친일반민족행위 705인 명단에 포함되었다. ▶아동문학 관련 비평문으로「소년회 이야기 - 주고 바든 몃 마듸 -」(『어린이』제3권 제5호, 1925년 5월호)가 있다.

**이여성**(李如星: 1901~?) 정치가, 민족운동가, 사회주의 운동가, 학자, 평론가. 본명 이명건(李明鍵), 필명 청정(靑汀), 명련(命連), 사천선(沙泉先). 경상북도 칠곡(漆谷) 출생. 아버지는 경상북도 칠곡(漆谷)의 대지주였고, 화가인 동생 이쾌대(李快大)는 6·25전쟁 중 포로가 되어 거제도 포로수용소에서 휴전을 맞았으나, 남북 포로 교환 때 자의로 북한을 택해 월북하였다. 1918년 김원봉(金元鳳), 김약수(金若水)와 함께 만주로 망명하여 무장 독립기지 건설에 나섰고, 3·1운동이 일어나자 귀국하였다. 대구에서〈혜성단(彗星團)〉을 조직하여 항일운동을 전개하다가 체포되어 3년간 감옥 생활을 하였다. 출옥 후 도쿄 릿쿄대학(立敎大學) 정치경제학과에서 공부할 때 사회주의 사상을 받아들였다. 1930년대『조선일보』와『동아일보』를 통해 활발한 언론 활동을 하였다. 1944년 8월 여운형(呂運亨), 조동우(趙東祐), 이만규(李萬珪) 등과 함께 항일 비밀결사인〈건국동맹(建國同盟)〉[67] 결성에 참여하였다. 1948년 초 월북하여 이후 김일성종합대학 교수가 되었다. ▶아동문학 관련 비평문으로 「(아동을 위하야, 其一)아동 보건 문제에 대하여」(『신가정』, 1934년 5월호)가 있다. ▶저서로 정치적 동지이자 매부(妹夫)인 김세용(金世鎔)과 함께 집필한 『숫자조선연구(數字朝鮮硏究)(전5권)』(세광사, 1931~1935)와, 『조선복식고(朝鮮服飾考)』(백양당, 1947) 등이 있다.

**이연호**(李連鎬: ?~?) 신원 미상. 함경북도 명천(明川) 출생. 1933년 『신소년』 '독자통신' 난에 올린 질문을 보면, 잡지 『집단(集團)』에 관한 것과, '집단사'와 '연극운동사'와의 관계, 조선서 발행하는 프로 잡지 종류, 일본 프로 기관지, 경성(京城)의 일본 사상서적 판매점, 〈카프(KAPF)〉의 멤버 등을 묻고 있어, 무산 아동문학에 관심을 두고 있는 소년문사로 짐작된다. ▶아동문학 관련 비평문으로 「(자유논단)박 군(朴君)의 글을 읽고」(『신소년』, 1933년 3월호), 「(평문)『신소년』 신년호에 대한 비판 – 그의 과오를 지적함」(『신소년』, 1933년 3월호) 등이 있다. 「박 군의 글을 읽고」는 박현순(朴賢順)의 「동요의 대한 단편적 고찰 – 우리들의 견해」(『신소년』, 1933년 1월호)에 대한 반론문이다.

**이영철**(李永哲: 1909~1978) 동시, 동화작가. 필명 또한밤, 남강춘(南江春), 창씨명 加那多. 경기도 개성(開城) 출생. 1928년 송도고등보통학교(松都高等普通學校)를 졸업하고, 1929년 연희전문학교(延禧專門學校) 상과 본과(商科本科)에 입학하여 1932년에 졸업하였다. 1933년에 근화여자실업학교 교사로 근무하다 그만두고 1937년 송도중학교 교사가 되었다. '글벗집'이란 출판사를 운영했다. 용산고등학교, 선린상업고등학교, 경기고등학교, 덕수상업고등학교 등의 교사로 근무하였다. ▶아동문학 관련 비평문으로 「(신간평)윤석중 동화집 『굴렁쇠』」(『조선일보』, 1948. 12.16)가 있다('童話集'은 '童謠集'의 오식). 이 외에 동화 등 다수의 아동문학 작품을 발표하였다. ▶저서로 『백설공주』(글벗집, 1948), 번역동화 『사랑의 학교』(조선아동문화협회, 1948), 전래동화집 『미련이 나라』(글벗집, 1957), 창작동화집 『쌍둥밤』(글벗집, 1958), 『명작에 나타난 사랑의 편지』(南江春; 글벗집, 1962), 고희기념 산문집인 『행복을 찾아서』(글벗집, 1978) 등이 있다. 이영철의 생애와 이력에

---

67 여운형(呂運亨), 조동호(趙東祜), 현우현(玄又玄), 황운(黃雲), 이석구(李錫玖), 김진우(金振宇), 이수목(李秀穆) 등이 주축이 되어 일본의 패망과 조국광복에 대비하기 위하여 국내에서 조직한 비밀단체였다. 이후 이여성(李如星), 이만규(李萬珪) 등이 가담하였다. 해방 후 〈조선건국준비위원회〉의 발족과 더불어 맹원 간에 공로 다툼이 있어 맹원들은 여러 정당과 정파에 흡수·분산되었다. 이후 〈건국동맹〉을 발전적으로 해체하기로 하였고, 1945년 11월 12일 〈조선인민당〉이 결성되자 해체되었다.

관해서는, 국문학자 김우종(金宇鍾)의 「(나의 스승)이영철 선생」(『경향신문』, 1982.11.1)과, 박금숙의 「동화작가 이영철의 생애 고찰」(『동화와 번역』 제32호, 2016)을 참고할 수 있다.

**이원규**(李元珪: ?~?)   아동문학가. 필명 백악(白岳), 흰뫼(힌뫼). 1925년 11월에 창간된 『새벗』의 인쇄인으로 잡지 발간에 관여하였고, 1929년 12월에 창간된 『소년세계(少年世界)』의 편집 겸 발행 인쇄인으로 활약했다. 1925년 4월 이원규는 조철호(趙喆鎬), 설의식(薛義植), 방정환(方定煥), 김기전(金起田), 박팔양(朴八陽), 정병기(丁炳基), 차상찬(車相瓚), 조기간(趙基栞), 정순철(鄭順哲), 유지영(柳志永), 이정호(李定鎬), 신영철(申瑩澈) 등과 함께 어린이날 행사 준비위원에 선임되었다. 1925년 5월 24일 이원규는 정홍교(丁洪敎), 박준표(朴埈杓), 김홍경(金興慶), 장무쇠(張茂釗)와 함께 〈경성소년지도자연합회(京城少年指導者聯合會)〉 곧 〈오월회(五月會)〉의 발기 준비위원으로 참여하였다. 1925년 6월 〈오월회〉에서 소년지도자 강습을 개최할 때, 방정환의 지도자 강습, 고한승(高漢承)의 소년 문제 강연, 그리고 정성채(鄭聖采), 정홍교(丁洪敎), 김진옥(金鎭玉)과 함께 이원규도 준비위원으로 참여하였다. 1925년 11월 〈반도소년회(半島少年會)〉 간부회를 열고 새로 위원을 선정하였는데 위원장으로 선임되었다. 1926년 3월 12일 〈서광소년회(曙光少年會)〉에서 경성 소년지도자의 연합기관인 〈오월회〉의 혁신임시총회(革新臨時總會)를 열었는데, 이원규는 고장환, 김효경(金孝慶), 민병희(閔丙熙), 문병찬(文秉讚), 정홍교(丁洪敎), 박준표(朴埈杓) 등과 함께 집행위원 중 한 사람으로 선임되었다. 1926년 북선지방(北鮮地方)을 순회하며 동화회를 하던 〈오월회〉의 이원규가 〈해주신흥소년회(海州新興少年會)〉 주최 동화대회(9월 4일)와 〈신천소년회(信川少年會)〉 주최 동화대회(9월 18일)에 참석하였다. 1926년 10월 5일 〈오월회〉 제1회 월례회를 개최할 때 이원규가 임시의장을 맡았다. 1926년 10월 14일부터 19일까지 〈오월회〉에서 경성 순회동화회를 할 때 이원규는 정홍교(丁洪敎), 인장환(印長煥), 민병희(閔丙熙)와 함께 연사로 참여하였다. 1926년 10월 20일 〈시천교소년회(侍天敎少年會)〉 주최(〈오월회〉 후원) '동화의 천국(童話의 天國)'이란 모임에 정홍교, 한영우(韓榮愚)와 함께 연사로 참여하였다. 1926년 12월 5~6일 경기도 장호원(長湖院)에서 열린 순회동화 강연회에 이원규는 〈오월회〉의 상무집행위원 자격으로 참여하였다. 1926년 12월 13일 〈오월회〉의 자매기관인 새벗사에서 중부조선 순회동화회 중 특파원 이원규가 충북 괴산(槐山)에서 동화회를 개최하였다. 1927년 그간 정간하였던 소년소녀 잡지 『무궁화』를 이원규가 주재하여 속간 기념호를 발간하였다. 1927년 4월 이원규는 최영윤(崔英潤), 한영우(韓榮愚), 윤소성

(尹小星), 박준표(朴埈杓), 최호동(崔湖東), 김효경(金孝慶), 신봉균(申鳳均), 신재
항(辛在恒) 등과 함께 〈오월회〉의 어린이데이 준비위원으로 서무부의 일을 맡았다.
▶아동문학 관련 비평문으로 조문환(曹文煥) 외의 「소년운동자의 '어린이날'의 감상,
◇……깃분 날을 마지하면서」(『조선일보』, 1928.5.6)에 「합동이 깁분 일이오」(새
벗社 李元珪;『조선일보』, 1928.5.6), 「(속간기념)순회동화를 맛치고(전2회)」(『소
년세계』 제3권 제1호~제2호, 1932년 1월호~2월호) 등이 있다. 이 외에 다수의
아동문학 작품을 발표하였다.

**이원수**(李元壽: 1911~1981)  아동문학가. 필명 동원(冬原). 이동수(李冬樹)로도 표
기한 것으로 보인다. 부인은 동요 「오빠생각」을 지은 최순애(崔順愛)이다. 경상남
도 양산(梁山) 출생. 마산공립보통학교(馬山公立普通學校)를 거쳐 1930년 마산공
립상업학교(馬山公立商業學校)를 졸업하였다. 1924년 서울의 윤석중(尹石重), 합
천(陜川)의 이성홍(李聖洪), 울산(蔚山)의 서덕출(徐德出), 언양(彦陽)의 신고송
(申孤松), 수원(水原)의 최순애(崔順愛), 대구(大邱)의 윤복진(尹福鎭), 원산(元山)
의 이정구(李貞求), 안변(安邊)의 서이복(徐利福), 안주(安州)의 최경화(崔京化),
진주(晋州)의 소용수(蘇瑢叟) 등과 함께 소년문예단체 〈기쁨사〉(깃븜사)를 창립하
였다. 1925년 3월 14일 동아일보사 마산지국(東亞日報社馬山支局)에서 〈신화소년
회(新化少年會)〉 창립총회를 열고 위원장 현용택(玄龍澤), 위원에는 이원수, 박노
태(朴魯台) 외 6인, 고문에 이형재(李瀅宰), 김주봉(金周鳳)이 선임되었다. 1931년
9월, 이원수(李元壽)는 소용수(蘇瑢叟), 이정구(李貞求), 전봉제(全鳳濟), 박을송
(朴乙松), 승응순(昇應順), 신고송(申孤松), 윤석중(尹石重), 최경화(崔京化), 김영
수(金永壽) 등과 함께 〈신흥아동예술연구회(新興兒童藝術硏究會)〉를 창립 발기하
였다. 함안(咸安) 가야금융조합(伽耶金融組合)에 근무하였고, 1935년 2월 반일 독
서회 모임이었던 '함안독서회사건'으로 체포되어 10개월간 옥고를 치루었다. 중일
전쟁(中日戰爭) 이후 조선금융조합연합회에서 발간하는 친일 잡지 『반도의 빛(半
島の光)』에 일제 전쟁과 황군 병사를 찬양하는 작품들을 발표하였다. 1945년 경기
공업학교(京畿工業學校) 교사가 되었다. 1947년 박문출판사의 편집국장을 역임하
였다. 6·25전쟁 중 대구에서 이원수가 편집주간이 되어 『소년세계(少年世界)』를
발간하였다. 1970년 서울교육대학에서 제정한 '고마우신 선생님상'을 수상하였고,
1973년 한국문학상, 1978년 대한민국문화예술상, 1980년 대한민국문학상 아동문
학 부문 본상을 수상하였다. 1968년 마산 산호공원(馬山山湖公園)에 '고향의 봄
노래비'가, 1984년 서울 어린이대공원에 '이원수문학비'가 건립되었다. ▶아동문학
관련 비평문으로 「아동문학의 사적 고찰」(『소년운동』 제2호, 1947년 4월호), 「아

동문화의 건설과 파괴」(李冬樹;『조선중앙일보』, 1948.3.13), 「아동문화를 말하는 좌담회」(金元龍, 鄭人澤, 楊美林, 洪銀順, 李元壽, 金龍煥;『아동문화』제1집, 1948년 11월호), 「동시의 경향」(『아동문화』제1집, 1948년 11월호), 「윤석중 동요집『굴렁쇠』」(『자유신문』, 1948.12.9) 등이 있다. 이 외에 동요, 동화, 소년소설 등 다수의 아동문학 작품을 발표하였다. ▶저서로『(동요동시집)종달새』(새동무사, 1947), 동화집『파란 구슬』(인문각, 1960), 동시집『빨간 열매』(아인각, 1964), 『꼬마 옥이』(창작과비평사, 1977),『이원수 아동문학전집(전30권)』(웅진출판주식회사, 1983~84) 등이 있다.

**이원우**(李園友: 1914~1985)  소설가, 아동문학가. 필명 이동우(李東友, 리동우), 이동준. 평안북도 의주(義州) 출생. 의주보통학교(義州普通學校)를 졸업한 후, 신의주 제지공장에서 노동하면서 문학 창작 수업을 하였다. 1931년경 신의주(新義州)에서 김우철(金友哲), 안용만(安龍灣) 등과 더불어〈프롤레타리아아동문학연구회〉를 결성하였다. 1934년 신건설사(新建設社) 사건 곧〈카프〉제2차 검거 사건에 연루되어 체포되었지만 예심에서 풀려났다. 해방 직후〈조선문학예술총동맹〉평안북도위원회 위원장을 맡았고,〈조선작가동맹〉아동문학 분과에 가담하여 창작활동을 하였다. 논쟁을 통해 백석(白石 = 白虁行)을 삼수군(三水郡)으로 쫓아낸 장본인이다. ▶아동문학 관련 비평문으로「우리 마을에 왔든 극단들은 이런 것이다」(李東友;『신소년』, 1934년 2월호), 「『신소년』신년호의 독후감」(李東友;『신소년』, 1934년 3월호), 「(隨感隨想)진정한 소년문학의 재기를 통절이 바람(전2회)」(李園友;『조선중앙일보』, 1935.11.3~5) 등이 있다. 이 외에 동화시, 소년시, 동화 등 다수의 아동문학 작품을 발표하였다. ▶저서로 시집『무성(茂盛)하는 노래』(1947), 소설과 산문을 묶은『물방아』(1948),『푸른 샘물』(국립인민출판사, 1949), 전선시집『나의 따발총』(문화전선사, 1951), 소설과 동화를 묶은『기다리던 날』(1956), 소련에 번역되기도 한 유고 동화집『행복의 집』등이 있다.

**이원조**(李源朝: 1909~1955)  평론가. 필명 여천(黎泉), 백목아(柏木兒), 안동학인(安東學人), 청량산인(靑凉山人). 경상북도 안동(安東) 출생. 이육사(李陸史)의 동생이다. 집에서 한학을 공부하다가, 대구교남학교(大邱嶠南學校)를 거쳐 1932년 니혼대학(日本大學) 전문부와 1935년 도쿄(東京) 호세이대학(法政大學) 불문학과를 졸업하였다. 이후『조선일보』학예부 기자로 활동하였다. 1928년『조선일보』신춘문예에 시「전영사(餞迎辭)」(『조선일보』, 1928.1.1)가 입선되었고, 1929년 소설「탈가(脫家)」가 선외가작으로 당선되었다. 1932년「신춘당선 문예개평 – 희곡·소설·콩트 등(전5회)」(『중앙일보』, 1932.2.9~13)을 시작으로 평론가의 길을 걷게 되었다. 해방 후 임화(林和), 김남천(金南天) 등과 함께 〈조선문학건설본부〉를 결성하고, 1946년 〈조선문학가동맹〉에 가담하여 초대 서기장을 맡았으며 조선공산당 기관지 『해방일보』와 좌익계 일간지인 『현대일보』 발간에 관여하였다. 1953년 8월 남로당(南勞黨) 숙청 때 임화, 설정식(薛貞植) 등과 함께 '미제간첩'이라는 죄목으로 투옥되어 1955년에 옥사한 것으로 알려져 있다. ▶아동문학 관련 비평문으로 「애기들에게 읽힐 만한 책 -『세계걸작동화집』을 읽고 나서(전2회)」(『조선일보』, 1936.11.27~28), 「아동문학의 수립과 보급」(『아동문학』 창간호, 1945년 12월호) 등이 있다. 이 외에 〈조선문학가동맹〉의 전국문학자대회 보고 평문인 「조선문학비평에 관한 보고」(조선문학가동맹중앙집행위원회서기국 편, 『건설기의 조선문학』, 1946년 6월)가 있고, 「민족문학론 - 인민적 민주주의 민족문학 건설을 위하여」(淸凉山人; 『문학』 제7호, 1948년 4월호)는 반제, 반봉건, 식민잔제의 청산을 통한 민족문화 건설이라는 이념을 표방한 인민민주주의 문학론의 핵심을 드러낸 평론이다.

**이윤재**(李允宰: 1888~1943)  국어학자, 독립운동가, 사학가. 경상남도 김해(金海) 출생. 필명 환산(桓山), 한뫼. 김해공립보통학교를 졸업하고, 김해 합성학교(合成學校)에서 교편을 잡은 뒤 대구 계성학교에서 수업하였다. 1913년 마산 창신학교(昌信學校), 의신여학교(義信女學校)에서 교편을 잡다가 평안북도 영변의 숭덕학교(崇德學校) 교사로 재직 중 3 · 1운동에 관련되어 평양 감옥에서 3년간 옥고를 치렀다. 1921년 중국 베이징대학(北京大學) 사학과에서 수학한 뒤 귀국하여 1924년부터 정주 오산학교(五山學校) 등에서 교편을 잡았다. 1919년 〈조선어연구회〉, 〈조선어사전편찬위원회〉의 집행위원, 1930년 한글맞춤법통일안의 제정위원이 되었다. 1937년 수양동우회(修養同友會) 사건에 관련되어 서대문감옥소에서 약 1년 반 동안 옥고를 치렀다. 1942년 〈조선어학회〉 사건으로 함흥형무소에서 복역 중 옥사하였다. ▶아동문학 관련 비평문으로 「어린이의 참된 동무 - 방정환 선생 유족을 찾아」(『어린이』 제133호, 1949년 5월호)가 있다. ▶저서로 『성웅 이순신(聖雄李舜臣)』(한성도서주식회사, 1931), 『도강록(渡江錄)』(朴趾源 作 抄譯, 대성출판사, 1946), 『문예독본(文藝讀本)』(震光堂, 1932) 등이 있다.

**이은상**(李殷相: 1903~1982)  시조 작가, 사학자. 경상남도 마산(馬山) 출생. 필명 노산(鷺山), 남천(南川), 강산유인(江山遊人), 두우(斗牛, 斗牛星), 이공(耳公). 1918년 부친 이승규(李承奎)가 설립한 마산 창신학교(昌信學校) 고등과를 졸업하였다. 1923년 연희전문학교 문과에서 수업하다가, 1925년부터 1927년까지 와세다대학 사학부에서 청강하였다. 1931~1932년 이화여자전문학교 교수, 동아일보사 기자,

『신가정(新家庭)』편집인, 조선일보사 출판국 주간 등을 역임하였다. 1942년 〈조선 어학회(朝鮮語學會)〉사건에 연루되어 홍원(洪原) 경찰서와 함흥(咸興)형무소에 구금된 바 있다. 해방 후 〈이충무공기념사업회〉이사장, 〈안중근의사숭모회〉회장, 〈민족문화협회〉회장, 독립운동사 편찬위원장, 〈세종대왕기념사업회〉이사, 〈문화 보호협회〉이사 등을 역임하였다. ▶아동문학 관련 비평문으로 「소년(少年)을 내면 서」(『少年』제1권 제1호, 1937년 4월호), 「어린이의 스승 방정환 선생 가신 날 – 여 러 어린이들에게」(『조선일보』, 1936.7.23), 「옛날 조선의 어린이들의 노래 – '어린 이날', 어린이들에게」(『동아일보』, 1931.5.3) 등이 있다. 이 외에 「조선 아동문학」 (『아이생활』, 1931년 8월호~1932년 5월호)이란 제목으로, 이규보(李奎報), 길재 (吉再), 정몽주(鄭夢周), 정부인 안동 장씨(安東張氏), 박인로(朴仁老) 등의 작품을 아동문학이란 관점에서 살펴본 글을 연재하였다. ▶저서로 『조선사화집(朝鮮史話 集)』(한성도서주식회사, 1931), 『노산시조집』(한성도서주식회사, 1932), 『무상 (無常)』(정상장학회, 1936), 『(동요극)꽃동산』(이은상 작, 이홍렬 곡; 녹양음악사, 1937), 『노산문선(鷺山文選)』(영창서관, 1942), 『노산시문선』(경문사, 1960) 등 이 있다.

**이익동**(李益東: ?~?)  아동문학가. 황해도 해주(海州) 출생. 1932년 1월 1일 자『매 일신보』학예부 주최의 '지상아동간친회(紙上兒童懇親會)'에 해주 이익동이 참여하 였다. ▶아동문학 관련 비평문으로 「동무소식」(『매일신보』, 1931.3.26) 난에 이리 보교 한상진(裡里普校 韓相震)의 「눈물지는 밤」(『매일신보』, 1931.3.21)은 김유안 (金柳岸)의 「눈물지는 밤」(『조선일보』, 1930.5.11)을 표절한 것이라는 사실을 적 발하였다. 이 외에 다수의 동요 작품을 발표하였다.

**이익상**(李益相: 1895~1935)  언론인, 소설가. 본명 이윤상(李允相), 필명 성해(星 海). 전라북도 전주(全州) 출생. 보성고등보통학교(普成高等普通學校)를 거쳐 니혼 대학(日本大學)을 졸업하였다. 1925년 8월 17일에 있었던 나카니시 이노스케(中西 伊之助)의 서울 방문을 주선하고 환영 좌담회를 개최하였는데 이것이 곧 〈조선프롤 레타리아예술동맹〉(KAPF)의 준비모임이었다.(이익상은 나카니시 이노스케의 작 품을 번역 소개하기도 하였다. 「너희들의 배후에서(汝等の背後より)」를 번역한 장편 소설 「여등(汝等)의 배후(背後)로셔(전124회)」(星海 譯;『중외일보』, 1926.6.27~ 11.8)와 「열풍(熱風)(전311회)」(『조선일보』, 1926.2.2~12.20)이 그것이다.)『조 선일보』와 『동아일보』의 학예부장을 거쳐 『매일신보』의 편집국장 대리를 다년간 역임하였다. 1923년 4월 〈파스큘라(PASKYULA)〉결성 동인, 1925년 8월 〈카프 (KAPF)〉발기인으로 참여하였고, 사회주의를 지향하는 지식인 작가의 성격을 나타내었다. 1926년 김기진(金基鎭), 이상화(李相和), 박영희(朴英熙), 김복진(金復鎭) 등과 함께 『문예운동(文藝運動)』을 창간하였고, 1926년 〈오월회(五月會)〉 주최 현상 동요동화 대회에 이서구(李瑞求), 장명호(張明鎬), 박철(朴哲) 등과 함께 심사위원으로 참석하였다. 1926년 12월 문예운동사(文藝運動社) 주최 문예 대강연회에 조명희(趙明熙), 박팔양(朴八陽), 이량(李亮), 박영희(朴英熙), 최승일(崔承一), 김기진(金基鎭), 방정환(方定煥), 김동환(金東煥), 홍기문(洪起文) 등과 함께 연사로 참석하였고, 1929년 6월 〈조선문예가협회(朝鮮文藝家協會)〉 문예 강연회에 최독견(崔獨鵑), 박팔양(朴八陽), 이은상(李殷相), 김기진(金基鎭) 등과 함께 연사로 참석하였다. 1929년 6월 〈신우회경성지회(信友會京城支會)〉 주최의 소년 문예대강연(少年文藝大講演)에 방정환(方定煥), 방인근(方仁根), 이종린(李鍾麟), 김기진(金基鎭), 변성옥(邊成玉), 김동환(金東煥) 등과 함께 연사로 참석하였다. 1930년 1월 조선일보사(朝鮮日報社) 주최의 신춘맞이 조선의 제 문제에 대한 원탁회의 제7 분과인 '조선문예운동'에 염상섭(廉想涉), 김기진(金基鎭), 김억(金億), 노풍 정철(蘆風鄭哲), 윤백남(尹白南), 최상범(崔像範), 최학송(崔鶴松) 등과 함께 참석하였다. ▶아동문학 관련 비평문으로 「동화에 나타난 조선 정조(情操)」(전2회)」(星海; 『조선일보』, 1924.10.13~20), 1927년 『동아일보』에서 '소년문학운동 가부'를 묻는 질문에 답으로 발표한 「금일의 그것은 별무이익(別無利益)」(『동아일보』, 1927.4.30), 「어린이날을 당하야 – 소년운동의 통일을 제언」(『조선일보』, 1927. 5.2) 등이 있다. ▶저서로 단편집 『흙의 세례』(문예운동사, 1926), 『여등의 배후에서(汝等의 背後에서)』(中西伊之助 著, 李益相 譯; 문예운동사, 1926; 건설사, 1930) 등이 있다. 자세한 연보와 작품목록은 최명표 편 『이익상 문학전집(전4권)』(신아출판사, 2011)을 참고할 수 있다.

**이인**(李仁: 1896~1979)  변호사. 정치인. 필명 애산(愛山). 경상북도 대구(大邱) 출생. 대구의 달동의숙(達東義塾)과 경북실업보습학교(慶北實業補習學校)를 졸업한 후, 1912년 일본에 가서 세이소쿠중학교(正則中學校)와 메이지대학(明治大學) 법학부를 졸업하였다. 대학을 마치고 일시 귀국하였으나, 1919년 3·1운동 후 다시 일본으로 건너가 1922년 일본 변호사 시험에 합격하였다. 이후 의열단 사건(義烈團事件)의 변론을 맡았고, 허헌(許憲), 김병로(金炳魯) 등과 함께 항일 독립투쟁사에 남을 만한 사건에 관여하였다. 군정청(軍政廳)이 임명하는 수석 대법관(首席大法官), 검찰총장, 제헌국회의 헌법기초위원회에 정부조직법의 모체가 된 법안을 제출하기도 하였다. 정부수립 후 초대 법무장관이 되었으나 이승만(李承晚) 대통령과 뜻이 맞지 않아 물러났다. 5·16군사정변 후 민의원과 참의원을 지내는 등 야당 정치인으로 활동하였다. 유언으로 전 재산을 〈한글학회〉에 기증하였다. 1963년 건국훈장 독립장, 1969년 국민훈장 무궁화장이 수여되었다. ▶아동문학 관련 비평문으로 「출판기」(노양근, 『날아다니는 사람』, 조선기념도서출판관, 1938.11)가 있다. ▶저서로『애산여적(愛山餘滴) – 이인 선생 수상평론(李仁先生 隨想評論)(제1,2,3집)』(金鳳基, 徐容吉 공편, 세문사, 1961; 李泰九 편, 문선사, 1965; 徐容吉 편, 영학사, 1970), 『반세기의 증언』(명지대학출판부, 1970) 등이 있다.

**이재표**(李在杓: 1912~?)  아동문학가. 경상남도 진주(晋州) 출생. 1928년 7월 침체에 빠져 있던 진주의 소년운동을 되살리고자 노력한 결과 〈경상남도소년연맹 진주소년동맹〉 발기인회를 개최하게 되었는데, 김인규(金仁奎), 정상규(鄭祥奎)와 함께 이재표가 준비위원 3인 중 한 사람으로 선정되었다. 1929년 이재표(李在杓)는 손길상(孫桔湘), 차우영수(車又永秀) 등과 함께 진주 〈새힘사〉, 〈배달사〉, 〈노구조리회〉, 〈진주새싹사〉 등의 동인 활동을 하였다. 1932년 7월 비밀결사체인 조선공산당 경기도전위동맹준비위원회 사건에 정상규와 함께 연루되어 조사를 받았다. 이어 12월에 도쿄의 〈코프(KOPF, 日本プロレタリア文化聯盟)〉 산하 〈코프조선협의회〉가 발행한 잡지 『우리동무』 배포와 관련하여 윤기정(尹基鼎), 임인식(林仁植), 박세영(朴世永), 신말찬(申末贊), 이찬(李燦) 등과 함께 검거되었으나 기소유예 처분을 받은 바 있다. 1935년 9월 4일, 모종의 비밀결사가 탄로가 남으로써 검거되어 문서와 서적 등을 압수당하고 진주서(晋州署)에 하루 유치되었다가, 50여일 전에 검거된 김원태(金元泰)와 함께 부산으로 압송된 바 있다. ▶아동문학 관련 비평문으로 「(수신국)소년문사들에게」(『별나라』 제5권 제2호, 1930. 2-3월 합호)가 있다. 이 외에 다수의 동요와 동화 작품이 있다.

**이정구**(李貞求: 1911~1976)  시인. 아동문학가. 필명 이정구(李靜龜), 석몽(夕夢), 창씨명 高山愛三. 함경남도 원산(元山) 출생. 원산에서 원산제이공립보통학교(元山第二公立普通學校)를 졸업하고 원산중학교를 나와, 1937년 3월 교토제국대학(京都帝國大學) 법학부를 졸업하였다. 이후 평안북도 여러 지역에서 교원 생활을 하였다. 1927년 『동아일보』 현상당선 아동작품에 「단풍닙」(『동아일보』, 1927.1.22)이 시가 부문 3등으로 당선되었고, 1928년 신춘현상 문예에도 「쩌나는 이」(『동아일보』, 1928.1.2)가 입선되었다. 1929년 『조선일보』 현상문예 동시 부문에 「삶의 광휘(光輝)」(『조선일보』, 1929.1.1)가 가작 입선되었으며, 이듬해 1930년 1월에 시 부문에 「내 어머님」(『조선일보』, 1930.1.4)이 당선되어 문단에 등단했다. 해방 후 대학에서 교편을 잡고 교육과 창작활동을 하였다. 1950년 종군작가로 활동하면서 김일성을 찬양하는 작품들을 많이 창작하였다. ▶아동문학 관련 비평문으로 「동요와 그 평석(전5회)」(『중외일보』, 1928.3.24~28), 「학생 시가평(전3회)」(『조선일보』, 1930.12.3~5) 등이 있다. 이 외에 동요(동시) 등 다수의 아동문학 작품을 발표하였다. ▶저서로 첫 시집 『새 계절』(문화전선사, 1947)을 발간하였다.

**이정호**(李定鎬: 1906~1939)    동화작가, 아동문화 운동가. 호는 미소(微笑, 微笑生), 정호생(靜湖生). 경성(京城) 출생. 〈천도교소년회(天道敎少年會)〉 회원으로 일찍부터 아동문화운동에 참가하였다. 최병화(崔秉和), 연성흠(延星欽) 등과 함께 아동문화연구단체인 〈별탑회〉(별塔會)를 조직하여 아동문화운동에 힘을 쏟았다. 개벽사(開闢社)에 입사하여 방정환을 도와 『어린이』, 『신여성(新女性)』 등의 잡지를 편집하였다. 1925년 5월 경성도서관 아동실에서 열린 〈현대소년구락부(現代少年俱樂部)〉 주최의 동화대회에 정순철(鄭順哲), 고한승(高漢承)과 함께 참여하였다. 1926년 10월 천도교당(天道敎堂)에서 열린 별나라사 주최 동화회에 방정환(方定煥), 고한승(高漢承), 정홍교(丁洪敎) 등과 함께 참여하였다. 1927년 8월에는 경성방송국의 「DK의 연속동화」를 통해 「삼남매(三男妹)」를 고한승(高漢承), 방정환(方定煥)과 함께 3인이 연속 방송하였다. 1929년 데아미치스(De Amicis, Edmondo)의 『Cuore』를 「사랑의 學校」(『동아일보』, 1929.1.23~5.23)로 번역하였다.(일기의 10월분부터 다음 해 2월분까지를 번역한 것이다. 여기에 3월분부터 7월분까지를 보태어 단행본으로 묶은 것이 『사랑의 학교 – 전역 쿠오레』이다.) 1936년 라디오에 출연하여 동화 등을 구연하기도 했다. 1936년 5월에 매일신보사에 입사하여 근무하다가 1939년 5월 3일 사망하였다. ▶아동문학 관련 비평문으로 「『어린이』를 발행하는 오늘까지 우리는 이러케 지냇습니다(전3회)」(『어린이』, 1923.3.20; 1923.4.1; 1923.4.23), 「민족적으로 기념할 '오월 일일'」(『동아일보』, 1924.4.28), 「소년운동의 본질 – 조선의 현상과 밋 오월 일일의 의의」(『매일신보』, 1925.5.3), 「아동극에 대하야 – 의의, 기원, 종류, 효과(전8회)」(『조선일보』, 1927.12.13~22), 「사랑의 학교(一) 『쿠오레』를 번역하면서」(『동아일보』, 1929.1.23), 「서문 대신으로」(皓堂 延星欽 편저, 『세계명작동화보옥집』, 이문당, 1929.5), 「파란 만튼 방정환 선생의 일생」(微笑; 『어린이』 제9권 제7호, 1931년 8월), 「(아동문제강화 4)'어린이날' 이야기」(『신여성』, 1932년 5월호), 「조선소년운동 소사 – 금년의 어린이날을 앞두고」(『신동아』, 1932년 5월호), 「백호(百號)를 내이면서 창간 당시의 추억」(『어린이』, 1932년 9월호), 「오호 방정환 – 그의 일주기를 맞고」(『동광』 제37호, 1932년 9월호), 「1933년도 아동문학 총결산」(『신동아』, 1933년 12월호), 「어린이들과 옛날이야기, 어떤 이야기를 들려줄가?(전4회)」(『조선중앙일보』, 1934.2.19~22), 「중,보,동창회 주최(中,保,同窓會主催) 동화대회 잡감, 동창회, 연사, 심판자 제씨에게(전13회)」(『조선중앙일보』, 1934.3.9~27), 「속간호를 내면서」(『어린이』 제13권 제1호, 1935년 3월호), 「서문」(金相德 편, 『세계명작아동극집』, 조선아동예술연구협회, 1936.12) 등이 있다. 이 외에 동화, 소년소설, 아동극 등 다수의 아동문학 작품을 발표하였다. ▶저서로 세계 각국의 동화들을 번안 수록한 『세계일주동화집(世界一週童話集)』(해영사, 1926), 『사랑의 학교 – 전역(全譯) 쿠오레』(이문당, 1929.12) 등이 있다.

**이종수**(李鍾洙: 1906~1989)    영문학자. 필명 한산(閑山). 평안남도 평양(平壤) 출생. 1929년 3월 경성제국대학(京城帝國大學) 법문학부(영어영문학 전공)와 동 대학원을 졸업하고 미국 뉴멕시코대학(The Univ. of New Mexico)과 위스콘신대학(Univ. of Wisconsin)을 졸업하였다. 이후 『동광』과 『조선일보』 기자, 경성사범학교 교사를 거쳐, 1946년 서울대학교 사범대학 교수로 부임, 이후 사대 학장 등을 역임하였다. 1953년 9월 한미문화교류 차원에서 미국 국무성의 초청으로 도미하였다. ▶아동문학 관련 비평문으로 「(신춘현상 동요동화)선후감(전3회)」(『조선일보』, 1934.1.7~10), 「전조선 현상동화대회를 보고서(상,중,하)」(『조선일보』, 1934.3.6~8)가 있다.

**이주홍**(李周洪: 1906~1987)    아동문학가, 소설가. 필명 향파(向破, 香波), 향파학인(向破學人), 방화산(芳華山), 여인초(旅人草), 망월암(望月庵). 경상남도 합천(陜川) 출생. 한학을 수학하다 합천보통학교에 입학하여 신학문을 배우고 1918년 졸업하였다. 1924년 서울의 한성중학원을 졸업하고, 일본 히로시마(廣島)에서 노동과 학업을 병행하였고, 1926년부터 1928년까지 도쿄세이소쿠영어학교(東京正則英語學校)에서 학업을 계속했다. 1928년 「배암색기의 무도(舞蹈)」(香波; 『신소년』, 1928년 5월호)를 발표한 후 소년소설, 동요, 동시, 동화 등 다양한 갈래의 작품을 발표하였다. 1929년 『조선일보』 신춘문예에 단편 「가난과 사랑」(『조선일보』, 1929.1.1)이 선외가작으로 입선되었다. 아동문학 잡지 『신소년(新少年)』을 편집하였다. 1930년 12월 이주홍(李周洪)은 노동자 농민의 아들딸들의 교양을 위하여 신고송(申孤松), 엄흥섭(嚴興燮), 이구월(李久月), 손풍산(孫楓山), 박세영(朴世永), 양우정(梁雨庭) 등과 함께 프롤레타리아 소년 잡지 『무산소년(無産少年)』을 발간하기로 하였다. 1930년 『음악과 시(音樂과 詩)』 창간 인쇄인, 1931년 『(푸로레타리아 동요집)불별』 발간, 1936년 『풍림(風林)』 발간, 1940년 『신세기』 편집장으로 일했다. 1943년 『매일신보』 현상모집에 희곡 「여명」이, 조선영화주식회사 공모에 시나리오 「장미의 풍속」이 당선되었다. 일제강점기 말 체포되어 거창형무소(居昌刑務所)에 수감되었다가 1945년 8월 16일 석방되었다. 해방 후 〈조선프롤레타리아문학동맹〉 중앙집행위원, 〈조선문학가동맹〉 아동문학부 위원을 지냈고, 『새동무』를 편집하였다. 1949년부터 부산수산대학교(현 부경대학교) 교수로 재직하였다. 1979년 대한민국 예술원상, 1984년 대한민국문학상 아동문학 부문 본상을 수상하였다. 1981년 이주홍아동문학상과 1987년 이주홍문학연구상이 제정되었다. ▶아동문학 관련 비평문으로 「아동문학운동 1년간 – 금후 운동의 구체적 입안(전9회)」(『조선일보』, 1931.2.13~21), 「아동문학 이론의 수립(상,하)」(『문화일보』, 1947.5.27~28), 「아동문학의 문단적 위치」(『자유문학』, 1959년 12월호), 『문학』에 1959년 「금년간의 아동문학 개황」(『문학』, 1959년 12월호) 등이 있다. 이외에 동요와 동화 등 다수의 아동문학 작품을 발표하였다. ▶저서로 수필집 『예술과 인생』(세기문화사, 1957), 『조개껍질과의 대화: 이주홍 수필집』(성문각, 1961), 『뒷골목의 낙서』(을유문화사, 1966), 『격랑을 타고』(삼성출판사, 1976)와, 소설집 『(소설집)요전수(搖錢樹)』(세기문화사, 1958), 『해변: 이주홍단편집』(을유문화사, 1971), 『풍마(風魔): 이주홍단편집』(을유문화사, 1973), 『아버지: 이주홍 단편집』(홍성사, 1982) 등과, 아동문학 관련 저서로는 동화집 『못난 돼지』(경문사, 1946), 소년소설집 『비오는 들창』(현대사, 1955), 『피리 부는 소년』(세기문화사, 1955), 『외로운 짬보』(세기문화사, 1959), 『섬에서 온 아이』(태화출판사, 1968), 『못나도 울 엄마』(1977), 『이주홍 아동문학독본』(을유문화사, 1966), 『(이주홍 소년소설) 아름다운 고향』(창작과비평사, 1990), 『(이주홍 동화집)사랑하는 악마』(창작과비평사, 1990) 등이 있다.

**이주훈**(李柱訓: 1919~?)  아동문학가. 필명 아석(啞石). 황해도 연백(延白) 출생. 1934년 양정고보(養正高普)에 입학하였으나 중퇴하였다. 평안남도 교원양성소(平南敎員養成所)를 수료하고 문교부 시행 중고등학교 교원자격 검정시험에 합격하여 국민학교(國民學校)와 중고등학교 교원으로 재직하였다. 1934년 6월경, 『동아일보』 제4회 하기 학생계몽운동(夏期學生啓蒙運動)에 참가하여 원주군 운남리(原州郡 雲南里)에서 활동하였다. 1940년 경성중앙방송국(京城中央放送局) 문예 현상모집에 동극 「새길」이 입선되었다. 1949년 4월 30일 〈전국아동문학가협회(全國兒童文學가協會)〉 결성 시 박영종(朴泳鍾), 김동리(金東里), 임원호(任元鎬)를 최고위원으로, 조지훈(趙芝薰), 김진수(金鎭壽), 최병화(崔秉和), 박화목(朴和穆) 등과 함께 이사(理事)로 참여하였다. 1957년 합동통신사 편집부 기자, 1958년 『자유신문(自由新聞)』 문화부장으로 재직하였다. 〈한국아동문학회〉 상임위원(1959), 〈한국문예단체총연합회〉 중앙위원(1959)을 거쳐 영국 성공회(聖公會) 신부가 되었다. 1981년 동화 「보아지 않는 강」으로 대한민국문학상 아동 부문 우수상을 수상하였다. ▶아동문학 관련 비평문으로 「아동문학의 한계 – 최근 동향의 소감(小感)」(『연합신문』, 1950.3.9), 「동화에 대한 사견(私見)」(『아동문학』 제11호, 1965) 등이 있다. 이 외에 다수의 아동문학 작품을 발표하였다. ▶저서로 『풍금 속 나라』(교학사, 1966), 김영일(金英一), 이주훈(李柱訓), 목해균(睦海均)과의 공저 『밤톨 삼형제』(인문각, 1963) 등이 있다.

**이청사**(李靑史: ?~?)　아동문학가. 필명 청사(靑史, 靑史生). 경기도 개성(開城) 출생. ▶아동문학 관련 비평문으로 「동요·동시 지도에 대하야(전9회)」(『매일신보』, 1932.7.12~21), 「동화의 교육적 고찰(전7회)」(『매일신보』, 1934.3.25~4.5) 등이 있다. 이 외에 동요 등 다수의 아동문학 작품을 발표하였다.

**이태준**(李泰俊: 1904~?)　소설가. 필명 상허(尙虛), 상허당주인(尙虛堂主人). 강원도 철원(鐵原) 출생. 철원의 봉명학교(鳳鳴學校)를 마치고, 1920년 휘문고등보통학교(徽文高等普通學校)에 입학하여 이병기(李秉岐)의 지도를 받았다. 학교의 불합리한 운영에 불만을 품고 동맹휴학을 주도한 결과 퇴교를 당하였다. 1926년 일본 도쿄의 조치대학(上智大學) 문과에서 수학하다 중퇴하고 귀국하였다. 1929년 개벽사(開闢社) 기자로 일하였고, 『조선중앙일보』 학예부장 등을 역임하였다. 1933년 이효석(李孝石), 김기림(金起林), 정지용(鄭芝溶), 유치진(柳致眞) 등과 함께 문학 단체인 〈구인회(九人會)〉를 결성하였다. 1939년 잡지 『문장(文章)』을 주관하였다. 1945년 〈조선문화건설중앙협의회〉에 참여하였고, 1946년 〈조선문학가동맹〉 부위원장으로 활동하면서, 「해방 전후」(『문학』 창간호, 1946)로 〈조선문학가동맹〉이 제정한 제1회 해방기념 조선문학상을 수상했다. 1946년 7~8월경 월북한 것으로 알려져 있다. 1946년 10월경 조선문화사절단의 일원으로 소련(蘇聯)을 여행하고 돌아오는 길에 북한에 머물렀다. 1952년부터 사상 검토를 당하고 1956년 숙청당했다. ▶아동문학 관련 비평문으로 「아동문학에 있어서 성인문학가의 임무」(『아동문학』 창간호, 1945년 12월호)가 있다. ▶저서로 『황진이(黃眞伊)』(동광당서점, 1938), 『문장강화(文章講話)』(문장사, 1940), 『무서록(無序錄)』(박문서관, 1941), 단편소설집 『복덕방(福德房)』(이태준 저, 鄭人澤 역; モダン日本社, 1941), 『사상의 월야(思想의 月夜)』(을유문화사, 1946), 『소련기행(蘇聯紀行)』(朝蘇文化協會, 조선문학가동맹, 1947) 등이 있다.

**이하윤**(異河潤: 1906~1974)　시인, 영문학자. 필명 연포(蓮圃), 대벽(大闢), 금강산인(金剛山人), 화산학인(花山學人). 강원도 이천(伊川) 출생. 1918년 이천공립보통학교, 1923년 경성제일고등보통학교를 수료하고, 1926년 일본 도쿄 호세이대학(法政大學) 예과, 1929년 법문학부 영문학과를 수료하였다. 귀국 후 경성여자미술학교 등에서 교편을 잡기도 했고, 『중외일보』(1932~1932), 『동아일보』(1937~ 1940) 기자로 재직하기도 하였다. 해방 후 좌익문학에 대응하여 〈중앙문화협회(中央文化協會)〉를 조직하여 상무위원을 역임하였다. 혜화전문학교, 동국대학교, 성균관대학교 교수를 거쳐, 1949년부터 서울대학교 교수로 재직하다 1973년 정년퇴직하였다. ▼아동문학 관련 비평문으로 「시인 더·라·메-어 연구(1)」(『문학』 창간호, 시문학사, 1934년 1월호)와 「더·라·메-어의 시경(詩境) – 시인 더·라·메-어 연구(2)」(『문학』 제3호, 시문학사, 1934년 4월호), 「(뿍·레뷰)방정환 유저 『소파전집』(方定煥遺著 小波全集) 독후감」(『동아일보』, 1940.6.28), 「정홍교 동화집 『박달방망이』」(『경향신문』, 1948.11.18) 등이 있다. 그 외 작품으로 시 「일허진 무덤」(『시대일보』, 1926.6.28)을 시작으로 「단편소설의 사적 연구(英吉利, 佛蘭西, 獨逸, 亞米利加)」(『시대일보』, 1926.7.5~26) 등 다수의 평론이 있다. ▼저서로 『(이하윤 역시집)실향의 화원(失香의 花園)』(시문학사, 1933), 시집 『물네방아: 시가집』(청색지사, 1939), 사화집 『현대서정시선』(박문서관, 1939), 『현대국문학정수』(중앙문화협회, 1946), 『불란서시선(佛蘭西詩選)』(수선사, 1948) 등이 있다.

**이학인**(李學仁: 1904~?)  시인, 동요 작가. 필명 우이동인(牛耳洞人), 이성로(李城路), 이남원(李南園), 첫소리. 경성(京城) 출생. 일본 도쿄(東京)에서 잡지 『제삼전선(第三戰線)』을 발행하였고, 〈카프(KAPF)〉의 맹원이 되어 제1차 방향전환을 주도하고 도쿄지부를 만들어 활동한 이북만(李北滿), 조중곤(趙重滾), 한식(韓植), 김두용(金斗鎔), 홍효민(洪曉民), 고경흠(高景欽), 홍양명(洪陽明), 장준석(張準錫), 전철박(全澈珀), 이학인(李學仁) 등 일군의 신진들을 가리키는 〈제삼전선파(第三戰線派)〉의 일인이다. 『별나라』의 동인이고, 1935년 2월 휴간 중이던 『조선문단(朝鮮文壇)』을 복간하였다. 1925년 『동아일보』 신춘문예에 「귀곡새」(『동아일보』, 1925.3.13)가 선외가작으로 당선되었고, 1934년 『신동아(新東亞)』 현상문예에 소설 「아주머니」(1934년 4월호)가 2등 당선되었다. 1924년 6월에 간행된 이학인의 시집 『무궁화』는 일제에 의해 내용이 불온하다는 이유로 발행되자마자 압수된 최초의 시집이다. ▼아동문학 관련 비평문으로 「동경에 게신 소파 선생에게」(『천도교회월보』 제139호, 1922년 3월호), 「재동경(在東京) 소파 선생의게」(『천도교회월보』 제148호, 1923년 1월호), 「글 도적놈에게」(牛耳洞人; 『동아일보』, 1926.10.26), 「조선동화집 『새로 핀 무궁화』를 읽고서 – 작자 김여순 씨(金麗順氏)에게」(『동아일보』, 1927.2.25)(이에 대해 염근수(廉根守)가 「(문단시비)김여순 양과 『새로 핀 무궁화』 – 이학인 형께 올님」(『동아일보』, 1927.3.9)을 통해 반론함), 「(문단시비)염근수 형에게 답함」(『동아일보』, 1927.3.18), 「동요연구(전8회)」(牛耳洞人; 『중

외일보』, 1927.3.21~28), 「민요연구(전49회)」(牛耳洞人;『중외일보』, 1928.8.5~
10.24), 「동요연구(전15회)」(牛耳洞人;『중외일보』, 1928.11.13~12.6?), 「동요
연구의 단편(斷片)」(조선동요연구협회 편,『조선동요선집 - 1928년판』, 박문서관,
1929.1), 「전래민요 개작 문제」(牛耳洞人;『중외일보』, 1929.5.22) 등이 있다. 이
외에 다수의 아동문학 작품을 발표하였다. ▶저서로 시집『무궁화』(희망사, 1924.6),
『문학청년서간집』(李城路; 북성당, 1935) 등이 있다.

**이해문**(李海文: 1911~1950)  시인. 아동문학가. 충청남도 예산(禮山) 출생. 필명
리해문, 이고산(李孤山, 孤山, 리고산), 금오산인(金烏山人), 몽성(夢星). 1922년
예산보통학교(禮山普通學校)에 입학하여 1926년 5학년 때 중퇴한 이후, 독학으로
한학과 도쿄제국중학(東京帝國中學)을 통신 강의로 독학하였다. 1928년 7월 예산
군 고원(雇員)이 되었고, 1930년 신암면(新岩面) 서기로 임명되어 예산군 관내 면
사무소와 군청 등에 근무하였다. 1934년『매일신보』신춘 현상문예에서 「만가(挽
歌)」(李孤山;『매일신보』, 1934.1.19)가 '민요' 부문의 '선외가작'으로 당선되었고,
1934년『조선중앙일보』현상 당선 발표에 '우수운 이야기' 부문 입선작 12편 중
하나로 「바람 갑시 십만 량 - 그 대신 따님 주시오」(李孤山;『조선중앙일보』,
1934.1.4)가 당선되었다. 「조사 - 고 성진호 군(成瑨鎬君)을 곡(哭)함」(『동아일
보』, 1933.10.8)은 같은 충청남도 예산(禮山)의 문인 자유촌인 성진호(自由村人
成瑨鎬)의 죽음을 애도하여 지은 시이다. 1936년『매일신보』신춘현상에 시조 「여
창설월(旅窓雪月)」(李海文;『매일신보』, 1936.1.1)이 당선되었다. 1937년 6월 이
해문은 이가종(李家鍾), 황백영(黃白影), 박노춘(朴魯春) 등과 함께『시인춘추(詩
人春秋)』를 창간하였고, 1938년 6월 창간된『맥(貘)』동인으로 활동하였다. 1946
년 서울로 이사하였고, 성신여학교(誠信女學校) 서무과에 근무하면서 한독당(韓獨
黨) 집행위원을 지냈다. 1950년 6·25전쟁 도중 인민군에 의해 학살되었다. ▶아동
문학 관련 비평문으로 「문예작품의 모작에 대한 일고 - 남대우 군(南大祐君)에게」
(李孤山;『조선중앙일보』, 1934.2.15), 「신영돈 역(辛永敦譯) 동화집『목마』」(『경
향신문』, 1948.7.18) 등이 있다. 이 외에 동요 등 다수의 아동문학 작품을 발표하였
다. ▶저서로 시집『바다의 묘망(渺茫)』(시인춘추사, 1938)이 있다. 이해문에 대한
자세한 내용은 이재인(李在仁)과 심원섭(沈元燮)이 공편한『품에 안기고 싶은 향토
여: 고산 이해문전집』(우석, 2002)을 참고할 수 있다.

**이헌구**(李軒求: 1905~1982)  문학평론가, 아동문학가, 불문학자. 필명 소천(宵泉),
구당(鷗堂), 이구(李求, 李鷗), 지산(芝山), 한가람. 창씨명 牧山軒求. 함경북도 명
천(明川) 출생. 1916년 광진보통학교(廣進普通學校)를 졸업하고, 독학으로 1920년

에 중동학교(中東學校) 중등과에 입학, 그 뒤 보성고등보통학교(普成高等普通學校)로 편입학하여 1925년에 졸업하였다. 그해 와세다대학 제1고등학원 문과에 입학, 1931년에 문학부 불문학과를 졸업하였다. 대학 재학 중 김진섭(金晉燮), 손우성(孫宇聲), 장기제(張起悌), 정인섭(鄭寅燮), 이선근(李瑄根), 김명엽(金明燁), 김온(金馧), 서항석(徐恒錫), 조희순(曹喜淳) 등과 함께 〈해외문학연구회(海外文學研究會)〉를 조직하여 서구문학을 소개하였다. 1931년 〈극예술연구회(劇藝術研究會)〉 창립시 동인으로 참여하였고, 1936년 『조선일보』 학예부 기자로도 활동하였다. 해방 후 1945년 9월 〈중앙문화협회〉, 1946년 3월 〈전조선문필가협회〉의 창립회원으로 활동하였다. 이화여자대학교 문리과대학장을 역임하였으며, 1973년 대한민국예술원상을 수상하였다. ▶아동문학 관련 비평문으로 「아동문예의 문화적 의의 — 〈녹양회(綠羊會)〉 '동요 동극의 밤'을 열면서(전3회)」(『조선일보』, 1931.12.6~10), 「톨스토이와 동화의 세계」(『조광』 제1호, 1935년 11월호), 「(신간평)찬란한 동심의 세계 — 『아동문학집』 평」(『조선일보』, 1938.12.4), 「소파(小波)의 인상 — 『소파전집』 간행에 앞서서」(『박문』 제12호, 1939년 10월호) 등이 있다. 이 외에 다수의 아동문학 작품을 발표하였다. ▶저서로 『(이헌구평론집)문화와 자유』(삼화출판사, 1952), 『모색의 도정(途程)』(정음사, 1965) 등이 있다. 자세한 연보와 작품목록은 『소천 이헌구선생 송수기념논총』(편찬위원회, 1970)을 참고할 수 있다.

**이호접**(李虎蝶: 1910~?)  아동문학가. 본명 이경로(李璟魯). 평안북도 태천군(泰川郡) 출생. 평북영변농업학교(平北寧邊農業學校)를 졸업하였다. 1930년 『조선일보』 신년현상문예 동요 부문에 「한숨」(李璟魯;『조선일보』, 1930.1.4)이 당선되었다. 1931년 『매일신보』 신년현상문 당선발표(1931.1.1)에 동요 부문 '우수품(優秀品)'으로 「눈사람」(李虎蝶;『매일신보』, 1931.1.3)이 당선되었다. 1933년 『매일신보』 현상문예 동요 부문에 「눈글씨」(李璟魯;『매일신보』, 1933.1.3)가 당선되었다. ▶아동문학 관련 비평문으로 「동요 제작 소고(전5회)」(李虎蝶;『매일신보』, 1930. 1.16~21)가 있다. 이 외에 다수의 아동문학 작품을 발표하였다.

**이활용**(李活湧: ?~?)  신원 미상. 함경북도 무산군 삼장(茂山郡 三長) 출생. ▶아동문학 관련 비평문으로 「나면 되는 투고가(投稿家)에게 일언(一言)함」(『별나라』, 1931년 12월호)이 있다.

**이희승**(李熙昇: 1896~1989)  국어학자. 필명 일석(一石), 성세(聖世). 경기도 광주(廣州) 출생. 1911년 9월까지 경성고등보통학교에서 수학, 1912년부터 1913년까지 양정의숙(養正義塾)에서 법학을 전공하였다. 1925년 연희전문학교 수물과(數物科)를 졸업하고, 1927년 경성제국대학 예과를 수료한 다음, 1930년 경성제국대학 법문학부 조선어학 및 문학과를 졸업하였다. 1930년 〈조선어학회〉에 가입하여 '한글맞춤법통일안'(1933년 완성)과 '표준어사정'(1937년 완성) 사업에 참여하였다. 1942년 10월 1일 조선어학회사건(朝鮮語學會事件)으로 검거되어 1945년 8월 17일까지 3년 동안 함경남도 홍원경찰서와 함흥형무소에서 복역하였다. 1945년 12월 경성대학 법문학부 교수에 취임. 1946년 10월 22일 학제 개편으로 국립서울대학교 문리과대학 국어국문학과 교수가 되었다. ▶아동문학 관련 비평문으로 「(아협 상타기 작문 동요 당선 발표)겉과 속이 같아야」(『소학생』 제49호, 1947년 8월호), 「느낀 바를 그대로」(『소학생』 제69호, 조선아동문화협회, 1949년 7월호), 「동요를 골라내고서」(『소학생』, 1950년 6월호) 등 선평(選評)이 있다. ▶저서로 『역대조선문학정화(歷代朝鮮文學精華)』(인문사, 1938), 『조선문학연구초(朝鮮文學研究鈔)』(을유문화사, 1946), 『조선어학논고』(을유문화사, 1947), 『국어학개설』(민중서관, 1955), 시집 『박꽃』(백양당, 1947), 『심장의 파편』(일조각, 1961) 등이 있으며, 수필집으로 『벙어리 냉가슴』(일조각, 1956), 『소경의 잠꼬대』(일조각, 1964), 『먹추의 말참견』(일조각, 1975) 등이 있다. 『국어대사전』(민중서관, 1961)을 편찬하였다.

**임서하**(任西河: ?~?)  소설가. 1939년 평론 「'플로베르'의 예술 '보바리즘'의 심리적 과제(전5회)」(『동아일보』, 1939.9.8~17)를 발표하였고, 1941년 3월 단편소설 「덕성(德性)」이 백철(白鐵)에 의해 『문장』에 추천되어 등단하였다. 해방 후 다수의 작품을 발표하였으며 〈조선청년문학가협회〉에 참여하였다. 1949년 정지용(鄭芝溶), 정인택(鄭人澤), 엄흥섭(嚴興燮), 박노아(朴露兒), 김철수(金哲洙) 등과 함께 〈국민보도연맹〉에 가맹하였으나 한국전쟁 때 월북하였다. ▶아동문학 관련 비평문으로 「(신간평)최병화 저 『희망의 꽃다발』」(『국도신문』, 1950.1.13)이 있다. ▶소설집 『감정의 풍속』(동방문화사, 1948)이 있다.

**임영빈**(任英彬: 1900~1990)  소설가. 황해도 금천(金川) 출생. 1917년 개성(開城) 송도(松都)고등보통학교를 졸업하고, 1926년 미국 밴더빌트(Vanderbilt)대학에서 수학하다가, 남감리교대학(Southern Methodist University)으로 옮겨 1930년 학사 학위를 받고, 1932년 동 대학 대학원에서 석사학위를 받았다. 귀국 후 이태원교회(1934~1937), 홍제원교회(1937~1939)에서 활동하면서 감리교 총리원 교육원 간사(1935~1940)로 일하였고, 감리교의 『감리회보(監理會報)』 주필로 활약하였다. 이후 대한기독교서회 편집부 간사(1940~1942), 감리교신학교 교수(1942~1945), 대한기독교연합회 총무(1946~1947), 대한기독교교육협회 총무(1947~1949), 대한성서공회 총무(1949~1966) 등을 역임하였다. 1925년 단편소설 「난륜

(亂倫)」을『조선문단(朝鮮文壇)』에 발표하여 문단에 등단한 이래 다수의 단편소설을 발표하였다. 1946년 이후 1966년 은퇴할 때까지 아현교회 소속으로 활동하였고 1990년 미국 뉴욕에서 사망하였다. ▶아동문학 관련 비평문으로 「송창일(宋昌一) 씨의『소국민훈화집(少國民訓話集)』을 읽고」(『아이생활』 제18권 제4호, 1943년 4-5월 합호)가 있다.

**임원호**(任元鎬: 1919~?)  아동문학가. 필명 영란(鈴蘭). 충남 아산(牙山) 출생. 경성 중앙불교전문학교(中央佛敎專門學校)를 중퇴하였다.『아이생활』 편집기자를 지냈다. 1936면『동아일보』 신춘문예에 동화부문 가작(佳作)으로 「새빨간 능금」 (1936.1.5~9)이 당선되었다. 1949년 4월 30일 〈전국아동문학가협회(全國兒童文學家協會)〉 결성 시 박영종(朴泳鍾), 김동리(金東里)와 함께 최고위원으로 참여하였다. 1950년 4월 9일 김영일(金英一)의『다람쥐』 출판기념회가 열렸을 때 발기인으로 참여하였다. 〈조선문학가동맹〉에서 활동하였다. 해방 후 월북하였다. ▶아동문학 관련 비평문으로 「(신간평)다람쥐 - 김영일(金英一) 동시집」(『조선일보』, 1950.3.22) 등이 있다.

**임인수**(林仁洙: 1919~1967)  아동문학가. 필명 현석(玄石), 구촌(九村). 경기도 김포(金浦) 출생. 1944년 조선신학교(朝鮮神學校)를 졸업하였다. 1936년 독자문단에 동요 「까치와 참새」(『동화(童話)』 제1권 제2호, 1936년 3월호), 1939년 이헌구(李軒求) 고선으로 입선한 동요 「비행기」(『아이생활』 제14권 제8호, 1939년 8월호), 동요 「소꿉노리」(『소년(少年)』 제4권 제2호, 1940년 2월호), 동요 「수남이 집」(『소년』 제4권 제3호, 1940년 3월호), 동요 「봄바람」(『아이생활』, 1940년 4월호) 등으로 문학활동을 시작하였다. 일제강점기 말엽에 주로『소년』과『아이생활』에 다수의 작품을 발표하였다. 1942년『아이생활』 편집위원으로 활동하였다. 1944년 황해도 장연(長淵)에서 동인 회람지『동원(童園)』을 주재하였다. ▶아동문학 관련 비평문으로 「아동의 명심보감 - 송창일(宋昌一)의『소국민훈화집(少國民訓話集)』독후감」(『아이생활』, 1943년 7-8월 합호), 「아동문학 여담」(『아동문화』 제1집, 동지사아동원, 1948년 11월호), 「(암흑기의 아동문학 자세)잡지『아이생활』과 그 시대」(『사상계』 제165호, 1967년 1월호) 등이 있다. 이 외에『아이생활』 등에 동요(동시)와 동화 등 다수의 아동문학 작품을 발표하였다. ▶저서로「어디만큼 왔나」(동지사, 1948), 동화집『봄이 오는 날』(조선기독교서회, 1949),『(세계명작)이상한 풍금』(Richard Leander 저, 임인수 역: 기독교아동문화사, 1959), 동화집『눈이 큰 아이』(종로서관, 1960),『임인수 아동문학독본』(을유문화사, 1962),『(고대, 현대)일본명작동화집』(보진재, 1962),『(글짓기를 위한)어린이문학독본』

(춘조사, 1964) 등이 있다.

**임학수**(林學洙: 1911~1982)  시인, 소설가. 필명 임악이(林岳伊), 임영택(林榮澤),
임내홍(林乃洪). 전라남도 순천(順天) 출생. 1926년 경성제일고등보통학교에 입학
하여 졸업하였다. 1931년 4월 경성제국대학 법문학부 영문과에 입학하여 1936년
3월 졸업하였다. 해방될 때까지 호수돈여고, 경신여고, 한성상업, 배화여고, 성신여
학교 등의 교사로 지냈다. 황군(皇軍) 위문차 북지전선(北支戰線)을 방문하여 이
경험을 시로 쓴 시집『전선시집』을 발간하였는데, 김동인(金東仁), 박영희(朴英熙)
와 함께 참여했다. 1939년 2월에는 최재서(崔載瑞), 임화(林和), 이태준(李泰俊)
등과 함께 황군위문작가단(皇軍慰問作家團)을 발의할 때 참여했다. 1939년 10월
문필보국(文筆報國)을 표방한〈조선문인협회〉발기인으로 참여했으며, 1943년〈조
선문인보국회〉시부회(詩部會) 간사로 활동하면서 전선 위문에 참가하는 등 친일
시와 글을 발표했다. '일제강점하 반민족행위 진상규명에 관한 특별법'에 따른 친일
반민족행위자로 규정되었다. 해방 후〈조선문화건설중앙협의회〉와〈조선문학가동
맹〉에 가담하였고, 이후 월북하여 김일성종합대학 영어과 교수로 북한의 문학작품
을 영어로 번역하는 데 힘썼다. ▶아동문학 관련 비평문으로「어린이와 독서」(『아동
문화』제1집, 동지사아동원, 1948년 11월호)가 있다. ▶저서로 첫 시집『석류(石
榴)』(한성도서주식회사, 1937)와, 두 번째 시집『팔도풍물시집(八道風物詩集)』(인
문사, 1938), 세 번째 시집『후조(候鳥)』(한성도서주식회사, 1939),『전선시집(戰
線詩集)』(인문사, 1939),『세계단편선집』(임학수 편; 신조사, 1946),『필부(匹夫)
의 노래』(고려문화사, 1948),『(조선문학전집 10)시집(詩集)』(임학수 편; 한성도
서, 1949) 등이 있다. 번역서로『현대영시선』(임학수 역 편; 학예사, 1939), 호메로
스의『일리아드(ILIAD)(상,하)』(임학수 역; 학예사, 1940, 1941), 디킨스의『이도
애화(二都哀話: A Tale of Two Cities)』(임학수 역; 조광사, 1941),[68]『죄수(罪
囚)』(펄 벅 외 작, 임학수·이호근 공역; 백수사, 1947),『슬픈 기병(騎兵)』(하디
작, 임학수 역; 을유문화사, 1948),『초생달』(타고르 작, 임학수 역; 문조사, 1948),
『블래익 시초』(임학수 역; 산호장, 1948),『19세기 초기 영시집』(한성도서, 1948)
과『Earlier XIX Century Poets』(임학수 역 편; 조선인쇄회사, 1948) 등이 있다.

**임화**(林和: 1908~1953)  시인, 평론가, 문학운동가. 본명 임인식(林仁植). 필명 성
아(星兒), 김철우(金鐵友), 쌍수대인(雙樹臺人), 청로(青爐), 임화(林華). 서울 출
생. 1921년 보성중학(普成中學)에 입학하였다가 1925년 중퇴하였다. 1926년부터

---

68 『파리애화』(신대한도서주식회사, 1949)로 제목을 바꾸어 출간하기도 했다.

시와 평론을 발표하기 시작하였고, 1927년 박영희(朴英熙), 윤기정(尹基鼎) 등과 만나면서 〈카프(KAPF)〉에 가담하였다. 1930년 일본으로 건너가 이북만(李北滿) 중심의 무산자(無産者) 그룹에서 활동하였고, 이듬해 귀국하여 1932년부터 1935년까지 〈카프〉의 서기장을 맡아 문단의 주역이 되었다. 신건설사(新建設社) 사건 이후 1935년 〈카프〉 해산계를 제출하였고, 출판사 학예사(學藝社)를 운영하였다. 일제강점기 말에 일제의 신체제 문화운동에 협조하는 등 친일 행보를 보였다. 해방 후 〈조선문학건설본부(朝鮮文學建設本部)〉를 통해 문인들을 규합, 1946년 2월 〈조선문학가동맹(朝鮮文學家同盟)〉 주최의 전국문학자대회를 성황리에 개최하였다. 1947년 11월 월북하기 전까지 박헌영(朴憲永), 이강국(李康國)의 노선인 〈민주주의민족전선(民主主義民族戰線)〉의 기획차장으로 활동하였고, 월북 후 〈조소문화협회(朝蘇文化協會)〉 중앙위원회 부위원장으로 활동하다가, 휴전 직후 1953년 8월에 '조선민주주의인민공화국 정권 전복 음모와 반국가적 간첩 테로 및 선전선동 행위에 대한 사건'으로 사형을 언도받고 처형당했다. ▶아동문학 관련 비평문으로 「무대는 이렇게 장치하자 -(조명과 화장까지)」(『별나라』통권48호, 1931년 3월호), 「글은 엇더케 쓸가」(『신소년』, 1932년 4월호), 「아동문학 문제에 대한 이삼(二三)의 사견」(『별나라』통권75호, 1934년 2월호) 등이 있다. 이 외에 해방 후 〈조선문학가동맹〉의 제1회 전국문학자대회에서 보고한 「조선 민족문학 건설의 기본과제에 관한 일반보고」와 「조선소설에 관한 보고」(조선문학가동맹중앙집행위원회서기국 편, 『건설기의 조선문학』, 1946년 6월)가 있다. ▶저서로 시집 『현해탄(玄海灘)』(동광당서점, 1938), 『문학의 논리(文學의 論理)』(학예사, 1940), 『회상시집(回想詩集)』(『현해탄』의 재판)(건설출판사, 1947), 『찬가(讚歌)』(백양당, 1947), 편저로 『조선민요선(朝鮮民謠選)』(학예사, 1939) 등이 있다. 자세한 연보와 작품목록은 김윤식의 『임화 연구』(문학사상사, 1989)를 참고할 수 있다.

**자하생**(紫霞生: ?~?)  신원 미상. ▶아동문학 관련 비평문으로 「만근(輓近)의 소년소설 급(及) 동화의 경향(전3회)」(『조선』제153호, 1930년 7월호; 제156호, 1930년 10월호; 제157호, 1930년 11월호)이 있다. 이 외에 잡지 『조선』에 다수의 작품을 발표하였다.

**장도빈**(張道斌: 1888~1963)  언론인, 학자. 필명 산운(汕耘). 평안남도 중화(中和) 출생. 5세에 사서삼경(四書三經)을 통독하여 신동으로 이름이 났다. 1902년 대한제국 학부가 관장하던 한성사범학교(漢城師範學校)에 입학하여 1906년 졸업하였고, 1910년 보성전문학교 법과를 졸업하였다. 『황성신문(皇城新聞)』의 주필 박은식(朴殷植)의 소개로 1908년 『대한매일신보(大韓每日申報)』에 들어가 21세에 논

설위원이 되어, 신채호(申采浩), 양기탁(梁起鐸)과 함께 필진으로 일하였다. 1913
년 노령(露領) 블라디보스토크(Vladivostok)로 망명하여 신한촌(新韓村)에서 신채
호, 최재형(崔在亨), 홍범도(洪範圖), 이동휘(李東輝), 이상설(李相卨) 등 독립투사
들과 교류하였다. 이 시기 〈권업회(勸業會)〉의 기관지 『권업신문(勸業新聞)』에 항
일 논설을 기고하였다. 1928년 『조선역사대전(朝鮮歷史大全)』, 『대한역사(大韓歷
史)』 등의 역사 서적은 식민사가들에게 경종을 울렸고, 기자조선설(箕子朝鮮說)의
반론으로도 유명하다. 일제강점기 말 조선총독부의 중추원 참의(中樞院 參議) 제의
를 거부하고 은둔하였다. 1962년 대한민국건국공로 문화훈장, 1990년 건국훈장
독립장을 수상하였다. ▶아동문학 관련 비평문으로 「소년에게 여(與)하노라」(『학생
계』 제12호, 1922년 4월호)가 있다.

**장선명**(張善明: 1909~?)   소년운동가, 아동문학가. 평안북도 의주(義州) 출생. 1926
년 5월 〈의주푸로동지회(義州푸로同志會)〉 제6회 임시총회에서 간사부(幹事部) 위
원으로 보선되었다. 1926년 6월 『어린이』 '독자담화실'에 소년뿐만이 아니라 청년
들도 보고 있으므로 '간단하고 쉬운 론문'을 모집해 내달라고 요청하였다. 1927년
아동문학 잡지 『소년계(少年界)』의 의주 지사(義州支社) 기자로 활동하였다. 1927
년 6월 의주에서 이명식(李明植), 유종원(劉宗元)과 함께 소년 잡지 『조선소년(朝
鮮少年)』을 창간하였다. 1928년 4월 9일 창립된 〈의주청년동맹(義州靑年同盟)〉의
집행위원 및 집행위원회의 문화선전부 부원으로 활동하였고, 1929년 9월 〈의주청
년동맹〉 집행위원장이 되었다. 1929년 8월 29일부로 〈의주청년동맹〉 의주면 지부
에서 노동야학을 개설하려고 하였으나 당국이 불허하자, 장선명, 김천우(金天祐)를
대표로 선출하여 당국에 항의하였다. 1929년 9월 〈의주청년동맹〉 의주지회에서
노동야학을 설치하여 강사로 활동, 1930년 2월 〈의주청년동맹〉 제2회 정기대회에
서 부의장에 선임되었다. 1930년 8월 1일 〈청년동맹평북도연맹(靑年同盟平北道聯
盟)〉 창립준비위원회가 개최되었는데 장선명은 '설비부(設備部)' 부원으로 임명되
었다. 1930년 9월 〈근우회(槿友會)〉 주체의 의주 학술강연회에서 「소년운동의 사
적 고찰과 당면 임무」라는 주제로 강연을 하였고, 1930년 10월 〈의주청년동맹〉에
서 농촌계몽운동의 일환으로 순회강연을 할 때 연사로 참여하였다. 1930년 11월
신의주(新義州)에서 〈조선청년동맹평안북도연맹(朝鮮靑年同盟平安北道聯盟)〉을
창립할 때 집행위원에 선임되었다. 1931년 3월 20일 〈신의주청년동맹〉 주창엽(朱
昌燁)의 장례식에 참여하여 행한 조사(弔詞)가 불온하다는 이유로 신의주서(新義
州署)에 검속되기도 하였다. 1931년 5월 〈의주청년동맹〉에서 어린이날을 기념하여
소년소녀웅변대회를 개최하면서 부형을 대상으로 소년문제에 대한 강연을 할 때

연사로 참여하였다. 1931년 5월 어린이날 관련 포스터와 관련하여 출판법 위반으로 박완식(朴完植), 김봉두(金奉斗) 등과 함께 의주경찰서에 검속되었다가 석방되기도 하는 등 청년동맹 활동을 활발하게 전개하였다. ▶아동문학 관련 비평문으로 「신춘동화 개평(新春童話槪評) - 3대 신문(三大新聞)을 주(主)로(전7회)」(『동아일보』, 1930.2.7~15), 「소년문예의 이론과 실천(전4회)」(『조선일보』, 1930.5.16~19) 등이 있다. 이 외에 다수의 아동문학 작품을 발표하였다.

**장혁주**(張赫宙: 1905~1997)  소설가. 본명 장은중(張恩重), 일본명 노구치 미노루(野口稔), 노구치 가쿠추(野口赫宙). 경상북도 대구(大邱) 출생. 1921년 대구고등보통학교에 입학하였으나 4학년 때 학생 파업에 가담하여 무기정학을 당한 뒤로 학교생활에 염증을 느끼고 문학에 관심을 두었다. 1926년 대구고보를 졸업한 후 대구, 청송, 예천 등지에서 교편을 잡았다. 1932년 식민지하 조선 농민의 현실을 기개 있는 필치로 묘사하여 호평을 받은 「아귀도(餓鬼道)」가 『개조(改造)』[69]의 제5회 현상문예에 2등 입선하여 문단에 진출하게 되었다. 「아귀도」는 재일 조선인 문학자가 일본 문단에 발표한 최초의 작품이다. 일제 말기 일본의 식민정책에 적극 참여하여 〈일본문학보국회(日本文學報國會)〉의 〈황도조선연구회(皇道朝鮮硏究會)〉 위원과 〈대륙개척문학위원회(大陸開拓文學委員會)〉 위원 등을 역임하였다. 이상과 같은 활동으로 인해 해방 후 귀국하지 못하고, 6·25전쟁을 취재한 『아아 조센(嗚呼朝鮮)』(1952)을 출간하고 1952년 일본에 귀화하였다. 일본에서 아동문학 작품도 발표하였다. 『흥부전』을 일본어로 다시 쓴 『흥부와 놀부(フンブとノルブ)』(赤塚書房, 1942), 일본판 『소공자』라고도 할 수 있는 미치오 소년의 성장을 그린 장편 소년소설 『산천어를 낚은 아이(やまめ釣る子)』(大日本雄辯會講談社, 1948), 조선의 구전문학에서 소재를 가져온 「호랑이를 생포한 토끼(トラをいけどったウサギ)」 등을 수록한 재화집 『은혜 갚은 제비(恩を返したツバメ)』(羽田書店, 1949) 등이 있다. ▶아동문학 관련 비평문으로 「(신간평)『해송동화집』 독후감(海松童話集讀後感)」(『동아일보』, 1934.5.26)이 있다. 이 외에 다수의 소설을 발표하였다. ▶저서로 단편집 『권이라는 사나이(權といふ男)』(東京: 改造社, 1934), 『인왕동시대(仁王洞時代)』(東京: 河出書房, 1935), 『삼곡선(三曲線)』(한성도서주식회사, 1937),

---

69 『가이조(改造)』는 1919년 4월 가이조샤(改造社)에서 야마모토 사네히코(山本實彦)가 창간한 종합잡지이다. 당시 사회주의 사상의 고양에 공헌하였고, 문예란에도 충실하였으며, 근대문학의 대표적 작품을 다수 게재하였다. 신진작가의 등용문으로서도 권위가 있었다. 1944년 가이조샤의 해산으로 폐간되었다가, 1947년 복간되었으나 1955년 다시 폐간되었다.

자전적 작품『폭풍의 시 – 일본과 조선의 골짜기에서 살아온 귀화인의 항로(嵐の詩 – 日朝の谷間に生きた歸化人の航路)』(野口赫宙; 講談社, 1975) 등이 있다.

**적아**(赤兒: ?~?)  신원 미상. 정적아(鄭赤兒)로 보인다. ▶아동문학 관련 비평문으로 「12월호 소년잡지 총평(전8회)」(『중외일보』, 1927.12.3~11)이 있다. 이 외에 다수의 동요 작품을 발표하였다.

**전덕인**(全德仁: ?~?)  아동문학가. 강원도 안변(安邊) 출생. 필명 붉은샘, 全붉샘. 안변글동무사 소속으로 활동하였다. ▶아동문학 관련 비평문으로 「'푸로'의 아들이여 낙심 마라」(『소년세계』 제2권 제6호, 1930년 6월호)가 있다.

**전백**(全栢: 1905~?)  소년운동가, 독립운동가. 본명 전병구(全秉龜). 경상남도 양산(梁山) 출생. 중국 광둥성(廣東省) 소재 건국광동대학(建國廣東大學) 문과, 철학과를 졸업하였다. 1922년 2월경 조선총독부 폭탄투척사건 관련 전백에 대한 소재 수사가 있었는데, 이때 중국 쑤저우(蘇州), 상하이(上海) 등지에 체류하였던 것으로 확인된다. 1927년 4월 정홍교(丁洪教), 노병필(盧炳弼), 김택용(金澤用), 최호동(崔湖東), 최규선(崔奎善) 등과 함께 〈오월회〉의 '어린이데이' 준비위원으로 활동하였다. 1927년 5월 〈조선소년군총본부〉 부사령장을 맡았다. 1927년 7월 30일 시천교당(侍天教堂)에서 4개 연맹과 18개 단체 대의원 60여 인이 출석하여 〈조선소년연합회〉 발기대회를 개최한 바 광주(光州)의 김태오(金泰午), 목포(木浦)의 조문환(曹文煥), 경성(京城)의 방정환, 안준식(安俊植), 연성흠(延星欽), 정홍교(丁洪教), 고장환(高長煥), 최청곡(崔青谷), 전백(全栢) 등 15인이 창립준비위원으로 선출되었고, 전백은 방정환, 정홍교와 함께 교섭부를 맡았다. 10월 16일 천도교기념관에서 창립대회를 개최하였는데, 전백은 김태오, 이현(李鉉), 박세혁(朴世赫)과 함께 교양부를 맡았다. 1927년 11월 15일 목포청년회관에서 〈목포소년단(木浦少年團)〉 주최 조선소년단체 대강연에서 강연하였다. 1928년 5월 1일 경성여자상업학교 맹휴사건의 선동 혐의로 종로서에 검거되어, 구류 25일에 처해진 바 있다. 일제강점기 대한민국임시정부(大韓民國臨時政府) 요원으로 활동한 것으로 전해진다. 해방 후 영화기업회사(永和企業會社) 사장으로서 송진우(宋鎭禹) 암살범 한현우(韓賢宇)를 방조한 혐의로 기소된 전백은 살인범 방조, 무기불법소지 등에 관한 위반으로 징역 7년이 구형되었다. ▶아동문학 관련 비평문으로 「〈조선소년군〉의 사회적 입각지(전4회)」(『동아일보』, 1927.2.13~16)가 있다.

**전봉제**(全鳳濟: 1909~1996)  아동문학가, 화가. 개명 전화광(全和光), 전화황(全和凰). 평안남도 안주(安州) 출생. 1931년 조선미술전람회에 입선, 1936년 중국 펑톈(奉天; 현 瀋陽)의 일본 절 잇토엔(一燈園)에서 불자 생활, 1938년 일본 교토(京都)

의 잇토엔으로 가서 그림을 그리면서 전화광(全和光)으로 개명, 여러 전람회에 출품하여 수상하였다. 해방 후에도 일본에서 작품 활동, 6·25전쟁의 비극을 「어느 날의 꿈 – 학살」, 「갓난이의 매장」, 「재회 – 갓난이의 부활」, 「군상」, 「피난민 행렬」, 「전쟁고아」 등으로 담아냈다. 1958년 전화황(全和凰)으로 다시 개명하였다. 1982년 서울의 〈한국문화예술진흥원〉 미술회관에서 '전화황 화업 50년전'이 대규모로 열렸다. 첼리스트 전봉초(全鳳楚)가 친동생이다. 윤복진(尹福鎭), 한정동(韓晶東), 남궁랑(南宮琅), 정상규(鄭祥奎) 등의 동요 작품에 그림을 그렸을 뿐 아니라, 다수의 동요 작품을 발표하였다.

**전소성**(田小惺: ?~?)  신원 미상. 『아동문학 관련 비평문으로 「소년운동에 대한 편감(片感)」(『신민』 제34호, 1928년 2월호)이 있다.

**전수창**(全壽昌: ?~?)  교육자, 아동문학가. 경기도 개성(開城) 출생. 개성 호수돈여학교(開城好壽敦女學校) 교원으로 재직하였고, 개성의 유명한 동화가로 활약하였다. 1921년 6월경 개성 남감리교회예배당(南監理教會禮拜堂)의 신자 격증으로 새로 예배당을 증설하였는데 전수창은 '동대문내교회(東大門內教會)'의 '유년주일학교장'이란 임원을 맡았다. 1924년 5월 어린이날을 기념하여 〈개성소년회(開城少年會)〉, 소년잡지사 샛별사(새ㅅ별사), 햇발사 외 유지들이 발기하여 동화와 동요, 가극 등을 들려줄 때, 고한승(高漢承)과 함께 전수창이 이를 맡았다. 1924년 6월 14일 소년소녀 잡지사인 샛별사 주최 동화회 겸 가극회(歌劇會)에서 마해송(馬海松), 고한승과 함께 동화회를 개최하였다. 1928년 4월 19일 어린이날준비위원회를 개최하였을 때, '사회측(社會側)'과 '소년회측(少年會側)' 준비위원 중 하채성(河采成), 고한승, 마태영(馬泰榮), 박상우(朴尙愚) 등과 함께 '사회 측' 준비위원 가운데 한 사람으로 참여하였다. 1928년 5월 6일 〈개성소년연맹(開城少年聯盟)〉 주최 어린이날 기념식의 일환으로 동화회가 개최되었는데 하채성, 고한승과 함께 연사로 참여하였다. 1930년 11월 8일 개성중앙회관(開城中央會館) 주최 『동아일보』 개성지국 후원으로 동화대회를 개최하였는데 전수창(「세상에 미들 사람이 누구이뇨」)은 고한승(「어머니를 차저서」와 「흘러간 삼남매」)과 함께 연사로 참가하였다. 『아동문학 관련 비평문으로 「현 조선동화(전5회)」(『동아일보』, 1930.12.26~30)가 있다.

**전식**(田植: 1912~?)  아동문학가. 필명 백촌인(白村人), 마성생(磨星生). 평안북도 선천(宣川) 출생. 동림공보(東林公普)를 졸업하고, 삼성학원(三省學院)에서 교편을 잡았다. 1931년 계윤집(桂潤集), 유천덕(劉天德), 정윤희(鄭潤熹), 오윤모(吳允模) 등과 함께 소년문예 단체인 선천 〈호무사〉 활동을 하였다. 1931년 『동광(東

光)』의 '모집실화(募集實話)'에 「(민중과 친하야)새끼도 꼬고 공부도 하고」(宣川 白村人: 제26호, 1931년 10월호), 1932년 '모집실화'에 「(우리들의 어굴한 사정)아니 꺼운 김 주사」(宣川 白村人: 제30호, 1932년 2월호)가 당선된 바 있다. 1932년 『매일신보』 신춘현상에 동요 「야학에서 헤질 때」(白村人; 1932.1.5)와 동화 「새도롱(전2회)」(田植; 1932.1.3~7)이 동시에 1등으로 당선되었다. 1935년 『동아일보』 신춘공모에 「조선청년의 노래」(『동아일보』, 1935.1.3)가 가요 부문에 당선되었다. ▶아동문학 관련 비평문으로 「신년당선 동요 평」(『매일신보』, 1931.1.14), 「7월의 『매신(每申)』 - 동요를 읽고(전9회)」(『매일신보』, 1931.7.17~8.11)(이에 대해 성촌(星村)이 「전식 군의 동요평을 읽고 - 그 불철저한 태도에 반박함(전4회)」(『매일신보』, 1931.9.6~10)을 발표하였다.) 성촌(星村)의 반박에 재반박한 「반박이냐? 평이냐? - 성촌 군의 반박에 회박(回駁)함(전5회)」(『매일신보』, 1931.9.18~23), 「동요 동시론 소고(전3회)」(『조선일보』, 1934.1.25~27) 등이 있다. 이 외에 다수의 아동문학 작품을 발표하였다. ▶저서로 신영철(申瑩澈)의 문화서관(文化書舘)에서 발간한 『전식 동요집(田植 童謠集)』(京城: 문화서관, 1934)과 『전식 동요집(田植 童謠集)』(宣川: 호무사, 1935) 등이 있다.

**전영택**(田榮澤: 1894~1968)  소설가, 아동문학가, 목사. 필명 늘봄, 밧늘봄, 장춘(長春), 추호(秋湖), 춘추(春秋), 소운(小雲), 장강생(長江生), 불수레. 평안남도 평양(平壤) 출생. 1910년 평양 대성학교(大成學校)를 2년 수학하고 진남포 삼숭학교(鎭南浦三崇學校)와 서울 관립의학교 교원으로 근무하였다. 1918년 아오야마학원(靑山學院) 중학부를 졸업한 후, 이어 동 고등학교, 1923년 아오야마학원 신학부를 졸업하였다. 1930년 미국 버클리(Berkeley)의 퍼시픽신학교(Pacific School of Religion)에서 신학, 사회학을 연구하였고, 〈흥사단(興士團)〉에도 입단하였다. 1919년 김동인(金東仁), 주요한(朱耀翰), 김환(金煥)과 함께 『창조(創造)』 동인으로 활동하였다. 1934년 아동 잡지 『어린이세계』를 창간하였다. 1936년 『종교시보(宗敎時報)』 주필을 역임하였다. 1961년 〈한국문인협회(韓國文人協會)〉 초대 이사장을 지냈다. ▶아동문학 관련 비평문으로 「(아동을 위하야, 其四)소년문학 운동의 진로」(『신가정』, 1934년 5월호)가 있다. 이 외에 다수의 아동문학 작품을 발표하였다. ▶저서로 『생명의 봄』(설화서관, 1926), 『조선전내동화집(朝鮮傳來童話集)』(수선사, 1949), 『(특선)세계동화집(特選世界童話集)』(복음사, 1936; 한성도서주식회사, 1937), 『하늘을 바라보는 여인』(정음사, 1958), 동화집 『사랑의 등불: 전영택 단화(短話), 동화집』(기독교서회, 1959) 등이 있다. 자세한 연보와 작품 목록은 표언복이 편찬한 『늘봄 전영택 전집(전5권)』(목원대학교출판부, 1994)을 참고할 수 있다.

**전원배**(田元培: 1903~1984)  철학자, 대학교수. 필명 백암(百巖). 1914년 군산보통학교(群山普通學校)와 선린상업학교(善隣商業學校)를 졸업한 뒤 도쿄외국어학교(東京外國語學校)를 거쳐 1932년 교토제국대학(京都帝國大學) 철학과를 졸업하였다. 1933년 〈조선철학회(朝鮮哲學會)〉를 창설하였고 『동광(東光)』의 편집장, 『사해공론(四海公論)』의 주간을 역임하였다. 해방 후 연희전문학교, 연희대학교, 전북대학교, 중앙대학교, 원광대학교 교수를 역임하였다. 1960년 〈한국철학회〉 회장을 역임하였다. ▶아동문학 관련 비평문으로 「나치쓰 독일의 척후대인 히틀러 소년소녀단」(『아이생활』, 1934년 8월호)이 있다. ▶저서로 칸트(Kant, Immanuel)의 『순수이성비판』, 헤겔(Hegel, Georg Wilhelm Friedrich)의 『논리학』, 하르트만(Hartmann, Nicolai)의 『미학(美學)』(을유문화사, 1969) 등을 번역하였다.

**전춘파**(全春坡: ?~?)  신원 미상('춘파'는 '春坡 朴達成'의 경우 신원이 명확하게 밝혀졌으나, '春波' 또는 '全春波', '全春坡'는 동일인으로 추정되나 누구인지 신원을 밝히지 못했다.) ▶아동문학 관련 비평문으로 「평가(評家)와 자격과 준비 ― 남석종 군(南夕鍾君)에게 주는 박문(駁文)(전5회)」(『매일신보』, 1930.12.5~11), 1932년 평론 「'어린이' 작품을 읽고 ― '어린이' 여러분에게(전5회)」(春波[70]; 『매일신보』, 1932.6.1~9) 등이 있다. 이 외에 다수의 아동문학 작품을 발표하였다.

**정노풍**(鄭蘆風: 1903~?)  시인, 평론가. 본명 정철(鄭哲). 평안남도 평양(平壤) 출생. 교토제국대학(京都帝國大學)에서 수학한 뒤 평양에서 기독교 계열의 학교에 교사로 근무한 것으로 알려져 있으나 그의 생애와 문학적 성과에 대해서는 아직 제대로 밝혀진 것이 없다. 그는 민족주의 문학과 계급주의 문학으로 갈라져 대립하던 시기에 '계급적 민족의식'이라는 절충문학론을 전개한 문인으로 알려져 있다. ▶아동문학 관련 비평문으로 「현하 조선문단에 잇서서 초학자의게 독서방법을 엇덧케 지도하겟습니가 ― 문단 제씨의 의견」 가운데 「목표를 둘 것」(『대중공론』, 1930년 7월호)이 있다. 자세한 연보와 작품 목록은 박경수가 편찬한 『정노풍 문학의 재인식』(역락, 2004)을 참고할 수 있다.

**정병기**(丁炳基: 1902~1945)  아동문학가, 소년운동가. 황해도 출생. 전라북도 진안군(鎭安郡)에서 금광을 하던 부유한 집안의 둘째 아들로 자랐다. 경성고등보통학교(京城高等普通學校)를 졸업하고, 1920년 초에 일본 와세다대학을 다녔다. 1923년

---

70 '춘파(春波)'는 유기춘(柳基春)과 지복문(池福文)의 필명으로도 사용되어 이 글이 전춘파(全春坡, 全春波)의 것인지 불분명하다.

〈색동회〉창립에 참가한 8인 곧 방정환(方定煥), 강영호(姜英鎬), 손진태(孫晉泰), 고한승(高漢承), 정순철(鄭順哲), 조준기(趙俊基), 진장섭(秦長燮), 정병기(丁炳基) 중의 한 사람이다. 〈조선소년운동협회(朝鮮少年運動協會)〉회원으로 활동했다. ▶아동문학 관련 비평문으로 「동화의 원조 - 안델센 선생」(『시대일보』, 1925.8.10), 1927년 『동아일보』에서 '소년문학운동 가부(少年文學運動可否)'를 묻는 설문에 대한 답문인 「실사회(實社會)와 배치(背馳) 안 되면 가(可)」(『동아일보』, 1927.4.30) 등이 있다. 이 외에 다수의 아동문학 작품을 발표하였다.

**정상규**(鄭祥奎: 1914~?)  아동문학가. 별명 김순봉(金順鳳). 경상남도 진주(晋州) 출생. 진주제일공립보통학교(晋州第一公立普通學校)를 마치고 신문배달을 하다가 상경하여 중앙기독교청년회학교(中央基督敎靑年會學校)에 입학하였다. 그의 형 정창세(鄭昌世)의 권유로 안성 죽산농우학원(安城竹山農友學院)에 강사로 부임하였고, 형의 영향으로 좌익사상을 가지게 되었다. 1927년 4월 30일 『동아일보』 본사 신축 낙성 기념으로 진주지국 주최 현상소년소녀동화대회를 개최한 바 진주제일공립보통학교 정상규가 2등 입선하였다. 1928년 7월 11일 〈진주소년동맹(晋州少年同盟)〉 발기인회를 개최하여 이재표(李在杓), 김인규(金仁奎), 정상규가 준비위원으로 선출되었다. 1929년 이재표(李在杓), 손길상(孫桔湘) 등과 함께 진주 〈새힘사〉, 〈배달사〉, 〈노구조리회〉 등의 동인 활동을 하였다. 1930년 『동아일보』 신춘문예 현상 동화 부문에 「삼봉이의 발꼬락」이 가작 당선되었고, 『중외일보』 신춘현상문예에 동요 「도라오는 길」(『중외일보』, 1930.1.3)이 가작 당선되었다. 1932년 7월 15일 경기도 안성군(安城郡)에서 발생한 농우학원 사건 관련으로 체포된 바 있다. 이는 조선공산당경기도공작위원회준비회(朝鮮共産黨京畿道工作委員會準備會) 조직 혐의 때문이며 이로써 8월 13일 치안유지법 위반으로 기소되어 1934년 9월 21일 징역 3년이 언도되었고, 1936년 5월 9일 출옥하였다. 1920년대 후반부터 30년대 초반까지 다수의 아동문학 작품을 발표하였다.

**정성채**(鄭聖采: 1899~1950)  소년운동가. 필명 구도(具道). 서울 종로구 권농동(鐘路區勸農洞) 출생. 경신학교(儆新學校)를 졸업하고 연희전문학교(延禧專門學校) 문과에서 수학하다 중퇴하였다. 1921년부터 〈중앙기독교청년회(中央基督敎靑年會)〉의 소년부 간사로 활동하였다. 1922년 9월 〈소년척후대(少年斥候隊)〉를 발대하였다. 1924년 3월 조철호(趙喆鎬)의 〈조선소년군(朝鮮少年軍)〉 등 서울과 인천의 척후대 4 단체들이 중앙기독교청년회관에서 모여 상호연락과 통일을 목적으로 중앙기관인 〈소년척후단조선총연맹(少年斥候團朝鮮總聯盟)〉을 조직하였다. 1924년 4월 중국 베이징(北京)에서 열린 제1회 극동국제보이스카우트대회(極東國際少年

斥候團大會)에 〈소년척후단조선총연맹〉의 부간사 자격으로 참석하였다. 해방 후 1948년부터 1950년까지 〈한국보이스카웃연맹〉의 간사장이 되었고, 『합중민보』 발행인, 주일한국전권대사 겸 주일본연합군사령부 파견 외교사절 단장 등을 역임했다. 6·25전쟁 중 납북되어 정확한 생사를 확인하기 어렵다. ▶아동문학 관련 비평문으로 「새회에 어린이 지도는 엇지 홀가?(二) 〈척후군(斥候軍)〉과 금후 방침」(『조선일보』, 1923.1.5), 1927년 『동아일보』의 '소년문학운동가부(少年文學運動可否)'라는 설문에 대한 답문인 「이상에 치우침보다 실제생활로」(少年斥候團 鄭聖采; 『동아일보』, 1927.4.30), 「조선의 〈뽀이스카우트〉」(『신동아』 제5권 제3호, 1935년 3월호)가 있다. ▶저서로 『소년척후교범(少年斥候敎範)』(소년척후단조선총연맹, 1931)이 있다.

**정성호**(鄭成昊: ?~?)  소년운동가. 1932년 천도교청우당(天道敎靑友黨) 경성부(京城部) 제2차 당원대회에서 김옥빈(金玉斌)과 함께 유소년부 부원으로 신임되었다. 1932년 〈경성소년연맹〉에서 어린이날 기념행사를 위해 준비위원과 부서를 정했는데 이때 안정복(安丁福)과 함께 총무부 일을 맡았다. 1932년 9월 10일 〈천도교소년회〉 경성지부에서 동화 환등회(幻燈會)를 열었는데 정성호가 이를 담당하였다. 1932년 11월 4일 〈경성청년회〉 창립대회에서 집행위원으로 선임되었다. 1933년, 34년, 35년 어린이날 준비위원으로 활동하였다. 해방 후 1945년 어린이날전국준비위원회 부위원장(위원장은 梁在應)이자 위원(상무위원)이었다. 1946년 어린이날전국준비위원회에는 양재응(梁在應)이 위원장을 정성호(鄭成昊)가 부위원장을 맡았다. 1947년에도 양재응(梁在應), 최청곡(崔靑谷), 양미림(楊美林), 남기훈(南基薰), 정홍교(丁洪敎), 박흥민(朴興珉), 윤소성(尹小星), 김태석(金泰晳) 등과 함께 대표위원을 맡았다. ▶아동문학 관련 비평문으로 「어린이날을 압두고 부모형매에게 – 어린아이를 잘 키웁시다(전3회)」(『조선일보』, 1933.5.3~5), 「오늘에 드리는 일곱 가지 조건 – 서로 맹세하고 실행합시다」(『조선일보』, 1933.5.7), 「소년운동의 재출발과 〈소협(少協)〉」(『소년운동』 창간호, 1946년 3월호) 등이 있다.

**정세진**(丁世鎭: ?~?)  소년운동가. 조선소년군, 어린이날 행사 등의 일에 주로 관여하였다. 1929년 〈조선소년군총본부(朝鮮少年軍總本部)〉 비서부장, 부사령장(副司令長)을 역임하는 등 소년운동에 많은 활동을 하였다. 해방 후 김구(金九)를 총재로 〈조선소년군〉이 새 출발할 때에 이사로 활동하였다. ▶아동문학 관련 비평문으로 「〈소년군〉의 기원과 그의 유래」(『조선강단』, 1929년 9월호)가 있다.

**정순정**(鄭順貞: ?~?)  '鄭殉情'으로도 표기하였다. 황해도 해주(海州) 출생.[71] 1925년 11월경 황해도 해주에서 변귀현(邊貴鉉)과 함께 『군생(群生)』이란 문예잡지를 발행하기로 하였다. 1930년 4월 20일 〈카프(KAPF)〉의 중앙위원회에서 최서해(崔曙海), 정인익(鄭寅翼), 송완순(宋完淳)과 함께 제명당했다. ▶아동문학 관련 비평문으로 「소년문제 기타(상,하)」(『중외일보』, 1928.5.4~5)가 있다. 이 외에 다수의 아동문학 작품을 발표하였다.

**정순철**(丁淳哲: ?~?)  아동문학가. 필명 정순철(丁純鐵, 丁淳喆), 정우해(丁友海). 충청남도 당진(唐津) 출생. 충청남도 당진군 당진면 사기소리(忠淸南道 唐津郡 唐津面 沙器所里). 1934년 3월 7일 자로 『조선중앙일보』 서산지국(瑞山支局) 총무 겸 집금원(集金員)으로 임명되었다. 1935년 『동아일보』 신춘문예에 「꽁지 없는 참새(전4회)」(『동아일보』, 1935.1.1~8)가 동화 부문에 당선되었다. 1937년 11월 11일 자 라디오(JODK)에 정순철의 「이삭동무」가 '낭독동화'로 방송되었다. 『어린이』, 『동화』, 『소년』 등의 아동문학 잡지와 『조선일보』, 『동아일보』, 『조선중앙일보』 등의 신문에 동요, 동화, 소년소설, 아동극 등 다수의 작품을 발표하였다.

**정순철**(鄭順哲: 1901~1950?)  동요 작곡가. 필명 정순철(鄭淳哲), 아명 분답(分畓), 자(字) 성춘(星春). 충청북도 옥천(沃川) 출생. 어머니 최윤(崔潤)은 동학의 2세 교조인 해월 최시형(海月 崔時亨)의 딸이다. 1919년 보성고등보통학교(普成高等普通學校)를 졸업한 후, 1922년 일본 도요음악학교(東洋音樂學校)에 입학하였다. 1923년 도쿄(東京)에서 방정환(方定煥), 진장섭(秦長燮), 손진태(孫晉泰), 고한승(高漢承), 정병기(丁炳基), 윤극영(尹克榮) 등과 함께 〈색동회〉를 창립하였다. 1923년 어린이사와 도쿄의 〈색동회〉에서 주최하여 6일 동안 진행된 소년관계자간담회에서 윤극영과 함께 제3일의 '동요에 관한 실제론'을 강연하였다. 1925년 6월 〈명진소년회(明進少年會)〉에서 개최한 동요동화회(童謠童話會)에 방정환과 함께 참여하였으며, 1926년 7월 정칙강습소(正則講習所)를 후원하기 위해 〈조선문예협회(朝鮮文藝協會)〉에서 주최한 대음악회에 홍난파(洪蘭坡) 등과 함께 출연하였다. 1926년 8월 어린이사에서 소년 소녀를 위하여 납량동화동극동요대회(納凉童話童劇童謠大會)를 개최하였을 때 방정환, 진장섭(秦長燮), 정인섭(鄭寅燮) 등과 함께 참여하여 동요를 발표하였다. 1927년 6월 『어린이』 잡지 5개년 기념으로 제1회

---

71 정순정(鄭殉情)의 「문단교우록 – 지나간 단상(斷想)을 모아서(1)」, 『조선중앙일보』, 1935.6.8)에 다음과 같은 언급에서 확인된다. "當時에 나는 十三四歲의 어린 普校 生徒엿는데 그때 民族主義에서 社會運動으로 方向을 轉換한 내 伯兄이 『焰群』誌를 期於이 살리겟다는 覺悟로 同人 中에 崔承一, 沈熏, 宋影을 海州에까지 불러왓다. 불러오게 된 理由는 내 伯兄이 돈을 쓰되 放蕩히 쓰지는 안엇지만은 엇잿든 무슨 會館을 짓는다, 親舊의 밥갑을 물어준다, 旅費를 해 준다 하야 적잔히 濫費를 하고 잇섯든이만치(이하 생략)"

경성독자대회(京城讀者大會)를 개최하였는데 방정환, 고한승, 이정호 등과 함께 연사로 참여하여 동요 독창에 대해 강연하였다. 1928년 동요단체인 〈가나다회〉에서 경성방송국(京城放送局＝JODK) 후원으로 처음 동요 독창회를 개최하는데 정순철이 중심 역할을 하였다. 1929년 2월 25일 조선 가요의 민중화를 위해 이광수, 주요한, 김정식(金廷湜) 등과 함께 〈조선가요협회(朝鮮歌謠協會)〉를 창립할 때 발기인의 한 사람이었다. 1927년부터 1938년까지 동덕여자고등보통학교(同德女子高等普通學校) 교사로 재직하였고, 1931년 경성보육학교(京城保育學校) 학생들을 지도하였다. 1939년 두 번째로 일본 유학을 갔다가 1941년 귀국하였다. 1942년부터 1946년까지 중앙보육학교(中央保育學校) 교수를 지냈다. 1950년 6·25전쟁 중 납북되어 생사가 불명이다. ▶아동문학 관련 비평문으로 「노래 잘 부르는 법 – 동요 '옛이야기'를 발표하면서」(『어린이』, 1933년 2월호)가 있다. 이 외에 다수의 동요 작품에 곡을 붙였다. ▶저서로 『(동요곡집) 갈닙피리』(문화서관, 1929), 『(동요집) 참새의 노래』(동덕여자고등보통학교, 1932)가 있다. 자세한 연보와 작품목록은 도종환이 편찬한 『정순철 평전』(정순철기념사업회, 2011)을 참고할 수 있다.

**정열모**(鄭烈模: 1895~1967)  국어학자. 교육자. 아동문학가. 필명 백수(白水), 살별, 취몽(醉夢, 醉夢生, 취몽중). 충청북도 회인군(懷仁郡: 현 報恩郡) 출생. 회인보통학교를 거쳐 경성고등보통학교를 졸업하였다. 재학 중, 주시경(周時經)의 조선어강습원에 참여하여 1912년 3월 중등과(제5회)를, 1914년 3월에 고등과(제2회)를 수석으로 수료하였다. 1916년 3월 경성제일고등보통학교 부설 사범과를 수료한 후 보통학교 교원으로 임용되어, 평안북도 자성보통학교(慈城普通學校)와 의주보통학교(義州普通學校) 교원으로 근무하였다. 1921년 3월부터 1925년 3월까지 만 4년간 와세다대학 고등사범부 국어 한문과에서 수학하고 졸업하였다. 일본 유학 후, 1925년 4월 1일 자로 중동학교(中東學校) 조선어 교원이 되었다. 1926년 8월 13일 울산(蔚山) 〈병영소년회(兵營少年會)〉의 동요동화회(童話童謠會)에서 신명균(申明均)과 함께 심사를 하였다. 1931년 4월 김천고등보통학교(金泉高等普通學校)의 교무주임(현 교감)으로 부임하여, 1932년 1월 제2대 교장에 취임하였다. 1943년 3월 7일 자로 김천중학교 교장직을 사임하였다. 〈조선어연구회〉, 〈조선어학회〉의 여러 활동에 적극 참여하였는데, 조선어사전 편찬위원(1929.10), 한글맞춤법통일안 제정위원(1930.12), 표준어사정위원(1935.1)으로 활동하였다. 한글 연구자 중 신소년사(新少年社)를 운영했던 신명균(申明均)을 가깝게 모셨다. 1938년 1월 18일 자 『매일신보』에는 지원병제에 대해서 국민의 도리로 빨리 실시하기를 바란다는 의견을 밝히고 있다. 1942년 10월 20일 〈조선어학회〉 사건으로 김천(金

泉)에서 검거되어 함경남도 홍원(洪原) 경찰서에 유치되었고 치안유지법 위반으로 이극로(李克魯) 등 16명과 함께 기소되었다. 해방 후 1945년 8월 18일 〈조선건국준비위원회〉 김천지방위원장으로 추대되었고, 10월 숙명여자전문학교 문과 과장으로 취임하였으며, 1946년 3월 국학전문학교 초대 교장을 역임하였다. 1947년 6월 홍문대학관(弘文大學館)의 관장에 취임하였는데 1949년 6월 홍익대학으로 개편되자 초대 학장이 되어 1950년 2월까지 재임하였다. 대종교(大倧敎) 신자로 1949년에는 대종교중흥회의 교화부장과 중앙집행위원으로 활동하기도 하였다. 1950년 5월 제2대 국회의원 선거에서 김천시에 출마하였으나 낙선하였다. 1950년 6월 6·25전쟁이 발발한 뒤 납북되었다. 납북 후 1955년 10월 김일성종합대학 언어학 교수 등을 역임하였다. 『신소년』과 『조선일보』 등에 다수의 동요와 동화 작품을 발표하였다. ▶아동문학 관련 비평문으로 「마리」(『동요작법』, 신소년사, 1925.9), 「꼬깔」(박기혁 편, 『(비평 부 감상동요집)색진주』, 활문사, 1933.4) 등이 있다. ▶저서로 『동요작법(童謠作法)』(신소년사, 1925), 『바이올린 천재』(신소년사, 1928), 『현대조선문예독본(現代朝鮮文藝讀本)』(殊芳閣, 1929)[72] 등이 있다.

**정윤환**(鄭潤煥: 1916~?)  아동문학가. 필명 취운(翠雲), 물건(勿巾). 경상남도 남해(南海) 출생. 일본 주오대학(中央大學) 법학과를 졸업하고, 고등문관시험(高等文官試驗)에 합격하여 해방 후 판사, 대법관을 역임하였다. 〈남해소년문예사(南海少年文藝社)〉 사장과 〈남해신우사(南海新友社)〉 등 소년문예 활동을 하였다. 〈남해소년문예사〉는 1930년 9월 정윤환의 퇴사와 함께 해산되었다. 『매일신보』가 '전래동요'를 수집할 때에 여러 차례 남해 방면의 전래동요를 수집 기보(寄報)하였다. 1931년 『매일신보』의 '지상(紙上) 어린이 간친회'에 「사회 일꾼」(『매일신보』, 1931.1.1)이란 제목으로 참여하였다. 1940년 경성지방법원(京城地方法院) 사법관시보(司法官試補)가 되었고, 해방 후 판사, 대법관을 역임하였다. 6·25전쟁 중 납북되었다. ▶아동문학 관련 비평문으로 「1930년 소년문단 회고(전2회)」(『매일신보』, 1931.2.18~19)가 있다. 이에 대해 김기주(金基柱)가 「1930년에 대한 '소년문단 회고'를 보고 – 정윤환 군에게 주는 박문(駁文)(전2회)」(『매일신보』, 1931.3.1~3)을 통해 반박한 바 있다. 이 외에 다수의 동요 작품을 발표하였다.

**정이경**(鄭利景: ?~?)  아동문학가, 교사. 평안남도 평양(平壤) 출생. 평양에서 교원 생활을 하였다. 1921년 4월, 〈은산청년회(殷山靑年會)〉 주최 특별대강연회에서 '청년회의 취지'라는 제목으로 강연을 하였고, 〈순천청년회(順川靑年會)〉 총무를 지냈

---

72 해방 후 『한글문예독본』(한글문화사, 1946)으로 개편하였다.

다. 1924년 순천 의영학교 교장(順川宜英學校 校長)으로 재직하였고, 1924년 9월 국제청년(國際靑年)데이 기념강연회에서 '국제청년데이와 조선청년운동'이란 제목으로 강연하였다. 1928년 7월 〈순천유학생회(順川留學生會)〉의 강연회에서 '인류사회의 사적 고찰'이란 제목으로 강연하였다. 1925년 7월경 평안남도 순천군(順川郡) 『시대일보(時代日報)』 지국의 '고문 급 촉탁(顧問及囑托)'을 맡았었다. 1929년 7월 평양에서 『반도소년(半島少年)』을 창간하였고, 1930년 12월 『대중공론(大衆公論)』의 이사로 선임되었다. ▶아동문학 관련 비평문으로 「어린이와 동요」(『매일신보』, 1926.9.5), 「사회교육상으로 본 동화와 동요 – 추일(秋日)의 잡기장(雜記帳)에서」(『매일신보』, 1926.10.17), 「불란서의 현 학교 예술(전7회)」(『매일신보』, 1926.10.31~1927.1.16) 등이 있다.

**정인과**(鄭仁果: 1888~1972)  목사, 교육가. 본명은 정의종(鄭顗鍾), 창씨명은 德川仁果 또는 悳川仁果이다. 평안남도 순천군(順川郡) 출생. 평양 숭실중학교(崇實中學校)와 숭실전문학교(崇實專門學校)를 졸업하고, 1913년 미국으로 유학하여 1921년 샌프란시스코 신학교를 졸업하였다. 3·1운동 후 상하이(上海) 임시정부에 미주지역 대표인 안창호(安昌鎬)를 수행하여 임시정부 의원으로 임명되었다. 1920년 임시의정원 의원직과 외무차장직을 사임하고 미국으로 가 1922년 프린스턴신학교, 1923년 프린스턴대학교에서 문학사 학위를 받고, 이어 컬럼비아대학교(Columbia Univ.) 대학원에서 교육학을 공부하였다. 1924년 귀국한 뒤 1937년 〈수양동우회(修養同友會)〉 사건으로 구속되었다가 풀려난 뒤 본격적인 친일활동에 나섰다. 1942년 『기독교신문』을 발간하여 종교인으로서 대표적인 친일활동을 하여, 해방 후 1949년 2월 〈반민족행위특별조사위원회〉(反民特委)에 체포되었고, '대한의 유다'라는 별명이 붙을 정도의 지나친 친일행적으로 개신교회에 복귀하지 못하였다. 1926년 〈조선주일학교연합회〉에서 『아희생활』을 창간할 때 편집인이었고 1940년대 사장을 지냈다. 그의 친일행위는 「일제강점하 반민족행위 진상규명에 관한 특별법」 제2조 제13·17호에 해당하는 친일반민족행위로 규정되어 『친일반민족행위진상규명 보고서』 Ⅳ-16: 친일반민족행위자 결정이유서(256~289쪽)에 관련 행적이 상세하게 채록되었다. ▶아동문학 관련 비평문으로 「본지 창간 일곱 돌을 맞으며」(『아이생활』, 1933년 3월호), 「(社說)십년 전을 돌아보노라(본지 창간 정신의 재인식)」(『아이생활』, 1936년 3월호), 「본지 창간 십일주년을 맞으면서」(『아이생활』, 1937년 3월호) 등이 있다. 최봉칙(崔鳳則)이 쓴 「정인과론(鄭仁果論)」(『사해공론』 제2권 제6호, 1936년 6월호)을 참고할 수 있다.

**정인섭**(鄭寅燮: 1905~1983)  시인, 평론가, 영문학자. 필명 눈솔, 눈꽃, 설송(雪松),

설송아(雪松兒), 화장산인(花藏山人), 만화(晩花), 창씨명 도하라 인세쓰(東原寅燮). 경상남도 울주군(蔚州郡) 언양(彥陽) 출생. 1917년 언양보통학교를 졸업한 후, 1921년 대구고등보통학교를 졸업하였다. 이후 도쿄 이쿠분칸중학(東京郁文舘中學) 4학년에 편입하여 1922년 와세다제일고등학원에 입학하였다. 1926년 와세다대학 영문학과에 입학, 1929년 3월 졸업한 후 귀국하여 연희전문학교(延禧專門學校) 교수로 재직하였다. 1922년 〈색동회〉가 발기(方定煥, 姜英鎬, 孫晉泰, 高漢承, 鄭順哲, 趙俊基, 秦長燮, 丁炳基 등 8명)된 후, 마해송(馬海松), 윤극영(尹克榮) 등과 함께 추가 참여하였다. 『어린이』에 동시, 동극, 동화 등을 발표하였고, 1926년 와세다대학 재학 중 김진섭(金晉燮), 김온(金鎾), 이하윤(異河潤), 손우성(孫宇聲) 등과 〈해외문학연구회(海外文學硏究會)〉를 조직하였다. 1928년 7월 하기휴가 때에 귀국하면서 세계아동예술작품(兒童畫, 人形類, 手工品, 兒童劇, 參考品, 兒童雜誌, 圖書 類 등) 700여점을 들여와 마산(馬山)에서 전람회를 개최하였다. 1930년대에 프롤레타리아문학파와 민족주의문학파를 동시에 비판하였다. 1931년 7월 8일 김진섭(金晉燮), 유치진(柳致眞), 이헌구(李軒求), 서항석(徐恒錫), 윤백남(尹白南), 이하윤(異河潤), 함대훈(咸大勳), 홍해성(洪海星), 장기제(張起悌), 조희순(曹喜淳), 최정우(崔挺宇)와 함께 극예술에 대한 일반의 이해를 넓히고 기성극단의 잘못된 흐름을 바로잡고 진정한 의미의 '우리 신극'을 수립하려는 목적으로 〈극예술연구회(劇藝術硏究會)〉를 조직하였다. 1933년 11월 경성방송소년예술단체(京城放送少年藝術團體)인 〈조선아동예술연구협회(朝鮮兒童藝術硏究協會)〉의 고문, 그리고 1935년 6월 창립된 〈두루미회〉를 후원하였다. 1936년 아동지 『동화(童話)』 창간에 편집고문으로 참여하였다. 1939년 10월 20일 〈국민정신총동원조선연맹(國民精神總動員朝鮮聯盟)〉[73]에 가맹한 〈조선문인협회(朝鮮文人協會)〉의 회칙 기초위원(起草委員)(李光洙, 兪鎭午, 朴英熙, 崔載瑞, 鄭寅燮)으로 참여하였다. 정인섭의 대표적인 친일활동을 정리해 보면, 1939년 이후 〈조선문인협회〉 간사와 상임감사를 역임하면서 전선 위문대(慰問袋) 보내기, 지원병훈련소 1일 입소, 〈국민총력조선연맹(國民總力朝鮮聯盟)〉 문화부 문화위원 등을 역임하면서 식민통치와 침략전쟁에 적극 협력하였다. 1939년 〈조선문인협회〉 발기인이자 조선인 측 간사, 1940년 신토(神道) 학습 단체인 〈황도학회(皇道學會)〉[74] 발기인이자 이사, 1940년 〈국민총력조

---

73 중일전쟁 중 전시체제를 확립하기 위해 1938년 7월 7일 조직된 친일단체이다. 1940년 10월 〈국민총력조선연맹〉으로 개편되었다.

74 1940년 12월 25일 서울에서 조직되었던 친일단체이다. 회장은 신봉조(辛鳳祚), 이사는 구자옥(具

선연맹〉문화위원. 1941년 〈조선임전보국단(朝鮮臨戰報國團)〉 경성지부 발기인,
1942년 총독부 경무국 내 〈황도문화협회〉에 설치된 영화기획심의회가 조선어 발성
영화 상영금지령을 내리면서 군국조(軍國調) 영화제작이 극성을 부리게 되었는데
이 단체의 심의위원으로 활동한 것 등이다. 정인섭의 친일행위는 「일제강점하 반민
족행위 진상규명에 관한 특별법」 제2조 제13・17호에 해당하는 친일반민족행위로
규정되어 『친일반민족행위진상규명 보고서』 Ⅳ-16: 친일반민족행위자 결정이유
서(290~332쪽)에 관련 행적이 상세하게 채록되었다. 「아동문학 관련 비평문으로
「(전람회 강화 - 其四)인형극과 가면극 - 세계아동예술전람회에 제(際)하야」(『어
린이』 제6권 제6호, 1928년 10月호), 「아동예술교육(전3회)」(『동아일보』, 1928.
12.11~13), 「학생극의 표어」(『조선일보』, 1931.11.28), 「『소세(少世)』 10月호 동
요시를 읽고 - 짤막한 나의 감상」(雪松: 『소년세계』, 1932년 12月호), 「1932년의
조선 소년문예운동은 엇더하엿나」(雪松兒: 『소년세계』, 1932년 12月호), 「서문,
아기는 귀여워요 - 노리를 많이 줍시다」(金相德 編, 『세계명작아동극집(世界名作
兒童劇集)』, 조선아동예술연구협회, 1936), 「(신간평)이구조 저(李龜祚著)『까치
집』을 읽고」(『매일신보』, 1941.1.11) 등이 있다. 이 외에 동요, 동요극, 소년시,
번역 동시 등 다수의 아동문학 작품을 발표하였다. 「저서로 일문(日文)『온돌야화
(溫突夜話)』(日本書院, 1927), 『대한현대시영역대조집(大韓現代詩英譯對照集)』
(문화당, 1948), 영문 『Folktales from Korea』(Grove Pr., New York, 1952), 『한국
문단논고(韓國文壇論考)』(신흥출판사, 1958), 『세계문학산고(世界文學散考)』(동
국문화사, 1960), 『색동저고리: 동요 동화 수필 동극 창작집』(정연사, 1962), 평론
집 『비소리 바람소리』(정음사, 1968), 『색동회 어린이 운동사』(학원사, 1975) 등이
있다.

**정인택**(鄭人澤: 1909~1953) 언론인, 기자, 소설가. 경성(京城) 출생. 1922년 경성
제일고등보통학교에 입학하여 1927년 졸업하였다. 1928년 4월 경성제국대학 예과
문과에 입학하였으나 중퇴하였다. 「일제강점하 반민족행위 진상규명에 관한 특별
법」 제2조 제11, 13, 17호에 해당하는 친일반민족행위로 규정되어 『친일반민족행
위진상규명 보고서』 Ⅳ-16: 친일반민족행위자 결정이유서(pp.358~405)에 관련
행적이 상세하게 기록되어 있다. 1930년 『중외일보』 현상 모집에 단편소설 「준비
(準備)」(1930.1.11~16)가 2등으로 당선되었다. 『매일신보』에 동화 「(안더-슨 동

---

滋玉), 박영희(朴英熙), 손홍원(孫弘遠), 정인섭(鄭寅燮), 현영섭(玄永燮)과 약간의 일본인을 포
함한 통합조직이었다.

화)나그네 두 사람」(1930.6.25~28), 장편동화(掌篇童話) 「시계(時計)」(1930.7. 9), 「불효자식」(1930.7.13), 소년소설 「눈보라(전20회)」(1930.9.11~10.5), 기행문 「(소년문예독본 제8과)온정리(溫井里)」(1936.10.25) 등 아동문학 작품을 다수 발표하였다. 해방 후 정지용과 더불어 『어린이나라』의 독자 작품 선평(選評)을 담당하였다. ▶아동문학 관련 비평문으로, 김규택, 박영종, 김의환, 정현웅, 이성표, 윤석중, 조풍연 등과 좌담회를 한 「애독자 여러분이 좋아하는 시인·소설가·화가·좌담」(『소학생』 제71호, 1949년 10월호)이 있다.

**정지용**(鄭芝溶: 1902~1950) 시인, 아동문학가. '鄭芝鎔'으로도 표기하였다. 아명 지용(池龍), 세례명 프란시스코[方濟角]. 충청북도 옥천(沃川) 출생. 1910년 옥천 공립보통학교에 입학하였고, 1918년 휘문고등보통학교에 입학하여 1922년 졸업하였다. 휘문고보 재학 중 박팔양(朴八陽) 등과 동인지 『요람(搖籃)』을 발간하였고, 3·1운동 당시 교내 시위를 주동하다가 무기정학을 받기도 하였다. 1923년 휘문고보의 교비생으로 일본 교토(京都)의 도시샤대학(同志社大學) 영문학과에 입학하였다. 귀국 후 휘문고보 교사로 근무하다가 해방 후 이화여자대학교 문학부 교수로 재직하였다. 이태준(李泰俊)과 함께 잡지 『문장(文章)』의 고선위원(考選委員)이 되어, 박두진(朴斗鎭), 조지훈(趙芝薰), 박목월(朴木月), 이한직(李漢稷), 박남수(朴南秀) 등을 추천하였다. 경향신문사의 주간을 역임하였다. 1946년 2월 〈조선문학가동맹〉의 아동문학 분과 위원장으로 추대되었다. 1949년 6월 〈국민보도연맹(國民保導聯盟)〉이 결성된 후, 11월에 다른 문인들과 함께 강제로 가입되었다. 6·25전쟁 중 납북된 것으로 알려졌다. ▶아동문학 관련 비평문으로 「(서평)윤석중 동요집 『초생달』」(『현대일보』, 1946.8.26), 「(아협 상 타기 작문 동요 당선 발표)싹이 좋은 작품들」(『소학생』 제49호, 1947년 8월호), 「작품을 고르고」(『어린이나라』, 1949년 2월호), 「작품을 고르고서」(『어린이나라』, 1949년 3월호), 「작품을 고르고서」(『어린이나라』, 1949년 4월호), 「작품을 고르고」(『어린이나라』, 1949년 6월호), 「동요를 뽑고」(『어린이나라』, 1949년 9월호), 「동요를 뽑고 나서」(『어린이나라』, 1949년 10월호) 등이 있다. 이 외에 다수의 동시(동요) 작품이 있다. ▶저서로 『정지용시집(鄭芝溶詩集)』(시문학사, 1935), 『백록담(白鹿潭)』(문장사, 1941), 『지용시선(芝溶詩選)』(을유문화사, 1946) 등 시집과, 『문학독본(文學讀本)』(박문서관, 1948), 『산문(散文)』(동지사, 1949) 등이 있다.

**정진석**(鄭鎭石: 1912~1968) 언론인. 경기도(京畿道) 출생. 수하동보통학교(水下洞普通學校)와 경성제이공립고등보통학교(京城第二公立高等普通學校)를 거쳐, 1931년 4월 남응손(南應孫), 원유각(元裕珏), 지헌영(池憲英) 등과 함께 연희전문학교

(延禧專門學校) 문과 본과에 입학하여 1935년에 졸업하였다. 1938년 3월 일본 메이지대학(明治大學) 법학과를 졸업하였고, 교토제국대학(京都帝國大學) 대학원에서 동양철학을 공부한 것으로 확인된다. 1931년『조선일보』의 현상 공모에「문자보급가」(1931.1.6)가 선외가작으로 당선되었다. 1932년 김천규(金天圭), 원유각(元裕珏), 승응순(昇應順), 정진석(鄭鎭石), 김호규(金昊奎), 강영주(姜榮周), 양기철(梁基哲), 홍두표(洪斗杓), 장현직(張鉉稷) 등이 동인이 되어, 문학연구 창작 발표 동인지로『문학(文學)』을 발간하였다. 1932년 11월 우당(右堂) 이회영(李會榮)이 서거하자 신석우(申錫雨), 정인보(鄭寅普), 서연희(徐延禧), 유진태(俞鎭泰), 이회간(李喜侃), 윤복영(尹福榮) 등과 함께 조문하였다. 1933년 5월 정진석(鄭鎭石)은 윤석중(尹石重)의『잃어버린 댕기』출판기념회 발기인으로 이광수(李光洙), 윤백남(尹白南), 주요한(朱耀翰), 이은상(李殷相), 박팔양(朴八陽), 정인섭(鄭寅燮), 이태준(李泰俊), 현제명(玄濟明), 홍난파(洪蘭坡), 독고선(獨孤璇), 신명균(申明均), 최봉칙(崔鳳則), 승응순(昇應順) 등과 함께 참여하였다. 이에 대해 윤석중은「동요집의 회상」(『삼천리』제5권 제10호, 1933년 10월호)에서 "이날 참석해 주신 분은 李光洙, 金東煥, 朴八陽, 李泰俊, 異河潤, 沈宜麟, 車士百, 洪蘭坡, 鄭寅燮 外 여러 선생님과 鄭鎭石, 昇應順 任東爀 柳義卓 外 여러 동무"라 하였다. 1935년『동아일보』주최의 제2회 전조선 남녀 전문(專門) 졸업생 대간친회 후기에 의하면, "안경 쓰고, 체격은 마르고, 말은 명랑"(1935.2.22)하다고 정진석의 풍모를 묘사하였다. 해방 후『자유신문(自由新聞)』의 발행인, 편집인 겸 주필을 맡았다. 1946년 4월 연희전문학교(1946년 8월 이후 연희대학교)에서 교편을 잡았다. 1946년 〈전조선문필가협회(全朝鮮文筆家協會)〉와 1947년 〈조선과학자동맹(朝鮮科學者同盟)〉 서울시지부 위원장을 역임하였다. 1948년 4월 남북연석회담에 신문기자단의 일원으로 북한에 갔다가 그대로 눌러앉아 김일성대학 교수 등을 역임하면서 주로 조선시대 철학사, 실학사상 등에 대해 연구하였다. ▶아동문학 관련 비평문으로 평론「조선 학생극의 분야(상,중,하)」(『조선일보』, 1931.11.29~12.2),「조선 학생 문학운동에 대하야」(『문학타임스』 창간호, 1933) 등이 있다.

**정창원**(鄭昌元: ?~?) 경상남도 남해(南海) 출생. 1928년 4월경, 남해의 신진문사 몇몇의 발기로 삼지사(三志社)를 창립하고 교육과 지방 중심의 사업을 하기로 하였으며 일차로 동요집 발간을 추진하였는데 그 사무를 정창원이 수행하였다. 진주(晋州) 신시단사(新詩壇社)에서 발행한『신시단(新詩壇)』(1928년 8월 창간호)의 동인으로 엄흥섭(嚴興燮), 김병호(金炳昊), 소용수(蘇瑢叟) 등과 함께 참여하였다. ▶아동문학 관련 비평문으로「머리말」(『동요집』, 삼지사, 1928)이 있다. ▶저서로 편저

『동요집(童謠集)』(南海: 삼지사, 1928)이 있다.

**정청산**(鄭青山: 1909~?)  아동문학가, 소년운동가. 필명 정재덕(鄭在德), 정철(鄭哲), 녹수(綠水). 경성부(京城府) 출생. 신건설사(新建設社) 사건 당시 주소는 '경성부 서사헌정 74번지(京城府 西四軒町 七四番地)'였다. 경성제국대학 급사, 중앙인쇄소(中央印刷所) 사무원 등을 지냈다. 1931년 6월 〈용을소년회(龍乙少年會)〉 집행위원 중 한 사람으로 어린이날을 기해 〈노농소년회(勞農少年會)〉라는 결사를 조직하여 치안유지법 위반이란 죄목으로 기소되어 징역 1년 6개월에 집행유예 3년의 판결을 받은 바 있다. 1932년 1월 〈조선소년총연맹(朝鮮少年總聯盟)〉을 반대하고 소년운동을 적화하기 위해 〈노농소년연맹위원회(勞農少年聯盟委員會)〉를 조직하였다는 혐의로 김봉룡(金奉龍), 박상윤(朴相潤)과 함께 기소되어 경성지방법원에서 징역 2년에 집행유예 3년을 언도 받은 바 있다. 1932년 8월 23일경 동아인쇄소(東亞印刷所, 京城府 永樂町 一丁目)에서 윤기정(尹基鼎)의 권유로 〈카프(KAPF)〉에 가입하였다. 1932년 12월 16일 별나라사 관계 사건에서 정청산은 불구속으로, 신고송(申鼓頌) 외 두 사람은 출판법 위반으로 기소되기도 하였다. 1934년 7월 중순부터 전라북도 경찰부가 중심이 되어 전국적으로 검거를 한 소위 신건설사사건(新建設社事件)으로 기소된 건은 1935년 12월 모두 집행유예 판결이 났으나 정청산과 박완식(朴完植)은 앞의 치안유지법 위반 사건 관련 전과(前科)로 '1년 징역, 3백일 미결통산(一年 懲役, 三百日 未決通算)' 처분을 받았고, 앞의 집행이 유예되었던 징역 1년 6개월 형도 추가되었다. 해방 후 월북하였다. 아동문학 관련 비평문으로 「(읽은 뒤의 감상)『불별』은 우리들의 것」(東京 鐵工場 鄭哲; 『별나라』 통권49호, 1931년 4월호), 「『소년소설육인집』을 보고」(鄭哲; 『별나라』 통권60호, 1932년 7월호), 「출판물에 대한 몇 가지 이야기」(정철; 『신소년』, 1933년 5월호), 「소년문학 써-클 이약이」(鄭青山; 『신소년』, 1933년 8월호) 등이 있다. 이 외에 동요와 동화 등 다수의 아동문학 작품을 발표하였다. 정청산에 대한 글로는, '본사 B기자'의 「아동문학작가(一) 정청산 씨 방문기」(『신소년』, 1934년 4-5월 합호)가 있다.

**정태병**(鄭泰炳: 1916~?)  아동문학가. 필명 우정(友汀). 전남 영광(靈光) 출생. 영광보통학교(靈光普通學校)를 졸업하고 영광공립보습학교(현 영광중학교)에 진학하여 1930년 2월 제2회로 졸업하였다. 그 후 영광에서 풀잎사라는 서점을 운영하였다. 1938년 5월 16일 비밀결사 등의 혐의로 9개월 동안의 취조 후 기소되었으나 치안유지법(治安維持法) 위반 혐의가 없다 하여 석방되었다. 1939년 『매일신보』 신춘현상문예에 「일남(一男)의 그림(전4회)」(『매일신보』, 1939.1.15~19)이 동화 부문에 입선되었다. 이때 주소가 "전남 영광읍내 백학리 정태병(全南 靈光邑內 白鶴

里 鄭泰炳)"으로 되어 있다. 해방 후 〈조선문학가동맹〉 아동문학 분과 위원으로 활동하였고, 『새동무』의 동화 집필진으로도 활동하였다. 6·25전쟁 중 종군작가단으로 내려온 고향의 선배 작가인 조운(曺雲)과 함께 월북한 것으로 추정된다. ▼아동문학 관련 비평문으로 「아동문화 운동의 새로운 전망 – 성인사회의 아동에 대한 재인식을 위하여」(『아동문화』 제1집, 동지사아동원, 1948년 11월호)가 있다. ▼저서로 『조선동요전집 1』(신성문화사, 1946)과 싱클레어(Sinclair, Upton Beall)의 책을 양미림(楊美林)과 공동으로 번역한 『연애와 결혼』(문화출판사, 1948)이 있다.

**정현웅**(鄭玄雄: 1911~1976)   화가, 서양화가. 서울시 종로(鍾路) 출생. 경성제이고등보통학교(京城第二高等普通學校) 재학 중인 1927년부터 조선미술전람회에 입선과 특선에 오르면서 화단에 진출하였다. 1929년 경성제이고등보통학교를 졸업한 후 일본 유학을 위해 도쿄(東京)로 갔으나 경제적 사정과 건강 문제 등으로 귀국하였다. 1931년 제10회 조선미술전람회에서 「빙좌(凭座)」로 특선하였다. 1934년 신백수(申百秀), 이시우(李時雨), 조풍연(趙豊衍) 등과 함께 동인지 『삼사문학(三四文學)』을 창간했다. 1934년 6월 정현웅(鄭玄雄)은 신홍휴(申鴻休), 구본웅(具本雄), 김경준(金京俊), 권영준, 홍우백(洪祐伯) 등과 함께 〈신회화예술협회(新繪畵藝術協會)〉를 결성하였고, 이해에 조선미술전람회에서 「좌상」으로 두 번째 특선에 올랐다. 1935년 동아일보사 기자로 입사하여 이무영(李無影)의 「먼동이 틀 때」의 연재 삽화를 그렸다. 이후 장혁주(張赫宙)의 「여명기」, 김말봉(金末峰)의 「밀림」 등의 삽화를 그렸다. 1937년 일장기말소 사건으로 『동아일보』에서 해직당한 후 1937년 조선일보사에 취직하여 신문과 『조광(朝光)』, 『여성(女性)』, 『소년(少年)』 등의 잡지에 수많은 삽화와 표지화를 그렸다. 함대훈(咸大勳)의 장편소설 『무풍지대(無風地帶)』(보성서관, 1938)와 박태원(朴泰遠)의 단편집 『소설가 구보 씨의 일일(小說家 仇甫氏의 一日)』(문장사, 1938) 등의 장정을 맡기도 했다. 1940년 조선미술전람회 입선작 「대합실 한구석」은 우리 민족의 참담한 처지를 주제로 삼은 주목할 만한 작품이다. 해방 후 〈조선미술건설본부〉 서기장이 되었다가 〈조선조형예술동맹〉, 〈조선미술동맹〉 간부로 활약하였다. 〈조선아동문화협회〉 결성과 고려문화사 편집위원으로 참여하였다. 1945년 12월 정현웅은 『어린이신문』(고려문화사) 편집동인에 임병철(林炳哲), 김영수(金永壽), 윤석중(尹石重), 채정근(蔡廷根), 박계주(朴啓周) 등과 함께 참여하였다. 서울신문사가 발행하던 월간잡지 『신천지(新天地)』의 편집인으로 근무하였다. 6·25전쟁 발발 직후 〈남조선미술동맹(南朝鮮美術同盟)〉 서기장이 되었다가 9월 후퇴하는 인민군과 함께 월북하였다. ▼아동문학 관련 비평문으로 「(뽁·레뷰)윤석중 동화집[75]『어깨동무』」(『조선일보』,

1940.7.30)가 있다.

**정홍교**(丁洪教: 1903~1978)  소년운동가, 아동문학가. 필명 일천(一天), ㅎㄱ생.
서울 출생. 양정고등보통학교(養正高等普通學校)를 졸업하고, 도쿄세이소쿠학교
(東京正則學校) 고등과를 수료하였다. 1921년 8월 〈반도고학생친목회(半島苦學生
親睦會)〉를 결성하여 사교부장으로 활동하였다. 1923년 3월 〈반도소년회(半島少年
會)〉를 조직하여 무산소년운동에 참여하였다. 1925년 5월 사회주의 계열의 〈오월
회(五月會)〉를 창립하였다. 그 뒤 〈오월회〉는 〈경성소년연맹(京城少年聯盟)〉으로
개칭했으나 일제의 불허로 다시 〈오월회〉라는 명칭을 사용했다. 1926년 3월 12일
〈서광소년회(曙光少年會)〉에서 경성소년지도자의 연합기관인 〈오월회〉의 혁신임
시총회(革新臨時總會)를 열었는데, 이원규(李元珪), 고장환, 김효경(金孝慶), 민병
희(閔丙熙), 문병찬(文秉讚), 정홍교(丁洪教), 박준표(朴埈杓) 등이 집행위원으로
선임되었다. 1927년 10월 〈조선소년연합회(朝鮮少年聯合會)〉가 창립되자 중앙집
행위원을 맡았고, 1928년 3월 〈조선소년총동맹(朝鮮少年總同盟)〉을 조직해 위원
장에 취임하였다. 1928년 〈전남소년연맹〉 사건으로 기소되어 금고형에 처해지고
1929년에 체포되기도 하였다. 방정환의 동심주의 소년운동과는 노선을 달리하는
사회주의, 무산소년운동을 전개했다. 1928년 조선일보사에 입사하여 학예부 기자
로 가정 및 아동란을 담당하였다. 1924년 『소년주보(少年週報)』, 1927년 『소년조
선(少年朝鮮)』을 창간하고, 1928년 『소년시대(少年時代)』 주간, 1933년 11월 〈조
선아동예술연구협회(朝鮮兒童藝術研究協會)〉 창립 시 정인섭(鄭寅燮), 현제명(玄
濟明), 백정진(白貞鎭), 최성두(崔聖斗), 김복진(金福鎭), 노천명(盧天命), 유삼렬
(劉三烈), 남응손(南應孫), 김지림(金志淋), 유기흥(柳基興), 원치승(元致升), 모기
윤(毛麒允), 한보패(韓寶珮), 이구조(李龜祚), 김성도(金聖道), 신원근(申源根), 원
유각(元裕珏) 등과 함께 발기 동인으로 참여하였고 이어 고문이 되었다. 1934년
『라디오 세계』의 주간으로 활동하였다. 1934년 3월경 갑자유치원(甲子幼稚園)의
보모 박금례(朴今禮)와 불미스런 일이 있어 장안의 화제가 된 바 있다. 해방 후에는
〈한국소년지도자협회〉 회장, 〈한국아동문학회〉 최고위원 등을 역임하였다. 1952년
부터 1956년까지 〈한국소년운동자총연맹(韓國少年運動者總聯盟)〉 사장으로 『소
년시보(少年時報)』를 순간(旬刊)으로 발행하였다. 1955년 6월 발족한 〈한국자유문
학자협회(韓國自由文學者協會)〉의 아동문학분과위원장을 맡았다. 1966년에 대한
민국문화훈장, 1971년 대통령포상을 수상하였다. ▶아동문학 관련 비평문으로 「동

---

75 '尹石重童謠集'의 오식이다.

화의 종류와 의의」(『매일신보』, 1926.4.25), 「아동의 생활심리와 동화(전2회)」(『동아일보』, 1926.6.18~19), 「소년운동의 방향전환 – '어린이날'을 당하야」(『중외일보』, 1927.5.1), 「소년지도자에게 – 어린이날을 당하야」(『중외일보』, 1928.5.6), 「어린이날을 마지며 부로형자(父老兄姊)께(一) ◇… 오늘부터 이행할 여러 가지(전3회)」(『조선일보』, 1928.5.6~9), 「조선소년운동 개관 – 일주년 기념일을 당하야(전4회)」(『조선일보』, 1928.10.16~20), 「금년의 소년 데 – 지도자 제현에게」(『중외일보』, 1929.5.6), 「소년문학운동의 편상(片想) – 특히 동화와 신화에 대하야」(『조선강단』 제1권 제2호, 1929년 11월호), 「(소년문제연구)'동심'설의 해부」(『조선강단』 제3호, 1930년 1월호), 「조선소년운동 소사(小史)(1)」(『조선일보』, 1930.5.4), 「어린동무들이 새해에 생각할 일 – 장내 사회에 압잡이가 되십시다」(『조선일보』, 1931.1.1), 「(一人一文)어린이가 울고 웃음이 조선의 울고 웃음 – 크나 적으나 담합하라」(『조선일보』, 1931.2.18), 「조선 소년운동 개관 – 금후 운동의 전개를 망(望)함(전6회)」(『조선일보』, 1932.1.1~19), 「소년운동약사 – 18회 어린이날을 맞이하여」(『경향신문』, 1947.5.1), 「어린이운동 소사(小史)」(『연합신문』, 1949.5.5) 등이 있다. 이 외에 동화, 동요, 논설 등 다수의 아동문학 작품을 발표하였다. ▶저서로 『금쌀애기』(행림서림, 1925), 『은쌀애기』(대산서림, 1926), 『금닭』(동화출판사, 1947), 『소년기수(少年旗手)』(동화출판사, 1947), 『박달방망이』(남산소년교호상담소, 1948) 등이 있다.

**정홍조**(鄭紅鳥: ?~?)　소년운동가. 경상남도 울산군 언양(彦陽) 출생. ▶아동문학 관련 비평문으로 「어린이데 – '를 압두고 임총(臨總) 개최를 제의함(상,하)」(『중외일보』, 1930.4.6~7)이 있다.

**조문환**(曺文煥: 1907~1949)　소년운동가, 독립운동가. 전라남도 영암(靈巖) 출생. 보통학교를 졸업하고 조선일보사 목포지국 기자, 동아일보사 영암지국장을 역임하였다. 1924년 도쿄(東京)의 조선인고학생 단체인 〈형설회(螢雪會)〉의 임원으로 활동하였다. 1926년 4월 25일 〈목포노동소년회〉 창립총회를 개최하였고, 〈목포무산청년회〉, 〈목포청년동맹〉 상무서기로 활동하였다. 1926년 4월 26일 〈목포전위동맹(木浦前衛同盟)〉 외 5개의 단체가 연합 주최하여 메이데이를 기념하는 행사에서 조문환은 「세계적으로 본 메이데이」라는 주제로 강연하였다. 1927년 7월 〈조선소년연합회(朝鮮少年聯合會)〉 창립 준비위원으로 참가하여, 중앙집행위원 및 조사연구부원으로 선출되어 활동하였다. 1927년 〈신간회(新幹會)〉 목포지회 간사로 활동하였다. 1928년 8월 광주(光州) 무등산 징심사(澄心寺)에서 개최된 〈조선소년총연맹 전라남도소년연맹(朝鮮少年總聯盟全羅南道少年聯盟)〉 창립대회 관련 사건으로 체포되었다가 석방되었다. 1927년 8월 〈고려공산청년회(高麗共産靑年會)〉에 가입하여 목포 야체이카(ячейка: 공산당 등의 세포조직)에 배속되었고, 이후 활동으로 1928년 8월경 일경(日警)에 체포되어 징역 2년형을 언도받고 옥고를 치르기도 하였다. ▶아동문학 관련 비평문으로 「특수성의 조선 소년운동 – 과거 운동과 금후 문제(전7회)」(『조선일보』, 1928.2.22~3.4)를 발표한 바 있다.

**조성녀**(趙成女: ?~?)  유아교육자. 1938년에 중앙보육학교(中央保育學校)를 제10회 우등생으로 졸업하였다. 웅변가이며 성악에 특별한 재능이 있고, 유희와 극, 동화도 잘하였다고 한다. 해방 후 1946년 고려문화사 어린이신문부에서 〈조선아동예술연구회(朝鮮兒童藝術硏究會)〉를 조직하였는데, 조성녀는 홍은순(洪銀順), 백화선(白華善)과 함께 '동화부' 위원으로 활동하였다. 1949년 6월 1일 김동리(金東里), 박화목(朴和穆) 등과 함께 홍은순(洪銀順)의 동화집 『은방울』 출판기념회 발기인에 이름을 올렸다. 1960년 장충유치원장, 중앙유치원장으로 재직하였다. ▶아동문학 관련 비평문으로 「(신간평)박영종 편 『현대동요선』」(『경향신문』, 1949.4.8)이 있다.

**조연현**(趙演鉉: 1920~1981)  문학평론가. 필명 석재(石齋), 조석동(趙石童), 창씨명 德田演鉉. 경상남도 함안(咸安) 출생. 1933년 함안공립보통학교를 졸업하고 보성고등보통학교에 입학하였다가 중퇴. 중동학교 편입 및 중퇴 후, 1938년 배재고등보통학교와 혜화전문학교(惠化專門學校)를 졸업하였다. 일제강점기 말에 창씨명으로 여러 편의 친일 비평문을 발표하였다. 해방 후 1945년 『예술부락(藝術部落)』을 주재하면서 본격적으로 비평 활동을 시작하였다. 좌익의 〈조선문학가동맹〉에 맞서 1946년 김동리(金東里), 서정주(徐廷柱) 등과 함께 〈조선청년문학가협회〉를 결성하였다. 1955년 『현대문학』을 창간하면서 주간을 맡았다. 1962년부터 동국대학교, 한양대학교에 재직하였다. 〈한국문인협회〉 이사장을 지냈다. 대한민국 문화포상(1963), 제11회 예술원상(1966), 국민훈장 동백장(1970), 3 · 1문화상(1972) 등을 수상하였다. ▶아동문학 관련 비평문으로 「(신서평)방기환 저(方基煥 著) 『손목 잡고』」(『경향신문』, 1949.7.9)가 있다. ▶저서로 『문학과 사상』(세계문학사, 1949), 『현대한국작가론』(문예사, 1952), 『한국현대문학사』(현대문학사, 1956), 『내가 살아온 한국문단』(현대문학사, 1968) 등이 있다.

**조용만**(趙容萬: 1909~1995)  소설가, 영문학자. 필명 아능(雅能), 능(能), 아(雅), 이중완(李重完). 서울 출생. 경성제일고등보통학교(京城第一高等普通學校)를 졸업하고 경성제국대학(京城帝國大學) 법문학부(法文學部) 영문과를 졸업하였다. 1933년 『매일신보』 학예부 기자로 입사하여 학예부장 겸 논설위원을 지냈고, 친일

문학인들이 결성한 〈조선문인협회(朝鮮文人協會)〉 발기인으로 참가했으며, 태평양전쟁 이후 『국민문학(國民文學)』에 일본어 작품을 발표하기도 하는 등 국책문학(國策文學)에 앞장섰다. 1933년 8월 이태준(李泰俊), 이종명(李鍾明), 정지용(鄭芝鎔), 김기림(金起林), 이무영(李無影), 김유영(金幽影), 이효석(李孝石), 유치진(柳致眞) 등과 함께 결성한 〈구인회(九人會)〉의 일원으로 활동하였다. 1933년 『매일신보』에 입사하여 1938년 5월 학예부장, 1942년 11월 논설위원 전임 겸 사진순보(寫眞旬報) 주임을 지냈다. 1943년 6월경 〈조선문인보국회(朝鮮文人報國會)〉의 소설희곡부회(小說戱曲部會)의 평의원을 지냈고, 1945년 5월 〈조선문인보국회〉 소설부에서 『결전문학총서(제1집)』를 발간할 때, 가야마 미쓰로(香山光郎 = 李光洙), 이무영(李無影), 유진오(兪鎭午), 정인택(鄭人澤), 김사량(金史良), 정비석(鄭飛石) 등과 함께 집필 작가로 선정되기도 하였다. 『코리아타임스』 주필을 지냈으며, 1953년부터 고려대학교 영문학과 교수로 재직하였다. 1931년경부터 작품을 발표하였는데 주로 경향파적인 성격을 띤 것과 인정세태를 묘사한 작품들이 있다. ▶아동문학 관련 비평문으로 「(신간평)윤석중 씨의 동시집 『일허버린 댕기』와 김태오 씨의 『설강동요집(雪崗童謠集)』」(용만: 『매일신보』, 1933.7.5)이 있다. ▶저서로 소설집 『고향에 돌아와도』(동명사, 1974), 『구인회 만들 무렵』(정음사, 1984), 『영결식』(소설문학, 1986), 수필집 『방(房)의 숙명(宿命)』(삼중당, 1962), 『청빈(淸貧)의 서(書)』(교문사, 1969), 『세월의 너울을 벗고』(교문사, 1986), 『육당 최남선(六堂 崔南善)』(삼중당, 1964), 『일제하 한국신문화운동사』(정음사, 1974), 『울밑에 핀 봉선화야: 30년대 문화계 산책』(범양사출판부, 1985) 등이 있다.

**조재호**(曹在浩: 1902~1990)  교육자. 창씨명 夏山在浩. 경남 의령(宜寧) 출생. 1912년 경남 사천보통학교를 졸업하고, 1921년 경성고등보통학교 사범과를 졸업하였다. 1923년 〈색동회〉 창립회원이 되었다. 1926년 3월 일본 도쿄고등사범학교를 졸업하였다. 1926년부터 1935년까지 경성사범학교(京城師範學校) 교유, 1935년부터 1940년까지 경성여자사범학교(京城女子師範學校) 교유 겸 사감으로 재직하였다. 1940년 5월부터 1944년 4월까지 조선총독부 시학관으로 재직하였다. 해방 후 1950년 문교부 수석 장학관, 1952년 부산사범학교 교장, 1954년 경기고등학교 교장, 1957년 서울고등학교 교장을 거쳤다. 1960년 9월부터 서울사범학교 교장이 되었다가 1962년 3월 1일 자로 서울대학교 병설 교육대학으로 승격 개편되자 서울교육대학 초대 학장이 되었다. 1969년 5월 〈색동회〉 회장, 1969년 10월 〈대한삼락회(大韓三樂會)〉 창립 회장이 되었다. 1968년 국민훈장 동백장이 수여되었다. ▶아동문학 관련 비평문으로 「서」(이정호 역, 『사랑의 학교』, 이문당, 1929.12)가 있다.

**조종현**(趙宗泫: 1906~1989)  시조시인, 승려. 본명 조용제(趙龍濟), 법명 종현(宗泫), 법호 철운(鐵雲), 벽로(碧路), 예암산인(猊巖山人), 당호(堂號) 여시산방(如是山房), 필명 조종현(趙宗玄, 趙鍾現), 조탄향(趙灘鄕, 趙彈響, 灘鄕, 彈響), 석범(石帆), 조혈해(趙血海). 전라남도 고흥(高興) 출생. 1922년 17세 때 선암사(仙巖寺)로 출가하였다. 1932년 중앙불교연구원 유식과(唯識科)를 졸업하였다. 1930년 〈조선불교청년동맹〉 중앙집행위원을 역임하였다. 1930년 3월 16일 안송(安松)과 함께 〈새틀단〉(새틀사)이라는 소년문예단체를 조직하였다. 1937년 일본 고마자와대학(駒澤大學)에 유학하고 돌아와 여러 절의 강주(講主)로 후학을 양성하였다. 이후 중고등학교 교사, 교장을 지냈다. 『태백산맥』의 작가 조정래(趙廷來)가 그의 아들이다. 『아동문학 관련 비평문으로 '문단탐조등(文壇探照燈)' 난에 「이성주(李盛珠) 씨 동요 「밤엿장수 여보소」는 박고경(朴古京) 씨의 작품(전2회)」(趙灘鄕:『동아일보』, 1930.11.22~23), 「'갈멕이의 서름'을 창작연 발표한 이계화(李季嬅) 씨에게 (전2회)」(趙彈響:『동아일보』, 1930.11.28~29) 등이 있다. 이 외에 동요 등 다수의 아동문학 작품을 발표하였다. 이동순이 엮은 『조종현 전집(전2권)』(소명출판, 2015)을 참고할 수 있다.

**조철호**(趙喆鎬: 1890~1941)  독립운동가, 소년운동가. 필명 관산(冠山). 경기도 시흥군(始興郡) 출생. 구한말 무관학교(武官學校)에 입교하였으나, 1907년 군대가 해산되고 1909년에 무관학교마저 폐교가 되어, 1913년에 지청천(池靑天), 이응준(李應俊) 등과 함께 일본 육군사관학교(日本陸軍士官學校)를 졸업하였다. 오산학교(五山學校), 중앙학교(中央學校) 등에서 체육교사로 재직하였다. 오산학교에 재직할 때인 1919년 3·1운동이 일어나자 전교생을 지도하여 만세 시위를 주도하였고, 군용 기밀품을 가지고 상하이(上海)로 탈출하다가 검거되어 옥고를 치렀다. 1922년 소년독립군의 배양에 뜻을 두고 〈조선소년군(朝鮮少年軍)〉을 창단하였는데 이것이 '보이스카우트'의 효시다. 1924년 4월 베이징(北京)에서 열린 극동 잼버리(Jamboree)에 대표로 참가하였다. 1926년 6·10만세운동에 관여하였다가 1927년 3월 북간도(北間島)로 망명 이주하여 용정(龍井)의 동흥중학교(東興中學校)에서 교편을 잡았다. 1931년부터 1939년까지 동아일보사에 재직하였고, 〈조선소년군〉 총사령으로 취임하여 보이스카우트 재건운동을 전개하였으나 1937년 일제에 의해 〈조선소년군〉이 강제 해산당하였다. 1939년 보성전문학교(普成專門學校) 교련 교사로 근무하던 중 여러 차례의 옥고로 인해 사망하였다. 『아동문학 관련 비평문으로 「〈소년군〉에 관하야」(『동아일보』, 1924.10.6), 「〈조선소년군〉」(少年軍大將 趙喆鎬:『동아일보』, 1925.1.1), 「〈소년군〉의 진의의(眞意義)」(『동아일보』, 1925.

1.28), 「〈소년군〉의 필요를 논함」(『현대평론』 제1권 제1호, 1927년 1월호), 「어린
이 운동의 역사 – 1921년부터 현재까지(상,하)」(『동아일보』, 1934.5.6~9)(『실생
활』, 1934년 12월호), 「〈조선소년군〉의 진용」(『신가정』, 1934년 5월호), 「야영의
방법에 대하야(상,중,하)」(『동아일보』, 1935.5.5~9), 「〈낭자군(꺼-르스카웉)〉에
대하야」(『신가정』, 1935년 11월호), 「제15주년 어린이 명절을 마지하며」(『신가
정』, 1936년 5월호) 등이 있다. ▶저서로『조선소년군교범(朝鮮少年軍敎範)』(조선
소년군총본부, 1925)이 있다.

**조풍연**(趙豊衍: 1914~1991)  언론인, 수필가, 아동문학가. 필명 청사(晴史), 하소
(夏蘇), 조풍연(潮風燕), 임계순(林季淳). 서울 출생. 교동보통학교(校洞普通學校)
와 경성제이고등보통학교(京城第二高等普通學校)를 거쳐, 1934년 연희전문학교
(延禧專門學校) 문과에 입학하여 1938년 제20회로 졸업하였다. 1934년 연희전문
학교 재학 중『삼사문학(三四文學)』 동인으로 문학 활동을 시작하여 1937년『조선
일보』에 콩트 「거리의 여인」이 입선되었고, 1937년『매일신보(每日申報)』 신춘현
상문예 모집에 소설 「젊은 예술가 군상(藝術家群像)(전18회)」(1937.2.3~24)이 선
외가작 제1석으로 당선되면서 문단에 정식 등단하였다. 해방 후 1960년부터『소년
한국일보』 주간으로 13년간 재직하였다. 6·25전쟁 이후 본격적으로 아동문학에
관심을 기울여 동화와 소년소설 다수를 발표하였다. 1970년대 〈색동회〉 중흥에
진력하여, 1984년 〈색동회〉 회장에 취임하였다. 1988년 제4회 눈솔상(아동문학
부문)을 받았다. ▶아동문학 관련 비평문으로 「아동문학」(『박문』, 1940년 9월호),
「인형극 운동(전3회)」(『매일신보』, 1945.6.5~7), 「(신간평)집을 나간 소년」(『경
향신문』, 1947.1.22), 「머리말」(조풍연 편, 『왕자와 부하들』, 조선아동문화협회,
1948.2), 「어떤 작문이 떨어졌나」(『소학생』 제69호, 1949년 7월호) 등이 있다. 이
외에 다수의 동화 작품을 발표하였다. ▶저서로『왕자와 부하들』(조선아동문화협
회, 1948), 수필집『청사수필(晴史隨筆)』(을유문화사, 1959), 단편 동화와 소설을
모아 엮은『노래의 날개 위에』(계몽사, 1977) 등이 있다.

**조형식**(趙衡植: ?~?)  신원 미상. ▶아동문학 관련 비평문으로 「우리들의 동요시(童
謠詩)에 대하야」(『별나라』, 1932년 2-3월 합호)가 있다. '애상적인 평범한 시(동요)
를 버리고 힘찬 우리들의 시를 부르짓자'는 내용이다. 이 외에 다수의 아동문학
작품을 발표하였다.

**조활용**(曹活湧: 1912~?)  경상북도 달성군 현풍(達城郡 玄風) 출생. 현풍공립보통
학교(玄風公立普通學校)를 졸업하고 1932년 4월 숭실전문학교 문학과(崇實專門學
校 文學科)에 입학하여 1936년 졸업하고 상급학교에 진학하였다. 의사 자격시험에

합격하고 1943년부터 서울 청량리에서 병원을 개업하였다. 작문 「새벽비」(『신소년』, 1926년 8-9월 합호), 소년시 「송애(송)」(『신소년』, 1926년 11월호) 등이 있다.

**조희순**(曹喜淳: 1905~1989) 독문학자, 실업가. 필명 조희순(曹希醇, 曹喜醇), 하인리(河仁里)(Heinrich Heine에서 따옴). 대구고등보통학교와 일본의 야마구치고등학교(山口高等學校)를 거쳐 1929년 3월 도쿄제국대학(東京帝國大學) 독문학과를 졸업하였다. 귀국 후 경성여자의학전문학교와 경성약학전문학교 독일어 교수로 재직하였다. 조희순은 1930년대 전반기까지 독일문학의 도입 과정에 전신자(轉信者)로서 중요한 역할을 하였다. 특히 괴테(Goethe)의 이입사(移入史)에 더욱 그렇다. 1930년대 전반기까지 문학과 관련하여 다수의 번역을 하다가, 이후 실업가로 변신하여 문단을 떠났다. ▶아동문학 관련 비평문으로 「서문」(김상덕 편, 『세계명작 아동극집』, 조선아동예술연구협회, 1936.12)이 있다.

**주영섭**(朱永涉: 1912~?) 연극인, 연극배우, 극작가, 연출가. 필명 朱永涉, 창씨명 마쓰무라 나가루(松村永涉). 평안남도 평양(平壤) 출생. 주요한(朱耀翰)과 주요섭(朱耀燮)의 동생이다. 평안남도 평양 숭덕소학교(崇德小學校)를 거쳐 평양숭실고등보통학교(平壤崇實高等普通學校)를 졸업하였다. 경성 보성전문학교(普成專門學校)를 거쳐 일본 호세이대학(法政大學)을 졸업하였다. 보성전문학교 재학 시 막심 고리키의 〈밤 주막〉을 공연하였고, 극단 신건설(新建設)의 〈서부전선 이상 없다〉에 배우로 출연하였다. 〈서부전선 이상 없다〉를 〈카프〉 계열인 신건설 창립 작품으로 올렸다가 제2차 〈카프〉 검거 사건을 불러왔다. 1934년 마완영(馬完英), 이진순(李眞淳), 박동근(朴東根), 김영화(金永華) 등과 함께 도쿄학생예술좌(東京學生藝術座)를 창립하였다. 창립작으로 유치진(柳致眞)의 〈소〉와 주영섭의 〈나루〉를 공연하였다. 「나루」는 『신동아(新東亞)』에 발표한 희곡인데 궁핍한 농촌 현실을 리얼리즘 수법으로 그린 작품으로 경향파적 성격이 드러나 있다. 1939년 도쿄학생예술좌사건(東京學生藝術座事件)으로 마완영, 박동근, 이서향(李曙鄉) 등과 함께 투옥되었다. 이 사건 이후부터 유치진의 현대극장(現代劇場)과 함대훈의 국민연극연구소(國民演劇研究所)에서 활동하면서 전향하였다. 유치진의 친일 희곡 〈흑룡강〉을 연출하였고, 함세덕(咸世德)의 〈추석〉, 유치진의 〈북진대〉 등 현대극장의 대표적인 친일 연극들을 연출하였다. 〈민족문제연구소〉에서 발간한 『친일인명사전』에 친일반민족행위자로 등재되었다. 해방 후 월북하였을 것으로 추정되나 북한에서의 활동이 확인되지는 않는다. ▶아동문학 관련 비평문으로 「보전(普專) 연극 제2회 공연을 끗마치고」(『우리들』 제4권 제3호, 1934년 3월호)가 있다.

**주요섭**(朱耀燮: 1902~1972) 소설가, 아동문학가. 필명 여심(餘心, 餘心生), 주먹,

양평심(梁平心), 금성(金星). 평안남도 평양(平壤) 출생. 시인 주요한(朱耀翰)의
동생이고, 주영섭(朱永涉)의 형이다. 평양 숭덕소학교(崇德小學校)와 숭실중학(崇
實中學)을 다니다 1918년 일본 아오야마학원(靑山學院)에 편입하였다. 1921년 상
하이(上海) 후장대학(滬江大學) 교육학과를 졸업하고, 1928년 미국 스탠포드대학
(Stanford Univ.) 대학원에서 교육심리학을 전공하였다. 미국에서 귀국한 후 동아
일보사에 입사하여 『신동아』의 주간으로 일하다가, 1934년 중국 베이징 푸런대학
(輔仁大學) 교수로 취임하였다. ▶아동문학 관련 비평문으로 「아동문학 연구 대강」
(『학등』 창간호, 1933년 10월호)이 있다. ▶저서로 『웅철이의 모험』(조선아동문화
협회, 1946)이 있다.

**주요한**(朱耀翰: 1900~1979)　시인, 언론인, 정치인. 필명 송아(頌兒), 송아지(松芽
枝), 낭림산인(狼林山人), 벌꽃, 낙양(落陽, 朱落陽), 구리병(句離甁), 한청산(韓青
山), 백민(白民), 백선(白船), 창씨명 마쓰무라 고이치(松村紘一)(이는 천황제 파시
즘의 핵심 사상인 '八紘一宇[はっこういちう]'에서 딴 것임), 松村耀翰. 평안남도
평양(平壤) 출생. 소설가 주요섭(朱耀燮), 극작가 주영섭(朱永涉)의 형이다. 1912
년 평양숭덕소학교(平壤崇德小學校), 1918년 일본 메이지학원(明治學院) 중등부,
1919년 도쿄 제1고등학교(東京第一高等學校)를 거쳐, 1925년 상하이 후장대학(上
海滬江大學) 공업화학과를 졸업하였다. 귀국 후 『동아일보』와 『조선일보』의 학예
부장, 편집국장 및 논설위원 등을 역임하였다. 1927년 주요한(朱耀翰)은 유도순(劉
道順), 박동석(朴東石), 김도인(金道仁), 한형택(韓亨澤), 진종혁(秦宗爀), 최병화
(崔秉和), 안준식(安俊植), 강병국(姜炳國), 노수현(盧壽鉉), 양재응(梁在應), 염근
수(廉根守) 등과 함께 아동문학 연구단체인 〈꽃별회〉를 창립하였다. 1935년 3월
조선기념도서출판관(朝鮮記念圖書出版舘)을 창설할 때 주요한(朱耀翰)은 권상노
(權相老), 김성수(金性洙), 방응모(方應謨), 송진우(宋鎭禹), 여운형(呂運亨), 이극
로(李克魯), 이윤재(李允宰), 이은상(李殷相), 정인과(鄭仁果), 조만식(曺晩植) 등
과 함께 발기인이 되었고, 이어 평의원으로 선출되었다. 1936년 아동 잡지 『동화(童
話)』를 창간할 때 주요한은 정인섭(鄭寅燮), 최인화(崔仁化), 이광수(李光洙), 전영
택(田榮澤), 김동인(金東仁), 주요섭(朱耀燮) 등과 함께 주요 집필자로 참여하였다.
1937년 〈수양동우회(修養同友會)〉 사건 이후 친일의 길로 나아가, 1938년 12월
〈수양동우회〉를 대표하여 주요한이 종로서(鐘路署)에 국방헌금으로 4,000원을 헌
금하였으며, 1940년대에는 〈조선문인협회〉, 〈조선문인보국회〉, 〈조선임전보국단〉,
〈조선언론보국회〉 등 친일단체의 간부를 역임하였고, 학병 권유 연설에 적극 가담
하기도 하였다. 해방 후 〈대한무역협회〉 회장, 부흥부 장관 및 상공부 장관, 대한일

보사 사장, 대한해운공사 대표이사 등을 지냈다. 1979년 국민훈장 무궁화장을 추서받았다. 민족문제연구소의 『친일인명사전』에 친일반민족행위자 명단에 포함되었고 이광수 다음으로 많은 친일 작품을 발표하였다. ▶아동문학 관련 비평문으로 「동요 월평」(『아이생활』, 1930년 2월호, 12월호, 1931년 1월호, 2월호, 4월호), 「동요 감상(전2회)」(『아이생활』, 1931년 7월호~8월호), 「동요 감상평」(1932년 2월호), 「동요작법 평」(『아이생활』, 1932년 7월호, 1933년 3월호), 「(독서실)『조선신동요선집 제1집』, 김기주 편(金基柱編)」(『동광』 제34호, 1932년 6월호) 등이 있다. 이 외에 동요 등 다수의 아동문학 작품을 발표하였다. 주요한에 대한 소개 글로는 「시인 소묘 – 주요한 씨」(『매일신보』, 1936.1.1)가 있다. ▶저서로 『(요한 시집)아름다운 새벽』(조선문단사, 1924), 『(춘원, 요한, 파인 합작)이광수, 주요한, 김동환 시가집』(李光洙 朱耀翰 金東煥 詩歌集)(삼천리사, 1929), 『봉사꽃, 일명 봉선화: 시조와 소곡』(세계서원, 1930), 『사막의 꽃』(대성서림, 1935), 『안도산전서(安島山全書)』(삼중당, 1963; 샘터사, 1979; 범양사출판부, 1990; 흥사단출판부, 1999), 『자유의 구름다리』(문선사, 1956) 등이 있다. 자세한 연보와 작품목록은 『주요한 문집』(요한기념사업회, 1982)을 참고할 수 있다.

**진우촌**(秦雨村: 1904~1953)  아동문학가. 본명 진종혁(秦宗爀). 출생지는 불분명하나 인천(仁川)에서 성장 활동하였다. 1918년 경성부 배재학당(培材學堂) 4년제 본과에 입학하여 1922년에 졸업하였다. 1923년 진우촌 등이 중심이 되어 인천에 거주하는 배재학당 학생들의 모임인 〈인배회(仁培會)〉가 결성되었고, 〈인배회〉 주최 제1회 신년웅변대회를 개최하였는데 대회 위원에는 진종혁과 한상봉(韓相鳳), 송의근(宋義根), 김택영(金澤永) 등이 참여하였다. 1924년 5월 9일 진종혁은 〈노맹위원회 인천노동총동맹(勞盟委員會仁川勞働總同盟)〉의 위원회에서 선전부 위원으로 선임되었다. 1924년 8월 20일, 〈제물포청년통상회(제물포靑年通常會)〉에서 새로 진종혁, 고영목(高永穆), 이창문(李昌文), 이항진(李恒鎭) 등 4인이 당선되었다. 1923~1924년 사이 강화도(江華島) 합일학교(合一學校)에서 교원생활을 하였다. 1925년 10월경 동아일보사 여주지국(驪州支局) 기자로 채용되었다. 1926년 12월경 진종혁(秦宗爀)은 인천의 청년문사들인 한형택(韓亨澤), 최영일(崔榮一), 박동석(朴東石) 등과 함께 월간 문예잡지 『습작시대(習作時代)』를 창간하기로 하였고 이듬해 창간호가 발간되었다. 1927년 1월경 조선 정조(朝鮮情操)를 바탕으로 한 아동문학을 건설하고자 〈꽃별회〉(꽃별회)를 창립하였는데, 진우촌은 유도순(劉道順), 박동석(朴東石), 한형택(韓亨澤), 김도인(金道仁), 한정동(韓晶東), 최병화(崔秉和), 노수현(盧壽鉉), 강병주(姜炳周), 주요한(朱耀翰), 안준식(安俊植), 양재응

(梁在應), 염근수(廉根守) 등과 함께 회원으로 참여하였다. 1927년 진우촌은 원우전(元雨田), 정암(鄭巖), 임창복(林昌福), 한형택(韓亨澤), 김도인(金道仁), 고일(高逸) 등과 함께 연극단체 〈칠면구락부(七面俱樂部)〉를 결성하였고, 「춘향전」, 「칼멘」, 「사랑과 죽음」 등의 작품을 진우촌이 각색 연출하였다. 1928년 『습작시대』, 『백웅(白熊)』, 『신시단(新詩壇)』을 통합하여 『신인(新人)』을 창간할 때 편집책임자로 조재관(趙在寬), 김남주(金南柱) 등과 같이 참여하였다. 1934년 인천의 연극인 20여 명이 신극 수립의 희망으로 포인극장(浦人劇場)이란 극단을 조직하고 인천애관(仁川愛舘)에서 제1회 공연을 하기로 하였는데, 본부는 진우촌이, 연출부는 정암(鄭巖), 서무부는 인두환(印斗煥) 등이 각각 맡아 참여하였다. 1938년 1월 극단 낭만좌(浪漫座)를 결성하고 진우촌의 작품 〈바다의 남편〉을 공연하였고, 1938년 2월 『동아일보』가 주최한 '호화의 연극 콩쿨 대회'에 쉐익스피어 원작의 〈햄릿〉 중 진우촌이 번역한 〈묘지(墓地)〉를 상연하였다. 1928년 3월 경남 진주(慶南晋州)에서 월간 문예잡지 『신시단(新詩壇)』을 창간하였는데, 발기인으로 엄흥섭(嚴興燮), 진우촌(秦雨村), 김찬성(金贊成), 김병호(金炳昊) 등 신진시인 십여 인이 함께 참여하였다. 1939년부터 1940년에 걸쳐 매일신보사 기자로 재직하였다. 6·25전쟁 도중인 1951년에 월북하여, 산업예술극단, 흥남질소비료공장, 국립출판사 등에서 일하다 1953년 겨울 사망한 것으로 알려져 있다. 동요, 동화 등 다수의 아동문학 작품을 발표하였다.

**진장섭**(秦長燮: 1904~1975) 아동문학가. 필명 학포(學圃), 금성(金星). 경기도 개성(開城) 출생. 1916년 개성제일공립보통학교를 졸업하고, 1917년 개성간이상업학교를 졸업한 후 경성의 보성고등보통학교(普成高等普通學校) 2학년에 편입하였다. 1922년 도쿄(東京) 아오야마학원(靑山學院) 중학부를 졸업하고, 1926년 도쿄고등사범학교(東京高等師範學校) 영문과를 졸업하였다. 1921년 진장섭(秦長燮)은 김성형(金星炯), 공진형(孔鎭衡), 고한승(高漢承), 장희순(張熙淳), 공진항(孔鎭恒), 김승영(金昇永), 유기풍(劉基豊), 손인순(孫仁順), 최우용(崔禹鏞), 마상규(馬湘圭＝馬海松), 윤광수(尹光洙), 하동욱(河東旭), 공진태(孔鎭泰) 등과 함께 개성 출신 유학생 단체인 〈송경학우회(松京學友會)〉를 주도하고 귀국하여 아마추어 학생극 활동을 벌였다. 1923년 4월 1일 개성에서 최선익(崔善益) 공진항(孔鎭恒), 이기세(李基世), 김영보(金泳俌), 고한승(高漢承), 조숙경(趙淑景), 마해송(馬海松) 등의 문예 동지들과 함께 〈녹파회(綠波會)〉를 조직하였다. 1923년 5월 1일 방정환 등과 함께 〈색동회〉를 조직하였다. 1937년 1월 3일 『매일신보』 특집 '새해 새 부탁'에 진장섭(秦長燮), 송영(宋影), 노양근(盧良根), 강승한(康承翰), 한상진

(韓相震)이 참여하였다. 1942년 중국 베이징(北京)에서 중국어를 학습하고 중국 고전을 3년간 탐독하였다. 1946년 동광실업주식회사 취체역(取締役) 회장을 역임하고, 1947년 삼성약품주식회사를 설립하여 상무취체역을 맡았다. 1953년 해인대학(海印大學) 부교수로 취임하였다가 그만두고, 1959년부터 1965년까지 서울고등학교 영어과 주임을 지냈다. 1961년 한국외국어대학교 일어과(日語科) 신설에 참여하여 이후 7년간 재직하였다. 1972년 사단법인 〈대한삼락회(大韓三樂會)〉 부회장을 지냈다. ▶아동문학 관련 비평문으로 「(동화의 아버지)가난한 집 아들로 세계학자가 된 '안더-센' 선생」(『어린이』 제31호, 1925년 8월호), 「동요 잡고 단상」(조선동요연구협회 편, 『조선동요선집 – 1928년판』, 박문서관, 1929.1), 「서」(마해송, 『해송동화집』, 東京: 동성사, 1934.5), 「소파 방 형 생각 – 고인과 지내든 이야기의 일편(一片)」(『어린이』, 1932년 7월호) 등이 있다. 이 외에 비평문으로 「희곡소론 – 주로 관극대중을 위한 통속적 해설(전20회)」(『매일신보』, 1932.10.8~11.6) 등이 있다. 동화 등 다수의 아동문학 작품을 발표하였다. ▶저서로 마해송(馬海松), 김영보(金泳俌), 진금성(秦金星 = 진장섭), 고한승(高漢承), 공진항(孔鎭恒), 김학경(金鶴烱), 임영빈(任英彬), 이기세(李基世) 등의 합작시집으로 〈개성녹파회(開城綠波會)〉에서 간행한 『성군(星群)』(開城: 文化舘, 1924)이 있다.

**차빈균**(車斌均: 1914~?) 평안북도 영변(寧邊) 출생. 영변공립농업학교(寧邊公立農業學校) 재학 당시 과중노동(過重勞働)에 저항하여 동맹휴학을 단행하였고, 이에 학교 당국으로부터 주모자 중 한 사람으로 지목되어 퇴학처분을 당하게 되자 학교에 쇄도하여 교장에게 항의하였다. 이것을 이유로 기소되어 1933년 9월 22일 징역 6개월(집행유예 2년) 처분을 받았다. ▶아동문학 관련 비평문으로 「(藝苑 포스트)아동문학을 위하야」(『조선일보』, 1934.11.3)가 있다. 이 외에 동요, 동시 등 다수의 아동문학 작품을 발표하였다.

**차상찬**(車相瓚: 1887~1946) 언론인, 시인, 수필가. 필명 청오(靑吾, 車靑吾, 靑吾生), 노암(蘆菴), 수춘학인(壽春學人), 강촌생(江村生), 명월산인(明月山人), 삼각산인(三角山人), 취서산인(鷲棲山人), 취운생(翠雲生), 관상자(觀相者), 사외산인(史外山人), 차기생(車記生), 차부자(車夫子), 차천자(車天子), 주천자(酒賤子), 풍류랑(風流郎), 고고생(考古生), 문외한(門外漢), 방청생(傍聽生), 독두박사(禿頭博士), 차돌이, 각살이, 가회동인(嘉會洞人). 강원도 춘천(春川) 출생. 1910년 보성고등보통학교(普成高等普通學校)를 제1회로 졸업하고, 『천도교회월보(天道敎會月報)』를 편집하다가, 1913년 27세의 늦은 나이에 보성전문학교(普成專門學校) 법과를 제6회로 졸업하였다. 1918년 보성전문학교에서 교수로 후진 양성에 힘을 쏟았다. 1920년 『개벽(開闢)』 창간 동인으로 참여하여 폐간 때까지 주도적으로 활동하였다. 이돈화(李敦化), 김기전(金起田), 방정환(方定煥)에 이어 『개벽』의 편집 겸 발행인으로 갖은 고초를 겪었다. 1922년 방정환, 김기전 등과 함께 어린이날 제정 준비위원으로 활동하고, 〈천도교소년회〉 지도자로 어린이날을 제정하였다. 1936년경 경성방송국(JODK) 방송위원으로 야사와 민담을 방송하였다. 『부인(婦人)』, 『신여성(新女性)』, 『신인간(新人間)』, 『학생(學生)』, 『별건곤(別乾坤)』, 『혜성(彗星)』, 『제일선(第一線)』 등의 잡지를 편집하였다. ▶저서로 『통속 조선사천년비사(通俗 朝鮮四千年祕史)』(北星堂書店, 1934), 『해동염사(海東艶史)』(한성도서주식회사, 1937), 『조선사외사(朝鮮史外史)』(明星社, 1947) 등이 있다.

**채규삼**(蔡奎三: 1912~?)  아동문학가. 필명 채몽소(蔡夢笑), 누형(淚馨). 함경남도 정평(定平) 출생.(주소는 「달님」(蔡淚馨; 『매일신보』, 1930.11.6) 발표 시 '定平郡 高山面 新成里'로 되어 있다.) 1932년 함흥공립농업학교(咸興公立農業學校)에 입학하였다. 1929년 5월 〈글꽃사〉(글꽃社)를 〈조선소년문예협회(朝鮮少年文藝協會)〉로 변경하고 회원을 전 조선으로 확대 모집하였는데, 경성(京城) 동인으로는 이명식(李明植), 이동규(李東珪), 신순석(申順石), 이규용(李圭容), 구직회(具直會), 정태익(鄭台益) 등이고, 정평(定平)의 채규삼(蔡奎三)은 영천(永川) 안평원(安平原), 문천(文川) 김돈희(金敦熙), 합천(陜川) 이성홍(李聖洪), 재령(載寧) 오경호(吳慶鎬), 안악(安岳) 우태형(禹泰亨) 등과 함께 지방 동인으로 참여하였다. 1931년경 김고성(金孤星), 김소춘(金少春), 강용률(姜龍律), 채란(彩蘭), 박약서아(朴約書亞), 임창순(任昌淳), 성진(聖進), 옥주(玉柱), 월성(月城), 석파(夕波) 등과 함께 소년문예 단체인 함흥 〈흰빛문예사〉(흰빗文藝社) 활동을 하였다. 1932년 8월 함경남도 정평군 고산면 무인가야학사건(無認可夜學事件)으로 구금되었다가 석방되었다. ▶아동문학 관련 비평문으로 「이고월(李孤月) 군에게」(蔡夢笑; 『별나라』, 1932년 1월호)가 있다. 이 외에 『신소년』, 『별나라』 등의 아동문학 잡지와 『매일신보』 등 신문에 다수의 아동문학 작품을 발표하였다.

**채호준**(蔡好俊: ?~?)  신원 미상 ▶아동문학 관련 비평문으로 「현역 아동작가 군상 (1)」(『아동문화』 제1집, 동지사 아동원, 1948년 11월호)이 있다.

**천정철**(千正鐵: 1910~1948)  아동문학가. 필명 석홍(夕虹). 경성(京城) 출생. 1925년 『매일신보』 현상신년문예에 '자유화' 부문에서 1등을 하였는데 이때 경성 수송공립보통학교(京城壽松公立普通學校) 4학년이었다. 1925년 9월 14일 중앙청년회관에서 개최된 경성소년소녀현상웅변대회에서 '단결하자'란 주제로 발표하여 4등 상을 수상하였다. 1927년 윤석중(尹石重), 윤복진(尹福鎭), 신고송(申孤松), 이정구

(李貞求), 서덕출(徐德出), 최순애(崔順愛) 등과 함께 〈기쁨사〉 동인으로 활동하였다. 1948년 『경향신문』의 사망 보도 기사에, "해방 전 '오-케, 태평(太平) 등 레코-드 회사에서 문예부원으로 활약하였으며 본보 창간 때부터는 광고부원으로 활약하였다."[76]고 하였다. 『어린이』에 동요 등 다수의 아동문학 작품을 발표하였다.

**천청송**(千青松: ?~?) 아동문학가. 창씨명 千山青松. 만주(滿洲)에서 활동. 「관북, 만주(關北, 滿洲) 출신 작가의 '향토문화'를 말하는 좌담회(제4회)」(『삼천리』 제12권 제8호, 1940년 9월호)에 당시 투먼(圖們)에 거주하던 소설가 현경준(玄卿駿)이 관북 만주(關北滿洲) 출신 작가로서 '향토문화'를 말하는 자리에서 서신왕래라도 하는 문인 가운데 만주(滿洲)에 사는 사람으로 "김귀 씨, 함형수 씨, 이주용 씨, 김조규 씨, 강경애 씨, 천청송 씨, 안수길 씨(金貴氏, 咸亨洙氏, 李周用氏, 金朝奎氏, 姜敬愛氏, 千青松氏, 安壽吉氏) 그리고 지금 서울 계신 분으로서는 이용악 씨(李庸岳氏)"를 꼽았다. 해방 후 북한에서 활동하다. 1963년 3월부터 6개월 동안 작가 예술인에 대한 사상검토회가 열렸는데 이때 천청송 등이 적대계층 성분을 가진 자들로 색출되었다. ▶아동문학 관련 비평문으로 「조선동요 소묘 – 동요 재출발을 위하야 –(전3회)」(『가톨릭소년』, 1937년 4월호~6월호)가 있다.

**최경화**(崔京化: ?~?) 아동문학가. 필명 최경화(崔鏡花, 鏡花, 鏡花生), 거울꽃(거울꼿). 평안남도 안주(安州) 출생. 1924년 서울의 윤석중(尹石重), 합천(陜川)의 이성홍(李聖洪), 마산(馬山)의 이원수(李元壽), 울산(蔚山)의 서덕출(徐德出), 언양(彦陽)의 신고송(申孤松), 수원(水原)의 최순애(崔順愛), 대구(大邱)의 윤복진(尹福鎭), 원산(元山)의 이정구(李貞求), 안변(安邊)의 서이복(徐利福), 진주(晋州)의 소용수(蘇瑢叟) 등과 함께 소년문예단체 〈기쁨사〉(깃븜사)를 창립하였다. 1925년 11월 25일 〈안주기독청년회(安州基督靑年會)〉 임시총회에서 임원 중 서기(書記)를 맡았다. 1926년 1월 11일 〈안주기독청년회〉 총회에서 강령 및 규칙 혁신 문제의 위원과 차기 강연 연사로 김순택(金順澤)과 함께 선임되었다. 1928년 『어린이』(1928년 5-6월 합호부터) 기자로 입사하였다. 1931년 9월 최경화는 김영수(金永壽), 소용수(蘇瑢叟), 이정구(李貞求), 전봉제(全鳳濟), 이원수(李元壽), 박을송(朴乙松), 승응순(昇應順), 신고송(申孤松), 윤석중(尹石重) 등과 함께 〈신흥아동예술연구회(新興兒童藝術硏究會)〉를 창립 발기하였다. 1933년 6월 15일 안주읍지 간행회(安州邑誌刊行會)를 조직하였는데 최경화는 간행회 위원으로 선임되었다. 동화, 소년소설 등 다수의 아동문학 작품을 발표하였다.

---

**76** 「본사원 천정철 씨(本社員 千正鐵 氏)」, 『경향신문』, 1948.1.4.

**최계락**(崔啓洛: 1930~1970)  동시인, 아동문학가. 경상남도 진양(晉陽) 출생. 1949년 진주고등학교를 졸업하고 동아대학교 국문과를 중퇴하였다.『경남일보』, 『소년세계』 등의 편집 기자를 거쳐,『국제신보』 문화부장, 부국장 등을 역임하였다. 1947년 9월『소학생』에 동시 「수양버들」을 발표하면서 작품 활동을 시작하여『어린이나라』,『소년세계』 등에서 본격적으로 아동문학 활동을 하였다. 1958년 이주홍(李周洪)과 함께 〈부산아동문학회〉를 결성하고 부산 아동문학의 초석을 다졌다. 1963년 동시 「버들강아지」로 부산시 문화상을 수상하였다. ▶아동문학 관련 비평문으로 「(아동문학시평)동심의 상실 – 최근의 동향」(『자유민보』, 1950.3.21), 「감동의 위치 – 김영일(金英一) 동시집『다람쥐』를 읽고」(『자유민보』, 1950.3.28) 등이 있다. ▶저서로『꽃씨』(해동문화사, 1959),『철둑길의 들꽃』(청운출판사, 1966) 등이 있다.

**최규동**(崔奎東: 1881~1950)  교육자. 필명 백농(白儂). 경상북도 성주(星州) 출생. 사숙(私塾)에서 한학을 공부하다가 광신상업학교(廣信商業學校)를 거쳐 정리사(精理舍)의 수학연구과를 마쳤다. 평양의 기명학교(箕明學校), 대성학교(大成學校) 등에서 수학교사로 재직하였다. 오규신(吳圭信), 유광렬(柳光烈), 김원배(金元培)가 야학으로 설립한 중동학교가 1909년 5월 사립학교령에 의해 학부(學部) 지정으로 사립중동학교 설립 인가를 받았고, 1915년 최규동이 교장으로 취임하였다. 해방 후 서울시 교육회장, 서울대학교 이사장, 1949년 제3대 서울대학교 총장 등을 역임하였으나 6.25 때 납치되어 평양에서 사망하였다. 1968년 건국훈장 독립장이 추서되었다. ▶아동문학 관련 비평문으로 「나의 당부」(『소년중앙』 창간호, 제1권 제1호, 1935년 1월호)가 있다.

**최남선**(崔南善: 1890~1957)  사학자, 문인. 필명 육당(六堂), 육당학인(六堂學人), 최창흥(崔昌興), 최공육(崔公六, 公六), 한샘, 남악주인(南嶽主人), 곡교인(曲橋人), 축한생(逐閑生), 대몽(大夢), 백운향도(白雲香徒). 서울 출생. 1904년 황실유학생으로 선발되어 일본에 건너가 도쿄부립제일중학교(東京府立第一中學校)에 입학하였다가 자퇴하고, 1906년 와세다대학 고등사범부 지리역사과에 입학하였다가 중퇴하였다. 1907년 출판사 신문관(新文館)을 창설하여 민중을 계몽하는 내용의 책을 발간하였다. 1908년『소년(少年)』을 창간하였으며, 이후『붉은저고리』(1913),『아이들보이』(1913),『청춘(青春)』(1914) 등의 잡지를 발간하였다. 1919년 3·1운동 때는 독립선언서(獨立宣言書)를 작성하여 투옥되었으나 그 후 석방되자 일제의 감시와 규제를 받아 친일의 길을 걸었다. 1936년 6월부터 1938년 3월까지 3년간 조선총독부 중추원 참의를 지냈다. 해방 후 1949년 2월 〈반민족행위특별조사위원

회〉에 체포되어 서대문형무소에 수감되었으나 보석으로 풀려났다. 최남선의 일제
강점기 활동은 「일제강점하 반민족행위 진상규명에 관한 특별법」 제2조 제4·9·
11·13·20호에 해당하는 친일반민족행위로 규정되어 『친일반민족행위진상규명
보고서』 Ⅳ-17: 친일반민족행위자 결정이유서(690~730쪽)에 관련 행적이 상세하
게 수록되었다. ▶아동문학 관련 비평문으로 「(소년시언)『소년』의 기왕(旣往)과 밋
장래」(『소년』, 1910년 6월호), 「처음 보는 순조선동화집」(『동아일보』, 1927.2.11),
「조선의 민담 동화(전15회)」(六堂學人; 『매일신보』, 1938.7.1~21) 등이 있다. ▶저
서로 『심춘순례(尋春巡禮)』(白雲社, 1926), 『백두산근참기(白頭山覲參記)』(한성
도서주식회사, 1927), 『금강예찬(金剛禮讚)』(한성도서주식회사, 1928), 창작 시조
집 『백팔번뇌(百八煩惱)』(동광사, 1926) 등이 있다. 자세한 연보와 작품목록은 『육
당 최남선전집(六堂崔南善全集)(전15권)』(고려대학교 아세아문제연구소 육당전
집편찬위원회 편; 현암사, 1973~1975)을 참고할 수 있다.

**최병화**(崔秉和: 1906~1951) 아동문학가. 필명 접몽(蝶夢), 나비꿈(나븨꿈, 나뷔
꿈), 고월(孤月), 창씨명 朝山秉和. 서울 출생. 1925년 9월 무시험으로 배재고등보
통학교(培材高等普通學校) 3학년에 입학하여 1928년 3월 졸업한 후, 연희전문학교
(延禧專門學校)를 졸업하였다. 1926년 『별나라』 창간 당시부터 최병화는 김도인
(金道仁), 김영희(金永喜), 이정호(李定鎬), 이학인(李學仁), 이강흡(李康洽), 염근
수(廉根守), 방정환(方定煥), 박누월(朴淚月), 박아지(朴芽枝), 송영(宋影), 유도순
(劉道順), 양재응(梁在應), 안준식(安俊植), 연성흠(延星欽), 진종혁(秦宗爀), 한정
동(韓晶東), 최규선(崔奎善), 최희명(崔喜明) 등과 함께 동인으로 참여하였고, 1928
년 3월경부터 1929년경까지는 인쇄인 역할을 맡았다. 1926년 12월 최병화는 진우
촌(秦雨村), 한형택(韓亨澤), 김도인(金道仁), 유도순(劉道順), 박아지(朴芽枝), 양
재응(梁在應), 염근수(廉根守), 엄흥섭(嚴興燮) 등과 함께 인천(仁川)에서 발간한
『습작시대(習作時代)』의 동인으로 참여하였다.(창간호는 1927년 2월호). 1927년
1월 최병화는 유도순(劉道順), 박동석(朴東石), 김도인(金道仁), 한형택(韓亨澤),
진종혁(秦宗爀), 강병국(姜炳國), 노수현(盧壽鉉), 주요한(朱耀翰), 안준식(安俊
植), 양재응(梁在應), 염근수(廉根守) 등과 함께 아동문제연구회인 〈꽃별회〉를 창
립하였다. 1929년 2월 〈별탑회〉(별塔會) 주최 특별 동화 동요회에 최병화는 연성흠
(延星欽), 안준식, 이정호(李定鎬), 고익상(高翊相), 김태원(金泰沅), 송영(宋影),
박세영(朴世永) 등과 함께 순회 연사로 참여하였다. 1929년 7월 최병화는 김영팔
(金永八), 안준식, 양재응(梁在應), 염근수 등과 함께 집행위원이 되어 〈조선아동예
술작가협회(朝鮮兒童藝術作家協會)〉를 창립하였다. 1936년 〈목마사(木馬社)〉를

거처 경성부청 토목과(京城府廳土木課)에서 근무했다. 1940년 「문사부대(文士部隊)와 '지원병'」이란 제하에 최병화는 이광수, 최정희(崔貞熙), 유진오(兪鎭午), 정인섭(鄭寅燮), 이선희(李善熙), 최영주(崔泳柱), 방인근(方仁根), 모윤숙(毛允淑), 지봉문(池奉文), 임영빈(任英彬), 최영수(崔永秀), 함대훈(咸大勳), 안석영(安夕影), 홍효민(洪曉民), 박원식(朴元植), 정비석(鄭飛石), 김동환(金東煥) 등과 함께 육군지원병훈련소 입영 경험에 대해 친일적 발언을 하였는데, 「교수, 식사의 정연(敎授, 食事의 整然)」(『삼천리』 제12권 제10호, 1940년 12월호)이 그것이다. 1941년 2월경 아동예술의 순화와 진흥, 일본어 보급과 내선일체의 구현을 위해 노력하며 일본정신의 진의에 입각한 아동예술 교화를 목적으로 하는 〈경성동극회(京城童劇會)〉가 창립되었는데, 선거위원에 최병화(崔秉和), 양윤식(梁潤植), 진장섭(秦長燮), 간사에 함세덕(咸世德)과 더불어 김상덕(金相德) 등이 피선되었다. 해방 후 1945년 김영일(金英一), 연성흠(延星欽) 등과 함께 아동예술연구단체 〈호동원(好童園)〉을 창립하였다. 1946년 2월 〈조선문학가동맹(朝鮮文學家同盟)〉의 전국문학자대회에 참가하였다. 1949년 6월 〈국민보도연맹〉에 가입하였다. 1945년 10월 12일 〈조선소년운동중앙협의회〉 결성대회에 김태석(金泰晳), 김광호(金光鎬), 진공섭(陳公燮), 홍순익(洪淳翼), 박노일(朴魯一), 유영애(劉永愛), 한백곤(韓百坤), 양재호(梁在虎), 정성호(鄭成昊), 백낙영(白樂榮) 등과 함께 위원으로 참석하였다. 1946년 2월 8~9일 〈조선문학가동맹〉이 주최한 전국문학자대회에 구직회, 김태오, 박세영, 박승극, 박아지, 송완순, 신고송, 안준식, 엄흥섭, 유운경, 윤복진, 이동규, 이주홍, 임원호, 정열모, 정청산, 한백곤, 현덕, 현동염, 홍구, 홍은성 등의 아동문학가들과 함께 참여하였다. 1949년 12월 12일 최병화의 소년소설 『희망의 꽃다발』이 발간되었을 때 윤복진(尹福鎭), 윤석중(尹石重), 박목월(朴木月), 이원수(李元壽)가 발기하여 출판기념회가 열렸다. 1950년 4월 9일 김영일(金英一)의 시집 『다람쥐』의 출판기념회를 최병화와 함께 김철수(金哲洙), 임원호(任元鎬), 박목월, 김원룡(金元龍), 박인범(朴仁範), 윤복진, 이원수가 발기하여 개최하였다. 1951년 이원수(李元壽)와 함께 월북을 시도하였으나 이원수의 권유로 남하하다가 폭사하였다. ▶아동문학 관련 비평문으로 「아동문학 소고 – 동화작가의 노력을 요망」(『소년운동』 창간호, 1946년 3월호), 「아동문학의 당면 임무」(『高大新聞』, 1947.11.22), 「아동지도문제 연구」(『부인』 제2권 제7호, 1947년 11월호), 「작고한 아동작가 군상」(『아동문화』 제1집, 동지사아동원, 1948년 11월호), 「세계동화연구」(『조선교육』, 1948년 10월호~1949년 10월호), 「머리말」(『(소년소녀 장편소설)꽃피는 고향』, 박문출판사, 1949.5), 「소파 방정환 선생」(『소년』, 1949년 5월호) 등이 있다.

이 외에 동시, 동화, 소년소설, 번역동화 등 다수의 아동문학 작품을 발표하였다. ▶저서로 소년소설 『희망의 꽃다발』(민교사, 1949), 『꽃피는 고향』(박문출판사, 1949), 『즐거운 자장가』(명문당, 1951) 등이 있다.

**최봉칙**(崔鳳則: 1896~?)  아동문학가. 필명 묵봉(墨峯, 墨峯兒), 묵봉산인(墨峯山人), 먹뫼(먹뫼생), 창씨명 淸川鳳則. 평안북도 출생. 연희전문학교(延禧專門學校)를 졸업하였다. 1932년 1월부터 제6대 『아이생활』 주간을 맡았다. 1936년 방정환(方定煥)의 기념비를 건립하기 위해 모금운동을 전개할 때 최봉칙은 김규택(金奎澤), 김동환(金東煥), 김복진(金復鎭), 김영수(金永壽), 김을한(金乙漢), 김현도(金顯道), 김형원(金炯元), 독고선(獨孤璇), 박팔양(朴八陽), 서은숙(徐恩淑), 설의식(薛義植), 손진태(孫晋泰), 안석주(安碩柱), 윤석중(尹石重), 이은상(李殷相), 이정호(李定鎬), 이태운(李泰運), 이태준(李泰俊), 정순철(鄭淳哲), 정인섭(鄭寅燮), 차사백(車士百), 차상찬(車相瓚), 최영주(崔泳柱), 최인화(崔仁化), 현진건(玄鎭健) 등과 함께 발기인으로 참여하였다. 해방 후 1946년 연희전문학교 후원회 기금모집 특별위원회를 조직하였을 때 위원으로 활동하였다. 배화여중(培花女中), 상명여중(祥明女中) 교사, 1952년부터 1954년까지 군산사범학교(群山師範學校) 교장을 역임한 후, 1955년 2월부터 1961년 3월까지 인천사범학교(仁川師範學校) 제5대 교장으로 재임하였다. 1961년 제2대 인천시 교육감으로 선출되었다. ▶아동문학 관련 비평문으로 「본지 역대 주간의 회술기(懷述記)」(韓錫源 외; 『아이생활』, 1936년 3월호)에 「감격과 황송한 생각뿐 - 1934년부터 국판(菊版)을 사륙십팔판절(四六十八切版)으로 확대」를, 임홍은(林鴻恩) 편찬의 『아기네 동산』에 쓴 「서(序)」(林鴻恩 編, 『아기네 동산』, 아이생활사, 1938.3)와, 아동문학 잡지 『아이생활』에 대한 이해를 돕는 「퇴사 인사」(『아이생활』, 1938년 12월호) 등이 있다. 이 외에 동요, 동화 등 다수의 아동문학 작품을 발표하였다.

**최서해**(崔曙海: 1901~1932)  소설가. 본명 최학송(崔鶴松). 필명 설봉(雪峰), 풍년(豊年). 함경북도 성진(城津) 출생. 성진보통학교를 3년 정도 재학한 것 외에 이렇다 할 학교교육을 받지 못했다. 1918년 고향을 떠나 간도(間島)로 건너가 방랑과 노동을 하면서 문학공부를 계속하였다. 이광수(李光洙)의 도움으로 문단 생활을 시작하였다. 조선문단사(朝鮮文壇社), 현대평론사(現代評論社)의 기자로 일하였고, 1929년 『중외일보』 기자, 1931년 『매일신보』 학예부장으로 일하다 사망하였다. 1920년대 경향문학(傾向文學)의 한 양상을 보여주었다. 다수의 소설 작품이 있다. ▶아동문학 관련 비평문으로 「(작문강좌)글(文)」(『새벗』, 1929년 3월호)이 있다.

**최영주**(崔泳柱: 1906~1945)  아동문학가. 본명 최신복(崔信福). 필명 적두건(赤頭巾), 푸른소, 청우생(靑牛生), 초동아(草童兒), 윤지훈(尹芝薰), 남궁환(南宮桓), 창씨명 勝山雅夫. 동요「오빠생각」을 지은 최순애(崔順愛)는 최영주의 동생이자 이원수(李元壽)의 부인이다. 경기도 수원(水原) 출생. 배재고등보통학교(培材高等普通學校)를 거쳐 니혼대학(日本大學)에서 수학하였다. 수원에서 〈화성소년회(華城少年會)〉를 조직하여 소년운동에 투신하였다. 〈색동회〉 회원이다. 1927년 개벽사(開闢社)에 입사하여, 1929년 2월경부터『학생』,『어린이』등의 잡지 편집에 종사하면서 세계명작을 번안하여『어린이』,『소년』에 연재하기도 했다.『중앙(中央)』,『신시대(新時代)』,『박문(博文)』,『여성(女性)』등의 뛰어난 편집자로 이름을 떨쳤다. 1941년 1월부터 1941년 8월까지『신시대』의 주간으로 활동하면서 일제의 내선일체 정책과 황민화 정책, 일본의 침략전쟁을 찬양하고 지원병 제도를 선전하는 글을 기고하였다. 1945년 1월 폐결핵으로 사망했다. 일제강점기 친일행적으로 민족문제연구소(民族問題硏究所)의『친일인명사전(3)』(2009)의 친일반민족행위자 명단에 포함되었다. ▶아동문학 관련 비평문으로「회고 10년간(回顧十年間)」(『어린이』, 1932년 9월호),「아가의 그림은 표현보다 관념(六) 조혼 그림책을 선택해 주시오」(『조선일보』, 1933.10.29),「어린이날 – 희망의 명절 생명의 명절」(『조선중앙일보』, 1936.5.3),「미소(微笑) 갔는가 – 도(悼) 이정호 군」(『문장』, 1939년 7월호),「소파 방정환 선생의 약력」(방운용(方云容),『소파전집』, 박문서관, 1940) 등이 있다. 이 외에 동요 등 다수의 아동문학 작품을 발표하였다. ▶저서로『소파전집(小波全集)』(박문서관, 1941) 편찬에 관여하였고, 작품집『호드기』가 있다.

**최영택**(崔永澤: 1896~?)  필명 노경(老耕, 崔老耕, 老耕生), C生, 아현동인(阿峴洞生). 경성(京城) 출생. 최연택(崔演澤)은 그의 형이며, 최호동(崔湖東)은 동생이다. 아현태극학교를 졸업하였고, 이후 상급학교 진학 여부는 확인되지 않는다. 기독교 장로였다. 1910년대 말『태서문예신보』를 통해 문단에 등단하였다. 1920년대 초『매일신보』,『신천지』,『수양』등에서 문필 활동을 하였다. 〈조선여자교육회〉의 기관지『여자시론』의 편집과 발행에 관여하고, 1923년 2월 잡지『부인계(婦人界)』를 발행하였다. 이후 1925년 11월 미국인 '카우만'과 함께 잡지『주일학생(主日學生)』을, 동생 최호동과 함께『소년계』(1926년 12월 창간호),『소녀계』(1927년 7월 창간호),『소년순보』(1928년 12월 창간호) 등을 발간하였다. 1929년 6월 도쿄(東京)에서『실업지조선(實業之朝鮮)』을 발행하였다. 1920년대 전 기간에 걸쳐 주로『매일신보』에 다양한 주제의 논설을 발표하였다. ▶아동문학 관련 비평문으로

「소년문예운동 방지론(전5회)」(『중외일보』, 1927.4.17~23), 「내가 쓴 소년문예
운동 방지론(전3회)」(『중외일보』, 1927.6.20~22) 등이 있다. ▶저서로 동화집『별
바다』(주일학생사, 1926), 동화집『꽃피는 나라』(동성당서점, 1939), 『세계위인임
종록(世界偉人臨終錄)』(동성당서점, 1939) 등이 있다.

**최인화**(崔仁化: 1910~1945)  아동문학가. 평안남도 평양(平壤) 출생. 1925년『조
선일보』신춘문예에 동화 「어두운 나라」(『조선일보』, 1925.1.1)가 선외가작으로
입선되었다. 1930년대에 아이생활사에서 일했고, 삼천리사(三千里社)에서도 근무
했다. 1935년 5월 3일 〈조선아동예술연구협회(朝鮮兒童藝術硏究協會)〉와 중앙기
독청년회소년부(中央基督靑年會少年部)가 공동 주최한 어린이날 기념식 가운데
'동화의 밤' 행사에 원유각(元裕珏), 모기윤(毛麒允)과 함께 연사로 참여하였다.
1936년 1월 정인섭(鄭寅燮)을 편집고문, 최인화(崔仁化)를 편집 겸 발행인으로 하
여 아동잡지『동화(童話)』(통권8호까지 발행)를 창간하였다. 『동화』의 편집고문은
연희전문학교(延禧專門學校) 정인섭 교수였고, 평양의 평안공업사 사장 김형진(金
炯振)이 지원하였다. 독실한 기독교 신자로『기독신보(基督申報)』와『주일공과(主
日公課)』에 동화를 발표하였다. 이 외에 동화 등 다수의 아동문학 작품을 발표하였
다. ▶편저서로『세계소화집(世界笑話集)』(종교시보사, 1934; 신문당, 1935), 『세
계동화집』(대중서옥, 1936), 『세계동화집(第二輯)』(경성: 복음사, 1938), 『걸작소
화집(傑作笑話集)』(신문당, 1939), 『기독교동화집』(교문사, 1940), 『설교예화집
(說敎例話集)』(교문사, 1942) 등이 있다.

**최청곡**(崔靑谷: ?~?)  소년운동가, 아동문학가. 본명 최규선(崔奎善). 한일은행에
근무하였다. 『별나라』동인이자 집필진이며, 〈조선소년연합회(朝鮮少年聯合會)〉
재정부 부장, 〈조선소년총연맹(朝鮮少年總聯盟)〉의 상임서기를 맡아 소년운동과
아동문학에 많은 노력을 기울였다. 1926년 창간된『별나라』에 최규선(崔奎善)은
김도인(金道仁), 김영희(金永喜), 이정호(李定鎬), 이학인(李學仁), 이강흡(李康
洽), 염근수(廉根守), 방정환(方定煥), 박누월(朴淚月), 박아지(朴芽枝), 송영(宋
影) 유도순(劉道順), 양재응(梁在應), 안준식(安俊植), 연성흠(延星欽), 진종혁(秦
宗爀), 한정동(韓晶東), 최병화(崔秉和), 최희명(崔喜明) 등과 함께 동인으로 참여
하였다. 1928년 〈조선소년총연맹〉의 각도연맹 조직운동에 매진하였는데, 7월 8일
밀양소년회관(密陽少年會舘)에서 〈경상남도소년연맹〉 창립대회를 개최할 때 조직
위원으로 조용복(趙鏞福), 윤소성(尹小星) 등과 함께 참여하였다. 〈조선소년연맹
경기도소년연맹〉 창립대회는 1928년 7월 29일 경성 시천교당(侍天敎堂)에서 개최
하였으며, 〈조선소년총연맹 전라남도소년연맹〉 재조직은 1928년 8월 5일 나주(羅

州)에서 개최하였는데 재조직 위원에는 강석원(姜錫元), 고장환(高長煥), 정홍교(丁洪敎), 조문환(曹文煥), 윤소성(尹小星), 김태오(金泰午) 등과 함께 참여하는 등 조선소년운동에 중요한 역할을 담당하였다. 1929년 12월 2일 〈조선소년총연맹〉 간부로서 고장환, 정홍교와 함께 종로경찰서 고등계에 검거된 바 있다. 1948년 8월 〈소년운동자연맹(少年運動者聯盟)〉의 준비위원 중 한 사람으로서 정부수립 경축 모자대회(母子大會)를 추진하였다. ▼아동문학 관련 비평문으로 「방향을 전환해야 할 조선소년운동(전2회)」(『중외일보』, 1927.8.21~22){이에 대해서는 홍은성(洪銀星)이 「〈소년연합회〉의 당면임무 – 최청곡 소론을 박(駁)하야 –(전5회)」(『조선일보』, 1928. 2.1~5), 김태오(金泰午)가 「소년운동의 당면문제 – 최청곡 군의 소론을 박(駁)함(전7회)」(『조선일보』, 1928.2.8~16)을 통해 반론을 제기하였다), 「소년운동의 당면문제(전4회)」(『조선일보』, 1928.1.19~22), 「'어린이날'을 어쩌케 대할 것인가?」(『동아일보』, 1928.5.6), 「어린이날의 역사적 사명」(『조선일보』, 1928.5.6), 「소년문예에 대하야」(『조선일보』, 1930.5.4), 「부형사회에 드리는 멋말씀」(『조선일보』, 1931.1.1) 등이 있다. 이 외에 동요, 동화, 번역동요 등 다수의 아동문학 작품을 발표하였다. ▼저서로 뮤흐렌(Mühlen)의 작품을 번역한 『왜?』(별 나라사, 1929)와 『어린 페터』(流星社書店, 1930) 등이 있다.

**최해종**(崔海鍾: 1898~1961) 한문학자, 대학 교수. 필명 소정(韶庭). 일제강점기 『동아일보』 기자와 경북지국장을 역임하고 민주당 경북도당 총무와 진보당 중앙위원을 역임하는 등 정치인으로서도 활약하였다. 제1회 한의사 국가고시에 합격하여 한의사로도 활동하였다. 〈경북예술가협회〉 회장(부회장은 박목월)을 역임했다. 부친은 통정대부(通政大夫)를 지낸 일화 최현달(一和崔鉉達)이다. 해방 후 대구에서 청구대학(靑丘大學)을 설립한 야청(也靑) 최해청(崔海淸)과, 아동문학 잡지 『새싹』을 발행한 계당(桂堂) 최해태(崔海泰)는 동생이다. ▼아동문학 관련 비평문으로 「선후(選後)에 한마듸」(李相和, 崔韶庭 共選; 『동아일보』, 1924.7.14)가 있다. ▼저서로 『시해운주(詩海韻珠)』(한성도서주식회사, 1937), 『한국한문학사』(청구대학, 1958), 『소정시고(韶庭詩稿)』(필사본)가 있다.

**최호동**(崔湖東: 1908?~?) 아동문학가, 아동문화 운동가. 경성(京城) 출생. 최연택(崔演澤)과 최영택(崔永澤)의 동생이다. 1926년 『시대일보』 신춘문예의 소설 부문에 「제야(除夜)에 유치장」(『시대일보』, 1926.1.25)이 등외 당선되었고, 『매일신보』 신춘문예에 「양식(糧食)을 구하는 자」(『매일신보』, 1926.1.24), 「팔녀가는 여자」(『매일신보』, 1926.2.7)가 당선되었다. 『동아일보』 기자 생활을 했고, 조선주보사(朝鮮週報社) 대표, 1925년 12월 형 최연택과 함께 소년소녀에게 역사, 종교,

과학 등의 지식을 함양케 할 목적으로 잡지 『담해(潭海)』를 발간하고, 1926년 소년소녀잡지 『소년계(少年界)』, 1928년 3월에 영화 잡지 『문예영화(文藝映畵)』, 그리고 『문화운동(文化運動)』을 발행하였다. 1927년 최호동은 최규선(崔奎善), 전백(全栢), 윤소성(尹小星), 정홍교(丁洪教), 고장환(高長煥) 등과 함께 〈오월회〉 측의 〈조선소년연합회(朝鮮少年聯合會)〉 발기 준비위원으로 참여하였다. 『아동문학 관련 비평문으로 「'소금쟁이'는 번역이다」(『동아일보』, 1926.10.24), 「(문단시비)염근수(廉根守) 형에게」(『동아일보』, 1927.3.16) 등이 있다. 이 외에 『신소년』, 『별나라』, 『동아일보』 등 아동문학 잡지와 신문에 다수의 동화를 발표하였다. 『저서로 최호동이 감수(監修)한 『문학강의록 – 문장 편』(조선문화협회, 1930), 최호동이 편찬한 영화소설 『비련(悲戀)의 장미(薔薇)』(영창서관, 1930) 등이 있다.

**표양문**(表良文: 1907~1962)  정치인, 국회의원. 서울 출생. 1930년 6월 14일 이각종(李覺鍾), 표양문, 오덕환(吳德煥), 윤용안(尹龍顔), 태덕윤(太德潤), 권영섭(權英燮)이 이사(理事)로 참여한 〈조선소년군총본부〉 이사회를 개최하였다. 1930년 10월 조선총독부에서 시행한 전문학교 입학자 시험 검정에 합격하고, 세브란스 의학전문학교를 졸업하였다. 세브란스 의전 미생물학 기수(技手), 1945년 8월부터 1947년 2월까지 초대 인천항무청(현 인천지방해양수산청) 청장을 역임했다. 1947년 제2대 인천 부윤(仁川府尹), 1949년 인천시 승격과 함께 인천시장이 되고, 제3대 민의원(자유당)을 지낸 정치인이다. 1950년 6·25전쟁 도중 표양문이 대장이되어, 신태범(愼兌範), 우문국(禹文國), 이경성(李慶成), 조병화(趙炳華), 이인석(李仁石) 등과 함께 〈문총구국대(文總救國隊)〉 인천지부를 결성하여 활동하기도 하였다. 『아동문학 관련 비평문으로 「신기사도(新騎士道) – 〈조선소년군〉의 진로를 밝힘(전4회)」(『동아일보』, 1932.10.7~12), 「어린이들을 어떠케 꾸짖을가 – 동정을 가지고 동심을 이해하라」(『동아일보』, 1934.4.19) 등이 있다.

**하도윤**(河圖允: 1913~?)  아동문학가. 함경남도 이원군(利原郡) 출생. 이원공립보통학교(利原公立普通學校)를 졸업하였다. 1928년 4월 22일 이원소년동맹(利原少年同盟) 제6회 집행위원회에서 상무(常務)로 피선되었다. 『아동문학 관련 비평문으로 「너의 힘은 위대하엿다」(『별나라』 제3권 제5호, 통권24호, 1928년 7월호)가 있다. 이 외에 다수의 동요 작품이 있다.

**한동욱**(韓東昱: ?~?)  아동문학가. 한동욱(韓東昱)은 윤소성(尹小星), 유지영(劉智榮), 노병필(盧炳弼), 신재항(辛在恒), 최원기(崔源基), 홍은성(洪銀星), 이원규(李元珪), 고장환(高長煥), 김재철(金在哲), 최봉하(崔鳳河), 김영팔(金永八) 등과 함께 『새벗』의 필자로 참여하였다. 1929년 〈조선소년총연맹〉에서 어린이날 행사를 준비할 때 한동욱은 이원규(李元珪), 안준식(安俊植), 박세영(朴世永), 신명균(申明均), 송관범(宋觀範), 연성흠(延星欽), 박홍제(朴弘濟), 홍장복(洪長福) 등과 함께 소년잡지사 측의 준비위원으로 참여하였다. ❝아동문학 관련 비평문으로 「동화를 쓰기 전에」(『새벗』 창간호, 1925년 11월호)가 있다. 이 외에 다수의 동화 작품을 발표하였다. 한동욱에 대해 다음과 같은 평가가 있다. "韓東旻 氏＝氏의 童話에 잇서서는 '리히리틱'한 맛이 잇는 童話이다. 어느 點에 잇서서는 露西亞의 '와시리 에로센코'의 作品 가튼 곳이 만타. 「별나라를 차저간 少女」이라든지 「젓 업시 자라난 獅子」 等等 만흔 作品이 한 主義에 一貫되여 잇는 것이다. 그리고 氏는 여긔저긔 이 雜誌 저 雜誌에 내논는 法이 업시 『새벗』 한군데만 쓴다. 이곳에 잇서 이분의 獨特한 信條가 잇는 것을 足히 엿볼 수 잇는 것이다."(홍은성, 「금년 소년문예 개평 (2)」, 『조선일보』, 1928.11.1).

**한백곤**(韓百坤: ?~?)  아동문학가. 필명 한벽송(韓碧松, 碧松生, 碧松山人, 碧松堂), 한생(韓生), 한백곤(韓百崑, 韓白崑, 韓栢崐, 白崑, 白崐, 栢崐), 백곤송(白崑松), 韓栢福(韓百福), 한흰뫼(흰뫼). 충청북도 충주(忠州) 출생. 1920년 후반부터『별나라』, 『신소년』 등에 작품을 투고하였다. 1931년경 충청북도 충주군 가금면 창동(忠州郡 可金面 倉洞)에서 무산야학당(無産夜學堂)을 설치하고 야학당 안에서 〈새일꾼회〉(새일꾼會) 활동을 하였다. 그러나 1932년 초에 일제 당국에 의해 야학이 문을 닫게 되었다. 1945년 10월 12일 〈조선소년운동중앙협의회〉 결성대회에 김태석(金泰晳), 김광호(金光鎬), 공진섭(公陳燮), 홍순익(洪淳翼), 박노일(朴魯一), 유영애(劉永愛), 최병화(崔秉和), 양재호(梁在虎), 정성호(鄭成昊), 백낙영(白樂榮) 등과 함께 위원으로 참석하였다. 해방 후, 동요 「겨울」(『자유신문』, 1949.1.20)을 발표한 이후 다른 작품을 찾을 수 없어 행보를 확인하기 어렵다. ❝아동문학 관련 비평문으로 이청룡(李靑龍)의 동요 「풀각씨」가 표절이라는 것을 지적한 「담화실」(『신소년』, 1929년 12월호)이 있다. 이 외에 동요, 동시, 소년시, 동극, 동화, 소년소설 등 다수의 아동문학 작품을 발표하였다.

**한상진**(韓相震: ?~?)  아동문학가. 필명 설봉(雪峰), 한탄영(韓灘影). 전라북도 이리(裡里: 현 益山市) 출생. 이리공립보통학교(裡里公立普通學校)를 졸업하였다. 1931년 '裡里 韓相震'의 이름으로 「동무소식」(『매일신보』, 1931.3.24)에 여러 동무들의 투고를 요청하면서 '全羅北道 益山郡 益山面 裡里新町 四六一番地 韓吉洙 氏에게'라 하였는데 이를 통해 주소를 가늠할 수 있다. 1936년 12월경 종전의 〈조선소년총연맹〉, 〈경기도소년연맹〉, 〈경성소년연맹〉 등 3 단체를 해체하고 〈조선아동애호연맹〉을 발기하고자 창립준비위원회를 발족한 바 김상덕(金相德), 정세진(丁世鎭),

김영진(金英鎭), 박동일(朴東一) 등과 함께 한상진이 발기인으로 참여하였고, 창립 준비위원은 진장섭(秦長燮), 김태오(金泰午), 이정호(李定鎬), 정홍교(丁洪敎), 남기훈(南基薰), 홍순익(洪淳翼), 고장환(高長煥) 등이었다. 1937년 1월, 『매일신보』의 이정호(李定鎬)가 '少年少女版'의 '새해 새 부탁'란을 구성하면서, 진장섭(秦長燮), 송영(宋影), 노양근(盧良根), 강승한(康承翰)과 함께 한상진에게도 청탁하였다. 1937년 신년부터 『유년동무』를 창간하기로 하였다. 『신소년』, 『별나라』, 『조선일보』, 『매일신보』 등에 동요, 동화, 소년소설, 아동극 등 다수의 아동문학 작품을 발표하였다.

**한석원**(韓錫源: 1894~?) 목사. 필명 큰샘(큰심), 창씨명 西原錫源. 평안남도 평양(平壤) 출생. 일본에 유학하여 고베 간사이학원(神戶關西學院) 신학부를 졸업하였다. 이후 정동교회(貞洞敎會)에서 예배를 보았고, 1920년 피어선기념성경학원(皮漁善紀念聖經學院) 원감으로 재직하다가 〈조선주일학교연합회(朝鮮主日學校聯合會)〉 대표자로 피선되었다. 세계주일학교 시찰단 환영위원회의 총무부장을 맡았다. 1921년 이상재(李商在), 안국선(安國善) 등과 함께 〈조선아동보호회(朝鮮兒童保護會)〉 발기인으로 활동하였다. 1921년 11월 1일부터 8일까지 제1회 조선주일학교대회를 개최함에 있어 총 간사로 행사를 총괄하였다. 1928년 7월 미국 로스앤젤레스에서 개최된 세계주일학교대회에 조선 대표로 출국하였다가 바로 휴런대학(Huron College)에서 유학하였다. 1940년대 『아이생활』의 주간을 맡았다. 1941년 장로교 중앙위원회 석상에서 정춘수(鄭春洙), 정인과(鄭仁果) 등과 함께 교회 기금 및 종(鐘) 용해 수익금 등을 가지고 일본군에 비행기 2대, 전투기용 기관총 7대, 군용자동차 2대 등을 헌납하고, 신자들로부터 유기그릇 2천여 점을 징수하여 일제에 헌납하였다. 이러한 친일 행위로 해방 후 〈반민족행위특별조사위원회〉(反民特委)에 기소되었다. ✔아동문학 관련 비평문으로 「본지 역대 주간의 회술기(懷述記)」(韓錫源 외: 『아이생활』, 1936년 3월호)를 발표하였다. ✔저서로 『종교계 제명사 강연집(宗敎界 諸名士講演集)』(활문사서점, 1922), 『(최근)주일학교론』(Athearn, W. A. 著, 韓錫源 譯: 조선야소교서회, 1922), 『(音譜附 脚本)소년소녀가극집(少年少女歌劇集)(제1집)』(영창서관, 1923: 제2집, 영창서관, 1924), 『(표정유희유치원)노래』(영창서관, 1928)가 있다.

**한설야**(韓雪野: 1900~1976) 소설가, 평론가. 본명 한병도(韓秉道), 필명 만년설(萬年雪), 한형종(韓炯宗), 김덕혜(金德惠). 함경남도 함흥(咸興) 출생. 경성고등보통학교(京城高等普通學校)에 입학하였다가 함흥고보(咸興高普)로 전학하여 1919년에 졸업하였고, 1921년 니혼대학(日本大學)을 3년 다니다가 1923년 귀국했다.

1925년 만주 무순(滿洲撫順)으로 이주하면서 프롤레타리아 문학에 관심을 두었고, 1927년 귀국하여 계급문학 운동의 방향전환과 함께 이루어진 〈조선프롤레타리아예술동맹〉 조직 개편(1927년 9월) 때 중앙위원회 위원으로 가담하였다. 1932년 조선지광사(朝鮮之光社)에 입사하였고, 1934년 신건설사 사건(新建設社事件)으로 투옥되었다가 집행유예로 석방되었다. 해방 후 임화(林和), 김남천(金南天) 주도의 〈조선문화건설중앙협의회〉에 맞서, 1945년 9월 30일 이기영(李箕永)과 함께 〈조선프롤레타리아예술연맹〉을 조직하였다. 북한 정권 창출에 관여하였으나 1950년대에 숙청되었다가 1976년 고향인 함흥에서 사망한 것으로 알려졌다. ▶아동문학 관련 비평문으로는 한정동(韓晶東)의 「소금쟁이」 논란이 있을 때 「예술적 양심이란 것」(『동아일보』, 1926.10.23)을 발표한 바 있다. ▶저서(주요 작품)로 「그날 밤」(『조선문단』, 1925년 1월호), 1927년 현상 2등 당선소설 「그릇된 동경(전9회)」(『동아일보』, 1927.2.1~10), 『황혼(黃昏)』(『조선일보』, 1936.2.5~10.28 연재; 영창서관, 1939), 『청춘기(靑春記)』(『동아일보』, 1937.7.20~11.29 연재; 중앙인서관, 1939), 소설집 『귀향(歸鄕)』(영창서관, 1939), 『한설야 단편선(韓雪野短篇選)』(박문서관, 1941), 『매일신보』에 『탑(塔)』(1940.8.1~1941.2.14 연재; 매일신보사, 1942) 등이 있다.

**한인현**(韓寅鉉: 1921~1969)  아동문학가, 교육자. 필명 한인현(韓寅炫). 함경남도 원산(元山) 출생. 함흥 광명보통학교(光明普通學校)를 거쳐, 1942년 함흥사범학교를 졸업하였다. 1933년부터 『아이생활』과 『어린이』에 동요를 발표하기 시작했다. 경기도 여주군 가남초등학교 교사를 시작으로, 서울 종암초등학교, 서울대학교사범대학부속초등학교 교사를 지내고 1965년 은석국민학교 교장이 되었다. 국정교과서 심의위원, 〈새싹회〉 간사, 〈한국글짓기지도회〉 회장 등을 역임했다. 1969년에 사망하였다. ▶아동문학 관련 비평으로 「이 책을 내면서」(『문들레』, 제일출판사, 1946), 「동요교육」(『아동교육』, 아동교육연구회, 1948년 2월호) 등이 있다. ▶저서로 창작 동요 동시집 『문들레』(제일출판사, 1946)가 있다.

**한정동**(韓晶東: 1894~1976)  시인, 아동문학가. 필명 서학산인(棲鶴山人), 성수(星壽), 백민(白民), 소금쟁이. 평안남도 강서(江西) 출생. 1918년 평양고등보통학교(平壤高等普通學校)를 졸업하였다. 1925년 「소금쟁이」, 「달」, 「갈닙배」(이상 『동아일보』, 1925.3.9)가 신춘문예에 당선되어 작품 활동을 시작하였다. 한정동의 「따오기」는 윤극영(尹克榮)의 작곡으로 널리 애창된 동요이다. 1927년 1월 유도순(劉道順), 박동석(朴東石), 한형택(韓亨澤), 김도인(金道仁), 진종혁(秦宗爀), 최병화(崔秉和), 노수현(盧壽鉉), 강병국(姜炳國), 주요한(朱耀翰), 안준식(安俊植), 양재

응(梁在應), 염근수(廉根守) 등과 함께 〈꽃별회〉를 창립하였다. 1936년부터 1939
년까지 『조선일보』, 『동아일보』 기자로 활동하였고, 1939년 이후 진남포중학교
교사로 재직하였다. 1950년 월남한 후 부산 국제신문사 기자, 서울 덕성여자고등학
교 교사를 역임하고, 〈한국아동문학회〉 회장을 맡기도 했다. 〈노래동산회〉와 서울
교육대학이 주관한 '고마우신 선생님 상'을 수상하여 그 상금과 그동안의 원고료를
모아 1969년 한정동아동문학상(韓晶東兒童文學賞)을 제정하였다. ▶아동문학 관련
비평문으로 「(문단시비)'소곰쟁이'는 번역인가?(전2회)」(『동아일보』, 1926.10.9~
10), 「동요작법(3)」(『별나라』, 1927년 4월호), 「동요에 대한 사고(私考)」(朝鮮童
謠硏究協會 編, 『朝鮮童謠選集 – 一九二八年版』, 博文書館, 1929.1), 김병호(金炳
昊)의 「4월의 소년지 동요」(전3회, 『조선일보』, 1930.4.23~26)에 대한 논박으로,
「'사월의 소년지 동요'를 닑고(전2회)」(『조선일보』, 1930.5.6~11) 등을 발표하였
다. ▶저서로 『갈닙피리』(청우출판사, 1957), 『꿈으로 가는 길』(문예출판사, 1968)
등의 저서가 있다.

**한철염**(韓哲焰: ?~?)  아동문학가. 경성(京城) 출생. 『별나라』 중앙지사를 맡았다.
▶아동문학 관련 비평문으로 「'붓작난'배(輩)의 나타남에 대하야」(哲焰; 『신소년』,
1932년 8월호), 「최근 프로 소년소설 평 – 그의 창작방법에 대하야」(『신소년』,
1932년 10월호) 등이 있다. 이 외에 동요, 동시, 소년시 등 다수의 아동문학 작품을
발표하였다.

**한춘혜**(韓春惠: 1911~?)  아동문학가. 본명 한해룡(韓海龍), 필명 신곡촌인(神谷村
人). 한춘혜(韓春蕙)로도 표기하였다. 함경남도 함흥(咸興) 출생(주소 咸鏡南道 咸
興郡 邑內 新昌里 十二番地). 1935년 4월 함흥영생고등보통학교(咸興永生高等普通
學校)에 입학하였다. 1929년 1월 27일 〈함흥청년회(咸興靑年會)〉 소년부 주최의
동화대회에 이영봉(李泳峯), 윤경봉(尹京奉), 한해룡, 한국심(韓國心) 외 4인이 연
사로 참석하였고, 같은 해 3월 20일에도 〈함흥청년회〉 소년부 주최의 동화대회를
열었는데 한해룡은 「삼월(三月)이와 도적의 쎄」라는 제목으로 참여하였다. 1931년
『매일신보』 신년현상문예 동요 부문에서 「얼어 죽은 참새」(『매일신보』, 1931.1.5)
가 우수품으로 당선되었다. 1931년 11월 25일 함남종교교육대회에서 현상웅변대
회를 개최하였는데 한해룡이 함흥중앙교회 유년주일학교 교사로 1등 당선되었다.
1931년경 함흥에서 몽소 채규삼(夢笑蔡奎三), 박약서아(朴約書亞), 채란(彩蘭), 성
진(聖進), 창순(昌淳), 김소춘(金少春), 옥주(玉柱), 월성(月城), 석파(石波), 금빗
새〔金俊洪〕, 소천 강용률(小泉姜龍律) 등과 함께 〈흰빛문예사〉 활동을 하였다.
1933년 7월 20일부터 8월 2일까지 만주 봉천성(奉天省) 서탑유치원(西塔幼稚園)

에서 '능독능서자(能讀能書者)' 25명을 지도하는 등『동아일보』주최 계몽대원 활동에 참가하였다. 1935년 『동아일보』 신춘문예에서 「겨을 달밤」(『동아일보』, 1935.1.1)으로 시조 부문에 가작 당선되었다.

**함대훈**(咸大勳: 1906~1949)  신극 운동가, 소설가, 번역 문학가. 필명 일보(一步). 황해도 송화(松禾) 출생. 중앙고등보통학교(中央高等普通學校)를 졸업하고, 니혼대학(日本大學) 경제과에 입학한 후, 1931년 도쿄외국어학교 노어과(東京外國語學校露語科)를 졸업하였다. 〈해외문학파(海外文學派)〉 동인이다. 1931년 〈극예술연구회(劇藝術研究會)〉 창립 동인으로 연극 활동에 참여하여 러시아 작품을 번역하기 시작하였다. 고골(Gogol', Nikolai Vasilievich)의 「검찰관」(1836), 체호프(Chekhov, Anton Pavlovich)의 「기념제」, 「앵화원(櫻花園)」(1903) 등을 번역하고, 러시아 연극계를 소개하는 글들도 많이 발표하였다. 해방 직후 경찰에 투신하여 군정청 공안국장과 공보국장을 지냈다. 1947년 국립경찰전문학교 교장으로 취임하여 재직 중 순직하였다. ▶아동문학 관련 비평문으로 「(독서란)김소운 씨 편저『조선구전민요집』 - (조선문)제일서방판」(『조선일보』, 1933.2.17), 「아동예술과 잡감 편편(雜感片片)」(『조선일보』, 1935.7.15), 「감명 속에 읽은『그림 업는 그림책』의 기억」(『조선일보』, 1935.8.6), 「(신간평)윤석중 씨 저『어깨동무』」(『여성』, 1940년 9월호) 등이 있다. 함대훈의 작가 생활에 대한 회고는 1939년 발표한 「답보(踏步)」(『박문』, 1939년 10월호)에 잘 나타나 있다. ▶저서로『폭풍전야(暴風前夜)』(세창서관, 1949), 『청춘보(靑春譜)』(경향출판사, 1947), 『희망의 계절』(경향출판사, 1948), 번역희곡집『밤 주막』(조선공업문화사, 1954) 등이 있다.

**함처식**(咸處植: 1910~1980)  아동문학가. 필명 영천(靈泉). 평안남도 대동군(大同郡) 출생. 평양 광성고보(光成高普)를 수료하였다. 1932년『아이생활』, 『기독신보(基督申報)』에 작품을 발표하면서 문단에 등단하였다. 1946년 2월 박화목(朴和穆)과 함께 월남하였다. 1948년 12월 공보국 여론조사과장에 임명되었다. 1949년 10월 23일부터 11월 9일까지 여순 사건 1주년을 맞아 민심수습과 민족정신 앙양을 기치로 조직한 〈선전대책중앙위원회〉의 일원으로 경상남도에 파견되었다. 1950년 12월 27일 공보처에서 남한 각지에 선전문화반을 파견할 때 함처식도 함께 활동하였다. 1964년부터 〈한국보육학회〉 회장을 맡았다. 1966년 2월 3일부터 28일까지 일본 도쿄, 교토, 오사카, 나라 등의 유아교육을 시찰하였다. ▶아동문학 관련 비평문으로 「(보육수첩 제3회)어린이와 그림책」(『새살림』, 군정청 보건후생부 부녀국, 1948년 1월호)이 있다. ▶저서로『보육독본(保育讀本)』(생활사, 1948), 동화·동요집 『꼬마십자군』(대한기독교서회, 1954), 『유아교육의 이론과 실제』(한국보육학회, 1958), 동화집 『혼자만 아는 그림』(대한기독교서회, 1963), 동요곡집 『조롱박』(1958), 동화집 『(제3 창작동화집)비 오며 해 나는 날』(보육사, 1979) 등이 있다.

**허수만**(許水萬: 1912~1934)  아동문학가. 필명 허적악(許赤岳, 赤岳, 赤岳山人), 몽조(夢鳥), 꿈새(꿈새), 허북풍(許北風, 北風, 北風生), 북풍서방(北風書房), 북풍산인(北風散人), 북풍동심(北風童心), 허동심(許童心). 함경북도 성진(城津) 출생. 주로 회령(會寧)에서 활동하였다. 1927년 12월 17일에 함경북도 성진군 학동면(鶴洞面) 석호동(石湖洞)에 살고 있던 허수만은 다른 4명과 더불어 〈석호소년회(石湖少年會)〉를 창립하여 총회를 개최하고 〈성진군소년연맹(城津郡少年聯盟)〉에 가입하였다. 1927~8년경 성진에서 별나라사 성진지사장(城津支社長)을 맡았다. 1928년 4월경 허수만이 주간(主幹)이 되어 『백의소년(白衣少年)』을 창간하였으며, 회령에서 신진문예사(新進文藝社)를 운영하였다. 1931년 11월경 회령읍내에 문맹아동을 모아 교육하기 위해 회광학당(會光學堂)을 개설하였다. 1931년 6월 1일 함경북도 회령(會寧)에서 『군기(群旗)』, 『시성(時聲)』, 『대조(大潮)』, 『전기(戰旗)』, 『비판(批判)』, 『영화시대(映畵時代)』 등 각종 비합법 잡지를 취급하였다는 혐의로 회령경찰서에 검거되어 3개월 반 정도 유치장에 구금되었다가 9월 13일에 석방되었다. 1931년 12월 허수만이 회령에서 발행하려던 『신진문예(新進文藝)』 창간호가 총독부 경무국의 검열에서 '불허가' 처분되었다. 1933년 3월 20일경 회령오동잡지지사(會寧五洞雜誌支社)를 운영하던 중 『조선중앙일보』 회령지국장 구철회(具哲會), 『조선일보』 회령지국 기자 김중산(金中山)과 함께 함북 명천독서회 사건(咸北明川讀書會事件) 관련으로 검속되었다가 4월 6일에 석방되었다. 1933년 7월 21일자로 회령에서 허수만이 발행하려던 단행본 『광녀(狂女)』가 총독부 경무국의 검열에서 '불허가' 처분되었다. 1934년 『조선일보』 신춘현상문예 동요 부문에 「반딧불」(許童心; 『조선일보』, 1934.1.9)이 당선되었다. 1934년 11월 18일경 회령의 철로에서 역사(轢死)하였다. ▶아동문학 관련 비평문으로 「『별나라』 두 돌상에 돌나안저서 – 과거보담 미래를 축수(祝壽)함」(별나라 성진지사장 허수만; 『별나라』 제3권 제5호, 1928년 7월호)이 있다. ▶저서로 『북풍기행시집(北風紀行詩集) 第一輯』(신진문예사, 1933), 동요집 『봄동무』(신진문예사, 1934) 등이 있다.

**현동염**(玄東炎: ?~?)  아동문학가, 소년운동가. 필명 현동염(玄東廉, 玄東濂, 東炎, 蝀艶, 憧灔). 경기도 개성(開城) 출생. 1927년 10월 개성 〈소년문예사(少年文藝社)〉 임원으로 동화음악대회를 개최하였고 출판부와 선전부 임원을 맡았다. 1928년 4월 19일 〈소년문예사〉 제1회 정기총회에서는 조직부 임원을 맡았다. 1928년 7월 〈개성소년연맹(開城少年聯盟)〉 중앙집행위원회에서 조사부장의 역할을 맡았다. 1929년 『조선일보』 신춘문예 현상에 동화 「눈물의 선물(전3회)」(『조선일보』, 1929.1.4~6)이 당선되었다. 1930년 〈개성청년동맹(開城靑年同盟)〉의 집행위원을 역임했고, 이 시기에 개성경찰서에 의해 박광수(朴光秀) 등과 함께 가택 수색과 취조를 당했다. 1930년 3월 김광균(金光均), 최창진(崔昌鎭) 등과 함께 〈연예사(硏藝社)〉를 창립하여 문예부 임원을 맡았다. 1930년 6월 17일 〈개성노동조합(開城勞動組合)〉과 〈개성청년동맹〉 집행위원이었던 현동염은 가택 수색과 취조를 당하였다. 1931년 1월 〈개성노동조합〉 임시대회에서 민병휘(閔丙徽) 등과 함께 새로 임원으로 선정되었다. 1932년 6월 주의자(主義者)로 지목되어 개성서(開城署)에 검거되어 박광수, 공영상(孔榮祥) 등과 함께 취조를 받았다. 1932년 개성의 프롤레타리아 극단인 대중극장(大衆劇場)의 공연에 김병국(金炳國 = 金沼葉)과 함께 문예부(이때 민병휘는 연출부를 맡음)를 맡아 활동하였다. 1933년 5월경 현동염(玄東炎)은 개성에서 학술문예연구 잡지를 발간하기 위해 이병렬(李炳烈), 민병휘(閔丙徽) 등과 함께 동인으로 참여하였다. 1936년 7월 개성 기자구락부(開城記者俱樂部)를 창립하였는데 『조선일보』 기자 자격으로 정보위원에 임명되었다. 1936년경 치안유지법 위반으로 검거된 유광호(柳光浩)의 신문조서에 따르면 "내가 조선혁명당에 가입하게 된 동기는 내가 18세 때 개성에 거주할 당시 노동조합이 있었는데, 그 간부에 현동염이란 공산주의자가 있었다. 나는 그 사람과 교유한 관계로 자연 사상운동에 흥미를 가지게 되었다."고 한 것으로 보아 현동염이 이 시기에 공산주의자로서 노동운동에 가담하고 있었던 것으로 보인다. 1936년 7월 개성 〈고려청년회(高麗靑年會)〉 주최 제3회 전조선단체정구대회에 대회 임원의 한 사람으로 참여하였고, 1939년 4월 개성 시민운동회에도 대회 임원으로 참여하였으며, 1940년 〈고려청년회〉에서 제21회 전개성시민대운동회에도 대회 임원으로 참여하였다. 1938~1939년경에 『조선일보』 개성지국 혹은 개성 특파원으로 재직하였다. 해방 후 1945년 8월 〈조선문화건설중앙협의회(朝鮮文化建設中央協議會)〉 결성에 아동문학위원회 회원으로 참여하였다. 1946년 3월 〈전조선문필가협회〉 회원으로 참여하였고, 1949년 12월 〈한국문학가협회(韓國文學家協會)〉의 추천회원으로 참여하였다. 1950년 6월 10일 개성극장에서 '멸공웅변대회(滅共雄辯大會)'가 있었는데 심사위원 중의 한 사람으로 참석하였다. ▶아동문학 관련 비평문으로 「동화교육 문제 – '전 씨(全氏)의 현 조선동화'론 비판(전4회)」(『조선일보』, 1931.2.25~3.1)이 있다. 이 외에 논설, 문학론과 동화, 동요 등 다수의 아동문학 작품을 발표하였다.

**현송**(玄松: 1909~1988)  희곡 작가, 소설가. 본명 김현송(金玄松). 필명 김송(金

松), 범산(凡山). 함경남도 함주(咸州) 출생. 함남고등보통학교(咸南高等普通學校)를 졸업하고 니혼대학(日本大學) 예술과를 중퇴하였다. 1930년 귀국하여 신흥극장을 발족하여 단장이 되었다. 해방 후 1945년 12월 '백의민족(白衣民族)'의 약어로 문예지 『백민(白民)』을 창간하였다. 『서울신문』 문화부장, 『자유문학』 주간 등을 맡았다. ▶아동문학 관련 비평문으로 「신년호 소설평」(『신소년』, 1932년 2월호)이 있다. 그 외에 『신소년』과 『별나라』에 다수의 아동문학 작품을 발표하였다. ▶저서로 희곡집 『호반의 비가(湖畔의 悲歌)』(삼문사서점, 1939), 『명랑소화집(明朗笑話集)』(김현송 편; 동문사서점, 1948), 평론집 『전시문학독본(戰時文學讀本)』(계몽사, 1951), 『낙랑공주와 호동왕자』(한일출판사, 1962) 등이 있다.

**홍구**(洪九: 1908~?) 아동문학가, 소설가, 평론가. 본명 홍장복(洪長福). 필명 홍순열(洪淳烈). 서울 출생. 1930년 경기상업학교를 졸업하였다. 1931년 〈카프(KAPF)〉에 가입한 뒤 문학 활동을 시작하였다. 1934년 1월 신건설회관(新建設會館, 京城府蓮建洞)에서 이상춘(李相春)의 권유로 〈카프〉에 가입하였고, 이어 〈카프〉 맹원들과 함께 신건설사사건으로 검거 투옥되었다. 『신소년(新少年)』 편집에 관계하였다. 1936년 12월 이주홍(李周洪)과 함께 『풍림(風林)』 창간 편집을 맡았다. 해방 후 〈조선문학가동맹〉 중앙집행위원회 위원 겸 홍보부장을 지냈으며, 이후 월북하였다. ▶아동문학 관련 비평문으로 「아동문학 작가의 프로필」(『신소년』, 1932년 8월호), 「어린이날이란 무엇이냐」(洪淳烈; 『별나라』, 1931년 5월호), 「새동무 '돌림얘기' 모임」(『새동무』, 제2호, 1946년 4월호)(民村 李箕永, 韓雪野, 韓曉, 洪九) 등이 있다. ▶저서로 소설집 『유성(流星)』(아문각, 1948)이 있다. 한글학자이자 『신소년』 발행인이었던 신명균(申明均) 선생을 추모한 수필 「주산 선생(珠汕 先生)」(『신건설』 제2호, 1946년 12-1월 합호)이 있다.

**홍구범**(洪九範: 1923~?) 소설가. 필명은 대백(大伯), 활안(闊岸). 충청북도 충주(忠州) 출생. 충주 용원보통학교를 졸업하고, 서울 중동고등보통학교를 중퇴하였다. 1946년 김동리(金東里), 조연현(趙演鉉)과 함께 〈청년문학가협회〉 회원으로 활동하였다. 1947년 『백민(白民)』에 「봄이 오면」(제8호)을 발표하면서 문단에 등단하였다. 해방 직후 간행된 문예지 『문예(文藝)』를 편집하였다. 6·25전쟁 중 납북되었다. 1995년부터 〈충북작가회의〉 주관으로 홍구범 문학제가 개최되고 있다. ▶아동문학 관련 비평문으로 「(신간평)방기환 저(方基煥著) 『손목 잡고』」(『동아일보』, 1949.7.6)가 있다.

**홍난파**(洪蘭坡: 1898~1941) 작곡가, 바이올린 연주자. 경기도 화성(華城) 출생. 본명 홍영후(洪永厚). 필명 나소운(羅素雲), Y·H생, 도례미(都禮美), 도레미생

(生), ㄷㄹㅁ, 솔·파생(生), ㅎㅇㅎ. 창씨명 森川潤. 아버지 홍준(洪埈)은 미국 장
로교 목사인 언더우드(Underwood, Horace Grant: 1859~1916)의 조선어 선생이
었다. 아버지의 영향으로 어릴 때부터 교회음악을 접하면서 서양음악에 입문하였
다. 1910년 중앙기독교청년회(YMCA) 청년학교 중학과에 입학해 1914년 3월 졸업
하였다. 1912년 조선정악전습소(朝鮮正樂傳習所) 성악과에 입학하여 1913년 4월
제2회로 졸업하였다. 다시 조선정악전습소 서양악부 기악과에 들어가 1년 동안
바이올린을 배운 후 1914년 졸업하였다. 1918년 4월 도일(渡日)하여 도쿄음악학교
{일명 우에노(上野) 음악학교} 예과에 입학하여 1919년 3월 수료하였다. 1922년
9월 전문적인 음악연구기관인 〈연악회(硏樂會)〉를 창설하고 기관지『음악계(音樂
界)』를 창간하였다. 1926년 도쿄고등음악학원{현 구니타치(國立)음악대학} 선과
(選科)에 바이올린 전공으로 입학해 본과로 진학한 후[77] 1929년 3월에 졸업하였다.
1929년 9월 중앙보육학교 음악 교유로 취직하였다가, 1931년 미국 시카고의 셔우
드(Sherwood) 음악학교로 유학을 가서 1932년 6월 졸업하였다. 1933년 4월 경성보
육학교 음악 주임 교유로 부임하였다. 1937년 조선총독부 주도로 결성된 친일 사회
교화 단체인 〈조선문예회〉에 가입하면서부터 총독부의 정책에 동조하였다. 1938년
〈대동민우회(大同民友會)〉, 1941년 〈조선음악협회〉 등 친일단체에 가담했다. ▶아
동문학 관련 비평문으로 「서」(김기주 편, 『조선신동요선집 제1집』, 평양: 동광서
점, 1932.3)가 있다. ▶저서로『(통속)창가집』(洪永厚: 박문서관, 1917),『(簡易)무
도행진곡집』(洪永厚: 박문서관, 1917), 투르게네프(Turgenev, Ivan Sergeyevich)
의 작품을 번역한『첫사랑』(광익서관, 1921; 개판(改版) 개역(改譯) 한일서점,
1922), 시엔키에비치(Sienkiewicz, Henryk Adam Aleksandr Pius: 1846~1916)의
『쿠오바디스(Quo Vadis)』(1896)를 번역한『어대로 가나』[78](광익서관, 1921),『허
영(虛榮)』(洪永厚: 박문서관, 1922),『최후(最後)의 악슈(握手)』(洪永厚: 박문서
관, 1922), 위고(Hugo, Victor Marie)의『레미제라블(Les Misérables)』(1862)을
번역한『애사(哀史)』(박문서관, 1922)와『쨘빨쨘의 설음』(洪永厚: 박문서관,
1923), 주더만(Sudermann, Hermann: 1857~1928)의 작품을 번역한『매국노의
자(子)』(회동서관, 1923),[79] 단편소설집『향일초(向日草)』(박문서관, 1923), 도스

---

[77] 일본의 구 대학 과정으로, 선과(選科: 센카)는 일부의 학과만을 선택하여 학습하는 코스이고, 예과
(予科: 요카)는 구제대학(旧制大學)의 학부(學部) 입학을 위한 전단계인 구제고등학교(旧制高等
學校)에 준하는 과정이며, 학부(學部: 가쿠부)는 구제대학(旧制大學)에서 예과(予科)를 병설하고
있는 대학의 본과(本科)를 말한다.

[78] 『최후의 사랑』(창문당서점, 1930.1)으로 개제하여 출판하기도 하였다.

토엡스키(Dostoevsky, Fyodor Mikhailovich)의 『가난한 사람들』을 번역한 『청춘의 사랑』(신명서림, 1923), 스마일스(Smiles, Samuel: 1812~1904)의 『자조론(Self-Help)』을 번역한 『청년입지편: 일명 자조론』(蘭坡 洪永厚 역: 박문서관, 1923), 졸라(Zola, Émile: 1840~1902)의 소설을 번역한 『나나』(박문서관, 1924), 『조선동요백곡집(상,하)』(상편: 연악회, 1929, 1930: 하편, 창문당서점, 1933), 『특선가요곡집』(洪永厚: 연악회, 1936), 『음악만필』(연악회, 영창서관, 1938), 『세계의 악성(樂聖)』(을유문화사, 1953) 등이 있다.

**홍북원**(洪北原: ?~?)  신원 미상. 1932년 9월 건전 프로 아동문학의 건설보급과 근로소년 작가의 지도 양성을 임무로 월간잡지 『소년문학(少年文學)』을 발행할 때, 홍북원(洪北原)은 송영(宋影), 신고송(申孤松), 박세영(朴世永), 이주홍(李周洪), 이동규(李東珪), 태영선(太英善), 홍구(洪九), 성경린(成慶麟), 송완순(宋完淳), 한철석(韓哲錫), 김우철(金友哲), 박고경(朴古京), 구직회(具直會), 승응순(昇應順), 정청산(鄭青山), 박일(朴一＝朴芽枝), 안평원(安平原), 현동염(玄東炎) 등과 함께 주요 집필가로 참여하였다. ▶아동문학 관련 비평문으로 「근대 문호와 그 작품」(『신소년』, 1932년 9월호)이 있다.

**홍은성**(洪銀星: 1904~1975)  소설가, 평론가. 본명 홍순준(洪淳俊), 주로 홍효민(洪曉民)으로 문단 활동을 했으며, 아동문학 관련 필명으로는 대체로 홍은성(洪銀星)을 썼다. 다른 필명은 은성학인(銀星學人), 은성생(銀星生), 은별(銀별), 안재좌(安在左), 안인호(安釼虎), 정복영(鄭復榮), 미오(美嗚), 홍훈(洪薰), 효민학인(曉民學人), 성북동인(城北洞人), 궁정동인(宮井洞人) 등이 있다. 경기도 연천(漣川) 출생. 1917년 경성 계산보통학교와, 1929년 도쿄 세이소쿠영어학교(東京正則英語學校)를 졸업하였다. 1922년 9월 최초의 프로문화 운동 단체인 〈염군사(焰群社)〉가 결성되자 이호(李浩), 이적효(李赤曉), 지정신(池貞信), 윤기정(尹基鼎) 등과 함께 동참하였다. 1924년 4월 연성흠(延星欽), 김영팔(金永八) 등과 함께 등사판 동인지 『백범(白帆)』을 발행하였다. 1927년 11월 최독견(崔獨鵑), 백남규(白南奎), 박홍제(朴弘濟), 박원기(朴元起), 최남선(崔南善), 이서구(李瑞求), 김을한(金乙漢) 등과 함께 『소년조선(少年朝鮮)』의 집필 동인으로 참가하였다. 1927년 조중곤(趙重滾), 김두용(金斗鎔) 등과 함께 『제삼전선(第三戰線)』을 발간하였고 대체로 동반자적 입장을 취했다. 일본 유학 중 이북만(李北滿)이 주도한 〈조선프롤레타리아예술

---

79 표지에 『賣國奴의 子』(스데-르만 作, 洪蘭坡 譯)라 되어 있다. '스데-르만'은 'Sudermann'을 가리킨다.

동맹〉(KAPF) 도쿄지부를 통해 〈카프〉에 가입하였는데, 1928년 7월 27일 중앙집행위원회에서 홍효민(洪曉民)은 김동환(金東煥), 김영팔(金永八), 안석주(安碩柱) 등 3인의 맹원과 함께 제명당하였다. 해방 후 홍익대학(弘益大學)에서 후진을 양성하였다. ▶아동문학 관련 비평문으로 「장차 잘살려면 어린이를 잘 교육」(洪淳俊(寄); 『매일신보』, 1924.8.31), 「소년운동과 그의 문예운동의 이론 확립(전4회)」(『중외일보』, 1927.12.12~15), 「소년잡지 송년호 총평(전5회)」(『조선일보』, 1927.12. 16~23), 「서(序)」(高長煥 편, 『세계소년문학집』, 박문서관, 1927.12), 「재래의 소년운동과 금후의 소년운동(전2회)」(『조선일보』, 1928.1.1~3), 「(쑥·레뷰)청춘과 그 결정 −『세계소년문학집』을 읽고」(銀星學人; 『조선일보』, 1928.1.11), 「소년운동의 이론과 실제(전5회)」(『중외일보』, 1928.1.15~19), 「문예시사감 단편(文藝時事感斷片)(전3회)」(『중외일보』, 1928.1.26~28), 「〈소년연합회〉의 당면임무 − 최청곡(崔靑谷) 소론을 박(駁)하야(전5회)」(『조선일보』, 1928.2.1~5), 「금년 소년문예 개평(전4회)」(『조선일보』, 1928.10.28~11.4), 「소년문예 일가언(一家言)」(『조선일보』, 1929.1.1), 「소년잡지에 대하야 − 소년문예 정리운동(전3회)」(『중외일보』, 1929.4.4~15)[80], 「금년에 내가 본 소년문예운동 − 반동의 일년」(洪曉民; 『소년세계』 제1권 제3호, 1929년 12월호), 「소년문예시감을 쓰기 전에」(『소년세계』 제2권 제6호, 1930년 6월호), 「소년문예 월평」(『소년세계』, 1930년 8-9월 합호), 「조선동요의 당면 임무」(『아이생활』 제6권 제4호, 1931년 4월호), 「세계 소년운동 개관」(洪曉民; 『신가정』, 1934년 5월호), 「(문예시평)소년문학·기타(完)」(洪曉民; 『동아일보』, 1937.10.23)[81] 등이 있다. 이 외에 동요, 동화, 번역 등 다수의 아동문학 작품을 발표하였다. ▶저서로 평론집 『문학과 자유(文學과 自由)』(광한서림, 1939), 『노서아문학사(露西亞文學史)』(동방문화사, 1947), 『행동지성과 민족문학 − 홍효민 평론선집』(일신출판사, 1980) 등이 있다.

**홍은표**(洪銀杓: 1911~1980)  아동문학가. 필명 어은(漁隱), 홍포인(洪圃人, 圃人). 황해도 금천군(金川郡) 출생. 1925년 3월 황해도 남천보통학교(南川普通學校)를 졸업하고, 송도고등보통학교(松都高等普通學校)에 입학하였다가, 1926년 4월 춘천고등보통학교(春川高等普通學校)에 전입학하였으나, 1929년 12월 광주학생사건에 연루되어 학업을 중단하였다. 1929년 10월경 춘천(春川)에서 홍은표가 중심

---

80  1, 2회와 달리 3회는 제목이 「童話, 童謠, 其他 讀物 − 少年文藝整理運動(三)」으로 조금 다르다.
81  이 글은 홍효민의 「문예시평(전6회)」(『동아일보』, 1937.10.17~23)의 마지막 회에 해당한다. 전체 6회 중 아동문학과 관련된 내용은 마지막 6회째인 본회만 해당한다.

이 되어 문예잡지 『문원(文苑)』을 발간하였다. 1931년 강원도 화천군 간동면 태산리(江原道華川郡看東面太山里) 사립 광동학교(光東學校)에 사무소를 두고 문예잡지 『햇불』을 발간할 때 주간으로 활동하였다. 1931년 8월 강원도 화천읍내 유년주일학교에서 하기 성경학교를 개설하였을 때 강사를 맡아 성경, 역사, 동화, 음악, 유희, 위생 습관 등의 과목을 강의하였다. 1933년 1월 강원도 소학교와 보통학교 교원 3종 시험에는 합격하지 못하고 조선어와 한문 '과목 성적 가량자(科目 成績佳良者)'가 되었다가, 1934년 1월 강원도 제3종 교원시험에 합격하였다. 1938년 라디오 어린이시간에 〈백양회(白羊會)〉가 〈순자(順子)와 인형〉, 〈도라온 비둘기〉 등 아동극 공연을 할 때 홍은표가 '작(作)'과 지도'를 하였다. 1941년 〈경성동극회(京城童劇會)〉의 아동애호주간 행사의 일환으로 노양근(盧良根)의 『열세동무』를 홍은표가 〈소년애국반〉으로 각색하여 부민관(府民館)에서 상연하였다. 해방 후 1946년 4월 중앙방송국이 미 군정청 공보과로 이관된 뒤 홍은표가 극본을 쓰고, 윤준섭(尹駿燮)이 연출한 〈화랑 관창(花郎官昌)〉이 최초의 방송극이었다. 1964년 2월 〈한국아동극협회(韓國兒童劇協會)〉가 창립되었을 때, 회장 주평(朱萍), 부회장 노덕준(盧德俊), 김한배, 상임간사 강순익, 감사 장수철(張壽哲), 박흥민(朴興珉), 지도위원에 고광만(高光萬), 유치진, 원흥균(元興均), 조광모, 최태호(崔台鎬), 홍은표 등이 참여하였다. 1952년 이후 성남고등학교 교사가 되어 1972년 정년퇴직하였다. 장지는 경기도 고양군 일산 기독교 묘지에 있다. 동요와 아동극 등 다수의 아동문학 작품을 발표하였다. ▶저서로 『찢어진 우산』(행림서원, 1954), 『달나라 옥토끼』(문원사, 1959), 『별을 낚는 아이』(청자문화사, 1971), 『염소만 아는 일(학교극집)』(일지사, 1977), 『즐거운 학교연극』(계몽사, 1979) 등이 있다.

**홍익범**(洪翼範: 1899~1944)　언론인, 소년운동가. 함경남도 정평군(定平郡) 출생. 1916년 경신학교(儆新學校)를 졸업한 후, 1925년 와세다대학 정경과(政經科)를 졸업하였다. 1926년 2월 도미(渡美)하여 오하이오(Ohio)주 테니슨대학을 졸업하였고, 컬럼비아대학(Columbia Univ.)에서 석사학위를 받고 1932년 귀국하였다. 귀국 후 『동아일보』 논설 기자를 지냈다. 1940년 『동아일보』 폐간 후 일본의 필망(必亡)을 예언하여 구속되었다가 보석되었다. 일제강점기 말에 서울 경신학교(儆新學校) 교장인 미국인 쿤스(君芮彬＝Koons, Edwin Wade) 선교사로부터 들은 충칭(重慶) 대한민국임시정부와 미국의 소리(VOA) 방송 내용을 김병로(金炳魯), 송진우(宋鎭禹), 이인(李仁), 허헌(許憲) 등에게 전달하였다. 이후 양제현(楊濟賢)으로부터 해외방송을 입수해 독립운동가 들에게 전달하는 등의 이른바 '단파방송밀청사건(短波放送密聽事件)'으로 1943년 3월 26일 일제 경찰에 적발되어 징역형을 선고 받고 옥고를 치르다가 1944년 12월 19일 고문 후유증으로 사망하였다. ▶아동문학 관련 비평문으로『신가정(新家庭)』에 1934년 현상윤(玄相允), 안준식(安俊植), 김두헌(金斗憲), 임봉순(任鳳淳)과 함께「조선 소년운동의 방책」을 제시하였는데, 그 가운데 홍익범은「지도자와 자원(資源)」(『신가정』, 1934년 5월호)이란 제목의 글을 발표하였다.

**홍종인**(洪鍾仁: 1903~1998)　언론인, 예술가. 평안남도 평양(平壤) 출생. 평양고등 보통학교(平壤高等普通學校) 3학년 재학 중 3·1운동에 가담하였다가 퇴학당하자, 정주 오산학교(定州五山學校)에 편입하여 1921년 졸업하였다. 1925년 6월『시대일보(時代日報)』평양지국 기자를 시작으로, 1928년『중외일보』기자, 1929년부터 1940년 8월 11일 강제 폐간될 때까지『조선일보』기자로 활약했다. 이후『매일신보』기자로 근무하다가, 해방 후 다시『조선일보』에 복귀하였고 1959년부터 취체역 회장을 역임했다. 동서양 음악에 조예가 깊어 음악평론가로 소개될 정도였으며, 도예, 미술, 스포츠 등 다방면에 관심이 많았다. ▶아동문학 관련 비평문으로「근간의 가요집(전5회)」(『동아일보』, 1932.8.10~15),「아동문학의 황금편(黃金編) -『사랑의 학교』(상,중,하)」(『중외일보』, 1930.1.29~2.1),「(독서실)『양양범벅궁』- 윤복진, 박태준 동요 민요 집곡집(集曲集)(제2집)」(『동광』, 1932년 4월호),「신가요집『도라오는 배』출판」(『조선일보』, 1934.2.28) 등이 있다. ▶저서로 논설집『인간의 자유와 존엄 - 홍종인 논설집』(수도문화사, 1965),『신문의 오늘과 역사의 내일』(나남, 1989) 등이 있다. 홍종인에 대해서는 홍종인선생추모문집발간위원회에서『대기자 홍박 - 홍종인 선생 추모 문집』(LG상남언론재단, 1999)을 참고할 수 있다.

**홍파**(虹波: ?~?)　신원 미상. ▶아동문학 관련 비평문으로『동아일보』신춘문예 당선작인「소금쟁이」표절 논쟁이 일어났을 때 발표한「당선동요 '소금장이'는 번역인가」(『동아일보』, 1926.9.23),「'소곰장이를 논함'을 닑고」(『동아일보』, 1926.10.30) 등이 있다. 홍파의「당선동요 '소금장이'는 번역인가」에 대해 문병찬(文秉讚)이「'소금쟁이'를 논함 - 홍파 군(虹波君)에게」(『동아일보』, 1926.10.2)로 반박하자, 이에 대한 반론으로 발표한 글이 홍파의「'소곰장이를 논함'을 닑고」이다.

**환송**(桓松: ?~?)　아동문학가. 신원 미상. 전환송(田桓松)의「(少年評壇)선생님에게 하고 싶은 말 - 14세 보교생(普校生)의 항의문」(『어린이』, 1932년 7월호, 26~27쪽)으로 보면, '桓松'이 '田桓松'이 아닌가 싶다. 유천덕(劉天德＝鐵山兒)이 "桓松 詞兄!「隔江千里」이것은 우리 두 사이를 두고 일음이나 안일는지요? 불과 흙덩어리를 머지 안케 접하고 잇는 사이에 어찌 그가치도 소식이 업슴니까? 그때의 부탁은 어찌 되엿는지 좀 알리워나 주시구려! (鐵山兒)"(「동무소식」, 『매일신보』, 1932.7.20)라 한 것으로 볼 때 유천덕의 고향 평안북도 철산(鐵山) 인근의 사람이 아닌가 짐작할 뿐이다. ▶아동문학 관련 비평문으로 「동요를 지으려면(전9회)」(『매일신보』, 1932.5.21~31)이 있다.

**황순원**(黃順元: 1915~2000)  아동문학가, 시인, 소설가. 필명 광파(狂波, 狂波生), 만강(晚岡, 晚崗, 黃晚崗), 황관조(黃關鳥, 關鳥). 평안남도 대동군(大東郡) 출생. 평양숭덕소학교(平壤崇德小學校)를 마치고, 1929년 정주 오산중학교(定州五山中學校)에 입학하였다가 한 학기 뒤 평양숭실학교(平壤崇實學校)로 전학하여 1934년 3월 제4회 7인의 우등생 중 한 사람으로 졸업하였다. 이후 일본 와세다(早稻田) 제2고등학원 수학 후 1936년에 와세다대학 영어영문학과에 입학하여 1939년 졸업하였다. 1932년 『동광(東光)』 주최 '제1회 남녀중학생작품대회' '제3차 경기성적발표'에 따르면 '시와 시조' 부문에 '숭실학교 황순원(崇實學校 黃順元)'이 '선외(選外)'에 선발되었다. 1932년 평양에서 발행인 양춘석(梁春錫)이 간행한 아동문예 잡지 『동요시인(童謠詩人)』에 기자이자, 남궁인(南宮人＝南宮琅), 김조규(金朝奎), 고택구(高宅龜), 김동선(金東鮮), 전봉남(全鳳楠), 이승억(李承億), 박태순(朴台淳), 손정봉(孫正鳳) 등과 함께 집필자로 활동하였다. 1934년 6월 24일 주영섭(朱永涉), 김영수(金永壽), 김동혁(金東爀＝金東園), 김진수(金鎭壽), 마완영(馬完英), 한적선(韓笛仙) 등 도쿄(東京)의 조선 학생들과 함께 결성한 연극단체 도쿄학생예술좌(東京學生藝術座)의 문예부 부원으로 활동하였고, 제1회 공연을 1935년 6월 4일 도쿄 쓰키지소극장(築地小劇場)에서 주영섭(朱永涉)의 〈나루〉(전1막), 유치진(柳致眞)의 〈소〉(전3막)를 레퍼토리로 공연하였다. 『(황순원시집)방가(放歌)』를 발행한 후, 검열을 피하기 위해 도쿄에서 시집을 간행했다는 이유로 평양경찰서에 한 달간 구류를 당하기도 하였다. 1935년 신백수(申百秀), 이시우(李時雨), 정현웅(鄭玄雄), 조풍연(趙豊衍) 등과 함께 모더니즘을 표방한 문예지 『삼사문학(三四文學)』, 도쿄에서 한태천(韓泰泉), 주영섭(朱永涉) 등과 결성한 『창작(創作)』, 1937년 평양(平壤)에서 양운한(楊雲間), 김조규(金朝奎) 등과 함께 결성한 『단층(斷層)』 등의 동인이 되었다. 강순겸(姜順謙), 고삼열(高三悅), 강봉주(姜奉周), 이신실(李信實), 최순애(崔順愛), 남재성(南在晟), 칠석성(七夕星), 신일웅(申一雄), 황활석(黃活石), 김효국(金孝國), 심예훈(沈禮訓), 최승국(崔承國), 이인섭(李仁涉), 김정환(金貞煥) 등과 함께 평양 〈새글회〉(고문 韓晶東, 南宮浪) 회원이었다. 동요, 동화 등 다수의 아동문학 작품을 발표하였다. ▶저서로 시집 『(황순원시집)방가(放歌)』(도쿄학생예술좌문예부, 1934)와 『(황순원시집)골동품(骨董品)』(삼문사, 1936) 외에 다수의 소설집이 있다.

**황유일**(黃裕一: ?~1928)  함경남도 이원군(利原郡) 출생. 니혼대학(日本大學)에서 수학하였다. 1923년 5월 12일 〈이원소년단(利原少年團)〉 발기총회에서 단장에 선임되었다. 1925년 『조선일보』 이원지국 기자를 역임하였다. 니혼대학 문과에 재학 중이던 1928년 7월 20일에 사망하였다. ▶아동문학 관련 비평문으로 「우리 소년회의 순극(巡劇)을 마치고」(『동아일보』, 1924.9.29)가 있다.

# 2

# 아동문학가 일람<sup>*</sup>

| 작가 | 필명(호, 이명) | 비고 |
|---|---|---|
| 강교근(姜敎根) | 敎根 | 咸南 → 間島 |
| 강노향(姜鷺鄕) | 姜聖九, 愛泉, 姜鷺珪, 姜晴南 | 慶南 河東 |
| 강범구(康範九) | | 咸南 德源(元山) |
| 강병주(姜炳周) | 姜白南(白南), 姜玉波(玉波, 玉波生), 구슬결, 병주 | 慶北 榮州, 姜信明의 아버지 |
| 강빈(姜彬) | | 咸南 端川 |
| 강석균(姜石均) | | 咸南 安邊郡 新高山, 北風文藝社(北風社) |
| 강성구(康成九) | | 咸南 元山 |
| 강소천(姜小泉) | 본명 姜龍律. 强勇撰 | 咸南 高原, 咸興횃빛文藝社 |
| 강순겸(姜順謙) | | 平南 平壤, 평양새글회 |
| 강승한(康承翰) | 姜流星(流星), 玉葉, 金三葉. 창씨명 香山月磨 | 黃海道 信川 |
| 강시환(姜時環) | 姜始桓(詩桓), 月浪鳥人 | 咸南 端川 |
| 강신명(姜信明) | 小竹 | 慶北 榮州, 『아동가요곡선삼백곡』의 편자, 姜炳周의 아들 |

※ 일제강점기와 해방기에는 이 '아동문학가 일람'에 올리지 않은 작가가 많이 있다. 대체로 다수의 작품을 발표한 경우, 여러 매체에 작품을 발표한 경우 등을 기준으로 하여 선정하였다.

| 작가 | 필명(호, 이명) | 비고 |
|---|---|---|
| 강영달(姜永達) | 牧羊兒 | 吉林國立師範學校 |
| 강창옥(康昌玉) | | 咸南 北靑郡 新昌港 |
| 강형구(姜亨求) | | 京畿道 廣州 |
| 강호(姜湖) | 본명 姜潤熙 | 慶南 昌原 |
| 강홍모(姜泓模) | | 咸南 洪原 |
| 강훈(姜焄) | | 平南 鎭南浦 → 平壤 |
| 계광환(桂光煥) | | 中國 撫順 |
| 계윤집(桂潤集) | 桂潤, 桂樹, 月中桂樹, 게수나무 | 平北 宣川, 宣川호무사 |
| 고고회(高古懷) | | |
| 고넬료 | 高넬료(高넬뇨), 高尼流 | 慶南 釜山 |
| 고동환(高東煥) | 高露岩 | 平南 順安 |
| 고문구(高文求) | | |
| 고문수(高文洙) | | 黃海道 海州 |
| 고삼열(高三悅) | 高三說 | 平南 平壤, 평양새글회 |
| 고의순(高義淳) | | 平南 平壤 |
| 고장환(高長煥) | 고긴빗(고긴빛) | 京城, 반도소년회, 서울소년회, 오월회, 朝鮮兒童藝術作家協會 |
| 고택구(高宅龜) | | 平南 平壤 |
| 고한승(高漢承) | 曙園, 抱氷(抱氷生), 高馬夫 | 京畿道 開城 |
| 공성문(孔聖文) | | 慶北 大邱 |
| 공재명(孔在明) | | 慶北 大邱 |
| 곽노엽(郭蘆葉) | | 平南 平壤 |
| 곽복산(郭福山) | 友堂 | 全北 金堤 → 全南 木浦 |
| 곽종수(郭鍾守) | 郭宗守 | 全南 木浦 |
| 곽하신(郭夏信) | | 京畿道 漣川 |
| 구왕삼(具王三) | | 慶南 金海 |
| 구직회(具直會) | | 京畿道 水原, 글꽃사(朝鮮少年文藝協會) |
| 권구현(權九玄) | 權龜鉉, 黑星, 天摩山人, 金華山人 | 忠北 永同 |
| 권오순(權五順) | 맹물, 雪峯(雪峰) | 黃海道 海州 |
| 권태술(權泰述) | 一思 | 『영데이』 편집주임 |

| 작가 | 필명(호, 이명) | 비고 |
|---|---|---|
| 권태응(權泰應) | 洞泉 | 忠北 忠州 |
| 권환(權煥) | 본명 權景完. 權允煥, 權燦. 창씨명 權田煥 | 慶南 昌原 |
| 금철(琴澈) | 琴徹 | 京畿道 江華 |
| 김경묵(金敬默) | 창씨명 金城景默 | 咸南 德源 → 咸興 |
| 김경집(金敬集) | | 平北 定州 |
| 김계담(金桂淡) | | 咸北 羅南 |
| 김고계(金孤桂) | | 慶南 宜寧 |
| 김고성(金孤星) | | 咸興 咸興, 咸興흰빛文藝社 |
| 김관(金管) | 본명 金福源. 창씨명 金澤竹一郎 | 京畿道 開城 |
| 김관호(金觀浩) | 창씨명 北原觀浩 | 黃海道 載寧 |
| 김광균(金光均) | 雨杜 | 京畿道 開城 |
| 김광섭(金光攝) | | 黃海道 載寧 |
| 김광아(金狂兒) | 狂兒 | 平南 寧邊 |
| 김광윤(金光允) | | 江原道 三陟, 咸南 安邊, 群聲社 |
| 김광호(金光鎬) | | 京城 |
| 김규은(金圭銀) | 창씨명 金海圭銀 | 咸南 元山(慶興) |
| 김규택(金奎澤) | 熊超, 왕방울, 孤峰 | 慶南 |
| 김규환(金奎煥) | 金圭煥? | 京畿道 伊川 |
| 김기전(金起瀍) | 金起田, 小春, 妙香山人 | 平北 龜城, 천도교소년회 |
| 김기주(金基柱) | 春齋 | 平南 平原 |
| 김기진(金基鎭) | 八峰(八峰山人, 八峰學人, 八峰生), 여듧뫼(여덜뫼, 여들뫼), 具準儀, 긔진, 東初(동쵸). 창씨명 金村八峯 | 忠北 淸原 |
| 김기팔(金起八) | 본명 金龍男 | 平南 龍岡 |
| 김남주(金南柱) | 남주, 白鳥, 想庵 | 慶南 統營(三千浦) |
| 김남천(金南天) | 본명 金孝植 | 平南 成川 |
| 김누계(金淚溪) | | |
| 김대봉(金大鳳) | 金抱白(抱白), 金大奉 | 慶南 金海, 童謠詩人社 |
| 김대수(金大洙) | | 京畿道 伊川 |
| 김대창(金大昌) | | 全南 木浦 |

| 작가 | 필명(호, 이명) | 비고 |
|---|---|---|
| 김덕재(金德在) | | 京城 |
| 김도인(金道仁) | 可石 | 京畿道 仁川, 꽃별회, 『별나라』 동인 |
| 김도집(金道集) | | 平南 平壤 |
| 김동길(金東吉) | 금방울, 은방울, 날파람, 금잔디 | 耶蘇教書會 |
| 김동석(金東錫) | 아명 金玉珵, 金民轍 | 京畿道 富川 |
| 김동선(金東鮮) | 金桐船 | 黃海道 兼二浦 |
| 김동인(金東仁) | 琴童(琴童人, 金童), 春士, 김만덕, 김시어딤(시어딤). 창씨명 金東文仁, 東文仁 | 平南 平壤 |
| 김동환(金東煥) | 金巴人(巴人, 巴人生), 鷺公, 江北人, 草兵丁, 滄浪客. 창씨명 白山清樹 | 咸北 鏡城 |
| 김만조(金萬祚) | | 京城, 蓮洞主日學校 |
| 김명겸(金明謙) | 金藝池 | 咸南 利原, 利原불꽃사 |
| 김명륵(金明玏) | 金命功, 金모래 | 咸南 北青 |
| 김명선(金明善) | | 黃海道 載寧 |
| 김명섭(金明涉) | | 黃海道 信川 |
| 김문범(金文範) | | 咸北 會寧 |
| 김백암(金白岩) | 白岩, 흰바위(흰바위) | 咸南 端川, 갈매기社 |
| 김벽파(金碧坡) | | |
| 김낙환(金樂煥) | | 京畿道 高陽 乾鳳寺, 새틀團(새틀社) |
| 김병순(金炳淳) | | 平南 順安 |
| 김병순(金秉淳) | | 平北 博川 |
| 김병하(金秉河) | 金龜, 금거북 | 京畿道 開城 |
| 김병호(金炳昊) | 鷄林, 金彈(彈), 金炳兒 | 慶南 河東 → 晋州 |
| 김보린(金保麟) | 김폴린 | 平南 江西 |
| 김복진(金福鎭) | | 京城, 朝鮮兒童藝術研究協會 |
| 김봉면(金鳳冕) | | 京畿道 |
| 김부암(金富岩) | | 全南 安島 → 京城 |

| 작가 | 필명(호, 이명) | 비고 |
|---|---|---|
| 김사엽(金思燁) | 淸溪 | 慶北 漆谷 |
| 김상덕(金相德) | 駱山學人. 창씨명 金海相德 | 京城, 달빛회, 아동극연구협회 |
| 김상묵(金尙默) | 金魚草 | 平南 龍岡 → 鎭南浦, 南浦붓춤사(붓춤營), 龍岡일꾼회 |
| 김상수(金湘洙) | | |
| 김상헌(金尙憲) | | 京城, 金億의 아들 |
| 김서정(金曙汀) | 본명 金永煥 | 京城 |
| 김석전(金石田) | 石田 | 慶北 金泉 |
| 김성도(金聖道) | 어진길(魚珍吉). 창씨명 金原聖道 | 慶北 河陽, 朝鮮兒童藝術研究協會 |
| 김성수(金聖壽) | | 平南 平壤 |
| 김성애(金聖愛) | | 平南 平壤 |
| 김성용(金成容) | 頭流山人 | 咸南 端川 |
| 김성칠(金聖七) | 霽山 | 慶北 永川 |
| 김소동(金素童) | | 咸北 城津 |
| 김소엽(金沼葉) | 본명 金炳國 | 京畿道 開城 |
| 김소운(金素雲) | 본명 金敎煥. 巢雲, 三誤堂, 鐵甚平(鉄甚平) | 慶南 釜山 |
| 김수봉(金樹峯) | 樹峯 | 平南 江東, 우리회 |
| 김승하(金承河) | | 黃海道 信川 → 滿洲 安東縣 |
| 김시창(金時昌) | 金史良 | 平南 平壤 |
| 김시훈(金時勳) | 浪月(浪月生), 野人 | 京城 |
| 김야성(金夜星) | 金夜城 | 平北 泰川 |
| 김억(金億) | 본명 金熙權. 岸曙(金岸曙, 岸曙生), 石泉, 돌샘, 金浦夢, A.S | 平北 定州 |
| 김영건(金永鍵) | 김명희 | 京城 |
| 김영근(金永根) | | 忠北 淸州 → 咸南 元山 |
| 김영보(金泳俌) | 蘇岩. 창씨명 玉峰和夫 | 慶南 釜山 |
| 김영수(金永壽) | 金影水. 창씨명 北原 繁 | 京城 |
| 김영일(金永一) | | 京畿道 開城, 少年文藝社 |

| 작가 | 필명(호, 이명) | 비고 |
|---|---|---|
| 김영일(金英一) | 본명 金炳弼. 英一, 石村, 金玉粉(玉粉). 창씨명 金村英一(金澤英一) | 黃海道 信川 |
| 김영진(金永鎭) | 赤羅山人, 羅山 | 慶北 軍威, 『少年朝鮮』 주간 |
| 김영희(金永喜) | | 京城, 安俊植 夫人, 『별나라』 동인 |
| 김영희(金英熹) | 金石淵(石淵), 山羊花 | 慶北 達城→大邱→神戶 |
| 김오월(金五月) | 五月 | 慶北 金泉 |
| 김옥순(金玉順) | | 平南 平壤→京城 |
| 김완동(金完東) | 苞薰, 한별 | 全北 全州 |
| 김요섭(金要燮) | | 黃海道 信川 |
| 김요섭(金耀燮) | | 咸北 羅南 |
| 김용묵(金龍默) | | 平北 昌城→宣川, 農軍社 |
| 김용진(金容震) | | 京城 苑洞 |
| 김용호(金容浩) | 필명 鶴山, 野豚, 秋江 | 慶南 金海 |
| 김우철(金友哲) | 白銀星 | 平北 義州, 義州꿈동무회 |
| 김웅렬(金雄烈) | 白岩, 撫子 | 咸南 端川 |
| 김원룡(金元龍) | | 慶南 馬山, 『새동무』 편집 발행인 |
| 김원주(金源珠) | 小姐 | 平南 鎭南浦, 開闢社 기자 |
| 김원찬(金元燦) | | 平南 平壤 |
| 김원태(金源泰) | 鶴園 | 『영데이』 동인 |
| 김월봉(金月峰) | 月峰 | |
| 김유식(金兪植) | 金兪湜 | 平南 平壤 |
| 김유안(金柳岸) | | 平南 成川 |
| 김윤영(金鈗榮) | | |
| 김은하(金銀河) | | 江原道 通川 |
| 김응주(金應柱) | 金恩波 | 平北 龜城→平南 平壤 |
| 김인원(金仁元) | | 慶南 蔚山 |
| 김인지(金仁志) | | 濟州道 西歸浦 |
| 김자겸(金子謙) | | 咸南 利原 |
| 김재귀(金再貴) | 재귀 | 京城 |

| 작가 | 필명(호, 이명) | 비고 |
|---|---|---|
| 김재영(金載英) | 金栽英, 金平海 | 京畿道 開城 |
| 김재철(金在哲) | | 全北 井邑 → 京城 |
| 김정도(金晶燾) | | 平南 平壤 |
| 김정한(金廷漢) | 樂山, 金秋色(秋色), 金牧原(牧原, 牧原生一 牧園), 鄭夢蘭, 連山, 金正漢, 金汀翰(金汀幹) | 慶南 東萊 |
| 김제헌(金濟憲) | | 平北 龜城郡 |
| 김종기(金鍾起) | | 全南 莞島 |
| 김준홍(金俊洪) | 金色鳥, 금빛새(금빗새, 빗새) | 咸南 咸興, 咸興흰빛文藝社 |
| 김중곤(金重坤) | | 觀城郡. 管城郡이 아님 |
| 김지림(金志淋) | | 京畿道, 朝鮮兒童藝術研究協會 |
| 김지수(金智秀) | 김디수 | 平南 平壤 |
| 김창신(金昌臣) | | 慶北 大邱, 교원 |
| 김철수(金哲洙) | | 咸南 利原 |
| 김청엽(金青葉) | | 咸北 羅南 |
| 김청파(金清波) | | 平南 平壤 |
| 김춘강(金春岡) | 본명 金福童. 金春崗, 金鮮血, 花巖, 봄뫼 | 江原道 洪川 → 滿洲, 北京, 農軍社, 東友文藝社 |
| 김춘곡(金春谷) | | 咸南 安邊 |
| 김치식(金治植) | 北原, 北原樵人 | 咸北 城津 |
| 김태석(金泰晳) | (金泰哲, 金泰哲로도 표기). 창씨명 長水宜宗 | 京城, 旺信童謠研究會, 旺新學院 |
| 김태실(金泰室) | | 黃海道 安岳, 명진문예회 |
| 김태오(金泰午) | 雪崗(雪崗學人), 靜影, 눈뫼 | 全南 光州 |
| 김태흥(金泰興) | | 平北 鐵山郡 車輦舘 |
| 김학헌(金學憲) | | 京畿道 器興 → 京城 |
| 김한(金漢) | 본명 金寅圭. 창씨명 星村洋 | 京城 |
| 김한태(金漢泰) | | 慶北 大邱, 大邱새나라회 |
| 김해강(金海剛) | 본명 金大駿 | 全北 全州 |
| 김현봉(金玄峰) | | 江原道 春城 |
| 김혈탄(金血灘) | | 平北 義州 |

| 작가 | 필명(호, 이명) | 비고 |
|---|---|---|
| 김형두(金炯斗) | | 慶南 固城 |
| 김형식(金亨軾) | 夢多見人 | 平北 鐵山, 宣川호무社 |
| 김혜숙(金惠淑) | 본명 許允碩 | 平北 宣川 |
| 김호규(金昊圭) | 金虎圭 | 京城 |
| 김호준(金虎俊) | | 京城, 아동극연구협회 |
| 김화산(金華山) | 본명 方俊卿. 方元龍, 方抱影, 春帆 | 京城 |
| 김효규(金孝奎) | | 咸南 利原 |
| 김효정(金曉汀) | 曉汀 | 京城 |
| 김흥엽(金興燁) | | 慶北 金泉 → 大邱 |
| 남궁랑(南宮琅) | 본명 南宮堯漢(南宮요한). 南宮浪, 南宮人 | 平南 平壤, 童謠詩人社, 평양새글회 |
| 남기훈(南基薰) | | 京城 西江, 아동극연구협회 |
| 남대우(南大祐) | 南大祐, 南宇, 南曙宇(曙宇學人), 南相昊, 南星, 南山樵人(南山), 智異山人, 南洋草, 金永釬, 劉龍炫, 申盟德, 申孟元, 종달새, 金貞姙, 南山霞洞人, 赤宇 | 慶南 河東 |
| 남양초(南洋草) | | 全南 木浦 |
| 남응손(南應孫) | 南夕鍾(夕鍾), 南風月, 風流山人 | 咸南 安邊郡 新高山, 朝鮮兒童藝術研究協會 |
| 남재성(南在晟) | | 平南 平壤, 평양새글회 |
| 남정기(南廷驥) | | 京城 |
| 노양근(盧良根) | 盧洋兒(洋兒, 良兒, 羊兒), 陽近而(壤近而, 羊近而), 盧澈淵(盧澈然, 철연이), 鷺洋近, 蘆川兒(老泉兒). 창씨명 原田良根 | 黃海道 金川 → 鐵原 |
| 노영근(盧榮根) | 로영근 | 慶北 大邱, 대구소년진명회 |
| 노운계(盧雲溪) | | 咸南 惠山鎭 |
| 노익형(盧翼炯) | | 咸南 惠山鎭 |
| 노자영(盧子泳) | 春城, 꿈길(꿈길) | 黃海道 松禾郡 |
| 노종국(盧鍾國) | | 黃海道 海州 |
| 노춘구(盧春邱) | 로츈구, 로춘구 | 平北 鐵山 |

| 작가 | 필명(호, 이명) | 비고 |
|---|---|---|
| 도세호(都世浩) | | 咸南 咸興 |
| 도정숙(都貞淑) | | |
| 동중선(董重善) | | 咸北 城津 |
| 마용석(馬龍錫) | 雲波, 馬霞山 | 平南 平原 |
| 마운계(馬雲谿) | | 京城, 고룡소년회 |
| 마춘서(馬春曙) | | 京城, 高陽 崇仁(현 京畿道 高陽市), 햇발회 |
| 마해송(馬海松) | 본명 馬湘圭 | 京畿道 開城 |
| 맹오영(孟午永) | 自耕 | |
| 맹주천(孟柱天) | 水堂 | 京畿道 楊平 |
| 모기윤(毛麒允) | 月泉, 日完, 白鈴, 毛鈴, 毛隱泉, 毛銀淑. 창씨명 毛利麒允 | 咸南 元山, 毛允淑의 남동생, 금모래사, 朝鮮兒童藝術研究協會 |
| 목일신(睦一信) | 睦隱星(隱星), 숨은별, 林一影, 金富岩, 김소영, 睦玉順. 창씨명 大川一銀 | 全南 高興 |
| 문기열(文基烈) | 文箕列 | 黃海道 信川, 干城 |
| 문병찬(文秉讚) | 秋波 | 京城 |
| 문상호(文祥祐) | 문상우(文祥祐)? | 慶北 達城 玄風→大邱, 玄風少年會 |
| 문신희(文贐禧) | | 間島 龍井 |
| 문인암(文仁岩) | | 慶北 大邱, 大邱善友會 |
| 물망초(勿忘草) | | 平北 泰川 |
| 민병균(閔丙均) | 閔影均 | 黃海道 載寧→平壤 |
| 민병휘(閔丙徽) | 閔華景, 梧影, 閔光 | 京畿道 開城, 새벽회 |
| 민봉호(閔鳳鎬) | 閔嘯月 | 黃海道 信川 |
| 민삼식(閔三植) | | 京城 |
| 민영성(閔泳星) | | |
| 박경종(朴京鍾) | 來陽 | 咸南 洪原 |
| 박계주(朴啓周) | 曙雲, 朴進 | 間島 龍井 |
| 박고경(朴古京) | 본명 朴順錫. 朴珣石, 朴苦京, 木古京, 朴春極, 각씨탈 | 平南 鎭南浦→平壤, 南浦붓춤사(붓춤營), 평양새글회 |

| 작가 | 필명(호, 이명) | 비고 |
|---|---|---|
| 박귀손(朴貴孫) | 朴巨影 | 咸南 元山, 群聲社 |
| 박규환(朴圭煥) | | 慶北 大邱 |
| 박기룡(朴奇龍) | | 平北 雲山, 北鎭少年會 |
| 박노근(朴魯根) | | 慶北 星州 |
| 박노아(朴露兒) | 본명 朴俊根(朴榮鎭). 路鵝, 老鴉, 朝天石 | 러시아 |
| 박노일(朴魯一) | | 京城, 별탑회 |
| 박노춘(朴魯春) | 蘆江, 峨嵯山人, 李陵九 | 忠南 燕岐 |
| 박누월(朴淚月) | 본명 朴裕秉. 朴嶁越, 柳碧村 | 京城, 『별나라』 동인 |
| 박달성(朴達成) | 春坡, 茄子峰人, P(生), TS생, ㄷㅅ 생(生), 대갈생, 도호 夢菴 | 平北 泰川 |
| 박대영(朴大永) | 朴對映 | 慶南 南海, 南海흰빛사, 새힘사 |
| 박덕순(朴德順) | | 咸北 城津 |
| 박동월(朴童月) | 童月 | |
| 박두언(朴斗彦) | | 全北 萬頃, 萬頃少年會 |
| 박맹(朴猛) | | 咸南 安邊 釋王寺 |
| 박묵와(朴默蛙) | | 平北 江界 → 高山鎭 |
| 박병기(朴炳基) | | 全南 光州, 童藝會 |
| 박병도(朴炳道) | | 咸南 元山, 農軍社, 元山벚꽃 사, 春城文藝社 |
| 박병원(朴炳元) | | 黃海道 載寧 |
| 박복주(朴福柱) | | 全南 高興 |
| 박산운(朴山雲) | 본명 朴仁培 | 慶南 陜川 |
| 박상우(朴尙愚) | | 京畿道 開城 |
| 박석윤(朴錫胤) | 새별, 樸村 | 全南 潭陽, 최남선의 매부 |
| 박성강(朴星剛) | | 咸南 元山, 元山赤友社 |
| 박세영(朴世永) | 朴星河(星河), 朴桂弘, 白河, 朴血 海(血海), 창씨명 木戶世永 | 京畿道 高陽 |
| 박세창(朴世昌) | | 咸北 會寧 |
| 박세혁(朴世赫) | | 全北 群山, 朝鮮兒童藝術作家 協會 |

| 작가 | 필명(호, 이명) | 비고 |
|---|---|---|
| 박소농(朴素農) | | |
| 박송(朴松) | | 平北 定州 |
| 박수봉(朴秀烽) | 朴秀峯(朴秀蜂) | 咸南 元山 |
| 박순희(朴順姬) | | 滿洲 新京 |
| 박승걸(朴承杰) | | 平南 平壤 |
| 박승극(朴勝極) | | 京畿道 水原 |
| 박승진(朴勝進) | 朴珍, 愚石 | 京城, 『어린이』기자 |
| 박아지(朴芽枝) | 본명 朴一 | 咸北 明川, 『별나라』 동인 |
| 박아형(朴兒馨) | | 京畿道 抱川 |
| 박약서아(朴約書亞) | 朴約書 | 咸南 北靑郡 新昌港, 咸興횐빛 文藝社 |
| 박양호(朴養浩) | | 京畿道 抱川 |
| 박영만(朴英晩) | 花溪 | 平南 安州 |
| 박영종(朴泳鍾) | 朴木月, 影童, 朴泳童 | 慶北 月城郡 乾川, 조선아동회 |
| 박영하(朴永夏) | 晩鄕, 朴映河(朴詠廈), 朴一均, 朴英彩 | 咸南 元山, 群聲社, 元山벚꽃사, 春城文藝社, 元山細友舍 |
| 박영호(朴英鎬) | | 咸南 元山 |
| 박윤식(朴潤植) | | 京畿道 仁川 |
| 박을송(朴乙松) | | 京城 |
| 박의섭(朴義燮) | 朴宜涉, 金順禎 | 京城 |
| 박인범(朴仁範) | 박두루미. 창씨명 靑山鶴夫 | 江原道 文川 |
| 박인수(朴仁守) | | 咸南 元山 → 間島 |
| 박인호(朴麟浩) | 朴轍 | 慶南 咸安 |
| 박일봉(朴一峰) | 一峯, 朴一奉 | 京畿道 開城 |
| 박자영(朴趄影) | 朴雲重, 李雲重, 李趄影 | |
| 박재관(朴在琯) | | 咸南 安邊 → 京城 |
| 박정균(朴挺均) | 松曙 | 京畿道 高陽, 글붓社 |
| 박제성(朴濟盛) | | |
| 박준표(朴埈杓) | 哲魂(철혼) | 京城, 반도소년회 |
| 박철(朴哲) | | |
| 박철암(朴鐵岩) | | |

| 작가 | 필명(호, 이명) | 비고 |
| --- | --- | --- |
| 박춘택(朴春澤) | | 平南 鎭南浦 |
| 박치호 | | |
| 박태원(朴泰遠) | 泊太苑, 夢甫, 仇甫(丘甫) | 京城 |
| 박팔양(朴八陽) | 金麗水(麗水, 麗水山人, 麗水學人), 김니콜라이, 朴勝萬, 朴太陽, 滄浪客 | 京畿道 水原 |
| 박형수(朴衡壽) | | 咸南 利原 |
| 박혜토(朴彗土) | 朴慧土 | 京城 |
| 박호연(朴鎬淵) | | 京畿道 仁川 |
| 박홍제(朴弘濟) | 鄭一松 | 京城, 鄭鍾鳴의 子, 서울무산소년회 |
| 박화목(朴和穆) | 본명 朴銀鍾 | 黃海道 黃州 |
| 박화성(朴花城) | 본명 朴景順. 素影, 朴世琅 | 全南 木浦 |
| 박홍민(朴興珉) | | 京城, 아동극연구협회 |
| 박희찬(朴熙纘) | | |
| 방인근(方仁根) | 碧波, 春海 | 忠南 禮山 |
| 방인희(方仁熙) | | 忠北 鎭川 |
| 방정환(方定煥) | 徐三得, 小波(小波生, 소파生, 方小波), 牧星(ㅁㅅ생), ㅅㅎ생, ㅈㅎ생, 夢見草(見草), 夢中人, 北極星, 波影(波影生, 金波影), 雲庭(雲庭生, 雲庭居士, 方雲庭), 銀파리, 잔물, SP생(에쓰피생), 깔깔박사, 三山人(三山生), 城西人, 쌍S(雙S, 双S, SS생, 雙S生), CW(CW生, CWP), 雨村, 梁雨村[1] | 京城, 천도교소년회, 『별나라』 동인 |
| 방효파(方曉波) | | |
| 배문석(裵文錫) | | 黃海道 殷栗郡 長連 |
| 배상철(裵相哲) | 春岡 | 忠南 燕岐 |
| 배용윤(裵鏞潤) | 裵豊 | 平南 龍岡 → 遼寧省 大連 |
| 배응도(裵應道) | | 江原道 金化 |

---

[1] 방정환의 필명에 대한 논란이 있어 대체로 확정된 것만을 제시하였다. 염희경의 「숨은 방정환 찾기 - 방정환의 필명 논란을 중심으로」(『아동청소년문학연구』 제14호, 2014.6, 153쪽) 참조.

| 작가 | 필명(호, 이명) | 비고 |
|---|---|---|
| 백근(白槿) | | |
| 백문현(白文鉉) | | 滿洲 |
| 백석(白石) | 본명 白夔行 | 平北 定州 |
| 백지섭(白智燮) | | 平北 寧邊 |
| 백철(白鐵) | 본명 白世哲. 창씨명 白矢世哲 | 平北 義州 |
| 백학서(白鶴瑞) | 白曉村(曉村), 白霞生, 白參奉 | 黃海道 信川 |
| 밴댈리스트 | | |
| 벽호생(碧湖生) | | |
| 변갑손(邊甲孫) | | 咸北 城津 |
| 변기종(卞基鍾) | 卞麒鍾 | 京城 |
| 변영만(卞榮晩) | 穀明(曲明, 穀明居士), 山康齋, 三淸, 白旻居士, 卞光浩(卞光昊), 卞自旻(卞子敏) | 京畿道 江華 |
| 부순열(夫順烈) | | |
| 비달기(飛達岐) | | 咸南 利原郡 壽巷 |
| 빈강어부(濱江漁夫) | | |
| 서광식(徐光植) | | 全北 龍安(益山郡) |
| 서덕출(徐德出) | 본명 徐正出. 호적명 徐悳茁, 자(字) 덕이, 徐晨月, 徐旅松, 徐心德, 徐秋星, 徐夕波 | 慶南 蔚山, 기쁨사, 大邱등대사 |
| 서수만(徐壽萬) | | 京城 通義洞 |
| 서요한(徐要翰) | | 咸南 咸興 |
| 서원초인(西原草人) | | |
| 서유정(徐幼亭) | | |
| 서이철(徐利喆) | 徐喆 | 咸南 安邊 |
| 석순봉(石順鳳) | | 平南 平壤 |
| 석영록(石永祿) | | 平南 平壤 |
| 선우만년(鮮于萬年) | | 平北 泰川 |
| 설의식(薛義植) | 小梧, 小木吾, 雲住山人, 錦峯學人, 숲샘, 林泉, 三省居士, 桂山道人, 撫古子, 好古生, 晩覺塔, 忙中閑, 默號, 잠물 | 咸南 端川 |

| 작가 | 필명(호, 이명) | 비고 |
|---|---|---|
| 성경린(成慶麟) | 錢啄, 寬齋, 경린 | 京城 밤섬(栗島), 글꽃사(朝鮮少年文藝協會) |
| 성석훈(成奭勳) | | 京城 |
| 성원경(成元慶) | 鐵聲 | 忠南 禮山 |
| 성진호(成瑨鎬) | 自由村人 | 忠南 禮山 |
| 소용수(蘇瑢叟) | | 慶南 晉州, 기쁨사 |
| 손길상(孫桔湘) | | 慶南 晉州, 새힘사, 新京兒童文學研究會 |
| 손영석(孫泳錫) | | 全南 潭陽 |
| 손정봉(孫正鳳) | 淸溪 | 平南 鎭南浦 |
| 손진태(孫晉泰) | 南滄 | 慶南 東萊 |
| 손풍산(孫楓山) | 본명 孫重行, 孫在奉 | 慶南 陜川 |
| 송남헌(宋南憲) | 耕心. 창씨명 松原秀逸 | 慶北 聞慶 |
| 송무익(宋茂翼) | | |
| 송백하(宋白夏) | 白夏 | 慶北 大邱, 새벽社 |
| 송순경(宋淳璟) | | 平南 平壤 |
| 송순일(宋順鎰) | 宋陽波(陽波) | 黃海道 安岳 |
| 송영(宋影) | 본명 宋武鉉, 宋東兩, 鵞峯山人, 首陽山人, 冠岳山人, 石坡, 殷龜山. 창씨명 山川實 | 京城, 朝鮮少年文學硏究會, 『별나라』 동인 |
| 송완순(宋完淳) | 九峰山人(九峰散人, 九峰學人, 宋九峰), 宋江, 宋駝麟, 한밭(한밧), 호랑이, 宋虎人(虎人), 宋素民(素民學人), 伯郎 | 忠南 大田, 大邱등대사, 大田靑年同盟, 鎭岑面少年主日會 |
| 송창일(宋昌一) | 蒼日. 창씨명 宋山昌一 | 平南 平壤 |
| 송철리(宋鐵利) | 창씨명 石山靑苔 | 咸南 惠山 → 滿洲, 壬水讀書會 |
| 송해광(宋海光) | | 平南 平壤 |
| 승응순(昇應順) | 昇曉灘, 金陵人(金能仁), 쇠내, (南風月, 秋葉生) | 黃海道 金川, 글꽃사(朝鮮少年文藝協會), 大邱등대사, 新興兒童藝術協會 |
| 신고송(申孤松) | 본명 申末贊. 申鼓頌(鼓頌, 孤松), 申贊 | 慶南 蔚州郡 彦陽, 기쁨사, 大邱등대사, 新興兒童藝術協會 |

| 작가 | 필명(호, 이명) | 비고 |
|---|---|---|
| 신명균(申明均) | 珠汕 | 京城 |
| 신상보(申相輔) | 申尙寶 | 咸南 安邊, 금붕어社, 釋王寺少年會 |
| 신상운(申相雲) | | 咸南 安邊, 금붕어社 |
| 신영철(申瑩澈) | 曉山, 若林 | 忠南 舒川 |
| 신일송(申一松) | | 咸南 安邊 新高山 |
| 신재항(辛在恒) | 素石, 暢園 | 京城, 朝鮮兒童藝術作家協會 |
| 신재향(辛栽香) | 흰돌, 載香草 | 京城 |
| 심동섭(沈東燮) | 沈董燮(沈董涉) | 平南 平壤(?) |
| 심예훈(沈禮訓) | | 平南 平壤, 평양새글회 |
| 심의린(沈宜麟) | 松雲 | 京城 |
| 심훈(沈熏) | 본명 沈大燮. 海風, 금강생, 琴湖漁樵, 白浪 | 京城 |
| 안덕근(安德根) | 安英 | 黃海道 海州 |
| 안병서(安秉瑞) | | 慶北 永川 |
| 안송(安松) | | 京城, 새틀團(새틀社) |
| 안완영(安完榮) | 安莞影(岸莞影), 安瓔坡 | 平南 龍岡, 龍岡섬돌회 |
| 안용만(安龍灣) | 安龍民 | 平北 新義州 |
| 안용삼(安龍三) | | 黃海道 鳳山郡 沙里院 |
| 안준식(安俊植) | 安雲波(雲波), 구름결 | 京畿道 水原, 『별나라』 발행인·동인, 朝鮮兒童藝術作家協會 |
| 안태석(安泰錫) | | 平南 江東 |
| 안평원(安平原) | 긴내 | 慶北 永川 琴湖, 글꽃사(朝鮮少年文藝協會) |
| 안회남(安懷南) | 본명 安必承 | 京城, 安國善의 아들 |
| 양가빈(梁佳彬) | 梁天, 申哲 | 平南 平壤 |
| 양건식(梁建植) | 梁白華(白華), 菊如 | 京畿道 楊州 |
| 양노월(楊露月) | 露月 | 咸南 利原 |
| 양미림(楊美林) | 본명 楊濟賢 | 黃海道 松禾 |
| 양석강(梁石岡) | 石岡 | |
| 양순모(梁淳模) | 良淳模 | |

| 작가 | 필명(호, 이명) | 비고 |
|---|---|---|
| 양우정(梁雨庭) | 본명 梁昌俊 → 해방 후 梁又正 개명, 宇成, 남우 | 慶南 咸安 |
| 양운한(楊雲閒) | 본명 楊建植 | 平南 平壤 |
| 양재응(梁在應) | 孤峯(梁孤峯) | 京城, 『별나라』 동인, 꽃별회, 白衣少年會, 朝鮮兒童藝術作家協會 |
| 양전정(梁田楨) | | |
| 양정혁(楊汀赫) | 楊貞奕 | 咸南 利原 |
| 양준화(楊浚華) | | 平北 寧邊 → 江界 |
| 양춘석(梁春錫) | 梁春夕(春夕), 봄저녁, 南宮滿 | 平南 平壤, 童謠詩人社 |
| 엄달호(嚴達鎬) | | 京城 |
| 엄상호(嚴相浩) | | 平南 平壤 |
| 엄주석(嚴柱石) | | 慶北 英陽 |
| 엄창섭(嚴昌燮) | | 慶北 榮州 |
| 엄필진(嚴弼鎭) | 星洲, 笑堂 | 慶北(忠北 永同) |
| 엄호동(嚴湖童) | | |
| 엄흥섭(嚴興燮) | 嚴響(響) | 忠南 論山 |
| 연성흠(延星欽) | 延皓堂(皓堂, 皓堂生, 皓堂學人), 果木洞人, 창씨명 延原武雄 | 京城, 『별나라』 동인, 별탑회, 朝鮮兒童藝術作家協會 |
| 연점룡(延點龍) | | 京城 |
| 연창학(延昌學) | | 京畿道 高陽 東幕, 동막어린이동무회 |
| 염근수(廉根守) | 廉根壽, 樂浪(랑랑, 랑랑生), 白川, 少女星 | 黃海道 白川(延白) → 江原道 江陵, 『별나라』 동인, 少年少女文藝會, 朝鮮兒童藝術作家協會, 現代少年俱樂部 |
| 영숙(英淑) | 李英淑(?) | |
| 오경호(吳慶鎬) | 吳京昊, 吳鏡昊, 吳庚昊, 吳鏡湖, 吳璟瑚 | 黃海道 載寧, 詩友社, 글꽃사 (朝鮮少年文藝協會) |
| 오계남(吳桂南) | 吳孤星(孤星) | 黃海道 安岳 |
| 오광호(吳光鎬) | | 平南 平壤 |
| 오능섭(吳能涉) | | 平南 龍岡郡 眞池洞 |

| 작가 | 필명(호, 이명) | 비고 |
| --- | --- | --- |
| 오성덕(吳聖德) | | |
| 오세창(吳世昌) | | 京城 麻浦, 글붓社 |
| 오영수(吳永壽) | 月洲, 蘭溪 | 慶南 蔚山 |
| 오윤모(吳允模) | 栗嶺(栗嶺生) | 江原道 金城, 宣川호무社 |
| 오장환(吳章煥) | | 忠北 報恩 |
| 오재순(吳在淳) | | 平南 平壤 |
| 오천석(吳天錫) | 吳天園(吾天園, 天園, 텬원), 동산, 동원, 바울, 에덴 | 平南 江西 |
| 오파침(吳波枕) | | 慶南 彦陽 |
| 외노래 | 외놀애 | 京城 |
| 요안자(凹眼子) | | |
| 우산(牛山) | 牛山學人 | |
| 우성익(禹成翊) | | 京畿道 金浦郡 江西(현 서울 江西區) |
| 우태형(禹泰亨) | | 黃海道 安岳, 글꽃사(朝鮮少年文藝協會) |
| 우효종(禹曉鍾) | 새벽종 | 京畿道 仁川, 소나무회, 우리동무회, 초가집회 |
| 원유각(元裕珏) | 창씨명 原元鐵雄 | 京城, 朝鮮兒童藝術研究協會 |
| 유경성(兪慶成) | | 咸南 元山 |
| 유기춘(柳基春) | 柳春波 | 忠南 瑞山, 반달문예사(반달사), 學友社 |
| 유도순(劉道順) | 劉月洋(月洋), 月野, 紅初, 幼初, 凡吾, 徐斗成 | 平北 寧邊, 『별나라』 동인, 꽃별회, 朝鮮兒童藝術作家協會 |
| 유병선(兪炳鮮) | 香泉 | 『영데이』 동인 |
| 유봉성(柳鳳聖) | | 黃海道 安岳 |
| 유봉조(劉鳳朝) | | 咸南 洪原 |
| 유삼렬(劉三烈) | 劉三悅 | 京畿道 開城, 朝鮮兒童藝術研究協會 |
| 유상모(柳相模) | 舊名 柳相成 | 慶南 南海 |
| 유석조(庾錫祚) | 星園 | 『영데이』 발행인 |

| 작가 | 필명(호, 이명) | 비고 |
|---|---|---|
| 유승만(劉承萬) | | 江原道 通川郡 |
| 유완희(柳完熙) | 赤駒, 松隱, 柳州 | 京畿道 龍仁 |
| 유운경(柳雲卿) | 柳鈴 | 京城 |
| 유응칠(柳應七) | | 黃海道 安岳 |
| 유일천(劉一千) | | |
| 유재명(柳在明) | | 黃海道 安岳 |
| 유재성(柳齋城) | 柳齊城, 柳齋星? | |
| 유재형(柳在衡) | 柳村(柳村學人) | 忠北 鎭川 |
| 유정희(劉貞姬) | | 京畿道 江華 |
| 유지영(劉智榮) | | 京畿道 江華 |
| 유지영(柳志永) | 八克(八克園), 버들쇠, 金乙姬 | 京城 |
| 유진훈(兪鎭勛) | 苦笑 | 忠南 禮山 |
| 유창현(柳昌鉉) | 柳亭 | |
| 유천덕(劉天德) | 鐵山兒, 劉菊朶(菊朶, 菊朶生), 劉霞園 | 平北 鐵山, 宣川호무社 |
| 유춘섭(柳春燮) | 柳葉, 법명 華峰 | 全北 全州 |
| 유치진(柳致眞) | 東郎 | 慶南 統營 |
| 유희각(柳熙恪) | 柳夕雲 | 江原道 原州 |
| 윤고종(尹皷鍾) | 본명 尹鍾. 皷鍾生, 功砲生 | 咸南 咸興 |
| 윤곤강(尹崑崗) | 본명 尹朋遠 | 忠南 瑞山 |
| 윤극영(尹克榮) | 晴崗, 抱雲, 따리아 | 京城 鍾路, 색동회, 달리아회 |
| 윤기정(尹基鼎) | 曉峰(曉峰山人) | 京城 |
| 윤동주(尹東柱) | 尹童舟, 尹童柱 | 滿洲 龍井 |
| 윤동향(尹童向) | 본명 尹鍾厚. 창씨명 平沼鍾厚 | 平北 龜城, 소나무회 |
| 윤병구(尹炳九) | 農隱 | 忠南 禮山 |
| 윤복영(尹福榮) | | 忠南 扶餘 |
| 윤복진(尹福鎭) | 본명 尹福述. 金貴環, 金水鄕, 金水蓮, 파랑새, 百合花, 가나리아, 牧童. 창씨명 波平鄕 | 慶北 大邱, 기쁨사, 大邱가나리아회, 大邱등대사 |
| 윤석중(尹石重) | 石童(石童生), 尹碩重, 돌중, 꽃동산 | 京城, 기쁨사, 新興兒童藝術協會, 꽃밭사, 서울무산소년회 |

| 작가 | 필명(호, 이명) | 비고 |
|---|---|---|
| 윤성호(尹星湖) | | |
| 윤소성(尹小星) | | 京城, 侍天敎少年會長, 조선불교소년회, 오월회 |
| 윤신효(尹信孝) | 창씨명 伊垣信孝 | 平南 平原 |
| 윤영춘(尹永春) | 尹活葉(活葉), 尹活彬(活彬) | 間島 龍井 |
| 윤원구(尹元求) | | 京城 |
| 윤인근(尹仁根) | | 黃海道 載寧 |
| 윤재창(尹在昌) | | 忠南 天安 |
| 윤지월(尹池月) | 尹池越 | 咸南 利原 |
| 윤철(尹鐵) | | 平北 定州 |
| 윤태영(尹泰榮) | 尹泰英 | 京城 |
| 윤태영(尹泰泳) | | 平南 平壤 |
| 윤태웅(尹泰雄) | | 江原道 橫城 |
| 윤호경(尹浩慶) | | 平南 平壤 |
| 이갑기(李甲基) | 李莉林, 玄人 | 慶北 達城郡 |
| 이강세(李康世) | | 京城 |
| 이강옥(李康沃) | 康沃, 강옥 | 慶北 大邱 |
| 이강흡(李康洽) | 李洽, 오로라生 | 京城, 少年少女文藝會, 『별나라』 동인 |
| 이경도(李耕都) | 李敬道 | 江原道 洪川 |
| 이경손(李慶孫) | 리경손 | 京城 → 釜山 |
| 이고월(李孤月) | 본명 李華龍. 李靑龍, 一農卒 | 咸北 茂山(三長), 三長글벗사, 파랑새사 |
| 이광수(李光洙) | 春園, 아명 李寶鏡, 寶衡, 長白山人(長白), 石谷稼人, 山翁, 孤舟, 외배, 외돚, 올보리, 꺽꺽이(썩썩이), 魯啞子(魯啞), 닷뫼, 당백, 京西學人, 滬上夢人, Y生, 창씨명 香山光郎 | 平北 定州 |
| 이광현(李光賢) | | 黃海道 海州 |
| 이구월(李久月) | 본명 李錫鳳. 李九月, 李石峯 | 慶南 馬山, 統營 |
| 이구조(李龜祚) | | 平南 江東, 朝鮮兒童藝術硏究協會 |

| 작가 | 필명(호, 이명) | 비고 |
|---|---|---|
| 이규엽(李奎燁) | | 京城 |
| 이규홍(李圭洪) | 曙泉 | 忠南 禮山 |
| 이기영(李箕永) | 民村, 聖巨山人, 聖居, 陽心谷人, 陽心學人 | 忠南 牙山 |
| 이대용(李大容) | | 全北 金堤 |
| 이덕성(李德成) | 建德坊人 | 京城 |
| 이돈화(李敦化) | 夜雷, 夜光, 夜孤步, 猪巖, 滄海居士, 白頭山人, 도호 亘菴. 창씨명 白山一熊 | 咸南 高原 |
| 이동규(李東珪) | 鐵兒 | 京城府 杏村洞, 朝鮮少年文學研究會, 글꽃사(朝鮮少年文藝協會) |
| 이동우(李東雨) | | 京畿道 驪州 |
| 이동찬(李東贊) | 李東燦, 李西贊 | 咸南 高山(新高山)→滿洲 安東縣 |
| 이동호(李東湖) | 一曙 | 咸北 城津 |
| 이득화(李得華) | | 黃海道 黃州 |
| 이명식(李明植) | | 平北 義州, 글꽃사(朝鮮少年文藝協會) |
| 이무극(李無極) | | 黃海道 兼二浦(松林) |
| 이무영(李無影) | 본명 李甲龍. 아명 李龍九(龍九), 戊申, 龍三, 涙聲, 彈琴臺人, 李山 | 忠北 陰城 |
| 이문학(李文學) | | 咸南 利原 |
| 이문해(李文海) | 리문해 | 平南 平壤 |
| 이문행(李文行) | | 黃海道 新溪 |
| 이배근(李培根) | | 江原道 伊川 |
| 이산(李山) | 凸堆, 리산, 李傘, 李街, 李山街, 李旭町(李旭) | 慶北 金泉, 無名彈社 |
| 이상기(李尙紀) | | 全南 光州 |
| 이상대(李尙大) | 白泉 | |
| 이상실(李相實) | | 黃海道 鳳山郡 沙里院 |

| 작가 | 필명(호, 이명) | 비고 |
|---|---|---|
| 이서구(李瑞求) | 孤帆(孤帆生), 외돛, 孤星, 冠岳山人, 花山學人, 李春風, 南宮春. 창씨명 牧山瑞求 | 京畿道 安養 |
| 이석순(李石純) | | 慶南 陜川 |
| 이석훈(李石薰) | 본명 李錫壎. 李薰, 李石薰生(石薰生, 石薰), 琴南, 돌이. 창씨명 牧洋, 石井薰 | 平北 定州 |
| 이섬해(李暹海) | | 平北 義州, 의주글벗회 |
| 이성규(李盛奎) | | 京城 |
| 이성묵(李性默) | 이성묵, 리성묵 | 平南 平壤 |
| 이성홍(李聖洪) | | 慶南 陜川, 李周洪의 동생, 글꽃사(朝鮮少年文藝協會), 陜川 달빛사 |
| 이세보(李世保) | | 咸南 咸州 |
| 이순상(李淳相) | | 全北 全州 |
| 이승억(李承億) | | 平南 平壤 → 安州 |
| 이약슬(李約瑟) | | 全南 木浦 |
| 이연호(李連鎬) | | 咸北 明川 |
| 이영득(李永得) | | 咸南 新高山 |
| 이영수(李影水) | | 咸南 元山 |
| 이영철(李永哲) | 또한밤, 南江春. 창씨명 加那多 | 京畿道 開城 |
| 이영춘(李永春) | | 平北 新義州 |
| 이영희(李泳熙) | | 慶南 宜寧 |
| 이용만(李龍灣) | | 平南 平壤 |
| 이용섭(李龍燮) | | 全南 莞島 |
| 이원규(李元珪) | 白岳, 흰뫼(힌뫼) | 京城, 반도소년회, 오월회, 朝鮮兒童藝術作家協會 |
| 이원수(李元壽) | 冬原, 李冬樹 | 慶南 梁山, 馬山新化少年會 |
| 이원우(李園友) | 李東友, 이동준 | 平北 義州 |
| 이원조(李源朝) | 黎泉, 柏木兒, 清涼山人, 安東學人 | 慶北 安東, 李陸史의 동생 |
| 이월암(李月岩) | | 慶南 東萊 |

| 작가 | 필명(호, 이명) | 비고 |
|---|---|---|
| 이윤선(李允善) | | 黃海道 長淵 |
| 이은상(李殷相) | 리은상, 鷺山, 南川, 江山遊人, 斗牛(斗牛星), 耳公 | 慶南 馬山 |
| 이응창(李應昌) | 滄洲 | 慶北 大邱 |
| 이익동(李益東) | 桂月 | 黃海道 海州 |
| 이익상(李益相) | 본명 李允相. 星海 | 全北 全州 |
| 이인규(李仁奎) | | |
| 이일상(李日相) | | 全北 全州 |
| 이재표(李在杓) | | 慶南 晋州, 晋州새힘사, 晋州새싹사 |
| 이적권(李赤拳) | 붉은주먹 | 江原道 通川 |
| 이정구(李貞求) | 夕夢, 李靜龜. 창씨명 高山愛三 | 咸南 元山, 가나다회 |
| 이정현(李定鉉) | 春影 | 黃海道 海州 |
| 이정호(李定鎬) | 微笑(微笑生), 定鎬生(靜湖生) | 慶南 宜寧, 『별나라』 동인, 별탑회, 천도교소년회, 朝鮮兒童藝術作家協會 |
| 이제곤(李濟坤) | | 黃海道 鳳山郡 沙里院 |
| 이종성(李鍾星) | 창씨명 國本鍾星 | |
| 이종수(李鍾洙) | 閑山 | 平南 平壤 |
| 이종순(李鍾淳) | | 京畿道 利川 |
| 이주경(李珠暻) | | 咸南 元山 |
| 이주홍(李周洪) | 호적명 李柱洪. 족보명 李煥周. 向破(李向破, 香波, 李香波, 向破學人), 芳華山, 旅人草, 望月庵, 주홍, 홍 | 慶南 陜川 |
| 이주훈(李柱訓) | 啞石 | 黃海道 延白 |
| 이찬(李燦) | 본명 李務鍾. 리찬. 창씨명 靑葉薰 | 咸南 北靑 |
| 이찬영(李燦永) | | 黃海道 新溪 |
| 이창일(李昌一) | | 平南 平原 |
| 이청사(李靑史) | 靑史, 靑史生 | 京畿道 開城 |
| 이청송(李淸松) | 李靑松 | 咸南 安邊 |

| 작가 | 필명(호, 이명) | 비고 |
|------|-----------------|------|
| 이춘식(李春植) | | 江原道 通川 |
| 이춘학(李椿學) | | 咸南 三水郡 新坡(新岦坡) |
| 이충실(李忠實) | | 慶南 晋州 |
| 이탐춘(李探春) | | |
| 이태선(李泰善) | | 黃海道 鳳山郡 沙里院 |
| 이태준(李泰俊) | 尙虛, 尙虛堂主人 | 江原道 鐵原 |
| 이파봉(李波峰) | | 平北 新義州 |
| 이하윤(異河潤) | 蓮圃, 大闊, 金剛山人, 花山學人 | 江原道 伊川 |
| 이학인(李學仁) | 牛耳洞人, 李城路, 李南園, 첫소리 | 京城, 『별나라』 동인 |
| 이해문(李海文) | 李孤山(孤山生, 李苦山, 리고산), 金烏山人, 夢星 | 忠南 禮山 |
| 이향술(李鄕述) | 啄木鳥 | 咸南 安邊, 新高山 → 京城 |
| 이헌구(李軒求) | 李求, 李鷗, 宵泉, 鷗堂(鳩堂), 芝山, 한가람. 창씨명 牧山軒求 | 咸北 明川 |
| 이형월(李螢月) | 螢月(螢月生, 螢月閑人) | 京城 |
| 이호(李浩) | 曉天 | 慶北 達城 |
| 이호성(李浩盛) | | 京城. 茶洞·壽松公普 교사, 문교부 초등교육과장 |
| 이호성(李湖星) | | |
| 이호열(李鎬烈) | | 平南 龍岡 |
| 이호영(李湖影) | 옥섬 | 京畿道 仁川 朱安 |
| 이호접(李虎蝶) | 본명 李璟魯 | 平北 泰川(泰州) |
| 이흥식(李興植) | | 江原道 伊川 |
| 임노현(任魯鉉) | 任老鉉 | 全南 莞島 |
| 임동혁(任東爀) | | 京畿道 高陽(東幕), 기쁨사, 芳年社 |
| 임린(林麟) | 覺菴, 弓乙玄人, 玄極, 海彰, 蔬雨, 然人, 林然, 林寅 | 京畿道 驪州 → 京城 |
| 임마리아(林馬利亞) | 林마리아, 림마리아 | 黃海道 載寧 |
| 임명선(林明善) | 月松 | 京城 孝子洞 |
| 임병철(林炳哲) | 白潭 | 咸南 咸興 |

| 작가 | 필명(호, 이명) | 비고 |
|---|---|---|
| 임상호(林尙浩) | 浩月, 玉波 | 平南 鎭南浦 |
| 임우재(任愚宰) | | 江原道 春川 → 京畿道 安養 |
| 임원호(任元鎬) | 鈴蘭 | 忠南 牙山 |
| 임인수(林仁洙) | 玄石, 九村 | 京畿道 金浦 |
| 임진순(任鎭淳) | | 黃海道 信川 |
| 임홍은(林鴻恩) | 野影, 平一, 林畵童 | 黃海道 載寧 |
| 임화(林和) | 본명 林仁植. 星兒, 金鐵友, 雙樹臺人, 靑爐, 林華 | 京城 |
| 자하생(紫霞生) | | |
| 장동근(張東根) | 張童近, 閔大靈(민대령, 대령), 仁旺山人. 창씨명 大河東根 | 咸南 定平 |
| 장무쇠(張茂釗) | | 京城, 明進少年會 會長, 별탑회 |
| 장봉안(張鳳顔) | 張成根 | 咸南 定平 |
| 장석일(張錫一) | | 黃海道 載寧 |
| 장선명(張善明) | | 平北 義州 |
| 장수철(張壽哲) | 山鳴, 舜文 | 平南 平壤 |
| 장승두(張承斗) | | 忠北 淸州 |
| 장시욱(張時郁) | | 黃海道 鳳山郡 沙里院 |
| 장응두(張應斗) | 何步 | 慶南 統營 |
| 장인균(張仁均) | 張草鄕 | 黃海道 長淵 |
| 장적동(張笛童) | | 黃海道 長淵 |
| 장정심(張貞心) | | 京畿道 開城 |
| 장창덕(張昌德) | 暮雲城人 | 東京 |
| 장효섭(張孝燮) | 물새 | 平北 義州 |
| 전기영(全基永) | 基永 | 咸南 高山 |
| 전덕인(全德仁) | 붉은샘, 全붉샘 | 咸南 安邊, 安邊글동무사 |
| 전동수(田東壽) | | 平北 宣川 |
| 전백(全栢) | 全秉龜 | 慶南 梁山, 조선소년군 |
| 전병덕(全秉德) | | 咸南 北靑, 北靑선풍회, 北靑연꽃사 |
| 전봉남(全鳳楠) | | 平南 平壤 |

| 작가 | 필명(호, 이명) | 비고 |
|---|---|---|
| 전봉제(全鳳濟) | 개명 全和光, 全和凰 | 平南 安州, 삽화가 |
| 전상옥(全霜玉) | | 黃海道 長淵 |
| 전수창(全壽昌) | | 京畿道 開城 |
| 전식(田植) | 白村人, 磨星生 | 平北 宣川, 宣川호무社 |
| 전양봉(全良鳳) | | 咸南 洪原 |
| 전영택(田榮澤) | 늘봄, 밧늘봄, 長春, 秋湖, 春秋, 小雲, 長江生, 불수레 | 平南 平壤 |
| 전용재(田龍在) | | 平南 鎭南浦 |
| 전우한(全佑漢) | 全佐漢(佐漢), 俊植, 朴憲, 崔綱, 柳菊史 | 忠北 沃川 |
| 전유덕(田有德) | 田春江(春江) | 田榮澤의 누이동생, 方仁根의 夫人 |
| 전윤덕(田潤德) | | 慶南 晋州 |
| 전찬조(田燦慥) | | 平北 宣川 |
| 전창식(田昌植) | | 平北 宣川 |
| 전향원(全鄕苑) | 鄕苑 | 平南 平原 |
| 정규호(鄭奎鎬) | | |
| 정금목(鄭金穆) | 鄭今穆 | |
| 정기주(鄭基周) | | 慶南 陜川 |
| 정남진(丁南鎭) | | 忠南 禮山 |
| 정명걸(鄭明杰) | 봄버들 | 平南 平原 → 鎭南浦, 龍岡글빛문예사, 南浦붓춤사(붓춤營), 鎭南浦글벗문예사 |
| 정명남(丁明南) | | |
| 정명옥(鄭明玉) | | 平南 南浦, 鄭明杰의 동생 |
| 정병기(丁炳基) | | 黃海道 → 全北 鎭安, 색동회 회원 |
| 정비석(鄭飛石) | 丁飛石, 飛石生, 鄭瑞竹, 南村 | 平北 龍川 |
| 정상규(鄭祥奎) | 金順鳳 | 慶南 晋州, 農軍社, 새힘사, 배달사, 진주노구조리회 |
| 정성채(鄭聖采) | 具道 | 京城 |

| 작가 | 필명(호, 이명) | 비고 |
|---|---|---|
| 정순정(鄭殉貞) | 鄭殉情 | 黃海道 海州 |
| 정순철(丁純鐵) | 丁淳哲(丁淳喆), 丁友海 | 忠南 唐津 |
| 정순철(鄭淳哲) | 아명 分畓, 자 星春. 鄭順哲 | 忠北 沃川, 作曲家 |
| 정열모(鄭烈模) | 白水, 살별, 醉夢(醉夢生, 취몽중) | 忠北 懷仁(報恩) |
| 정우봉(鄭宇烽) |  | 平南 鎭南浦, 남포 붓춤사 |
| 정원규(鄭元奎) |  | 慶南 晋州 |
| 정윤환(鄭潤煥) | 翠雲, 勿巾 | 慶南 南海, 南海少年文藝社, 每申동무회, 新進少年作家聯盟 |
| 정윤희(鄭潤熹) |  | 平北 鐵山, 宣川호무社 |
| 정이경(鄭利景) |  | 平南 平壤 |
| 정인과(鄭仁果) | 본명 鄭顥鍾. 창씨명 德川仁果(悳川仁果) | 平南 順川 |
| 정인섭(鄭寅燮) | 雪松(雪松兒), 눈솔. 눈꽃, 花藏山人, 晚花. 창씨명 東原寅燮 | 慶南 蔚州 彥陽, 朝鮮兒童藝術研究協會 |
| 정인택(鄭人澤) | 太陽 | 京城 |
| 정재관(鄭梓觀) |  | 江原道 淮陽郡 蘭谷面 |
| 정적아(鄭赤兒) | 赤兒 |  |
| 정준걸(鄭俊杰) |  | 平南 鎭南浦 |
| 정지용(鄭芝溶) | 鄭芝鎔, 아명 池龍, 세례명 프란시스코(方濟角) | 忠北 沃川 |
| 정청산(鄭靑山) | 鄭哲, 鄭在德, 綠水 | 京城 |
| 정태병(鄭泰炳) | 友汀 | 全南 靈光 |
| 정태이(鄭太伊) | 봉선화 | 慶南 晋州 |
| 정홍교(丁洪敎) | 一天, ㅎㄱ生 | 京城, 불교소년회, 반도소년회, 오월회, 朝鮮兒童藝術研究協會 |
| 정홍조(鄭紅鳥) | 紅鳥 | 慶南 蔚山郡 彥陽 |
| 정흥필(鄭興弼) |  | 黃海道 載寧 |
| 조광식(趙光植) | 丹谷 | 『영데이』 동인 |
| 조남영(趙南英) | 南英, 됴남영 | 全北 咸悅(益山) |
| 조문환(曹文煥) |  | 全南 靈巖 |
| 조미리(趙美里) |  |  |

| 작가 | 필명(호, 이명) | 비고 |
|---|---|---|
| 조봉구(趙鳳九) | | 全北 群山 |
| 조성민(趙成玟) | | 京畿道 利川 長湖院 |
| 조영하(趙榮夏) | 赤穗 | 忠南 禮山 |
| 조용만(趙容萬) | 雅能(能, 雅), 李重完 | 京城 |
| 조재호(曹在浩) | 養軒. 창씨명 夏山在浩 | 慶南 宜寧, 색동회 회원 |
| 조종현(趙宗泫) | 본명 趙龍濟, 鐵雲, 碧路, 猊巖山人, 如是山房. 趙宗玄(趙鍾現), 趙灘鄕(趙彈響), 石帆, 趙血海 | 全南 高興, 새틀團(새틀社) |
| 조철호(趙喆鎬) | 冠山 | 京畿道 始興 |
| 조풍연(趙豊衍) | 晴史, 夏蘇, 潮風燕, 林季淳 | 京城 |
| 조활용(曹活湧) | | 慶北 達城 |
| 주요섭(朱耀燮) | 주먹, 餘心(餘心生), 梁平心, 金星 | 平南 平壤, 朱耀翰의 동생 |
| 주요한(朱耀翰) | 狼林山人, 頌兒, 송아지(松芽枝) 頌生, 於麟兒, 요한, 耀, 朱落陽, 牧神, 句離甁, 韓青山, 白民, 白船, 벌꽃(벌옺). 창씨명 松村紘一, 松村耀翰 | 平南 平壤, 꽃별회 |
| 주향두(朱向斗) | | |
| 지복문(池福文) | 池春波 | 忠北 忠州, 牙聲社 |
| 지상렬(池相烈) | | 京城 |
| 지수룡(池壽龍) | 池萬龍 | 京城 |
| 지창순(池昌洵) | | 咸南 安邊 高山, 北風文藝社(北風社) |
| 진장섭(秦長燮) | 學圃, 金星 | 京畿道 開城, 색동회 회원 |
| 진종혁(秦宗爀) | 秦雨村(雨村) | 京畿道 仁川, 꽃별회, 『별나라』동인 |
| 진학문(秦學文) | 秦舜星(舜星, 瞬星生), 夢夢(夢夢生), 창씨명 秦學(はたまなぶ) | 京城 鍾路 崇3洞 |
| 진희복(陳熙福) | 獨醒(獨星), 창씨명 福山熙福 | 京城 |
| 차남성(車南星) | | 平南 平壤 |
| 차득록(車得祿) | | 京城 市外 往十里 |
| 차빈균(車斌均) | | 平北 寧邊 |

| 작가 | 필명(호, 이명) | 비고 |
|---|---|---|
| 차상찬(車相瓚) | 車靑吾(靑吾, 靑吾生, 靑吾初), 壽春學人, 壽春山人, 壽春人, 城東學人, 城西人(城西學人), 翠雲(翠雲亭人, 翠雲生), 江村(江村學人, 江村凡夫, 江村愚夫, 江村生), 三角山人, 三角停人, 香爐峰人, 香爐山人, 鶯棲山人, 靑春山人, 昭陽學人, 斷髮學人, 滄海學人, 靑邱學人, 史外史人, 觀相者(觀相博士), 尖口生, 車賤者(車賤子, 車天子, 此賤子), 酒賤子, 酒春生, 風流郎, 傍聽生, 忌病生, 一天生, 樂天生, 桂山人, 松雀(松雀生), 盤松 老雀, 考古生, 門外漢, 車夫子(車父子), 車特派員, 車記生, 車生, 相瓚, 차돌이, C.S.C생 | 江原道 春川, 개벽사(開闢社) 주간으로 『개벽』, 『별건곤』, 『신여성』, 『농민』, 『학생』 등 잡지 발간 |
| 차우영수(車又永秀) | 차쏘영수 | 慶南 晋州, 晋州새힘사 |
| 차정조(車貞祚) | 車晶鳥 | 黃海道 信川 |
| 차칠선(車七善) | 본명 車駿汶. 空人 | 全南 群山, 群山새빛社(群山新光社) |
| 채규삼(蔡奎三) | 淚馨, 蔡夢笑(夢笑) | 咸南 定平, 咸興흰빛文藝社, 글꽃사(朝鮮少年文藝協會) |
| 채규철(蔡奎哲) | 蔡求鐵(求鐵) | 平北 厚富(厚昌) |
| 채도헌(蔡道憲) | | 咸南 高原 |
| 채만식(蔡萬植) | 白菱(白菱生), 采翁, 北熊(北熊生), 浩然堂人, 徐東山, 活貧黨, 雲庭居士, 單S | 全北 沃溝 |
| 채택룡(蔡澤龍) | 본명 蔡奎明. 夢笑, 金星, 靜海, 狂波, 鳩鳴, 一心, 春心, 曙影, 彩虹, 아기별, 새벽놀 | 咸北 會寧(咸南 通川, 文川), 詩謠社 |
| 천정철(千正鐵) | 夕虹 | 京城, 기쁨사 |
| 천청송(千靑松) | 창씨명 千山靑松 | 滿洲 |
| 청철각(靑鐵脚) | | |
| 최경화(崔京化) | 崔鏡花(鏡花, 鏡花生), 거울꽃 | 平南 安州, 기쁨사 |

| 작가 | 필명(호, 이명) | 비고 |
|---|---|---|
| 최계락(崔啓洛) | | 慶南 晉陽 |
| 최규선(崔奎善) | 崔靑谷(靑谷), 靑谷生 | 京城, 『별나라』동인, 반도소년회 |
| 최남선(崔南善) | 崔昌興, 崔公六, 六堂(六堂學人), 한샘, 南嶽主人, 曲橋人, 逐閑生, 大夢, 白雲香徒 | 京城, 新文舘, 朝鮮光文會, 東明社 |
| 최묵동(崔默童) | | 咸南 元山 |
| 최병화(崔秉和) | 崔蝶夢(蝶夢), 나븨꿈(나븨꿈), 孤月. 창씨명 朝山秉和 | 京城, 『별나라』동인, 꽃별회, 朝鮮兒童藝術作家協會 |
| 최봉록(崔奉祿) | 崔奉錄, 崔奉綠 | 咸北 雄基 |
| 최봉칙(崔鳳則) | 墨峯(墨峯兒), 墨峯山人, 먹뫼(먹뫼생). 창씨명 淸川鳳則 | 平北, 『아이생활』 발행인 |
| 최봉하(崔鳳河) | | 咸南 三水 → 平北 龍川, 글꽃사 (朝鮮少年文藝協會) |
| 최상천(崔相天) | | 慶南 陜川 |
| 최상현(崔相鉉) | 雲岡 | 『영데이』주간 |
| 최석숭(崔錫崇) | 崔石崇, 錫崇崖, 崇崖, 崇崖奇 | 咸南 元山, 元山벗꽃사, 元山細友舍 |
| 최수복(崔守福) | | 滿洲 興京縣 |
| 최수환(崔壽煥) | | 京城 |
| 최순애(崔順愛) | | 京畿道 水原, 水原華城少年會, 기쁨사, 李元壽의 부인, 崔泳柱의 동생 |
| 최승덕(崔承德) | | 平南 平壤. 평양새글회 |
| 최신구(崔信九) | | 全南 松汀 |
| 최영애(崔英愛) | 崔永愛 | 京畿道 水原, 水原華城少年會, 崔泳柱의 동생 |
| 최영주(崔泳柱) | 崔信福, 푸른소, 靑牛生, 赤豆巾, 草童兒, 尹芝薰, 南宮桓. 창씨명 勝山雅夫 | 京畿道 水原, 崔順愛, 崔英愛의 오빠 |
| 최영택(崔永澤) | 老耕(崔老耕, 老耕生), C生, 阿峴洞生 | 京城, 崔湖東의 형 |

| 작가 | 필명(호, 이명) | 비고 |
|---|---|---|
| 최영해(崔暎海) | | 京城 |
| 최옥진(崔玉鎭) | 山城住人 | 忠南 禮山 |
| 최은향(崔隱鄕) | 隱鄕生, 수문마을(스믄마을), 숨은 시골, 은향이 | 咸南 元山, 春城文藝社 |
| 최익선(崔益善) | 益善生(翌仙生, 익선生), 浪雪. 창씨명 天山益善 | 京城 |
| 최인욱(崔仁旭) | 본명 崔相天. 河南 | 慶南 陜川 |
| 최인준(崔仁俊) | 金昌植, 金昌浩, 楊大智 | 平南 平壤 |
| 최인화(崔仁化) | | 平南 平壤, 『童話』 발행 |
| 최일화(崔一化) | | 平北 義州 |
| 최재학(崔在鶴) | | 慶南 晋州 |
| 최창규(崔昌珪) | | |
| 최창남(崔昶楠) | 槿堂 | 淸州 淸南學校 |
| 최창선(崔昌璿) | | |
| 최창순 | | |
| 최창화(崔昌化) | 崔蒼花 | 平南 安州 |
| 최춘해(崔春海) | | 慶北 善山 |
| 최학송(崔鶴松) | 曙海, 雪峰, 豊年年 | 咸北 城津 |
| 최해석(崔海夕) | 海夕 | 全北 群山 |
| 최혜성(崔惠盛) | | 京城 淸涼里 |
| 최호동(崔湖東) | 湖東生, 湖東子 | 京城, 崔永澤의 동생 |
| 최희명(崔喜明) | 실버들 | 大邱師範學校, 『별나라』 동인 |
| 칠석성(七夕星) | | 平南 平壤, 평양새글회 |
| 탁상수(卓相銖) | 개명 卓碩乃. 늘샘, 恒泉, 臥龍(臥龍山人) | 慶南 統營 |
| 탁윤일(卓潤逸) | | |
| 태재복(太在福) | 개명 太英善, 太栽馥, 太小峯 | 京城, 글꽃사(朝鮮少年文藝協會) |
| 파랑새 | | 咸北 淸津 → 北間島 |
| 피천득(皮千得) | 琴兒 | 京城 |
| 하도윤(河圖允) | | 咸南 利原 |
| 한광규(韓珖奎) | | 咸南 永興 |

| 작가 | 필명(호, 이명) | 비고 |
| --- | --- | --- |
| 한동욱(韓東昱) | 哲堂 | |
| 한백곤(韓百坤) | 韓碧松(碧松生, 碧松山人, 碧松堂), 韓生, 韓百崑(韓百棍, 韓白崑, 白崑, 白崛, 栢棍, 韓栢崛), 白崑松, 韓栢福(韓百福), 한흰뫼(흰뫼) | 忠北 忠州, 새일꾼회 |
| 한상진(韓相震) | 雪峰, 韓灘影 | 全北 裡里 |
| 한석(韓晢) | | 黃海道 兼二浦(松林) |
| 한석원(韓錫源) | 큰샘(큰심). 창씨명 西原錫源 | 平南 平壤, 『아이생활』 발행인 |
| 한유일(韓裕馹) | | 咸南 咸興 |
| 한인택(韓仁澤) | 步雲 | 咸南 利原 |
| 한인현(韓寅鉉) | 韓寅炫 | 咸南 元山 |
| 한정동(韓晶東) | 星壽, 棲鶴山人, 白民, 소금쟁이 | 平南 江西, 『별나라』 동인, 평양새글회 |
| 한주욱(韓柱頊) | 韓注頊 | 咸南 北靑 |
| 한철(韓澈) | | 咸南 元山 |
| 한철염(韓哲焰) | 哲焰(철염) | 京城, 별나라사 중앙지사 |
| 한춘혜(韓春惠) | 본명 韓海龍. 神谷村人, 韓春蟪 | 咸南 咸興 → 奉天, 咸興흰빛文藝社 |
| 한태봉(韓泰鳳) | 韓台烽, 韓台峯, 韓竹松(竹松) | 咸北 會寧, 會寧참글社 |
| 한태천(韓泰泉) | 韓璟泉 | 平南 鎭南浦 |
| 함대훈(咸大勳) | 一步 | 黃海道 松禾 |
| 함영기(咸永基) | | 咸北 淸津 |
| 함처식(咸處植) | 靈泉 | 平南 大同 → 平壤 |
| 함효영(咸孝英) | 咸春霞(春霞) | 黃海道 黃州 → 仁川 |
| 향운동자(香雲童子) | | 慶北 達城郡(苞山) |
| 향월(鄕月) | | |
| 허문일(許文日) | 許三峰(三峯), 許日 | 平北 泰川 → 平南 平原, 平壤 |
| 허수만(許水萬) | 許赤岳(赤岳), 夢鳥, 꿈새(꿈새), 許北風(北風, 北風生), 北風書房, 北風散人, 北風童心, 許童心 | 咸北 城津 → 會寧, 白衣小童社, 新進文藝社 |
| 허태국(許泰國) | | |

| 작가 | 필명(호, 이명) | 비고 |
| --- | --- | --- |
| 현덕(玄德) | 본명 玄敬允 | 京城 |
| 현동염(玄東濂) | 玄東廉(玄東炎, 東炎), 蝀艷(憧灔) | 京畿道 開城, 少年文藝社 |
| 현송(玄松) | 본명 金玄松. 金松, 凡山 | 咸南 咸州 |
| 현재덕(玄在德) | | 京城, 玄德(玄敬允)의 동생 |
| 홍구(洪九) | 본명 洪長福. 洪淳烈, 홍구 | 京城, 朝鮮少年文學研究會 |
| 홍난파(洪蘭坡) | 洪永厚, 羅素雲, YH生, 都禮美, 도뤠미生, ㄷㄹㅁ, 솔파生, ㅎㅇㅎ, 창씨명 森川潤 | 京畿道 華城 |
| 홍명희(洪命熹) | 可人, 假人, 碧初, 白玉石, 白玉泉 | 忠北 槐山 |
| 홍순탁(洪淳鐸) | | 平南 平壤 |
| 홍연파(洪淵波) | | 平南 平壤 |
| 홍은성(洪銀星) | 본명 洪淳俊. 洪曉民(曉民學人), 銀星學人(銀星生), 은별(銀별), 安在左, 安釗虎, 鄭復榮, 美鳴, 洪薰, 城北洞人, 宮井洞人 | 京畿道 漣川, 朝鮮兒童藝術作家協會 |
| 홍은표(洪銀杓) | 漁隱, 洪畵人(畵人) | 黃海道 金川→春川, 횃불사 |
| 홍재선(洪在善) | 梅雪 | 咸北 明川 |
| 홍종달(洪鍾達) | 洪月村(月村) | 慶北 大邱 |
| 황강동(黃崗童) | | 黃海道 黃州 |
| 황기식(黃基式) | 雲山 | 京城 |
| 황명식(黃明植) | | 黃海道 安岳, 明進文藝會 |
| 황순원(黃順元) | 黃晚崗(晚岡, 晚崗), 黃狂波(狂波, 狂波生), 黃關鳥(關鳥, 황관조) | 平南 大東, 童謠詩人社, 평양글탑사, 평양새글회 |
| 황월정(黃月庭) | | 咸南 利原 |
| 황유일(黃裕一) | | 咸南 利原 |
| 황찬명(黃贊明) | 荒燦命, 谷泉(谷泉生) | 平南 大東, 黃順元의 叔父 |
| 효인(曉人) | | |
| 흰솔 | 흰솔, 白松 | 黃海道 海州 |

※ 작가명은 본명으로 하였다. 다만, 필명이 널리 알려졌거나 필명만 알려진 경우에는
필명을 제시하였다.

# 3

# 외국 아동문학가*

## 가) 서양 아동문학가

**가르신**(Garshin, Vsevolod Mikhailovich: 1855~1888)  제정 러시아의 작가. 몰락한 귀족 가문의 기마 장교의 아들로 태어났다. 1877 러시아 투르크 전쟁(Russo-Turkish Wars)에 참가하여 부상을 입고 후송되었다. 이때의 경험을 담은 작품이 『4일간』이다. 소년 시절부터 시작된 광증(狂症)으로 정신병원에 수용되는 등 경황 없는 와중에 집필을 이어갔으나 1887년 자신의 아파트에서 뛰어내려 그 상처가 빌미가 되어 입원 중 33세로 요절하였다. 당시 페미니즘과 인도주의의 대표자로 현실의 사회악에 대항하는 작품과 절망스러운 생활을 소재로 한 작품을 많이 썼다. 작품으로 『붉은 꽃(Krasny tsvetok)』(1883), 『4일간(Chetyre dnya)』(1877) 등과,

---

※ '외국아동문학가'는 서양 아동문학 작가와 일본 아동문학 작가들 중 『한국아동문학비평사 자료집』에 언급된 작가들에 한정하되, 아동문학가 이해에 필요한 작가를 일부 추가하였다. 인명(人名) 및 지명(地名)은 『표준국어대사전』의 표기를 따랐다. 주요 참고자료는 『표준국어대사전』(국립국어원), 『두산백과』, 『세계문학사 작은사전』(가람기획), 『인명사전』(민중서관), 『시사상식 사전』(박문각) 등과 『Encyclopaedia Britannica』(https://www.britannica.com/), 『Encyclopedia』(https://www.encyclopedia.com/), 『Wikipedia』(https://www.wikipedia.org/), 그리고 일본의 『日本兒童文學大事典(전3권)』(大阪國際兒童文學館), 『日本大百科全書』(小學館), 『精選版 日本國語大辭典』, 『世界大百科事典』(株式會社平凡社), 『ブリタニカ國際大百科事典』, 『デジタル版 日本人名大辭典』(講談社), 『大辭林』(三省堂), 『20世紀日本人名事典』, 『新撰 芸能人物事典 明治~平成』, 『朝日日本歷史人物事典』(朝日新聞出版), 『ウィキペディア: フリー百科事典』 등이다.

『두꺼비와 장미꽃』(1884), 『개구리 여행가』(1887) 등의 동화가 있다. ▶송남헌(宋南憲)의 「예술동화의 본질과 그 정신 – 동화작가에의 제언(1)」(『동아일보』, 1939. 12.2)에서 가르신을 예술동화 작가 중 한 사람으로 소개하였다.

**고골**(Gogol', Nikolai Vasilievich: 1809~1852)  제정 러시아의 작가. 우크라이나(Ukraine)의 폴타바(Poltava) 지방 소로친치(Sorochyntsi) 출생. 러시아의 비판적 리얼리즘 문학의 창시자로서, 주로 하급 관리의 비참한 생활이나 몰락한 지주 계급의 생활을 사실적으로 그렸다. 작품으로 「타라스 불바(Taras Bulba)」(1835, 최종고는 1842), 「광인 일기(Zapiski sumasshedshego)」(1835), 희곡 「검찰관(Revizor)」(1836), 「코(Nos)」(1836), 소설 「외투(Shinel')」(1842), 「죽은 넋(Mértovye dushi)」(1842) 등이 있다. ▶설정식(薛貞植)의 「'서부전선 조용하다'를 읽고」(「제1회 중등학생작품 작품지상대회(10월분 발표)」, 『동광』 제28호, 1931년 12월호)에서 고골의 「타라스 불바」를 언급하고 있다.

**고리키**(Gor'kii, Maksim: 1868~1936)  제정 러시아의 작가. 본명 페슈코프(Peshkov, Aleksei Maksimovich). 볼가(Volga) 연안 니즈니 노브고로드(Nizhni Novgorod: 1932년 고리키시로 개명하였으나, 1990년 원래 이름으로 되돌림) 출생. 1892년 신문 『카프카스(Kavkaz)』에 막심 고리키라는 필명으로 첫 단편소설 「마카르 추드라(Makar Chudra)」를 발표해 문단의 호평을 받았다. 1901년 차르(tsar') 타도를 외친 지하인쇄소 사건에 연루되어 체포되었고, 1905년 러시아혁명의 기폭제가 된 '피의 일요일' 사건을 주도했던 '가풍 신부 사건'에 연루되어 다시 체포되었다. 사회주의 리얼리즘의 창시자로, 어린 시절의 비참한 체험을 바탕으로 노동자계급에 대한 애정과 그들의 현실을 담은 작품을 발표하여, 프롤레타리아 문학에 크게 공헌하였다. 작품으로 희곡 『소시민들(Meshchane)』(1902), 희곡 『밤 주막(Nadne)』(1902), 장편소설 『어머니(Mat')』(1906), 『이탈리아 이야기(Tales of Italy)』(1911~1913), 자전적인 3부작 소설 『어린 시절(Detstvo)』(1913~14), 『세상 속으로(V lyudyakh)』(1915~16), 『나의 대학(Moi universitety)』(1923), 미완성의 서사시 『클림 삼긴의 생애(Zhizn' Klima Samgina)』(1936) 등이 있다. ▶신태악(辛泰嶽)이 『이탈리아 이야기』를 『반역자(叛逆者)의 모(母)』(평문관, 1924)로, 김대균(金大均)이 「거러지(乞人)」(『별나라』 제9권 6호, 1934년 12월호)를 번역한 바 있다. 고리키에 대해서는 '꼴키-와 접근했든 시절의 회상'이란 특집[1]과 홍효민(洪曉

---

1  특집에는 김광섭(金珖燮)의 「(꼴키-와 접근했든 시절의 회상)방랑기의 청년 꼴키」, 한효(韓曉)의 「(꼴키-와 접근했든 시절의 회상)민족의 벗 꼴키-」, 이헌구(李軒求)의 「(꼴키-와 접근했든 시절

民)의 「노문학(露文學)과 꼴 옹(翁)의 지위」(『조선문학』, 제2권 제9호, 1936년 9월호)와, 한창의 「(세계적 대문호)꼴키 – 선생님」(『새동무』 제2호, 1946년 4월호) 등이 있다. 홍북원(洪北原)의 「근대 문호(文豪)와 그 작품」(『신소년』, 1932년 9월호)에서 고리키와 그의 작품들을 소개하였다.

**고치**(Gozzi, Carlo: 1720~1806)  18세기 이탈리아의 극작가. 이탈리아 베네치아(Venezia) 출생. 문예평론가 고치(Gozzi, Gasparo)의 동생이다. 계몽주의 작품에 반대, 반리얼리즘적인 몽환극(夢幻劇)을 전개하였다. 골도니(Goldoni, Carlo)의 연극 혁신 운동에 반대하고 전통적인 '코메디아 델라르테'[2]를 옹호하였다. 『세 개의 오렌지에 대한 사랑』에서 골도니를 비웃기도 했다. 고치는 요정담(妖精談 = fairy tales)을 바탕으로 하여 일련의 희곡을 창작하였는데 대중적인 인기를 끌었으나 이탈리아에서는 무시되었다. 그러나 괴테(Goethe), 슐레겔 형제(Schlegel brothers), 호프만(Hoffmann), 스탈(Madame de Staël), 시스몬디(Sismondi), 그리고 오스트로프스키(Ostrovsky) 등은 높이 평가하였다. 동화를 바탕으로 한 희곡[3] 중의 하나인 『투란도트』는 실러(Schiller)가 번역하고 1802년 괴테가 바이마르(Weimar)의 무대에 올려 크게 성공하였다. 고치는 전 유럽에서 칭찬을 받았으나 고국 이탈리아에서는 저평가되었다. 작품으로 『세 개의 오렌지에 대한 사랑(L'amore delle tre melarance)』(1761), 『투란도트(Turandot)』(1762)」 등이 있다. 『투란도트』는 부소니(Busoni, Ferruccio: 1866~1924)와 푸치니(Puccini, Giacomo: 1858~1924)의 오페라로 널리 알려졌다. 푸치니의 오페라는 전3막이나 제3막의 결말을 완성하지 못하고 사망하여, 그 제자 알파노(Alfano, Franco: 1876~1954)가 완성한 후 1926년 4월 밀라노의 스칼라극장(La Scala Theatre)에서 토스카니니(Toscanini, Arturo: 1867~1957)의 지휘로 초연되었다. ▶알렉산드라 브루스타인(金永鍵 譯)의 「소련의 아동극」(『문학』 창간호, 조선문학가동맹중앙집행위원회서기국, 1946.7)에 고치의 「초록새」가 소개되었다.

**골도니**(Goldoni, Carlo: 1707~1793)  이탈리아의 희극 작가. 이탈리아 베네치아

---

의 회상)선풍시대의 일우(一隅)에서」, 한인택(韓仁澤)의 「(꼴키-와 접근했든 시절의 회상)충동과 사숙(私淑)」 등이 있다.

2 코메디아델라르테(commedia dell'arte)는 16세기에서 17세기 사이에 이탈리아에서 유행한 가면 희극. 배우들이 가면을 쓰고 준비한 줄거리를 바탕으로 즉흥적으로 기지(機知)를 발휘하여 우스꽝스러운 연기를 하는 것으로, 유럽의 희극 성립에 영향을 주었다.

3 이탈리아어로 'Fiabe Teatrali'(영 Tales for the Theatre)라 한다. 작품으로는 「L'amore delle tre melarance」(1761), 「Turandot」(1762), 「초록새(L'Augellino Bel Verde)」(1765) 등이 있다.

(Venezia) 출생. 배우의 즉흥적 대사와 가면에 의지하는 연출법을 배제하고 근대적인 회극을 확립하였다. 1762년 파리로 가서 이탈리아 연극을 유럽에 전파하였다. 작품으로 『두 주인을 섬기는 하인(Il servitore di due padroni)』(1746), 『여관집 여주인(La Locandiera)』(1753)』, 『촌놈(I rusteghi)』(1760), 『회상록(Mémoires)』(1787) 등이 있다. ▶알렉산드라 브루스타인(金永鍵 譯)의 「소련의 아동극」(『문학』 창간호, 조선문학가동맹중앙집행위원회서기국, 1946.7)에 골도니가 소개되었다.

**골즈워디**(Galsworthy, John: 1867~1933)  영국의 소설가, 극작가. 필명 John Sinjohn. 잉글랜드 서레이의 킹스톤 힐(Surrey, Kingston Hill) 출생. 부유한 변호사의 아들로 태어나, 1889년 옥스퍼드대학 뉴칼리지(New College)에서 법률을 전공하여 1890년에 변호사가 되었으나, 개업하지 않고 세계 각지를 여행하였다. 여행 중에 해양소설의 새 국면을 연 당시 상선(商船)의 항해사였던 콘래드(Conrad, Joseph: 1857~1924)를 만나 평생 친구가 되었다. 골즈워디는 법률이 자기에게 적합하지 않음을 알고 창작을 선택하였다. 1906년에 발표한 희곡 『은 상자』는 계층의 차별이 법의 집행에도 영향을 미치고 있다는 것을 지적하였고, 희곡 『투쟁』(1909), 『정의』(1910)에서는 파업 문제와 감옥 제도의 문제점을 다루었다. 1922년에 발표한 소설 『포사이트 가의 이야기』에서도 자유주의, 인도주의적인 입장에서 사회의 모순을 지적하고 이를 고쳐 나가는 인간의 미래에 대해 고민하였다. '포사이트 가의 이야기는 제1차세계대전 이후에도 『흰 원숭이』, 『은수저』, 『백조의 노래』 등을 모은 『현대 회극』으로 이어졌다. 1921년 런던에서 〈국제펜클럽(PEN International)〉이 결성되자 초대 회장에 선출되었다. 자유주의와 인도주의적 입장에서 사회 모순을 다룬 소설과 희곡을 많이 썼으며, 1932년에 『포사이트 가의 이야기』로 노벨문학상을 받았다. 『포사이트 가의 이야기』는 1967년 영국 BBC의 텔레비전 연속극으로 방영되어 큰 인기를 끌었고, 미국에서는 골즈워디의 죽음과 함께 곤두박질쳤던 그에 대한 평가가 다시 되살아났다. 작품으로 희곡 『은 상자(The Silver Box)』(1906), 희곡 『분쟁(Strife)』(1909), 희곡 『정의(Justice)』(1910), 희곡 『충성(Loyalties)』(1920)과, 장편소설 『포사이트 가(家)의 이야기(The Forsyte Saga)』(1922),[4] 『현대 회극(A Modern Comedy)』(1929)[5] 등이 있다. ▶밴댈리스트

---

4 『포사이트 가의 이야기』는 1922년에 발표될 때 장편소설 『자산가(The Man Property)』(1906), 막간 작품(interlude) 「포사이트의 화창한 봄 날씨(Indian Summer of a Forsyte)」(1918), 장편소설 『재판사건(In Chancery)』(1920), 막간 작품 「각성(Awakening)」(1920), 장편소설 『셋집(To Let)』 (1921)으로 구성되었다.

5 『흰 원숭이(The White Monkey)』(1924), 『은수저(The Silver Spoon)』(1926), 『백조의 노래(Swan

의 「에취·지·웰스」(『동아일보』, 1924.12.29)에 골즈워디가 소개되었다.

**괴테**(Goethe, Johann Wolfgang von: 1749~1832) 독일의 시인, 소설가, 극작가. 독일 프랑크푸르트 암마인(Frankfurt am Main) 출생. 1765년 라이프치히대학 (Universität Leipzig)에서 법률을 공부하면서 자유분방한 생활을 보내다가, 1768 년 폐결핵으로 각혈을 하게 되어 고향으로 돌아와 요양생활을 하였다. 1771년 변호 사가 되어 고향에서 변호사업을 개업하였다. 이즈음 샬로테 부프(Charlotte Buff) 와의 비련(悲戀)을 겪고『젊은 베르테르의 슬픔』을 썼는데, 이 작품으로 일약 문단 에서 이름을 떨쳤고, 독일의 개성해방의 문학운동인 '슈투름 운트 드랑(Sturm und Drang: 질풍노도)'의 중심인물로서 활발한 창작활동을 하였다. 1775년 바이마르 (Weimar)에 가서 재상이 되어 10년 남짓 국정(國政)에 참여하였다. 1786년 이탈리 아 여행을 하면서 화가로서의 생활을 하였는데, 이 여행은 예술가로서의 괴테의 생애에서 하나의 전환점이 되었으며, 고전주의를 지향한 시기로서 중요하다. 1794 년부터 실러(Schiller, Johann Christoph Friedrich von)가 기획한 잡지『호렌 (Horen)』에 협력하면서 굳은 우정을 맺었다. 실러와의 만남을 계기로 많은 작품을 썼다. 『파우스트(Faust)』의 재착수, 『빌헬름 마이스터의 수업시대(Wilhelm Meisters Lehrjahre)』(1796)의 완성 등을 통해 독일 고전주의가 확립되었다. 만년 에 『빌헬름 마이스터의 편력시대(Wilhelm Meisters Wanderjahre)』(1829)와 『파 우스트』 등을 완성해, 전자는 당시의 시대와 사회를 묘사한 걸작으로, 후자는 세계 문학 최대 걸작의 하나로 평가받는다. 작품으로 희곡『파우스트(Faust)』(1773~ 1831), 소설『젊은 베르테르의 슬픔(Leiden des jungen Werthers)』(1774), 교양소 설『빌헬름 마이스터(Wilhelm Meister)』(1796, 1829), 자서전『시와 진실(Dich-tung und Wahrheit)』(1833) 등이 있다. ▶양건식(梁建植＝白華)이 「소년 '벨테르' 의 비뇌(悲惱)(전40회)」(『매일신보』, 1923.8.16~9.27)를, 김도인(金道仁)이 「그 대여 아는가 남쪽의 나라」[6](『별나라』 제4권 제4호, 1929년 5월호)를, 앵봉산인(鶯 峯山人＝송영)이 「파우스트」(『별나라』, 1934년 9월호, 11월호)를 번역한 바 있다. 『매일신보』의 '세계문호평전'에서 「쾨-테(전3회)」(半狂生;『매일신보』, 1920.11. 21~23)를 소개하였고, 『동아일보』의 '세계명저소개'에 「'쾨-테'의 파우스트 (1)」

---

Song)』(1928)를 모은 것이다.

6 프랑스의 작곡가 토마(Thomas, Charles Louis Ambroise)의 오페라『미뇽(Mignon)』(전3막)의 제1 막에 나오는 아리아 「그대는 아는가 저 남쪽 나라를」을 가리킨다. 오페라의 대본은 바르비에 (Barbier, Jules)와 카레(Carré, Michel)가 괴테(Goethe, Johann Wolfgang von)의 『빌헬름 마이스 터의 수업시대』(1796)를 바탕으로 만든 것이다.

(『동아일보』, 1931.1.19)를 소개하였다.[7] 1932년 괴테 사후 100년을 맞아 『조선일보』, 『동아일보』, 『중앙일보』 등 여러 신문들은 특집을 편성했다.[8]

**그레이엄**(Grahame, Kenneth: 1859~1932)  영국의 아동문학가. 스코틀랜드의 에든버러(Edinburgh) 출생. 어머니가 돌아가시고 아버지가 술 때문에 아이들을 돌보지 않아 할머니 댁에서 자랐다. 1879년 옥스퍼드대학교(Univ. of Oxford)에 입학하고 싶었으나 후견인이 비용을 댈 수가 없어 입학하지 못하고, 영국은행(The Bank of England)에 취직하였다. 목가적인 동화로 문명(文名)을 떨쳤다. 『황금시대』와 『꿈의 나날』은 스윈번(Swinburne, Algernon Charles)[9]과 프랑스(France, Anatole)가 격찬할 정도였다고 한다. 『버드나무의 바람』은 아동문학의 고전 중의 하나로 평가된다. 작품으로 『황금시대(The Golden Age)』(1895), 『꿈의 나날(Dream Days)』(1898), 『버드나무의 바람(The Wind in the Willows)』(1908) 등이 있다. 「밴댈리스트의 「에취·지·웰스」(『동아일보』, 1924.12.29)에 예술동화 작가의 예로 그레이엄을 지목하고 있다.

**그림 형제**(Brüder Grimm)  독일의 언어학자, 문헌학자, 사전 편찬자. 독일 헤센(Hessen) 공국(公國)의 하나우(Hanau) 출생. 형 야코프 그림(Grimm, Jacob Ludwig Carl: 1785~1863)과 동생 빌헬름 그림(Grimm, Wilhelm Carl: 1786~1859) 형제

---

7 「세계 명저 소개」는 전체 17회(1931.1.12~8.31) 연재되었다. 필자가 바뀌지만, 문학 관련 필자는 일관되게 '徐'라고 밝히고 있다. 당시 동아일보 문사(文士) 기자였던 서항석(徐恒錫)으로 짐작된다.

8 『조선일보』는 김진섭(金晉燮)의 「괴-테의 분위기(전2회)」(『조선일보』, 1932.3.22~23), 일기자(一記者)의 「수난 독일의 괴-테 백년 기념제(전3회)」(『조선일보』, 1932.3.22~25), XYZ의 「베르테르의 설음, 젊엇슬 째의 괴-테의 사랑(전3회)」(『조선일보』, 1932.3.22~25), 조희순(曹喜淳)의 「괴-테의 생애와 예술 - 괴-테의 예술에 대하야(전4회)」(『조선일보』, 1932.3.22~25), 박용철(朴龍喆) 번역의 「(괴-테의 시)해금 타는 늙은이의 노래」와 「(괴-테의 시)미논의 노래」(『조선일보』, 1932.3.22), 김안서(金岸曙)의 「괴-테, 나는 괴-테를 모릅니다」(『조선일보』, 1932.3.23), 「괴-테 연표(전2회)」(『조선일보』, 1932.3.22~23)를, 『동아일보』는 서항석(徐恒錫)의 「독일의 세계적 시성(詩聖) 괴-테의 경력과 작품 - 그의 사후 백년제를 제(際)하야(전10회)」(『동아일보』, 1932.3.22~4.3), 김진섭(金晉燮)의 「현자(賢者) 괴-테」, 조희순(曹喜淳)의 「괴-테의 희곡에 나타난 정치·사회 사상(전3회)」(『동아일보』, 1932.3.22~24), 「괴-테 연표」, 박용철(朴龍喆)이 번역한 「애수」, 서항석(徐恒錫)이 번역한 「충고」, 사설 「괴테 백년제 - 예술적 독일의 대표자」(『동아일보』, 1932.3.23)를, 『중앙일보』는 「쇠-테의 음악생활(전2회)」(李鍾泰)(『중앙일보』, 1932.3.28~4.4), 「시인 쩨-테 백년기(百年忌), 예술을 위한 예술의 주창 - 정치·과학·시작(詩作) 병행」(『중앙일보』, 1932.3.22) 등의 특집을 편성하였다.

9 스윈번(1859~1931)은 영국 런던(London) 출생의 시인이자 비평가이다. 주요 저서로 『시와 발라드(Poems and Ballads)』(1866~1889)가 있다.

이다. 『그림동화(Grimm's Fairy Tales)』로 알려진 『어린이와 가정의 동화』[10]를 편찬하여 세계적 명성을 얻었다. 1812년 간행된 제1권은 86편, 1815년 간행된 제2권은 70편이 수록되어 있어 초판은 도합 156편이었고, 마지막 판인 1857년 제7판에는 210편이 수록되어 있다. 「빨간 모자(Rotkäppchen)」, 「늑대와 일곱 마리의 아기염소(Der Wolf und die sieben jungen Geißlein)」, 「백설공주(Schneewittchen)」, 「헨젤과 그레텔(Hänsel und Gretel)」, 「잠자는 숲속의 공주(Dornröschen)」, 「브레멘의 음악대(Die Bremer Stadtmusikanten)」, 「행복한 한스(Der gescheite Hans)」, 「황금 거위(Die goldene Gans)」 등은 세계 각국의 어린이들로부터 사랑을 받고 있다. 유럽과 동양 동화의 모든 전통을 체계적으로 편집하고 과학적으로 기록한 최초의 책으로 평가받고 있다. 2005년 유네스코(UNESCO) 세계기록유산(Memory of the World)에 등재되었고, 현재 〈그림형제협회(Brüder Grimm Gesellschaft)〉가 소장 관리하고 있다. 작품으로 『어린이와 가정의 동화(Kinder-und Hausmärchen: 영 Children's and Household Tales)』(1812), 『독일 전설(Deutsche Sagen)』(1816, 1818), 『독일어 사전(Deutsches Wörterbuch)』(1854)(이 책은 미완성이었는데 후속 연구자들이 1961년에 완성하였다.) 등의 공저가 있다. 이 밖에 형의 『독일어 문법(Deutsche Grammatik)』(1819)과 동생의 『독일 영웅전설』 등의 저서가 있다. ▶오천석(吳天錫)이 『쯔림동화』(한성도서주식회사, 1926)를 번역하여 단행본으로 출간한 바 있다. 정인섭(鄭寅燮)이 동화극 「백설공주」(『어린이』, 1926년 1월호~2월호)를, 백옥석(白玉石＝洪命熹)이 「헨젤과 쯔리텔(전5회)」(『중외일보』, 1927. 12.2~6)을, 백정옥(白晶玉)이 「백설공주」(『소녀계』 제2권 제2-3합호, 1928년 3월호)를, 박영길(朴永吉)은 『그림동화』에서 「소인(小人) 지동(指童)이(1~4)」(『신소년』, 1930년 12월호~1931년 3월호)를, 김동성(金東成)이 「백설공주」(『소년중앙』 제1권 제3호, 1935년 3월호)를 번역하였다.

**기싱**(Gissing, George Robert: 1857~1903)  영국의 작가. 잉글랜드 요크셔의 웨이크필드(Yorkshire, Wakefield) 출생. 맨체스터대학의 오웬스 칼리지(Owens College)에 입학하였으나 절도죄를 저질러 투옥된 까닭으로 퇴학당하였다. 1876년 9월에

---

10 책명은 『표준국어대사전』을 따랐다. 김환희는 'fairy tale'을 '동화'로 번역하는 것은 '동화'라는 개념과 수록된 작품의 성격이 맞지 않는다며, 『어린이와 가정을 위한 옛이야기』로 번역하였다. 이 외에 『어린이와 가정을 위한 옛날이야기』(『그림동화』)(『두산백과』), 『어린이와 가정의 이야기』(『그림동화』)(이상 유네스코한국위원회), 『그림동화집』(『세계문학사 작은사전』), 『그림동화』(『국어국문학자료사전』) 등으로 번역되기도 한다. '『그림동화』'는 'Grimm's Fairy Tales'를 번역한 것이어서 '그림 요정담'이 되어야 할 것이지만, '그림동화'로 널리 알려진 점을 따랐다.

미국으로 건너가 떠돌다, 1877년 9월에 영국으로 돌아왔다. 1880년에 『새벽의 노동자(Workers in the Dawn)』(1880)로 문단에 등단하였다. 1886년부터 1895년 사이 기싱은 매년 한 편 이상의 장편소설을 출간하였다. 소설 외에 1898년 「찰스 디킨스론」이란 통찰력 있는 비평도 썼다. 하층 사회의 생활과 연애 문제를 음울한 분위기로 묘사하였다. 작품으로 『군중(Demos)』(1886), 『밑바닥의 세계(The Nether World)』(1889), 『신 삼류 문인의 거리(New Grub Street)』(1891), 『유랑의 몸(Born in Exile)』(1892), 『헨리 라이크로프트의 수기(The Private Papers of Henry Ryecroft)』(1903) 등이 있다. 『밴댈리스트의 「에취 · 지 · 웰스」(『동아일보』, 1924. 12.29)에 '사실적(寫實的)인 연애 이야기를 쓰는' 작가로 기싱을 소개하고 있다.

**네스빗**(Nesbit, Edith: 1858~1924)  영국의 아동문학가, 시인, 작가. 영국 런던(London) 출생. 18세 때 은행원 휴버트 블랜드(Hubert Bland)를 만나 3년 뒤인 1880년에 결혼하였으나, 결혼생활은 남편의 불륜으로 매우 소란스러웠다. 네스빗은 마르크시스트 사회주의자 윌리엄 모리스(Morris, William)의 추종자로, 1884년 휴버트 블랜드와 함께 〈페이비언협회〉[11]를 창립한 사람 중 한 사람이었다. 네스빗은 판타지 소설과 동화 작가들에게 큰 영향을 미쳤으며 판타지 동화의 선구자로 평가받고 있다. 네스빗은 60권 이상의 아동문학책을 창작하거나 공동작업을 하였다. 작품으로 『보물 찾는 아이들(The Story of the Treasure Seekers)』(1899), 『The Wouldbegoods』(1901), 『모래 요정과 다섯 아이들(Five Children and It)』(1902), 『부적 이야기(The Story of the Amulet)』(1906), 『마법의 성(The Enchanted Castle)』(1907) 등이 있다.

**노발리스**(Novalis: 1772~1801)  독일의 시인, 소설가, 철학자. 본명 하르덴베르크(Hardenberg, Georg Philipp Friedrich Freiherr von). 독일 오버비더슈테트(Oberwiederstedt) 출생. 귀족 집안에서 태어나 엄격한 가정교육을 받고, 1790년부터 1794년까지 예나(Jena), 라이프치히(Leipzig), 그리고 비텐베르크(Wittenberg) 대학에서 법(法)을 공부하였다. 이때 실러(Schiller, Johann Christoph Friedrich von)의 강의를 듣고 친구가 되었다. 이 시기에 괴테(Goethe, Johann Wolfgang von), 헤르더(Herder, Johann Gottfried von), 장 파울(Jean Paul) 등을 만났고, 티크(Tieck, Ludwig), 셸링(Schelling, Friedrich Wilhelm Joseph von), 슐레겔 형

---

11 〈페이비언협회(Fabian Society)〉는 혁명적 전복 대신 점진주의와 개혁주의를 통해 민주사회주의 원리를 발전시키려는 목적의 영국 사회주의 단체다. 명칭은 끈기 있는 지구전법을 쓴 로마의 장군 파비우스(Fabius)에서 유래한 것이다.

제(Schlegel, August Wilhelm von; Schlegel, Friedrich von) 등과 친구가 되었다. 12살의 조피(Kühn, Sophie von)를 만나, 이듬해인 1795년 3월 가족의 반대에도 불구하고 13살의 조피와 약혼하였다. 결핵 환자였던 조피는 1797년에 죽었고, 노발리스는 결핵에 감염되어 1801년 사망하였다. 『밤의 찬가』에는 조피의 이미지가 잘 나타나 있다. 초기 낭만주의의 대표적 인물로, 신비나 꿈, 죽음 따위의 초자연적인 세계를 그렸다. 작품으로 서정시『밤의 찬가(Hymnen an die Nacht)』(1800), 장편소설『푸른 꽃(Heinrich von Ofterdingen)』(1802) 등이 있다.

**뉴베리**(Newbery, John: 1713~1767) 출판가. 영국 버크셔(Berkshire) 월섬 세인트로렌스(Waltham St Lawrence) 출생. 1744년 런던에 서점과 출판사를 열었다. 이는 어린이책을 출판하는 첫 번째 출판사 중에 하나다. 뉴베리가 처음 출판한 어린이책은『A Little Pretty Pocket-Book』(1744)이다. 뉴베리가 출판한 베스트셀러 중 하나인 『The History of Little Goody Two-Shoes』[12](1765)는 골드스미스(Goldsmith, Oliver: 1730~1774), 존스(Jones, Giles 또는 Jones, Griffith)[13] 그리고 뉴베리 자신이 쓴 것으로 보는 등 다양한 의견이 있으나 분명하지 않다. 1781년 머더구스(Mother Goose)의 전래동요선집을 처음으로 출판하였다. 뉴베리는 뉴베리상(Newbery Medal)으로 기념되고 있다. 차점자(runners-up)라고 불리기도 하는 뉴베리 아너(Newbery Honors 또는 Newbery Honor Books)가 있다. 이 상은 1922년부터 시상을 하고 있는데, 〈미국도서관협회(American Library Association)〉에서 미국 아동문학에 가장 두드러진 기여를 한 작가(작품)에게 수상하고 있다. 수상작의 일부를 밝히면 다음과 같다. 룬(Loon, Hendrik Willem van)의 『인류의 역사(The Story of Mankind)』(1922), 로프팅(Lofting, Hugh)의 『둘리틀 선생의

---

**12** '도덕군자인 척하는 사람(goody two-shoes)'이란 말의 근원이 분명하지 않지만, 『The History of Little Goody Two-Shoes』로부터 대중화된 것은 인정되고 있다.

**13** 그리피스 존스(Jones, Griffith: 1722~1786)는 아동청소년문학 작가이자 저널리스트이다. 여러 해 동안 『런던 연대기(London Chronicle)』, 『일일 광고주(Daily Advertiser)』, 『공공 장부(Public Ledger)』 등의 편집자로 활동했다. 이웃인 존슨 박사(Dr. Johnson)와는 『문학 잡지(Literary Magazine)』에, 스몰렛(Smollett)과 골드스미스(Goldsmith)와는 『영국 잡지(British Magazine)』에 자신의 이름을 붙이지 않고 수많은 프랑스의 작품을 번역해 실었다. 『조그만 원인으로 발생한 큰 사건(Great Events from Little Causes)』이라는 제목의 소품은 대단한 판매고를 올렸다.
자일스 존스(Jones, Giles)는 그리피스 존스의 동생이다. 그리피스와 함께 많은 아동문학 작품을 지었다. 알려진 것으로 『소인국 역사(Lilliputian Histories)』, 『도덕군자인 척하는 사람(Goody Two-Shoes)』(1765), 『자일스의 생강 과자(Giles Gingerbread)』, 『토미의 여행(Tommy Trip)』 등이 있다.

항해(The Voyages of Doctor Dolittle)』(1923), 패터슨(Paterson, Katherine)의 『테라비시아로 가는 다리(Bridge to Terabithia)』(1978), 폴슨(Paulsen, Gary)의 『손도끼(Hatchet)』(Newbery Honor: 1988), 로리(Lowry, Lois)의 『기억 전달자(The Giver)』(1994), 새커(Sachar, Louis)의 『구덩이(Holes)』(1999), 린다 수 박(Linda Sue Park)의 『사금파리 한 조각(A Single Shard)』(2002), 가도하타(Kadohata, Cynthia)의 『반짝반짝(Kira Kira)』(2005)[14] 등이 있다.

**데라메어**(De la Mare, Walter John: 1873~1956) 영국의 시인, 소설가. 필명 Walter Ramal. 영국 켄트주(Kent) 찰턴(Charlton) 출생. 런던의 세인트폴 성가대 학교(St. Paul's Cathedral Choir School)를 졸업하였다. 1902년 라말(Ramal, Walter)이란 필명으로 시집 『어린 시절의 노래』를 출간했다. 1904년 첫 장편소설 『헨리 브로컨(Henry Brocken)』, 1906년 『시(Poems)』를 출간하였다. 1921년 대단한 시적 판타지에 도달했다는 평가를 받은 장편소설 『난쟁이의 회상』, 요정극(fairy play) 『건널목』 등이 잇달아 출간되었다. 1923년에 발간한 앤솔러지 『이리 와(Come Hither)』는 모국어로 된 가장 뛰어난 작품 중의 하나란 평가를 받는다. 1947년 『어린이를 위한 이야기 선집』으로 카네기상(Carnegie Medal)[15]을 수상했다. 1948년에 명예 훈작(Companion of Honour)을, 1953년에 메리트 훈장(Order of Merit)을 받았다. 유년, 꿈, 경이, 시간, 죽음 등의 주제를 청순한 가락으로 표현하였다. 작품으로 시집 『어린 시절의 노래(Songs of Childhood)』(1902), 소설 『귀향(The Return)』(1910), 동화 『원숭이 왕자의 모험(The Three Mulla Mulgars)』[16] (1910), 『귀를 기울이는 사람들(The Listeners)』(1912), 『난쟁이의 회상(Memoirs of Midget)』(1921), 『건널목(Crossings)』(1921), 『종과 잔디(Bells and Grass)』 (1941), 『어린이를 위한 이야기 선집(Collected Stories for Children)』(1947), 『여행자(The Traveller)』(1946), 『마음속 동반자(Inward Companion)』(1950), 『오 아름다운 영국(O Lovely England)』(1953) 등이 있다. 『1933년 8월 4일 자 경성방송

---

14 Linda Sue Park은 한국계 미국인이고, Cynthia Kadohata는 일본계 미국인이다.

15 카네기상(Carnegie Medal)은 영국의 문학상으로 매년 영어로 쓴 뛰어난 아동청소년문학 도서에 수여하는 상이다. 1936년에 제정되었고, 영국에서 아동문학 도서에 수여하는 상으로 가장 오래되고 권위 있는 상이다.

16 『The Three Royal Monkeys』로도 알려져 있다. 이 작품은 문학사가와 비평가들에게 좋은 평가를 받았다. 브릭스(Briggs, Julia)는 '방치된 걸작(neglected masterpiece)'이라 하였고, 비평가 스테이블포드(Stableford, Brian)는 '동물 판타지의 고전(classic animal fantasy)', 아담스(Adams, Richard)는 자신이 가장 좋아하는 소설이라고 평가하였다.

국(京城放送局) 제2방송에서 윤석중(尹石重)이 '명작 동요의 감상'을 진행하면서,
"세계에 이름난 동요 작가"들로 스티븐슨, 알마 타데마, 로세티, 콩클링 등과 함께
데라메어를 소개하고 있다.(윤석중(尹石重), 「(JODK)명작 동요의 감상」, 『매일신
보』, 1933.8.4) 박용철(朴龍喆)은 「명작세계동요집 – 색동저고리 11」(『아이생활』,
1933년 2월호, 20~21쪽)에서 데라메어의 「누가 와서」, 「어미새」, 「말하는 고기」,
「남포불 켜는 사람」을 번역 소개하였고, 이하윤(異河潤)은 「시인 더·라·메-어
연구(1)」(『문학』 창간호, 시문학사, 1934년 1월호)와 「더·라·메-어의 시경(詩
境) – 시인 더·라·메-어 연구(2)」(『문학』 제3호, 시문학사, 1934년 4월호)를 발
표하였다.

**데메트리우스**(Demetrius Of Phaleron: B.C. 350년경~B.C. 280년경)  그리스 아
테네의 웅변가, 정치인. Demetrius Phalereus 또는 Demetrius Phalareus로도 표기
하였다. 고대 아테네의 항구 Phalerum 출생. 테오프라스투스(Theophrastus)의 학
생이었고, 아리스토텔레스로부터도 배웠을 것으로 보인다. 소요학파(Peripatetic
School) 중 하나였다. 마케도니아의 왕 카산드로스(Cassander)로부터 임명받은 정
치인이다. 데메트리우스는 아테네의 이름 있는 마지막 웅변가였는데, 그의 웅변은
부드럽고 우아하며 품격이 있었다고 한다. 그는 많은 저술을 남겼는데, 역사, 수사
학, 철학, 그리고 시와 문학비평 등을 주제로 한 것이었다. 저술 중에 『이솝우화
선집(Aesopica)』도 있었다고 하는데 이것이 첫 번째 『이솝우화 선집』이지만 오늘
날 남아 있지 않다. ▶최병화(崔秉和)는 「세계동화연구」(『조선교육』 제3권 제1호,
1949년 3월호)에서 이솝우화가 처음 수집(蒐集)된 것은 기원전 300년에 아테네의
철학자이자 정치가였던 데메트리우스에 의한 것이었다고 하였다.

**데멜**(Dehmel, Richard: 1863~1920)  독일의 서정시인. 프러시아(독일) 브란덴부
르크(Brandenburg) 출생. 베를린대학에서 자연과학, 경제학, 문학, 철학을 공부하
였고, 이어 라이프치히대학(Universität Leipzig)에서 보험 산업과 관련한 주제로
경제학 박사학위를 취득하였다. 1914년 제1차세계대전 때는 51세의 고령에도 불구
하고 자원하여 프랑스전에 참전하였다. 니체(Nietzsche, Friedrich Wilhelm)의 사
상에 영향을 받아, 본능과 이성의 갈등 속에서 사랑과 정열을 찬미하였다. 작품으로
시집 『구제(Erlösungen)』(1891), 『그래도 사랑은(Aber die Liebe)』(1893), 『여자
와 세계(Weib und Welt)』(1896), 서사시 『두 사람(Zwei Menschen)』(1903), 『비
너스의 변신(Die Verwandlungen der Venus)』(1907), 희곡 『미헬 마하엘(Michel
Michael)』(1911), 전쟁 일기인 『사람과 인간성 사이(Zwischen Volk und Mensch-
heit)』(1919) 등이 있다. ▶'세계동요'(『별나라』 제9권 제3호, 1934년 4월호)에 「비

행학교」(리히얄드 데멜)와, 박영종(朴泳鍾)의 「동요 맛보기(7) – 프랑쓰의 어린이」(『소학생』 제67호, 조선아동문화협회, 1949년 5월호)에 데멜의 시가 인용되었고, 「그네」를 지노 쇼쇼(茅野蕭々)가 「ぶらんこ」(『아이생활』, 1942년 11월호, 6~7쪽)로 번역한 것이 있다.

**데아미치스**(De Amicis, Edmondo: 1846~1908)  이탈리아의 소설가, 시인, 신문기자. 이탈리아 오네글리아(Oneglia) 출생. 모데나 군사학교(Military Academy of Modena)를 졸업한 뒤 포병부대에 배속되어 이탈리아 독립전쟁에 참가하였다. 1868년에 발간한 『군대 생활』 등 군대 복무 경험을 바탕으로 한 작품이 많다. 1872년에 발간한 『단편소설집』은 비평가들로부터 데아미치스의 최고의 작품으로 평가받는다. 이 외에도 시집, 여행기, 수필집 등 다방면에 걸쳐 책을 썼다. 아동문학의 명작 『쿠오레(Cuore)』를 출판하여 세계적인 반향을 일으켰다. 이 책은 세계 25개 이상의 언어로 번역되었다. 작품으로 『군대 생활(La vita militare)』(1868), 『단편소설집(Novelle)』(1872), 시집 『포에지(Poesie)』(1880), 『쿠오레(Cuore)』(1886), 언어에 대한 견해를 밝힌 『고상한 말』(1906) 등이 있다. ▶홍종인(洪鍾仁)의 「엔리코의 일기」(『어린이』 제3권 제4호, 1925년 4월호), 적라산인 김영진(赤羅山人 金永鎭)의 「사랑의 학교」(『신민』 제30호~제38호, 1927년 10월호~1928년 6월호), 이정호(李定鎬)의 「사랑의 학교」(『동아일보』, 1929.1.23~5.23), 정이경(鄭利景)의 「파선(破船)」(『어린이』 제5권 제7호, 1927년 10월호), 근당 최창남(槿堂 崔昶楠)의 「사랑의 학교」(『아이생활』, 1935년 4월호, 5월호, 6월호, 7월호, 9월호, 10월호, 11월호, 1936년 1월호, 2월호, 11월호) 등의 번역이 있다. 『어린이』(제6권 제6호, 1928년 10월호)에 『쿠오레』의 「내 나라 예찬」을 수록하고자 하였으나 검열에 의해 삭제되었다. 이정호(李定鎬)는 『동아일보』에 번역한 것과 나머지를 보태어 『사랑의 학교 – 전역(全譯) 쿠오레)』(이문당, 1929.12)를, 『사랑의 학교』(학생사, 1946)와, 이영철(李永哲)의 『사랑의 학교』(조선아동문화협회, 1948)가 번역 출간된 바 있다. 양미림(楊美林)은 「소년 필독 세계명저 안내」(『소년』 제3권 제11호, 1939년 11월호)에서 "『쿠오레』 이 책은 『사랑의 학교』라고 번역되기도 하였다. 이태리의 군인 출신인 문학자 아미티스가 엔리코라는 한 어린이의 생활기록 형식으로 학교생활 가정생활에 사랑이 넘치게 쓴 훌륭한 책이다. 서양서는 어린이의 바이블〔聖書〕이라고까지 합니다."라고 소개하였다.

**도일**(Doyle, Sir Arthur Conan: 1859~1930)  영국의 의사, 소설가. 본명 Sir Arthur Ignatius Conan Doyle. 영국 에든버러(Edinburgh) 출생. 에든버러대학(The Univ. of Edinburgh)을 졸업하고, 개업의로 일하면서 소설을 썼다. 포(Poe, Edgar Allan:

1809~1849)와 가보리오(Gaboriau, Émile: 1832~1873)를 동경하여 새로운 인물의 창조를 고민하다가 셜록 홈스(Sherlock Holmes)를 탄생시켰다. '셜록 홈즈'란 인물이 처음 등장하는 것은 1887년에 출간한 『주홍색 연구』에서다. 보어전쟁(Boer War: 1899~1902) 때 군의관으로 출전하여 공로를 세워 'Sir'라는 칭호를 받았다. 셜록 홈스가 활약하는 탐정소설을 발표하여 본격적인 추리소설의 장르를 확립하였다. 작품으로 『주홍색 연구(A Study in Scarlet)』(1887), 『셜록 홈스의 모험(The Adventures of Sherlock Holmes)』(1892), 『바스커빌 가(家)의 개(The Hound of the Baskervilles)』(1901~1902) 등이 있다. ▶천리구 김동성(千里駒金東成)이 도일의 『주홍색 연구(A Study in Scarlet)』(1887)를 「붉은 실(전93회)」(『동아일보』, 1921.7.4~10.10)로 번역하여 연재하였고, 이를 『붉은 실』(조선도서주식회사, 1923)로 발간하였다. 도일(Doyle, Sir Arthur Conan)과 아놀드 프레데릭의 『바스카빌의 괴견(怪犬)·파리(巴里)의 괴도(怪盗)』(李石薰, 朴泰遠 譯; 조광사, 1941)에서 이석훈(李石薰)이 「바스카빌의 괴견」을 번역하였다. 이는 『바스커빌 가(家)의 개(The Hound of the Baskervilles)』를 가리킨다. 김내성(金來成)이 셜록 홈스 시리즈 가운데 5편을 추려 번역·번안한 『심야의 공포』(1947)가 있다.

**돌느와 부인**(Madame d'Aulnoy: 1650/1651~1705)  프랑스 요정담 작가. 본명 Marie-Catherine Le Jumel de Barneville. baronne d'Aulnoy. 돌느와 백작부인(comtesse d'Aulnoy)으로도 불렀다. 프랑스 노르망디(Normandie) 출생. 1666년 15세의 어린 나이에 돌느와 남작(Baron d'Aulnoy, François de la Motte)과 결혼한 뒤, 19세 때 어머니와 그들의 애인 두 사람과 함께 돌느와 남작을 대역죄(왕이 부과한 세금에 대해 저항함)를 저질렀다며 고소하였다. 이 음모가 성공하지 못하자 도망쳐, 15년 동안 스페인, 네덜란드, 영국 등지를 떠돌아다녀야 했다. 1685년이 되어서야 파리(Paris)로 돌아와 문필 활동을 시작하였다. 돌느와의 대표작 『요정들의 이야기』, 『새 요정들의 이야기』[17]는 페로(Perrault, Charles)의 방법을 따르되 그녀 자신의 손질이 가미되었다. 『그림동화(Grimm's Fairy Tales)』와 달리 이 요정담 선집들은 살롱(salon)에서 이야기하는 것처럼 대화체로 되어 있다. 여기엔 「금발의 아가씨(La Belle aux cheveux d'or)」, 「유쾌한 왕자(Le Prince Lutin)」, 「파랑새

---

17 'Les Contes des fées'는 영어로 'Fairy Tales', 'Les Contes nouveaux ou les fées à la mode'는 'New Tales, or the Fancy of the Fairies'로 번역된다. 프랑스어 'fée'는 영어 'fairy'로 번역되고 우리말로는 '요정'을 뜻한다. 여기서는 김환희의 견해를 취해 요정담(fairy tale), 요정들의 이야기(fairy tales)로 번역한다. 김환희의 「뒤엉킨 용어의 실태래: 동화, 요정담, 메르헨, 옛이야기의 경계선」(『창비어린이』 제14호, 2006년 가을호) 참조.

(L'Oiseau bleu)」, 「숲속의 아기사슴(Le Mouton)」, 「하얀 고양이(La Chatte Blanche)」 등이 포함되어 있다. 돌느와의 가짜 역사소설들은 전 유럽에서 굉장한 인기를 끌었다. 『더글러스 백작, 히폴리테(Hippolyte, comte de Douglas)』(1690), 『스페인 왕궁으로부터의 회상록(Memoires de la cour d'Espagne)』(1690), 『스페인으로의 여행(Relation du voyage d'Espagne)』(1691) 등과 같은 것이다. 작품으로 두 개의 요정담 선집이 있다. 민화를 수집한 『요정들의 이야기(Les Contes des fées)』(1697), 『새 요정들의 이야기(Les Contes nouveaux ou les fées à la mode)』(1698)가 그것이다. 『연성흠[延皓堂]의 「영원의 어린이 안더-슨 전(傳)(28)」(『중외일보』, 1930.5.10)에서 세귀르 백작부인, 보몽 부인과 함께 돌느와 부인에 대해 소개하였다. 이들 모두를 '페로-의 선종(先蹤)을 밟은 사람들로 한 사람도 페로-이상으로 쒸여난 이는 없습니다.'라고 하였다.

**뒤마**(Dumas, Alexandre: 1802~1870)  프랑스의 소설가, 극작가. 'Alexandre Dumas père'('père'는 father)라고도 한다.(뒤마의 아버지로 대(大)뒤마라고도 한다.) 프랑스의 북쪽 엔 데파르트망(Aisne Department)의 빌레르 코트레(Villers-Cotterêts) 출생. 낭만주의 시대의 대중 소설가로 분방한 상상력과 교묘한 극작술로 독자를 매료하였다. 작품으로 『삼총사(三銃士, Les Trois Mousquetaires)』(1844), 『몬테크리스토 백작(Le Comte de Monte-Cristo)』(1844~1845), 『20년 뒤(Vingt ans après)』(1845), 『철가면(Le Vicomte de Bragelonne)』(1847) 등이 있다.

**뒤마**(Dumas, Alexandre: 1824~1895)  프랑스의 작가. '뒤마 피스(Alexandre Dumas fils)('fils'는 son)라고도 한다.(뒤마의 아들로 소(小)뒤마라고도 한다.) 프랑스 파리(Paris)에서 『몬테크리스토 백작』의 작가인 뒤마의 사생아로 출생. 1874년 아카데미 프랑세즈(Académie française)[18] 회원이 되었고, 1894년에는 레지옹도뇌르 훈장(Ordre National de la Légion d'honneur)을 수상하였다. 부인과 어린이의 바른 권리를 주장하고 남성과 금력(金力)의 횡포를 경계하는 작품을 썼다. 작품으로 소설 『춘희(La Dame aux Camélias)』(1848),[19] 희곡 『화류계(Le Demi-

---

18 프랑스 학사원(Institut de France: 5개의 아카데미로 구성)의 한 기관이다. 1635년 리슐리외(Richelieu, Armand Jean du Plessis: 1585~1642)가 문화 예술 일반의 중추 기관으로서 창립한 것으로 프랑스어를 순화하고 문화의 전통을 유지하기 위하여 사전 편찬과 연구, 저작, 예술 작품에 대한 수상 따위의 일을 한다.

19 소설 『춘희』를 뒤마 자신이 1849년에 극화하였으나 당시의 검열 때문에 1852년에야 상연될 수 있었다. 『椿姬』의 원명은 『La Dame aux camélias』로 '동백 아가씨'(또는 '동백꽃 여인', '동백꽃을 들고 있는 여인')로 번역하는 것이 옳다. '椿姬'로 번역한 것은 일본의 번역을 그대로 따른 것이다.

Monde)』(1855), 희곡『사생아(Le Fils naturel)』(1858), 『방탕한 아버지』, 희곡 『금전 문제(La Question d'argent)』(1857), 『여성의 친구(L'Ami des femmes)』 (1864) 등이 있다. ▼『춘희』는 순성 진학문(瞬星秦學文)의 『홍루(紅淚)(전89회)』 (『매일신보』, 1917.9.21~1918.1.16), 나빈(羅彬)의 『동백꽃』(조선도서주식회사, 1927), 심향산인(心鄕山人)의 「춘희(전2회)」(『조선일보』, 1929.11.19~21), 김자 혜(金慈惠)[20]의 「춘희」(『신가정』제1권 제3호, 1933년 3월호)로, 그리고 뒤마의 『춘희』를 영화소설로 만든 박누월(朴淚月)의 『(영화소설)춘희』(영창서관, 1930) 등으로 번역되었다.

**디킨스**(Dickens, Charles John Huffam: 1812~1870)   영국의 소설가, 사회 비평가. 영국 포츠머스(Portsmouth) 출생. 어린 시절부터 빈곤한 가정형편으로 거의 학교 를 다니지 못하고, 12세 때부터 공장에서 일을 하였다. 『올리버 트위스트』로 작가 로서의 위치가 확고해졌다. 그 후『크리스마스 캐럴』등을 발표하여 문명(文名)을 얻었다. 가진 자에 대한 풍자와 인간 생활의 애환을 그려 명성을 얻었다. 많은 사람 의 애도 속에 세상을 떠나 문인 최고의 영예인 웨스트민스터 사원(Westminster Abbey)에 안장되었다. 디킨스의 소설은 지나치게 독자에 영합하는 감상적이고 저 속한 것이라는 비난도 있으나, 그의 사후 1세기에 걸쳐 각국의 언어로 번역되어 셰익스피어에 버금가는 명성을 누리고 있다. 작품으로『올리버 트위스트(Oliver Twist)』(1838), 『크리스마스 캐럴(A Christmas Carol)』(1843), 자서전적인『데이 비드 코퍼필드(David Copperfield)』(1850), 프랑스혁명을 무대로 한 역사소설『두 도시 이야기(A Tales of Two Cities)』(1859) 등이 있다. ▼신고송(申鼓頌)은 「아동 문학 부흥론 - 아동문학의 누네쌍쓰를 위하야(3)」(『조선중앙일보』, 1936.2.5)에 서 '불후의 아동 독물'을 쓴 작가로 '디겐스, 스티븐슨, 와일드, 스트린드베리, 톨스 토이, 르나르' 등을 지목하였다. 양미림(楊美林)은 「소년필독 세계명저 안내」(『소 년』, 1939년 12월호)에서 디킨스의 「크리스마스 캐럴」을 소개하였다. 김태오(金泰 午)는 「안데르센의 생애와 예술 - 그의 사후 65년을 당하야(1)」(『동아일보』, 1940. 8.2)에서 디킨스의『데이비드 코퍼필드』를 언급하고 있다. 알렉산드라 브루

---

이 작품은 피아베(Piave, Francesco Maria: 1810~1876) 작시(作詩), 베르디(Verdi, Giuseppe Fortunino Francesco: 1813~1901) 작곡(作曲)으로 가극 〈라트라비아타(La traviata)〉로 만들어 세계적인 선풍을 일으켰다.(1853) '라트라비아타'는 '길을 벗어난 타락한 여인'이란 뜻이다.

20 김자혜(金慈惠: 1910~ )는 소설가 주요섭(朱耀燮)의 부인이다. 춘천(春川) 출생으로 배화여학교 와 이화여자전문학교를 졸업하였다. 『동아일보』에 입사해 1932년 4월부터 1934년 7월까지 잡지 『신가정』에 여성 관련 기사를 전담하다시피 집필하였다.

스타인(金永鍵 譯)은 「소련의 아동극」(『문학』 창간호, 조선문학가동맹중앙집행위원회서기국, 1946.7)에서 디킨스의 「두 도시 이야기」를 언급하였다. 임학수(林學洙)가 『두 도시 이야기』를 『이도애화(二都哀話)』(조광사, 1941), 『파리애화(巴里哀話)』(신대한도서주식회사, 1949)로 번역 출간한 바 있다. 전영택(田榮澤) 「소년문제의 일반적 고찰」(『개벽』 제47호, 1924년 5월호)에서 언급한 '딕케스'를 『한국아동문학비평사 자료집 1』(130쪽, 각주 71)에서 '디킨슨(Emily Elizabeth Dickinson)'으로 풀이한 것은 '디킨스'의 잘못이므로 여기서 바로잡는다.

**디킨슨**(Dickinson, Emily Elizabeth: 1830~1886)   미국의 시인. 미국 매사추세츠주 애머스트(Amherst) 출생. 같은 시대의 영국 시인 로세티(Rossetti, Christina Georgina: 1830~1894)와 유사한 점도 있으나, 19세기 낭만파의 시풍보다는 17세기의 메타피지컬 포엣(metaphysical poet)의 시풍에 가까웠다. 19세기에는 인정을 받지 못했으나, 20세기 늘어와서 높이 평가받게 되었다. 죽은 뒤에 시가 발표되어 비로소 명성을 얻었으며, 이미지즘에 크게 영향을 미치는 단시(短詩)들을 남겼다. 작품으로 토드(Todd, Mabel Loomis)와 히긴슨(Higginson, Thomas Wentworth)이 디킨슨 사후에 편집한 『에밀리 디킨슨 시집(Poems by Emily Dickinson)(전3권)』(1890, 1891, 1896), 『에밀리 디킨슨의 편지(Letters of Emily Dickinson)』(1894) 등이 있다.

**디포**(Defoe, Daniel: 1660~1731)   영국의 소설가. 영국 런던(London) 출생. 상인의 아들로 태어나 1688년 윌리엄 3세(William Ⅲ)의 군대에 들어갔다. 네덜란드계 국왕인 윌리엄 3세에 대한 국민의 편견을 공격한 『순수한 영국인』, 비국교도(非國敎徒)이면서도 국교도인 것처럼 주장한 『비국교도 대책 첩경』 등을 출판했는데, 후자의 필화로 인해 감금당하기도 하였다. 리얼리즘의 개척으로 근대소설의 시조로 불린다. 작품으로 『순수한 영국인(The true-born Englishman)』(1701), 비국교도(非國敎徒)이면서도 국교도인 것처럼 주장한 『비국교도 대책 첩경(The shortest way with the Dissenters)』(1702), 『로빈슨 크루소(Robinson Crusoe)』²¹(1719) 등이 있다. 「김찬(金瓚)이 역술한 『절세기담라빈손표류기(絶世奇談羅賓孫漂流記)』(의진사, 1908), 「로빈손 크루소 이약이(전60회)」(『동아일보』, 1925.9.2~12.3),

---

21 이 책의 원제목은 "The Life and Strange Surprizing Adventures of Robinson Crusoe, of York, Mariner: Who Lived Eight and Twenty Years, All Alone in an Un-inhabited Island on the Coast of America, Near the Mouth of the Great River of Oroonoque; Having Been Cast on Shore by Shipwreck, Wherein All the Men Perished but Himself. With an Account how he was at last as Strangely Deliver'd by Pyrates"(Written by Himself)이다.

「로빈손 무인절도 표류기(無人絶島漂流記)」(『소년』, 1909년 2월호, 3월호, 4월호), 방정환(方定煥)의 「표류기담(漂流奇談), 바다에 빠져서 흘러 단기기 멧 백 날 - 소년 로빈손」(『어린이』, 1924년 8월호), 정인과(鄭仁果)의 「로빈손 크루쏘」(『아이생활』, 1931년 1월호~6월호) 등의 번역이 있다. 맹주천(孟柱天)이 『로빈손 표류기(漂流記)』(신소년사, 1927)를 번역 출간한 바 있다. 양미림(楊美林)은 「소년 필독 세계명저 안내」(『소년』 제3권 제11호, 1939년 11월호)에서 "『로빈슨 크루소』 영국의 데쑈-라는 작가가 가상해서 쓴 매우 흥미 있는 바다 생활의 이야깁니다. 외로운 섬에 흘러가서 거의 일생을 혼자서 살다 도라온 이야기"라고 소개하였다.

**라겔뢰프**(Lagerlöf, Selma Ottiliana Lovisa: 1858~1940)  스웨덴의 소설가, 교사. 스웨덴 남서부 베름란드(Värmland)주 출생. 다리 장애 때문에 가정교사를 두고 교육을 받았다. 여자고등사범학교를 졸업하고 초등학교 교원을 하면서 창작에 전념하였다. 향토의 전설에서 취재한 『요스타 베를링의 이야기(Gösta Berlings saga)』(1891)가 출세작이며, 여성으로서 따뜻한 인간애·자연에 대한 친애감·종교적 신비주의에 바탕을 둔 작품이 많다. 스웨덴 교육계의 의뢰를 받아 초등학교 아동의 부독본용으로 집필한 『닐스의 이상한 여행』은 조국의 아름다운 자연과 전설을 어린이들에게 알리는 작품으로 남녀노소를 불문하고 열렬한 환영을 받았다. 1909년에 노벨문학상을 받았고, 1914년 여성 최초로 스웨덴 아카데미[22] 회원이 되었다. 작품으로 『지주(地主) 집 이야기(En herrgårdssägen)』(1899), 『닐스의 이상한 여행(Nils Holgerssons underbara resa genom Sverige)(전2권)』(1906~1907)[23] 등이 있다. 이정호(李定鎬)의 「허고만흔 동화 가운데 안데르센의 작품이 특히 우월한 점 - 작품발표 백년기념을 당해서」(『조선일보』, 1935.8.6)와 최병화(崔秉和)의 「세계동화연구」(『조선교육』 제3권 제5호, 1949년 10월호)에서 라겔뢰프를 예술동화 작가로 소개하였다. 송남헌(宋南憲)은 「예술동화의 본질과 그 정신 - 동화작가에의 제언(3)」(『동아일보』, 1939.12.5)에서 "라겔레-브의 동화들이 얼마나 그 공상성이 풍부하고 청산하엿든가를 볼지라도 알 것"이라고 평가하였다. 라겔뢰프에 관해서는 「'라겔-뢰프'의 탄생제(誕生祭)」(『동아일보』, 1934.3.11)가 있다.

**라디게**(Radiguet, Raymond: 1903~1923)  프랑스의 시인, 소설가. 프랑스 생모르

---

22 1786년에 설립된 스웨덴 한림원(Svenska Akademien)을 가리킨다. 구스타브 3세(Gustav III)가 프랑스 학사원(Institut de France)을 본떠 설립하였다. 노벨문학상 선정위원회를 겸하고 있다.
23 '닐스의 신기한 여행', '닐스의 이상한 여행', '닐스의 이상한 모험', '닐스의 신기한 모험', '닐스의 모험' 등으로 불린다. 원제는 '닐스 홀게르손의 신기한 스웨덴 여행'이다.

데포세(Saint-Maur-des-Fossés) 출생. 14세에 시작(詩作)을 하며 초현실파의 시인들과 교유하였는데, 특히 콕토(Cocteau, Jean)의 사랑과 가르침을 받았다. 17세 때 쓴 소설 『육체의 악마』는 놀라운 통찰과 뛰어난 문체의 걸작이다. 제1차세계대전 중에 조숙한 소년과 남편을 전장에 보낸 젊은 여인과의 미묘한 연애 심리를 고전적 문체로 그려 이름을 알렸다. 프랑스 심리소설의 전통을 이은 새로운 형태의 소설 『도르젤 백작의 무도회』가 대표작이다. 저서로 소설 『육체의 악마(Le Diable au corps)』(1923), 소설 『도르젤 백작의 무도회(Le Bal du comte d'Orgel)』(1924), 시집 『불타는 뺨(Les Joues en feu)』(1925)이 있다. ▸박영종(朴泳鍾)은 「명작감상 동요 독본 6」(『아동』 제6호, 1948년 3월호)에서 라디게의 시를 인용하였다.

**라메**(Ramée, Maria Louise de la: 1839~1908)  영국의 소설가. 필명 위다(Ouida). 영국 서퍽(Suffolk)주의 베리 세인트 에드먼즈(Bury St. Edmunds) 출생. 1871년 이딸리아로 가, 1874년 라메의 어머니와 함께 피렌체(Firenze)로 이주하여 정착하였다. 성공하였지만 돈 관리를 잘하지는 못해 영국 총리가 주는 연 150파운드의 연금을 받았다. 작품으로는 1872년에 벨기에의 플랜더스 지방 마을을 배경으로 할아버지와 함께 사는 소년 네로(Nello)와 늙은 개 파트라슈(Patrasche)의 아름답지만 슬픈 이야기인 『플랜더스의 개(A Dog of Flanders)』(1872)가 있다. ▸일제강점기에 발간된 『불상한 동무』(신문관, 1912)는 최남선(崔南善)이 『A Dog of Flanders』를 번역한 것이다. 김의환(金義煥)이 『플랜더스의 개』를 번안하여 『어린 예술가』(조선아동문화협회, 1946)를 발간하였다.

**라블레**(Rabelais, François: 1494년경~1553)  프랑스의 작가, 의사, 인문주의 학자. 프랑스 투렌(Touraine) 출생. 변호사의 막내아들로 태어났다. 몽테뉴(Montaigne, Michel Eyquem de)와 함께 16세기 프랑스 르네상스 문학의 대표적 작가이다. 영국의 셰익스피어, 에스파냐(España)의 세르반테스 사아베드라(Cervantes Saavedra, Miguel de)에 비견된다. 몰리에르(Molière)를 비롯하여 발자크(Balzac, Honoré de), 플로베르(Flaubert, Gustave) 등에 영향을 미쳤다. 작품으로 『가르강튀아와 팡타그뤼엘(Gargantua et Pantagruel)』의 제1권인 『가르강튀아(Gargantua)』(1534)와 제2권~제5권인 『팡타그뤼엘(Pantagruel)』(1532, 1546, 1552, 1564)이 있다. 르네상스 시기의 최대 걸작으로 꼽힌다. ▸알렉산드라 브루스타인(金永鍵 譯)의 「소련의 아동극」(『문학』 창간호, 조선문학가동맹중앙집행위원회서기국, 1946. 7)에 '라불래이'(라블레)가 소개되었다.

**라셸**(Mademoiselle Rachel: 1821~1858)  프랑스의 여배우. 본명은 '펠릭스(Félix, Élisa)'였지만 'Mademoiselle Rachel'로 널리 알려졌다. 스위스 북부 아르가우주

(canton of Aargau) 멈프(Mumpf) 출생. 파리 콩세르바투아르(conservatoire)에서 배운 뒤 코메디프랑세즈(Comédie Française)에 들어갔다. 1838년 코르네유 (Corneille, Pierre: 1606~1684)의 작품 「오라스(Horace)」(1640년 초연)의 카미 유(Camille) 역(役)으로 데뷔한 후, 라신(Racine, Jean: 1639~1699)이나 코르네 유의 작품을 주로 하였다. 타고난 미모와 조화된 여기, 풍부한 성량, 변화 있는 감정 표현으로 탈마(Talma, François Joseph: 1763~1826)의 재현이라고 칭송되었다. 고전주의 비극을 부활시켰다. 프랑스 각지뿐만 아니라 러시아, 영국 등으로 순회공연을 하였다. ▼연성흠[延晧堂]이 「영원의 어린이 안더-슨 전(傳)(21)」(『중외일보』, 1930.4.28)에서 '라셀'을 '라겔'로 소개하였고, 최병화(崔秉和)도 「세계동화연구」(『조선교육』 제3권 제5호, 1949년 10월호)에서 라셀을 소개하였다.

**라스페**(Raspe, Rudolf Erich: 1737~1794)　독일의 사서, 작가, 과학자. 독일 하노버 (Hanover) 출생. 광산 개발자의 아들로 태어나, 괴팅겐대학(Georg-August-Universität Göttingen)에서 법학, 라이프치히대학(Universität Leipzig)에서 자연사와 고고학을 공부했다. 헤센 방백의 금고에서 금화를 훔친 것이 발각되어 영국으로 도망갔다. 영국에서 번역과 저술활동을 하다가, 스코틀랜드에서 싱클레어 경을 광물 탐사에 끌어들여 속임수로 투자금을 착복하고 아일랜드로 달아났다가 성홍열에 걸려 사망하였다. 작품으로『과학 에세이(Theory of the Earth)』(1762), 『우화 그림의 기원에 대한 에세이』, 『뮌히하우젠 남작의 놀라운 수륙여행과 출진(出陣)과 유쾌한 이야기』, 『허풍선이 남작의 모험』(1785) 등이 있다. ▼『허풍선이 모험 괴담 (The Adventures of Baron Munchausen)』(신문관, 1913)은 『허풍선이 남작의 모험』(1785)을 번역한 것이다.

**라신**(Racine, Jean: 1639~1699)　프랑스의 시인, 극작가. 프랑스 샹파뉴 지방의 라 페르테밀롱(La Ferté-Milon) 출생. 네 살 때 고아가 되어 조부모 아래서 자랐다. 1658년 파리에 가서 라퐁텐(La Fontaine, Jean de) 등과 친교를 맺고 시작(詩作)에 뜻을 두었다. 1663년 부알로(Boileau, Nicolas) 등과 사귀었다. 『브리타니퀴스』에 이어 코르네유와 경작(競作)하여 이긴 『베레니스(Bérénice)』(1670)와, 『바자제 (Bajazet)』(1672), 『미트리다트(Mithridate)』(1673), 『이피제니(Iphigénie)』(1674) 등을 잇달아 발표하였는데, 모두 삼일치의 법칙(三一致의 法則)을 지킨 정념비극의 걸작으로 성공을 거두었다. 1672년 아카데미 프랑세즈 회원이 되었다. 17세기 프랑스 고전주의의 대표적 작가로, 우아한 시취와 격조 높은 아름다움을 표출하여 프랑스 고전주의의 어머니로 불린다. 몰리에르(Molière), 코르네유(Corneille, Pierre) 와 함께 17세기 프랑스의 위대한 극작가 세 사람 중 한 사람으로 인정되고 있다.

작품으로 『브리타니퀴스(Britannicus)』(1669)와 『아탈리(Athalie)』(1691) 등이 있다. 『연성흠[延皓堂]의 「영원의 어린이 안더-슨전(21)」(『중외일보』, 1930.4.28)에서 라신을 언급하고 있다.

**라퐁텐**(La Fontaine, Jean de: 1621~1695)  프랑스의 고전주의 시인, 우화 작가. 프랑스 북동부 샹파뉴(Champagne) 지방의 샤토 티에리(Château-Thierry) 출생. 신학을 배워 한때 성직자가 되었으나 뒤에 고등법원의 변호사가 되었다. 라퐁텐의 우화는 동서양의 여러 원천의 우화를 프랑스의 자유시 형태로 개작한 것이다. 『우화집(Fables)』(전12권)은 1668년부터 1694년까지 출판되었고, 프랑스 문학의 고전으로 간주된다. 『우화집(제1집)』(1668)은 주로 고전적인 우화작가들, 곧 이솝(Aesop)이나 그리스의 우화 작가 바브리우스(Babrius)와 로마의 우화 작가 파이드루스(Phaedrus) 등의 우화를 고쳐 쓴 것이다. 제2집(1678)은 페르시아어로 번역된 동양의 우화들로부터 가져온 것이다. 계보는 인도의 우화 작품인 『판차탄트라(Pancatantra)』[24]로 이어진다. 라퐁텐의 『우화집(제2집)』의 서문에서 "대부분을 인도의 현자(賢者) 비드파이(Bidpai)[25]에게 빚지고 있어 나는 그에게 감사를 드려야 한다."고 하였다. 그러나 우화의 원천은 다양해서 전체 89편 중 비드파이로부터 가져온 것은 20편 정도다. 제3집(1694)은 호레이스(Horace), 라블레(Rabelais), 보카치오(Boccaccio), 마키아벨리(Machiavelli) 등을 바탕으로 한 것이다. 전체적으로 처세에 대한 교훈시가 주요 내용인데, 탐욕·이기주의 등 인간 본래의 나쁜

---

24 '판차탄트라'는 산스크리트 문자에 대한 알파벳 표기법(IAST)으로는 'Pañcatantra'이지만, 『표준국어대사전』의 표기를 따라 'Pancatantra'로 적었다. 'Panchatantra'로도 적는다. 기원전 5세기 이후에 지어진 것으로 추정되는 『판차탄트라』는 산스크리트어 산문과 시구를 섞은 형태로 된 고대 인도의 교훈적인 우화집이다. 원본은 전하지 않으며, 6세기경 페르시아어[Pahlavi]로 번역되었으나 이 또한 전하지 않는다. 하지만 시리아어로 번역된 것과, 이븐 알무카파(Ibn al-Muqaffa')가 아랍어로 번역한 유명한 『칼릴라와딤나(Kalilah wa Dimnah)』는 전한다. 『칼릴라와딤나』는 두 번째 시리아어 번역과 그리스어로 된 11세기 판본 곧 『Stephanites kai Ichnelates』, 그리고 라틴어와 다수의 슬라브어 번역으로 이어졌다. 그러나 12세기 라비 조엘(Rabbi Joel)의 히브리어판이 대부분의 유럽어판의 근원이 되었다. 17세기 터키어 번역인 『Humayun-namah』는 15세기 페르시아어판인 『Anwār-e Suhaylī』를 기반으로 한 것이다. 『판차탄트라』 이야기는 고대 자바(Java)의 기록문학과 구전문학 형태로 인도네시아로도 이동하였다. 12세기 인도의 나라야나(Narayana)가 지은 『히토파데샤(Hitopadesha)』는 주로 벵골 지역에서 유통되었는데, 이는 『판차탄트라』 자료를 독립적으로 다룬 것이다. 유럽에는 『비드파이 이야기(The Fables of Bidpai)』{또는 『필파이 이야기(The Fables of Pilpay)』}로 알려져 있는데 11세기경에 전해졌다.

25 '비드파이'는 인도의 현자(sage)로 『The Fables of Bidpai』의 화자(narrator)이다. 산스크리트어로는 Vidyapati라고 한다. 유럽에서는 Pilpai 또는 Pilpay 등 다양하게 표기하였다.

버릇을 지적하기도 하고 루이(14세)의 궁정이나 세태를 풍자하기도 하였다. 작품
으로『콩트와 누벨(Les Contes et Nouvelles en vers)』(1665~1682), 소설『프시케
와 큐피드의 사랑(Les Amours de Psyché et de Cupidon)』(1669), 『우화집(Fables
choisies mises en vers)』(1668~1694) 등이 있다. ▶김태오(金泰午)는 「안데르센의
생애와 예술 – 그의 사후 65년을 당하야(3)」(『동아일보』, 1940.8.6)에서 라퐁텐과
페로를 소개하였고, '신구문학논쟁'('페로' 항 참조)에 관한 내용도 언급하였다.

**램**(Lamb, Charles: 1755~1834)  영국의 비평가, 수필가. 필명 엘리아(Elia). 영국
런던 출생. 1789년까지 크라이스츠 호스피틀 학교(school at Christ's Hospital)에
서 공부했는데, 평생의 친구 콜리지(Coleridge, Samuel Taylor)를 만났다. 1796년
누이 매리(Lamb, Mary Ann)가 정신병으로 모친을 살해하는 충격적인 사건이 벌어
졌다. 램은 평생 독신으로 누이를 보살폈다. 1807년 누이 매리(Mary)와 함께 셰익
스피어의 희곡을 재화(retelling)한『셰익스피어의 이야기』를 발표하였고, 1808년
역시 누이와 함께 『오디세이(Odyssey)』를 어린이용으로 개작한『율리시즈의 모
험』을 출간하였다. 수필집『엘리아의 수필』은 램을 불후의 문필가로 알려지게 하였
다. 작품으로『셰익스피어의 이야기(Tales from Shakespeare)』(1807), 『율리시즈
의 모험(The Adventures of Ulysses)』(1808), 『엘리아의 수필(Essays of Elia)』
(제1집: 1823, 제2집: 1833) 등이 있다. ▶양미림(楊美林)은 「소년 필독 세계명저
안내」(『소년』 제3권 제11호, 1939년 11월호)에서 "『램·쉐익스피어 이야기』 쉐익
스피어는 영국의 가장 큰 문학자(극작가)이다. 이분이 지은 극을 쉬웁고 재미있게
이야기 또는 주려서 램이라는 사람이 쓴 책이다."라고 소개하였다.

**랭**(Lang, Andrew: 1844~1912)  영국의 고전학자, 민속학자, 작가. 영국 스코틀랜
드 보더스주(Scottish Borders) 셀커크(Selkirk) 출생. 문학, 역사, 신화, 민족학
등 다방면에 뛰어난 업적을 남겼다. 세인트 앤드류스 대학교(University of St
Andrews)의 앤드류 랭 강좌(Andrew Lang lectures)는 랭의 이름을 딴 것이다. 작
품으로 호메로스의『오디세이(Odyssey)』(1879), 『일리아스(Ilias)』(1883)를 번역
하였으며, 『습관과 신화(Custom and Myth)』(1884), 『종교의 생성(The Making
of Religion)』(1898), 『신화, 의식(儀式), 종교(Myth, Ritual and Religion)』(1887),
『호메로스 세계(Homer and his Age)』(1906) 등의 저서가 있다. 아동문학과 관련하
여『랭 동화집(The Lang's Fairy Books)』(1889~1913)이 유명하다. 이는 어린이를
위한 사실과 허구의 이야기들로 이루어진 25권의 선집이다. 모두 798편의 이야기
가 있다. 『랭의 색깔 옛이야기(또는 랭의 여러 색깔 옛이야기)(Andrew Lang's
"Coloured" Fairy Books or Andrew Lang's Fairy Books of Many Colors)』로도 알려

져 있다. 첫 번째 책 『The Blue Fairy Book』(1889)부터 25번째 책 『The Strange Story Book』(1913) 중 실제 색깔 옛이야기는 열두 권으로 발간되었다.[26] 『아라비아의 밤에 즐기는 오락(The Arabian Nights Entertainment)』(Longman Green & co., London, 1898)을 발간하기도 하였다.

**레르몬토프**(Lermontov, Mikhail Yurievich: 1814~1841) 러시아의 시인, 소설가. 모스크바(Moskva) 출생. 1년간의 개인교습을 받은 후, 1829년 모스크바대학교(Moscow Univ.) 부속 귀족학교에 입학하여, 실러(Schiller, Johann Christoph Friedrich von), 셰익스피어(Shakespeare, William), 푸시킨(Pushkin, Aleksandr Sergeyevich)의 작품을 탐독하면서 시를 짓기 시작하였다. 1830년 모스크바대학교에 입학하였으나 2년 뒤에 중퇴하고, 1834년 상트페테르부르크 사관학교를 졸업하여 청년 사관이 되었다. 고골(Gogol', Nikolai Vasilievich)의 자연파에 대응하여 『리고프스카야 공작부인(Princess Ligovskaya)』(1836)을 지었으며, 1837년 푸시킨이 결투로 인해 비명에 죽자, 그의 죽음에 붙여서 쓴 「시인의 죽음(Death of the Poet)」으로 유명해졌다. "푸시킨의 죽음은 러시아 귀족 사교계의 음모"라고 비난한 이 시가 유포되자 1837년 캅카스(Kavkaz)로 추방되었다. 이후 전제정치를 반대하는 입장 때문에 세 차례나 캅카스로 유배되었다. 1841년 천성적인 독설로 인해 사관학교 친구였던 마르티노프(Martynov, Nikolai)와 결투를 벌여 27세의 짧은 일생을 마쳤다. 작품으로 서사시 「상인 칼라시니코프의 노래(Pesnya pro tsarya Ivana Vasilyevicha, molodogo oprichnika i udalogo kuptsa Kalashnikova)」(1837), 「악마(Demon)」(1829~1841)와, 장편소설 『현대의 영웅(Geroy nashego vremeni)』(1840) 등이 있다. 『송남헌(宋南憲)은 「예술동화의 본질과 그 정신 – 동화작가에의 제언(1)」(『동아일보』, 1939.12.2)에서 레르몬토프를 예술동화 작가로

---

26 (1) 『The Blue Fairy Book』(1889), (2) 『The Red Fairy Book』(1890), 『The Blue Poetry Book』(1891), (3) 『The Green Fairy Book』(1892), 『The True Story Book』(1893), (4) 『The Yellow Fairy Book』(1894), 『The Red True Story Book』(1895), 『The Animal Story Book』(1896), (5) 『The Pink Fairy Book』(1897), 『The Arabian Nights' Entertainments』(1898), 『The Red Book of Animal Stories』(1899), (6) 『The Grey Fairy Book』(1900), (7) 『The Violet Fairy Book』(1901), 『The Book of Romance』(1902), (8) 『The Crimson Fairy Book』(1903), (9) 『The Brown Fairy Book』(1904), 『The Red Romance Book』(1905), (10) 『The Orange Fairy Book』(1906), (11) 『The Olive Fairy Book』(1907), 『The Book of Princes and Princesses』(1908), 『The Red Book of Heroes』(1909), (12) 『The Lilac Fairy Book』(1910), 『The All Sorts of Stories Book』(1911), 『The Book of Saints and Heroes』(1912), 『The Strange Story Book』(1913). 번호가 붙어 있는 것이 색깔 옛이야기에 해당한다.

소개하였고, 알렉산드라 브루스타인(金永鍵 譯)은 「소련의 아동극」(『문학』 창간호, 조선문학가동맹중앙집행위원회서기국, 1946.7)에서 러시아의 아동극장에서 레르몬토프 등의 저명한 작품을 무대에 올린 사실을 소개하였다. 정지용(鄭芝溶)이 레르몬토프의 시 「감사」(『가톨릭청년』 제5권 제1호, 1947년 1월호)를 번역한 바 있다. 정지용(鄭芝溶)이 레르몬토프의 시 「감사」(『가톨릭청년』 제5권 제1호, 1947년 1월호)를 번역한 바 있다.

**로맹 롤랑**(Romain Rolland: 1866~1944)  프랑스의 소설가, 극작가, 평론가. 프랑스 클람시(Clamecy) 출생. 파리고등사범학교에서 역사학을 전공하고, 1889년부터 1891년까지 로마의 프랑스학원에 유학하였다. 고등사범학교 예술사 교수, 파리대학교 음악사 교수가 되었다. 1894년 발발한 드레퓌스(Dreyfus) 사건 때는 드레퓌스를 옹호하여 군국주의와 국가주의에 반대하였다. 1903년 고뇌를 극복하고 환희의 영광에 이른 『베토벤의 생애』를 썼다. 1904년부터 자신이 창간·편집한 『반월수첩(Les Cahiers de la quinzaine)』에 『장 크리스토프』를 연재하여 1912년에 마쳤다. 주인공 장 크리스토프의 유소년 시절은 로맹 롤랑이 경애하였던 베토벤이 모델이었다. 사회악을 규탄하고 인간성을 옹호하였으며, 제1차세계대전 때에는 스위스에서 반전 활동을 하였다. 1915년 『장 크리스토프』로 노벨문학상을 받았다. 작품으로 『베토벤의 생애(La Vie de Beethoven)』(1903), 소설 『장 크리스토프(Jean-Christophe)(전10권)』(1904~1912), 희곡 『사랑과 죽음의 장난(Le Jeu de l'amour et de la mort)』(1925) 등이 있다. ▶양미림(楊美林)은 「소년 필독 세계명저 안내」(『소년』 제3권 제10호, 1939년 10월호)에서 "'쟌·크리스토쯔'는 불란서의 대문호 로맹 롤랑이 세계의 최대 음악가 베-토-벤의 일생을 모델로 하여 쓴 훌륭한 전기소설"이라고 소개하였다.

**로세티**(Rossetti, Christina Georgina: 1830~1894)  영국의 시인, 동시 작가. 필명 Ellen Alleyne. 영국 런던(London) 출생. 화가이자 시인인 단테 가브리엘 로세티(Dante Gabriel Rossetti)의 누이동생이다. 종교적 작품, 고전 작품, 요정 이야기, 장편소설 등을 바탕으로 하여 부모로부터 집에서 교육을 받았다. 1847년 할아버지가 로세티의 『시(Verses)』를 개인적으로 출판했는데 이때 이미 시적인 자질을 확인하였다. 1850년 'Ellen Alleyne'이란 필명으로 라파엘 전파(Pre-Raphaelite)[27]의

---

27 〈라파엘 전파(Pre-Raphaelite Brotherhood)〉는 1848년 로세티(Rossetti, Dante Gabriel), 헌트(Hunt, William Holman), 밀레이(Millais, John Everett) 등 3명의 영국 왕립아카데미(Royal Academy)에 다니던 젊은 화가들이 결성한 단체이다. '감상적이고 맥빠진 예술', '고전·고대나 미켈

기관지 『싹(The Germ)』에 「꿈의 나라」 등 7편의 시를 실었다. 1850년 로마 가톨릭 교도가 되었기 때문에 라파엘 전파와의 관계를 끊었다. 1862년 『도깨비시장, 기타』, 1866년 『왕자의 여행, 기타』를 간행할 때 권두 삽화와 장식은 모두 그의 오빠가 맡았다. 이 두 시집은 로세티의 가장 좋은 작품들을 포함하고 있어 그녀를 정상급의 시인으로 인정받을 수 있게 하였다. 1870년 첫 번째 산문집 『평범한 일과 그 밖의 이야기』를 발간했으나 크게 평가를 받지 못했다. 그러나 1872년에 발간한 『노래: 전래동요집』은 19세기 아동 도서들 중에 최고의 지위에 올랐다. 1871년 그레이브스병(Graves' disease)으로 고통을 받았으나 종교적 신념으로 버텨내면서 계속 책을 출간하였다. 로세티는 테니슨(Tennyson, Alfred Lord: 1809~1892)의 뒤를 이을 계관시인 후보자로 인정받았으나, 1891년 치명적인 암에 걸렸다. 1896년에 발간된 『신작 시집』은 이전의 선집 등에 포함되지 않은 작품들을 모은 것인데 그녀의 사후 오빠가 출판한 것이다. 로세티는 범위로나 질에 있어서 가장 중요한 영국 여류 시인들 중의 한 사람이다. 로세티는 판타지 작품과 동시, 그리고 종교시 등에 특히 뛰어났다는 평가를 받는다. 작품으로 『도깨비시장과 기타 시들(Goblin Market and other Poems)』(1862), 『왕자의 여행과 기타 시들(Prince's Progress and other Poems)』(1866), 『평범한 일과 그 밖의 이야기(Commonplace and Other Short Stories)』(1870), 『노래: 전래동요집(Sing-Song: A Nursery Rhyme Book)』(1872; 증보판 1893), 『A Pageant and Other Poems』(1881), 『신작 시집(New Poems)』(1896) 등이 있다. 「한정동(韓晶東)은 「엄마와 아들」, 「양의 색기」, 「네 가지 문답」(「동요에 대한 사고(私考)」, 조선동요연구협회 편, 『조선동요선집 - 1928년판』, 박문서관, 1929, 229~231쪽) 등을 번역 인용하였고, 유운경(柳雲卿)은 「무지개」(『별나라』, 1929년 5월호, 29쪽), 윤석중(尹石重)은 「바람」(『어린이』 제11권 제10호, 1933년 10월호, 16쪽), 「정답게」, 「일」(이상 『잃어버린 댕기』, 게수나무회, 1933, 53쪽, 62쪽), 윤태웅(尹泰雄)은 「제비」(『조선일보』, 1936.11.12), 「바람」(『조선일보』, 1936.11.14), 박용철(朴龍喆)은 「명작세계동요집 - 색동저고리 1: 로제틱의 동요」(『아이생활』, 1932년 2월호)와 동요 「아름다운 것」(『동화』 제1권 제10호, 1936년 12월호) 등 로세티의 작품을 번역한 바 있다. 박영종(朴泳鍾)은 「명작감상 동요 독본 6」(『아동』 제6호, 1948년 3월호)에서 「누가 바람을 보았다

---

란젤로 또는 티치아노를 모방하는 예술'에 반발하여 '라파엘로 이전처럼 자연에서 겸허하게 배우는 예술'을 표방하였다. 기관지는 『싹(Germ)』이었고 미술뿐만 아니라 시 분야에까지 그들의 주장을 펼쳤다.

하는가」(바람) 등을, 「동요 맛보기(8) – 수수께끼 동요」(『소학생』 제68호, 조선아 동문화협회, 1949년 6월호)에서 「무엇」을 번역 인용하였다.

**로스탕**(Rostand, Edmond Eugène Alexis: 1868~1918)  프랑스의 극작가, 시인. 프랑스 남부 마르세유(Marseille) 출생. 부유한 상인 집안에서 태어나 파리의 콜레쥬 스타니슬라스(Collège Stanislas de Paris)에서 문학, 역사, 철학을 공부했다. 1894년 자작 희곡 「로마네스크(Les Romanesques)」를 코메디 프랑세즈(Comédie-Française)²⁸에서 상연하여 작가로서 이름을 알리기 시작하였다. 1897년 명배우 코클랭(Benoît-Constant Coquelin)이 주연을 맡은 〈시라노 드 베르주라크(Cyrano de Bergerac)〉가 대성공을 거두면서 불후(不朽)의 문명을 얻었다. 〈시라노 드 베르주라크〉는 1897년 12월 28일 초연을 시작으로 무려 500회 연속 공연을 기록하는 대성공을 거두었다. 로스탕은 서른세 살의 젊은 나이에 아카데미 프랑세즈(Académie Française) 회원이 되었으나, 몸이 허약해 시골에서 요양 생활을 하다 1918년 파리에서 사망했다. 작품으로 나폴레옹의 후계자를 다룬 『새끼 독수리(L'Aiglon)』(1900), 동물들을 등장인물로 삼은 『샹트클레르(Chantecler)』(1910) 등이 있다. 「남석종(南夕鍾)의 「(아동문학강좌 6)동극(童劇)이란 무엇인가」(『아이생활』, 1935년 9월호)에 로스탕의 「샹트클레르」에 대해 소개하고 있다.

**로프팅**(Lofting, Hugh: 1886~1947)  미국 아동문학가, 삽화가. 영국 버크셔(Berkshire)의 메이든헤드(Maidenhead) 출생. 8세 때부터 더비셔(Derbyshire)에 있는 예수회 기숙학교를 다녔다. 1904~1905년 사이 미국 매사추세츠 공과대학(MIT)에서 공부하다가, 1906~1907년 런던 폴리테크닉(London Polytechnic)으로 옮겨서 토목공학을 전공하여 졸업하였다. 일 때문에 아프리카, 서인도제도, 캐나다 등으로 옮겨다니다가 1912년 작가가 되려고 결심하고 뉴욕에 정착하였다. 로프팅은 거의 대부분의 생을 미국에서 살았지만, 모든 책의 분위기는 영국에 바탕을 두고 있다. 제1차세계대전 중 자신의 아이들을 즐겁게 해 주기 위해 편지를 보내면서 둘리틀 선생 이야기가 시작되었다. 이후 로프팅은 전쟁, 폭력, 그리고 잔인함에 대한 굳센 반대자가 되었다. 로프팅의 연작 중 첫 번째인 『둘리틀 선생 이야기』는 1920년에 출간되어 즉각적인 성공을 거두었다. 1927년까지 로프팅은 매년 한 권씩 둘리틀 선생 이야기를 썼는데, 7권의 연작은 일반적으로 가장 좋은 연작으로 평가받았다. 1922년에 발간된 『둘리틀 선생의 항해』로, 1923년 뉴베리상(Newbery Medal)을

---

28 프랑스 파리에 있는 국립극장이다. 1680년에 설립된 유서 깊은 극장으로 극작가 몰리에르의 이름을 따 '몰리에르의 집(La maison de Molière)'이라고도 한다.

수상하였다. 주인공 '둘리틀'에 지쳐 로프팅은 『달 속의 둘리틀 선생』에서 자신을 제거하려고 주인공을 달나라로 보냈으나, 대중의 요구로 1933년 『둘리틀 선생의 귀환』을 썼다. 연작의 마지막인 『둘리틀 선생과 비밀 호수』는 쓰는 데 13년이 걸렸고 1948년 사후에 출판되었다. 동물을 주된 소재로 하여, 인도주의와 유머가 넘치는 동화를 썼다는 평가를 받는다. 작품으로 『둘리틀 선생 이야기(The Story of Dr. Dolittle)』(1920), 『둘리틀 선생의 항해(The Voyages of Dr. Dolittle)』(1922), 『둘리틀 선생의 귀환(Doctor Dolittle's Return)』(1933) 등이 있다. '둘리틀 선생' 이야기는 12권까지 출간되었다.[29]

**롤랑**(Rolland, Romain) → **로맹 롤랑**(Romain Rolland)

**루이스**(Lewis, Clive Staples: 1898~1963)  영국의 학자, 평론가, 소설가, 기독교 변증론자. 아일랜드 벨파스트(Belfast) 출생. 옥스퍼드대학을 졸업하고, 1925년 맥덜린 칼리지(Magdalen College)의 영문학 교수가 되어 1954년까지 29년 동안 재직하였고, 1954년부터 1963년까지는 캠브리지대학의 맥덜린 칼리지(Magdalene College)에서 재직하였다. 소년 시절 루이스는 베아트릭스 포터(Potter, Beatrix)의 이야기에 빠져 스스로 동물 이야기를 쓰고 삽화를 그렸다. 아버지의 서가에 있는 수많은 책을 읽는 것을 좋아했다. 9세 때까지 개인 교수를 받았는데, 1908년 어머니가 암으로 사망하자 아버지는 루이스를 왓퍼드(Watford)에 있는 기숙학교인 윈야드 스쿨(Wynyard School)에 보냈다. 훗날 루이스는 이 학교를 '벨젠(Belsen)'[30]으로 부를 정도로 힘든 시절을 보냈다. 10대 때 아이슬란드 영웅전설(Icelandic Sagas)을 읽고, 훗날 '기쁨'이라고 표현한 것처럼, 내적인 갈망에 깊이 빠져들었다. 1913년 루이스는 기독교는 이 세상에서 가장 열등한 신화 중에 하나이며 신이 있다면 우주의 가학성애자(sadist)라며 무신론자가 되었다. 옥스퍼드대학의 유니버시티 칼리지(Univ. College)에서 한 학기를 보낸 후, 1917년 제1차세계대전으로 징병되어 프랑스로 갔다가 부상을 입었다. 1919년 옥스퍼드로 돌아와 고전, 철학, 그리고 영문학을 공부하였다. 대학 시절 루이스는 북구(北歐)와 그리스, 아일랜드의 신화

---

29 『The Story of Doctor Dolittle』(1920), 『The Voyages of Doctor Dolittle』(1922), 『Doctor Dolittle's Post Office』(1923), 『Doctor Dolittle's Circus』(1924), 『Doctor Dolittle's Zoo』(1992), 『Doctor Dolittle's Caravan』(1992), 『Doctor Dolittle's Garden』(1927), 『Doctor Dolittle in the Moon』(1928), 『Doctor Dolittle's Return』(1933), 『Doctor Dolittle and the Secret Lake』(1948), 『Doctor Dolittle and the Green Canary』(1950), 『Doctor Dolittle's Puddleby Adventures』(1952)

30 나치스의 강제 수용소가 있던 독일 동북부의 지방을 가리킨다. 정식 명칭은 베르겐 벨젠(Bergen-Belsen)이다.

와 문학에 빠져들었다. 15세 때 무신론자가 되었던 루이스는 맥도널드(MacDonald, George: 1824~1905)의 작품을 읽고 점차 기독교로 되돌아왔다. 이때 옥스퍼드의 동료인 톨킨(Tolkien, John Ronald Reuel: 1892~1973)과의 토론을 통한 영향이 컸다. 1929년 유신론으로 돌아선 뒤, 1931년 친구 톨킨 등과 가진 긴 토론, 늦은 밤 걷기 등에 따라 성공회 교도로 개종하였다. 루이스의 친구였던 바필드(Barfield, Owen: 1898~1997)는 3명의 루이스가 있다고 하였다. 첫째는 영문학자이자 비평가로서의 루이스, 둘째는 아동문학가로서의 루이스, 셋째는 기독교 변증론자로서의 루이스다. 루이스의 생애에서 친구 톨킨은 매우 중요한 존재다. 특히 톨킨 등과 함께 결성한 〈잉클링즈(Inklings)〉[31] 모임이다. 1930년대 초반에 시작하여 1940년대 후반까지 이어진 이 모임은, 옥스퍼드대학과 관련된 비공식적인 문학 토론 그룹으로 서사(narrative)의 가치를 높이 평가하고 판타지 창작을 권장하는 열렬한 문학자들로 이루어졌다. 옥스퍼드와 캠브리지대학에서 중세 · 르네상스 시기 영문학을 강의하였고, 중세 궁정연애의 전개를 연구한 『사랑과 풍유』는 학계의 주목을 받았다. 독신으로 살던 루이스는 1952년 미국의 작가 조이 데이빗맨(Henry Joy Davidman)을 만나 1957년 성공회 예식으로 결혼식을 올렸으나 이미 골수암 판정을 받았던 조이는 1960년 7월 세상을 떠나고 말았다. 고통에 빠진 루이스는 클러크

---

31 〈잉클링즈〉는 루이스가 중심적인 인물이었다. 다른 사람들도 대부분 옥스퍼드대학의 동료들이었다. 회칙도 임원도 의제도 공식적인 선출도 없었고, 루이스, 톨킨에 더해 바필드(Barfield, Owen), 윌리엄즈(Williams, Charles), 하디(Hardie, Colin), 폭스(Fox, Adam), 다이슨(Dyson, Hugo), 세실(Cecil, Lord David), 그리고 코그힐(Coghill, Nevill) 등이 구성원이었다. 이름은 1933년에 해체된 옥스퍼드대학 학생들의 문학 클럽에서 따왔다. 그러나 이보다 앞서 1920년대 후반에 루이스와 바필드 그리고 톨킨이 이 모임을 하고 있었다. 모임은 한 주에 두 번씩 열렸고 대개 6명에서 8명 정도가 모였는데 매우 적극적이었다. 화요일 아침에는 선술집 '독수리와 아이(The Eagle and Child)'(일반적으로 '새와 아기(Bird and Baby)'로 알려졌다.)에서 만나 맥주를 마시면서 광범위한 주제로 대화를 나누었다. 중요한 모임은 맥딜린 칼리지에 있는 루이스의 집에서 열린 목요일 저녁 모임이다. 이날은 여러 회원들이 모여 그들이 집필하고 있던 책이나 시를 소리 내어 읽고 다른 회원들이 비평하고 의견을 제시하였다. 루이스는 『고통의 문제(The Problem of Pain)』, 『스크루테이프의 편지(The Screwtape Letters)』, 『침묵의 행성 밖에서(Out of the Silent Planet)』, 『천국과 지옥의 이혼(The Great Divorce)』, 그리고 『기적(Miracles)』과 같은 작품을 이 모임에서 읽었다. 톨킨도(또는 그의 아들 크리스토퍼(Christopher))도 『반지의 제왕(The Lord of the Rings)』의 여러 장(chapters)을 읽었고, 윌리엄즈(Williams)도 그의 소설 『All Hallow's Eve』의 여러 장들과 아서왕에 관한 시의 여러 절들을 읽었다. 〈잉클링즈〉는 비평, 지지, 용기를 북돋워 주는 것을 통해 회원들의 성공에 중요하게 기여하였다. 루이스의 『고통의 문제』, 윌리엄즈의 『죄의 용서(The Forgiveness of Sins)』, 그리고 톨킨의 『반지의 제왕』 초판의 사사(謝詞)와 헌사(獻詞)에 잘 나타나 있다. 〈잉클링즈〉의 모임은 1945년 이후부터 시들해져서 1949년 10월 27일에 끝이 났다.

(Clerk, N. W.)라는 가명으로 『헤아려 본 슬픔(A Grief Observed)』(1961)을 썼다. 작품으로 『사랑과 풍유(The Allegory of Love)』(1936), 과학소설 『우주 삼부작 (The Space trilogy)』(1938~1945),[32] 기독교 변증론의 고전 『순전한 기독교(Mere Christianity)』(1941), 『실낙원 서설(A Preface to Paradise Lost)』(1942), 기독교 변증론 시각의 장편소설 『스크루테이프의 편지(The Screwtape Letters)』(1942), 『나니아 연대기(The Chronicles of Narnia)』(1950~1956),[33] 『예기치 못한 기쁨 (Surprised by Joy: The Shape of My Early Life)』(1955), 『비평의 실험(An Experiment in Criticism)』(1961) 등이 있다.

**르나르**(Renard, Jules: 1864~1910)  프랑스의 소설가, 극작가. 프랑스 마옌의 살롱 뒤 멘(Châlons-du-Maine, Mayenne) 출생. 소년 시절 어머니의 사랑을 받지 못하고 어두운 나날을 보냈다. 이 무렵의 기억은 르나르의 자전적 성장소설인 『홍당무』의 주요 소재가 되었다고 한다. 느베르(Nevers)와 파리에서 교육을 받고, 1888년 결혼 뒤에 작가의 길로 들어섰다. 사물의 디테일을 날카롭게 묘사하여 르나르는 스스로 자신을 가리켜 '이미지 사냥꾼'이라 하였다. 1896년에 간행된 『박물지』에 그려진 동물들의 생활은 그 대표적인 모델이었다. 대부분 파리에서 지냈지만 자연과의 교감을 잃지 않았다. 『Les Philippe』(1907), 『Nos frères farouches』(1908), 『Ragotte』(1908)에서 르나르는 즐거운 침투와 잔인한 리얼리즘으로 전원생활을 묘사하였다. 희곡도 썼는데 1900년에 『홍당무』를 극본으로 각색하였다. 1907년 사후에 『8일간의 시골 생활』이 출간되었고, 17권으로 된 『일기(Journal)』(1925~27)는 1964년에 영어로 번역되었다. 1890년 잡지 『메르퀴르 드 프랑스(Mercure de France)』의 창립회원이었고, 1904년 사회당 후보로 시트리(Chitry) 시장으로 당선되기도 하였으며, 1907년에 아카데미 공쿠르(Académie Goncourt) 회원으로 선출되었다. 작품으로 『홍당무(Poil de Carotte)』(1894), 『박물지(Les Histoires Naturelles)』(1896), 희곡 『이별의 기쁨(Le Plaisir de rompre)』(1897), 희곡 『8일간의 시골 생활(Huit jours à la campagne)』(1912) 등이 있다. ▼〈극예술연구회(劇

---

32 『침묵의 행성 밖에서(Out of the Silent Planet)』(1938), 『페렐란드라(Perelandra)』(1943), 『그 가공할 힘(That Hideous Strength)』(1945) 삼부작이다.

33 『나니아 연대기』는 7권으로 된 판타지 소설이다. 『사자와 마녀와 옷장(The Lion, the Witch and the Wardrobe)』(1950), 『캐스피언 왕자(Prince Caspian)』(1951), 『새벽 출정호의 항해(The Voyage of the Dawn Treader)』(1952), 『은 의자(The Silver Chair)』(1953), 『말과 소년(The Horse and His Boy)』(1954), 『마법사의 조카(The Magician's Nephew)』(1955), 『마지막 전투(The Last Battle)』(1956)

藝術研究會)〉 이헌구(李軒求)의 「삼남수해구제(三南水害救濟)의 '음악, 무용, 연극의 밤'을 열면서(하)」(『동아일보』, 1934.9.4)에서 "상연극본 「홍발(紅髮)」에 대하야"란 소제목으로 『홍당무』를 자세히 소개하였고, 이어 「빨강머리」(『아이생활』, 1939년 9월호~1940년 2월호)라는 제목으로 『홍당무』를 번역하였다. 신고송(申鼓頌)은 「아동문학 부흥론 - 아동문학의 누네쌍쓰를 위하야(3)」(『조선중앙일보』, 1936.2.5)에서 '불후의 아동 독물'을 쓴 작가로 '디겐스, 스티븐슨, 와일드, 스트린드베리, 톨스토이, 르나르' 등을 지목하였다. 김기림(金起林)은 시인 이상(李箱)이 운영한 찻집 '제비'의 "사면 벽에는 '쥬르·뢰나르'의 '에피그람'이 몇 개 틀에 들어 걸려 있었다."고 하였다.[34]

**르페브르**(Le Feuvre, Amy: 1861~1929)  영국의 동화작가. 본명 Amelia Sophia Le Feuvre, 필명 Mary Thurston Dodge. 잉글랜드의 런던 블랙히스(Blackheath) 출생. 아이들 교육을 위해 가정교사를 고용한 대가족에서 자랐다. 아버지는 세관의 감독관이었고, 할아버지는 건지(Guernsey)의 목사였다. 평생 성경적 원리(biblical principles)를 바탕으로 한 많은 책을 썼는데, 1890년대부터 30여 년간 르페브르의 인기가 지속되었다. 르페브르의 작품은 젊은 독자들에게 복음을 전파하려는 작가로서 새로운 접근을 하였고, 당시 작가들과 같이 그녀도 '기이한(quaint)' 아이, 허약한 건강 상태의 '구식인(old fashioned)' 아이들을 좋아했다. 또한 어른들의 이해를 받지 못해 밖으로 나도는 버릇없는 아이와 혼자만 겉도는 아이들에게 초점을 맞춘 가정의 삶(family life)에 대한 작품을 썼다. 르페브르의 첫 작품은 1894년에 출간된 『에릭의 좋은 소식』이고, 마지막 작품은 1931년 사후에 출판된 『이상한 구애(A Strange Courtship)』이다. 르페브르는 평생 65권 이상의 책을 썼다. 작품으로 『에릭의 좋은 소식(Eric's Good News)』(1894), 『테디의 단추(Teddy's Button)』(1896), 『그의 큰 기회(His Big Opportunity)』(1898), 『올리브 트레이시(Olive Tracy)』(1901) 등이 있다. ▶유암 김여제(流暗金輿濟)가 번역한 것으로 보이는 『자랑의 단추』(신문관, 1912)는 『Teddy's Button』을 번역한 것이다.[35]

**리브니코프**(Rybnikov, Pavel Nikolayevich: 1831~1885)  러시아 민족지 학자, 민속학자, 문학사가. 모스크바 출생. 이전에 알려지지 않은 러시아 북부 유럽 지역인 올로네츠(Olonets)와 아르한겔스크(Arkhangelsk)의 빌리나(bylina: 러시아의 민

---

34 김기림, 「이상(李箱)의 모습과 예술」, 『이상선집(李箱選集)』, 백양당, 1949, 1쪽.
35 『자랑의 단추』(신문관, 1912)는 박진영의 「번역 출판과 근대 동화의 숨은 첫길 『자랑의 단추』」(『근대서지』 제1호, 2010.3, 192쪽)에서 번역자를 유암 김여제로 추정하였다.

요, 발라드)와 서사시 문화를 발견한 공을 인정받았다. 1850년 모스크바 제3김나지움을 졸업하고 모스크바대학교 역사·문헌학부에 입학하였다. 1859년 체르니고프(Chernigov)에서 체포되어 페트로자보츠크(Petrozavodsk)로 추방되어, 그곳에서 북부 러시아의 민속학, 문화, 역사에 대한 깊이 있는 연구를 시작하였다. 『리브니코프 노래 선집(The Songs Collected by P. N. Rybnikov)(전4권)』(1861~67)은 리브니코프를 러시아와 외국에서 알려진 작가로 만들었다. 〈러시아지리학회〉의 금메달과 〈러시아과학아카데미〉의 데미도프상(Demidov Prize)을 동시에 수상하였고, 이로 인해 러시아 당국은 그를 사면했다. 폴란드인 여자와 결혼해 여생을 폴란드의 칼리시(Kalisz)에서 보냈다. ▶김석연(金石淵)의 「동화의 기원과 심리학적 연구(11)」(『조선일보』, 1929.3.3)에 "노서아(露西亞) 동화에 열렬한 수집자이엇든 '페스터 리부늬콥'"의 사례를 들었다. 원문인 마쓰무라 다케오(松村武雄)의 저서에도 'Peter Ryvnikof'로 표기해 놓았으나 러시아의 민속학자 중에 이런 이름이 없어 'Rybnikov, Pavel Nikolayevich'로 보인다.

**리처드슨**(Richardson, Samuel: 1689~1761)  작가. 잉글랜드 더비셔(Derbyshire)의 맥위스(Mackworth) 출생. 서간체 소설(epistolary novel)을 창안하고 활용한 소설가로 알려져 있다. 50세 때 『파멜라』를 썼는데, 그 전의 삶에 대해 알려진 게 별로 없다. 런던의 인쇄소에 도제로 들어가 일하다가 인쇄소를 물려받았고 주인집 딸과 결혼하였다. 1730년대에는 런던에서 3대 출판사에 들 정도로 사업에 성공하였다. 결혼 따위를 주제로 한 가정생활을 그렸으며, 특히 여성의 심리를 치밀하게 해부하였다. 서간체 소설의 처녀작으로 알려진 『파멜라』는 하층계급의 처녀 파멜라가 올바른 처신으로 상류계급의 젊은 주인의 아내가 된다는 이야기이다. 귀족들의 방탕한 성도덕과 서민들의 청교도적 금욕주의가 부딪쳐 서민의 도덕이 승리하였다는 점이 호응을 받아 베스트셀러가 되었다. 두 번째 작품인 『클래리사 할로』는 중산계급의 여성이 부친의 반대로 인해 집을 나가 탕아를 만나게 되고 결국은 죽음을 맞이한다는 비극적인 이야기이다. 이 두 소설에서 여성의 경제적 독립, 자유결혼, 새로운 영국 사회의 조짐 등이 나타나는 점을 들어 리처드슨을 영국 근대소설의 아버지로 부른다. 종래의 종교적·교훈적 작품에서 벗어나 가정생활 문제, 결혼 문제와 연애 문제 등이 취급되는 점에서 근대소설의 모습을 읽을 수 있다. 작품으로 『파멜라(Pamela: Virtue Rewarded)』(1740), 『클래리사 할로(Clarissa Harlowe: The History of a Young Lady)』(1747~48), 「찰스 그랜디슨경(Sir Charles Grandison)」(1754) 등이 있다. ▶남석종(南夕鍾)은 「(아동문학강좌 7)소설이란 무엇인가?」(『아이생활』, 1935년 10월호)에서 "리챠-드슨의 「빠미라」 일명, 선행의 보수(善行의 報酬)를 소설의 원조"로 한다고 소개하였다.

**린드그렌**(Lindgren, Astrid: 1907~2002)  동화 작가. 본명 Lindgren, Astrid Anna Emilia. 스웨덴 스몰랜드 빔머비(Småland Vimmerby) 출생. 학교를 마치고 빔머비의 지역 신문에서 일했다. 1932년 결혼해 1934년 둘째 아이인 딸 카린(Karin)을 낳았다. 뒷날 카린이 아파서 "삐삐 롱스타킹에 관한 이야기를 해 주세요."라고 했을 때 그녀를 기쁘게 해 주기 위해 만들어 낸 인물이 삐삐 롱스타킹(Pippi Longstocking)이었다. 1945년 챕터북(chapterbook)[36] 『삐삐 롱스타킹』은 첫 번째 출판사에서 출판 거절을 당하였다. 이 책은 뒷날 세계에서 가장 사랑받는 어린이책 가운데 하나가 되었고, 60여 개의 언어로 번역되었다. 린드그렌은 곧바로 인정받는 작가가 되었으나, 그녀가 만들어 낸 독특한 성격의 작중인물들이 어른들의 권위에 불손한 태도를 보여 종종 일부 보수적인 독자들의 분노를 불러일으켰다. 린드그렌은 챕터북 34권, 그림책 41권을 썼고, 모두 합쳐 1억 6천 500만 부가 팔렸으며, 세계 100개 이상의 언어로 번역되었다. 1950년 닐스 홀게르손상(Nils Holgersson Medal), 1956년 『미오 나의 미오』로 제1회 독일아동문학상(Deutscher Jugendliteraturpreis), 1957년 스웨덴 작가상(The Swedish State Award for Writers of High Literary Standard), 1958년 『라스무스와 방랑자(Rasmus på luffen)』로 한스크리스티안안데르센상(Hans Christian Andersen Medal), 1959년 미국 『헤럴드 트리뷴(Herald Tribune)』의 아동도서상(Children's Spring Book Festival Award), 1971년 스웨덴 한림원(Sweden Academy)의 금상, 1975년 네덜란드 실버펜상(The Dutch Silver Pen Award), 1978년 독일출판 평화상(Peace Prize of the German Book Trade), 1985년 스웨덴 정부 금상, 1986년 셀마 라겔뢰프상(Selma Lagerlof Award), 1987년 톨스토이 국제 금상(Leo Tolstoy International Gold Medal) 등을 받았다. 스웨덴 정부는 2002년 린드그렌이 세상을 떠나자 그 업적을 기리기 위해 아스트리드린드그렌상(Astrid Lindgren Memorial Award)을 제정하였다. 2005년에는 린드그렌의 필사본과 관련 기록들이 유네스코 세계기록유산(UNESCO's Memory of the World Register)으로 지정되었다. 작품으로 『삐삐 롱스타킹(Pippi Långstrump)』

---

36 챕터북은 7~10세의 중간급 독자들(intermediate readers)을 대상으로 한 이야기책이다. 초보 독자들(beginning readers)을 위한 그림책(picture book)과 달리 그림보다는 산문으로 이야기를 한다. 고급 독자(advanced readers)들을 위한 책들보다 삽화를 많이 포함하고 있다. '챕터북'이란 이름은 이야기를 작은 챕터로 나누어 놓았는데, 주의집중 시간이 길지 않은 독자들이 한번에 독서를 끝내지 못할 경우에 다시 독서를 할 수 있도록 하려는 데서 비롯된 것이다. 대체로 챕터북은 보통 정도의 길이와 복잡성을 가진 이야기 작품들을 가리킨다.

(1945), 『엄지 소년 닐스(Nils Karlsson-Pyssling)』(1949), 『미오 나의 미오(Mio, min Mio)』(1954), 『지붕 위의 카알손(Karlsson på taket)』(1955), 『사고뭉치 에밀(Emil i Lönneberga)』(1963), 『사자왕 형제의 모험(Bröderna Lejonhjärta)』(1973), 『산적의 딸 로냐(Ronja Rövardotter)』(1981) 등이 있다.

**마르티알리스**(Martialis, Marcus Valerius: 38-41~103년경)  로마의 시인. 이스파니아(Hispania = 현 Spain) 빌빌리스(Bilbilis) 출생. 영어로는 Martial로 표기한다. 라틴어 경구시를 완성시켰으며 경구시 속에 초기 로마 제국 사회를 생생히 묘사했다. 이 묘사는 그 완전함에서도, 그리고 인간 결점의 정확한 묘사에서도 주목할 만하다고 평가된다. 로마 제국 통치하의 이스파니아에서 문법학자와 수사학자로부터 전통적인 문학교육을 받았다. 마르티알리스는 카툴루스(Catullus), 페도(Pedo), 그리고 마르수스(Marsus)의 학파가 되었다고 공언하였다. 경구시(epigram)는 이 시기에 지어진 것으로 타의 추종을 불허하는 그의 언어 구사 능력으로 큰 감동을 주었다. 64년경 이스파니아를 떠나 로마로 갔다. 당시 같은 이스파니아 사람이면서 권력과 능력을 겸비한 세네카(Seneca) 가문의 클라이언트(client: 자신의 앞길을 개척하기 위한 강력한 후견인과 평민 사이의 전통적인 관계)로 들어갔다. 거기서 서사시인 루카누스(Lucanus, Marcus Annaeus: 39~65), 네로(Nero) 황제에 저항하려 했으나 성공하지 못한 음모의 주동자 피소(Piso, Calpurnius) 등을 만났다. 피소와의 일 때문에 마르티알리스는 다른 후견인을 찾아야 했다. 아마도 세네카 집안에서 그가 시인으로 생활할 수 있도록 후견해 줄 영향력이 있는 가족을 소개한 것으로 보인다. 65년에서 80년 사이의 삶은 알려져 있지 않다. 『장관(Liber Spectaculorum: 영 On the Spectacles)』(A.D. 80)은 그의 첫 번째 책인데, 33편의 평범한 경구시들을 담았다. 베스파시아누스(Vespasianus, Titus Flavius Sabinus: 9~79) 황제 때 시작하여 79년 티투스(Titus: 39~81) 황제가 완성한 원형극장 콜로세움(Colosseum)에서 열린 축성식을 찬양한 것이었다. 티투스 황제의 지나친 과찬으로 이 시들은 거의 개선되지 못했다. 86년 『에피그램(Epigrams)』 1권과 2권이 출간되었고, 마르티알리스가 이스파니아로 되돌아온 86년과 98년 사이에 거의 한 해 간격으로 새로운 『에피그램』 책이 발간되었다. 마르티알리스는 사실상 현대 경구시의 창시자다. 수 세기에 걸쳐 세계의 위대한 시인들을 포함한 수많은 숭배자들이 인용, 번역, 모방을 통해 마르티알리스에게 존경을 표했다. 그는 총 1,561편의 경구시를 창작했다. 이 가운데 1,235편은 애가조의 2행 연구(elegiac couplets)이다. 그의 경구시들 중에 일부는 자연경관을 묘사한 것도 있지만, 대부분은 황제, 공무원, 작가, 철학자, 법률가, 교사, 의사, 외모에 관심이 많은 남자(fops), 검투사,

노예, 장의사, 미식가, 남에게 빌붙어 먹고 사는 사람(spongers), 망령된 정부 (senile lovers), 역겨운 난봉꾼 등 사람들에 관한 것이었다. 마르티알리스는 끝부분에 '침(sting)'을 포함하고 있는 신랄한 경구(epigram)를 자주 사용했다. 즉 시의 끝에 말장난(pun), 대조법(antithesis), 또는 기발한 다의성(ingenious ambiguity) 등을 완성하는 예상치 못한 한마디의 말이다. 이런 종류의 시들은 뒷날 영국, 프랑스, 스페인, 그리고 이탈리아 등의 문학에서 경구를 사용하는 데 대단한 영향을 끼쳤다. 마르티알리스는 두 가지 결점이 있는데 하나는 아첨이고 다른 하나는 외설이었다. 또 돈 많고 유력한 사람들 앞에서는 부끄러운 줄도 모르고 선물과 호의를 구걸하며 굽실거렸다. 많은 사람들이 그 비굴함을 경멸하지만, 당시 문필가들이 상당한 타협 없이 로마에서 얼마나 오랫동안 살아남을 수 있었을지는 알 수 없는 것이다. 외설의 책임에 대해 말하자면, 마르티알리스는 자신보다 앞선 기원전 마지막 세기의 두 시인 카툴루스(Catullus, Gaius Valerius: B.C. 84년경~B.C. 54년경)와 호라티우스(Horatius: B.C. 65년~B.C. 8년)가 다루지 않았던 주제들을 창안한 것은 거의 없었다. 마르티알리스의 외설적인 경구시들은 그의 전체 작품의 10분의 1에 지나지 않는다. 인생의 소박한 즐거움들, 즉 먹는 것, 마시는 것, 친구들과 이야기 나누는 것 등과 만족함과 행복한 삶에 대한 유명한 비결 등을 강조한 것은 호라티우스의 『풍자시집(Satires)』, 『서간집(Epistles)』, 『두 번째 서정시집(Second Epode)』 등에 나타나는 지배적인 주제를 끊임없이 연상시킨다.

**마크 트웨인**(Mark Twain: 1835~1910)  미국의 소설가, 유머 작가, 기업가, 출판업자. 본명 클레멘스(Samuel Langhorne Clemens). 미주리(Missouri)주 플로리다(Florida) 출생. 가난한 개척민의 아들로 태어났다. 인쇄소 견습공, 미시시피강의 수로 안내인으로 일하다 남북전쟁이 터져 일자리를 잃고 서부로 갔다. 「캘러베러스 군의 소문난 뜀뛰는 개구리(The Celebrated Jumping Frog of Calaveras County)」(1865)로 일약 유명해졌다. 구어(口語)를 사용한 유머와 사회 풍자로 현실주의 문학을 개척하였다. 1900년부터 1910년 세상을 떠날 때까지 미국의 제국주의적 침략을 비판하고 반제국주의, 반전 활동 등에 참여하였다. 작품으로 『톰 소여의 모험(The Adventures of Tom Sawyer)』(1876), 『왕자와 거지(The Prince and the Pauper)』(1882), 『허클베리 핀의 모험(The Adventures of Huckleberry Finn)』(1884) 등이 있다. ▶알렉산드라 브루스타인(金永鍵 譯)은 「소련의 아동극」(『문학』 창간호, 조선문학가동맹중앙집행위원회서기국, 1946.7)에서 러시아의 아동극장이 마크 트웨인의 "「王子와 貧民」, 「톰·소우여의 冒險」, 「허클베리·핀의 冒險」" 등을 무대에 올렸다고 소개하였고, 변영로[樹州]는 「(문예야화 13)제창 아동문예」(『동아일보」, 1933.11.11)에서 「허클베리핀」의 작가 마크 트웨인과 같은 아동문학의 거장이 배출되기를 희망하였다. 최병화(崔秉和)가 「왕자와 거지(전52회)」(맥·토-웬 原作, 崔秉和 飜譯;『조선일보』, 1936.10.28~1937.1.13)를 번역한 바 있다. 마크 트웨인에 대해서는 「마크·트웨인 탄생 백년 – 하트퍼드에 기념당을 건립」(『동아일보』, 1934.6.29), 전무길(全武吉)의 「미국 유일의 대중작가 '맑·투에인'-오늘은 그의 탄생 백년제일(百年祭日)(전2회)」(『조선중앙일보』, 1934.11.30~12.2), 한흑구(韓黑鷗)의 「해학작가 막·트웬의 미(米) 문학사적 지위(전3회)」(『조선중앙일보』, 1935.12.1~5) 등이 있다.

**마테를링크**(Maeterlinck, Maurice Polydore Marie Bernard: 1862~1949) 벨기에의 극작가, 시인, 에세이스트. 플랑드르(Flandre) 지방 헨트(Gent) 출생. 1874년 헨트의 생트 바르브 칼리지(Jesuit College of Sainte-Barbe)에 입학하였는데, 종교적인 작품들만 허용되어 가톨릭교회에 대한 혐오로 이어졌다. 1885년 헨트대학교(Universiteit Gent) 법과대학을 졸업하고, 1886년 변호사 자격을 얻었다. 1885~86년 파리에서 빌리에 드릴라당(Villiers de L'IsleAdam, Auguste de: 1838~1889)과 상징주의 운동의 지도자를 만나고 곧바로 문학을 위해 변호사직을 포기하였다. 첫 시집『온실』과 첫 희곡『말렌 공주』를 출간하였다.『말렌 공주』는 "새로운 셰익스피어의 등장"이라고 극찬을 받았다. 1892년『펠레아스와 멜리장드』를 파리에서 발표하였는데 상징주의극의 걸작이자, 드뷔시(Debussy, Claude Achille: 1862~1918)의 오페라의 바탕이 되었다. 산문으로 썼지만『펠레아스와 멜리장드』는 19세기 전체를 통틀어 시극(poetic drama)의 성취로 간주되었다. 1908년 스타니슬랍스키(Stanislavsky, Konstantin Sergeevich: 1863~1938)가 연출한 〈파랑새〉 공연으로 대중에게 널리 알려지게 된다. 1911년 노벨문학상을 수상하였다. 작품으로 시집『온실(Serres chaudes)』(1889), 희곡『말렌 공주(La Princesse Maleine)』(1889), 『펠레아스와 멜리장드(Pelléas et Mélisande)』(1892),『파랑새(L'Oiseau Bleu)』(1906 완성, 1908 출판) 등이 있다. ▶방정환[小波]의 「새로 개척되는 '동화'에 관하야 – 특히 소년 이외의 일반 큰 이에게 –」(『개벽』 제31호, 1923년 1월호), 적아(赤兒)의 「11월호 소년잡지총평(5)」(『중외일보』, 1927.12.7), 남석종(南夕鍾)의 「(아동문학강좌 6)동극(童劇)이란 무엇인가」(『아이생활』, 1935년 9월호), 그리고 양미림(楊美林)의 「소년필독 세계명저 안내」(『소년』, 1939년 12월호) 등에서 마테를링크와 그의 작품『파랑새』에 대해 소개하고 있다. 주요섭(朱耀燮)이 아동극「파랑새」(『동화』, 1937년 5-6월 합호)를 번역한 바 있다.

**말로**(Malot, Hector: 1830~1907) 프랑스의 소설가, 평론가, 아동문학가. 프랑스

북서부 센마리팀(Seine-Maritime)의 라부이유(La Bouille) 출생. 루앙(Rouen)과 파리(Paris)에서 법학을 공부했으나, 점차 문학으로 방향을 돌렸다. 연극 및 문학평론가로 일했다. 인도주의적인 입장에서 가정소설, 아동소설을 많이 썼다. 작품으로 『사랑의 희생자(Victimes d'Amour)(3부작)』(1859~1869), 『로망 카르브리의 모험(Les Aventures de Romain Kalbris)』(1869)과 그의 명성을 세계적으로 떨치게 한 아동문학의 걸작 『집 없는 아이(Sans Famille)』(1878), 『집 없는 소녀(En Famille)』(1893)가 있다. ▶우보 민태원(牛步閔泰瑗)은 말로의 『집 없는 아이』를 「부평쵸(浮萍草)」(『동아일보』, 1920.4.1~9.4)란 제목으로 번역한 바 있다. 이는 기쿠치 유호(菊池幽芳)가 번역한 『집 없는 아이(家なき兒)』(春陽堂, 1912)를 다시 번안한 것이었다. 임원호(任元鎬)도 『집 없는 아이』(『아이생활』, 1938년 4월호, 6월호, 1939년 2월호, 3월호)를 번역한 바 있다. 양미림(楊美林)은 「소년 필독 세계 명저 안내」(『소년』 제3권 제11호, 1939년 11월호)에서 "『집 업는 아이』 불란서의 마로-라는 작가가 가정소설로 한 불상한 생활기록 모양으로 쓴 눈물 나는 이야기"라고 소개하였고, 이원수(李元壽)의 「아동문학의 사적(史的) 고찰」(『소년운동』 제2호, 조선소년운동중앙협의회, 1947년 4월호)에도 말로의 『집 없는 아이』가 소개되고 있다.

**맥도널드**(Macdonald, George: 1824~1905)  영국 동화 작가, 시인. 스코틀랜드 애버딘 헌틀리(Aberdeen, Huntly) 출생. 농부의 아들로 태어났다. 1845년 애버딘대학(Univ. of Aberdeen)에 화학과 물리학 학위로 졸업하였다. 목사가 되기 위해 1850년 하이베리 칼리지(Highbury College)에서 신학 학위를 받고 졸업하였다. 근대 판타지 문학의 개척자이고, 『나니아 연대기』의 작가 캐럴(Carroll, Lewis)의 조언자였다. 맥도널드는 요정담과 더불어 여러 권의 기독교 변증론 관련 책을 저술하였다. 맥도널드의 저술은 이름난 저자들에게 영향을 주었다. 루이스(Carroll, Lewis), 배리(Barrie, Sir James Matthew), 기독교 작가 체임버(Chamber, Oswald), 트웨인(Twain, Mark), 루이스(Lewis, Clive Staples), 톨킨(Tolkien, John Ronald Reuel), 데라메어(De la Mare, Walter John), 네스빗(Nesbit, Edith) 등이다. 『북풍의 등에서』가 가장 알려진 작품이지만, 『공주와 고블린』과 그 후속작인 『공주와 커디』는 불후의 작품이다. 작품으로 『판타스테스(Phantastes: A Faerie Romance for Men and Women)』(1858), 『릴리스(Lilith)』(1895) 등은 어른을 위한 책이고, 어린이책으로는 『북풍의 등에서(At the Back of the North Wind)』(1871), 『공주와 고블린(The Princess and the Goblin)』(1872), 『공주와 커디(The princess and Curdie)』(1873) 등이 있다.

**머더구스**(Mother Goose)  전설적인 할머니인데, 전래동요(nursery rhymes)로 알려진 동요(children's song)와 동시(children's verse)의 원천이라고 한다. 머더구스는 매부리코에 뾰족한 턱을 가진 나이 많은 할머니로 거위 등에 타고 날아다니는 것으로 그려지곤 한다. 작품으로 뉴베리(Newbery, John)가『머더구스의 노래(Mother Goose's Melody, 또는 Sonnets for the Cradle)』(1781)를 출판하였다. ▶남석종(南夕鍾)의「조선과 아동시 – 아동시의 인식과 그 보급을 위하야(2)」(『조선일보 특간』, 1934.5.22)에 머더구스가 소개되고 있다.

**모에**(Moe, Jørgen Engebretsen: 1813~1882)  노르웨이의 민속학자, 주교(bishop), 시인, 작가. 노르웨이 부스케루(Buskerud)주 홀(Hole) 출생. 왕립 프레데릭대학교(Det Kongelige Frederiks Universitet: 현 Univ. of Oslo)에서 신학을 공부하였으나, 성직을 단념하고 민속학의 길을 택했다.『노르웨이 민화집』을 편찬하여 신흥 노르웨이 민족정신을 고양하는 데 공헌하였다. 1853년 종교적 위기를 극복하고 성직에 신품성사(神品聖事)되었고, 1874년 크리스티안센(Kristianssand)의 주교가 되었다. 아들 몰트케(Moe, Moltke: 1859~1913)는 모에의 후계자로 오슬로대학교(Univ. of Oslo) 최초의 민속학 교수가 되어, 북구 민속학의 발전에 기여하였다. 작품으로 아스비에른센(Asbjørnsen, Peter Christen)과 함께 펴낸『노르웨이 민화집(Norske Folkeeventyr)』(1842~44)이 있다. ▶최병화(崔秉和)의「세계동화 연구」(『조선교육』제3권 제2호, 1949년 4월호)에 모에를 소개하고 있다.

**몰리에르**(Molière: 1622~1673)  프랑스의 극작가, 배우. 본명은 장 밥티스트 포클랭(Jean Baptiste Poquelin). 프랑스 파리(Paris) 출생. 1644년 베르사유궁의 향연 때 위선자를 풍자한〈타르튀프〉를 상연하여 교회 신자들의 미움을 받아 시중 공연을 중지당하기도 하였다. 최고의 걸작이라고 평가되는『인간 혐오자(Le Misanthrope)』를 발표하였으나 큰 인기를 끌지 못하였다. 1669년에 이르러〈타르튀프〉의 공연이 허락되어 대단한 인기를 끌었다. 코르네유, 라신과 함께 프랑스 고전극을 대표하는 인물로 여러 가지 복잡한 성격을 묘사함으로써 프랑스 희곡을 시대의 합리적 정신에 합치되는 순수 예술로 끌어올렸다. 작품으로『타르튀프(Tartuffe)』(1664),『동 쥐앙(Dom Juan)』(1665),『인간 혐오(Le Misanthrope)』(1666),『수전노(L'Avare)』(1668) 등이 있다. ▶알렉산드라 브루스타인(金永鍵 譯)의「소련의 아동극」(『문학』창간호, 조선문학가동맹중앙집행위원회서기국, 1946.7)에 몰리에르가 소개되었다.

**뮤흐렌**(Zur Mühlen, Hermynia: 1883~1951)  오스트리아의 작가, 번역가. 본명 Hermine Isabella Maria Folliot de Crenneville-Poutet. 오스트리아 비엔나

(Vienna) 출생. 뮤흐렌은 사회주의 대의에 자신의 삶을 바치기로 하여 오스트리아 헝가리의(Austro - Hungarian) 귀족 신분을 거부하였다. 귀족적인 양육에 의해 받은 교육, 문화 의식, 그리고 미적 인식 등을 소중하게 생각하면서도, 뮤흐렌은 특권을 가진 여자 백작보다는 보다 의미 있는 삶을 추구하였다. 젊은 날 아시아, 아프리카 등을 두루 여행하였고, 사회적 정의감을 세련되게 한 특별한 교양교육을 받았다. 뮤흐렌 남작(Baron Victor Zur Mühlen)과의 짧고 불행한 결혼생활을 마치고, 뮤흐렌은 잠시 스위스에서 머물렀다. 그곳에서 볼셰비키 운동에 참여하게 되었고 1919년에는 독일공산당(German Communist Party)에 가입하였다. 뮤흐렌은 공산주의 사상을 견지함으로써 그녀의 작품은 정부의 정밀조사와 검열의 표적이 되었다. 1924년에 발표한 소설『칼 뮬러 경관(Schupomann Karl Müller)』으로 인해 문학적 반역죄로 기소될 처지를 간신히 면하게 되었지만 공식적인 경찰의 감시를 받게 되었다. 이후 두 번째 남편 클라인(Klein, Stefan)과 함께 오스트리아, 체코슬로바키아, 마지막으로 영국으로 추방되었다. 작품의 성공과 사회정치적인 중요성에도 불구하고, 뮤흐렌은 양 대전 사이에 대체적으로 무시되어 조용히 잊힌 채 살았다. 뮤흐렌의 작품은 최근에야 페미니스트 비평가, 망명 학자들의 연구를 통해 재발견되고 있다. 뮤흐렌은 많은 작품을 발표했는데, 1920년대에 인기를 끈 사회주의 우화와 요정담으로 악명을 얻었다.『울타리(Der Zaun)』(1924),『진리의 성(城)(Das Schloß der Wahrheit)』(1924),『붉은 깃발(Die rote Fahne)』(1930) 등은 우화와 판타지를 통해 사회주의적 가치의 본보기를 추구하고, 노동자계급 어린이 독자들의 혁명 정신을 기르기 위한 것이었다. 뮤흐렌은 100권이 넘는 프랑스, 영국, 그리고 러시아 작품을 번역한 번역가로도 알려졌는데, 특히 싱클레어(Sinclair, Upton Beall: 1878~1968)의 희곡을 많이 번역하였다. 널리 알려진 뮤흐렌의 작품『어린 피터 친구들의 이야기(Was Peterchen's Freude erzählen)』(1921)에서, 일상생활에서 사용하는 물건들은 그것을 만들어내는 노동계급의 고통을 말하고 드러내기 위한 것이었다. 뮤흐렌의 우화는 주인공들이 자기주도적 그리고 협력적 행동을 통해 자본주의 체제의 경제적 착취를 극복하는 비교적 일관된 모형을 고수하고 있다. 다른 작품으로는『요정담(Märchen)』(1922),『카펫 직공, 알리(Ali, der Teppich-weber)』(1923),『한때 있었던 … 그리고 앞으로 있을 것(Es war einmal … und es wird sein)』(1930) 등이 있다. 1925년 뮤흐렌의 작품 4편이 영어로 번역되어『노동소년을 위한 요정담(Fairy Tales for Workers' Children)』(Chicago: Daily Workers Pub. Co., 1925)이란 제목으로 미국에서 출판되었다. ▶일제강점기에 뮤흐렌의 작품들은 여러 차례 번역되었다. 박영희(朴英熙)가「웨?」(뮤흐른 원작, 박영희 역;

『개벽』통권 제67호, 1926년 3월호)를, 최청곡(崔靑谷)이 「모포(毛布) 이약이 - 속 (續) 어린 페-터-(전5회)」(『중외일보』, 1928.1.16~20), 「설할초(雪割草) 이약이 (전3회)」(『중외일보』, 1928.1.26~28), 「석탄(石炭) 이야기」(『별나라』 제60호, 1932년 7월호), 「설할초(雪割草) 이야기」(『소년조선』, 1929년 4-5월 합호) 등을, 금철(琴澈)이 「진리의 성(전35회)」(『중외일보』, 1928.5.6~6.20)을, 승효탄(昇曉 灘)이 「만족의 마귀(일명 「왕의 편」)」(『별나라』 제6권 제9호, 1931년 12월호) 등을 번역하였다. 단행본으로 발간된 것은 『왜』(뮤흐렌 저, 최규선 역; 별나라사, 1929), 『어린 페-터-』(뮤흐렌 저, 최청곡 역, 안석영 裝; 유성사서점, 1930) 등이 있다. 고장환(高長煥)의 「세계 소년문학 작가 소전(小傳)」(고장환 편, 『세계소년문학 집』, 박문서관, 1927.12)에서 뮤흐렌을 '독일의 사회운동가, 무산 동화작가'로 소개 하고 있고, 송남헌(宋南憲)의 「예술동화의 본질과 그 정신 - 동화작가에의 제언 (1)」(『동아일보』, 1939.12.2)에 서구의 여러 동화작가와 함께 뮤흐렌을 소개하고 있다. 이 외에도 일제강점기의 여러 작가 및 평자(評者)들은 뮤흐렌을 자주 언급하 고 있다.

**미스트랄**(Mistral, Frédéric: 1830~1914)  프랑스의 시인, 사전 편찬자. 프랑스 마 이얀(Maillane) 출생. 1851년 액상프로방스(Aix-en-Provence)에서 법학을 공부 하였다. 1854년 프로방스(Provence)와 옥시타니아(Occitania) 전체의 언어와 문학 을 보존하고 진흥하기 위한 조직인 펠리브리주(Félibrige){프로방스 지역의 언어인 오크어(lenga d'òc) 문학과 전통을 보존하기 위해 결성한 문학단체로, 예수가 유대 교 사원에서 '7명의 율법학자'와 논쟁을 벌였다는 것에서 명칭을 따왔다.}를 결성하 였다. 1904년 노벨문학상을 받았다. 스웨덴 한림원은 "프로방스 지방의 언어학자로 서 자연의 풍경과 토착민들의 정신을 충실하게 반영한 그의 시작(詩作)에 나타난 신선한 독창성과 진정한 영감을 인정하며" 노벨문학상을 수여한다고 밝혔다. 작품 으로 서사시 「미레요(Miréio)」(1859), 서정시 「황금의 섬(Lis Isclo d'or)」(1876) 등이 있고, 저서에 『펠리브리주 보전(Félibrige寶典: Lou Tresor dóu Félibrige)』 (1878~1886)이 있다. ▶김태오(金泰午)의 「조선 동요와 향토예술(상)」(『동아일 보』, 1934.7.9)에서 비에른손, 하디, 페르고와 함께 미스트랄을 '흙의 예술가'로 소 개하였다.

**바브리우스**(Babrius: A.D. 2세기경)  그리스어 우화 선집의 저자. Babrias 또는 Gabrias로도 알려져 있다. 생애에 대해 알려진 게 없다. 바브리우스의 우화는 대부 분 이솝(Aesop)이라는 이름과 관련된 흔한 이야기 형태들이었다. 바브리우스는 이 이야기들을 불규칙 단장격 운율(scazon 혹은 choliambic)로 표현했는데, 이는 로마의 시인 카툴루스와 마르티알리스가 이미 그리스인들로부터 받아들여 쓰고 있던 것이었다. 대부분의 바브리우스의 우화는 그 갈래의 전형인 동물 이야기이다. 언어와 문체(style)는 매우 단순하지만, 풍자적 요소는 이 이야기들이 세련된 도시 사회의 산물임을 암시하고 있다. 바브리우스의 우화는 파이드루스(Phaedrus)의 우화와 함께 페리(Perry, Ben Edwin: 1892~1968)에 의해 영어로 번역 · 편집되어, 1965년에 출판되었다. ▶최병화(崔秉和)는 「세계동화연구」(『조선교육』 제3권 제1호, 1949년 3월호)에서 바브리우스의 이솝우화 번역에 대해 언급하였다.

**바실레**(Basile, Giambattista: 1575년경~1632)  나폴리의 군인, 공무원, 시인, 단편소설 작가. 이탈리아 나폴리의 줄리아노(Giugliano) 출생. 바실레는 나폴리 방언으로 쓴 50편의 재미있는 이야기인 『이야기 중의 이야기』의 저자인데, 이는 설화(folktales)에 바탕을 둔 이러한 종류의 선집(collections) 가운데 가장 이른 시기의 것 중에 하나다. 『이야기 중의 이야기』는 뒷날 요정담(fairytale) 작가인 17세기 프랑스의 페로(Perrault, Charles)와 19세기 독일의 그림 형제(Brüder Grimm), 그리고 18세기 이탈리아의 코메디아델라르테(commedia dell'arte)의 극작가 고치(Gozzi, Carlo)에게 중요한 자료로 활용되었다. 젊은 시절 바실레는 군인이었고, 1608년 나폴리로 이주하여 정부에서 일했다. 나폴리에서 일하던 그는 나폴리 사람들의 민속, 풍습, 문학, 음악, 그리고 방언에 매력을 느끼게 되었다. 바실레는 나폴리와 관련된 것을 진지하게 공부하였고, 요정담과 설화를 모으기 시작하였다. 그리고 이것들을 지역의 정취와 그에게 영향을 미친 동시대의 시인 마리노(Marino, Giambattista)의 모든 장식과 현란함을 담은 생생한 나폴리 스타일로 기록하였다. 바실레의 요정담 선집인 『이야기 중의 이야기』(1634)[37]는 바실레가 죽은 뒤 여동생 아드리아나(Adriana)가 철자바꾸기식 필명 'Gian Alesio Abbattutis'로 나폴리에서 간행한 유고집이다. 보카치오(Boccaccio)의 『데카메론(Decameron)』과 그 형식이 유사해 첫 번째 편자가 『펜타메로네(Il pentamerone)』라 하였다. 『이야기 중의 이야기』는 5일 동안 10명의 여인들이 50편의 이야기를 왕자와 그의 아내(공주인 체하는 노예)에게 들려주며 즐겁게 하는 내용이다. 이 이야기 중에는 우리에게 익숙한 「신데렐라(Cinderella)」, 「라푼젤(Rapunzel)」, 「장화 신은 고양이(Puss in Boots)」, 「백설공주(Snow White)」와 「미녀와 야수(Beauty and the Beast)」 등이 있다. 마

---

[37] 『Lo cunto de li cunti』는 나폴리 방언으로 된 것이다. 크로체(Croce, Benedetto: 1866~1952) (1925)의 이탈리아어 번역이 있고, 영어로 된 번역은 펜저(Penzer, N. B.)의 『펜타메로네(The Pentamerone)(전2권)』(1932)가 있다.

지막 날 이야기는 진짜 공주가 나타나 자신의 이야기를 하며 가짜 노예를 내쫓는다는 내용이다. 『이야기 중의 이야기』는 한동안 잊혔으나, 그림 형제가 『어린이와 가정의 동화(Kinder-und Hausmärchen)』 3판에서 이 책을 첫 번째 국가적인 요정담 선집이라고 찬사를 보낸 후 많은 관심을 받게 되었다. 작품으로 시집 『성모의 눈물(Il Pianto Della Vergine)』(1608), 해양 소설 『불운한 모험(Le Avventurose Disavventure)』(1611), 희곡 『고통받는 비너스(La Venere Addolorata)』(1612), 『이야기 중의 이야기(Lo cunto de li cunti)(전2권)』(1634~1636) 등이 있다. ▶최병화(崔秉和)는 「세계동화연구」(『조선교육』 제2권 제7호, 1948년 12월호)에서 바실레의 구비문학 수집에 대해 언급하였다.

**바움**(Baum, Lyman Frank: 1856~1919)  미국의 작가. 미국 뉴욕주 시터냉고(Chittenango) 출생. 사우스다코타 애버딘(South Dakota, Aberdeen)과 시카고(Chicago)에서 저널리스트로 활동하였다. 『아빠 거위』가 상업적인 성공을 거두었고, 『오즈의 마법사』가 더 큰 성공을 거둔 뒤, 바움은 13권의 오즈(Oz) 책을 더 썼고, 사후에도 다른 사람에 의해 책이 출간되었다. 바움은 약 60권 정도의 작품을 창작하였는데, 대부분이 아동문학이고 많은 인기를 끌었다. 작품으로 첫 작품 『아빠 거위(Father Goose)』(1899), 『오즈의 마법사(The Wonderful Wizard of Oz)』(1900) 등이 있다.

**바이런**(Byron, George Gordon: 1788~1824)  영국의 시인. 별칭 'Lord Byron', '6th Baron Byron'. 영국 런던(London) 출생. 1798년 제5대 바이런 남작이 죽자 제6대를 상속하여 영주가 되었다. 1805년 케임브리지대학교(University of Cambridge)의 트리니티칼리지(Trinity college)에 들어갔고, 시집 『게으른 나날(Hours of Idleness)』(1807)을 출판하였으나 이 시집은 혹평을 받았다. 1807년 유럽 여행 경험을 토대로 쓴 『차일드 해럴드의 편력(1, 2권)』(1812)으로 신진 시인으로서의 명성을 얻었다. 이때 "어느 날 아침에 일어나 보니 유명해져 있었다.(I awoke one morning and found myself famous.)"라는 유명한 소감을 남겼다. 방랑하는 청년 귀족으로서 유럽 대륙을 편력하였으나 그리스 독립 전쟁에 지원하여 객사하였다. 낭만파를 대표하는 시인으로, 자유분방하며 유려(流麗)한 정열의 시를 써 열광적인 인기를 얻었다. 작품으로 장편 서사시 『차일드 해럴드의 편력(Childe Harold's Pilgrimage)(전4권)』(1812~1818), 극시 『맨프레드(Manfred)』(1817), 장시(長詩) 『돈 후안(Don Juan)』(1819~1824) 등이 있다. ▶전영택(田榮澤)은 「소년 문제의 일반적 고찰」(『개벽』 제47호, 1924년 5월호)에서 괴테, 실러, 디킨스, 와일드 등과 함께 바이런을 소개하였다.

**배리**(Barrie, Sir James Matthew: 1860~1937)  영국의 소설가, 극작가. 스코틀랜드(Scotland) 앵구스(Angus) 출생. 1882년 에든버러대학(The Univ. of Edinburgh)에서 석사학위를 받고 런던(London)으로 이주하였다. 주로 사회적인 주제를 다루었으며, 기지(機智)와 감상(感傷), 풍자에 뛰어났다. "세상에서 가장 착한 작가"라고 칭송받는다. 오늘날 배리는 『피터 팬(Peter Pan, 또는 The Boy Who Wouldn't Grow Up, Peter and Wendy)』[38]의 작가로 유명하다. 『피터 팬』에 대한 저작권을 아동병원에 기부하여 그 수익금으로 수많은 아이들의 생명을 구했다. 작품으로 『피터 팬(Peter Pan)』(1911), 『훌륭한 크라이턴(The Admirable Crichton)』(1902), 『신데렐라 이야기(A Kiss For Cinderella)』(초연 1916; 1920) 등이 있다. ⌜남석종(南夕鍾)의 「(아동문학강좌 6)동극(童劇)이란 무엇인가」(『아이생활』, 1935년 9월호)에 배리의 「신데렐라 이야기」에 대해 소개하고 있다. 김의환(金義煥)이 『피터어 팬』(조선아동문화협회, 1946)을 발간한 바 있다.

**버넷**(Burnett, Frances Eliza Hodgson: 1849~1924)  미국의 소설가, 극작가. 본명은 Frances Eliza Burnett. 영국 맨체스터(Manchester) 출생. 철물점을 경영하던 아버지가 사망한 뒤 생활이 어려워지자 열여섯 살 되던 해인 1865년 미국으로 이민을 갔다. 생계를 위해 글을 써서 잡지에 기고하기 시작하였다. 『소공자』의 주인공 세드릭(Cedric Errol) 스타일이 유행하는 등 큰 인기를 얻었지만, 한편 현실 세계 아이들의 생활과 동떨어진 이야기라는 비판을 받기도 했다. 작품으로 소년소설 『소공자(Little Lord Fauntleroy)』(1886), 『소공녀(A Little Princess)』[39](1905), 『비밀의 정원(The Secret Garden)』(1911) 등이 있다. ⌜양미림(楊美林)은 「소년필독 세계명저 안내」(『소년』, 1939년 12월호)에서 『소공자』를 소개하였고, 송남헌(宋南憲)은 「예술동화의 본질과 그 정신 – 동화작가에의 제언(1)」(『동아일보』, 1939. 12.2)에서 버넷을 예술동화 작가로 소개하였다. 최병화(崔秉和)가 「(哀憐情話)소공녀」를 번역하여 『별나라』(?~1929년 5월호)에 연재 발표한 바 있고, 모기윤(毛麒允)이 「소공자」(『아이생활』 제12권 제2호, 1937년 2월호)를 번역한 바 있다. 춘성

---

**38** '피터 팬(Peter Pan)' 캐릭터는 배리의 소설 「작은 하얀새(The Little White Bird)」(1902)에 처음 나타난다. 불후의 유명한 작품 〈Peter Pan; or, The Boy Who Wouldn't Grow Up〉은 1904년 12월 27일 영국에서 처음 공연되었다. 1911년 「Peter Pan」은 영국에서 판타지 동화 『Peter and Wendy』로 다시 출판되었다.

**39** 「소공녀」는, 1887년 12월부터 잡지 『St. Nicholas Magazine』에 연재된 「Sara Crewe, 또는 What Happened at Miss Minchin's」라는 단편소설을 1888년에 책으로 출판하였고, 이를 발전시켜 1905년에 『A Little Princess』로 출판한 것이다.

노자영(春城 盧子泳)이 『소공자(小公子)』(청조사, 1926)를, 정비석(鄭飛石)이 『소공자』(정음사, 1948)를 번역 출간한 바 있다.

**버니언**(Bunyan, John: 1628~1688)  영국의 종교 작가. 영국 잉글랜드 베드퍼드셔(Bedfordshire) 출생. 문법학교에서 읽기와 쓰기를 배운 것 외에 제대로 된 교육을 받은 것이 없다. 영국 내전(English Civil War: 1642~1651)이 일어나자 16세 때 크롬웰(Cromwell, Oliver: 1599~1658)의 의회군 수비대에 들어갔다. 1653년 기퍼드(Gifford, John) 목사에게 큰 감화를 받고 개종하여 설교를 했다. 1660년 찰스 2세(King Charles II)는 국교회 이외의 모든 종교를 탄압했는데 버니언은 뱁티스트파(Baptist派)의 설교자로서 국교파(國敎派)의 박해에 저항하여 계속 설교를 하다가 체포되어 1672년 5월까지 12년간의 감옥생활을 하였다. 자서전 『넘치는 은총』은 그동안에 겪은 영혼의 고뇌와 정신적·육체적 고통을 기록한 것이라고 한다. 최대 걸작인 『천로역정』은 영국 근대소설 발전에 크게 기여한 것으로 평가된다. 버니언의 작품들은 구상이나 기법에 있어 밀턴(Milton, John: 1608~1674)과 스펜서(Spenser, Edmund: 1552/53~1599)에 비견된다. 작품으로 『넘치는 은총(Grace Abounding to the Chief of Sinners)』(1666), 『천로역정(The Pilgrim's Progress)』(1678; 1684), 『성전(The Holy War)』(1682) 등이 있다. ◤게일 목사(Gale, James. Scarth: 1863~1937){한국명 기일(奇一)} 부부가 번역한 『텬로력뎡(The Pilgrim's Progress)』(서울: The Trilingual Press, 1895) 이래 여러 차례 번역되었다.[40]

**버턴**(Burton, Sir Richard Francis: 1821~1890)  영국의 학자이자 탐험가이며 동양학자. 영국 잉글랜드의 데번셔(Devonshire) 출생. 영국과 아일랜드, 그리고 프랑스의 혈통이 혼합되어 태어났다. 일찍 군(軍)에서 은퇴하고 프랑스와 이탈리아에서 두 아들과 딸을 키운 아버지 덕분에 버턴은 1840년 옥스퍼드대학 트리니티칼리지(Trinity College, Oxford)에 입학하기 전에 놀라울 정도로 탁월한 언어 능력을 길렀다. 프랑스어, 이탈리아어, 베아른(Béarnais)과 나폴리(Neapolitan) 지방의 방언, 그리고 그리스어와 라틴어를 유창하게 구사하였다. 그러나 유럽 대륙에서 성장한 탓에 버턴은 모국에 대한 정체성에 있어 애증이 엇갈렸다. 스스로 자신을 "방랑자, 길을 잃은 … 초점이 없이 불타는 빛"이라 하였고, "잉글랜드는 내가 절대 고국이라고 느끼지 않는 유일한 나라"라고 불평하였다. 1842년 사소한 교칙 위반으로 옥스퍼드대학으로부터 퇴학당하고, 인도로 가 영국과 전쟁을 벌이고 있던 신

---

40 게일(Gale) 역, 『텬로력뎡』, Presbyterian Publication Fund, 1910; 오천영(吳天泳) 역, 『(전역)천로역정』, 조선기독교서회, 1939.

드(Sindh, 현 Pakistan)에 소위로 배속되었다. 8년간 근무하면서 아랍어와 힌디어(Hindi)를 통달하고, 마라티어(Mahratti), 신드어(Sindhi), 펀자브어(Punjab), 텔루구어(Telugu), 파슈토어(Pashto), 그리고 물탄어(Multan) 등에 능숙하게 되었다. 이후 전세계를 여행하면서 버턴은 25개의 언어를 습득하였고, 방언까지 합하면 그 숫자는 40개에 달한다. 신드 지역 영국군 사령관이었던 네이피어(Napier, Sir Charles James)의 호의로 버턴은 변장을 하고 무슬림 시장에 잠입하여 자세한 보고서를 갖고 돌아왔다. 1845년에는 네이피어의 요청으로, 카라치(Karachi)의 동성애 사창가에 대해 조사하였다. 버턴의 자세한 보고서는 이들 지역의 파괴로 이어진 동시에, 네이피어가 떠난 후 그가 불명예 제대를 하게 되는 빌미가 되기도 하였다. 여러 가지 노력에도 불구하고 버턴은 그에 대한 평판이 회복할 수 없을 정도로 나빠진 것을 알고 암담한 상태가 되어 잉글랜드로 돌아왔다. 29세 때부터 32세 때까지 어머니와 여동생과 함께 프랑스 볼로뉴(Boulogne)에 살면서 인도에 관한 4권의 책을 썼다. 그중『신드와 인더스강 계곡에 거주하는 종족들(Sindh, and the Races That Inhabit the Valley of the Indus)』(1851)은 뛰어난 민족지 연구서이다. 1853년 버턴은 그의 오랜 염원이었던 메카(Mecca)에 가는 계획을 완성하였다. 아프가니스탄 무슬림인 파탄인(Pathan)으로 변장하여 카이로, 수에즈, 메디나(Medina)를 여행하고, 도적들이 들끓는 매우 위험한 길을 통해 무슬림 성전 카바(Ka'bah)에 들러 모스크를 측정하고 스케치하였다.『메디나와 메카 순례(Pilgrimage to El-Medinah and Mecca)』(1855~56)는 위대한 모험담(adventure narrative)일 뿐만 아니라 무슬림의 삶과 관습, 특히 매년 열리는 순례행사에 대한 고전적인 해설이기도 하다. 1854년 역시 금지된 동아프리카의 도시 하라르(Harar, 또는 Harer)를 탐험하고『동아프리카의 첫발자국(First Footsteps in East Africa)』(1856)을 간행하였다. 1855년 백나일(White Nile)의 원천을 밝히겠다는 생각으로, 영국동인도회사의 장교 3명{스피크(Speke, John Hanning) 포함}과 함께 소말릴란드(Somaliland)를 정복하고자 하였다. 그러나 아프리카인들의 공격을 받아 스피크는 심각한 상처를 입었고, 버턴도 창(槍)이 턱을 관통하는 상처를 입고 영국으로 되돌아갔다. 스피크와 동행하여 1858년 2월에 탕가니카 호수(Lake Tanganyika)를 발견하였으나, 말라리아에 걸리고 말았다. 먼저 회복한 스피크가 단독으로 탐험을 실시해 빅토리아 호수(Lake Victoria)를 발견하고 이를 나일강의 원류로 확신하였다. 의견의 차이를 보인 버턴과 스피크는 소원해지게 되었다. 40세였던 1861년에 1856년부터 구애했던 귀족 가문의 애런델(Arundell, Isabel)과 결혼하였다. 외무부에 들어가 이후 30년간 외교관으로 활동하였다. 1872년 버턴은 수치스러운 추방이라고 생각할 만큼 마지못해 이탈리아의 트리에스테(Trieste) 영사관이 되었으나, 점차 그곳을 집처럼 소중하게 생각하게 되었다. 죽을 때까지 이곳에 머물렀는데 믿기 어려울 정도의 다양한 책을 출간하였다. 아이슬란드, 에트루리아(Etruria)의 볼로냐(Bologna), 신드(Sindh), 미디안(Midian)의 금광, 아프리카의 황금 해안(Gold Coast, 현 Ghana) 등에 관한 책들이었는데, 어느 것도 초기의 모험담에 맞먹는 것은 없었다. 트리에스테에서 버턴은 탁월한 번역가로 많은 책을 출간하였다. 16세기 포르투갈 시인이자 탐험가인 카몽이스(Camões, Luíz Vaz de: 1524년경~1580)의 서사시 『우스루지아다스(Os Lusiadas)』, 나폴리 방언으로 된 바실레(Basile, Giambattista)의 이탈리아 이야기 『펜타메로네(Il Pentamerone)』, 카툴루스(Catullus)의 라틴어 시 등을 번역하고 주석을 달았다. 그러나 버턴은 동양의 성애물에 가장 관심이 많았다. 투옥의 위험을 무릅쓰고 비밀리에 번역·출판한 책으로 『카마수트라(Kama Sutra of Vatsyayana)』(1883), 『아낭가랑가(Ananga Ranga)』(1885), 그리고 『향기로운 정원(The Perfumed Garden of the Cheikh Nefzaoui)』(1886) 등이 있다. 또한 공개적으로 그러나 비공식적으로 16권의 『아라비안나이트(Arabian Nights)』 (1885~88)를 무삭제판으로 간행하였다. 이 번역은 번역의 충실도, 남성성, 문학적 기법 등에서 다른 번역자들을 놀라게 했다. 게다가 이 번역본에다 민족학적인 각주, 포르노그라피, 동성애, 여성들의 성교육 등에 관한 대담한 내용으로 윤색하였다. 버턴은 당시의 "야한 얌전함", 위선적인 말, 위선 등에 격분하였고, 엘리스(Ellis, Havelock)와 프로이드(Freud, Sigmund)에 앞서는 심리학적인 통찰을 보여주었다. 버턴의 『아라비안나이트』는 한편으로는 건장함과 정직함으로 높이 평가받기도 하지만, 다른 한편으로는 "사창가의 쓰레기", "미풍양속의 저하와 악의 통계자료에 대한 끔찍한 모음집"이라고 공격받기도 한다. 부인 애런델은 버턴이 빅토리아 시대에 악덕행위라고 부른 자료들을 수집하였기 때문에 악한 사람으로 여겨질까 봐 두려웠다. 그래서 출판하기 위해 버턴이 주석을 달아 놓은 『향기로운 정원(The Perfumed Garden)』을 당장 불태워버렸다. 그리고 그녀는 버턴의 전기를 집필했는데, 라블레 풍(Rabelaisian, 섹스와 인체를 풍자적으로 다루는)의 학자이자 탐험가를 독실한 가톨릭 신자, 신실한 남편, 교양 있고 겸손한 사람으로 만들기 위해 애를 썼다. 이어서 애런델은 버턴의 40년간의 일기와 저널 모음집 거의 대부분을 불태웠다. 역사와 인류학의 측면에서 그 손실은 가히 엄청난 것이었고, 버턴의 전기작가들에게도 회복할 수 없는 손실이었다. 『아라비안나이트』의 원제는 '알프 라일라 와 라일라(Alf laylah wa laylah)'인데, 우리나라에서는 일제강점기에 일본의 번역본을 따라 '천야일야(千夜一夜)' 또는 '천일야화(千一夜話)'라는 제목으로 알려졌다. 유럽에 번역된 최초의 『아라비안나이트』는 프랑스의 동양학자인 갈 랑(Galland, Antoine: 1646~1715)이 번역한 판본(『Les Mille et Une Nuits, contes arabes traduits en français(전12권)』(1~10권: 1704~12; 11~12권: 1717)이다. 최초의 영역본으로는 번역자를 알 수 없는 『아라비아의 밤에 즐기는 오락(The Arabian Nights' Entertainment)』(1706년경~1721년경)으로 알려져 있다. 이어 레인(Lane, Edward William: 1801~1876)의 판본(『One Thousand and One Nights(전3권)』(1838~1840)과 페인(Payne, John: 1842~1916)의 판본 (『(전13권)』(1~9권: 1882~84; 보충 3권: 1884; 13권: 1889)이 버턴의 번역 (『The Book of the Thousand Nights and a Night-A Plain and Literal Translation of the Arabian Nights Entertainments(전16권)』(10권: 1885; 보충 6권: 1886~88)보다 앞선 것이다. ▶최병화(崔秉和)의 「세계동화연구」(『조선교육』 제2권 제6호, 1948년 10월호)에, 『아라비안나이트』의 영어 번역은 "존 뻬인(John Paine)과 리챠드·뻐어톤(Richard Burton) 양씨(兩氏)로 1882년서부터 1884년으 로 이것은 동양문학의 최량(最良)의 역서(譯書)"(35쪽)라고 하였다.

**베가**(Vega, Lope de: 1562~1635)  에스파냐의 극작가. 본명 Lope Félix de Vega Carpio. 별칭 스페인의 불사조(El Fénix de España). 에스파냐의 마드리드 (Madrid) 출생. 에스파냐 바로크 문학의 황금세기(Siglo de Oro)의 중심인물 중의 한 사람이다. 에스파냐 국민극을 진흥시켰다. 에스파냐 문학에서 베가는 유일하게 세르반테스 다음가는 작가로 평가받는다. 작품으로 연애 희극『상대를 모른 채 사 랑하다(El amor enamorado)』(1620~1622), 사극 『페리바네스와 오카냐의 기사 단장(Peribáñez y el Comendador de Ocaña)』(1605~1608), 『국왕이야말로 첫째가 는 판관(El mejor alcalde, el rey)』(1620~1623) 등 1,800여 편에 달하는 작품을 남겼다. ▶알렉산드라 브루스타인(金永鍵 譯)의 「소련의 아동극」(『문학』 창간호, 조선문학가동맹중앙집행위원회서기국, 1946.7)에 베가 등 유럽의 여러 작가들의 작품이 러시아 아동극장에서 공연되었음을 밝히고 있다.

**베른**(Verne, Jules: 1828~1905)  프랑스의 소설가. 프랑스 낭트(Nantes) 출생. 대 를 이은 법조인의 가문에서 태어나 가업을 계승하라는 아버지의 뜻에 따라 법과대 학을 졸업하였다. 그러나 문학에 대한 열정으로 파리의 문학 살롱에 드나들었고 이어 심취하게 되었다. 근대 과학소설(SF)의 선구자로 인정받았다. 작품으로『기 구를 타고 5주간(Cinq semaines en ballon)』(1863), 『지구에서 달까지(De la terre à la Lune)』(1865), 『달나라 탐험(Autour de la Lune)』(1869), 『해저 2만 리(Vingt mille lieues sous les mers)』(1870), 『80일간의 세계일주(Le Tour du monde en

quatre-vingts jours)』(1873), 『2년간의 휴가(Deux ans de vacances)』(1888)[41] 등
이 있다. 「밴댈리스트는 「에취·지·웰스」(『동아일보』, 1924.12.29)에서 '과학적 탐
구적 예언과 암시를 준' 작가로 베른을 꼽았다. 베른의 작품은 근대 초기부터 번역·
번안되었다. 박용희(朴容喜), 자락당(自樂堂), 모험생(冒險生)이 『해저 2만 리』를
번역·번안한 「해저여행기담(海底旅行奇譚)」(『태극학보』 제8호~21호, 1907), 이
해조(李海朝)가 『왕녀의 5억 프랑』을 번안한 『과학소설(科學小說) 텰세계(鐵世
界)』(회동서관, 1908), 김교제(金敎濟)가 『기구를 타고 5주간』을 번안한 『과학소
설 비행선(飛行船)』(동양서원, 1912), 신태악(辛泰嶽)이 『지구에서 달까지』, 『달
나라 탐험』을 결합하여 번역·축역한 『월세계 여행』(박문서관, 1924) 등이 있다.
베른의 작품이 한국어로 번역된 것에 대해서는, 김종욱의 「쥘 베른 소설의 한국
수용과정 연구」(『한국문학논총』 제49호, 한국문학회, 2008.8)와 강부원의 「쥘 베
른 소실 『월세계 여행』 번역본 발굴과 그 의미」(『근대서지』 제17호, 2018.6)를
참고할 수 있다.

**보몽 부인**(Beaumont, Mme Le Prince de: 1711~1780)  18세기 프랑스의 소설가.
본명 잔 마리 르 프랭스 드 보몽(Beaumont, Jeanne-Marie Le Prince de). 보몽
부인으로 더 잘 알려져 있다. 프랑스 루앙(Rouen) 출생. 11세 때 어머니가 사망하자
1725년부터 1735년까지 수녀원 부속학교에 들어가 교육받았다. 1748년 두 번째
남편 보몽(Beaumont, Grimard de)과 헤어진 뒤 영국 런던으로 건너가 가정교사가
되었다. 이때 다수의 요정담(fairy tales)을 집필하였다. 이야기 모음집인 『어린이
들의 잡지(Le Magasin des enfants)』를 펴내는 등 아동교육을 위하여 활발한 창작
활동을 하였다. 작가에게 부와 명성을 가져다준 대표작 「미녀와 야수(La Belle et
la Bête)」(1756)[42]는 『어린이들의 잡지』에 포함된 작품 가운데 하나이다. 빌뇌브
(Villeneuve)가 쓴 원작 「미녀와 야수」를 첫 번째로 축약하여 고쳐 쓴 사람이 보몽
부인이다. 눈에 보이는 것을 넘어 내면의 진실함을 볼 줄 알아야 한다는 교훈을
담은 이 작품은 이후 영화, 뮤지컬, 애니메이션 등으로 널리 알려졌다. 18세기에

---

41 1896년 일본에서 모리타 시켄(森田思軒)이 『15소년표류기(十五少年漂流記)』란 제명으로 번역한
 이후 우리나라에서도 이 제명으로 알려졌다.

42 이 작품은 1740년 빌뇌브(Villeneuve, Gabrielle-Suzanne Barbot de 또는 Mme de Villeneuve:
 1695~1755)가 잡지에 처음 발표한 것이었다. 보몽뿐만 아니라 1946년에는 콕토(Cocteau, Jean:
 1889~1963)가 각색한 영화 〈미녀와 야수(La Belle et la Bête)〉가 있고, 1991년에는 미국 월트디즈
 니(Walt Disney)에서 만든 애니메이션 〈미녀와 야수(Beauty and the Beast)〉도 있다. 영화, 뮤지컬,
 애니메이션 등으로 여러 차례 재구성되었다.

아동문학 독자를 증가시킨 공적이 크다. 1763년 딸, 사위와 함께 프랑스로 돌아왔다. 보몽 부인은 약 70여 권의 책을 출판했는데, 가장 유명한 것은 『어린이들의 잡지』다. 이 책은 어린이들로부터 청소년에 이르기까지의 부모들과 교육자들을 위한 교육 편람으로 평가된다. 보몽 부인은 자신의 저술에 도덕주의자의 관점과 교육적 수단으로 민담(folk tales)을 포함시킨 첫 번째 사람 중 하나이다. 콕토(Cocteau, Jean)가 각색한 영화 〈미녀와 야수(La Belle et la Bête)〉(1946)와 월트디즈니(Walt Disney)사에서 만든 애니메이션 〈미녀와 야수(Beauty and the Beast)〉 등이 유명하다. ▶연성흠〔延晧堂〕의 「영원의 어린이 안더-슨 전(傳)(28)」(『중외일보』, 1930.5.10)에서 세귀르 백작부인, 돌느와 부인과 함께 보몽 부인에 대해 소개하였다. 이들 모두를 '페로-의 선종(先蹤)을 밟은 사람들로 한 사람도 페로- 이상으로 뛰여난 이는 업슴니다.'라고 하였다.

**브라운**(Brown, George Douglas: 1869~1902) 영국 스코틀랜드의 소설가. 본명 더글러스(Douglas, George). 스코틀랜드 에어셔 오칠트리(Ochiltree, Ayrshire) 출생. 글래스고대학교(Univ. of Glasgow)와 옥스퍼드대학교(Univ. of Oxford) 발리올칼리지(Balliol College)에서 고전문학(Classics)을 공부하였다. 뛰어난 학생으로서 많은 상을 받았다. 작품으로 『사랑과 칼(Love and a Sword)』(1899), 『초록 덧문의 집(The House with the Green Shutters)』(1901) 등이 있다. ▶고장환(高長煥)은 브라운을 "소격란(蘇格蘭)의 유일한 동화작가"(「세계 소년문학 작가 소전(小傳)」, 고장환 편, 『세계소년문학집』, 박문서관, 1927.12)라 하였다.

**블레이크**(Blake, William: 1757~1827) 영국의 시인 겸 화가. 영국 런던(London) 출생. 1779년 왕립 예술 아카데미(Royal Academy of Arts)에 입학하였다. 신비적 향취가 높은 삽화와 판화 및 여러 시작(詩作)으로 영국 낭만주의의 선구를 이루었다. 작품으로 목가적인 동심의 세계를 읊은 시집 『결백의 노래(Songs of Innocence)』(1789)와 『결백의 노래』의 자매편으로 동심의 세계를 부정하고 투쟁하는 현실 세계를 그린 『경험의 노래(Songs of Experience)』(1794)가 있다. ▶변영만(卞榮晩)이 블레이크의 시 「진흙과 고드래ㅅ돌(泥土與小石)」, 「병 든 장미」, 「파리(蠅)」(이상 『동명』 제2권 제12호, 1923년 3월) 등을 번역한 바 있다.

**블로크**(Bloch, Jean Richard: 1884~1947) 프랑스의 소설가, 평론가, 극작가. 프랑스 파리(Paris) 출생. 유대인 가정에서 태어나 프랑스 공산당(Parti communiste français: PCF)의 멤버가 되어 루이 아라공(Aragon, Louis)[43]과 함께 일했다. 프랑

---

43 아라공(Aragon, Louis: 1897~1982)은 프랑스의 시인이자 소설가이다. 다다이즘 운동·초현실주

스의 소설가이자 전기작가인 모루아(Maurois, André)[44]는 블로크의 처남이다. 작품으로 유대인 사회를 사실적으로 그린 소설 『레비(Lévy)』(1912), 『퀴르드의 밤(La Nuit Kurde)』(1925), 요정극 『초원의 10 소녀(Dix filles dans un pré)』(1930) 등이 있다.

**비에른손**(Bjørnson, Bjørnstjerne: 1832~1910)  노르웨이의 극작가, 소설가, 시인. 노르웨이 크비크네(Kvikne) 출생. 17세 때 대학 진학을 준비하기 위해 크리스티아니아(Christiania, 현 Oslo)의 헬트베르그 라틴어학교(Heltberg Latin School)에 입학하였다. 입센(Ibsen), 리(Lie), 비니에(Vinje) 등도 이 학교를 다녔다. 1852년 왕립 프레데릭대학교(Det Kongelige Frederiks Universitet, 현 Univ. of Oslo)에 입학하여 곧바로 드라마 비평에 초점을 둔 저널리스트로서의 경력을 쌓기 시작하였다. 입센(Ibsen)과 아울러 근대 극작가로서 세계적으로 알려졌고, 정치·교육면에서도 국민의 지도자였으며 인도주의자로서도 활약했다. 시 「그렇다, 우리는 영원히 이 나라를 사랑한다(Ja, vi elsker dette landet)」는 노르웨이의 국가(國歌)가 되었다. 만년에는 사회주의자로서 드레퓌스 사건(Dreyfus Affair)의 규명을 위해 노력하고, 핀란드와 폴란드 등 피압박 민족의 자유를 위해 힘쓴 결과 '인도(人道)의 전사'로 칭송되었다. 1903년 유럽 문학에 사회주의적 리얼리즘을 확립하는 데 크게 기여한 공로가 높게 평가되어 노벨문학상을 받았다. 1910년 4월 프랑스 파리에서 사망하자, 노르웨이 정부는 군함을 보내 유해를 본국으로 송환하여 국장(國葬)을 지냈다. 입센(Ibsen, Henrik), 리(Lie, Jonas), 그리고 헬란(Kielland, Alexander Lange)과 함께 19세기 노르웨이 문학의 4대 거장(The Four Greats)으로 평가된다. 작품으로 『양지바른 언덕(Synnøve Solbakken)』(1857), 2부작 『인간의 힘이 미치지 않는 곳(Over Ævne)』(1883, 1895) 등이 있다. ▶최남선(崔南善)은 「서(序)」(한충, 『조선동화 우리동무』, 예향서옥, 1927)에서 한충(韓沖)이 비에른손이나 그림(Grimm)과 같은 불후의 공을 세우라고 하였고, 연성흠(延星欽)은 「안더-슨 선생의 동화 창작

---

의에 참가하였다가 후에 공산당에 입당하고 제2차세계대전 중에는 반파시즘 운동에 참가하였다. 작품으로 시집 『단장(斷腸)(Le Crève-Cœur)』(1941), 소설 『공산주의자(Les Communistes(전6권))』(1949~1951) 등이 있다. 1981년 프랑스 레지옹도뇌르 훈장(Ordre National de la Légion d'honneur)을 받았다.

44 모루아(Maurois, André: 1885~1967)는 프랑스의 소설가이자 전기(傳記) 작가이다. 1918년에 『브람블 대령의 침묵(Les Silences du Colonel Bramble)』(1918)으로 명성을 얻고, 소설·평론·역사 등 다방면에서 활약하였다. 작품으로 전기 『셸리전(傳)(Ariel, ou La vie de Shelley)』(1923), 역사 책 『영국사(Histoire de l'Angleterre)』(1937), 제2차세계대전 회고록 『프랑스는 졌다』 등이 있다. 1938년 아카데미 프랑세즈(Académie Française) 회원이 되었다.

상 태도(4)」(『조선일보』, 1927.8.14)에서 비에른손과 안데르센의 일화를 소개하였으며, 김태오(金泰午)는 「조선 동요와 향토예술(상)」(『동아일보』, 1934.7.9)에서 미스트랄, 하디, 페르고와 함께 비에른손을 '흙의 예술가'로 소개하였다.

**상드**(Sand, George: 1804~1876)  19세기 프랑스의 소설가. 본명 오로르 뒤팽 (Aurore Dupin). 프랑스 파리(Paris) 출생. 낭만파의 대표적 작가로, 루소 풍(風)의 연애소설에서 출발하여, 인도주의적 사회소설과 소박한 농민의 생활을 그린 전원소설들을 남겼다. 평소 남장 차림을 했고, 시인 뮈세(Musset, Alfred de), 음악가 쇼팽 (Chopin, Frédéric François)과의 모성적 연애 사건이 유명하다. 모성애와 우애와 연애로 일관된 분방한 일생으로 낭만파의 대표적 작가의 모습을 보여주었고, 선각적인 여성해방운동의 투사로서도 재평가되고 있다. 작품으로『앵디아나(Indiana)』 (1832), 『마(魔)의 늪(La Mare au Diable)』(1846) 등이 있다.

**생텍쥐페리**(Saint-Exupéry, Antoine Marie-Roger de: 1900~1944)  프랑스의 소설가, 비행사. 프랑스 리옹(Lyons) 출생. 귀족 집안에서 태어나, 1921년 징병으로 공군에 입대하여 조종사 훈련을 받았다. 제2차세계대전이 발발하자 군용기 조종사로 종군하였으나 전쟁 막바지에 정찰비행 중 행방불명이 되었다. 자신의 체험을 토대로 항공소설을 개척하여, 위험을 무릅쓰고 행동하는 인간의 아름다움과 고귀함을 그렸다. 작품으로『인간의 대지(Terre des Hommes)』(1939), 『야간 비행(Vol de Nuit)』(1931), 『어린 왕자(Le Petit Prince)』(1943) 등이 있다.

**세귀르 백작부인**(Ségur, Sophie Rostopchine, Comtesse de: 1799~1874)  프랑스의 작가. 러시아의 상트페테르부르크(Sankt Peterburg) 출생. 러시아 군인 로스토프친 백작의 딸로 태어났다. 1812년 프랑스의 나폴레옹이 침공했을 때 로스토프친은 모스크바의 시장이었다. 당시 모스크바 부자들의 반대에도 불구하고 시내에 불을 질러 나폴레옹 군대가 잠잘 곳도 먹을 것도 없게 만들어 물러가게 하였다. 전쟁이 끝나고 잠시 영웅이 되었으나 곧 역적으로 몰렸다. 그 결과 1814년 로스토프친 가족은 추방되어 러시아 제국을 떠나, 폴란드의 바르샤바 공국(公國), 독일 연방, 이탈리아를 거쳐, 1817년 부르봉 왕가의 프랑스에 정착하였다. 아버지가 개업한 살롱(salon)에서 세귀르 백작(Count of Ségur, Eugène Henri Raymond)을 만나 1819년 결혼하였다. 가정적이지 못한 남편 때문에 세귀르 백작 부인은 8명의 아이들에게 애정을 쏟고, 그 손자 손녀들에게 옛날이야기를 들려주기 위해 58세 때부터 그녀의 첫 작품을 쓰기 시작하였다. 세귀르의 작품들은 1857년부터 1872년 사이에 창작되어 아셰트(Hachette)출판사에서 '장미총서(Bibliothèque Rose)'[45]로 간행되었다. 프랑스의 국민적 동화작가인 세귀르 백작부인은 전 세계적으로 3,500만 부가 팔린 베스트셀러 작가이다. '세귀르 백작 부인 초등학교', '세귀르 백작 부인 박물관', '세귀르 백작 부인 우표', '세귀르 백작 부인 장미' 등 프랑스에는 그녀의 업적과 명성을 살펴볼 수 있는 많은 기념물들이 있다. 세귀르 백작부인의 동화는 아름답고 또 이야기도 풍부하여, 보몽 부인이나 돌느와 부인의 작품과 더불어 현재에도 많은 독자층을 가지고 있다. 작품으로『요정 이야기(Nouveaux Contes de fées)』(1856), 『말썽꾸러기 소피(Les Malheurs de Sophie)』(1858),『착한 소녀 못된 소녀(Les Petites Filles modèles)』(1858),『잊지 못할 여름방학(Les vacances)』(1858),『당나귀의 추억(Mémoires D'un êne)』(1860),『두라킨 장군(Le Général Dourakine)』(1864),『친절한 작은 악마(Un bon Petit Diable)』(1865),『나쁜 요정(Le Mauvais Géine)』(1867),『수호천사의 집(L'auberge de l'Ange Gardien)』,『내 친구 프랑수아(François le bossu)』,『장과 자노(Jean qui grogne et Jean qui rit)』 등이 있다. ▶연성흠[延皓堂]은 「영원의 어린이 안더-슨 전(傳)(28)」(『중외일보』, 1930.5.10) 에서 돌느와 부인, 보몽 부인과 함께 세귀르 백작부인에 대해 소개하였다. 이들 모두를 '페로-의 선종(先蹤)을 밟은 사람들로 한 사람도 페로- 이상으로 뛰여난 이는 업슴니다.'라고 하였다.

**세르반테스 사아베드라**(Cervantes Saavedra, Miguel de: 1547~1616)  에스파냐(España)의 소설가, 극작가, 시인. 에스파냐의 수도 마드리드(Madrid) 인근 출생. 레판토 해전(Lepanto海戰)에 참가하여 가슴과 왼손에 상처를 입어 평생 왼손을 쓰지 못했다. 퇴역 후 에스파냐로 귀국하던 중 해적의 습격을 받아 포로가 되어 알제리에서 5년 동안 노예 생활을 하는 등 가난한 생활을 하였다. 에스파냐의 기사 이야기를 패러디한 소설『돈키호테(Don Quixote)(전편)』(1605)가 대단한 성공을 거두었지만, 생활고로 출판업자에게 판권을 넘겨버린 까닭에 경제적 이득을 얻지 못했다. 이후『돈키호테(Don Quixote)(후편)』(1615) 등을 펴냈다.『돈키호테』는 '스페인 황금 세기(Spanish Golden Age)'의 가장 영향력 있는 작품이자, 전 스페인 문학의 정전(canon)이 되었다. 그의 사망일인 1616년 4월 23일은 흥미롭게도 당대의 또 다른 대작가 셰익스피어의 사망일과 똑같다고 한다. 작품으로 세르반테스가 살던 시대의 스페인의 사회적, 정치적, 역사적 문제를 다룬 12편의 단편소설을 모은『모범소설집(Novelas ejemplares)』(1613),『파르나소 여행(Viaje del Parnaso)』(1614),『신작 코메디 8편과 신작 막간 광언(狂言) 8편(Ocho comedias y ocho entremeses)』(1615) 등이 있다. ▶「소년들에게 바라고 싶은 것(少年諸君に望みた

---

**45** 아셰트출판사에서 발간한 소년 소녀를 위한 책을 일컫는다.

きこと)」(『アイ生活』제17권 제9호, 1942년 11월호)이 번역되었고, 『동아일보』의 '세계명저소개'에 「'세르완테스'의 동·키호-테 (10)」(『동아일보』, 1931.4.13)가 소개된 바 있다.

**세비요**(Sébillot, Paul: 1846~1918)  프랑스의 화가, 민속학자. 코트뒤노르(Côtes-du-Nord) 마티뇽(Matignon) 출생. 법률을 공부하여 공증인 생활을 하다가 그림을 그리기 시작하였다. 35~36세 무렵, 그림 소재를 찾기 위해 프랑스의 여러 지방을 여행하는 중에 민간전승에 관심을 가져 민속학자가 되었다. 잡지 『민간전승 잡지(Revue des Tradition Populaires)』 편집자를 역임하였다. 1889년 레지옹도뇌르 훈장(Ordre National de la Légion d'honneur)을 받았다. 저서에 『오트 브레타뉴 지방의 민담(Contes populaires de la Bretagne)(전2권)』(1880~1883), 『프랑스 민속학(Le folklore de France)』(1906) 등이 있다. ▶최병화의 「세계동화연구」(『조선교육』제3권 제3호, 1949년 5월호)에 세비요의 구비전승 수집에 관한 내용이 있다.

**솔로구프**(Sologub, Fëdor: 1863~1927)  제정 러시아의 소설가, 극작가, 시인. 본명은 표도르 쿠지미치 테테르니코프(Fedor Kuzimich Teternikov)이고, 테오도르 솔로구프(Theodor Sologub)로도 알려졌다. 상트페테르부르크(Sankt Peterburg) 출생. 네 살 때 아버지가 사망하자 어머니는 귀족의 하녀가 되었다. 어머니를 고용한 고용주의 도움으로 교육을 받을 수 있었다. 1882년 페테르부르크의 사범학교를 마친 후 노브고로드(Novgorod)의 지방 도시에서 중학교 교사가 되었다. 1907년 퇴직하고 이후 작품 창작에 전념하였다. 교사 생활 중 여러 지역을 옮겨 다닌 경험이 그의 작품에 잘 반영되어 있다. 러시아 상징주의의 대표자로, 데카당스와 리얼리즘이 혼합된 독자적인 세계를 그렸다. 『작은 악마』는 도스토옙스키 이래 가장 완벽한 러시아 소설이라는 극찬을 받았다. 작품으로 소설 『작은 악마(Malyi bes)』(1905)와, 희곡 『죽음의 승리(Pobeda smerti)』(1907) 등이 있다. 최창남(崔昶楠)이 솔로구프의 동화 「날개」(『동화』제1권 제4호, 1936년 5월호)를 번역한 바 있다.

**쇼**(Shaw, George Bernard: 1856~1950)  영국의 극작가, 소설가, 비평가. 아일랜드의 더블린(Dublin) 출생. 곡물거래상을 하던 아버지가 사업에 실패해 집안 형편이 매우 어려웠다. 목사인 삼촌으로부터 개인 교습을 받았을 뿐 학교에 입학하였으나 다니지 않았다. 16세 때 부동산 중개소에서 일했다. 쇼는 음악, 미술, 그리고 문학에 대한 광범위한 지식을 쌓아갔는데, 어머니의 영향과 아일랜드국립박물관(National Gallery of Ireland) 방문을 통해서였다. 1876년 작가가 되기로 결심하고 런던으로 가 어머니를 만났다. 20대에는 대영박물관(British Museum)의 열람실에서 소설을 쓰거나 학교에서 배우지 못한 것을 읽는 것으로 오후 시간을 보냈다. 『미완성 (Immaturity)』(1879; 1930 출판) 등의 소설을 썼으나 출판사에서 매번 거절당하였다. 그리고 저녁 시간에는 당대 런던 중류 계급의 지적 활동의 특징인 강좌와 토론에 참여하면서 독학을 하였다. 마르크스의 『자본론』을 읽고 많은 영향을 받았다. 1884년 〈페이비언협회(Fabian Society)〉에서 활동하였다. 쇼는 사회주의 정치 활동을 했지만 정치가의 길을 걷지는 않았고, 저널리스트와 평론가로서 활동하였다. 셰익스피어에 대해서는 비판적이었지만, 입센에게는 매료되었다. 영국 극단에서 최초의 문제작이 된 『홀아비의 집』으로 극작가로서 인정받기 시작하였다. 1893년 『워런 부인의 직업』으로 많은 관심을 받았고 비중 있는 극작가로 인정받았다. 이후 『캔디다』(1897년 공연), 『시저와 클레오파트라(Caesar and Cleopatra)』 (1901년 공연), 『악마의 제자(The Devil's Disciple)』(1897년 공연) 등을 연이어 썼고, 최대 걸작으로 평가받는 『인간과 초인』으로 세계적인 극작가로 명성을 얻었다. 영국 근대주의의 창시자로 문명사회를 비판·풍자한 작품을 썼다. 1925년에 노벨문학상을 받았다. 작품으로 『홀아비의 집(Widowers' Houses)』(1892), 『워런 부인의 직업(Mrs. Warren's Profession)』(1893년 초연; 1898), 『인간과 초인(Man and Superman)』(1903), 『피그말리온(Pygmalion)』(1913) 등이 있다. 「밴댈리스트의 「에취·지·웰스」(『동아일보』, 1924.12.29)에서 '사회의 제도 조직을 개선키 위하야 해결방법을 보인 것'으로 쇼의 극(劇)을 소개하였다.

**스마일스**(Smiles, Samuel: 1812~1904)  영국의 저술가이자 사회 개량가. 스코틀랜드 해딩턴(Haddington) 출생. 에든버러대학교(The Univ. of Edinburgh)를 졸업하고 외과 의사로 지냈다. 대표적인 저작은 『자조론(Self-Help)』(1859)인데, 위인의 생활에서 교훈을 인용하여 "하늘은 스스로 돕는 자를 돕는다."는 어구로 시작하여 성실이야말로 만인에게 통한다는 신념을 많은 사실을 들어 설명하고 성공을 위해 어떻게 살아야 할 것인지를 설파하였다. 세계 여러 나라에 번역되어 큰 영향을 끼쳤다. 「최연택(崔演澤)이 『자조론』을 번역·소개하고, 동생인 최영택 또한 『자조론』의 아류 서적인 모리히코 다로(森彦太郎)의 『입신모험담(立身冒險談)』(文學同志會, 1904)을 '노경생(老耕生)'이란 이름으로 번역하여 「입신모험담(立身冒險談)」 (『매일신보』, 1922.10.26~11.19), 「동서위인담(東西偉人譚)」(『매일신보』, 1923. 1.30~2.17)으로, 가자마 레이스케(風間礼助)의 『위인수양록(偉人修養錄)』(文武堂, 1902)을 초역(抄譯)하여 「수양록」(『매일신보』, 1922.1.25~2.5)으로 연재하였다. 이 외에 최남선이 번역한 『자조론』(신문관, 1918)과 홍영후(洪永厚)가 번역한 『청년입지편: 일명 자조론』(박문서관, 1923)도 있다. 김태오(金泰午)는 「(학예)심리학상 견지에서 아동독물 선택(3)」(『중외일보』, 1927.11.24)에서 스마일스의 "자조담(自助談) 가튼 것은 소년정신상 보건적 독물"이라고 소개하였다.

**스위프트**(Swift, Jonathan: 1667~1745) 영국의 소설가. 아일랜드 더블린(Ireland Dublin) 출생. 더블린의 트리니티칼리지(Trinity College)를 졸업하였다. 영국 교회의 목사이면서 정치인이었다. 1730년대 말엽부터 정신착란 증세가 나타났고, 1942년에는 발광상태에 빠졌다. 풍자소설과 역사소설을 썼다. 『브리태니커 사전(Encyclopaedia Britannica)』에서는 '영어로 된 최고의 산문 풍자 작가'로 스위프트를 꼽았다. 작품으로 정치・종교계를 풍자한 『통(桶) 이야기(A Tale of Tub)』(1704), 『걸리버여행기(Gulliver's Travels)』(1726) 등이 있다. ▶신문관 편집국의 『썰늬버유람긔(葛利寶遊覽記)』(신문관, 隆熙 3년, 1909)와, 고장환(高長煥)이 번역한 『쏭・키호-테와 껄리봐 여행기(旅行記)』(박문서관, 1929) 중 「껄리봐 여행기(旅行記)」는 『Gulliver's Travels』를 번역한 것이다. 잡지에서 확인한 것은, 고장환의 「껄리봐 여행기」(『아희생활』, 1927년 9월호~1928년 4월호), 장승두(張承斗)의 「껄리봐 여행기」(『아이생활』, 1937년 1월호, 2월호, 4월호, 6월호), 조자약(김의환 그림)의 『걸리버 여행기』(조선아동문화협회, 1947) 등이 있다. 고장환(高長煥)의 「머리에 멧 마듸」(고장환 역, 『쏭키호테-와 썰리봐여행기』, 박문서관, 1929), 남석종(南夕鍾)의 「(아동문학강좌 7)소설이란 무엇인가?」(『아이생활』, 1935년 10월호), 양미림(楊美林)의 「소년 필독 세계명저 안내」(『소년』 제3권 제11호, 1939년 11월호), 김의환의 「『껄리버여행기』에 대하여」(『(아협그림예기책 7)껄리버 여행기』, 조선아동문화협회, 1947.3) 등에서 『걸리버여행기』를 소개하고 있다.

**스토**(Stowe, Harriet Elizabeth Beecher: 1811~1896) 미국의 소설가, 노예제 폐지론자. 코네티컷(Connecticut)주 리치필드(Litchfield) 출생. 기독교적 인도주의의 입장에서 흑인 노예의 참상을 그렸다. '흑인의 어머니'라고 불렸으며 노예제도에 반대하는 글을 쓰고 강연을 하였다. 『톰 아저씨의 오두막』은 잡지 『The National Era』에 처음 연재되었고 이어 출판되자 베스트셀러가 되었다. 프랑스의 상드(Sand, George), 독일의 하이네(Heine, Heinrich), 러시아의 투르게네프(Turgenev, Ivan Sergeyevich) 등으로부터 격찬을 받았다. 작품에 표현된 미국 노예제도 폐지에 대한 열정적인 호소는 10년이 채 지나기 전에 미국 남북전쟁(American Civil War: 1861~1865)의 불씨가 되었다고 한다.[46] 작품으로 『톰 아저씨의 오두막(Uncle

---

46 1862년 12월 대통령 링컨이 "당신은 이 위대한 전쟁을 시작하도록 책을 쓴 작은 여인(So you're the little woman who wrote the book that made this great war!)"이라고 했다고 한다. 그러나

Tom's Cabin)』(1852).[47] 『목사의 구혼(The Minister's Wooing)』(1859). 『올드타운의 사람들)Oldtown Folks)』(1869) 등이 있다. ▶이광수(李光洙)의 『검둥의 셜음』(신문관, 1913)은 『Uncle Tom's Cabin』을 번역한 것이다. 최창남(崔昶楠)이 번역한 「흑노(黑奴) 톰」(『아이생활』, 1933년 2월호), 여자춘(麗子春)의 「흑노(黑奴) 톰: 미국아동극(米國兒童劇)」(『아이생활』, 1936년 2월호), 새얼이 번안한 「검둥이 톰 아저씨」(『어린이』, 1948년 5월호. 6월호. 8월호. 10월호. 11월호. 12월호) 등이 있다. 양미림(楊美林)은 「소년필독 세계명저 안내」(『소년』, 1939년 12월호)에서 『엉클 톰스 캐빈』을 소개하였고, 알렉산드라 브루스타인(金永鍵 譯)은 「소련의 아동극」(『문학』, 창간호, 조선문학가동맹중앙집행위원회서기국, 1946.7)에서 〈엉클 톰스 캐빈〉이 아동극장의 무대 위에서 호평을 받는다고 평가하였다.

**스트라파롤라**(Straparola, Gianfrancesco: 1480년경~1557년경)  이탈리아의 저술가(최초의 중요한 옛이야기(traditional tales) 선집을 지은 작가 중 한 사람). 이탈리아 밀라노 공국(公國)의 카라바조(Caravaggio) 출생. 스트라파롤라의 개인적인 삶은 거의 알려지지 않았다. 『스트라파롤라의 밤(Le Piacevoli notti, 영 The Nights of Straparola)』(1550~53)은 75편의 이야기를 담고 있다. 뒷날 셰익스피어(Shakespeare, William), 몰리에르(Molière)와 기타 여러 작가들이 『스트라파롤라의 밤』에서 원자료를 취하였다. 『스트라파롤라의 밤』은 약 20편의 요정담(fairy tales)을 유럽 문학에 소개하였는데, 그 가운데 「미녀와 야수(Beauty and the Beast)」, 「장화 신은 고양이(Puss in Boots)」 등이 잘 알려진 것이다. 스트라파롤라의 이야기들은 많은 원자료들로부터 가져온 것이지만, 오늘날은 당대의 작품과 많이 달라졌다. 기법은 보카치오(Boccaccio, Giovanni)의 『데카메론(Decameron)』(1349~1353년 사이에 지어진 것으로 추정)에서 빌려왔으나, 스트라파롤라는 그 자신의 액자 형태(frame)를 구축하였다. 『스트라파롤라의 밤』은 유럽 일대에서 유명한 것이었다. 스트라파롤라의 요정담은 뒷날 페로(Perrault, Charles)와 그림 형제(Brüder Grimm)의 요정담에 영향을 미쳤다. 스트라파롤라의 요정담은 다음과 같이 개작되었다. 1. 「Cassandrino」(그림 「The Master Thief」), 2. 「Pre Scarpacifico」(그림 「Little Farmer」), 3. 「Tebaldo and Doralice」(바실레 「The Bear」; 페로

---

볼라로(Vollaro, Daniel R.)의 연구에 따르면, 링컨이 이러한 말을 하지 않은 것은 거의 확실하나, 『톰 아저씨의 오두막』의 유산으로써 이 말이 되풀이하여 인용되는 것을 막지 않은 것도 분명하다고 하였다.

**47** 이 작품의 원제는 『Uncle Tom's Cabin; or, Life Among the Lowly』이다. 1851년에서 1852년에 걸쳐 연재되었고, 책으로는 1852년에 출판되었다.

「Donkeyskin」; 그림 「All Fur」), 4. 「The Pig King」(돌느와 「Prince Marcassin」; 그림 「Hans My Hedgehog」), 5. 「Crazy Peter」(바실레 「Peruonto」; 돌느와 「The Dolphin」; 그림 「Simple Hans」), 6. 「Biancabella and the Snake」(바실레 「Penta With the Chopped-Off Hands」의 일부분과 「The Two Little Pizzas」), 7. 「Fortunio」(그림 「The Nixie in the Pond」의 일부분), 8. 「Costanza/Costanzo」(돌느와 「Belle-Belle ou Le Chevalier Fortuné」; 그림 「How Six Made Their Way in the World」), 9. 「Ancilotto, King of Provino」(그림 「The Three Little Birds」; 돌느와 「Princess Belle-Etoile」; 고치(Gozzi, Carlo) 「The Green Bird」; 크레인(Crane) 「The Dancing Water, the Singing Apple, and the Speaking Bird」, 10. 「Guerrino and the Savage Man」(그림 「Iron Hans」), 11. 「Adamantina」(바실레 「The Goose」; 그림 「The Golden Goose」), 12. 「The Three Brothers」(바실레 「The Five Sons」; 그림 「The Four Skillful Brothers」), 13. 「Maestro Lattantio and His Apprentice Dionigi」(그림 「The Thief and His Master」), 14. 「Cesarino di Berni」(바실레 「The Merchant」; 그림 「The Two Brothers」), 15. 「Costantino Fortunato」(바실레 「Cagliuso」; 페로 「Puss in Boots」) 등이다. ▶최병화(崔秉和)는 「세계동화연구」(『조선교육』 제3권 제3호, 1949년 5월호)에서 스트라파롤라와 그의 "『피아체보리·놀티(Piacevoli Notti)』"에 대해 소개하였다.

**스트린드베리**(Strindberg, Johan August: 1849~1912) 스웨덴의 극작가, 소설가. 스웨덴 스톡홀름(Stockholm) 출생. 몰락한 상인과 그 집 하녀 사이에서 태어나 불우한 환경에서 성장하였다. 스톡홀름의 웁살라대학(Uppsala Universitet)에 입학하였으나 학비 조달 등 여러 어려움으로 중퇴하였다. 자연주의의 대표적 작가이다. 작품으로 소설 『빨간 방(Röda Rummet)』(1880), 희곡 『영양(令孃) 줄리(Fröken Jullie)』(1888), 『다마스쿠스로(Till Damaskus)』(1898~1904), 스트린드베리 스스로 "내가 가장 좋아하는 극"이라고 한 『죽음의 무도(舞蹈)(Dödsdansen)』(1901) 등이 있다. ▶이정호(李定鎬)의 「허고만흔 동화 가운데 안데르센의 작품이 특히 우월한 점 – 작품발표 백년 기념을 당해서」(『조선일보』, 1935.8.6), 신고송(申鼓頌)의 「아동문학 부흥론 – 아동문학의 누네쌍쓰를 위하야(3)」(『조선중앙일보』, 1936.2.5), 송남헌(宋南憲)의 「예술동화의 본질과 그 정신 – 동화작가에의 제언(1)」(『동아일보』, 1939.12.2), 최병화(崔秉和)의 「세계동화연구」(『조선교육』 제3권 제5호, 1949년 10월호) 등에서 스트린드베리를 예술동화 작가로 소개하였다.

**스티븐슨**(Stevenson, Robert Louis Balfour: 1850~1894) 영국의 작가, 시인. 스코틀랜드 에든버러(Edinburgh) 출생. 에든버러대학에서 공학(工學)을 전공하였으나 그만두고 법률을 공부해 변호사가 되었다. 폐결핵으로 유럽 각지로 요양을 위한 여행을 했고, 이 경험이 수필과 기행문을 쓰는 데 도움을 주었다. 1888년 남태평양의 사모아(Samoa) 섬으로 가 건강을 회복하였으나 1894년 뇌출혈로 그곳에서 죽었다. 작품으로 평이하고 유창한 「물방앗간의 윌(Will O' the Mill)」(1877), 『보물섬(Treasure Island)』(1883), 격조 높은 명문으로 알려진 「마크하임(Markheim)」(1884), 『지킬 박사와 하이드 씨(The Strange Case of Dr. Jekyll and Mr. Hyde)』(1886) 등을 썼고, 동요집 『어린이의 노래 정원(A Child's Garden of Verses)』(1885)에는 그의 시재(詩才)가 잘 나타나 있다. 『방정환(方定煥)은 스티븐슨의 「The Lamplighter」(『어린이의 노래 정원』에 수록)를 「어린이노래 – 불 켜는 이」(『개벽』, 1920년 8월호)로 번역한 바 있고, 한정동(韓晶東)은 「어룬이라면」, 「해님의 여행」(한정동, 「동요에 대한 사고(私考)」, 조선동요연구협회 편, 『조선동요선집 – 1928년판』, 박문서관, 1929.1) 등을 인용하였다. 윤석중(尹石重)이 동시 「그림자」(『잃어버린 댕기』, 계수나무회, 1933, 63~65쪽)를, 김용환(金龍煥)이 『보물섬』(『(아협그림얘기책 4)보물섬』, 조선아동문화협회, 1946)을 번역한 바 있다. 박영종(朴泳鍾)이 「동요 맛보기(7) – 프랑쓰의 어린이」(『소학생』, 제67호, 조선아동문화협회, 1949년 5월호)에서 스티븐슨의 시를 인용하고 있다. 신고송(申鼓頌)의 「아동문학 부흥론 – 아동문학의 누네쌍쓰를 위하야(3)」(『조선중앙일보』, 1936. 2.5)에 유럽의 여러 아동문학가들과 함께 스티븐슨이 소개되었다.

**실러**(Schiller, Johann Christoph Friedrich von: 1759~1805) 독일의 시인, 극작가. 독일 바덴 뷔르템베르크(Baden - Württemberg)주의 마르바흐(Marbach)에서 출생. 1773년 14세 때 칼 사관학교(Karlsschule Stuttgart)에 입학하여 의학을 공부하였다. 이 학교에서 루소, 괴테 등을 읽고 친구들과 토론하였다. 이 학교 때 첫 희곡 『군도(Die Räuber)』를 쓰기 시작하여 1781년 완성하였다. 이 작품은 독일의 질풍노도(Sturm und Drang) 운동의 대표작으로 손꼽히게 되었다. 만하임(Mannheim)에서 〈군도〉의 첫 공연을 하기 위해 허락을 받지 않고 부대를 떠난 탓에 체포되어 14일간 구류를 살았고, 칼 유겐(Karl Eugen: 칼 사관학교 설립자)으로부터 향후 모든 작품의 출판을 금지당하였다. 1782년 실러는 슈투트가르트(Stuttgart)를 탈출하여, 1787년 바이마르(Weimar)에 정착하였고, 1789년에 예나대학교(Friedrich - Schiller - Universität Jena)의 역사, 철학 교수로 임명되었다. 취임 기념으로 강연한 내용을 모은 것이 『30년 전쟁사(Geschichte des Dreissig-jährigen Krieges)』(1791~1793)이다. 칸트(Kant) 철학을 연구한 『우미와 존엄(Über Anmut und Würde)』(1793), 『인간의 미적 교육에 관한 서한(Briefe über die ästhetische Erziehung des Menschen)』(1795), 『소박한 문학과 감상적인 문학에 관해서(Über naive und sentimentale Dichtung)』(1796), 『숭고(崇高)에 관해서(Über das Erhabene)』(1802)와 같은 미학 논문을 집필하였다. 독일 고전주의 문학의 두 거장 사이에 오갔던 『괴테 · 실러 왕복 서한(Briefe zwischen Goethe und Schiller)』(1798~1805)이 있다. 1802년 귀족에 봉해져 이름에 명예로운 'von'을 덧붙이게 되었다. 괴테와 함께 고전주의 예술 이론을 확립한 것으로 평가받는다. 작품으로 희곡 『오를레앙의 처녀(Die Jungfrau von Orleans)』(1801), 『빌헬름 텔(Wilhelm Tell)』(1804) 등이 있다. ▶전영택(田榮澤)은 「소년 문제의 일반적 고찰」(『개벽』 제47호, 1924년 5월호)에서 유럽의 여러 문호들과 함께 실러를 소개하였다.

**아스비에른센**(Asbjørnsen, Peter Christen: 1812~1885)　노르웨이의 민담수집가이자 작가. 노르웨이 크리스티아니아(Christiania: 현 Oslo) 출생. 1833년 프레데릭 왕립 대학(Det Kongelige Frederiks Universitet: 현 Universitetet i Oslo)에 입학하였다. 1932년 20세 때부터 요정담(fairy tales)과 전설을 수집하고 기록하기 시작하였다. 동기는 『어린이와 가정의 동화』(『그림동화』)가 발간된 것에 자극을 받았기 때문이다. 외르겐 모에(Moe, Jørgen)와 함께 『노르웨이 민담집(Norske folkeeventyr)』(1842~1844)을 발간하였다. 수집자의 이름을 따라 『아스비에른센과 모에(Asbjørnsen and Moe)』라고도 한다. 야콥 그림(Grimm, Jacob)으로부터 19세기 민담집 중에서 새로움과 풍부함으로 거의 모든 것들을 능가한다는 칭송을 받았다. 이어서 아스비에른센 혼자 『노르웨이 요정 이야기(Norske Huldre-Eventyr og Folkesagn)(전2권)』(1845~1848)를 펴내, 민족문화 선양에 중요한 역할을 하였다. ▶최병화(崔秉和)의 「세계동화 연구」(『조선교육』 제3권 제2호, 1949년 4월호)는 아스비에른센을 소개하고 대표작인 「바다는 왜 짠가?」와 「북풍(北風)에게로 간 소년」의 줄거리를 소개하였다.

**아파나세프**(Afanasev, Aleksandr Nikolayevich: 1826~1871)　러시아의 변호사, 민담 수집가. 러시아에서 아파나세프가 갖고 있는 위치는 서유럽에서 그림 형제(Brüder Grimm)가 갖고 있는 것과 같다. 보로네시(Voronezh) 지역에서 변호사의 아들로 태어나, 18세 때 법률을 공부하기 위해 모스크바대학에 입학하였다. 역사 교수를 그만두고 잡지 『서지 해제(Bibliograficheskie zapiski)』의 편집을 맡았다가 민속학 연구에 매진하였다. 첫 논문으로 고대 러시아의 마법사와 부얀(Buyan) 섬의 이교도 전설에 관한 논문을 썼고, 러시아 요정담 선집(collection)을 8권으로 간행하였다. 요정담 역사의 핵심이 되는 『러시아 민담집(Russkie narodnye skazki)』

(1855~63)(Russian Folktales, 또는 Russian Fairy Tales)은 640편의 이야기를 담고 있는데, 한 사람이 모은 민담집으로는 가장 방대한 분량이 될 것이다. 그림 형제의 민담 선집에 영향을 받아 아파나세프는 그가 수집한 이야기에 문헌학적인 주석을 달았다. 나아가 그가 수집한 이야기들의 신화적 유산에 관한 논평이 필요하다고 생각했고, 이를 통해 러시아 민담과 다른 나라 요정담의 비교가 가능할 것이라고 여겼다. 선집의 전체에서 이본을 포함한 약 150편의 요정담은 언어학자와 작가 달(Dal, Vladimir)로부터 기증받은 것이고(아파나세프는 달로부터 약 1,000개의 텍스트를 받았으며, 이 중 선집에 들어간 민담을 선별했다.), 나머지는 〈러시아지리학회〉의 자료에서 선별한 것이다. 아파나세프는 모든 텍스트를 동물이야기, 경이로운 이야기, 일상생활 이야기 등 특별한 범주로 분류하였다. 1860년대에 러시아는 사회 경제적인 변화가 있었다. 아파나세프는 그의 민담이 성직자와 귀족들에게 저속하고 모욕적이라고 간주되어 난관에 봉착하였다. 게다가 농민들의 위트를 훌륭하다고 묘사하였는데, 이는 당시의 사회적 격변에 대한 당국의 접근 방식에 부합하지 않았다. 경찰이 들이닥쳐 작품을 불태운 뒤, 아파나세프는 외국으로 나갔다. 곧 러시아로 되돌아왔으나 경찰은 아파나세프의 집을 수색하였고, 조사위원회에 소환되었다. 해외에 있을 때 추방된 반대파의 지도자 게르첸(Gertsen, Aleksandr Ivanovich)과 접촉했던 것 때문이었다. 체제 전복적인 활동과 관련된 아무런 증거가 나오지 않았지만, 1862년 직장인 외무부에서 해고되었고 그의 집도 빼앗겼다. 살아남기 위해 중요한 그의 장서를 팔아야만 했다. 여러 어려움 속에서도 3권으로 된 『슬라브인들의 자연에 대한 시적 해석(Poeticheskie vozzreniya slavyan na prirodu)』(1865~69)을 간행하였다. 1870년 오랜 꿈이던 『러시아 동화(Russkie detskie skazki)』를 2권으로 간행하였다. 차르(tsar')의 검열이 있었으나, 점차 아동문학으로서의 요정담에 관한 격렬한 논쟁이 이어졌다. 45세에 폐결핵으로 사망했다. 1872년 사후 유작으로 스위스 제네바에서 간행된 『러시아의 금지된 이야기(Russkie zavetnye skazki)』가 있다. 77편의 야하고 외설적인 이야기(동성애, 수간, 근친상간과 같은 모티프를 포함)가 편집자, 출판사, 출판일자에 관한 아무런 정보도 없이 간행되었다. 1992년에야 이 책은 러시아에서 공식적으로 간행될 수 있었으나, 비공식적인 판본이 19세기 후반에 유통되고 있었다. 러시아 민속학과 슬라브 신화 연구에 대한 아파나세프의 기여는 찬사와 존경을 받아왔으나 동시에 논쟁거리였고 비판도 있었다. 그럼에도 불구하고 러시아 문학에 미친 그의 영향은 논란의 여지가 없다. 아파나세프는 엄청나게 풍부한 러시아 이야기를 찾아냈고, 그의 선집은 톨스토이(Tolstoy, Lev Nikolaevich), 고리키(Gor'kii Maksim), 부닌

(Bunin, Ivan Alekseevich) 등의 여러 작가들에게 고갈되지 않은 영감의 샘이 되었다. ┏김석연(金石淵)의 「동화의 기원과 심리학적 연구(2)」(『조선일보』, 1929.2. 14)에 『판차탄트라(Pancatantra)』, 『히토파데샤(Hitopadesha)』, 『자타카(jātaka)』 등에서 유래된 동화들이 아파나세프의 『러시아 민담집』에 많이 포함되어 있다고 하였다.

**안데르센**(Andersen, Hans Christian: 1805~1875)  덴마크의 동화작가, 소설가. 오덴세(Odense) 출생. 가난한 제화공인 안데르센의 아버지는 아들에게 『아라비안 나이트(Alf laylah wa laylah, 또는 Arabian Nights)』[48]를 읽어주는 등 문학으로 안내하였다. 17세 때 문법학교(grammar school)를 거쳐 1829년에 코펜하겐대학 (Københavns Universitet)에 입학하였다. 1833년 이탈리아 여행의 인상과 체험을 바탕으로 쓴 『즉흥시인』(1835)이 독일에서 호평을 받으면서 문명(文名)이 유럽 일대에 퍼졌다. 작품은 요정 이야기, 시, 소설, 여행책 등 다양하다. 최초의 작품은 「수지 양초(Tællelyset: 영 The Tallow Candle)」[49]다. 『홀멘 운하에서 아마게르섬 동쪽 끝까지의 도보여행기(Fodrejse fra Holmens Kanal til Østpynten af Amager i aarene 1828 og 1829)』(1829),[50] 요정 이야기를 모은 『어린이들을 위한 요정담, 1판(Eventyr, fortalte for Børn)』(1835),[51] 『즉흥시인(The Improvisatoren)』(1835), 『O.T.』(1836), 『가난한 바이올리니스트(Kun en Spillemand)』(1837), 『그림 없는 그림책(Billedbog uden billeder)』(1840), 『새 요정담과 이야기(Nye eventyr og historier)』(1858~72) 등이 있다. 이들 책 속에 포함된 작품으로 널리 알려진 것은, 「엄지공주(Tommelise)」(1835), 「완두콩 공주(Prinsessen paa Ærten)」(1835), 「인어 공주(Den lille havfrue)」(1837), 「황제의 새 옷(Kejserens nye klæder)」[52]

---

**48** 6세기경 사산왕조페르시아(226~651) 시대에 수집된 『하자르 아프사나(Hazār afsāna, 또는 Alf laylah)』가 8세기경 아라비아어로 번역되었고, 15세기경에 완성된 것이 『아라비안나이트(Alf laylah wa laylah)』이다. 『아라비안나이트』는 중동과 인도의 이야기들을 모은 것인데, 그 시기와 지은이는 불확실하다.

**49** 2012년 10월, 퓐 섬(Fyn)의 국립자료실의 파일 박스에서 원고가 발견되었다. 1820년대에 쓴 것인데 요정담(fairy tales) 장르의 첫 번째 작품으로 밝혀졌다.

**50** 고장환(高長煥)의 「동화 한아버지 안더-센 선생(뜻)」(『조선일보』, 1933.8.4)에서 "스물다섯 살 때 처음으로 그의 처녀작(處女作)『홀므스 수도(水道)로부터 아마-켄 동단(東端)까지의 도보 여행기』를 출판하얏는대 대단한 호평을 밧았다고 소개하였다.

**51** 『요정담』은 1판 이후 1837년부터 1842년까지 연이어 출간되었다.

**52** 'Kejserens nye Klæder: 영 The Emperor's New Clothes'(황제의 새 옷)이 원래의 제목이다. 일본에서 'はだかの王様(벌거숭이 임금님)'라 한 것을 우리가 그대로 수입하여 '벌거벗은 임금님'으로 번역하

(1837), 「야생의 백조(De Vilde svaner)」(백조왕자)(1838), 「꿋꿋한 주석병정 (Den standhaftige tinsoldat)」(장난감 병정)(1838), 「나이팅게일(Nattergalen)」 (1843), 「미운 오리 새끼(Den grimme ælling)」(1843), 「빨간 구두(De røde sko)」 (1845), 「눈의 여왕(Snedronningen)」(1845), 「성냥팔이 소녀(Den Lille Pige med Svovlstikkerne)」(1845) 등이 있다. 『방정환(方定煥)이 「꽃 속의 작은 이」(『사랑의 선물』, 개벽사, 1922), 동화 「천사」(『동아일보』, 1923.1.3), 「석냥파리 소녀」(『어린이』 창간호, 1923년 3월호), 권경완(權景完)이 「카라(襟)」(『신소년』, 1927년 8월호), 신영철(申瑩澈)이 「콩 다섯 개」(『별나라』 통권24호, 1928년 8월호), 연성흠 (延星欽)이 「날느는 가방」(『어린이』 제8권 제4호, 1930년 4-5월 합호), 고긴빗〔고 장환]이 「성양파리 소녀」(『조선일보』, 1933.8.11~15), 인돌이 「콩 우에서 잔 왕 녀」(『동아일보』, 1935.8.4), 최병화(崔秉和)가 동화 「천사(The Angel)」(『조선일 보』, 1935.8.6), 이정호(李定鎬)가 「석냥파리 소녀(전4회)」[53](『동아일보』, 1934.7. 3~8), 「꿈 할아버지」(『동아일보』, 1935.8.11), 이구조(李龜祚)가 「콩 오 형제」 (『소년』 제4권 제6호, 1940년 6월호) 등을 번역한 바 있다. 안데르센에 대해서는 진장섭(秦長燮)의 「(동화의 아버지)가난한 집 아들로 세계학자가 된 '안더-센' 선 생」(『어린이』, 1925년 8월호), 연성흠(延星欽)의 「영원의 어린이, 안더-슨 선생, 그의 소년시대」(『어린이』, 1930년 4-5월 합호), 안데르센협회장 에취 시텐 홀베크 의 「'에취·씨·안데르센'의 세계문학상의 지위 - 탄생 125주년을 당하야」(『매일 신보』, 1930.6.1),[54] 김태오(金泰午)의 「(위인들의 어린 시절)안더-센 선생」(『아이 생활』, 1931년 1월호) 등이 있다.

**알마 타데마**(Alma-Tadema, Laurence: 1865~1940)  영국의 소설가, 극작가, 시 인. 벨기에의 브뤼셀(Brussels) 출생. 네덜란드의 화가(畵家) 알마 타데마 경(卿) (Alma-Tadema, Sir Lawrence)의 첫째 딸이다. 소설, 시, 희곡 등 여러 분야의 작품을 썼다. 여러 정기간행물에 기고했는데, 특히 『옐로북(The Yellow Book)』에 많이 투고했다. 몇 편의 희곡은 독일에서 성공적으로 공연되었다. 시 「만약 아무도 나와 결혼하지 않는다면(If No One Ever Marries Me)」은 1897년 『알 수 없는 왕들

였다. 다른 나라에서는 '황제의 새 옷'이라는 제목으로 알려져 있다.
**53** 안데르센의 원작을 그대로 번역한 것이 아니라 이정호가 번안한 것으로 보인다.
**54** 아래 두 글도 내용이 대동소이하다.
  에취·스틴·홀베크, 「안데르센의 紀念祭를 마즈며……그의 世界文學上地位」, 『별건곤』 제29호, 1930년 6월호, 149~150쪽; 안데르센協會長 에취, 스틴, 홀베크, 「안데르센의 世界文學上 地位」, 『新小說』 제2권 제3호, 1930년 6월호, 52~53쪽.

의 왕국(Realms of Unknown Kings)』에 포함되어 런던에서 출판되었다. 이 작품은 1900년 레만(Lehmann, Liza)의 악보 〈데이지 체인, 12곡의 어린 시절 노래(The daisy chain, cycle of twelve songs of childhood)〉와, 1922년 싱턴(Sington, Louise) 이 작곡한 악보 〈어린 소녀들(Little girls)〉에도 포함되었다. 1915년부터 1939년까지 〈폴란드와 폴란드인 희생자 구제 기금(Poland and the Polish Victims Relief Fund)〉의 총무를 맡았다. 폴란드 독립을 위해 음악과 정치적 활동을 하는 파데레프스키(Paderewski, Ignacy Jan)를 숭배했고 오랫동안 지지하였다. 그녀는 결혼하지 않고 독신으로 살다가, 1940년 런던의 요양원에서 죽었다. 작품으로 『어린 시절의 노래(Songs of Childhood)』(1902), 『여성의 노래(Songs of Womanhood)』(1903), 『머더구스 동요: 속담과 각운 게임(Mother Goose Nursery Rhymes: Proverbs and Rhyme Games)』(1910), 번역 『펠레아스와 멜리장드, 시각장애인(Pelleas and Melisanda and the Sightless Two Plays)』(Maurice Maeterlinck, 1914) 등이 있다. ▶김양봉(金陽鳳)이 「종달새와 금리어」(『새벗』, 1928년 11월호), 윤석중이 「종달새와 금붕어」(『잃어버린 댕기』, 계수나무회, 1933, 58~59쪽), 이학인(李學仁)이 「In London」(우이동인, 「동요연구(8)」, 『중외일보』, 1927.3.28)을 번역한 바 있다. 박영종(朴泳鍾)의 「동요 맛보기(8) – 수수께끼 동요」(『소학생』 제68호, 조선아동문화협회, 1949년 6월호)에 알마 타데마의 「종달새와 금붕어」가 번역 인용되었다.

**에지워스**(Edgeworth, Maria: 1767~1849)  영국의 소설가. 옥스퍼드셔(Oxfordshire) 블랙버턴(Black Bourton) 출생. 1782년까지 영국에 살다가, 가족과 함께 아일랜드로 이주하였다. 아버지의 농장 경영을 도왔는데, 이때 얻은 경험이 에지워스 소설의 중추가 되었다. 교육가의 딸로 태어나 아버지와 공동으로 교육론을 썼으며, 소설에도 교육 사상을 반영하였다. 에지워스는 유럽 소설의 발전에 있어 중요한 인물일 뿐만 아니라, 아동문학에 있어서 첫 번째의 리얼리즘 작가 가운데 하나다. 농장 경영, 정치, 교육 등에 식견이 있었고, 스콧(Scott, Sir Walter: 1771~1832), 리카도(Ricardo, David: 1772~1823) 등과 같은 선도적인 문학 및 경제학 분야의 필자들과 교류하였다. 1844년 에지워스는 〈아일랜드왕립학회(Royal Irish Academy)〉 회원이 되었다. 1847년 아일랜드의 감자 기근 때 에지워스는 굶주림 속에서 작품을 썼다. 작품으로 아일랜드 지주 기질을 묘사한 대표작 『랙크렌트 관(館)(Castle Rackrent)』(1800),[55] 『벨린다(Belinda)』(1801), 『부재지주(The Absentee)』(1812)

---

[55] 월터 스콧 경(Scott, Sir Walter)은 자신의 『웨이블리(Waverley)』를 쓰는데 에지워스에게 빚을 졌다고 찬사를 보냈다. 『웨이블리』는 '스콧의 『랙크렌트 관』'이라고도 불린다. 아일랜드 출신의 미국

등이 있다. ▶『만인계』(신문관, 1912)는 에지워스의 『제비뽑기(The Lottery)』(1799)를 번역한 것이다.

**예로센코**(Eroshenko, Vasilli Yakovlevich: 1890~1952)  러시아의 맹인 시인.[56] 옛 러시아(현 우크라이나)의 하리코프(Khar'kov) 근처 출생. 네 살 때 홍역으로 시력을 잃었다. 1914년 도쿄맹학교(東京盲學校) 특별연구생으로 일본으로 가서 일본어를 배우고 일본어 구술로 동화 등을 발표하여 문단에 등단하였다. 일본에서는 동화작가이자 극작가인 아키타 우자쿠(秋田雨雀) 등과 교유하였다. 아키타 우자쿠의 일기장에 의하면, 1916년 일본을 방문했던 타고르(Tagore, Rabīndranāth: 1861~1941)와 논쟁을 벌였다고 한다. 타고르가 일본 민족주의자들의 사고에 맞는 강연을 하자 사회주의자인 예로센코가 반박을 한 것이었다. 1921년 일본 정부로부터 위험인물로 몰려 추방되었다. 아나키스트를 불편하게 생각한 러시아가 입국을 거절하자, 블라디보스토크에서 중국 베이징(北京)으로 가 루쉰(魯迅) 등과 교유했다. 1922년 2월부터 루쉰의 소개로 베이징대학교에서 에스페란토어 교수의 자리를 얻었다. 1923년 러시아 정부로부터 어렵사리 귀국 허가를 얻어 고향으로 돌아와 저작과 번역에 몰두하였다. 예로센코는 에스페란티스트(Esperantist)이자 무정부주의자, 세계주의자를 자처하며 전 세계를 떠돌며 자신의 꿈과 사랑을 노래했다. 일본어로 쓴 그의 우화 작품을 루쉰의 중국어 번역본을 바탕으로 한 『착한 사람 예로센코』란 책이 한국에서 출판되었다.[57] 한국과 관련된 것으로 예로센코의 마지막 작품인 「선녀와 나무꾼」이 있다. ▶일제강점기에 그의 작품이 여럿 소개되었다. 오천석〔吳天園〕이 「무지개 나라로」(에로시엔코 작, 오천원 역;『백조』창간호, 1922년 1월호, 73~82쪽)를, 홍은성(洪銀星)이 「물고기의 설음(3)」(『아희생활』제4권 제11호, 1929년 11월호)을, 윤복진(尹福鎭)이 「배나무 한 포기(一名 세루비야의 이야기)」(전4회)」(와시리 엘센코;『조선일보』, 1930.2.12~15)를 번역하였다. 『별나라』의 동극 특집호에 명작 각본 중의 하나로 동화극 「호랑이의 꿈」(『별나라』 통권 48호, 1931년 3월호)이 번역되어 있다.

**올컷**(Alcott, Louisa May: 1832~1888)  미국의 소설가. 필명 A. M. Barnard, Flora

---

작가 콜럼(Colum, Padraic: 1881~1972)은 "누구든 한 시간 안에 이 작품을 읽을 수 있다. 그러면 총력을 다한 잉글랜드가 왜 아일랜드 사람들을 굴복시킬 수 없는지를 알게 된다."고 하였다.

56 「露國 盲詩人 - 長春 通過」(『매일신보』, 1923.4.20.)에 의하면 "盲詩人 '에로센코'는 十八日 午後 一時着 三等車로 潛伏호 것을 發見하얏는디 直히 東支鐵道로 哈爾濱에 向하얏스며 自己는 莫斯科 行 列車로 獨逸에 行혼다 稱하고 何事도 語호지 안터라.(長春電)"

57 바실리 예로센코, 『착한 사람, 예로센코』, 하늘아래, 2004.

Fairfield. 미국 펜실베이니아(Pennsylvania)주의 저먼 타운(German Town) 출생. 네 자매 중 둘째로 태어나, 어린 시절을 매사추세츠주 콩코드(Concord)에서 자랐다. 아버지인 브론슨 올컷은 철학자이자 목사였다. 그는 수필가인 에머슨(Emerson, Ralph Waldo)과 작가인 소로(Thoreau, Henry David), 호손(Hawthorne, Nathaniel), 롱펠로우(Longfellow, Henry Wadsworth) 등과 친구였으며, 엄격한 도덕적 분위기에서 자녀를 양육하였다. 그는 목화가 남부의 노예노동으로 생산되었다고 하여 면으로 지은 옷도 아예 입지 않을 정도였다. 그 때문에 그의 가족들은 콩코드 지역을 옮겨 다니며 늘 가난하게 살았다. 1862년 남북전쟁 중에 자원입대하여 북군의 야전병원에서 간호병으로 근무하다 장티푸스를 앓아 이후 평생 건강 문제로 고생하였다. 야전병원에서 경험한 내용을 담은 『병원 스케치』(1863)는 올컷에게 작가로서 처음 주목받은 작품이었다. 올컷 일가는 에머슨과 소로가 가까이 사는 콩코드의 '웨이사이드' 집에서 살다가 에머슨이 그들을 위해 사 준 '오처드(과수원) 주택'에 정착했다. 루이자 메이 올컷은 이곳에서 『작은 아씨들』을 집필하였다. 이 작품은 그녀와 그녀의 세 자매들의 어릴 적 경험에 느슨하게 바탕을 두고 있다. 올컷은 노예제 폐지론자이자 페미니스트였고, 평생 독신으로 살았다. 1888년 3월 보스턴(Boston)에서 세상을 떠났다. 작품으로 『병원 스케치(Hospital Sketches)』(1863), 『작은 아씨들(Little Women)』(1868), 『작은 아씨들』의 연작인 『Little Women: Good Wives』(1869), 『작은 신사들(Little Men: Life at Plumfield with Jo's Boys)』(1871)』, 『조의 소년들(Jo's Boys, and How They Turned Out)』(1886) 등이 있다. ▶함대훈(咸大勳)의 「아동예술과 잡감 편편(片片)」(『조선일보』, 1935.7.15)에 올컷의 『작은 아씨들』이 소개되었다.

**와일드**(Wilde, Oscar Fingal O'Flahertie Wills: 1854~1900)  아일랜드의 시인, 소설가, 극작가. 아일랜드의 더블린(Dublin) 출생. 더블린의 트리니티칼리지(Trinity College)를 거쳐 옥스퍼드대학(Univ. of Oxford)에서 공부하였다. 19세기 말의 '예술을 위한 예술'을 표어로 하는 유미주의를 주창하여 유미파를 대표하였다. 1895년 미성년자와 동성연애 혐의로 피소되어 유죄판결을 받고 2년간 레딩교도소(Reading Gaol)에 수감되었고, 참회록 『옥중기』(1897)를 집필하였다. 1897년 출옥하였으나 영국에서 추방되어 파리에서 가난하게 살다가 사망하였다. 작품으로 동화집 『행복한 왕자와 다른 이야기들(The Happy Prince and Other Tales)』(1888),[58] 장편소설 『도리언 그레이의 초상(The Picture of Dorian Gray)』(1891),

---

58 이 동화집 안에 5편의 동화가 들어 있다. 「행복한 왕자(The Happy Prince)」, 「나이팅게일과 장미

동화집 『석류나무 집(The House of Pomegranates)』(1892), 희곡 『살로메(Salomé)』 (프랑스어 1893; 영어 번역 1894), 참회록 『옥중기(De Profundis)』(1897) 등이 있다. ▼고장환(高長煥)이 「욕심장이 큰 사람」(『신소년』, 1929년 1월호)을, 이정호(李定鎬)가 동화 「심술 사나운 왕사람(전2회)」(『매일신보』, 1925.4.5~12)을, 최병화(崔秉和)가 동화 「별의 아들(전9회)」(『조선일보』, 1935.8.8~23)을 번역한 바 있다. 와일드에 대해서는 이조영(李組榮)의 「탐미파(耽美派)의 사도(使徒) 오스카-와일드(전4회)」(『중외일보』, 1930.8.8~12)가 있다. 이정호의 「허고만흔 동화 가운데 안데르센의 작품이 특히 우월한 점 – 작품발표 백년 기념을 당해서」(『조선일보』, 1935.8.6)와, 신고송(申鼓頌)의 「아동문학 부흥론 – 아동문학의 누네쌍쓰를 위하야(3)」(『조선중앙일보』, 1936.2.5), 송남헌(宋南憲)의 「예술동화의 본질과 그 정신 – 동화작가에의 제언(1)」(『동아일보』, 1939.12.2), 이구조(李龜祚)의 「어린이문학 논의(3) 사실동화(寫實童話)와 교육동화」(『동아일보』, 1940.5.30) 등에 유럽의 여러 아동문학 작가들과 함께 와일드가 소개되었다.

**워즈워스**(Wordsworth, William: 1770~1850)  영국의 시인. 잉글랜드의 코커머스 (Cockermouth) 출생. 1787년 케임브리지대학(Univ. of Cambridge)에 입학하여 1791년 졸업하였다. 자연의 아름다움과 인간과의 영적인 교감을 읊었고, 콜리지 (Coleridge, Samuel Taylor: 1772~1834)와 함께 발표한 공동 시집 『서정 가요집』(1798)은 낭만주의의 부활을 결정짓는 시집이 되었다. 1843년에 계관시인(桂冠詩人, poet laureate)이 되었다. 작품으로 『서정가요집(Lyrical Ballads)』(1798), 시집 『서곡(The Prelude)』(초판 1805; 개정판 1850), 『두 권의 시집(Poems, in Two Volumes)』(1807), 장편시 『소요(逍遙, The Excursion)』(1814) 등이 있다. ▼변영로[樹州]의 「(문예야화 13)제창 아동문예」(『동아일보』, 1933.11.11)에 워즈워스의 "아이는 어른의 아버지"란 구절을 인용하여 아동문예의 필요성을 주장하였다.

**웰스**(Wells, Herbert George: 1866~1946)  영국의 문명 비평가, 작가. 영국 켄트주 (County of Kent) 브롬리(Bromley) 출생. 어린 시절 겨우 가난을 면할 정도의 가정 형편이었다. 가난으로 학업을 이어갈 수 없어 직업 전선에 뛰어들었다가, 1883년 어머니의 도움으로 도제 생활에서 벗어나, 1884년 사우스 켄싱턴(South Kensington)의 과학사범학교(현 Univ. of London 이학부)에 국비 장학생으로 입학하였다. 여기서 생물학자 헉슬리(Huxley, Thomas Henry)로부터 생물학과 동물학을 배웠

---

(The Nightingale and the Rose)」, 「욕심쟁이 거인(The Selfish Giant)」, 「헌신적인 친구(The Devoted Friend)」, 「유별난 로켓(The Remarkable Rocket)」

다. 1888년 우수한 성적으로 대학을 졸업하고, 과학 교사가 되었다가 곧 저널리스트의 길로 들어섰다. 이 시기부터 소설을 쓰기 시작하였다. 1895년 『타임머신』을 발표하면서 주목받는 작가가 되었다. 이 소설로 '과학소설'의 창시자라는 칭송까지 받았다. 영국과 미국은 물론 다른 지역에까지 이름이 알려졌다. 20세기에 들어 당대 대표적인 소설가로 부상했다. 작품으로 『타임머신(The Time Machine)』(1895), 『모로 박사의 섬(The Island of Doctor Moreau)』(1896), 『투명인간(The Invisible Man)』(1897), 『세계 전쟁(The War of the Worlds)』(1898), 『잠에서 깨어났을 때(When the Sleeper Wakes)』(1898~1899), 『달에 처음 간 사람(The First Men in the Moon)』(1900~1901), 『우주 전쟁(The War in the Air)』(1907) 등과 단편소설과 중편소설을 묶은 소설집[59]이 있다. 『김백악(金白岳)이 번역한 「팔십만 년 후의 사회」(『서울』, 1920.2), 영주(影洲)가 번역(축역)한 『(세계적 명작)팔십만 년 후의 사회 – 현대인의 미래사회를 여행하는 과학적 대발견』(『별건곤』 제1호, 1926) 등이 있다. 밴댈리스트는 「에취 · 지 · 웰스」(『동아일보』, 1924.12.29)에서 웰스의 「The Country of the Blind」(1904)를 「맹인의 나라」로 소개하고 있다.

**위고**(Hugo, Victor Marie: 1802~1885)  프랑스의 시인, 극작가. 프랑스의 브장송(Besançon) 출생. 나폴레옹 휘하의 장군이었던 아버지로 인해 유럽 각지를 옮겨 다니며 성장했다. 1817년 아카데미 프랑세즈(Académie Française)의 콩쿠르와, 1819년 툴루즈(Toulouse)의 아카데미(Académie des Jeux Floraux) 콩쿠르에서 시가 입상되었다. 1819년 열일곱 살에 위고의 형과 함께 낭만주의 운동에 이바지한 잡지 『문학 수호자(Le Conservateur Littéraire)』를 창간하였다. 낭만주의의 거장으로서 자유주의적이고 인도주의적인 경향을 풍부한 상상력과 장려한 문체와 운율의 형식을 빌려 나타내었다. 향년 83세로 사망했을 때 프랑스 정부는 국장(國葬)으로 예우했다. 프랑스의 문학사가이자 비평가인 랑송(Lanson, Gustave: 1857~1934)에 의하면, "그의 시신은 밤새도록 횃불에 둘러싸여 개선문에 안치되었고, 파리의 온 시민이 팡테온(Pantheon)[60]까지 관의 뒤를 따랐다."고 한다. 작품으로 희곡 『에르나니(Hernani)』(1830)와 시 『동방 시집(Les Orientales)』(1829), 소설 『노트르담의 꼽추(Notre-Dame de Paris)』[61](1831), 『레미제라블(Les Misérables)』

---

59 소설집에 「기묘한 난초의 개화(The Flowering of the Strange Orchid)」, 「눈먼 자들의 나라(The Country of the Blind)」(1904) 등이 포함되어 있다.

60 팡테옹은 1758년에 건물의 기초가 세워졌고 1789년에 완성된 국립묘지다. 건물 지하에는 볼테르(Voltaire), 루소(Rousseau, Jean Jacques), 졸라(Zola, Émile), 위고(Hugo, Victor Marie) 등의 무덤이 있다.

(1862) 등이 있다. ▶『레미제라블』을 「너 참 불상타」(『청춘』, 1914년 10월호)로, 민태원(閔泰瑗)이 『레미제라블』을 「애사(哀史)」(『매일신보』, 1918.7.28~1919.2.8)로, 금철(琴澈)이 「아 – 무정(無情)(전26회)」(『조선일보』, 1928.2.2~3.6)으로, 박승남(朴承男)이 「아! 무정: 짠발짠의 이야기」(『새벗』 제6권 제1호, 1930년 5월호)를, 안준식(安俊植)이 「아 무정(無情)」(『별나라』 제10권 제1호, 1935년 1-2월 합호)으로, 박계주(朴啓周)가 『장발장』(『소년』, 1948년 9월호~1949년 12월호) 등으로 번역한 바 있다. 윤복진(尹福鎭)은 「(아동문학강좌)동요 짓는 법(3)」(『동화』, 1937년 3월호)에서 일본의 낭만 · 자연주의 문학이 루소, 플로베르, 위고, 도스토엡스키, 투르게네프, 톨스토이 등 위대한 문호들의 영향을 받은 것임을 지적하였다. 알렉산드라 브루스타인(金永鍵 譯)은 「소련의 아동극」(『문학』, 창간호, 조선문학가동맹중앙집행위원회서기국, 1946.7)에서 "'디켄즈'의 「두 도시의 이야기」와 「올리붜 · 트위스트」, '뷕또르 · 위고-'의 「가브로슈」,[62] '마-크 · 트웨인'의 「왕자와 빈민」, 「톰 · 소우여의 모험」, 「허클베리 · 핀의 모험」, '쎄르방떼쓰'의 「동 · 끼호떼」" 등이 러시아 아동극장의 무대에 올랐다고 소개하였다. 『동아일보』의 '세계명저소개'에 「'빅톨, 유-고'의 레, 미제라블 (7)」(『동아일보』, 1931.3.2)이 소개된 바 있다. 박화성(朴花城)은 「레미제라블」을 가장 감동적인 작품이라 하였다.[63]

**이솝**(Aesop: B.C. 620년경~B.C. 560년경)  그리스의 우화 작가. 이솝(Aesop)은 아이소포스(Aisopos)의 영어식 표기이다. 그리스 우화 선집(collection of Greek fables)의 저자로 추정되는데, 전설상의 인물임이 거의 확실하다. 고대에 이솝을 실제 인물로 확립하기 위한 다양한 시도가 있었다. 기원전 5세기의 헤로도토스(Herodotos: B.C. 484년경~B.C. 430년경)는 이솝이 기원전 6세기에 살았고 노예라고 하였다. 기원후 1세기의 플루타르코스(Ploutarchos: 46년경~120년경)는 이솝이 기원전 6세기 리디아(Lydia)의 왕 크로에수스(Croesus)의 고문이라고 하였다. 이솝이 트라키아(Thracia) 출신이라고 하는 주장이 있는가 하면, 조금 뒤의 프리기아(Phrygia) 사람이라고 칭하기도 한다. 다른 자료는 그가 에티오피아(Ethiopia) 사람이라고 추정하였다. 기원후 1세기의 한 이집트의 전기에는 그가

---

**61** 이 작품은 원제가 『Notre-Dame de Paris』이지만 『The Hunchback of Notredame』으로 번역되기도 한다. 우리나라에서도 『노트르담의 꼽추』로 더 널리 알려져 있다.

**62** '가브로슈(Gavroche)'는 『레미제라블』의 등장인물이다.

**63** 박화성의 「(내 심금의 현(絃)을 울리인 작품)빅토르 유고 작(作) 레 · 미제라불 기타」, 『조선일보』, 1933.1.20.

사모스섬(island of Samos) 출신이라고 하였다. 본래 노예였으나 주인으로부터 해방되어 바빌론(Babylon)으로 가 리쿠르고스(Lycourgos) 왕의 수수께끼 해결사가되었고, 델포이(Delphoe)에서 죽었다고 하였다. 이솝은 동물 우화 작가의 이름으로 발명되었을 뿐이고, 그래서 '이솝이야기(a story of Aesop)'가 '우화(fable)'의 동의어가 되었을 가능성이 있다. 우화의 중요성은 그 이야기에 있는 것이 아니라 이야기에 뿌리를 둔 교훈에 있다. 첫 번째 우화 선집은 기원전 4세기에 데메트리우스(Demetrius Of Phaleron)가 편찬했으나 기원후 9세기 후에 전하지 않는다. 기원후 1세기에 로마에서 출간된 것으로 파이드루스(Phaedrus)의 우화 선집이 있다. 파이드루스가 이 우화들을 처리한 방식은 뒷날 작가들에게 강한 영향을 끼쳤는데, 특히 17세기 프랑스의 시인이자 우화 작가인 라퐁텐(La Fontaine, Jean de)은 파이드루스의 영향이 컸다. 파이드루스와 같은 시기에 바브리우스(Babrius)가 이 우화들을 그리스어로 집성했으나 지금 전하지 않는다. 『이솝우화』는 이솝이 창작해 구전되던 것을, 14세기 콘스탄티노플의 수사 플라누데스(Maximus Planudes: 1260~1310년경)가 편집한 것과, 15세기 캑스턴<sup>64</sup>의 영역판, 17세기 프랑스 시인 라퐁텐(La Fontaine, Jean de)의 『우화집(Fables choisies mises en vers)』(1668~1694) 등으로 전해졌다. 「시골 쥐와 도시 쥐」, 「북풍과 태양」, 「개미와 비둘기」, 「사자와여우」, 「여우와 포도」, 「거북과 토끼」 등의 작품은 널리 알려져 있다. ▶이솝우화는 여러 사람에 의해 번역·번안되었다. 「바람과 볕」, 「주인 할미와 하인」, 「공작과학(鶴)」(이상 『소년』 창간호, 1908년 11월호), 방정환(方定煥)의 「당나귀와 개」(『어린이』, 1923년 11월호), 「당나귀와 닭과 사자」(『어린이』, 1923년 12월호), 「서울 쥐와 시골 쥐」(『어린이』, 1924년 1월호), 「금독긔」(『어린이』, 1924년 2월호), 「친한 친구」(『어린이』, 1924년 4월호), 서원생의 「여호와 학」(『어린이』, 1926년 5월호), 김숙자(金淑子)의 「니리와 양」(『어린이』, 1926년 3월호), 이정호(李定鎬)의 「걸어가십시요」(『조선일보』, 1926.3.21~23)와 「북풍과 태양」(『어린이』, 1930년 8월호), 꼬리별의 「바다물 다 먹은 사람」(『어린이』, 1932년 10월호), 「늑대와 양떼」(『어린이』, 1932년 11월호), 「공중에 집 짓는 사람」(『어린이』, 1932년 12월호) 등과, 「꼬리 없는 여우(尾のない狐: イソップ物語)」(『신소년』, 1924년 5월

---

64 캑스턴(William Caxton: 1422년경~1491년)은 영국 최초의 인쇄업자이자, 편집자, 번역가이다. 1471년 독일 쾰른으로 가 인쇄술을 배운 뒤 영국으로 돌아와 1474년 『역사집(Recuyell of the Histories of Troy)』 영역본을 간행하였는데, 이 책이 최초의 영어 인쇄본이다. 『이솝우화(Aesop's Fables)』는 1484년에 목판 인쇄한 것이다.

호), 이호성(李浩盛)의 「나무꾼과 금도끼(樵夫と金の斧)」(『신소년』, 1924년 6월
호), 이정호(李定鎬)의 번안 「수동(壽童)의 모험 - 화물선의 비밀의 후편」(『별나
라』, 1927년 6월호), 이학인(李學仁)의 「늙은 사람과 나구」(『별나라』, 1927년 6월
호), 김안서(金岸曙)의 「이솝의 이야기」(『별나라』, 1926년 11월호), 김동길(金東
吉)의 「이솝이야기」(『아이생활』, 1932년 7월호, 10월호, 1933년 1월호, 2월호, 3
월호), 김안서(金岸曙)의 「이솝이야기」(『아이생활』, 제1935년 1월호), 「이솝의 이
야기」(『아이생활』, 1941년 7-8월 합호, 9-10월 합호, 1942년 6월호), 「사자와 생
쥐」(『아이생활』, 1942년 8월호), 이문행(李文行)의 「(이솝이야기)노새와 귀뜨라
미」(『아이생활』, 1937년 3월호) 등의 번역이 있었다. 임원호(任元鎬)의 동화 「햇님
과 바람」(『동아일보』, 1935.5.5)은 「북풍과 태양」을 번안한 것이다. 배위량(裵緯良
= Baird, William M. Baird: 1862~1931)의 「우언쟈(寓言者)의 조샹 이솝의 스젹
이라」(『이솝우언』, 조선야소교서회, 1921), 황기식(黃基式)의 「독자에게!」(雲山
편, 『수양취미과외독물: 동화집』, 초등교육연구회, 1925), 신길구(申佶求)의 「셔」
(申佶求 편찬, 『세계명작교육동화집』, 영창서관, 1926) 등은 『이솝우화』를 번역한
책의 서문에 해당하고, 박자영(朴赶影)의 「이솝의 생애(전15회)」(『매일신보』,
1932.9.9~28)는 이솝의 삶을 자세히 살핀 글이다. 이 외에도 일제강점기 아동문학
비평에서는 이솝이 자주 언급되었다.

**입센**(Ibsen, Henrik Johan: 1828~1906)  노르웨이의 극작가. 노르웨이 텔레마르크
주(Telemark County) 시엔(Skien) 출생. 부유한 집안에서 태어났으나 일곱 살 때
집이 파산하여 불우한 어린 시절을 보냈다. 15세 때부터 약 6년간 약방의 도제로
일하였다. 독학으로 대학 진학을 위한 준비를 하다가 작품이 성공하자 단념하였다.
이상을 찾아 헌신하다 쓰러지는 목사 브랑을 주인공으로 한 대작 『브랑』(1866)을
발표하여 명성이 높아지기 시작하였다. 이어서 파우스트(Faust) 풍의 편력극(遍歷
劇) 『페르 귄트』(1867), 『황제와 갈릴레아 사람』(1873) 등으로 사상적인 입장을
굳혔다. 페미니즘 극의 시초라 불리는 『인형의 집』(1879)으로 전 세계의 화제를
모았고 명실상부한 근대극의 제1인자가 되었다. 입센은 힘차고 응집된 사상을 담은
작품으로 근대극을 확립하였을 뿐만 아니라, 근대 사상과 여성해방 운동에까지 깊
은 영향을 끼쳤다. 작품으로 『브랑(Brand)』(1866), 『페르 귄트(Peer Gynt)』(1867),
『황제와 갈릴레아 사람(Kejser og Galilæer)』(1873), 『인형의 집(Et Dukkehjem)』
(1879), 『유령(Gengangere)』(1881), 『민중의 적(En Folkefiende)』(1882), 『들오
리(Vildanden)』(1884), 『로스메르 저택(Rosmersholm)』(1886), 『바다에서 온 부
인(Fruen fra Havet)』(1888), 『헤다 가블레르(Hedda Gabler)』(1890), 『건축사 솔

네스(Bygmester Solnes)』(1892), 『작은 아이욜프(Lille Eyolf)』(1894), 『보르크만 (John Gabriel Borkman)』(1896), 『우리들 죽은 사람이 눈뜰 때(Når vi døde vaagner)』(1899) 등이 있다. 『『조선일보』는 1928년 입센의 100년제에 임해 「입센의 일생(전2회)」(AZ생: 1928.3.20~23), 심훈(沈熏)의 「입센의 문제극(전2회)」(1928.3.20~21), 1936년 입센의 사후 30주년을 기념하여, 박영희(朴英熙)의 「'헨릭 입센'의 사회극」, 김진섭(金晉燮)의 「'입센' 단상(斷想)」, 이원조(李源朝)의 「입센 소전(小傳) – 부(附) 저작연보」(1936.5.22) 등을 실었다. 『동아일보』의 '세계명저소개'에 「'헨릭 · 입센 작' 인형의 가(家) (14)」(『동아일보』, 1931.8.3)가 소개된 바 있다. 남석종(南夕鍾)의 「(아동문학강좌 6)동극(童劇)이란 무엇인가」(『아이생활』, 1935년 9월호)에 입센의 「페르 귄트」에 대해 소개하고 있다.

**제이콥스**(Jacobs, Joseph: 1854~1916)    오스트레일리아의 민속학자, 번역가, 문학비평가, 사회과학자, 역사학자, 주목할 만한 영국 설화 수집가이자 출판가로 알려진 영문학 작가. 오스트레일리아 시드니(Sydney) 출생. 청년 시절 영국으로 이주하여 케임브리지대학에서 문학, 역사, 인류학을 공부하였다. 민담이나 요정담을 수집하여 정리하는 일에 매력을 느껴 『민속(Folklore)』이란 잡지를 편집하기도 하였다. 제이콥스는 「잭과 콩나무(Jack and the Beanstalk)」, 「골디락스와 곰 세 마리 (Goldilocks and the Three Bears)」, 「아기돼지 삼형제(The Three Little Pigs)」, 「거인 사냥꾼 잭(Jack the Giant Killer)」, 「엄지 톰의 역사(The History of Tom Thumb)」 등이 포함된 세계적으로 잘 알려진 영국판 요정담(fairy tales)을 대중화하는 데 노력하였다. 이 외에 『판차탄트라(Pancatantra)』(The Fables of Bidpai), 『이솝우화』, 『천일야화(The Thousand and One Nights)』 등을 편집 출판하였다. 작품으로 우화와 옛이야기에 관한 저서 『이솝우화(Fables of Aesop)』(1889), 『영국 요정담(English Fairy Tales)』(1890), 『켈틱 요정담(Celtic Fairy Tales)』(1891), 『인디안 요정담(Indian Fairy Tales)』(1892), 『증보 영국 요정담(More English Fairy Tales)』(1893), 『유럽 요정담(Europa's Fairy Book, 또는 European Folk and Fairy Tales)』(1916) 등이 있다. 『박영종은 「동요 맛보기 7 – 프랑쓰의 어린이」(『소학생』, 1949년 5월호)에서 「잭과 콩나무」를 소개하였다.

**체호프**(Chekhov, Anton Pavlovich: 1860~1904)    제정 러시아의 소설가, 극작가. 러시아의 남부 타간로크(Taganrog) 출생. 1879년 모스크바대학 의학부에 입학하여 가족 생계를 위해 단편소설을 잡지에 기고하기 시작하였다. 1884년 대학을 졸업하고 의사가 된 체호프에게 1886년 작가 그리고로비치(Grigorovich, Dmitrii Vasil'evich: 1822~1899)가 남작(濫作)을 하는 그에게 재능을 낭비하지 말라는 충고를 담은 편지를 보내자 체호프는 감동을 받았다. 작가로서 새로운 자각을 하고 희곡 「이바노프」(1887 초연), 야심적인 중편소설 『대초원』(1888) 등을 발표하였다. 4대 희곡으로 불리는 「벚꽃 동산」(1904 초연), 「세 자매」(1901 초연), 「바냐 아저씨」(1897), 「갈매기」(1896) 등은 러시아 연극사상 불멸의 명작으로 평가된다. 담담한 필체로 인간의 속물성을 비판하고 휴머니즘을 추구하는 단편소설을 주로 썼다. 작품으로 희곡 「이바노프(Ivanov)」(1887 초연), 중편소설 『대초원(Step')』 (1888), 소설 『육호실(六號室, Palata No.6)』(1892), 『귀여운 여인(Dushechka)』 (1899), 희곡 「벚꽃 동산(Vishnyovy sad)」(1904), 「세 자매(Tri sestry)」(1901), 「바냐 아저씨(Dyadya Vanya)」(1897), 「갈매기(Chaika)」(1896) 등이 있다. ▸권보상(權輔相)이 번역한 『로국 문호 체홉 단편집』(조선도서주식회사, 1924)을, 최병화(崔秉和)가 동화 「처음 행복(전3회)」(『조선일보』, 1935.8.2~4)을 번역한 바 있다. 이대준(李泰俊)은 가장 존경하는 사람으로 체호프를 들고 「붉은 양말」이 감동을 주었다고 한 바 있다.[65]

**카툴루스**(Catullus, Gaius Valerius: B.C. 84년경~B.C. 54년경)  로마의 시인. 이 탈리아 북부 베로나(Verona) 출생. 고대 로마의 뛰어난 서정시를 남긴 시인이다. 그의 시 가운데 25편은 그가 레스비아(Lesbia)라고 부른 여인(Clodia)에 대한 사랑을 노래한 것이었다. 카툴루스의 다른 시들은 카이사르(Caesar, Julius)와 그보다 덜 이름난 저명인사들에 대한 악의적인 경멸을 드러낸 것들이다. 카툴루스에 대한 이력은 잘 알려져 있지 않다. 그의 시에 다양하게 표현된 정치인 키케로(Cicero), 폼페이(Pompey), 카이사르(Caesar) 등과 동시대인이다. 아우구스투스(Augustus) 황제 바로 다음 시대의 시인들, 즉 호라티우스(Horatius: B.C. 65~B.C. 8), 프로페르티우스(Propertius, Sextus: B.C. 50년경~B.C. 16년경), 티불루스(Tibullus, Albius: B.C. 55년경~B.C. 19년경), 오비디우스(Ovidius, Publius Naso: B.C. 43~A.D. 17) 등은 카툴루스의 시가 그들에게 친숙하다고 하였다. 아우구스투스 시대의 시인 베르길리우스(Vergilius Maro, Publius: B.C. 70~B.C. 19)는 서사시 『아이네이스(Aeneis)』에서 카툴루스의 이름을 밝히지 않고 그를 모방하는 것을 좋아했는데, 전체 행을 세 번이나 차용하기도 했다. 호라티우스는 카툴루스를 모방하면서도 그를 비판하였다. 티불루스, 프로페르티우스, 오비디우스, 그리고 뒷날 마르티알리스는 모두 카툴루스를 모방하였고 애정을 담아 그를 기념하였다. 카툴루스는 시인의 시인으로, 그가 살고 있던 동시대의 동료 장인들(학자적 시인들), 특히

---

65 이태준, 「(내게 감화를 준 인물과 작품 1)안톤 체홉의 애수와 향기」, 『동아일보』, 1932.2.18.

그와 함께 사후에 자주 기념이 되는 친구 칼부스(Calvus, Gaius Licinius: B.C. 82~B.C. 47년경)에 대한 글을 썼다. 이들 문학 동인은 요즘 식으로 말하면 'Poetae novi'나 'Neoterics'(새로운 시인들을 가리키는 현대적 용어)라고 부를 수 있는데, 이들은 로마 시의 아버지인 엔니우스(Ennius, Quintus: B.C. 239~B.C. 169)와 같은 구식의 장엄함보다 알렉산드리아 시인들의 유식한 암시와 격식을 갖춘 세심한 예술을 선호했다. 키케로와 호라티우스는 이들 유파를 칼부스와 카툴루스라 이름 지어 비판하였다. 카툴루스가 시적인 학식이라고 할 만한 개념을 공유했다는 점에서, 그를 낭만파들(Romantics)보다는 홉킨스(Hopkins, Gerard Manley: 1844~1889), 엘리엇(Eliot, Thomas Stearns: 1888~1965), 그리고 파운드(Pound, Ezra Loomis: 1885~1972)와 같은 유파로 분류하는 것이 마땅할 것이다. 꾸미지 않은 듯한 기교와 기지로 가득 찬 서정시를 주로 썼으며, 100여 편의 순수한 사랑 노래를 남겨 후대 엘레게이아(elegeia) 시인들에게 많은 영향을 끼쳤다.

**캐럴**(Carroll, Lewis: 1832~1898)  영국의 소설가이자 수학자, 논리학자. 본명은 Charles Lutwidge Dodgson. 잉글랜드 체셔(Cheshire) 출생. 옥스퍼드대학 크라이스트처치 칼리지(Christ Church College)에서 수학, 신학, 문학을 공부하였으며, 뒷날 이 학교의 수학 교수를 지냈다. 초현실적인 동화를 주로 발표하여 동화의 새로운 국면을 열었다. 대표작『이상한 나라의 앨리스』는 1862년 캐럴이 재직하고 있던 크라이스트처치 칼리지의 학장 리델(Liddell, Henry)의 딸들(Lorina, Alice, Edith)에게 해 준 이야기를 듣고 둘째 딸 앨리스가 적어 달라고 한 데서 시작되었다. 처음 제목을『Alice's Adventures Under Ground』로 하였다. 리델의 집을 방문한 한 방문객이 이야기책을 보고 출판해야 한다고 하자, 캐럴은 이야기를 고치고 더 늘렸다고 한다.『이상한 나라의 앨리스』는 영어로 된 작품 가운데 가장 잘 알려졌고 가장 대중적인 작품 중의 하나다. 전 세계 97개 언어로 번역되었고, 지금도 연극, 영화, 라디오, 미술, 테마파크, 보드게임, 그리고 비디오게임 등으로 개작되고 있다. 작품으로『이상한 나라의 앨리스(Alice's Adventures in Wonderland)』(1865),『거울나라의 앨리스(Through the Looking-Glass and What Alice Found There)』(1871) 등이 있다. ▶김수향(金水鄕=윤복진)이「이상한 나라의 아리스」(『동화』제2권 제1호, 1937년 1-2월 합호)로, 임학수(林學洙)가『앨리스의 모험』(한성도서, 1950)으로 번역한 바 있다.

**케스트너**(Kästner, Erich: 1899~1974)  독일의 시인이자 소설가. 독일 드레스덴(Dresden) 출생. 1913년 초등학교 교사가 되기 위해 사범교육을 받았으나, 1916년 중퇴하였다. 1917년 군대(Royal Saxon Army)에 징집되어 드레스덴의 중화기 부대에서 훈련을 받았다. 동료들의 사망 등 군 훈련의 잔혹함은 뒷날 그의 반군국주의에 영향을 미쳤다. 1919년 라이프치히대학교(Universität Leipzig)에 입학하여 역사, 철학, 연극 등을 공부하여, 1925년 프리드리히 대왕과 독일 문학에 관한 논문으로 박사학위를 받았다. 기지와 유머가 넘치는 소년소설을 발표하여 소년문학의 새로운 분야를 개척하였다. 제1차세계대전 후의 사회의 허위성을 풍자한 『파비안』으로 나치스(Nazis)의 미움을 받아 『파비안』은 소각되었고,[66] 『나는 교실』을 마지막으로 케스트너의 작품은 독일에서 출판금지를 당해 이후 스위스에서 출판하며 연명했다. 전후 뮌헨에서 활약을 했으며 오랫동안 서독의 펜클럽 회장을 역임하였다. 1960년에 자신의 어린 시절을 담은 자서전 『나의 어린 소년 시절(Als ich ein kleiner Junge war)』(1957)로 한스 크리스티안 안데르센상(Hans Christian Andersen Medal)을 수상했다. 노벨문학상에 4차례 추천되었다. 작품으로 『에밀과 탐정들(Emil Und Die Detektive)』(1928), 『점박이 소녀와 안톤(Pünktchen und Anton)』(1930), 『파비안(Fabian)』(1931), 『나는 교실(Das fliegende Klassenzimmer)』(1933) 등이 있다.

**코르네유**(Corneille, Pierre: 1606~1684)  프랑스의 극작가. 프랑스 노르망디(Normandy) 지역 루앙(Rouen) 출생. 18세에 변호사가 되었으나 적성에 맞지 않아 문학에 뜻을 두었다. 1647년 아카데미 프랑세즈 회원이 되었다. 몰리에르(Molière), 라신(Racine, Jean)과 더불어 17세기 프랑스의 위대한 극작가 중의 한 명으로 인정받는다. 프랑스 고전 비극의 완성자로, 인간 의지와 이성(理性)의 승리를 묘사하였다. 만년에 후배 라신과 동일한 주제로 경작(競作)을 벌인 『티트와 베레니스』(1671)에서 크게 실패하였다. 작품으로 『르 시드(Le Cid)』(1637), 『오라스(Horace)』(1640), 『폴리왹트(Polyeucte)』(1642), 희극 『거짓말쟁이(Le Menteur)』(1644), 『티트와 베레니스(Tite et Berenice)』(1671) 등이 있다.

**콜더컷**(Caldecott, Randolph: 1846~1886)  화가. 영국 체셔(Cheshire) 체스터(Chester) 출생. 부드러운 풍자화와 색채 삽화로 대단한 인기를 끈 것으로 알려진 영국의 화가다. 1861년부터 1872년까지 은행원으로 근무하면서 지역 잡지에 그림을 그리기 시작하였다. 지인인 듀 모리에(Du Maurier, George)의 소개로 1871년

---

66 '나치 책 소각(Nazi book burnings)'은 1930년대 독일학생연합(German Student Union)에 의해 나치 독일, 오스트리아에서 일종의 의식처럼 책을 불태운 캠페인이다. 나치즘에 반대하는 사상을 표현하거나 체제전복적인 견해를 밝힌 책들이 대상이었다. 나치 선전상 괴벨스(Goebbels, Paul Joseph)가 촉발시켰는데, 브레히트(Brecht), 케스트너(Kästner), 헤세(Hesse) 등 많은 작가들의 책이 포함되었다.

『런던 소사이어티(London Society)』에, 다음 해 런던에 정착해 전문적인 작가로 전환하면서 『펀치 앤 그래픽(Punch and Graphic)』과 여러 정기간행물에 기고하기 시작하였다. 콜더컷상(Caldecott Medal)은 콜더컷을 기념하여 1938년부터 미국에서 매년 시상하고 있는데, 미국 안에서 출판된 뛰어난 그림책 삽화가(illustrator)를 대상으로 한다.

**콜로디**(Collodi, Carlo: 1826~1890)  이탈리아의 동화작가. 본명 로렌치니(Lorenzini, Carlo). 'Collodi'는 어머니의 고향 이름에서 따온 것이다. 이탈리아 피렌체(Firenze) 출생. 이탈리아 독립전쟁(Risorgimento: 1848~1860)에 참전하였고 정치 잡지를 창간하여 애국사상과 독립운동을 고취하기도 하였다. 이탈리아의 장래를 짊어질 아동들을 훌륭하게 길러야 한다는 사명감으로 아동문학 집필에 노력하였다. 아동소설 『피노키오의 모험(Le Avventure di Pinocchio)』(1883)은 전 세계에 널리 알려졌다.

**콩클링**(Conkling, Hilda: 1910~1986)  미국의 시인. 미국 뉴욕(New York)주 출생. 스스로 시인이 되었고 스미스 칼리지(Smith College, Massachusetts)의 영어 교수가 되었다. 콩클링은 놀랍게도 4세에서 10세 사이에 그녀 자신의 시 대부분을 작곡했다. 콩클링 스스로는 이를 기록하지 않았고, 그녀의 어머니가 콩클링의 말을 바로 그 당시 또는 뒷날 기억으로 기록하였다. 후자의 경우 시의 행을 콩클링에게 읽어주고 콩클링의 시어와 조금이라도 차이가 나면 바로잡았다. 콩클링이 성장한 후에 그의 어머니는 더 이상 시를 기록하지 않았는데, 콩클링 스스로 기록했는지는 알려진 바가 없다. 작품으로 『어린 소녀의 시(Poems by a Little Girl)』(1920), 『바람의 신(Shoes of the Wind)』(1922), 『실버혼(Silverhorn)』(1924) 등이 있다. ┎1933년 8월 4일 자 경성방송국(京城放送局) 제2 방송에서 윤석중(尹石重)이 '명작 동요의 감상'을 진행하면서, '세계에 이름난 동요 작가'들로 스티븐슨, 알마 타데마, 로세티, 데라메어 등과 함께 힐다 콩클링을 소개하고 있다.(윤석중, 「(JODK)명작 동요의 감상」, 『매일신보』, 1933.8.4) 박용철(朴龍喆)은 「명작세계동요집 – 색동저고리 10」(『아이생활』, 1933년 1월호, 34~35쪽)에서 '힐다 콩클링의 시' 「물」, 「문들레」, 「달팽이」, 「앵도가 익엇네」를 번역 소개하였다.

**크릴로프**(Krylov, Ivan Andreevich: 1769~1844)  제정 러시아의 동화작가, 우화 시인. 모스크바(Moskva) 출생. 가난한 귀족 집안 출신이었지만, 소년 시절 아버지가 죽어 일찍부터 노동을 하면서 민중들의 삶을 접한 것이 뒷날 작가 활동에 도움이 되었다. 1782년 상트페테르부르크(Sankt Peterburg)로 옮겼을 무렵부터 문학 활동을 하였다. 1805년부터 라퐁텐의 우화를 번역하기 시작하였으나, 자기 고유의 우화를 창작하는 쪽으로 나아갔다. 유머 넘치는 우화시를 창작하여 사회악과 부도덕을 풍자하였으며, 민중들의 소박한 언어를 문학 표현의 수단으로 사용하는 데 성공하였다. 크릴로프의 우화는 시 형식으로 되어 있고, 총 205편을 수록한 전9권의 우화시집을 출판하여 국민적인 명성을 얻었다. 초기의 우화들은 이솝(Aesop)과 라퐁텐(La Fotaine)의 작품에 느슨하게 바탕을 두고 있고, 후기의 작품들은 창작이다. 크릴로프는 '러시아의 이솝', '러시아의 라퐁텐' 등으로 불린다. 크릴로프의 작품에 있는 많은 경구들(aphorisms)은 러시아인들의 일상적인 언어생활의 한 부분이 되었다. 작품으로 희극 『유행품점(Modnaya lavka)』(1807), 『딸들을 위한 교훈(Urok dochkam)』(1807), 우화시 『떡갈나무와 갈대(Dub i trost')』(1806) 등이 있다. 가인(假人＝洪命熹)은 「와(蛙)와 우(牛)」, 「승(蠅)과 봉(蜂)」, 「낭(狼)과 묘(猫)」(이상 『소년』 제3권 제2호, 1910년 2월호) 등을, 이정호(李定鎬)는 「사자(獅子)의 교육」(『어린이』 제8권 제6호, 1930년 7월호), 「적은 돌과 보석」(『어린이』 제8권 제7호, 1930년 8월호) 등을 번역한 바 있다. 전영택(田榮澤)은 「소년 문제의 일반적 고찰」(『개벽』 제47호, 1924년 5월호)에서 '서양의 소년문학 작가'는 '위대한 시인 예술가들'이라며, 안데르센, 그림, 와일드, 톨스토이, 호손과 함께 크릴로프를 꼽았고, 「(사설)동화와 문화 – '안더쎈'을 회(懷)함」(『동아일보』, 1925.8.12)에서는 우리나라에도 페로, 하우프, 와일드, 안데르센, 그리고 크릴로프와 같은 작가가 나오기를 희망하였으며, 송남헌(宋南憲)은 「예술동화의 본질과 그 정신 – 동화작가에의 제언(1)」(『동아일보』, 1939.12.2)에서 동화가 예술의 최고 형식이라며 페로, 돌느와 백작부인, 하우프, 안데르센, 톨스토이, 와일드, 버넷, 스토 부인, 호손, 프랑스, 스트린드베리, 뮤흐렌, 마테를링크, 솔로구프, 레르몬토프, 가르신, 라겔뢰프, 오가와 미메이(小川未明)와 함께 크릴로프를 예술동화 작가로 거명하였다.

**키플링**(Kipling, Joseph Rudyard: 1865~1936)  영국의 소설가. 인도의 봄베이(Bombay: 현 Mumbai) 출생. 어린 시절을 뭄바이에서 보냈다. 여섯 살 때 영국으로 건너가 대학을 졸업하고 1882년 다시 인도로 가 신문기자로 활약하는 한편 소설을 발표하였다. 1889년 인도를 떠나 일본, 아메리카, 아프리카 등 세계를 여행하고 영국으로 되돌아왔다. 이러한 관계로 주로 인도의 생활을 제재로 한 제국주의적인 작품을 썼다. 1907년에 영미권 최초이자 역대 수상자 중 최연소의 나이인 41세에 노벨문학상을 받았다. 노벨위원회는 수상자 선정 이유로 "뛰어난 관찰력과 독창적인 상상력, 기발한 착상, 이야기를 버무리는 놀라운 재능"을 들었다. 1892년 계관시인 테니슨(Tennyson, Alfred Lord)이 사망하였을 때 대중적인 평가에 있어서 키플링이 그 자리를 이어받을 것이라고 하였다. 작품으로 시집 『다섯 국가(The Five

Nations)』(1903), 『병영의 노래(Barrack-Room Ballads and Other Verses)』(1892), 7개의 단편동화로 구성된 『정글북(The Jungle Book)』(1894), 『킴(Kim)』(1901) 등이 있다. ▼김태오(金泰午)의 「(학예)심리학상 견지에서 아동독물 선택(3)」(『중외일보』, 1927.11.24)에 『정글북』이 소개되었다.

**킹즐리**(Kingsley, Charles: 1819~1875) 영국의 성직자, 소설가. 잉글랜드의 데번셔(Devonshire) 출생. 런던대학(Univ. of London)과 케임브리지대학(Univ. of Cambridge)에서 공부하였다. 노동 계급의 비참한 상태를 동정하여 기독교적 사회주의(Christian Socialism)를 제창하였다. 『이상한 나라의 앨리스』와 더불어 어린이 판타지 문학의 싹을 틔운 작품으로 평가받는 『물의 아이들』은 다윈(Darwin, Charles Robert)의 진화론에서 영감을 받은 작품으로 과학적 사실에 기반을 둔 상상력이 돋보인다. 작품으로 소설 『효모(Yeast)』(1848), 『앨턴 록(Alton Locke)』(1850), 동화 『물의 아이들(The Water Babies)』(1863) 등이 있다. ▼변영로(樹州)의 「(문예야화13)제창 아동문예」(『동아일보』, 1933.11.11)에서 킹즐리의 『물의 아이들』을 소개하였다. 황윤섭(黃允燮)은 동요 「잃은 각씨(The Lost Doll)」(『새싹』제8호, 1948.3)를 번역 소개하였다.

**타고르**(Tagore, Rabīndranāth: 1861~1941) 인도의 시인, 사상가. 인도의 콜카타(Kolkata) 출생. 16세 때 첫 시집 『들꽃』을 발간해 '벵골의 셸리(Shelley, Percy Bysshe)'라 불렸다. 1877년 영국에 유학하여 법률을 공부하였다. 귀국 후 벵골어로 작품을 발표하고 스스로 영역(英譯)하였다. 여러 글을 통해 인도(印度)의 각성을 촉구하였다. 인도의 근대화를 촉진하고 동서 문화를 융합하는 데 힘썼다. 1913년 시집 『기탄잘리』(1910)로 아시아인으로서는 최초로 노벨문학상을 받았다. 타고르가 작시·작곡한 「자나 가나 마나(Jana Gana Mana)」는 인도의 국가(國歌)가 되었고, 오늘날 간디(Gandhi, Mohandas Karamchand)와 함께 국부(國父)로 존경받고 있다. 작품으로 시집 『기탄잘리(Gitāñjalī)』(1910), 『신월(新月: The Crecent Moon)』(1910), 『원정(園丁: The Gardener)』(1913) 등이 있다. ▼김억(金億)은 『키탄자리』(평양: 이문관, 1923), 『신월(新月)』(문우당, 1924), 『원정(園丁)』(회동서관, 1924), 『고통의 속박(束縛) - GITANJALI』(동양대학당, 1927) 등을, 임학수(林學洙)는 『초생달』(문조사, 1948)을 번역하였다. 윤석중(尹石重)은 시 「종이배」, 「동정(同情)」, 「쳄파꽃」(이상 『잃어버린 댕기』, 게수나무회, 1933, 66~74쪽) 등을, 백석(白石)은 「불당(佛堂)의 등불 - 타고-르의 『습과집(拾果集)』에서」(『조선일보』, 1934.5.26)를 번역한 바 있다. 한국을 소재로 한 두 편의 시, 「동방의 등불」과 「패자(敗者)의 노래」를 남겼다. 「패자의 노래」는 최남선(崔南善)의 요청으로 쓴 것이고, 「동방의 등불」[67]은 1929년 일본 방문 당시, 『동아일보』 기자로부터 한국 방문을 요청받고도 응하지 못한 것에 대한 미안함으로 『동아일보』에 기고한 작품이다.(「빛나든 아세아 등촉 켜지는 날엔 동방의 빛 -『동아일보』 지상을 통하야 타옹(翁)이 조선에 부탁」, 『동아일보』, 1929.4.2)

**톨스토이**(Tolstoy, Lev Nikolayevich: 1828~1910)  제정 러시아의 작가, 사상가. 러시아 툴라(Tula) 인근의 야스나야 폴랴나(Yasnaya Polyana) 출생. 1847년 대학 생활에 실망해 카잔대학교(Kazan Univ.)를 중퇴하였다. 1851년 형의 권유로 군대에 들어가 캅카스에서 사관후보생으로 복무하였다. 1852년 처녀작 『유년시대』를 익명으로 발표하였는데 네크라소프(Nekrasov, Nikolai Alekseevich: 1821~1878)로부터 격찬을 받았다. 귀족 출신이었으나 유한(有閑) 사회의 생활을 부정하였으며, 구도적(求道的) 내면세계를 보여주었다. 작품으로 「신은 진실을 알지만 때를 기다린다(Bog pravdu vidit da ne skoro skazhet)」(1872), 「바보 이반(Skazka ob Ivane-durake)」(1885), 「사람은 무엇으로 사는가(Chem liudi zhivy)」(1885), 「사람에게 얼마만큼의 땅이 필요한가(Mnogo li cheloveku zemli nuzhno)」(1886) 등의 단편소설과, 『유년시대(Detstvo)』(1852), 『전쟁과 평화(Voyna i Mir)』(1869), 『안나 카레니나(Anna Karenina)』(1878), 『이반 일리치의 죽음(Smert' Ivána Ilyichá)』(1886), 『부활(Voskresenie)』(1899) 등의 장편소설이 있다. 톨스토이의 예술관을 밝힌 『예술이란 무엇인가(Chto takoye iskusstvo)』(1897)도 있다. ▶톨스토이 번역은 일제강점기와 해방기에 지속적으로 이루어졌다. 단행본으로는 박현환(朴賢煥)이 『부활』을 『(賈珠謝哀話)해당화(海棠花)』(신문관, 1918)로, 김억(金億)이 『나의 참회』(한성도서주식회사, 1921.8), 이광수(李光洙)가 『어둠의 힘』(중앙서림, 1923.1), 조명희(趙明熙)가 『산송장』(평문관, 1924), 나빈(羅彬=나도향)이 『사람은 무엇으로 사느냐』(박문서관, 1925.7),[68] 흑조생(黑鳥生)이 『부활(復活)한 카쥬샤』(영창서관, 1926),[69] 이석훈(李石薰)이 『부활』(대성출판사, 1947), 최운걸(崔雲杰)이

---

67 「패자의 노래」(『한국의 독립과 평화 - 한국 문제와 일본의 대외정책』, Paris: 한국공보원, 1919. 4.26)는 최남선(崔南善)의 요청으로 3·1운동 직후 슬픔에 싸여있는 한국인들을 동정해서 쓴 것으로 알려져 있다.(「타고르의 韓國 主題詩 敗者의 노래」, 『동아일보』, 1967.2.11) 「동방의 등불」 또는 「아시아의 등불」로 알려진 시는 「朝鮮에 付託」(『동아일보』, 1929.4.2)이란 제목으로 실려 있다. 시의 원문은 다음과 같다. "일즉이亞細亞의 黃金時期에/빗나든燈燭의 하나인朝鮮/그燈불한 번다시 켜지는날에/너는東方의밝은 비치되리라// 一九二九.三.二八 라빈드라낫 타고아"

68 이 책에는 「사람은 무엇으로 사느냐」, 「사랑 잇는 곳에 하나님이 게시다」, 「두 노인」, 「초」, 「사람은 짱을 얼마나 쓰느냐」, 「독개비와 짱쩍조각」, 「닭의 알처럼 커다란 곡식 알갱이」 등 7편의 작품이 수록되어 있다.

『사람은 무엇으로 사나』(정음사, 1948.11), 남훈(南薰)이 『사람은 얼마만 한 토지가 필요한가』(여명각, 1948.12)를, 신동헌(申東憲)이 「신은 진실을 알지만 때를 기다린다」를 『감옥의 천사』(새동무사, 1948)로 번역한 바 있다. 장편 연재 번역은 춘계생(春溪生)의 『부활(전221회)』(『매일신보』, 1922.7.15~1923.3.13), 이서구(李瑞求)의 『부활 후의 카추샤(전73회)』(『매일신보』, 1926.6.28~9.26) 등이 있다. 그 외 민담이나 우화 번역은 다음과 같다. 최남선(崔南善)이 「한 사람이 얼마나 땅이 잇서야 하나」, 「너의 니웃」, 「다관(茶舘)」(이상 『소년』 제21호, 1910년 12월호), 주요한(朱耀翰)이 「하느님은 진리를 보신다마는 기다리신다」(『기독청년』 제10호~제12호, 1918년 10월호~12월호), 연성흠[延皓堂]이 「닭의 알만 한 쌀알 - 톨스토이 동화집에서」(『동아일보』, 1924.10.13), 김남주(金南柱)가 「바보 이반(전8회)」(『동아일보』, 1926.4.21~28), 방정환(方定煥)은 「욕심장이 땅차지」(『어린이』 제4권 제9호, 1926년 10월호), 장정의(張貞義)가 「니길 수 잇다 - 일만 하면(전6회)」(『중외일보』, 1927.11.5~11), 김창신(金昌臣)이 「닭알만 한 곡셕알(전3회)」(『중외일보』, 1928.9.15~17), 「신은 진실을 알지만 때를 기다린다」를 번역한 「톨스토이 동화 악쇼-노프(전8회)」(『중외일보』, 1928.9.21~29)를, 박태원(朴泰遠)이 「바보 이빤(전18회)」(『동아일보』, 1930.12.6~24), 「바보 이반」(『어린이』, 1933년 10~1934년 4월호), 오재동(吳在東)이 「멍텅구리 이반」(『아이생활』 1928년 1월호, 11월호), 주요한(朱耀翰)이 「(우화)참나무와 대추나무」(『아이생활』, 1931년 1월호), 함대훈(咸大勳)은 「어린이의 지혜」(『아이생활』, 1934년 4월호)와, 「사람은 무엇으로 사나」(『아이생활』, 1935년 5월호), 「교육에 대하야」(『아이생활』, 1937년 10월호), 주요한(朱耀翰)은 「두 사람」(『소년중앙』, 1935년 1월호), 함대훈(咸大勳)이 「금발 왕녀(金髮王女)」(『아이생활』, 1935년 9월호), 모기윤(毛麒允)이 「도적 세 사람」(『동화』 제8호, 1936년 10월호) 등을 번역하였다.[70] 톨스토이에 대해서는 이병화(李炳華)의 「톨스토이」(『신소년』, 1929년 12월호), 최경화(崔京化)의 「톨스토이 이야기」(『어린이』, 1930년 5월호), 최봉칙(崔鳳則)의 「레오 톨스토이」(『아이생활』, 1932년 7월호), 잡지 『삼천리』의 「대문호(大文豪)의 자최 - 톨스토이 초(抄){부활(復活) 집필 당시의 일기 초, 아베 이소(安部磯雄)에게 여

---

**69** 흑도생(黑島生)은 누군지 밝혀지지 않았다. 동시에 『부활한 카쥬샤』도 원작이 무엇인지 뚜렷하지 않다. 마쓰모토 다케오(松本武雄)의 『후의 카추샤: 부활 속편(後のカチューシヤ: 復活續篇)』(近代文芸社, 1915)을 번역한 것이 아닌가 한다.

**70** 톨스토이 작품 번역에 대한 더 자세한 내용은 박진영의 「한국에 온 톨스토이」(『한국근대문학연구』 제23호, 한국근대문학회, 2011.4)를 참조할 수 있다.

(輿)함. 톨스토이의 야스나야 포리아나 학교)」(『삼천리』 제6권 제5호, 1934년 5월호, 163~168쪽) 등이 있다. 『동아일보』의 '세계명저소개'에 「톨스토이 작 부활(12)」(『동아일보』, 1931.7.20)이 소개된 바 있다. 이무영(李無影)은 가장 감화를 준 인물과 작품으로 톨스토이의 『안나 카레니나』라고 하였다.[71] 이헌구(李軒求)의 「톨스토-이와 동화의 세계」(『조광』 제1호, 1935년 11월호)가 있다.

**톨킨**(Tolkien, John Ronald Reuel: 1892~1973)  문헌학자, 언어학자, 소설가. 남아프리카공화국 블룸폰테인(Bloemfontein) 출생. 4세 때 어머니, 동생과 함께 영국 버밍엄(Birmingham) 근처로 이주한 후 아버지가 블룸폰테인에서 사망하고 몇 년 후인 1904년 어머니마저 사망하자 톨킨 형제들은 1905년부터 1911년 옥스퍼드대학 엑스터 칼리지(Exeter College)에 입학할 때까지 여러 집에서 기거했다. 제1차세계대전에 참전하였다. 1917년부터 『잃어버린 이야기들(The Book of Lost Tales)』을 쓰기 시작했는데 사후 아들에 의해 『실마릴리온(The Silmarillion)』(1977)으로 출판되었다. 1925년 옥스퍼드대학의 교수가 되었고, 이듬해 루이스(Lewis, Clive Staples)가 부임해 와 둘은 친구가 되었다. 톨킨과 루이스는 신화, 영웅전설(sagas), 북유럽 언어 등에 대한 강렬한 열정을 서로 나누었다. 아이슬란드의 영웅전설을 읽는 모임 〈콜바이터즈(Coalbiters)〉와 그 후 모임인 〈잉클링즈(Inklings)〉를 통해 톨킨의 『호빗』과 『반지의 제왕』 등이 싹트고 있었다. 〈잉클링즈〉는 맥덜린 칼리지(Magdalen College)에 있는 루이스의 거실과 '독수리와 아이(Eagle and Child)'라는 선술집에서 매주 모임이 있었다. 이 모임에서 작업 중인 작품에 대해 읽고, 토론하고, 그리고 비평하였다. 톨킨의 『호빗』을 듣고 루이스는 출판할 것을 권유하였다. 『반지의 제왕』이 영국과 미국에서 출판되자 톨킨은 미국의 고등학생과 대학생들 사이에서 숭배의 대상이 되었다. 작품과 저서로 『호빗(Hobbit)』(1937), 『반지의 제왕(The Lord of the Ring)』(1954~55),[72] 『나무와 잎사귀(Tree and Leaf)』(1964)[73]와 사후에 출판된 『실마릴리온(The Silmarillion)』(1977), 『톨킨 서간집

---

71 이무영, 「(내게 감화를 준 인물과 작품 6)방황하엿을 뿐」, 『동아일보』, 1932.3.9.

72 『반지의 제왕』은 『반지 원정대(The Fellowship of the Ring)』(1954), 『두 개의 탑(The Two Towers)』(1954), 『왕의 귀환(The Return of the King)』(1955) 등 3권이다.

73 이 책에는 「요정 이야기에 대하여(On Fairy-Stories)」와 「니글의 잎사귀(Leaf by Niggle)」가 들어 있다. 이 두 편은 각각 1939년과 1947년에 처음 발표되었다. 「요정 이야기에 대하여」는 문학의 형식으로서 요정 이야기(fairy-story)에 관해 논한 에세이다. 처음 1939년 스코틀랜드의 세인트앤 드루스대학(Univ. of St. Andrews)의 앤드루 랭 강좌(Andrew Lang Lecture)의 원고로 집필되었다. 톨킨은 여행 이야기, 동물 우화, 그리고 다른 형식의 이야기들 등을 포괄한 앤드루 랭의 관점에

(The Letters of J. R. R. Tolkien)』(1981), 『괴물과 비평가(The Monsters and the Critics)』(1983) 등이 있다. 어린이책과 단편 작품들은 다음과 같다. 톨킨의 아이들에게 산타할아버지가 보낸 형식으로 쓴 편지를 모은 『산타할아버지의 편지(The Father Christmas Letters)』(1976), 그림책 『미스터 블리스(Mr. Bliss)』(1982), 중편소설 『로버랜덤(Roverandom)』(1998), 단편소설 『니글의 잎사귀(Leaf by Niggle)』(1945), 시선집 『톰 봄바딜의 모험(The Adventures of Tom Bombadil)』(1962),[74] 중편소설 『큰 우튼의 대장장이(Smith of Wootton Major)』(1967), 중세 희극 우화 『햄의 농부 가일스(Farmer Giles of Ham)』(1949) 등이다.

**투르게네프**(Turgenev, Ivan Sergeyevich: 1818~1883)　제정 러시아의 소설가. 러시아 오룔주(Oryol) 스파스코예-루토비노보(Spasskoye-Lutovinovo)에 있는 어머니의 영지(領地)에서 출생. 아버지는 기병 장교였는데 방탕과 도박으로 파산한 뒤, 재산을 탐내 1,000명의 농노를 거느린 6세 연상의 부유한 여지주(女地主)와 결혼하였다. 어머니는 추한 용모에다 포악한 전제군주적 성격이어서 아버지와 분쟁이 심했다. 어릴 때부터 외국인 가정교사에게 영어, 프랑스어, 독일어, 라틴어 등을 배웠다. 1833년 모스크바대학 문학부에 입학하였으나 이듬해 페테르부르크대학 철학부 언어학과로 옮겼다. 1838~1841년 베를린대학에서 철학, 고대어, 역사를 배웠다. 이때 바쿠닌(Bakunin, Mikhail Aleksandrovich: 1814~1876) 등 진보적인 러시아 지식인들과 친교를 맺고 그들로부터 영향을 받았다. 투르게네프는 어머니 영지의 농노들에 대한 동정에서 농노제를 증오하게 되었다. 1850년 말 어머니가 죽자 농노를 해방시켰다. 농노제에 대한 증오를 담은 단편 「무무」를 집필하였고, 농노의 비참한 생활을 그린 『사냥꾼 일기』, 농노 해방 전야를 배경으로 하여 혁명적인 청년들을 그린 『그 전날 밤』, 자전적인 내용의 『첫사랑』을 잇달아 출간하였다. 작품으로 『사냥꾼 일기(Zapiski okhotnika)』(1852), 「무무(Mumu)」(1854), 『첫사랑(Pervaya ljubov)』(1860), 『그 전날 밤(Nakanune)』(1860), 『아버지와 아들(Ottsy i deti)』(1862), 『연기(煙氣)』(1867), 『처녀지(Nov')』(1877) 등이 있다.

▶홍영후(洪永厚=洪蘭坡)가 『첫사랑』(광익서관, 1921; 개판(改版) 개역(改譯) 한일서점, 1922)을, 빙허 현진건(憑虛 玄鎭健)이 『초연(初戀)(전44회)』(『조선일보』,

---

반대한다. 톨킨은 요정의 나라(Faerie)에서 사건이 발생하고, 마법의 왕국이 있고, 등장인물로서 요정이 있거나 혹은 없는 등의 범위에서 요정 이야기를 보는 좁은 관점을 취한다. 톨킨은 요정 이야기를 인간의 상상력과 언어가 상호작용하면서 자연스럽게 발전하는 것으로 보았다.
**74** 원 제목은 『The Adventures of Tom Bombadil and Other Verses from the Red Book』이다.

1920.12.2~1921.1.23)과 『부운(浮雲)(전86회)』(『조선일보』, 1921.1.24~4.30)
을, 영한생(詠閑生)이 『어버이와 아달(전16회)』(『매일신보』, 1922.9.20~10.7)을,
조명희(趙明熙)가 「그 전날 밤(전78회)」(『조선일보』, 1924.8.4~10.26)(단행본
『그 전날 밤』(박문서관, 1925)을, 심향산인(心鄕山人)이 『연기』(『조선일보』, 1929.
10.9~10)를 번역하였다. 투르게네프의 「산문시」는 여러 사람이 번역하였다.[75] 김
안서(金岸曙)는 투르게네프의 『산문시』를,[76] 박용철(朴龍喆)은 『아버지와 아들』
을,[77] 이하윤(異河潤)은 『그 전날 밤』[78]을 가장 감동적인 작품으로 꼽았다. 투르게네
프의 사후 50년을 맞아 『조선일보』, 『동아일보』, 『조선중앙일보』, 『매일신보』 등은
특집을 편성하여 추모하였다.[79] 희곡에 대해서는 유치진(柳致眞)의 「극작가로서의

---

75 삼성생(三星生)이 「쓰르게네프 산문시의 일절(一節)」(『동아일보』, 1920.7.19), 나도향(羅彬)이
산문시 9편(「쇠골」, 「회화(會話)」, 「노파(老婆)」, 「개(犬)」, 「나의 경쟁자(競爭者)」, 「거지(乞食
者)」, 「너는 어리석은 자의 심판을 듯지 안으면 안 될 것이다」, 「만족한 것」, 「처세법(處世法)」)(이
상 『백조(白潮)』 창간호, 1922년 1월호)과, 산문시 4편(「세상의 끗, 꿈」, 「마-샤」, 「우물(愚物)」,
「동방(東方)의 전설」)(이상 『백조(白潮)』 제2호, 1922년 5월호), 이영철(杢한밤)이 산문시 「시편
(詩篇)」(『조선일보』, 1931.9.2), 「걸인(乞人)」(『조선일보』, 1931.9.9), 김상용(金尙鎔)이 「산문
시」(「시골」, 「대화」, 「노파」, 「개」, 「나와 싸우든 사람」, 「걸인(乞人)」)(『동아일보』, 1932.2.14~
20), 「투르게-녭호 산문시 3편」(「참새」, 「두 부자(富者)」, 「내일! 내일!」)(『동아일보』, 1933.8.
20), 산문시 「만족자(滿足者)」(『동아일보』, 1933.9.1), 산문시 「처세술(處世術)」(『동아일보』,
1933.9.2), 산문시 「세상의 종극(終極)」(『동아일보』, 1933.9.5), 산문시 「마샤」(『동아일보』,
1933.9.17), 산문시 「촉루(髑髏)」(『동아일보』, 1933.10.1), 우천(宇天)의 「미간 중(未刊中)의 투
르게호 산문시 - 1. 으아…으아…, 2. 나의 수림(樹林)」(『조선일보』, 1932.4.24), 이석훈(李石薰)
이 산문시 「참새」(와리베-이)(『매일신보』, 1932.5.25)를, 수주 변영로(樹州 卞榮魯)가 산문시
「개」(『조선중앙일보』, 1933.8.22)를, 최창남(崔昶楠)이 「거지」(『아이생활』, 1934년 4월호)를 번
역하였다. 김안서(金岸曙)는 『투르게네프 산문시』(홍자출판사, 1959)를 번역하여 단행본으로 출
간한 바 있다.
76 김안서, 「(내게 감화를 준 인물과 작품 4)투르게네프의 작품들이겟지오」, 『동아일보』, 1932.2.28.
77 박용철, 「(내 심금의 현(絃)을 울리인 작품 13)투르게녭흐의 『아버지와 아들』」, 『조선일보』,
1933.2.3.
78 이하윤, 「(내 심금의 현(絃)을 울리인 작품 7)투르게녭흐의 『그 전날 밤』 기타」, 『조선일보』,
1933.1.25.
79 『조선일보』의 특집에 백세철(白世哲)의 「투르게녭흐의 문학사적 지위의 재음미」, 이태준(李泰俊)
의 「(투르게녭흐와 나와)선 굵은 주인공들」, 김안서(金岸曙)의 「(투르게녭흐와 나와)'전야'의 집
흔 감명」, 박영희(朴英熙)의 「(투르게녭흐와 나와)녯날 양식(糧食)」, 박화성(朴花城)의 「(투르게
녭흐와 나와)전연 나와는 대척점」, 이종명(李鍾鳴)의 「(투르게녭흐와 나와)한 개의 완성된 예술」,
이무영(李無影)의 「(투르게녭흐와 나와)나와는 인연이 업다」, 방인근(方仁根)의 「(투르게녭흐와
나와)'초연(初戀)'이 부처준 인연」, 채만식(蔡萬植)의 「(투르게녭흐와 나와)무의식적 영향」(『조선
일보』, 1933.8.22~26), 홍효민(洪曉民)의 「투르게녭흐 - 그의 생애·예술(전3회)」(『조선일보』,

투르게-넵흐」(『동아일보』, 1933.8.23)가 있다. 윤동주(尹東柱)의 「투르게네프의 언덕」(1939.9)은 투르게네프의 산문시 「걸인」(거지)을 패러디한 것이다.

**트웨인**(Twain, Mark) → **마크 트웨인**(Mark Twain)

**파이드루스**(Phaedrus: B.C. 15년경~A.D. 50) 로마의 우화 작가. 트라키아 (Thracia) 출생. 모든 우화 책들을 라틴어로 번역한 최초의 작가로,[80] 당시 이솝 (Aesop)이란 이름으로 유통된 그리스어로 된 산문 우화들을 단장격 운율(iambic meter)의 무료판으로 제작하였다. 노예로 태어나 어릴 때 이탈리아로 가서 아우구 스투스(Augustus: B.C. 63~14) 황제에 의해 자유민이 되었고, 그리스어와 라틴어 작가들로부터 보통의 교육을 받았다. 엔니우스(Ennius, Quintus: B.C. 239~B.C. 169), 루킬리우스(Lucilius, Gaius: B.C. 180년경~B.C. 102년경), 호라티우스 (Horatius: B.C. 65~B.C. 8) 등은 자신들의 시에 우화를 소개하였으나, 파이드루 스는 진지한 교훈적 목적에다 마법을 결합한 자신의 시가 영원불멸할 것을 확신하 고 스스로 진실하고 선구적인 예술가임을 자처했다. 또한 그는 자신의 간결한 문장 을 자랑했다. 사람들이 좋아하는 파이드루스의 우화로 「여우와 신포도(The Fox and the Sour Grapes)」, 「늑대와 양(The Wolf and the Lamb)」, 「사자의 몫(The Lion's Share)」, 「두 개의 지갑(The Two Wallets)」, 그리고 「똥 무더기 속의 진주 (The Pearl in the Dung-Heap)」 등이 있다. 중세에 들어 파이드루스의 작품은 매우 인기가 높았다. 다수의 산문과 시 형식의 이야기들이 유럽과 영국에 나타났다.

---

1933.8.22~25), 「투르게넵흐 연표(1), (2), (3)」(『조선일보』, 1933.8.22~24), 『동아일보』의 특집 에 함대훈(咸大勳)의 「투르게넵흐의 예술과 사상 철학 - 그의 사후 50년제에 제하야」, 이헌구(李 軒求)의 「투르 옹(翁)과 불 문단(佛文壇)」, 김안서(金岸曙)의 「투르게넵흐와 우리 문단」, 일기자 (一記者)의 「투르게넵흐 소전(小傳), 함대훈(咸大勳)의 「저작 연표(著作年表)」(이상 『동아일보』, 1933.8.20), 『조선중앙일보』의 특집에 백철(白鐵)의 「투루게넵흐의 문학유산과 그 평가 - 50주기 를 당하야(전4회)」(『조선중앙일보』, 1933.8.22~26), 안덕근(安德根)의 「투루게넵흐의 작품에 대 한 단상」, 이하윤(異河潤), 김진섭(金晉燮), 변영로(卞榮魯), 서항석(徐恒錫), 유진오(兪鎭五), 박 팔양(朴八陽), 안석주(安碩柱), 홍양명(洪陽明)의 「투루게넵흐의 작품 중에 어떤 것을 애독하셧습 니까」, 「투루게넵흐의 일생과 저작 연표」(이상 『조선중앙일보』, 1933.8.22), 정인섭(鄭寅燮)의 「투루게넵흐 재인식론 - 인간적으로 관찰한 그의 일생(전4회)」(『조선중앙일보』, 1933.8.23~27), 수주 변영로(樹州 卞榮魯)(譯)의 「투루게넵흐 산문시 - 두 고봉(高峰)의 대화」(『조선중앙일보』, 1933.8.23), 『매일신보』에 조용만(趙容萬)의 「(투르게네프 50년기념)투르게네프의 산문시」(『매 일신보』, 1933.8.22~23), 「투르게네프 약전(略傳)」(『매일신보』, 1933.8.22)이 있다.

80 『이솝우화』는 기원전 4세기경 데메트리우스(Demetrius Of Phaleron, 또는 Demetrius Phalereus) 의 선집이 첫 번째로 알려졌지만 9세기 이후 남아 있지 않다. 그래서 1세기경 로마에서 발간된 파이드루스의 이솝우화 선집에 아주 많이 의존하게 되었다.

『로물루스(Romulus)』라고 하는 선집은 대부분 그의 작품에 바탕을 둔 것인데, 파이드루스의 신원이 사라졌기 때문에 일부 학자들은 로물루스가 저자라고 추정하기도 하였다. 18세기 초 파르마(Parma)에서 64편의 파이드루스의 우화가 포함된 원고가 발견되었는데, 그중 30편은 새로운 것이었다. 그 뒤 다른 원고가 바티칸(Vatican)에서 발견되어 1831년에 출판되었다. 이후 연구에서 30편 이상의 우화가 파이드루스가 지은 단장격 운율인 것으로 밝혀졌다. 『이솝우화』에 바탕을 둔 동물 우화를 집대성하여 후세에 남긴 공적이 크다. 특히 17세기 라퐁텐(La Fontaine, Jean de)의 우화 선집은 파이드루스의 영향이 컸다. 파이드루스는 우화 작가와 우화 전달자로서의 두 측면에서 그 중요성이 있다. 작품으로 『파이드루스의 우화(Fables of Phaedrus - A Literal English Translation)』(London: Baldwin and Cradock, 1828)가 있다. ▶고장환(高長煥)은 「세계 소년문학 작가 소전(小傳)」(고장환 편, 『세계소년문학집』, 박문서관, 1927.1)에서 파이드루스를 "페드롯(Puaedros) 나마(羅馬)의 우화가"로 소개하였고, 최병화(崔秉和)는 「세계동화연구」(『조선교육』 제3권 제1호, 1949년 3월호)에서 '패드루스(Phadrus)'가 이솝우화를 수집하여 5권을 상재하였으며 다수가 현재까지 남아 있다고 소개하였다.

**파일**(Pyle, Howard: 1853~1911)  미국의 아동문학가, 삽화가. 미국 델라웨어(Delaware)주 윌밍턴(Wilmington) 출생. 어렸을 때부터 그림 그리기를 좋아한 데다 글재주가 뛰어나 일찍이 작가의 길로 들어섰다. 어린이 잡지 『하퍼스 위클리(Harper's Weekly)』와 어린이책과 잡지에 그림을 싣던 파일은 『로빈 후드의 모험』(1883)을 출간하며 작가로서 명성을 얻었다. 로빈 후드 이야기는 수 세기에 걸쳐 전설과 민요로 구전되고 여러 작가들에 의해 기록되었지만, 파일만큼 짜임새 있고 매끄럽게 재구성한 작가는 없었다. 『로빈 후드의 모험』에 이어 파일의 명성을 굳혀 준 작품으로 아서왕(Arthur王)의 모험을 다룬 『아서왕과 그의 기사 이야기』(1903)가 있다. 파일은 어린이들을 위한 책을 쓰고 삽화를 그리는 데 혼신을 다하는 한편, 미술 교육에도 힘썼다. 필라델피아 드렉셀 인스티튜트(Drexel Institute)에서 삽화를 가르쳤고, 1900년에는 윌밍턴에 하워드 파일 미술 학교를 세워 와이어스(Wyeth, Newell Convers), 스미스(Smith, Jessie Willcox) 등 유명한 삽화가들을 배출했다. 1905년부터는 벽화를 그리기 시작했고, 1911년 고대 벽화를 연구하기 위해 이탈리아 피렌체(Firenze)에 체류하던 중 신장염으로 사망했다. 파일은 훌륭한 어린이책 작가인 동시에 독자적인 미국 미술을 창조하는 데 공헌한 예술가이자 교육자로 평가된다. 작품으로 『로빈 후드의 모험(The Adventures of Robin Hood)』(1883), 『후추와 소금(Pepper and Salt)』(1886), 『환상의 시계(The

Wonder Clock)』(1887), 『아서왕과 그의 기사 이야기(The Story of King Arthur and His Knights)』(1903) 등이 있다.

**페늘롱**(Fénelon, François de Salignac de La Mothe: 1651~1715)  프랑스의 종교가, 소설가. 페리고르(Périgord) 출생. 1672년경 생 쉴피스 신학교(Saint-Sulpice seminary)에 입학하여 공부하였다. 교육에 관심을 가져 1687년 『소녀교육론』을 집필하였다. 이것이 바탕이 되어 1689년부터 루이 14세의 손자이자 왕위 후계자인 부르고뉴 공작(Duke de Bourgogne)의 사부(師傅)로 있으면서 『텔레마크의 모험』을 썼다. 호메로스의 『오디세이아』의 후일담 형식을 취해 텔레마크가 아버지 오디세우스(Odysseus)를 찾아 떠나는 모험 이야기로, 페늘롱의 근본적인 정치이념을 표현한 것이었다. 1693년 아카데미 프랑세즈 회원으로 선출되었고, 1695년에는 캉브레(Cambrai)의 대주교로 임명되었다. 한편 1688년 기용 부인(Mme Guyon)이 주창한 정적주의(Quietism)에 심취하였는데, 정통 신앙을 옹호하는 보쉬에(Bossuet) 등이 귀용 부인을 공격하자 부인을 옹호하다가 보쉬에의 공개적인 맹렬한 비난을 받았고 그와의 우정도 잃었다. 그 결과 교황으로부터 단죄를 받아 교구(敎區) 캉브레로 돌아와 고독한 생을 마쳤다. 작품으로 『소녀교육론(Traité de l'éducation des filles)』(1687), 『텔레마크의 모험(Les Aventures de Télémaque)』(1699) 등이 있다. ▶최병화(崔秉和)는 「세계동화연구」(『조선교육』 제3권 제4호, 1949년 6월호)에서 루이 14세 시기에 "왕자의 교육을 위하여 소년문학의 필요를 역설"하여 궁중문예가 부흥하게 한 사람으로 페늘롱을 들었다.

**페로**(Perrault, Charles: 1628~1703)  프랑스의 시인, 평론가, 동화작가. 프랑스 파리(Paris) 출생. 1671년 아카데미 프랑세즈(Académie Française) 회원이 되었다. 17세기 초부터 18세기 초에 걸쳐 고대문학과 근대문학의 우열을 둘러싸고 프랑스에서 벌어진 신구문학논쟁(Querelle des Anciens et des Modernes)[81] 때, 페로가

---

[81] 신구문학논쟁(新舊文學論爭)은 17세기 프랑스에서 벌어졌다. 그리스와 로마의 고전적인 문학이 문학적 우수성의 모델을 제공한다고 믿는 고대파와 고대 작가들의 패권에 대해 도전한 근대파들 사이의 논쟁이었다. 근대파인 데카르트 학파들이 고대파들을 공격한 데서부터 시작된 논쟁은 그때부터 쭉 이어져 격렬해졌다. 대표적인 근대파 지지자는 페로와 퐁트넬(Fontenelle, Bernard Le Bovier, Sieur de: 1657~1757)이었고, 고대파는 라퐁텐(La Fontaine, Jean de: 1621~1695), 라신(Racine, Jean: 1639~1699), 라브뤼예르(La Bruyère, Jean de: 1645~1696), 페늘롱(Fénelon, François de Salignac de La Mothe: 1651~1715) 등이었다.
　　논쟁이 격렬해지게 된 것은 페로의 주장에 대해 퐁트넬이 「고대인과 근대인에 관한 여담(Digression sur les anciens et les modernes)」(1688)을 통해 두둔하고 나서자, 고대파인 라퐁텐이 「위에게 보낸 서간시(Epitre à Huet)」(1687)를 통해 반론을 펴면서부터였다. 이어 부알로

시작품(詩作品) 「루이 대왕의 세기(Le siècle de Louis le Grand)」(1687)를 통해 당대의 문학은 고대문학에 비해 손색이 없다고 주장해 대 논전이 벌어졌다. 르네상스 이래 고대인을 숭배한 것에 대한 반역이며 17세기 과학의 진보와 대작가의 배출을 배경으로 한 것이었다. 페로의 논지는 평론 「고대인과 근대인의 비교(Parallèle des Anciens et des Modernes)」(1688~1692)에 잘 나타나 있다. 전설을 문학적으로 집성한 동화집을 펴내었다. 『페로 동화집』은 「푸른 수염(Barbe-Bleue)」, 「빨간 모자(Le Petit Chaperon Rouge)」, 「상드리용(Cendrillon)」, 「장화 신은 고양이(Le Chat Botté)」, 「잠자는 숲속의 미녀(La Belle au Bois Dormant)」, 「도가머리 리케 (Riquet à la Houppe)」, 「요정들(Les Fées)」, 「엄지 동자(Le petit Poucet)」 등 산문 동화 8편과 「그리젤리디스(Griselidis)」, 「당나귀 가죽(Peau d'Âne)」, 「어리석은 소원(Les Souhaits ridicules)」 등 운문 동화 3편으로 이루어진 것인데, 원제는 『옛날 이야기(Histoires ou Contes du Temps Passé)』(1697)이다. 뒷날 발간된 그림 형제 (Brüder Grimm)의 『어린이와 가정의 동화(Kinder-und Hausmärchen)』(1812)에 영향을 주어 공통된 것이 많다. 「고긴빗〔고장환〕이 「어린 음악가(전4회)」(『조선일보』, 1933.1.12~15)를 번역하였고, 전창식(田昌植)은 「잠자는 숲속의 공주(전2회)」(『어린이』, 1949년 6월호~7월호)와 「장화를 신은 고양이」(『어린이』, 1949년 10월호)를 번역한 바 있다. 「(사설)동화와 문화 – '안더쎈'을 회(懷)함」(『동아일보』, 1925.8.12)에서 우리나라에도 하우프, 와일드, 안데르센, 크릴로프, 그리고 페로와 같은 작가가 나오기를 희망하였고, 고장환(高長煥)은 「세계 소년문학 작가 소전(小傳)」(고장환 편, 『세계소년문학집』, 박문서관, 1927.1)에서 페로를 프랑스가 낳은 우수한 동화작가로 소개하였으며, 김영희〔金石淵〕는 「동화의 기원과 심리학적 연구(2)」(『조선일보』, 1929.2.14)에서 『옛날이야기』를 "히스토리스, 오우, 콘테스, 쑤, 텔스, 파쎈〔즉 『과거시대의 역사 급 이야기』〕"로 소개하였다. 연성흠 〔延皓堂〕은 「영원의 어린이 안더-슨전(28)」(『중외일보』, 1930.5.10)에서 페로를 "예술동화의 비조(鼻祖)"라 하였고, 『옛날이야기』를 "동화 문학사상에 니즐 수 업는 보옥(寶玉)"이라며 극찬하였다. 이헌구(李軒求)는 「오늘은 불란서 동화 하라버지 페로오가 난 날 – 그는 엇더한 사람인가, 어려서부터 문학 천재이다」(『조선일보』, 1933.1.12)로 페로를 소개하였고, 송남헌(宋南憲)은 「예술동화의 본질과 그 정신

---

(Boileau, Nicolas: 1636~1711)가 라퐁텐과 함께 근대파에 대항하게 되어 대논전이 벌어졌다. 결국 페로와 대응했던 부알로는 양보하고, 17세기는 고대의 어떤 세기하고도 견줄 수 있다는 것을 인정했다.

– 동화작가에의 제언(1)」(『동아일보』, 1939.12.2)에서 예술동화의 발단을 페로에게서 찾았으며, 김태오(金泰午)는 「안데르센의 생애와 예술 – 그의 사후 65년을 당하야(3)」(『동아일보』, 1940.8.6)에서 라퐁텐과 페로를 소개하면서 '신구문학논쟁'에 관한 내용도 언급하였다. 최병화(崔秉和)는 「세계동화연구」(『조선교육』, 1949년 6월호)에서 페로에 대해 자세히 소개하는 한편 『옛날이야기』에 수록된 8편의 작품에 대해서도 설명하였고, 「잠자는 미인」의 줄거리까지 소개하였다.

**페르고**(Pergaud, Louis: 1882~1915)  프랑스의 소설가, 군인. 프랑스의 프랑슈-콩테(Franche-Comté) 지역의 벨몽(Belmont) 출생. 1901년 브장송의 사범학교(École Normale in Besançon)를 졸업하였다. 페르고는 아버지가 초등학교 교사로 일하던 프랑슈-콩테 지역의 시골 마을에서 유년 시절을 보냈다. 자신도 시골의 초등학교 교사로 일했으며, 1915년 서른셋의 나이로 제1차세계대전에 참전했다가 전쟁터에서 사망하였다. 페르고의 단편소설집 『여우로부터 까치로(De Goupil à Margot)』(1910)로 프랑스 최고의 문학상인 공쿠르상(Le Prix de Goncourt)을 수상하였고, 이로써 프랑스에서 인정받는 작가가 되었다. 『단추 전쟁(La Guerre des boutons)』(1912)은 페르고의 유년 시절과 시골 교사 경험을 되살려 시골 아이들의 활기찬 유년기를 따뜻하고 진솔하게 그린 작품이다. 이 소설은 30차례 이상 재판(再版)되었고, 프랑스 고등학교 교육과정에 포함되었다. 그리고 다섯 차례나 영화로 만들어졌으며, 1962년 로베르(Robert, Yves)에 의해 만들어진 영화는 프랑스 최고의 흥행작 가운데 하나로 기록돼 있다. ▶김태오(金泰午)의 「조선 동요와 향토예술(상)」(『동아일보』, 1934.7.9)에서 비에른손, 미스트랄, 하디와 함께 페르고를 '흙의 예술가'로 소개하였다.

**페인**(Payne, John: 1842~1916)  영국의 시인, 번역가. 처음엔 법조계를 지망했으나, 이후 시인이자 화가이며 번역가였던 로세티(Rossetti, Dante Gabriel: 1828~1882)와 교유하였다. 뒷날 한정판 출판과 비용 소사이어티(Villon Society)에 관여하였다. 보카치오(Boccaccio, Giovanni: 1313~1375)의 『데카메론(Decameron)』과 『아라비안나이트(The Arabian Nights)』, 그리고 하피즈(Ḥāfiẓ: 1325년경~1389년경)의 시집 등을 번역한 것으로 가장 잘 알려졌다. 오마르 하이얌(Omar Khayyām: 1048년경~1131)의 시집 번역을 마치고, 다시 하피즈 번역으로 돌아와 1901년 3권의 책을 간행하였다. 페인은 하피즈가 "인간의 경험을 모두 훑어보고 그의 지혜로 그 모든 것을 빛나게 한다."고 주장하였다. 페인은 하피즈, 단테(Alighieri, Dante), 셰익스피어(Shakespeare, William)가 세계 3대 시인이라고 주장한 바 있다. 저서로 『아라비안나이트(The Book of the Thousand Nights and One Night)(전13권)』

(1882~89), 『데카메론(The Decameron by Giovanni Boccacio)』(1886), 『비용의
시(Poems of Master François Villon of Paris)』(1900), 『하피즈의 시(The Poems
of Shemseddin Muhammed Hafiz of Shiraz)(전3권)』(1901) 등이 있다. ▸최병화(崔
秉和)의 「세계동화연구」(『조선교육』 제2권 제6호, 1948년 10월호)에, 『아라비안
나이트』의 영어 번역은 "존 뻬인(John Paine)과 리챠드・뻐어톤(Richard Burton)
양씨(兩氏)로 1882년서부터 1884년으로 이것은 동양문학의 최량(最良)의 역서(譯
書)"(35쪽)라고 하였다.

**포르**(Fort, Paul: 1872~1960)  프랑스의 후기 상징파 시인, 극작가. 프랑스 마른
(Marne) 지방 랭스(Reims) 출생. 1890년 자연주의 극장에 대한 반동으로 리세
루이르그랑(Lycée Louis-le-Grand)의 학생(당시 18세)으로서 예술극장(Théâtre
d'Art)(1890~93)을 창립하여 운영하였다. 베를렌(Verlaine, Paul), 고갱(Gauguin,
Paul), 마테를링크(Maeterlinck, Maurice Polydore Marie Bernard) 등이 여기에서
많은 발전을 이루었다. 1905년부터 1914년까지 시인 아폴리네르(Apollinaire,
Guillaume)와 함께 잡지 『시와 산문(Vers et Prose)』을 주재하였다. 1912년 그의
업적과 영향으로 '시의 왕자(Prince of the Poets)'란 명예로운 타이틀이 주어졌다.
운문과 산문의 중간적 성격을 지닌 새로운 형식의 산문시를 창조하였다. 작품으로
『프랑스 가요집(Ballades françaises)(39권)』(1922~1958), 희곡 『루이 14세』
(1922) 등이 있다. ▸고장환(高長煥)은 「세계 소년문학 작가 소전(小傳)」(고장환
편, 『세계소년문학집』, 박문서관, 1927.1)에서 '불란서의 시인들' 곧 "크라스리인,
푸비봐, 파울, 프올(Poul Fort), 쟝 리찰드 브로크(Jen-Richard Block)"와 함께 포
르를 소개하였다.

**포터**(Potter, Beatrix: 1866~1943)  영국의 동화작가. 본명 Helen Beatrix Potter.
영국 랭커셔(Lancashire: 현 Cumbria) 소리(Sawrey) 출생. 영국 잉글랜드 컴브리
아 혹스헤드(Hawkshead)에 포터가 직접 그린 스케치와 수채화 등 자료와 유품
등을 전시하는 포터 갤러리(Beatrix Potter Gallery)와, 레이크 지방(Lake District)
에 포터의 작품 내용과 주인공들을 주제로 한 관광지 포터 월드(The World of
Beatrix Potter Attraction)가 있다. 작품으로 토끼나 새끼 고양이를 주인공으로
하여 세계적인 인기를 얻은 『피터 래빗 이야기(The Tale of Peter Rabbit)』(1901,
1902),[82] 『톰 키튼 이야기(The Tale of Tom Kitten)』(1907) 등이 있다.

---

82 『Encyclopedia Britannica』에 의하면, 1901년에 개인적으로 출판하였고, 1902년에 Frederick
Warne & Company에서 상업적인 출판을 하였다고 한다.

**푸시킨**(Pushkin, Aleksandr Sergeyevich: 1799~1837)   제정 러시아의 시인, 소설가, 드라마 작가. 모스크바(Moskva) 출생. 명문 중류 귀족의 장남이었다. 외조부는 표트르 대제(大帝)를 섬긴 아비시니아(Abyssinia) 흑인 귀족이었다. 러시아 리얼리즘의 기초를 확립하여 러시아 근대문학의 시조로 불린다. 혁명적 사상가 차다예프(Chaadaev, Pyotr Yakovlevic)와 교류하고 데카브리스트(dekabrist)[83]의 한 그룹인 '녹색 등잔(Green Lamp Association)'에 참가하는 등 농노제를 타도하겠다는 푸시킨의 정치사상은 확고하게 굳어졌다. 작품으로 『예브게니 오네긴(Evgeny Onegin)』(1825~1832; 1833), 비극 『보리스 고두노프(Boris Godunov)』(1825), 『대위의 딸(Kapitanskaya dochka)』(1836) 등이 있다. 『J. S는 『동아일보』에 「죄수」(1925.10.7), 「분주한 거리로 도라단이거나」(1926.6.8), 「쀼스킨 시 중에서」(1926.6.9), 「시인」(1926.6.26) 등을, 박형건(朴泂鍵)도 『동아일보』에 「예언자」(1936.7.12), 「델리에게」(1936.8.2), 「나폴레온(상,하)」(1936.8.15~16) 등을 번역한 바 있다. 푸시킨에 대한 것으로는 이선근(李瑄根)의 「근대 노문학의 시조(始祖) '푸-쉬킨'의 예술 – 탄생 130년을 마지며(전9회)」(『조선일보』, 1929.5.26~6.7), B. P생, 「(일일일문)'푸-쉬킨'의 결투」(『조선일보』, 1930.7.16), 행여인(行餘人)의 「푸쉬킨과 레르몬톱흐」(『동아일보』, 1936.6.26), 홍효민(洪曉民)의 「푸쉬킨과 민족문학」(『백민』 제5권 제2호, 1949년 2-3월 합호), 「노서아(露西亞) 문학과 푸쉬킨」(『학풍』 제2권 제5호, 1949년 7월호) 등이 있다. 알렉산드라 브루스타인(金永鍵 譯)의 「소련의 아동극」(『문학』 창간호, 조선문학가동맹중앙집행위원회서기국, 1946.7)에 푸시킨의 비극 「보리스 고두노프」가 러시아의 아동극장에서 공연된 사실을 적시하였다.

**프랑스**(France, Anatole: 1844~1924)   프랑스의 작가. 본명은 자크 아나톨 프랑수아 티보(Jacques-Anatole-François Thibaut). 프랑스 파리(Paris) 출생. 콜레쥬 스타니슬라스(Collège Stanislas de Paris)를 졸업하였다. 고서상(古書商)의 아들로 태어나 고서와 골동품에 둘러싸여 자랐다. 이 경험은 그의 여러 작품에 반영되어 있다. 세련된 취미와 박식(博識)으로 신랄한 풍자를 하는 것을 특색으로 하며, 1921

---

83 '십이월 당원'이라고도 한다. 1825년 12월에 러시아에서 최초의 근대적 혁명을 꾀하였던 자유주의자들을 가리킨다. 러시아어로 12월을 가리키는 말에서 유래하였으며, 나폴레옹 전쟁에서 자유주의 사상을 받아들인 청년 장교들이 모체가 되어 무장봉기를 일으켰다. 이들이 일으킨 반란을 '데카브리스트의 난'이라고 한다. 1825년 12월에 상트페테르부르크에서 농노제(農奴制)의 폐지와 입헌 정치의 실현을 요구하며 러시아의 청년 장교들이 무장봉기하여 일으킨 반란이다. 봉기는 실패하였으나 그 정신은 러시아의 현실에 불만을 품은 다음 세대에게 큰 영향을 끼쳤다.

년 노벨문학상을 받았다. 스웨덴 한림원은 노벨문학상 수여 사유로 "인간에 대한 깊은 연민, 고귀한 품격, 진정한 프랑스적 기질을 추구한 빛나는 문학적 성과"를 들었다. 19세기 말 프랑스 사회를 뒤흔들었던 드레퓌스 사건(Dreyfus Affair)이 터졌을 때 드레퓌스를 옹호하고 그의 무죄를 주장하였다. 4부작 소설 『현대사(L'Histoire contemporaine)』의 4부(Monsieur Bergeret à Paris)(1901)에 이 내용이 자세히 나타나 있다. 1892년 아카데미 프랑세즈(Académie Française) 회원이 되었다. 작품으로 『실베스트르 보나르의 죄(Le Crime de Sylvestre Bonnard)』(1881), 『붉은 백합(Le Lys Rouge)』(1894), 『잔 다르크의 생애(La vie de Jeanne d'Arc)』(1908), 『타이스(Thaïs)』(1924) 등이 있다. ᚦ양미림(楊美林)은 「소년 필독 세계명저 안내」(『소년』 제3권 제10호, 1939년 10월호)에서 "『쟌 · 다 - 크전』불란서의 소녀 영웅 쟌 · 다 - 크의 전기를 불란서의 문호 아나톨 · 프랑쓰가 아름답고 또 열렬한 글로 쓴 책"이라며 소개하였다.

**플라누데스**(Planudes Maximus, 또는 Maximus Planudes: 1260~1310년경) 그리스 정교회 인문학자, 명문집 편집자(anthologist), 비잔티움과 로마 사이의 논란에 대한 신학적 논객이다. 원래 이름은 마누엘 플라누데스(Manuel Planudes)이다. 비잔티움 제국 니코메디아(Nicomedia) 출생. 라틴어 고전 철학과 문학, 아라비아 수학 등을 그리스어로 번역한 플라누데스의 작품들은 그리스, 비잔틴 문화 세계 전반에 걸쳐 이 학문 분야를 일반 사람들에게 널리 알렸다. 콘스탄티노플에서 정치계에 입문한 뒤 파벌 싸움 때문에 1283년에 은퇴하고 수도원으로 들어갔다. 뒷날 콘스탄티노플로 돌아왔는데, 평신도를 위한 수도원을 세우고 황실도서관 옆에 학교를 개교하였다. 이 학교는 황족과 귀족들의 자제들을 모집해, 철저한 인문학 교육 과정으로 학문적 명성을 얻었다. 플라누데스는 그의 라틴어 실력으로 많은 분야에서 탁월한 능력을 발휘했다. 안드로니쿠스 Ⅱ세 팔라에올로구스(Andronicus Ⅱ Phaeologus)는 그의 언어 능력을 평가해 1295~96년 베네치아 특사로 임명하였다. 라틴 저술들 중에서 플라누데스가 그리스어로 번역한 것으로는 아우구스티누스(Augustinus, Aurelius)와 보에티우스(Boethius)의 『삼위일체론(De Trinitate)』(On the Trinity), 키케로(Cicero)의 에세이와 수사학, 오비디우스(Ovidius, Publius Naso)의 시 등이 있다. 플라누데스의 『그리스 사화집(Anthologia Hellēnikē)』(Greek Anthology) 개정판은 그리스 문학사에 탁월한 공헌을 한 것이었다. 『그리스 사화집』은 기원전 700년경부터 기원후 1,000년까지의 여러 그리스 작가들의 산문과 시를 모은 유명한 선집(collection)인데, 1세기부터 11세기까지 다양하게 편집된 것이었다. 비록 여러 곳이 재구성되었지만 플라누데스의 개인적인 해석을 보여주고 있고, 약 2,000년 동안의 그리스 문자의 연속성을 보여주는 『앤솔로지아 (Anthologia)』는 15세기 작가들에게 끼친 영향으로 근대 이탈리아어와 프랑스어의 발달에 도움을 주었다. 또 『이솝의 생애와 우화(Life and Fables of Aesop)』의 개정 판과 기원전 3세기 그리스 목가시(pastoral verse)의 창시자 테오크리토스(Theo-critos)에 대한 주석은 유럽 전체에 이 문학을 대중화하는 데 도움을 주었다. ✔최병화(崔秉和)는 「세계동화연구」(『조선교육』 제3권 제1호, 1949년 3월호)에서 '막심 부란데스'(플라누데스)가 "최대의 이소프 우화집"을 편찬하여 "우화 세계에 전파되어진 근원이 되었"다고 하였다.

**하디**(Hardy, Thomas, 1840~1928)  영국의 소설가, 시인, 극작가. 잉글랜드 도싯 (Dorset) 출생. 고향인 남부 웨섹스(Wessex)의 자연을 배경(하디의 작품들은 대부분 영국 웨섹스 지역을 배경으로 하고 있다.)으로, 인간의 의지와 우주를 지배하는 운명과의 갈등을 주제로 한 비극적 소설을 발표하였다. 어린 시절 농촌 풍경, 농촌 사람들의 미신이나 풍습을 쉽게 접할 수 있었던 경험이 뒷날 소설을 쓰는데 귀중한 자료가 되었다. 1910년 메리트 훈장(Order of Merit)을 받았다. 사후 유해는 웨스트 민스터 사원(Westminster Abbey)에 묻혔으나, 유지에 따라 심장은 고향에 있는 부인의 무덤 옆에 묻혔다. 작품으로 소설 『테스(Tess of the d'Urbervilles)』(1891), 『귀향(The Return of the Native)』(1878), 장편소설 『미천한 사람 주드(Jude the Obscure)』(1895), 시극 『패왕들(The Dynasts)』(1903~1908) 등이 있다. ✔김태오 (金泰午)는 「조선 동요와 향토예술(상)」(『동아일보』, 1934.7.9)에서 비에른손, 미스트랄, 페르고와 함께 하디를 "흙의 예술가"로 소개하였다.

**하우프**(Hauff, Wilhelm: 1802~1827)  독일의 시인, 소설가, 메르헨[84] 작가. 독일의 슈투트가르트(Stuttgart) 출생. 7세 때 아버지가 돌아가시고 어머니가 떠나 버려 튀빙겐의 할아버지댁에서 자랐고, 교육도 독학하다시피 하였다. 1820년 튀빙겐대학교(Eberhard Karls Universität Tübingen)에 입학하여 신학과 철학을 공부하였다. 1824년에 졸업한 후 뷔르템베르거(Württemberg)에서 가정교사를 하면서 아이들을 위해 메르헨 저술에 힘썼다. 낭만주의 작가로, 호프만(Hoffmann, Ernst Theodor Amadeus)의 영향을 받은 『사탄의 회고에서(Mitteilungen aus den

---

84 'Märchen'을 '동화(童話)'로 번역하는 것은 일본의 번역을 따른 것이다. 영어권에서는 'Märchen'을 'folktale'과 'fairy tale'을 포괄하는 갈래로 인식하고 있다. 'folktale'은 '민담(民譚)'으로 번역하는 것이 일반적이고, 'fairy tale'은 최근 '요정담'으로 번역하고 있다. 따라서 'Märchen'을 '동화'라고 하는 것은 개념상의 차이가 있어 그대로 '메르헨'으로 표기하였다.

Memoiren des Satans)』(1826~27), 스콧(Scott, Sir Walter)을 본뜬 역사소설『리히텐슈타인(Lichtenstein)』(1826) 등으로 명성을 떨쳤으나, 오늘날에는 오히려 메르헨 작가로 더 유명하다. 그의 작품 전체에 통하는 공상적·전기적 요소가 메르헨이라는 형식에 가장 적합하기 때문일 것이다. 1827년 1월부터 『Stuttgart Morgenblatt』의 편집을 하고 이어 결혼도 했으나 11월 장티푸스로 사망했다. 작품으로『하우프 메르헨(Hauffs Märchen)』이라고 하는 3부작으로 된『메르헨 연감(Märchen almanach auf das Jahr)』[85]과, 유고작으로 중단편 소설을 묶은『중단편 소설집(Novellen)(전3권)』(1828)이 있다. ▶최병화(崔秉和)는 하우프의 동화「학이 된 임금님(전3회)」(『조선일보』, 1935.8.25~28)을 번역한 바 있다. 〈명진소년회(明進少年會)〉의 백근(白槿)은「'하우프' 동화가(童話家) – 백년제(百年祭)를 마지하며」(『동아일보』, 1927.11.22)에서, 연성흠(延星欽)은「독일 동화작가 '하우쁘'를 추억하야(전2회)」(『중외일보』, 1929.11.19~20)에서 하우프를 소개하였다.

**하웁트만**(Hauptmann, Gerhard: 1862~1946) 독일의 극작가, 소설가. 슐레지엔(Schlesien)의 바트 잘츠브룬(Bad Salzbrunn) 출생. 예나대학(Friedrich-Schiller-Universität Jena)과 베를린대학에서 생물학, 철학을 공부하였다. 자연주의의 대표자로 뒤에 낭만주의·상징주의의 경향을 띠었으며, 외부의 힘에 의하여 지배당하는 인간 삶의 비극을 묘사하였다. 1912년에 노벨문학상을 받았다. 작품으로 희곡『해뜨기 전(Sonnenaufgang)』(1889), 『외로운 사람들(Einsame Menschen)』(1891), 『직공(Die Weber)』(1892), 『침종(沈鐘, Die Versunkene Glocke)』(1896), 『한넬레의 승천(Hanneles Himmelfahrt)』(1894) 등이 있다. ▶하웁트만에 관해서는 조희순(曹喜淳)의「독일극단의 거성(巨星) 하웁트만의 연구(전22회)」(『동아일보』, 1929. 12.19~1930.1.15),[86]「(외국문단소식)'황금의 하-프' – 하우프트만의 신작 희곡」(『동아일보』, 1933.9.6),「'하웁트만'의 망발」(『동아일보』, 1934.3.11) 등이 있다. 『동아일보』의 '세계명저소개'에「독문호(獨文豪) 하웁트만 작 희곡 '침종' (13)」(『동아일보』, 1931.7.27)이 소개된 바 있다.

---

85 6편의 메르헨으로 된 제1부『무리를 지어 가는 상인들(Die Karawane)』(1826)과, 8편의 메르헨으로 된 제2부『알렉산드리아의 족장과 그의 노예들(Der Scheik von Alessandria und seine Sklaven)』(1827), 그리고 5편의 메르헨으로 된 제3부『슈페사르트의 여관(Das Wirtshaus im Spessart)』(1828)을 합쳐서 이르는 것이다.

86 이 글은 전체 22회 연재되었으나, 제1회~제12회까지와 제20~제22회까지의 제목은「독일극단의 거성(巨星) 하웁트만 연구」이고, 제13회~제19회까지 7회분은「하웁트만의 작품에 나타난 사회문제에 대하야 – 하웁트만 연구」이다. 하지만 연번은 1번부터 22회까지 순차적으로 이어지고 있다.

**헤이스**(Hays, William Shakespeare: 1837~1907)  미국의 시인, 작사가, 작곡가.
켄터키(Kentucky)주 루이스빌(Louisville) 출생. 본명은 William Hays이나 별명
'Shakespeare'를 받아들여 'William Shakespeare Hays'를 호칭으로 사용하였다. 필
명으로 'Syah'도 사용하였는데 이는 그의 이름 'Hays'를 뒤집은 것이다. 일생 동안
350편의 노래를 썼고 약 2,000만 부 정도를 판매하였다. ┏윤복진은 자신의 작품
「망향(望鄕)」(『아이생활』 제12권 제1호, 1937년 1월호, 14~15쪽)에다 헤이스의
곡을 붙여 발표한 바 있다.

**호손**(Hawthorne, Nathaniel: 1804~1864)  미국의 소설가. 매사추세츠(Massa-
chusetts)주 세일럼(Salem) 출생. 1821년 메인(Maine)주에 있는 보든 칼리지
(Bowdoin College)에 입학하여 1824년 파이베타카파(Phi Beta Kappa Society: ΦB
K)에 선출되었고, 이듬해인 1825년 졸업하였다. 학교생활 중 14대 대통령이 된
피어스(Pierce, Franklin)와 시인 롱펠로우(Longfellow, Henry Wadsworth)를 만
났다. 1837년 첫 단편집 『트와이스톨드테일스』를 발표하고, 1850년 대표작이 된
『주홍 글씨』를 발표하였다. 1852년 『눈의 이미지, 그리고 두 번 들은 이야기들』에
는 우리나라에 잘 알려진 「큰 바위 얼굴(The Great Stone Face)」이 들어 있다. 피어
스가 대통령에 당선되자 1853년 호손은 영국 리버풀 영사(consul in Liverpool)가
되어 피어스의 임기가 끝나는 1857년까지 재직하였다. 임기를 마치고 프랑스, 이탈
리아로 여행을 다녔다. 청교도의 사상·생활 태도에 깊은 관심을 가지고 인간성의
어두운 면을 우의적이고 상징적으로 묘사하였다. 작품으로 단편집 『트와이스톨드
테일스(Twice Told Tales)』(1837), 『구 목사관의 이끼(Mosses from an Old Manse)』
(1846), 장편소설 『주홍 글씨(The Scarlet Letter)』(1850), 『일곱 박공(博栱)의 집
(The House of the Seven Gables)』(1851), 『눈의 이미지 그리고 두 번 들은 이야기
들(The Snow-Image and Other Twice-Told Tales)』(1852), 『대리석의 목양신
(The Marble Faun)』(1860) 등이 있다. ┏전영택(田榮澤)은 「소년 문제의 일반적
고찰」(『개벽』 제47호, 1924년 5월호)에서 서양의 소년문학 작가로 안데르센, 그림,
와일드, 톨스토이, 크릴로프와 더불어 호손을 거명하였고, 송남헌(宋南憲)은 「예술
동화의 본질과 그 정신 – 동화작가에의 제언(1)」(『동아일보』, 1939.12.2)에서 미
국의 예술동화 작가로 버넷, 스토 부인과 더불어 호손을 꼽았다.

**호프만**(Hoffmann, Ernst Theodor Amadeus: 1776~1822)  독일의 소설가, 작곡가.
본명은 Ernst Theodor Wilhelm Hoffmann. 1813년경 작곡가 모차르트(Mozart,
Wolfgang Amadeus)를 존경해 'Wilhelm'을 'Amadeus'로 바꾸었다. 프러시아(Prussia)
의 쾨니히스베르크(Königsberg: 현 러시아 Kaliningrad) 출생. 법률을 전공하여

낮에는 법관으로 일하고 밤에는 글을 쓰는 '이중생활'을 한 까닭에 '도깨비 호프만', '밤의 호프만' 등의 별명으로 불렸다. 공상적이고 탐미적인 꿈의 세계를 표현함으로써 내면의 인간성을 추구하였고, 도스토옙스키(Dostoevsky, Fyodor Mikhailovich), 고골(Gogol', Nikolai Vasilievich), 보들레르(Baudelaire, Charles Pierre), 발자크(Balzac, Honoré de), 포(Poe, Edgar Allan) 등에게 영향을 끼쳤다. 작품으로 중단편집 『칼로풍(風)의 환상작품집(Fantasiestücke in Callots Manier)』(1814~1815), 『호두까기 인형과 생쥐 임금(Nussknacker und Mausekönig)』(1816), 예술동화 「황금 단지(Der Goldne Topf)」(1814), 『수고양이 무르의 인생관(Lebensansichten des Katers Murr)』(1819, 1821) 등이 있다. 차이콥스키(Chaikovskii, Pyotr Il'ich)는 호프만의 동화 『호두까기 인형과 생쥐 임금」[87]을 바탕으로 하여 가극 〈호두까기 인형(Shchelkunchik)〉(1892)을 작곡하였다. 『알렉산드라 브루스타인(金永鍵 譯)은 「소련의 아동극」(『문학』 창간호, 조선문학가동맹중앙집행위원회서기국, 1946.7)에서 페로, 안데르센, 그림 형제, 라블레, 호프만, 고치, 마테를링크 등의 동화를 바탕으로 한 동화극이 러시아 아동극장의 상연을 유지하였다고 밝혔다.

---

87 「호두까기 인형과 생쥐 왕」은, 이를 바탕으로 한 차이콥스키의 발레극 〈호두까기 인형〉이 유명해지면서 「호두까기 인형」이란 제목으로 더 많이 알려지게 되었다.

## 나) 일본 아동문학가<sup>*</sup>

**가타야마 아키히코**(片山明彦, かたやま あきひこ: 1926~2014)  배우(俳優). 본명 가고시마 아키히코(鹿兒島 燁彦). 도쿄(東京) 출생. 교세이중・고등학교(曉星中・高等學校)를 졸업하였다. 황태자 역을 했다. 1937년경부터 배우로 활발하게 활동하기 시작하여 1970년대 전반까지 이어졌다. 『송완순(宋完淳)은 「아동과 영화」(『영화연극』 창간호, 1939년 11월호)에서 가타야마 아키히코를 아역배우로 소개하였다.

**가토 다케오**(加藤武雄, かとう たけお: 1888~1956)  소설가. 필명 고바야시 아이카와(小林愛川), 호 東海. 가나가와현(神奈川縣) 출생. 고등소학교를 졸업하고 검정으로 교원자격증을 취득하였다. 이후 8년 정도 소학교 교원으로 근무하였다. 1910년 도쿄로 옮긴 후 이듬해 신조사(新潮社)에 입사하여 『신조(新潮)』, 『문장구락부(文章俱樂部)』<sup>1</sup>를 편집하면서 창작한 『향수(鄕愁)』(1919)가 널리 인정받았다. 농민문학에 많은 관심을 가졌고, 1927년 〈농민문예회(農民文芸會)〉<sup>2</sup>를 조직하였다. 아동문학 분야에는 소녀소설 작가로서의 활약이 현저하였다. 특히 1923년『소녀구락부(少女俱樂部)』<sup>3</sup>가 창간될 때부터 전후(戰後)에 이르기까지 빈번하게 작품을 기고하였다. 장편『바다에 선 무지개(海に立つ虹)』(『少女俱樂部』, 1930.1~12), 『불어라 봄바람(吹けよ春風)』(『少女俱樂部』, 1938.2), 『폭풍우 몰아치는 새벽(あらしの曙)』(『少女俱樂部』, 1938.1~12) 등을 발표하였다. 전시 중에 〈국민문화협회(國民文化協會)〉 초대 문학부회 간사장을 역임하는 동시에 『애국 이야기』, 『요하의 소년대』 등을 출판하였다. 1946년에는 이전의 농민문학 작가로서의 일면을 엿

---

※ 고유명사는 가급적 일본어 발음을 제시하는 것을 원칙으로 한다. 다만 의미 전달을 위해 우리말로 읽을 경우 각주에 일본어 발음을 밝혔다. 학교명이나 신문명 등의 경우 이해의 편의를 위해 한국어와 일본어를 결합하여 읽은 경우도 있다. 예를 들면, 메이지대학(明治大學), 오사카아사히신문(大阪朝日新聞) 등과 같다.

1 『신초(新潮)』는 1904년 신초샤(新潮社)에서 투서잡지(投書雜誌)로 시작하였다가 점차 문예지로서의 지위를 확립하였고, 일본 유일의 장수 문예지로 현재까지 발행되고 있다. 『분쇼구라부(文章俱樂部)』도 1916년 5월부터 1929년 4월까지(전156권) 신초샤(新潮社)에서 발행한 잡지이다. 편집 담당자는 가토 다케오였다.

2 이누타 시게루(犬田卯) 등이 1924년 〈노민분게이겐큐카이(農民文芸硏究會)〉를 결성하고 그 후신으로 1927년 〈노민분게이카이(農民文芸會)〉가 결성되어 기관지 『노민(農民)』을 창간하였다.

3 『쇼조구라부(少女俱樂部)』는 소녀용 잡지로, 1923년 고단샤(講談社)에서 창간하였는데, 1946년부터 『少女クラブ』로 제목을 바꾸었고, 1962년에 폐간되었다.

볼 수 있는 소년소설 『달밤의 피리』를 출간하였다. 저서로 장편 『바다에 선 무지개(海に立つ虹)』(大日本雄辯會講談社, 1931.5), 『불어라 봄바람(吹けよ春風)』(大日本雄辯會講談社, 1938), 『폭풍우 몰아치는 새벽(あらしの曙)』(偕成社, 1948) 등과 『애국이야기(愛國物語)』(新潮社, 1941), 『요하의 소년대(饒河の少年隊)』(偕成社, 1944), 동화집 『그대여 알자 남쪽나라(君知南國)』(大日本雄辯會講談社, 1935.4), 『푸른하늘의 노래(靑空の歌)』(童話春秋社, 1940.5), 『달밤의 피리(月夜の笛)』(偕成社, 1946.11) 등이 있다. ▶김태오(金泰午)는 「조선 동요와 향토예술(상)」(『동아일보』, 1934.7.9)에서 시로토리 세이고(白鳥省吾), 노구치 우조(野口雨情), 가토 다케오(加藤武雄), 이누타 시게루(犬田卯), 후쿠다 마사오(福田正夫) 등을 "향토시인 흙의 소설가"로 소개하였다.

**가토 마사오**(加藤まさを, かとう まさを: 1897~1977)  삽화가, 동요시인, 소설가. 본명 가토 마사오(加藤正男). 필명 후지에다 하루히코(藤枝春彦), 요시키 요시오(蓬芳夫). 시즈오카현(靜岡縣) 후지에다시(藤枝市) 출생. 릿쿄대학(立敎大學) 영문과를 졸업하였다. 학생 때부터 서정화(抒情畵)풍의 삽화를 그려 『소녀화보(少女畵報)』, 『소녀구락부(少女俱樂部)』, 『영녀계(令女界)』에 서정화와 서정시, 동화를 발표하고, 소설도 써 소녀들의 인기를 얻어, 저널리즘에서도 칭찬이 많았다. 작품으로 동요화집(童謠畵集) 『가나리야의 묘(かなりやの墓)』(1920), 『자귀나무 요람(合歡の搖籃)』(1921), 시집 『마사오 서정시집(まさを抒情詩集)』(1926), 소녀소설 『먼 장미(遠い薔薇)』(1926), 『사라지는 무지개(消えゆく虹)』(1929) 등과, 사망 직전에 『가토마사오 서정화집(加藤まさを抒情畵集)』(講談社, 1977.7)을 출판하였다. 동요 「달의 사막(月の沙漠)」은 사사키 스구루(佐々木すぐる) 작곡으로 지금도 계속 애창되고 있다. ▶가토 마사오의 「봄 물결」(「명작세계동요집 – 색동저고리 6」, 『아이생활』, 1932년 7월호)을 박용철(朴龍喆)이 번역 소개하였다.

**고가 마사오**(古賀政男, こが まさお: 1904~1978)  작곡가. 후쿠오카현(福岡縣) 출생. 7세 때 아버지가 사망하자 고향을 떠나 형이 일하고 있는 조선(朝鮮)으로 건너와 감정기복이 격심한 소년시대를 보냈다. 고향 상실의 슬픔은 여러 작품의 모티프가 되었다. 처음에는 인천(仁川)에 그 후 12세 때부터 경성(京城)에서 살았다. 이 시기에 사촌 형제로부터 다이쇼고토(大正琴)를 받았고, 만돌린을 처음 손에 잡은 것도 경성 선린상업학교(京城善隣商業學校) 3학년 때 가장 사이가 좋았던 사촌 형으로부터 받은 것이었다. 선린상업학교를 졸업하고 오사카의 상점에서 일한 후, 1923년에 메이지대학 예과(明治大學予科)에 입학하여 메이지대학만돌린구락부(明治大學マンドリン俱樂部)를 창설하는 데 참여하였다. 1928년 여름에 여행지인 아오네온천(靑根溫泉) 부근의 산중에서 자살을 기도하였으나 동행했던 친구에게 발견되어 미수에 그쳤다. 그해 가을 메이지대학만돌린구락부의 정기연주회를 본 가수 사토 지야코(佐藤千夜子)로부터 재능을 인정받았다. 1929년 봄 대학을 졸업한 후에는 지도자가 되어 음악활동을 계속하였다. 메이지대학만돌린구락부의 정기연주회에서 〈그림자를 그리며(影を慕いて)〉를 발표하였다. 1929년 말경에 사토 지야코의 노래와 만돌린 오케스트라의 반주로 〈글의 향기(文のかおり)〉 등 자작품을 빅터레코드에서 취입하였다. 1930년 가을에는 사토의 노래로 〈그림자를 그리며〉도 빅터레코드에서 취입하였다. 1931년 일본 컬럼비아레코드의 전속이 되었다. 당초 작곡에 자신이 없어 문예부 사원을 희망하였으나 결국 작곡가로 계약을 하였다. 이때 도쿄음악학교에 재적하고 있는 후지야마 이치로(藤山一郎)와 만난 것이 고가 마사오의 인생을 크게 변화하도록 하였다. 후지야마의 가창력이 고가의 재능을 꽃피운 것이다. 〈술은 눈물인가 한숨인가(酒は涙か溜息か)〉, 〈언덕을 넘어서(丘を越えて)〉, 〈그림자를 그리며〉 3곡을 담아 SP레코드로 발매하고 이후 많은 히트곡을 세상에 내놓았다. 1933년에는 마쓰다이라 아키라(松平晃)가 노래한 〈서커스의 노래(サーカスの唄)〉가 히트했으나 직후에 이혼소동 등으로 건강을 해쳐 1933년 늦가을부터 다음 해에 걸쳐 이토(伊東)에서 정양을 하였다. 1934년 컬럼비아로부터 데이치쿠(テイチク)로 이적하였지만, 빅터레코드로 갔던 후지야마 등과 함께 〈녹색 지평선(綠の地平線)〉, 〈두 사람은 젊다(二人は若い)〉, 〈도쿄랩소디(東京ラプソディ)〉, 〈아아 그럼에도 불구하고(あゝそれなのに)〉, 〈파란 신사복으로(青い背廣で)〉, 〈인생의 가로수길(人生の並木路)〉 등을 발표하였는데 모두 히트곡이 되었다. 1938년 도미 직전, 다시 컬럼비아레코드로 복귀하였다. 1938년 가을, 외무성의 음악 문화 친선 사절로 미국으로 갔다. 1939년 가을, 미국 NBC방송에서 고가 마사오의 작품을 다루었다. 전후 1948년에 〈고가 기타 가요협회(古賀ギター歌謠協會)〉를 설립하였다. 1965년 제7회 일본레코드대상을 수상하였고 밀리언셀러가 되었다. 〈일본작곡가협회(日本作曲家協會)〉를 창설하여 초대 회장이 되었다. 1978년 사상 두 번째로 국민영예상(國民榮譽賞)을 받았다.(첫 번째는 프로 야구 선수인 王貞治) 1998년 7월에 일본 컬럼비아에서 16매 CD-BOX『고가마사오대전집(古賀政男大全集)』이 발매되었다. 1997년 도쿄 시부야구(澁谷區)의 사저 자리에 〈고가마사오 음악박물관(古賀政男音樂博物館)〉이 개설되었다. 저서로『고가마사오 작곡집(古賀政男作曲集 第4輯)』(全音樂譜出版社, 1948.7),『나의 음악생활 20년(私の音樂生活二十年)』(全音樂譜出版社, 1949),『고가마사오 예술대관(古賀政男芸術大觀)』(宮本旅人 편저; 新興樂譜出版社, 1978.10),『자전 나의 마음의 노래(自伝わが心

の歌)』(展望社, 1982) 등이 있다. 〈술은 눈물인가 한숨인가〉(高橋掬太郎⁴ 작사, 古賀政男 작곡, 1931)는 식민지 조선에도 널리 알려졌다. ┏이광수(李光洙)의 『흙』(1932), 염상섭(廉想涉)의 『무화과』(1932), 이태준(李泰俊)의 「달밤」(1933), 방인근(方仁根)의 『마도(魔都)의 향불』(『동아일보』, 1932~33), 현진건(玄鎭健)의 『적도』(1939) 등에 당시 유행했던 이 노래가 언급되고 있다. 이 노래는 교우관계가 있던 전수린(全壽麟)의 〈고요한 장안〉을 모방한 것이라는 비난을 받기도 하였다. 그리고 이 노래는 1932년 채규엽(蔡奎燁)이 우리말로 취입하여 크게 히트하였다. 일제강점기 말 징병제를 강요하는 대중가요 〈지원병의 어머니〉(趙鳴巖 작사)를 작곡하였다. 『고가마사오예술대관(古賀政男藝術大觀)』에는, 고가 마사오가 조선에 있을 때 큰형 가게에 60여 명의 조선인이 있어 그들이 흥얼거리는 민요를 날마다 들었다며, "멜로디가 뛰어난 부분은 나의 작곡에 큰 도움이 되었다."고 고백한 바 있다. 우리 민요 〈아리랑〉을 편곡하여 1932년 8월 〈아리랑의 노래(アリランの唄)〉라는 곡명으로 조선의 가수 채규엽(蔡奎燁=長谷川一郎)과 일본 여가수 아와야 노리코(淡谷 のり子)의 듀엣으로 부르게 하여 유행시켰다. 이난영(李蘭影)(일본명 오카 란코=岡蘭子)이 일본에 진출해 활동할 때 작품을 주었다. 만년에 한국을 방문했을 때 모교 선린상업고등학교에 시계탑을 기증하였다. ┏빈강어부(濱江漁夫)의 「소년문학과 현실성 – 아울러 조선 소년문단의 과거와 장래에 대하야」(『어린이』, 1932년 5월호), 원유각(元裕珏)의 「조선 신흥동요운동의 전망(5)」(『조선중앙일보』, 1934.1.24), 송창일(宋昌一)의 「아동불량화의 실제 – 특히 학교아동을 중심으로 한 사고(私稿)(4)」(『조선중앙일보』, 1935.11.7) 등에서 고가 마사오가 작곡한 〈술은 눈물인가 한숨인가〉를 언급하였다.

**고데라 유키치**(小寺融吉, こでら ゆうきち: 1895~1945) 민속학자, 무용 연구가. 도쿄(東京) 출생. 가이세이중학교(開成中學校)와, 1918년 와세다대학(早稻田大學) 영문학과를 졸업하였다. 쓰보우치 쇼요(坪內逍遙)에게 배웠다. 학생 때부터 가부키(歌舞伎) 무용과 민속 예능의 연구에 전념하고, 1922년 『근대무용사론(近代舞踊史論)』을 간행하였다. 1927년 오리쿠치 시노부(折口信夫), 야나기타 구니오(柳田國男) 등과 〈민속예술의 회(民俗藝術の會)〉를 결성하고, 이듬해 잡지 『민속예술(民俗

---

4 다카하시 기쿠타로(高橋掬太郎: 1901~1970)는 이와테현(岩手縣) 출생으로 쇼와(昭和) 시기의 작사가이다. 〈酒は涙か溜息か〉가 히트한 후 1933년 도쿄(東京)로 상경하였다. 1934년부터 컬럼비아레코드사에 근무하면서 작사가로 활약하다가, 1947년 킹레코드사로 옮겼다. 1968년 학예상(學藝上)의 업적이 현저한 사람에게 주는 시주호쇼(紫綬褒章)를 수상하였다.

藝術)』을 창간하였다. 저서로 『근대무용사론(近代舞踊史論)』(日本評論社出版部, 1922), 『아동극의 창작과 연출(兒童劇の創作と演出)』(弘文社, 1928), 『무용의 미학적 연구(舞踊の美學的研究)』(春陽堂, 1928), 『일본근세무용사(日本近世舞踊史)』(1931), 『일본민요사전(日本民謠辭典)』(壬生書院, 1935), 『향토무용과 본오도리(鄕土舞踊と盆踊)』(桃蹊書房, 1941) 등이 있다. ▶김종명(金鍾明)은 「아동극 소론」(『가톨릭청년』 제4권 제6호, 1936년 6월호)에서 "일본의 坪內 박사 또 小寺 씨" 등이 맹렬한 아동극 운동을 전개했다고 소개하였다.

**고미야마 아키토시**(小宮山明敏, こみやま あきとし: 1902~1931)  문학평론가. 오카야마현(岡山縣) 출생. 와세다대학(早稻田大學)에 입학하여 노문과(露文科)로 진학 가타가미 노부루(片上伸)에게 배웠다. 1925년 오자키 가즈오(尾崎一雄) 등과 『주조(主潮)』를 창간하여 날카로운 문학평론으로 인정받았다. 1926년 졸업과 동시에 와세다고등학원(早稻田高等學院) 강사가 되었으나, 건강을 해쳐 1929년 휴직하고 이후 러시아 문학의 번역과 소개에 노력하였다. 한편 가타가미 노부루의 사망 후 그 유지를 이어 프롤레타리아 문학운동의 이론을 전개하고 많은 문학평론을 발표하였다. 1930년 〈일본프롤레타리아작가동맹(日本プロレタリア作家同盟)〉(약칭 〈ナルプ〉 또는 〈NALP〉)[5]에 참가하였다. 세누마 시게키(瀨沼茂樹)는 『현대일본

---

5  〈니혼프로레타리아삿카도메이(日本プロレタリア作家同盟)〉는, 1928년에 결성된 〈젠니혼무산샤게이주쓰렌메이(全日本無産者芸術連盟)〉(약칭 〈ナップ〉)의 문학 부문이 1929년에 독립한 조직이다. 약칭은 〈ナルプ〉 또는 〈NALP〉이고, 1934년에 해산되었다.
　　일본의 좌파 문예조직을 정리해 보면 다음과 같다. 1925년 여러 동인조직을 결합하여 〈니혼프로레타리아분게이렌메이(日本プロレタリア文芸連盟=일본프롤레타리아문예연맹)〉(약칭 〈プロ連〉)(『文芸戦線』이 기관지 역할)를 조직하였다. 1926년 11월에 아나키스트계를 배제하고, 〈マルクス主義芸術研究會(마르크스주의예술연구회)〉의 회원이 가입하여, 〈니혼프로레타리아게이주쓰렌메이(日本プロレタリア芸術連盟=일본프롤레타리아예술연맹)〉(약칭 〈プロ芸〉)(기관지 『文芸戦線』)로 명칭을 바꾸어 재조직하였다. 1927년 2월 가지 와타루(鹿地亘)가 「소위 사회주의 문예를 극복하라(所謂社會主義文芸を克服せよ)」(『無産者新聞』)라는 논문을 싣고, 프롤레타리아문학운동을 비판하였다. 가지 와타루와 나카노 시게하루(中野重治) 등은 예술을 운동에 종속시키려 한다고 반발해 의견대립이 심화되었다. 이에 1927년 6월 하야마 요시키(葉山嘉樹), 하야시 후사오(林房雄), 구라하라 고레히토(藏原惟人), 구로시마 덴지(黒島伝治), 무라야마 도모요시(村山知義) 등이 〈プロ芸〉로부터 제명되어, 7월에 〈로노게이주쓰카렌메이(勞農芸術家連盟=노농예술가연맹)〉(약칭 〈勞芸〉)(기관지 『文芸戦線』)를 발족하였다. 그러나 1927년 11월, 『문예전선(文芸戦線)』 편집을 맡고 있던 야마다 세이자부로(山田淸三郞)가 야마카와 히토시(山川均)에게 의뢰한 에세이가 「27年テーゼ」를 비판하기 위한 것이라며 의견대립이 있었다. 하야마 요시키, 고보리 진지(小堀甚二), 마에다코 히로이치로(前田河廣一郞), 아오노 스에키치(青野季吉)는 게재를 찬성하였고, 구라하라 고레히토, 야마다 세이자부로, 후지모리 세이키치(藤森成吉), 무라야마 도모요시 등은 게

문학대계(現代日本文學大系)』에 수록된 고미야마의 평론에 관해 해설하는 가운데, "마르크스주의적인 입장에서 소위 부르주아 문학을 내재적으로 비평하는 사람은 드물었으므로, 소중히 여겨야 할 평론"이라며 높이 평가하였다. 저서로『문학혁명의 전초(文學革命の前哨)』(世界社, 1930) 등이 있다. ▶한철염(韓哲焰)은 「최근 프로 소년소설평 – 그의 창작방법에 대하야 –」(『신소년』, 1932년 10월호)에서 고미야마 아키토시의 말을 인용해 계급문학의 필요성과 정당성을 논의하였다.

**고바야시 다키지**(小林多喜二, こばやし たきじ: 1903~1933) 소설가. 필명 堀英之助, 伊東継, 郷里基. 아키타현(秋田縣) 출생. 가정형편이 어려워 백부(伯父)의 공장에서 일하며 학자금을 벌어 1924년 오타루고등상업학교(小樽高等商業學校: 현 小樽商科大學)를 졸업하였다. 처음에는 시가 나오야(志賀直哉), 도스토옙스키 등에 경사되어 소설가를 지망하였으나, 노동운동, 사회주의 사상에 접근하여 프롤레타리아운동의 지방 조직에 참가하였다. 1928년 '3·15사건(三・一五事件)'⁶ 직후, 〈전일본무산자예술연맹(全日本無産者芸術連盟)〉(약칭 〈나프〉)이 결성되었을 때, 그 기관지『전기(戰旗)』⁷에 '三・一五事件'을 제재로 한 「一九二八年三月十五日」을 발

---

재하는 것을 반대하였다. 이에 구라하라 고레히토 등은 〈勞芸〉를 탈퇴하고 〈젠에이게이주쓰카도메이(前衛芸術家同盟=전위예술가동맹)〉(약칭 〈前芸〉)를 결성하였다. 1928년 3월 구라하라 고레히토의 제창으로 발족되었던 〈日本左翼文芸家總連合〉과 〈プロ芸〉, 〈前芸〉 등이 합동하여 〈젠니혼무산샤게이주쓰렌메이(全日本無産者芸術連盟=전일본무산자예술연맹)〉(약칭 〈ナップ〉, 〈NAPF〉)가 결성되었다. 이후 문학, 연극, 미술, 음악, 영화 등 각 부문 동맹체의 협의체로 〈젠니혼무산샤게이주쓰단타이교기카이(全日本無産者芸術団体協議會=전일본무산자예술단체협의회)〉(약칭은 그대로, 〈ナップ〉, 〈NAPF〉)(기관지『센키(戰旗)』, 『나프(ナップ)』)로 조직을 개편하였다. 작가들을 중심으로 1929년 2월 〈니혼프로레타리아삿카도메이(日本プロレタリア作家同盟=일본프롤레타리아작가동맹)〉(약칭 〈ナルプ〉)(기관지『ナップ』, 『プロレタリア文學』)를 결성하였다. 1931년 11월 〈니혼프로레타리아분카렌메이(日本プロレタリア文化連盟=일본프롤레타리아문화연맹)〉(약칭 〈コップ〉, 〈KOPF〉)(기관지『プロレタリア文學』)에 합류하고 해소되었다.

6 산・이치고지켄(三・一五事件)은 1928년 3월 15일에 다나카 기이치(田中義一) 내각이, 마르크스주의를 충실히 실천하기 위해 비합적인 무산정당의 설립 및 제3인터내셔널 일본지부의 목적으로 설립된 일본공산당의 당원 약 1,600여 명을 검거한 사건이다. 치안유지법에 의해 483명이 기소되었다. 이 일이 있은 후 1931년 6월 26일 치안유지법을 개정하여 최고형에 사형(死刑)과 무기징역이 추가되었다.

7 『센키(戰旗)』는 1928년 5월부터 1931년 12월까지 총 41책이 간행된 문예잡지이다. 프롤레타리아문학운동의 전선을 통일하고자 결성한 〈全日本無産者芸術連盟(ナップ)〉의 기관지로 발족하였다. 구라하라 고레히토(藏原惟人), 나카노 시게하루(中野重治), 고바야시 다키지(小林多喜二), 도쿠나가 스나오(德永直), 미요시 주로(三好十郎), 다테노 노부유키(立野信之), 사타이 네코(佐多稲子), 무라야마 도모요시(村山知義) 등이 참가하였다.

표하여 구라하라 고레히토(藏原惟人)의 이론을 실천한 것으로 주목받았다. 1929년 「게 공모선」, 「부재지주(不在地主)」 등으로 프롤레타리아 작가로 인정받았다. 1930 년 불경죄(不敬罪)[8]로 투옥되었다. 〈일본프롤레타리아작가동맹(日本プロレタリア作家同盟)〉(약칭 〈ナルプ〉)의 서기장에 선출되었다. 1931년 일본공산당에 입당한 후, 〈일본프롤레타리아문화연맹(日本プロレタリア文化連盟)〉(약칭 〈コップ〉, 〈KOPF〉) 결성에 진력하였다. 1933년 2월 20일 공산당 활동 중 특별고등경찰(特別高等警察) 에 체포되어 당일 고문을 받고 죽었다. 미완의 중편소설 「당생활자(党生活者)」는 고바야시가 죽은 직후 상당 부분을 삭제·복자(伏字)로 하고 「전환시대(轉換時代)」라는 제목으로 바꾸어 『중앙공론(中央公論)』[9]에 게재되었다. 전후 교정용 인쇄 와 초고를 바탕으로 하여 원고가 완전히 복원되었다. 최후까지 사상을 버리지 않았 던 프롤레타리아 문학운동의 상징적 존재였다. 젊은 세대에 있어서 비정규 고용의 증대와 노동 빈곤층의 확대, 저임금 장시간 노동의 만연 등의 사회경제적 배경으로 2008년에는 「게 공모선(蟹工船)」이 재평가되어 『蟹工船·党生活者』(新潮文庫)가 50만 부 이상 팔리는 베스트셀러가 되었고, 2009년에는 영화화되었다. 저서로 『정 본 고바야시다키지 전집(定本小林多喜二全集)(전15권)』(新日本出版社, 1968~69), 『고바야시다키지 전집(小林多喜二全集)(전7권)』(新日本出版社, 1983) 등이 있다.

**고바야시 스미에**(小林澄兄, こばやし すみえ: 1886~1971)　다이쇼(大正)·쇼와 (昭和) 시대의 교육학자. 필명 乳木. 나가노현(長野縣) 출생. 1914~1917년 게이오 기주쿠(慶応義塾) 유학생으로 선발되어 독일, 프랑스, 스위스에서 공부하였다. 1917년부터 1952년까지 게이오대학(慶応大學) 문학부 교수로 재직하면서 교육학, 교육학사, 교육사를 가르쳤다. 저서로 『예술교육론(藝術敎育論)』(小林澄兄, 大多 和顯 공저; 內外出版株式會社, 1923), 『노작교육사상사(勞作敎育思想史)』(丸善出 版, 1948), 『교육백과사전(敎育百科辭典)』(福村書店, 1951), 『일본근로교육사상 사(日本勤勞敎育思想史)』(玉川大學出版部, 1969) 등 다수가 있다. ▶김태오(金泰

---

8　1907년 일본 형법으로 정한 '황실(皇室)에 대한 죄'이다. 천황(天皇) 및 황족(皇族) 그리고 신궁(神宮)과 황릉(皇陵)에 대한 '불경행위'가 처벌 대상이었다. 1947년 형법 일부 개정에 따라 폐지되었다.

9　『주오고론(中央公論)』은 1887년 교토(京都)의 절 니시혼간지(西本願寺) 내의 수양단체인 〈한세 이카이(反省會)〉의 금주운동을 위해 창간된 『한세이카이잣시(反省會雜誌)』가 전신이다. 1892년 『한세이잣시(反省雜誌)』로, 1899년 『中央公論』으로 개제하였다. 1914년 한세이샤(反省社) 발행 을 주오고론샤(中央公論社) 발행으로 하고, 다키타 초인(瀧田樗陰)을 주간으로 하여 대표적인 자유주의적 종합잡지로 발전하였다. 1944년 군부의 압력으로 일시 폐간하였다가, 1947년 복간하 였다.

午)의 「예술교육의 이론과 실제(전9회)」(『조선일보』, 1930.9.23~10.2)는 "일본의 小林澄兄, 大多和顯 양 씨의 『藝術敎育論』과 쏘 小林 씨 저 『最近敎育思想批判』에서 참조 쏘는 초역한 것도 잇"다고 밝혔다. 『예술교육론(藝術敎育論)』(小林澄兄, 大多和顯 공저)과 『최근교육사상개설(最近敎育思想槪說)』(小林澄兄; 明治圖書株式會社, 1934)을 가리킨다.

**구니키다 돗포**(國木田獨步 = 国木田独歩, くにきだ どっぽ: 1871~1908)  소설가, 시인, 저널리스트, 편집인. 본명 구니키다 데쓰오(國木田哲夫). 필명 獨步 외에 孤島生, 鏡面生, 鐵斧生, 九天生, 田舍漢, 獨步吟客, 獨步生 등이 있다. 지바현(千葉縣) 출생. 1888년 도쿄전문학교(東京專門學校: 현 早稻田大學) 영어과에 입학하였으나, 1891년 학교 개혁과 교장에 대한 불신으로 퇴학하였다. 무사 계급이었던 부친이 요양하고 있던 여관의 하녀와의 사이에서 태어났으며, 출생 관련으로 늘 고민하며 괴로워하여 붙임성이 없고 공격적인 성향을 보이기도 했다. 1894년 『국민신문(國民新聞)』에 입사해 청일전쟁 종군기자로 활약하였다. 동생 앞으로 보내는 형식으로 쓴 「애제통신(愛弟通信)」으로 '국민신문 기자 구니키다 데쓰오'가 일약 유명해졌다. 1895년 귀국 후 청일전쟁 종군기자 만찬회에서 만난 사사키 노부코(佐々城信子)와 열렬한 연애 끝에 첫 번째 결혼을 했지만 반년 만에 헤어졌다. 사사키 노부코는 돗포의 작품 여러 곳에 나타나 있을 뿐만 아니라, 아리시마 다케오(有島武郎)의 『어떤 여자(或る女)』(1919)의 모델이 되기도 하였다. 작가 생활을 시작하면서 1896년 다야마 가타이(田山花袋), 야나기타 구니오(柳田國男) 등과 알게 되었다. 「무사시노」, 「쇠고기와 감자(牛肉と馬鈴薯)」 등의 낭만적인 작품 이후에 「봄새(春の鳥)」, 「대나무 쪽문(竹の木戶)」 등으로 자연주의 문학의 선구가 되었다. 현재에도 출판되는 잡지 『부인화보(婦人畫報)』[10]의 창간자인데, 편집자로서 수완을 평가받았다. 나쓰메 소세키(夏目漱石)는 돗포의 단편 「순사(巡査)」를 극찬하였고, 아쿠타가와 류노스케(芥川龍之介)도 돗포의 작품을 높이 평가하였다. 아동문학 작품으로는 소년의 이상적인 생활방식을 보여준 「산의 힘(山の力)」(『少年界』, 1903.8),[11] 소녀소설 「반지의 벌(指輪の罰)」(『婦人界』, 1902.11)이 있다. 소설 속에 소년을

---

10 『후진가호(婦人畫報)』는 구니키다 돗포를 편집책임자로 하여 1905년 7월 창간된 여성잡지이다.

11 『쇼넨카이(少年界)』는 1902년 2월(추정)부터 1914년 3월까지(종간 불분명) 발행되었다. 창간호부터 제9권 제1호까지는 긴코도서적(金港堂書籍)에서 발행하였고, 이후 다이요샤(大洋社), 다이요샤(太陽社)에서 간행하였다. 하쿠분칸(博文館)에 대항하여 '界' 자 돌림의 여러 잡지를 발간했는데, 아동용은 『쇼넨카이』와 『쇼조카이(少女界)』가 있었다. 하쿠분칸의 『쇼넨세카이(少年世界)』를 의식한 편집을 하였다.

묘사한 「말 등의 친구(馬上の友)」 등이 어린이용 문학전집류에 수록되어 있다. 작품으로 단편소설 「무사시노」(1898), 단편소설 「잊을 수 없는 사람들(忘れえぬ人々)」(1898) 등 다수의 작품이 있다. 이들 작품은 작품집 『무사시노(武藏野)』(民友社, 1901), 『돗포집(獨步集)』(近事畵報社, 1902), 『운명(運命)』(佐久良書房, 1903), 『파도 소리(濤聲)』(彩雲閣, 1904), 『돗포집 제2(獨步集 第2)』(彩雲閣, 1905), 『물가(渚)』(彩雲閣, 1905) 등 6개의 단편집에 수습되었다. 전집으로 『소년전기총서(少年傳記叢書)(전8권)』(民友社, 1896~97), 『정본 구니키다돗포전집(定本國木田獨步全集)(전10권)』(學習研究社, 1978) 등이 있다. ▶엄홍섭(嚴興燮)은 「〔나의 수업시대, 작가의 올챙이 때 ⑧〕 동호자가 모이어 『신시단(新詩壇)』 발간 – 당시 동인은 현존 작가들(하)」(『동아일보』, 1937.8.3)에서 다야마 가타이와 구니키다 돗포를 "사실주의(寫實主義) 문학"의 작가라 하였다.

**구라하라 고레히토**(藏原惟人 = 蔵原惟人, くらはら これひと: 1902~1991)　문학평론가. 필명 사토 고이치(佐藤耕一), 다니모토 기요시(谷本淸), 후루카와 쇼이치로(古川莊一郎). 도쿄(東京) 출생. 도쿄외국어학교(東京外國語學校) 노어과(露語科)를 졸업하였다. 1925년 2월부터 1926년 11월까지 소련에 유학하였다. 유학 중 모스크바에서 〈전함 포템킨(戰艦ポチョムキン: 영 The Battleship Potemkin)〉을 보고 귀국 후 『키네마순보(キネマ旬報)』[12]에 당시 일본에 수입이 허가되지 않은 이 작품을 소개하였다. 귀국 후 1926년 〈일본프롤레타리아예술연맹(日本プロレタリア芸術連盟)〉(약칭 〈프로芸〉)에 가입하였다. 1926년 『문예전선(文芸戰線)』[13] 동인으로 참가하였다. 1927년 프롤레타리아 문학운동이 분열할 때 〈전위예술가동맹(前衛芸術家同盟)〉(약칭 〈前芸〉)[14]에 소속하였다. 1927년 「현대 일본문학과 무산계

---

12 『키네마준포(キネマ旬報)』는 1919년 7월 창간하여 현재에도 발행되는 영화잡지이다. 도쿄고등공업학교 학생 다나카 사부로(田中三郎) 등의 동인잡지로 시작하여 유력한 평론지가 되었다.

13 『분게이센센(文芸戰線)』은 1924년 6월부터 1932년 7월까지 간행된 문예잡지이다. 프롤레타리아 문학운동의 기초를 쌓은 『다네마쿠히토(種蒔く人)』(씨 뿌리는 사람)의 뒤를 이어 창간되었다. 아오노 스에키치(靑野季吉)의 지도하에 프롤레타리아 문학운동의 중심적 발표 기관으로 큰 역할을 하였다. 뒤에 분열하여 〈로노게이주쓰카렌메이(勞農芸術家連盟)〉의 기관지가 되어, 나프(ナップ), 나루프(ナルプ: NALP)의 기관지인 『센키(戰旗)』의 센키하(戰旗派)(전기파)와 대립하여 분센하(文戰派)(문전파)를 형성하였다.

14 〈젠에이게이주쓰카도메이(前衛芸術家同盟)〉는 〈勞芸〉를 탈퇴한 구라하라 고레히토(藏原惟人) 등이 1927년 11월에 결성하였다. 기관지는 『前衛』이다. 1928년 3월 『日本プロレタリア芸術連盟』(약칭 〈프로芸〉)와 결합하여 〈全日本無産者芸術連盟〉(약칭 〈ナップ〉)가 결성되면서 〈前芸〉는 발전적으로 해소하였다.

급(現代日本文學と無産階級)」, 「마르크스주의 문예비평의 기준(マルクス主義文芸批評の基準)」 등을 발표하여 마르크스주의 문학운동의 지도 이론가의 위치를 확립하였다. 1928년 〈일본좌익문예가총연합(日本左翼文芸家總連合)〉을 결성하려고 하였으나 탄압을 받아 큰 활동은 하지 못하고 자연 해소되고 말았다. 그 직후 나카노 시게하루(中野重治) 등과 공산당이 지지하는 〈전일본무산자예술연맹(全日本無産者芸術連盟)〉(약칭 〈ナップ〉 또는 〈NAPF〉)[15]을 결성하였다. 기관지 『전기(戰旗)』를 발행하면서 고바야시 다키지(小林多喜二), 도쿠나가 스나오(德永直) 등의 작품을 싣는 등 신진작가들의 성장을 도왔다. 1928년 「프롤레타리아 리얼리즘의 길(プロレタリヤ・レアリズムへの道)」, 1930년 「나프 예술가의 새로운 임무('ナップ' 芸術家の新しい任務)」 등으로 계급주의 예술을 주창하였고, 〈나프(ナップ)〉를 〈코프(コップ)〉로 획기적인 개편을 하도록 지도하였다. 1929년 다나카 세이겐(田中清玄)의 추천으로 일본공산당에 입낭하였다. 1930년에 비공개리에 소련으로 도항하여 프로핀테른(Profintern)[16] 대회에 통역으로 참가하였다. 귀국 후 그 경험을 살려 「프롤레타리아 예술운동의 조직 문제(プロレタリア芸術運動の組織問題)」를 집필하여 문화운동의 중앙조직과 노동자와 농민을 결부시킨 문화운동의 필요성을 주장하였다. 「예술적 방법에 대한 감상(芸術的方法についての感想)」을 발표하고 작품 분석을 깊이 있게 하였다. 1931년 공산당의 지도하에 〈NAPF〉를 모체로 하여 프롤레타리아 문화운동 12개 단체를 규합해 〈일본프롤레타리아문화연맹(日本プロレタリア文化連盟)〉(약칭 〈KOPF〉)[17]을 결성하는 데 주도적인 역할을 하였다.

---

15 〈젠니혼무산샤게이주쓰렌메이(全日本無産者芸術連盟)〉는 1928년 3월에 '三・一五事件'을 계기로 결성된 프롤레타리아예술운동의 통일 조직이었다. 약칭으로 〈ナップ〉 또는 〈NAPF〉라고도 하였는데, 에스페란토어 Nippona Artista Proleta Federacio의 약칭이다. 이후 연극, 미술 등 각 부문 동맹체의 협의체로 〈젠니혼무산샤게이주쓰단타이교기카이(全日本無産者芸術団体協議會)〉(약칭 〈ナップ〉, 〈NAPF〉)로 조직을 개편하였다. 기관지 『센키(戰旗)』 및 『나프(ナップ)』를 간행하였다. 1931년 〈니혼프로레타리아분카렌메이(日本プロレタリア文化連盟)〉(약칭 〈コップ〉, 〈KOPF〉)에 합류하고 해소되었다.

16 〈프로핀테른(Profintern)〉은 1921년 7월 3일 코민테른의 지도로 모스크바에서 결성된 좌익 노동조합의 국제 조직이다. 1943년에 코민테른의 해산과 함께 해체되었다. 어원은 'International Professional'nykh Soyuzov'이다.

17 〈コップ(KOPF)〉는 'Federacio de Proletaj Kultur Organizoj Japanaj'의 약어다. 에스페란토어 명칭인데, 두문자에서 'J'는 별도로 하고 정렬한 것으로, 독일어의 '머리(Kopf)'에 통하게 한 것이다. 〈니혼프로레타리아분카렌메이(日本プロレタリア文化連盟)〉의 약칭이다. 1931년 11월 구라하라 고레히토(藏原惟人)의 제창으로 〈나프(ナップ, 全日本無産者芸術団体協議會)〉를 모체로 결성한 것이며, 프롤레타리아문화 제 운동의 통일과 문화 제 단체의 연락을 목적으로 하였다. 기관지 『프로레타리

1932년 프롤레타리아 문학운동에 대한 당국의 탄압으로 검거되어 치안유지법(治安維持法)[18] 위반으로 징역 7년 형의 판결을 받았다. 그러나 '전향(轉向)'을 표명하지 않아 1940년 만기 출소하였다. 1941년 작가 나카모토 다카코(中本たか子)와 결혼하였다. 1945년 나카노 시게하루, 미야모토 유리코(宮本百合子) 등과 함께 〈신일본문학회(新日本文學會)〉[19]를 결성하여 프롤레타리아 문학운동의 재건을 지도하였다. 1946년 일본공산당의 중앙위원으로 선출되어 공산당의 문화정책 결정에 노력하였다. 러시아 문학 소개에도 힘을 쏟아 푸시킨(Pushkin), 스타니슬랍스키(Stanislavsky) 등의 작품을 번역하였다. 저서로 『예술론(芸術論)』(中央公論社, 1932), 『문학론(文學論)』(1950), 『구라하라고레히토 평론집(藏原惟人評論集)』(전 10권)』(新日本出版社, 1966~79) 등 다수가 있다. ▸우리나라에서는 해방 후 김영석(金永錫), 김만석(金萬善), 나한(羅漢)이 공동으로 『예술론(藝術論)』(서울: 開拓社, 1948)을 번역하여 발간하였다. 한철염(韓哲焰)은 「최근 프로 소년소설평 – 그의 창작방법에 대하야 –」(『신소년』, 1932년 10월호)에서 구라하라 고레히토의 말을 인용해 계급문학의 필요성과 정당성을 논의하였다.

**구루시마 다케히코**(久留島武彦, くるしま たけひこ: 1874~1960)   구연동화가, 아동문학자. 필명 오노에 신베에(尾上新兵衛), 사와라비(さわらび), 오이타현(大分

---

아분카(プロレタリア文化)』를 발간하였다. 1932년 이후 강한 탄압을 받아 1934년 해소되었다.

18 지안이지호(治安維持法)는 일본의 구헌법(明治憲法)에 따라 국체(國體)의 변혁과 사유재산 제도를 부인하는 단체 활동과 개인적 행동을 처벌하기 위해 제정된 법률이다. 1925년 4월 제정되어 1928년 개정되었는데, 공산당원뿐만 아니라 그 지지자 게다가 노동조합, 농민조합 활동, 프롤레타리아 문화운동 참가자에까지 적용되게 하였다. 1935년 이후 일본공산당 지도부가 괴멸한 후 치안유지법은 종교단체, 학술연구 서클에까지 탄압을 하여, 파시즘으로 나아가 국민의 사상을 통제하는 무기로 사용되었다. 1941년 전면적으로 개정되었다. 주로 공산주의 활동을 억압하기 위해 적용하였다. 위반자에 대해서는 사형을 포함한 중형(重刑)이 부과되었고, 사상의 탄압에 중요한 역할을 하였으나, 1945년 11월 연합국최고사령부의 각서에 의해 폐지되었다.

19 〈신니혼분가쿠카이(新日本文學會)〉는 1945년 12월 30일 창립된 일본의 문학단체이다. 제2차세계대전 후, 오랫동안 탄압을 받아 왔던 프롤레타리아문학을 부흥시키고, 광범위한 민주주의 문학 세력을 결집시키기 위해 구라하라 고레히토(藏原惟人), 쓰보이 시게지(壺井繁治), 나카노 시게하루(中野重治), 아키타 우자쿠(秋田雨雀), 에구치 간(江口渙), 보카와 쓰루지로(窪川鶴次郎), 도쿠나가 스나오(德永直), 후지모리 세이키치(藤森成吉), 미야모토 유리코(宮本百合子) 등이 발기인이 되어 173명이 참가하여 발족하고, 1946년 3월 기관지 『신니혼분가쿠(新日本文學)』를 창간하였다. 그러나 1950년 『진민분가쿠(人民文學)』를 창간하면서 분열, 또는 『긴타이분가쿠(近代文學)』 파와 심각하게 대립하는 등의 일이 생겼고, 한때는 일본공산당의 하부조직의 모습을 드러내었다. 1960년대 후반 이후는 정치와 문학의 문제를 극복하고, 『近代文學』 파와 함께 문학단체로서 오늘에 이르고 있다.

縣) 출생. 간세이학원(關西學院)을 졸업하였다. 청일전쟁(淸日戰爭)에 종군한 경험을 오노에 신베에(尾上新兵衛)란 필명으로 잡지『소년세계(少年世界)』[20]에 투고하여 이와야 사자나미(巖谷小波)에게 인정을 받았다. 이후 이와야 사자나미를 사사(師事)하여 오토기바나시(お伽噺)를 창작하고, 구연동화에 힘을 쏟아 1906년에는 〈오토기구라부(お伽倶樂部)〉[21]를 만들고, 일본에서 처음으로 구연동화회를 개최하여 전국에서 동화를 말로 들려주는 구연동화 활동을 본격적으로 개시하였다. 1924년 〈일본동화연맹(日本童話連盟)〉[22]이 창립되자 이와야 사자나미와 함께 고문으로 취임하였다. 1924년 덴마크에서 열린 보이스카우트의 세계 잼버리대회에 일본 파견단의 부단장으로 참가하였다. 이때 안데르센의 출생지인 오덴세를 방문하여, 생가와 묘가 방치된 것을 보고 그곳 신문을 비롯해 가는 곳마다 안데르센을 복권해야한다고 해 덴마크 사람들이 '일본의 안데르센'이라고 불렀다. 나카노 주하치(中野忠八)와 그의 동생이자 구루시마의 사위인 구루시마 히데자부로(久留島秀三郎) 등과 함께 일본 보이스카우트 운동의 기초를 닦는 데 참여하였다. 도와노사토(童話の里)는 일본 구연동화 개척자 중 한 사람인 구루시마 다케히코의 출생지로 그를 기념하

---

20 『쇼넨세카이(少年世界)』는 1895년 1월에 창간하여 1933년 10월에 종간한, 소년독자를 대상으로 한 잡지다. 하쿠분칸(博文館)에서 발행하였다. 청일전쟁 후의 시운에 따라 그때까지 하쿠분칸에서 출간하고 있던 여러 종류의 잡지, 총서 등을 통합하여 월 2회 발간하였다. 당시 겐유샤(硯友社)의 신예로 주목받았고, 소년문학의 창시라 불렸던『고가네마루(こがね丸)』를 쓴 이와야 사자나미(巖谷小波)가 주필로 영입되었다. 이와야 사자나미는 이어서 창간된『요넨세카이(幼年世界)』(1900 창간),『요넨가호(幼年畵報)』(1906 창간),『쇼조세카이(少女世界)』(1906 창간)의 주필을 겸하고, 이들 잡지를 무대로, 아동잡지의 편집자로서, 또 오토기바나시(お伽噺) 작가로서 활약을 하였으나, 중심은『少年世界』에 두고 있었던 것 같다.

21 〈오토기구라부(お伽倶樂部)〉는 1906년 3월 4일 발족한 단체다. 총재는 백작 야나기와라 요시미쓰(柳原義光), 고문은 이와야 사자나미(巖谷小波)와 도키 뎃테키(東儀鐵笛)이고, 주간은 구루시마 다케히코였다. 기관지는『오토기구라부(お伽倶樂部)』로 1911년 6월에 창간되었다. 주간은 구루시마 다케히코(久留島武彦), 편집인은 오이 노부카쓰(大井信勝=大井冷光)였다. 구루시마와 오이 외에 이와야 사자나미(巖谷小波), 에미 스이인(江見水蔭), 누마타 류호(沼田笠峰), 시모이 하루키치(下位春吉), 가부라키 기요카타(鏑木淸方), 스기우라 히스이(杉浦非水) 등이 집필하였다. 종간은 불명확하며 통권4호까지 확인된다.

22 〈니혼도와렌메이(日本童話連盟)〉는 1925년 3월 7일 실연동화의 연구와 지도를 목적으로 설립되었다. 기관지는『하나시카타겐큐(話方研究)』이다. 마쓰미 사오(松美佐雄)가 주재하고, 이와야 스에오(巖谷季雄=巖谷小波), 구루시마 다케히코(久留島武彦), 이마자와 지카이(今澤慈海) 등이 고문이었다. "동화 애호자와 동화 연구자가 손을 잡고 권위 있는 연맹을 만들어", "아동의 학교 외 교육의 완성"을 도모한다는 것이 설립 취지였다. 1942년 〈니혼쇼코쿠민분카교카이(日本少國民文化協會)(일본소국민문화협회)〉에 흡수 합병되었다.

여 1978년 일본 국토청(國土廳)에서 '大分縣玖珠郡玖珠町にある道の驛'에 조성한 것이다. 어린이들이 구김살 없이 자라고 놀 수 있는 마을을 만든다는 것을 기본 이념으로 하였다. 저서로 『동화술 강화(童話術講話)』(日本童話協會出版部, 1928), 『구루시마 동화명작선(くるしま童話名作選)(전7권)』(幻冬舍メディアコンサルティング, 2011~16) 등이 있다. ▶이정호(李定鎬)는 「오호 방정환(方定煥) – 그의 1주기를 맞고」(『동광』제37호, 1932년 9월호)에서 방정환이 일본의 아동문학계의 이와야 사자나미(巖谷小波)와 구루시마 다케히코를 능가한다며 비교하였다.

**구리하라 노보루**(栗原登, くりはら のぼる: 1900~?)　『동요 창작 감상 지도의 실제(童謠創作鑑賞指導の實際)』(文化書房, 1930), 『(어린이를 위한 일본 미술가 이야기(子供のための日本美術家物語)』(文化書房, 1930), 『아동극 선집: 곡・무용・사진 첨부(兒童劇選集:曲・舞踊・寫眞付)』(文化書房, 1933), 『신학교극: 창작(新學校劇: 創作)』(明治圖書株式會社, 1937) 등의 책을 남긴 일본의 연구자이다. ▶남석종(南夕鍾)은 「아동극 문제 이삼(二三) – 동요극을 중심으로 하야(2)」(『조선일보』, 1934.1.20)에서 인간은 예술과 관련하여 살게 해야 한다고 한 구리하라 노보루의 말을 인용하였다.

**구메 마사오**(久米正雄, くめ まさお: 1891~1952)　소설가, 극작가, 하이쿠(俳句) 작가. 하이고(俳号)는 산테이(山汀). 나가노현(長野縣) 출생. 소학교 교장인 아버지는 재직하던 학교에 불이 나 메이지 천황(明治天皇)의 초상화가 불타자 책임을 지고 할복자살하였다. 이로 인해 어머니의 고향 후쿠시마현(福島縣)에서 자랐다. 1916년 도쿄제국대학(東京帝國大學)[23] 문학부 영문학과를 졸업하였다. 재학 중에 나루세 세이이치(成瀨正一), 마쓰오카 유즈루(松岡讓) 등과 함께 제3차 『신사조(新思潮)』[24]를 창간하였다. 희곡 『우유 가게의 형제(牛乳屋の兄弟)』(1914)를 발표하여 문단의 인정을 받았다. 1915년 나쓰메 소세키(夏目漱石)의 제자가 되었고, 1916

---

23 1877년 '東京開成學校'와 '東京医學校'가 합병하여 '東京大學'이 성립되었다. 1886년(明治 19년) 제국대학령(帝國大學令)에 의해 '帝國大學'으로 개칭하였다가, 1897년(明治 30년) '京都帝國大學' 설립과 함께 '東京帝國大學'으로 다시 개칭하였다. 1947년 본디 이름인 '東京大學'으로 다시 되돌렸다.

24 『신시초(新思潮)』는 문예 동인잡지로, 1907년 제1차로 오사나이 가오루(小山內薰)가 창간한 예술 종합 잡지를 말하는데, 이후 십 수차까지 이어졌다. 제2차는 1910년 오사나이 가오루와 다니자키 준이치로(谷崎潤一郎) 등이 창간하였고, 제3차는 1914년 야마모토 유조(山本有三), 구메 마사오(久米正雄), 아쿠타가와 류노스케(芥川龍之介), 기쿠치 간(菊池寬) 등이, 제4차는 1916년 구메 마사오, 아쿠타가와 류노스케, 기쿠치 간 등이 창간하였다. 특히 제3차와 제4차가 유명하고, 그 동인을 신시초하(新思潮派)라 불렀다.

년 아쿠타가와 류노스케(芥川龍之介), 기쿠치 간(菊池寬) 등과 제4차『신사조』동인으로 참가하여 활동하였다. 스승인 나쓰메 소세키가 급작스럽게 죽자 스승의 집을 출입하면서 나쓰메 소세키의 장녀〔夏目筆子〕를 좋아했으나, 그녀는 마쓰오카 유즈루를 좋아하여 결혼하자, 실연의 쓴맛을 보고 활동을 그만두었다. 1918년 기쿠치 간이 위로하며『시사신보(時事新報)』[25]에 장편『달개비(螢草)』(닭의장풀)를 연재하게 하였는데, 이 통속소설이 널리 호평을 받아 이후 많은 통속소설을 썼다. 1922년 구메 마사오는 후데코(筆子)로부터 실연당한 사건을 묘사한 소설『파선(破船)』을『부인지우(婦人之友)』[26]에 연재하여 주로 여성 독자들로부터 동정을 받았다. 1938년『도쿄일일신문(東京日日新聞)』학예부장에 취임하였고, 1945년 5월 가마쿠라문사(鎌倉文士)들의 장서를 바탕으로 가와바타 야스나리(川端康成) 등과 함께 운영한 책 대여점 가마쿠라 분코(鎌倉文庫)(전후에 출판사가 됨)의 사장이 되었다. '가벼운 쓴웃음(微苦笑)'이란 말을 만든 사람으로도 유명하다. 아동문학 작품으로는『빨간새(赤い鳥)』[27]에 발표한「곰(熊)」(1919.1),「거짓말(うそ)」(1919.3),「낙뢰(落雷)」(1919.7),「도둑(泥棒)」(1919.10),「집오리(あひる)」(1920.1),「세쓰사리이의 흰 소(セツサリイの白牛)」(1920.9) 등 8편의 동화와, 아동용 입지소설「푸른 하늘에 미소 짓다(靑空に微笑む)」(『少年倶樂部』, 1934.9) 등이 있다. 저서로『학생시대(學生時代)』(新潮社, 1918), 장편소설『파선(破船)』(新潮社, 1922), 희곡『지장경 유래(地藏経由來)』(1917) 등이 있다.

**구보 요시히데**(久保良英,くぼ よしひで: 1883~1942)  심리학자. 사가현(佐賀縣) 출생. 1909년 도쿄제국대학 철학과(심리학 전공)를 졸업하였다. 1913년 미국으로 유학하여 1916년 학위를 취득한 후, 1929년 히로시마문리과대학(廣島文理科大學) 교수를 역임하였다. 정신분석과 게슈탈트 심리학을 소개하였고 비네(Binet)식 지

---

25 『지지신포(時事新報)』는 후쿠자와 유키치(福澤諭吉)가 1882년 3월 1일에 창간한 일간지이다. 1936년『도쿄니치니치신분(東京日日新聞)』에 병합되어 폐간되었다. 1946년 재간되었으나 1954년『산교게이자이신분(産業経濟新聞)』에 병합되어 폐간되었다.

26 『후진노도모(婦人之友)』는 1903년 4월에 창간된『가테이노도모(家庭之友)』를 개제하여 1908년 1월에 하니 요시카즈(羽仁吉一), 하니 모토코(羽仁もと子) 부부가 창간하여 현재에 이르는 여성잡지이다. 가정생활의 개량과 여성해방의 계몽적 역할을 하였다. 후진노도모샤(婦人之友社)가 발행하고 있다.

27 『아카이도리(赤い鳥)』는 스즈키 미에키치(鈴木三重吉)가 1918년 7월 1일 창간하여 1936년 10월에 폐간한, 동화와 동요 중심의 아동 잡지 이름이다. 일본 근대 아동문학과 아동 음악의 초창기에 가장 중요한 영향을 미쳤다. 1923년 간토대지진〔關東大震災〕등으로 휴간하기도 하였으나 스즈키 미에키치가 죽은 1936년까지(통권196호) 발간되었다.

능검사의 표준화에 공헌하였다. 저서에 『형태심리학(形態心理學)』(中文館書店, 1930), 『아동심리학(兒童心理學)』(藤井書店, 1931), 『정신분석학(精神分析學)』(中文館書店, 1932) 등이 있다. ▶양미림(楊美林)은 「아동학 서설 – 아동애호주간을 앞두고(중)」(『동아일보』, 1940.5.4)에서 아동학자로서 구보 요시히데의 '아동연구소'에 대해 언급하였다.

**구보타 쇼지**(久保田宵二, くぼた しょうじ: 1899~1947)  동요작가, 시인. 본명 구보타 요시오(久保田嘉雄), 필명 水久保弘, 砂原鹿郎. 오카야마현(岡山縣) 출생. 오카야마현사범학교(岡山縣師範學校)를 졸업하고 소학교 교사로 근무하면서 그 지방 청년들의 시 창작을 지도하였다. 이때 『현대동요론(現代童謠論)』을 발간했는데, 동심주의에 바탕을 둔 동요교육의 관점이고 자신의 동요 창작의 이론적 지주가 되기도 했다. 이 책의 서문[序]은 노구치 우조(野口雨情)가 썼고, 이로써 노구치 우조와의 교류가 시작되었다. 1926년 〈동요시인회(童謠詩人會)〉[28]에 입회하였고, 1930년에는 〈신흥일본동요시인회(新興日本童謠詩人會)〉[29]에 가입하여 『어린이 세계(こどものくに)』, 『동요시인(童謠詩人)』, 『치치노키(チチノキ)』, 『소녀구락부(少女俱樂部)』, 『유년구락부(幼年俱樂部)』[30] 등의 잡지에 작품을 발표하였다. 다이

---

28 〈도요시진카이(童謠詩人會)〉는 1925년 5월 3일 『赤い鳥』 창간 이래 7년째에 처음으로 만들어진 동요시인들의 대동단결 단체이다. 가와지 류코(川路柳虹), 기타하라 하쿠슈(北原白秋), 사이조 야소(西條八十), 시로토리 세이고(白鳥省吾), 다케히사 유메지(竹久夢二), 노구치 우조(野口雨情), 미키 로후(三木露風)를 편찬위원으로 해 33명의 작품 129편을 모아 『일본동요집 1925년판(日本童謠集 一九二五年版)』(新潮社, 1925.6)을 발간하고, 38명의 작품 128편과 입선자의 작품 26편을 모아 『일본동요집 1926년판(日本童謠集 一九二六年版)』(新潮社, 1926.7)을 발간하였다. 모처럼 대동단결을 도모했으나 좀처럼 보조가 맞지 않아 더 이상의 진전이 없이 소멸되었다.

29 〈신코니혼도요시진카이(新興日本童謠詩人會)〉는 1929년 4월부터 1931년 10월까지 존속한 단체로, 동요시인의 친목과 발전을 목적으로 고토 나라네(後藤楢根)가 중심이 되어 결성하였다. 전국 각지로부터 70여 명이 가입하였다.

30 『고도모노구니(コドモノクニ)』는 1922년 1월부터 1944년 3월까지(전285권) 발간된 월간 그림 잡지이다. 『도요시진(童謠詩人)』은 동요 동인지로, 제1차는 1927년 7월부터 1930년 5월까지(전24권), 제2차는 1931년 5월부터 10월까지(전5권) 발간되었다. 고토 나라네가 오이타현(大分縣)에 살고 있을 때 창설한 〈향토동요시인회(鄕土童謠詩人會: 뒤에 〈신흥일본동요시인회〉)가 발행하였다. 『치치노키(チチノキ)』는 동요 동인지로 1930년 3월부터 1935년 5월까지(전19책) 발간되었다. 창간호는 『乳樹』라는 제목으로 발간되었다가 1930년 12월부터 지명(誌名)을 『チチノキ』로 변경하였다. 『赤い鳥』 출신의 동요 시인들이 1928년에 〈아카이도리도요카이(赤い鳥童謠會)〉를 결성했다가, 그 주요 회원들이 독자적으로 발표의 장을 갖도록 하기 위해 창간한 것이다. 『쇼조구라부(少女俱樂部)』는 1923년 1월부터 1962년 12월까지(전504권) 발간된 아동 잡지이다. 발행사는 고단샤(講談社)이다. 『요넨구라부(幼年俱樂部)』는 1926년 1월부터 1958년 3월까지(전369권) 발간된 아

쇼(大正) 말기에 중앙 시단에서 활약하고 있던 노구치 우조 등의 권유를 받고 상경하였다. 1931년 컬럼비아레코드사에 입사하여 동요를 작사하고 신민요운동(新民謠運動)에도 힘을 쏟다가, 유행가 작가(流行歌作家)로 전신하여 컬럼비아레코드의 전속으로 여러 히트곡을 작사하였다. 1940년 퇴사한 후, 작곡가에 비해 낮게 대접 받는 작사가의 지위 향상을 위해 〈대일본음악저작권협회(大日本音樂著作權協會)〉, 〈일본음반예술가협회(日本音盤芸術協會)〉의 상무, 상임이사를 맡아 저작권 확립을 위해 노력하였다. 저서로『현대동요론(現代童謠論)』(都村有爲堂出版部, 1923), 동요집『잊지 못하는 날(忘れぬ日)』(1924),『잠든 아기참새: 동요와 그 감상법(ねんねの小雀: 童謠と其味ひ方)』(松陽堂, 1925),『쇼지동요집(宵二童謠集)』(啓文社, 1932), 동요와 소년시를 묶은『언덕의 히노마루(丘の日の丸)』(1942), 동요집『사과 바구니(林檎籠)』(新泉社, 1946) 등이 있다. 「남석종(南夕鍾)은「조선과 아동시 – 아동시의 인식과 그 보급을 위하야(2)」(『조선일보 특간』, 1934.5.22)에서 일본의 아동문학 운동을 하는 사람 또는 연구자로 "기타하라 하쿠슈(北原白秋), 사이조 야소(西條八十), 시로토리 세이고(白鳥省五), 노구치 우조, 미키 로후(三木露風), 구보타 쇼지, 시마키 아카히코(島木赤彦), 오치아이 이사무(落合勇)" 등을 열거하였다.

**구사카와 신**(草川信, くさかわ しん: 1893~1948) 작곡가, 바이올리니스트, 음악 교육가. 나가노현(長野縣) 출생. 도쿄음악학교(東京音樂學校)를 졸업하였다. 초중등학교 교사와 연주 활동을 하다가, 1910년 도쿄음악학교 동기인 나리타 다메조(成田爲三)의 소개로 잡지『빨간새(赤い鳥)』에 참가하여 본격적인 동요 작곡을 하였다. 사이조 야소(西條八十)의 〈독불장군(お山の大將)〉, 기타하라 하쿠슈(北原白秋)의 〈요람의 노래〉, 모모타 소지(百田宗治)의 〈어디선가 봄이〉 등을 시작으로 300곡이상의 동요를 작곡하였다. 이 가운데 나카무라 우코(中村雨紅)가 작사한 〈저녁노을 작은 노을〉은 고향 나가노(長野)에서 보냈던 어린 시절의 정경을 생각해 내 작곡한 것으로 지금까지 널리 애창되고 있다. 중일전쟁(中日戰爭)이 한창이던 1939년에는 출정하는 병사를 배웅하는 정경을 묘사한 후하라 가오루(富原薰)의 가사에 곡을 붙여 〈기차 폭폭(汽車ポッポ)〉을 발표하였다. 이 노래는 전후 전쟁과 무관하게 어린이의 기관차 찬가로 가사를 바꾸었다. 작품으로 〈요람의 노래(ゆりかごの歌)〉(北原白秋 작사), 〈외딴 작은 섬에서(離れ小島の)〉(北原白秋 작사), 〈눈보라 치는 밤(ふぶきの晩)〉(北原白秋 作詞), 〈남풍(南の風)〉(北原白秋 作詞), 〈저녁노을

---

동 잡지이다. 발행사는 다이니혼유벤카이고단샤(大日本雄辯會講談社)이다.

작은 노을(夕燒小燒)〉〉〈中村雨紅 작사〉, 〈군인아저씨의 기차(兵隊さんの汽車)〉〈富原薰 작사〉, 〈푸른 산들바람(綠のそよ風)〉〈淸水かつら 작사〉, 〈봄의 노래(春のうた)〉〈野口雨情 작사〉, 〈어디선가 봄이(どこかで春が)〉〈百田宗治 작사〉, 〈풍경(ふうりん)〉〈川路柳虹 작사〉, 〈부모님의 목소리(父母の聲)〉〈与田準一 작사〉, 〈소꿉질(ままごと)〉〈浜田廣介 작사〉, 〈바람(風)〉〈Christina Rossetti 작사, 西條八十 譯詞〉 등이 있다. 저서로『구사카와신 동요전집(草川信童謠全集)』(日本唱歌出版社, 1931), 『저녁노을 작은 노을: 구사카와신 동요곡집(夕燒小燒: 草川信童謠曲集)』(こぶた出版, 2001) 등이 있다. 그림을 잘 그려서, 수채화집『어디선가 봄이: 구사카와신 수채화집(どこかで春が: 草川信水彩畵集)』(草川信 著, 草川誠 編; 光村印刷, 1994)을 발간하기도 하였다. ▶강신명(姜信明)이 편찬한『아동가요곡선삼백곡(兒童歌謠曲撰三百曲)』(평양: 농민생활사, 1936)에 수록된 〈고향집〉(윤복진 작사)은 구사카와 신이 작곡한 것이다.

**구스야마 마사오**(楠山正雄, くすやままさお: 1884~1950)  아동문학자, 연극평론가. 도쿄(東京) 출생. 출생 직후 아버지의 사망으로 어머니가 재혼하였는데 재혼 상대자에게 불상사가 있어 친척 집을 번갈아 돌며 어린 시절을 보냈다. 외할머니가 데리고 간 가부키(歌舞伎)를 보고 연극에 관심을 갖기 시작하였다. 12세 때 숙부의 집에 가게 되었고, 숙부가 의사의 길을 강권해 독일학협회학교(獨逸學協會學校)에 입학하여 독일 학문과 외국어를 습득하였다. 그러나 문학을 지망하고 있던 구스야마 마사오는 숙부와 사이가 멀어져 다시 모친과 살게 되었다. 1902년 도쿄전문학교에 입학하여 1906년 영문과를 졸업하였다. 와세다문학사(早稻田文學社)를 거쳐 요미우리신문사(讀賣新聞社)에 입사하여 연극평을 담당하였고, 대학 은사인 쓰보우치 쇼요(坪內逍遙)의 도움으로 출판사 부산방(富山房)[31]에 입사하여 잡지『신일본(新日本)』을 편집하는 한편 희곡도 써 연극평론가로서의 위치를 굳혀 갔다. 잡지『시바이(シバヰ)』의 창간에 참여하고, 모교 와세다대학에서 근대극을 강의하면서, 은사 시마무라 호게쓰(島村抱月)가 설립한 예술좌(芸術座)에도 참여하였다. 예술좌의 각본부에서 일하면서 투르게네프(Turgenev)의 「그 전날 밤」, 하웁트만(Hauptmann)의 「침종(沈鍾)」 등을 번역·각색하였다. 1915년에 부산방(富山房)에서 작고한 선배 스기타니 다이스이(杉谷代水)가 번역한『아라비안나이트(アラビヤンナイト)』의 간행을 담당하면서 아동문학의 편집·번역·재화(再話)에 관여하

---

31 후잔보(富山房)는 1886년 사카모토 가지마(坂本嘉治馬)가 설립한 출판사이다. 대형 사전을 많이 출판해 사전출판사로서 명성이 컸다.

였다. 스즈키 미에키치(鈴木三重吉)가 발행한『赤い鳥』에도 참여하여 일본뿐만 아
니라 여러 나라의 동화를 일본어로 번역하고 재화 작품을 게재하였다.『赤い鳥』외
에도『동화(童話)』,[32]『긴노후네(金の船)』[33] 등 다이쇼 시기(大正期)[34]의 대표적인
동화 잡지에 많은 번역과 재화(再話) 작품을 발표하였다. 1926년〈일본동화작가협
회(日本童話作家協會)〉[35]를 창립하는 데도 진력하였다. 제2차세계대전이 가까워지
자 주로 일본 국내의 오토기바나시(おとぎ話)・신화・전설의 재화에 전념하였다.
전후에는 다시 아동문학의 번역에 착수하였다. 저서로 번역『이솝이야기(イソップ
物語)』(富山房, 1916), 번역『세계동화보옥집(世界童話宝玉集)』(富山房, 1919),
『근대극선집(近代劇選集)(전2권)』(新潮社, 1920),『일본동화보옥집(日本童話宝玉
集)(상, 하)』(富山房, 1921~22), 번역『파랑새(青い鳥)』(마테를링크 작; 新潮社,
1922),『근대극12강(近代劇十二講)』(新潮社, 1923), 번역『안데르센 동화전집(ア
ンデルセン童話全集)』(新潮社, 1924), 동화집『두 사람의 소년과 거문고(二人の少
年と琴)』(新潮社, 1942),『신수 이솝이야기(新修イソップ物語)(전2권)』(日本書院,
1947~48),『신역 안데르센동화전집(新譯アンデルセン童話全集)(전2권)』(童話春
秋社, 1950) 등이 있다. ▶김우철(金友哲)은「秋田雨雀 씨와 문단생활 25년 - 그의

---

32 『도와(童話)』는 1920년 4월 고도모샤(コドモ社)에서 창간한 동화 잡지이다. 선자(選者)는 사이조
야소(西條八十)였다. 1926년 7월호를 마지막으로 종간(전75권)되었다. 고도모샤에서 발간하던
『고도모(コドモ)』,『료유(良友)』에 이어 상급 독자용으로 간행한 잡지이다. 발행 겸 편집책임자는
사주(社主)로 되어 있으나 실질적인 편집은 제5권 제5호(1924년 5월호)까지는 지바 쇼조(千葉省
三)가 맡았고, 이후는 오토 기이치로(大戶喜一郎)와 다니자키 신(谷崎伸)이 맡았다.

33 『긴노후네(金の船)』는 1919년 11월부터 1929년 7월까지(전116권) 긴노쓰노샤(キンノツノ社)에
서 발행한 아동 잡지이다. 발행인은 요코야마 도시아키(橫山壽篤), 편집인은 사이토 사지로(齋藤
佐次郞), 감수자는 시마자키 도손(島崎藤村)과 아리시마 이쿠마(有島生馬)였다. 뒤에 "긴노쓰노샤
에 맡겨서는 도저히 안심하고 잡지를 발행할 수 없는 사정"을 들어 1922년 6월호부터 『긴노호시(金
の星)』로 개제(改題)하였다. 사이토 사지로가 발행인이 되고 발행소도 긴노호시샤(金の星社)로
바꾸었다. 1929년 7월 종간되었다.

34 다이쇼지다이(大正時代)를 가리키는데, 1912년부터 1926년까지다.

35 〈니혼도와삿카교카이(日本童話作家協會)〉(童話作家協會)는 1926년 2월 설립되었다. 회칙에 "주
로 동화, 동화극을 창작 또는 동화문학에 종사하는 사람을 회원"으로 하고, "회원 상호 간의 친목을
꾀하고 권리를 옹호하며 동시에 동화문학의 향상을 위해 노력하는 것을 목적으로 한다."고 하였다.
1922년에 설립된 〈日本童話協會〉 회원의 주류가 구연동화가가 중심이어서 이에 맞서 창작동화작
가가 회원이 되었다. 창립 당시 간사는 아키타 우자쿠(秋田雨雀), 아시야 로손(芦谷芦村), 오가와
미메이(小川未明), 오키노 이와사부로(沖野岩三郞), 가시마 메이슈(鹿島鳴秋), 구스야마 마사오
(楠山正雄), 하마다 히로스케(浜田廣介), 후지사와 모리히코(藤澤衛彦) 등이다. 1930년 11월 해
산하였다.

오십 탄생 축하보(祝賀報)를 듯고」(『조선중앙일보』, 1933.4.23)에서 아키타 우자쿠의 탄생 50주년 기념회를 할 때 "〈푸로작가동맹〉(나루푸), 〈일소문화협회〉를 필두로 발기인으로 히지카타 요시(土方與志), 미즈타니 야에코(水谷八重子), 오이카와 미치코(及川道子), 오가와 미메이(小川未明), 하세가와 뇨제칸(長谷川如是閑), 이노우에 마사오(井上正夫), 구스야마 마사오(楠山正雄), 나카무라 기치조(中村吉藏), 혼마 히사오(本間久雄) 등 인사"들이 참여했다고 소개하였다.

**기시다 류세이**(岸田劉生, きしだ りゅうせい: 1891~1929)  서양화가. 도쿄(東京) 출생. 1907년 도쿄고등사범학교 부속중학교 3학년을 중퇴하였다. 구로다 세이키 (黑田淸輝) 등의 백마회회화연구소(白馬會繪畵硏究所)[36]에서 서양화를 공부하였다. 잡지 『백화(白樺)』[37]의 동인들과 교제함에 따라 고흐(Gogh, Vincent Willem van), 세잔(Cézanne, Paul) 등 후기 인상파에 감동하여, 야나기 무네요시(柳宗悅), 무샤노코지 사네아쓰(武者小路實篤), 나가요 요시로(長与善郎) 등과 함께 백화파 (白樺派)[38]의 동인들과 교유하였다. ▶김태오(金泰午)는 「예술교육의 이론과 실제 (3)」(『조선일보』, 1930.9.25)에서 미술(美術)에 있어서 사실(寫實)과 미(美)의 창조 등에 관해 기시다 류세이의 말을 인용하였다.

**기쿠치 간**(菊池寬, きくち かん: 1888~1948)  소설가, 극작가. 본명 기쿠치 히로시 (寬＝ひろし). 가가와현(香川縣) 출생. 태어난 직후 집안이 몰락하여 형편이 어려웠다. 1903년 다카마쓰중학교(高松中學校)에 입학하였다. 기억력이 좋고 특히 영어를 잘해 외국인 교사와 대등하게 영어회화가 가능할 정도였다. 4학년 때 전교 수석을 하여 성적 우수로 학비를 면제받고 도쿄고등사범학교(東京高等師範學校)에 진학하였다. 그러나 교사가 될 생각이 없어 테니스, 연극 구경 등에 빠져 제적 처분

---

36 하쿠바카이가이가겐큐조(白馬會繪畵硏究所)는 1896년 구로다 세이키(黑田淸輝), 구메 게이이치로(久米桂一郎)를 중심으로 한 가이코하(外光派) 화가들에 의해 결성된 메이지 시기(明治期)의 서양풍 미술단체인 하쿠바카이(白馬會)의 연구소 명칭이다.

37 『시라카바(白樺)』는 1910년 4월에 무샤노코지 사네아쓰(武者小路實篤), 시가 나오야(志賀直哉), 아리시마 다케오(有島武郎) 등이 창간하여 1923년 8월에 종간(통권160호)된 문예잡지이다.

38 시라카바하(白樺派)는 일본 근대문학의 한 유파이다. 1910년 4월에 창간된 잡지 『시라카바(白樺)』를 중심으로 하여 활약한 작가, 미술가 등을 총칭한다. 인도주의, 이상주의를 표방하여, 자연주의 퇴조 후의 다이쇼(大正) 문단에 큰 세력을 모았다. 무샤노코지 사네아쓰(武者小路實篤), 시가 나오야(志賀直哉), 아리시마 다케오(有島武郎), 기노시타 리겐(木下利玄), 고리 도라히코(郡虎彦), 사토미 돈(里見), 야나기 무네요시(柳宗悅), 아리시마 이쿠마(有島生馬), 나가요 요시로(長与善郎), 기시다 류세이(岸田劉生), 센게 모토마로(千家元麿), 다카무라 고타로(高村光太郎), 구라타 햐쿠조(倉田百三) 등이 참여하였다.

을 받았다. 징병 회피를 목적으로 와세다대학에 학적만 두었다. 문학의 길에 뜻을 두고 제1고등학교(第一高等學校)[39] 수험 준비를 하였다. 양부(養父)에게 이 사실이 적발되어 양자 관계가 끊어졌다. 진학이 어렵게 되었으나 친부가 빚을 내서라도 돈을 대겠다고 하여, 1910년 22세로 제1고등학교 문과에 입학하였다. 동기에 아쿠타가와 류노스케(芥川龍之介), 구메 마사오(久米正雄), 야마모토 유조(山本有三) 등이 있었는데, 졸업 직전에 이른바 망토사건(マント事件)[40]으로 친구의 죄를 뒤집어쓰고 퇴학당하였다. 새로 교토제국대학(京都帝國大學) 영문과에 입학하여 1916년 졸업하였다. 교토대학에서는 문과 대학 교수였던 우에다 빈(上田敏)을 사사하였다. 재학 중인 1914년, 친구들인 아쿠타가와 류노스케, 구메 마사오 등과 제3차 『신사조(新思潮)』, 1916년 제4차 『신사조』에 참가하였다. 도쿄제국대학 친구들과 합류할 생각이었지만 우에다 가즈토시(上田萬年)의 반대와 교토(京都)를 떠날 수 없는 사정으로 교토에 미물기로 하였다. 당시 실망했던 나날들에 대해서는 허구를 섞어 「무명작가의 일기(無名作家の日記)」에서 상세하게 밝혔다. 1918년 「무명작가의 일기」와 「다다나오경 행장기(忠直卿行狀記)」 등을 『중앙공론(中央公論)』에 발표해 일약 신진작가의 지위를 확립하였다. 1920년 신문연재 소설 『진주부인(眞珠夫人)』이 성공하여 통속소설의 영역을 넓혔다. 1923년 『문예춘추(文藝春秋)』[41]를 창간하였다. 1926년 〈일본문예가협회(日本文藝家協會)〉[42]를 창립하였다. 1927년 7월

---

39 규세이다이이치고토갓코(旧制第一高等學校)를 가리킨다. 현재 도쿄대학 교양학부 및 지바대학 의학부(千葉大學医學部), 지바대학 약학부(藥學部)에 해당한다. 1877년(明治 10년)부터 1885년(明治 18년)까지 있었던 도쿄다이가쿠요비몬(東京大學予備門)을 개칭한 명칭이다.

40 기쿠치 간이 친구를 대신하여 학교에서 퇴학당한 사건이다. 1912년 4월 기쿠치 간의 친구 사노 후미오(佐野文夫)가 여자 친구와 데이트를 하기 위해 다이이치고등학교의 심벌인 망토를 입고 가려 했으나 자기 망토는 이미 전당 잡힌 것을 알고 다른 사람의 옷을 몰래 입고 갔다가 돌려주지 않았다. 돈이 궁해진 사노와 기쿠치는 그 망토를 전당 잡히려고 하였으나 그 망토는 이미 도난계가 제출되어 있었다. 결국 친구 대신 기쿠치 간은 자신이 훔친 것으로 하여 학교에서 퇴학당하게 되었다.

41 『분게이슌주(文芸春秋)』는 1923년 분게이슌주샤(文芸春秋社)에서 발행한 잡지이다. 기쿠치 간(菊池寬)이 수필지(隨筆誌)로 창간하였다. 제5호부터 창작을 게재하여 신진작가들에게 발표의 장으로서 역할을 하였다. 다이쇼(大正) 말기에 문예색이 짙은 종합잡지로 전환하였다. 아쿠타가와쇼(芥川賞) 수상작을 게재하고 있다.

42 〈니혼분게이카교카이(日本文藝家協會)〉는 1926년 극작가협회와 소설가협회가 합병하여 발족하였다. 초대 회장은 기쿠치 간(菊池寬)이었다. 문예가의 직능을 옹호·확립할 목적으로 설립되었기 때문에, 기본적으로 정치적인 주장은 하지 않고, 오로지 문예가의 지위 향상, 언론의 자유 옹호, 문예가의 수입과 생활의 안정 등에 대한 활동을 주축으로 하고 있다.

25일 아쿠타가와 류노스케가 자살하여, 기쿠치 간이 조사를 낭독하였는데 절반은 눈물이었다. 1935년 아쿠타가와류노스케상(芥川龍之介賞), 나오키산주고상(直木三十五賞), 1938년에 기쿠치간상(菊池寛賞) 등을 만들어 작가의 복지와 신인의 발굴 육성에 공헌하였다.[43] 이러한 활동으로 "문단의 오고쇼(文壇の大御所)"[44]로 불리는 실력을 보였다. 아동문학에는 창작·재화·번역과 편집 두 가지로 나누어 볼 수 있다. 『赤い鳥』에 「이치로지, 지로지, 사부로지(一郎次, 二郎次, 三郎次)」(1919. 4~6; 뒤에 「三人兄弟」로 개제) 등 11편을 발표하였다. 1921년 이 작품들을 중심으로 동화집 『삼인형제(三人兄弟)』를 간행하였다. 이어서 「검객과 명배우(劍客と名優)」(『少年俱樂部』, 1929.1), 「모리모토나리(毛利元就)」(『少年俱樂部』, 1932.8), 「하치다로의 독수리(八太郎の鷲)」(『幼年俱樂部』, 1932.9), 「황금알(金の卵)」(『幼年俱樂部』, 1933.1), 「마음의 왕관(心の王冠)」(『少女俱樂部』, 1938.1~1939.12) 등을 집필하였다. 편집한 것으로는 『소학동화독본(小學童話讀本)(전6권)』(興文社, 1925), 『소학생전집(小學生全集)(전88권)』(興文社, 1927~29)(이 가운데 47권을 편집 또는 번역), 『학년별소학생가정독본(學年別小學生家庭讀本)(전6권)』(田中豊太郎 공편; 非凡閣, 1936) 등이 있다. 저서로 동화집 『삼인형제(三人兄弟)(赤い鳥の本; 第4冊)』(赤い鳥社, 1921.3), 아쿠타가와 류노스케와 함께 번역한 『이상한 나라의 앨리스(アリス物語: 小學生全集 28)』(興文社, 1927)와 『피터팬(ピーターパン: 小學生全集 34)』(興文社, 1929)이 있고, 『기쿠치간 전집(菊池寛全集)(전10권)』(文芸春秋新社, 1960)이 있다.

**기타하라 하쿠슈**(北原白秋, きたはら はくしゅう: 1885~1942)  시인, 동요작가, 가인(歌人). 본명 기타하라 류키치(北原隆吉). 후쿠오카현(福岡縣) 출생. 1897년 현립 전습관중학(縣立伝習館中學)에 진학하였으나 1899년 성적 하락으로 낙제하였다. 이때부터 시가(詩歌)에 열중하여 잡지 『문고(文庫)』, 『명성(明星)』 등을 탐독하는 등 명성파(明星派)에 경도되었다.[45] 1901년 큰불로 인해 가업인 양조장이 전

---

43 아쿠타가와류노스케쇼(芥川龍之介賞)는 분게이슌주샤(文芸春秋社)를 주재하고 있던 기쿠치 간(菊池寛)이, 친구 아쿠타가와 류노스케(芥川龍之介)를 기념하여, 1935년 순문학을 하는 신인에게 수여하기 위해 제정한 상으로, 연2회 수여한다. 나오키산주고쇼(直木三十五賞)는 나오키산주고(直木三十五)를 기념해 대중문학의 발전, 신인 발굴을 목표로 제정한 문학상이다. 1935년 이래 현재에 이르기까지 계속되고 있다. 연2회 시상한다. 기쿠치간쇼(菊池寛賞)는 1938년부터 기쿠치 간을 기념하여 연1회 시상한다. 문학, 연극, 영화, 신문, 방송, 잡지, 출판 등의 분야로 그해 창조적인 업적을 남긴 개인이나 단체에 수여한다.

44 오고쇼(大御所)는 본래 일본의 친왕(親王), 공경(公卿), 장군(將軍) 등의 은거소를 가리키나, 전하여 그 사람들의 존칭을 뜻한다.

소된 후 가산이 기울기 시작하였다. 그럼에도 불구하고 기타하라 하쿠슈는 동인지 등에 시문을 게재하며 문학에 열중하였다. 이때 처음으로 하쿠슈(白秋)란 호(号)를 사용하였다. 1904년 장시 「숲속의 묵상(林下の默想)」이 가와이 스이메이(河井酔 茗)의 칭찬을 받게 되어 『文庫』(4월호)에 발표하고 감격하여 중학을 중도 퇴학하고 도쿄로 가서 와세다대학 고등 예과에 입학하였다. 도쿄에서 동향(同郷)의 와카야마 보쿠스이(若山牧水)와 친하게 지냈다. 이 무렵 '射水'라고 칭했는데, 같은 친구 나카 바야시 소스이(中林蘇水)와 함께 '와세다의 3수(早稲田の三水)'로 불렸다. 1905년 에는 『와세다학보(早稲田學報)』의 현상에 「젠토가쿠세이후(全都覺醒賦)」가 1등으 로 입선되어 일찌감치 신진 시인으로 주목받게 되었다. 1906년 〈신시사〉[46]에 참여

45 『분코(文庫)』는 1895년 8월에 창간하여 1910년 8월에 폐간한 문예 잡지이다. 야마가타 데이자부 로(山縣悌三郎)가 주재하였는데, 투서잡지(投書雑誌)인 『쇼넨분코(少年文庫)』를 전신으로 하였 다. 가와이 스이메이(河井酔茗), 이라코스 세이하쿠(伊良子清白), 요코세 야우(横瀬夜雨), 아리모 토 호스이(有本芳水), 쓰카하라 야먀유리(塚原山百合＝島木赤彦) 등을 시작으로, 기타하라 하쿠 슈(北原白秋), 구보타 우쓰보(窪田空穂), 미키 로후(三木露風), 가와지 류코(川路柳虹) 등의 대가 들을 배출하였다. 『묘조(明星)』는 시가 잡지이다. 요사노 뎃칸(与謝野鐵幹)이 주재한 시가 단체 (結社) 〈신시샤(新詩社)〉(신시사)의 기관지로, 1900년 4월에 창간되었다. 모리 오가이(森鷗外)와 우에다 빈(上田敏) 등의 찬조를 얻어, 소마 교후(相馬御風), 다카무라 고타로(高村光太郎), 요사노 아키코(与謝野晶子), 야마카와 도미코(山川登美子), 히라노 반리(平野万里), 이시카와 다쿠보쿠 (石川啄木), 요시이 이사무(吉井勇), 기타하라 하쿠슈 등이 참가하여 기고하였다. 시가(詩歌)를 중심으로 창작, 평론, 번역 등을 싣고 서양 명화(名畵)를 소개하는 등, 메이지(明治) 20년대의 문예잡지 『분가쿠카이(文學界)』를 이어 근대 일본 낭만주의의 발전을 위해 큰 역할을 하였다. 자연 주의의 유행에 밀려서 1908년 11월 통권 100호로 폐간되었으나, 문예잡지 『스바루(スバル)』(1909 년 1월호~1913년 12월호)가 그 후신으로 볼 수 있다. 묘조하(明星派)는 잡지 『明星』에 관련된 시인과 가인(歌人)들을 가리킨다. 예술지상주의를 내걸고 낭만주의 문학운동의 중심이 되었다.
46 〈신시샤(新詩社)〉는 1899년 11월에 창립하여 1949년 10월에 해산한 시가 단체(結社)이다. 정식 명칭은 〈도쿄신시샤(東京新詩社)〉이다. 요사노 뎃칸이 전통 와카(和歌: 일본 고유 형식의 시)를 혁신하고자 오치아이 나오부미(落合直文)의 단카 단체(短歌結社) 〈아사카샤(あさ香社)〉로부터 분리하여 결성하였다. 1900년 4월에 기관지 『묘조(明星)』를 창간하고 메이지(明治) 중·후기의 낭만주의의 모체로서 시가단(詩歌壇)에 군림하였다. 요사노 뎃칸과 요사노 아키코 부부를 중심으 로 구보타 우쓰보(窪田空穂), 다카무라 고타로(高村光太郎), 소마 교후(相馬御風), 요시이 이사무 (吉井勇), 이시카와 다쿠보쿠(石川啄木), 기타하라 하쿠슈(北原白秋), 기노시타 모쿠타로(木下杢 太郎) 등의 준재가 모였으나, 자연주의의 발흥과 함께 쇠미해졌고, 『明星』는 1908년 11월 제100호 로 폐간되었다. 그러나 〈新詩社〉의 명맥은 뎃칸, 아키코 부부와 함께 존속하여 잡지 『스바루(スバ ル＝昴)』(1909~13), 『도키하기(トキハギ)』(1909~10), 제2차 『明星』(1921~27), 뎃칸과 아키코 사후에 문하생들의 손으로 간행한 『도우하쿠(冬柏)』(1930~52), 장남이 간행한 제3차 『明 星』(1947~49) 등으로 계승되어, 호리구치 다이가쿠(堀口大學), 사토 하루오(佐藤春夫), 오카모 토 가노코(岡本かの子) 등을 육성하여 메이지, 다이쇼(大正)를 관통하는 단카(短歌)의 일대 수맥 이 되었다.

하여 요사노 뎃칸(与謝野鐵幹), 요사노 아키코(与謝野晶子)(요사노 뎃칸의 부인), 기노시타 모쿠타로(木下杢太郎), 이시카와 다쿠보쿠(石川啄木) 등과 알게 되었다. 〈신시사(新詩社)〉의 기관지『명성(明星)』에 발표한 시는 우에다 빈(上田敏), 간바라 아리아케(蒲原有明), 스스키다 규킨(薄田泣菫) 등의 칭찬을 받게 되어 문단의 교우관계가 넓어졌다. 이 시기에 상징파(象徵派)에 흥미를 가졌다. 1907년 요사노 뎃칸 등과 규슈(九州)에 놀러 가 서양문화[南蛮趣味]에 눈을 뜨게 되었다. 모리 오가이(森鷗外)의 관조루가회(觀潮樓歌會)에 초청을 받아 사이토 모키치(齋藤茂吉) 등 〈아라라기파(アララギ派)〉[47] 가인들과 면식을 익히게 되었다. 1908년 〈新詩社〉를 탈퇴하고, 기노시타 모쿠타로가 매개하여 판화가이자 서양화가인 이시이 하쿠테이(石井柏亭)가 주재하는 〈판노카이(パンの會)〉[48]에 참가하였다. 이 회에 요시이 이사무(吉井勇), 다카무라 고타로(高村光太郎) 등도 참가하여 상징주의, 탐미주의적인 시풍을 지향하는 문학운동의 거점이 되었다. 1909년 잡지『스바루(スバル)』[49] 창간에 참가하였다. 기노시타 모쿠타로 등과 함께 시 잡지『옥상정원(屋上庭

---

**47** 〈아라라기하(アララギ派)〉는 단카(短歌) 잡지『아라라기(アララギ)』에 속한 일파로, 만요슈(万葉集)의 시가풍과 사생(寫生)을 주장하였다. 다이쇼(大正), 쇼와(昭和), 헤이세이(平成) 시기를 관통하여 근대 단카의 발전에 공헌하였다. 이토 사치오(伊藤左千夫), 시마키 아카히코(島木赤彦), 사이토 모키치(齋藤茂吉), 쓰치야 분메이(土屋文明), 고미 야스요시(五味保義) 등을 중심으로 하고, 동인에 고이즈미 지카시(古泉千樫), 나카무라 겐키치(中村憲吉), 이마이 구니코(今井邦子), 다카다 나미키치(高田浪吉), 유키 아이소카(結城哀草果), 사토 사타로(佐藤佐太郎), 시보타 미노루(柴生田稔), 곤도 요시미(近藤芳美) 등이 참여하였다.

**48** 〈판노카이(パンの會)〉는 메이지(明治) 말기에 탐미주의 문예운동의 거점이 된 담화회(談話會)로 1908년 12월에 발족되었다. 회의 명칭은 그리스 신화의 목양신(牧羊神) 판(Pan)에서 따온 것이다. 『스바루(スバル = 昴)』계의 기노시타 모쿠타로(木下杢太郎), 기타하라 하쿠슈(北原白秋), 요시이 이사무(吉井勇), 이시카와 다쿠보쿠(石川啄木) 등의 시가인(詩歌人), 미술 잡지『호슌(方寸)』에 터 잡은 야마모토 가나에(山本鼎), 이시이 하구테이(石井柏亭), 모리타 쓰네토모(森田恒友) 등의 미술가, 게다가 지유게키조(自由劇場)의 오사나이 가오루(小山内薫), 이치카와 사단지(市川左団次) 등도 참가하고 주로 20대의 예술가들이 낭만파의 신예술을 논의할 목적으로 출발하였다. 나가이 가후(永井荷風), 우에다 빈(上田敏) 등도 출석하고 도쿄를 파리(Paris)에, 스미다가와(隅田川)를 센(Seine)강에 비교하는 청춘방낭(青春放埒)한 잔치를 계속하다가, 얼마 안 있어 고토쿠지켄(幸德事件)(1910) 등의 탄압 정책과 함께 활기를 잃고 1911년 2월 모임을 최후로 끝이 났다. {幸德事件은 다이갸쿠지켄(大逆事件)으로, 1910년 5월 각지에서 다수의 사회주의자, 무정부주의자들이 메이지천황(明治天皇)을 암살하려고 했다는 이유로 검거되어 1911년 1월 26명이 사형되는 등 형벌에 처해진 사건을 말한다.}

**49** 『스바루(スバル = 昴)』는 1909년 1월부터 1913년 12월에 간행된 문예 잡지이다.『묘조(明星)』폐간 후에 〈신시샤(新詩社)〉의 청년 시인이 중심이 되어 모리 오가이(森鷗外)를 지도자로 하여 발행하였다. 매호 모리 오가이가 집필하였는데, 「청년(青年)」, 「기러기(雁)」, 「이타 · 섹슈얼리스

園)』[50]을 창간하였다. 제1시집 『사종문』을 출간하였는데 관능적, 유미적인 상징시 작품이 화제가 되었음에도 연말에 본가의 파산으로 일시 귀향을 하지 않을 수 없게 되었다. 1910년 『屋上庭園』(제2호)에 게재한 시 「오카루 간페이(おかる勘平)」가 풍기문란으로 발매금지 처분을 받았고, 잡지는 폐간되었다. 1911년 제2시집 『추억(思ひ出)』을 간행하였다. 파산한 본가에 바치는 회고적 정서가 높이 평가되어 일약 문명이 높아졌다. 문예지 『자무보아(朱欒)』[51]를 창간하였다. 1912년 고향의 부모와 형제자매를 도쿄로 불러들였다. 이 시기 유부녀와 사랑에 빠졌다가 간통죄로 구속되었으나, 2주 뒤에 동생 등의 노력으로 석방되었다. 이후 화해가 성립하여 고소는 취하되었으나 인기 시인의 스캔들로 명성은 땅에 떨어졌고 심각한 정신적 타격을 입었다. 이 사건은 이후 시풍에도 영향을 미쳤다. 1913년 제1가집(歌集) 『오동나무 꽃(桐の花)』과, 제3시집 『도쿄 풍물시 및 기타(東京景物詩及其他)』를 간행하였다. 특히 『桐の花』으로 〈명성파(明星派)〉의 부드러운 서정(抒情)을 잘 음미한 가풍을 보여 기타하라 하쿠슈는 가단(歌壇)에서도 독특한 위치를 갖게 되었다. 1915년 잡지 『ARS(あるす)』를 창간하였고, 1917년 동생과 함께 출판사 아루스(アルス)를 창립하였다. 1916년 두 번째 결혼을 하였다. 1918년 스즈키 미에키치(鈴木三重吉)의 권유로 『赤い鳥』에 동요, 아동시난(兒童詩欄)을 담당하였다. 뛰어난 동요 작품을 발표하고 작품의 새로운 영역을 개척하였을 뿐만 아니라 구어적・가요적인 시풍에 강한 영향을 주었다. 전국의 어린이노래를 수집하는 데 힘을 쏟았고 동요시인으로서의 활동도 왕성하게 하여 생활도 안정되었다. 1919년 동요집 『잠자리의 눈동자』를 간행하였다. 1920년 두 번째 부인과 이혼하고, 1921년 세 번째 결혼을 한 후 작품 「낙엽송(落葉松)」을 발표하고 『머더구스』를 번역하였다. 1922년 야마다 고사쿠(山田耕筰)와 함께 『시와 음악(詩と音樂)』[52]을 창간하였고, 함께 수많은 동

---

(ヰタ・セクスアリス)」 등을 발표하였다. 그리고 기타하라 하쿠슈(北原白秋), 이시카와 다쿠보쿠(石川啄木), 요시이 이사무(吉井勇), 기노시타 모쿠타로(木下杢太郎), 다카무라 고타로(高村光太郎), 사토 하루오(佐藤春夫), 나가이 가후(永井荷風), 다니자키 준이치로(谷崎潤一郎) 등의 작품을 게재하여, 프랑스 상징파와 세기말 작가를 소개하는 데도 공헌하였으며, 자연주의 문학에 대항하여 메이지 말기(明治末)의 예술지상주의(신낭만주의)의 중심이 되었다.

50 『오쿠조데이엔(屋上庭園)』은 기타하라 하쿠슈(北原白秋), 나가타 히데오(長田秀雄), 기노시타 모쿠타로(木下杢太郎) 3인이 계간 동인지로 발간한 문예잡지이다. 1909년 10월에서 1910년 2월까지(전2권) 발간되었다.

51 『자무보아(朱欒)』는 1918년 1월에 창간하여 9월까지(전9권) 간행한 단카(短歌) 잡지이다.

52 『시토온가쿠(詩と音樂)』는 성인 대상의 아동문화 잡지로, 1922년 9월부터 1923년 9월까지(전13권) 발간되었다. 주간은 기타하라 하쿠슈(北原白秋)와 야마다 고사쿠(山田耕筰)였고 출판사는 아

요 걸작을 발표하였다. 1923년 간토대지진〔關東大震災〕으로 출판사 아루스가 전소
되었다. 1924년 다나카 지가쿠(田中智學)의 초청으로 가족과 함께 시즈오카현(靜
岡縣)에 있는 다나카의 사이쇼카쿠(最勝閣)로 여행하여 장가(長歌) 1수, 단가(短
歌) 173수를 지었다. 단가 잡지『일광(日光)』[53]을 창간하고, 반아라라기파(反アラ
ラギ派) 가인들이 대동단결하여 상징주의적 가풍을 지향하였다. 1925년 동요집
『어린이 마을(子供の村)』등을 간행하였다. 1926년 시 잡지『근대풍경(近代風
景)』을 창간하였고, 동요집『탱자꽃』,『코끼리 새끼』등을 간행하였다. 1927년 출
판 내용 때문에 아루스사(アルス社)와 홍문사(興文社) 사이에 말썽이 일어나 홍문
사 측의 기쿠치 간(菊池寛)과 대립하였다. 시론집『예술의 후광(芸術の円光)』을
간행하였다. 1929년 아루스판(アルス版)『하쿠슈전집(白秋全集)』을 간행하기 시
작하였다. 1930년 남만주철도의 초빙으로 만주(滿洲)를 여행하고 귀국 길에 나라
(奈良)에 들러 연달아 가족여행을 하였다. 1933년 스즈키 미에키치와 틀어져 절교
하고 이후『赤い鳥』에 작품을 싣지 않았다. 1934년『白秋全集』(전18권)을 완간하
였다. 총독부의 초빙으로 타이완(台湾)으로 여행하였다. 1935년『오사카마이니치
신문(大阪毎日新聞)』의 위탁에 의해 조선(朝鮮) 여행을 하였다. 50세를 축하하는
모임을 성대하게 치렀다. 1937년 당뇨병과 신장병의 합병증으로 안저출혈이 발생
해 시력이 약해졌지만 창작에 몰두하였다. 1938년 히틀러 유겐트(Hitler Jugend)
의 일본 방문에 즈음해「만세 히틀러 유겐트(万歳ヒットラー・ユーゲント)」를 작
사하는 등 국가주의(國家主義)로 급격하게 기울었다. 1941년〈일본예술원(日本芸
術院)〉[54] 회원이 되었다. 동요와 단가(短歌) 외에도 신민요(新民謠)에도 걸작을 남
겼다. 미키 로후(三木露風)와 함께 '하쿠로지다이(白露時代)'[55]라 부를 만큼 근대
일본을 대표하는 상징파(象徵派) 시인이었다. 시집, 가집(歌集), 동요집, 번역동요

---

루스(アルス)였다. 시, 음악, 미술 작품과 평론을 실은 100쪽 전후의 이 잡지는 논쟁과 의견 교환의
장이 되었다. 간토대지진으로 아루스가 전소되어 일시 휴간을 선언하였는데 그대로 폐간이 되었다.

**53**『닛코(日光)』는 "가인(歌人)의 대동단결"을 목적으로 1924년에 창간하여 1927년에 폐간한 단카(短
歌) 잡지이다. 동인은 기타하라 하쿠슈(北原白秋), 가와다 준(川田順), 고이즈미 지카시(古泉千
樫), 샤크 조쿠(釋迢空), 기노시타 리겐(木下利玄) 등이다.

**54**〈니혼게이주쓰인(日本芸術院)〉은 예술상의 공적이 큰 예술가를 우대하려는 명예기관이다. 1947년
〈데이코쿠게이주쓰인(帝國芸術院)〉(제국예술원)을 개칭한 것으로, 제1부 미술, 제2부 문예, 제3부
음악·연극·무용으로 나누어진다. 몬부가가쿠쇼(文部科學省)(문부과학성) 소관이며, 회원은 종
신제로 정원이 120명이다.〈帝國芸術院〉은 1937년〈데이코쿠비주쓰인(帝國美術院)〉(제국미술원)
을 해소하여 미술 외에 문학, 음악 그 외에 예술 전반에 걸친 장려기관으로 설치되었다.

**55** 北原白秋의 '白'과 三木露風의 '露'를 결합하여 '白露時代'라 한 것이다.

집, 가요집(歌謠集), 시문집(詩文集) 등 다채로운 창작활동을 왕성하게 한 것은 질
과 양을 통틀어 국민시인 기타하라 하쿠슈라는 이름에 어울리는 것으로 평가된다.
김소운(金素雲)의 『조선민요집(朝鮮民謠集)』(東京: 泰文館, 1929)에 기타하라 하
쿠슈가 '서문(序)'을 썼다. 저서로 시집 『사종문(邪宗門)』(易風社, 1909), 동요집
『잠자리의 눈동자(トンボの眼玉)』(アルス, 1919), 『하쿠슈동요집 제3집 머더구스
(白秋童謠集第3集 まざあ・ぐうす)』(アルス, 1921), 가요집 『일본의 피리(日本の
笛)』(アルス, 1922), 『탱자꽃(からたちの花)』(新潮社, 1926), 『코끼리 새끼(象の
子)』(アルス, 1926), 동요론집 『녹색 더듬이(緑の触角: 童謠・兒童自由詩・教育論
集)』(改造社, 1929), 『감상지도 아동자유시집성(鑑賞指導兒童自由詩集成)』(アル
ス, 1933), 『아동시의 기본(兒童詩の本: 指導と鑑賞)』(帝國教育會出版部, 1943),
『일본전승동요집성(日本伝承童謠集成)(제1,2권)』(國民図書刊行會, 1947~1949),
『하쿠슈 전집(白秋全集)(전39권, 별권)』(岩波書店, 1984~88) 등이 있다. ▶일제강
점기 우리나라 아동문학가들은 다음과 같이 기타하라 하쿠슈를 인용(번역)하였다.
윤석중(尹石重)이 「달밤」(『잃어버린 댕기』, 계수나무회, 1933, 60~61쪽)을, 김만
조(金萬祚)가 동요 「椰子樹」(北原白秋 작, 金萬祚 역: 『아이생활』 제9권 제9호,
1934년 9월호, 9쪽)를, 박용철(朴龍喆)은 「기러기」, 「이 길」, 「풀 우에 누어」, 「아
츰」(이상 「(名作世界童謠集)색동저고리(8)」, 『아이생활』, 1932년 10월호, 14~15
쪽) 등 기타하라 하쿠슈의 작품을 번역한 바 있다. 1934년 경성 연건동(蓮建洞)
소재 아동세계사(兒童世界社)의 아동작품 심사에 최남선, 김소운, 이승만(李承萬)
과, 일본에서 기타하라 하쿠슈(北原白秋), 오가와 미메이(小川未明), 야마모토 가
나에(山本鼎)가 참여하였다.[56] 원유각(元裕珏)은 「조선 신흥동요운동의 전망(5)」
(『조선중앙일보』, 1934.1.24)에서 1918년 『赤い鳥』가 창간되면서부터 일본의 "기
타하라 하쿠슈 씨, 사이조 야소(西條八十) 씨, 미키 로후(三木露風) 씨, 그 뒤에
노구치 우조(野口雨情) 씨" 등에 의해 신흥동요운동이 일어났다고 하였다. 남석종
(南夕鍾)은 「조선과 아동시 – 아동시의 인식과 그 보급을 위하야(2)」(『조선일보
특간』, 1934.5.22)에서 일본의 아동문학 운동을 하는 사람 또는 연구자로 "기타하
라 하쿠슈, 사이조 야소, 시로토리 세이고(白鳥省五), 노구치 우조, 미키 로후, 구보
타 쇼지(久保田宵二), 시마키 아카히코(島木赤彦), 오치아이 이사무(落合勇)" 등을
열거하였다. 남석종(南夕鍾)은 「조선과 아동시 – 아동시의 인식과 그 보급을 위하

---

[56] 「아동세계사에서 아동작품상 모(募) – 심사원은 사계의 권위들로 작문, 동요, 자유화」, 『매일신
보』, 1934.7.6.

야(10~11)」(『조선일보 특간』, 1934.5.31~6.1)에서 아동시의 예술적 가치에 대해
미키 로후, 기타하라 하쿠슈, 사이조 야소, 노구치 우조, 시로토리 세이고, 야나기사
와 겐(柳澤健) 등을 인용해 설명하고 있다. 윤복진(尹福鎭)은 「(아동문학강좌)동요
짓는 법(3, 4)」(『동화』, 1937년 3월호~4월호)에서 기타하라 하쿠슈, 사이조 야소,
야나기사와 겐, 오가와 미메이 등의 문학관과 동요관을 비교·제시하였다.

**나리타 다메조**(成田爲三 = 成田為三, なりた ためぞう: 1893~1945)  작곡가. 아키
타현(秋田縣) 출생. 아키타사범학교(秋田師範學校)를 졸업하고 1년간 소학교 훈도
로 근무하였다. 1914년 도쿄음악학교(東京音樂學校: 현 東京藝術大學)에 입학하였
다. 재학 중 독일 유학을 마치고 돌아온 야마다 고사쿠(山田耕筰)로부터 배웠으며,
재학 중인 1916년 하야시 고케이(林古溪)의 작품 「하마베(浜辺)」(해변)를 작곡하
였다. 1917년 도쿄음악학교를 졸업한 후, 규수(九州)의 사가사범학교(佐賀師範學
校)에 의무 교생으로 있다가, 작곡 활동을 계속하기 위해 도쿄의 아카사카소학교
(赤坂小學校)의 훈도가 되었다. 이 시기에 『赤い鳥』를 주재하던 스즈키 미에키치
(鈴木三重吉)와 교류하면서 『赤い鳥』에 많은 작품을 발표하였다. 1918년 10월 「浜
辺」를 「해변의 노래(浜辺の歌)」로 개제하여 출판하였고, 1919년 5월 사이조 야소
(西條八十)의 「가나리아(かなりあ)」에 곡을 붙여 〈가나리야(かなりや)〉(『赤い鳥』,
1919년 5월호)[57]로 발표하였다. 〈가나리야〉는 사이조 야소(西條八十)가 작사한 노

---

[57] 〈해변의 노래(浜辺の歌)〉는 하야시 고케이(林古溪)가 작사하고, 나리타 다메조가 작곡하여 다이쇼
(大正) 초기에 발표한 노래이다. 〈가나리야(かなりや)〉는 사이조 야소(西條八十)가 처음에는 「かな
りあ」(『赤い鳥』, 1918년 11월호)로 발표하였다. 『아카이도리(赤い鳥)』의 전속 작곡가였던 나리타
다메조(成田爲三)가 이 동요에 곡을 붙여 〈かなりや〉(『赤い鳥』, 1919년 5월호)로 제명을 바꾸어
발표하였다.
　우이동인(牛耳洞人=李學仁)의 「동요연구(3)」(『중외일보』, 1927.3.23)에 다음과 같이 번역되
어 실렸다.

### 가나리야

| | |
|---|---|
| 놀애를니저버린 가나리야는 | 놀애를니저버린 가나리야는 |
| 뒷동산수풀속에 버려둘가요 | 실버들채찍으로 째려볼가요 |
| 아니,아니,그것은 안되겟서요 | 아니,아니,그것은 가엽습니다. |
| | |
| 놀애를니저버린 가나리야는 | 놀애를니저버린 가나리야는 |
| 압강변모래바테 파무들가요 | 상아배에은 노를부려노코서 |
| 아니,아니,그것은 안되겟서요 | 달밝은바다에 씌어노흐면 |
| | 니저버린놀애를 생각하지오. |

래에 나리타 다메조(成田爲三)가 작곡을 한 일본의 동요인데, 당시『赤い鳥』에는

1928년 최청곡(崔靑谷)이 번역한「가나리야」는 다음과 같다.(『중외일보』, 1928.8.22)

### 가나리야(童謠) (西條八十 作, 崔靑谷 譯)

노래를니저버린 가나리야는　　　　노래를니저버린 가나리야는
뒷동산수풀속에 내버릴가요　　　　실버들가지로 째려줄가요
아서요 말어요 그건못써요　　　　　아서요 그것은 가엽습니다

노래를니저버린 가나리야는　　　　노래를니저버린 가니라야는
압강변덤불속에 파무들가요　　　　상아배에은노를 맨들어서
아서요 말어요 그래도못써요　　　　달밝은바다에 씌위노흐면
　　　　　　　　　　　　　　　　니저버릴노래를 생각하겟죠
　　　　　　　　　　　　　　　　(東萊溫泉行 電車 속에서)

### 童謠 엄마 업는 참새 (模作) 高漢承

一. 엄마업는작은새를 엇지할가요　　三. 엄마업는작은새를 엇지할가요
　　뒷동산풀밧혜다 혼자둘가요　　　　좁고좁은장속에다 느어둘가요
　　아니아니 그것은 외롭습니다　　　　아니아니 그것은 슯흐겟지요
二. 엄마업는작은새를 엇지할가요　　四. 엄마업는 불상한 작은참새는
　　푸른하날구름속에 날녀보낼가　　　꼿밧속 수정궁 양털방석
　　아니아니 그것은 외롭습니다　　　　그우에 고히누여 잠을재우면
　　　　　　　　　　　　　　　　　　사랑하는 엄마새가 차저옵니다
　　　　　　　　　　　　　　　　　　＝ 日本 東京 색동會 ＝

### 金糸雀(かなりや) (西條八十 作)

唄(うた)を忘(わす)れた 金糸雀(かなりや)は(노래를 잊어버린 가나리아는)
後(うしろ)の山(やま)に 棄(す)てましょか(뒷산에 내다 버릴가요.)
いえ いえ それはなりませぬ(아니 아니 그러면 안돼요.)

唄を忘れた 金糸雀(かなりや)は(노래를 잊어버린 가나리아는)
背戸(せど)の小藪(こやぶ)に 埋(い)けましょか(뒷문 밖 풀숲에 묻어버릴까요.)
いえ いえ それはなりませぬ(아니 아니 그러면 안돼요.)

唄を忘れた 金糸雀(かなりや)は(노래를 잊어버린 가나리아는)
柳(やなぎ)の鞭(むち)で ぶちましょか(버드나무 회초리로 매를 때릴까요.)
いえ いえ それはかわいそう(아니 아니 그건 불쌍해요.)

唄を忘れた 金糸雀(かなりや)は(노래를 잊어버린 가나리아는)
象牙(ぞうげ)の船(ふね)に 銀(ぎん)の櫂(かい)(상아로 만든 배에 은 노를 저어)
月夜(つき)の海(うみ)に 浮(う)かべれば(달 밝은 바다에 띄어놓으면.)
忘れた唄を おもひだす(잊어버린 노래가 떠오르지요.)

많은 동요가 게재되었으나 곡(曲)을 붙인 동요로는 처음으로 발표된 것이며 이후 동요에 곡을 붙여 부르는 일이 일반화되었다. 〈가나리야〉가 성공해 동요 작곡가로 서의 지위를 확립하였다. 1922년 독일로 유학, 당시 작곡계의 원로 칸(Kahn, Robert: 1865~1951)에게 사사하여 화성학, 대위법, 작곡법을 공부하였다. 1942년 국립음악학교 교수가 되었다. 저서로『소학세계명곡창가집(小學世界名曲唱歌集. 第1編)』(蘆田書店, 1925),『세계창가명곡집(世界唱歌名曲集: 英國 上, 露國 上, 獨 國 上)』(昭文堂, 1927),『동요와 악보(童謠と樂譜)』(東京中央放送局, 1930) 등이 있다. ▶구옥산(具玉山)은 「당면문제의 하나인 동요 작곡 일고찰」(『동아일보』, 1930.4.2)에서 나리타 다메조를 인용하였다.

**나쓰메 소세키**(夏目漱石, なつめ そうせき: 1867~1916)  소설가, 평론가, 영문학 자. 본명 나쓰메 긴노스케(夏目金之助). 에도(江戶: 현 東京) 출생. 1893년 도쿄제 국대학 영문과를 졸업하였다. 1900년 9월 영어교육법 연구를 위해 문부성(文部省) 의 지원을 받아 영국으로 유학길에 올랐다. 1903년 1월에 귀국하여 4월부터 제1고 등학교(第一高等學校)와 도쿄제국대학 영문과 강사가 되었다. 계속되는 신경쇠약 을 완화시키기 위해 첫 작품 「나는 고양이로소이다(吾輩は猫である)」를 집필하였 다. 처음에 친구 마사오카 시키(正岡子規) 문하의 모임인 〈야마카이(山會)〉에서 발 표하여 호평을 받았다. 1905년 1월 하이쿠(俳句) 잡지『호토토기스(ホトトギス)』[58] 에 1회 완결로 발표하였는데 호평이 있어 1906년 8월까지 속편을 연재하였다. 이즈 음부터 작가가 되겠다고 생각해 「런던탑(倫敦塔)」, 「도련님(坊っちやん)」을 연달 아 발표하여 인기작가로서의 지위를 굳혔다. 수석의 작품은 세속을 잊고 인생을 느긋하게 바라보는 저회취미(低徊趣味)의 요소가 강해, 당시의 주류였던 자연주의 와는 대립하는 〈여유파(余裕派)〉[59]로 불렸다. 스즈키 미에키치(鈴木三重吉), 아쿠 타가와 류노스케(芥川龍之介), 구메 마사오(久米正雄) 등 많은 인재를 길러냈다. 1907년 교직을 사직하고 아사히신문사(朝日新聞社)에 입사하여 본격적인 직업작 가의 길을 걷기 시작하였다. 6월에 직업작가로서의 첫 작품 「우미인초(虞美人草)」

---

58 『호토토기스(ホトトギス)』는 1897년 1월에 창간된 하이쿠(俳句) 잡지다. 야나기하라 교쿠도(柳原 極堂)가 창간하였다.

59 〈요유하(余裕派)〉는 일본문학 유파 중 하나로, 마사오카 시키(正岡子規)의 샤세이분(寫生文)에서 시작하여 나쓰메 소세키(夏目漱石)와 그 문하 작가를 중심으로 하는 일파를 가리킨다. 인생에 대해 여유를 갖고 바라보고, 고답적인 시각으로 사물을 파악하는 '저회취미'의 요소를 포함하고 있다. 일파는 다카하마 교시(高浜虛子), 데라다 도라히코(寺田寅彦), 스즈키 미에키치(鈴木三重吉) 등 을 들 수 있다.

를 연재하기 시작하였다. 1909년 친구였던 만철총재(滿鐵總裁) 나카무라 요시코토(中村是公)의 초청으로 만주와 조선(朝鮮)을 여행하였고, 이 여행 기록 「만주 한국 여기저기(滿韓ところどころ)」를 『아사히신문』에 연재하였다. 모리 오가이(森鷗外)와 함께 일본 근대문학의 거장으로 일컫는다. 그의 작품은 『소세키 전집(漱石全集)(전28권, 별권1)』(岩波書店, 1993~1999), 『소세키 문학전집(漱石文學全集)(전10권)』(集英社, 1982~1983), 『나쓰메소세키 전집(夏目漱石全集)(전10권)』(ちくま文庫, 1987~1988) 등으로 발간되었다. ▶경성사립청년학관 설정식(京城私立青年學館 薛貞植)은 「(제1회 중등학생작품 작품지상대회 - 10월분 발표)【서적 비평문 1등】'서부전선 조용하다'를 읽고」(『동광』 제28호, 1931년 12월호)에서 나쓰메 소세키의 『나는 고양이로소이다』를 "일상생활을 묘사한 소설"로 소개하였다. 엄흥섭(嚴興燮)은 「(나의 수업시대, 작가의 올챙이 때 ⑧) 독서에 형과도 경쟁, 소학 때 동요 창작 - 『습작시대(習作時代)』 전후의 삽화(중)」(『동아일보』, 1937.7.31)에서 나쓰메 소세키의 『나는 고양이로소이다』에 대해 언급하였다.

**나카니시 이노스케**(中西伊之助, なかにし いのすけ: 1887~1958) 작가, 노동운동가, 정치가. 교토(京都) 출생. 구제 다이세이중학교(旧制大成中學校)를 거쳐 해군병학교(海軍兵學校)를 지원했으나 사생아라는 출생 때문에 입교하지 못했다. 그 후 주오대학(中央大學), 와세다대학에 입학했으나 둘 다 중퇴하였다. 청소년 때부터 기관차 청소부, 신문 배달, 남만주철도사원 등 다양한 직업에 종사하는 동시에 무산운동(無産運動)에 진력하였다. 조선(朝鮮)에서 신문기자로 근무했던 시기에는 후지타구미(藤田組: 현 同和홀딩스)의 광산노동자 학대의 실태를 보도하였다가 투옥된 일도 있었다. 1919년 일본으로 귀국해 노동운동을 하다가 치안경찰법(治安警察法) 위반으로 검거 투옥되기도 하였다. 1922년 2월 조선에서 신문기자 생활을 할 때의 경험을 담은 소설 「붉은 흙에 싹트는 것」을 『개조(改造)』에 실어 문단에 데뷔하였다. 이후 정력적인 창작활동으로 프롤레타리아 작가로서의 지위를 확립하였다. 1923년 『씨 뿌리는 사람(種蒔く人)』[60]의 동인이 되었다. 전시 중에 도합 세 번이나 투옥되었으나 전향하지 않았고, 시국에 영합하는 작품을 발표하지 않았다. 작품과 저서로 「붉은 흙에 싹트는 것(赭土に芽ぐむもの)」(『改造』, 1922년 2월호), 「불령선인(不逞鮮人)」(『改造』, 1922년 9월), 『너희들의 배후에서(汝等の背後よ

---

60 『다네마쿠히토(種蒔く人)』는 1921년부터 1923년까지 고마키 오미(小牧近江), 가네코 요분(金子洋文), 이마노 겐조(今野賢三) 등이 중심이 되어 반전 평화, 인도주의적 혁신사상을 기조로 하여 발행한 동인잡지이다. 이 잡지의 활동은 일본 프롤레타리아문학의 기선을 잡은 것으로 평가된다.

り)』(改造社, 1923)<sup>61</sup> 등이 있다. ▶성해 이익상(星海李益相)은 1925년 8월 17일에 있었던 나카니시 이노스케의 서울 방문을 주선하고 환영 좌담회를 개최하였는데 이것이 곧 〈조선프롤레타리아예술동맹〉(KAPF)의 준비모임이었다. 이익상은 나카니시 이노스케의 작품 「너희들의 배후에서(汝等の背後より)」를 번역한 장편소설 「여등(汝等)의 배후(背後)로셔(전124회)」(星海 역; 『중외일보』, 1926.6.27~11.8) (단행본 『여등(汝等)의 배후에서』, 문예운동사, 1926.7)와 「열풍(熱風)(전311회)」 (『조선일보』, 1926.2.2~12.20) 등을 번역하였다.

**나카무라 기치조**(中村吉藏 = 中村吉蔵, なかむら きちぞう: 1877~1941) 극작가. 연극학자. 호(号)는 春雨. 시마네현(島根縣) 출생. 도쿄전문학교 영문학과를 졸업하였다. 1901년 소설 「무화과(無花果)」가 『오사카마이니치신문(大阪毎日新聞)』의 현상에 당선되어 인정받았다. 1906년부터 미국, 독일 등에 유학하였고, 입센(Ibsen)의 영향을 받았으며, 1909년 귀국하여 1910년 신사회극(新社會劇) 「목사의 집(牧師の家)」을 발표하고 신사회 극단을 주재하였다. 뒤에 시마무라 호게쓰(島村抱月)의 예술좌(芸術座)<sup>62</sup>에 참가하였다. 1920년 〈입센회(イプセン會)〉를 주재하였다. 와세다대학 교수로 취임하여, 1942년 조루리(淨瑠璃),<sup>63</sup> 가부키(歌舞伎) 연구를 집대성한 「일본희곡 기교론(日本戱曲技巧論)」으로 문학박사 학위를 취득하였다. ▶김우철(金友哲)은 「秋田雨雀 씨와 문단생활 25년 - 그의 오십 탄생 축하보(祝賀報)를 듣고」(『조선중앙일보』, 1933.4.23)에서 아키타 우자쿠의 탄생 50주년 기념회를 할 때 〈푸로작가동맹〉(나루푸), 〈일소문화협회〉를 필두로 발기인으로 히지카타 요시(土方與志), 미즈타니 야에코(水谷八重子), 오이카와 미치코(及川道子), 오가와

---

61 『너희들의 배후에서』의 중심 내용은 여주인공 권주영이 일본군 장교에게 정조를 유린당한 뒤 버림받자, 조선 독립군 비밀결사대원이 되어 자신을 유린한 일제를 응징한다는 것이다. 일본인 작가가 쓴 것이라는 점에서 당시 충격적인 작품이었다.

62 게이주쓰자(芸術座)는 1913년 〈분게이교카이(文芸協會)〉에서 탈퇴한 시마무라 호게쓰(島村抱月)가 마쓰이 스마코(松井須磨子)를 중심으로 도쿄에서 결성한 신극 극단이다. 1918년 시마무라 호게쓰가 급사하고, 마쓰이 스마코가 자살한 까닭으로 해체되었다. 그 후 1924년 미즈타니 치쿠시(水谷竹紫)가 미즈타니 야에코(水谷八重子)를 중심으로 제2차 게이주쓰자(芸術座)를 주재하였으나 1935년 미즈타니 치쿠시가 사망하자 해산되었다.

63 조루리(淨瑠璃)는 "음곡에 맞추어서 낭창(朗唱)하는 옛이야기"를 말한다. 노(能), 가부키歌舞伎)와 더불어 일본 3대 전통연극의 하나로 근세 초에 성립된 서민을 위한 인형극이다. 처음에 조루리라는 서사적 노래 이야기에 재래의 인형극이 시각적 요소로 더해졌는데, 16세기 후반 샤미센이 조루리의 반주 악기가 되어 성립된 인형(人形), 조루리(淨瑠璃), 샤미센(三味線)에 의한 삼자일치의 연극이 되었다.

미메이(小川未明), 하세가와 뇨제칸(長谷川如是閑), 이노우에 마사오(井上正夫), 구스야마 마사오(楠山正雄), 나카무라 기치조, 혼마 히사오(本間久雄) 등 인사"들이 참여하였다고 소개하였다.

**나카무라 료헤이**(中村亮平, なかむら りょうへい, 1887~1947)  미술 연구가. 나가노현(長野縣) 출생. 나가노사범학교를 졸업하고 고향에서 교편을 잡고 있다가, 1918년 무샤노코지 사네아쓰(武者小路實篤)와 함께 휴가(日向)에서 '새로운 마을(日向 新しき村)'을 건설하기 위해 토지를 찾아다니다가, 1920년 마을을 떠났다. 이후 조선으로 이주하여, 나가노사범학교 출신인 호리우치 요시노부(堀內義信)의 안내를 받아 1923년 12월 울산보통학교 교사로 부임하였고 1925년 3월 1일부터 대구사범학교(大邱師範學校) 교사로 이동하였다. 1926년 2월에『조선동화집』을 간행하고 8월 31일 자로 사임하였다. 다시 일본의 태평양화학교(太平洋畵學校)를 수료하고 도립고등가정학교(家政學校: 현 鷺宮高校) 교사가 되었다. 저서로 조선의 민화와 전설 62편을 모은『조선동화집(朝鮮童話集)』(東京: 富山房, 1926)과 『지나조선대만신화전설집(支那朝鮮台湾神話傳說集)』(東京: 近代社, 1929),『조선경주의 미술(朝鮮慶州之美術)』(東京: 芸艸堂, 1929) 등이 있다.『조선동화집(朝鮮童話集)』은 나카무라 료헤이가 조선어를 구사할 수 없었던 점과 조선에 온 지 2년 남짓 만에 책이 발간된 점 등을 종합해 볼 때, "다카하시 도루(高橋亨)의『조선이야기집과 속담(朝鮮の物語集附俚諺)』(1910), 미와 다마키(三輪環)의『전설의 조선(傳說の朝鮮)』(1919), 야마자키 겐타로(山崎源太郎)의『조선의 기담과 전설(朝鮮の奇談と傳說)』. 조선총독부의『조선동화집(朝鮮童話集)』(1924), 제2기 일본어 교과서『국어독본(國語讀本)』(1923~24) 등에서 많은 자료를 취해, 이를 바탕으로 개작한 것"[64]으로 보인다. ▶이학인(李學仁)은「조선동화집『새로 핀 무궁화』를 읽고서 - 작자 김여순(金麗順) 씨에게 -」(『동아일보』, 1927.2.25)에서 나카무라 료헤이의『조선동화집』에 대해 언급하였다.

**노구치 우조**(野口雨情, のぐち うじょう: 1882~1945)  시인, 동요, 민요 작사가. 본명 노구치 에이키치(野口英吉). 이바라키현(茨城縣) 출생. 고향의 소학교를 졸업하고, 15세에 상경하여 백부 집에 기숙하였다. 도쿄전문학교 고등 예과 문학과에 입학하여 쓰보우치 쇼요(坪內逍遙)를 사사하였고 학우로 오가와 미메이(小川未明)를 알게 되었다. 1902년 1년 남짓 만에 도쿄전문학교를 중퇴하였다. 이즈음 우치무

---

64 김광식, 이시준,「나카무라 료헤이(中村亮平)와『조선동화집』고찰 - 선행 설화집의 영향을 중심으로」,『일본어문학』제57호, 2013, 247쪽.

라 간조(內村鑑三), 고토쿠 슈스이(幸德秋水), 오스기 사카에(大杉榮) 등으로부터 크리스트교·사회주의·무정부주의 사상의 영향을 받았다. 1902년 3월부터 작품을 발표하기 시작하였고, 6월에는 오토기바나시(お伽噺)·단편동화를 의욕적으로 발표하였다. 1903년에는 생경하지만 정열적인 정의파로서의 시를 지어, 사회의 개혁을 강하게 호소하려고 하였다. 1904년 아버지의 죽음으로 고향에 돌아와 있게 되자, 시골에 묻혀버리는 것은 이상에 불타는 그에게 있어 참을 수 없는 고민으로 고향에서의 세월을 보내고 있었다. 그때 은사 쓰보우치 쇼요로부터 답신을 받았는데, 그 요지는 신체시 모방과 결별하고 흙의 시인으로서 독자적인 경지를 개척하라는 지침으로 우조에게는 제1의 개안으로 볼 수 있을 것이다. 가을에 도치기현(栃木縣) 자산가의 딸과 정략결혼을 했으나 우조 자신은 내키지 않아 하였다. 이즈음 술에 빠져 있으면서도 시 창작에 열중하여 조찬회 등에서 작품을 발표하였다. '우조(雨情)'란 호(号)를 사용한 것이 이때쯤이다. 1905년 3월 첫 시집『가레쿠사(枯草)』를 자비출판하였으나 별 반응을 얻지 못했다. 1906년 장남이 태어났음에도 집을 나와 노구치(野口) 가문의 부흥을 꿈꾸며 사할린(樺太)으로 갔으나 겨우 목숨은 잃지 않고 귀향하였다. 1907년 3월경 그의 저서『동요 10강(童謠十講)』에 보면, "동요(童謠)란 말은 쓰지 않았지만, 가장 순진한 시로서 동요가 머지않아 사람들에게 불려질 것을 예상하고 있었다."라고 하였다. 쇼요로부터 받은 지침에 따라 모색 연구하고 겨우 활로를 보아 자기의 시 창작의 기초를 확립한 시기라고 할 수 있다. 또 1907년 오가와 미메이, 미키 로후(三木露風), 소마 교후(相馬御風) 등과 함께 〈와세다시사(早稻田詩社)〉를 결성하고『와세다문학(早稻田文學)』에 작품을 발표하였다. 6월에는 오가와 미메이의 집에 기거하고 있다가, 스승 쇼요의 소개로 7월 20일경 홋카이도(北海道)로 가 신문기자로 지냈다. 『오타루일보(小樽日報)』에 근무하고 있을 때 동료인 이시카와 다쿠보쿠(石川啄木)와 교우를 맺었다. 당시 주필에 대한 배척 운동을 일으켰다 실패하여 퇴사하였다. 그래서 이시카와 다쿠보쿠와는 채 1개월이 못 되는 기간 같이 근무했을 뿐이다. 『오타루일보』에서 퇴사당했을 때인 1907년 10월 딸이 태어났으나 일주일 정도 만에 죽었다. 홋카이도에서 6개의 신문사를 전전한 후 1909년 일단 귀향했으나 곧 도쿄로 상경해 버렸다. 1911년 모친의 죽음으로 재차 귀향하여 집안의 식림(植林)과 농지 재산의 관리를 하려고 했으나, 문학에 대한 집착을 떨쳐버리지 못하고 괴로운 생활을 이어갔다. 1914년 치질 치료차 이와키유모토온천(いわき湯本溫泉)으로 가 다른 여자와 정분이 나게 되어 그곳에서 그대로 3년 반을 지내게 되었다. 1915년 5월 부인과 협의 이혼하였는데 부인은 두 아이를 두고 본가로 갔다. 자식이 어머니를 그리워하는 그 순수한

사랑과 끊기 어려운 인연을 우조는 통감하였다. 이것이 우조의 제2의 개안인데, 애조를 띤 동요의 원점은 여기에 있다고 할 수 있다. 1918년 36세의 우조는 만 16세가 되지 못한 나카자토 쓰루(中里つる)와 재혼하였다. 『이바라키쇼넨(茨城少年)』의 편집을 맡아 소년시의 선자가 되었다. 또 매호 동요 보급에도 힘써 창작의욕이 가장 격렬하게 충실했던 시기이기도 했다. 이즈음 자주 도쿄로 가, 친구 와타나베 도시노스케(渡辺年之介)에게, "미토(水戸) 따위는 도쿄에 비하면 마치 잠자고 있어 이야기하지 않겠습니다."라고 하면서 "지금의 사회제도에서는, 언제나 이야기한 바와 같이, 불공평하기 짝이 없기에, 변화하는 것을 소생(小生)들은 희망하고 있"다며 부자에게만 행복한 세상을 개조해야 한다고 편지를 보내고 있다. 또 "지금 이삼 년만 지나면 세상이 완전히 변할 것이라 생각됩니다."라고도 썼다. 1919년 6월에 시집 『도회와 전원(都會と田園)』을 간행하고 다시 중앙 시단에 복귀하였다. 8월에는 〈사공의 노래(船頭小唄: 원제 枯れすすき)〉를 작사하여 나카야마 신페이(中山晋平)에게 작곡을 의뢰하였다. 자조적이고 퇴폐적이라고 당시 정부로부터 '가창엄금령(歌唱嚴禁の令)'이 내려질 정도였지만, 지금도 계속 불리고 있다. 1919년 9월부터 『고도모잡지(こども雜誌)』[65]에, 11월부터 『긴노후네(金の船)』에 동요를 발표하기 시작하여, 12월에 「시모우사의 오키치(下總のお吉)」를 『문장세계(文章世界)』[66]에 발표하였다. 1920년 1월에 『金の船』의 동요란(童謠欄) 선자(選者)가 되었다. 「4번가의 개(四丁目の犬)」, 「수수밭(蜀黍畑)」을 발표하여, 우조 동요의 훌륭함이 점차 인정되기 시작했다. 7월 14일에는 구보타 우쓰보(窪田空穗), 오가와 미메이(小川未明), 히토미 도메이(人見東明), 사이조 야소(西條八十) 등이 발기인이 되어 우조의 중앙 복귀 환영회를 개최하였다. 9월 「보름밤 달님(十五夜お月さん)」을 발표하였다. 우조를 중심으로 하여 〈도쿄동요회(東京童謠會)〉가 결성되었

---

65 『고도모잣시(こども雜誌)』는 1919년 7월부터 1920년 7월까지(전13권) 발간된 아동잡지이다. 『赤い鳥』에 자극받아 잇따라 창간된 예술적 아동잡지의 하나다. 편집은 오키 유지(大木雄二)가 담당했고, 편집방침은 상류가정 어린이를 대상으로 하지 않고, 사회성이 있는 동화를 지향하였다. 오가와 미메이(小川未明), 아키타 우자쿠(秋田雨雀)를 중심으로 하여, 미메이는 동화를 기고하고 우자쿠는 동화 기고와 독자투고 동화에 대한 선평(選評)을 담당하였다. 당시 아직 신인이었던 노구치 우조(野口雨情)도 이 잡지에 동요를 발표하였다. '고도모잣시작곡집(こども雜誌作曲集)'으로서 미키 로후(三木露風)와 우조의 동요에 야마다 고사쿠(山田耕筰) 등이 곡을 붙여 연재하였다.

66 『분쇼세카이(文章世界)』는 1906년 3월부터 1920년 12월까지(전204권) 하쿠분칸(博文館)에서 간행한 문예잡지이다. 다야마 가타이(田山花袋) 주필의 투서잡지로 시작하여, 신인 발굴에 공헌하였고, 자연주의 문학의 거점이 되었다. 이후 종합잡지가 되었으나 1930년 12월에 종간하였고, 1931년 『신분가쿠(新文學)』로 개제하여 속간하였으나 그해 폐간되었다.

다. 11월에는 『소년구락부(少年俱樂部)』에 동요를 발표하기 시작하였다. 1921년 7월 「일곱 아이(七つの子)」를 『金の船』에 발표하였다. 이후 「七つの子」는 우조 동요의 대표적인 작품으로서 현재까지 애창되고 있다. 1922년 1월에는 궁중에 들어가 스미노미야(澄宮)에게 동요에 대해 강의를 하였고, 2월에는 「파란 눈의 인형(青い目の人形)」을 『金の船』에, 「빨간 구두(赤い靴)」를 『소학여생(小學女生)』에 발표하였다. 3월에는 『동요작법 문답』을 발간하였다. 이 책에서 "동요란 영원히 멸망하지 않는 아동성과 음악적으로 우수한 언어의 가락을 가진 예술작품으로, 어디까지나 어린이라는 관점에 서 있기 때문이며, 동요는 어린이의 동심을 통해 본 어린이의 세계를 어린이의 언어를 이용하여, 자연스러운 가락으로 노래 부른 것이다."라고 기술하고, "순진한 정신으로 자유롭게 노래하는 것이 근본이다."라고 주장하였다. 3월 『동요 작법(童謠の作りやう)』을 간행하였고, 『가나리야(かなりや)』[67]의 민요란과 『부인계(婦人界)』의 동요란의 선자가 되었다. 6월 13일 고이시카와구(小石川區)의 빈민가에서 길거리 동화・동요회를 개최하였다. 11월에 「비눗방울」을 『긴노도(金の塔)』에 발표하였다. 그 배경에는 28년 전에 오타루(小樽)에서 어린 나이에 죽은 장녀 미도리의 덧없는 생명이 생각난 것이다. 1922년 가을, 요코세 야우(橫瀬夜雨)가 우조 동요의 반복과 단조로움에 대해 비평하고, 우조와 『조소신문(常總新聞)』[68] 지상에서 논쟁을 시작하였다. 우조는 이것에 대해 「동요 교육과 그 본질 - 동요를 이해하지 못하는 사람들에게」에서 "동요는 일시의 유행이 아니라 동요야말로 문예 가운데 가장 순진한 문예이다." 그래서 "내재율에 따른 말의 음악성이 뛰어날수록 좋은 동요이다." 즉 말의 울림이나 리듬이 동요에서는 중요하다고 강하게 반론하였다. 1923년 1월 「버린 파(捨てた葱)」를 발표하고, 3월에 『동요10강(童謠十講)』을 발간하였다. 이어서 7월 『동요교육론(童謠教育論)』, 10월에 『동요와 아동의 교육(童謠と兒童の教育)』과 일련의 교육론을 발표하였다. 1924년 1월 「이 동네 저 동네」, 5월 「토끼의 춤(兎のダンス)」을 발표하였다. 7월에 『우조 민요백편(雨情

---

67 『가나리야(かなりや)』는 1921년 10월부터 1924년 8월까지(통권 18권까지 확인됨) 발행된 시와 동요 잡지이다. 조조시샤(抒情詩社)를 창립한 가인(歌人) 나이토 신사쿠(內藤鋠策)가 조조시샤 내의 『かなりや』 발행소에서 발행하였다. 아오키 시게루(青木茂), 시로토리 세이고(白鳥省吾), 노구치 우조, 모모타 소지(百田宗治), 미키 로후(三木露風), 야마다 고사쿠(山田耕筰), 와카야마 보쿠스이(若山牧水) 등이 회의 위원으로서 이름을 이어갔다.

68 일본의 지방신문의 하나로, 1900년 미토(水戸)에서 와타나베 히로지(渡辺廣治)가 창간하였다. 1942년 제2차세계대전 중의 신문 통합정책에 의해 『いはらき』와 합병하여 『이바라키신문(茨城新聞)』이 되었다.

民謠百篇)』을 출판하였고, 12월 「쇼조지의 너구리 장단」을 『긴노호시(金の星)』에
발표하였다. 1926년 9월 사사키 노부쓰나(佐佐木信綱), 기타하라 하쿠슈(北原白
秋) 등과 함께 〈일본작가협회(日本作歌協會)〉를 설립하였다. 이해에 만주(滿洲),
1930년에 타이완(台湾) 등에 취재·강연·신민요 제작 등을 위해 여행하였다.
1933년 3월 하마다 히로스케(浜田廣介), 후지이 기요미(藤井清水) 등과 〈일본가요
협회(日本歌謠協會)〉를 설립하였다. 여행은 다시 만주(滿洲), 조선(朝鮮), 타이완
(台湾), 홋카이도(北海道)로 이어졌다. 1943년 2월, 『아침 일찍 일어나는 참새』를
출판하였다. 우조의 시가(詩歌)는 지역색(로컬 컬러)에 철저하고, 쓸쓸함과 함께
따스함도 있다. 평생 동심을 유지하고 소박하고 겸허하며, 언제나 약자 편이어서
태양과 같은 무차별과 무한 사랑이었다. 많은 명작을 남겨 기타하라 하쿠슈(北原白
秋), 사이조 야소(西條八十)와 함께 일본 동요계의 3대 시인으로 칭송된다. 대표
작품으로는 「보름밤 달님(十五夜お月さん)」, 「일곱 아이(七つの子)」, 「빨간 구두
(赤い靴)」, 「파란 눈의 인형(青い眼の人形)」, 「비눗방울(シャボン玉)」, 「풍뎅이(こ
がね虫)」, 「저 동네 이 동네(あの町この町)」, 「비 오는 달님(雨降りお月さん)」, 「쇼
조지의 너구리 장단(証城寺の狸囃子)」, 「얼씨구 골목길(よいよい横町)」 등이 있다.
저서로는 『동요작법 문답(童謠作法問答)』(尙文堂書店, 1922), 『우조동요총서 제1
편, 동요교육론(雨情童謠叢書 第1編, 童謠教育論)』(米本書店, 1923), 『동요10강(童
謠十講)』(金の星出版部, 1923),[69] 『동요와 아동의 교육(童謠と兒童の教育)』(イデ
ア書院, 1923), 『노구치우조 동요총서: 제2편, 동요작법 강화(雨情童謠叢書: 第2
編, 童謠作法講話)』(米本書店, 1924), 『우조 민요백편(雨情民謠百篇)』(新潮社,
1924), 동요집 『파란 눈의 인형(青い眼の人形)』(金の星社, 1924), 『민요와 동요의
작법(民謠と童謠の作りやう)』(黒潮社, 1924), 『동요와 동심예술(童謠と童心芸
術)』(同文館, 1925), 『동요교본(童謠敎本)』(啓文社書店, 1927), 『아동문예의 사명
(兒童文芸の使命)』(兒童文化協會, 1928), 동요집 『아침 일찍 일어나는 참새(朝おき
雀)』(鶴書房, 1943), 『정본 노구치우조(定本野口雨情)』(未來社, 1985~1996) 등이
있다. ▶일제강점기 우리나라 아동문학가들은 다음과 같이 노구치 우조를 인용하였
다. 원유각(元裕珏)은 「조선 신흥동요운동의 전망(5)」(『조선중앙일보』, 1934.1.
24)에서 1918년 『赤い鳥』가 창간되면서부터 일본의 "기타하라 하쿠슈(北原白秋)
씨, 사이조 야소(西條八十) 씨, 미키 로후(三木露風) 씨, 그 뒤에 노구치 우조(野口

---

69 『童謠十講』은 노구치 우조가 각 부와 현(府縣)의 교육회, 강습회에서 한 강연을 동향 사람인 이누
타 시게루(犬田卯)가 받아 적은 것이다.

雨情) 씨" 등에 의해 신흥동요운동이 일어났다고 하였다. 김태오(金泰午)는 「조선
동요와 향토예술(상)」(『동아일보』, 1934.7.9)에서 시로토리 세이고(白鳥省吾), 가
토 다케오(加藤武雄), 이누타 시게루(犬田卯), 후쿠다 마사오(福田正夫)와 더불어
노구치 우조를 "향토시인 흙의 소설가"로 소개하였다. 남석종(南夕鍾)은 「조선과
아동시 – 아동시의 인식과 그 보급을 위하야(2)」(『조선일보 특간』, 1934.5.22)에서
일본의 아동문학 운동을 하는 사람 또는 연구자로 "기타하라 하쿠슈, 사이조 야소,
시로토리 세이고, 노구치 우조, 미키 로후, 구보타 쇼지(久保田宵二), 시마키 아카
히코(島木赤彦), 오치아이 이사무(落合勇)" 등을 열거하였다. 남석종은 「조선과 아
동시 – 아동시의 인식과 그 보급을 위하야(10~11)」(『조선일보 특간』, 1934.5.31~
6.1)에서 아동시의 예술적 가치에 대해 미키 로후, 기타하라 하쿠슈, 사이조 야소,
노구치 우조, 시로토리 세이고, 야나기사와 겐(柳澤健) 등을 인용해 설명하였다.

**노지마 다케후미**(能島武文, のじま たけふみ: 1898~1978)  연극평론가, 극작가,
번역가. 오사카(大阪) 출생. 와세다대학 영문과를 졸업하였다. 야마모토 유조(山本
有三)에게 사사하였다. 재학 중인 1922년에 시촌좌(市村座)[70] 각본부(脚本部)에 들
어가 『극과 평론(劇と評論)』을 창간하였다. 뒤에 『연극신조(演劇新潮)』[71] 편집동인
이 되어 극평과 연극론을 담당하였다. 추리소설의 번역으로 옮겨 다수의 번역서가
있다. 제일서방(第一書房)의 『근대극전집(近代劇全集)』(전43권)』(1927~30)을 편
집하는 데도 참여하였다. 아동문학 관련으로 딕슨(Dixon, Franklin W.)의 『도둑맞
은 황금』, 킹(King)의 『이것들은 누구 반지(これらた指輪)』, 슈웰(Sewell, Anna)
의 『흑마이야기』 등의 번역, 번안이 있다. 저서로 『극작의 이론과 실제(作劇の理論
と實際)』(新潮社, 1926), 번역 『도둑 맞은 황금(盜まれた黃金: 保育社の探偵冒險
全集 2)』(保育社, 1957), 번역 『흑마이야기(黑馬ものがたり: 保育社の幼年名作全
集 9)』(保育社, 1957), 편저 『아라비안나이트 1(アラビアンナイト 1: 保育社の幼
年名作全集 15)』(保育社, 1957), 번역 『소년소녀세계여행(少年少女世界の旅)』(保
育社, 1958)[72] 등이 있다. ▶이학인[牛耳洞人]은 「글 도적놈에게」(『동아일보』, 1926.

---

70 이치무라자(市村座)는 가부키(歌舞伎) 극장으로, 나카무라자(中村座), 모리타자(森田座)와 함께
유서 깊은 에도산자(江戸三座) 가운데 하나로 꼽혔다. 1634년 에도에서 무라야마자(村山座)로
창설하였다가, 1667년경 이치무라자(市村座)로 개칭하였고, 1932년 불이 나 없어졌다.
71 『엔게키신초(演劇新潮)』는 분게이슌주샤(文芸春秋社)에서 발행한 연극잡지다. 제1차는 야마모
토 유조(山本有三)를 이어 구메 마사오(久米正雄)가 편집하여 1924년 1월부터 1925년 6월까지(전
18권), 제2차는 미야케 슈타로(三宅周太郞)가 편집하여 1926년 4월부터 1927년 8월까지(전17권)
발간하였다.

10.26)에서 노지마 다케후미의 글을 인용하여 모방과 표절에 대해 설명하였다.

**다나카 우메키치**(田中梅吉 = 田中楳吉, たなか うめきち: 1883~1975)　아동문학 연구가, 독문학자. 이바라키현(茨城縣) 출생. 1909년 도쿄제국대학 독문과를 졸업 하였다. 1916년 10월 말에 조선으로 와 '조선총독부 임시 교과용 도서 편집 사무 촉탁'으로 근무하며 조선 구비문학을 수집하여, 1917년 학무국에 보고서를 제출하 였다. 학무국 내 〈조선교육연구회〉에서 발간한 교육 잡지『조선교육연구회잡지(朝 鮮敎育硏究會雜誌)』(제19호, 1917)에「동화 이야기(童話の話, 附朝鮮人敎育所感)」 란 논문을 발표하였다. 이어 제20호에서 제30호까지 도합 10회에 걸쳐 조선동화 · 민요 · 이언(俚諺) · 수수께끼(謎) 등을 연재하였다. 그림 형제(Brüder Grimm)를 중심으로 독일 아동문학을 연구하였다. 1921년 5월에 총독부의 알선으로 독일로 유학한 후 1924년 6월 경성제국대학(京城帝國大學) 교수로 부임하여 정년까지 재 직하였다. 전후 아이치대학(愛知大學), 주오대학(中央大學)의 교수를 역임하였다. 학생 때부터 그림(Grimm)에 영향을 받아 그림 동화의 연구와 번역에 큰 공헌을 하였다. 1909년 9월 창간된『소년잡지(少年雜誌)』가 통권 4호로 폐간될 때까지 주간으로 관계하는 등 일본의 독일문학 연구자로서는 어쩌면 처음으로 아동문학에 본격적인 관심을 기울였고, 대학에서 아동문학을 강의하였다. 다이쇼(大正) 초년 경에 야나기타 구니오(柳田國男)와 다카기 도시오(高木敏雄) 등이 개최한 〈민속학 연구회(民俗學硏究會)〉에 참가하였다. 야나기타와 긴다이치 교스케(金田一京助) 가 펴낸『일본 옛이야기(日本昔話)(下卷)』(아르스, 1929.4)의 주변국의 옛이야기 가운데 조선 편 5편을 담당하였다. 연구논문에는「독일에 있어서 유해 아동문학 박멸 운동(獨逸に於ける有害兒童文學撲滅の運動)」(『帝國敎育』, 1911),「(독일동 화사)민족동화의 진가 발견과 그 수집(獨逸童話史, 民族童話の眞価發見とその蒐 集)」,「안데르센의 동화창작상의 태도(アンデルセンの童話創作上の態度)」(『文敎 の朝鮮』, 1926년 2월호),「괴테와 그림(ゲーテとグリンム)」,「그림 연구 – 어학편 (グリンム硏究 – 語學篇)」,「메르헨 문학사와 괴테의 메르헨 창작의 의의(メール ヒェン文學史とゲーテのメールヒェン創作の意義)」 등이 있다. 조선총독부가 발간 한『조선동화집(朝鮮童話集)』(京城: 大阪屋號書店, 1924.9)은 다나카 우메키치가

---

72 『소년소녀세계여행』의 '프랑스편'(アレクサンダー・ライド 원작), '열대아프리카편'(ウィルフレッ ド・ロバートスン 원작), '인토・파키스탄편'(ジョッフレイ・トリース 원작), '스위스편'(マリア ン・メイヤー 원작) 등은 1958년 '保育社'에서, '남아메리카편'(マーガレット・ファラデイ 원작)은 1961년에 간행되었다.

1910년대 조선총독부 학무국 편집과에 제출한 보고서를 바탕으로 개작하여 출판한 것으로 보인다.[73] 저서로『독일 동화사(ドイツ童話史)』, 번역『그림 동화(グリンムの童話)』(南山堂, 1914), 번역『하우프 동화(ハウフの童話)』(南山堂, 1915), 『그림 연구(グリンム研究)』(矢代書店, 1947), 번역『괴테동화전집(ゲーテ童話全集)』(東京堂, 1949), 번역『조고 그림동화전집(祖稿 グリム童話全集)』(東京堂, 1949) 등이 있고, 『종합상설 일독언어문화교류사 대연표(綜合詳說 日獨言語文化交流史大年表)』(三修社, 1968)가 있다. 『연성흠[延晧堂]의 「안더슨 선생의 동화 창작 태도 (전6회)」(『조선일보』, 1927.8.11~17)는 당시 경성제국대학 교수로 재직하고 있던 다나카 우메키치의 「안데르센의 동화 창작상의 태도(アンデルセンの童話創作上の態度)」(『文敎の朝鮮』, 1926년 2월호)를 전문 번역한 것이다.

**다나카 하쓰오**(田中初夫, たなか はつお: 1906~?) 1925년 경기도 아현공립보통학교, 1926년 인천보통학교 훈도(訓導), 1927년 경기도사범학교, 1929년 경성상업학교, 1932년 용산공립중학교 교유(敎諭)를 지냈다. 1937년 조선총독부 도서관 촉탁(囑託)으로 재직하였다. 1929년경부터 1936년경까지 JODK 라디오 방송에서 활동하였다. 1933년 7월 26일부터 8월 2일까지 〈조선음악교육협회〉가 주최한 하기 음악 강습에서 '시와 음악과의 관계'에 대해 강연하였다. 1937년 5월 1일 〈조선문예회(朝鮮文藝會)〉 발회식을 개최하였을 때 '朝鮮總督府 圖書館 田中初夫' 명의로 참석하였다. 일제 말기 〈국민총력조선연맹(國民總力朝鮮聯盟)〉[74] 문화부 참사로 재직하였다. 1941년 2월 7일 반도호텔에서 「문화익찬(文化翼贊)의 반도체제(半島體制) - 금후 문화부(文化部) 활동을 중심하야(전9회)」(『매일신보』, 1941.2.12~21)라는 좌담회를 개최하였을 때에 김억(金億), 김동환(金東煥), 유진오(兪鎭五), 목산서구(牧山瑞求 = 李瑞求) 등과 함께 참석하였다. 1941년 7월 7일 〈국민총력조선연맹〉에서 문화상(文化賞) 위원을 결정하여 발령하였는데 '田中初夫'는 간사로 임명되었다. 1941년 12월 21일 〈국민시가연맹(國民詩歌聯盟)〉 주최로 대동아전쟁 승전을 기념하여 조선시가인대회를 개최하였을 때 가야마 미쓰로(香山光郎 = 李光洙) 등과 함께 연사로 참석하였다. 1942년 7월부터 10월까지 경성방송국에서 일본어 회화를 가르치는 '일본어 회화의 시간(國語會話の時間)'을 담당하였다. 1943년

---

73 金廣植, 「近代における朝鮮說話集の刊行とその研究 - 田中梅吉の研究を手がかりにして」, 徐禎完・增尾伸一郎 外, 『植民地朝鮮と帝國日本 - 民族・都市・文化』, 東京: 勉誠出版, 2010.

74 1938년 6월 중순경 조선총독부의 종용에 따라 조직한 친일단체인 〈국민정신총동원조선연맹(國民精神總動員朝鮮聯盟)〉의 후신으로, 1940년 10월 조선총독부 차원에서 조직한 친일단체다. 1945년 7월 8일 본토 결전에 대비한 〈조선국민의용대〉가 조직됨으로써 7월 10일 해체되었다.

〈조선문인보국회(朝鮮文人報國會)〉의 시부(詩部) 평의원으로 선임되었다. 이상과 같이 일제강점기 말에 일제의 문화정책에 관여한 인물이다. 작품으로 「부여의 봄(扶餘の春)」(『매일신보』, 1937.4.6), 이옥(李鈺, 1760~1812)의 「아조(雅調)」를 「이야기(ものがたり)」(『매일신보』, 1937.6.18)로 번역하였고, 〈조선문예회〉가 선정한 「황군전승의 노래(皇軍戰勝の歌)」(『동아일보』, 1937.10.14), 「皇軍戰勝の歌」(田中初夫 작시, 大場勇之助 작곡:『매일신보』, 1937.10.15), 「이겼다 일본(勝つたぞ日本) - 미국 영국 격멸의 노래(米英擊滅の歌)」(田中初夫 작사, 大場勇之助 작곡:『매일신보』, 1941.12.31), 「조선에 있어서의 문화정책(朝鮮に於ける文化政策)」(『朝光』 제8권 제1호, 1942년 1월호), 「연봉운(連峯雲)」(『국민문학』, 1942년 1월호), 시(詩) 「싱가포르 함락(シンガポール陷落)」(『朝光』 제8권 제3호, 1942년 3월호), 〈국민총력조선연맹〉 문화부 참사 자격으로 「군국(軍國)의 어머니 열전(列傳)(전7회)」(『매일신보』, 1942.6.23~30)을 연재, 「조선 규수시(朝鮮閨秀詩)의 국어역(國語譯)」(『매일신보』, 1943.3.13), 시 「해상 일출(海上日出)」(『매일신보』, 1944.1.1), 시 「2 계급 진급 4 용사의 노래(二階級進級四勇士の歌)」(『매일신보』, 1944.1.17), 시 「기원절(紀元節)」(『매일신보』, 1944.2.10), 시 「라바울 항공전(ラバウル航空戰)」(『매일신보』, 1944.2.14), 시 「호송선단의 노래(護送船團の歌)」(『매일신보』, 1944.2.24), 시 「화랑 사다함의 노래(花郎斯多含の歌)」(『매일신보』, 1944.3.2), 시 「화랑의 정신을 이어받아(花郎の精神受け繼ぎて)」(『매일신보』, 1944.3.2) 등의 시와 글이 있다. 『김소운(金素雲)은 「'전래동요, 구전민요'를 기보(寄報)하신 분에게 - 보고와 감사를 겸하야」(『매일신보』, 1933.3.23)에서 『언문조선구전민요집』은 『매신(每申)』 학예부의 모집한 자료를 토대로 편자의 수집과 그 박게 손진태(孫晉泰), 다나카 하쓰오(田中初夫) 등 제우(諸友)의 제공으로 된 자료를 긍(亘)하야 도쿄(東京)서 인쇄를 필(畢)하고 금년 1월에 간행되엿습니다.”라고 하였고, 『언문조선구전민요집』에서도 “土田杏村 氏의 盡力과 畏友 田中初夫 孫晉泰 氏의 資料에 關한 助力을 感謝하여 마지안는다.”라고 하여 김소운의 구전민요 수집에 손진태와 다나카 하쓰오의 도움이 있었음을 밝혔다.

**다니자키 준이치로**(谷崎潤一郎, たにざき じゅんいちろう: 1886~1965) 소설가. 도쿄(東京) 출생. 1908년 도쿄제국대학 국문과에 진학하였으나 중퇴하였다. 1910년 오사나이 가오루(小山內薰), 와쓰지 데쓰로(和辻哲郎) 등과 제2차 『신사조』를 창간하여 작품을 발표하였다. 『신사조』에 발표한 「문신(刺靑)」을 발표하며 등단하였다. 거미 문신을 한 후 몸이 변하는 여성의 이야기를 그린 이 단편으로 일본 탐미주의 문학의 문을 연 다니자키 준이치로는 이후 여체(女體)에 대한 탐닉, 사도-마조히즘(sado-masochism)과 결합된 에로티시즘을 특징으로 한 작품들로 독자적인 문학 세계를 구축하였다. 1915년 10세 연하의 이시카와 지요코(石川千代子)와 결혼하였고, 1921년 시인인 친구 사토 하루오(佐藤春夫)에게 아내를 양도하겠다는 합의문을 발표해 파문을 일으켰다. 1918년 조선, 만주, 중국을 여행하였다. 1924~25년에 발표·출간한 「미친 사랑(痴人の愛)」[75]은 주인공 나오미(ナオミ)가 당시 내연 관계였던 처제 세이코를 모델로 한 것으로 알려졌다. 서구적인 미모를 가진 15세의 소녀 나오미를 자신의 취향에 맞게 길러 아내로 삼으려고 했던 주인공이 오히려 육체적·정신적으로 그녀에게 예속되어 가는 마조히즘의 이야기이다. 이 작품이 출간되자 '인습적 정조 관념에 얽매이지 않는 신여성의 관능적 연애'를 뜻하는 '나오미즘(ナオミズム)'이란 말이 유행되기도 하였다. 1926년 재차 중국 상하이(上海)를 여행하였고 궈모뤄(郭沫若)와 알게 되었다. 1935년 세 번째 부인 모리타 마쓰코(森田松子)와 결혼한 후 그녀의 영향으로 1939년부터 1941년에 걸쳐 『겐지 모노가타리(源氏物語)』[76]를 현대어로 번역하였다. 1937년 〈일본예술원〉 회원이 되었다. 대작 『세설(細雪)』[77]로 1947년 마이니치문화상(毎日出版文化賞), 1949년 아사히문화상(朝日文化賞)을 수상하였고, 1949년 제8회 문화훈장(文化勳章)을 수장(受章)하였다. 일본 국내외에서 다니자키 준이치로의 작품이 갖고 있는 예술성을 높이 평가하였다. 현재에도 근대 일본문학을 대표하는 소설가 중 한 명으로 평가된

---

**75** 장편소설 『지진노아이(痴人の愛)』는 1924년 3월부터 6월까지 『오사카아사히신분(大阪朝日新聞)』에, 1924년 11월부터 1925년 7월까지 『조세이(女性)』에 연재되어, 1925년 가이조샤(改造社)에서 단행본으로 발간되었다.

**76** 『겐지모노가타리(源氏物語)』는 여류작가 무라사키 시키부(紫式部, 978~1016)가 지은 헤이안 시대(平安時代)의 장편소설이다. 11세기 출발기에 지어져 일반적으로 최초의 장편소설로 본다. 황자(皇子)이면서 수려한 용모와 재능을 겸비한 주인공 히카루 겐지(光源氏)의 출생과 시련, 영화와 죽음에 이르는 과정과 그를 둘러싼 일족들의 생애를 서술한 54권의 대작이다. 삼대에 걸친 귀족사회의 사랑과 고뇌, 이상과 현실, 예리한 인생비판과 구도정신(求道精神)을 나타낸 작품이다.

**77** 『사사키유키(細雪)』는 1943년부터 1948년까지 써서 1948년 주오코론샤(中央公論社)에서 책으로 간행하였다. 1943년 『주오코론(中央公論)』(1월호, 3월호)에 연재하였는데, 군부(軍部)에 의해 연재가 중단되었다. 이후 몰래 집필을 계속하여 1944년 상권(上卷)은 사가판(私家版)으로 출판하였고, 1947년 『婦人公論』(3월~10월)에 하권(下卷)을 연재하였다. 『細雪(上)』(1946), 『細雪(中)』(1947), 『細雪(下)』(1948)을 주오코론샤(中央公論社)에서 발간하였다. 내용은 1936년부터 1941년까지 오사카 선착장의 격식 있는 어떤 유서 깊은 집안을 무대로 4명의 자매가 각각 운명을 모색해 나가면서, 천재지변과 전쟁의 영향으로 점점 변해가는 생활 중에 여전히 계속되는 꽃구경, 반딧불이 잡기 놀이, 달구경 등 전통적인 풍속을 묘사하여 상류 문화의 세련미를 여실하게 보여주었다. 작가의 탐미주의의 정점을 보여준 작품인데, 제2차세계대전 중에 발행금지되어 전후에 완성되었다.

다. 다니자키 준이치로의 문학을 높이 평가하여 '문호(文豪)', '오타니자키(大谷崎)'(대 다니자키)로 칭송한다. 『이정호(李定鎬)는 「허고 만흔 동화 가운데 안데르센의 작품이 특히 우월한 점 – 작품발표 백 년 기념을 당해서」(『조선일보』, 1935.8.6)에서 다니자키 준이치로가 동화적 공상의 요소를 갖고 있지만 예술지상주의자이기 때문에 동화작가가 못 되었다고 하였다.

**다야마 가타이**(田山花袋, たやま かたい: 1872~1930)  소설가, 편집자. 본명은 다야마 로쿠야(田山錄弥). 도치기현(栃木縣) 출생. 메이지회학관(明治會學館)과 니혼법률학교(日本法律學校)에서 공부했다. 도쿄로 상경하여 서점의 도제로 일했으나 좋지 못한 일로 고향으로 돌아와 요시다 로켄(吉田陋軒)으로부터 한시문(漢詩文)을 배웠다. 1890년 형을 따라 상경하여 야나기타 구니오(柳田國男)를 알게 되었다. 1891년 오자키 고요(尾崎紅葉)의 집에 들어가 그의 지시에 따라 에미 스이인(江見水蔭)의 지도를 받았다. 『문학계(文學界)』[78] 동인, 〈연우사(硯友社)〉[79]의 일원으로 시와 소설을 발표하였다. 1896년에 구니키다 돗포(國木田獨步), 시마자키 도손(島崎藤村) 등과 알게 되었다. 1897년 돗포, 구니오 등과 시집 『서정시(抒情詩)』[80]를 간행하고 40여 편의 시를 수록하였다. 졸라(Zola), 모파상(Maupassant)의 영향을 강하게 받아 자연주의 작품 「주우에몽의 최후」(1902)를 발표하고 이로써 문단의 인정을 받았다. 1899년 박문관(博文館)[81]에 들어가 교정을 보았다. 1904년 러일

---

78 『분가쿠카이(文學界)』는 1893년 1월 『조가쿠잣시(女學雜誌)』로부터 분립하여 창간된 문예잡지이다. 1898년 1월에 폐간되었다. 메이지(明治) 20년대의 낭만주의 운동을 추진하였고, 기타무라 도코쿠(北村透谷)와 우에다 빈(上田敏)의 평론, 히구치 이치요(樋口一葉)의 소설, 시마자키 도손(島崎藤村)의 시가 주요한 수확이었다.

79 〈겐유샤(硯友社)〉는 1885년 오자키 고요(尾崎紅葉)가 야마다 비묘(山田美妙), 이시바시 시안(石橋思案) 등과 결성한 문학 단체(結社)이다. 동인에 이와야 사자나미(巖谷小波), 히로쓰 류로(廣津柳浪), 가와카미 비잔(川上眉山) 등이 참가하고, 오자키 고요 문하의 이즈미 교카(泉鏡花), 오구리 후요(小栗風葉), 야나가와 슌요(柳川春葉), 도쿠다 슈세이(德田秋聲) 등이 참여하여, 메이지(明治) 20~30년대(대략 1887년부터 1906년까지) 문단의 중심 세력이 되었고, 이른바 겐유샤 시대(硯友社時代)를 현출하였다.

80 『조조시(抒情詩)』는 1897년 구니키다 돗포(國木田獨步), 다야마 가타이(田山花袋), 야나기타 구니오(柳田國男), 미야자키 고쇼시(宮崎湖處子), 오타 교쿠메이(太田玉茗)가 합동으로 출판한 시집이다.

81 하쿠분칸(博文館)은 1887년 오하시 사헤이(大橋佐平)가 창립한 출판사이다. 앤솔러지(集錄雜誌) 형태의 『니혼다이카론슈(日本大家論集)』를 창간하여 경이적인 성공을 한 후, 『다이요(太陽)』, 『쇼넨세카이(少年世界)』, 『주가쿠세카이(中學世界)』, 『조가쿠세카이(女學世界)』, 『분게이구라부(文芸俱樂部)』, 『분쇼세카이(文章世界)』 등의 잡지를 발간해 잡지 왕국이 되었다. 서적도 많이 출판해 메이지(明治) 후반기에는 일본을 대표하는 종합출판사였다가 다이쇼(大正) 시기에 퇴조하

전쟁이 발발하자 사진반 종군기자가 되었다. 이 시기에 모리 오가이(森鷗外)를 만나 깊은 영향을 받았다. 자연주의 문학을 자각하고 평론 「노골적인 묘사」와 소설 「소녀병」을 발표하여 새 문학의 담당자로서 활약하게 되었다. 1906년 박문관에서 『문장세계(文章世界)』를 창간하자 편집주임이 되어, 당초 투서잡지(投書雜誌)[82]를 목적으로 발간된 것을 자연주의 문학의 거점이 되게 하였다. 1907년 중년 작가가 여제자를 향한 복잡한 감정을 묘사한 「이불」을 발표하였다. 여제자가 떠난 뒤 남자는 그녀가 사용하던 이불에 얼굴을 묻고 냄새를 맡고 눈물을 흘린다는 묘사로 인해 독자, 더욱이 문단에 충격을 주었다. 이 작품에 의해 일본 자연주의 문학의 방향이 결정되었다. 다시 「생(生)」, 「처(妻)」, 「연(緣)」 장편 3부작, 새로 고쳐 쓴 장편소설 『시골 교사』로 시마자키 도손과 나란히 대표적인 자연주의 작가가 되었다. 다이쇼(大正) 시기에 자연파의 쇠퇴와 신예작가의 등장으로 문단의 주류에서 밀려났다. 그러나 「한 병졸의 총살」 등의 작품을 정력적으로 발표하였다. 기행문(紀行文)에도 뛰어난 작품을 남겼다. 아동문학으로는 「어린아이(雛ッ兒)」(1897.6)를 시작으로 『소년세계(少年世界)』에 많이 집필하였고, 『소녀세계(少女世界)』, 『소녀화보(少女畵報)』,[83] 『수재문단(秀才文壇)』 등에도 작품을 기고하였다. 『소년독본 제16편 이케노 다이가(少年讀本 第16編 池大雅)』(博文館, 1899)에서는 화가로서 성공하기 위해 청빈한 삶을 감수하고 노력한 다이가를 생생하게 그려내었고, 『애자총서 제2

---

여 현재는 방계 회사가 남아 있다.

82 도쇼잣시(投書雜誌)는 독자의 투고를 받아 우수한 소설, 시가, 평론 등을 선발하여 게재하는 잡지를 가리킨다. 1887년 부인계몽지로 창간한 『이라쓰메(以良都女)』가 여류 신인을 세상에 내보낸 뒤, 메이지(明治) 20년대에 『쇼넨엔(少年園)』, 『분코(文庫)』, 『세이넨분(靑年文)』, 『신세이(新聲)』 등이 계속해서 발간되어 투서란(投書欄)을 주로 한 잡지로서 주목을 받았다. 1906년 다야마 가타이가 주필로 있었던 하쿠분칸(博文館)에서 창간된 『분쇼세카이(文章世界)』는 자연주의 문학의 일대 거점이 된 것과 동시에 무로 사이세이(室生犀星), 구보타 만타로(久保田万太郎), 다니자키 세이지(谷崎精二), 고바야시 다키지(小林多喜二) 등 유력한 신인들을 투서란을 통해 많이 데뷔시켰다. 1916년 신초샤(新潮社)가 창간한 『분쇼구라부(文章俱樂部)』도 신인 육성에 공헌하였다. 1918년에 창간된 『아카이도리(赤い鳥)』는 어린이들의 투서란에 주력해 요다 준이치(与田準一), 쓰보타 조지(坪田讓治), 니이미 난키치(新美南吉), 쓰카하라 겐지로(塚原健二郎), 히라쓰카 다케지(平塚武二) 등 아동문학의 우수한 신인들을 다수 배출시켜 아동시, 작문, 아동화(兒童畵) 등 종래의 형식주의를 타파한 새로운 창작 활동의 원류가 되었다.

83 『쇼조세카이(少女世界)』는 1906년 9월부터 1931년 10월까지 발간된 소녀잡지이다. 1895년 하쿠분칸(博文館)에서 발간한 『쇼넨세카이(少年世界)』의 자매지로 창간되었다. 『쇼조가호(少女畵報)』는 1912년 1월부터 1942년 1월까지 발간된 소녀잡지이다. 도쿄샤(東京社)에서 발간하고 있던 부인잡지 『후진가호(婦人畵報)』의 자매지로 창간되었다. 1942년 지쓰교노니혼샤(實業の日本社)의 소녀용의 잡지 『쇼조노도모(少女の友)』에 통합되어 폐간되었다.

편 작은 비둘기(愛子叢書 第二編 小さな鳩)』(實業之日本社, 1913)에서는 아버지를 비롯해 가까운 사람의 죽음을 바라보면서 성장하는 소년의 일상을 담담하게 기술하였다. 『세계소년문학 제4편 전쟁 중의 은가(世界少年文學 第四編 戰爭中の隱家)』(博文館, 1914)는 도데(Daudet, Alphonse)의 『Robert Helmont』를 번역한 것이다. 주요 작품으로 「주우에몽의 최후(重右衛門の最期)」(1902), 평론 「노골적인 묘사(露骨なる描寫)」(1904), 「소녀병(少女病)」(1907), 「이불(蒲団)」(1907), 장편소설 『시골 교사(田舍教師)』(1909), 기행문 「일본 일주(日本一周)」(1914~1916), 「한 병졸의 총살(一兵卒の銃殺)」(1917) 등이 있다. ▶엄흥섭(嚴興燮)은 「(나의 수업 시대, 작가의 올챙이 때 ⑧) 동호자가 모이어 『신시단(新詩壇)』 발간 – 당시 동인은 현존 작가들(하)」(『동아일보』, 1937.8.3)에서 구니키다 돗포와 더불어 다야마 가타이를 "사실주의(寫實主義) 문학"의 작가라 하였다.

**다지마 야스히데**(田島泰秀, たじま やすひで: 1893~?)  가고시마현(鹿兒島縣) 출생. 가고시마 현립 센다이중학(鹿兒島縣立川內中學)을 졸업하였다. 1914년 3월 조선(朝鮮)으로 건너왔다. 경성(京城)고등보통학교 부설 임시 교원양성소를 졸업하였다. 1915년 3월 조선공립보통학교 훈도(訓導) 자격을 획득해, 함경북도 경성(鏡城)공립보통학교를 거쳐, 1919년 4월 경성(京城) 매동(梅洞)공립보통학교 훈도로 부임하여 1925년까지 재직하였다. 1921년 1월 조선총독부 학무국 속(屬)이 되어 편수서기(編修書記)로 주로 조선어독본(朝鮮語讀本)을 편찬하였다. 이해에 조선총독부 소속 직원과 지방 대우직원을 대상으로 한 조선어장려시험 갑종(朝鮮語獎勵試驗甲種)에서 1등으로 합격하였다. 1923년부터 1929년경까지 조선총독부 학무국 학무과 및 편집과 소속 조선미술심사위원회의 서기로, 1928년부터 편집과 소속 임시교과서조사위원회의 편집서기로 재직하였다. 1934년 8월 20일 자로 조선총복부 편수서기 겸 조선총독부 속(屬) 조선공립보통학교 훈도 훈8등(勳八等) 다지마 야스히데가 고등관 7등(高等官七等) 조선총독부 군수가 되어, 1934년 9월 평안북도 선천군(宣川郡) 군수, 1936년 12월 28일부로 고등관 5등(高等官五等)으로 승진하여 정주군(定州郡) 군수로 부임하였다. 1939년 9월 30일 고등관 4등(高等官四等)으로 승등(陞等)하여 1940년까지 정주 군수로 재직하였다. 1943년경부터 〈국민총력조선연맹(國民總力朝鮮聯盟)〉에서 활동하였는데, 1943년 4월 동 연맹의 저축과장(貯蓄課長)이 되었고, 1943년 11월 15일부로 동 연맹 사무국 실천부 사봉과(仕奉課)에서 근무하였다. 1944년 1월 25일부터 2월 10일까지 동 연맹 산하 경기도연맹이 '미영격멸전의 앙양협의회'를 개최함에 따라 보도정신대(報道挺身隊)를 파견하게 되었는데 다지마 야스히데는 강화도(江華島)로 파견되었다. ▶일제강점기 조선총독부 기관지『朝鮮』과 교원단체인 〈조선교육회〉의 기관지『문교의 조선(文敎の朝鮮)』, 『매일신보』등에 다수의 글을 기고하였다. 「남향의 기와(南向きの姬瓦)」(『朝鮮』제94호, 조선총독부, 1923년 1월호), 「조선 샤레모노가타리(朝鮮洒落物語)(1~3)」(『文敎の朝鮮』제56, 58, 60호, 1930년 4, 6, 8월호), 「아리랑 고(考)」(『文敎の朝鮮』제95호, 1930년 7월호) 등이다. 1943년 〈국민총력조선연맹(國民總力朝鮮聯盟)〉 연성부(鍊成部) '田島泰秀' 명의로「청결로 마음도 맑게 – 일본 정신은 '깨끗함'이 바탕」(『매일신보』, 1943.2.14)을, 저축과장 '田島泰秀' 명의로 「'돈 쓸 일'과 싸우라 – 저축도 모진 마음 먹고서」(『매일신보』, 1943.10.29) 등의 글을 발표하였다. 저서로『온돌야화(溫突夜話)』(京城: 敎育普成株式會社, 1923)가 있다.

**다카기 도시오**(高木敏雄, たかぎ としお: 1876~1922) 신화학자, 민속학자, 독일 문학자. 구마모토현(熊本縣) 출생. 1896년 도쿄제국대학에 입학하여 1900년 문학부 독문과를 졸업하였다. 1912년 도쿄고등사범학교(東京高等師範學校) 교수, 에히메사범학교(愛媛師範學校) 교수, 1922년 오사카외국어대학(大阪外國語大學) 독일어부 주임교수. 1913~14년 야나기타 구니오(柳田國男)와 함께 민속학 전문 월간지『향토연구(鄕土硏究)』를 창간하여 편집하였다.『향토연구』에 발표한 논문을 사후에『일본 신화 전설의 연구』에 모아 출판하였다.『도쿄아사히신문(東京朝日新聞)』이 전국으로부터 모은 민간설화에서 뽑아 1913년에『일본전설집』을, 1916년에『동화의 연구』를 간행하였다. 문부성(文部省) 재외 연구원으로 선발되었으나, 독일로 출발하기 전에 병으로 사망하였다. 유럽의 연구 방법을 원용하여 일본의 신화, 전설 연구의 체계화를 시도하여 이 분야의 선구적 업적을 남겼다. 저서로『비교신화학(比較神話學)』(博文館, 1904),『신일본교육옛이야기(新日本敎育昔噺)』(敬文館, 1917),『일본신화이야기(日本神話物語)』(服部書店, 1911),『신 이솝이야기(新イソップ物語: 世界動物譚話)』(宝文館, 1912),『수신 교수 동화의 연구와 그 자료(修身敎授童話の硏究と其資料)』(宝文館, 1913),『일본전설집(日本伝說集)』(鄕土硏究社, 1913),『동화의 연구(童話の硏究)』(婦人文庫刊行會, 1916),『가정교훈동화(家庭敎訓童話)』(科外敎育叢書刊行會, 1918),『일본신화전설의 연구(日本神話伝說の硏究)』(岡書院, 1925) 등이 있다. 위 저서 중『신일본교육옛이야기(新日本敎育昔噺)』는 식민지가 된 '조선(朝鮮)'을 '새로운 일본(新しい日本)'이라고 한 것으로, 조선의 설화를 모은 것이다. 이 책 이전에『요미우리신문(讀賣新聞)』(1913.2.2~1914.4.2)에「세계동화 진묘 옛날이야기 백면상(世界童話 珍妙御伽百面相)」이란 제목으로 조선의 설화를 50회 연재한 바 있다. 다카기 도시오를

전후하여 조선의 설화 자료를 모아 출간한 책들은 대략 야마사키 겐타로(山崎源太郎)의 『조선의 기담과 전설(朝鮮の奇談と傳說)』(ウツボや書籍店, 1920.9), 다지마 야스히데(田島泰秀)의 『온돌야화(溫突夜話)』(教育普成株式會社, 1923.10) 등이 더 있다.[84]

**다카시마 헤이자부로**(高島平三郎, たかしま へいざぶろう: 1865~1946) 교육자, 아동심리학자. 에도(江戶) 출생. 독학으로 아동학과 심리학을 공부하고, 히로시마 후쿠야마의 소학교 교원을 거쳐, 도쿄고등사범학교, 학습원(學習院), 니혼여자대학 등에서 가르쳤다. 잡지 『아동연구(兒童硏究)』 고문을 지냈고, 도쿄 우문관(右文館)에서 교과서를 편집하였다. 아동심리학과 가정교육에 관한 다수의 저서를 출판하였다. 저서로 『가정에서의 아동교육(家庭に於ける兒童敎育: 兒童敎養叢書 第1編)』(大日本兒童協會, 1921) 등이 있다. ▶양미림(楊美林)의 「아동학 서설 – 아동애호주간을 앞두고(중)」(『동아일보』, 1940.5.4)에서, "다카시마 헤이자부로, 쓰카하라 세이지(塚原政次), 마쓰모토 고지로(松本孝次郞)" 등이 "『아동연구(兒童硏究)』란 잡지를 발간"하고 "이 잡지를 기관지로 하는 〈일본아동학회(日本兒童學會)〉를 조직"한 사실을 소개하였다.

**다카야마 초규**(高山樗牛, たかやま ちょぎゅう: 1871~1902) 문예평론가, 사상가. 본명 다카야마 린지로(高山林次郞). 야마가타현(山形縣) 출생. 1872년 백부(伯父)의 양자가 되었다. 도쿄영어학교(東京英語學校)를 거쳐 센다이(仙台)의 제2고등학교(第二高等學校)에 입학. 고등학교 때부터 동인지와 『야마가타일보(山形日報)』 등에 평론, 기행문 등을 발표하였다. 1893년 도쿄제국대학 문과대 철학과에 입학하여 재학 중 1894년 『요미우리신문(讀賣新聞)』의 현상 소설에 「다키구치뉴도」가 입선하여 신문에 연재되었다. 재학 중 우에다 빈(上田敏) 등과 『제국문학(帝國文學)』[85]을 창간하고 편집을 맡았다. 잡지 『태양(太陽)』[86]에 평론을 발표하였다.

---

**84** 이시준, 김광식의 「1920년대 전후에 출판된 일본어 조선설화집에 관한 기초적 연구 – 『신일본교육전설화집』, 『조선의 기담과 전설』, 『온돌야화』를 중심으로」, 『외국문학연구』 제53호, 한국외국어대학교 외국문학연구소, 2014.2. 참조.

**85** 『데이코쿠분가쿠(帝國文學)』는 1895년 창간하여 1920년에 폐간된 학술문예 잡지이다. 도쿄제국대학 문과대학의 이노우에 데쓰지로(井上哲次郞), 우에다 가즈토시(上田万年), 다카야마 초규(高山樗牛), 우에다 빈(上田敏) 등이 조직하였던 〈데이코쿠분가쿠카이(帝國文學會)〉의 기관지로 발행되었다. 평론과 외국문학의 소개 등에 공헌하였다.

**86** 『다이요(太陽)』는 1895년 1월, 하쿠분칸(博文館)에서 창간한 월간 종합잡지이다. 1928년 2월, 제34권 제2호(통권530호)까지 발행하고 폐간되었다. 주필은 쓰보야 젠시로(坪谷善四郞)를 처음으로, 다카야마 린지로(高山林次郞＝高山樗牛), 도야베 센타로(鳥谷部銑太郞＝鳥谷部春汀), 우

1896년 대학을 졸업하고 제2고등학교 교수가 되었다. 1897년 교장 배척운동을 계기로 사임하고 박문관(博文館)에 입사하여 『태양』 편집 주간이 되었다. 당시 국수주의적 기운이 고조되어 처음으로 일본주의(日本主義)[87]를 주창하는 평론을 다수 썼다. 한편으로는 니체(Nietzsche)의 영향을 받아 미적 생활을 제창하는 등 낭만주의적인 미문(美文)을 쓰기도 하면서, 미학을 둘러싸고 모리 오가이(森鷗外)와 논쟁을 벌였다. 1900년 문부성(文部省)으로부터 미학 연구를 위해 해외 유학을 지명받았다. 나쓰메 소세키(夏目漱石), 하가 야이치(芳賀矢一) 등과 같은 시기에 지명되었으며, 귀국하면 교토제국대학(京都帝國大學) 교수가 되는 것으로 내정되었으나 폐병으로 인해 유학을 취소하였다. 1901년 도쿄제국대학의 강사가 되어 일본 미술을 강의하였고, 1902년 「나라조의 미술(奈良朝の美術)」로 문학박사 학위를 받았다. 일본과 중국의 고전에 조예가 깊고, 구미(歐美)의 사상에도 두루 통했으며, 미문체(美文體)를 장기로 해 문호(文豪)로 불렸다. 일본주의, 낭만주의, 니체주의, 니치렌주의(日蓮主義) 등 주장의 변천이 격심하였는데, 급격한 근대화로 변전한 메이지(明治) 사상사의 발자취를 체현했다고도 할 수 있다. 초규가 말한 일본주의의 우승열패론(優勝劣敗論)의 파장은 매우 커 당시 소학교 교과서에까지 초규류(樗牛流)의 표현이 많이 보였다. 메이지 시기의 논단과 문단을 상징하는 평론가이다. 저서로 『다키구치뉴도(瀧口入道)』(岩波文庫, 1938), 『초규 전집(樗牛全集)』(전5권)』(齋藤信策, 姉崎正治 공편; 博文館, 1904~1907) 등이 있다. ▼이학인[牛耳洞人]의 「글 도적놈에게」(『동아일보』, 1926.10.26)에서 "글은 사람이다."라고 한 다카야마 초규의 말을 인용하여 표절을 비판하였다.

**다케다 아코**(武田亞公, たけだ あこう: 1906~1992) 아동문학가, 동요 시인. 본명 다케다 요시오(武田義雄). 아키타현(秋田縣) 출생. 소학교 고등과를 졸업하였다. 제재공(製材工) 출신으로 쇼와(昭和) 초기 노동운동에 참가하면서 프롤레타리아 동요시인으로서 활약하였다. 제2차세계대전 후에는 고향에서 농사를 지으며 문화운동에 종사하였다. 저서로 동화집 『산 위의 마을(山の上の町)』(秋田文化出版社, 1978), 『다케다아코 동화전집(武田亞公童話全集)』 등이 있다. ▼김우철(金友哲)이 다케다 아코의 동요 「말」(『신소년』, 1934년 2월호, 32~33쪽)을 번역 소개한 바

---

키타 가즈타미(浮田和民), 하세가와 세이야(長谷川誠也=長谷川天溪) 등이 맡았다.

87 니혼슈기(日本主義)는 일본의 메이지(明治) 시기부터 제2차세계대전 패전 시기까지의 유럽화주의, 민주주의, 사회주의 등에 반대하고, 일본 고래의 전통과 국수(國粹)를 옹호하려고 했던 사상과 운동을 말한다.

있다.

**다케토모 소후**(竹友藻風, たけとも そうふう: 1891~1954)   시인, 영문학자. 본명 다케토모 도라오(竹友虎雄). 오사카(大阪) 출생. 모모야마가쿠인중학교(桃山學院 中學校)와 도시샤신학교(同志社神學校)를 졸업하고, 교토제국대학(京都帝國大學) 영문과 선과(選科)[88]에서 우에다 빈(上田敏)에게 배웠다. 1914년 교토제국대학을 수료한 후, 미국에 유학하여 예일대학(Yale Univ.)에서 신학, 1917년부터 컬럼비아대학(Columbia Univ.)에서 영문학을 공부하고 1920년 귀국하였다. 귀국 후 노구치 요네지로(野口米次郎)의 소개로 게이오기주쿠대학(慶應義塾大學) 교수를 시작으로, 1921년 도쿄고등사범학교(東京高等師範學校), 1934년 간세이가쿠인대학(關西學院大學), 1948년 오사카대학(大阪大學) 등의 교수를 역임하였다. 1913년 대학 재학 중 첫 시집 『기도』를 간행하였다. 1921년 기타하라 하쿠슈(北原白秋) 등과 함께 〈신시회(新詩會)〉[89]를 결성했다. 스승 우에다 빈의 뜻을 이어 단테(Alighieri, Dante: 1265~1321)의 『신곡(神曲)』을 완역하였다. 아동문학 관련으로는 다음 두 권의 책이 주목된다. 1924년에 『세계동화대계 제4권: 북구편 – 안데르센동화집』을 영역본으로부터 중역한 63편의 작품을 수록하여 본격적인 안데르센동화집으로서 주목받았다. 1925년에는 『세계동화대계 제17권 – 제국동요집 번역편·일본편』을 발간했는데, '번역편'은 '머더구스'의 번역이고, '일본편'은 일본 각지에서 채집한 동요를 소후가 편집한 것으로 당시의 작업으로서 주목받았다. '머더구스' 번역은 1929년 『MOTHER GOOSE'S NURSERY RHYMES』(研究社)에 원문과 각주를 붙여 다시 간행하였다. 저서로 『기도(祈禱)』(昴發行所, 1913), 번역 『루바이야트(ルバイヤット)』(アルス, 1921), 번역 『신곡: 지옥계(神曲: 地獄界)』(文獻書院, 1923), 『세계동화대계 제4권: 북구편 – 안데르센동화집(世界童話大系 제4권: 北歐篇 – アンデルセン童話集)』(世界童話大系刊行會, 1924), 『세계동화대계 제17권 – 제국동요집 번역편·일본편(世界童話大系 第17卷 – 諸國童謠集 翻譯篇·日本篇)』(世界童話大系刊行會, 1925), 『영국동요집(研究社英文譯註叢書 第10 英國童謠集)』(研究社, 1929), 『신곡: 정죄계(神曲: 淨罪界)』(創元社, 1948), 『천로역정

---

88 일본의 구 대학 과정으로, 선과(選科: 센카)는 일부의 학과만을 선택하여 학습하는 코스이고, 예과 (予科: 요카)는 구제대학(旧制大學)의 학부(學部) 입학을 위한 전 단계인 구제고등학교(旧制高等 學校)에 준하는 과정이며, 학부(學部: 가쿠부)는 구제대학(旧制大學)에서 예과(予科)를 병설하고 있는 대학의 본과(本科)를 말한다.

89 〈신시카이(新詩會)〉는 1921년 3월 〈시와카이(詩話會)〉(1917년 결성)에서 탈퇴한 기타하라 하쿠슈 (北原白秋), 미키 로후(三木露風), 히나쓰 고노스케(日夏耿之介) 등 예술파 시인들이 결성하였다.

(天路歷程)(제1부, 제2부)』(西村書店, 1947~1948), 『다케토모소후 선집(竹友藻風選集)(전2권)』(南雲堂, 1982) 등이 있다. 『고장환(高長煥)의 「아동과 문학 - 1934년의 전망(2)」(『매일신보』, 1934.1.16)과 송창일(宋昌一)의 「아동문예의 재인식과 발전성(2)」(『조선중앙일보』, 1934.11.10)에서 "동요는 연령을 가지지 안은 지상의 천사이다. 언제 낫는지 어대서 왓는지조차 몰은다. 생각컨대 신이 아담과 이브를 만들기 이전부터 낙원 나무 알에에서 유희하고 잇든 것이겟다."라고 한 다케토모 소후의 말을 인용하여 동요의 개념을 설명하고 있다.

**도야마 마사카즈**(外山正一, とやま まさかず: 1848~1900)  교육자, 문학가, 사회학자, 정치가. 필명 추잔(ゝ山). 에도(江戶: 현 東京) 출생. 가족은 무예로 이름을 높였고, 도야마 마사카즈는 학문으로 두각을 나타냈다. 13세 때 반쇼시라베쇼(蕃書調所)[90]에서 영어를 배우고, 1864년 16세가 되자 가이세이조(開成所)[91]의 교수가 될 정도로 젊은 나이에 영재로 칭송되었다. 가쓰 가이슈(勝海舟)의 추천으로 1866년 막부(幕府) 유학생으로 영국에 유학하여 최신 문화 제도를 배웠다. 막부의 와해로 1869년 귀국하였다. 새로운 정부로부터 발군의 어학 능력을 인정받아 1870년 외무성 관리로 임명되어 미국으로 갔다. 사직 후 미국 미시간대학(Univ. of Michigan)에 유학하여 철학과 과학을 공부하였다. 1876년 귀국 후 관립도쿄가이세이학교(官立東京開成學校)에서 사회학을 가르치다가, 1877년 이 학교가 도쿄대학(東京大學: 뒤에 東京帝國大學)으로 개편되어 일본인 최초 교수가 되었다. 막부 말기부터 메이지(明治) 초기에 걸쳐 구미(歐米)에서 공부한 도야마 마사카즈의 신지식은 당시 일본 정부에서는 중요하였다. 그러나 강의는 철두철미하게 영국의 사회학자 스펜서(Spencer, Herbert: 1820~1903)의 방식인 윤독(輪讀)으로 일관해 학생들로부터 '스펜서의 파수꾼(スペンサーの番人)이라고 야유를 받았다. 1882년 동료들과 함께 시집 『신체시초(新体詩抄)』[92]를 발표하여, 전통적인 와카(和歌), 하

---

90 반쇼시라베쇼(蕃書調所)는 에도(江戶) 말기인 1855년에 막부(幕府)가 설치한 서양학 연구·교육 시설이다. 외교문서의 번역도 처리하였다. '蕃書調所'에서 '요쇼시라베쇼(洋書調所)', 다시 '가이세이조(開成所)'로 변경되었다. 도쿄대학(東京大學)의 전신 학교의 하나가 되었다.

91 가이세이조(開成所)는 1863년에 설치된 에도 막부(江戶幕府)의 서양 학문 교육 연구 기관이다.

92 『신타이시쇼(新体詩抄)』는 1882년 8월에 간행된 시집 이름이다. 정확하게는 『신타이시쇼(新体詩抄) 初編』이다. 제2권 이하는 간행되지 않았다. 도야마 마사카즈, 야타 베료키치(矢田部良吉), 이노우에 데쓰지로(井上哲次郎)가 공동 편찬했는데, 번역시 14편, 창작시 5편으로 이루어져, 단카(短歌), 하이쿠(俳句)를 중심으로 한 재래의 일본 시가를 개량하는 것을 목적으로, '서양의 시'를 모방한 새로운 형식의 시형(詩形) 곧 신타이시(新体詩)를 창시하려고 한 의도였다. 「셰익스피어 햄릿의 한 토막(シェークスピール氏ハムレット中の一段)」, 그레이(Gray, Thomas)의 「Elegy

이쿠(俳句)와 다른 신시대의 시의 형식을 모색한 것으로, 일본 근대문학에 큰 영향을 미쳤다. 1887년 도쿄학사회원(東京學士會院) 회원으로 임명되었다. 1889년 모토라 유지로(元良勇次郞)(도쿄대 교수), 간타 나이부(神田乃武)(영어교육가)와 함께 세이소쿠예비교(正則予備校)를 설립하였다. 일본어 로마자화를 추진하기 위해 〈로마자회(羅馬字會)〉를 결성하고 한자와 가나(仮名)의 폐지를 주창하였다. 서양 열강과 나란히 하기 위해서는 교육의 향상이 필요하며 이를 위해 여성 교육을 충실히 하고 공립도서관을 정비하자고 호소하는 등 메이지(明治) 시기의 교육 문화 활동에 있어서 광범위한 활약을 하였다. 도쿄제국대학의 문과대 학장을 거쳐 1897년 총장을 역임하였다. 1898년 이토 히로부미(伊藤博文) 내각의 문부대신(文部大臣)이 되었다. 저서로 『신체시초 초편(新体詩抄 初編)』(外山正一, 矢田部良吉, 井上哲次郞 공편; 丸屋善七, 1882), 『연극개량론·사고(演劇改良論私考)』(丸善商社書店, 1886), 『일본회화의 미래(日本繪畵ノ未來)』(1890), 『신체시가집(新体詩歌集)』(外山正一, 中村秋香, 上田万年, 阪正臣 공저; 大日本図書, 1895), 『영어교수법(英語教授法 附正則文部省英語讀本)』(大日本図書, 1897), 『교육제도론(教育制度論)』(富山房, 1900) 등이 있다. ▶양미림(楊美林)의 「아동학 서설 – 아동애호주간을 앞두고(중)」(『동아일보』, 1940.5.4)에서, "도야마 마사카즈(外山正一), 모토라 유지로(元良勇次郞) 등"이 1890년 도쿄에서 "〈일본교육연구회(日本敎育硏究會)〉를 조직"하였다는 사실을 소개하였다.

**도요시마 요시오**(豊島與志雄 = 豊島与志雄, とよしま よしお: 1890~1955)  소설가, 번역가, 불문학자, 아동문학가. 후쿠오카현(福岡縣) 출생. 1915년 도쿄제국대학 문학부 불문학과를 졸업하였다. 재학 중인 1914년 아쿠타가와 류노스케(芥川龍之介), 기쿠치 간(菊池寬), 구메 마사오(久米正雄) 등과 제3차 『신사조』를 간행하였고, 창간호에 처녀작 「호수와 그들(湖水と彼等)」을 기고하여 주목받았다. 1917년 생활 문제로 신조사(新潮社)의 편집자 나카무라 무라오(中村武羅夫)를 방문하여 『레미제라블(レ·ミゼラブル)』을 번역하기로 하였다. 이것이 베스트셀러가 되어 큰돈을 벌었다. 이 번역은 지금까지 몇 번 개정을 거쳐 이와나미문고(岩波文庫)에서 계속 발간되어 읽히는 명역이다. 이러한 까닭으로 번역이 주가 되고 창작이 부수적인 활동이 되었다. 1923년 호세이대학(法政大學) 교수가 되었고, 1925년부

---

Written in a Country Churchyard」를 번역한 「그레이 씨 묘지 감회의 시(グレー氏墳上感懷の詩)」, 「돌격대의 노래(拔刀隊の歌)」 등이 유명하지만, 작품 자체의 예술성은 부족하고, 새로운 시형을 소개했다고 하는 의의에 머물렀다.

터 다시 왕성한 창작 활동을 시작하였다. 1932년 메이지대학(明治大學) 문학부 교수가 되었다가, 1938년 다시 호세이대학 교수가 되었다. 제2차세계대전 후에 〈일본펜구락부(日本ペンクラブ)〉 재건을 위해 노력하여 1947년 2월 간사장에 취임하였다. 1949년 〈일본예술원〉 회원이 되었다. 1952년, 이전에 번역한 『장 크리스토프(ジャン・クリストフ)』가 팔리면서 막대한 인세를 받았다. 소설가 다자이 오사무(太宰治)는 만년에 도요시마 요시오를 가장 존경하여 여러 번 도요시마의 자택을 방문하여 술을 나누었다. 도요시마도 다자이 오사무의 마음가짐을 받아들여 다자이가 죽을 때까지 친교가 이어졌다. 다자이 오사무의 장례식에는 도요시마가 장의위원장을 맡았다. 저서로 『도요시마요시오 동화전집(豊島与志雄童話全集)(전4권)』(八雲書店, 1948), 『도요시마요시오 동화작품집(豊島与志雄童話作品集)(전3권)』(銀貨社, 2000), 번역 『레미제라블(レ・ミゼラブル)』(新潮社, 1918~19; 개정판 전4권, 岩波書店, 1987), 『장 크리스토프(ジャン・クリストフ)』(新潮社, 1921), 『천일야화(千一夜物語)』(豊島与志雄 외 공역; 岩波文庫, 1940~1955), 『장발장 이야기(ジャン・ヴァルジャン物語)』(岩波少年文庫, 1953) 등이 있다. ▶송남헌(宋南憲)은 「예술동화의 본질과 그 정신 – 동화작가에의 제언(3, 4)」(『동아일보』, 1939. 12.3~7)에서 "신시대의 동화는 명석한 눈을 요구하고 신선한 움직임을 요구한다. 그리고 이 눈과 움직임 가운데 조금이라도 간극이 잇으면 안 된다. 이 눈과 움직임이 잇을 때 여하한 현실적 중압이 잇더래도 언제나 인간성의 명랑함을 확보할 수가 잇다. 명랑한 눈이란 지성이고 신선한 움직임이란 것은 행동이다." "명랑한 눈과 신선한 움직임의 합치를 필요로 하는 동화의 세계를 몽상할 수가 잇다. 이 몽상은 단지 로맨틱한 동경이 아니고 과학적인 현실적인 꿈이 아니면 안 된다. 현실과 꿈이 융합하지 안으면 안 된다. 그러니까 또 지성과 행동이 융합하는 세계를 교망(翹望)할 수 잇다. 가령 현실에서 그것이 불가능하다고 하드라도 문학에서는 이런 모험도 가능하다."라고 한 도요시마 요시오의 「신시대의 동화」(『文藝』, 1938년 6월호)를 인용하여 예술동화의 개념을 정리하고 있다.

**마쓰모토 고지로**(松本孝次郎, まつもと こうじろ: 1870~1932)  교육심리학자. 도쿄(東京) 출생. 1888년 제일고등중학교(第一高等中學校)에 입학하여 1893년에 졸업하고 같은 해 도쿄제국대학 문과대 철학과에 입학하여 1896년에 졸업하였다. 대학원에서 모토라 유지로(元良勇次郎)의 지도를 받았다. 1899년 도쿄고등사범학교 강사가 되어 다음 해 교수가 되었다. 다카시마 헤이자부로(高島平三郎)와 함께 잡지 『아동연구(兒童研究)』를 발행하였다. 1906년 중국 량장사범학당(兩江師範學堂: 현 南京大學)에 초빙되었으나 신해혁명(辛亥革命) 뒤에 일본으로 귀국하였다.

저서로『아동심리학 강의(兒童心理學講義)』(松榮堂, 1898),『아동심리학(兒童心理學)』(博文館, 1905),『가정에서의 아동교육(家庭に於ける兒童敎育)』(國光社, 1906) 등 다수가 있다. ˹양미림(楊美林)의「아동학 서설 – 아동애호주간을 앞두고(중)」(『동아일보』, 1940.5.4)에서, "다카시마 헤이자부로, 쓰카하라 세이지(塚原政次), 마쓰모토 고지로" 등이 "『아동연구(兒童硏究)』란 잡지를 발간"하고 "이 잡지를 기관지로 하는 〈일본아동학회(日本兒童學會)〉를 조직"한 사실을 소개하였다.

**마쓰무라 다케오**(松村武雄, まつむら たけお: 1883~1969)  신화학자, 아동문학자. 구마모토현(熊本縣) 출생. 구제 제5고등학교(旧制第五高等學校)를 거쳐 도쿄제국대학 영문학과에 진학하였다. 재학 중부터 신화(神話) 연구에 뜻을 두어 신화를 주제로 한 졸업논문을 쓰고 1910년 졸업하였다. 1919년 도쿄제국대학 문학부 강사가 되어 그리스 신화 과목을 담당하였고, 1921년「고대 그리스 문화에 나타난 신들의 종교적 갈등의 연구(古代希臘の文化に現れたる神々の宗敎的葛藤の硏究)」로 문학박사 학위를 받았다. 1921년 고쿠가쿠인대학(國學院大學)에서 신화학을 강의하였다. 1923년 해외 연구원으로서 유럽에 유학하여 신화와 전승설화를 연구하고 1925년에 귀국하였다.『신화학원론(神話學原論)』으로 1947년 제국학사원(帝國學士院)[93]의 은사상(恩賜賞)을, 1958년『일본 신화의 연구(日本神話の硏究)』로 아사히상(朝日賞)을 받았다. 아동문학에 있어서 마쓰무라가 최초로 정리한 것으로는 모리 오가이(森鷗外), 스즈키 미에키치(鈴木三重吉), 마부치 레이유(馬淵冷佑)와 함께 한『표준 오토기문고(標準お伽文庫)(전6권)』(培風館, 1920~21)이다. 1922년에 간행된『동화 및 아동의 연구』와, 1923년에 간행된『아동교육과 아동문예』는 "이 나라에서 처음 과학적으로 정확하게 어린이와 독서의 관계를 널리 알리고, 어른의 평범한 관념이나 감상주의를 배제하고, 어린이 고유의 사고방식과 생활방식에 통하는 것으로써, 전승문예의 고유한 형식성을 높이 인정할 수 있었다."라고 평가되는 대저(大著)였다. 전승설화 편찬은 앞의『표준오토기문고(標準お伽文庫)』외에『세계동화대계(世界童話大系)』(1924~28),『신화전설대계(神話傳說大系)』(1935) 등이 있고, 아루스(アルス) 출판사의 '일본아동문고'에서는『세계신화전설집(世界神話傳說集)』을 맡았다. 일본의 옛이야기(昔話)와 재화(再話)로는 고단샤(講談社)

---

93 데이코쿠가쿠시인(帝國學士院: 영 Imperial Academy)은 일본 국립 아카데미로 현재는 니혼가쿠시인(日本學士院)이다. 일본의 학술을 발전시킬 목적으로, 1879년에 창설된 도쿄가쿠시카이인(東京學士會院)을 전신으로 하여 설립되었다. 정원은 100명이다. 1906년 칙령(勅令)으로 제국학사원규정(帝國學士院規程)에 바탕을 두고 6월에 설치하였다.

의 그림책 출간을 위해 쓴『모모타로』(1937),『꽃 피우는 할아버지』(1937),『원숭이와 게의 싸움』(1937),『카치카치야마』(1938) 등이 있다. 저서로『동화 및 아동의 연구(童話及び兒童の硏究)』(培風館, 1922),『아동교육과 아동문예(兒童敎育と兒童文芸)』(培風館, 1923),『동요 및 동화의 연구(童謠及童話の硏究)』(大阪每日新聞社, 1923),『지나신화전설집(支那神話伝説集)』(近代社, 1927),『조선・대만・아이누 동화집(朝鮮・台湾・アイヌ童話集)』(松村武雄, 西岡英雄; 近代社, 1929),『신화학 논고(神話學論考)』(同文館, 1929),『동화교육신론(童話敎育新論)』(培風館, 1929),『민속학논고(民俗學論考)』(大岡山書店, 1930),『북유럽신화와 전설(北歐神話と伝説)』(趣味の敎育普及會, 1933),『독일신화와 전설(ドイツ神話と伝説)』(趣味の敎育普及會, 1933),『핀란드 세르비아 신화와 전설(フィンランド・セルヴィア神話と伝説)』(趣味の敎育普及會, 1933),『지나・조선・대만 신화와 전설(支那・朝鮮・台湾 神話と伝説)』(趣味の敎育普及會, 1935), 그림책『모모타로(桃太郎)』(講談社, 1937), 그림책『꽃 피우는 할아버지(花咲爺)』(講談社, 1937),『원숭이와 게의 싸움(猿蟹合戰)』(講談社, 1937),『카치카치야마(カチカチ山)』(講談社, 1938),『인도・페르시아 신화와 전설(インド・ペルシヤ神話と伝説)(상,하)』(大洋社出版部, 1939),『신화학원론(神話學原論)(상,하)』(培風館, 1940~1941),『일본 신화의 연구(日本神話の硏究)(전4권)』(培風館, 1955~1958) 등이 있다. ▶일제강점기 우리나라 아동문학가들은 다음과 같이 마쓰무라 다케오를 인용(번역)하였다. 정홍교(丁洪敎)의 「동화의 종류와 의의」(『매일신보』, 1926.4.25)는 마쓰무라 다케오의 저서『동화 및 아동의 연구(童話及び兒童の硏究)』(東京, 培風館, 1922)의 제5장「동화의 종류와 의의(童話の種類と意義)」를, 정홍교(丁洪敎)의 「아동의 생활심리와 동화(전2회)」(『동아일보』, 1926.6.18~19)는 제7장「아동의 생활 및 심리와 동화와의 관계(兒童の生活及び心理と童話との關係)」를 발췌・요약한 것이고, 김석연(金石淵)의 「동화의 기원과 심리학적 연구(전10회)」(『조선일보』, 1929.2.13~3.3)는 마쓰무라 다케오의 저서『동요 및 동화의 연구(童謠及童話の硏究)』(大阪: 大阪每日新聞社, 1923.5)의 제2편「동화의 기원 및 본질의 민족심리학적 고찰(童話の起源及び本質の民族心理學的考察)」의 제1장「동화 기원의 민족심리학적 연구(童話の起源の民族心理學的硏究)」를 발췌・번역한 것이다. 고장환(高長煥)은 「아동과 문학 - 1934년의 전망(전7회)」(『매일신보』, 1934.1.3~28)의 말미에 "여기에 쓴 글을 주로 松村박사 저서에 의한 것"이라 하여, 마쓰무라 다케오의 저서를 인용하였음을 밝혔다. 그 저서는 내용으로 보아『동화 및 아동의 연구(童話及び兒童の硏究)』이다. 윤복진(尹福鎭)의 「(아동문학강좌)동요 짓는 법(전4회)」(『동화』, 1936년 7-8월 합호~

1937년 4월호)은 마쓰무라 다케오의 '동요론(童謠論)'을 참고하였다고 밝혔다. 이는 아동보호연구회가 편찬한『동화 동요 및 음악 무용(童話童謠及音樂舞踊)』(兒童保護研究會, 1923) 중 마쓰무라 다케오가 집필한 '동요의 의의와 종류(童謠の意義と種類)'(85~92쪽)를 부분부분 인용한 것이다.

**마에다 아키라**(前田晁, まえだ あきら: 1879~1961)  소설가, 번역가. 필명 보쿠조(木城). 야마나시현(山梨縣) 출생. 그의 부인도 동화작가인 도쿠나가 스미코(德永壽美子: 1888~1970)이다. 전신기사(電信技師)로 고후(甲府)에서 근무하다 도쿄로 전임해 와 국민영학회(國民英學會)[94] 야간부에서 공부하고 1900년 도쿄전문학교 고등예과, 문학부 영문학과로 진학하였다. 재학 중에 쓰보우치 쇼요(坪內逍遙)와 알게 되었고, 1903년 긴항당(金港堂)[95]의『청년계(青年界)』에 번역을 기고하였다. 1904년 졸업하고 쓰보우치 쇼요의 소개로 출판사 박문관(博文館)에 입사하였다. 이 시기에 구보타 우쓰보(窪田空穗)와 알게 되어 평생 교우 관계를 유지하였다. 1904년 3월에 다야마 가타이(田山花袋)가 편집주임인 잡지『문장세계(文章世界)』가 창간되었으나 다야마가 집필에 전념하도록 하기 위해 마에다 아키라가 편집을 맡았다. 마에다 자신도 소설, 평론을 집필하는 외에 번역도 하였다. 1913년에 박문관을 퇴사하고, 1915년부터 1917년까지『요미우리신문(讀賣新聞)』부인부장을 맡았다. 1924년 긴세이도(金星堂)[96]의『세계문학(世界文學)』을 주재하면서『소년국사 이야기(少年國史物語)』등 아동문학도 직접 다루었다. 1925년 가와이 야스시(川合仁), 나카무라 세이코(中村星湖) 등과 야마나시 지역 문화인들의 친목 단체인〈산인회(山人會)〉[97]를 설립하였다. 저서로 번역서『쿠오레: 사랑의 학교(クオレ: 愛の學校 上, 下卷)』(岩波書店, 1929)와,『소년국사 이야기(少年國史物語)(전6권)』(早稻田大學出版部, 1933~36),『메이지 다이쇼의 문학인(明治大正の文學人)』(砂子屋書房, 1942) 등이 있다. ▶홍종인(洪鍾仁)은 「아동문학의 황금편 -『사랑의 학

---

94 고쿠민에이가쿠카이(國民英學會)는 1888년 이소베 야이치로(磯辺弥一郎)가 도쿄세이소쿠영어학교(東京正則英語學校)를 개설한 미국인 이스트레이크(Eastlake, Frank Warrington)와 함께 영어교육을 목적으로 도쿄에 설립한 학교다.

95 긴코도(金港堂)는 1875년 하라 료자부로(原亮三郎)가 요코하마(橫浜)에서 설립한 출판사이다.

96 긴세이도(金星堂)는 1916년 도쿄에서 후쿠오카 마스오(福岡益雄)가 설립한 출판사로, 문예잡지『분게이지다이(文芸時代)』(문예시대) 등을 발간하였다.『文芸時代』는 가와바타 야스나리(川端康成), 요코미쓰 리이치(橫光利一) 등 신진작가를 동인으로 하여 창간하였는데, 기성의 리얼리즘에 대립하는 독자적인 감각적 표현을 개척하여 신감각파(新感覺派)라고 불렸다.

97 〈산진카이(山人會)〉는 문화사업의 조성과 학술문화 향상 발전에 기여할 것을 목적으로 설립된 공익 재단법인이다.

교』(하)」(『중외일보』, 1930.2.1)에서 이정호(李定鎬)가 번역한 『사랑의 학교』(원전 『쿠오레(Cuore)』)에 대한 서평을 쓰면서, 일본의 미우라 간조(三浦關造)와 마에다 아키라의 번역과 비교하였다.

**마키모토 구스로**(槇本楠郎 = 槙本楠郎, まきもと くすろう: 1898~1956)  평론가, 작가. 본명 마키모토 구스오(槇本楠男). 별명 기치조지 히로시(吉祥寺弘), 고이즈미 레이키치(小泉礼吉) 등 다수가 있다. 오카야마현 기비군(岡山縣 吉備郡) 출생. 와세다대학 예과에 입학하여 작가가 되고자 하였으나 중퇴하였다. 뒷날 아동문학가가 된 장녀 마키모토 나나코(槇本ナナ子)가 태어날 즈음 시집 『처녀림의 울림(處女林のひびき)』(1922.9)을 자비 출간하였다. 10월에 첫 동화 「豊の再生」을 친구의 소개를 받아 『여학생(女學生)』[98]에 게재하였다. 1923년 가정사정으로 귀향하여 농사를 지으면서 창작활동을 하였다. 중학생 때부터 흥미를 갖고 있던 민요를 채집하여 야나기타 구니오(柳田國男)가 편찬한 '노변총서(爐邊叢書)'의 제18권으로 『기비군 민요집(吉備郡民謠集)』을 정리하였다. 『문예전선(文芸戰線)』(1926년 1월호)에 「탐정소설에 대한 요망(探偵小說への要望)」이 실려 야마다 세이자부로(山田清三郎) 등에게 인정받아 상경하고 싶은 마음이 커졌다. 1927년 상경하여 『도쿄마이세키신문(東京毎夕新聞)』에 입사하였다. 1927년 『문예전선』에 프롤레타리아 동요라고 밝힌 동요 「작은 동지(小さな同志)」를 발표하였다. 『문예전선(文芸戰線)』(1927년 9월호)의 '작은 동지(小さい同志)' 난에 동요 「메이데이놀이(メーデーごっこ)」를 발표하고 프롤레타리아문학운동에 한층 더 접근하였다. 1927년 10월 야마다 세이자부로의 소개로 〈노농예술가연맹(勞農芸術家連盟)〉[99]에 가입하게 되자 신문사를 퇴사하고 창작에 전념하였다. 1927년 11월 사회민주주의 입장을

---

98  『조가쿠세이(女學生)』는 1920년 5월 겐큐샤(研究社)에서 창간(종간 불명)한 아동 잡지이다.
99  〈로노게이주쓰카렌메이(勞農芸術家連盟)〉(약칭 〈勞芸〉)는 1920년대부터 30년에 걸쳐 활동한 일본의 프롤레타리아 문학단체이다. 1926년 〈日本プロレタリア芸術連盟〉(약칭 〈プロ芸〉)이 결성되었으나 의견대립으로 1927년 6월 가지 와타루(鹿地亘)와 나카노 시게하루(中野重治) 등 〈プロ芸〉의 주류들은 구라하라 고레히토(藏原惟人), 하야마 요시키(葉山嘉樹) 등을 제명하였다. 이에 구라하라 고레히토, 하야마 요시키, 고보리 진지(小堀甚二), 마에다코 히로이치로(前田河廣一郎) 등은 1927년 7월 〈勞農芸術家連盟〉를 결성하고, 『文芸戰線』을 기관지로 하였다. 그러나 11월에 『文芸戰線』의 편집을 맡고 있던 야마다 세이자부로(山田清三郎)가 의뢰한 야마카와 히토시(山川均)의 에세이가 '27년 테제(27年テーゼ)'에 대한 비판이었기 때문에 게재에 대한 찬반으로 의견이 갈려 게재를 반대한 구라하라, 야마다 세이자부로, 후지모리 세이키치(藤森成吉), 무라야마 도모요시(村山知義) 등이 〈勞芸〉를 탈퇴하고 〈젠에이게이주쓰카도메이(前衛芸術家同盟)〉(약칭 〈前芸〉)를 결성하였다. 〈勞芸〉는 야마카와 히토시 등의 로노하(勞農派)의 영향을 받게 되었으나 이후 소극적인 활동을 하다가 1932년에 해산되었다.

가지려고 하는 아오노 스에키치(青野季吉) 등에 반대하고 야마다 세이자부로, 하야시 후사오(林房雄), 무라야마 도모요시(村山知義) 등과 함께 〈노농예술가연맹〉을 탈퇴하였다. 1927년 〈전위예술가동맹(前衛芸術家同盟)〉(약칭 〈前芸〉)을 결성하고 1928년 1월 기관지 『전위(前衛)』[100]를 창간하자 '어린이 페이지(コドモのぺ—ジ)' 난을 담당하였다. 진영 내에서 아동문학 전문가로 불렸다. 1928년 3월 〈전위예술가동맹〉은 〈일본프롤레타리아예술연맹(日本プロレタリア芸術連盟)〉(약칭 〈プロ芸〉)과 합류하여 〈전일본무산자예술연맹(全日本無産者芸術連盟)〉(약칭 〈ナップ〉)을 결성하였다. 기관지 『전기(戰旗)』 및 『소년전기(少年戰旗)』에 작품을 발표하는 동시에 「프롤레타리아 동요론(プロレタリア童謠論)」, 「프롤레타리아 아동문학의 제창(プロレタリア兒童文學の提唱)」 등을 시작으로 수많은 평론을 발표하여 프롤레타리아 아동문학운동의 이론적 지주가 되었다. 1928년 10월 공산주의자로부터 아나키스트까지 광폭의 아동문학자를 결집한 〈신흥동화작가연맹(新興童話作家聯盟)〉[101]이 결성되었다. 마키모토 구스로는 간사로 참여하여 기관지 『동화운동(童話運動)』[102]에 동요와 「아동문학의 계급성(兒童文學の階級性)」 등의 평론을 발표하였다. 몇 달 지나지 않아 오가와 미메이(小川未明) 등이 탈퇴하자 마키모토 등은 미메이 등의 비계급성을 격렬하게 공격하였다. 1928~29년에 발표했던 논문을 중심으로 한 마키모토 구스로의 첫 평론집 『프롤레타리아아동문학의 제문제』가 1930년에 출간되었으나 발매금지 되었고, 다시 같은 해에 『프롤레타리아아동요강화』를 발간하였다. 이어 1930~31년에 걸쳐 「프롤레타리아 동요동화 작법(プロレタリア童謠童話作法)」, 「프롤레타리아 아동문학의 근본 문제(プロレタリア兒童文

---

100 『젠에이(前衛)』는 〈前衛芸術家同盟〉의 기관지로 1928년 1월에 창간되었다가 같은 해 4월에 종간되었다.

101 〈신코도와삿카렌메이(新興童話作家聯盟)〉는 1927년 10월 창립된 공산주의자와 아나키스트가 참가한 프롤레타리아 아동문학 단체이다. 오키 유지(大木雄二), 마키모토 구스로(槇本楠郎) 등을 간사로 이시다 시게루(石田茂), 이노 쇼조(猪野省三), 오가와 미메이(小川未明), 오카 가즈타(岡一太), 오제키 이와지(尾關岩二), 나마치 사부로(奈街三郎), 혼조 무쓰오(本庄睦男) 등이 참가하였다. 1928년 1월에 기관지 『도와운도(童話運動)』를 창간하였다. 그러나 3월에 이미 운동의 방향을 둘러싸고 분열하여 오가와 미메이 등 아나키스트 계 작가들은 떠나게 되어 11월에 해산하였다. 대부분 〈프로레타리아삿카렌메이(プロレタリア作家聯盟)〉에 참가하였다.

102 『도와운도(童話運動)』는 1929년 1월부터 12월까지(전12권) 발간된 〈신코도와삿카렌메이(新興童話作家聯盟)〉의 기관지이다. 이시다 시게루(石田茂)가 편집하였다. "우리나라 유일의 계급적 입장에 선 아동문학운동의 기관 잡지이다."란 입장으로 운동이론, 창작이론을 전개하였다. 주된 필자는 마키모토 구스로, 이시다 시게루, 오카와라 히로시(大河原浩), 오가와 미메이, 히지카타 데이이치(土方定一), 오키 유지(大木雄二) 등이었다.

學の根本問題)」 등 정력적으로 논문을 발표함과 동시에, 동요집 『붉은 깃발』(1930)을 발간하였다. 가와사키 다이지(川崎大治)와 공저로 『작은 동지』(1931)를 발간하였으나 곧 발매금지 처분되었다. 마키모토가 활동했던 이 시기는 프롤레타리아 아동문학운동의 전개기(展開期)였는데 운동의 추진역할을 마키모토가 완수하게 되었다. 이 시기의 마키모토의 아동관(兒童觀)은 "아동도 계급적 존재이다.(兒童も階級的存在である)"라고 한 말에 집약되어 있다. 『프롤레타리아 아동문학의 제 문제』의 '자서(自序)'에서 "종래 아동은 천진난만·순진무구, 소위 천사와 같은 초계급적 존재로 간주되어 왔다. 그러나 이러한 지배계급적 거짓은 계급투쟁의 격화와 함께 자연히 그 본연의 모습을 드러내어, 일체의 거짓을 훌륭하게 없애버리고, 어느 한쪽의 계급인(階級人), 아니 계급전사인 것을 실증해 가고 있다. 즉 이것은 그들 아동 자신도 가장 빨리 계급에 의해 정치적·경제적 이해(利害)를 달리하고, 그리고 그 해결을 위해서는 마르크스·레닌주의적 방법밖에 없다는 것을 알았으니 그럴 수밖에 없다."라고 하였다. 이러한 아동관에 따라 아동문학의 역할은 "아동문학도 성인의 계급문학과 같이(물론 양자의 표현양식, 내용 등등의 차이는 인정되지만) 결국 예술 특유의 기능에 의한 '계급적 역할'을 갖고 '계급적 교화를 임무로 하는 프롤레타리아 아동문학"(「プロレタリア兒童文學の理論と實際」)이란 관점에서 교화의 도구로 규정하였다. 『전기(戰旗)』(1928.12)에 발표한 「문화촌을 습격한 어린이(文化村を襲った子供)」는 프롤레타리아 어린이가 부자들의 문화촌 아이들을 혼내 주려고 데모 행진을 하면서 앞질러 나간다는 이야기로, 어린이 사회에도 빈부의 차가 있음을 보여 주었고, 놀이 중에 노동투쟁의 방법을 도입해서, 자기의 이론을 작품화한 감이 있는 작품이다. 여기에는 아동에 대해 투쟁의 방법을, 그리고 진영의 작가들에 대해서는 작품의 방법을 보여 주려고 하는, 이중의 교화 의식이 작용하고 있다. 문학과 정치의 관계는 당시의 프롤레타리아문학의 큰 과제였으나, 아동문학에도 이와 같은 모습으로 나타나 있다. 동요도 대체로 같은 문학관 아래에 있지만, "'동요'는 '아동문학' 가운데에서도 가장 초기에 속하는 것인 만큼, '×의 문학'으로서보다도, 더욱더 '알파벳' 내지 '음계(音階)'의 역할을 다하지 않으면 안 되는 것이다."(「プロレタリア 童謠 講話」)라는 보다 기초적인 존재로 인식되고 있었다. 초기 작품에 한하면 어린이들의 마음을 파악한다는 점에서는 동요가 동화보다 우월한 것이었다. 프롤레타리아 아동문학운동이 해체된 후의 평론을 모아 1936년에 간행한 『신아동문학이론』은 마키모토 이론의 전환을 보여 주었을 뿐만 아니라, 사회 속에서 아동을 파악하려고 했던 일본 아동문학계의 전환을 보여 주고 있다. 수록된 논문 제목에 '프롤레타리아'와 관련되는 단어가 보이지 않는 것은, 사상의 자유를 빼앗긴 시대를 말하고 있는 것이고, '자서(自序)'에 "현재 우리 아동문학에 종사하는 자. 혹은 아동문학의 정식 이용가치를 인정하는 자들은, 이후에도 자중하고, 신중하게 아동문학의 중요한 문제의 바른 해결과 발전을 위해 협력하고 참가해야 한다."라고 한 말도, 체제에 협력하고 있거나 혹은 비판하고 있는 것처럼도 읽을 수 있는 신중한 말투로 인정된다. 또 거기서의 주장도 "보다 올바른 집단적 · 자주적 · 창조적 생활을 하려고 하는 정신"을 가진 문학의 창작이라는 것으로, 그의 말에 따르면 '생활주의 동화'(『月夜の蜜柑山』, フタバ書院, 1941.11)라고 불리는 작품이었다. 이것을 구체화한 것이 『새끼고양이의 재판』, 『들판의 어린이회』 등에 수록된 작품들이었다. 또 『신아동문학이론』에서는 오가와 미메이를 평가했을 뿐만 아니라, 프롤레타리아 아동문학운동으로부터 멀리 떨어져 있던 다카세 요시오(高瀬嘉男)의 『소포로 온 봄(小包みで來た春)』도 평화 · 불행에 대한 동정 · 노동이 묘사된 점을 평가하는 것에서 지난 이론에 비해 폭이 넓어진 것을 보여주었다. 1940년 이후는 병 때문에 두드러진 활약은 없었지만 많은 작품집을 남겼다. 그러나 마키모토의 본령은 그러한 작품이 아니라 이론에 있다고 할 수 있다. 『赤い旗』는 1930년 5월 5일에 간행되었다. 「프롤레타리아 소년소녀에게(プロレタリア少年少女へ)」라고 한 서문에 이어, 35편의 동요 및 「프롤레타리아 동요의 활용에 관한 각서(プロレタリア童謠の活用に關する覺書)」, 「권말에(卷末に)」로 이루어져 있다. 표지 및 권두에 한글로 번역문이 덧붙여져 있다. 「권말에」에 이 책이 일본에서 프롤레타리아 아동을 위한 첫 창작집이라고 하였듯이, 프롤레타리아 아동문학운동에 있어서 기념할 만한 동요집이다. 처음 출판된 것인지는 불분명하지만, 『문예전선(文芸戰線)』, 『전위(前衛)』, 『동화운동(童話運動)』, 『소년전기(少年戰旗)』 등 마키모토가 관계했던 잡지에 발표하였던 것을 중심으로 편찬된 것이다. 읽기 위한 동요가 아니라, 놀이와 쟁의(爭議) 중에 노래 부르고, 아동을 고무하는 것을 목적으로 창작한 것이다. 자연 속에서 흔들리는 마음을 노래한 다이쇼(大正) 시기 동요와 정취를 달리하여, 활용되도록 하기 위한 동요라고 하는 동요관과 분노나 고발이 주제가 되어 있지만, 노래의 가락은 다이쇼 시기의 것이었다. 『프롤레타리아 아동문학의 제 문제』는 1930년 4월 21일 간행된 평론집이다. 1928~29년에 걸쳐 마키모토가 발표한 프롤레타리아 아동문학 관련 논문을 모은 책으로, 거의 같은 시기에 출판된 『프롤레타리아 동요강화』를 제외한다면 '프롤레타리아'를 앞에 붙인 유일한 아동문학 평론서이다. "현실 사회가 계급이 대립한다는 사실은 지금이나 이전에 누구도 부정할 수 없는 일이었다. 그래서 그 사실은 또 아동에게도 급속도로 전개해 가고 있다."라고 하는 첫머리로 시작되는 이 책은 기존의 아동관과 기존의 동화가 갖고 있는 비사회성을 격렬하게 공격하였다. 정치성을 중시한 이러한 공격은, 예술로서의 비평이라기보다도 아동관에 대한 비평 효과가 있고, 아동문학계뿐만 아니라 교육계에도 영향을 주었다. 이 책에는 「일본 프롤레타리아 아동문학의 발달(日本プロレタリア兒童文學の發達)」이 수록되어 있는데, 잘 정리되어 있어 뒷날 자료가 부족한 프롤레타리아 아동문학 연구에 도움을 주었다. 『새끼고양이의 재판』은 1935년 11월 19일에 간행된 동화집이다. 「子猫の裁判」, 「청소 당번(掃除當番)」 등 1933년부터 잡지 『교육논총(教育論叢)』에 발표한 작품이 중심이다. 「청소 당번」은 잡지에 발표할 당시 쓰카하라 겐지로(塚原健二郎)가 『미야코신문(都新聞)』(1933.9.3)에서 이 작품을 두고 '집단주의 동화'의 전형으로 평가하였는데, 뒤에 마키모토는 '생활주의 동화'라고 부른 작품이다. 생활상의 문제를 어린이들이 스스로 지혜를 짜내 해결해 나간다는 줄거리가 어느 작품에나 거의 공통으로 있다. "아동의 일상생활 가운데, 올바른 집단적·창조적 생활을 이끌어내고, 그것을 보다 합리적인 사회생활로 그들 자신에 의해 높여 가는 것"이 "진짜 올바른 아동문학"이라고 한 이론(『신아동문학이론』)에 부합하는 작품으로, 사회생활의 영위 방법을 해설한 읽을거리의 경향이 있지만, 이러한 형태로 시대의 흐름에 저항하려고 한 귀중한 작품집이다. 1938년 동화 「어머니날(母の日)」로 제1회 동화작가협회상(童話作家協會賞)을 수상하였다. 병상에 있으면서도 〈일본아동문학자협회(日本兒童文學者協會)〉[103] 발기인에 이름을 올리고, 〈일본동화회(日本童話會)〉,[104] 〈신일본가인협회(新日本歌人協會)〉에 참가하였다. 저서로『(노변총서 18, 기비군 민요집(爐邊叢書 18, 吉備郡 民謠集)』(鄕土研究社, 1925), 평론집『프롤레타리아 아동문학의 제 문제(プロレタリア兒童文學の諸問題)』(世界社, 1930. 4), 평론집『(프롤레타리아 동요강화(プロレタリア童謠講話)』(紅玉堂書店, 1930. 6), 동요집『(푸로레타리아 동요집)붉은 깃발(赤い旗)』(紅玉堂書店, 1930),[105] 동요집『작은

---

103 〈니혼지도분가쿠샤교카이(日本兒童文學者協會)〉는 "민주주의적인 아동문학을 창조하고 보급한다."를 목적으로 세키 히데오(關英雄), 고바야시 준이치(小林純一), 히라쓰카 다케지(平塚武二) 등 당시 젊은 작가가 중심이 되어 1946년 3월에 창립하였다. 발기인은 오가와 미메이(小川未明), 하마다 히로스케(浜田廣介), 쓰보타 조지(坪田讓治) 등을 더해 18명이고, 당초 회원은 39명이었다. 1946년 9월 기관지 『니혼지도분가쿠(日本兒童文學)』를 창간하였다. 도중에 몇 번 휴간하였지만 오늘날까지 계속 발간하였다. 1963년 사단법인이 되었고, 아동문학을 보급, 출판물 간행, 강연, 강좌 등의 활동 외에 일본아동문학자협회상 및 신인상을 제정해 매년 수상하고 있다.

104 〈니혼도와카이(日本童話會)〉는 1946년 2월 고토 나라네(後藤楢根)가 전후 신아동문화 양성을 목적으로 창립하였다. 기관지 『도와(童話)』를 발행하였다.

105 표지에 한글로 '푸로레타리아 동요집'이라 하였고, 마키모토 구스로의 「コンコン小雪」을 임화(林

동지(小さい同志)』(川崎大治 공저: 自由社, 1931), 동화집 『새끼고양이의 재판
(仔猫の裁判)』(文章閣, 1935.11), 『신아동문학이론(新兒童文學理論)』(東宛書房,
1936),[106] 『들판의 어린이회(原っぱの子供會: 槇本楠郎童話集)』(子供研究社,
1937.3), 『어린이 교실: 마키모토 구스로 동화집(子ども教室: 槇本楠郎童話集)』
(鶴書房, 1941), 『달밤의 밀감산(月夜の蜜柑山)』(フタバ書院, 1941.11) 등이 있
다. ▼일제강점기 우리나라 아동문학가들은 다음과 같이 마키모토 구스로를 인용
(번역)하였다. 이주홍(李周洪)은 「스미다강의 5월」(『술 이야기』, 자유문학사,
1987)에서 "아동문학가 전본남랑(槇本楠郎) 씨가 소개를 해 주어서 문학 신문이나
부인잡지 같은 데에 주장 동요를 발표했고, 미술신문 같은 데는 만화(漫畵)를 그려
서 그 방면의 대가 대월원이(大月源二)나 촌산지의(村山知義) 같은 사람들의 과찬
을 받기도 했다."(113~114쪽)고 하였고, 「아동문학운동 1년간 – 금후 운동의 구
체적 입안(3)」(『조선일보』, 1931.2.15)에서 "그럼으로 나는 여기서 일본(日本)의
동지(同志) 槇本楠郎 군의 말을 인용하자."고 하는 등, 마키모토 구스로와의 관계를
언급한 바 있다. 『신소년』에 이동규(李東珪)가 번역한 마키모토 구스로의 「임금님
과 역사」를 싣고자 하였으나 검열로 불발되었다.(「社告」, 『신소년』, 1931년 10월
호, 51쪽)

**모리 오가이**(森鷗外＝森鴎外, もり おうがい: 1862~1922)  소설가, 평론가, 번역
가, 군의(軍醫). 본명 모리 린타로(森林太郎). 필명 간초로슈진(觀潮樓主人). 이와
미구니(石見國: 현 島根縣) 출생. 어려서부터 『논어』, 『맹자』 등 사서오경(四書五
經)과 네덜란드어 등을 공부하였는데, 9세 때에 15세에 상당하는 학력을 갖춘 것으
로 추측되었다. 격동의 메이지유신(明治維新) 시기에 가족과 주위로부터 장래를
기대하게 하였다. 1872년 관립의학교(독일어 교관이 독일어로 강의)에 입학하기
위해 독일어 공부를 하였다. 1873년 제일대학구의학교(第一大學區医學校: 현 東京
大學医學部) 예과에 두 살 많게 속여서 12세에 입학하였다. 본과에 진학해 독일어

---

和)가 「쌀악눈」(마기모도구스로 작, 림화 역)으로 번역하여 수록하였다.

106 槇本楠郎, 「朝鮮新興童謠」, 『新兒童文學理論』, 東宛書房, 1936, 184~191쪽.
　이 글에는 『新少年』, 『별나라』(星の世界), 『音樂과 詩』(音樂と詩), 『(푸로레타리아동요집)불
별』(火星) 등의 아동문학 잡지와 동요집을 들고, '신흥동요'의 예로 이구월(李久月)의 「새 홋는
노래」(雀追ひの歌), 손풍산(孫楓山)의 「거머리」(蛭), 양우정(梁雨庭)의 「망아지」(お馬), 신고송
(申孤松)의 「잠자는 거지」(乞食の子), 김성도(金聖道)의 「우리들의 설」(お正月), 적악(赤岳)의
「쌀 풍년」(多過ぎり米) 등을 인용하였다. 이 외에 신흥동요운동에 동조하는 작가로, 김병호(金炳
昊), 엄흥섭(嚴興燮), 이향파(李向破＝李周洪), 정청산(鄭靑山), 이동규(李東珪), 김우철(金友
哲), 안용민(安龍民), 북원초인(北原樵人), 홍구(洪九), 김욱(金旭) 등을 들었다.

교관들로부터 수업을 듣는 한편, 한방 의학서를 읽고, 또 문학을 난독하고, 한시·한문에 경도되어 와카(和歌)를 창작하였다. 어학에 뛰어난 오가이는 뒤에 집필할 때 서양어와 함께 중국의 고사 등을 여기저기 써넣었다. 1881년 19세로 본과를 졸업하고, 문부성 파견유학생이 될 꿈을 갖고 아버지의 병원을 도왔다. 진로를 정하지 못하고 있자 친구들의 권유로 육군 군의가 되었다. 1884년 위생학 공부와 독일 육군의 위생 제도를 연구하기 위해 독일 유학 명령을 받고, 라이프치히대학과 뮌헨대학에서 공부한 후 1888년 귀국하였다. 1889년 8월 『국민지우(國民之友)』에 〈신성사(新聲社)〉[107] 동인들의 역시집 『모습(於母影)』을 발간하여 일본 신체시 형성에 큰 영향을 주었다. 『모습』 원고료를 바탕으로 〈신성사〉 동인들과 함께, 1889년 10월 일본 최초의 평론 중심 전문 잡지 『시가라미조시(しがらみ草紙)』를 창간하였다. 1894년 11월부터 1895년 5월까지 청일전쟁(淸日戰爭)에 출정하였다. 『시가라미조시』의 후신으로 1896년 1월 『메사마시구사』를 창간하였다.[108] 안데르센의 『즉흥시인(Improvisatoren)』, 괴테의 『파우스트(Faust)』 등 외국문학 번역을 시작으로 평론 활동을 열심히 계속하였다. 이즈음 쓰보우치 쇼요(坪內逍遙)와 『시가라미조시』 지상에서 몰이상논쟁[109]을 벌였다. 쇼요가 리얼리즘에 바탕을 두고 있는 것에 반해, 오가이는 낭만주의와 이상주의에 기반을 두었기 때문에 벌어진 논쟁이었다. 1904년 2월부터 1906년 1월까지 러일전쟁에 제2군 군의부장으로 출정하였다. 1907년 3월 관조루가회[110]를 열었다. 1909년 『스바루(スバル)』가 창간되었을 때 매호 기고하면서 창작활동을 재개하였다. 「한나절(半日)」, 「이타 섹슈얼리스」(1909),[111] 「닭(鷄)」(1909), 「청년(靑年)」(1910.3~11.8) 등을 『스바루』에 발표하

---

107 〈신세이샤(新聲社)〉는 1889년 모리 오가이를 중심으로 오치아이 나오부미(落合直文), 고가네이 기미코(小金井喜美子) 등이 결성하였다. 역시집 『모습』은 기타무라 도코쿠(北村透谷), 시마자키 도손(島崎藤村) 등의 신체시에 영향을 주었다.

108 『시가라미조시(しがらみ草紙)』는 문예잡지로 모리 오가이(森鷗外)가 동생과 함께 서양문학에 입각한 문학론 확립을 위해 발간한 일본 최초의 문학평론지이다. 1889년 10월부터 1894년 8월까지 (통권59호) 발간하였다. 『메사마시구사(めざまし草)』는 1896년 1월부터 1902년 2월까지(전56권) 발간된 문예잡지이다. 모리 오가이가 청일전쟁(淸日戰爭)에 참가해 휴간이 된 『시가라미조시』의 후신으로 발간되었다.

109 보쓰리소 론소(沒理想論爭)는 1891년부터 92년에 걸쳐 쓰보우치 쇼요와 모리 오가이 사이에서 벌어진 문학논쟁이다. 쇼요의 몰이상에 대해 오가이는 이상 없이 문학 없다고 응수하였다.

110 간쵸로가카이(觀潮樓歌會)는 모리 오가이가 주최한 가회(歌會)이고, '觀潮樓'는 모리 오가이의 저택 이름이다.

111 「이타 섹슈얼리스(ヰタ·セクスアリス)」(『スバル』, 1909)는 모리 오가이의 소설이다. 작가 자신의 경험에 의해 만들어졌다고 보이는 철학자 가네이 시즈카(金井湛)의 6세부터 청년기에 이르기

였다. 1909년 7월 도쿄제국대학으로부터 문학박사 학위를 수여 받았다. 학위를 받은 직후 「이타 섹슈얼리스」(『스바루』, 1909년 7월호)가 발매금지 처분을 받았다. 게다가 육군으로부터 근신 처분을 받자, 그해 12월 '나의 입장(予が立場)'에서 'レジグナチオン'(Resignation=체념)을 키워드로 자신의 입장을 밝혔다. 1916년 육군성 의무국장을 끝으로 군에서 예편하였다. 1917년 제실박물관(帝室博物館) 총장, 1919년 제국미술원(帝國美術院) 초대 원장을 역임하였다. 1915년 훈1등 서보장(勳一等瑞宝章), 욱일대수장(旭日大綬章: 大正三四年從軍記章), 대례기념장(大礼記念章)을 수장하였다. 오늘날 오가이의 명성은 문학에 의한 것이지만, 의사, 문학, 미술 등 다방면에서 이룬 업적으로 볼 때, 일본 근대문학자 중 유례를 찾기 어려운 것으로 평가된다. 작품으로 「무희(舞姫)」(『國民之友』, 1890년 1월), 「물거품의 기록(うたかたの記)」(『國民之友』, 1890년 8월), 『편지 심부름꾼(文づかひ)』(吉岡書店, 1891.1),[112] 「이타 섹슈얼리스(ヰタ・セクスアリス)」(『スバル』, 1909년 7월), 『청년(靑年)』(『スバル』, 1910년 3월~11년 8월), 『기러기(雁)』(『スバル』, 1911년 9월~1913년 5월), 「아베 일족(阿部一族)」(『中央公論』, 1913년 1월), 「산쇼다유(山椒大夫)」(『中央公論』, 1915년 1월) 등이 있다. 아동문학으로는 문어문(文語文) 번역 「戰僧」(『少年園』, 1889), 구어문(口語文) 번역 「新世界의 浦島」(『少年園』, 1889), 이와야 사자나미(巖谷漣)의 『고가네마루(こがね丸)』의 서문으로 '소년문학서(少年文學序)'가 있다. 서문(序)에서 아동문학을 '치물어(穉物語)'(おさなものがたり)로 불렀으나 받아들여지지 않았다. 또 『소년세계(少年世界)』로부터 청탁받아 「나의 14~5세 때(僕が十四五歳の時)」를 썼다. 스즈키 미에키치(鈴木三重吉), 마쓰무라 다케오(松村武雄), 마부치 레이유(馬渕冷佑) 등과 함께 편찬한 표준오토기문고(標準お伽文庫)로 『일본동화(日本童話)』, 『일본전설(日本傳說)』, 『일본신화(日本神話)』(이상 1920~21) 등이 있다. 이는 일본 고유의 옛날이야기(お伽)를 정리하여 영원히 후세에 전하려고 하는 것이었다. 저서로 번역 『즉흥시인(卽興詩人)』(『しがらみ草紙』, 1892년 11월~『めざまし草』, 1901년 2월), 번역 『파우스트(ファウスト)(제1, 2부)』(富山房, 1913), 『오가이 전집(鷗外全集)(전38권)』(岩波書店, 1971~75) 등이 있다.

까지의 성욕을 자서(自敍) 형식으로 묘사하였다. 'ヰタ・セクスアリス'는 라틴어 'vita sexualis'로 성생활이란 뜻이다.
112 「무희(舞姫)」, 「물거품의 기록(うたかたの記)」, 『편지 심부름꾼(文づかひ)』을 '독일 3부작' 또는 '낭만 3부작'이라고 부른다.

**모모세 지히로**(百瀨千尋, ももせちひろ: ?~?)  일본의 가인(歌人). 필명 馳飛浪. 단가 결사지(短歌結社誌)『포토나무(ポトナム)』에 참가하였다. 1922년 조선미술 전람회(朝鮮美術展覽會)의 동양화 부문에 '아카시아(あかしや)'란 작품이 입선되었 다. 이때 주거지를 '경성(京城)'으로 밝혔다. 1939년 10월 29일 경성 부민관(府民 館)에서 친일 문인단체인 〈조선문인협회〉의 창립대회가 있었는데, 이광수(李光洙) 가 회장이 되고 회장으로부터 박영희(朴英熙), 정인섭(鄭寅燮), 주요한(朱耀翰), 김동환(金東煥), 이기영(李箕永), 김문집(金文輯), 가라시마 다케시(辛島驍), 쓰다 가타시(津田剛) 등과 함께 모모세(百瀨千尋)가 간사로 지명되었다. 1939년 10월 30일 〈조선문인협회〉의 회장 이광수와 함께 모모세, 김문집 등이 신임 인사차 매일 신보사(每日新報社)를 예방하였다. 1939년 11월 〈조선문인협회〉 소속 문인들이 전 선의 군인들을 위문할 위문문과 2원 정도의 물품을 넣은 위문품(慰問袋)을 보내기 로 결정할 때 회장 이광수와 회원 유진오, 이기영, 박영희 등과 함께 모모세도 참여 하였다. 1940년 〈조선문인협회〉의 순회 강연에 제1반[京釜線]에 소속되어 "문화와 산업의 연결"이란 제목으로 강연하였다. 1941년 7월 〈조선문인협회〉 회원들[113]과 용산(龍山)의 호국신사(護國神社)에서 근로봉사를 하였다. 1941년 마해송(馬海 松)이 일본에서 운영하는 '모던일본사(モダン日本社)'에서 1940년도 조선예술상을 수여하기 위해 〈조선문인협회〉에 심사위원 의뢰를 해 오자, 정인섭, 김동환, 가라시 마 다케시, 이태준, 유진오(兪鎭午), 이효석(李孝石), 유치진(柳致眞), 스기모토 나 가오(杉本長夫), 데라다 아키라(寺田暎) 등과 함께 모모세(百瀨千尋)가 선임되었 다. 1941년 12월 13일 부민관에서 〈조선문인협회〉 주최 매일신보사 후원의 결전문 화대강연회에 참석하여 시를 낭독하였다. 1943년 3월 〈조선문인보국회(朝鮮文人 報國會)〉가 결성되자, 모모세는 '단가부회(短歌部會)'의 부회장(部會長)으로 선임 되었다. 조선의 동요를 수집하여 1936년 일본어로『언문조선동요선집』을 간행하 고, 그해 말에 19편의 동요에 조선어 번역을 덧붙여『동요조선』을 발간하였다. 저 서로『종로 풍경(鐘路風景)』(東京: ポトナム社, 1936),『언문조선동요선집(諺文朝 鮮童謠選集)』(東京: ポトナム社, 1936),『동요 조선(童謠朝鮮)』(京城: 朝鮮童謠普 及會, 1936) 등이 있다.

---

113 당시 참여한 문인들은 다음과 같다. 朴英熙, 杉本長夫, 崔貞熙, 朱耀翰, 鄭芝溶, 百瀨千尋, 咸大 勳, 毛允淑, 林和, 安懷南, 李泰俊, 金岸曙, 辛島驍, 李石薰, 郭行瑞, 李光洙, 朴鍾和, 鄭寅燮, 兪鎭午, 蔡萬植, 朴泰遠, 金南天, 金起林, 李源朝, 盧聖錫, 鄭飛石, 柳致眞, 盧天命, 趙容萬, 鄭人 澤, 寺田暎, 津田剛, 金東煥.

**모토라 유지로**(元良勇次郎, もとら ゆうじろう: 1858~1912)　일본 최초의 심리학자. 셋쓰노쿠니(攝津國: 현 兵庫縣 남동부) 출생. 본래 성(姓)은 스기타(杉田)였으나 결혼 후 모토라(元良) 성(姓)이 되었다. 도시샤영어학교(同志社英學校: 현 同志社大學) 최초의 학생 8명 중 한 명이었다. 도시샤영어학교에서는 당시로는 드물게 '性理學(현 心理學)' 수업이 있어, 모토라 유지로의 일생을 결정지었다. 심리학 강의를 담당하고 있던 데이비스(Davis, Jerome Dean: 1838~1910, 미국 선교사로 도시샤영어학교 창립에 참가하였다.)가 갖고 있던 카펜터(Carpenter)의 『정신생리학의 원리(精神生理學の原理)』를 읽고 감화를 받았다. 1883년 미국 보스턴대학 철학과에 입학하였으나 교수와의 불화로 퇴학하고, 1885년 존스홉킨스대학 생물학교실로 옮겨 듀이(Dewey)의 강의를 듣고 학위를 받았다. 1888년 일본으로 귀국하여 1890년 도쿄제국대학 문과대학 교수로 취임하였다. 1906년 제국학사원(帝國學士院) 회원에 임명되었다. 일본에서 심리학의 기초를 쌓았다. 저서로 『심리학(心理學)』(金港堂, 1890), 『아동학 강요(兒童學綱要)』(高島平三郎 등 공저)(洛陽堂, 1890), 『윤리학(倫理學)』(小野英之助 공저, 1893) 등이 있다. ▶양미림(楊美林)의 「아동학 서설 – 아동애호주간을 앞두고(중)」(『동아일보』, 1940.5.4)에서, "도야마 마사카즈(外山正一), 모토라 유지로(元良勇次郎) 등"이 1890년 도쿄에서 "〈일본교육연구회(日本敎育硏究會)〉를 조직"하였다는 사실을 소개하였다.

**모토오리 나가요**(本居長世, もとおり ながよ: 1885~1945)　동요 작곡가. 필명 모토오리 나가요(本居長予), 모토오리 잇코(本居一浩). 도쿄(東京) 출생. 에도(江戸) 시대 일본주의 국학을 집대성한 모토오리 노리나가(本居宣長)의 후예로 태어났다. 1902년 도쿄음악학교 예과에 입학하였다. 국학자로서의 가계를 잇지 않고 음악의 길을 택한 것은 독협중학교(獨協中學校) 시기에 피아노 소리에 사로잡힌 것으로 보인다. 1903년 도쿄음악학교(東京音樂學校) 예과를 수석으로 졸업하고 본과 기악과로 진학하였으나, 병으로 유급하여 야마다 고사쿠(山田耕筰)와 동기가 되었다. 1908년 전 학부를 통틀어 수석으로 졸업한 후 학교에 남아 1910년 기악부 조교수로 취임하였다. 문부성의 일본 전통음악 조사원을 겸임하면서, 1909년경부터 작곡을 하기 시작하였다. 1918년 스즈키 미에키치(鈴木三重吉)가 아동잡지 『赤い鳥』를 창간하자, 종래 '창가(唱歌)'를 대신하여 '동요(童謠)'가 널리 인기를 얻게 되었다. 모토오리 나가요도 여기에 호응하여 동요 작곡을 하였다. 1920 나카야마 신페이(中山晋平)의 소개로 사이토 사지로(齋藤佐次郎)가 주재하는 아동 잡지 『긴노후네(金の船)』에 첫 작곡인 〈네기보즈(葱坊主)〉〈파꽃〉를 발표하였다. 1920년 신일본음악대연주회(新日本音樂大演奏會)에서 노구치 우조(野口雨情)의 작품에 모토오리 나가요가 곡을 붙여 장녀 모토오리 미도리(本居みどり)가 부른 〈보름밤 달님〉(『金の船』, 1920)으로 일약 유명해졌다. 이후 노구치 우조 등과 짝을 이뤄 점차 동요를 발표하였다. 이후 둘째 딸, 셋째 딸도 함께 일본 각지에서 공연을 하였다. 1923년 간토대지진〔關東大震災〕으로 심각한 피해가 발생하였을 때 일본계 미국인을 중심으로 많은 원조물자를 보내온 것에 응답하여 일본 음악가들의 연주 여행을 기획해 미국 각지에서 연주를 하였다. 1945년 폐렴으로 사망하였다. 대표적인 작품으로 〈일곱 아이(七つの子)〉(野口雨情 작사), 〈파란 눈의 인형(青い眼の人形)〉(野口雨情 작사), 〈빨간 구두(赤い靴)〉(野口雨情 작사), 〈보름밤 달님(十五夜お月さん)〉(野口雨情 작사), 〈민들레(たんぽぽ)〉, 〈메에메에 새끼양(めえめえ小山羊)〉(藤森秀夫가 번역한 독일 동요), 〈기차 폭폭(汽車ぽっぽ)〉(本居長世 작사·작곡) 등이 있다. 저서로 『모토오리나가요 작곡 신작동요(本居長世作曲新作童謠: 제1집~제15집)』(敬文館, 1922~24), 『일본창가집(日本唱歌集)』(春秋社, 1930), 『모토오리나가요 동요곡전집(本居長世童謠曲全集)』(本居貴美子, 本居若葉 공편; 水星社, 1967) 등이 있다. ▶윤극영(尹克榮)은 「(여학생과 노래)노래의 생명은 어대 잇는가?」(『신여성』, 1924년 7월호)에서 모토오리 나가요를 언급하고 있다.

**미야자와 겐지**(宮澤賢治＝宮沢賢治, みやざわ けんじ: 1896~1933)  시인, 동화작가. 이와테현 하나마키시(岩手縣 花卷市) 출생. 고등학교 입학할 때쯤 『한일대조묘법연화경(漢和對照 妙法蓮華経)』을 읽었는데 그 가운데 '여래수량품(如來壽量品)'을 읽을 때 몸이 떨릴 정도의 감명을 받았다고 한다. 1915년 모리오카농림학교(盛岡高等農林學校)에 수석으로 입학하였다. 1917년 친구들과 동인지 『아자리아(アザリア)』를 발행하고 단가(短歌)와 단편을 기고하였다. 1918년 3월 학교를 졸업하고 토양조사원이 되어 일하다 늑막염에 걸렸다. 1920년 일련종(日蓮宗)의 재가 불교단체인 〈고쿠추카이(國柱會)〉(국주회)에 가입하였다. 1921년 도쿄로 가 부실한 식사를 하면서 집필과 가두 포교 활동을 하였다. 1921년 12월 고향의 하나마키농학교(花卷農學校)의 교사가 되었다. 이 시기에 「도토리와 살쾡이(どんぐりと山猫)」(1921) 등 동화 여러 편을 창작하였다. 1922년 잡지 『애국부인(愛國婦人)』 1월호에 「눈길 걷기(雪渡り)」를 게재하였는데, 이 작품으로 받은 5엔이 생전에 받은 유일한 원고료였다고 한다. 1924년 4월에 시집 『봄과 아수라』를, 12월에 『주문이 많은 요리점』을 자비 출판하였다. 이 시기에 「은하철도의 밤」을 쓰기 시작해 1931년경까지 퇴고가 되풀이되었다. 오늘날 인기가 있는 애니메이션 〈은하철도 999〉의 원작이 이 작품이다. 1926년 하나마키농학교를 자진 퇴직하였다. 1932년 잡지 『아동문학(兒童文學)』[114]에 「구스코부도리의 전기」 등을 발표하였다. 미야자와 겐지의 작품은 그의 생전에 일반에게 거의 알려지지 않아 무명에 가까웠다. 그러나 사후 구사노 신페이(草野心平) 등의 노력으로 많은 작품이 알려져 세평이 급속도로 높아졌고 국민작가가 되었다. 작품으로 「은하철도의 밤(銀河鐵道の夜)」(초고 1924년경), 「구스코부도리의 전기(グスコーブドリの伝記)」(1932), 「바람의 마타사부로(風の又三郎)」(1934) 등과, 동화집 『봄과 아수라(春と修羅)』(關根書店, 1924), 『주문이 많은 요리점(注文の多い料理店)』(1924) 등이 있다.

**미우라 간조**(三浦關造 = 三浦関造, みうら かんぞう: 1883~1960)  번역가. 후쿠오카현(福岡縣) 출생. 후쿠오카사범학교(福岡師範學校)와 아오야마학원(青山學院) 신학부를 졸업하였다. 이후 목사로 봉직하였다. 크리스트교 잡지인 『육합잡지(六合雜誌)』[115] 등을 통해 활동하였고, 톨스토이, 도스토옙스키 등의 작품을 번역하였다. 아동문학 관련 번역서로 『톨스토이동화집(トルストイ童話集)』(眞珠書房, 1922), 『속 사랑의 학교(續愛の學校)』(Paolo Mantegazza(マンテガッツァ) 원작: 誠文堂, 1927) 등이 있다.[116] ▶홍종인(洪鍾仁)의 「아동문학의 황금편 -『사랑의 학교』(중)」(『중외일보』, 1930.1.31)에서 미우라 간조가 일역(日譯)한 『사랑의 학교(愛의 學校)』를 소개하였다.

**미즈타니 야에코**(水谷八重子, みずたにやえこ: 1905~1979)  신파 여배우. 본명 마쓰노 야에코(松野八重子). 도쿄(東京) 출생. 후타바고등여학교(双葉高等女學校)를 졸업하였다. 10대 때 시마무라 호게쓰(島村抱月), 마쓰이 스마코(松井須磨子)의 예술좌(芸術座)에 아역으로 출연하였고, 1920년 민중좌(民衆座)[117]에서 일본 초연

---

114 『지도분가쿠(兒童文學)』는 분쿄쇼인(文敎書院)에서 1931년 7월부터 1932년 4월까지(전2권) 발간된 아동문학 잡지이다. 시인 사토 이치에이(佐藤一英)가 통속 동화, 선전 동화를 배척하고 순수 동화, 시적 동화를 목표로 간행하였다. 창작과 번역이 중심이었고, 신진 시인, 아동문학자 등이 협력하였다. 요코미쓰 리이치(橫光利一)의 「얼굴(面)」, 미야자와 겐지(宮澤賢治)의 「보쿠슈장군과 세 형제의 의사(北守將軍と三人兄弟の医者)」(제1호)와 「구스코부도리의 전기」(제2호) 등 주목받을 만한 작품을 수록하였다.

115 『리쿠고잣시(六合雜誌)』는 1880년 5월, 고자키 히로미치(小崎弘道), 우에무라 마사히사(植村正久) 등이 창간한 크리스트교를 기초로 하는 월간잡지다. 사상, 문학, 정치, 사회문제 등에 미치는 혁신적인 논평을 전개하였다. '六合(りくごう)'은 코스모스(cosmos: 宇宙)의 의미이다.

116 만테가짜(Mantegazza, Paolo: 1831~1910)는 이탈리아 출신의 신경학자, 생리학자, 인류학자이자 소설가이다. 그의 작품 『머리(Testa)』(1877)는 그의 친구 데아미치스(De Amicis, Edmondo)의 유명한 책 『쿠오레(Cuore)』의 후속작으로 주인공 엔리코(Enrico)의 청소년기 이야기이다. 『속 사랑의 학교(續愛の學校)』는 바로 이 『머리(Testa)』를 번역한 것이다. 『속 사랑의 학교(續愛の學校)』에 있는 미우라 간조의 '서문(序)'에도 이러한 내용이 밝혀져 있다.

117 민슈자(民衆座)는 게이주쓰자(芸術座) 출신의 하타나카 료하(畑中蓼坡)가 창립·주재한 극단

한 〈파랑새(青い鳥)〉의 '치르치르' 역을 맡았는데, 이노우에 마사오(井上正夫)의 인정을 받아 영화에 출연하였다. 이후 신파(新派)[118]에 가입, 뛰어난 용모와 명연기로 무대 여배우의 제일인자가 되었다. ▶김우철(金友哲)의 「秋田雨雀 씨와 문단생활 25년 – 그의 오십 탄생 축하보(祝賀報)를 듯고」(『조선중앙일보』, 1933.4.23)에서 아키타 우자쿠의 탄생 50주년 기념회를 할 때 "〈푸로작가동맹〉(나루푸), 〈일소문화협회〉를 필두로 발기인으로 히지카타 요시(土方與志), 미즈타니 야에코(水谷八重子), 오이카와 미치코(及川道子), 오가와 미메이(小川未明), 하세가와 뇨제칸(長谷川如是閑), 이노우에 마사오, 구스야마 마사오(楠山正雄), 나카무라 기치조(中村吉藏), 혼마 히사오(本間久雄) 등 인사"들이 참여하였다고 소개하였다.

**미키 로후**(三木露風, みき ろふう: 1889~1964), 시인, 동요 작가, 가인(歌人). 본명 미키 미사오(三木操). 필명 미키 로후(三木露風). 효고현(兵庫縣) 출생. 6세 때 부모 이혼으로 조부의 집에서 자랐다. 1903년 현립 다쓰노중학교(縣立龍野中學校: 현 兵庫縣立龍野高等學校)에 수석 입학하였으나 문학에 열중하느라 학업성적이 저하하여 사립중학 시즈타니코(閑谷黌)로 전학하였다. 창작에 열중하여 1905년 7월 학교를 퇴학하고, '시즈타니를 떠나는 기념집'으로서 시가집 『가키(夏姬)』(하희)를 자비 출판하였다. 재학 중에 시(詩) 하이쿠(俳句), 단가(短歌)를 '로후(露風)'란 호(號)로 신문이나 잡지 『소국민(少國民)』,[119] 『언문일치(言文一致)』 등에 기고하였다. 도쿄에서 기타하라 하쿠슈(北原白秋), 마에다 유구레(前田夕暮), 와카야마 보쿠스이(若山牧水) 등과 교유하였다. 단가(短歌) 단체 〈차전초사(車前草社)〉[120]에 참가하였고, 1907년 3월 소마 교후(相馬御風), 히토미 도메이(人見東明), 노구치

---

신게키교카이(新劇協會)를 1920년에 개칭한 극단이다.

**118** 신파(新派)는 연극의 장르 이름이다. 신파극(新派劇)이라고도 한다. 가부키(歌舞伎)를 구파(旧派)라고 하는 것에 대조되는 명칭이다.

**119** 『쇼코쿠민(少國民)』은 1889년 다카하시 쇼조(高橋省三)의 가쿠레이칸(學齡館)(학령관)에서 창간한 소년잡지이다. 처음에는 지명(誌名)이 '小國民'이었고 월간이었으나 1주년호부터 월 2회 발간하였다. 이전에 창간된 『쇼넨엔(少年園)』(1888~95: 山縣悌三郎 주간), 『니혼노쇼넨(日本之少年)』(1889~94: 博文館 발행), 그 후에 창간된 『쇼넨분부(少年文武)』(1890~92: 中川霞城 편집 발행) 등과 함께, 메이지(明治) 20년대(1910년대)의 유력한 소년잡지이다. 수신(修身), 역사, 문예, 오락 등의 평이한 기사와 삽화로 소학생 독자들의 관심을 끌었다. 편집은 이시이 겐도(石井研堂)가 담당했고, 가장 전성기일 때에는 15,000부를 발행하였으나 1895년 9월호로 발행정지 처분을 받아, 이후 지명을 '少國民'으로 바꾸었다.

**120** 〈샤젠소샤(車前草社)〉는 단카(短歌) 단체로 1905년 8월 오노에 사이슈(尾上柴舟)를 중심으로 제자들인 마사토미 오요(正富汪洋), 마에다 유구레(前田夕暮), 와카야마 보쿠스이(若山牧水) 등에 의해 결성되었고, 뒤에 미키 로후(三木露風), 아리모토 호스이(有本芳水)가 참여하였다.

우조(野口雨情) 등과 함께 〈와세다시사(早稲田詩社)〉 결성에 참여하고, 5월 와세다 대학 고등 예과 문과에 입학하였다. 1908년 『와세다문학(早稲田文學)』에 발표한 구어시 「어두운 문(暗い扉)」이 시단의 문제작이 되었다. 1909년 『폐원』을 간행하여 고향의 할아버지께 헌상하였다. 나가이 가후(永井荷風)의 격찬을 받았다. 1910년 9월 게이오기주쿠대학(慶應義塾大學) 문학부로 전학하였고(1911년 퇴학), 11월에 『쓸쓸한 새벽(寂しき曙)』을 간행하여 나가이 가후에게 헌상하였다. 1912년 6월 기타하라 하쿠슈(北原白秋)와 공동으로 『물망초(勿忘草)』를 간행하였는데, 기고한 4편 「현신(現身)」, 「달(月)」, 「전단(栴檀)」, 「사랑의 속삭임(戀の囁り)」은 뛰어난 절창으로 하쿠슈의 여러 시가 작품을 압도하였다. 1913년 『백수의 사냥꾼(白き手の獵人)』을 간행하였는데, "상징(象徵)은 영혼의 창문이다."라고 한 이러한 정조상징시(情調象徵詩)는 근대 시인으로서 로후의 최고 정점을 보여 준 것이었다. 1914년 가와지 류코(川路柳虹) 등과 함께 시지(詩誌) 『미래(未來)』를 창간하였고, 『와세다문학(早稲田文學)』, 『미타문학(三田文學)』[121] 등을 발표 무대로 하여 왕성한 활약을 하였다. 『양심(良心)』(1915) 이후 『목신(牧神)』(1920)을 창간하는 등 종교시의 세계로 향했다. 1918년 스즈키 미에키치(鈴木三重吉)는 『赤い鳥』를 창간하여, 하쿠슈와 함께 로후에게도 협력을 요청하였다. 『赤い鳥』 제2호(8월호)에 「곤충채집(毛虫採)」, 12월호에 「겨울의 노래(冬の歌)」를 기고하여, 유소년기의 흥미 깊은 체험과 인상 깊은 자연현상을 그런대로 객관적으로 노래하려고 하였다. 1919년 7월 여자문단사(女子文壇社)의 『고도모잡지(こども雜誌)』 창간에 맞추어 편집자 오키 유지(大木雄二)의 부탁을 받아 동요면을 담당하면서 『赤い鳥』에 기고하는 것을 중단하였다. 창간호에 「진주도(眞珠島)」, 「대야 속의 배(盥の中のお舟)」, 8월호에 「여물통(秣の桶)」, 「낙타와 사람(駱駝と人)」을 기고하고, 9월호부터는 모집 동요란의 선자(選者)가 되어 자상하게 비평을 덧붙임으로써 창작상의 지침을 드러내 보였다. 로후는 『こども雜誌』를 동요 부흥운동 참가의 거점으로 생각하고 있었던 것 같다. 이즈음 로후의 동요에는 환상적인 세계를 창출하고, 그곳에 심정을 상징적으로 표현하려고 한 작품이 두드러져, 상징시인으로서의 특징이 드러나 있다. 1920년 3월호에 실린 「모집 동요를 보고(募集童謡を見て)」에는 "새로운 동요로서는,

---

121 『미타분가쿠(三田文學)』는 1910년 5월에 창간된 문예잡지이다. 모리 오가이(森鷗外), 우에다 빈(上田敏)의 알선으로 막 귀국한 나가이 가후(永井荷風)를 게이오기주쿠대학 교수로 맞아 동 대학 문과의 발전을 위해 창간하였다. '三田'은 동 대학 소재지의 이름이다. 자연주의를 내세운 『와세다분가쿠(早稲田文學)』에 대항하여, 탐미적, 관능적인 색채가 강했다. 단속적으로 발간되다가, 1985년 4월에 복간되어 오늘에 이르고 있다.

상상적·인상적 방면을 개척해 나가야 합니다."라고 하여 천진하고 싱싱한 상상력이 소중한 것임을 가르치고 있다. 『こども雜誌』는 1920년 7월호를 끝으로 폐간되었다. 1921년 5월 연수사(研秀社)가 아동교육 잡지 『가시노미(樫の實)』를 창간하였는데, 로후가 동요란을 담당하였다. 창간호에 「5월의 노래(五月の歌)」, 6월호에 「매미의 노래(蟬の歌)」, 7월호에 「한 그루의 소나무(一本松)」, 8월호에 「고추잠자리(赤蜻蛉)」를 발표하고, 모집동요에 대한 선평(選評)도 맡았다. "나는 가능한 한 꾸밈이 없이 감정이 발로된, 말이 쉬운 작품을 뽑으려고 하였습니다."라고 하였다. 『樫の實』에 실린 로후의 동요에는 소년시대에 보거나 느낀 것의 추억이나, 트라피스트(Trappist) 수도원에서 경험한 자연의 풍물을 동심으로 바꾸어 노래한 작품이 많았다. 1922년 4월호로 『樫の實』는 폐간되었다. 로후는 1921년 11월호부터 1923년 10월호까지 『양우(良友)』가 마련한 모집동요란의 선평을 담당하였다. 응모자는 소학교 상급생, 작품은 8행 이내, 입상작에는 2행의 단평(短評)이라고 하는 제한이 있어, 『こども雜誌』와 『樫の實』의 모집동요란에 비해 궁색했다. 1921년 12월에 발간한 동요집 『진주도(眞珠島)』는 하쿠슈에게 바친 것이다. 이 책에 수록된 동요 〈고추잠자리(赤とんぼ)〉는 야마다 고사쿠(山田耕筰)가 작곡하여 오늘날에도 널리 불리고 있다. 1923년 간토대지진(關東大震災)의 충격으로 중증 노이로제 상태가 되어 창작이 불가능하게 되자, 로후의 동요 부흥운동도 좌절되었다. 1916년부터 1924년까지 홋카이도(北海道) 트라피스트 수도원에서 문학 강사로 일할 때인 1922년에 가톨릭 세례를 받고 신자가 되었다. 크리스트교에 바탕을 둔 시집 외에 『일본 가톨릭교사(日本カトリック敎史)』, 수필 『수도원 생활(修道院生活)』 등을 저술하였다. 1924년 6월 수도원을 사직하고 상경하여 『동화(童話)』, 『양우(良友)』, 『고도모아사히(コドモアサヒ)』, 『영녀계(令女界)』,[122] 『긴노호시(金の星)』 등에 동요를

---

122 『료유(良友)』는 1916년 1월부터 1927년 8월(확인된 것)까지 고도모샤(コドモ社)에서 발간한 소학교 저학년용의 아동 잡지이다. 다이쇼 데모크라시(大正デモクラシー)를 배경으로 하여 이 시기에 많이 생겨난 동심주의 잡지의 하나이다. 기모토 헤이타로(木元平太郞)의 자본으로 나카무라 유타로(中村勇太郞)가 편집을 맡았다. 나카무라는 후발 잡지 『赤い鳥』에 자극을 받아 문학성을 높이려고 『료유』에 「ほろほろ鳥」, 「呼子鳥」 등을 게재하여 호평을 받고 있던 하마다 히로스케를 초빙하여 편집을 맡게 하였다. 『고도모아사히(コドモアサヒ)』는 1923년 12월에 오사카아사히신문사(大阪朝日新聞社)가 창간(종간은 불분명)한 그림잡지이다. 현재 통권232호까지 확인되는데, 1942년 5월에 창간된 『슈칸쇼코쿠민(週刊少國民)』이 계승한 것으로 보인다. 『레이조카이(令女界)』는 호분칸(宝文館)에서 발행한 잡지로, 1922년에 창간하여 1950년에 종간되었다. 여학교 고학년부터 20세 전후의 미혼여성을 주 독자대상으로 하여, 『쇼조가호(少女畫報)』와 같이 신상 상담, 미용상담 등과 남녀의 연애를 묘사한 소설을 게재하였다.

기고하였으나, 지난날의 생생한 기운은 보이지 않았다. 1926년 10월에 동요집『햇님(お日さま)』을 간행하였다.『진주도』이후의 작품 111편과「곤충채집(毛虫採り)」을 수록하였다. 트라피스트 수도원을 중심으로 하여 자연풍물을 노래한 작품이 많고 단조로웠다. 1924년 11월 동요시인총서로『작은 새의 벗(小鳥の友)』을 간행하였다. 동요 91편을 수록하였으나 33편은『진주도』에서 재수록한 것이었다. 출판하지 않았던 동요집『야국집(野菊集)』,『야산(野山)』,『사계의 노래(四季のうた)』,『구름(雲)』이 있는데,『미키로후전집 제3권(三木露風全集 第三卷)』에 수록되어 있다. "동요는 곧 천진하고 신선한 감각과 상상을 쉬운 말로 노래한 시입니다. 쉬운 아이의 언어란 진짜 시와 다르지 않은 것을 쉬운 아이의 말로 쓴 것이라는 의미입니다. 동요는 시입니다."(『眞珠島』의 '서문(序)')라고 하고, 동요의 작법으로는, "동요는 동심과 쉬운 말과 좋은 가락으로 만들어야 한다. 그런데도 동심은 맑을수록 좋고, 말은 세련된 것을 선택할수록 좋고, 가락은 동심을 섞어 음악적일수록 좋다."(『小鳥の友』의 '자서(自序)')라고 하였다. 1928년부터 도쿄도 미타카시 무레(東京都三鷹市牟礼)에서 살기 시작해 1964년까지 36년간 머물렀다. 당시 이곳은 뽕나무밭과 잡목림이 무성한 무사시노(武藏野)의 농촌으로 논에 안개가 낀 전원지대였다. 이러한 자연을 사랑한 미키 로후는 무레(牟礼)에 신축한 자신의 집을 고향 다쓰노에 있는 다쓰노성(龍野城)의 별칭 '가조(霞城)'에서 따와 '엔카소(遠霞莊)'라고 이름 붙였다. 1927년 바티칸(Vatican) 교황으로부터 훈장과 성기사(聖騎士=Holy Knight) 칭호를 받았다. 1963년 자수포장(紫綬褒章)을 수장(受章)하였다. 사후 1965년 훈4등 서보장(勳四等瑞宝章)이 추증되었다. 근대 일본을 대표하는 시인이자 작사가이다. 기타하라 하쿠슈(北原白秋)와 함께 활동하던 시기를 '하쿠로지다이(白露時代)'라 부를 만큼 상징파(象徵派)의 대표적인 시인이었다. 저서로는『가키(夏姫)』(血汐會, 1906),『폐원(廢園)』(光華書房, 1909),『백수의 사냥꾼(白き手の獵人)』(東雲堂書店, 1913), 시집『로후집(露風集)』(東雲堂, 1913), 동요집『진주도(眞珠島)』(アルス, 1921), 동요집『햇님(お日さま)』(アルス, 1926), 가집(歌集)『트라피스트 가집(トラピスト歌集)』(アルス, 1926),『일본가톨릭교사(日本カトリツク教史)』(第一書房, 1929), 전집으로『미키로후 전집(三木露風全集) (전3권)』(三木露風全集刊行會, 1972~74) 등이 있다.『일제강점기 우리나라 아동문학가들은 다음과 같이 미키 로후를 인용하였다. 이학인〔牛耳洞人〕은「동요연구(전5)」(『중외일보』, 1927.3.25)에서 미키 로후의 동요집『진주도』서문에 나와 있는 그의 동요관을 소개하였다.「동요연구(전15회)」(『중외일보』, 1928.11.13~12.6), 그리고「동요 연구의 단편(斷片)」(조선동요연구협회 편,『조선동요선집 – 1928년

판』, 박문서관, 1929.1)에서 미키 로후, 사이조 야소, 기타하라 하쿠슈의 동요론을
기반으로 논의를 전개하였다. 김태오(金泰午)는 「동요 잡고 단상(雜考斷想)(4)」
(『동아일보』, 1929.7.5)에서 미키 로후가 말한 좋은 동요의 기준을 인용하였고,
「(동요강좌)현대동요연구(완)」(『아이생활』, 1932년 12월호)와 「조선동요와 향토
예술(하)」(『동아일보』, 1934.7.12)에서 동요의 개념을 인용하였다. 원유각(元裕
珏)은 「조선 신흥동요운동의 전망(5)」(『조선중앙일보』, 1934.1.24)에서 1918년
『赤い鳥』가 창간되면서부터 일본의 "기타하라 하쿠슈 씨 사이조 야소(西條八十)
씨 미키 로후 씨 그 뒤에 노구치 우조 씨" 등에 의해 신흥동요운동이 일어났다고
하였다. 남석종(南夕鍾)은 「조선과 아동시 – 아동시의 인식과 그 보급을 위하야
(2)」(『조선일보 특간』, 1934.5.22)에서 일본의 아동문학 운동을 하는 사람 또는
연구자로 "기타하라 하쿠슈, 사이조 야소, 시로토리 세이고(白鳥省五), 노구치 우
조, 미키 로후, 구보타 쇼지(久保田宵二), 시마키 아카히코(島木赤彦), 오치아이
이사무(落合勇)" 등을 열거하였다. 남석종(南夕鍾)은 「조선과 아동시 – 아동시의
인식과 그 보급을 위하야(10~11)」(『조선일보 특간』, 1934.5.31~6.1)에서 아동시
의 예술적 가치에 대해 미키 로후, 기타하라 하쿠슈, 사이조 야소, 노구치 우조,
시로토리 세이고, 야나기사와 겐(柳澤健) 등을 인용해 설명하고 있다. 송창일(宋昌
一)은 「아동문학 강좌(9) – 동요편」(『가톨릭소년』 제3권 제8호, 1938년 8월호)에
서 미키 로후의 동요관을 인용하였다.

**사사키 기젠**(佐佐木喜善＝佐々木喜善, ささき きぜん: 1886~1933)  민속학자, 민
담·전설·구비문학 수집가. 필명 시게(繁), 사사키 교세키(佐々木鏡石). '鏡石'은
작가 이즈미 교카(泉鏡花)를 경모하여 지은 것이다. 이와테현(岩手縣) 출생. 이와
테 현 쓰치부치무라(土淵村: 현 岩手縣遠野市土淵)의 부유한 농가에서 자랐다. 어
릴 때 할아버지로부터 여러 가지 민담, 요괴담(妖怪譚)을 듣고 자랐다. 상경하여
철학관(哲學館: 현 東洋大學)에 입학하였으나 문학을 지망해 와세다대학 문학부로
옮겼다. 1905년경부터 사사키 교세키(佐々木鏡石)란 필명으로 소설을 발표하기 시
작하였다. 1908년경부터 야나기타 구니오(柳田國男)를 알게 되었고, 기젠이 구술
한 도노(遠野)의 이야기를 바탕으로 야나기타가 『도노 이야기(遠野物語)』[123]를 저

---

123 『도노 모노가타리(遠野物語)』는 1910년 6월에 간행된 민간전승의 기록서이다. 야나기타 구니오
(柳田國男)가 이와테현 중동부의 도시인 도노(遠野)에 전해지는 설화, 민간신앙, 연중행사 등에
대해 그 지방 출신인 사사키 기젠(佐々木喜善)의 구술을 받아 글로 엮어 쓴 것이다. 1935년 증보판
을 간행하였다. 일본 민속학상 야나기타의 다음 두 저서 『노치노카리코도바노키(後狩詞
記)』(1909.5), 『이시가미 몬도(石神問答)』(聚精堂, 1910.5)와 함께 고전으로 평가되고 있다.

술하였다. 이때 기젠은 학자라고만 생각했던 야나기타의 관리로서의 행동거지에 크게 당황했다고 한다. 만년의 야나기타도 당시를 되돌아보고, "기젠의 이야기는 사투리가 강해, 듣는데 고생했다."라고 하였다. 1910년 병으로 학교를 휴학하고 고향으로 돌아와 작가 활동과 민담 수집을 하는 한편으로 쓰치부치무라(土淵村) 촌장을 맡았다가 많은 부채를 짊어지게 되었다. 이후 타고난 병약한 체질에다 생활이 곤궁해졌다. 1919년 일본의 신 '자시키와라시(座敷童子)'에 대한 조사를 위해 조회장을 낸 이래 1921년까지 『아이누 이야기(アイヌ物語)』(札幌: 富貴堂書房, 1918)의 저자 다케쿠마 도쿠사부로(武隈德三郎)와는 서신왕래가 있었다. 시인이자 동화작가인 미야자와 겐지(宮澤賢治)와도 교우가 있었다. 1928년 겐지의 동화 「다다미동자 이야기(ざしき童子のはなし)」의 내용을 자기 저서에 소개하려고 편지를 보낸 것이 계기가 되었다. 그 후 1932년이 되어 기젠은 겐지의 집을 방문하여 몇 차례 면담을 했다. 겐지는 당시 이미 병상에 누워 있었으나 겐지가 살고 있던 하나마키마치(花卷町)와 도노시(遠野市)가 지리적으로 가까워, 만년의 겐지는 병을 무릅쓰고 기젠을 만났다는 것을 알 수 있다. 400편 이상의 옛이야기(昔話)를 수집하여 일본 민속학, 구전문학을 연구한 공적을 두고, 언어학자이자 민속학자인 긴다이치 교스케(金田一京助)는 기젠을 '일본의 그림(Grimm)'이라 하였다. 저서로 『에사시군 옛이야기(江刺郡昔話)』(鄕土硏究社, 1922), 『시와군 옛이야기(紫波郡昔話)』(鄕土硏究社, 1926), 『도오이문(東奧異聞)』(坂本書店, 1926), 『들은 이야기(聽耳草紙)』(三元社, 1931), 『농민이담(農民俚譚)』(一誠社, 1934), 『가미헤이군 옛이야기집(上閉伊郡昔話集)』(三省堂, 1943) 등이 있다. ▶최남선[六堂學人]은 「조선의 민담 동화(9) − 동화 「강복미복(糠福米福)」, 내지(內地)의 「콩지팥지」 이야기」(『매일신보』, 1938.7.12)에서 일본의 「糠福米福」을 인용하고 있는데 그 출처가 사사키 기젠이 지은 『紫波郡夜話』이다.(『紫波郡夜話』는 『紫波郡昔話』의 오식으로 보인다.)

**사이조 야소**(西條八十＝西条八十, さいじょう やそ: 1892~1970) 시인, 작사가, 불문학자. 도쿄도(東京都) 출생. 본가는 오쿠보(大久保) 주변의 대지주였으나 아버지의 사후 몰락하였다. 구제 와세다중학교(旧制早稻田中學校: 현 早稻田中學校・高等學校) 재학 중에 요시에 다카마쓰(吉江喬松)를 만나 평생의 스승으로 모셨다. 요시에 선생에게 하코네(箱根) 수학여행 중에 문학으로 출세하겠다고 털어놓고 격려를 받았다. 중학생 때 영국인 여성으로부터 영어를 배웠고, 세이소쿠영어학교(正則英語學校)에도 다녔다. 뒷날 역시집 『백공작(白孔雀)』은 영어를 가르쳐 준 여성에게 바쳤다. 1911년 4월 자퇴했던 와세다대학 영문과에 다시 입학하였고, 동시에

도쿄제국대학 국문과 선과(國文科選科)에도 다녔다. 와세다대학 재학 중에 1912년
에는 히나쓰 고노스케(日夏耿之介) 등과 동인지『성배(聖盃)』(뒤에『가면(仮面)』으
로 개제)를 창간하여, 말라르메, 마테를링크 등 광범위한 해외문학을 소개하고 논
평하였다. 1913년『서정시(抒情詩)』에 가입하고 미키 로후(三木露風)를 알게 되었
다.『와세다문학(早稲田文學)』, 1914년 2월 미키 로후, 가와지 류코(川路柳虹), 야
마다 고사쿠(山田耕筰) 등의『미래(未來)』에도 동인으로 참가하였다. 1915년 와세
다대학 문학부 영문학과를 졸업하였다. 1918년『赤い鳥』가 창간되고, 스즈키 미에
키치(鈴木三重吉)로부터 동요 창작을 의뢰받았다. 첫 번째 작품은「잊혀진 장미(忘
れた薔薇)」(『赤い鳥』, 1918.9)였는데, 미에키치가 주문한 '새로운 동요' 곧 예술적
인 노래 바로 시였다. 이어서 발표한「かなりあ」(1918.11)는 나리타 다메조(成田爲
三)가 곡을 붙여『赤い鳥』를 대표하는 동요가 되어 전국적으로 애창되었다.[124] 1919
년에 제1시집『사금(砂金)』[125]을 자비 출판하여 상징시인(象徵詩人)으로서 지위를
확립하였다. 1921년 8월호까지『赤い鳥』에 발표한 34편의 동요를 발표하였는데,
이를 모아 동요집『앵무와 시계』를 발간하였다. 1921년 4월 와세다대학 영문과
강사가 되었고, 그해 8월호를 마지막으로『赤い鳥』에서 모습을 감추었다. 1922년
4월부터『동화(童話)』의 동요란을 맡아 1926년 7월 폐간할 때까지 약 50편의 동요
외에 많은 외국동요 번역과 가네코 미스즈(金子みすゞ),[126] 시마다 다다오(島田忠
夫), 사토 요시미(佐藤義美) 등의 신인을 양성하는 데도 이바지하였다.『童話』에
발표된 작품 중에는「달님(お月さん)」,「뱀밥(つくしんぼ)」,「마을의 영웅(村の英
雄)」등 일본적인 서정을 바탕으로 한 수작이 많고, 모토오리 나가요(本居長世)가
작곡을 해 다이쇼(大正) 시기 동요의 명작으로 꼽고 있다. 이들 동요는 1924년『사

---

124 '「가나리야(かなりや)」'는 처음에는「かなりあ」(『赤い鳥』, 1918년 11월호)로 발표되었다.『아카
　　이도리(赤い鳥)』의 전속 작곡가였던 나리타 다메조(成田爲三)가 이 동요에 곡을 붙여〈かなりや〉
　　(『赤い鳥』, 1919년 5월호)로 제명을 바꾸어 발표하였다.

125『사킨(砂金)』은 사이조 야소의 제1시집으로 1919년에 자비 출판한 것이다. 40편의 시, 9편의
　　동요, 3편의 산문시가 수록되어 있다. 1918년『赤い鳥』에 게재된 대표작「かなりあ」가 수록되어
　　있다.

126 가네코 미스즈(金子みすゞ: 1903~1930)는 다이쇼(大正) 말기부터 쇼와(昭和) 초기에 걸쳐 활약
　　한 일본의 동요 시인이다. 본명은 가네코 데루(金子テル)이다. 26세로 사망할 때까지 500여 편의
　　동요를 지었다. 1923년 9월『도와(童話)』,『후진구라부(婦人倶樂部)』,『후진가호(婦人畫報)』,
　　『긴노호시(金の星)』등 4개 잡지에 일제히 시가 게재되어, 사이조 야소로부터 '젊은 동요시인
　　중의 거성'이라고 칭찬받았다. 대표작에「나와 작은 새와 방울과(私と小鳥と鈴と)」,「대어(大漁)」
　　등이 있다.

이조야소 동요전집(西條八十童謠全集)』으로 발간되었다. 『현대동요강화(現代童謠講話)』는 다이쇼 시기 최고 수준의 동요론 가운데 하나다. 이 가운데 많은 외국동요를 예로 들어가면서 명석한 논리로 동요의 이론을 설명하고 있다. 「동요를 짓는 태도(童謠を書く態度)」(『童話』, 1922.10)에서는 "나는 현재 사용되고 있는 동요의 의의를 다음과 같이 해석하고 있다. 즉 그것은 '예술적 내용을 가진 창가'이다. '예술적 내용을 가진'이란, 바꾸어 말하면 '시(詩)이다'라고 말하는 것이다. '일면 시로서의 우수한 예술적 가치를 가지면서도 일면 아동에게 주어 읊도록 하는데 적당한 노래' 이것이 대체로 내가 동요라고 하는 말에 부합하는 정의(定義)이다."라고 하였다. 그리고 "일면 아동에게는 이해되지 않는 것도, 단지 그 울림만 그들에게 전달된다면 충분하다고 나는 생각한다."고도 말하고 있다. 『앵무와 시계』의 서문 중에 "동요시인으로서 현재 나의 사명은 조용한 정서의 노래(謠)에 의해 고귀한 환상, 즉 예지적 상상(叡智的想像)을 세상의 아동들의 가슴에 심어주는 것이다."라고 한 것이 야소의 근본적인 창작 태도였다. 야소의 업적 가운데 또 하나는 외국동요의 번역이다. 초창기 일본 동요의 세계에 서구 어린이의 노래를 그것도 가급적 새로운 작품을 잇달아 소개한 노력과 식견은 높게 평가되어도 좋다. 『童話』에 실은 것으로, 데라메어(4), 알마 타데마(5), 테니슨(2), 로세티(2), 위고, 스티븐슨(각 1) 외에 영국 동요(3)가 있고, 『童話』 이외에도 스티븐슨(11), 알마 타데마(2), 테니슨(1), 데라메어(5), 로세티(4) 외에 프랑스 동요(8), 영국 동요, 중국 동요(각 1) 등이 남아 있다. 이것으로 미루어보면 야소가 흥미를 갖고 소개한 것은 소위 영어권의 전승동요(Nursery Rhyme)가 아니라 근대시 가운데에서 생겨난, 창작으로서의 어린이 노래였다. 이것은 일본의 동요 세계에 하쿠슈(北原白秋)의 「머더구스(Mother Goose)」와는 다른 깊은 의의를 불러왔다. 외국동요 중에도 야소가 특히 추천하는 것은 데라메어, 스티븐슨, 알마 타데마였다. 야소의 번역시는 일본어로서도 아름답게 정돈되어 있어, 『赤い鳥』에 발표한 「바람(風)」, 「인형(人形)」은 구사카와 신(草川信)이 작곡을 붙였고, 『童話』에 발표한 로세티의 「다리(橋)」는 모토오리 나가요(本居長世)가, 파전(Farjeon, Eleanor)의 「밤(夜)」은 히로타 류타로(弘田龍太郎)가 작곡을 붙였다. 학식이 풍부하고 어학 능력이 있는 야소는 구미(歐美)의 많은 작품을 소화하고, 동화도 소년소녀소설에서부터 추리소설까지 많이 지었다. 그의 동화 작품은 『이상한 창문(不思議な窓)』, 캐럴의 『거울나라의 앨리스(Through the Looking-Glass and What Alice Found There)』를 재화한 『鏡國めぐり』, 『アイアンの鳥廻り』로 모아 정리되었다. 또 『소년소녀 사이조야소선집(少年少女西條八十選集)(전3권)』도 있다. 1924년 프랑스 소르본(Sorbonne)대학에 유학하여 발레리

(Valéry, Paul: 1871~1945) 등과 교유하였다. 유학을 마치고 귀국하여『소년구락부(少年倶樂部)』,『고도모(コドモ)』,『고도모노구니(コドモノクニ)』,『고도모아사히(コドモアサヒ)』등에 동요를 발표하였다. 그러나 이미 거기엔 초기와 같은 정열도 엄정한 자세도 보이지 않았다.『소녀시집(少女詩集)』,『세 어린이(三人の子供)』,『동요작법과 음미법(童謠の作り方と味ひ方)』,『소년시집(少年詩集)』,『소녀순정시집(少女純情詩集)』,『사이조야소 소년시집(西條八十少年詩集)』등이 더 있고, 사후 선집으로『사이조야소 동요전집(西條八十童謠全集)』등이 있다. 제2차세계대전 종전 때까지 와세다대학 불문학과 교수로 재직하였다. 1962년〈일본예술원〉회원이 되었고, NHK방송문화상을 수상하였으며, 1968년에는 훈3등서보장(勳三等瑞宝章)을 수장하였다. 사이조 야소의 동요에는 나카야마 신페이(中山晋平)가 약 90곡, 모토오리 나가요우 약 40곡, 구사카와 신과 히로다 류타로, 고마쓰 고스케(小松耕輔)가 15곡, 야마다 고사쿠, 나리타 다메조가 30여 곡씩 작곡하였다. 기타하라 하쿠슈(北原白秋)와 함께 다이쇼(大正) 시기를 대표하는 동요 시인으로 불렸다. 미키 로후(三木露風), 가와지 류코, 야나기사와 겐(柳澤健), 호리구치 다이가쿠(堀口大學) 등과 교유하였고, 다이쇼(大正) 시단에 있어서 히나쓰 고노스케, 하기와라 사쿠타로(萩原朔太郎), 사토 하루오(佐藤春夫) 등과 함께 '예술파(芸術派)'로 불리는 일군을 형성했다. 사이조 야소는 상징시 시인으로서뿐만 아니라, 「도쿄행진곡(東京行進曲)」등 많은 유행가도 작사하였다. 학자 시인(學匠詩人)으로서의 일면은 대저(大著)『아르튀르 랭보 연구』가 여실히 말해 주고 있다. '西條八十'의 이름 '八十'은 필명이 아니라 본명이다. 부모가 어려운 일이 없도록 '고(苦)'와 통하는 '구(九)'를 빼고 '팔(八)'과 '십(十)'을 사용하여 이름을 지었다고 한다.('苦'와 '九'는 발음이 '구(く)'로 동일하다.) 1933년 8월 28일 사이조 야소는『경성일보(京城日報)』에서 모집한 경성행진곡(京城行進曲)의 선자(選者)로 경성(京城)에 온 적이 있다. 저서로 시집『사금(砂金)』(尙文堂, 1919), 역시집『백공작(白孔雀)』(尙文堂, 1920), 동요집『앵무와 시계(鸚鵡と時計)』(赤い鳥社, 1921),『이상한 창문(不思議な窓)』(尙文堂, 1921), 시집『낯선 애인(見知らぬ愛人)』(尙文堂書店, 1922),『거울 나라 여행(鏡國めぐり)』(稻門堂, 1922),『아이언의 새 여행(アイアンの鳥廻り)』(內田老鶴圃, 1923), 번역『세계동요집(世界童謠集)』(西條八十, 水谷まさる 공역; 富山房, 1924),『사이조야소 동요전집(西條八十童謠全集)』(新潮社, 1924),『현대동요강화: 새로운 동요작법(現代童謠講話: 新しき童謠の作り方)』(新潮社, 1924),『소녀시집(少女詩集)』(寶文館, 1927),『세 어린이(三人の子供)』(行人社, 1927),『동요작법과 음미법(童謠の作り方と味ひ方)』(文化生活研究會, 1927), 시집『아름다

운 상실(美しき喪失)』(神谷書店, 1929), 『소년시집(少年詩集)』(大日本雄辯會講談社, 1933), 『소녀순정시집(少女純情詩集)』(大日本雄辯會講談社, 1933), 『사이조 야소 소년시집(西條八十少年詩集)』(大日本雄辯會講談社, 1946), 『한줌의 수정(一握の玻璃)』(雄鷄社, 1947), 『소년소녀 사이조야소선집(少年少女西條八十選集)』(전3권)』(東光出版社, 1950.9), 『사이조야소 동요전집(西條八十童謠全集)』(修道社, 1971), 『사이조야소전집(西條八十全集)』(전17권)』, 國書刊行會 刊, 1991~2007) 등이 있다. 학문적 저서로는 『아르튀르 랭보 연구(アルチュール・ランボオ硏究)』(中央公論社, 1967)가 있다. 『일제강점기 우리나라 아동문학가들은 다음과 같이 사이조 야소를 인용(번역)하였다. 「金糸鳥」는 일제강점기에 이학인(李學仁)의 「가나리야」(牛耳洞人, 「동요연구(3)」, 『중외일보』, 1927.3.23), 최청곡(崔靑谷)의 「가나리야」(『중외일보』, 1928.8.22)로 번역된 바 있고, 고한승(高漢承)은 「엄마 업는 참새(模作)」(『어린이』 제1권 제8호, 1923년 9월호, 23~24쪽)라는 모작을 발표한 바 있다. 박용철(朴龍喆)이 「가을 바람」(「(名作世界童謠集)색동저고리(6)」, 『아이생활』, 1932년 7월호, 16~17쪽)과 「세 아이」, 「검은 황소」, 「훌륭한 마음」, (「(名作世界童謠集)색동저고리(12)」, 『아이생활』, 1933년 3월호, 24~25쪽) 등을, 윤석중(尹石重)이 「먼지」(『잃어버린 댕기』, 게수나무회, 1933, 54~55쪽), 임원호(任元鎬)가 「세 동무」(『아이생활』, 1937년 1월호, 40쪽)를 번역한 바 있다. 이학인 〔牛耳洞人〕은 「동요연구(전8회)」(『중외일보』, 1927.3.21~28)와 「동요연구(전15회)」(『중외일보』, 1928.11.13~12.6), 「동요 연구의 단편(斷片)」(조선동요연구협회 편, 『조선동요선집 - 1928년판』, 박문서관, 1929.1) 등에서 사이조 야소의 『현대동요강화』와 노구치 우조의 『동요작법』 및 미키 로후, 기타하라 하쿠슈의 동요론과 동요관을 인용하였다. 고장환(高長煥)은 「세계 소년문학 작가 소전(小傳)」(고장환 편, 『세계소년문학집』, 박문서관, 1927.12)에서 "野口雨情, 北原白秋, 西條八十은 日本의 三大詩人"이라고 소개하였다. 한정동(韓晶東)은 「동요에 대한 사고(私考)」(조선동요연구협회 편, 『조선동요선집 - 1928년판』, 박문서관, 1929.1)에서 사이조 야소의 동요론과 「가나리야(金糸雀)」를 인용하여 동요에 대해 설명하였다. 김태오(金泰午)는 「동요 잡고 단상(斷想)(3)」(『동아일보』, 1929.7.3)에서 사이조 야소의 동요론을 인용하였다. 김태오(雪崗學人)의 「(동요강화)현대동요 연구(4)」 (『아이생활』, 1932년 10월호)에서 사이조 야소의 「동요의 뜻과 짓는 법」을 동요작법의 참고서적으로 제시하였고, 「(동요강좌)현대동요 연구(완)」(『아이생활』, 1932년 12월호)와 「동요예술의 이론과 실제(3)」(『조선중앙일보』, 1934.7.4)에서 사이조 야소의 말을 인용하여, 동요가 종전의 창가와 달라야 하는 점에 대해 설명하였다. 윤석중(尹石重)은 「(JODK)명작 동요의 감상」(『매일신보』, 1933.8.4)에서 세계에 이름난 동요 작가들로 스티븐슨, 알마 타데마, 데라메어, 로세티, 콩클링, 기타하라 하쿠슈, 사이조 야소 등을 예시하였다. 원유각(元裕珏)은 「조선 신흥동요운동의 전망(5)」(『조선중앙일보』, 1934.1.24)에서 1918년 『赤い鳥』가 창간되면서부터 일본의 "기타하라 하쿠슈(北原白秋) 씨 사이조 야소(西條八十) 씨 미키 로후(三木露風) 씨 그 뒤에 노구치 우조(野口雨情) 씨" 등에 의해 신흥동요운동이 일어났다고 하였다. 김영은(金泳恩)은 「유치원 음악과 노래(동요)에 대하야」(『아이생활』, 1934년 4월호)에서 "일본의 시인 서조팔십(西條八十) 씨의 작품 「금실새(金絲雀)」와 같은 노래 「잊어버린 캐나리아」"를 소개하였다. 남석종(南夕鍾)은 「조선과 아동시 – 아동시의 인식과 그 보급을 위하야(2)」(『조선일보 특간』, 1934.5.22)에서 일본의 아동문학 운동을 하는 사람 또는 연구자로 "기타하라 하쿠슈(北原白秋), 사이조 야소(西條八十), 시로토리 세이고(白鳥省五), 노구치 우조(野口雨情), 미키 로후(三木露風), 구보타 쇼지(久保田宵二), 시마키 아카히코(島木赤彦), 오치아이 이사무(落合勇)" 등을 열거하였다. 남석종(南夕鍾)은 「조선과 아동시 – 아동시의 인식과 그 보급을 위하야(10~11)」(『조선일보 특간』, 1934.5.31~6.1)에서 아동시의 예술적 가치에 대해 미키 로후(三木露風), 기타하라 하쿠슈(北原白秋), 사이조 야소(西條八十), 노구치 우조(野口雨情), 시로토리 세이고(白鳥省吾), 야나기사와 겐(柳澤健) 등을 인용해 설명하고 있다. 송창일(宋昌一)은 「아동문예 창작강좌 – 동요편(3)」(『아이동무』 제3권 제3호, 1935년 3월호)에서 사이조 야소의 「가나리야」를 예로 들어 상징시로서의 동요를 설명하였다. 윤복진(尹福鎭)은 「(아동문학강좌) 동요 짓는 법(3, 4)」(『동화』, 1937년 3월호~4월호)에서 기타하라 하쿠슈, 사이조 야소, 야나기사와 겐, 오가와 미메이 등의 문학관과 동요관을 비교 제시하고 있다. 송완순(宋完淳)은 「동요론 잡고 – 연구노-트에서(전4회)」(『동아일보』, 1938.1.30~2.4)에서 사이조 야소와 기타하라 하쿠슈의 동요론을 비교하며 인용하였다. 이구조(李龜祚)는 「어린이문학 논의(2) 아동 시조(時調)의 제창」(『동아일보』, 1940.5.29)에서 사이조 야소의 '아동자유시'를 인용하였다.

**사토 고로쿠**(佐藤紅緑, さとう こうろく: 1874~1949)  소설가, 극작가, 하이쿠(俳句) 작가. 본명은 사토 고로쿠(佐藤洽六). 아오모리현(青森縣) 출생. 1890년 아오모리현보통중학교(青森縣尋常中學校: 현 弘前高等學校)에 입학하였으나 중퇴하였다. 1893년 먼 친척을 믿고 상경하여, 1894년 니혼신문사(日本新聞社)에 입사하였다. 하이쿠 시인 마사오카 시키(正岡子規)의 권유로 하이쿠(俳句)를 처음 창작하였다. 1895년 병으로 귀향하여 도오일보사(東奧日報社), 도호쿠일보사(東北日報社),

가호쿠신보사(河北新報社), 호치신문사(報知新聞社)의 기자활동 외에 하이쿠 작가 (俳人)로 활동하였다. 대 뒤마(Dumas, Alexandre: 1802~1870), 위고(Hugo) 등의 작품을 번역하였다. 1905년 기자 생활을 그만두고 〈하이쿠연구회(俳句研究會)〉를 창립하였다. 1923년 영화 연구를 위해 유럽으로 갔다 와서, 1924년 도아키네마(東亞キネマ) 소장으로 취임하였다. 1919년부터 1927년까지 신문과 잡지에 연재소설 을 써 대중소설의 인기 작가가 되었다. 1925년 『소년구락부(少年倶樂部)』의 편집 장인 가토 겐이치(加藤謙一)가 자택을 방문하여 연재소설 기고를 의뢰하였다. 우여 곡절 끝에 1927년부터 소년소설 「아아, 옥배에 꽃을 띄우고」를 『소년구락부』에 연재하여 호평을 받아, 부진하던 『소년구락부』의 부수를 크게 늘렸다. 그 후에도 「소년찬가」, 「영웅행진곡」 등을 써 『소년구락부』의 황금기를 구축하였다. 가토 겐 이치에게 만화(漫畵)를 게재할 것을 요청해 다가와 스이호(田河水泡)의 「노라쿠로 (のらくろ)」가 발표될 수 있었다. 『소년구락부』를 발간하는 강담사(講談社)의 다 른 잡지 『킹(キング)』[127] 등에도 많은 연재소설을 발표하였다. 고로쿠가 번역한 『소 년연맹(少年連盟)』은 베른(Verne, Jules: 1828~1905)의 『십오소년 표류기』[128]의 번안이다. 만년에 하이쿠(俳句) 잡지인 『호토토기스(ホトトギス)』[129] 동인으로 영 입되었다. 사토 고로쿠 본인의 뜻에 반해 집필하게 된 '소년소설' 분야에서 쇼와(昭 和) 초기에 압도적인 지지를 받아 "소년소설의 제1인자"로 알려졌다. 만년에 소년들 의 이상을 이야기하는 소설을 계속 썼지만, 얄궂게도 벌거하고 있던 오가키 하지메 이외에 장남 하치로를 시작으로 4명의 자식들은 모두 난봉꾼으로 불량청소년이 되었다.[130] 나중에 하치로는 시인으로 성공했지만, 다른 세 명은 엉망진창의 생활을 계속해 파탄자가 되어 파멸적인 죽음을 맞이했다. 사토 고로쿠는 평생 그들의 빚

---

127 『쇼넨구라부(少年倶樂部)』는 1914년 11월부터 고단샤(講談社)에서 발행한 소년 월간 종합잡지 로 1962년 12월에 종간되었다. 『킹구(キング)』는 1925년 고단샤가 창간한 대중 잡지로, 제2차세 계대전 중에 『후지(富士)』로 개제되었고, 1957년까지 이어졌다.

128 원작은 『2년간의 휴가(Deux ans de vacances)』인데, 일본에서는 1896년 모리타 시켄(森田思軒) 이 박문관의 잡지 『소년세계(少年世界)』에 「모험기담 15소년(冒險奇談 十五少年)」으로 연재하 고, 12월에 단행본 『十五少年』으로 출간하였다. 1951년 신초샤(新潮社)에서 내용을 간략화하여 어린이용으로 『十五少年漂流記』란 제명을 달아 간행하였다.

129 『호토토기스(ホトトギス)』는 1897년 1월에 창간된 하이쿠(俳句) 잡지다. 야나기하라 교쿠도(柳 原極堂)가 창간하였다. 1980년에 1,000호를 발간하였고, 지금도 간행 중이다.

130 작사가이자 시인인 사토 하치로(佐藤八郎), 소설가인 사토 아이코(佐藤愛子), 각본가이자 극작가 인 오가키 하지메(大垣肇)의 아버지이다. 이 3인도 어머니는 각각 다르다. 오가키 하지메는 애인 의 아들이어서 같이 살지는 않았다.

뒤치다꺼리를 계속했다. 그 모습은 딸 사토 아이코(佐藤愛子)의 소설『혈맥(血脈)』[131]에 묘사되어 있다. 저서로『아아 옥배에 꽃을 띄우고(ああ玉杯に花うけて)』(大日本雄弁會講談社, 1928),『소년찬가(少年讃歌)』(大日本雄弁會講談社, 1930),『소년연맹(少年聯盟)』(大日本雄辯會講談社, 1933),『영웅행진곡(英雄行進曲)』(大日本雄弁會講談社, 1935),『영웅행진곡(英雄行進曲)(出世篇)』(大日本雄辯會講談社, 1936),『소년행진곡(少年行進曲)』(まひる書房, 1948), 번역『십오소년 표류기(十五少年漂流記)』(ポプラ社, 1950) 등이 있다. ▶김우철(金友哲)의「아동문학의 문제 – 특히 창작동화에 대하야(3)」(『조선중앙일보』, 1934.5.17)에서 소년소설과 관련하여 사토 고로쿠를 "도쿄(東京)의 아동문학의 대가"라고 소개하였다.

**세리자와 고지로**(芹澤光治良, せりざわ こうじろう: 1897~1993)  소설가. 시즈오카현(静岡縣) 출생. 1922년 도쿄제국대학 경제학부를 졸업하였다. 이후 농상무성(農商務省)의 관리를 거쳐 프랑스에 유학하던 중 결핵으로 스위스에서 요양한 경험을 소재로 한「부르주아(ブルジョア)」(1930)가『개조(改造)』의 현상소설에 1등으로 당선되어 문단에 데뷔하였다. 1940년 〈일본펜클럽(日本ペンクラブ)〉[132] 회장, 1944년 일본예술원상(日本芸術院賞)[133] 수상, 1945년 〈일본예술원〉 회원이 되었다.

**소다 류타로**(相田隆太郎, そうだ りゅうたろう: 1899~1987)[134]  평론가. 본명은 소다 시게타카(相田茂隆). 야마나시현(山梨縣) 출생. 뒷날 발표한「가토 다케오를 그리워하다(加藤武雄を偲ぶ)」(『農民文學』, 제7호, 1963.10)에 의하면, 15세 때 소설가 가토 다케오(加藤武雄)의「흙을 떠나서(土を離れて)』(新潮社, 1925)를 읽고 감명을 받았고, 이는 평론 활동에도 영향을 미쳤다고 한다. 기쿠치 간(菊池寬), 가토 다케오(加藤武雄) 등과 교류가 있었고,『신조(新潮)』,『문예(文芸)』 등의 중앙 문예지에 평론을 발표하였다. 가토 다케오 등이 〈창작연구회(創作硏究會)〉를 개최하자,

131 사토 아이코의 장편소설로, 1989년 7월『벳사쓰 분게이슌주(別冊文芸春秋)』에 연재를 시작하여 2000년 5월에 완결하였고, 2001년에 단행본(『血脈』, 文藝春秋, 2001)으로 간행하였다. 아버지 사토 고로쿠와 이복 오빠 사토 하치로 등 가족의 모습을 적나라하게 묘사한 자전적 소설이다.

132 〈니혼펜구라부(日本ペンクラブ)〉는 〈국제펜클럽〉의 일본지부로서, 1935년에 시마자키 도손(島崎藤村)을 초대 회장으로 하여 설립되었고, 1947년에 시가 나오야(志賀直哉)를 회장으로 하여 재발족되었다. 1948년 〈국제펜클럽〉에 복귀하였다.

133 정식 명칭은 니혼게이주쓰인쇼(日本芸術院賞)이다. 1950년에 제정되어 매년 〈니혼게이주쓰인(日本芸術院)〉에서 뛰어난 업적을 남긴 예술가에게 수여하는 상이다. 제2차세계대전 이전에는 데이코쿠게이주쓰인쇼(帝國芸術院賞)로 불렸고, 1941년에 제1회 시상을 하였다.

134 『한국아동문학비평사 자료집 3』(558쪽)에서 '소다 류타로(相田隆太郎)'를 '아이다 류타로'로 읽은 것은 잘못이다.

소다 류타로는 이시하라 후미오(石原文雄), 야리타 겐이치(鑓田研一)를 권유해 참가하였다. 1922년『와세다문학(早稲田文學)』에 평론「현 문단의 농민소설을 논하며『나의 농민』을 생각한다(現文壇の農民小說を論じて『吾が農民』を想ふ)」를 발표해 주목을 받았다. 이 평론의 영향을 받아 농민문학계에는 와다 쓰토(和田伝) 등의 작가가 그의 주장을 따랐다. 1926년 가토 다케오가〈농민문예회(農民文芸會)〉를 결성할 때 참가하여, 기관지『農民』에「농민문학론(農民文學論)」(1927년 창간호),「농민소설은 어떻게 진전해야 하는가(農民小說は如何に進展すべきか)」(『農民』제2권 제5호, 1928년 5월호)를 발표하였다. 저서로『농민문학의 제 문제(農民文學の諸問題: 相田隆太郎評論集)』(甲陽書房, 1949) 등이 있다. ▶안덕근(安德根)은「푸로레타리아 소년문학론(9)」(『조선일보』, 1930.11.6)에서 소다 류타로가「우리나라 현재의 동화문학을 논함」(『早稲田文學』제220호)에서 말한 동화의 결함을 6항목으로 인용하였다.

**스즈키 미에키치**(鈴木三重吉, すずき みえきち: 1882~1936)  소설가, 아동문학가. 히로시마현(廣島縣) 출생. 1891년 스즈키 미에키치가 9세 때 어머니가 사망하였다. 1896년 히로시마현 히로시마 제일중학교(廣島第一中學校)에 입학하여 문학에 관심을 가졌다. 15세 때인 1897년에「돌아가신 어머니를 그리워하다(亡母を慕ふ)」를『소년구락부(少年俱樂部)』(4월호)에,「천장절의 기록(天長節の記)」을『소국민(少國民)』에 발표하였다. 중학교 2학년 때 동화「바보 비둘기(あほう鳩)」등이『소년구락부』에 입선되었다. 제3고등학교(第三高等學校)를 거쳐, 1904년 도쿄제국대학 문과대 영문학과에 입학하여 나쓰메 소세키(夏目漱石)의 강의를 들었다. 재학 중에 신경쇠약으로 히로시마현의 노미지마(能美島)에서 요양하였는데 이때「치도리(千鳥)」(물떼새)의 소재를 얻었다. 1906년 3월 작품「千鳥」가 나쓰메 소세키(夏目漱石)의 추천을 받아 1906년 하이쿠(俳句) 잡지『호토토기스(ホトトギス)』에 게재되면서 작가로서의 첫발을 내디뎠다. 이후 나쓰메 소세키의 문하에 들어가 중심적인 활동을 하였다. 1908년 대학을 졸업하고 나리타중학교(成田中學校) 영어 교사로 근무하면서 활발한 창작활동을 하였다. 1915년 4월까지 많은 작품을 발표하고 소설가로서 평가를 받았으나 소설가로서의 한계를 자각하여 소설 집필을 그만두고, 아동문학의 집필에 힘을 쏟았다. 미에키치가 왜 동화를 쓰게 되었을까? 1916년 6월 장녀 스즈(すず)가 태어나자 "처음으로 아이를 얻은 무한한 기쁨으로" 모든 것을 잊고 아이의 책(讀物)을 뒤적여 보았더니, 너무나도 난폭하고 수준이 떨어진 것에 놀라, 우리 아이를 위해서 쓴 것이 "최초의 우연한 동기"였다고 술회한 이른바 '스즈전설(すず傳說)'이 있다. 그러나 구와바라 사부로(桑原三郎)는 미에키치의 이 말이 발표된 시기에 주목하여 딸 스즈가 태어나기 전에 딸이 있었던 것과, 역시 스즈가 태어나기 전에 오토기바나시(お伽話) 집필 계획이 있었던 것 등을 들어 이를 부정하였다. 게다가 소설이 한계에 이른 것과 경제적인 이유를 들어 구와바라의 주장을 지지하는 의견이 많고, 네모토 마사요시(根本正義)는 미에키치의 소설 「뽕나무 열매(桑の實)」와 기타 소설의 분석을 통해 그의 "문학관 그 자체가 동화로 이행되어 갔다."는 것과, 작가로서의 자질 및 문학관으로서의 필연임을 강조하고 있다. 하여튼 미에키치는 서양의 동화를 어린이에게 가장 알맞은 문장으로 소개하려고 생각하고, 1916년 12월 동화집 『호수의 여인(湖水の女)』을 간행하였다. 오노 쇼쿄(小野小峽＝小野政方)가 이 동화집을 『요미우리신문』에서 정중하게 다룬 것을 비롯해 반향이 좋았다. 계속해서 『부인공론(婦人公論)』에 이탈리아 동화 「피노키오(長鼻物語)」와 덴마크 동화 「벙어리 왕비(啞の王妃)」를 발표하여, 종래의 오토기바나시로부터 탈피한 근대적인 동화를 보여주었다. 「피노키오」와 「벙어리 왕비」를 포함해 도합 6편을 수록한 세계동화집 제1편 『黃金鳥』는 1917년 4월에 간행되었다. 내용이 참신한 것에 더해 미술학교를 갓 졸업한 시미즈 요시오(淸水良雄)가 장정, 삽화, 제작을 맡았는데 모두 세련되어 금세 좋은 평판이 나게 되었다. 『세계동화집』은 1921년 8월 제21편까지 이어졌다. 제3편 『星の女』를 간행할 즈음부터 '메르헨 전문의 소잡지(小雜誌)' 발행을 계획·준비하여, 1918년 7월 아동문예 잡지 『赤い鳥』(7월호, 창간호)를 창간하여, 문단의 저명한 작가들에게 집필을 의뢰하였다. 아쿠타가와 류노스케(芥川龍之介)의 「거미줄(蜘蛛の糸)」, 아리시마 다케오(有島武郎)의 「한 송이의 포도(一房の葡萄)」 등의 동화와, 기타하라 하쿠슈(北原白秋) 등의 동요, 오사나이 가오루(小山內薫), 구보타 만타로(久保田万太郎) 등의 아동극 등, 다이쇼 시기(大正期) 아동문학 관련 명작들이 『赤い鳥』를 통해 발표되었다. 종래 교훈적 내용으로 일관했던 아동작품들이 예술적인 측면에 관심을 갖는 분위기가 만들어졌다. 1919년 10월에는 '아카이도리동요(赤い鳥童謠)' 제1집을 간행하였고, 1920년 11월에는 '아카이도리 책(赤い鳥の本)'을 간행하기 시작하였다. '赤い鳥童謠'는 1925년 6월 제8집까지, '赤い鳥の本'은 1923년 5월 제13권까지 이어졌다. 그러나 1923년 9월 간토대지진〔關東大震災〕의 피해와 그 후 불경기로 『赤い鳥』의 판매가 저조하고, '아카이 도리의 책(赤い鳥の本)'을 '아카이 도리 총서(赤い鳥叢書)'로 개칭하여 간행하는 등 노력하였으나 부채가 늘어 1929년 3월호를 마지막으로 휴간하였다. 1931년 1월 복간하였으나, 기타하라 하쿠슈(北原白秋)와 절교하고 미에키치가 투병하다 사망하여 복간 5년째인 1936년 8월호로 종간하였다. 최후의 편집 조수 모리 사부로(森三郎)가 10월에 특별 추도호를 간행하였다. 미에

키치의 일본 아동문학사상 가장 큰 공적은 잡지 『赤い鳥』를 간행한 것이었다. 『赤
い鳥』는 세계적인 자유주의 지향과 아동의 개성 존중을 부르짖은 교육사조를 배경
으로, 동심주의에 바탕을 둔 아동문학·아동문화의 질적 향상을 도모한 문학운동
이었다. 그 역할의 첫 번째는 종래 이와야 사자나미(巖谷小波)풍의 오토기바나시를
부정한 근대동화의 확립이다. 아쿠타가와 류노스케를 선두로, 우노 고지(宇野浩
二), 도요시마 요시오(豊島與志雄) 등의 작가와 오가와 미메이(小川未明) 등이 주
옥같은 동화를 남겼고, 여기에 자극을 받은 신인들을 키워 독립하게 하였다. 『赤い
鳥』가 없었다면 "동화작가가 되지 않았을지도 모른다."라고 뒤에 술회한 쓰보타 조
지(坪田讓治)를 비롯해, 전기(前期)의 단골 기고가 쓰카하라 겐지로(塚原健二郎),
후기(後期)의 투고가 니이미 난키치(新美南吉), 편집부원이기도 했던 기우치 다카
네(木內高音), 히라쓰카 다케지(平塚武二), 요다 준이치(与田準一), 모리 사부로
(森三郎) 등이다. 미에키치에 의해 발굴되어 극히 엄격한 지도로 길러진 그들은
『赤い鳥』 출신 작가로 불렸다. 두 번째는 새로운 동요와 아동극이 생겨난 것이다.
기타하라 하쿠슈의 어린이노래(童歌)풍이라 하는 언어 본래의 리듬을 중시한 동요
와, 사이조 야소의 상징적인 작품은 완전히 신풍(新風)을 불러일으켜 투고자 중에
서 점점 동요시인이 성장해 나왔다. 특히 주목되는 것은 1919년 5월호 사이조 야소
가 지은 「가나리야(かなりや)」에 나리타 다메조(成田爲三)가 작곡을 붙인 것이다.
편집자 미에키치의 지혜롭고 용기 있는 결단이었다. 이후 야마다 고사쿠(山田耕
筰), 구사카와 신(草川信) 등이 가세하여 가사에 어울리는 신선한 곡을 붙여 매호
게재하였다. 그리하여 제1회 음악회도 성공하였고, 『赤い鳥』 동요 레코드는 성황을
이루어 전국에 널리 퍼졌으며 지금도 노래로 불리고 있다. 아동극 각본도 구보타
만타로(久保田萬太郎)의 근대적 희곡이 창작되어 지금도 상연되고 있다. 세 번째는
시미즈 요시오(淸水良雄)에 의한 동화(童畵)의 확립이다. 네 번째는 아동의 표현
측면에서 달성한 역할도 크다. 모집 작문을 "두드러진 특징의 하나로 하고 싶다."고
생각한 미에키치는 있는 그대로 쓰라고 제창하고 친절하고 정중한 선평, 첨삭을
통한 정열적인 지도, 시정(市井) 생활을 리얼하게 그린 도요다 마사코(豊田正子)와
같은 단골도 생겨, 한 달에 1,000편 정도의 작문이 모이게 되었고, 이후 작문교육에
결정적인 영향을 주었다. 그와 함께 기타하라 하쿠슈가 선정한 아동자유시도 자신
의 생활 감동을 자유롭게 표현한 사실적(寫實的)인 작품이 주류가 되어, 이후 아동
시 교육의 원점(原點)이 되었고, 야마모토 가나에(山本鼎)에 의한 아동자유화(兒童
自由畵)도 어린이들의 회화 표현을 크게 전환시켰다. 그들에게 활약의 장을 제공한
것은 편집자의 혜안이었다. 미에키치 자신의 작품은 구와바라 사부로에 의하면,

『赤い鳥』이전에 83편,『赤い鳥』전기에 약 152편. 단 최초에 발표될 때와 다음에 활자화될 때의 제명(題名)이 다른 경우가 왕왕 있고, 또 다니자키 준이치로(谷崎潤一郎), 고미야 도요타카(小宮豊隆), 구메 마사오(久米正雄), 고지마 마사지로(小島政二郎), 단노 데이코(丹野てい子), 히구치 야스코(樋口やす子) 등의 이름으로 지상에 발표되어 있으나 실은 미에키치가 지은 작품이 있다고 한다. '四宮健, 村山吉雄' 외에 확인되지 않은 필명도 많은 것 같다.『赤い鳥』후기에는 25편이 있어, 총 260편에 이른다고 한다. 이것들은 「호주머니의 수첩(ぽっぽのお手帳)」과 수 편의 논픽션을 제하면 「왕별(大きな星)」 등의 희곡을 포함하여 대부분은 재화(再話)였다. 외국의 메르헨(Märchen),『고사기(古事記)』,[135] 「외다리 병정(一本足の兵隊)」 등 13편의 안데르센 동화,『몽테크리스트백작』의 앞부분을 간추린 「이프의 죄수(イーフの囚人)」와 「거지 왕자(乞食の王子)」, 「피터팬」 등도 있고, 도데(Daudet, Alphonse), 체호프(Chekhov, Anton Pavlovich) 등의 작품이 그 원작이다. 최종적으로 미에키치가 심혈을 기울인 것은 「집 없는 아이(家なき子)」[136]의 재화 「루미이(ルミイ)」로, 이를 위해 에비하라 도쿠오(蛯原德夫)를 프랑스어 가정교사로 맞이할 정도로 이 시기 그는 프랑스 문학에 관심이 강해, 장남 스즈키 산키치(鈴木珊吉)의 진학에 대해 다쓰노 유타카(辰野隆)[137]에게 상담한 일에서도 드러난다. 미에키치는 자신의 번역문을 에비하라에게 보여 의견을 듣고 퇴고를 거듭하였으며, 연재 도중에 3인칭 표현을 원래의 1인칭으로 되돌리는 등 완역을 지향하였으나 미완으로 끝나게 되었다. 미에키치의 뜻을 헤아린 에비하라는 1942년『집 없는 아이』전·후편을 완역하여 동화춘추사(童話春秋社)에서 간행하였다. 어쨌든 이러한 재화에 철저를 기함으로써 미에키치는 일본의 어린이와 문학에 대한 "자각적인 아동문학가"가 되어 간 것이었다. 재화 이외에 미에키치는 논픽션 분야에도 힘을 쏟았다. 칼 12세를 그린『소년왕(少年王)』, 북극탐험대 구조를 기록한『구호대(救護隊)』, 디킨스(Dickens, Charles John Huffam)의『소년영국사(A Child's History of England)』의 일부인『6인의 소년왕』,『파나마 운하를 개통한 이야기』외에 간토

---

135 『고지키(古事記)』는 712년에 오노 야스마로(太安萬侶)가 편찬한 일본에서 가장 오래된 역사서이다. 신화와 전설을 비롯하여 황실의 개창(開創)에서 33대 스이코(推古) 천황의 통치 시대까지의 역사가 실려 있다. 고대 일본의 의식, 관습, 점술, 주술을 이해하는데 귀중한 사료이다.

136 말로(Malot, Hector)의『Sans famille』(1878)가 원본이다.

137 에비하라 도쿠오(蛯原德夫: 1904~1988)는 1934년 호세이대학(法政大學) 불문학과를 졸업하고, 1965년 나고야대학(名古屋大學)에서 불문학박사를 취득한 불문학자이다. 다쓰노 유타카(辰野隆: 1888~1964)는 도쿄제국대학 불문과를 졸업하고 그 대학 교수를 역임한 불문학자이다.

력하였다. 1960년 사이조 야소(西條八十)가 퇴임한 후 〈일본시인연맹(日本詩人連盟)〉 회장이 되었고, 1961년 〈일본농민문학회(日本農民文學會)〉 회장, 1962년 〈일본가요예술협회(日本歌謠芸術協會)〉 회장을 역임하였다. 1968년 훈4등 서보장(勳四等瑞宝章)을 받았다. 사가(社歌), 민요(民謠), 가요(歌謠) 등을 다수 작사한 외에, 교가(校歌) 작사로 널리 알려졌는데 그 수가 일본 전국에 200개 교를 넘는다. 시집, 평론집, 수필집 등 저서도 많고, 일본 전국에 건립된 시로토리 세이고의 문학비가 30개가 넘는다고 한다. 저서로『세계의 일인(世界の一人 : 詩集)』(象徵詩社, 1914), 시집『대지의 사랑(大地の愛)』(抒情詩社, 1919), 번역『휘트먼 시집(ホイットマン詩集)』(新潮社, 1919), 공저『일본사회시인시집(日本社會詩人詩集)』(日本評論社出版部, 1922), 공역(共譯)『태서사회시인시집(泰西社會詩人詩集)』(日本評論社出版部, 1922),『동요 짓는 법(童謠の作り方)』(金星堂, 1925),『동요의 작법(童謠の作法)』(金星堂, 1933) 등이 있다. ▼시로토리 세이고의 작품이 소개된 것은, 「(해외 시인이 읊은 조선 정서(1) 柳」(『삼천리』, 1933년 10월호), 박용철(朴龍喆)이 번역한 「새 엄」(『아이생활』, 1942년 6월호) 등이 있다. 일제강점기 우리나라 아동문학가들은 다음과 같이 시로토리 세이고를 인용하였다. 김태오(金泰午)의 「조선 동요와 향토예술(상)」(『동아일보』, 1934.7.9)에서 노구치 우조(野口雨情), 후쿠다 마사오(福田正夫), 가토 다케오(加藤武雄), 이누타 시게루(犬田卯)와 더불어 시로토리 세이고를 "향토시인 흙의 소설가"로 소개하였다. 남석종(南夕鍾)의 「조선과 아동시 – 아동시의 인식과 그 보급을 위하야(2)」(『조선일보 특간』, 1934.5.22)에서 일본의 아동문학 운동을 하는 사람 또는 연구자로 "기타하라 하쿠슈(北原白秋), 사이조 야소(西條八十), 시로토리 세이고(白鳥省五), 노구치 우조(野口雨情), 미키 로후(三木露風), 구보타 쇼지(久保田宵二), 시마키 아카히코(島木赤彦), 오치아이 이사무(落合勇)" 등을 열거하였다. 남석종(南夕鍾)의 「조선과 아동시 – 아동시의 인식과 그 보급을 위하야(10~11)」(『조선일보 특간』, 1934.5.31~6.1)에서 아동시의 예술적 가치에 대해 미키 로후(三木露風), 기타하라 하쿠슈(北原白秋), 사이조 야소(西條八十), 노구치 우조(野口雨情), 시로토리 세이고(白鳥省吾), 야나기사와 겐(柳澤健) 등을 인용해 설명하고 있다. 1932년 6월 5일『조선공론(朝鮮公論)』이 주최하고 경성부(京城府)가 후원하여 시로토리 세이고의 강연이 있었고 이를 「시와 인생(詩と人生)(전5회)」(『朝鮮新聞』, 1932.6.9~16)으로 연재하였

---

140 『지조라쿠엔(地上樂園)』은 1926년 시로토리 세이고(白鳥省吾)가 주최·기획한 시지(詩誌)로 1938년까지 통권88호를 발간하였다.

다. 이어 6월 11일 함경남도 원산(元山)에서 문예강연회가 있었다.

**시마 기미야스**(島公靖, しま きみやす: 1909~1992)  쇼와 시기(昭和期) 무대・텔레비전 미술가, 극작가, 하이쿠 시인. 가가와현(香川縣) 출생. 도쿄미술학교 도안과(圖案科)를 졸업하였다. 1928년 무대장치가인 이토 기사쿠(伊藤熹朔) 문하에 입문하였다. 무대장치 외에 이동연극용 각본도 직접 썼다. 제2차 춘추좌(春秋座) 각본부를 거쳐, 전진좌(前進座) 문예부・미술부원이 되었다. 이후 도호(東宝), 다이에이(大映), 쇼치쿠(松竹) 등의 연극・영화회사를 거쳐 1952년 NHK에 입사하였다. TV 미술을 담당해, NHK미술센터의 수석 디자이너가 되었다. 1970년경부터 하이쿠(俳句)를 시작하였다. ▶신고송(申鼓頌)의 「슈프렛히・콜 ─ 연극의 새로운 형식으로(2)」(『조선일보』, 1932.3.6)에 도쿄프롤레타리아연예단(メザマシ隊)에서 상연한 슈프레히코어 〈국제노동자구제회〉(島公靖 작)가 소개되어 있다.

**시마무라 호게쓰**(島村抱月, しまむら ほうげつ: 1871~1918)  문예평론가, 연출가, 극작가, 소설가, 시인. 본명 시마무라 다키타로(島村瀧太郎), 구성(舊姓) 사사야마(佐々山). 나가노현(島根縣) 출생. 집이 가난해 소학교를 졸업하고 고학하여 하마다(浜田)의 재판소 서기가 되었다. 재판소 검사 시마무라 후미유키(島村文耕)로부터 학자금 원조를 받아 상경하였다. 1891년 시마무라의 양자가 되었다. 1894년 도쿄전문학교 문학과를 졸업하였다. 『와세다문학(早稻田文學)』(제1차)[141]의 기자를 거쳐 1893년에 『요미우리신문(讀賣新聞)』 사회부 주임이 되었다. 신문에 발표한 글들로 평론가로서 인정을 받았다. 그 뒤 모교의 문학부 강사가 되었고, 1902년부터 3년간 와세다 해외유학생으로 영국 옥스퍼드대학과 독일의 베를린대학에 유학하였다. 미학, 심리학을 공부하면서 연극과 음악에도 관심을 기울였다. 귀국 후 와세다대학 문학부 교수가 되어 『와세다문학』(제2차)을 복간・주재하면서 「사로잡힌 문예(囚はれたる文芸)」(1906)에서 세기말 예술에 대해 논급하고, 「문예상의 자연주의(文芸上の自然主義)」, 「자연주의의 가치(自然主義の価値)」(이상 1908) 등의 평론에서 자연주의를 논했다. 평론집 『근대문예의 연구』(1909)는 이 시기의 평론을 모은 것이다. 『와세다문학』에 신흥 자연주의 문학을 옹호하는 논진을 확장해 문단에 큰 영향을 주었고 근대 문예비평의 확립자가 되었다. 1906년 쓰보우치

---

141 『와세다분가쿠(早稻田文學)』는 1891 쓰보우치 쇼요(坪內逍遙)가 주재하여 도쿄전문학교 문학과의 기관지로 창간되었다. 제2차로 시마무라 호게쓰(島村抱月)가 주재하여 자연주의의 아성으로 발전하였고, 이후 다니자키 세이지(谷崎精二)가 이어받아 제2차세계대전 종전 후에도 여러 차례 다시 발간되었다.

쇼요(坪內逍遙)와 함께 〈문예협회(文芸協會)〉[142]를 설립하고, 1909년에는 〈문예협회〉 부속 연극연구소에서 본격적인 신극운동을 시작하였다. 그러나 1913년에 시마무라 호게쓰와 연구소의 간판 여배우인 마쓰이 스마코(松井須磨子)와의 연애 사건이 추문이 되어 부인과의 관계가 악화되었으므로, 호게쓰는 〈문예협회〉를 사직하고 스마코는 연구소를 퇴소하였다. 1913년 은사 쓰보우치 쇼요와 의견이 대립하여 결별하고, 교직, 가정도 버리고 스마코와 함께 극단 예술좌(芸術座)를 결성하였다. 1914년에 톨스토이의 소설을 바탕으로 호게쓰가 각색한 〈부활(復活)〉의 무대가 호평을 받아 각지에서 흥행이 되었다. 스마코가 부른 극 중 노래인 〈카츄사의 노래〉는 레코드로 취입하였는데 큰 히트가 되어 신극 대중화에 공헌하였다. 1915년 스마코와 함께 러시아의 블라디보스토크를 방문하여 푸시킨극장에서 스마코와 러시아 극단과의 합동공연을 하여 대호평을 받았다. 이 성공도 잠깐이었고 1918년 호게쓰는 전 세계에 유행했던 스페인 독감에 걸려 사망하였다. 스마코도 뒤이어 자살하였고 예술좌는 해산이 되었다. 아동문학과 관련하여 『소년문고(少年文庫)』(1906)를 지도 편집한 것이 특필될 수 있다. 『소년문고』는 1호로 종간되었으나, 오가와 미메이(小川未明)를 중심으로 그 후 신아동문학 활동의 제일보가 되었다. 호게쓰 자신은 1911년 『일본소년(日本少年)』 임시증간호에 「오다 노부나가(織田信長)」, 1912년 『소녀의 벗(少女の友)』 증간호에 「소녀와 비애(少女と悲哀)」를 발표하였다. 저서로 『근대문예의 연구(近代文芸之硏究)』(早稻田大學出版部, 1909), 『시마무라 호게쓰 문예평론집(島村抱月文芸評論集)』(岩波書店, 1954) 등이 있다. ▶김우철(金友哲)의 「秋田雨雀 씨와 문단생활 25년 – 그의 오십 탄생 축하보(祝賀報)를 듣고」 (『조선중앙일보』, 1933.4.23)에서 시마무라 호게쓰가 설립한 예술좌의 신극운동에 대해 소개하였다. 이광수(李光洙)의 「오도답파여행(五道踏破旅行)」 제1신(第一信)(『매일신보』, 1917.6.29 ; 『반도강산(半島江山)』, 영창서관, 1939)의 첫머리에 "車中에서 島村抱月, 松井須磨子 一行을 맛낫다. 仁川셔 木浦로 가는 길이라는디(하략)"라는 대목이 있어, 호게쓰와 스마코의 관계를 짐작케 해 준다.

---

142 〈분게이쿄카이(文芸協會)〉는 1906년 2월 오쿠마 시게노부(大隈重信)를 회장으로, 쓰보우치 쇼요 (坪內逍遙)가 중심이 되어 시마무라 호게쓰(島村抱月), 가네코 지쿠스이(金子筑水), 도기 뎃테키 (東儀鐵笛), 도비 슌쇼(土肥春曙) 등이 문학, 미술, 연극 등의 진보, 개선, 보급을 목적으로 하고 결성한 연극 단체다. 1909년 이후 연극 방면에 한정해 신극운동을 추진하다. 1913년 7월 해산하였다. 이 협회의 계통을 이은 것으로 시마무라 호게쓰의 〈게이주쓰자(芸術座)〉, 도기 뎃테키와 도비 슌쇼의 〈무메이카이(無名會)〉(무명회), 가미야마 쇼진(上山草人)의 〈긴다이게키쿄카이(近代劇協會)〉(근대극협회), 사와다 쇼지로(澤田正二郎)의 〈신코쿠게키(新國劇)〉(신국극) 등이 있다.

**시마키 아카히코**(島木赤彦, しまき あかひこ: 1876~1926)   일본 단가(短歌) 결사지(結社誌)『아라라기(アララギ)』[143] 파의 가인(歌人). 본명 구보타 도시히코(久保田俊彦)이고 구성(舊姓) 쓰카하라(塚原)에 따라 시마키 아카히코 이전에 쓰카하라 야마유리(塚原山百合)란 이름을 사용했다. 별호(別号)에 후쿠류(伏龍), 야마유리(山百合), 가키노무라비토(柿の村人), 시인산보슈진(柿蔭山房主人) 등이 있다. 나가노현(長野縣) 출생. 나가노사범학교(長野師範學校)를 졸업하였다. 가단(歌壇)의 근대적 만엽조(万葉調)[144] 가풍을 확립한 이토 사치오(伊藤左千夫)를 사사하였다. 동요집으로『아카히코 동요집(赤彦童謠集)』(古今書院, 1922),『제2 아카히코 동요집(第二赤彦童謠集)』(古今書院, 1923),『제3 아카히코 동요집(第三赤彦童謠集)』(古今書院, 1926) 등이 있다. ▶남석종(南夕鍾)의「조선과 아동시 – 아동시의 인식과 그 보급을 위하야(2)」(『조선일보 특간』, 1934.5.22)에서 일본의 아동문학 운동을 하는 사람 또는 연구자로 "기타하라 하쿠슈(北原白秋), 사이조 야소(西條八十), 시로토리 세이고(白鳥省五), 노구치 우조(野口雨情), 미키 로후(三木露風), 구보타 쇼지(久保田宵二), 시마키 아카히코, 오치아이 이사무(落合勇)" 등을 열거하였다.

**쓰루타 도모야**(鶴田知也, つるた ともや: 1902~1988)   소설가. 후쿠오카(福岡) 출생. 도쿄신학교(東京神學校: 현 東京神學大學)를 중퇴하고 홋카이도(北海道), 나고야(名古屋) 등을 전전하며 노동운동에 종사하였다. 1927년『문예전선(文芸戰線)』의 동인이 되어 프롤레타리아 문학 초기에 활약하였다. 제2차세계대전 후 일본사회당에 입당하였고, 〈일본농민문학회(日本農民文學會)〉와 〈사회주의문학클럽

---

143  1908년 겟신(蕨眞)이 지바현(千葉縣)에서『아라라기(阿羅々木)』로 창간한 단카(短歌) 잡지이다. 1909년 도쿄로 옮겨 표기를『アララギ』라고 고쳤고, 이토 사치오(伊藤左千夫)를 중심으로 한 〈네기시단카카이(根岸短歌會)〉의 기관지가 되었다. 1997년에 종간되었다. 〈아라라기하(アララギ派)〉(아라라기파)는 단카(短歌) 잡지『아라라기(アララギ)』에 속한 일파로, 만요슈(万葉集)의 시 가풍과 사생(寫生)을 주장하였다. 다이쇼(大正), 쇼와(昭和), 헤이세이(平成) 시기를 관통하여 근대 단카의 발전에 공헌하였다. 이토 사치오, 시마키 아카히코(島木赤彦), 사이토 모키치(齋藤茂吉), 쓰치야 분메이(土屋文明), 고미 야스요시(五味保義) 등을 중심으로 하고, 동인에 고이즈미 지카시(古泉千樫), 나카무라 겐키치(中村憲吉), 이마이 구니코(今井邦子), 다카다 나미키치(高田浪吉), 유키 아이소카(結城哀草果), 사토 사타로(佐藤佐太郎), 시보타 미노루(柴生田稔), 곤도 요시미(近藤芳美) 등이 참여하였다.

144  만요초(万葉調)는『만요수(万葉集)』(만엽집)에 수록된 노래에서 볼 수 있는 특징적인 가락이나 가풍(歌風)을 말하는데, 일반적으로 현실생활의 소박한 감동과 강한 실감을 솔직하게 표현한 것을 가리킨다. 가모 마부치(賀茂眞淵)는 만요초를 '남성적이고 대범한 시풍(ますらおぶり)'이라고 불렀다. 기교적·관념적인 고킨초(古今調)(고금조)와는 대조적이다.

(社會主義文學クラブ)〉 등의 발족에 힘을 쏟았다. 아이누 독립전쟁의 영웅을 묘사한 단편소설『고샤마인키(コシャマイン記)』로 1936년 제3회 아쿠타가와상(芥川龍之介賞)을 수상하였고, 아동문학『핫타라는 나의 고향(ハッタラはわが故鄕)』으로 1955년 제4회 소학관아동출판문화상(小學館兒童出版文化賞)[145]을 수상하였다. ▶1940년『동아일보』 신춘문예 소설 부문에 「봉두메」가 당선된 강형구(姜亨求)는 쓰루타 도모야를 마음에 드는 작가로 첫손에 꼽는다고 하였다.[146]

**쓰보우치 쇼요**(坪內逍遙 = 坪内逍遥, つぼうち しょうよう: 1859~1935) 소설가, 평론가, 번역가, 극작가. 본명 쓰보우치 유조(坪內雄藏), 별호 하루노야오보로(春のやおぼろ = 春酒屋朧), 하루노야슈진(春のや主人). 기후현(岐阜縣) 출생. 아버지로부터 한문을 배우고 어머니의 영향을 받아, 11세경부터 책 대본소에서 요미혼(讀本), 구사조시(草双紙)[147] 등의 에도 게사쿠(戱作), 하이카이(俳諧), 와카(和歌) 등을 가까이하였고, 특히 다키자와 바킨(瀧澤馬琴)에 심취하였다. 아이치외국어학교(愛知外國語學校: 현 愛知縣立旭丘高等學校)로부터 1876년 도쿄가이세이학교(東京開成學校)에 입학, 도쿄대학예비문(東京大學予備門)[148]을 거쳐 1883년 도쿄대학 문학부 정치과를 졸업하였다. 재학 중에 서양문학을 공부하고, 시(詩)뿐만 아니라 동급생들을 권유하여 서양소설도 광범위하게 읽었다. 1880년 스콧(Scott, Sir Walter)의『라마무어의 새색시(The Bride of Lammamoor)』(1819)를『춘풍정화(春風情話)』로 번역하였다. 1885년 평론「소설 신수(小說神髓)」를 발표하였다. 소설을 예술로 발전시키기 위해 에도시대(江戶時代)의 권선징악 이야기를 부정하고, 소설은 우선 인정(人情)을 묘사하고 세태풍속의 묘사가 뒤를 이어야 한다고 하였다. 이러한 심리적 리얼리즘론으로 일본의 근대문학 탄생에 크게 공헌하였다.

---

**145** 쇼가쿠칸지도슛판분카상(小學館兒童出版文化賞)은 출판사 쇼가쿠칸(小學館)에서 제정한 상(賞)의 이름이다.

**146** 「진실히 살려는 정신 ― 당선작가 강형구(姜亨求) 군 담(談)」,『동아일보』, 1940.1.12.

**147** 요미혼(讀本)은 에도(江戶) 시대 후반기 소설의 하나로 내용이 복잡한 전기적(傳奇的)·교훈적인 소설이고, 구사조시(草双紙)는 에도(江戶) 시대의 삽화가 든 통속 소설책을 총칭한다.

**148** 다이가쿠 요비몬(大學予備門)은 구제 다이이치고등학교(旧制第一高等學校)의 전신이다. 가이세이학교(開成學校)에서 분리하여, 메이지(明治) 6년(1873) 도쿄외국어학교가 설치되었다. 이후이 학교에서 영어과가 분리되어, 1874년 도쿄영어학교(東京英語學校)가 설치되고, 1877년 도쿄대학(東京大學) 설치와 함께 영어학교(英語學校)는 도쿄다이갓코요비몬(東京大學予備門)으로 개칭되었다. 1886년 도쿄대학으로부터 분리 독립하여 다이이치고등중학교(第一高等中學校)가되고, 1894년에 다이이치고등학교(第一高等學校)라고 개칭하였다. 다이이치고등학교는 1949년도쿄대학 교양학부가 되었다.

이 이론을 실천한 소설 『당세서생기질(當世書生氣質)』[149]을 '春のやおぼろ先生'이란 필명으로 창작하였다. 그러나 쇼요 자신이 게사쿠문학(戱作文學)의 영향으로부터 완전히 탈피하지 못해 근대문학관이 불완전한 것에 그치고 말아 뒤에 후타바테이 시메이(二葉亭四迷)의 평론 「소설총론(小說總論)」과 장편소설 『뜬구름(浮雲)』에 의해 비판되었다. 1889년 「사이쿤(細君)」을 발표한 후 소설 집필을 끊었다. 1890년 도쿄전문학교에 문학과를 설치하고, 셰익스피어와 지카마쓰 몬자에몬(近松門左衛門)에 대한 본격적인 연구에 착수하였다. 1891년에 『와세다문학(早稻田文學)』을 창간하여 후진 양성에 노력했다. 이즈음 모리 오가이(森鷗外)와 『시가라미조시(しがらみ草紙)』 지상에서 몰이상논쟁(沒理想論爭)을 벌였다. 쇼요가 리얼리즘에 바탕을 두고 있는 것에 반해, 오가이는 낭만주의와 이상주의에 기반을 두었기 때문에 벌어진 논쟁이었다. 1897년 전후에 희곡으로서 신가부키(新歌舞伎) 「오동나무 잎 한 장(桐一葉)」, 「호토토기스 고성낙월(沓手鳥孤城落月)」, 「여름 광란(お夏狂亂)」, 「마키노가타(牧の方)」 등을 써 연극 근대화를 달성한 역할이 크다. 1906년 시마무라 호게쓰(島村抱月) 등과 〈문예협회(文芸協會)〉를 창설하고 신극운동의 선구가 되었다. 1913년 이후에도 희곡 「엔노교자(役の行者)」, 「나고리노오시즈키요(名殘の星月夜)」, 「법난(法難)」 등을 집필하였다. 1913년 「役の行者」를 출판하려고 하였으나 시마무라 호게쓰와 마쓰이 스마코(松井須磨子)와의 연애 사건과 관련하여 출판하지 못했다. 이를 개정하여 1922년 「行者と女魔」를 발표하였고, 1924년 축지소극장(築地小劇場)[150]에서 최초의 창작극으로 상연하여 높은 평가를 받았다. 1909년 『햄릿』을 시작으로 1928년 『시편 기이(其二)』에 이르기까지 혼자 힘으로 셰익스피어 전 작품을 번역·간행하였다. 와세다대학 쓰보우치 박사기념 연극

---

149 『쇼세쓰신즈이(小說神髓)』(1885~86)는 쓰보우치 쇼요의 소설론으로 상권(上卷)은 문학이론이고 하권(下卷)은 방법론이다. 문학의 독립적 가치와 소설에 있어서 심리적 사실주의를 주장했다. 일본 근대 최초의 본격적 문학론으로 권선징악적 문학관을 배척하여 근대문학의 성립에 공헌하였다. 후타바테이 시메이(二葉亭四迷), 겐유샤(硯友社)의 작가들, 나아가 후대의 자연주의 작가들에게까지 큰 영향을 미쳤다. 『도세이쇼세이카타기(当世書生氣質)』(1885~86)는 쓰보우치 쇼요의 소설이다. 서생(書生)과 예기(芸妓)의 사랑을 중심으로 당시 서생풍속의 여러 모습을 사실적으로 묘사하였다. 『小說神髓』의 이론을 이 작품에서 실천하려는 것이었다.

150 쓰키지쇼게키조(築地小劇場)는 1924년 6월 13일에 히지카타 요시(土方與志)와 오사나이 가오루(小山內薫)가 창립한 일본 최초의 신극 상설극장이자 극장 부속극단의 이름이다. 번역극과 창작극을 다수 소개하였다. 1929년 신쓰키지게키단(新築地劇団)과 게키단쓰기지쇼게키조(劇団築地小劇場, 殘留組)가 분열하였다. 극장은 일반극장으로 운영되었으나 1940년 정부의 지시로 고쿠민신게키조(國民新劇場)로 개칭하였고, 1945년 전쟁 중에 소실되었다. 소재지는 현재 도쿄도 주오쿠 쓰키지 2초메(東京都中央區築地二丁目) 자리에 있었다.

박물관(早稲田大學坪內博士記念演劇博物館)은 쇼요의 고희(古稀)와 셰익스피어
전역의 위업을 기념하여 창설된 것이다. 최후까지 셰익스피어전집의 번역문을 개
정하는 것과 씨름하여 『신수 셰익스피어전집(新修シェークスピア全集)』을 간행하
였다. 저서로 『소설신수(小說神髓)』(松月堂, 1885), 『일독삼탄 당세서생기질(一讀
三嘆当世書生氣質)』(晩靑堂, 1885), 『사이쿤(細君)』(1889), 『가정용아동극(家庭用
兒童劇: 第1集, 第2集, 第3集)』(早稲田大學出版部, 1922~24), 『아동교육과 연극
(兒童敎育と演劇)』(早稲田大學出版部, 1923), 『쇼요전집(逍遙選集)(전12권) (별
책3권)』(春陽堂, 1926~27), 『셰익스피어전집(沙翁全集)(전40권)』(早稲田大學出
版部, 1909~1928), 『신수 셰익스피어전집(新修シェークスピア全集)(전40권)』(中
央公論社, 1933~35), 『쇼요전집(逍遙選集)(전12권) (별책5권)』(第一書房, 1977~
78) 등이 있다. 일제강점기 우리나라 아동문학가들은 다음과 같이 쓰보우치 쇼요
를 인용하였다. 구왕삼(具王三)의 「아동극에 대한 편견(片見) - 〈동극연구회〉 조직
을 계기하야」(『신동아』, 1933년 5월호)에서 쓰보우치 쇼요의 『아동교육과 연극(兒
童敎育と演劇)』에서 아동극의 교육적 가치 10가지를 인용하였다. 10가지 가치는
『아동교육과 연극』의 제6장 '兒童劇の效用'(140~179쪽)을 요약한 것이다. 남석종
(南夕鍾)의 「아동극문제 이삼(二三) - 동요극을 중심으로 하야(4)」(『조선일보 특
간』, 1934.1.23)에서 쓰보우치 쇼요의 『가정용아동극(家庭用兒童劇)』에서 아동극
의 개념을 인용하였고, 『아동교육과 연극』에서 말한 아동극의 효용(가치) 10가지
를 인용한 후 쓰보우치 쇼요를 예술지상주의자라고 비판하였다. 박세영(朴世永)의
「작금의 동요와 아동극을 회고함」(『별나라』 통권79호, 1934년 12월호)에서 동심
의 표현으로서의 아동극을 주장한 쓰보우치 쇼요에 대해 언급하였다. 송창일(宋昌
一)은 「아동극 소고 - 특히 아동성을 주로 - (1)」(『조선중앙일보』, 1935.5.25)에서
쓰보우치 쇼요가 아동극은 아동본위여야 한다는 주장에 동조하고 있다.

**쓰보타 조지**(坪田讓治 = 坪田譲治, つぼた じょうじ: 1890~1982)    아동문학 작가.
오카야마현(岡山縣) 출생. 1908년 와세다대학 문과 예과에 입학하여 동화 작가 오
가와 미메이(小川未明)를 처음으로 만나 강한 영향을 받았다. 그러나 질병과 입영
등으로 퇴학과 재입학을 반복한 후 1915년 와세다대학 영문과를 졸업하였다. 그
후 귀향하여 제직소를 운영하며 가업과 문필을 두고 괴로운 생활을 이어갔다. 1925
년 〈조대동화회(早大童話會)〉[151]를 창설하였다. 1926년 단편소설 「쇼타의 말」을 발

---

151 〈소다이도와카이(早大童話會)〉는 동화 및 아동문학 연구와 작품 발표를 목적으로 1925년 와세다
대학 내에 결성한 서클이다. 당시 '동화계의 삼총사(童話界の三羽烏)' 또는 '아동문학계의 세 가지

표하였고, 같은 해『赤い鳥』에 최초의 동화「갓파 이야기(河童の話)」를 발표하였다. 그 후『赤い鳥』에「젠타와 기차」로 스즈키 미에키치(鈴木三重吉)의 격찬을 받았고,「당나귀와 산페이(ろばと三平)」,「도둑(どろぼう)」,「마법(魔法)」,「비파 열매(びわの實)」 등 40여 편을 발표하였다. 이러한 활동으로 일본의 새로운 창작동화의 세계를 개척하였다는 평가를 받는다. 1927년 첫 단편집으로『쇼타의 말』을 출판하였다. 1934년에 발표한「참새와 게(すずめとかに)」,「해바라기(ひまわり)」,「양귀비꽃(けしの花)」 등에는 등장인물로 '젠타'와 '산페이'(소위 善太と三平もの)가 나온다. '젠타'와 '산페이'는 이 일련의 작품에 순진하고 건강한 형제로 등장하지만 단순히 동심을 묘사한 것에 그치지 않고 '아이다움'을 살아 있는 이미지로서 전형적으로 그려냈다고 평가된다. 1935년 야마모토 유조(山本有三)의 소개로 잡지『개조(改造)』에「도깨비의 세계(お化けの世界)」를 발표해 문단의 주목을 받았다.「도깨비의 세계」는 어린이로서는 이해하기 어려운 죽음의 개념을 주제로 한 작품이다. 1936년 9월부터 11월까지『도쿄아사히신문(東京朝日新聞)』에「바람 속의 어린이(風の中の子供)」를 연재하였다. 어린이의 마음을 사회현실과 관련지어 그린 이 작품으로 문단적 지위를 확고히 하였다. 1938년『미야코신문(都新聞)』에「어린이의 사계(子供の四季)」를 연재하여 1939년 신조사문예상(新潮社文芸賞)을 수상하였다. 이 세 편의 작품으로 아동문학자로서의 지위를 확립하였다. 이 삼부작에서는 '젠타'와 '산페이'가 사회와의 관련 속에서 파악되고 있다. 전후에 〈일본아동문학자협회(日本兒童文學者協會)〉 제3대 회장을 역임하였다. 만년에는 스스로 〈早大童話會〉에서 파생된 〈비와노미카이(びわの實會)〉의 동화 잡지『비와노미갓코(びわの實學校)』[152]를 창간하여 주재하였다. 1955년 일본예술원상을 수상하였고, 1964년 〈일

보물(兒童文學界の三種の神器)'로 불린 오가와 미메이(小川未明), 쓰보타 조지(坪田讓治), 하마다 히로스케(浜田廣介)가 고문으로 있었다. 1935년 12월부터 회지『도엔(童苑)』을 발행하였고, 1936년부터『童話界』가 더 발행되었으나 전쟁 중 물자부족으로 중단되었다. 1949년『童話界』가 재개 되었으나 1950년에 재개된『童苑』에 통합되었고, 1953년 4월까지 통권 20호가 발간되었다. 이후 〈早大童話會〉를 〈少年文學會〉로『童苑』을『쇼넨분가쿠(少年文學)』로 이름을 바꾸었다.

152 〈조대동화회(早大童話會)〉의 파생 단체 중 하나인 〈비와노미카이(びわの實會)〉가 1951년 7월 쓰보타 조지에 의해 창립되었고, 〈びわの實會〉에서 발간한 월간 상업지가『びわの實學校』이다.『비와노미갓코』는 동화잡지로 1963년 10월부터 1986년 4월까지 발간되었다. 쓰보타 조지가 당시 73세로 자비 창간하여 11년간 계속하였으나 1974년 석유파동으로 인쇄비와 우송료 등 비용이 올라가자 고단샤(講談社)가 제작비를 부담하여 발간하였다. 쓰보타 조지의 염원은『赤い鳥』와 같은 잡지를 만들어 신인 작가를 발굴하고 작품 발표의 무대를 제공하여 널리 세상에 소개하고 싶다는 것이었다.『赤い鳥』를 통해 문단에 나온 조지는『赤い鳥』를 주재한 스즈키 미에키치(鈴木三重吉)의 꿈을 이어 그 염원을 관철하였다.

본예술원〉 회원이 되었으며, 1973년에는 아사히문화상(朝日文化賞)을 수상하였다. 오가와 미메이(小川未明), 하마다 히로스케(浜田廣介)와 더불어 '아동문학계의 세 가지 보물(兒童文學界の三種の神器)'[153]이라고 평가된다. 1986년부터 오카야마 시가 주최하여 쓰보타 조지 문학상(坪田讓治文學賞)을 제정하였다. 저서로『쇼타의 말(正太の馬)』(春陽堂, 1926),『도깨비의 세계(お化けの世界)』(竹村書房, 1935),『마법(魔法): 坪田讓治童話集)』(健文社, 1935),『젠타와 산페이의 이야기(善太と三平のはなし: 坪田讓治童話集)』(版畵莊, 1938),『어린이의 사계(子供の四季)』(新潮社, 1938),『바람 속의 어린이(風の中の子供)』(竹村書房, 1938),『아동문학론(兒童文學論)』(日月書院, 1939),『젠타와 산페이(善太と三平)』(童話春秋社, 1940), 동화『젠타와 기차(善太と汽車)』(東亞春秋社, 1947), 동화집『젠타와 마법(善太とまほう)』(小學館, 1948),『쓰보타조지 동화집(坪田讓治童話集)』(新潮社, 1950),『아동문학입문: 동화와 인생(兒童文學入門: 童話と人生)』(朝日新聞社, 1954),『쓰보타조지 유년동화 문학 전집(坪田讓治幼年童話文學全集)(전8권)』(集英社, 1964~65),『쓰보타조지 동화 전집(坪田讓治童話全集)(전12권)』(岩崎書店, 1968~69) 등이 있다.

**쓰카하라 세이지**(塚原政次, つかはら せいじ: 1871~1946)  교육심리학자. 효고현(兵庫縣) 출생. 도쿄제국대학 문과대학 철학과를 졸업하였다. 1901년부터 독일과 미국에 유학하여 심리학을 연구하였다. 귀국 후 히로시마고등사범학교(廣島高等師範學校) 교수, 문부성 독학관(文部省督學官), 시즈오카고등학교(靜岡高等學校)와 도쿄고등학교(東京高等學校) 교장을 역임하였다. 1934년부터 히로시마문리과대학(廣島文理科大學) 학장, 히로시마고등사범학교 교장으로 근무하였다. 저서로『아동의 심리 및 교육(兒童の心理及敎育)』(明治図書, 1926) 등이 있다. ▶양미림(楊美林)은 「아동학 서설 – 아동애호주간을 앞두고(중)」(『동아일보』, 1940.5.4)에서, "다카시마 헤이자부로(高島平三郎), 쓰카하라 세이지, 마쓰모토 고지로(松本孝次郎)" 등이 "『아동연구(兒童研究)』란 잡지를 발간"하고 "이 잡지를 기관지로 하는 〈일본아동학회(日本兒童學會)〉를 조직"한 사실을 소개하였다.

**아리시마 다케오**(有島武郎, ありしま たけお: 1878~1923)  소설가, 평론가. 도쿄(東京) 출생. 대장성(大藏省) 관리의 장남으로 태어나, 아버지의 교육방침에 따라

---

153 산슈노진기(三種の神器)는 일본의 왕위 계승의 표지로서 대대로 계승된 세 가지 보물이란 뜻이다. 세 가지는 야타노카가미(八咫鏡), 구사나기노쓰루기(草薙劍=天叢雲劍), 야사카니노마가타마(八坂瓊曲玉=八尺瓊勾玉)를 가리킨다.

미국인 가정에서 생활하고 그 후 요코하마에이와학교(横浜英和學校: 현 横浜英和學院)를 다녔다. 이때의 체험이 뒷날 동화「한 송이의 포도」를 창작하는 계기가 되었다. 10세 때 가쿠슈인 예비과(學習院予備科)에 입학하여 뒷날 다이쇼(大正) 천황이 될 황태자의 놀이 친구가 되었고 19세에 가쿠슈인 중등을 졸업하였다. 농업 혁신의 꿈을 갖고 삿포로농업학교(札幌農學校: 현 北海道大學)에 입학하였다. 교수가 '가장 좋아하는 과목은 무엇인가'라고 물어 '문학과 역사'라고 답해 실소를 자아내게 했다고 한다. 1901년 크리스트교 신앙을 갖게 되었다. 농업학교 졸업 후 1903년 미국 해버포드대학(Haverford College), 하버드대학교(Harvard Univ.)에서 공부하였다. 이때 사회주의에 기울어 휘트먼, 입센 등의 서양문학, 베르그송, 니체 등의 서양철학의 영향을 받았다. 이어 유럽에도 갔다가 영국에서 크로폿킨(Kropotkin)을 회견하고 1907년 귀국 후 신앙에 대한 회의가 생겨 기독교를 믿지 않게 되었다. 아나키스트 사상의 거성이었던 오스기 사카에(大杉榮)가 해외 원정을 갈 때에 〈흑백합회(黑百合會)〉를 주재하고 있던 아리시마 다케오는 동지로서 운동자금을 모았다. 도호쿠제국대학농과대학(東北帝國大學農科大學) 영어강사로 있다가 동생을 통해 시가 나오야(志賀直哉), 무샤노코지 사네아쓰(武者小路實篤) 등과 만나 1910년 4월 동인지『백화(白樺)』에 참가하였다. 항만 노동자를 묘사한「굴뚝 청소부(かんかん虫)」,「마지막 죽음(お末の死)」 등을 발표하고, 〈백화파(白樺派)〉의 중심인물 가운데 한 명으로서 소설과 평론 분야에서 활약하였다. 1916년 아내와 아버지를 잃고, 본격적인 작가 생활에 들어가,「카인의 후예」,「다시 태어나는 고통」,「미로(迷路)」를 쓰고, 1918년「어린 것들에게(小さき者へ)」, 1919년에「어떤 여자」를 발표하였다. 그러나 창작력이 쇠퇴해져「성좌(星座)」를 집필하는 도중에 붓을 꺾었다. 1922년 당시 사회주의적인 풍조에 대하여 지식인 본연의 자세를 묻는「선언 하나(宣言一つ)」를 발표하고, 이어 자본가로서의 자기 개조를 목적으로 홋카이도(北海道)에 있는 아리시마 농장(有島農場)을 소작농들에게 분배하여 농지 해방을 시도하였다. 1920년 8월『赤い鳥』에 첫 창작동화「한 송이의 포도」를 발표한 것을 시작으로,「바둑알을 삼킨 얏찬(碁石を呑んだ八ちゃん)」(『讀賣新聞, 1921.1),「물에 빠진 남매(溺れかけた兄妹)」(『婦人公論』, 1921.7),「장애인(片輪者)」(『良婦之友』, 1922.1),「내 모자 이야기(僕の帽子のお話)」(『童話』, 1922.7),「화재와 포치(火事とポチ)」(『婦人公論』, 1922.8) 등 3년간 모두 6편의 작품을 발표하였고, 이 가운데「장애인」과「火事とポチ」를 제외한 4편을 묶어 1922년 6월에 유일한 동화집『한 송이의 포도』를 발간하였다. 1923년「술주정(酒狂)」(1923.1),「끊어진 다리(斷橋)」(1923.3),「친자(親子)」(1923.5) 등의 단편을 개인 잡지 『샘(泉)』에 발표하다가 그때까지 창작력이 회복되지 않아 허무적인 자기 인식이 깊어졌다. 1923년 『부인공론(婦人公論)』[154]의 기자로 유부녀였던 하타노 아키코(波多野秋子)와 알게 되어 연애 감정을 품었다. 아키코의 남편이 알게 되어 위협을 받고 고민에 빠졌다. 6월 9일 두 사람은 나가노현 가루이자와(長野縣 輕井澤)의 별장에서 목을 매어 동반자살하였다. 저서로 『카인의 후예(カインの末裔)』(1917), 장편소설 『어떤 여자(或る女)』(전, 후편: 1919),[155] 『다시 태어나는 고통(生れ出づる悩み)』(1918.3~4), 동화집 『한 송이의 포도(一房の葡萄)』(叢文閣, 1922.6), 『아리시마 다케오 전집(有島武郎全集)(전12권)』(叢文閣, 1924~25), 『아리시마 다케오 전집(有島武郎全集)(전15권)(별권)』(筑摩書房, 1980~86) 등이 있다. ▶박영종(朴泳鍾)은 「꼬리말」(윤석중, 『(동요집)어깨동무』, 박문서관, 1940)에서 박영종 자신이 도쿄(東京)에 있을 때 윤석중을 찾아간 사실을 말하면서, 윤석중의 집이 "생전 有島武郎이 살던 맞은편, 泉鏡花 옆집"이라고 밝혔다.

**아시야 로손**(蘆谷蘆村＝芦谷芦村, あしや ろそん: 1886~1942)　구연동화 연구가, 아동문학 작가. 본명 아시야 시게쓰네(蘆谷重常＝芦谷重常). 시마네현(島根縣) 출생. 국민영학회(國民英學會), 성서학원(聖書學院)에서 공부하였다. 1908년 아동잡지 『신소년(新少年)』(1908년 창간)을 편집하면서 처음으로 동화를 쓰기 시작하였다. 1912년 다케누키 가즈이(竹貫佳水), 오이 레이코(大井冷光), 오노 마사카타(小野政方), 야마노우치 슈세이(山內秋生) 등과 함께 일본 최초의 아동문학 단체인 〈소년문학연구회(少年文學研究會)〉[156]를 설립하여 활약하였다. 1913년 『교육적 응용을 주로 한 동화의 연구』를 간행하였다. 이와야 사자나미(巖谷小波)와 히구치 간지로(樋口勘治郎)의 서문을 얻어 발간한 이 책을 "동화에 관한 연구서의 효시"라고 스스로 인정하였다. 1914년 『동화 및 전설에 나타난 공상의 연구』를 간행해 이후 동화연구의 방향을 보였다. 1916년 최초의 동화집 『천국쪽으로』를 시작으로 이후 다수의 동화집을 이어 발간하였다. 1922년 구연동화작가의 모임인 〈일본동화

---

154 『후진고론(婦人公論)』은 1916년 주오고론샤(中央公論社)에서 발행한 여성잡지이다.

155 1911년 1월부터 1913년 3월까지 16회를 『시라카바(白樺)』에 「어떤 여자의 일별(或る女のグリンプス)」이란 제목으로 전편(前編)을 연재하였고, 후편을 「어떤 여자(或る女)」로 제목을 고쳐 써서, 1919년에 출판사 소분카쿠(叢文閣)에서 『有島武郎著作集』 제8, 9집 두 권으로 『어떤 여자(或る女)』 전후편(前後編)을 간행하였다. 구니키다 돗포(國木田獨步)의 첫 번째 아내 사사키 노부코(佐々城信子)를 모델로 하였다.

156 〈쇼넨분가쿠겐큐카이(少年文學研究會)〉는 1912년 아시야 로손(芦谷芦村), 야마노우치 슈세이(山內秋生) 등이 창설한 아동문학연구 단체이다.

협회(日本童話協會)〉[157]를 창립하고 기관지 『동화연구(童話硏究)』[158]를 창간하여 중심적으로 활동하였고, 이와야 사자나미(巖谷小波)의 오토기바나시(御伽噺) 구연(口演)을 발전시켜 구연동화의 보급에 노력하였다. 기타하라 하쿠슈(北原白秋), 미키 로후(三木露風)와 같은 시대에 활약한 시인이기도 하다. 1926년에는 동화작가들을 위한 〈동화작가협회(童話作家協會)〉[159]를 발족시켰다. 1927년 기관지 『동화자료(童話資料)』를 간행하고 크리스트교 정신과 구미(歐美) 동화의 교양을 기반으로 동화연구의 기초를 구축하였다. 저서로 안데르센에 관한 『영원한 어린이 안데르센(永遠の子どもアンダアゼン)』(コスモス書院, 1925), 『대동화가의 생애: 안데르센전(大童話家の生涯: アンダーセン伝)』(敎文館出版部, 1935), 『안데르센 걸작 이야기(アンダアセン傑作物語 – 世界名作物語)』(アンダアセン저, 蘆谷蘆村 역), 童話春秋社, 1941) 등과, 『교육적 응용을 주로 한 동화의 연구(敎育的応用を主とした る童話の硏究)』(勸業書院, 1913), 『동화 및 전설에 나타난 공상의 연구(童話及伝說 に現れたる空想の硏究)』(以文館, 1914), 동화집 『천국쪽으로(天國の方へ)』(警醒 社書店, 1916), 『세계동화연구(世界童話硏究)』(早稻田大學出版部, 1924), 『동화교육의 실제(童話敎育の實際)』(日本學術普及會, 1925), 『모범구연동화선집(模範 口演童話選集)』, 1932), 『동화학 12강(童話學十二講)』(言海書房, 1935) 등이 있다. ▶일제강점기 우리나라 아동문학가들은 다음과 같이 아시야 로손을 인용(번역)하였다. 연성흠[延皓堂]의 「영원의 어린이 안더-슨전(傳)(전40회)」(『중외일보』, 1930.4.3~5.31)은 아시야 로손의 『영원한 어린이 안데르센(永遠の子どもアンダ

---

157 〈니혼도와교카이(日本童話協會)〉는 1922년 5월 동화를 학술적·본질적으로 연구하는 것을 목적으로 창립한 단체이다. 1922년 7월 기관지 『도와겐큐(童話硏究)』를 창간하였다. 이사장은 아시야 로손(芦谷芦村)이었다.

158 『도와겐큐(童話硏究)』는 〈니혼도와교카이〉의 기관지로, 1922년 7월부터 1941년 8월까지 발간된 잡지이다. 실질적인 주재는 아시야 로손이다. 1929년 5월까지는 거의 격월로 연 5, 6책을 간행하였으나, 1929년 7월부터 1932년 10월까지는 월간으로 발행하였다. 이후 휴간하였다가 1935년 6월부터 지명을 『敎育行童話硏究』로 고쳐 다시 발간하였다.

159 〈도와삿카교카이(童話作家協會)〉(日本童話作家協會)는 1926년 2월 설립되었다. 회칙에 '주로 동화, 동화극을 창작 또는 동화문학에 종사하는 사람을 회원'으로 하고, '회원 상호 간의 친목을 꾀하고 권리를 옹호하며 동시에 동화문학의 향상을 꾀하는 일을 목적으로 한다.'고 하였다. 1922년에 설립된 〈日本童話協會〉 회원의 주류가 구연동화가들 중심이어서 이에 맞서 창작동화작가가 회원이 되었다. 창립 당시 간사는 아키타 우자쿠(秋田雨雀), 아시야 로손(芦谷芦村), 오가와 미메이(小川未明), 오키노 이와사부로(沖野岩三郎), 가시마 메이슈(鹿島鳴秋), 구스야마 마사오(楠山正雄), 하마다 히로스케(浜田廣介), 후지사와 모리히코(藤澤衛彦) 등이다. 1930년 11월 해산하였다.

アゼン)』에 근거해서 쓴 것이다. 연성흠은 「영원의 어린이 안더-슨전(1)」(『중외일보』, 1930.4.3)에서 "필자는 蘆谷 씨의 저서에 거(據)하야 이것을 초(抄)한 것임을 명언(明言)해 둡니다."라고 밝혔다. 최병화(崔秉和)의 「세계동화연구(전7회)」(『조선교육』 제2권 제6호~제3권 제5호, 1948년 10월호~1949년 10월호)는 아시야 로손의 『세계동화연구(世界童話硏究)』를 번역한 것이다. 아시야 로손의 「우화 삼편(寓話三篇): 사자와 여호와 나귀, 구두쇠, 약자의 동맹」(『신소년』, 1932년 6월호, 35~37쪽)이 번역되어 수록된 바 있다.

**아쿠타가와 류노스케**(芥川龍之介＝芥川竜之介, あくたがわ りゅうのすけ: 1892~1927)  소설가. 필명 야나가와 류노스케(柳川隆之助＝柳川隆之介), 별호 초코도 슈진(澄江堂主人), 주료요시(壽陵余子), 하이고(俳号)[160] 가키(我鬼). 도쿄(東京) 출생. 우유 제조 판매업을 하던 新原敏三의 아들로 태어났으나, 생후 7개월여쯤에 어머니가 정신 이상을 일으켜 어머니의 친정인 아쿠타가와 가문(芥川家)에 맡겨져 자랐다. 11세쯤에 어머니가 죽자 이듬해 외삼촌의 양자가 되어 아쿠타가와(芥川)란 성을 갖게 되었다. 외가(外家)는 유서 깊은 무사 집안으로 대대로 도쿠카와 가문(德川家)의 일을 봐 왔다. 따라서 집안이 예술, 연예를 좋아하고 에도(江戸)의 문인적(文人的)인 취미가 남아 있었다. 호적상의 이름은 '龍之助'이고 대학까지의 학적부에도 같지만 아쿠타가와 류노스케 자신은 '龍之助'로 표기하는 것을 싫어했다고 한다. 중학교 성적이 우수해 무시험 입학 제도에 따라 제1고등학교(第一高等學校)에 입학하였다. 동기에 구메 마사오(久米正雄), 마쓰오카 유즈루(松岡讓), 사노 후미오(佐野文夫), 기쿠치 간(菊池寬), 쓰네토 교(恒藤恭, 입학 당시 이름 井川恭), 쓰치야 분메이(土屋文明), 시부사와 히데오(澁澤秀雄) 등이 있다. 1913년 도쿄제국대학 문과대학 영문학과에 진학하여 나쓰메 소세키(夏目漱石)의 문하에서 문학 수업을 받았다. 대학 재학 중 제1고등학교 동기 기쿠치 간(菊池寬), 구메 마사오(久米正雄) 등과 함께 동인지 『신사조』(제3차)를 간행하여, 첫 소설 「노년(老年)」(1914.5)과 번역을 발표하였다. 이어, 「라쇼몬(羅生門)」(『帝國文學』, 1915.11), 「코(鼻)」(『新思潮』, 1916.2), 「이모가유(芋粥)」(『新小說』, 1916.9) 등을 발표하였다. 1916년 기쿠치 간, 구메 마사오, 마쓰오카 유즈루, 나루세 쇼이치(成瀨正一) 등 5명이 제4차 『신사조』를 발간하였는데, 창간호에 게재한 「코(鼻)」가 나쓰메 소세키의 격찬을 받았다. 이해에 도쿄제국대학 영문학과 졸업생 20명 중 2등으로 졸업하였다. 1917년 첫 단편집 『라쇼몬(羅生門)』을 간행하였다. 계속 단편을 발표

---

160 하이고(俳号)는 하이쿠(俳句) 짓는 사람의 아호(雅號)란 뜻이다.

해 11월에 제2 단편집『담배와 악마(煙草と惡魔)』를 간행하였다. 1919년 3월 오사카마이니치신문사(大阪毎日新聞社)에 입사하여 창작에 전념하였다. 1921년 해외 시찰원으로 중국을 여행하였는데 베이징(北京)에서 후스(胡適: 1891~1962)를 만나 검열 문제 등에 대해 논의하였다. 7월에 귀국하여『상하이 유기(上海遊記)』등의 기행문을 저술하였다. 이 여행 뒤에 점차 신경쇠약 등으로 몸이 아팠다. 1923년 9월 1일 간토대지진〔關東大震災〕이 발생하자 각지에서 자경단(自警団)을 만들게 되어, 아쿠타가와 역시 세상 체면도 있고 하여 아픈 몸을 이끌고 참가하였다. 수필「대진잡기(大震雜記)」, 경구「어떤 자경단원의 말(或自警団員の言葉)」에 이때의 경험이 표현되었다. 간토대지진 후 아쿠타가와와 함께 요시와라유카쿠(吉原遊廓) 부근에 시체를 보러 나간 가와바타 야스나리(川端康成)에 의하면 아쿠타가와가 비참한 광경을 보고도 쾌활하게 나는 듯이 걸어 다녔다고 하였다. 1926년부터 신병으로 다시 요양을 하였다. 1927년 당시의 문호 다니자키 준이치로(谷崎潤一郎)와 '소설 줄거리의 예술성'을 둘러싼 논쟁을 벌였다.[161] 이즈음 아쿠타가와의 비서와 제국 호텔(帝國ホテル)에서 정사(情死) 미수 사건을 일으켰다. 일세를 풍미하였으나 만년에 프롤레타리아 문학의 대두 등 시대의 동향에 적응하지 못해 회의와 초조, 불안에 휩싸여 신경쇠약에 빠진 결과 '막연한 불안'을 이유로 1927년 7월 24일 다량의 수면제를 먹고 자살하였다. "뭔가 나의 장래에 대한 단지 막연한 불안(何か僕の將來に對する唯ぼんやりした不安)"이란 유서를 남겼다. 그를 기려 1935년부터 매년 2회(1월과 7월) 수여하는 아쿠타가와류노스케상(芥川龍之介賞)이 제정되었다. 아쿠타가와 류노스케의 아동문학 작품은 미완성의 작품 1편을 포함해 9편이 있다. 그의 전 작품 가운데 차지하는 비중은 크지 않지만, 다이쇼(大正)의 한 시기에 그가 성실하게 어린이들을 위한 읽을거리를 창작하려고 생각하고 실천한 사실은 중요하다고 하지 않을 수 없다. 사후 1년 뒤에 간행된 동화집『세 가지 보물』에는 미완성 작품인「세 개의 반지」와 그의 안목에 맞지 않았던「개와 피리」,「선인」을 제외하고

---

161 이 논쟁의 발단은 아쿠타가와가 1927년 2월에 개최된『신초(新潮)』의 좌담회에서 다니자키의 작품에 대해 "이야기의 줄거리라고 하는 것이 예술적인 것인지 어떤지 매우 의문이다.", "줄거리의 재미가 작품의 예술적 가치를 강화시키는 것은 아니다."라고 비판하였다. 이에 대해 다니자키가 잡지『가이조(改造)』에 "줄거리의 재미를 제외하는 것은, 소설이라는 형식이 갖고 있는 특권을 버리는 것이다."라고 반론하자, 아쿠타가와가「문예적인, 너무나 문예적인 ─ 아울러 다니자키 준이치로 군에게 답한다(─併せて谷崎潤一郎君に答ふ)」(『가이조(改造)』, 1927년 4월호)를 통해 재반론하였다. 이후 다니자키와 아쿠타가와와의 반론이 이어지다가 1927년 7월 아쿠타가와의 자살로 끝이 났다. 아쿠타가와의 글은『가이조(改造)』1927년 4월호부터 8월호까지(7월호 휴재) 연재되었다.

6편이 수록되어 있다. 이 책의 발문으로 편자 오아나 류이치(小穴隆一)는 이 책은 3년 전에 저자 류노스케와 함께 기획한 것으로, 한 테이블 위에 펼쳐놓고 세로로도 가로로도 어린이들이 머리를 들이밀고 읽을 수 있는 책을 만들고 싶다 하였다고 썼다. 어린이 독자를 중요하게 의식한 편집이었던 것이다. 책 속에는 오아나 류이치의 그림 12매가 들어있다. 책의 위아래에 여백을 충분히 두고 큰 활자로 조판하여 삽화를 넣은 취향은 류노스케의 아동문학에 대한 기개가 엿보인다고 해도 좋을 것이다. 류노스케와 동화와의 관계는 스즈키 미에키치(鈴木三重吉)의 권유에 의해 잡지『赤い鳥』에 작품을 싣는 것으로 시작하였다. 미에키치는 류노스케의 대학 선배이고 둘 다 나쓰메 소세키(夏目漱石)의 제자이다. 1918년 7월『赤い鳥』를 창간한 미에키치의 청탁으로「거미줄(蜘蛛の糸)」,[162]을 실었던 것이다.「거미줄」에 이어 『赤い鳥』에 실린 작품은「개와 피리(犬と笛)」(1919.1),「개와 피리(犬と笛)(하)」(1919.2),「마술(魔術)」(1920.1),「두자춘(杜子春)」(1920.7),[163]「(아구니의 신)ア グニの神』(1921.1),「아구니의 신(アグニの神)(계속)」(1921.7) 등 4편이 있다.『赤 い鳥』 외에는「세 가지 보물(三つの宝)」(『良婦の友』, 1922.2),「선인(仙人)」(『サ ンデー毎日』, 1922.4),「시로(白)」(女性改造』, 1923.8)와 미완성된「세 개의 반지 (三つの指輪)」(1923년경)가 있다. 이상 9편 외에「흰 고양이의 오토기바나시(白猫 のお伽噺)(미완)」(1920년경)도 동화에 포함되기도 한다. 기쿠치 간과 함께『이상 한 나라의 앨리스』,『피터팬』을 번역하였다. 저서로 단편집『라쇼몬(羅生門)』(阿蘭 陀書房, 1917.5), 동화집『세 가지 보물(三つの宝)』(改造社, 1928.6), 동화집『거미 줄(蜘蛛の糸)』(春陽堂, 1932)과 기쿠치 간과 함께 번역한『이상한 나라의 앨리스 (アリス物語: 小學生全集 28)』(興文社, 1927)와『피터팬(ピーターパン: 小學生全 集 34)』(興文社, 1929)이 있고, 요시다 세이이치(吉田精一) 등이 편찬한『아쿠타가 와 류노스케 전집(전12권)』(岩波書店, 1977~78)이 있다. ▶일제강점기 우리나라 아동문학가들은 다음과 같이 아쿠타가와 류노스케를 인용(번역)하였다. 정열모(鄭

---

162 아쿠타가와 류노스케의 동화로『아카이도리(赤い鳥)』(1918년 7월 창간호)에 발표되었다. 악당 간다타(カンダタ: 犍陀多)는 석가(釋迦)가 하늘에서 내려 준 거미줄에 매달려 극락으로 올라가 가, 아욕(我慾) 때문에 다시 지옥으로 떨어졌다는 내용이다.

163 아쿠타가와 류노스케의 동화로 잡지『아카이도리(赤い鳥)』(1920년 7월호)에 게재되었다. 중국 당나라 때 전기소설(傳奇小說)「두자춘전(杜子春伝)」의 번안이다.「두자춘전(杜子春傳)」은 당 나라 때 정환고(鄭還古)가 지은 것으로, 방탕아로 알려진 두자춘이 우연히 신선(神仙)을 만나 감화를 받고 신선이 되기 위해 수업을 계속하나 속인(俗人)의 애욕을 뿌리치지 못하고 다시 속세 로 되돌아온다는 이야기이다. 일제강점기에 이청사(李靑史)의「杜子春(전7회)」(『매일신보』, 1932.10.20~28)이 연재된 바 있다.

烈模)가 「구모노이토(蜘蛛の糸)」를 「거미줄」(『신소년』, 1928년 11월호; 정열모 편, 『현대조선문예독본』, 殊芳閣, 1929, 68~74쪽)로 번역한 바 있다. 남석종(南夕鍾)의 「조선과 아동시 – 아동시의 인식과 그 보급을 위하야(11)」(『조선일보 특간』, 1934.6.1)에서 "문예 감상(鑑賞)의 비결은 전연 백지의 상태로서 작품에 대할 것이다."라고 한 아쿠타가와 류노스케의 말을 인용하여 아동작품을 대할 것을 요구하였다. 김원룡(金元龍) 등의 「아동문화를 말하는 좌담회」(『아동문화』 제1집, 동지사 아동원, 1948년 11월호)에서 양미림(楊美林)은 "일본에서 나온 대정(大正) 14년 판인 개천(芥川)의 동화집이 정가 5원짜리 책인데 그때 나온 어느 책보다 호화"로웠다며 우리도 좋은 책을 만들자고 주장하였다.

**아키타 우자쿠**(秋田雨雀, あきた うじゃく: 1883~1962) 극작가, 시인, 동화작가. 본명 아키타 도쿠조(秋田德三). 아오모리현(青森縣) 출생. 도쿄전문학교 영문과에 입학하여, 재학 중인 1904년 시집 『여명(黎明)』을 쓰보우치 쇼요(坪內逍遙)의 서문을 얻어 자비 출판하였다. 1907년 은사 시마무라 호게쓰(島村抱月)의 추천으로 『와세다문학(早稻田文學)』[164]에 소설 「동성의 사랑(同性の戀)」(6월호)을 발표하였다. 오사나이 가오루(小山內薰)의 〈입센연구회(イプセン研究會)〉의 서기로 일하면서 희곡에 대한 관심이 깊어졌다. 1909년 오사나이 가오루의 자유극장(自由劇場)[165]에 참가하여, 1911년 자유극장의 제4회 공연에서 우자쿠의 희곡 〈첫 번째 새벽(第一の曉)〉이 처음 상연되었다. 1910년 잡지 『극과 시(劇と詩)』를 창간하고, 1911년 소설·희곡집 『환영과 야곡(幻影と夜曲)』, 1913년 희곡집 『파묻힌 봄(埋もれた春)』을 간행하였다. 점점 활동의 중심이 극 방면으로 이행되었다. 1913년 시마무라 호게쓰(島村抱月)가 주재하는 극단 예술좌(芸術座)의 창설에 참가하였다. 1914년에 예술좌를 탈퇴하고 사와다 쇼지로(澤田正二郎) 등과 미술극장(美術劇場)을 결성하였다. 1915년 예로셴코(Eroshenko, Vasilli Yakovlevich: 1890~1952)가 일본에 왔을 때 친교를 맺어 에스페란토어를 공부하였고, 그와 시마무라 호게쓰 등 문화

---

164 『와세다분가쿠(早稻田文學)』는 도쿄전문학교 문학과의 기관지로서 창간된 문예잡지이다. 1891년 10월에 제1차부터 현재 제8차까지 단속적으로 발행되었다. 쓰보우치 쇼요(坪內逍遙), 시마무라 호게쓰(島村抱月), 소마 교후(相馬御風), 오가와 미메이(小川未明) 등이 관여하였다. 제2차(1906.1~1927.12) 때는 자연주의 문학의 거점이 되었고, 제3차(1934.6~1949.3) 때는 제2차세계대전 중임에도 자유주의 전통을 지켰다.

165 지유게키조(自由劇場)는 일본 극단의 하나로, 2세 이치카와 사단지(二世市川左団次)와 오사나이 가오루(小山內薰)가 중심이 되어, 근대극 연구·상연을 목적으로 발족하였다. 1909년 11월 도쿄 유라쿠자(有樂座)에서 제1회 시연을 하였고, 1919년 9월 제9회 공연을 하고 해산되었다.

인과의 친교를 중재하였다. 1918년에 예술좌에 복귀하여 〈각본연구회(脚本研究會)〉를 시작하였다. 1921년 『씨뿌리는 사람(種蒔く人)』에 작품을 싣고, 1922년 선구좌(先驅座) 결성에 참여하였다. 이후 프롤레타리아 연극운동의 중심적인 존재가 되었다. 아동문학에도 관심이 깊어 1921년 동화집 『동쪽의 아이에게(東の子供へ)』, 1921년 동화집 『태양과 화원(太陽と花園)』을 간행하였다. 1921년 〈일본사회주의동맹(日本社會主義同盟)〉에 참가하고, 1924년 〈페이비언협회(フェビアン協會)〉를 설립하였다. 1927년 러시아혁명의 10주년 기념에 국빈으로서 초청받아 소련(蘇聯)을 방문하였다. 1928년 귀국 후 〈국제문화연구소(國際文化研究所)〉를 창설하여 소장이 되었고, 1929년 〈프롤레타리아과학연구소〉 소장이 되었다. 1934년 신협극단(新協劇団) 결성에 참여하여 사무장이 되었고, 잡지 『데아토로(テアトロ)』를 창간하였다. 1940년 검거되었다. 1949년 공산당에 입당하였다. 1947년 무대예술학원(舞台芸術學院) 원장을 맡고, 1950년에 〈일본아동문학자협회(日本兒童文學者協會)〉 제2대 회장에 취임하는 등, 극단과 문단의 원로로 존경을 받았다. 아키타 우자쿠와 아동문학의 관련성은 「아키타 우자쿠 종횡담(秋田雨雀 縱橫談)」(『일본아동문학 – 아키타우자쿠 추도호(日本兒童文學 – 秋田雨雀追悼号)』, 1962. 10)에 있는 것처럼, "확실히 아동문학 작품을 쓰겠다고 생각한 것은 다이쇼(大正) 8년"이라 했다고 한다. 소년소설 「노인과 피리(老人笛)」(『日本少年』, 1910.3) 이후 1918년까지 16편을 발표하였다. 이 작품들은 대개 어린이들의 일상생활에서 제재를 취한 이른바 리얼리즘 동화이다. 더구나 잡지사의 청탁에 응해 집필한 것으로 주체적·자각적인 것이 아니었다. 그런데 1919년이 되자 "이해부터 예술의 한 양식으로서 동화를 취급해 보려고 생각"(『雨雀自伝』)하고, 시험적으로 「나그네와 초롱불(旅人と提灯)」, 「압제자와 개(壓制者と犬)」, 「학과 게(鶴と蟹)」를 『와세다문학(早稻田文學)』(1919.10)에 발표하였다. 이 경우 동화는 예술 양식으로서의 메르헨을 가리키는 것으로 생각된다. 이후 1920년부터 1922년까지에 가장 정력적인 동화 작품을 발표하였는데, 대표작은 어느 것이나 이 시기의 것이다. 또 동화에 관한 이론으로서 고향에서 발행된 동인지 『태반(胎盤)』(창간호, 1920.12)에 「영원한 어린이 – 동화의 생성 원인에 대해서」(동화집 『태양과 화원(太陽と花園)』에 서문으로 재록함)를 발표하였다. 그 가운데 "소설, 희곡 그리고 논문이 대체로 그 시대의 표면의 사건을 취급하는 데 반해, 동화는 인류의 영원성을 취급하는 것과, 또 하나는 동화는 늘 서정시와 동반되어 있기 때문에" 동화라고 하는 예술에는 영구성이 있다고 하였다. 뒤에 덧붙여 동화는 "인류가 인류 자신의 '영원한 어린이'에게 읽어주기 위해 쓰는 것이라고 할 수 있다. 'eternal childhood' 우리들은 실로 영원의 어린이이기 때문이다."라고 하였다. 이것은 첫째 다른 문학 양식에 대한 동화의 우월성, 둘째 '영원한 어린이'의 주장이다. '영원한 어린이'란 어른들 사이에 있는 어린이의 성질이라고 이해하는 것이 좋을 것이다. 오가와 미메이(小川未明)와 시마자키 도손(島崎藤村)도 같은 말을 하였는데, 1910년대 말부터 1920년대 전반(다이쇼 시기)의 동심주의에 있는 공통적인 동화관이라 할 수 있을 것이다. 우자쿠의 작품은 다음 둘로 나눌 수 있다. (1) 민담, 전설, 우화에서 제재를 취한 것이다. 「백조의 나라(白鳥の國)」(『赤い鳥』, 1920.9), 「사자왕의 죽음(獅子王の死)」(『早稲田文學』, 1921.6) 등이다. 이 계열의 작품에는 전쟁, 폭력, 봉건성 등 사회에 대한 비판이 담겼다. 1941년에 나온 동화집 『태양과 화원(太陽と花園)』이 안녕질서 문란의 이유로 발매금지된 것은 「백조의 나라(白鳥の國)」를 수록하였기 때문으로 알려졌다. (2) 실생활에서 제재를 취한 것이다. 「선생님의 묘(先生の墓)」(『婦人公論』, 1920.10), 「태양과 화원(太陽と花園)」(『婦人公論』, 1920.12) 등이다. 이 계열에서는 「太陽と花園」이 당시 자주성을 상실한 지식인의 자세를 풍자하고 있는 것으로 제2차세계대전 후의 작품을 제하면 우의(寓意)와 풍자가 강하다. 이 계열에서는 「얼어붙은 눈동자(凍てついだ眼玉)」(『早稲田文學』, 1924.1)가 뛰어난 작품이다. 식민지 민중의 비참함을 리얼하게 묘사하고 결말 부분을 상징적으로 맺고 있다. 그리고 (1)과 (2) 계열에서는 묘사의 구체성, 이해하기 쉬움, 박진성의 점에서 (2)의 계열이 우수하다. 또 (1)과 (2)에 공통적으로 있는 사회와 인간성에 대한 비판과 풍자는 우자쿠의 아동문학관의 근저에 있는 교육성을 중시하는 점이 드러난 것이다. 이 시기의 작품은 『동쪽의 아이에게』와 『태양과 화원』에 수록되어 있다. 1921년 이후 동화의 발표는 산발적이었고, 전후의 작품은 회상풍이어서 순 창작은 「손가락인형의 세계(ゆび人形の世界)」 등 3편인데 동화집 『이치로와 주먹밥』에 수록되어 있다. 평론에는 「아동문학의 창조 – 전망과 장래」(岩波講座 『文學創造鑑賞(5)』)가 있다. 저서로 『환영과 야곡(幻影と夜曲)』(新陽堂, 1911), 희곡 『파묻힌 봄(埋れた春)』(春陽堂, 1913), 희곡집 『국경의 밤(國境の夜)』(叢文閣, 1921), 동화집 『동쪽의 아이에게(東の子供へ)』(日本評論社出版部, 1921), 번역 『러시아 동화집(露西亞童話集)』(矢野博信書房, 1921), 『새벽 전의 노래 – 예로센코 창작집(夜明け前の歌 – エロシエンコ創作集)』(叢文閣, 1921), 동화집 『태양과 화원(太陽と花園)』(精華書院, 1921), 『새벽의 여행: 50년 자전 기록(あかつきえの旅: 五十年自伝記録)』(潮流社, 1950), 동화집 『이치로와 주먹밥(一郎とにぎりめし)』(東洋書館, 1952), 『우자쿠 자전(雨雀自伝)』(新評論社, 1953) 등이 있다. ▶김우철(金友哲)이 「秋田雨雀 씨와 문단생활 25년(廿五年) – 그의 50탄생 축하보(五十誕生祝賀報)」를

듯고」(『조선중앙일보』, 1933.4.23)를 쓴 바 있다.

**야나기사와 겐**(柳澤健 = 柳沢健, やなぎさわ けん: 1889~1953)[166]  외교관, 시인. 후쿠시마현(福島縣) 출생. 1915년 도쿄제국대학을 졸업하였다. 문관고등시험(文官高等試驗)에 합격하여 체신성(遞信省)에 근무하다 사직하고, 그 후 외무성(外務省)에 근무하면서, 프랑스, 이탈리아, 멕시코 등에 주재하였다. 이후 외무성 문화사업부의 국제문화사업 담당 과장 등을 역임하였다. 대학 시절 시마자키 도손(島崎藤村), 미키 로후(三木露風)를 사사하였다. 시단에서 활약하였지만,『赤い鳥』가 창간되면서부터 동요에도 관심을 갖고 1919년부터 1920년에 걸쳐「인형(人形)」등 8편의 동요를『赤い鳥』에 발표하였다. 이 사이에『소년구락부(少年倶楽部)』에「눈(雪)」, 봄이 왔다(春が來た)」등 여러 편의 동시를 발표하였다.『야나기사와 겐 시집』에는 이들 작품을 포함하여 17편의 동요가 수록되어 있다. 뛰어난 개성미는 없으나 그 세련된 표현은 동요의 확립기에 좋은 자극이 되었다. 저서로『해항(海港)』(柳澤健 등 공저: 文武堂書店, 1918), 시집『과수원(果樹園)』(1914), 번역『현대프랑스시집(現代仏蘭西詩集(상권)』(新潮社, 1921),『야나기사와 겐 시집(柳澤健詩集)』(新潮社, 1922) 등이 있다. ▶일제강점기 우리나라 아동문학가들은 다음과 같이 야나기사와 겐을 인용하였다. 남석종(南夕鍾)의「조선과 아동시 - 아동시의 인식과 그 보급을 위하야(10~11)」(『조선일보 특간』, 1934.5.31~6.1)에서 아동시의 예술적 가치에 대해 미키 로후(三木露風), 기타하라 하쿠슈(北原白秋), 사이조 야소(西條八十), 노구치 우조(野口雨情), 시로토리 세이고(白鳥省吾), 야나기사와 겐 등을 인용해 설명하고 있다. 윤복진(尹福鎭)의「(아동문학강좌)동요 짓는 법(3, 4)」(『동화』, 1937년 3월호~4월호)에서 기타하라 하쿠슈, 사이조 야소, 야나기사와 겐, 오가와 미메이 등의 문학관과 동요관을 비교·제시하고 있다.

**야나기타 구니오**(柳田國男 = 柳田国男, やなぎた くにお: 1875~1962)  민속학자, 관료. 메이지 시기 농무 관료(農務官僚), 귀족원(貴族院) 서기관장, 전후(戰後) 추밀고문관(樞密顧問官) 등을 역임. 본명 마쓰오카 구니오(松岡國男). 시카마현(飾磨縣: 현 兵庫縣) 출생. 의사이자 유학자인 마쓰오카 미사오(松岡操)의 아들로 어릴 때부터 비범한 기억력이 있었고 광범위한 독서를 하였다. 도쿄제국대학 법학과를 졸업하고 1900년에 농상무성(農商務省)에 들어가 주로 도호쿠(東北) 지방의 농촌 실태를 조사·연구하였다. 모리 오가이(森鷗外)와 친교를 맺고 잡지『시가라미조

---

166 『한국아동문학비평사 자료집 6』(800쪽)에서 '야나기사와 겐(柳澤健)'을 '야나기사와 다케시'로 읽은 것은 다른 방식의 읽기이다.

시(しがらみ草紙)』에 작품을 투고하였고, 제일고등중학교(第一高等中學校) 때에는 『문학계(文學界)』, 『국민지우(國民之友)』, 『제국문학(帝國文學)』[167] 등에 투고하였다. 1897년에는 다야마 가타이(田山花袋), 구니키다 돗포(國木田獨步) 등과 『서정시(抒情詩)』를 출판하였다. 1901년 5월 마쓰오카(松岡) 가문에서 야나기타 가문(柳田家)의 양자로 들어갔고, 1902년 법제국 참사관에 임관되었다. 1907년 시마자키 도손(島崎藤村), 다야마 가타이(田山花袋), 오사나이 가오루(小山內薰) 등과 〈입센회(イプセン會)〉를 시작하였다. 1908년 자택에서 〈향토연구회(鄉土硏究會)〉를 시작하면서 민속학에 관심이 깊어졌다. 당시 구미(歐美)에서 유행하고 있던 심령주의의 영향을 받았고, 일본에서도 '괴담 붐'이 한창일 때 당시 신진작가였던 사사키 기젠(佐々木喜善)을 알게 되었다. 1909년 이와테현 도노(岩手縣遠野)에 있던 기젠을 방문하였다. 이때 기젠의 구술을 바탕으로 저술한 것이 야나기타 민속학의 출발점이 된 『도노 이야기』이다. 1910년 〈향토연구회〉를 발전시켜 〈향토회(鄉土會)〉를 시작하였다. 1912년 8월 1일 조선병합기념장을 수여 받았다. 1913년 다카기 도시오(高木敏雄)와 함께 잡지 『향토연구(鄉土硏究)』를 간행하였다. 1921년 제네바의 〈국제연맹(國際聯盟)〉 위임통치위원에 취임하였다. 1924년 게이오기주쿠대학 강사가 되어 민간전승(民間伝承)을 강의하였다. 1947년 자택에 〈민속학연구소〉를 설립하였다. 이해에 〈제국예술원(帝國芸術院)〉 회원이 되었고, 1949년에는 〈일본학사원(日本學士院)〉 회원에 선임되었다. 1962년 훈1등 욱일대수장(勳一等旭日大綬章)을 수장하였다. 『와우고』, 『향토생활연구법(鄉土生活研究法)』 등의 저술로 일본 민속학의 이론과 방법론을 제시하여 쇼와(昭和) 초기 일본 민속학을 확립하게 하였다. 산촌과 어촌 조사를 비롯하여 전국 각지의 조사를 진행하여 민속 채집의 중요성과 방법을 보여주었다. 야나기타의 업적에 대해서는 일본 민속학의 창시자로서 그 공적이 매우 높게 평가되고 있고, 그의 연구는 뒤를 이은 학자들에게도 많은 영향을 미쳤다. 그러나 최근 야나기타를 학자로 본다면 그 학설은 취사선택되어야 한다는 의견도 있다. 아동문학 관련 작품으로는 『(세계역사담 제25편)크롬웰(クロンウェル)』(博文館, 1901.7)이 최초의 작품이다. 전국의 많은 어린이들이 알고 있는 옛날이야기를 골라 평이한 언어로 기술한 『일본 옛이야기(日本昔話集,

---

[167] 『분가쿠카이(文學界)』는 1893년 1월부터 1898년 1월까지 발행된 메이지 시기의 낭만주의 월간 문예잡지이고, 『고쿠민노도모(國民之友)』는 1887년에 창간되어 1898년에 폐간된 월간잡지이며, 『데이코쿠분가쿠(帝國文學)』는 1895년에 창간되어 1920년에 폐간된 도쿄제국대학 문과대학의 우에다 빈(上田敏) 등이 조직한 〈데이코쿠분가쿠카이(帝國文學會)〉의 기관지이다.

上)』(アルス, 1930), 제등(提燈), 양초(蠟燭), 횃불(炬火), 램프(ランプ) 등 불을 중심으로 한 민속을 다룬 지식 동화인『불의 옛날(火の昔)』(實業之日本社, 1944), 촌락의 민속을 다룬『엄마의 공놀이 노래(母の手毬歌)』(芝書店, 1949), 이 외에『일본의 전설(日本の傳說)』(春陽堂, 1932),『소년과 국어(少年と國語)』(東京創元社, 1957) 등이 있다. 또『어린이 풍토기(こども風土記)』(朝日新聞社, 1942),『어린아이의 목소리(小さき者の聲)』(ジープ社, 1950)에서는 어린이들의 일상의 언어와 놀이가 이루어지는 문화사상의 역할을 높게 평가하여 아동문학 연구를 자극하였다.『모모타로의 탄생』(三省堂, 1933),『전설(傳說)』(岩波書店, 1940)은 아동문학의 입장에서 옛날이야기를 취급하는 데 큰 영향을 주었다. 저서로『도노 이야기(遠野物語)』(佐々木鏡石 述, 柳田國男 著, 1910),『와우고(蝸牛考)』(刀江書院, 1930),『모모타로의 탄생(桃太郎の誕生)』(三省堂, 1933),『정본 야나기타구니오집(定本柳田國男集)(전31권, 별권 5)』(筑摩書房, 1962~71) 등이 있다. ▶함대훈(咸大勳)은「(독서란)김소운(金素雲) 씨 편저『조선구전민요집』-(조선문)제일서방 판」(『조선일보』, 1933.2.17)에서 김소운이『조선구전민요집』출판을 위해 도쿄를 돌아다니는 과정에 대해, "柳田(야나기타) 선생을 砧村[168]으로 차저갓든 밤에는 호우 중을 '大森(오모리)'까지 도라와 저진 외투를 입은 채로 전등 꺼진 방에 업드려 절망의 장태식(長太息)까지 하엿다."고 한 부분을 인용하였다.

**야마다 고사쿠**(山田耕筰, やまだ こうさく: 1886~1965)   작곡가. 지휘자. '山田耕作'이 원래 이름이었다. 도쿄(東京) 출생. 1896년 10세 때 아버지가 사망하여, 유언에 따라 목사가 운영하는 자영관(自營館: 뒤에 日本基督教団巣鴨教會)에 들어가 13세 때까지 고학하였다. 1899년 13세 때 누나를 의지해 오카야마(岡山)의 양충학교(養忠學校)에 입학하였다. 음악적인 교양이 높았던 자형 에드워드(Edward)로부터 서양음악에 대한 초보적인 지식을 배웠다. 학교가 이전하게 되어 누나가 주선하여 14세 때 간세이학원중학부(關西學院中學部)로 전학하였다. 재학 중인 16세 때 처음으로 〈MY TRUE HEART〉를 작곡하였다. 학교를 중퇴하고 1904년 도쿄음악학교(東京音樂學校) 예과에 입학하여 1908년에 도쿄음악학교 성악과를 졸업하고 연구과에 진학하였다. 작곡을 공부하는 것이 꿈이었으나 작곡과가 없어 고민하고 있을 때 야마다의 재능을 인정하고 있던 은사가 도와 미쓰비시(三菱) 총수 이와사키 고야타(岩崎小弥太)의 원조를 받아 1910년부터 3년간 독일 베를린왕립고등음악원

---

168 기누타무라(砧村: 현 世田谷區成城)는 〈민간전승의회(民間伝承の會)〉의 거점이 된 야나기타의 집(柳田宅)이 있던 곳이다.

작곡과에 유학하였다. 유학 중 1912년에는 일본인으로는 처음으로 교향곡 〈승리의 함성과 평화(かちどきと平和)〉를 작곡하였다. 귀국 후 1914년, 이와사키가 1910년에 조직한 도쿄필하모니회의 관현학부 수석지휘자를 맡았다. 또 오사나이 가오루(小山內薫)와 함께 신극운동을 일으키고, 이시이 바쿠(石井漠)와 무용 연구를 하고 있다가 느끼는 바가 있어 1917년에 미국으로 갔다. 약 1년 반 체재 중 카네기홀에서 자작곡을 중심으로 한 연주회를 열었는데, 이를 기회로 여러 유명 음악가들과 알게 되었다. 1920년 〈일본악극협회(日本樂劇協會)〉를 창립하고 오페라 공연을 시작했다. 야마다 작품의 중심은 성악곡에 있지만 시인과 교류하지 않고는 불가능한 것이었다. 미키 로후(三木露風), 노구치 우조(野口雨情), 사이조 야소(西條八十), 오키 아쓰오(大木惇夫) 등 다수의 시인들과 성과를 거두었지만, 기타하라 하쿠슈(北原白秋)를 만난 것은 야마다에게 결정적인 영향을 주었다. 1922년 하쿠슈와 함께 잡지 『시와 음악(詩と音樂)』을 창간하고 매호 에세이를 기고하였으며, 일본어로 된 예술 가곡을 잇달아 발표하였다. 다이쇼 데모크라시(大正デモクラシー)[169]를 배경으로 하여 스즈키 미에키치(鈴木三重吉)가 주재한 동요운동은 잡지 『赤い鳥』를 통해 새로운 바람을 일으키고 있었는데, 야마다도 동요 작곡에 손을 대게 되었다. 이 시기에 야마다의 많은 걸작이 작곡되었다. 『시와 음악(詩と音樂)』은 간토대지진〔關東大震災〕 때문에 휴간이 되었고, 잡지 『여성(女性)』 등에 신작을 발표하였다. 1924년에는 고노에 히데마로(近衛秀麿)와 함께 하얼빈의 오케스트라 단원과 일본인 단원을 합쳐 '일러교환교향관현악연주회(日露交歡交響管弦樂演奏會)'를 주재하였고, 이를 모체로 하여 고노에와 〈일본교향악협회(日本交響樂協會: 현 〈NHK교향악단(NHK交響樂団)〉의 전신)〉를 설립하였다. 1926년 〈일본교향악단(日本交響樂團)〉을 결성하여 월 2회 정기연주회를 개최하였는데 불행히도 9월에 내분이 일어나 처음 목적을 달성할 수 없었다. 좌절감에 휩싸여 있던 때이지만 많은 동요곡이 만들어졌다. 1927년에 간행된 『山田耕作童謠百曲集』이 그것이다. 여기에는 〈고추잠자리(赤とんぼ)〉, 〈이 길(この道)〉 등이 포함되어 있다. 이후 야마다의 본래 소망이었던 오페라 상연을 재개하였다. 만주사변을 기회로 점점 높아지고 있던 전시체제는 야마다의 행동을 구속하게 되었지만, 의욕에 불타고 있던 오페라 작곡은 착착 진행

169 메이지(明治) 이래 한바쓰(藩閥: 메이지유신에 공이 있었던 번(藩)의 출신자가 만든 파벌)·관료 정치에 반대하여 민주주의적 개혁을 요구한, 주로 다이쇼 시기(大正期)에 있었던 사상 및 운동을 말한다. 호헌운동에서 시작되어, 보통선거운동(普選運動), 노동운동 등 사회주의운동이 활발하게 되었고 문화적 측면에도 자유주의적 풍조가 널리 퍼졌다. 사상적으로는 요시노 사쿠조(吉野作造)의 민본주의에 근거를 두었으나, 군부를 중심으로 한 군국주의 세력이 등장하면서 쇠퇴하였다.

되어 1940년 완성하여 발표하였다. 가극 〈새벽(夜明け)〉(뒤에 〈黑線〉으로 개제)이 그것이다. 1941년 정보국 관할하의 〈대일본음악문화협회(大日本音樂文化協會)〉를 발족하여 부회장에 취임하였고, 음악정신대를 결성하여 여러 번 점령지에서 음악 지도에 종사하였다. 장관대우가 되어 군복을 입고 행동했기 때문에 전후 '전범논쟁' 의 대상이 되었다. 1942년에 〈제국예술원(帝國芸術院)〉 회원에 선출되었다. 1944 년에는 〈대일본음악문화협회(大日本音樂文化協會)〉 회장이 되었다. 전후 야마다 고 사쿠의 전시 중 행동에 관해서 『도쿄신문(東京新聞)』에서 음악평론가 야마네 긴지 (山根銀二)와 전범논쟁이 벌어졌다. 논쟁이 끝날 무렵인 1948년에 뇌일혈로 쓰러 져 몸이 부자유하게 되었다. 1950년 〈일본지휘자협회(日本指揮者協會)〉 회장에 취 임하였다. 1936년 프랑스로부터 레지옹도뇌르 훈장(Ordre National de la Légion d'honneur)을 받았고, 1940년 아사히문화상(朝日文化賞), 1949년 제1회 NHK방송 문화상(NHK放送文化賞)을 수상하였으며, 1954년 문화공로자(文化功勞者), 1956 년 문화훈장(文化勳章)을 수장하였다. 이혼과 재혼을 하면서 1930년 호적상의 이 름을 '耕作'에서 '耕筰'으로 개명하였다. 주된 작품으로는 교향곡 〈승리의 함성과 평화(かちどきと平和)〉(1912), 교향시 〈만다라의 꽃(曼陀羅の華)〉(1913), 〈탱자 꽃(からたちの花)〉(1925), 동요 〈당황한 이발사(あわて床屋)〉(1919), 〈고추잠자 리(赤とんぼ)〉(1927), 〈이 길(この道)〉(1927), 오페라 〈구로후네(黑船)〉(1940) 등 이 있다. 저서로 『야마다고사쿠 동요곡집(山田耕筰童謠曲集)』(大阪: 三木開成館, 1922), 『Home Songs(ホーム・ソングス)(제1, 2, 3집)』(イデア書院, 1925.9), 『야 마다고사쿠 동요백곡집(山田耕作童謠百曲集)』(日本交響樂協會出版部, 1927~29), 『야마다고사쿠 전집(山田耕筰全集)』(第一法規, 1963) 등이 있다.

**야마다 세이자부로**(山田淸三郎, やまだ せいざぶろう: 1896~1987)　일본의 소설 가, 평론가. 교토(京都) 출생. 소학교 6학년 중퇴 후 이런저런 직업을 전전하였다. 1922년 『신흥문학(新興文學)』[170]을 창간하였고, 고마키 오미(小牧近江) 등이 발간 한 잡지 『씨 뿌리는 사람(種蒔く人)』, 『문예전선(文芸戰線)』의 동인을 거쳐 『전기 (戰旗)』를 편집하는 등 〈전일본무산자예술연맹(全日本無産者芸術連盟)〉(약칭 〈ナ ップ〉)의 중앙위원으로서 중요한 일을 역임하였다. 1917년 일본공산당에 입당하였 고, 1917년과 1920년 두 차례에 걸쳐 5년 동안 옥중 생활을 하였다. 이 사이 『유령 독자』(1926), 『오월제 전후』(1929) 등을 간행하여 프롤레타리아 작가로서 인정받

---

170 『신코분가쿠(新興文學)』는 야마다 세이자부로가 편집한 프롤레타리아문학파의 잡지이다. 1922 년 11월에 창간하여 1923년 간토대지진(關東大震災)으로 폐간되었다.

왔고, 한편 『일본프롤레타리아문예운동사』(1930), 『나프 전선에 서서』(1931) 등의 저서로 평론가로서도 실적을 쌓았다. 제2차세계대전 중에 전향하고 만주국(滿州國)으로 가 대동아문학자대회(大東亞文學者大會)[171]에 참가하였다. 일본의 패전 후 소련에 억류되었다가 일본으로 귀국하였다. 1931년 일본공산당에 재입당하였으나 전후에는 민주주의 작가로서 활동하고, 프롤레타리아문학사 연구와 회상기 저술에 힘을 쏟았다. 마쓰카와 사건(松川事件)[172]과 시라토리 사건(白鳥事件)[173]에 대해 구원 활동을 하였고, 저서도 집필하였다. 저서로 『유령 독자(幽靈讀者)』(解放社, 1926), 『(文壇新人叢書 제6편) 작은 시골뜨기(小さい田舍者)』(春陽堂, 1927), 단편소설집 『오월제 전후(五月祭前後)』(戰旗社, 1929), 『일본프롤레타리아문예운동사(日本プロレタリア文芸運動史)』(叢文閣, 1930), 『나프 전선에 서서(ナップ戰線に立ちて)』(白揚社, 1931), 『프롤레타리아문학사(プロレタリア文學史)』(理論社, 1954), 『전향기(轉向記)(전3부)』(理論社, 1957~58) 등이 있다. 시라토리 사건과 마쓰카와 사건에 대해 야마다 세이자부로가 남긴 저술은 다음과 같다. 『마쓰카와 사건: 한낮의 암흑(松川事件: 眞晝の暗黑)』(三一新書, 1956), 『20인의 피고들 마쓰카와 사건: 진실의 증언(二十人の被告たち 松川事件: 眞實の証言)』(新讀書社出版部, 1958), 『현장을 본 사람: 마쓰카와 사건의 진범인은 누구인가(現場をみた人: 松川事件の眞犯人はだれか)』(新讀書社, 1959), 『할머니: 무라카미 구니지의 어머니(ばあちゃん: 村上國治の母)』(新日本出版社, 1963), 『소설 시라토리 사건(小說 白鳥事件)(전3부)』(東邦出版社, 1969~1970), 『시라토리 사건 연구(白鳥事件研究)』(白石書店, 1977).

---

**171** 다이토아분가쿠샤다이카이(大東亞文學者大會)는 제2차세계대전 중에 전쟁 협력을 목적으로 〈니혼분가쿠호코쿠카이(日本文學報國會)〉(일본문학보국회) 등이 중심이 되어 1942년부터 1944년까지 3회 개최된 문학자 교류대회를 가리킨다.

**172** 1949년 8월 17일 후쿠시마시 마쓰카와마치(福島市松川町)의 구 국철 동북선(舊國鐵東北線)에서 열차가 탈선·전복하여 승무원 3인이 사망하였다. 국철과 도시바(東芝)의 노조 간부 등 20인이 관여한 것으로 체포·기소되었다. 1심에서 전원이 유죄판결을 받고 5명은 사형판결을 받았다. 그러나 1963년 최고재판소에서 전원 무죄가 확정되었다.

**173** 1952년 1월 21일 홋카이도 삿포로시(北海道札幌市) 경찰본부 경비과장 시라토리 가즈오(白鳥一雄)가 사살된 사건이 발생하였다. 수사 당국은 일본공산당의 소행이라고 단정하고, 삿포로시 공산당 위원장이었던 무라카미 구니케루(村上國治)를 체포하고 다른 2인을 공동정범으로 기소하였다. 무라카미는 경찰의 날조극이라고 계속해서 무죄를 주장하였고, '억울한 구니케루를 석방하라'는 구원운동이 활발하였다. 그러나 1963년에 무라카미에게 징역 20년(다른 2인은 징역 3년)이 확정되었다.

**야마모토 가나에**(山本鼎, やまもと かなえ: 1882~1946)  서양화가, 미술교육가. 기타하라 하쿠슈(北原白秋)의 의제(義弟)이다. 아이치현(愛知縣) 출생. 1906년 도쿄미술학교(東京美術學校)를 졸업하였다. 1912년부터 1917년까지 유럽에 머물렀다. 1918년 〈일본창작판화협회(日本創作版畫協會)〉[174]를 결성하고 창작 판화의 발전에 진력하였다. 아동을 위해 자유화(自由畵) 운동을 추진하고 〈일본농민미술연구소(日本農民美術研究所)〉를 설립하는 등 다방면으로 활약하였다. ▼1934년 경성 연건동(蓮建洞) 소재 아동세계사(兒童世界社)의 아동작품 심사에 최남선, 김소운, 이승만(李承萬)과, 일본에서 기타하라 하쿠슈(北原白秋), 오가와 미메이(小川未明), 야마모토 가나에(山本鼎)가 참여하였다.

**야마모토 센지**(山本宣治, やまもと せんじ: 1889~1929)  정치학자, 생물학자. 교토(京都) 출생. 1907년 도미(渡美), 1908년 캐나다로 건너갔다가 1911년 귀국 후, 1917년 28세의 나이로 도쿄제국대학 이학부 동물학과에 입학하여 1920년 졸업하였다. 1922년경부터 성교육 계몽, 산아제한운동 등을 전개하였다. 치안유지법(治安維持法) 개악에 반대 활동을 하다가 우익에 의해 암살되었다. 저서로『야마모토 센지 전집(山本宣治全集)』(1949)이 있다. ▼범인(凡人)은 「아동문제의 재인식」(『비판』, 1938년 12월호)에서 야마모토 센지의 아동 존중 사상을 인용하였다.

**야마카와 히토시**(山川均, やまかわ ひとし: 1880~1958)  경제학자, 사회주의자, 사회운동가, 사상가, 노농파(勞農派) 마르크스주의의 지도적 이론가. 오카야마현(岡山縣) 출생. 도시샤중학(同志社中學)을 중퇴하고 도쿄로 가 1900년 모리타 유슈(守田有秋)와 함께『청년의 복음(青年の福音)』을 발행했다. 이 잡지에 실린 글(황태자의 결혼 사정에 대해 쓴 「人生の大慘劇」) 때문에 불경죄에 걸려 3년 동안 투옥되었다. 1904년 가석방되었을 때 평민사(平民社)에 고토쿠 슈스이(幸德秋水)를 방문하여 감명을 받고 귀향하였다. 1906년 사카이 도시히코(堺利彦) 등의 일본 사회당(日本社會党)[175]에 입당하고, 고토쿠의 초청으로 상경하여 『평민신문(平民新聞)』편집에 종사하였다. 1908년에는 적기 사건(赤旗事件)[176]으로 투옥되어 있

---

**174** 〈니혼소사쿠한가교카이(日本創作版畫協會)〉는 1918년 야마모토 가나에(山本鼎), 오다 가즈마(織田一磨), 도바리 고간(戶張孤雁), 데라사키 다케오(寺崎武男) 등에 의해 결성된 미술단체이다.

**175** 일본사회당(日本社會党)은 1906년 사카이 도시히코(堺利彦), 고도쿠 슈스이(幸德秋水) 등에 의해 조직된 일본 최초의 사회주의 정당으로, 1907년에 해산되었다.

**176** 셋키지켄(赤旗事件)(또는 아카하타지켄)은 1908년 6월 22일에 발생한 사회주의자 탄압사건이다. 메이지(明治) 시기 일본에서는 노동환경을 개선하기 위해 노동조합을 결성하는 등 사회운동이 고조되었는데, 이에 대해 정부에서는 1900년에 지안게이사쓰호(治安警察法)(치안경찰법)를

을 때 '대역사건(大逆事件)[177]이 일어났으나 옥중에 있었던 관계로 목숨을 구했다. 출옥 후 일시 고향으로 돌아가 약방을 운영하였으나 아내와 사별 후 약방을 폐지하였다. 1916년 상경하여 사카이 도시히코(堺利彦)의 매문사(賣文社)에 입사하여 잡지『신사회(新社會)』[178] 편집에 가담하는 등, 재차 사회주의 운동에 참가하였다. 1917년 러시아혁명이 일어난 후 러시아공산당은 1919년 코민테른을 설립하고 각국에 지부를 설치하였다. 이해에 야마카와는 야마자키 게사야(山崎今朝弥)로부터『사회주의 연구(社會主義硏究)』를 인계받았다. 1921년 4월에 사카이 도시히코(堺利彦), 곤토 에이조(近藤榮藏), 하시우라 도키오(橋浦時雄), 와타나베 만조(渡辺満三), 다카쓰 세이도(高津正道) 등과 함께 도쿄에서 〈일본공산당준비회(日本共産党準備會)〉〈코민테른일본지부준비회(コミンテルン日本支部準備會)를 비밀리에 발족하였다. 아라하타 간손(荒畑寒村)과 〈노동조합연구회(勞働組合研究會)〉를 설립하고『아오후쿠(青服)』(청복)를 발행하였다. 8월경에는 〈수요회(水曜會)〉를 설립·주재하여 니시 마사오(西雅雄) 등의 사회주의자를 키웠다. 1922년 1월 학술연구지 체재를 채택하고 있던『사회주의 연구(社會主義硏究)』가 신문지법의 규정에 의해 시사평론을 게재하는 일이 불가능해졌기 때문에 당국에 보증금을 납입하고 다도코로 데루아키(田所輝明), 우에다 시게키(上田茂樹), 니시 마사오 등과 함께 시사평론지로『전위(前衛)』[179]를 창간하였다. 1922년 7월 일본공산당(日本共産

---

제정하여 운동을 규제하고 나섰다. 일본사회당(日本社會党) 이후 폭력혁명을 주장하는 직접행동파(硬派)와 의회정책파(軟派)가 대립하는 와중에, 야마구치 고켄(山口孤劍)이『평화신문』에 봉건적인 가족제도를 통렬하게 비판한「부모를 차라(父母を蹴れ)」란 논고를 기고하여 투옥되었다. 1908년 6월 22일 야마구치의 출옥을 환영하는 사회주의자 수십 명의 집회가 개최되면서 발생한 사건이다.

177 다이갸쿠지켄(大逆事件=幸德事件)은 메이지(明治) 43년(1910) 다수의 사회주의자, 무정부주의자가 메이지 천황(明治天皇) 암살계획의 용의자로 체포되고 그중 26명이 대역죄(大逆罪)로 기소된 사건이다. 2명을 제외하고 증거도 없이 사형선고를 하였고 이듬해 고토쿠 슈스이(幸德秋水) 등 12명이 처형되었다. 이 사건을 계기로 사회주의자는 철저하게 탄압을 받아 대부분 한동안 활동이 불가능한 상태가 되었다.

178 『신샤카이(新社會)』는 1915년 9월 바이분샤(賣文社)에서 사카이 도시히코(堺利彦)에 의해 월간으로 창간된 사회주의 계몽잡지이다. 이후『新社會評論』,『社會主義』 등으로 발간하다가, 1921년 9월호(제9권 제9호)를 마지막으로 정간되었다.

179 『젠에이(前衛)』는 1922년 1월, 야마카와 히토시(山川均), 다도코로 데루아키(田所輝明), 우에다 시게키(上田茂樹), 니시 마사오(西雅雄) 등에 의해 창간된 잡지이다. "일체의 문제를 철저하게 무산계급의 입장에서 비판, 해부, 평론, 탄핵하라."라는 것을 목적으로 하였고, 1922년 7월 제1차 일본공산당(第1次日本共産党)의 이론 기관지가 되었다. 야마카와 히토시의 소수 뛰어난 혁명적 전위가 대중 속으로 들어갈 필요성을 언급한 논문「무산계급운동의 방향전환」(1922년 7-8월 합병

党)[180](제1차공산당) 창립(치안경찰법 위반으로 비합법이었음)에 참여하여 총무간사가 되었다. 일본공산당은 1922년 11월 코민테른 제4회 대회에 대표를 파견하고 코민테른 일본지부로서 정식 승인되었다. 1922년 잡지 『전위(前衛)』(7-8월 합병호)에 「무산계급운동의 방향전환」을 발표하여, 대중운동과의 결합을 중시한 '방향전환론'을 제창하였다. 이는 당시 운동에 획기적인 영향을 주어 소위 야마카와이즘(山川イズム)[181]으로서 일세를 풍미하였다. 그러나 곧 해당론(害黨論)의 중심이 되어, 1924년에 공산당은 일단 해산되었다. 1925년 당 건설을 중시한 후쿠모토 가즈오(福本和夫)의 소위 후쿠모토이즘(福本イズム)에 바탕을 둔 공산당(제2차공산당)이 재건되었으나, 야마카와 히토시는 참여하지 않아 공산당 주류로부터 '기회주의자(日和見主義者)',[182] '해당주의자(害党主義者)'라는 엄혹한 비판을 받게 되었다. 여기에 대해 야마카와는 사카이 도시히코, 아라하타 간손, 이노마타 쓰나오(猪俣津南雄) 등과 1927년에 『노농(勞農)』을 창간하기에 이르렀는데, 양자의 대립은 결정적인 것이었다. 이후 야마카와는 노농파 마르크스주의의 총수로서 활동하였다. 1935년 가나가와현 무라오카무라(神奈川縣村岡村: 현 藤澤市)에 땅을 빌려 1936

호)은 당시 운동에 큰 영향을 준 것으로 야마카와가 제1차 일본공산당의 이론적 지도자가 되게 하였다.

180  니혼교산토(日本共産党)는 1921년 4월에 사카이 도시히코(堺利彦)와 야마카와 히토시(山川均) 등이 중심이 되어 일본공산당준비위원회(日本共産党準備委員會)를 조직하고, 일본공산당 선언(日本共産党宣言)과 일본공산당 규약(日本共産党規約)을 채택한 후, 1922년에 결성한 마르크스 레닌주의를 지도이론으로 한 정당이다. 제2차세계대전 전에는 비합법 조직으로 엄격한 탄압하에 지하운동을 이어갔지만, 1945년 10월 치안유지법(治安維持法)이 철폐됨에 따라 출옥한 도쿠다 규이치(德田球一) 등을 중심으로 재건되었다. 기관지는 『아카하타(赤旗)』(적기)이다.

181  야마카와이즘(山川イズム)은 1922년부터 1926에 걸쳐 사회주의자 야마카와 히토시(山川均)에 의해 제기된 사회주의 운동과 노동운동의 결합에 관한 하나의 이론적인 입장이다. 야마카와이즘의 원형은 야마카와 히토시가 발표한 「무산계급운동의 방향전환」(『前衛』, 1922년 7-8월 합병호)이란 논문 가운데 나타나 있다. 일본에서는 계급의식에 눈뜬 소수의 사회주의자가 중심세력인 노동자계급과 대중으로부터 떨어져 독주하는 것을 반성하고, 사회주의자가 순화된 사상을 갖고 대중 속으로 되돌아가는 일을 목표로 하는 것에 있으나, 이 주장이 전위당의 독자적 역할을 부정하는 것으로 연결되면서 비판받았다. 일본공산당의 '27년 테제(二七年テーゼ)'는 후쿠모토 가즈오(福本和夫)의 후쿠모토이즘(福本イズム)을 좌익 기회주의(日和見主義)라고 비판함과 동시에 야마카와이즘을 우익 기회주의라고 비판하고 있다.

182  히요리미슈기(日和見主義)는 opportunism의 번역어이다. 기회주의, 편의주의라고도 한다. 정치운동이나 노동운동에 있어서 독자적인 판단이나 방침을 갖지 못하고 대세에 끌려 무원칙적인 행동을 하는 태도를 가리킨다. 비판적인 의미로 쓰인다. 히요리미(日和見)는 '날씨를 살핌'이란 뜻에서, '일의 추이만을 살피고 거취를 결정하지 않음', 또는 '형세를 관망함'이란 뜻이 되었다. '日和見主義者'는 기회주의자란 뜻이다.

년 아내와 함께 이사를 하고, 메추라기 사육시설을 지어 생계를 꾸리게 되었다. 1935년 시점에서 매스컴에서는 야마카와가 문필을 버리고 메추라기 사육을 시작한다고 하는 보도가 나와 여기에 대해 야마카와는 「전향 상습자의 수기(轉向常習者の手記)」를 발표하여 자기 입장을 밝혔다. 1937년 인민전선 사건(人民戰線事件)[183]으로 검거되었다. 1946년 미우라 데쓰타로(三浦銕太郎) 등과 민주인민전선(民主人民戰線)을 결성하여 민주인민연맹 위원장이 되었으나 병으로 활동을 하지 못했고, 사공 양당(社共兩党)의 대립을 해소하지 못하는 사이에 연맹은 흔적도 없이 사라져버렸다. 그 후에 사회당 좌파(社會党左派)의 이론가로서 활동하고, 1951년에 〈사회주의협회(社會主義協會)〉가 발족하여 오우치 효에(大內兵衛)와 함께 대표를 맡았다. 야마카와는 사키사카 이쓰로(向坂逸郎) 등과 함께 〈사회주의협회〉에서 비무장중립론을 주장하고 그 이론은 일본사회당(日本社會党)에 강한 영향을 주었다. 그러나 야마카와의 비무장중립론은 영원히 비무장국가를 지향하는 것은 아니었다. 야마카와는 일본이 부흥하는 동안만의 비무장(부흥시비무장중립론)을 주장한 것인 만큼, 소련의 위협을 충분히 인식하고 있다는 데서 장래의 무장을 인정하고 있었다. 그러나 사키사카 등 친소파(親ソ派)는 소련 사회주의 진영에 편드는 입장에서 소련 위협에 눈을 감고 비무장중립론을 일본이 사회주의 진영에 서기까지의 수단이라고 해석을 변경하였다. 저서로 『야마카와 전집(山川均全集)(전20권)』(勁草書房, 1966~82) 등이 있다.

**야베 도모에**(矢部友衛, やべ ともえ: 1892~1981)  화가. 니가타현(新潟縣) 출생. 1918년 도쿄미술학교(東京美術學校: 현 東京藝大) 일본화과(日本畵科)를 졸업하고, 미국, 프랑스, 독일에 유학하고, 1922년 귀국하였다. 1929년 〈일본프롤레타리아미술가동맹(日本プロレタリア美術家同盟)〉을 창립할 때 중앙위원과 위원장을 역임하였다. 「김우철(金友哲)의 「秋田雨雀 씨와 문단생활 25년 – 그의 오십 탄생 축하보(祝賀報)를 듣고」(『조선중앙일보』, 1933.4.23)에서 아키타 우자쿠의 탄생을 기념하기 위해 〈일본프롤레타리아미술가동맹〉의 야베 도모에가 초상(肖像)을 그렸다고 밝혔다.

---

183 진민센센지켄(人民戰線事件)은 1937년 12월 15일 및 1938년 2월 1일 2회에 걸쳐 인민전선파(人民戰線派)로 불리는 일본무산당(日本無産党), 일본노동조합전국평의회(日本勞働組合全國評議會), 사회대중당(社會大衆党) 등의 좌익노농파(左翼勞農派)를 치안유지법 위반으로 일제히 검거한 사건이다. 1차 검거자는 약 400명인데 야마카와 히토시 등이 포함되었다.(제1차인민전선사건) 2차에도 전국에 미쳐 아리사와 히로미(有澤廣巳) 등의 교수 그룹을 중심으로 하고, 사사키 고조(佐々木更三)를 포함하여 38명이 검거되었다.(제2차인민전선사건)

**오가와 미메이**(小川未明, おがわ みめい: 1882~1961)  소설가, 아동문학 작가. 본명 오가와 겐사쿠(小川健作)이고, '未明'은 스승인 쓰보우치 쇼요(坪内逍遙)가 붙여준 것인데, '비메이(びめい)'라고 읽어야 하는데, 일반적으로 '미메이(みめい)'로 읽는다. 니가타현(新潟縣) 출생. 무사(武士) 계급의 아들로 태어났다. 수학 성적이 나빠 다카다중학교(高田中學校)를 두 번 낙제하였다. 도쿄전문학교 전문부 철학과를 거쳐, 1905년 대학부(大學部) 영문과를 졸업하였다. 재학 중에 러시아 문학을 가까이했고, 나로드니키(Narodniki) 사상에 관심을 기울였다. 대학 시절 쓰보우치 쇼요, 시마무라 호게쓰(島村抱月)로부터 지도를 받았다. 재학 중에 첫 작품인 「표랑아(漂浪兒)」를 잡지 『신소설(新小説)』에 발표하여 주목받았다. 이때 쓰보우치 쇼요로부터 '未明'이란 호(号)를 받았다. 졸업 직전에 『신소설』에 발표한 「싸락눈에 진눈깨비(霰に霙)」로 소설가로서 일정한 지위를 구축하였다. 졸업 후에 와세다문학사(早稻田文學社)에 편집자로 근무하면서 많은 작품을 발표하였다. 오스기 사카에(大杉榮)와 가까워진 1914년 3월에는 하웁트만(Hauptmann)의 『한넬레의 승천(Hanneles Himmelfahrt)』을 『아름다운 하늘로(美しき空へ)』란 제목으로 번역하였다. 작품은 깨끗한 것이 많아 1916년 '유탕문학(遊蕩文學)' 논쟁이 일어났을 때 '유탕(遊蕩)'을 묘사하지 않는 소설가는 나쓰메 소세키(夏目漱石)와 오가와 미메이(小川未明) 정도라고 하였다. 다이쇼 시기(大正期)에는 사회주의적인 경향을 강하게 해 노동문학 잡지 『흑연(黑煙)』을 지도하는 것과 동시에 〈일본사회주의동맹(日本社會主義同盟)〉 창립에도 참가하였다. 다이쇼 데모크라시(大正デモクラシー) 사조에 의한 『赤い鳥』 창간 등에도 영향을 미쳤고, 1910년 첫 동화집 『아카이후네』를 발간한 후 잠시 멈췄던 동화도 열심히 창작해 『빨간 양초와 인어』(1921)를 시작으로 여러 권의 동화집을 간행하여, 근대적인 아동문학의 발전에 크게 기여하였다. 1925년 〈조대동화회(早大童話會)〉를 창립하였다. 다이쇼(大正) 말기에 이르러 타고난 로맨틱한 성향과 사회주의적인 문학 이론과의 위화가 결정적으로 작용해, 『오가와미메이 선집(小川未明選集)(전6권)』을 간행한 것을 계기로 동화작가로 전념하겠다고 결심하고 1926년 「앞으로는 동화작가로(今後を童話作家に)」(『東京日日新聞』, 1926.5.13)를 발표하였다. 제2차세계대전이 끝날 때까지 오가와 미메이는 문단적으로나 실질적인 문학으로도 일본 아동문학 최대의 존재였다. 중학교 때부터의 친구로 소마 교후(相馬御風)가 있다. 1946년 창립된 〈일본아동문학자협회(日本兒童文學者協會)〉의 초대 회장을 역임하였다. 1951년 아동문학에 끼친 공적으로 일본예술원상을 수상하였고, 1953년 〈일본예술원〉의 회원이 되었다. 새로운 아동문학운동이 일어날 시점에 오가와 미메이 동화의 상징적인 방법이 비판되고 부정되었다. 1953년 〈早大童話會〉의 회원이었던 도리고에 신(鳥越信)과 후루타 다루히 (古田足日) 두 사람을 중심으로 '소년문학선언(少年文學宣言)'[184]을 발표하여, 오가 와 미메이와 하마다 히로스케는 낡은 아동문학으로 부정되어야 한다고 해, 미메이 는 쓸쓸한 만년을 보냈다. '일본의 안데르센', '일본 아동문학의 아버지', 쓰보타 조지 (坪田讓治), 하마다 히로스케(浜田廣介)와 함께 '동화계의 삼총사(童話界の三羽 鳥)', '아동문학계의 세 가지 보물(兒童文學界の三種の神器)'[185]로 불렸다. 소설가로 출발해 아동문학 작가가 된 미메이는 근대 일본 아동문학의 개척자, 추진자 중 한 사람으로서 활약하였다. 저서로『근심이 있는 사람(愁人)』(隆文館, 1907), 오토 기바나시집『아카이후네(赤い船: おとぎばなし集)』(京文堂, 1910), 번역『아름다 운 하늘로(美しき空へ)』(博文館, 1914), 동화집『빨간 양초와 인어(赤い蠟燭と人 魚)』(天佑社, 1921),『오가와미메이 선집(小川未明選集)(전6권)』(未明選集刊行會, 1925~26),『미메이 동화집(未明童話集)(전5권)』(丸善, 1927~31),『동화 잡감 및 소품(童話雜感及小品)』(文化書房, 1932), 동화집『설원의 소년(雪原の少年)』(四條

---

184 '쇼넨분가쿠센겐(少年文學宣言)'의 정식 표제(表題)는『소년문학의 깃발 아래로!(少年文學の旗 の下に!)』이다. 〈소다이도와카이(早大童話會)〉의 기관지『쇼넨분가쿠(少年文學)』제19호(1953 년 9월) 권두에 발표되었다. 통칭 '少年文學宣言'이라고 한다. 종래의 메르헨, 생활동화, 무국적 동화, 소년소녀 읽을거리 모두를 극복할 것을 주장하였으며, 동화 정신에 의한 '아동문학(兒童文 學)'을 비판하고 근대적인 소설 정신을 중핵으로 한 '소년문학(少年文學)'을 창작함으로써 "종래의 아동문학을 참으로 근대문학의 위치에까지 높일 것"을 제창한 것이다. 아동문학이 미성숙한 원인 을 "근대문학에 불가결한 합리적, 과학적 비판정신 및 그것에 뒷받침이 되는 창작방법의 결여"에서 찾고, 이제부터는 "실로 일본의 근대혁명을 지향하는 변혁의 논리에 나서는 것 이외에는 없고, 그 논리에 뒷받침이 되는 창작방법"이 필요하다고 한 후, "일제의 비합리적 비근대적인 문학과의 싸움"을 주장하였다. 말미에 1953년 6월 4일의 일부(日附) 및〈早大童話會〉의 서명이 있다. 기초 자는 도리고에 신(鳥越信)으로 알려졌으며 그 외 후루타 다루히(古田足日), 진구 데루오(神宮輝 夫), 야마나카 히사시(山中恒) 등이 참여하였다. 이러한 선언이 있게 된 데에는, 당시 일본 아동문 학이 오가와 미메이, 하마다 히로스케, 쓰보타 조지의 영향으로 목가적인 작품이 널리 퍼져 있었던 것에 원인이 있었다. '소년문학선언'에 대해 다카야마 쓰요시(高山毅)의『동화인가 소설인가(童話 か小說か)』(『敎育』제38호, 1954년 10월호) 등의 반론이 있어 논쟁이 일어났다. 양자택일의 사고 법, 기성작가 총부정, 메르헨 등의 양식의 가능성을 무시한 것으로 간주되었기 때문이다. 양자 간에는 기존 아동문학이 현실의 어린이 독자들의 욕구를 만족시킬 수 있는가 없는가 하는 현상에 대한 인식의 차이가 있었다.

　어효선(魚孝善)이 번역한『동화인가 소설인가(童話か小說か)』(김요섭 편,『현대 일본아동문학 론』, 보진재, 1974, 101~113쪽)에 전문이 인용되어 있다.

185 산슈노진기(三種の神器)는 일본의 왕위 계승의 표지로서 대대로 계승된 세 가지 보물이란 뜻이 다. 세 가지는 야타노카가미(八咫鏡), 구사나기노쓰루기(草薙劍=天叢雲劍), 야사카니노마가타 마(八坂瓊曲玉=八尺瓊勾玉)를 가리킨다.

書房, 1933), 『동화와 수필(童話と隨筆)』(日本童話協會出版部, 1934), 『소학문학동화(小學文學童話)』(竹村書房, 1937), 『밤의 진군나팔(夜の進軍喇叭)』(アルス, 1940), 『정본 오가와미메이 동화전집(定本小川未明童話全集)(전16권)』(講談社, 1976~78) 등이 있다. 『일제강점기 우리나라 아동문학가들은 다음과 같이 오가와 미메이를 인용(번역)하였다. 방정환(小波)의 「새로 개척되는 '동화'에 관하야 – 특히 소년 이외의 일반 큰 이에게 –」(『개벽』제31호, 1923년 1월호)에서 오가와 미메이의 동심의 아동관을 소개하였다. 고장환(高長煥)은 「세계 소년문학 작가 소전(小傳)」(고장환 편, 『세계소년문학집』, 박문서관, 1927.12)에서 미메이를 "일본 수위의 창작 동화가. 주로 사회주의 동화를 씀"이라고 소개하였다. 방정환(方定煥)은 「(대중훈련과 민족보건)제1요건은 용기 고무 – 부모는 자녀를 해방 후 단체에, 소설과 동화」(『조선일보』, 1928.1.3)에서 어린이들에게 소개할 책으로 『쿠오레』, 『왜』, 『사랑의 선물』과 더불어 『오가와미메이 동화집(小川未明童話集)』을 추천하였다. 홍은성(洪銀星)은 「문예시사감 단편(斷片)(3)」(『중외일보』, 1928.1.28)에서 조선에서는 소년지도를 청년들이 하고 있는 데 반해, 일본에서는 오가와 미메이, 이와야 사자나미(巖谷小波), 노구치 우조(野口雨情), 기타하라 하쿠슈(北原白秋)가 소년들을 지도하고 있다며 반성을 촉구하고 있다. 김우철(金友哲)은 「秋田雨雀씨와 문단생활 25년 – 그의 오십 탄생 축하보(祝賀報)를 듯고」(『조선중앙일보』, 1933.4.23)에서 아키타 우자쿠의 탄생 50주년 기념회를 할 때 "〈푸로작가동맹〉(나루푸), 〈일소문화협회〉를 필두로 발기인으로 히지카타 요시(土方與志), 미즈타니 야에코(水谷八重子), 오이카와 미치코(及川道子), 오가와 미메이, 하세가와 뇨제칸(長谷川如是閑), 이노우에 마사오(井上正夫), 구스야마 마사오(楠山正雄), 나카무라 기치조(中村吉藏), 혼마 히사오(本間久雄) 등 인사"들이 참여하였다고 소개하였다. 1934년 경성 연건동(蓮建洞) 소재 아동세계사(兒童世界社)의 아동작품 심사에 최남선, 김소운, 이승만(李承萬)과, 일본에서 기타하라 하쿠슈, 오가와 미메이, 야마모토 가나에(山本鼎)가 참여하였다. 이정호(李定鎬)는 「허고 만흔 동화 가운데 안데르센의 작품이 특히 우월한 점 – 작품발표 백년기념을 당해서」(『조선일보』, 1935.8.6)에서 다니자키 준이치로(谷崎潤一郎)가 동화적 공상의 요소를 갖고 있지만 예술지상주의자이기 때문에 동화작가가 못 되었다고 한 반면, 인생에 대한 암시, 사상적 배경을 갖고 창작하는 오가와 미메이는 동화작가로서 그 존재가 뚜렷하다고 평가하였다. 윤복진(尹福鎭)의 「(아동문학강좌)동요 짓는 법(3, 4)」(『동화』, 1937년 3월호~4월호)에서 기타하라 하쿠슈, 사이조 야소(西條八十), 야나기사와 겐(柳澤健), 오가와 미메이 등의 문학관과 동요관을 제시해 비교 제시하고 있다. 홍효민

(洪曉民)은 「(문예시평)소년문학・기타(完)」(『동아일보』, 1937.10.23)에서 조선의 소년문학이 도쿄 문단의 이와야 사자나미나 오가와 미메이를 그대로 옮긴다며 비판하였다. 송남헌(宋南憲)은 「예술동화의 본질과 그 정신 – 동화작가에의 제언(전6회)」(『동아일보』, 1939.12.2~10)에서 예술동화를 창작하는 전 세계의 작가들을 언급하면서 일본에서는 오가와 미메이를 거명하였고, "일본의 지보(至寶) 최대 동화작가 오가와 미메이"라고 평가하였다. 송남헌은 「아동문학의 배후(하)」(『동아일보』, 1940.5.9)에서 오가와 미메이의 소설과 작품을 예로 들고 그들을 능가하는 작품을 써야 한다고 주장하였다. 박인범(朴仁範)은 「동화문학과 옛이야기(下)」(『자유신문』, 1950.2.7)에서 이와야 사자나미, 오가와 미메이, 안데르센 등과 같은 옛이야기를 쓰되, 미래에 대한 암시를 주는 동화를 쓰라고 충고하였다.

**오사나이 가오루**(小山內薰, おさない かおる: 1881~1928)  극작가, 연출가, 연극 평론가, 소설가. 히로시마현(廣島縣) 출생. 육군 군의(軍醫)였던 아버지의 부임지 히로시마에서 태어나, 4세 때 아버지가 사망하자 일가는 도쿄로 이주하였다. 1906년 도쿄제국대학 영문과를 졸업하였다. 재학 중부터 돌아가신 아버지의 옛 동료이기도 한 모리 오가이(森鷗外)의 인정을 받아, 이이요호(伊井蓉峰)의 일좌(一座)의 전속 작가가 되어 무대연출에 관계하면서 시와 소설을 창작하였다. 1907년에 잡지 『신사조』(제1차)를 창간하여 6호까지 간행하면서 서구의 연극 평론과 희곡을 정력적으로 소개하였다. 1908년에 쓴 「내적 사실주의의 한 여배우(內的寫實主義の一女優)」라고 하는 문건 중에서 처음으로 '연출(演出)'이라고 하는 단어를 사용했다고 알려졌다. 1909년부터 다야마 가타이(田山花袋)에게 인정받은 자전적 장편소설 『오카와바타』를 『요미우리신문(讀賣新聞)』과 『신소설(新小說)』 등의 잡지에 연재한 후 1913년 단행본으로 출간하였다. 이는 연극 청년과 기생(芸者)과의 연애를 묘사한 것이다. 1909년에는 유럽 유학을 마치고 귀국한 가부키(歌舞伎) 배우 이치카와 사단지(市川左団次)(2세)와 협력하여 자유극장(自由劇場)을 창립하고, 제1회 공연으로 모리 오가이가 번역한 입센(Ibsen, Henrik Johan)의 「욘 가브리엘 보르크만(John Gabriel Borkman)」(1896)을 상연하였다. 당시 유럽의 주도적인 예술 이론이 되어가고 있던 리얼리즘 연극의 확립을 목표로 하여 일본의 신극사상 중요한 족적을 남겼다. 20세기 초 일본의 대표적인 연극은 가부키로 간판 배우(看板役者) 중심의 연극이어서 관객들은 배우 개개인의 기예를 만끽하기 위해 연극(芝居) 구경을 하러 갔다. 이러한 연극의 자세에 대해 오사나이 가오루가 생각한 근대 연극이란 무엇보다 희곡을 우선으로 하고 그것을 바르게 표현하는 매개로서 연출, 연출에 의거해서 비로소 연기가 있다고 하는 것이었다. 1912~13년에 유럽에 가 모스크

바, 베를린, 런던 등을 방문하였다. 각지의 극장을 다녔으나 특히 모스크바에서는 모스크바예술극장(MXAT)의 「밤 주막(Na dne)」을 2회 관람하고 배우이자 연출가인 스타니슬랍스키(Stanislavsky, Konstantin Sergeevich: 1863~1938)의 자택에 초청되었다. 이때 수입업자의 부인으로서 모스크바에 살고 있던, 뒷날 배우가 된 히가시야마 지에코(東山千榮子)와 만났다. 같이 갔던 야마다 고사쿠(山田耕筰)는 오사나이 가오루와 함께하면서부터 연극과 무도에 경사하게 되어 귀국 후인 1916년 오사나이 가오루와 함께 이동극단 신극장(新劇場)을 결성하였다. 이시이 바쿠(石井漠)는 여기에 참여하여 창작무용시를 시도하였다. 또 아역 배후인 미즈타니 야에코(水谷八重子)를 지도하였다. 후지와라 요시에(藤原義江)는 마쓰이 스마코(松井須磨子)의 연극을 본 것과, 사람을 통해 오사나이 가오루 등 신극 관계자를 만난 것으로 연극을 동경하고 연극에 뜻을 두었다고 말하고 있다. 1919년 고무라 긴이치(小村欣一), 나가사키 에이조(長崎英造), 구보타 만타로(久保田万太郎), 구메 마사오(久米正雄), 요시이 이사무(吉井勇) 등과 연극 혁신을 목적으로 〈국민문예회(國民文芸會)〉[186]를 창립하였다. 1920년 2월 쇼치쿠주식회사(松竹株式會社)가 영화제작을 하려고 해 쇼치쿠키네마합명사(松竹キネマ合名社)를 설립하였다. 쇼치쿠키네마연구소(松竹キネマ研究所) 연구소장으로 있으면서 첫 작품 〈노상의 영혼(路上の靈魂)〉을 만들었는데, 여러 가지 근대 영화기법을 도입해 일본 영화 최초의 예술 대작이라고 할 만한 것이었다. 오사나이 가오루가 영화계에 관계한 기간은 짧았지만, 이토 다이스케(伊藤大輔), 기타무라 고마쓰(北村小松), 스즈키 덴메이(鈴木傳明), 사와무라 하루코(澤村春子) 등 영화계의 인재를 기른 공적은 컸다. 1910~1923년에는 게이오기주쿠대학 영문과 강사로서 교단에 섰다. 1921년에는 아카이도리사(赤い鳥社)에서 동화집 『돌 원숭이』도 출판하였다. 1924년 독일 유학을 마치고 귀국한 히지카타 요시(土方與志)와 함께 축지소극장(築地小劇場)을 창립, 일본 신극의 기초를 확립하였다. 축지소극장은 오사나이 가오루, 히지카타 요시를 중심으로 와다 세이(和田精), 시오미 요(汐見洋), 도모다 교스케(友田恭助), 아사리 쓰루오(淺利鶴雄) 등 6인의 동인에 의해 창설된 것이었다. 축지소극장은 경영상의 어려움이 있었지만, 고리키, 체호프 등의 희곡을 상연하여 일본 신극운동의 거점이 되었다. 배우 양성은 물론, 조명, 음향, 의상 등에도 새로운 시도를 하였

---

186 〈고쿠민분게이카이(國民文芸會)〉는 1919년에 연극 쇄신과 민중예술 진전을 목적으로 설립된 단체이다. 연극통이자 외교관인 고무라 긴이치와 사토미 돈(里見弴), 다나카 준(田中純), 오사나이 가오루, 구보타 만타로 등의 작가가 개설했던 간친회인 〈극우회(劇友會)〉가 발단이 되었다.

고, '연출'이라고 하는 단어를 만들고, '연출가'라고 하는 직능을 확립하였다. 1925년 8월에는 개국한 지 얼마 안 되는 NHK동경방송국에서 일본 최초의 라디오극 〈탄광의 가운데(炭鉱の中)〉(Hughes, Richard: 1900~1976)를 연출하였다. 이것은 방송국 내에 인재가 없어 오사나이 가오루에게 의뢰한 것이지만, 이후 라디오 드라마는 신극이 시작되는 역할을 하게 되었다. 또 라디오 드라마의 제작을 기회로 음향효과가 비약적으로 발전하게 되었다. 1927년에는 쇼치쿠에 의해 국산 발성영화의 선구작 〈여명(黎明)〉을 감독하였다. 1928년 11월 러시아혁명 10주년 기념행사에 초청되었을 때에 무리한 일정으로 몸 상태가 나빠졌다. 12월 25일 엔치 후미코(円地文子)의 최초의 희곡 「만춘의 시끄러운 밤(晩春騒夜)」 상연 후의 사은회가 열렸던 니혼바시(日本橋)의 중화요리점에서 쓰러져 급사하였다. 오사나이 가오루는 연극계 혁신에 그의 반생을 바쳤다고 평가되며, 일본 근대연극의 개척자로서의 활동을 기려 오늘날 그를 '신극의 아버지'로 칭송한다. 오사나이 가오루의 아동문학 관련 내용은 다음과 같다. 「민나의 전화(ミンナの電話)」(『少女の友』, 1914), 「엄마 홀로(母ひどり)」(『少女畵報』, 1916), 「인간 세상(人の世)」(『少女畵報』, 1917) 등의 장편 소녀소설을 발표하였다. 『赤い鳥』에는 「밀감 자루(俵の蜜柑)」(1918.7), 「정직한 사람(正直者)」(1918.8), 「천하태평(平氣と平左)」(1919.2~3) 등의 동화와 동화극 「부싯깃 상자(ほくち箱)」(1922.8~9) 등을 기고하였다. 대부분의 동화는 일본과 세계의 옛이야기, 전설, 번안·소개이고 특히 주목되는 것은 없다. 반대로 「아이에게 읽힐 만담 정도(子供によませる落語のつもり)」(『石の猿』의 '序')로 쓴 「자동차의 스틱(自動車のステッキ)」(『金の船』, 1920.2) 등에 독자성을 엿볼 수 있으나 발전을 보여주지 못했다. 결국 오사나이 가오루의 본령은 아동극 작품 및 연출에 있다고 해야 할 것이다. 연출은 1912년의 〈인형(人形)〉 등을 시작으로 주로 활약한 것은 축지소극장의 '어린이날(子供の日)' 공연이었다. 특히 1925년 12월의 〈파랑새(靑い鳥)〉(楠山正雄 역)는 완성도가 높은 것이었다. 생전에 간행된 아동극 작품집은 동화극 『세 가지 소원』뿐이었으나, 다이쇼 시기의 동화극을 대표하는 한 권의 책이라고 높이 평가된다. 희곡 6편이 수록되어 있는데 대부분 서양의 옛이야기를 제재로 취한 것이거나 번역이고, 전혀 창작은 아니다. 좋은 것도 나쁜 것도 다이쇼 시기의 아동극의 상황의 일단을 말하는 것이겠다. 또한 스트린드베리(Strindberg)와 하웁트만(Hauptmann)의 동화극의 번역과 연극교육에 관한 평론 등도 남겼다. 저서로 희곡 『아들(息子)』(東光閣, 1922), 장편소설 『오카와바타(大川端)』(籾山書店, 1913), 동화집 『돌 원숭이(石の猿)』(赤い鳥社, 1921), 『제1의 세계(第一の世界)』(新潮社, 1922), 동화극 『세 가지 소원(三つの願ひ)』(春陽堂, 1925), 평론집

『연출자의 수기(演出者の手記)』(原始社, 1928), 『연극논총(演劇論叢)』(宝文館, 1928), 『오사나이가오루 전집(小山內薫全集)(전8권)』(春陽堂, 1929~1932), 『오사나이가오루 연극론전집(小山內薫演劇論全集)(전5권)』(未來社, 1964~1968) 등이 있다. ▶김우철(金友哲)은 「秋田雨雀 씨와 문단생활 25년 – 그의 오십 탄생 축하보(祝賀報)를 듣고」(『조선중앙일보』, 1933.4.23)에서 아키타 우자쿠는 오사나이가오루와 함께 제1차 『신사조』를 편집하는 등의 활동을 거치면서 프롤레타리아 문사가 된 사실을 밝혔다.

**오야 소이치**(大宅壯一＝大宅壯一, おおや そういち: 1900~1970)　평론가, 저널리스트. 필명 사루토리테쓰(猿取哲). 오사카(大阪) 출생. 고등학교 재학 시부터 사회주의에 기울었고, 가와카미 하지메(河上肇), 가가와 도요히코(賀川豊彦) 등의 영향을 받았다. 1922년 도쿄제국대학 사회학과에 입학하였으나 1925년 중퇴하였다. 재학 중 제7차 『신사조』와, 1930년 〈전일본무산자예술연맹(全日本無産者芸術連盟)〉(약칭 〈ナップ〉) 등에 참가하였고, 프롤레타리아문학운동의 이론 방면에서 활약하였다. 1933년 10월 검거가 되자 전향하였고, 태평양전쟁 중에는 군의 선전활동에 협력하였다. 제2차세계대전 후 광범위한 사회적·진보적 시각을 견지한 독특한 논법으로 평론 활동을 이어갔다. 신문과 매스컴의 총아가 되어, '1억 총 백치화(一億總白痴化)', '에키벤 대학(驛弁大學)', '공처(恐妻)'[187] 등의 여러 가지 신어를 만들었다. 1929년 『천야일야(千夜一夜)』(아라비안나이트)를 집단으로 번역하여 화제가 되었다. 이는 영국의 버턴(Burton, Sir Richard Francis) 판을 완역(전12권)한 것인데, 중앙공론사(中央公論社)에서 출판되었다. 1965년 『불길은 흐른다(炎は流れる)』(1964)로 기쿠치간상(菊池寬賞)을 받았다. ▶송완순〔九峯山人〕은 「비판자를 비판 – 자기 변해(辯解)와 신 군(申君) 동요관 평(18)」(『조선일보』, 1930.3.15)에서 오야 소이치의 "파괴는 진보의 전제이다."라고 한 말을 인용하여 자신이 쓴 「조선 동요의 사적(史的) 고찰」을 공격한 신고송을 비판하였다.

**오이카와 미치코**(及川道子, おいかわみちこ: 1911~1938)　여배우(女俳優). 도쿄(東京) 출생. 1927년 도쿄음악학교(東京音樂學校: 현 東京芸大)와 1928년 제일외

---

187 '이치오쿠소하쿠치카(一億總白痴化)'는 텔레비전과 같은 미디어가 매우 저속해, 텔레비전만 보고 있는 사람들의 상상력이랑 사고력을 저하시켜 버린다는 의미의 말이고, '에키벤다이가쿠(驛弁大學)'는 제2차 세계대전 후 교육개혁에 의해 차례차례 생겨난 일본의 신제대학(新制大學)에 관한 것인데, 1949년 신제 대학이 에키벤(驛弁: 철도역이나 차 안에서 여객에게 팔고 있는 도시락)을 팔고 있는 역(驛)의 어떤 곳에도 있을 정도로 마구 생겨난 일을 비꼰 것이고, '교사이(恐妻)'는 남편이 아내에게 머리를 들지 못하는 것을 뜻하는 말로, 모두 오야 소이치가 만든 것이다.

국어학교(第一外國語學校) 영어과·고등과를 각각 수료하였다. 축지소극장(築地小劇場)에 들어가 1924년 첫 무대에 섰다. 『김우철(金友哲)은 「秋田雨雀 씨와 문단 생활 25년 – 그의 오십 탄생 축하보(祝賀報)를 듯고」(『조선중앙일보』, 1933.4.23)에서 아키타 우자쿠의 탄생 50주년 기념회를 할 때 "〈푸로작가동맹〉(나루푸), 〈일소문화협회〉를 필두로 발기인으로 히지카타 요시(土方與志), 미즈타니 야에코(水谷八重子), 오이카와 미치코, 오가와 미메이(小川未明), 하세가와 뇨제칸(長谷川如是閑), 이노우에 마사오(井上正夫), 구스야마 마사오(楠山正雄), 나카무라 기치조(中村吉藏), 혼마 히사오(本間久雄) 등 인사"들이 참여했다고 소개하였다.

**오치아이 이사무**(落合勇, おちあい いさむ: 1903~1991)  동요시인, 교원. 시즈오카현(靜岡縣) 출생. 아오야마사범(靑山師範) 전공과(專攻科)를 졸업하였다. 공·사립의 소학교에서 오래 근무하였다. 동요 창작은 쇼와(昭和) 초기에 집중하였고, 이후 교육기악합주(敎育器樂合奏)를 지도하는 쪽으로 옮겨갔다. 작품의 표현은 대체로 소박하면서 예각적 감각으로 동심에 다가가는 시풍은 아동의 정조(情操) 도야를 목적으로 하는 교육관에서 비롯된 것이다. 대표작으로 〈마을의 겨울(里のふゆ)〉(本居長世 曲)이 있다. 저서로 동요집 『잎사귀의 거리(葉っぱの町): 童謠集』(江戶屋書店, 1929), 『어린이와 피아노(子供とピアノ)』(1932)가 있다. 『남석종(南夕鍾)은 「조선과 아동시 – 아동시의 인식과 그 보급을 위하야(2)」(『조선일보 특간』, 1934.5.22)에서 일본의 아동문학 운동을 하는 사람 또는 연구자로 "기타하라 하쿠슈(北原白秋), 사이조 야소(西條八十), 시로토리 세이고(白鳥省五), 노구치 우조(野口雨情), 미키 로후(三木露風), 구보타 쇼지(久保田宵二), 시마키 아카히코(島木赤彦), 오치아이 이사무" 등을 열거하였다.

**오카와라 히로시**(大河原浩, おおかわら ひろし: ?~?)  생몰년 미상. 〈신흥동화작가연맹(新興童話作家聯盟)〉의 기관지로 일본 "유일의 계급적 입장에 선 아동문학운동의 기관 잡지"인 『동화운동(童話運動)』에 마키모토 구스로(槇本楠郎), 이시다 시게루(石田茂), 오카와라 히로시, 오가와 미메이(小川未明), 히지카타 데이이치(土方定一), 오키 유지(大木雄二) 등과 함께 주요 집필자였다. 「무산문예의 진전과 현실적 사회의 진행과정(無産文藝の進展と現實的社會の行程)」(『文藝道』, 文藝進路社, 1928년 6월호), 「3월 15일 사건의 기록, 희생자와 그 가족 미나미 ×이치 아버지의 장례일(三月十五日事件の記 犠牲者とその家族 南×一嚴父の葬儀の日)」(『戰旗』, 1929년 3월호), 「굴뚝을 올려다봐(煙突を見上げやう!)」(『少年戰旗』, 1929년 6월호), 「(동화)약병과 책(藥ビンと本)」(『少年戰旗』, 1929년 12월호), 「(독물)동지 미나미 기이치에 대한 신뢰(同志南喜一への信賴)」(『戰旗』, 1930년 2월호)

등의 글을 남겼다. 『안덕근(安德根)의 「푸로레타리아 소년문학론(전12회)」(『조선일보』, 1930.10.18~11.7)은 "(본편(本篇)은 2, 3인의 자료적 문헌(石田茂의 「아동문학운동의 특수성」, 大河原浩 「푸로레타리아 동화운동에 대한 작가의 태도」 등등을 참조하엿스나 주로 '호엘누렌' 씨 급(及) 槇本楠郎 씨의 소론을 만히 참조하엿슴을 말해 둔다.)"라고 해, 이시다 시게루, 오카와라 히로시, 마키모토 구스로 등을 참조하였음을 밝혔다.

**오타와 아키라**(大多和顯＝大多和顕, おおたわ あきら: 1897~1974)  도쿄여학관단기대학(東京女學館短期大學) 교원을 역임하였다. 저서로『예술교육론(藝術敎育論)』(小林澄兄, 大多和顯 共著; 內外出版株式會社, 1923)이 있다. 『김태오(金泰午)의 「예술교육의 이론과 실제(전9회)」(『조선일보』, 1930.9.23~10.2)는『예술교육론(藝術敎育論)』(小林澄兄, 大多和顯 共著)과『最近敎育思想槪說』(小林澄兄; 明治圖書株式會社, 1934)을 참조 또는 일부 초역한 것이다.

**요시다 겐지로**(吉田絃二郎, よしだ げんじろう: 1886~1956)  소설가, 극작가, 수필가, 아동문학가. 본명 吉田源次郎. 사가현(佐賀縣) 출생. 1911년 와세다대학 영문과를 졸업하였다. 1916년부터 와세다대학 강사가 되었고, 1924년 문학부 교수가되어 1934년까지 재임하였다. 베스트셀러가 된 수필집『작은새가 오는 날(小鳥の來る日)』(1921) 등이 있다. 『요시다 겐지로의 「다만 혼자서」(「명작세계동요집 ‐ 색동저고리 6」, 『아이생활』, 1932년 7월호)를 박용철(朴龍喆)이 번역 소개하였다.

**요시카와 에이지**(吉川英治, よしかわ えいじ: 1892~1962)  소설가. 본명 요시카와 히데쓰구(吉川英次). 가나가와현(神奈川縣: 현 橫浜市) 출생. 가정형편이 어려워 소학교를 중퇴하고 독학했다. 1928~1929년『오사카마이니치신문(大阪每日新聞)』에 연재한 장편소설『나루토비첩(鳴門秘帖)』(1926~27) 등으로 인기 작가가되었고, 1935년부터 1939년까지『아사히신문(朝日新聞)』에 연재한 「미야모토 무사시(宮本武藏)」[188]로 광범위한 독자를 확보하여 '국민문학 작가'로 불렸다. 좌우명은 "나 이외의 모든 사람은 나의 스승(我以外皆我師)"이다.

**이노 쇼조**(猪野省三, いの しょうぞう: 1905~1985)  아동문학 작가. 도치기현(栃木縣) 출생. 우쓰노미야중학(宇都宮中學)을 졸업하였다. 졸업 후에 소학교의 대용

---

[188] 요시카와 에이지(吉川英治)가 쓴 소설로, 1935년부터 1939년까지에 걸쳐『아사히신문(朝日新聞)』에 연재 발표되었다. 고향을 떠난 17세의 무사시(武藏)가 스오노쿠니(周防國: 山口縣) 후나시마(船島)에서 사사키 고지로(佐々木小次郎)와 대결하는 데까지의 파란 많은 반생을 그렸다. 검선일여(劍禪一如)라는 무사시의 구도정신은 당시 사람들에게 널리 공감을 불렀다. 미야모토 무사시(宮本武藏: 1584경~1645)는 에도시대(江戶時代) 초기의 검술가이다.

교원으로 근무하였다. 1926년 교직을 사직하고 상경하여 화가를 지망해 태평양화회연구소(太平洋畵會研究所)에 입소하였다. 에마 나카시(江馬修) 등과 알게 되어, 이듬해 에마의 소개로 〈일본프롤레타리아예술연맹(日本プロレタリア芸術連盟)〉(약칭 〈プロ芸〉)에 가입하였다. 처음에는 화가로서 참가하였으나 점차 문학에 관심을 갖고, 1928년에 '프롤레타리아 동화의 선구'라고 하는 첫 동화 「돈돈야키(ドンドンやき)」(『프롤레타리아예술(プロレタリア芸術)』, 1928.2)를 발표하였다. 뒷날 간다다미치(菅忠道)는 "당시의 프롤레타리아 아동문학 작품으로서는 일단의 달성 단계를 보여준 것이다."라고 평가하였다. 계속 작품을 발표하여 "자타 공히 인정하는 프롤레타리아 동화 작가"가 되었다. 『전기(戰旗)』 등에 동화, 평론을 계속 발표하였다. 소작쟁의가 벌어지고 있던 미야기현 도요사토 마을(宮城縣 豊里村)에서의 노농소년들의 모습을 「도요사토노농소년단: 일본 최초의 피오네르(豊里勞農少年団: 日本最初のピオネール)」(『戰旗』, 1929.2)에서 정리하였다. 1929년 2월에 창립된 〈일본프롤레타리아작가동맹(日本プロレタリア作家同盟)〉(약칭 〈ナルプ〉)의 서기장에 선출되어 「동화에 관한 보고」를 하였는데 그 가운데, "노동자 농민 소년 자신의 작품을 모아 발표하지 않으면 안 된다.", "투쟁하는 노농소년들 가운데 참여하는 것에 노력하고, 실험에 의한 작품의 비판을 하지 않으면 안 된다.", "어린이 잡지의 발간은 현재의 급무이다."라고 제창하고, 1929년 5월에 창간된 『소년전기(少年戰旗)』의 편집 책임자가 되었다. 편집방침은 "노동자 빈농의 소년소녀에게 기초를 두고, 새로운 세대의 교화 육성, 훈련, 조직을 위해 프롤레타리아 의식에 의한 소년소녀의 선전, 선동"에 두었다. 이 시기의 쇼조의 작품에 대해 마키모토 구스로(槇本楠郎)는 "현실적으로 깜짝 놀랄 만한 장면을 곧잘 취급하고, 그것을 심각하게 묘사하는 것에 의해 그곳에 아동의 영웅성, 파괴성을 결부시키고 그리고 그로 인해 아동의 계급적 투쟁의식을 선동·교화·고양시키려고 한다."라며 교화의식이 선행되는 것을 비판하였다. 1931년경부터 『전기(戰旗)』와 『소년전기(少年戰旗)』[189]에 대한

---

189 『쇼넨센키(少年戰旗)』는 1929년 5월에 창간하여 1931년 12월(추정, 전21권)에 종간된 소년 소녀들의 잡지이다. 프롤레타리아 아동문학운동을 대표하는 잡지이다. 초대 실질적인 편집자는 이노쇼조(猪野省三)이다. 1920년대 후반부터 〈니혼노로노쇼넨단: 피오네르(日本の勞農少年団: ピオネール)〉 운동의 가운데, 어린이들을 프롤레타리아 의식으로 교화시키기 위해 발간하였다. 1929년 2월 〈니혼프롤레타리아삿카도메이(日本プロレタリア作家同盟)〉(약칭 〈ナルプ〉) 창립총회에서 이노 쇼조가 제안한 것이 직접적인 계기가 되었다. 1929년 5월 〈젠니혼무산샤게이주쓰렌메이(全日本無産者芸術連盟)〉(약칭 〈ナップ〉)와 〈삿카도메이(作家同盟)〉의 공동 기관지인 『센키(戰旗)』의 부록 형태로 창간호가 나왔다. 내용은 프롤레타리아 동화, 동요 외에 과학독물, 시사물, 독자투고 등도 보인다.

탄압이 엄혹해지고, 이노(猪野) 또한 감시하에 놓여 유치장 생활을 하기도 하였다. 1934년에 〈일본프롤레타리아작가동맹(日本プロレタリア作家同盟)〉이 해산하자 이노의 아동문학자로서의 활동도 쉬게 되었다. 1934년에 결혼을 하고 1941년까지 1남 4녀를 얻었다. 종전 후 1946년에 〈일본아동문학자협회(日本兒童文學者協會)〉의 창립에 참가하여, 아동문학자로서의 활동을 재개하였다. 협회의 기관지『일본아동문학(日本兒童文學)』에 작품을 발표하는 외에,「소년소녀의 광장(少年少女の廣場)」,「어린이의 마을(子どもの村)」,「문학교육(文學敎育)」 등의 작품을 발표하였다. 1953년에는 일본아동문학전집(河出書房)으로『이노 쇼조집(猪野省三集)』이 발행되었다. 저서로『장발장(ジャンヴァルジャン)』(大雅堂, 1948),『톨스토이 동화(トルストイどうわ)』(あかね書房, 1952),『레미제라블(Les Misérables)』을 번역한『아아 무정(ああ無情)』(あかね書房, 1953),『일본아동문학전집 8, 이노 쇼조집(日本兒童文學全集・童話編 8, 猪野省三集)』(河出書房, 1953),『플랜더스의 개(フランダースの犬)』(ポプラ社, 1957) 등이 있다. ▶안덕근(安德根)은「푸로레타리아 소년문학론(8)」(『조선일보』, 1930.11.5)에서 이노 쇼조의「사실적(事實的) 사건을 주제로 하는 동화에 대하야」(『敎育新潮』)를 인용하여 프롤레타리아 동화 작가에 대한 견해를 피력하였다.

**이노우에 마사오**(井上正夫, いのうえ まさお: 1881~1950)  신파 배우. 에히메현(愛媛縣) 출생. 본명 小坂勇一, 별명 小坂幸二, 井上政夫. 1936년 신파(新派)와 신극(新劇) 사이의 중간연극(中間演劇)을 표방하고, 이노우에연극도장(井上演劇道場)[190]을 창설하였다. 1949년 〈일본예술원〉 회원이 되었다. ▶김우철(金友哲)은「秋田雨雀 씨와 문단생활 25년 - 그의 오십 탄생 축하보(祝賀報)를 듣고」(『조선중앙일보』, 1933.4.23)에서 아키타 우자쿠의 탄생 50주년 기념회를 할 때 "〈푸로작가동맹〉(나루푸), 〈일소문화협회〉를 필두로 발기인으로 히지카타 요시(土方與志), 미즈타니 야에코(水谷八重子), 오이카와 미치코(及川道子), 오가와 미메이(小川未明), 하세가와 뇨제칸(長谷川如是閑), 이노우에 마사오, 구스야마 마사오(楠山正雄), 나카무라 기치조(中村吉藏), 혼마 히사오(本間久雄) 등 인사"들이 참여하였다고 소개하였다.

**이누타 시게루**(犬田卯, いぬた しげる: 1891~1957)  소설가, 농민운동가. 이바라

---

190 이노우에엔게키도조(井上演劇道場)는 메이지(明治) 말기 이래, 신파 배우 중에서 가장 진보적인 행동을 보여 온 이노우에 마사오가 1936년 4월 무라야마 도모요시(村山知義)를 협력자로 하고 창설한 극단 이름이다.

키현(茨城縣) 출생. 부인은 아동문학가인 스미이 스에(住井すゑ)이다. 소마고등소학교(相馬高等小學校)를 졸업하고 농업에 종사하다가, 1916년 25세 때 상경하여, 1917년 박문관(博文舘)에 입사하였다. 1922년경부터 소설과 평론을 발표하고, 문학에 의한 농민해방을 목표로 1924년 나카무라 세이코(中村星湖) 등과 함께 농민문학 운동의 조직인 〈농민문예연구회(農民文芸研究會)〉를 결성하였다. 후신인 〈농민문예회(農民文藝會)〉에서 1927년 잡지 『농민(農民)』을 간행하고 소설과 평론을 발표하였다. 이후 1931년 〈농민자치문화운동연맹(農民自治文化運動連盟)〉, 1932년 〈농민작가동맹(農民作家同盟)〉을 결성하는 등 일관되게 농민문학운동을 추진하였다. 저서로 『흙에서 태어나(土に生れて)』(平凡社, 1926), 『농민문예의 연구(農民文芸の研究)』(加藤武雄 공저: 春陽堂, 1926), 『농민문학입문(農民文學入門)』(大觀堂書店, 1939) 등과, 사후에 발간된 『일본농민문학사(日本農民文學史)』(小田切秀雄 編: 農山漁村文化協會, 1958), 『이누타시게루 단편집(犬田卯短編集)(전2권)』(筑波書林, 1982) 등이 있다. ▶김태오(金泰午)는 「조선 동요와 향토예술(상)」(『동아일보』, 1934.7.9)에서 노구치 우조(野口雨情), 시로토리 세이고(白鳥省吾), 가토 다케오(加藤武雄), 후쿠다 마사오(福田正夫)와 더불어 이누타 시게루를 "향토시인 흙의 소설가"로 소개하였다.

**이시다 시게루**(石田茂, いしだ しげる: ?~?)  작가. 생몰년 불명. 1927년 7월 개인 잡지 『풍시(諷詩)』를 창간하여 권두 우화(寓話)로 「욕심쟁이 늙은이와 멧돼지(慾深爺と猪の兒)」를 발표한 후 이어 우화를 지었다. 1927년 12월 통권 6호로 폐간하였는데 최종호에 평론 「우화 잡고(寓話雜考)」를 썼다. 「우화 잡고」의 '프롤레타리아 우화(プロレタリアの寓話)' 항에서 그가 생각하는 우화의 의도를 밝혔다. "생물 무생물의 개념 중에 포함되어 있는 계급성을 이용하여 정치·사회·시사의 여러 문제에 걸쳐 혹은 그 비판을 빗대어 단적으로 표현하자."는 것이라며 우화의 존재를 주장했다. 1928년 4월에 「太次郎ケ池」를 『전위(前衛)』에 발표하였다. 1928년 10월에 발족한 〈신흥동화작가연맹(新興童話作家聯盟)〉에 참가하였다. 연맹의 기관지 『동화운동(童話運動)』에 집필하고 편집에도 참여하였다. 1929년 1월 창간호에 실려 있는 평론 「아동문학운동의 특수성(兒童文學運動の特殊性)」에는 기관지가 맡은 역할이나 프롤레타리아 아동문학운동의 이념에 대한 일단이 기록되어 있다. 이시다 시게루는 이노 쇼조(猪野省三), 마키모토 구스로(槇本楠郎) 등과 같이 프롤레타리아 아동문학운동에 공헌한 작가의 한 사람이다. ▶안덕근(安德根)의 「푸로레타리아 소년문학론(전12회)」(『조선일보』, 1930.10.18~11.7)은 "(본편(本篇)은 2, 3인의 자료적 문헌(石田茂의 「아동문학운동의 특수성」, 大河原浩 「푸로레타리아 동화

운동에 대한 작가의 태도」 등등을 참조하엿스나 주로 '호엘누렌' 씨 급 槇本楠郞
씨의 소론을 만히 참조하엿슴을 말해 둔다.)"라고 하였다.

**이시카와 다쿠보쿠**(石川啄木, いしかわ たくぼく: 1886~1912)   가인(歌人), 시
인. 본명 이시카와 하지메(石川一), 이명(異名) 하쿠힌(白蘋). 이와테현(岩手縣)
출생. 모리오카심상중학교(盛岡尋常中學校)를 다니다. 문학과 연애에 열중한 탓에
학업을 게을리하여 시험에 부정행위를 한 것이 원인이 되어 중퇴하였다. 재학 중에
잡지『명성(明星)』을 읽고 요사노 아키코(与謝野晶子) 등의 단가(短歌)에 경도하
여 문학에 뜻을 두었다. 단가 모임 〈백양회(白羊會)〉를 결성한 것이 이때쯤이다.
1901년 12월부터 이듬해에 걸쳐 친구들과 함께『이와테일보(岩手日報)』에 단가를
발표하였는데, 이시카와 다쿠보쿠의 작품도 '翠江'이란 필명으로 발표하였다. 11월
9일 잡지『명성(明星)』에 투고한 것으로 관계가 형성된 〈신시사(新詩社)〉의 모임에
참가하였고, 10일에는『명성(明星)』을 주재하는 요사노 뎃칸(与謝野鐵幹)과 부인
요사노 아키코 부부를 방문하였다. 1905년 사랑이 최고임을 노래한 처녀시집『동
경』을 간행하여, 〈명성파(明星派)〉 시인으로서 그 전도가 촉망되었다. 이즈음 아버
지가 조동종(曹洞宗)의 종비(宗費)를 체납했다는 이유로 주지(住持)직을 파면당했
다. 이 시기에 결혼하여 가족 부양의 책임을 떠안게 되었다. 1906년 봄 고향 시부타
미무라(澁民村)에 돌아와 모교의 대용교원이 되었다. 재기를 위해 소설을 쓰고 아
버지의 복귀를 위해 노력했으나 뜻대로 되지 않아 고향을 떠나 홋카이도(北海道)로
이주하였다. 1907년 호쿠몬신보사(北門新報社)의 교정계에 입사하였으나 9월 말
에 퇴사하였고, 이어『오타루일보(小樽日報)』의 기자가 되었으나 12월에 사내 내
분에 관련되어 폭력을 휘둘러 퇴사하였다. 당시『小樽日報』에는 동료로 노구치 우
조(野口雨情)가 있었는데, 주필과 대립한 노구치 우조가 주필 배척운동을 일으켰
고, 이시카와 다쿠보쿠도 여기에 가담하였다. 주필의 반격으로 노구치 우조 한 사람
만 퇴사하는 것으로 마무리되었다. 1908년 1월 4일 오타루 시내의 '사회주의 연설
회'에서 사회주의자 니시카와 고지로(西川光二郞)의 강연을 듣고 서로 면식을 트게
되었다. 1908년 요사노 뎃칸과 함께 모리 오가이(森鷗外)의 관조루가회(觀潮樓歌
會)에 참여하였다. 1908년 늦은 봄 홋카이도(北海道)에서 상경하여 창작 생활에
몰두하였다. 많은 작품을 써서 판매하려 하였으나 실패하여 수입이 없자 생활은
곤궁하였다. 1909년 잡지『스바루(スバル)』를 창간할 때 이시카와 다쿠보쿠 명의
로 하였다. 3월 1일 도쿄아사히신문사(東京朝日新聞社)의 교정계에 채용되었는데,
이는 모리오카(盛岡) 출신의 편집부장의 도움 때문이었다. 3월에 웰스(Wells,
Herbert George: 1866~1946)의『우주전쟁(The War of the Worlds)』을 번안한

『공중전쟁(空中戰爭)』을 간행하였다. 1910년 6월에 발생한 대역사건(大逆事件)의 진상을 알게 되었다. 7월 1일 회사 업무를 겸해 입원 중인 나쓰메 소세키(夏目漱石)를 위문하였다. 이시카와 다쿠보쿠는 대역사건에 관해 6월에 평론 「소위 이번의 일(所謂今度の事)」, 8월 하순에는 「시대 폐색의 현상(時代閉塞の現狀)」을 집필하였으나, 『아사히신문(朝日新聞)』에는 게재되지 않았다. 1910년 9월 사회부장의 후의로 『아사히신문』에 '아사히가단(朝日歌壇)'이 만들어졌는데, 그 선자(選者)가 되었다. 8월 하순에 조선(朝鮮) 병합 후에 지은 것으로서 「지도 위에 조선국을 새까맣게 먹칠하며 가을 바람소리를 듣다(地図の上朝鮮國にくろぐろと墨を塗りつつ秋風を聽く)」가 있으나 가집(歌集)에는 수록되지 않았다. 12월에 처녀 가집(歌集)『한 줌의 모래』를 간행하였다. 특이한 3행 표기와 생활을 노래한 주제의 신선함으로 가단(歌壇) 내외의 주목을 받았고, 제1선 가인(歌人)으로서의 지위를 확립하였다. 1911년 1월 대역사건에 대한 판결이 있었는데, 고토쿠 슈스이(幸德秋水), 간노 스가(管野スガ) 등의 사형이 집행되었다. 이시카와 다쿠보쿠는 변호사 친구와 대역사건을 담당하고 있는 히라이데 슈(平出修)와 만나 고토쿠 슈스이의 변호사 앞으로 온 '의견서'를 빌려 필사하였다. 히라이데 슈는 〈신시사(新詩社)〉에 가입하고 『명성(明星)』에 시와 단가를 발표하고 있는 가인(歌人)이기도 해, 이시카와 다쿠보쿠는 히라이데 슈로부터 대역사건의 경위 등을 들었다. 이시카와 다쿠보쿠는 '인생 낙오자'란 자각으로 대역사건 이전으로부터 사회, 역사 또는 사회주의에 경도하고 있는 것으로 지적되었다. 홋카이도 『호쿠몬신보사(北門新報社)』 시대에 동료인 사회주의자 오구니 젠페이(小國善平)와 알게 되어 사회주의 평론을 많이 읽고 있었다. 이와 같은 경위로 입수한 고토쿠 슈스이의 '진변서(陳弁書)'를 읽고 보다 깊이 사회주의를 연구하기 시작하였다. 1월 10일 미국에서 비밀 출판되어 일본으로 보내온 크로폿킨(Kropotkin)의 소책자 『청년에게 호소한다(靑年に訴ふ)』를 한 가인(歌人)으로부터 기증받아 애독하였다. 이시카와 다쿠보쿠의 고토쿠 슈스이 사건에 대한 관심은 예사롭지 않아, 방대한 공판기록을 부분이나마 되풀이하여 읽고 재판 전체는 정부에 의해서 날조되었다고 확신하였다. 5월에는 고토쿠 슈스이의 변호사 앞으로 온 의견서를 베낀 것에 'A Letter from Prison'이란 제목으로 전문(前文)을 썼다. 6월 15일부터 17일까지 장편시를 집필하여 「끝없는 논의 뒤(はてしなき議論の後)」라고 제목을 붙였다. 1970년에 이와테현 모리오카시 시부타미(岩手縣盛岡市澁民)에 이시카와 다쿠보쿠 기념관(石川啄木記念館)이 개관되었다. 저서로 시집 『동경(あこがれ)』(小田島書房, 1905), 단가집(短歌集)『한 줌의 모래(一握の砂)』(東雲堂, 1910), 『이시카와 다쿠보쿠 전집(石川啄木全集)(전5권)』(改造社, 1928~

29) 등이 있다. ▶「이해를 보내는 집필 선생의 전모」(『별나라』 통권79호, 1934년 12월호)에서 박아지(朴芽枝)를 "石川啄木派라 할짜. 시인 啄木의 시에 늦긴 바 만은 듯합니다."라며 소개하였다.

**이와야 사자나미**(巖谷小波 = 巖谷小波, いわや さざなみ: 1870~1933) 작가, 아동문학가, 편집자, 구연동화가, 하이쿠 작가(俳人). 본명 이와야 스에오(巖谷季雄), 별명 사자나미 산진(漣山人), 오에노 사자나미(大江小波), 樂天居, 隔戀坊, 東屋西丸. 도쿄(東京) 지요다쿠(千代田區) 출생. 아버지가 관료로서 영달하고 뒤에 귀족원 의원이 된 부유한 가정에서 자랐다. 10세 때, 독일로 유학을 간 형으로부터 독일어로 된 메르헨(Märchen) 책을 선물 받았다. 유럽의 옛이야기와 동화를 모은 이 책은 형이 이와야 사자나미가 의사가 되는데 필요한 독일어 공부를 위해 보낸 것인데, 사자나미는 오히려 문학을 자각하게 되었다. 소학교를 마치고 독일학협회학교(獨逸學協會學校: 현 獨協中學·高等學校)에 입학하였으나 의사의 길이 싫어서 주위의 반대에도 불구하고 진학하지 않았다. 1887년 오자키 고요(尾崎紅葉) 등과 문학단체인 〈연우사(硯友社)〉[191]에 참여하였다. 기관지『가라쿠타분코(我樂多文庫)』[192]에 「5월 잉어(五月鯉)」 등의 소설을 발표하였으나 소년소녀의 센티멘털한 연애를 묘사한 작품이 많았다. 1891년 박문관(博文舘)에서 『소년문학총서(少年文學叢書)』 제1편으로 출판한 아동문학의 처녀작『고가네마루(こがね丸)』는 대호평을 받았고, 일본 근대아동문학사를 여는 작품이 되었다. 이후 박문관(博文舘)과 짝을 맞추어 아동문학에 전념하며, 여러 가지 아동용의 잡지와 총서(叢書)를 간행하였다. 사자나미의 소설이 청순한 매력과 함께 감상적인 일면도 있어 소설로서는 미숙하다고 평가된 바 아동문학으로 전환한 것은 문학적으로 대단한 성공이었다. 자신이 편집한 박문관의『소년세계(少年世界)』[193]에 많은 작품을 발표하였다. 이후 같은

---

191 〈겐유샤(硯友社)〉는 1885년 오자키 고요(尾崎紅葉)가 야마다 비묘(山田美妙), 이시바시 시안(石橋思案) 등과 결성한 문학 단체(結社)이다. 동인에 이와야 사자나미(巖谷小波), 히로쓰 류로(廣津柳浪), 가와카미 비잔(川上眉山) 등이 참가하고, 오자키 고요 문하의 이즈미 교카(泉鏡花), 오구리 후요(小栗風葉), 야나가와 순요(柳川春葉), 도쿠다 슈세이(德田秋聲) 등이 참여하여, 메이지(明治) 20~30년대(대략 1887년부터 1906년까지) 문단의 중심 세력이 되었고, 이른바 겐유샤 시대(硯友社時代)를 현출하였다.

192 『가라쿠타분코(我樂多文庫)』는 겐유샤(硯友社)의 기관지로, 1885년 5월 다이가쿠요비몬(大學予備門) 학생이었던 오자키 고요(尾崎紅葉), 야마다 비묘(山田美妙) 등 4인이 필사 회람지로 창간하였다. 9호~16호는 인쇄 비매본으로 간행하였고, 1888년 5월 처음으로 공간 발매본으로 1호를 발간하였다. 1889년 2월 16호를 발간한 후, 17호부터『분코(文庫)』로 개제하여, 1889년 10월 27호(통권43호)로 폐간하였다. 일본 최초의 동인잡지로서 역사적 가치가 있다.

박문관의『유년세계(幼年世界)』,『소녀세계(少女世界)』,『유년화보(幼年畵報)』등의 주필이 되어 작품을 발표하였다. 나아가『일본 옛이야기(日本昔噺)』,『일본 오토기바나시(日本お伽噺)』,『세계 오토기바나시(世界お伽噺)』등의 시리즈를 간행하였다. 오늘날 일본에서 유명한「모모타로(桃太郎)」[194]와「꽃 피우는 할아버지(花咲爺)」[195] 등 수많은 민화(民話)와 영웅담(英雄譚)을 재화(再話)하여 일본 근대 아동문학의 개척자라고 말한다. 1928년부터 1930년에 걸쳐 대표적인 그의 작품을 모아『사자나미 오토기 전집(小波 お伽全集)(전12권)』(千里閣)이 간행되었다. 사자나미의 활동을 몇 가지로 나누어 정리해 보자. 첫째, 편집자로서는『少年世界』의 주필이면서, 제1차『幼年世界』(1900),『幼年畵報』(1906.1),『少女世界』(1906.9), 제2차『幼年世界』(1911.1) 등 여러 잡지의 주필을 겸하였고, 각각 작품을 발표하였다. 둘째, 작가로서는 '오토기바나시(お伽噺)'란 명칭을 메이지(明治) 사회에 정착시키

---

193 『쇼넨세카이(少年世界)』는 1895년 1월에 창간하여 1933년 10월에 종간한, 소년독자를 대상으로 한 잡지다. 하쿠분칸(博文館)에서 발행하였다. 청일전쟁 후의 시운에 따라 그때까지 하쿠분칸에서 출간하고 있던 여러 종류의 잡지, 총서 등을 통합하여 월 2회 발간하였다. 당시 겐유샤(硯友社)의 신예로 주목받았고, 소년문학의 창시라 불렸던「고가네마루(こがね丸)」를 쓴 이와야 사자나미(巖谷小波)가 주필로 영입되었다. 이와야 사자나미는 이어서 창간된『요넨세카이(幼年世界)』(1900 창간),『요넨가호(幼年畵報)』(1906 창간),『쇼조세카이(少女世界)』(1906 창간)의 주필을 겸하고, 이들 잡지를 무대로, 아동잡지의 편집자로서, 또 오토기바나시(お伽噺) 작가로서 활약을 하였으나, 중심은『쇼넨세카이』에 두고 있었던 것 같다.

194 「모모타로(桃太郎, ももたろう)」모모타로(桃太郎)는 할머니로부터 수수경단(黍団子, きびだんご)을 받고 개, 원숭이, 꿩을 데리고 귀신 섬으로 귀신을 퇴치하러 가는 이야기이다. 모모타로는 복숭아를 뜻하는 모모(桃)와 일본의 남자아이 이름인 다로(太郎)가 합쳐져서 만들어진 이름으로 복숭아 소년, 복숭아 동자로 번역된다. 옛날 아이가 없는 노부부가 살고 있었는데 어느 날 할머니가 냇가에 빨래하러 갔다가 큰 복숭아가 떠내려오는 것을 발견하고 집에 가져왔다. 먹으려고 쪼개는 순간 그 속에서 남자아이가 나타나 모모타로라고 이름 짓고 키웠다. 모모타로가 성장한 후, 귀신 섬에 사는 귀신이 사람들을 괴롭힌다는 이야기를 듣고 귀신을 퇴치할 것을 결의한다. 부모로부터 수수경단(黍団子, きびだんご)을 이별 선물로 받아 귀신 섬으로 가는 도중에 개, 원숭이, 꿩 등을 만나 수수경단을 나누어주고 그들을 부하로 삼는다. 귀신 섬에서 귀신과 싸워 멋지게 승리하고는 귀신으로부터 뺏은 보물을 갖고 돌아와 행복하게 살았다는 옛이야기다. 태평양전쟁 시기에 모모타로는 군국주의 사상을 배경으로 하여 용감함의 비유로 회자되었다. 이 경우 미국, 영국을 귀신으로 생각하는 "귀축미영(鬼畜米英)"이라는 슬로건이 널리 이용되었다.

195 일본 5대 무카시바나시(昔話)의 하나다. 정직한 할아버지가 성공하고, 이웃의 나쁜 할아버지가 그것을 흉내 내다가 실패한다는 내용이다. 지방에 남아 있는「灰まき爺」,「がん取り爺」,「竹取り爺」등과 유사하고 이것이 에도시대(江戸時代)에 동화화된 것이라고 한다. 아카혼(赤本: 에도시대 중기 이후의 붉은 빛 표지의 어린이용 이야기책)『고목에 꽃을 피운 노인(枯木に花咲かせ親仁)』,『花ききちぢ』등이 초기 작품으로, 메이지(明治) 시기에 이르러 이와야 사자나미(巖谷小波) 등의 작품에 의해 널리 알려졌다.

고, 유년·소년·소녀라고 하는 독자층의 분화에 응해 각 장르별 작품을 쓰고 동요도 지었다. 총서로『일본 옛이야기(日本昔噺)』에 이어『일본오토기바나시(日本お伽噺)』(24권), 『세계오토기바나시(世界お伽噺)』(100권), 『세계오토기문고(世界お伽文庫)』(50권) 등 일본뿐만 아니라 외국의 신화·전설·옛이야기(昔話) 등을 소개하였다. 『오토기화첩(お伽畵帖)』(24권), 『일본 제일의 그림이야기(日本一の畵噺)』(35권) 외에 그림책 분야도 개척하여 아동문학의 세계를 풍요롭게 했다. 또 「메르헨에 대하여」(『太陽』, 1898.5), 「오토기바나시 작법」(『成功』, 1906.10), 「소년문학의 장래」(『東京每日新聞』, 1909.2.27), 「모모타로주의의 교육」(1915.2) 외에 아동문학에 대한 계몽을 겸해 평론도 집필하였다. 그리고『소년일로전사(少年日露戰史)』(1904~06)는 편집자의 감각을 살린 것이다. 이 외에『소년세계독본(少年世界讀本)』(1907~08), 『소년일본역사(少年日本歷史)』(1909~10) 등의 공저도 있다. 1908년 6월에는『세계오토기바나시(世界お伽噺)』를 완결한 기념으로 오토기제(お伽祭)를 열기도 해, 이 시기를 "사자나미의 전성기(小波山人の全盛期)"라고 하였다. 작가로서의 업적은『사자나미오토기전집(小波お伽全集)(전12권)』(千里閣, 1928~30)과 뒤에 작품을 보탠『小波お伽全集(전18권)』(吉田書店, 1932~34)이 있다. 셋째, 오토기바나시의 구연(口演童話)에 대한 공적이 있다. 1898년 가쿠인유치원(學習院幼稚園)에서 매월 구연동화를 하였고, 1908년부터는『少年世界』등의 애독자의 요구에 응해 수시로 각지에서 공연하였다. 1917년에 박문관(博文館)을 사직한 후부터는 '舌栗毛'라고 하던 만주(滿洲), 조선반도, 하와이 등을 여행하였다. 이 체험은 간결한 이야기 문장에 의한 창작 방향을 강화시켰다. 구루시마 다케히코(久留島武彦) 등 여러 구연동화가를 배출하여 그 선구자의 역할을 다하였다. 넷째, 독일 체험이었다. 1900년 가을부터 2년간 베를린대학 부속 동양어학원의 일본어교사로서 독일에 체재한 사자나미는 그곳에서의 체험을『서양행 선물(洋行土産)』(1903)로 정리하였다. 국가가 강하지 않으면 세계에서 인정받지 못하므로, 국가에 쓸모가 있는 건강한 어린이를 기르는 아동문학이어야 한다는 생각을 강화한 것이 하나다. 독일의 아동극장에 자극을 받아『世界お伽噺』가운데 「여우의 재판(狐の裁判)」, 「들뜬 호궁(浮かれ胡弓)」을 각색하여 상연하고(1903) 아동극 공연의 길을 연 것이 또 다른 하나다. 관련하여『小波お伽文庫』가운데『오토기가극(お伽歌劇)』(1912.6)에서 가극을 "오토기모노(お伽物)로서는 어쩌면 이상적인 시형(詩形)"으로 높이 평가하면서도 "아직 일본에서는 용이하지 않다."고 하였다. 독일인에게 일본어를 가르치면서 말을 가나로 표기하는 법(仮名遣い)에 의문을 갖고 1902년 이후 아동 대상의 작품을 발음식 가나로 표기하게('お伽仮名'로 칭함) 한 것이 하나

다. 이는 문부성 도서과 촉탁으로서 국정교과서 편찬(1906~08), 문부성 국어조사회 위원(1921)으로 연결되었다. 독일에서 귀국한 후 와세다대학 강사로서 독일문학사를 강의할 때(1903.9~1906.7) 수강생 중에 오가와 미메이(小川健作＝小川未明)가 있었다. 메이지 시대 닌조본(人情本)[196] 작가를 목표로 했던 사자나미는 습작기부터 이미 옛이야기(昔話: 赤本)의 후일담을 쓰는 등 아동문학에의 가능성을 보여 연우사(硯友社) 계통의 작가로서 인정받았던 시기에는 "문단의 소년 전문가(文壇の少年屋)"로 평가되었다. 상류가정 자제들의 천진난만한 연애에는 당대 풍속이 활용되고, 그 밑바닥에는 선인과 악인의 갈등이라는 에도시대 게사쿠(戯作)[197] 문학적 발상이 있었다. 이들 뼈대는 동화에도 인계되어 독자들에게 환영받게 되는 원인의 하나가 되었다. 사자나미가 오토기바나시(お伽噺)에 착수하였을 때, 독자들이 싫증 나게 하지 않고 기쁘게 하려고 하였다. 당시 아동에게 친숙한 문어체로 파란이 많은 『고가네마루』를 쓰고, "유쾌하고 유익한 교육소설"이라고 예고한 「아호마루(阿房丸)」(『幼年雜誌』, 1892.12)에 "漣山人戯草"라고 서명한 의식 등이 그 단적인 표현이다. 1895년 『少年世界』의 주필로 취임한 것은 메이지(明治) 국가로서 처음 대외적인 전쟁(청일전쟁)의 한가운데에 있었고, 군사력을 포함한 강한 국가가 요구되고 있던 때를 맞았다. 아동 독자를 즐겁게 하는 것과 국가의 발전에 도움이 되는 소국민의 양성이 여기서 결합되어, 독일 체험에서 그것이 강화되고, 『모모타로주의 교육(桃太郎主義の教育)』이라고 하는 아동관·아동문학관을 표명하게 되었다. 국가의 틀을 짜는 것이 우선이었기 때문에, 그것은 아직 '근대'의 것이라고는 말할 수 없는 것이었다. 사자나미는 메이지 아동문학의 개척자·추진자로서 활약하였다. 주위의 사람들이 사자나미에게 내재한 자질을 인정하고 그것을 끌어냈기 때문이기도 했다. 소설가에서 아동문학 작가로의 전환기에 이러한 것을 간과할 수 없다. 다음에 아동문학에 있어서 예술성과 대중성, 혹은 문학성과 교육성이라고 하는 문제는 미분화하였다고 할 수 있지만, 다만 오토기바나시는 거짓말을 할 수 없다는 교육계의 생각을 계몽하는 데 주력했다. 게다가 사자나미의 대표작이라고 할 만한 작품을 꼽기 어려울 정도로 유형적인 작품을 썼다. 첫째는 아카혼(赤本) 등의 흐름

---

196 닌조본(人情本)은 에도(江戸)시대 후기에 일반 서민의 애정 생활을 묘사한 풍속소설을 가리킨다.
197 게사쿠(戯作)는 장난삼아 쓴 작품으로, 에도(江戸)시대 후기의 통속 오락소설을 가리킨다. 요미혼(讀本: 에도시대 후반기 소설의 하나로, 다소 내용이 복잡한 傳奇的 교훈적인 소설), 기보시(黃表紙: 에도시대 중엽에 간행된 소설책), 샤레본(洒落本: 에도시대 중기에, 주로 에도에서 간행된 화류계에서의 놀이와 익살을 묘사한 풍속소설책), 닌조본(人情本: 에도시대 후기에 일반 서민의 애정생활을 묘사한 풍속소설) 등이 있다.

을 잇는 옛이야기(昔話)나 설화(說話)의 골격이다. 둘째는 의식적으로 권선징악을 부정하면서 실제의 작품은 선악이 분명하게 구분되고, 모두 선이 승리하는 결말이다. 셋째는 언어 사용 방법의 솜씨다. 넷째는 아동에게 친숙한 옛이야기(昔話)나 사회적 사건을 염두에 두고, 그것을 이야기 전개의 발판으로 해 뜻밖의 세계를 전개시킨 것이다. 이상 해피엔딩의 결말, 말의 재미, 기복이 풍부하고 장단(長短)이 자유로운 이야기 전개는, 메이지 국가의 발전과 맞물려 당시의 상식에 의해 사회의 밝은 면을 다루어 독자를 즐겁게 했다. 사자나미는 아동문학 전 분야의 개척자라고 해도 좋다. 그러나 점차 매너리즘에 빠져, 1910년대에는 아동문학의 왕좌를 떠나게 되었다. 그렇다고 하더라도, 메이지 아동문학은 사자나미 없이는 생각할 수 없을 정도로 그의 업적은 대단히 크다. 『고가네마루』는 1891년 1월 박문관(博文館)에서 '소년문학' 제1편으로 간행한 장편동화다. 동물이 이야기하는 형식을 빌린 복수(復讐) 이야기다. 모리 오가이(森鷗外)는 이 책의 서문(序)에서 소년문학을 '유치한 이야기(稗物語)'로, 사자나미는 범례(凡例)에서 '소년용 문학'으로 해석하여, 호칭이 선행하고 그 내용을 나중에 생각하는 메이지 아동문학 초창기의 일면을 나타내었다. "오로지 소년이 쉽게 읽기를 바란다.(只管少年の讀み易からんを願ふ)"(凡例)며, 칠오조(七五調)의 문어체, 악은 멸망하고 선은 번영하는 명쾌한 윤리의식, 발단·전개·대단원의 정연한 구성을 취했다. 비슷한 예(類書)가 없을 정도로, 아동뿐만 아니라 성인도 열심히 읽어 많은 신문과 잡지가 호의적인 평가를 하였다. 이것을 메이지 아동문학의 효시로 할 것인지 말 것인지는 논란이 있지만, 메이지 아동문학의 진전에 큰 원동력의 하나가 된 것은 부정하기 어렵다. 당시의 비평은 그 문장과 내용에 긍정적이었지만, 오자키 고요(尾崎紅葉) 문하의 호리 시잔(堀紫山)은 언문일치체의 소설가 사자나미가 문어체로 소년문학을 창작한 점을 비판하자, 사자나미는 이 의견을 따랐고, 또 크리스트교 계통의 『일본평론(日本評論)』은 어린아이 대상의 작품에 첩(妾)을 등장시킨 것을 흠이라 하기도 하였다. 그렇다 하더라도, 에도(江戶)시대 기뵤시(黃表紙)[198]의 영향을 지적한 비평이 있는 것과 같이 당시의 사람들은 이것을 에도 게사쿠(戱作) 문학의 흐름으로서 친숙하게 받아들였다고 할 수 있다. 『당세소년기질』은 1892년 2월 박문관(博文館)에서 '소년문학' 제9편으로 간행한 단편동화집이다. 표제는 과거 맏형(長兄)의 권유로 읽은 쓰보우치 쇼요(坪內逍遙)의 『일독삼탄 당세서생기질(一讀三嘆當世書生氣質)』(1885~86)을 본뜬 것이며, 「군계일학(鷄

---

198 기뵤시(黃表紙)는 에도(江戶)시대 중엽에 간행된 소설책을 가리키는데, 그림을 주로 한 대화나 간단한 설명으로 묘사된 해학(諧謔)문학이다.

群の一鶴)」 등 8편으로 이루어진 단편집이다. 언문일치체의 문장으로 12~3세의 소년생활을 중심으로 묘사하였다. 상류 가정의 소년을 많이 다루어 그곳에 자기의 체험을 투영한 것과, 신변에서 일어난 일을 생각해 내어 소재로 한 것 등이 있다. 기법(技法)으로는 고사성어와 속담[俚諺]을 작품의 표제로 하고 그것에 내용을 설명하는 부제를 붙였다. 에도시대 독본류의 형식을 답습한 것으로, 그 표제 등만 봐도 작품의 내용을 알 수 있게 하고, 또 그러한 고사성어류를 작품 성립의 모티브로도 하는 사자나미 문학의 발상의 일면을 보여 주고 있다. 이는 표제에 맞추어 당대 풍속에서 취재하기도 하였고, 그 풍속을 통해 그 시대 아동의 문제를 바라보는 측면도 있다. 그곳에서 말한 모랄도 당시의 상식이라고 볼 수 있는 윤리의식이었다. 「5월 잉어」, 「조개 오누이(妹背貝)」 등의 작품에서 소년소녀의 사랑을 취급한 것에 대해 사자나미의 아동문학관을 지적하는 견해도 있다. 『모모타로주의의 교육』은 1915년 2월 동아서방(東亞書房)에서 간행한 평론집이다. 모모타로(桃太郎)의 옛이야기를 빌려 사자나미의 교육관·아동문학관을 기술한 것이다. 제1차세계대전을 보고, 미래의 국가를 담당할 국민교육의 관점에 입각하여 "가장 신에 가까운(最も神に近い)" 아동을 방임주의에 따라 구김살 없이 키우라고 주장한다. 생각한 것을 꾸밈없이 그대로 행동으로 나타내는 것(直情經行)·개구쟁이 노릇(腕白)·의젓함·독립심을 존중하였으나, 왜라고 묻는 지적 호기심을 부정하였다. 모모타로와 같은 지혜와 어짊 그리고 용기를 겸비한 충성심이 넘치는 인물을 이상으로 하였다. 지적 호기심을 부정한 곳에 사자나미의 아동관과 사자나미의 오토기바나시의 특징(한계)이 보인다. 사자나미의 아동문학은 사상적으로는 일본의 군국주의적인 행보를 긍정하고, 문학적으로는 에도(江戶)시대 게사쿠(戲作)의 잔재를 씻어버리지 못한 관계로 진정한 근대적인 아동문학으로 보는 것은 불가능하다. 저서로 장편동화 『(소년문학총서 제1편: 고가네마루(こがね丸)』(博文館, 1891), 단편동화집 『당세 소년 기질(當世少年氣質)』(博文館, 1892), 『일본 옛이야기(日本昔噺)(전24권)』(博文館, 1894~1896), 『일본 오토기바나시(日本お伽噺)(전24권)』(博文館, 1896~1898), 『세계 오토기바나시(世界お伽噺)(전100권)』(博文館, 1899~1908), 『이솝 이야기(イソップお伽噺)』(三立社, 1911), 평론 『모모타로주의의 교육(桃太郎主義の教育)』(東亞堂書房, 1915), 자서전 『나의 50년(我が五十年)』(東亞堂, 1920)과 문예평론가인 아들 이와야 다이시(巖谷大四)가 펴낸 『파도의 발소리 － 이와야사자나미전(波の跫音 － 巖谷小波伝)』(新潮社, 1974) 등이 있다. 그의 전 저작물에서 정수(精髓)를 뽑아 『小波お伽全集(전12권)』(千里閣, 1928~1930)으로 집성하였다.

▼일제강점기 우리나라 아동문학가들은 다음과 같이 이와야 사자나미를 인용(번역)

하였다. 황기식(黃基式)은 「독자에게!」(雲山 편, 『(수양취미과외독물)동화집』, 초등교육연구회, 1925.10)에서 이 『동화집』은 이와야 사자나미가 번역한 『이솝이야기』에서 가려 뽑은 것이라고 밝혔다. 홍은성(洪銀星)은 「문예 시사감 단편(斷片)(3)」(『중외일보』, 1928.1.28)에서 조선은 소년 지도를 청년이 하고 있지만, 일본은 오가와 미메이, 이와야 사자나미, 노구치 우조, 기타하라 하쿠슈 등 원로들이 소년을 지도한다며 우리의 현실을 비판하였다. 이정호(李定鎬)는 「오호 방정환(方定煥) - 그의 1주기를 맞고」(『동광』 제37호, 1932년 9월호)에서 방정환이 일본의 이와야 사자나미와 구루시마 다케히코(久留島武彦)를 능가한다고 평가하였다. 홍효민(洪曉民)은 「(문예시평)소년문학・기타(완)」(『동아일보』, 1937.10.23)에서 우리나라 소년문학이 도쿄 문단의 이와야 사자나미, 오가와 미메이 등의 것을 그대로 이식하였다고 비판하였다. 박인범(朴仁範)은 「동화문학과 옛이야기(하)」(『자유신문』, 1950.2.7)에서 옛날이야기를 쓰되 미래를 암시해야 하므로, 이와야 사자나미와 오가와 미메이처럼 옛날이야기에 빠지면 안 된다고 경계하였다.

**이즈미 교카**(泉鏡花, いずみ きょうか: 1873~1939) 소설가. 본명 이즈미 교타로(泉鏡太郎). 이시카와현(石川縣) 가나자와시(金澤市) 출생. 1883년 어머니가 산욕열로 사망하자 교카는 어린 마음에 강한 충격을 받았다. 1885년 미션스쿨인 호쿠리쿠에이와학교(北陸英和學校)에서 영어를 배웠으나 1887년 퇴학하였다. 가나자와전문학교(金澤專門學校: 뒤에 第四高等學校) 진학을 위한 퇴학이었던 것 같으나, 일찍 뜻을 바꾼 것으로 보인다. 17세 때인 1889년 오자키 고요(尾崎紅葉)의 대표작인 「두 여승의 애욕 참회(二人比丘尼色懺悔)」를 읽고 크게 감명을 받고, 문학에 뜻을 두게 되었다. 1890년 상경하여 이듬해인 1891년 오자키 고요의 문하에 들어갔다. 1895년 발표한 「야행 순사(夜行巡査)」와 「외과실(外科室)」이 높게 평가받았고, 1900년에 발표한 「고야산 스님(高野聖)」으로 인기작가가 되었다. 에도 문예(江戶文芸)의 영향을 크게 받아 괴기 취미(怪奇趣味)와 특유의 낭만주의로 알려졌다. 그리고 근대 환상문학의 선구자로도 평가를 받았다. 대표 작품으로 『데리하교겐(照葉狂言)』, 『여자의 계보(婦系図)』, 『초롱불 노래(歌行燈)』 등이 있다. 메이지, 다이쇼, 쇼와(明治大正昭和) 3대에 걸쳐 명작을 남겼다. 아동문학 작품으로 「금시계(金時計)」(『少年文學』, 1893.6), 「야마토 정신(大和心)」(『幼年雜誌』, 1894.8~12), 「해전의 여파(海戰の余波)」(博文館, 1894.11), 「도깨비 뿔(鬼の角)」(『幼年玉手函・パノラマ』 부록, 1894.12), 「쇠망치 소리(鐵槌の音)」(『少年世界』, 1897.6), 「미아(迷兒)」(『少年世界』, 1897.8), 「십만석(十万石)」(『小國民』 임시호, 1897.10), 「본조 식인종(本朝食人種)」(『今世少年』, 1901.1), 「길상과(吉祥果)」(『少女』) 등.

1909.9), 「저 보라색은(あの紫は)」(『赤い鳥』, 1918.7), 「도롱이를 입고 지나가다 (蓑着て通る)」(『赤い鳥』, 1918.10) 등이 있다. 이상의 작품은 아동을 대상으로 해 쓴 것이지만, 유아의 심리를 내면으로부터 포착하는 데 능숙한 것이지, 소년소녀를 주인공으로 한 소설은 많지 않다. 특히 「게초(化鳥)」(『新著月刊』, 1897.4)는 와카마쓰 시즈코(若松賤子)가 번역한 『소공자(小公子)』의 문체를 받아들인 것으로 언문일치를 단행한 획기적인 시도였다. 일반적으로 교카의 문학은 환상적·신비적인 경향이 농후해 초현실의 세계와 현실 사이를 왕복하는 듯한 수법을 많이 취하고 있다. 그런 점에서도 옛이야기(昔話), 구비전설, 메르헨 등과의 관련이 있다고 하겠다. ▶박영종(朴泳鍾)은 「꼬리말」(윤석중, 『(동요집)어깨동무』, 박문서관, 1940)에서 박영종 자신이 도쿄(東京)에 있을 때 윤석중을 찾아간 사실을 말하면서, 윤석중의 집이 "생전 有島武郎이 살던 맞은편, 泉鏡花 옆집"이라고 밝혔다.

**지노 마사코**(茅野雅子, ちのまさこ: 1880~1946)  가인(歌人). 구성(舊姓) 마스다(增田). 필명 白梅. 지노 쇼쇼(茅野蕭々)의 처(妻). 오사카(大阪) 출생. 1904년 니혼여자대학(日本女子大學) 국문과에 입학하여 졸업하였다. 1900년 〈신시사(新詩社)〉에 가입하여 야마카와 도미코(山川登美子), 요사노 아키코(与謝野晶子)와 공저 가집(歌集)『연의(戀衣: こいごろも)』(1905)를 재학 중에 간행하였다. 『명성(明星)』, 『스바루(スバル)』 등에 작품을 발표하였다. 1907년 『明星』 동인인 도쿄제국대학 독문과 학생이었던 지노 쇼쇼의 구혼을 받았으나, 부모의 반대로 절연을 각오하고 대학 졸업 후 결혼하였다. 1921년 모교 교수가 되어 만년까지 재직하였다. 가집 『긴사슈(金沙集)』(1917)를 간행하였다. ▶지노 마사코의 「세 아이」, 「검은 황소」, 「훌륭한 마음」, 「봄바람의 노래」(「명작세계동요집 - 색동저고리 12」, 『아이생활』, 1933년 3월호, 24~25쪽)를 박용철(朴龍喆)이 번역 소개하였다.

**지노 쇼쇼**(茅野蕭々, ちのしょうしょう: 1883~1946)  독일 문학자. 시인. 본명 지노 기타로(茅野儀太郎). 필명 보우(暮雨). 나가노현(長野縣) 출생. 제1고등학교(第一高等學校)를 거쳐 1908년 도쿄제국대학 독문학과를 졸업하였다. 제3고등학교(第三高等學校), 게이오기주쿠대학(慶應義塾大學), 니혼여자대학(日本女子大學) 등의 교수를 역임하였다. 고등학교 재학 중에 요사노 뎃칸(与謝野鐵幹)이 주재하는 〈신시사(新詩社)〉의 『명성(明星)』 동인으로 단가(短歌), 시, 평론 등을 기고하며 부인 지노 마사코와 함께 활약하였다. 『명성』 폐간 후에는 모리 오가이(森鷗外), 요사노 뎃칸 등의 『스바루(スバル)』에서 활약하였다. 릴케, 괴테 등의 번역서가 다수 있다. 요사노 아키코(与謝野晶子), 야마카와 도미코(山川登美子)와 함께 『明星』에 단가를 기고하며 활약하고 있던 3세 연상의 마스다 마사코(增田雅子)에게 구혼하여, 마사코 부모의 반대에 마사코는 절연을 각오하고 대학생인 쇼쇼와 결혼하였다. 저서로 번역『근대극대계 제10권 틈입자 – 마테를링크(近代劇大系 第10卷 闖入者 – メエテルリンク)』(近代劇大系刊行會, 1923), 번역『스트린드베리 전집 제1 다마스쿠스로(ストリントベルク全集 第1 ダマスクスへ)』(岩波書店, 1924),『스트린드베리 전집 제2 영양 줄리・친구(ストリントベルク全集 第3 令嬢ユリー・友だち)』(岩波書店, 1924),『괴테 연구(ゲョエテ研究)』(第一書房, 1932), 번역 『그림 없는 그림책 – 안데르센(繪なき繪本 – アンデルゼン)』(岩波文庫, 1934), 수필집『아침의 과실(朝の果實)』(雅子와 공저; 岩波書店, 1938) 등이 있다. ▶데멜(Dehmel, Richard)의「그네」를 쇼쇼가「ぶらんこ」(『아이생활』, 1942년 1월호, 6~7쪽)로 번역 소개하였다.

**지바 쇼조**(千葉省三, ちば しょうぞう: 1892~1975)  아동문학자. 필명 가와마타 게이지(川又慶次). 도치기현(栃木縣) 출생. 1905년 우쓰노미야중학(宇都宮中學)에 입학하여 학교 동창회 잡지의 선자가 되었다. 이 덕분에 5학년에 재학 중이던 뒷날 우연히 가인(歌人)이 된 한다 료헤이(半田良平)와 알게 되어 그의 지도로 문장과 단가를 짓는 일에 흥미를 느껴『문장세계(文章世界)』,『수재문단(秀才文壇)』등에 투고하여 입선하였다. 1910년 우쓰노미야중학을 졸업한 후 병으로 진학하지못하고 대용교원이 되었다. 1914년에 한다 료헤이를 믿고 상경하여 고도모사(コドモ社) 등 출판사에 근무하였다. 당초 작가가 되려고 하지 않았고 오히려 정치가를지망하였다. 고도모사의 그림 잡지『고도모(コドモ)』[199] 등을 편집하다가, 1920년에『동화(童話)』를 창간하고 편집을 맡았다. 이때 오가와 미메이(小川未明), 사이조 야소(西條八十) 등을 옹립하여『赤い鳥』에 대항하였다.『童話』는 1920년부터1926년까지 발행되었는데,『赤い鳥』,『金の船』와 함께 다이쇼(大正) 시기 3대 아동잡지로 평가된다. 동화는 오가와 미메이와 하마다 히로스케(浜田廣介)가, 동요는사이조 야소와 시마키 아카히코(島木赤彦), 동화(童畵)는 가와카미 시로(川上四郎)가 주로 맡았다.『童話』를 편집할 때에 사이조 야소, 가네코 미스즈(金子みすゞ) 등을 발굴했다고 알려져 있다.『童話』에 많은 작품을 발표하였는데, 1925년 9월호에 발표한「도라짱의 일기」를 시작으로 하여, 시골 마을 아이들의 평온한 생활을사실적으로 묘사한 '村童もの'라고 불리는 일련의 작품들은, 전후에 도리고에 신(鳥

---

[199]『고도모(コドモ)』는 1914년 1월에 창간한 월간 그림 잡지이다. 종간은 불명확하다. 다카시마 헤이자부로(高島平三郎)를 고문으로 하여 기모토 헤이타로(木元平太郎)가 만든 고도모샤(コドモ社)에서 간행하였다.

越信)과 세타 데이지(瀬田貞二)가 편찬한 『신선 일본아동문학(新選日本兒童文學)』(小峰書店)에 실려 재평가를 받게 되었다. 「도라쨩의 일기」는 일본 아동문학에서 처음으로 존재감이 있는 아동상(兒童像)을 제시했다고 평가된다. 1968년에 『지바쇼조 동화전집(千葉省三童話全集)』(岩崎書店)으로 제15회 산케이아동출판문화상을 수상하였다. 가누마시(鹿沼市)에 지바쇼조기념관(千葉省三記念館)이 있다. 저서로 제1 동화집 『도테마차(トテ馬車: 童話集)』(古今書院, 1929), 『강아지 이야기(ワンワンものがたり)』(金蘭社, 1929), 번역 『(세귀르 원작)당나귀 이야기(ろばものがたり)』(講談社, 1951), 『(新日本少年少女文學全集 28)지바쇼조집(千葉省三集)』(ポプラ社, 1960), 『도라쨩의 일기(とらちゃん日記)』(岩波少年文庫, 1960), 『지바쇼조동화전집(千葉省三童話全集)(전6권)』(岩崎書店, 1967~1968) 등이 있다. ▶한정동(韓晶東)은 「내가 걸어온 아동문학 50년」(『아동문학』 제7집, 1963년 12월호)에서 지바 쇼조가 발행했던 『동화(童話)』를 읽으면서 문학 공부를 한 경험을 술회하였다.

**하마다 히로스케**(濱田廣介=浜田広介, はまだ ひろすけ: 1893~1973)   동화작가. 본명은 하마다 히로스케(浜田廣助), 필명 히로시(ひろし), 아카나 신키치(赤名晨吉). 야마가타현(山形縣) 출생. 어려서부터 이와야 사자나미(巖谷小波)의 작품과 안데르센 동화를 애독하였다. 중학교 졸업 후 요네자와공업학교(米澤工業學校)에 진학하였으나 반년 만에 퇴학하고, 시마자키 도손(島崎藤村), 간바라 아리아케(蒲原有明), 스스키다 규킨(薄田泣菫), 기타하라 하쿠슈(北原白秋) 등을 탐독하여 점점 문학에 관심을 갖고 1914년 와세다대학 고등 예과에 입학하여 러시아 문학을 가까이하였다. 1914년 『만조보(萬朝報)』[200]의 현상소설에 단편소설 「영락(零落)」이 입선된 것을 시작으로 몇 편의 소설을 지었다. 1917년 『오사카아사히신문(大阪朝日新聞)』의 현상 신작 오토기바나시(お伽話)에 아카나 신키치(赤名晨吉)란 필명으로 응모한 「황금 볏단(黃金の稻束)」이 1등으로 입선되었다. 선자인 이와야 사자나미(巖谷小波)는 이 작품이 인간의 선의만으로 묘사된 점을 상찬하였다. 현상 당선을 기회로 고도모사(コドモ社)의 아동 잡지 『양우(良友)』에 「뻐꾸기(呼子鳥)」(1918), 「찌르레기의 꿈(むく鳥の夢)」(1919) 등의 동화를 발표하게 되었고 이어 편집까지 맡았다. 1918년 와세다대학 영문과(英文科)를 졸업하였다. 1918년 「길 어둡고(途暗し)」로 기타무라도코쿠상(北村透谷賞)을 받으면서 곧 동화작가에 뜻

---

200 『요로즈초호(萬朝報)』는 일본의 일간신문이다. 1892년 구로이와 루이코(黑岩淚香)가 도쿄에서 창간하였다. 1940년 10월 1일 『도쿄마이유신문(東京每夕新聞)』에 흡수·폐간되었다.

을 두게 되었다. 이 시기에 스즈키 미에키치(鈴木三重吉)로부터 『赤い鳥』에 참가해 달라는 요청을 받았지만 거절했다. 학교를 졸업하고 가타가미 노부루(片上伸)의 소개로 춘추사(春秋社)에서 『톨스토이 전집(トルストイ全集)』을 편집하였다. 그리고 고도모사(コドモ社)에 입사하여 아동잡지 『양우(良友)』를 편집하고 동화를 게재하였다. 1921년 시마자키 도손(島崎藤村)의 소개로 실업지일본사(實業之日本社)[201]로 옮겨 『유년지우(幼年之友)』[202]를 편집하였다. 1921년 제1동화집 『찌르레기의 꿈』을 간행한 이후 많은 동화집을 간행하였다. 1923년 간토대지진〔關東大震災〕으로 퇴사하게 되어 작가로 전념하면서도 이 잡지에 많은 작품을 발표하였다. 1925년 〈조대동화회(早大童話會)〉를 설립하였다. 1940년 일본문화협회아동문화상(日本文化協會兒童文化賞), 1942년 노마문예장려상(野間文芸奬勵賞),[203] 1953년 예술선장문부과학대신상(芸術選奬文部科學大臣賞)[204]을 수상하였다. 1953년 도리고에 신(鳥越信)과 후루타 다루히(古田足日)를 중심으로 한 '소년문학선언(少年文學宣言)'이 발표되어 오가와 미메이(小川未明)와 하마다 히로스케(浜田廣介)는 '낡은(古い)' 아동문학으로 부정되는 쓰라림을 겪게 되었다. 1955년 〈일본아동문예가협회(日本兒童文芸家協會)〉[205]를 설립하여 초대 이사장이 되었다. 1957년과 1961

---

201 지쓰교노니혼샤(實業之日本社)는 일본의 출판사이다. 1895년 미쓰오카 이이치로(光岡威一郎)와 마스다 기이치(增田義一)가 창립한 〈다이니혼지쓰교가쿠카이(大日本實業學會)〉(대일본실업학회)를 모체로 하였다. 1897년 〈大日本實業學會〉가 잡지 『지쓰교노니혼(實業之日本)』을 창간하였다. 1900년 미쓰오카가 병으로 잡지 편집 및 발행권을 마스다에게 양도하여 새로 실업지일본사(實業之日本社)를 설립하였다. 1897년 6월 10일 『實業之日本』 창간일을 출판사의 창업일로 하고 있다.

202 『요넨노도모(幼年之友＝幼年の友)』는 유치원부터 소학교 저학년을 대상으로 한 월간 그림 잡지이다. 1909년 1월에 지쓰교노니혼샤(實業之日本社)에서 창간하였고 종간은 불명확하나 1933년 3월호까지는 확인이 된다. 尙友館에서 발행하던 월간 그림 잡지 『가정교육 그림 이야기(家庭敎育繪ばなし)』(1905년 창간)를 1907년 4월부터 지쓰교노니혼사에서 인수하여 1909년 1월부터 『유넨노도모』로 개제(改題)하여, 기시베 후쿠오(岸辺福雄)에게 편집을 위촉하였다. 뒤에 하마다 히로스케(浜田廣介) 등이 이어 편집을 맡았다.

203 노마분게이쇼레이쇼(野間文芸奬勵賞)는 고단샤(講談社)의 창업자 노마 세이지(野間淸治)의 유지에 의해 설립된 노마호코카이(野間奉公會: 현 野間文化財団)가 주최하여 1941년에 창설하였다. 대중문학, 시가, 아동문학, 과학 읽을거리 등 여러 가지 장르의 우수한 작품을 현창하려는 목적이었다. 제5회로 끝이 났다.

204 게이주쓰센쇼(芸術選奬)는 일본 문화청(文化廳) 주최로 예술가를 현창(顯彰)하는 제도로 1950년에 발족하였다. 매년 예술 각 분야에 있어 우수한 업적을 쌓은 인물에 대해 예술선장문부과학대신상(芸術選奬文部科學大臣賞)을 수여한다.

205 〈니혼지도분게이카교카이(日本兒童文芸家協會)〉는 1955년에 "아동문예를 직능으로 하는 사람

년에 산케이아동출판문화상(産経兒童出版文化賞)[206]을 수상하였다. 하마다 히로스케의 작품은 '히로스케 동화'로도 불리는데, 소학교 저학년용의 평이한 어투와 순박하고 심금을 울리는 내용 때문에 교과서와 그림책으로 친숙하다. 오가와 미메이와 함께 동화를 문학 장르로 정착시킨 공적이 크다. 오가와 미메이, 쓰보타 조지(坪田讓治)와 함께 '동화계의 삼총사(童話界の三羽烏)' 또는 '아동문학계의 세 가지 보물(兒童文學界の三種の神器)'[207]로 불렸다. 1989년 고향 다카하타마치(高畠町)에 하마다 히로스케기념관(浜田廣介記念館)이 건립되었다. 저서로『찌르레기의 꿈(椋鳥の夢)』(新生社, 1921),『하마다히로스케 동화집(浜田廣介童話集)(新潮文庫)』(新潮社, 1953),『하마다히로스케 동화선집(浜田廣介童話選集)(전6권)』(講談社, 1956),『히로스케 동화(ひろすけ童話)(전8권)』(集英社, 1967),『동화문학과 인생(童話文學と人生)』(集英社, 1969),『히로스케 유년동화문학 전집(전12권)』(集英社, 1970~73),『하마다히로스케 전집(浜田廣介全集)(전12권)』(集英社, 1975~76),『하마다히로스케 동화집(浜田廣介童話集)(旺文社文庫)』(旺文社, 1975),『하마다히로스케 동화집(浜田廣介童話集)(講談社文庫)』(講談社, 1981) 등이 있다. ▶송남헌(宋南憲)은「예술동화의 본질과 그 정신 – 동화작가에의 제언(2)」(『동아일보』, 1939.12.3)에서 하마다 히로스케의 작품이 유년동화에 운율을 사용한 예로 언급하였다.

**하세가와 뇨제칸**(長谷川如是閑, はせがわ にょぜかん: 1875~1969)  저널리스트, 사상가. 본명은 야마모토 만지로(山本萬次郎)이지만, 9세 때 증조모의 양자가 되어 하세가와(長谷川) 성(姓)으로 불렸다. 도쿄(東京) 출생. 도쿄법학원(東京法學院: 현 中央大學)을 졸업하였다. 다이쇼 데모크라시(大正デモクラシー) 시기에 신문기자로서 민주주의적 논설을 발표하였다. 1919년 오야마 이쿠오(大山郁夫), 가와카미 하지메(河上肇) 등과 같이 잡지『아등(我等)』[208]을 창간 주재하면서, 자유주의자

───────

의 모임"으로 창립되었고, 초대 회장은 하마다 히로스케(浜田廣介)였다. 1962년 사단법인이 되었다. "아동문예의 건전한 창조 발전과 사회문화의 향상에 기여하고, 아울러 아동문학가의 사회적 지위의 향상, 생활권의 옹호를 꾀하는 것"을 목적으로 내걸었다. 기관지『지도분게이(兒童文芸)』를 발행하는 것 외에, 신인 육성을 위해 아동문학 강좌 등을 열었다. 일본아동문예가협회상(日本兒童文芸家協會賞) 및 신인상(新人賞)을 마련하고 아울러 매년 아동문화 공로자에 대한 표창도 하고 있다. 회원은 약 380명. 그 외에 연구회원이 약 150명이다.

**206** 산케이지도슑판분카쇼(産経兒童出版文化賞)은 1954년 산업경제신문사(産業経濟新聞社)가 창설한 아동문학상의 하나다.

**207** 산슈노진기(三種の神器)는 일본의 왕위 계승의 표지로서 대대로 계승된 세 가지 보물이란 뜻이다. 세 가지는 야타노카가미(八咫鏡), 구사나기노쓰루기(草薙劍=天叢雲劍), 야사카니노마가타마(八坂瓊曲玉=八尺瓊勾玉)를 가리킨다.

로 활약하였다. 제2차세계대전 후에 널리 문필 활동을 계속했다. 1947년 〈제국예술
원(帝國芸術院)〉 회원이 되었고, 1948년 문화훈장(文化勳章)을 수장(受章)하였다.
저서로 『어떤 마음의 자서전(ある心の自叙伝)』(朝日新聞社, 1950), 『하세가와뇨
제칸 선집(長谷川如是閑選集)〔전7권〕』(栗田出版會, 1969~1970) 등이 있다. ▸김
우철(金友哲)의 「秋田雨雀 씨와 문단생활 25년 - 그의 오십 탄생 축하보(祝賀報)
를 듯고」(『조선중앙일보』, 1933.4.23)에서 아키타 우자쿠의 탄생 50주년 기념회를
할 때 "〈푸로작가동맹〉(나루푸), 〈일소문화협회〉를 필두로 발기인으로 히지카타 요
시(土方與志), 미즈타니 야에코(水谷八重子), 오이카와 미치코(及川道子), 오가와
미메이(小川未明), 하세가와 뇨제칸, 이노우에 마사오(井上正夫), 구스야마 마사오
(楠山正雄), 나카무라 기치조(中村吉藏), 혼마 히사오(本間久雄) 등 인사"들이 참여
하였다고 소개하였다.

**하세가와 미노키치**(長谷川巳之吉, はせがわ みのきち: 1893~1973)    출판인, 시
인, 연극평론가, 제일서방(第一書房)[209] 창업자. 니가타현(新潟縣) 출생. 고등소학
교 1년 중퇴의 학력이나 독학으로 출판인으로서의 교양을 갖추었다. 1914년 도쿄
로 상경하여 잡지 편집자 등을 거쳐, 1923년 출판사 제일서방을 창업하였다. 많은
책을 출판하였고 성업 중이었음에도 불구하고 1944년 2월 돌연 폐업하였다. "반골
(反骨)의 출판인", "책 만들기의 명인"이라고 불렸다. ▸김소운(金素雲)의 『언문 조선
구전민요집(諺文 朝鮮口傳民謠集)』(東京: 第一書房, 1933)은 하세가와 미노키치
의 출판사에서 출간하였다. 김소운은 「'전래동요, 구전민요'를 기보(寄報)하신 분에
게 - 보고와 감사를 겸하야」(『매일신보』, 1933.3.23)에서 조선은 물론 일본의 어
느 출판사도 간행 의사가 없을 때에 "'그러면 내게 맛겨 다오. 그럿케 조흔 일에
기천원(幾千圓)의 출판비를 지출할 자가 업다면 내가 해 보마' 하고 나슨 것이 제일
서방 주(主) 하세가와(長谷川) 씨입니다. 하세가와 씨가 이 출판을 담당한 것은

---

208 『와레라(我等)』는 다이쇼(大正)에서 쇼와(昭和) 시기 초기의 고급 평론 잡지이다. 1918년 '핫코지
켄(白虹事件: 1918년 8월, 『大阪朝日新聞』에 대한 언론탄압사건)'으로 오사카아사히신문사(大
阪朝日新聞社)를 퇴직한 하세가와 뇨제칸(長谷川如是閑)이 1919년 2월, 오야마 이쿠오(大山郁
夫) 등과 와레라샤(我等社)를 만들어 창간하였다. 마루야마 간지(丸山幹治), 이즈 도미토(伊豆富
人), 오바 가코(大庭柯公) 등이 참가하였다. 『我等』은 하세가와의 독특한 사회·신문론, 오야마
의 정치 비판, 그리고 초기 마르크스의 번역·소개 등을 취급하였다. 1920년대 일본의 사상·문화
에 큰 족적을 남겼다. 1930년 3월에 일시 종간(통권128호), 가지 류이치(嘉治隆一), 신메이 마사
미치(新明正道) 등의 『샤카이시소(社會思想)』(1922년 4월~1929년 12월)와 합병하는 형태를 취
해 1930년 5월 『히한(批判)』으로 개제하여 재출발하였다.
209 다이이치쇼보(第一書房)는 1923년 하세가와 미노키치가 창업한 문예서 출판사이다.

오로지 올흔 일을 위하야 조력하리라는 의기(意氣)에서 나온 것이오 영리나 매명을 뜻한 것이 아님은 물론이겟습니다."라고 하여 『언문 조선구전민요집(諺文 朝鮮口傳 民謠集)』이 출간된 배경을 설명하였다. 「(신간소개)조선구전민요집」(『중앙일보』, 1933.2.14)과 함대훈(咸大勳)의 「(독서란)김소운 씨 편저 『조선구전민요집』-(조 선문)제일서방 판」(『조선일보』, 1933.2.17), 박태원(朴泰遠)의 「『언문조선구전민 요집』- 편자의 고심과 간행자의 의기」(『동아일보』, 1933.2.28), 김소운의 「'전래 동요, 구전민요'를 기보하신 분에게 - 보고와 감사를 겸하야」(『매일신보』, 1933.3. 23) 등에서 조선어를 전혀 모르는 하세가와 미노키치가 『조선구전민요집』을 출간 해 준 것을 높이 평가하고 있다.

**하야시 후사오**(林房雄, はやし ふさお: 1903~1975)  소설가, 문학평론가. 본명 고 토 히사오(後藤寿夫), 필명 시로이 메이(白井明). 오이타현(大分縣) 출생. 도쿄제 국대학 법과를 중퇴했다. 재학 중 도쿄대학 학생을 중심으로 한 사상운동 단체인 〈신인회(新人會)〉[210]에 가입하여 지도적인 학생운동가, 마르크스주의 이론가로서 활약하였다. 재학 중에 잡지 『문예전선(文芸戦線)』에 소설 『린고(林檎)』(사과)를 발표하고 프롤레타리아 작가로 출발하였다. 〈일본프롤레타리아예술연맹(日本プロ レタリア芸術連盟)〉(약칭 〈ナップ〉, 〈NAPF〉)이 분열할 때, 잔류파인 나카노 시게 하루(中野重治), 가지 와타루(鹿地亘)와 달리 탈퇴파인 아오노 스에키치(青野季 吉), 구라하라 고레히토(藏原惟人), 하야시 후사오 등은 〈노농예술가연맹(勞農芸術 家連盟)〉(약칭 〈勞芸〉)을 창립하였다. 1930년 일본공산당에 자금을 제공했다는 이 유로 치안유지법으로 기소되어 1932년 전향하고 출소하였다. 1936년 「프롤레타리 아 작가 폐업선언(プロレタリア作家廢業宣言)」을, 1941년 「전향에 대하여(轉向に ついて)」를 발표하였다. 1927년 뮤흐렌의 『어린 페터』와 1928년 『진리의 성』을 번역하였다. 이는 프롤레타리아 아동문학의 선구적인 업적이었다. 「개구리 쫓는 소년(蛙追ひの少女)」(『少年戰旗』, 1930.2)에서는 지주를 쓰러뜨리는 혁명을 동화 형식으로 묘사하였다. 이 외에 『고사기 이야기(古事記物語)』(『세계소년소녀문학전

---

210 〈신진카이(新人會)〉는 다이쇼(大正) 시기부터 쇼와(昭和) 초기에 걸쳐 도쿄제국대학 학생을 중심 으로 한 사상운동 단체다. 러시아혁명과 쌀값 폭등에 영향을 받아 1918년 12월 요시노 사쿠조(吉 野作造)의 지도로 아소 히사시(麻生久), 와타나베 마사노스케(渡辺政之輔), 미야자키 류스케(宮 崎龍介) 등에 의해 결성되었다. 데모크라시운동으로 시작하여 무산자 해방운동으로 옮겨 학생운 동의 중핵 역할을 하였다. 1928년 '三・一五事件'(1,600명에 달하는 일본공산당원을 전국적으로 검거한 사건) 직후 대학당국이 해산 명령을 내리자 비합법적으로 존속하다가 1929년 '전투적 해체' 를 선언하였다.

집 29』, 1954) 등 고전을 재화한 것이 있다. 1926년에 발간한 『그림 없는 그림책』에
는 안데르센의 원작과 이솝우화의 형식을 빌려 성인용의 작품을 수록하였다. 저서
로 『그림 없는 그림책(繪のない繪本)』(春陽堂, 1926), 번역 『어린 페터(小さいペー
ター)』(曉星閣, 1927), 번역 『(세계사회주의문학총서)진리의 성(眞理の城)』(南宋
書院, 1928), 『대동아전쟁긍정론(大東亞戰爭肯定論)』(番町書房, 1964), 『속대동아
전쟁긍정론(續大東亞戰爭肯定論)』(番町書房, 1965), 『하야시후사오 저작집(林房
雄著作集)(전3권)』(翼書院, 1968~69) 등이 있다. ▶최청곡(崔靑谷)이 번역한 뮤흐
렌의 『어린 페터』(流星社書店, 1930)와 금철(琴澈)이 번역한 뮤흐렌의 「진리의 성
(전35회)」(『중외일보』, 1928.5.6~6.20)은 하야시 후사오의 책을 중역한 것으로
보인다. 함대훈(咸大勳)은 「아동예술과 잡감 편편(雜感片片)」(『조선일보』, 1935.
7.15)에서 하야시 후사오의 『그림 없는 그림책』을 읽은 소감에 대해 언급하였다.

**혼마 히사오**(本間久雄, ほんま ひさお: 1886~1981)  평론가, 영문학자, 국문학자.
야마가타현(山形縣) 출생. 1909년 와세다대학 영문과를 졸업하였다. 쓰보우치 쇼
요(坪內逍遙), 시마무라 호게쓰(島村抱月)의 학통을 계승한 문예평론가로 활약하
였다. 1913년에는 「오가와 미메이론(小川未明論)」을 쓰는 등 폭넓은 활동을 하였
다. 1918년부터 1927년까지 『와세다문학(早稻田文學)』의 주간이 되었다. 1928년
와세다대학 해외 유학생으로 선발되어 영국에 유학하였고, 돌아와 박사학위 논문
『영국 근세 유미주의 연구(英國近世唯美主義の硏究)』(1934)를 간행하였다. 1931
년 와세다대학 교수가 되어 1935년부터 1964년에 걸쳐 『메이지문학사(明治文學
史)』를 집필하였다. 1916년 일본에서 처음으로 와일드(Wilde, Oscar Fingal
O'Flahertie Wills)의 동화집인 『석류나무 집(The House of Pomegranates)』을 격조
높은 역문(譯文)으로 번역하였고, 1936년 『아동극 명작집』을 편집하였으며, 1952
년 『호메로스 이야기』, 1961년 『아더왕 이야기』 등을 번역하였다. 저서로 번역
『(오스카 와일드 동화집)석류나무 집(柘榴の家)』(春陽堂, 1916), 『아동극 명작집
(兒童劇名作集)(상, 하)』(春秋文庫, 1936), 『엉클 톰 이야기(アンクル・トム物語)』
(ストウ夫人 原作, 本間久雄 著, 高岡德太郎 繪; 光文社, 1948), 번역 『(세계명작집)
호메로스이야기(ホメロス物語)』(高津久美子 공저; 講談社, 1952), 번역 『(少年少
女世界文學全集 4(イギリス編 1)아더왕 이야기(アーサー王物語)』(講談社, 1961)
등 아동문학 관련 저서 외에 다수가 있다. 대표적인 것으로 『메이지문학사(明治文學
史)(전5권)』(東京堂, 1935~1964)가 있다. ▶김우철(金友哲)은 「秋田雨雀 씨와 문
단생활 25년 – 그의 오십 탄생 축하보(祝賀報)를 듣고」(『조선중앙일보』, 1933.
4.23)에서 아키타 우자쿠의 탄생 50주년 기념회를 할 때 "〈푸로작가동맹〉(나루푸),

〈일소문화협회〉를 필두로 발기인으로 히지카타 요시(土方與志), 미즈타니 야에코(水谷八重子), 오이카와 미치코(及川道子), 오가와 미메이(小川未明), 하세가와 뇨제칸(長谷川如是閑), 이노우에 마사오(井上正夫), 구스야마 마사오(楠山正雄), 나카무라 기치조(中村吉藏), 혼마 히사오 등 인사"들이 참여하였다고 소개하였다.

**후지모리 히데오**(藤森秀夫, ふじもり ひでお: 1894~1962)　독문학자, 동요 작가. 별명 藤太彦. 나가노현(長野縣) 출생. 1918년 도쿄제국대학 문학부 독문학과를 졸업하였다. 이후 메이지대학(明治大學), 게이오기주쿠대학, 가나자와대학(金澤大學)에서 교수로 근무했다. 괴테(Goethe)와 하이네(Heine)의 시를 연구하고 번역하였다. 1920년『동화(童話)』창간 때부터 동요를 발표하였다. 1920년 6월호부터 1922년 3월호까지 40편 정도를 발표하고, 작품 선정도 담당했다. 독일 어린이노래를 번역한 것으로 알려진 〈메에메에 새끼양〉은 모토오리 나가요(本居長世)의 곡으로 오늘날에도 애창되고 있다.『빨간새(赤い鳥)』(1920년 11월호)에 실린 첫 동요 작품으로는「책갈피」가 있다. 1957년 요다 준이치(与田準一)가 편찬한『일본동요집(日本童謠集)』(岩波書店)에「책갈피」,「골짜기의 백합(谷間の姫百合)」,「메에메에 새끼양」,「산의 며느님(山の姫御)」이 수록되어 있다. 1958년 동요집『바람과 새』를 자가본으로 출판하였다. 1963년 사후에 아들이 편찬한『후지모리히데오 유고시집』이 있다. 이 책은 앞서 발간된『월귤』,『프리지아(フリージア)』,『바람과 새』등의 시집과 동요집에서 고른 것인데, 동요는 15편이 수록되어 있다. 권말에〈프리지아〉(本居長世 곡), 〈아버지 드세요(父さんどうぞ)〉(山田耕筰 곡), 〈산꼭대기〉(山田耕筰 곡) 등의 악보가 실려 있다. 동요 작품으로「메에메에 새끼양(めえめえ小山羊)」(독일 어린이노래: 藤森秀夫 譯詞, 本居長世 作曲),「꾀꼬리(鶯)」,「책갈피(栞)」(山田耕筰 作曲) 등이 있다. 저서로 시집『월귤(こけもゝ)』(文武堂, 1919), 가요집『프리지아(フリヂャ)』(金星堂, 1921), 가요집『젊은 햇살(若き日影)』(交蘭社, 1923), 시요집『벼(稻)』(光奎社, 1929), 단편집『세 개의 열쇠(三ッの鍵)』(南陽堂出版部, 1932), 동요집『바람과 새(風と鳥)』(자가판, 1958),『후지모리히데오 유고시집(藤森秀夫遺稿詩集)』(자가판, 1963) 등이 있다. 남석종(南夕鍾)은「조선과 아동시 - 아동시의 인식과 그 보급을 위하야(6)」(『조선일보 특간』, 1934.5.26)에서 "사이조 야소(西條八十) 씨의「玻璃의 山」후지모리 히데오 씨의「三人姬」등이 세상에 유명한" 동화시라 하였다.

**후지무라 쓰쿠루**(藤村作, ふじむら つくる: 1875~1953)　국문학자. 후쿠오카현(福岡縣) 출생. 제5고등학교(第五高等學校)를 거쳐, 1901년 도쿄제국대학 국문학과를 졸업하였다. 1903년 히로시마고등사범학교(廣島高等師範學校) 교수를 거쳐,

1910년 도쿄제국대학 국문과 조교수 1922년 도쿄제국대학 국문과 교수가 되었다. 1916년 「근세소설의 연구(近世小説の研究)」로 문학박사 학위를 취득하였다. 1940년부터 베이징대학(北京大學) 등에서 가르쳤다. 전후 1946년 〈일본문학협회(日本文學協會)〉[211]를 창립하고 초대 회장이 되었다. 저서로 『국문학사총설(國文學史總說)』(中興館, 1926), 『근세국문학서설(近世國文學序說)』(雄山閣, 1927年), 『일본문학사개설(日本文學史概說)』(中興館, 1932) 등이 있다. ┏이구조(李龜祚)의 「(아동문예시론)동요제작의 당위성(3)」(『조선중앙일보』, 1936.8.9)에서 후지무라 쓰쿠루의 『일본문학사개설(日本文學史概說)』을 인용하였다.

**후지사와 다케오**(藤澤桓夫 = 藤沢桓夫, ふじさわ たけお: 1904~1989)　소설가. 오사카(大阪) 출생. 1927년 도쿄제국대학 국문학과에 입학하였다. 동인 잡지 『쓰지바샤(辻馬車)』에 게재된 「首」(1925) 등이 요코미쓰 리이치(橫光利一), 가와바타 야스나리(川端康成)에게 인정받아 신감각파(新感覺派)[212]의 신인으로 문단에 진출하였다. 재학 중 프롤레타리아 문학으로 옮겨갔는데, 이로 인해 건강을 다쳐 요양 생활을 하였다. 1933년 이후 오사카로 돌아와 오사카 문단의 중심적인 인물로 활약하였다. 아동문학 작품으로는 1938년 「명예로운 군용견(譽の軍用犬)」(『少年倶樂部』, 1938.2)을 발표하였다. 전후에는 정력적으로 소녀소설을 썼다. 1949년부터 1955년에 걸쳐 『나의 꽃 나의 꿈』, 『꽃의 비밀』, 『천사의 노래』 등을 발표하였다. 우정, 모험, 자매 재회, 모자 재회 등을 풍부한 스토리로 사용하고 거기에 도시풍속을 담고 있다. 아동문학 관련 저서로 『나의 꽃 나의 꿈(わが花わが夢: 少女小說)』(偕成社, 1949), 『꽃의 비밀(花の秘密)』(偕成社, 1950), 『천사의 노래(天使の歌)』(偕成社, 1952) 등이 있다. ┏마해송(馬海松)은 「산상수필(山上隨筆) (2)」(『조선일보』, 1931.9.23)에서 자신의 창작동화 「토끼와 원숭이」가 후지사와 다케오의 소설 「싹(芽)」(『改造』, 1931년 3월호)에 삽화(揷話)로 들어갔다는 사실을 밝혔다. 마해송은 1928년 11월부터 1929년 10월경까지 나가노현(長野縣) 후지미(富士見)에서 폐병

---

211 〈니혼분가쿠교카이(日本文學協會)〉(약칭 〈日文協〉)는 1946년 일본문학 연구와 일본어 교육을 목적으로 창립한 문학단체이다. 패전 후의 반성과 이전의 국문학 연구가 황국사관(皇國史觀)에 연결되어 있다고 비판하여 좌익계의 학회라고 불리기도 하였다.

212 신칸카쿠하(新感覺派)는 다이쇼(大正) 말기부터 쇼와(昭和) 초기의 문학의 한 유파이다. 요코미쓰 리이치(橫光利一), 가와바타 야스나리(川端康成), 가타오카 뎃페이(片岡鐵兵), 나카가와 요이치(中河与一) 등을 중심으로, 1924년 10월에 창간된 동인잡지 『분게이지다이(文芸時代)』를 바탕으로 한 일파를 가리킨다. 제1차세계대전 후의 서구 예술사상의 영향을 받아 종래의 자연주의적 리얼리즘에 대해 문학형식과 문체상의 혁명을 시험하고 참신한 감각을 추구하는 것이 특징이었다.

(肺病)으로 요양을 했고, 이때 후지사와 다케오도 같이 요양 생활을 했다. 「싹(芽)」
은 박숙경의 번역으로『창비어린이』(제10호, 2005년 가을호)에 수록되어 있다.

**후쿠다 마사오**(福田正夫, ふくだ まさお: 1893~1952) 시인. 가나가와현(神奈川
縣) 오다와라 시(小田原市) 출생. 호리카와(堀川) 집안에서 태어났으나 후쿠다(福
田) 집안에 양자로 입양되었다. 가나가와사범학교(神奈川師範學校)를 졸업한 후
도쿄고등사범학교(東京高等師範學校)에 진학하였으나 중퇴하고 가와사키 시(川崎
市)의 소학교 교원이 되었다. 농촌의 생활을 소박, 평이하게 노래한 처녀시집『농민
의 말(農民の言葉)』(1916)을 출판하고 시단에 진출하였다. 일본의 중심적인 "민중
시인"으로 불렸다. 널리 불린 국민가요 〈애국의 꽃(愛國の花)〉(1937년, 古關裕而
작곡)의 작사자다. 아동문학 관련 작품으로는 1919년경『오토기의 세계(おとぎの
世界)』[213] 등에 아동시, 시극을 싣기 시작해 점차 소녀잡지로 발표의 장을 옮겨 장편
서사시 「화려한 채찍(華麗の鞭)」(『少女畵報』, 1928) 등을 썼으나 점차 소녀소설
작품이 많아졌다. 1923년부터 약 10년간『소녀구락부(少女俱樂部)』에 단편을 수시
로 게재하였다.『소녀세계(少女世界)』에는 「형극의 문(荊の門)」 등의 중·장편을
기고하였다. 아동문학 관련 저서로『남쪽 나라로(南の國へ: 少年小說)』(淡海堂出
版部, 1940), 사후 딸이 편집·간행한『별이 빛나는 바다(星の輝く海)』(敎育出版
センター, 1984) 등이 있다. 「김태오(金泰午)의 「조선 동요와 향토예술(상)」(『동아
일보』, 1934.7.9)에서 노구치 우조(野口雨情), 시로토리 세이고(白鳥省吾), 가토
다케오(加藤武雄), 이누타 시게루(犬田卯)와 더불어 후쿠다 마사오를 "향토시인 흙
의 소설가"로 소개하였다.

**후쿠모토 가즈오**(福本和夫, ふくもと かずお: 1894~1983) 평론가, 공산주의 지
도자, 경제학자, 과학기술사가(科學技術史家), 사상사가(思想史家), 문화사가(文
化史家). 필명 호조 가즈오(北條一雄). 돗토리현(鳥取縣) 출생. 1920년 도쿄제국대
학 법학부 정치학과를 졸업하였다. 1922년 문부성(文部省) 재외연구원으로 영국,
독일, 프랑스에 2년 반 동안 유학, 헝가리 철학자인 루카치(Lukács, György) 등을
통해 마르크스주의를 공부하였다. 1926년 야마카와 히토시(山川均)의 「무산계급
운동의 방향전환(無産階級運動の方向轉換)」(1922)에 대해, 「야마카와 씨의 방향
전환론의 전환으로부터 시작하지 않으면 안 된다(山川氏の方向轉換論の轉換より

---

213『오토기노세카이(おとぎの世界)』는 1919년 4월부터 1922년 10월까지 전 44책이 발간된 아동
잡지이다. 창간 당시에 오가와 미메이(小川未明)가 6호까지 감수를 맡았다. 이노우에 다케이치
(井上猛一: 뒤에 신나이부시(新內節)의 제일인자가 된 岡本文弥)가 편집을 맡았다.

始めざるべからず)」(『マルクス主義』, 1926)라는 논문을 통해 비판하였다. 야마카
와 히토시의 협동전선 당론은 경제투쟁으로부터 정치투쟁으로의 변증법적 발전을
이해하지 못한 양자의 절충주의라고 비판하였다. 이어서 「방향전환은 어떠한 제
과정을 취하는가(方向轉換はいかなる諸過程をとるか)」와 「경제학 비판에 있어서
마르크스 자본론의 범위를 논하다(經濟學批判におけるマルクス資本論の範囲を論
ず)」 등을 발표하여 이른바 '분리 결합론(分離結合論)'을 전개하였다. 혁명적 분자
의 계급의식을 외부에서 주입하지 않으면 안 된다며, 레닌(Lenin, Vladimir Ilich
Ul・ya・nov: 1870~1924)을 기계적으로 모방하여 '결합하기 전에 분리하라(結合
の前に分離)'라고 하는 조직론으로 이론투쟁을 주장한 것이다. 이 이론은 지식인과
학생들을 매료시켜 일세를 풍미했다. 이를 '후쿠모토이즘(福本主義＝福本イズム)'
이라 한다. 그러나 1927년 코민테른의 '27년 테제(二七年テーゼ)'[214]에 의해 비판되
었다. 1928년 6월 하순 '三・一五事件'에 연루되어 오사카(大阪)에서 체포되었고,
1934년 12월 대심원 판결에서 징역 10년형이 확정되어(미결기간까지 합산해 14년
의 옥중생활) 수감되었다가 1942년 4월 석방되었다. 제2차세계대전 패전 후 1950
년 일본공산당에 복당하였으나 1958년 제명되어, 이후 저술에 전념하였다. 저서로
『일본 르네상스사론(日本ルネッサンス史論)』(東西書房, 1967), 『후쿠모토가즈오
초기저작집(福本和夫初期著作集)(전4권)』(こぶし書房, 1971~1972), 『혁명회상
(革命回想)(전3권)』(インタープレス, 1977) 등이 있다. ▶최청곡(崔青谷)의 「소년
운동의 당면 제 문제(4)」(『조선일보』, 1928.1.22)와, 송완순[素民學人]의 「(자유
평단: 신진으로서 기성(旣成)에게, 선진(先進)으로서 후배에게)공개 반박 – 김태
오(金泰午) 군에게」(『조선일보』, 1931.3.1)에서 후쿠모토 가즈오를 소개하였다.

**히지카타 요시**(土方與志＝土方与志, ひじかた よし: 1898~1959)  연출가. 본명
히지카타 히사요시(土方久敬). 백작 히지카타 히사모토(土方久元)의 적손(嫡孫)이
다. 도쿄(東京) 출생. 1920년 오사나이 가오루(小山內薰)의 문하생이 되었다. 1922
년 도쿄제국대학 국문과를 졸업한 후 유럽으로 유학하였다. 파리, 베를린에서 연극
이론과 실제를 공부하였다. 간토대지진[關東大震災] 소식을 듣고 이듬해인 1924년
귀국하였다. 1924년 사재를 털어 오사나이 가오루 등과 함께 축지소극장(築地小劇

---

214 니주시치넨 테제(27年テーゼ)는 1927년에 나온 코민테른(Comintern)의 「일본문제에 관한 결의
  (日本問題に關する決議)」를 통칭한다. 당시 일본 공산주의운동의 2대 조류였던 야마카와이즘(山
  川イズム)과 후쿠모토이즘(福本イズム)을 함께 비판하고, 일본은 자본가와 지주 집단에 의해 지배
  되고 있어, 당면한 일본 혁명은 사회주의혁명으로 급속하게 이행하는 경향을 띤 민주주의 혁명이
  라 하였다.

場)을 창립하여 신극운동을 일으켰다. 사회주의적 경향으로 기울어 1933년 모스크바로 가 〈국제혁명연극동맹(國際革命演劇同盟)〉 서기국원이 되었다. 이로 인해 1934년 화족(華族: 작위를 가진 사람과 그 가족)으로서는 최초로 작위가 박탈되었다. 1937년 국외 퇴거 명령을 받고 프랑스에서 살다가, 생활이 어려워지자 1941년 귀국하였다. 곧바로 특별고등경찰(特別高等警察)에 체포되어 1945년 10월까지 투옥되었다. 석방 후 1946년 일본공산당(日本共産党)에 입당하였다. 1949년 무대예술학원(舞台芸術學院) 부교장에 취임하여 후진 양성에 힘썼다. 주요 연출 작품으로 〈해전(海戰)〉, 〈아침부터 밤중까지(朝から夜中まで)〉, 〈게 공모선(蟹工船)〉, 〈서부전선 이상 없다(西部戰線異狀なし)〉, 〈백모녀(白毛女)〉 등이 있다.[215] ▶김우철(金友哲)은 「秋田雨雀 씨와 문단생활 25년 – 그의 오십 탄생 축하보(祝賀報)를 듣고」(『조선중앙일보』, 1933.4.23)에서 아키타 우자쿠의 탄생 50주년 기념회를 할 때 "〈푸로작가동맹〉(나루푸), 〈일소문화협회〉를 필두로 발기인으로 土方與志, 水谷八重子, 及川道子, 小川未明, 長谷川如是閑, 井上正夫, 楠山正雄, 中村吉藏, 本間久雄 등 인사"들이 참여하였다고 소개하였다.

---

215 〈海戰〉은 독일 표현주의 극작가 괴링(Goering, Reinhard: 1887~1936)의 1917년 작 비극 「Die Seeschlacht」가 원작이다. 표현주의의 대표적인 작품 중 하나로, 제1차세계대전 중의 스카게라크(Skagerrak) 해전(1916.5.31)을 소재로 한 작품이다. 〈朝から夜中まで〉는 카이저(Kaiser, Georg: 1878~1945)의 1916년작 「아침부터 밤중까지(Von Morgens bis Mitternachts)」가 원작이다. 환멸과 절망으로 자살하는 은행원을 통해, 현대문명의 불모와 자본주의 사회의 냉혹함을 파헤친 작품이다. 〈蟹工船〉은 고바야시 다키지(小林多喜二: 1903~1933)가 1929년에 간행한 동명의 중편소설이 원작이다. 노동자 착취의 실태를 들추어내어 노동자의 자연발생적인 봉기와 좌절을 그린 일본 프롤레타리아 문학의 대표작이다. 〈西部戰線異狀なし〉는 레마르크(Remarque, Erich Maria: 1898~1970)가 제1차세계대전에 종군한 체험을 담아 1929년에 간행한 소설 「서부전선 이상 없다(Im Westen nichts Neues)」가 원작이다. 「白毛女」는 1944년 루쉰예술학원(魯迅芸術學院)에서 집단창작한 중국의 가극 〈白毛女〉가 원작이다.

# 4

# 아동문학(소년문예) 단체<sup>*</sup>

**가나다회**  경성(京城) 화동(花洞). 표한종(表漢鍾), 오중묵(吳中默), 이희창(李熙昌), 김수길(金壽吉), 이정구(李貞求) 등이 참여하였다. 1925년 8월 17일 "소년들을 예술적 방면으로 인도하겠다는 사명"으로 창립하였다.[1] 1926년 6월 6일 야학 기성 음악가극회를 개최하였고,[2] 1926년 부속사업으로 야학부를 설치하여 야학부장 이정구를 중심으로 돈이 없어 배우지 못하는 아이들을 무료로 가르쳤으며,[3] 다수의 동요회를 개최하였다.[4]

**강계소년회**(江界少年會)  평안북도 강계군(江界郡). 김봉식(金奉植), 황영호(黃永浩) 등이 참여하였다. 창립일은 다소 혼란이 있는데, 1923년 5월 26일 강계 명신소학교(明新小學校)에서 50여 명의 소년이 회집하여 창립[5]하였다는 것과, 1925년 5월 30일에 창립[6]하였다는 기록이 있다. 동요 「어린이 텬디」(江界少年會 黃永浩;

---

※ 회의 명칭은 고유명사를 따르되, 소재를 알기 쉽도록 지역 명칭을 부가하였다. 다만 경성(京城)의 경우 고유명사로 불린 경우가 아니면 따로 '경성(京城)'이란 표시를 하지 않았다.

1 「(少年會巡訪記)貴여운 少女의 王宮 – 生光 잇는 가나다會」, 『매일신보』, 1927.8.16.

2 「夜學期成 音樂歌劇會 – 가나다회에서」, 『시대일보』, 1926.6.16.

3 「가나다會 無料 夜學 – 십일일 개학」, 『매일신보』, 1926.7.7.

4 「가나다會 主催 童謠歌劇大會」(『매일신보』, 1927.9.30), 「가나다會 音樂」(『중외일보』, 1928. 10.8), 「童謠獨唱會 – 가나다會 主催」(『중외일보』, 1928.10.30)

5 「江界少年會 創立」, 『동아일보』, 1923.6.3.

6 「江界少年會 創立 二週年記念」, 『중외일보』, 1927.6.6.

『중외일보』, 1927.4.6), 동요 「슬흔 노래」(江界 黃永浩; 『동아일보』, 1927.4.10)

**강동 우리회**(江東우리會)  평안남도 강동군(江東郡). 김수봉(金樹峯), 김암천(金岩泉), 김만돌(金萬突) 등이 참여하였다.[7]

**개성 소년문예사**(開城少年文藝社)  경기도 개성(開城). 김영일(金永一), 현동염(玄東濂＝玄東炎)과, 이창업(李昌業), 황기정(黃基正), 이우삼(李愚三), 양월룡(梁月龍), 최창진(崔昌鎭), 오명중(吳明重) 등이 참여하였다.[8] 1927년 4월 18일 소년문예운동을 목표로 창립하였다.[9] 1928년 7월 7일 강제 해체되었다.[10] 임원은 "◁서무부 김창렬(金昌烈), 양월룡 ◁출판부 오명중, 현동염, 황기정, 최창진 ◁연구부 김영일, 이창업, 임광웅(林光雄) ◁선전부 김영일, 현동염, 김진호(金鎭浩), 박광렬(朴光烈)"[11] 등이다. 『소년계(少年界)』에 '소년문예사 동인작품특집란(少年文藝社同人作品特輯欄)'에 동인들의 작품을 발표하였다. 현동염 봄노래(「一. 봄하날」, 「二. 봄빗」, 「三. 봄바람」, 「四. 봄비」, 「五. 봄고향」)(『중외일보』, 1928.2.28), 「소년문예사 창작 5편(少年文藝社創作五篇)」(『소년계』 제3권 제1호, 1928년 1월호, 21쪽)에 「두견새」(朴美星), 「셜날」(憧灧＝玄東濂), 「별님의 동무 되려네」(少年文藝社 흰꾯), 「별꾯」(朴光秀), 「가을의 노래」(朴光秀), 잡문 「무진년(戊辰年)을 마지며」(少年文藝社 蝀艶; 『소년계』, 1928년 1월호, 42쪽)가 있다. 「개성(開城)에 잇는 소년문예사(少年文藝社) 여러 동무를 여러분께 소개합니다」(松都 淚波; 『소년계』, 1928년 1월호, 50~52쪽)에 소개된 사람은 김영일, 양월룡, 현동염, 최창진, 오명중, 이창업 등이 있다. 동요 「인형」(少年文藝社 金鎭浩; 『동아일보』, 1927.11.1), 동요 「내 마음」(少年文藝社 玄東濂; 『동아일보』, 1928.1.26), 동요 「봄놀이」(개성

---

7  "平南 산골짝에 모인 우리의 글집 江東 啓明學校 안에 씩々한 동모들은 金樹峯, 金岩泉 두 선생 指導下에 우리의 살길을 만들고 우리의 글을 硏究하고저 하야〈우리會〉를 조직하고 每 土曜日마다 모여서 토론會도 열고 先生의 자미잇는 이야기도 듣슴니다. 天下의 만은 동모를 압호로 만은 사랑을 바랍니다. 江東 啓明學校 內〈우리會〉會長 金萬突 外 十여 名"(〈우리會〉, 「별님의 모임」, 『별나라』 통권49호, 1931년 4월호, 34쪽)

8  「少年文藝社 創立 一週 紀念」(『중외일보』, 1928.4.21), 「少年文藝社 第一回 定總」(『중외일보』, 1928.4.22).

9  "개성에 소년문예운동을 목표로 하고 조직된〈소년문예사〉에서는 오는 사월 십팔일이 창립 일주년 긔념일에 해당함으로 (이하 생략)"(「開城少年文藝社 創立 一週紀念」, 『동아일보』, 1928.3.7), "〈少年文藝社〉에서는 四月 十八日 午後 三時 同會舘에서 創立 一週年紀念式을 參席會員 數十名으로 開會하고 梁月龍 君의 意味深長한 開會辭를 비롯하야 玄東濂 君의 經過報告가 잇슨 후(이상 생략)"(「少年文藝社 創立 一週紀念」, 『중외일보』, 1928.4.21)

10  「少年文藝社 警察이 强制 解體－雜誌 原稿가 不穩타고」, 『중외일보』, 1928.7.14.

11  「開城少年文藝 十七回 通常會」, 『중외일보』, 1927.10.27.

少年文藝社 玄東濂;『중외일보』, 1928.3.10), 동시 「시골집」(少年文藝社 玄東濂;
『중외일보』, 1928.4.10)

**개성 연예사**(研藝社)  경기도 개성(開城). 현동염(玄東炎), 김광균(金光均), 최창진
(崔昌鎭) 등이 발기하였다. 1930년 3월경 동인제(同人制)로 창작집을 발간하고 연
극 공연 등을 하기 위해 창립하였다.

**경성 기독소년문예클럽**(鏡城基督少年文藝클넙)  함경북도 경성군(鏡城郡). 김정
덕(金正德). 동요 「굴둑」,(『아이생활』 제6권 제3호, 1931년 3월호)

**경성동극회**(京城童劇會)  경성(京城). 발기인은 이시카와 히데사부로(石川秀三郎),
양미림(楊美林), 함세덕(咸世德), 홍은표(洪銀杓), 오이시 운페이(大石運平), 김영
수(金永壽), 박흥민(朴興珉) 등이고, 창립 고문은 하산재호(夏山在浩＝曹在浩), 데
라다 아키라(寺田瑛), 목산서구(牧山瑞求＝李瑞求) 등이다. 1941년 2월 11일 기
원가절(紀元佳節)[12]에 맞춰 "신체제하의 소국민문화운동(少國民文化運動)으로서
아동예술의 순화(純化)와 그 진흥을 기하며 아울러 국어(國語＝日本語)의 보급 내
선일체(內鮮一體)의 구현을 힘쓰는 건전한 동극을 수립"하는 것을 목적으로 창립
하였다.[13]

**경성 동심원**(京城童心園)  경성(京城). 김상덕(金相德). 이순희(李順姬). 동요 동극
단체. 1934년 10월 〈청조회(靑鳥會)〉로 시작하여, 1935년 6월 〈두루미회〉로, 다시
1939년 9월 〈경성 동심원(京城童心園)〉으로 개칭하였다.[14]

**경성동요극연구회**(京城童謠劇研究會)  경성(京城) 죽첨정(竹添町). 1938년 1월 "동
요극과 아동극을 주로 한 아동예술의 수립을 목적"으로 창립하였다. 1938년 2월
25~26일 부민관(府民館)에서 제1회 발표회를 열었다. 회관의 주소는 경성부 죽첨
정 1정목(竹添町一丁目) 65번지이다. 설립 목적은 "동요극과 아동극을 주로 한 아
동예술의 수립을 목적한 연구회"이다. 고문 박용달(朴瑢達), 대표 염규팔(廉奎八),
총무 오정삼(吳貞三), 교육부 염호성(廉浩星), 문예부 오송문(吳淞文), 이재창(李
載昌), 기획부 오정삼, 이재한(李載漢), 연출부 이백(李白), 실천부 염호성, 오정삼,
이명균(李明均), 음악부 이명균, 이재창, 방송부 이명균, 이백, 선전부 김규형(金奎

---

12 기겐세쓰(紀元節)라고도 하며, 일본 제1대 천황 진무덴노(神武天皇)가 즉위한 날로 일본의 건국기
념일을 가리킨다.

13 「京城童劇會 創立 – 今日 府民館에서」, 『매일신보』, 1941.2.11.

14 「京城 童心園 創立 – 두루미會를 고쳐서」(『조선일보』, 1939.9.24), 「목소리만 듯고 얼골 모르는
이들!! 京城 放送少年藝術團體 巡禮 –(4) 두루미會」(『매일신보』, 1936.8.2) 참조.

亨), 상무 임영완(任泳完) 등이다.[15]

**경성 동우회**(童友會) 경성부 외(京城府外). 대표자 이정희(李貞姬)[16]

**경성 방송동극연구회**(京城放送童劇硏究會) 경성(京城) 창전동(倉前洞). 지도자는 남기훈(南基薰), 유영애(劉永愛) 등이다. 1934년 11월 18일 〈모란회〉를 조직하였다가 해소하고, 1935년 8월 25일 앞의 〈모란회〉 간부 남기훈이 조직하여, 방송아동극의 발전을 도모하였다.[17]

**경성보육학교 아동극연구회**(京城保育學校兒童劇硏究會) 경성(京城) 청진동(淸進洞). "아동의 가장 큰 본능은 극적 본능"이며 "우리는 이에 더욱 힘쓰자."라고 주장하면서, 1927년 6월경 경성보육학교 내에 설치하였다. 1926년 봄, 갑자유치원 사범과(甲子幼稚園師範科)가 만들어졌고, 1927년 6월이 되어 사범과 안에 아동극 연구과를 두어 60여 명의 학생들이 연구를 하여 〈아동극연구회〉를 결성한 것이다. 1927년 7월 19일 오사나이 가오루(小山內薰)의 〈세 가지 소원〉과 스튜어트 워커의 〈콩이 삶아질 때까지〉를 갑자유치원 강당에서 시연하였다. 이후 1927년 12월 14일 15일 양일간 인사동 조선극장(朝鮮劇場)에서 워커의 〈콩이 삶아질 때까지〉와 아우스 렌델(柳仁卓 번안)의 〈날개 돋친 구두〉를 공연하였다. 당시 대표적인 출연자는 최태임(崔泰恁), 윤문자(尹文子), 김애리시(金愛理施) 등 갑자유치원 사범과 학생들이었다.[18]

**경성 신일소년회**(鏡城晨日少年會) 함경북도 경성군(鏡城郡). 박영송(朴永松), 박수갑(朴壽甲) 등이 참여하였다. 동요 「설 명절」(朴永松;『신소년』, 1927년 4월호), 동요 「스켓-트」(朴壽甲;『신소년』, 1927년 4월호)

**경성 참새동무회**(京城참새동무會) 경성(京城). 청운심상보통학교(淸雲尋常普通學校) 이성규(李盛奎)가 중심이었다. 「이슬」(京城참새동무會 李盛奎;『조선일보』, 1939.5.21)

---

15 「경성동요극연구회 창립」(『조선일보』, 1938.1.28;『동아일보』, 1938.1.28), 「경성동요극연구회」(『매일신보』, 1938.1.29)

16 김말성(金末誠), 「朝鮮 少年運動 及 京城 市內 同 團體 紹介」, 『四海公論』 제1권 제1호, 1935년 5월호, 56쪽.

17 「목소리만 듯고 얼골 모르는 이들!! 放送少年藝術團體 巡禮－(2) 京城放送童劇硏究會」, 『매일신보』, 1936.7.5.

18 「十九日 밤에 童話劇 試演－甲子幼稚園서」(『중외일보』, 1927.7.17), 「甲子幼 師女生의 童劇 試演－첫 시연으로는 부럽지 안엇다」(『동아일보』, 1927.7.21), 「兒童劇硏究會 兒童劇 公演－십사오 량일간 조선극장에서」(『매일신보』, 1927.12.13) 참조.

**계수나무회**  경성(京城) 숭2동(崇二洞). 대표자는 윤석중(尹石重)이다. 1933년 4월 경 창립되었다. 사무소 주소는 "경성 숭2동 101번지의 6(京城 崇二洞 百一番地의 六)"이다. 조선 동요의 연구와 제작 및 보급을 목적으로 한 동요 사업 단체이다. 동요 잡지『계수나무』와 윤석중의『잃어버린댕기』(계수나무회, 1933.4)를 회의 이름으로 발간하였다.[19]

**고룡소년회**(高龍少年會)  경성 동대문 외 용두리(龍頭里). 1926년 8월 7일 용두리 예배당에서 창립총회를 개최하였다. 발기인은 윤병욱(尹秉旭), 마운계(馬雲谿), 이현구(李賢九), 홍봉길(洪奉吉) 외 수인이었다. 명예회장 조창선(趙昌善), 간사장 김상익(金相翊), 상담역 윤병욱, 마운계, 유기찬(柳夔贊), 이현구, 이영우(李榮雨) 등이 참여하였다.[20]

**고양 햇발회**(햇발會)  경기도 고양군(高陽郡). 회장 마춘서(馬春曙), 신형식(辛亨植), 마형규(馬亨奎), 이유중, 이희영(李喜榮), 이성안(李成安), 전장수(全長壽) 등이 참여하였다. 1928년 2월 15일 시외 동대문 외 숭인면 내(市外 東大門 外 崇仁面 內) 소년 단일기관으로〈햇발회〉의 창립총회가 개최되었다.[21]

**광주 동예회**(光州童藝會)  전라남도 광주(光州). 박병기(朴炳基). 동요「샘(泉)」(童藝會 朴炳基;『소년』, 1939년 11월호, 61쪽),「성냥간」(童藝會 朴炳基;『소년』, 1940년 1월호, 72쪽),「산 넘어 빈집」(童藝會 朴炳基;『소년』, 1940년 2월호, 37쪽),「골목 전등」(童藝會 朴炳基;『소년』, 1940년 3월호, 51쪽)

**광진문예회**(光進文藝會)  경성(京城) 통의동(通義洞). 1931년 2월에 창립되었다.[22]

**구성 조악동 소나무회**(龜城造岳洞소나무會)  평안북도 구성군 관서면 조악동(龜城郡 舘西面 造岳洞). 우효종(禹曉鍾), 정인환(鄭麟煥), 윤동향(尹童向) 등이 참여하

---

19 「童謠 事業 團體 게수나무會 創立」(『동아일보』, 1933.4.19),「童話硏究團體 게수나무회 創立 - 사업으로 동요 잡지, 작곡집 발간」(『조선일보』, 1933.4.26),「童謠事業團體 게수나무會 創立 - 童謠 雜誌『게수나무』도 發行」(『동아일보』, 1933.4.28),「童謠事業團體 게수나무會 創立 - 童謠 雜誌『게수나무』도 發行」(『조선중앙일보』, 1933.4.28) 참조.

20 「고룡소년회 창립총회」(『동아일보』, 1926.8.8),「고룡소년회 창립총회」(『동아일보』, 1926.8.12)

21 「高陽郡 崇仁面 햇발會 創立 - 崇仁面 內 少年聯合으로」(『동아일보』, 1928.2.28),「햇발會 一回 童話會」(『중외일보』, 1928.2.26) 참조.

22 "여러분께 인사 엿줍니다. 文學에 뜻 둔 少年 몃 사람이 文藝硏究機關으로〈光進文藝會〉를 組織하 엿습니다. 其實인즉 去二月에 創立되엿스나 모든 것이 不完全하야 여러분께 알리지 안코 이제야 알리게 되엿슴은 용서하십시요. 來四月末에는『光進』이라는 純文藝雜誌가 우리의 힘으로 發行될 것입니다. 만히 사랑해 주십시요. (京城 通義洞 ——五 光進文藝會)"(「동무소식」,『매일신보』, 1931.4.14)

였다. 1940년 8월경 창립하였으나 10월경 해산하였다.[23] 동요「모자」(소나무會 尹鍾厚;『소년』제4권 제9호, 1940년 9월호, 56쪽), 동요「눈 나리는 밤」(鄭麟煥;『아이생활』제19권 제1호. 1944년 1월호, 11쪽)

**군산 문장소년사**(群山文章少年社)  전라북도 군산(群山).[24] 박해탑(朴海塔).「누님 생각」(文章少年社 朴海塔;『중외일보』, 1927.2.14), 동요「추석 달」(文章少年社 朴海塔;『중외일보』, 1927.2.12), 동요「보름달」(文章少年社 朴海塔;『중외일보』, 1927.3.6)

**군산 새빛사**(群山새빗社)  전라북도 군산(群山). 김창남(金昌南), 유성종(劉成鍾), 박계순(朴桂順), 문점동(文点童), 이순이(李順伊), 유장록(柳長錄), 김북실(金北實), 차준문(車駿汶=車七善) 등이 참여하였다. "우리 군산(群山)에도 '신광(新光)'이란 의미 아래 소년문예연구와 독서 장려를 목적으로 한 '새빗社'를 조직"한다고 밝혔다.[25] '신광사(新光社)'라고도 표기하였다.[26]「독자담화실」(群山새빗社 車七善;『신소년』, 1930년 5월호, 50쪽),「독자담화실」(群山 開福洞 六三ノ二八 새빗社 車七善;『신소년』, 1930년 6월호, 53쪽),[27] 동요「여름」(金昌南;『신소년』, 1930년 7월호, 54쪽), 동요「눈에 가시 귀에 가시」(車七善;『어린이』제9권 제9호, 1931년 10월호, 42~43쪽), 동요「팔려 가는 도야지」(朴桂順;『소년』제1권 제6호, 1937년 9월호, 70쪽), 동화「공주님 가는 곳」(李順伊;『소년』제1권 제7호, 1937년 10월호, 10쪽)

**글동무회**  경성(京城). 경성 냉동(冷洞)에 있던 소년소녀 단체〈새싹회〉가 회의 내용

---

23 "이 땅에 게시는 여러분! 더욱이 兒童文學硏究에 뜻을 둔 諸兄들! 이번에 여러 先生님들과 先輩의 後援을 얻어 兒童文學硏究會인〈소나무會〉를 組織하려고 하오니 많이 讚成해 주시기 바랍니다. (龜城造岳洞소나무會, 尹章向, 禹曉鍾, 張麟煥)"(「少年談話室」,『소년』제4권 제8호, 1940년 8월호, 68쪽).『아이생활』(1940년 8월호, 23쪽). "트다 마를 샀이라면 왜 돈았던가? 그동안 미약하나마 걸오나오던 우리〈소나무會〉는 어찌할 수 없이 얼마 전에 해산하고 말았습니다.(하략)"(「少年談話室」,『소년』제4권 제10호, 1940년 10월호, 63쪽)

24 박해탑(朴海塔)의 신원이 밝혀지지 않았으나,「(地方漫筆)群山築港과 勞働者」(朴海塔;『시대일보』, 1926.7.15)로 미루어 군산(群山) 출신으로 보았다.

25 "讀者談話室」,『어린이』, 1930년 3월호, 67쪽.

26 「동무소식」(『매일신보』, 1930.10.9)에 "南海〈新進作家聯盟〉鄭潤煥 氏 趣旨書 一部 請합니다. 그리고 群山〈新光社〉車七善 氏 만흔 努力이 잇기를.(黃海道 信川溫泉 永樂洞 大光社 白鶴瑞)"라 되어 있다.

27 "新少年 愛讀者 여러분! 우리 群山에서도『新光』이란 文盲退治運動 雜誌를 發行합니다. 珠玉 가튼 여러분의 寄稿를 기다리오니 每月 五日 안으로 보내 주십시요. 群山 開福洞 六三ノ二八 새빗社 車七善"

을 더 충실하게 하기 위하여 이름을 고쳐 〈글동무회〉라 하였다.[28]

**글동무회** 경성(京城). 김택용(金澤勇). 1926년 11월 13일 〈조선애호소년회(朝鮮愛
護少年會)〉가 회원들의 문예 취미를 북돋아 주기 위하여 〈글동무회〉를 설치하였
다.[29]

**글벗소년회**(글벗少年會) 경성(京城) 숭4동(崇四洞). 홍순기(洪淳基), 안복산(安福
山), 이범식(李範植), 김학모(金學模), 최영덕(崔永德) 등이 참여하였다. 1926년
12월 20일 창립하였다. 등사판 회보 『글벗』[30]과 『동촌소년문예(東村少年文藝)』[31]
를 발간하였다.

**글벗회**(글벗會) 경성(京城). 숭4동(崇四洞)에 있는 〈글벗會〉에서 지식을 넓히기 위
해 매월 1회씩 회보(會報)를 발행하였다.[32] 1927년 7월 27일 혁신총회를 열어 〈글벗
소년회〉로 개칭하였다.[33]

**글붓사**(글붓社) 경성(京城). 박제균(朴悌均), 박남규(朴湳圭), 표순남(表淳男), 박
산영(朴山影), 박정균(朴挺均), 오세창(吳世昌), 김대길(金大吉), 홍인식(洪仁植),
배경섭(裵庚爕) 등이 참여하였다.[34]

**금란회**(金蘭會) 경성(京城) 청엽정(靑葉町: 현 용산구 청파동의 일제강점기 명칭).
대표자 조광호(趙光鎬). 1935년 3월 30일, 동요작곡가 조현운(趙玄雲)의 동요곡을

---

28 "서울 랭동(冷洞)에 잇는 소년소녀 단톄 〈새싹회〉에서는 그 회의 내용을 전보다 더 충실히 하기
위하야 회의 일홈을 〈글동무회〉라 곳치고 특히 아동문예잡지(文藝雜誌) 『글동무』를 발행한다 합니
다."(「이소식 저소식」, 『어린이』, 1927년 4월호, 61쪽)

29 「〈글동무회〉 발회식」, 『동아일보』, 1926.11.12.

30 「글벗少年會 一週 記念式 延期」(『동아일보』, 1928.7.11), 「(少年會巡訪記)特色잇는 反省會 - 글
벗少年의 美舉」(『매일신보』, 1927.8.25), 「官內團體一覽表進達의件」(思想問題에 關한 調査書類
6, 京城東大門警察署長, 1929.3.23) 참조.

31 「동촌소년문예 발행」, 『동아일보』, 1929.1.15.

32 「글벗會 會報 發行」, 『별나라』제2권 제7호(통권14호), 1927년 7월호, 38쪽.

33 "◇글벗少年會 革新總會 시내 숭사동에 잇는 〈글벗회〉에서는 〈글벗소년회〉라 칭하고 지난 이십칠
일 밤에 혁신총회를 개최하엿는데 회관은 숭사동 십오번디라 하며 임원을 선명하니 회장 홍순긔(洪
淳基) 씨 외 여섯 사람이 피션되엇담니다."(『동아일보』, 1927.8.1)

34 "글붓社 우리들은 이곳에 처음으로 〈글붓社〉를 組織하엿사오니 만히 사랑하여 주십시요. 京城府
光熙町 一의 一九七 朴悌均, 朴浦圭, 表淳男, 朴山影, 朴정均, 金大吉, 洪仁植, 裵庚爕"(「별님의
모임」, 『별나라』통권49호, 1931년 4월호, 34쪽) '朴浦圭'는 박남규(朴湳圭)의 오식이고, '朴정均'
은 박정균(朴挺均)이다.
　"우리들은 몃몃 잡지를 보고 感想과 評과 習作硏究엣 目的下에서 〈글붓社〉를 組織하엿스니 만히
愛保하야 주십시요. 社員 朴悌均, 朴浦圭, 洪允錫, 朴山影, 吳世昌, 表淳男, 朴挺均"(『아이생활』
제6권 제2호, 1931년 2월호, 61쪽)

바탕으로 동요의 밤을 개최(주최 〈금란회〉, 후원 〈조선아동예술연구회〉)하였다.[35]

**기쁨사**(깃븜사)　경성(京城). 윤석중(尹石重), 서덕출(徐德出), 최순애(崔順愛), 신고송(申孤松), 최경화(崔京化), 윤복진(尹福鎭), 임동혁(任東爀), 소용수(蘇瑢叟), 천정철(千正鐵), 이응규(李應奎), 서이복(徐利福), 전일섭(全佾燮)[36] 등이 참여하였다. 1924년 경성에서 윤석중의 발기로 창립하였다. 동인지『깃븜』을 연 4회 등사판으로 발간하고,『굴렁쇠』라는 회람 작품집을 이따금 편집 회람하였다.『굴렁쇠』에 작품을 보내준 사람은 소용수, 이원수(李元壽), 서덕출, 신고송, 최순애 등이었다.[37]

**김제 소년독서회**(金堤少年讀書會)　전라북도 김제(金堤). 회장 곽복산(郭福山), 총무부 전영택(全永澤), 경리부 조기하(趙紀河), 도서부 조택종(趙澤鍾), 학술부 구봉환(具奉煥), 송수남(宋壽男) 등이 참여하였다. 1927년 10월 9일에 창립하였다.[38] 회보 발행과 동화대회 개최 등의 활동을 하였다.[39] 동시「꿈에라도」(金堤少年讀書會 郭福山;『조선일보』, 1928.1.17)

**김천 무명탄사**(金泉無名彈社)　경상북도 김천(金泉). 이산(李山).[40] 1930년 1월 〈조선문예협회(朝鮮文藝協會)〉에서 종합 문예동인지『무명탄(無名彈)』을 발간하였다.[41] 동시「코소리」(金泉 李街;『중외일보』, 1930.4.6), 동시「신짝」(金泉 李街;『중외일보』, 1930.4.7), 동시「귀남이」(金泉 李街;『중외일보』, 1930.4.8), 동시「바람」(無名彈社 李街;『중외일보』, 1930.4.9), 동시「저녁 연긔」(李街;『중외일보』, 1930.4.11), 동시「우리집」(李街;『중외일보』, 1930.4.13), 동시「달」(李街;

---

**35**「金蘭會 主催 童謠의 밤」,『동아일보』, 1935.3.29.
金未誠,「朝鮮 少年運動 及 京城 市內 同 團體 紹介」,『四海公論』제1권 제1호, 1935년 5월호, 57쪽.

**36**「독자담화실」(京城깃븜社 全佾燮:,『어린이』통권36호, 1926년 1월호, 59쪽.

**37** 윤석중,「노래가 없고 보면(윤석중전집 20)」, 웅진출판, 1988, 21~24쪽.

**38**「少年讀書會 創總」,『동아일보』, 1927.10.13.

**39**「金堤少年讀書會 臨總」(『동아일보』, 1927.11.10)

**40** '리산, 이가(李街), 이산가(李山街), 이욱정(李旭町), 이욱(李旭), 이산(李傘)' 등의 필명을 사용하였다.

**41**「『無名彈』發刊」(『동아일보』, 1929.9.28),「『無名彈』發刊」(『중외일보』, 1929.10.2),「(新刊紹介)無名彈 創刊號」(『동아일보』, 1930.1.23),「(新刊紹介)無名彈 創刊號」(『중외일보』, 1930.1.24) 참조.
박태일,「1920~1930년대 경북・대구지역 문예지 연구 ―『黎明』과『無名彈』을 중심으로」,『한민족어문학』제47집, 한민족어문학회, 2005.12.

『중외일보』, 1930.4.16), 동화 「나파륜과 수병」(李山;『중외일보』, 1930.4.22), 동시 「도라지꽃」(李山街;『중외일보』, 1930.5.2)

**김천소년회**(金泉少年會)  경상북도 김천(金泉). 1921년 창립.[42] 1925년 3월 21일 기존의 〈김천소년회〉에 〈김천정우회(金泉正友會)〉와 〈김천양우회(金泉養友會)〉를 합병하여 회무를 더욱 확장하였다. 1925년 10월 15일 제3회 정기총회를 열고 조직을 혁신하기 위해 선언과 강령 규약을 통과시키고 위원을 개선하였다.{집행위원: 김인수(金仁洙), 박정용(朴丁用), 전수복(全壽福), 김순용(金順用), 박재봉(朴在鳳), 김순동(金順童), 김학주(金學周), 이목형(李牧烔), 박도원(朴道元), 지도자: 조성갑(趙成甲), 이팔봉(李八奉)}[43] 1925년 12월 27일~28일 양일간 〈김천소년회〉 주최 '남선 소년소녀 현상문예전람회'를 개최하였다. 동요 「콩 다 까먹기」(金泉少年會 朴慶伊;『가톨릭소년』, 1937년 5월호, 59쪽)

**꽃노래회**(꽃노래會)  파성(巴星). 동요 「별 생일」(꽃노래會 巴星;『중외일보』, 1927. 6.18)

**꽃밭사**(꽃밧사)  경성(京城). 윤석중(尹石重), 심재영(沈載英), 설정식(薛貞植) 등이 참여하였다. 1923년 윤석중이 교동보통학교(校洞普通學校) 3학년 급우였던 심재영, 설정식 등과 함께 설립한 단체다.[44]

**꽃별회**(꽃별會)  경성(京城) 관철동(貫鐵洞). 한정동(韓晶東), 진우촌(秦雨村), 양재응(梁在應), 유도순(劉道順), 최병화(崔秉和) 등이 참여하였다.[45] 동요 「닐 쐬는 누님」(꽃별會 최병화;『동아일보』, 1927.2.8), 「갈대피리」(꽃별회 梁孤峯;『별나라』 통권11호, 1927년 4월호, 27~30쪽), 「은방맹이 금방맹이(全二幕)」(꽃별會 秦雨村;『별나라』 통권12호, 1927년 5월호, 38~42쪽), 「『별나라』萬歲」(꽃별會 韓晶東;『별나라』 통권13호, 1927년 6월호, 6~7쪽), 「아동 수호지」(꽃별회 劉道順;『별나라』 통권17호, 1927년 10월호, 9쪽)

---

42 「少年會 復興 總會」(『시대일보』, 1924.6.22)에 "三年間이나 有名無實로 微微不振하야 거의 有爲無爲의 狀態에 잇든 金泉少年會에서는 去十九日 午後 八時 半에 黃金町禮拜堂 內에서 復興總會를 開催(이하 생략)"라고 한 데서, 창립일이 1921년으로 추정할 수 있다.

43 「金泉少年會 定總」(『동아일보』, 1925.10.18). 이후 위원의 출입이 많았던 것으로 보인다. 1927년 9월 4일 제2회 집행위원회에서는 집행위원으로 "신영근(申榮根), 김종기(金鍾基), 안용석(安龍錫), 차수복(車壽福), 김시중(金時中), 김오연(金溗淵)" 등이 선임되었다.(「金泉少年會 委員會」, 『조선일보』, 1927.9.6)

44 윤석중, 『어린이와 한평생』, 범양사출판부, 1985, 39쪽.

45 「아동문학연구, 꽃별회 창립 – 유지의 발긔로」, 『중외일보』, 1927.1.17.

**꾀꼬리회**(쐬쏘리會)  경성(京城) 종로(鍾路). 지도자는 윤희영(尹喜永), 김태석(金泰晳)이다. 1929년 5월 10일 "순전한 동요 연구를 하는 단체"로 창립하였고, 조선동요곡집 『꾀꼴이』를 발간하였다.[46]

**꾀꼴이회**(쐬꼴이會, 경성쐬쏘리社)  경성(京城) 동숭동(東崇洞). 박기찬(朴基燦), 이창준(李昌俊), 홍순기(洪淳基),[47] 안정복(安丁福), 안정효(安晶曉) 등이 참여하였다. 1927년 8월 13일 동화 보급기관인 〈동화구락부(童話俱樂部)〉가 내부혁신을 하여 〈꾀꼴이회〉로 개칭하였다.[48] 동요 「봄」(京城쐬쏘리社 安丁福;『중외일보』, 1927.4.7), 동요 「별」(쐬쏘리社 安晶曉;『중외일보』, 1927.7.16),[49] 동화 「해ㅅ님과 개고리: 이소프 이야기」(洪淳基;『소년조선』 제19호, 1929년 8월호, 11쪽)

**남석동요회**(南石童謠會)  평안북도 벽동군 우시면 남석리(碧潼郡 雩時面 南石里). 김승락(金昇洛), 김준영(金俊榮) 등이 참여하였다.[50]

**남포 붓춤사**(南浦붓춤社, 붓춤營)  평안남도 진남포(鎭南浦). 정명걸(鄭明杰), 박고경(朴古京), 전용재(田龍在), 정우봉(鄭宇烽), 김상묵(金尙默) 등이 참여하였다. 「나의 집」(南浦 붓춤社 田龍在;『동아일보』, 1928.8.22), 「초가을」(南浦 붓춤社 鄭明杰;『동아일보』, 1928.8.25), 「(어린 가단)락엽의 편지」(南浦붓춤社 별곶;『아이생활』, 1928년 11월호), 작문 「비개인 달밤」(붓춤社 鄭明杰;『동아일보』, 1929.1.28), 「종달새」(붓춤社 鄭明杰;『별나라』, 1929년 5월호, 60쪽), 소년 토론 「발 편(便)」(붓춤사 朴順錫;『어린이』 제8권 제4호, 1930년 4-5월 합호, 69쪽), 동요 「옵바 보는 책」(붓춤營 朴珣石), 「어린 농부ㅅ군」(붓춤營 鄭明杰)(이상 『별나라』 통권42호, 1930년 7월호, 61쪽).[51] 「떠나는 길!!」(붓춤營 鄭宇烽;『동아일보』,

---

46 「목소리만 듯고 얼골 모르는 이들!! 京城 放送少年藝術團體 巡禮－(5) 京城 쐬쏘리會」, 『매일신보』, 1936.8.9. 동요집은 왕십리 왕신학원(旺新學院)에서 교편을 잡고 있던 김태석(金泰晳)이 "명작동요만을 종합한 륙십여 편의 동요곡집"(「童謠作曲家 金氏 新作 『쐬꼴이』 發刊」, 『조선일보』, 1936.7.17)을 가리킨다.

47 「(어린이소식)巡廻童話大會」, 『동아일보』, 1927.9.12.

48 "시내 동숭동(東崇洞)에 잇는 동화보급긔관(童話普及機關)인 동화구락부(童話俱樂部)에서는 지난 십삼일 밤에 내부혁신을 하는 동시에 회명을 〈쐬꼴이회〉라 개명을 하고 위원장(委員長) 박긔찬(朴基燦) 씨 외 사 씨가 선거되엇다더라."(「쐬꼴이會 創立」, 『중외일보』, 1927.8.15)

49 '쐬꼴이사'와 '경성 쐬꼴이사'는 '경성 쐬꼴이회'와 같은 것으로 보인다. 1929년 5월 10일에 창립한 방송소년예술단체로 윤희영(尹喜永)과 김태석(金泰晳)이 지도한 '경성 꾀꼬리회'와는 다른 것이다. 김태석(金泰晳)은 '金泰哲, 金泰晳' 등으로 표기된 곳도 있으나 '김태석(金泰晳)'으로 통일한다.

50 『아이생활』, 1940년 3월호, 35쪽.

51 『별나라』(통권42호, 1930년 7월호, 60~61쪽)에는 '童謠特輯'으로 '少年文藝團體作品'이 수록되어 있다.

1931.1.13)(「떠나는 길!!」의 말미에는 "= 一九三○.一二.一三 一 北國 가신 朴古京
동무에게 ="라 하였다), 「가갸책」(붓춤營 金尙默; 『동아일보』, 1931.2.24) 등이
있다. '朴順錫'은 '박고경'의 본명이고, '朴珣石'으로도 표기하였다.

**남해 매신동무회**(南海每申동무會)  경상남도 남해(南海). 정윤환(鄭潤煥). 남해의
정윤환이 『매일신보』에 투고하는 소년 문사들을 규합하여 조직하려던 모임이었
다.[52]

**남해 삼지사**(南海三志社)  경상남도 남해군(南海郡). 정창원(鄭昌元). 『동요집(童
謠集)』(南海: 三志社, 1928.9.5)을 발행하였다.[53]

**남해 소년문예사**(南海少年文藝社)  경상남도 남해군(南海郡). 정윤환(鄭潤煥).
1930년 9월경 사장 정윤환의 퇴사와 함께 해산하였다.[54] 동요 「여름밤」(南海少年文
藝社 鄭潤煥; 『별나라』 통권42호, 1930년 7월호, 60쪽), 시 「봄의 생명」(南海少年
文藝社 同人 合作; 『매일신보』, 1931.2.22)

**남해 신진소년작가연맹**(南海新進少年作家聯盟, 新進作家聯盟)  경상남도 남해군
(南海郡). 정윤환(鄭潤煥).[55] 1930년 8월경 창립하였다.

**남해 흰벗사**(南海흰벗社)  경상남도 남해군(南海郡). 박대영(朴大永). "무산소년문
예기관(無産少年文藝機關)인 '흰벗社'는 작년 팔월 중순(昨年八月中旬)에 고고
(呱々)의 성(聲)을 웨치고 힘 잇게 창립(創立)되엇다. (중략) 南海 흰벗社 朴大永"[56]

---

52 "南海 鄭潤煥 氏! 日前 당신이 부치신 〈每申동무會〉의 規約 綱領은 整理上 그만 실수로 일허버럿습
니다. 다시 보내여주시기를 바랍니다. 日前에 그 事由를 紙面으로 仰告하엿는데 이째 소식이 업스
니 궁금합니다.(住所를 가르처 주시오. C記者)", 「동아소식」(『매일신보』, 1931.3.5)에 "鄭潤煥 君!
〈每申동무會〉는 엇지되엿나? 左記 諸氏여! 住所通知를 伏望합니다. 嚴昌燮, 金載英, 金基法 外
每申에 活躍하는 동모 中 只今것 住所를 모르는 동무들(洪川 金春岡)"(「동무소식」, 『매일신보』,
1931.1.23)
53 「三志社 創立 童謠集 發行」(『중외일보』, 1928.4.23), 「三志社 『童謠集』 發行」(『중외일보』,
1928.8.4) 참조.
54 「南海少年文藝社 解散」, 『매일신보』, 1930.9.15.
55 "朝鮮少年文學界를 더 곱게 빗내기 위하야 〈新進少年作家聯盟〉을 組織햇습니다. 同好之士의 聲援
을 바라오며 規則 趣旨書를 葉書로 申請하시면 郵呈하겟나이다. (南海邑內 新進作家聯盟 鄭潤
煥)"(「동무소식」, 『매일신보』, 1930.8.24)
   "同下期에 尹石重 君 申孤松 君 昇應順 君 等 發起한 〈新興兒童藝術協會〉로 (깃븜社)의 再興의
計劃은 안이엇다."와 "그러나 날날히 甚하야만 가는 朝鮮의 客觀 情勢는 〈새힘社〉의 壽命도 짤게
만들엇고 〈新興兒童藝術協會〉도 萬般 準備를 整頓하엿다가 結局 不許可되어 創立總會도 못 열고
말엇다."(昇曉灘, 「朝鮮少年文藝團體消長史稿」, 『신소년』, 1932년 9월호, 29쪽)라 하였으나 회의
명칭과 사실이 조금 다른 것으로 보인다.
56 「讀者談話室」, 『신소년』, 1931년 8-9월 합호, 50쪽.

이라는 말로 보아, 1930년 8월경에 창립되었다.

**노래동무회**　서울. 윤석중(尹石重), 윤극영(尹克榮), 정순철(鄭淳哲), 한인현(韓寅鉉), 김천(金泉) 등이 참여하였다. 1947년 12월 14일 서울 명륜동 윤석중의 사랑방에서 창립하였다. 1950년 6·25전쟁 때까지 지속됐는데, 175곡에 이르는 동요를 가르쳤다.[57]

**녹성동요연구회**(綠星童謠硏究會)　경성(京城) 소격동(昭格洞). 지도자 유기흥(柳基興), 후원자 현제명(玄濟明), 김문보(金文輔), 김영환(金永煥) 등이 1931년 10월 19일 창립하였다. 녹성동요관현악단(綠星童謠管絃樂團)을 조직하고, 〈조선방송협회〉의 초청으로 동요 전국 중계방송을 하였으며, '콜럼비아회사'의 초청으로 동요 취입을 하였다.[58]

**단천 갈매기사**(端川갈매기社)　함경남도 단천(端川). 김백암(金白岩). 동요 「아버지(?)」(힌바위;『중외일보』, 1927.3.2),[59] 동요 「봄이 왔다」(힌바위;『중외일보』, 1927.3.20), 동요 「달」(白岩;『중외일보』, 1927.3.30), 동요 「쇠집 가면」(갈매기社 힌바위;『중외일보』, 1927.7.10), 「마른 갈대」(갈매기社 白岩;『중외일보』, 1927.7.16), 「꽃단갓신」(端川 金白岩;『조선일보』, 1927.9.8)[60]

**단천 금빛사**(端川금빗사)　함경남도 단천군(端川郡). 허홍(許鴻), 김영(金英) 등이 참여하였다.[61]

**단천 번개사**(端川번개社)　함경남도 단천군(端川郡). 심선(沈善).[62]

**달리아회**(다알리아회, 다리아회, 짜리아회)　경성(京城) 소격동(昭格洞). 안석주(安

---

57 "일반 가요와 동요의 새로운 발전을 위하여 〈노래동무회〉가 창립되었다. 오는 정월 초이튿날 어린이 시간에 첫 시작 방송을 하리라 하며 그리고 연구부원과 합창대원을 모집 중이라 하는데 자세한 것은 매주 일요일 시내 명륜동 四가 二○六의 八호 〈노래동무회〉로 직접 들어보기 바란다 하며 이 모임의 지도위원은 다음과 같다. 作詞 尹石重, 作曲 尹克榮, 指導 韓寅炫, 伴奏 金泉"(「노래동무회 창립」, 『동아일보』, 1947.12.24), 윤석중, 「한국 동요문학 소사」(『예술논문집』 제29집, 대한민국예술원, 1990, 51쪽)

58 「목소리만 듯고 얼골 모르는 이들!! 放送少年藝術團體 巡禮－(1) 綠星童謠硏究會」, 『매일신보』, 1936.6.21.

59 신문 보관 상태가 좋지 않아 정확한 제목을 알기 어려워 내용으로 미루어 제명한 것이다.

60 '白岩'은 김백암(金白岩)이고 이를 풀이한 '힌바위'는 같은 사람이다.

61 "社의 여러 先生님과 讀者 數萬 동무여. 우리 端川에서 〈金빗社〉를 組織하엿스미 만히 사랑하여 주시기 바랍니다. 端川郡 利中面 泉谷里 無産少年少女月刊雜誌 〈金빗社〉內 許鴻, 金英"(「독자담화실」, 『신소년』, 1930년 10-11월 합호, 44쪽)

62 "〈번개社〉 創立. 우리 端川에서는 이갓치 〈번개社〉를 組織햇슴니다. 端川 沈善"(「번개社 創立」, 별님의 모임(通信), 『별나라』 통권46호, 1930년 11월호, 27쪽)

514　한국 아동문학비평사를 위하여

碩柱), 김병조(金秉兆), 윤갑숙(尹甲淑), 윤극영(尹克榮), 임병설(林炳卨), 김기진 (金基鎭), 윤병섭(尹秉燮), 서정옥(徐廷沃), 김여수(金麗水＝朴八陽) 등이 참여하 여, "조선의 어린이들을 위하야 그들의 예술뎍 텬분(藝術的天分)을 배양하고 쏘 이를 발휘식혀 주자는 취지"로 1925년 5월 10일 조직하였다.[63]

**달빛회** 경성(京城) 서대문 외(西大門 外). 김상덕(金相德). 주소는 "경성 서대문외 강창전리 254(京城西大門外江倉前里二五四) 〈달빛회〉"[64]였다.

**대구 가나리아회**(大邱가나리아會) 경상북도 대구(大邱). 윤복진(尹福鎭). 1926년 9월경 〈대구등대사〉로 개칭하였다.[65] 동요 「달밤」(大邱가나리아 會員 尹福鎭;『동 아일보』, 1926.6.10), 동요 「바람님」(大邱가나리아會 尹福鎭;『동아일보』, 1926. 6.10), 동요 「봄비」(大邱가나리아會 尹福鎭;『동아일보』, 1926.6.20), 동요 「바다」 (入選)(大邱가나리아會 尹福鎭;『별나라』 통권4호, 1926년 9월호, 48쪽)

**대구 등대사**(大邱등대社) 경상북도 대구(大邱). 윤복진(尹福鎭), 서덕출(徐德出), 신고송(申孤松), 문인암(文仁岩), 박태석(朴泰石), 황종철(黃鍾喆), 송완순(宋完 淳), 승응순(昇應順), 은숙자(銀淑子), 비슬산인(琵瑟山人) 등이 참여하였다. 1926 년 봄 윤복진이 주도하여 창립하였다.[66] 1926년 9월경 〈대구가나리아회〉를 〈대구등

---

63 「짜리아會 組織 - 어린이들의 지도 단톄」,(『동아일보』, 1925.5.13), 「어린이의 藝術機關으로 〈짜 리아회〉 組織 - 아동극, 자유화, 동요 등 연구, 아동극 공연은 불원간에 개최」,(『시대일보』, 1925.5.13), 「〈짜리아會〉 - 어린이의 예술뎍 텬분을 북돋고져」,(『매일신보』, 1925.5.14), 「푸른 하 늘 은하수 아버지 尹克榮 氏 歸還 - 오래간만에 간도로부터, 後援會를 組織 獨唱會 準備」,(『매일신 보』, 1934.4.27) 참조.
  회원들은 다음과 같았다. "윤극영(尹克榮)이 창립한 노래회로, 안정옥(작가 沈熏의 부인), 조금 자(작가 金永壽 부인), 김용섭(언론인, 전주 윤훈 부인), 서경남(전 숙명여고 교사, 작고한 사학가 이홍직 부인) 등이 다알리아회 소녀회원들이었다."(윤석중, 『어린이와 한평생』, 범양사출판부, 1985, 41쪽)
64 「어린이 談話室」,(『어린이』 제11권 제12호, 1933년 12월호, 60쪽)에 "동요와 동극에 뜻 둔 몇몇 동무가 모여 〈달빛會〉를 조직했습니다. 열 살부터 열다섯까지의 소년소녀로 우리 회에 들고 싶은 분은 京城 西大門外 江倉前里 二五四 〈달빛회〉로 오십시요. 〈달빛회〉 金相德"이라 되어 있다.
65 「『등대』 발행」,『동아일보』, 1926.9.12.
66 "그다음 一九二六年 봄에 와서 〈깃븜社〉 同人으로 잇는 尹福鎭 君이 大邱에서 〈등대社〉를 創立하엿 고 마찬가지로 〈깃븜社〉 同人인 任東爀 君이 京城 市外 東幕에서 〈芳年社〉를 組織하엿다. 〈등대社〉와 〈芳年社〉가 〈깃븜社〉를 模倣한 것만은 事實이겟지만 〈깃븜社〉와는 完全히 獨立된 것이 엇다. 그러타고 〈깃븜社〉에서 脫退한 것도 안이요 〈등대社〉와 〈芳年社〉 同人은 依然히 〈깃븜社〉 同人으로 잇는 사람이 만헛다. 〈등대社〉는 『등대』라는 謄寫 雜誌를 二號까지 發行하엿스며 『개나 리』라는 童謠 謄寫集을 發行하엿다. 그때 〈등대社〉 同人으로는 尹福鎭 君 外에 大邱에서 師範學校 在學 中이든 申孤松 君 大田의 宋完淳 君 金川에 잇는 昇應順 君 等이엇다."(昇曉灘, 「朝鮮少年文

4. 아동문학(소년문예) 단체 **515**

대사)로 개칭하고, 동인잡지『등대』[67]와『개나리』라는 동요 등사집을 발행하였다.
1927년 동요 작가의 작품을 뽑아 동요전집 발간 계획을 진행하였다.[68] 음악, 무용,
아동극 3부로 나누어 연구하기 위해 〈파랑새사〉로 개칭하였다.('파랑새사' 항목 참
조) 동요「소낙비」(大邱등대社 尹福鎭;『동아일보』, 1926.9.12), 동요「꿈」(大邱등
대社 黃鍾喆;『동아일보』, 1926.9.12), 동요「허잽이」(大邱등대社 銀淑子;『동아일
보』, 1926.9.12), 동요「젹은 배」(大邱등대社 朴泰石;『동아일보』, 1926.9.12), 동
요「새파란 붓」과「글 배겟소」(이상 大邱등대社 琵琶山人;『중외일보』, 1927.4.6)[69]
등이 있다.『소년계』는 '등대란'을 마련하여 등대사의 동인인 윤복진의 동시「목동
아!」와 은숙자의 동요「봄이 오네」를 실었다.(『소년계』제2권 제3호, 1927년 3월
호, 40쪽), 동요「풋대추」(등대社 尹福鎭;『동아일보』, 1927.4.24)

**대구 별꽃회**(大邱별꽂會)  경상북도 대구(大邱). 봄풀.「달님」(入選)(大邱 별꽂會
봄풀;『별나라』통권4호, 1926년 9월호, 18쪽)

**대구 새나라회**(大邱새나라會)  경상북도 대구(大邱). 김철호(金哲虎), 김한태(金漢
泰) 등이 참여하였다. 동요「가을 하늘」(大邱새나라會 金漢泰;『동아일보』, 1926.
9.23), 동요「논두렁길」(大邱새나라會 김한태;『동아일보』, 1926.10.7),「팔려가
는 소」(大邱새나라會 金哲虎(一六);『동아일보』, 1926.10.10),「별님의 모임」(大邱
새나라會 金漢泰;『별나라』제7호, 1926년 12월호, 40쪽)

**대구 새벽사**(大邱새벽社)  경상북도 대구(大邱). 송백하(宋白夏 = 白夏).「감둥병아
리」(大邱새벽社 白夏;『조선일보』, 1929.10.6),「봄밤」(大邱새벽社 白夏;『동아일
보』, 1930.3.25),「봄소식」(大邱새벽社 白夏;『동아일보』, 1930.3.26), 시「첫 月給
을 보내며 － 어머니께」(새벽社 白夏;『동아일보』, 1930.11.26).

---

藝團體消長史稿」,『신소년』, 1932년 9월호, 26~27쪽),「독자담화실」(『어린이』, 1927년 3월호,
62쪽) 참조.

67 "대구소년소녀회 〈가나리아회〉에서는 금번에 회 일홈을 〈등대사〉로 곳치고 동인의 작품을 모아
『등대』라는 잡지를 발간한담니다."(「『등대』발행」,『동아일보』, 1926.9.12),「(新刊紹介)등대(少
年少女誌 創刊號)」(『중외일보』, 1927.4.1) 참조.

68 「大邱 등대社의 童謠全集 計劃 － 동요 작가의 가작을 쏩아」(『중외일보』, 1927.4.2)
"대구 남산뎡(大邱南山町) 六八五 번디 〈등대사〉에서는 『가나리아의 노래』라는 동요집을 발간코
저 하든 바 그것을 새로운 『파랑새』라 일음하야 각디 소년소녀 작품을 모하 출판할 계획"(「(어린이
소식)燈臺社 童話集」,『동아일보』, 1927.6.3)

69 '大邱등대社 琵琶山人'은 비슬산인(琵瑟山人)의 오식으로 보인다. 대구의 이름난 산 이름(비슬산)
을 딴 것이라 '슬(瑟)' 자를 '파(琶)'로 오식한 것으로 보인다. 동요「눈」(『매일신보』, 1927.2.27)의
지은이 '현풍 비슬산인(玄風 琵瑟山人)'은 같은 사람으로 보인다.

**대구 선우회**(大邱善友會) 경상북도 대구(大邱). 문인암(文仁岩). 동요 「잠자리」(大邱 善友會;『신소년』, 1926년 12월호, 55쪽)

**대구 소년진명회**(大邱少年進明會) 경상북도 대구(大邱). 강우일(康右一), 노영근(盧榮根).[70] 동요 「아참」(대구소년진명회 강우일;『아희생활』, 1929년 9월호), 「써 나가는 제비」(대구소년진명회 강우일;『아희생활』, 1929년 11월호), 「농촌의 새 훈는 노래」(大邱少年進明會 盧榮根;『아희생활』, 1929년 11월호, 27쪽), 「거지 동무」(대구소년진명회 강우일;『아희생활』, 1929년 12월호)

**대구 소년혁영회**(大邱少年革英會, 소년혁영회, 혁영회) 경상북도 대구(大邱). 김한태(金漢泰), 김영파(金英波), 김선기(金善基) 등이 참여하여,[71] 1925년 4월경 창립하였다.[72] 1927년 7월 대구청년단체가 합동한 〈대구청년동맹〉을 따라 〈소년혁영회〉, 〈혁조단(革造團)〉, 〈노동소년회(勞働少年會)〉, 〈개조단(改造團)〉 등 4개 단체도 〈대구소년동맹(大邱少年同盟)〉으로 합동하였다.[73] 동요 「나물 캐러」(大邱少年革英會 金漢泰(十六);『동아일보』, 1926.7.8), 동요 「집 찻는 까치」(大邱少年革英會 金漢泰(十六);『동아일보』, 1926.7.15)

**대구소년회**(大邱少年會) 경상북도 대구(大邱). 박태석(朴泰石), 정경모(鄭景謨), 노영근(盧榮根) 등이 1924년 3월 상순에 조직하였다.[74] 작문 「아참 해님이여」(大邱少年會 盧榮根;『아희생활』 제4권 제11호, 1929년 11월호)

**대구 적심사**(大邱赤心社) 경상북도 대구(大邱). 서광(曙光). 동요 「제비」(大邱赤心社 曙光;『신소년』, 1927년 6월호, 55~56쪽)

---

70 "여러 先生님! 少年世界는 朝鮮의 第一 가는 雜誌가 되게 하여 주시기를 바랍니다.(大邱少年進明會 康在一)"(「電信局」,『少年世界』, 1929년 12월호, 54쪽) '康在一'은 '康右一'의 오식으로 보인다.

71 "위원은 김선긔(金善基) 외 칠명"(「소년혁영회 림시총회」,『동아일보』, 1926.7.4)

72 "'우리는 우리 소년의 장래를 위하야 목숨을 밧치여 싸호고 힘쓰자'는 강령(綱領) 아래에 대구에 어린이의 모힘 〈대구소년혁영회(大邱少年革英會)〉가 조직되엿담니다.(대구)"(「大邱少年革英會」,『동아일보』, 1925.4.8)

73 大邱 朴明苗 記,「派爭에서 團合으로 大邱 各 團體의 變遷－十年間 反覆한 各 團體의 表裏」,『동아일보』, 1933.8.3.

74 "大邱靑年 申哲洙 君의 여러 달 동안 幹旋의 結果 去月 上旬에 組織된 〈大邱少年會〉는 그間 着着 進行되어 오던 바 去三月 卅一日 午后 八時 大邱勞働共濟會館에서 盛大한 發會式을 擧行하얏는데 滿場의 大盛況을 呈하야 委員長 朴泰石 君 司會下에 會歌 合唱으로 開會하고 經過報告와 趣旨 說明이 잇슨 后 會員 中 金恩教, 鄭景謨, 金興玉 少年諸君의 趣味津津한 演說이 聽衆의 無量한 慷慨를 자아내엇고 그다음 來賓 中 李相薰, 金丹冶, 韓連順 孃 等의 祝辭가 잇슨 后 同十時頃에 閉會하얏는데 一般 人士는 今後 極力援助하리라 한다."(「大邱少年 發會式」,『시대일보』, 1924. 4.6)

**대구 조선아동회**(大邱朝鮮兒童會)　경상북도 대구(大邱). 회장 이영식(李永植), 이사 김상신(金尙信), 이원식(李元植), 박영종(朴泳種), 김옥환(金玉煥), 김홍섭(金洪燮), 김재봉(金再逢), 김진태(金鎭泰) 등이 참여하였다. 주소는 "대구시 대봉동 139번지"(1947년경에는 "대구부 남산정(大邱府南山町) 1 조선아동회")였다.[75] 1945년 12월 30일 대구공회당에서 발회식을 거행하였다.[76] "동회(同會)는 조선아동문화의 향상을 위한 단체로서 월간잡지 『아동(兒童)』(제7집까지 발간)과 연중행사의 '어린이날'에는 국민교(國民校) 아동들의 '종합학예회'를 개최 그리고 매월 일회식 대구방송국(大邱放送局)을 통하여 아동연구회의 보고방송"[77] 등의 활동을 하였다.

**대구 파랑새사**　경상북도 대구(大邱). 윤복진(尹福鎭), 계성학교(啓聖學校) 교사 박태준(朴泰俊), 복명유치원감(復明幼稚園監) 이영실(李榮實) 등이 참여하여, 1928년 9월경 문학 중심인 〈등대사〉를 해체하고 음악, 무용, 아동극 삼부를 중심으로 하는 〈파랑새사〉를 창립하여 대구 남산정(南山町) 복명유치원(復明幼稚園)에 사무실을 두었다.[78]

**대동문예소년회**(大同文藝少年會)　평안남도 대동군(大同郡). 김영철(金永喆), 김제월(金濟月). 「(어린문단)가을밤」(大同文藝少年會 金永喆;『아이생활』, 1928년 11월호, 49쪽), 「(자유문단)」(大同文藝少年會 金濟月;『아이생활』, 1928년 11월호, 66쪽)

**대전소년회**(大田少年會)　충청남도 대전(大田). 회장 안명훈(安命勳), 부회장 겸 문예부장 이기영(李起永), 총무 유유기(柳有基), 체육부장 김수만(金壽萬), 재무 김용운(金龍雲), 간사 유계형(柳桂馨) 등이 참여하여, 1922년 5월 1일 창립하였다. 매일요일마다 토론회 및 강연회를 개최하기로 하고 창립 당시 회원은 30여 명이었다.[79]

**대전청년동맹**(大田靑年同盟)　충청남도 대전(大田). 송완순(宋完淳). 1927년 10월 8일 창립하였다.[80] 동요 「싸락눈」(大田靑年同盟 宋完淳;『중외일보』, 1928.1.17)

---

**75** 「兒童作品 募集 — 朝鮮兒童會서」, 『大邱時報』, 1946.7.15.

**76** 「조선아동회(朝鮮兒童會) 삽일(卅日) 발회식」, 『대구시보(大邱時報)』, 1945.12.28.

**77** 『경북연감』, 영남일보사, 1948, 411쪽.

**78** 「파랑새社 創立 — 兒童의 藝術을 硏究코저」(『중외일보』, 1928.9.2), 「大邱에 — 파랑새社 아동예술연구」(『매일신보』, 1928.9.3), 「파랑새社 創立」(『동아일보』, 1928.9.7) 참조.

**79** 「大田少年會 創立」, 『동아일보』, 1922.5.18.

**80** 「大田靑年同盟 — 去八日에 創立」(『동아일보』, 1927.10.15)에 11명의 위원이 언급되어 있으나 송완순의 이름은 없는 것으로 보아 창립 후에 가맹한 것으로 보인다. 송완순의 형 송관순(宋寬淳)은 창립위원으로 참여하였다.

**덕천 금모래소년회**(德川금모래少年會)  평안남도 덕천읍(德川郡).[81] 지도위원은 김선익(金善益), 김신준(金信俊) 등이었다.[82]

**동극연구회**(童劇研究會)  경성(京城) 병목정(竝木町) 23번지. 고장환(高長煥) 등. 1933년 12월경 창립된 것으로 추정된다. 1934년 1월 21일 배재학교(培材學校) 대강당에서 고장환의 「꿈에 본 소녀」, 「한넬레의 승천」, 김걸영(金傑嶺)의 「누가 우느냐」 등 세 작품으로 제1회 공연을 개최하였다.

**동막 어린이동무회**(東幕어린이동무會)  경기도 동막(東幕). 회장 오세창(吳世昌), 총무 연창학(延昌學), 주범성(朱範星), 김영수(金永洙), 안영수(安泳秀), 강순희(姜舜熙) 등이 참여하여, 1931년 8월 15일 조직하였다.[83]

**동무회**(동무會)  경성 시외 서강 신정리 83번지(市外 西江 新井里 八三番地)에서, 1931년 5월 전후에 창립한 것으로 추정된다.[84]

**두루미회**  경성(京城) 신정정(新井町). 지도자 김상덕(金相德), 후원자 정인섭(鄭寅燮)이 참여하였다. 1934년 10월 〈청조회(靑鳥會)〉로 창립하였으나 침체되어, 1935년 6월 〈두루미회〉로, 다시 1939년 9월 〈경성 동심원(京城童心園)〉으로 개칭하였다.[85] "동요·동극 연구단체"이다.[86]

**마산소년회**(馬山少年會)  경상남도 마산(馬山). 신택기(辛澤璂), 이광우(李光雨), 최철룡(崔喆龍), 송석수(宋錫守), 현용택(玄龍澤), 강성재(姜聖在), 김상두(金尙斗), 최우식(崔又植), 이종렬(李鍾烈), 안군필(安君弼), 김영식(金榮植), 이윤재(李

---

81 「금모래 少年의 童話大會 盛況」(『중외일보』, 1929.9.23) "平南 德川邑 內 〈금모래少年會〉에서는 邑內 天道敎堂에 場所를 定하고 童話大會를 開催하얏든 바 善男善女 三百餘의 會衆이 잇서 자못 盛況을 일우엇다더라.【德川】"

82 1928년 1월 7일. 평안남도 덕천읍내 〈소년금모래회〉가 천도교강당에서 신춘 소인극대회와 강연을 개최하였을 때 김선익(金善益)과 김신준(金信俊)이 지도위원으로 활동하고 있음을 알 수 있다. (「德川금모래會 新春 素人劇」, 『중외일보』, 1928.1.11) 「금모래少年會 素人劇 盛況」(『중외일보』, 1930.1.13), 「금모래 少年의 童話大會 盛況」(『중외일보』, 1929.9.23) 참조.

83 「東幕의 어린이동무會 — 勸誘班 新設」(『어린이』, 1931년 9월호, 69쪽)

84 "동무會 市外 西江 新井里 八三番地에는 요지음 〈동무會〉가 創立되엿다 한다. 洞里 有志 몃々분의 주선으로 어느 집 사랑방을 동무 會의 會館으로 아조 빌엿다 한다. 그리하야 밤이면 수만흔 동무가 모여서 『별나라』를 읽고 자미잇는 이야기를 한다는데 地方 동무의 만흔 사랑을 빈다더라." (「동무會」, 『별나라』 통권50호, 1931년 5월호, 20쪽)

85 「京城 童心園 創立 — 두루미會를 고처서」, 『조선일보』, 1939.9.24.

86 「목소리만 듯고 얼골 모르는 이들!! 京城 放送少年藝術團體 巡禮—(4) 두루미會」, 『매일신보』, 1936.8.2.

允宰), 변상탁(卞相鐸), 이형재(李瀅宰) 등이 참여하였다.[87] 1923년 4월 9일에 창립총회를 개최하였다.[88]

**마산 신화소년회**(馬山新化少年會)  경상남도 마산(馬山). 이원수(李元壽)[89], 김만석(金萬石)[90], 이태규(李太圭),[91] 현용택(玄龍澤), 박노태(朴魯台), 김용철(金容哲) 등이 참여하였다. 1925년 3월 14일에 〈신화소년회〉 창립총회를 개최하였다.[92] 1925년 4월 〈마산 신화소년회〉 창립총회 겸 동화회를 개최하였다.[93] 1927년 6월 5일 마산의 〈신화소년회〉와 〈씩씩소년회〉가 합동하여 〈마산소년회(馬山少年會)〉로 개칭하였다.[94]

**만경소년회**(萬頃少年會)  전라북도 김제군(金堤郡).[95] 박두언(朴斗彦), 곽진열(郭鎭烈), 정일준(鄭日濬), 백종기(白鍾基), 김경련(金慶連), 은희용(殷熙用), 정형완(鄭亨玩), 이광덕(李匡德) 등이 참여하여,[96] 1923년 11월 1일에 창립하였다.[97] 동요 「자동차」(萬頃少年會 朴斗彦; 『중외일보』, 1927.5.29)

**명진소년회**(明進少年會)  경성(京城) 연건동(蓮建洞). 회장 장무쇠(張茂釗), 위원 최성호(崔聖鎬), 김원배(金源培), 김흥복(金興福), 연점룡(延点龍), 김금동(金今

---

87 「少年會 幹部 改選」(『동아일보』, 1923.9.8), 「馬少會 決議」(『시대일보』, 1924.4.16) 참조.

88 "當地 有志의 發起로 創立準備 中이든 〈馬山少年會〉는 去 九日에 創立總會를 開하얏는대 同會의 目的은 府內에 居住하는 十歲 以上 十八歲 以下의 少年에게 文藝와 體育을 獎勵하며 互相 親睦을 圖함이라더라.(馬山)"(「馬山少年會 創立」, 『동아일보』, 1923.4.22)

89 「독자담화실」(馬山新化少年會 李元壽; 『어린이』, 1925년 7월호, 47쪽)

90 「독자담화실」(馬山新化少年會 金萬石; 『어린이』, 1926년 2월호, 62쪽)

91 「독자담화실」(馬山新化少年會 李太圭; 『어린이』, 1926년 7월호, 56쪽)

92 "馬山의 少年 玄龍澤 朴魯台 兩君의 發起로 去 三月 十四日 下午 八時에 『東亞日報』 馬山支局 內에서 〈新化少年會〉 創立總會를 玄龍澤 君의 司會로 開會한 後 經過報告와 規則通過와 其他 決議事項을 決議한 後 下午 十時頃에 散會하얏다는데 特히 體育과 文藝獎勵에 힘쓴다 하며 現入 會員은 四十餘名으로 當選된 委員은 다음과 갓다고.(馬山) 委員長 玄龍澤, 委員 朴魯台, 金容哲, 李元壽, 金萬石 外 四人 顧問 李瀅宰, 金周鳳"(「新化少年會 - 馬山에서 創立」, 『동아일보』, 1925.3.22)

93 「馬山少年會 創立總會」, 『동아일보』, 1925.4.1.

94 「(어린이소식)馬山 兩少年 合同」, 『동아일보』, 1927.6.8.

95 '만경(萬頃)'은 전라북도 김제(金堤) 지역의 옛 지명이다.

96 「萬頃少年 定總 - 去十一日에」, 『중외일보』, 1928.9.14.

97 「顯著히 發達된 燦然한 地方文化(其十三) - 各郡別의 詳細調查 內容」(『동아일보』, 1929.1.15). 이 기사 중에 '金堤郡'의 '社會團體'를 열거하고 있는데, 만경소년회에 관해 다음과 같이 설명하고 있다. "萬頃少年會 創立 大正 十二年 十一月 一日 創立時 會員 四〇, 現在 會員 六〇, 委員長 朴斗彦"

童), 박태현(朴泰鉉), 이한순(李漢順) 등이 참여하여, 1924년 8월 23일에 창립하였다. 『종달새』란 회보를 발행하였다.[98]

**밀양소년회**(密陽少年會) 경상남도 밀양(密陽). 박해쇠(朴亥釗), 박경수(朴庚守), 김종태(金鍾泰), 이팔수(李八壽), 박진호(朴振浩) 등이 참여하여,[99] 1927년 8월 12일에 창립하였다.[100] 〈조선소년총연맹(朝鮮少年總聯盟)〉이 〈경남도소년연맹(慶南道少年聯盟)〉을 조직함에 있어 〈밀양소년회〉가 그 역할을 하였다.[101]

**반도소년회**(半島少年會) 경성(京城). 이위상(李爲相), 이원규(李元珪), 고장환(高長煥), 신재환(辛在桓), 박준표(朴埈杓), 김형배(金炯培), 김효경(金孝慶) 등이 참여하여, 1923년 3월 5일에 창립하였다.[102] 이후 고장환은 〈서울소년회〉, 박준표, 김형배, 신재환 등은 〈새벗회〉, 김효경은 〈우리소년회〉를 창립하였다. 파란이 많던 〈반도소년회〉를 이원규가 김종철(金鍾喆), 최동식(崔東植), 최규선(崔奎善) 등과 함께 재조직하여 소년들을 문예 방면으로 지도하기 위해 잡지 『반도소년(半島少年)』을 발간하였다.[103] 1925년 5월 〈조선불교소년회〉와 〈반도소년회〉 두 회의 지도자인 정홍교와 이원규는 경성소년연맹(京城少年聯盟) 〈오월회(五月會)〉를 창립하였다. 이후 간부 이서구(李瑞求), 정홍교, 위원 김형배가 맡아 운영하였다.

**방년사**(芳年社) 경기도 동막(東幕: 현 서울시 마포구). 임동혁(任東爀). 1926년 봄 경성(京城) 시외 동막에서 임동혁이 조직하였다. 『방년(芳年)』이란 등사 잡지를 발행하려고 하였으나 발행하지 못하였다.[104]

---

98 「(少年會巡訪記)會舘新築, 會報發行 恩人 맞난 明進少年 – 장무쇠 씨의 가상한 노력」, 『매일신보』, 1927.8.22.

99 「密陽署 緊張 少年 多數 檢擧 – 밀양소년회원을 필두로 某種秘密結社 關係?」(『동아일보』, 1928.11.28), 「少年會員 放免 – 한 명만 류치」(『동아일보』, 1928.11.30)

100 "밀양은 전부터 소년군과 소년단톄가 잇스나 모다 긔관이 완전치 못함을 유지들이 유감으로 지난 십이일 오후 한 시에 〈밀양소년회〉 창립총회를 밀양청년회관에서 개최하엿다더라.(밀양)"(「密陽少年會 創立」, 『동아일보』, 1927.8.16)

101 「創立準備 中의 慶南少年聯盟 – 밀양소년회의 활약」, 『매일신보』, 1928.6.29.

102 「(少年會巡訪記)어린이들의 뜻잇는 모든 모임을 주최해 – 半島少年會 功績(一)」, 『매일신보』, 1927.8.30.

103 「(少年會巡訪記)勞働少年을 慰安코자 첫가을 마지 大音樂會 – 活躍하는 半島少年會(끗)」, 『매일신보』, 1927.8.31.

104 "그다음 一九二六年 봄에 와서 〈깃븜社〉 同人으로 잇는 尹福鎭 君이 大邱에서 〈등대社〉를 創立하엿고 마찬가지로 〈깃븜社〉 同人인 任東爀 君이 京城 市外 東幕에서 〈芳年社〉를 組織하엿다. 〈등대社〉와 〈芳年社〉가 〈깃븜社〉를 模倣한 것만은 事實이것만 〈깃븜社〉와는 完全히 獨立된 것이엿다. 그러타고 〈깃븜社〉에서 脫退한 것도 안이요 〈등대社〉와 〈芳年社〉 同人은 依然히 〈깃븜社〉

**백랑회**(白浪會)　화석생(花石生).「눈」(白浪會 花石生;『少年界』제3권 제1호, 1928
년 1월호, 33쪽)

**백의소년회**(白衣少年會)　경성(京城) 광희정(光熙町).[105] 창립 준비위원 서학산(徐
鶴山), 장무길(張武吉), 김성태(金聖泰), 정한섭(鄭漢燮), 정태평(鄭泰平), 양재응
(梁在應), 심현옥(沈顯玉) 등이 참여하여, 1927년 10월 20일에 창립하였다.[106]

**별탑회**(별塔會)　경성(京城). 연성흠(延星欽), 박상엽(朴祥燁), 이석근(李石根), 박
장운(朴章雲), 박노일(朴魯一) 등, 1927년 4월경 경성의 소년운동자들이 발기하였
다.[107] 이후 안준식(安俊植), 이정호(李定鎬), 장무쇠(張茂釗) 등이 참여하였다.
「(哀話)어린 신문팔이」(별탑회 延星欽;『별나라』통권13호, 1927년 6월호, 32~
36쪽)

**부안 새글사**(扶安새글社)　전라북도 부안군(扶安郡). 신영근(辛永根), 신남근(辛南

---

同人으로 잇는 사람이 만헛다. 〈등대社〉는『등대』라는 謄寫 雜誌를 二號까지 發行하엿스며『개나
리』라는 童謠 謄寫集을 發行하엿다. 그쌔 〈등대社〉同人으로는 尹福鎭 君 外에 大邱에서 師範學
校 在學 中이든 申孤松 君 大田의 宋完淳 君 金川에 잇는 昇應順 君 等이엇다.
　〈芳年社〉에서는『芳年』이라는 謄寫 雜誌를 發行하려고 原稿만 모와 노코 發行치는 못하엿든
줄 안다."(昇曉灘,「朝鮮少年文藝團體消長史稿」,『신소년』, 1932년 9월호, 26~27쪽)
　"임동혁(일본동양음학교 시절에 연상의 은사 미무라 요시꼬(三村祥子)와의 사랑이 열매를 맺어
임상희(任祥姬)로 개명을 하여 이화전문 음악과에서 성악을 가르치더니, 6·25때 식구 데리고
일본에 귀화. 그전 삼육신학대학 임정혁 교수의 친아우)은 나의 어려서 친구인데 독실한 안식교도
로 토요일이면 학교(배재)에 시험이 있어도 빠졌었다."(윤석중,『어린이와 한평생』, 범양사출판
부, 1985, 243~244쪽)

105　「白衣少年會 童話大會 - 廿六日 光熙町禮拜堂에서」(『중외일보』, 1929.10.26) "시내 광희뎡에
잇는 〈백의소년회〉에서는 금 이십륙일 오후 닐곱 시부터 광희뎡례배당에서 동화대회(童話大會)
를 개최하게 되엿는 바 그 연사는 량재응(梁在應) 렴근수(廉根洙)며 입장은 무료라더라". '廉根洙'
는 '廉根守'의 오식이다.

106　"조선 소년은 무엇보다도 건전한 인격을 완성하기까지 수양을 싸워야 하겟다는 정신으로 지난
십이일 오후 팔시에 시내 병목뎡 이 번디에서 〈백의소년회(白衣少年會)〉라는 일홈으로 창립 준비
회의를 개하엿다는데 창립에 대한 모든 것을 준비위원에게 일임하엿다는 바 위원 씨명은 아래와
갓다더라. 徐鶴山 張武吉 金聖泰 鄭漢燮 鄭泰平 梁在應"(「白衣少年會 創立 準備」,『동아일보』,
1927.10.14),「白衣少年會 創立」(『동아일보』, 1927.10.23) 참조.

107　"시내에 거주하는 이로 소년운동(少年運動)에 뜻을 둔 멋멋 사람의 발긔로 〈별탑회〉라는 모임을
새로 조직하얏다는데 그 회 사업으로 먼저 매 주일에 한 번씩 동화회를 열 계획이며 긔회를
보아 긔관지도 발행하리라는 데 동회 사무소는 시내 련건동(蓮建洞) 배영학교(培英學校) 안에
두엇고 그 회 동인은 알에와 갓다더라.
　延星欽, 朴祥燁, 李石根, 朴章雲, 朴魯一"(「別塔會 發起 - 소년운동자가」,『중외일보』, 1927.
4.20),「別塔會 發起」(『매일신보』, 1927.4.21) 참조.

根), 신석남(辛錫南) 등이 참여하였다.[108]

**북청 선풍회**(北靑선풍會)  함경남도 북청군(北靑郡). 전병덕(全秉德),[109] 전서호(全曙湖) 등이 참여하였다. 「널뛰기」(선풍會 金秉德('全'의 오식);『중외일보』, 1927. 3.4), 「애조(哀調)」(선풍會 金秉德;『중외일보』, 1927.3.5), 동요 「버들개지」(北靑선풍會 全曙湖;『중외일보』, 1927.3.10), 동요 「반달」(北靑선풍會 全曙湖;『중외일보』, 1927.3.21)

**북청 연꽃사**(北靑련꽃社, 련꽃社)  함경남도 북청군(北靑郡). 전병덕(全秉德), 주기락(周基洛) 등이 참여하였다. 전래동요(北靑) 「비」(咸南 北靑郡 陽化面 東里 〈련꽃社〉 周基洛 君 報;『매일신보』, 1930.9.24), 「샤봉 방울」(北靑련꽃社 全秉德;『중외일보』, 1927.3.31), 「인저는 봄」(北靑련꽃社 全秉德;『중외일보』, 1927.5.1)

**북청 조선소년사**(北靑朝鮮少年社)  함경남도 북청(北靑). 김영애(金永愛), 전서호(全曙湖). 「거북님 타고」(朝鮮少年社 金永愛;『중외일보』, 1927.5.17), 「힌나비」(朝鮮少年社 全曙湖;『중외일보사』, 1927.5.27), 「어린 거지」(北靑 朝鮮少年社 全永愛;『중외일보』, 1927.7.1)('全永愛'는 김영애(金永愛)의 오식으로 보인다.)

**사리원 참새회**(沙里院참새會)  황해도 봉산군 사리원(鳳山郡 沙里院). 이태선(李泰善). 동요 「방울새」(沙里院 참새會 李泰善;『조선일보』, 1939.5.28), 동요 「달님」(沙里院 참새會 李泰善;『조선일보』, 1939.8.6), 동요 「한식날」(참새會 李泰善;『소년』 제4권 제9호, 1940년 9월호, 57쪽), 동시 「이슬」(沙里院 참새會 李泰善;『소년』 제4권 제10호, 1940년 10월호, 65쪽)

**삼수 글꽃사**(三水글꽃社)  함경남도 삼수군(三水郡). 승응순(昇應順), 최봉하(崔鳳河), 박홍제(朴弘濟), 태재복(太在福), 성경린(成慶麟) 등이 참여하였다.[110]

---

108 "〈새글社〉로 우리들은 빗나는 새해를 마지하야 더욱 굿게 힘세게 자라나가기 위하야 『별나라』 讀者會를 조직하고 짜라서 〈새글社〉도 모홧습니다. 扶安 辛永根, 辛南根, 辛錫南 外 二十餘人"(「(별님의 모임)새글社」,『별나라』 통권 47호, 1931년 1-2월 합호, 44쪽)

109 전병덕은 북청공보 학생이었다. 동요 「바람」(北靑公普 全秉德;『중외일보』, 1927.2.23), 「일은 봄」(北靑公普 全秉德;『중외일보』, 1927.2.23)

110 그다음 一九二八年에 일으러 當時 京城에 와서 잇는 昇應順 君이 마침 三水에서 京城 〈새벗社〉로 入社한 崔鳳河 君과 發起하야 〈글꽃社〉를 創立하엿다. 同人으로는 그째 『少年朝鮮』을 編輯하는 朴弘濟 君 李王職雅樂部에 단이는 太在福 君 成慶麟 君 그리고 崔 君 昇 君 等으로 京城에 잇는 文學少年에만 局限하엿다가 一九二九年 五月에 일으러 崔鼎河 君의 落鄕을 契期로 하야 〈글꽃社〉를 〈朝鮮少年文藝協會〉로 變更하고 會員을 全朝鮮으로 募集하엿다. 京城에 잇는 同人으로는 李明植 君(君은 〈朝鮮之光社〉를 나와 飄然히 朝鮮을 버린 後 只今 어대로 갓는가?) 李東珪 君 申順石 君 李圭容 君 具直會 君 鄭台益 君 等이 늘고 地方 同人으로는 永川 安平原 文川 金敦熙

**삼수 효양독서회**(三水孝陽讀書會) 함경남도 삼수군(三水郡). 노두형(盧斗烔), 노제형(盧齊烔), 해성생(海星生) 등이 참여하였다. 〈효장오인독서회(孝長五人讀書會)〉도 동일한 것으로 보인다.[111] "盧雲溪 君(이하 생략)"(三水孝陽讀書會 盧德烔;「동무소식」,『매일신보』, 1931.9.20)과 "盧雲溪 兄님(이하 생략)"(三水孝陽讀書會 盧斗烔, 盧齊烔, 海星生;「동무소식」,『매일신보』, 1931.9.20)

**삼장 글벗사**(三長글벗社) 함경북도 무산(茂山). 이화룡(李華龍 = 李孤月). 함경북도 무산 삼장(茂山三長)에서 조직된 단체로『글벗』을 간행하였다.「첫겨울의 하로」(三長글벗社 李孤月;『소년세계』, 1929년 12월호, 52~53쪽),「독자담화실」(茂山 三長面 三上洞 글벗社 李華龍;『신소년』, 1930년 5월호, 50쪽),[112] 서한문「고국의 동무에게」(三長글벗사 李孤月;『신소년』, 1931년 4월호), 평론「반동적 작품을 청산하자」(三長글벗사 李孤月;『별나라』통권50호, 1931년 5월호, 45쪽), 평론「회색적 작가를 배격하자」(三長 李孤月;『별나라』통권56호, 1932년 1월호, 38~39쪽)

**삼장 파랑새사**(三長파랑새社) 함경북도 무산군 삼장면 삼상동(茂山郡 三長面 三上洞). 이화룡(李華龍).「독자담화실」(咸北 茂山郡 三長面 三上洞 파랑새社 李華龍;『신소년』, 1931년 4월호, 49쪽)

**새싹회**(새싹會) 경성(京城). 박여호수아. 1927년 〈새싹회〉를 〈글동무회〉로 이름을 바꾸고 문예지『글동무』발행을 추진하였다.[113]「찾아왔어요」(박여호수아;『아이생활』, 1931.11)

**새틀단**(새틀團, 새틀社) 경성(京城). 안송(安松), 김낙환(金樂煥), 조종현(趙宗泫) 등이 참여하였다. 1930년 3월 16일 경성부 봉익동 팔 번지 안송의 집(京城府 鳳翼洞 八番地 安松 方)에서 〈새틀단〉이 조직되었다.[114]「벤도밥 실소」(새틀團 金樂煥;

---

君 陜川 李聖洪 君 載寧 吳慶鎬 君 定平 蔡奎三 君 安岳 禹泰亨 君 等 外 多數로서 京城 本舘에는 出版部, 演藝部, 圖書部를 두어 出版事業 外에 少年文藝講演, 巡廻圖書舘 設置 等 만은 事業을 大規模的으로 計劃하엿건만 物質的 苦痛과 조치 못한 客觀 情勢 미테서 멧 號의 巡廻 雜誌만 發行한 外에 一九三〇年 下期부터 빈 看板만 玉仁洞 會舘에 달어 두게 되엿다.(昇曉灘,「朝鮮少年文藝團體消長史稿」,『신소년』, 1932년 9월호, 27~28쪽)

111 "三水孝陽讀書會々長 盧德烔 兄님(이하 생략)", "孝長五人讀書會 盧斗烔 盧卿得 盧齊烔 方重鉉 諸氏여(이하 생략)"(이상 惠山鎭 盧雲溪;「동무소식」,『매일신보』, 1931.8.11)

112 "『新少年』讀者 여러분! 우리 三長서도『글벗』이라는 少年文藝 雜誌를 發行합니다. 만흔 寄稿를 바랍니다. 茂山 三長面 三上洞 글벗社 李華龍"

113 『어린이』, 1927년 4월호, 61쪽.

114 "학해(學海)에 잇스면서 새로운 문예정신(文藝精神)을 함양하야 그 방면으로 진취할 목적을 가진 어린 동무들 몃 사람이 지난 삼월 십육일에 시내 봉익동 팔번지 안송(市內鳳翼洞八 安松) 방에서

『별나라』통권41호, 1930년 6월호, 77쪽), 「울아버지 미워」(새틀團 金樂煥;『소년세계』, 1930년 6월호, 53쪽), 「고등소리」(새틀團 金樂煥;『신소년』, 1930년 5월호, 52쪽), 「어린 거지의 노래」(새틀團 趙宗泫;『신소년』, 1930년 5월호, 53쪽), 「다람쥐」(새틀社 趙宗泫;『별나라』통권42호, 1930년 7월호, 60쪽)

**색동회** 일본 도쿄(東京) → 경성(京城). 창립준비회에 참가한 사람은 방정환(方定煥), 강영호(姜英鎬), 손진태(孫晉泰), 고한승(高漢承), 정순철(鄭順哲), 조준기(趙俊基), 진장섭(秦長燮), 정병기(丁炳基) 등 8명이었고, 그 뒤 윤극영(尹克榮), 조재호(曹在浩), 최진순(崔晉淳), 마해송(馬海松), 정인섭(鄭寅燮), 이헌구(李軒求), 윤석중(尹石重) 등이 참여하였다. 1923년 3월 16일 발족하여, 5월 1일 일본 도쿄에서 창립하였다. 1928년 10월 2~7일, 경성 경운동(慶雲洞) 천도교기념관(天道敎紀念館)에서 〈색동회〉와 개벽사(開闢社) 어린이부 공동 주최로 세계아동예술전람회(世界兒童藝術展覽會)를 개최하였다.[115]

**서광소년회**(曙光少年會) 경성(京城) 체부동(體府洞). 윤기정(尹基鼎)의 후원으로, 강수명(姜壽命), 김백기(金百起), 김극렬(金克烈), 이수동(李壽童), 박흥식(朴興植) 등이 참여하여, 1926년 2월 1일에 창립하였다.[116]

**서산 반달문예사**(瑞山반달文藝社, 반달社) 충청남도 서산군(瑞山郡). 유기춘(柳基春), 김화선(金和善), 이기우(李基雨), 이성전(李星田) 등이 참여하였다. 유기춘이 소년문사들끼리 서로 연락 가능한 소년문예잡지 창간을 제의하였다.[117] 『소년소녀동요집(少年少女童謠集)』 발행을 시도하였다.[118] 「제비」(반달文藝社 金和善;

---

〈새틀團〉이라 명칭하고 모힘을 하얏다는데 쯧잇는 동무들이 만히 모혀주기를 바라면 일반문예 선배들의 지도를 간망한다는데 림시로 임원은 아래와 갓더라. 常務員 安松 副常務員 趙宗泫" (「〈새틀團〉 - 글동무 모힘」, 『조선일보』, 1930.3.19)

115 「少年問題研究의 색동회 발회식 - 오월 일일 동경에서」, 『동아일보』, 1923.4.30), 「世界兒童藝術展覽會」(『동아일보』, 1928.9.30), 「(社說)世界兒童藝術展覽會」(『동아일보』, 1928.10.2), 「世界兒童藝術展 - 今日부터 天道敎紀念舘서, 講話와 舞蹈도 잇다」(『조선일보』, 1928.10. 2), 방정환(方定煥)의 「(인사말슴)世界兒童藝術展覽會를 열면서」(『어린이』제6권 제6호, 1928년 10월호), 방정환(方定煥)의 「報告와 感謝 - 世界兒童藝術展을 마치고」(『동아일보』, 1928.10. 12) 참조.

116 「(少年會巡訪記)新興氣運이 빗나는 體府洞 曙光少年會」, 『매일신보』, 1927.8.27.

117 "우리들끼리 서로 聯絡할 機關으로 少年文藝雜誌 하나를 맨들엇스면 하여 위선 여러분께 의론합니다. 特히 金福童, 李華龍, 姜永煥, 車七善, 鄭祥奎, 鄭明杰, 蔡奎三, 林桂順, 李國濃, 蔡奎哲 諸氏의 意見을 듯고 십흡니다. (忠南 瑞山郡 雲山面 반달社 柳基春)"(「동무소식」, 『매일신보』, 1930.6.18)

118 "여러분! 이번에『少年少女童謠集』을 發行하려고 原稿를 모흐는 中이오니 노래를 만히 보내주십

『별나라』, 1929년 5월호, 60쪽), 「노리터」(반달文藝社 李基雨; 『별나라』, 1929년 5월호, 60쪽), 「어느날 밤」(반달文藝社 李星田; 『별나라』 통권33호, 1929년 7월호, 61쪽). 주소는 "서산군 운산면 반달문예사 유기춘(瑞山郡 雲山面 반달文藝社 柳基春)"[119]이다.

**서산 학우사**(瑞山學友社)   충청남도 서산군(瑞山郡). 유기춘(柳基春＝柳春波). 전래동요(瑞山) 「봄이 왔네」(瑞山郡 雲山面 學友社 柳春波 君 報; 『매일신보』, 1930. 8.31).

**서울소년회**   경성(京城) 누상동(樓上洞). 집행위원은 문병찬(文秉讚), 고장환(高長煥), 이원웅(李元雄), 조수춘(趙壽春), 현준환(玄俊煥), 박기훈(朴基薰)이고, 회장 고장환, 고문 김태오(金泰午), 이효관(李孝寬) 등이었다. 1926년 1월 1일 창립총회를 개최하였다.[120]

**석왕사소년회**(釋王寺少年會)   함경남도 안변군(安邊郡)(함경남도 안변군 석왕사면). 신상보(申相輔). 「씩씩하고 참된 소년이 됩시다」(申相輔, 十七; 『어린이』, 1929년 2월호)

**석호소년회**(石湖少年會)   함경북도 성진군(城津郡). 허수만(許水萬). 1927년 12월 17일 〈석호소년회〉 창립 후 〈성진군소년연맹〉에 가입하였다.[121]

**선광소년회**(鮮光少年會)   경성(京城) 내자동(內資洞). 정찬(鄭燦), 강찬격(姜燦格), 이종갑(李種甲), 손영규(孫永奎), 박호찬(朴浩讚), 이교필(李敎弼) 등이 참여하여, 1926년 7월 18일에 창립하였다.[122]

**선천 호무사**(宣川호무社)   평안북도 선천군(宣川郡). 계윤집(桂潤集), 전식(田植), 유천덕(劉天德) 등이 참여하였다.[123]

---

시요. 위선 南應孫, 車七善, 李華龍, 金福童, 蔡奎哲 諸兄의 玉稿를 기다립니다. (忠南 瑞山郡 雲山面 반달社 柳基春)"(「동무소식」, 『매일신보』, 1930.9.13)

[119] "許水萬, 邊甲孫, 南應孫, 李貞求 兄의 住所 좀 아르켜 주시오. 忠南 瑞山郡 雲山面 반달文藝社 柳基春"(「동무소식」, 『매일신보』, 1930.12.7)

[120] 「서울少年會－일월 일일에 창립총회」(『시대일보』, 1926.1.5), 「서울少年會 創立」(『조선일보』, 1926.1.5), 「서울少年會 創立」(『동아일보』, 1926.1.6) 참조. 1925년 10월 1일 창립하였다는 주장도 있다.(「(少年會巡訪記)無産兒童의 敎養 爲해 努力하는 서울少年會」, 『매일신보』, 1927.8.15)

[121] 【羅南】咸北 城津郡 鶴東面 石湖洞 許水萬 君은 〈石湖少年會〉를 發起하야 客年 十二月 十七日에 그 創立總會를 開催하고 城津郡少年聯盟에 加入하얏다는데 委員은 許水萬 外 四名이라더라"(「石湖少年 創立」, 『매일신보』, 1928.1.5)

[122] 「(少年會巡訪記)更生의 懊惱에 싸힌 鮮光少年會의 現狀」, 『매일신보』, 1927.9.2.

[123] "(전략)그런데 우리는 農村少年文藝硏究를 積極的으로 발표하기 위하야 〈호무社〉라는 소년문예

**성북소년회**(城北少年會)  경성(京城) 성북동(城北洞). 위원장 이용운(李龍雲), 위원 문학준(文學俊), 주윤성(朱允成), 김창덕(金昌德), 김순민(金淳敏), 성봉진(成奉鎭), 서장성(徐長成), 이강흡(李康洽), 이용운, 안준식(安俊植), 김동섭(金東燮) 등이 참여하여,[124] 1927년 6월 23일 성북동 삼산학교(三山學校)에서 창립하였다.[125]

**성진 일신소년회**(城津日新少年會)  함경북도 성진군(城津郡) 학남면(鶴南面) 일신동(日新洞). 1925년 6월 1일 창립. 김창효(金昌涍), 이기배(李基培), 주명회(朱明會) 등이 발기.[126] 1927년 6월 25일 정기총회에서 임원 개선: ◀회장 최병택(崔炳澤), ◀서무부 황종렬(黃鍾烈), 이기배, 김원춘(金遠春), ◀교양부 김원의(金遠檥), 김기정(金基鼎), 송정하(宋鼎夏), ◀사회부 박중섭(朴重燮), 김원직(金遠直), 주명회,[127] 우종헌(禹鍾憲).[128]

---

연구社를 創立하얏사오니 소년문예에 뜻 잇는 제군이거든 아모라도 入社할 수 잇스니 염려마시고 〈호무社〉規約書를 請求하십시요. 제군이여! 入社하여 손목을 잡고 朝鮮少年文壇을 훌륭히 發展 식힙시다. 그리고 規約書를 請求하실 째는 二錢 切手 同封하여 京義線 宣川 深川面 磨星洞〈호무社)로 보내주십시요."(宣川호무社 桂潤集; 「『별나라』讀者諸君에게」, 『별나라』통권55호, 1931년 12월호, 34쪽).

"우리들은 지난 五月 卄日에 農村少年의 修養과 農民文藝研究를 目的으로 한 〈호무社〉創立하얏습니다. 農村 各地에 게시는 뜻 잇는 少年 여러분! 깃버해 주십시요. 그리고 다가티 〈호무社〉를 도와서 研究합시다. 다 가튼 社員이 됩시다. (〈호무社〉規約을 보실야거든 二錢 切手 보내시요) (平北 宣川郡 深川面 磨星洞〈호무社〉一洞)"(「동무소식」, 『매일신보』, 1931.6.3)

"◀C 記者 先生님. 더움을 참고 얼마나 事務에 분주하십가? ◀우리 宣川 〈호무社〉田植 先生님도 事務에 분주치 안습니가? ◀宣川의 田東壽 先生님도 날새 〈호무社〉宣傳에 얼마나 분주하십닛가? ◀鐵山에 劉天德 先生님과 鄭潤熹 先生님! 金亨軾 先生님 더위를 참고 우리 〈호무社〉일을 도와주시니 大端히 깃붐니다? ◀元山에 吳允模 先生님도 날새는 더우신지 선선하신지 멀고 먼 몃 百里 밧게서 도와주시니 아- 大端히 고맙습니다. (호무社 桂潤集)"(「동무소식」, 『매일신보』, 1931.7.11)

**124** 「城北少年 創立」(『조선일보』, 1927.6.25), 「創立된 城北少年」(『매일신보』, 1927.6.25)

**125** "동소문 밧 성북동(城北洞)에서는 二十三日 삼산학교(三山學校)에서 〈성북소년회〉를 창립하엿담니다."(「城北少年會 創立」, 『동아일보』, 1927.6.28)
"京城 東小門 外 城北洞 有志 諸氏의 發起로 〈城北少年會〉가 創立되엿는대 創立發會式을 七月 二日 下午 八時부터 三山學校에서 열엿는대 城北洞에서는 처음 보는 대성황을 닐루웟다 합니다. 더욱 少年會가 創立된 지 몃칠이 안 되여 少年會 事業으로 每週日마다 定期童話會를 열며 無産어린이들을 爲하야 夜學도 七月 十一日부터 開學하엿다 합니다."(「城北少年會 創立發會式」, 『별나라』제2권 제7호, 통권14호, 1927년 7월호, 38쪽)

**126** 「日新少年會 - 鶴南面서 組織」, 『동아일보』, 1925.6.10.

**127** 「日新少年會 定總」, 『조선일보』, 1927.7.2.

**128** "저는 멀니 白頭山 밋 교통이 불편한 벽촌에 잇습니다. 현상문데 해답 것흔 것은 기한을 좀 느리지 못하겟습니가. 三水 〈日新少年會〉禹鍾憲"(「별님의 모임」, 『별나라』제2권 제7호, 1927년 7월호,

**세파소년회**(世波少年會)  경성(京城). 안효성(安曉星). 1929년 5월 26일 〈애조소년회(愛助少年會)〉와 〈글벗소년회〉를 합쳐 〈세파소년회(世波少年會)〉를 창립하였다.[129] 「나무장수」(世波少年會 安曉星;『별나라』통권 42호, 1930년 7월호, 61쪽)

**소년소녀문예회**(少年少女文藝會)  경성(京城) 관훈동(寬勳洞). 염근수(廉根守), 이룡구(李龍九), 이강흡(李康洽), 박재인(朴載仁) 등이 발기. 1925년 10월경 조직되었다.[130]

**송화 참벗사**(松禾참벗社, 참벗會)  황해도 송화군(松禾郡). 이명준(李明俊), 임석효(林錫孝) 등이 참여하였다. 현상동요 「함박눈」(松禾 林錫孝;『소년계』제2권 제1호, 1927년 1월호, 8쪽), 「독자란」(松禾郡 참벗회 林錫孝;『아이생활』, 1927년 9월호, 35쪽), 「누님」(松禾참벗社 李明俊,『少年界』제3권 제1호, 1928년 1월호, 33쪽)

**수원 화성소년회**(水原華城少年會)  경기도 화성(華城). 최신복(崔信福＝崔泳柱), 최순애(崔順愛), 최영애(崔英愛), 주봉출(朱奉出) 등이 참여하였다. 동요 「병아리」(水原 華城少年會 朱奉出;『신소년』, 1927년 6월호, 54쪽)

**순화어린이서클**(醇和어린이써클)  경성(京城) 경성사범학교 내(京城師範學校 內). 대표자 鹽飽訓治[131]

**시천교소년회**(侍天敎少年會)  경성(京城) 견지동(堅志洞). 위원장 윤소성(尹小星),

---

40쪽)

**129** "시내 숭2동(崇二洞)에 잇는 〈애조소년회(愛助少年會)〉와 숭4동(崇四洞)에 잇는 〈글벗소년회〉는 서로 이웃 동리에 잇스면서 각각 분립하여 잇슴은 운동상 불리익한 일이 만타 하야 두 회의 간부는 협의한 결과 각각 회를 해산하고 새로 〈세파소년회(世波少年會)〉를 조직하기로 하야 지난달 이십류일에 그 창립총회까지 열엇는데 전긔 두 회에서는 지난 팔일에 합동성명서를 발표하엿더라." (「兩 少年會 合同 - 세파소년회 창립」,『중외일보』, 1929.6.15)
  "시내에 잇는 〈애조소년회(愛助少年會)〉와 〈글벗소년회〉는 쪽가튼 취지의 단톄로서 분립하야 잇슬 필요가 업슴으로 수일 전에 합동총회를 열고 원만히 합동하는 동시에 회명은 〈세파(世波)소년회〉라 하얏다더라."(「兩 少年會 合同」,『동아일보』, 1929.6.15)
**130**「少年少女文藝會 懸賞文藝 募集 - 모집긔한은 이십일까지」,『시대일보』, 1925.10.12.
  시내 관훈동(市內寬勳洞) 일백이십 번지에 사는 렴근수(廉根守), 리룡구(李龍九), 리강흡(李康治), 박재인(朴載仁) 제씨의 발긔로 〈소년소녀문예회(少年少女文藝會)〉를 창립하얏다는데 위선 창립긔념현상문예(創立紀念懸賞文藝)를 모집한다는 바 그 규정은 다음과 갓다고 한다.
  一. 會員의 資格은 文藝作品 募集에 入選되는 이에게만 限하야 會員될 資格이 有함
  一. 募集期限, 十月 二十日까지
  一. 賞品, 特選 五人, 一等 十人, 二等 十五人, 三等 二十人
  一. 發表, 十月 二十五日
  一. 投稿, 寬勳洞 一二三 番地 〈少年少女文藝會〉로
**131** '鹽飽訓治'는 경성사범학교 교유(敎諭)다.

위원 김응한(金應漢), 이성현(李成賢), 임기용(林基用), 김성준(金成俊) 등이 참여하여, 1925년 1월 1일에 창립하였다. 농촌 소년을 위한 잡지 『무궁화』를 발간하였다.[132]

**신미도 샛별사**(身彌島샛별社)  평안북도 선천군(宣川郡) 신미도(身彌島).[133] 김덕호(金德浩). 동요 「눈 녹는다」(身彌島샛별社 ; 『조선일보』, 1930.3.23)

**신설어린이회**(新設어린이會)  경성(京城) 방산정(芳山町 : 현 중구 방산동의 일제강점기 명칭). 대표자 김문성(金文星)[134]

**신우회**(信友會)  경성(京城) 창신동(昌新洞). 대표자 이종원(李鍾遠)[135]

**신의주 소년문예사**(新義州少年文藝社)  평안북도 신의주(新義州). 김형석(金亨錫), 전성찬(全成燦), 최영식(崔永植), 장월산(張越山) 등이 참여하였다. 1929년 2월 12일 『동아일보』, 『조선일보』 두 신문사 신의주지국이 후원하여 신의주공회당에서 제1회 소년소녀 관서 현상동화대회(第一回少年少女關西懸賞童話大會)를 개최하였다.[136]

**신의주 프롤레타리아 아동문학연구회**  평안북도 신의주(新義州). 1931년 신의주에서 김우철(金友哲), 안용만(安龍灣), 이원우(李園友) 등이 조직하였다.

**신징 아동문학연구회**(新京兒童文學硏究會)  만주(滿洲) 신징(新京 : 일본이 세운 만주국(滿洲國)의 수도. 현 吉林省 長春市). 회장 이홍주(李鴻周), 총무 손길상(孫桔湘), 위원 배익우(裵翊禹), 박경민(朴卿民), 정항전(鄭恒篆), 임병섭(林炳涉), 강재형(姜在馨), 엄익환(嚴翼煥), 김진영(金振永) 등이 참여하였다. 1936년 2월 29일 "재만 조선 아동의 정서, 교양과 동시, 동요, 동화 등 일체의 아동문학 연구"를 목적으로 만주 신징에서 창립하였다.[137]

**신흥아동예술연구회**(新興兒童藝術硏究會)  경성(京城) 숭2동(崇二洞). 윤석중(尹

---

132 「(少年會巡訪記)『무궁화』 고흔 향긔로 동모 찾는 侍天少年」, 『매일신보』, 1927.8.24.

133 '신미도(身彌島)'는 평안북도 선천군(宣川郡) 남면에 속하는 섬이다.

134 金末誠, 「朝鮮 少年運動 及 京城 市內 同 團體 紹介」, 『四海公論』, 제1권 제1호, 1935년 5월호, 56쪽.

135 金末誠, 「朝鮮 少年運動 及 京城 市內 同 團體 紹介」, 『四海公論』, 제1권 제1호, 1935년 5월호, 56쪽.

136 「關西少年 懸賞童話大會 – 少年文藝社 主催」(『조선일보』, 1929.2.4), 「新義州의 童話大會 – 今月 十二日」(『매일신보』, 1929.2.7), 「關西童話大會 – 盛況裡에 進行」(『조선일보』, 1929.2.17) 참조.

137 「在滿同胞 兒童의 文學硏究會 組織」(『동아일보』, 1936.3.4), 「新京靑年會에서 兒童文學硏究會」(『조선중앙일보』, 1936.3.6)

石重), 신고송(申孤松), 승응순(昇應順), 소용수(蘇瑢叟), 이정구(李貞求), 전봉제
(全鳳濟), 이원수(李元壽), 박을송(朴乙松), 김영수(金永壽), 최경화(崔京化) 등이
참여하여, 1931년 9월 17일 "아동예술의 연구와 제작 및 보급을 목적"으로 창립하
였다.[138]

**아동극연구협회**(兒童劇研究協會)  경성(京城). 창립위원 남기훈(南基薰), 김태석
(金泰晳), 박홍민(朴興眠), 유기흥(柳基興), 정영철(鄭英徹), 김상덕(金相德), 김호
준(金虎俊) 등이 참여하여, 1936년 6월 6일 경성 자하유치원(紫霞幼稚園)에서 창
립하였다. 조선 아동극의 진실한 연구를 위해 창립하며, 아동극의 진보적 방면을
확보하면서 조선 어린이의 연극적 도야를 조장하고 조선 아동극의 새로운 창조와
수립을 목적으로 한다고 밝혔다.[139]

**아동문학부**(兒童文學部, 조선문학가동맹)  1946년 2월 8일~9일 양일간 조선문학
자대회를 개최한 후 종전 〈조선문학동맹〉을 〈조선문학가동맹〉으로 개칭하였다. 〈조
선문학가동맹〉에는 소설부, 시부 등 8개의 각 부를 두었는데 그중 하나가 아동문학
부이다. 위원장은 정지용(鄭芝鎔), 사무장은 윤복진(尹福鎭), 위원은 현덕(玄德),
이동규(李東珪), 이주홍(李周洪), 양미림(楊美林), 임원호(任元鎬), 송완순(宋完
淳), 박세영(朴世永), 윤석중(尹石重), 이태준(李泰俊), 박아지(朴芽枝) 등이었다.

**아동문학부**(兒童文學部, 조선청년문학가협회)  〈전조선문필가협회〉(1946.3.13 결
성) 회원 가운데 순수 문학단체의 필요성을 주장한 사람들이 〈조선청년문학가협
회〉(1946.4.4 결성)를 결성하였다. 여기에는 시부, 소설부 등 7개의 각 부가 있었는
데 그중 하나가 아동문학부이다. 박영종(朴泳鍾), 송남헌(宋南憲), 서정태(徐廷太),
박두진(朴斗鎭), 김종길(金宗吉), 이원섭(李元燮) 등이 부원이었다.[140]

**아동문학부**(兒童文學部, 조선프로레타리아문학동맹)  〈조선프로레타리아문학동
맹〉(1945.9.17 결성)의 아동문학부이다. 〈조선프로레타리아문학동맹〉은 〈조선문
화건설중앙협의회〉에 반발하여 "반동문학 운동과의 투쟁을 전개하며 비민주주의

---

138 「新興兒童藝術硏究會 創立 – 新童話 童謠 創作과 出版 等, 兒童藝術에 對한 硏究 批評」(『조선일
보』, 1931.9.17), 新少年社, 「兒童藝術硏究會의 誕生과 우리들의 態度」(『신소년』, 1931년 11월
호) 참조.

139 「童劇硏究會 創立總會 – 六日 於 紫霞幼稚園」(『매일신보』, 1936.6.4), 「兒童劇協會 創立」(『조
선중앙일보』, 1936.6.5), 「兒童劇硏究協會 創立 總會 – 六日 밤 紫霞幼稚園에서」(『동아일보』,
1936.6.7) 위원 중에 '金泰晳, 金泰哲' 등으로 표기가 혼재하고 있는데, '金泰晳'으로 통일하였다.
'朴興眠'은 박홍민(朴興珉)의 오식으로 보인다.

140 권영민, 『해방 직후의 민족문학운동 연구』, 서울대학교출판부, 1986, 25쪽.

개량주의 봉건주의 국수주의 예술지상주의 문학을 배격하는 동시에 프로레타리아 예술 확립에 매진"하는 것을 목적으로 조직하였다. 소설부(小說部), 시부(詩部) 등 6개의 각 부를 두었는데 그 가운데 아동문학부는 "송완순(宋完淳), 이주홍(李周洪), 정청산(鄭靑山)"[141] 등이 맡았다.

**아동문학위원회**(兒童文學委員會, 조선문학건설본부) 조선문화건설중앙협의회(朝鮮文化建設中央協議會)(1945.8.18 결성) 문학건설본부(文學建設本部) 아동문학위원회(兒童文學委員會)와 조선문학동맹(朝鮮文學同盟) 아동문학위원회. 1945년 8월 27일 조선문화건설중앙협의회 조선문학건설본부 아동문학위원회를 결성하였다.{위원장 정지용(鄭芝溶), 서기장 박세영(朴世永), 동요부장 임원호(任元鎬), 동화부장 현덕(玄德), 동극부장 윤복진(尹福鎭)}.[142] 기관지『아동문학』발간. 조선공산당의 지시에 따라 〈조선프로레타리아예술연맹〉(1945.9.30 결성)과 통합하여 〈조선문학동맹〉(1945.12.13 결성)의 아동문학위원회가 되었다.{위원장 정지용, 서기장 윤복진, 위원 현덕, 이동규(李東珪), 이주홍(李周洪), 양미림(楊美林), 임원호, 이태준(李泰俊), 박아지(朴芽枝), 홍구(洪九)}[143]

**안변 군성사**(安邊群聲社) 함경남도 안변군(安邊郡). 김수열(金洙烈), 한용헌(韓庸憲), 박영하(朴永夏), 강준덕(姜濬德), 이장구(李獐求), 박철상(朴哲相), 박귀손(朴貴孫), 김광윤(金光允) 등이 참여하였다.[144]

**안변 글동무사**(安邊글동모社) 함경남도 안변군(安邊郡). 전덕인(全德仁). 동요「선물」(安邊글동무社 전덕인;『아희생활』제4권 제11호, 1929년 11월호, 14~15쪽).『자유논단'에 "안변 미현리 107(安邊美峴里一○七) 글동모社 全德仁"(『아희생활』제4권 제11호, 1929년 11월호, 68쪽)

**안변 금붕어사**(安邊금붕어사) 함경남도 안변군(安邊郡). 남응손(南應孫), 신상운(申相雲), 신상보(申相輔) 등이 참여하였다. 1929년 8월에 창립하였다.[145] 「우리집

---

141 「선언」(조선프로레타리아문학동맹 전단지, 1945.9.17)과, 조선프로레타리아예술연맹 기관지, 『예술운동』(창간호, 1945.12.5, 125쪽) 참조.

142 「아동문학위원회 결성」, 『(旬報)해방 뉴스』, 해방통신사, 1945.9.

143 「文學同盟의 새 陣容 決定」, 『자유신문』, 1945.12.15.

144 「별님의 모임 - 雜報」(『별나라』통권51호, 1931년 6월호, 46쪽)에 ◎ 群聲社 咸南 安邊郡 培花面 文峯里 群聲社에서는 鐵筆文藝回覽 雜誌『群聲』을 六月 下旬에 發刊하려고 努力 中이라는대 동무들의 만혼 投稿를 바란다. 群聲編輯委員 金洙烈, 韓庸憲, 朴永夏, 姜濬德, 李獐求, 朴哲相, 朴貴孫, 金光允 (安邊 培花 金光允)

145 「금붕어社誌 禁止」, 『조선일보』, 1929.10.24.

아저씨」(금붕어社 申相雲;『조선일보』, 1929.10.30), 「사과 장사 한머니」(금붕어
社 申相雲;『조선일보』, 1929.11.7), 「눈나리는 밤」(금붕어社 申相輔;『조선일보』,
1929.11.22)[146], 「고양이」(釋王寺 申相雲;『조선일보』, 1929.12.4), 동요 「불상한
문풍지」(금붕어社 申相보;『조선일보』, 1929.12.26)

**안변 북풍문예사**(安邊北風文藝社, 北風社)　함경남도 안변군(安邊郡). 지창순(池昌
洵), 강석균(姜石均), 김추택(金秋澤), 석순길(石淳吉), 이자삼(李子三) 등이 참여
하였다.[147] "문예 발전을 목적하고 조직"하였으며,[148] 〈북풍사(北風社)〉라고도 하였
다.[149] 동요 「바다가에서」(安邊北風社 池昌洵;『매일신보』, 1931.8.27)

**안악 명진문예회**(安岳明進文藝會)　황해도 안악군(安岳郡). 김태실(金泰室), 황명
식(黃明植) 등이 참여하여, 1930년 9월경에 창립하였다.[150] 「식충장군」(明進文藝
會 金泰室;『동아일보』, 1930.12.25), 「개나팔」(明進文藝會 金泰室;『동아일보』,
1931.1.1), 「그놈이 바보」(明進文藝會 金泰室;『동아일보』, 1931.1.2), 동시 「강아
지」(明進文藝會 黃明植;『매일신보』, 1930.11.26)

**애우소년회**(愛友少年會, 愛友少年學友會)　경성(京城) 도염동(都染洞). 회장 최영

---

146 신상보(申相輔)의 작품은 동요 「갈닙배」(釋王寺 申相輔;『조선일보』, 1929.11.7), 「秋夜悲哀」
　　(釋王寺 申相輔;『매일신보』, 1930.11.15), 「여름밤」(申相輔;『매일신보』, 1930.8.22), 「불상한
　　거지」(申相輔;『중외일보』, 1930.2.16) 등이 더 있다. 동요 「양복쟁이 납분 놈」(申尙寶;『중앙일
　　보』, 1933.2.13)의 '申尙寶'도 같은 사람으로 보인다.

147 "讀者 여러분. 우리는 〈北風文藝社〉를 組織하엿싸오니 片紙하실 일이 잇스면 咸安 安邊郡 新高山
　　驛前 高山里 北風社로 꼭! 하여 주십시요. 北風社 池昌洵, 姜石均, 石淳吉, 李子三 等 外 三人"
　　(「별님의 모임」,『별나라』통권54호, 1931년 10-11월 합호, 41쪽)
　　　"우리 高山에 今般 〈北風社〉란 모힘을 組織하엿스니 여러 少年少女 諸氏의 後援과 愛護를 바라
　　며 書信으로도 만은 問議와 도음을 社員 一同은 懇望합니다. 社員 姜石均, 池昌洵, 李子三, 金秋
　　澤, 石淳吉 (安邊 北風社)"(「讀者談話室」,『新少年』, 1931년 9월호, 51쪽)

148 "坊々谷々으로 흐터저 계신 여러분 동무들이시여. 우리 高山에서 今番 〈北風社〉란 旗幟下에 文藝
　　發展을 目的하고 組織되엿스니 만흔 後援과 愛護를 주시기를 바랍니다. 社員 姜石均 石淳吉 李子
　　三 池昌洵 終々 書信으로도 問議하여 주심을 社員一同은 懇望하는 바입니다. (咸南 安邊郡 衛益
　　面 高山里 北風社)"(「동무소식」,『매일신보』, 1931.9.2)"

149 「동무소식」,『매일신보』, 1931.9.2.

150 "昨年 九月부터 貧弱하나마 우리 安岳서는 文藝會라는 二十餘 各 團體의 讀者會를 組織햇습니다.
　　一個月에 會費 十錢씩을 모아가지고 朝鮮서 發刊하는 兒童雜誌와 其他 兒童에 關한 書冊을 될
　　수 잇는 대로 購入하야 會員이 서로 規模잇게 回讀케 햇습니다. 가난한 農村에 生長한 우리는
　　이 讀書會 組織으로 말미암아 每月 十錢만 내고도 四五 가지의 책을 볼 수 잇게 되엇습니다.
　　그리고 每月 二回씩 總會를 열어 가지고 讀書 讀後感 自作 朗讀會 討論會 等을 開催하야 一般會員
　　이 재미를 부처옵니다. (明進學校 NMS生 投)"(「(讀書消息)明進文藝會」,『동아일보』, 1931.1.19)

윤(崔英潤), 위원 신봉균(申鳳均), 우동환(禹東煥), 윤낙영(尹樂永), 안용성(安鎔姓), 김익광(金益光), 이기형(李起炯), 장기조(張基祚), 백복남(白福男), 김순동(金淳同), 김복남(金福男) 등이 참여하여, 1925년 3월 1일 창립하였다. 소년잡지『학원(學院)』을 발행하였다.[151]

**애조소년회**(愛助少年會) 경성(京城). 홍순기(洪淳基), 이창연(李昌衍), 홍복득(洪福得), 이용범(李用範) 등이 참여하여, 1926년 7월 4일에 창립하였다.[152] 1929년 5월 26일 〈글벗소년회〉와 합쳐 〈세파소년회(世波少年會)〉가 되었다.

**애호소년회 글동무회**(愛護少年會글동무회) 경성(京城). 회장 김택용(金澤勇). 〈애호소년회(愛護少年會)〉에서 회원들에게 문예 취미를 주려는 새로운 계획에 따라 〈글동무회〉를 설치하였다. 1926년 11월 27일 경성 삼각정(京城 三角町) 애호소년회관에서 발회식을 개최하였다.[153]

**앵봉회**(鶯峯會) 경성(京城). 송영(宋影), 임화(林和), 윤기정(尹基鼎). 각 본부 송영, 윤기정, 무대의상 임화, 김용환(金溶煥), 음악부 맹오영(孟午永), 선전부 안준식(安俊植), 박세영(朴世永), 최병화(崔秉和) 등이 참여하여, 1929년 2월경에 조선 소년소녀의 아동극 연구단체로서 조직하였다.[154]「〈소(牛)병정(兵丁)〉의 '복만(福萬)'이로!」(鶯峯會 李粉玉;『별나라』통권48호, 1931년 3월호)

**여명소년회**(黎明少年會) 경성(京城) 태평통(太平通). 김용문(金龍文), 한공원(韓公源), 마선식(馬選植), 강천식(姜千植), 김한성(金漢成), 이명복(李明福) 등이 참여하여, 1926년 12월 24일에 창립하였다.[155]

**예산 글벗회**(禮山글벗會) 충청남도 예산군(禮山郡). 전래동요「다리세기」(忠南 禮山郡 光時面 글벗 雲谷 農隱 君報;『매일신보』, 1930.11.11), 전래동요「큰애기」(忠

---

**151** 「(少年會巡訪記)千名의 大集團을 目標코 活躍하는 愛友少年會」,『매일신보』, 1927.8.18

**152** "시내 숭2동에 잇는 〈애조소년회(愛助少年會)〉에서는 금 사일 오후 세시에 숭2동 숭정(崇正)공립 보통학교에서 창립총회를 개최한다더라."(「愛助 創立總會」,『동아일보』, 1926.7.4)
　　시내 숭4동(崇四洞)의 〈애조소년회〉 창립 일주년 기념식을 1927년 7월 3일 蓮池洞 明進少年會館(명진소년회관)에서 개최하였다.(『별나라』제2권 제7호, 통권14호, 1927년 7월호, 38쪽)

**153** 「〈글동무회〉 발회식」(『동아일보』, 1926.11.12),「글동무會 組織」(『조선일보』, 1926.11.12),「글동무 發會」(『조선일보』, 1926.11.27),「愛護少年會 글동무회 發起」(『중외일보』, 1926.11.27) 참조.

**154** 「(라듸오)동화극 앵봉회 '모(母)의 애(愛)」(『조선일보』, 1929.2.5),「鶯峯會의 童劇－三月 六日 天道教紀念舘에서」(『동아일보』, 1929.3.5),「鶯峯會의 童劇－第一回 公演」(『중외일보』, 1929. 3.5),「鶯峯會 第一回 童劇 公演－三月 六日(水) 下午 七時에 市內 天道教記念舘에서」(『조선일보』, 1929.3.6)

**155** 「(少年會巡訪記)後援會의 背景 두고 빗나가는 黎明少年」,『매일신보』, 1927.8.26.

南 禮山郡 光時面 글벗會 雲谷 農隱 報; 『매일신보』, 1930.11.15)[156]

**오월회**(五月會)   1925년 5월 30일 〈조선불교소년회〉와 〈반도소년회〉가 합동하여 경성소년연맹 〈오월회〉를 조직하고, 방정환(方定煥), 고한승(高漢承), 정홍교(丁洪敎) 3인이 집행위원이 되었다.[157] 정기총회에서 최규선(崔奎善 = 崔靑谷), 최영윤(崔英潤), 이원규(李元珪), 한영헌(韓榮憲), 고장환(高長煥), 문병찬(文秉讚), 유시용(劉時鎔), 정홍교가 지도자로 선임되었다.[158] 〈오월회〉의 주도적 노력으로 1927년 7월 30일 〈조선소년연합회(朝鮮少年聯合會)〉가 발기되었다. 이후 〈오월회〉는 견지동(堅志洞) 시천교당(侍天敎堂)에 남아 있었고, 간부는 허선규(許璇圭), 윤소성(尹小星), 고장환, 최영윤, 한영우(韓榮愚), 정홍교, 민병희(閔丙熙) 등이었다.

**오전문학사**(五錢文學社)   경성(京城) 연건동(蓮建洞) 274번지. 1926년 2월경 연성흠(延星欽), 홍순준(洪淳俊 = 洪銀星), 박장운(朴章雲) 등이 발기하였다. "재래의 조선의 문학운동은 일부 지식계급운동이엇고 쏘한 너무나 민중과 써러저 잇섯다는 취지"에서 동인을 "무산계급의 무명 작가들"로 한정하여 창립한 것이다. 잡지 『오전문학』을 발간하기로 하였다.[159]

**왕신동요연구회**(旺信童謠研究會, 왕신동요회, 旺新童友會)   경성부 외 왕십리(京城府 外 往十里) 왕신학원 내(旺新學院 內)에서 조직되었다. 대표자 김태석(金泰晳)[160] 왕신학원은 1918년경에 개설하여, 1925년경 여자부(女子部)를 개설하였다.

---

156 『매일신보』의 전래동요 수집에 응해 충남 예산(禮山)의 「다리세기」와 「큰 애기」를 기보(寄報)한 것이다.

157 「(少年會巡訪記)多形에서 統一로 少年機關을 抱容－五月會에 過去 現在(上)」, 『매일신보』, 1927.9.6.

158 「(少年會巡訪記)七十萬 宣傳紙 全鮮에 널니 配布－五月會에 過去 現在(下)」, 『매일신보』, 1927.9.7.

159 「五錢文學社 創立－무명 무산작가의 신운동」(『조선일보』, 1926.2.2), 「五錢文學社」(『동아일보』, 1926.2.2), 「五錢文學社」(『매일신보』, 1926.2.2)

160 金末誠, 「朝鮮 少年運動 及 京城 市內 同 團體 紹介」(『四海公論』 제1권 제1호, 1935년 5월호, 56쪽)에는 대표자가 '金末哲'로 되어 있다. '金泰哲, 金泰晳, 金泰哲' 등으로 표기가 혼재되고 있는데, 김태석(金泰晳)으로 통일하였다. 김태석은 왕신학원(旺新學院)의 교사로 근무하면서 왕신동요연구회(旺信童謠研究會, 旺新童友會)를 지도하였고(「童話劇「신 깃는 할아버지」, 旺新童友會作과 指導 金泰晳」, 『조선일보』, 1938.9.15), 뒤에 윤희영(尹喜永)과 함께 〈꾀꼬리회〉도 지도하였다. 이때 동요곡집 『꾀꼴이』도 발간한 바 있다.(「童謠作曲家 金氏 新作『꾀꼴이』 發刊」, 『조선일보』, 1936.7.17)

　〈왕신동요연구회〉와 함께 〈충신동요회(忠信童謠會)〉, 〈배영동요회(培英童謠會)〉, 〈서운율동연구소(曙雲律動研究所)〉 등이 활동했으나 신문과 잡지에서 관련 자료를 확인하기 어렵다.

오랜 기간 김태석이 〈왕신동요연구회〉를 지도한 것으로 보인다.[161]

**용강 글빛문예사**(龍岡글빗文藝社)　평안남도 용강군(龍岡郡). 정명걸(鄭明杰).「논틀」(龍岡글빗文藝社 鄭明杰;『동아일보』, 1928.8.23)

**용강 섬돌회**(龍岡섬돌會)　평안남도 용강군(龍岡郡). 김종연(金鍾淵), 김가연(金稼淵), 김동연(金種淵), 문창봉(文昌鳳), 문정봉(文楨鳳), 문정삼(文楨三), 김정관(金楨寬), 김정훈(金楨勳), 김정렬(金楨烈), 김정보(金楨輔), 박일호(朴鎰浩), 정용익(鄭龍益), 김동팔(金東八), 김상렬(金尙烈), 안완영(安完榮) 등이 참여하였다.[162]

**용강 일꾼회**(龍岡일꾼會)　평안남도 용강군(龍岡郡). 김상묵(金尙默). 동요「오동나무」(龍岡일꾼會 金尙默;『매일신보』, 1930.7.4)

**용인소년회**(龍寅少年會)　경성(京城). 성진협(成辰協), 성을희(成乙姬), 성일희(成一姬), 김부순(金富順) 등이 참여하였다.[163] 「독자의 글」(『少女界』제2권 제2-3호, 1928년 3월호, 32쪽)에 수필「하로 아침」(龍寅少年會 成一姬),「동모」(龍寅少年會 金富順)

**우리동무회**(우리동무會)　새벽종〔禹曉鍾〕. 동요「햇님」(우리동무會 새벽종;『소년』제1권 제5호, 1937년 8월호, 72쪽)

**운산 북진소년회**(雲山北鎭少年會)　평안북도 운산군(雲山郡) 북진읍(北鎭邑). 박기룡(朴奇龍), 고복만(高福萬), 황성룡(黃成龍), 윤덕상(尹德尙), 박창현(朴昌賢), 송제룡(宋濟龍), 이중화(李重華), 황명옥(黃明玉), 최처길(崔處吉), 정문균(鄭文均), 김형선(金鎣善), 조신정(趙信貞), 곽용성(郭龍成), 김석호(金錫浩), 김승기(金承起), 장석희(張錫熙), 문명옥(文明玉) 등이 참여하여,[164] 1925년 4월 11일 〈운산

---

161 「라디오 푸로그람」(『조선일보』, 1938.9.15) 소개에 〈왕신동우회(旺新童友會)〉작(作)과 지도(指導) 김태철(金泰哲)이라 한 것과,「旺新學院 卄三周 記念」(『매일신보』, 1941.4.25)에 "창립 二十三주년 긔념식과 아울러 염명용준(廉明容駿), 김태철 두 선생의 十주년 근속표창식을거행하기로 되엇다"고 한 것에서 왕신학원의 설립 시기와 김태철이 〈왕신동요연구회〉에서 오랜 기간 활동한 사실을 확인할 수 있다.「女子部도 新設 − 往十里 旺新學院 擴張」(『동아일보』, 1925.4.8) 참조. '金泰哲, 金泰晳, 金泰晳'으로 표기가 혼재되고 있는데, 김태석(金泰晳)으로 통일하였다.

162 "〈龍岡섬돌회〉동무 열다섯 다 오섯소?","司會 − 順序대로 이제 龍岡 섬돌會員 一同이 「종달이」이라는 노래로 合唱이 잇겟습니다. 노래는 鄭龍益 氏 作인대 作曲은 업서서 되는대로 한답니다.　金鍾淵 金稼淵 金種淵 文昌鳳 文楨鳳 文楨三 金楨寬 金楨勳 金楨烈 金楨輔 朴鎰浩 鄭龍益 金東八 金尙烈 安完榮 자 − 登壇하십시요."(「(紙上慰安)산노리童謠會」, 『매일신보』, 1931.6.17)

163 「동모」(龍寅少年會 金富順;『소녀계』제2권 제2-3호, 1928년 3월호)에, "우리 少年會에 指導者인 成辰協 先生님에 妹第(妹弟의 오식)인 成乙姬 양이다"라 한 데서 성진협, 성을희("그는 至今 某公立普通學校 第六學年에 在學中임에 不拘하고 會을 爲하야 熱心으로 事務를 取扱하며 一心으로 工夫한다.")도 회원임을 알 수 있다.

북진청년회)에 소년부를 창립한 데에 뿌리를 두고 있다.[165] 동요 「저녁 고동」(雲山
北鎭少年會 朴奇龍；『매일신보』, 1930.6.25), 「아가우름」(雲山北鎭少年會 朴奇龍；
『매일신보』, 1930.6.28)

**원산 금모래사**(元山금모래社)  함경남도 원산(元山). 모기윤(毛麒允＝毛隱泉). 동
요 「봄이 오면」(금모래社 毛隱泉；『중외일보』, 1930.3.11)[166]

**원산 꽃글소년회**(元山꽃글少年會)  함경남도 원산(元山). 최흥길(崔興吉). 「꽃」(元
山銘石洞 崔興吉；『소년계』, 1927년 3월호, 21쪽)

**원산 벗꽃사**(元山벗꽃社)  함경남도 원산(元山). 박영하(朴永夏), 오유선(吳柔善),
박병도(朴炳道), 최석숭(崔錫崇)이 참여하여, 1930년 10월경 조직하였다.[167] 「건방
진 놈」(元山벗꽃社 靜波；『新少年』, 1931년 7월호, 56쪽), 「별님의 모임」(『별나라』
통권55호, 1931년 12월호, 33쪽), 동요 「치우랍니다」(벗꽃社 朴炳道；『조선일보』,
1930.11.30)

**원산 봉광소년회**(元山峯光少年會)  함경남도 원산(元山). 만영훈(萬英勳), 최태원
(崔泰元) 등이 참여하였다.[168] 「서덕출 군(徐德出君)에게」(峯光少年會 崔泰元；『동
아일보』, 1927.10.18)

**원산 불꽃사**(元山불꽃社)  함경남도 원산(元山). 「별님의 모임」(『별나라』통권58
호, 1932년 4월호, 48~50쪽에 '元山불꽃社員 一同'이라 하였다.

**원산 세우사**(元山細友舍)  함경남도 원산(元山). 최석숭(崔錫崇), 박영하(朴永夏)
등이 참여하였다.[169] 『세우(細友)』라는 철필 잡지(鐵筆雜誌)를 발간하였다.[170] 「전
식 군(田植君)의 동요평(童謠評)을 읽고(전4회)(細友舍 星村；『매일신보』, 1931.9.
6~10)

---

164 「祝福 바들 各地 어린이날 準備」, 『매일신보』, 1934.5.1.
165 「北鎭少年部 創立」(『동아일보』, 1925.4.24), 「北鎭少年會 創立總會」(『동아일보』, 1925.4.29)
166 "隱泉: 아동문학가 毛麒允의 호"(단대출판부 편, 『빼앗긴 冊』, 단대출판부, 1981, 94쪽)
167 "우리들은 우리들의 習作, 硏究긔관으로 〈벗꽃社〉를 조직하얏습니다. 朴永夏, 吳柔善, 朴炳道,
崔錫崇"(「벗꽃社」, '별님의 모임', 『별나라』통권45호, 1930년 10월호, 32쪽)
168 "景致 좃키로 有名한 元山에서는 萬英勳 氏 外 數人의 發起로 〈峯光少年會〉를 創立하엿다 합니
다."(『별나라』제2권 제7호, 통권14호, 1927년 7월호, 38쪽)
169 박영하의 「바다 통통통」과 최석숭의 「배 골은 나」(이상 『소년세계』제3권 제2호, 1932년 2월호)
를 발표하면서 〈세우사〉 소속이라 밝혔다.(최명표, 『한국근대소년문예운동사』, 도서출판 경진,
2012, 83쪽)
170 "今番 元山 〈細友舍〉에서는 決議한 結果 『細友』라는 鐵筆雜誌를 發刊하게 되얏습니다. 同時에
文學에 뜻을 둔 여-러 諸兄들의 玉稿를 바랍니다."(「동무소식」, 『매일신보』, 1931.9.2)

**원산 적우사**(元山赤友社)  함경남도 원산(元山). 박성강(朴星剛)[171]

**원산 춘성문예사**(元山春城文藝社)  함경남도 원산(元山). 박영하(朴永夏 = 朴映河), 박병도(朴炳道), 최은향(崔隱鄕 = 隱鄕, 수문마을) 등이 참여하였다.[172] 「봄비」(春城文藝社 隱鄕;『신소년』, 1931년 5월호, 34쪽), 「독자담화실」(春城文藝社 朴映河;『新少年』, 1931년 7월호, 52쪽)

**유천 독서회**(楡川讀書會)  경상북도 청도군(淸道郡) 유천면(楡川面). 김수방(金守邦).[173]

**의주 가갸회소년회**(義州가갸會少年會, 義州가갸少年會)  평안북도 의주(義州). 이명식(李明植), 이화원(李花園) 등이 참여하였다. 「가을아침」(義州가갸會少年部 李花園;『동아일보』, 1926.12.23), '작문' 「새해를 마즈며」(義州가갸少年會 李明植;『신소년』, 1927년 1월호, 72쪽), 「가을 아츰」(義州가갸會少年部 金明植;『중외일보』, 1926.11.28)[174]

**의주 글벗회**(義州글벗會)  평안북도 의주(義州). 이섬해(李暹海), 이명식(李明植) 등이 참여하였다. 동요 「참새와 가마귀」(義州글벗會 李暹海;『중외일보』, 1927. 3.5), 「참새와 가마귀」(三等 義州글벗會 李明植;『소년계』, 1927년 3월호, 30쪽)

**의주 꿈동무회**(義州꿈동무會)  평안북도 의주(義州). 백은성(白銀星 = 金友哲). 동요 「달 업슨 이 밤」(義州꿈동무會 白銀星;『아이생활』 제3권 제11호, 1928년 11월호, 27쪽), 「자유논단(自由論壇)」(義州꿈동무會 白銀星;『아이생활』 제3권 제11호, 1928년 11월호, 66쪽).

**이원 불꽂사**(利原불꽂社)  함경남도 이원(利原). 김명겸(金明謙 = 金藝池). 「『파랑새』 發刊을 들고」(利原불꽂社 金藝池;『별나라』 제6권 제6호, 1931년 7-8월 합호, 24쪽)

**인천 가나리아회**(仁川가나리아會)  경기도 인천(仁川) 내리(內里) 29번지. 1926년

---

171 "先生님이시여! 그동안 모다 안령하십니까? 그런데 한 가지 뭇는 것은 무산 서류를 만히 出版하는 日本에 잇는 世界社 住所를 좀 알녀 주십시요? 밋습니다.(元山〈赤友社〉朴星剛)"(『신소년』, 1931년 4월호, 50쪽)

172 "元山〈春城文藝社〉朴炳道, 朴映河, 崔隱鄕 세 兄님. 그동안 안영하심닛가. 이 後에 서로 通信이나 하며 親密하게 지냅시다.(京城 朴仁守)"(「讀者談話室」,『新少年』, 1931년 7월호, 53쪽)

173 "우리들 십이(十二)인(人)은 별나라讀書會를 組織하엿스니 현상 답안은 물론이요 文藝作品도 한테 읽어 보고 한테 보내겠슴니다. 楡川 金守邦 等"(「(별님의 모임)楡川讀書會」,『별나라』 통권 42호, 1930년 7월호, 39쪽)

174 '金明植'이란 이름으로 아동문학 활동을 한 사람이 없어 이명식(李明植)의 오식으로 보인다.

10월경 창립되었다.[175] 홍호(洪壕), 윤대석(尹大錫), 신충우(申忠雨), 박동석(朴東石) 등이 참여하였다. 매주 토요일마다 동요동화회를 개최하여 소년소녀들의 지식 향상과 정신 함양을 목적으로 창립하였다. 1926년 11월 5일부터 27일까지 제1회 순회동화동요회를 열었는데 순회위원은 홍호, 윤대석, 신충우, 박동석이었다.[176]

**인천 새동요운동사**(仁川새童謠運動社)  경기도 인천(仁川).[177] 정적아(鄭赤兒), 박복순(朴福順) 등이 참여하였다. 동요「야학생 개골」(새童謠運動社 鄭赤兒；『별나라』통권42호, 1930년 7월호, 60~61쪽),「서울 생각」(새童謠運動社 朴福順；『별나라』통권42호, 1930년 7월호, 61쪽)

**인천 초가집회**(仁川초가집회)  경기도 인천(仁川). 이양(李孃), 박북성(朴北城), 우효종(禹曉鍾) 등이 참여하였다.[178] 회람지『초가집』을 발행하였다.[179]

**임수독서회**(壬水讀書會)  송철리(宋鐵利).「독자담화실」(壬水讀書會 宋鐵利；『신소년』, 1931년 9월호, 51쪽)

**입지소년회**(立志少年會)  경성(京城). 임원은 회장 오성근(吳成根), 부회장 안영목(安泳穆), 서기 김기남(金起男), 도서부 김대수(金大洙), 김수현(金洙鉉), 회계 회장 겸 운동부 이순성(李舜性) 등이 참여하였다.[180] 동요「눈이 나리면」,「우리 집」(이상 金大洙；『어린이』제10권 제2호, 1932년 2월호)

**장미회**(薔薇會, 장미社)  경성(京城). 김흥순(金興順), 김택효(金澤孝), 조영(趙影), 백옥석(白玉石) 등이 참여하였다.[181] 김흥순은『소녀계(少女界)』발간에도 참여하

---

175 「仁川에, 가나리야會 - 아동의 모임」(『매일신보』, 1926.10.19)과 「創立 一週年 紀念祝賀會 - 가나리아會에서」(『매일신보』, 1927.10.18)를 보면, 전자는 1926년 10월경 창립하였음을, 후자는 1927년 10월 22일 창립 1주년 기념식을 거행한다고 하였으므로, 환산하면 창립일자는 역시 1926년 10월경이 된다.

176 「가나리야會 巡回童話 - 금 오일부터」, 『매일신보』, 1926.11.5.

177 박복순(朴福順)이 인천(仁川)에 거주하는 것으로 보아, 정적아도 인천에서 활동한 것으로 보인다. 동시「나비」(仁川 朴福順；『조선중앙일보』, 1935.4.18)

178 「우리 면회실」, 『아이생활』제15권 제1호, 1940년 1월호, 39쪽.

179 林仁洙, 「兒童文學 餘談」, 『兒童文化』第1집, 同志社 兒童園, 1948년 11월호, 111쪽.

180 「市內 東崇洞에 잇는〈立志少年會〉는 昨年 十二月 一日에 革新總會를 開催하고 오늘까지 新任任員들의 힘으로 만은 事業을 한다는데 特히 童話普及을 重要事業으로 하며 其他 每月 會報를 發刊한다 하다. 會員은 約 四十名에 達한다 하며 社會 여러분의 援助를 바란다 한다. 任員은 左와 如함 會長 吳成根, 副會長 安泳穆, 書記 金起男, 圖書部 金大洙, 金洙鉉, 會計 會長兼運動部 李舜性」(「立志少年會」, 『매일신보』, 1931.2.10)

181 「김택효(金澤孝), 조영(趙影), 김흥순(金興順), 백옥석(白玉石) 외 제씨의 발기〈장미샤(薔薇社)〉를 창립하야 사무를 시내 루하동(市內樓下洞) 오십사 번디에 두고 소녀잡지 장미(薔薇)를 발행한

였다.[182] 동요 「봄이 와요」(薔薇會 金興順; 『중외일보』, 1927.2.27)

**재령 시우사**(載寧詩友社)  황해도 재령(載寧). 오경호(吳慶鎬). 수필 「어쩌케 살가」
(詩友社 吳京昊; 『新少年』, 1932년 3월호, 40~42쪽)

**적빗사**(赤빗社)  이호남(李好男)

**전국아동문학가협회**(全國兒童文學家協會)  경성(京城). 1949년 4월 30일 결성.
임원은 다음과 같다. ◀최고위원 박영종(朴泳鍾), 김동리(金東里), 임원호(任元鎬),
◀이사 조지훈(趙芝薰), 김진수(金鎭壽), 이주훈(李柱訓), 곽종원(郭鍾元), 최병화
(崔秉和), 조연현(趙演鉉), 최태응(崔泰應), 최정희(崔貞熙), 박창해(朴昌海), 함정
식(咸貞植), 박화목(朴和穆), 최인욱(崔仁旭), 유동준(兪東濬), 홍구범(洪九範), 김
송(金松), 김광주(金光洲), ◀사무이사 방기환(方基煥), 임인수(林仁洙), 심용식(沈
鏞植), 김윤성(金潤成), ◀참여(參與) 이헌구(李軒求), 윤석중(尹石重), 손진태(孫
晉泰), 김태오(金泰午), 김광섭(金珖燮), 박종화(朴鍾和), 윤복진(尹福鎭)[183]

**조선동요연구협회**(朝鮮童謠研究協會)  경성(京城) 견지동(堅志洞). 대표자 고장
환(高長煥), 동인 한정동(韓晶東), 정지용(鄭芝溶), 신재항(辛在恒), 김태오(金泰
午), 윤극영(尹克榮), 유도순(劉道順) 등이 참여하여, 1927년 9월 1일에 창립하였
다.[184] 〈조선동요연구협회〉에서는 1929년에 『조선동요선집(朝鮮童謠選集) ─ 1928
년판(一九二八年版)』(博文書舘, 1929.1)을 발간하였다.

**조선봄제비사**(朝鮮봄제비社)  경성(京城). 이봉렬(李鳳烈), 이경렬(李敬烈) 등이
참여하여, 1930년 4월경 창립한 것으로 추정된다.[185] 1931년 9월 28일 봄제비사학
예회(學藝會)를 개최하였다.[186] 1933년 1월 21일~22일 이틀간 〈조선봄제비사〉 야

___

다는데 창간호는 느저도 삼월 상순에 발행하리라더라."(「少女雜誌 薔薇 創刊」, 『중외일보』,
1927.1.30)

182 「『少女界』 發刊」, 『중외일보』, 1927.6.1.

183 「아동문학가협회 결성」, 『동아일보』, 1949.5.3.

184 「朝鮮兒童研究協會를 創立 ─ 동요에 유지한 청년문사가」(『조선일보』, 1927.9.3), 「童謠研究協
會 ─ 각 방면 유지가 모혀 창립」(『매일신보』, 1927.9.4), 「童謠界의 新曙光 ─ 童謠研究協會 創
立」(『아이생활』 제2권 제9호, 1927년 9월호, 59쪽), 김태오(金泰午)의 「童謠雜考 斷想(一)」(『동
아일보』, 1929.7.1), 김태오의 「少年文藝運動의 當面에 任務(三)」(『조선일보』, 1931.1.31) 참조.

185 "시내 팔판동(八判洞)에 잇는 〈조선봄제비사〉에서는 작 팔일 오전 여듧시 동사 내에서 창립 이주
년 긔념식을 거행하얏다는데 오전에는 연혁 보고와 야학부 보고가 잇슨 후 즉시 학생의 성적품전
람회가 잇슨 후 밤 일곱시 반부터 여흥으로 심청전의 영화를 상영하야 대성황을 일운 후 동 十一時
에 산회하얏다 한다."(「朝鮮봄제비社 二週年記念式 盛況, 지난 八日 밤」, 『동아일보』, 1932.4.10)

186 "시내 팔판동에 잇는 〈봄제비사〉에서는 그 회의 육영사업으로 야학부를 설립하고 동리 무산아동을
가르켜 오든 바 지난 二十八일 낮에는 성적품전람회를 열고 야간에는 남녀아동의 유희창가와

학부(夜學部)가 이봉렬, 이경렬 형제의 작품 전람회를 개최하였다.[187] 소년소녀현
상문예 모집에서 자유화(自由畵) 부문에 '2등 자유화 정물(二等 自由畵 静物) 봄제
비社 李鳳烈'이라 하였다.[188]

**조선불교소년회**(朝鮮佛教少年會)  경성(京城) 수송동(壽松洞), 간동(諫洞), 한종묵
(韓宗默), 윤소성(尹小星), 정홍교(丁洪教), 한영석(韓英錫), 권상로(權相老), 민병
희(閔丙熙) 등이 참여하였다. 1923년 8월 30일, 한종묵, 윤소성 외 수인이 시작하
여, 정홍교와 함께 1926년 6월 15일 불교교무원(佛教教務院) 직속으로 창립하였
다.[189] 동요 「어머님의 짯뜻한 품속」(佛教少年會 姜振熙;『불교』 제30호, 192747
쪽), 동시 「눈물의 옷」(朝鮮佛教少年會 韓英錫;『불교』 제34호, 1927, 91쪽)

**조선소녀예술연구협회**(朝鮮少女藝術研究協會)  경성(京城) 종로(鐘路). 대표자 김
영진(金英鎭).[190] 1935년 2월 9일 태평통(太平通)『경성일보』사옥 내청각(來靑閣)
에서 동요·동극의 밤을 개최하였다. 〈신설(新設)어린이회〉, 자광유치원(慈光幼稚
園), 〈경성흥인동요회(京城興仁童謠會)〉, 〈조선아동극연구회(朝鮮兒童劇研究會)〉
등이 찬조출연하였다.[191]

**조선소년극예술연구회**(朝鮮少年劇藝術研究會)  경성(京城) 안국동(安國洞) 4번
지. 고영호(高永昊), 김영수(金永壽) 등이 발기하였다. 1933년 7월 20일에 창립회
를 열었다.[192]

**조선소년문예연맹**(朝鮮少年文藝聯盟)  경성(京城) 견지동(堅志洞). 김명진(金鳴
鎭). 1927년 7월 24일에 창립하였다. 기관지는 당시 발행되고 있던『무궁화』로
하였다.[193] "농촌 소년운동에 증진이 될 만큼 혁신한다 하며 또 지금까지의 조선소년

쌴쓰 등으로 대성항리에 오후 十시에 무사 폐회하얏다."(「봄제비社學藝會」,『동아일보』, 1931.
9.30)

187 「朝鮮봄제비社의 畵報展覽會 開催」,『중앙일보』, 1933.1.22.
188 봄제비社 李鳳烈, 「二等 自由畵 静物」,『동아일보』, 1933.1.5.
189 「(少年會巡訪記)極樂花 쩔기 속에서 자라나는 佛教少年」(『매일신보』, 1927.8.19), 「朝鮮佛教少
年會-새로이 생기어 宣傳紙 數萬張 配布」(『시대일보』, 1926.6.28)
190 김항아(金恒兒), 「(評記)〈조선소녀예술연구협회〉제1회 동요·동극·무용의 밤을 보고…」,『사
해공론』 제1권 제1호, 1935년 5월호, 54~58쪽.
191 「童謠童劇의 밤」(『조선중앙일보』, 1935.2.8), 「童謠, 童劇과 舞踊의 밤-明 九日 밤 七시에」
(『동아일보』, 1935.2.9), 「少女藝術研究會 主催 童劇과 童謠의 밤-九日 밤 來靑閣에서」(『매일
신보』, 1935.2.9) 참조.
192 「少年劇研究會 創立總會 開催」,『조선일보』, 1933.7.17.
193 「朝鮮少年文藝聯盟 創立」(『동아일보』, 1927.7.26), 「朝鮮少年文藝聯盟 創立-긔관지도 발행」

운동을 연구 비평할 언론지가 없슴으로 소년운동과 문화운동을 연구 비평하기 위하여서 『조선소년운동(朝鮮少年運動)』을 발행"[194]할 계획이었다. 이후 1927년 8월 19일부터 30일까지 김명진이 평안도(平安道) 지역 순회 동화회를 개최하였다.

**조선소년문예협회**(朝鮮少年文藝協會)　경성(京城). 이명식(李明植), 이동규(李東珪), 신순석(申順石), 이규용(李圭容), 구직회(具直會), 정태익(鄭台益), 안평원(安平原), 김돈희(金敦熙), 이성홍(李聖洪), 오경호(吳慶鎬), 채규삼(蔡奎三), 우태형(禹泰亨) 등이 참여하여, 1929년 5월 〈글꽃社〉를 〈조선소년문예협회(朝鮮少年文藝協會)〉로 변경하였다. 경성으로 국한했던 회원을 전국으로 확대하여, 이명식(당시 朝鮮之光社 근무), 이동규, 신순석, 이규용, 구직회, 정태익(이상 京城) 등이 늘고, 지방으로는 영천(永川)의 안평원, 문천(文川)의 김돈희, 합천(陜川)의 이성홍, 재령(載寧)의 오경호, 정평(定平)의 채규삼, 안악(安岳)의 우태형 등이 참여하였다.[195]

**조선소년문학연구회**(朝鮮少年文學硏究會)　경성(京城). 1931년 여름에 송영(宋影), 이동규(李東珪), 홍구(洪九) 등이 발기하였다.[196]

---

(『중외일보』, 1927.7.26), 「朝鮮少年文藝聯盟 - 平安道 巡廻童話」(『동아일보』, 1927.8.17) 참조.

**194** 「朝鮮少年文藝聯盟 創立」, 『동아일보』, 1927.7.26.

**195** "지난 십구일 경성부 옥인동 륙십삼 번디의 이호(京城府 玉仁洞)에서는 문예(文藝)에 뜻 둔 소년들이 다수히 모이어 '조혼 문예의 향상(向上)과 보급(普及)을 도모한다'는 강령 하에 〈조선소년문예협회(朝鮮少年文藝協會)〉를 창립하얏다는데 압흐로 문예에 뜻 둔 소년으로 만히 회원되기를 바란다더라."(「朝鮮少年文藝協會」, 『東亞日報』 1929.5.23)

"그다음 一九二八年에 일으러 當時 京城에 와서 잇는 昇應順 君이 마침 三水에서 京城 〈새벗社〉로 入社한 崔鳳河 君과 發起하야 〈글꽃社〉를 創立하엿다. 同人으로는 그째 『少年朝鮮』을 編輯하는 朴弘濟 君 李王職雅樂部에 단이는 太在福 君 成慶麟 君 그리고 崔 君 昇 君 等으로 京城에 잇는 文學少年에만 局限하엿다가 一九二九年 五月에 일으러 崔鼎河 君의 落鄕을 契期로 하야 〈글꽃社〉를 〈朝鮮少年文藝協會〉로 變更하고 會員을 全朝鮮으로 募集하엿다. 京城에 잇는 同人으로는 李明植 君(君은 〈朝鮮之光社〉를 나와 飄然히 朝鮮을 버린 後 只今 어대로 갓는가?) 李東珪 君 申順石 君 李圭容 君 具直會 君 鄭台益 君 等이 늘고 地方 同人으로는 永川 安平原 文川 金敦熙 君 陜川 李聖洪 君 載寧 吳慶鎬 君 定平 蔡奎三 君 安岳 禹泰亨 君 等 外 多數로서 京城 本舘에는 出版部, 演藝部, 圖書部를 두어 出版事業 外에 少年文藝講演, 巡廻圖書舘 設置 等 만은 事業을 大規模的으로 計劃하엿건만 物質的 苦痛과 조치 못한 客觀 情勢 미테서 몟 號의 巡廻 雜誌만 發行한 外에 一九三〇年 下期부터 빈 看板만 玉仁洞 會館에 달어 두게 되엿다."(昇曉灘, 「朝鮮少年文藝團體消長史稿」, 『신소년』, 1932년 9월호, 27~28쪽)

**196** 一九三一年度에 일으러 晉州 鄭祥奎 君의 發起한 〈새힘社〉는 在來의 모든 少年文藝團體의 延長이 決코 안이엇다. 그리고 一九三一年 여름에 京城에서 宋影 李東珪 洪九 君 等의 發起로 〈朝鮮少年文學硏究會〉를 創立하야 確乎한 푸로 少年文學의 確立을 期하다가 結局 李 동무의 희생만을 내이고 마럿다. 同下期에 尹石重 君 申孤松 君 昇應順 君 等 發起한 〈新興兒童藝術協會〉로 〈깃븜社〉의 再興의 計劃은 안이엇다.(昇曉灘, 「朝鮮少年文藝團體消長史稿」, 『신소년』, 1932년 9월호,

**조선아동극방송연구회**(朝鮮兒童劇放送硏究會)　경성(京城)　종로(鍾路)　6정목(丁目) 201번지. 주간 김영팔(金永八), 연출부 박누월(朴淚月), 출연부 김연실(金蓮實), 유경이(劉慶伊), 정재영(鄭再榮), 김소영(金素英), 김학성(金學成) 외 수인이 참여하였다. 1929년 7월경, "아동을 본위로 한 라듸오 쓰라마"의 발전을 위해 창립하였다.[197]

**조선아동문화협회**(朝鮮兒童文化協會)　경성(京城). 1945년 9월 발기.[198] 준비위원 민병도(閔丙燾), 윤석중(尹石重), 조풍연(趙豊衍), 정진숙(鄭鎭肅), 박두진(朴斗鎭), 박영종(朴泳鍾) 외 5인.『주간소학생(週刊小學生)』,『소학생벽신문(小學生壁新聞)』을 발간하기로 하고, 1946년 새해 행사로 서울 소학생연합학예회, 전국 소학생작품전람회, 연합국 소학생 작품전람회를 개최하기로 하였다.[199]

**조선아동예술연구협회**(朝鮮兒童藝術硏究協會)　경성(京城). 정인섭(鄭寅燮), 현제명(玄濟明), 정홍교(丁洪敎), 백정진(白貞鎭), 최성두(崔聖斗), 김복진(金福鎭), 노천명(盧天命), 유삼렬(劉三烈), 남응손(南應孫), 김지림(金志淋), 유기흥(柳基興), 원치승(元致升), 모기윤(毛麒允), 한보패(韓寶珮), 이구조(李龜祚), 김성도(金聖道), 신원근(申源根), 원유각(元裕珏), 최인화(崔仁化) 등이 참여하여, 1933년 11월 28일 경성 연지동(蓮池洞) 조양유치원(朝陽幼稚園)에서 발기총회를 개최하였다.[200] 창립총회에서 임원은 고문 현제명, 정인섭, 정홍교, 백정진, 회장 원유각, 총무 유삼렬, 서무 유기흥, 연구부장 모기윤, 실천부장 윤희영(尹晞永) 등이 선임되었다.[201] 전 조선을 망라하여 아동예술에 뜻을 둔 사람들이 모여 조직하였다.[202]

---

29쪽)

197 「放送兒童劇 硏究」,『동아일보』, 1929.7.25.

198 「〈조선아동문화협회〉 취지서」(전단지, 1945년 9월)와 「조선아동문화협회 결성」(『매일신보』, 1945. 9.21)에 따르면 〈조선아동문화협회〉 발기는 1945년 9월에 이루어진 것으로 보인다. 그러나 실제 활동은 1945년 12월이 되어서야 진행된 것으로 확인된다. 윤석중이 "1945년 12월 1일 우리가 모인 곳은 경운동 민병도 집"(『어린이와 한평생』, 범양사출판부, 1985, 194쪽)이라 한 것에서 알 수 있다.

199 「아동문협 작품전」(『동아일보』, 1946.1.10), 「아협(兒協)의 금년 3대 행사」(『조선일보』, 1946. 1.14)

200 발기동인은 "鄭寅燮 玄濟明 丁洪敎 白貞鎭 崔聖斗 金福鎭 盧天命 劉三烈 南應孫 金志淋 柳基興 元致升 毛麒允 韓寶珮 李龜祚 金聖道 申源根 元裕珏 外 數人"이었다. 「兒童藝術의 새로운 建設 – 朝鮮兒童藝術硏究會를 組織, 廿八日 조양유치원에서, 兒童의 新福音」(『동아일보』, 1933.11.26), 「兒童藝術協會 – 발긔총회 개최」(『조선중앙일보』, 1933.11.28) 참조.

201 「兒童藝術協會 創立總會 開催」(『조선중앙일보』, 1933.11.30), 「朝鮮兒童藝術硏究協會 創立 – 서무 연구 실천의 세 부서로 顧問 任員도 選定」(『매일신보』, 1933.11.30)

**조선아동예술연구회**(朝鮮兒童藝術研究會)  경성(京城). 1946년 7월 발족. 고려문화사의 『어린이신문』부에서 조직하였다. 부서와 책임위원은 다음과 같다. ◀대표위원 = 조금자(趙錦子), 이관옥(李觀玉), 홍은순(洪銀順) ◀동화부 = 홍은순(洪銀順), 백화선(白華善), 조성녀(趙成女) ◀동극부 = 고순애(高順愛), 이정숙(李正淑), 홍은순(洪銀順) ◀동요부 = 이관옥(李觀玉), 조금자(趙錦子), 현금봉(玄金鳳) ◀공작부 = 홍은순(洪銀順) ◀율동유희부 = 김복실(金福實), 조성녀(趙成女) ◀특별회원 = 김영수(金永壽), 채정근(蔡廷根), 박계주(朴啓周), 최영수(崔永秀), 송영호(宋永浩), 임동혁(任東爀) ◀임시사무소 = 시내 태평통(太平通) 2정목(二丁目) 고려문화사(高麗文化社) 『어린이신문』부[203]

**조선아동예술작가협회**(朝鮮兒童藝術作家協會)  경성(京城). 김영팔(金永八), 안준식(安俊植), 최병화(崔秉和), 양재응(梁在應), 염근수(廉根守)(以上 常務委員) 유도순(劉道順), 이정호(李定鎬), 홍은성(洪銀星), 박세혁(朴世赫), 연성흠(延星欽), 고장환(高長煥), 신재항(辛在恒), 이원규(李元珪) 등이 참여하여,[204] 1929년 7월 4일 경성 중앙유치원에서 창립하였다.

**조선아동예술협회**(朝鮮兒童藝術協會)  경성(京城) 필운동(弼雲洞). 위원장 이구영(李龜永), 위원 김택효(金澤孝), 문일(文一), 현운수(玄雲水), 김정균(金鼎均), 박두성(朴斗星), 한옥석(韓玉石) 등이, 1928년 6월 18일 발기하여, 6월 25일 창립총회를 개최하였다.[205] 1928년 7월 23일, 24일 단성사(團成社)에서 제1회 공연을 하였다.[206] 1928년 8월 25일 〈조선가극협회(朝鮮歌劇協會)〉로 개칭하였다.[207]

---

202 「목소리만 듯고 얼골 모르는 이들!! 京城 放送少年藝術團體 巡禮-(三) 朝鮮兒童藝術研究協會」, 『매일신보』, 1936.7.19.

203 「朝鮮兒童藝術研究會를 組織」, 『동아일보』, 1946.7.26.

204 "아동예술에 권위인 김영팔(金永八) 외 작가 제씨들은 아동예술의 연구와 그 보급을 도모할 목적으로 사일 밤 시내 중앙유치원에 모이어서 아동예술작가를 망라하야 〈조선아동예술작가협회(朝鮮兒童藝術作家協會)〉를 즉석에서 창립하고 강령(綱領)으로 '우리는 朝鮮兒童의 藝術을 硏究하며 그 普及을 期함'이라고 결명하고 동회 집행위원(執行委員)으로 金永八, 安俊植, 梁在應, 崔秉和, 廉根守 등 제씨를 선거하얏스며 동시에 동화(童話) 동요(童謠) 등의 원고료(原稿料) 문데도 결명하얏다더라."(「朝鮮兒童藝術作家協會 創立」, 『중외일보』, 1929.7.6), 「兒童藝協 創立 - 위원 선명, 원고료도 결명」(『조선일보』, 1929.7.6)

205 「朝鮮兒童藝術協 創立總會」(『동아일보』, 1928.6.25).

206 「兒童藝術協 - 一回 公演, 二十三, 四日 團成社에서」, 『동아일보』, 1928.7.20.

207 "(전략) 〈조선아동예술협회〉는 본래 그의 목덕이 가극으로써 일반 민중의 정서를 정화케 함에 잇든 바 금번 집행위원회에서 회명을 〈조선가극협회(朝鮮歌劇協會)〉로 고치는 동시에 (하략)"(「朝鮮兒童藝術協會를 朝鮮歌劇協會로 - 지난 이십오일 위원회에서」, 『동아일보』, 1928.8.28)

**조선중앙소년회**(朝鮮中央少年會, 中央少年會)　경성(京城) 사직동(社稷洞). 이원재(李元在), 김교설(金敎卨), 황봉룡(黃鳳龍), 이대우(李大雨), 김종운(金鍾運), 김백기(金伯起) 등이 참여하였다. 1926년 4월 〈호용유년회(虎勇幼年會)〉를 〈조선중앙소년회〉로 개칭 창립한 것이다.[208] 동요 「겨울이 왔다」(朝鮮中央少年會 金敎卨; 『매일신보』, 1926.11.28)

**종달새사**　경기도 고양(高陽). 주소는 "경성부외 부암동 204(京城府外 付岩洞 二〇四) 종달새사"로 되어 있다. 1929년 1월경 경기도 고양군 일원의 "소년문학에 뜻이 있는 사람들"이 조직하기로 하였다. 순 동요잡지 『종달새』를 발행할 계획이었고,[209] 1929년 『종달새』(5월 창간호)를 발행하였다.[210]

**죽천 죽우회**(竹川竹友會)　경상남도 사천군(泗川郡). 오대룡(吳大龍), 오성근(吳成根) 등이 참여하였다. 전래동요(泗川) 「황새」와 「파랑 부체」(慶南 泗川郡 邑 西面 竹川里 竹友會 吳大龍 君 報; 『매일신보』, 1930.11.7), 「동무소식」(泗川 竹川 竹友會 吳大龍; 『매일신보』, 1930.9.18), 「동무소식」(泗川 竹友會 吳成根; 『매일신보』, 1930.10.19)

**진남포 글벗문예사**(鎭南浦글벗文藝社)　평안남도 진남포(鎭南浦). 정명걸(鄭明杰). 독자 작문 「아참」(鎭南浦글벗文藝社 鄭明杰; 『새벗』 제4권 제10호, 1928년 10월호, 51쪽), 동요 「소곰정이」, 「못 속의 電燈」(이상 글벗文藝社 鄭明杰; 『문예공론』, 1929년 5월호, 160쪽)

**진잠면 소년주일회**(鎭岑面少年主日會)　충청남도 대전군 진잠면(大田郡 鎭岑面). 송완순(宋完淳). 「독자담화실」(大田郡 鎭岑面少年主日會 宋完淳; 『어린이』, 1926년 7월호, 57쪽)

**진주 노구조리회**(晋州노구조리會, 晋州노구조리社)　경상남도 진주(晋州). 정상규(鄭祥奎), 조영제(趙榮濟), 조명제(趙明濟).[211] 동요 「청개골」(晋州노구조리會 鄭祥奎; 『신소년』, 1928년 7월호, 75쪽)

**진주 동무회**(晋州동무會)　경상남도 진주(晋州). 이순기(李順基), 천이파(千二波),

---

208 「호용유년을 곳처 중앙소년회로」(『동아일보』, 1926.7.7), 「(少年會巡訪記)仁旺山下에 자라나는 氣勢 조흔 中央少年會」(『매일신보』, 1927.8.20), 「(團體와 集會)中央少年 定期總會」(『중외일보』, 1926.12.8), 「中央少年委員會」(『중외일보』, 1929.5.27) 참조.
209 「童謠誌 『종달새』 發行」(『동아일보』, 1929.1.23), 「종달새 創刊」(『조선일보』, 1929.1.24) 참조.
210 「(新刊紹介)종달새 五月號」(『동아일보』, 1929.5.19), 「종달새 = (五月創刊號)」(『조선일보』, 1929.5.24), 「(新刊紹介)종달새 七月號」(『동아일보』, 1929.6.27) 참조.
211 「三千浦 少年少女 作品展覽會 - 初有의 大盛況」, 『동아일보』, 1927.9.30.

544　한국 아동문학비평사를 위하여

정원규(鄭元奎), 권주희(權周熙), 최재학(崔在鶴) 등이 참여하였다. 동요 「달님」(晋州동무會 崔在鶴; 『조선일보』, 1930.1.21), 동요 『돈버리 가신 兄님』(晋州동무會 鄭元奎; 『조선일보』, 1930.1.26), 동요 「바늘」(晋州동무會 李順基; 『조선일보』, 1930.1.31), 동요 「우리 동생」(晋州동무會 權周熙; 『조선일보』, 1930.2.4), 동요 「쥐」(晋州동무會 李順基; 『조선일보』, 1930.2.5), 「우리집 서름」(晋州동무會 崔在鶴; 『조선일보』, 1930.3.2), 「반달」(晋州동무會 千二波; 『조선일보』, 1930.3.4), 「눈과 비」(동무會 鄭元奎; 『조선일보』, 1930.3.4)

**진주 배달사**(晋州배달社)  경상남도 진주(晋州). 정상규(鄭祥奎), 김이규(金二圭).[212] 동요 「가랑닙」(晋州배달社 鄭祥奎; 『동아일보』, 1927.11.23)

**진주 배움사**(晋州배움社)  경상남도 진주(晋州). 조삼준(曹三俊), 김우금동(金又琴童), 김현규(金賢圭), 김태명(金泰明), 박막달(朴莫達), 김순규(金順圭) 등이 참여하였다.[213]

**진주 새싹사**(晋州새싹社)  경상남도 진주(晋州). 이재표(李在杓). 동요 「제비」(晋州새싹社 李在杓; 『중외일보』, 1929.3.24)와 「봄」(晋州새싹社 李在杓; 『중외일보』, 1930.3.24)

**진주 새힘사**(晋州새힘社)  경상남도 진주(晋州). 정상규(鄭祥奎), 박대영(朴大永), 손길상(孫桔湘), 차적향(車赤響), 이재표(李在杓), 차우영수(車又永秀) 등이 참여하였다. 일본어로 기록된 경우 '新力社'로 되어 있다. 1931년 진주의 정상규가 조직하였다. 동요 「금방울 소래」(새힘社 鄭祥奎; 『별나라』, 1929년 5월호, 60쪽), 「가을 소식」(晋州새힘社 孫桔湘; 『아희생활』 제4권 제11호, 1929년 11월호, 26~27쪽), 「허재비 일꾼」(새힘社 鄭祥奎; 『신소년』, 1930년 11월호), 「신작」(새힘社 車赤響; 『조선일보』, 1930.2.14), 동요 「지겟꾼 아버님」(새힘社 李在杓; 『조선일보』, 1930.3.7), 동요 「허재비 병명」(새힘社 鄭祥奎; 『조선일보』, 1930.3.7), 동요 「라팔소래!」(새힘社 車又永秀; 『조선일보』, 1930.2.12), 동요 「늙은 아버지」(새힘社 車又永秀; 『조선일보』, 1930.2.5), 소년시 「工場누나에게」(씨힘社 孫桔湘; 『소년세계』, 1930년 6월호, 54쪽). '씨힘사'는 '새힘사'의 오식으로 보인다.

**진주소년동맹**(晋州少年同盟)  경상남도 진주(晋州). 이재표(李在杓), 김인규(金仁奎), 정상규(鄭祥奎)가 준비위원이 되어, 1928년 7월 11일 진주청년동맹회관에서

---

212 「三千浦 少年少女 作品展覽會－初有의 大盛況」, 『동아일보』, 1927.9.30.

213 "배움社 우리 晋州에서 또 〈배움社〉를 組織하얏습니다. 曹三俊, 金又琴童, 金賢圭, 金泰明, 朴莫達, 金順圭 等"(「〔별님의 모임〕배움社」, 『별나라』 통권42호, 1930년 7월호, 39쪽)

〈경상남도소년연맹 진주소년동맹〉 발기인회를 개최하였으나, 7월 16일 진주경찰서에서 창립대회를 금지시켰다.[214]

**천도교소년회**(天道敎少年會)　경성(京城) 경운동(慶雲洞). 간부 방정환(方定煥), 구중서(具中書), 김기전(金起田), 위원 정성호(鄭成昊), 박인남(朴仁男), 정덕흥(鄭德興), 이대성(李大成), 최귀남(崔貴男), 홍재옥(洪載玉), 나순엽(羅順燁), 이정호(李定鎬), 김기전(金起田), 김옥빈(金玉斌), 박용준(朴庸准), 박달성(朴達成), 차상찬(車相瓚) 등이 발기하여, 1921년 4월 5일 창립하였다.[215]

**천진소년회**(天眞少年會)　경성(京城) 신교동(新橋洞). 1920년 하청금(河淸金), 신석기(申錫基), 홍은유(洪恩裕) 등이 〈천진구락부〉로 시작하여, 1925년 5월 조경석(趙慶錫), 신석기, 김정학(金正學), 이광준(李光俊) 등이 혁신총회를 거쳐 회무를 새롭게 하였다.[216]

**청구소년회**(靑邱少年會)　경성(京城) 창신동(昌信洞)→ 경성부 신교동 15번지(京城府 新橋洞 十五番地). 1925년 8월 8일 창립총회를 개최하였다.[217] 회장 한백희(韓百熙), 부회장 이병두(李秉斗), 총무 장혁파(張革波), 지육덕육부장(智育德育部長) 백남신(白南信), 체육부장 이악(李嶽), 간사 문병찬(文秉讚), 이세훈(李世勳), 김현숙(金賢淑), 임희순(林喜順), 김익순(金益舜), 회계 장명월(張明月), 서기 이순룡(李順龍) 등이 참여하였다. 1926년 6월 중순에 소년 소녀의 작품을 모집하여 『조선소년소녀동요집』을 발행하려 하였다.[218] 「(어린이를 옹호하자(一) – 어린이데이에 대한 각 방면의 의견)꾸지람보다 感化的 敎訓 – 뎨일 고결한 그들에게 학대는 무슨 리유인가」(靑邱少年會 文秉讚 氏 談;『매일신보』, 1926.4.5)

**춘천 햇불사**(春川홰ㅅ불사)　강원도 춘천(春川). 홍은표(洪銀杓)가 발기하였다.[219]

**충주 새일꾼회**(忠州새일꾼會)　충청북도 충주(忠州). 한백곤(韓百坤). 1931년 초에 충주군 가금면 창동에서 창립하였다.[220]

214 「晋州少年同盟 – 發起人會 開催」(『중외일보』, 1928.7.16), 「晋州少年同盟 創立大會 禁止」(『중외일보』, 1928.7.19) 참조.

215 「(少年會巡訪記)歷史 오래고 터 잘 닥근 天道敎少年會의 깃븜」, 『매일신보』, 1927.8.23.

216 「(少年會巡訪記)革新의 烽火불 아래 更生된 天眞少年會」, 『매일신보』, 1927.8.28.

217 「靑邱少年 創立」(『동아일보』, 1925.8.8), 「靑邱少年 創立」(『조선일보』, 1925.8.10), 「靑邱少年 創立總會」(『시대일보』, 1925.8.10) 참조.

218 「소년동요집 발행 준비」(『조선일보』, 1926.5.13), 「동요집 발행 – 청구소년회에서」(『매일신보』, 1926.5.13), 「소년소녀작 동요 모집」(『동아일보』, 1926.5.20)

219 "春川에는 洪銀杓 君의 發起한 〈홰ㅅ불社〉가 잇섯고"(昇曉灘, 「朝鮮少年文藝團體消長史稿」, 『신소년』, 1932년 9월호, 28쪽)

**충주 아성사**(忠州亞聲社)  충청북도 충주(忠州). 지춘파(池春波＝池福文), 한설송 (韓雪松), 지복문(池福文), 변석근(卞錫根), 이훈(李勳), 박세화(朴世和), 서상진 (徐相晉), 유상렬(劉相烈) 등이 참여하였다.[221]

**취운소년회**(翠雲少年會)  경성(京城) 가회동(嘉會洞).황수(黃秀), 윤병덕(尹炳德), 김중길(金重吉), 김옥인(金玉仁), 안정복(安丁福), 천덕기(千德基), 김순봉(金順 鳳), 윤운산(尹雲山), 윤호병(尹鎬炳), 이완휘(李玩徽), 심종현(沈鍾鉉), 안정효(安 晶曉) 등이 참여하였다. 1925년 7월 26일 가회서당(嘉會書堂)에서 창립총회를 개 최하였다.[222] 「제비」(翠雲少年會 安晶曉; 『중외일보』, 1927.3.15), 「각씨풀」(翠雲少 年會 安晶曉; 『중외일보』, 1927.3.15), 동요 「우리 아기」(翠雲少年會 金玉仁; 『중외 일보』, 1927.4.10), 동요 「울 한머니」(翠雲少年會 金玉仁; 『중외일보』, 1927.4.11)

**코스모스회**(코스모쓰會)  경성(京城). 지도자 경성 효창공보(孝昌公普) 조광호(趙 光鎬). 중앙기독교청년회관에서 열린 '어린이의 밤' 행사에 참가하였다. 1934년 5월

---

220 "새일꾼會 忠州郡 可金面 倉洞에는 數個月 前부터 무산夜學堂을 設置하고 또 夜學堂 안에는 〈새 일꾼會〉를 조직하고 씩々하게 勇進한다는데 수만 동무들의 만흔 사랑과 지도가 잇기를 바란다더 라."(「(별님의 모임)새일꾼會」, 『별나라』 통권50호, 1931년 5월호, 20쪽).
　"경모하는 安 先生님 (중략) 忠州 倉洞 農林 한구석에서 『별나라』를 대할 적마다 (중략) 제가 『별나라』와 손목을 잡은 체 벌서 三年이 넘엇습니다. 그런데 先生님 나는 여러 번 투고를 하엿습니 다. 그러나 한 번도 당선되지 안엇스나 낙선된 나의 作品은 어데서 쓸々하게 울고 잇는지요. 그런 데 先生님 落心치는 決코 안습니다."(새일꾼會 韓百坤, 「별님의 모임」, 『별나라』 통권52호, 1931 년 7-8월 합호, 52~53쪽)

221 "충주(忠州) 〈아성사(亞聲社)〉에서는 잡지 아성 창간호를 준비 중이라는데 二월호로부터 나오며 다른 사업으로 일반 시민에게 서적 윤독을 행한다 하며 편집자는 다음과 갓다 한다. 池福文, 卞錫 根, 李勳, 朴世和, 徐相晉, 劉相烈"(「忠州의 雜誌」, 『동아일보』, 1933.1.24)
　"(전략)그리고 우리들이 이곳에서 文藝社를 맨드러가지고 동무들의 玉稿를 원하니 만히 投稿하 여 주시기 바람니다. 創刊號가 나왔스니 左記 住所로 請求하십시요. 忠北 忠州邑 本町 亞聲社 池春波, 韓雪松"(「별님의 모임」, 『별나라』 통권67호, 1933년 4-5월 합호, 42쪽)

222 「翠雲少年會 - 이십류일에 창립되엿다」(『조선일보』, 1925.7.28). "이 모듬은 지금으로부터 이년 전 즉 일천구빅이십오년 칠월 이십륙일에 윤병덕(尹炳德) 외 시 씨에 동지로 가회동 일대에 흐터 져 잇는 어린 사람들을 모아서 지역적으로 그곳 소년회 간판을 붓치고 그 근방 유지(有志)에 힘을 어드랴고 고々히 소리를 치게 되엿습니다."(「(少年會巡訪記)朝鮮의 希望의 새싹 뜻잇는 翠 雲少年會」, 『매일신보』, 1927.8.17)
　창립일에 관해서는 여러 주장이 있다. 「翠雲少年會 發會 - 금 오일 밤에」(『매일신보』, 1925. 9.5)에는 1925년 9월 5일 시내 가회동(嘉會洞) 소년들의 발기로 〈취운소년회(翠雲少年會)〉를 조직하고 시천교당에서 발회식을 거행하였다고 하였다. 『별나라』(제2권 제7호, 통권14호, 1927 년 7월호, 37~38쪽)에서는 1927년 6월 25일 시천교당(侍天教堂)에서 창립기념식이 있었다고 하였다.

3일 밤, 어린이날 예비 선전과 진실한 아동예술의 보급을 위해 중앙기독교청년회 강당에서 〈코스모스회〉, 〈꾀꼴이회〉, 〈녹성동요연구회〉, 〈동극연구회〉, 〈조선아동 예술연구협회〉 등 5단체가 주최하여 '어린이의 밤'을 개최할 때, 〈코스모스회〉의 「개고리」 제창(齊唱)과 손경옥(孫京玉)의 「산밑에 오막사리」 독창이 있었다.[223]

**통천 소년문예사**(通川少年文藝社)  강원도 통천군(通川郡). 주재순(朱載淳). 동요 「비방울」(通川少年文藝社 朱載淳;『아이생활』제6권 제2호, 1931년 2월호, 64쪽)

**퇴조 혁진소년회**(退潮革進少年會)  함경남도 함주군 퇴조면(咸鏡南道 咸州郡 退潮 面). 김덕환(金德煥). 「봄비」(退潮革進少年會 金德煥;『중외일보』, 1927.4.11), 동 요 「어러죽은 긔럭이 두 마리」(退潮革進少年會 金德煥;『신소년』, 1927년 5월호, 64쪽), 동요 「춤추는 실버들」(退潮革進少年會 金德煥;『신소년』, 1927년 6월호, 56쪽)

**평양 글탑사**(平壤글탑社)  평안남도 평양(平壤). 황순원(黃順元). 동요 「봄싹」(平壤 글탑社 黃順元;『동아일보』, 1931.3.26), 「수양버들」(平壤 글탑社 關鳥;『동아일 보』, 1931.6.7). '관조(關鳥)'는 황순원의 필명으로 보인다.

**평양 동요시인사**(平壤童謠詩人社)  평안남도 평양(平壤). 김대봉(金大鳳), 김조규 (金朝奎), 남궁랑(南宮琅 = 南宮人), 황순원(黃順元), 양춘석(梁春錫 = 梁春夕), 고 택구(高宅龜), 김동선(金東鮮), 전봉남(全鳳楠), 이승억(李承億), 박태순(朴台淳), 손정봉(孫正鳳) 등이 참여하였고, 양춘석이 편집 책임을 맡았다.[224] 1931년 겨울에 조직되어, 『동요시인(童謠詩人)』을 발간하였다.[225]

---

223 「어린이의 밤 - 오늘 밤 七時 청년회관에서, 노래, 유히, 童劇이 잇어」(『동아일보』, 1934.5.3), (「어린이날 準備 - 大槪는 就緒, '쩌라'도 六十만 매를 준비, 地方 申込은 直時 하라」, 『매일신보』, 1934.4.27) 참조.

224 "地方地方마다 同人雜誌가 盛히 刊行되고 잇다. 그만큼 同人雜誌는 새로운 社會的 義意를 갓고 登場한 것이다. 이가티 貴重한 現今에 이르러서 同人雜誌로 出現하얏든 『童謠詩人』의 回顧와 아울러 若干의 批判을 加함은 그닥지 無義意할 것 갓지도 안타.
  同人의 한 사람이든 筆者는 인제 쓰려는 無秩序한 拙文이나마 同人雜誌를 刊行하려는 동무들 및 一般에게 조고마한 參考라도 되여 준다면 滿足이겟다.
  〈童謠詩人社〉가 組織되기는 벌서 一九三一年 겨울이엿다. 처음 金大鳳, 金朝奎, 南宮琅, 黃順 元 君 等이 發起하얏고, 黃順元 君의 勸侑로 梁春錫 君이 새로 入社한 同時에 編輯局의 責任(名實 上)을 밧게 되엿다.(이하 생략)"(梁佳彬, 「『童謠詩人』 回顧와 그 批判(一)」, 『조선중앙일보』, 1933.10.30)

225 〈동요시인사(童謠詩人社)〉에서 발간한 잡지로 "純兒童文의 作品에 置重한다."는 것을 편집방침 으로 편집 겸 발행인은 양춘석(梁春錫), 동 기자는 황순원(黃順元) 외 9명이었으며, 주소는 平壤 府 景昌里 二〇 童謠詩人社였다.(「平壤에 童謠 雜誌」, 『중앙일보』, 1932.2.16;「童謠詩人社 創

**평양 새글회**(平壤새글會)   평안남도 평양(平壤). 강순겸(姜順謙), 황순원(黃順元), 박고경(朴古京 = 朴順錫), 선우천복(鮮于天福), 박봉팔(朴鳳八), 고희순(高義淳), 전정환(全貞煥), 김효국(金孝國), 최승덕(崔承德), 칠석성(七夕星), 신일웅(申一雄), 황활석(黃活石), 심예훈(沈禮訓), 이인섭(李仁涉), 김정환(金鼎煥), 이신실(李信實), 남재성(南在晟), 고삼열(高三悅), 강봉주(姜奉周), 희봉(希峰), 고문 한정동(韓晶東), 남궁랑(南宮浪) 등이 참여하였다.[226] 1927년경부터 활동하다가 1931년 2월경 정식으로 창립한 것으로 보인다.[227] 1931년 3월 인쇄물 발간 소식이 있다.[228]

---

立」, 『매일신보』, 1932.2.17). 「童謠詩人 五月 創刊號」(『동아일보』, 1932.4.6)란 기사에 따르면 1932년 4월 초에 5월호를 창간호로 발행하였음을 알 수 있다. 제2호는 1932년 5월 하순에, 제3호는 7-8월 합호로 8월 초에 발간되었다. 양가빈(梁佳彬)의 「『童謠詩人』回顧와 그 批判(一)」(『조선중앙일보』, 1933.10.30)에 의하면, 발기인은 김대봉(金大鳳), 김조규(金朝奎), 남궁랑(南宮琅), 황순원 등이고, 황순원의 권유로 양춘석이 입사하여 편집 책임을 맡은 것으로 확인된다. 잡지 『童謠詩人』에 대한 총평은 여성(麗星)의 「『童謠詩人』總評 — 六月號를 닑고 나서(전7회)」(『매일신보』, 1932.6.10~17)를 참조할 수 있다.

226 "三四年 前부터 問題로 나려오든 〈平壤새글會〉는 이제야 비로서 創立되여 完全히 事務를 處理하여 나가게 되엿습니다. 지금부터는 우리 〈새글會〉의 使命을 널리 이 朝鮮社會에 다하고자 하는 바입니다. 每申 동모들! 이 期會를 깃치 마시고 다 가티 한 데 뭉치여 봅시다. 그리고 한길로 용감히 나아가 봅시다. 本會의 趣旨 其他 月則은 四錢 切手 封入 請求하면 卽時 付送하여 드립니다. (平壤府 上水口里 二○七番地 〈새글會〉 庶務部)"(「동무소식」, 『매일신보』, 1931.2.19)

"음력 정초를 긔회하야 평양에 문학에 뜻 두는 소년소녀들의 새로운 문예단체 〈평양새글회〉가 창립되엿는데 현져 회원은 八명이오 오는 三월 一일부터 『새글』이라는 순문예잡지를 발행할 터이라 하며 사무소를 평양 상수구리(上水口里) 二백 七번지에 두고 방금 회원 지회를 모집 중이라는데 동회의 부서는 다음과 갓다 한다. 會長 姜順謙, 總務 高三悅, 書記 姜奉周, 會計 李信實, 圖書部長 姜順謙, 出版部長 高三悅, 社交部長 崔順愛, 庶務部長 南在晟, 演藝部長 七夕星, 指導者 白學九 先生, 顧問 韓晶東, 南宮浪"(「正初, 平壤에 새글會 創立 — 少年少女文藝團體」, 『동아일보』, 1931.2.22)

1931년 6월에는 "○ 顧問=白學九, 韓晶東, 李成洛 先生, ○ 本部員=高義淳, 黃在淳, 崔承德, 姜順謙, ○ 事務所=平壤 新陽里 三八番地 文藝團體 〈平壤 새글會〉"(「동무소식」, 『매일신보』, 1931.6.7)

227 〈새글회〉 이름으로 작품이 발표되기 시작한 것이 1927년경부터이고, 「동무소식」(『매일신보』, 1931.2.19)의 "三四年 前부터 問題로 나려오든 〈平壤새글會〉는 이제야 비로서 創立되여 完全히 事務를 處理하여 나가게 되엿습니다.(이하 생략)"라고 한 내용으로 볼 때 그렇다.

228 "여러분 이 조혼 期會를 일치 마십시요. 이번 本會의 使命을 널리 朝鮮社會 各 文學 少年少女에게 宣傳하야 드리기 위하야 자그만 印刷物을 發行하엿습니다. 初版 五千部에 限하야 無料로 보내여 드릴 터이오니 二錢 切手 同封하야 速히 請求하십시요. 到着順으로 至急附送하여 드리겟습니다. 平壤府 上水口里 二○七 새글會出版部"(「동무소식」, 『매일신보』, 1931.3.15)

"여러분! 『每申』 동모 諸氏의 힘 잇는 後援을 밧어 우리 〈새글會〉 出版部員 一同은 눈코 뜰 사이 업시 近一週日 동안에 本會 發行의 宣傳印刷物이 벌서 今日까지 三千部가 突破되엿습니다.

1931년 4월 「새글 뉴-쓰」 발간.[229] 1934년 4월 〈새글회〉 인쇄물 청구 다시 해 달라
는 요청이 있고,[230] 1931년 7월 1일 해체되었다고 오보가 나기도 하였다.[231] 동요
「白鳥새」(平壤새글會 姜順謙; 『아이생활』 제2권 제12호, 1927년 12월호, 20쪽),
「녀름저녁」(平壤새글會 姜順謙; 『신소년』, 1928년 7월호, 75쪽), 「우리의 날」(平壤
새글會 希峰; 『별나라』 통권24호, 1928.7.31, 81쪽). 「平壤새글會 創作特別欄 童詩
童謠 十篇」(『少年界』 제3권 제4호, 1928년 4월호, 13~14쪽)에, 「참새」(고삼열),
「황혼」(鮮于天福), 「가을닙」(高義淳), 「아버지」(朴順錫), 「잠쯔대」(姜順謙), 「반쟉
별」(大同郡 朴鳳八) 등의 작품이 있다. 「밤ㅅ길」(새글會 崔承德; 『매일신보』,
1931.4.15), 「새벽고등」(새글會 全貞煥; 『매일신보』, 1931.4.15), 「비오는 밤」(平
壤새글會 黃順元; 『매일신보』, 1931.4.28). 「공장 가는 길」(새글會 七夕星; 『매일
신보』, 1931.3.28), 〈평양새글회〉의 「童謠七篇」(『매일신보』, 1931.5.10)에 신일
웅, 황활석, 김효국, 심예훈, 최승덕, 이인섭, 김정환 등의 작품이 있다. 〈평양새글
회〉의 「陽春曲五篇」(『매일신보』, 1931.3.24)에는 강순겸, 이신실, 칠석성, 남재성,
고삼열 등의 작품이 있다. 「졸업하는 날」(새글會 姜順謙; 『동아일보』, 1931.3.14),
동요 「나비 아씨」(새글會 姜奉周; 『매일신보』, 1931.4.9), 동요 「외로운 등대」(새
글會 崔承德; 『매일신보』, 1931.4.23), 동요 「한식날」(새글會 全貞煥), 「굿노리」
(새글會 金孝國)(이상 『아이생활』, 1931년 7월호, 55쪽), 동요 「순옥이」(崔承德;
『매일신보』, 1931.8.7)

**평양 솔잎사**(平壤솔닙社)  평안남도 평양(平壤). 김유식(金兪植). 동요 「쌍파는 언
니」(平壤솔닙社 金兪植; 『별나라』 통권45호, 1930년 10월호, 46~47쪽)

**풍기 제비회**(豊基제비會)  경상북도 풍기군(豊基郡: 현 榮州市). 박하산(朴夏山). 동

---

아즉도 約 二千部 가량이 남어 잇사오니 아즉 請求하시지 못한 동무는 速히 二錢 切手 同封하야
請求하십시요. (平壤府 上水口里 二〇七 새글會出版部)"(「동무소식」, 『매일신보』, 1931.3.24)

229 "기다리든 『새글 뉴-쓰』가 發行되엿습니다. 今月 六日부터 發賣되엿사오니 每申 讀者 여러분은
한 분도 빠지지 마시고 엇던가!를 한 번 구경하십시요. 一部 定價는 三錢式입니다. 發賣所는
平壤府 西城里 拾番地 새글會 營業部로 定하엿습니다."(「동무소식」, 『매일신보』, 1931.4.8)

230 "그동안 本會 出版部에 印刷物을 請求하섯든 분 중에 아즉 밧지 못하신 분은 미안하오나 한 번
더 葉書로 通知하여 주십시요. 도로 도라온 것이 퍽 만습니다. 밧부시드래도 住所를 쪽々히 써서
보내주십시요. (平壤府 上水口里 二〇七 새글會 出版部)"(「동무소식」, 『매일신보』, 1931.4.8)

231 「平壤에 잇는 새글會 解體」(『어린이』 제9권 제7호, 1931년 8월호, 71쪽) "소년소녀문예단체 〈새
글회〉는 一九二八년 四月에 高三悅 군의 발긔로 창립되야 이래 노력하야 오든 바 一九三一年
七月 一日에 회원들의 좌우충돌로 인하야 정식으로 해체(解體)가 되엿답니다."라 하엿으나, "〈平
壤 새글會〉 解體는 誤報"(『어린이』, 1931년 9월호, 67쪽)라 하엿으므로, 잘못임이 판명되었다.

요 「강아지」(慶北豐基제비會 朴夏山; 『소년...

**함흥 흰빛문예사**(咸興흰빗文藝社, 흰빗社) ...호, 1940년 12월호, 79쪽)
韓春惠), 한누성(韓淚星), 김고성(金孤星), 김ㅊ(咸興), 한해룡(韓海龍 =
률(姜龍律), 김준홍(金俊洪 = 금빗새), 임창순(任, 채몽소(蔡夢笑), 강용
파(崔鍾波) 등이 참여하였다. 동요 「그리운 봄」(혼서아(朴約書亞), 최종
제4호, 1929년 5월호, 59쪽), 「저녁종」(흰빗社 韓淚龍; 『별나라』 제4권
년 7월호, 60쪽), 「가을노래 十篇 - 咸興흰빗文藝社」(나」 통권33호, 1929
에 김고성, 김소춘, 채몽소, 강용률, 금빗새, 한춘혜 등이 긷, 1931.11.5~6)
(春光曲十篇) - 咸興흰빗文藝社」(『매일신보』, 1931.5.14~ㅋ. 「춘광곡 10편
삼{(蔡)奎三}, 임창순{(任)昌淳}, 박약서아{(朴)約書亞}, 성ㅈ관(彩蘭), 채규
少春}, 옥주(玉柱), 월성(月城), 석파(夕波), 한춘혜{(韓)春惠} 김소춘{(金)
참여하였다.

**합천 달빛사**(陜川달빗社)  경상남도 합천군(陜川郡). 이성홍(李聖洪, 경범(姜敬
範), 김영신(金永信), 정기주(鄭基周), 유성(紐星) 등이 참여하였다. 합천(陜
川)에서 이성홍(李聖洪)이 창립하였다. 등사 잡지 『달빗』을 2호까지 ᄒ하였다.
「송아지」(陜川달빗社 姜敬範), 「나무닙배」(달빗社 姜敬範), 「제비의 은혜ㅐ川달
빗社 金永信)―「기륵 한 마리」(달빗社 金永信), 「달님」(陜川달빗社 金永信), 잠든
아가씨」(陜川달빗社 紐星)(이상 『少年界』 제3권 제1호, 1928년 1월호, 26~29쪽),
「간주처 보자」(陜川달빗社 鄭基周; 『신소년』, 1928년 7월호, 60쪽)

**해주소년회**(海州少年會)  정순명(鄭順命), 박일(朴一). 1923년 12월 "12세 이상 20
세 이하(十二歲以上二十歲以下)의 어린이들이 소년회(少年會)를 조직(組織)하고
소년(少年)의 정신수양 및 지식발달 체육장려(精神修養及智識發達體育獎勵)를 목
적(目的)"으로 창립하였다.[232] 1925년 5월 25일 〈해주소년회〉, 〈소년수양회〉, 〈소
년의용단(少年義勇團)〉을 합동하여 〈광성소년회(光星少年會)〉를 창립하였다.[233] 1925
년 7월 15일 창립한 〈해주신흥소년회(海州新興少年會)〉를 창립하였다.[234] 1925년
5월 25일 해주 지역의 3개 단체 곧 〈해주청년회〉, 〈소년수양회〉 〈소년의용단〉을

---

232 「少年會 定期總會」(『시대일보』, 1925.1.15), 「海州少年會 創立」(『동아일보』, 1924.1.5) 참조.
233 「海州少年 合同 〈光星少年會〉 創立」(『동아일보』, 1925.5.30)에 간부로 "서무부 고상현(高常鉉),
　　박일(朴一), 이광현(李光賢), 최윤환(崔允煥) 외 3인, 교양부 장성우(張星祐), 홍내희(洪乃喜),
　　박민행(朴敏行), 정순응(鄭順膺), 안승규(安承奎), 체육부 최두직(崔斗稷), 최봉호(崔奉瑚), 민
　　찬기(閔燦基)" 등이었다.
234 「신흥소년 일주년 긔념」(『동아일보』, 1926.10.20), 「海州新興少年會」(『동아일보』, 1926.7.29)
　　에 "主要幹部는 朴一, 金桂善 諸君들인 바 朴一 君은 海州少年運動에 가장 中堅"이라 하였다.

州北星少年會)〉로 개칭하였다.[235] 「(자유종)해주(海

결집하여 〈해주北星花生;『동아일보』, 1925.2.25), 동요 「개쏭벌레」, 「견
州)의 첫 서광(曙일보』, 1932.7.7), 동요 「도둑괭이」, 「그림자」, 「까치
우직녀」(이상 ﾠ살구」, 「할미새」(이상 李光賢;『조선일보』, 1932.7.9)
싹싹」, 「어데 ﾠ俱樂部)  경성(京城) 종로(鍾路). 염근수(廉根守), 이정

**현대소년구락ﾠ**相建), 김영권(金寧權), 최홍섭(崔興燮), 한광석(韓光錫) 등
우(李遺雨)ﾠ25년 3월 31일 경성도서관(京城圖書館) 안에 개관하였다.[236]
이 참여하ﾠ경성 종로 경성도서관 종로 분관 안에 소재한 〈현대소년구락부〉는
1926년 9ﾠ학원'의 학원 위원과 구락부 위원을 선정하였는데, 구락부 위원은
교육기관ﾠ, 학원위원은 한상건, 김영권, 최홍섭, 한광석 등이었다.[237]
염근수ﾠ

**현풍소년ﾠ**風少年會)  경상북도 달성군 현풍면(達城郡 玄風面). 문상호(文祥
祐), 담화실」(玄風少年會 文祥祐;『어린이』, 1926년 11월호, 68쪽), 동요 「초
생달ﾠ玄風少年會 文祥祐(祜);『신소년』, 1926년 12월호), 소년시 「떨어지난 꼿
이ﾠ風少年會 文祥祐(祜);『신소년』, 1926년 12월호), 소년시 「가을밤 비」(玄風
少會 文祥祐(祜);『신소년』, 1927년 1월호), 동요 「까치 한 마리」(玄風少年會
祥祐;『신소년』, 1927년 3월호)

**호동원**(好童園)  서울시 성동구 상왕십리(城東區上往十里) 79번지. 김태석(金泰晳),
이하종(李河鍾).[238] 해방 직후, 1945년 11월경 창립하였다. 아동극 공연과 잡지 『호
동(好童)』을 발행하기로 하였다. 아동극단 〈호동원〉에는 기획부에 김세민(金細民),
문예부에 함세덕(咸世德), 김훈원(金薰園), 최병화(崔秉和), 김처준(金處俊), 연출
부에 김태석, 이하종, 김희동(金喜童), 음악부에 박태현(朴泰鉉), 김태석, 무용부에
박용호(朴勇虎), 한동인(韓東人), 김애성(金愛聲), 미술부에 김정환(金貞桓), 이희
안(李熙安), 홍순문(洪淳文), 고문(顧問)에 안종화(安鍾和), 송영(宋影), 안영일(安

---

235 「北星少年會 - 海州 三個 少年 團結로」(『중외일보』, 1925.5.30)에 임원은 "서무부 박일(朴一)
    외 6인, 교양부 장성조(張星祚) 외 4인, 체육부 최두환(崔斗煥) 외 2인"이었다. 「北星少年運動 -
    三團의 合同을 紀念키 爲하야」(『시대일보』, 1925.6.24)에 〈의용소년회〉, 〈수양소년회〉, 〈해주소
    년회〉 3단체를 합동하여 〈북송소년회〉로 하고 그 기념으로 운동회를 한 바 최인걸(崔仁傑)이 1등,
    이광현(李光賢)이 2등, 김봉환(金鳳還)이 3등 하였다.
236 「京城圖書館 兒童室에 現代少年俱樂部 - 소년 수양을 목뎍으로 창립」(『매일신보』, 1925.3.31),
    「現代少年俱樂部 開館」(『조선일보』, 1925.4.2) 참조.
237 「현대소년구락부」, 『동아일보』, 1926.9.23.
238 「少年團體 巡禮 ① - 兒童劇團 好童園」, 『소년운동』, 창간호, 1946년 3월, 7쪽.

英一), 이서향(李曙鄉), 진우촌(秦雨村) 등이었고, 잡지『호동』의 편집위원은 양재
응(梁在應), 박노일(朴魯一), 최병화 등이 맡았다.[239]

**홍천 농군사**(洪川農軍社)　강원도 홍천군(洪川郡). 김춘강(金春岡＝金福童), 박병
도(朴炳道), 정상규(鄭祥奎), 조경제(趙敬濟), 김용묵(金龍默), 남궁치(南宮治), 정
준묵(鄭俊默), 김종하(金鍾河) 등이 참여하였다. 김춘강이 〈농군사〉 가입을 권유하
였다.[240]

**홍천 동우문예사**(洪川東友文藝社)　강원도 홍천군(洪川郡). 김춘강(金春岡).[241]

**화일샛별회**(和一샛별會)　경성(京城) 수송동(壽松洞). 위원장 허선돌(許璇乭), 위
원 김영곤(金永坤), 이인용(李仁容), 유희덕(柳熙德), 이승봉(李昇鳳) 등이 참여하
였다. 1925년 12월 13일 창립하였다.[242]

**회령 백의소동사**(會寧白衣小童社)　함경북도 회령(會寧). 허수만(許水萬)이 발기
하였다.[243]

---

**239**「好童園 創立 − 劇公演과 雜誌 發行」,『중앙신문』, 1945.11.20.

**240**「讀者談話室」,『어린이』, 1932년 1월호, 69쪽)에 "◇ 동무들아! 다들 無故하신가? 우리의 모임
〈農軍社〉는 씩씩히 쩌나간다. 朝鮮少年少女이어든 어서 쌜니 入社하라. 入社에 關한 모든 것은
二錢 郵券送하면 보내준다. (洪川郡 西面 車谷里 四一〇 金春岡) 前으로! 발서 入社員 六十名!
朝鮮 初有의 少年 機關이다. 一九三二年 四月初에 書面大會가 召集된다. 하로밧비 入社하라!
(洪川 金春岡)"
　　「韓民族獨立運動史資料集 47권, 三・一運動一週年宣言文 配布事件・十字架黨 事件 1, 十字
架黨事件(國漢文), 경찰신문조서, 金福童 신문조서」(국사편찬위원회, 한국사데이터베이스). 이
자료의 내용을 요약하면 다음과 같다. 1931년 5월 농군사(農軍社)를 조직하였는데 원산(元山)의
박병도(朴炳道)와 진주(晋州)에서 〈신력사(新力社)〉를 만들어 활동하고 있던 정상규(鄭祥奎)가
함께 하였다. 강령과 규약은 정상규가 보내온 〈신력사〉의 그것에 준하여 김춘강이 만들었다. 강령
은 "전조선 무산소년 작가를 망라하여 조직하되 一. 무산소년 작가의 친목을 도모할 것. 二. 무산소
년문예 창작에 힘쓸 것. 三. 일체의 반동 작품을 박멸할 것" 등이었다. 〈농군사〉의 회원은 김춘강,
박병도, 정상규가 중심인물이었고, 조경제(趙敬濟), 김용묵(金龍默), 남궁치(南宮治), 정준묵(鄭
俊默), 김종하(金鍾河) 등이 있었다.

**241** "滿天下의 同志 諸君! 깃버하십시오… 少年運動이라는(純 우리의 손으로 시키는 글을 모화 苟且
하나마 謄寫로 發刊한다는 것은 임의 여러 동모에게 通知한 것) 우리의 雜誌가 四月부터 發刊됩
니다. 萬般의 準備가 잘 되엿삽니다. 이 책의 目的은 될 수 잇는 대로 全鮮에 散在한 少年을
團合할냐는 것입니다. 二月 五日까지의 期限을 延期하야 左記와 가티 原稿를 募集하오니 斯界에
名聲이 놉흔 諸氏는 닷투어 投稿하심을 務望합니다. 一. 少年機關 報告(沿革, 事業 現勢) 一.
投稿(作文, 小說, 童謠, 童話, 自白) 一. 붓칠 곳 江原道 洪川郡 西面 車谷里 〈東友文藝社〉 內
少年運動部로!)"(「동무소식」,『매일신보』, 1931.3.5)

**242**「(少年會巡訪記)友愛와 純潔에 싸혀서 자라나는 和一샛별會」,『매일신보』, 1927.8.14.

**243** "咸北에서 許水萬 君의 發起한 〈白衣小童社〉가 잇섯고"(昇曉灘,「朝鮮少年文藝團體消長史稿」,

**회령 시요사**(會寧詩謠社)  함경북도 회령(會寧). 채택룡(蔡澤龍). 시요사 채택룡(함경북도 회령, 厚昌)이 『별나라』 편집진에게 『카프시인집』의 총인쇄비 등에 대해 질문하는 내용이 나온다.[244] 아마도 출판사를 경영하면서 『별나라』 등 당시 잡지에 투고하였던 것으로 보인다.

**회령 신진문예사**(會寧新進文藝社)  함경북도 회령읍(會寧邑). 강우해(姜又海), 허적악(許赤岳), 최돌 등이 참여하였다. 주소는 "함북 회령읍 1동 51, 신진문예사(咸北會寧邑一洞五十一, 新進文藝社)"이다.[245] 동요 「저문날」(新進文藝 姜又海), 「산로행진곡(山路行進曲)」(新進文藝 許赤岳)(이상 『별나라』 통권45호, 1930년 10월호, 46쪽), 「독자담화실」(會寧邑 新進文藝社 代理部 崔돌; 『어린이』 통권83호, 1931년 3-4월 합호, 72~73쪽), 동요 「반딧불」(許童心; 『조선일보』, 1934.1.9). 1934년 신춘현상문예당선자 발표에 동요 「반듸불」이 당선되었는데 주소가 "함북 회령읍 신진문예사 허동심(咸北會寧邑新進文藝社 許童心)"이다.[246] '허적악(許赤岳), 허동심(許童心)'은 모두 허수만(許水萬)의 필명이다.

**회령 참글사**(會寧참글社, 참글회)  함경북도 회령(會寧). 한태봉(韓泰鳳). 「별님의 모임」(會寧참글社 韓泰鳳; 『별나라』 통권45호, 1930년 10월호, 32쪽), 「별님의 모임」(참글會 韓泰鳳; 『별나라』 통권41호, 1930년 6월호, 74쪽)

**회천소년회**(檜泉少年會)  경기도 양주군 회천면(楊州郡檜泉面). 박춘영(朴春榮), 박수명(朴壽命) 등이 참여하여, 1927년 9월 18일 창립하였다.[247] 1932년 5월 〈회천소년회〉 주최 어린이날 기념을 하였다.[248] 독자 작문 「배를 탄 우리」(檜泉少年會 朴壽命; 『별나라』 통권42호, 1930년 7월호, 59쪽)

**흥인동요회**(興仁童謠會, 흥인동요연구회)  경성(京城). 1931년 김영진(金英鎭)이 무산아동과 학교에 입학하지 못한 아이들을 위하여 설치한 경성 흥인학원(興仁學

---

『新少年』, 1932년 9월호, 28쪽)

244 「별님의 모임」, 『별나라』 통권58호, 1932년 4월호, 50쪽.

245 "◁ 사랑하난 어린 동무들이시여! 이번 이곳서 『新進文藝』 雜誌를 創刊하오니 童謠, 詩, 小說, 其他를 만히 보내 주시오. 特히 新進文人(卽 無名作家)의 玉稿를 더욱 歡迎합니다. 投稿規定은 업습니다. (但 問議에는 往復葉書를 要함) = (咸北 會寧邑 一洞 五十一, 新進文藝社)"(「동무소식」, 『매일신보』, 1930.12.7)

246 「新春懸賞文藝當選者發表」, 『조선일보』, 1934.1.1.

247 "양주군 회천면에는 박춘영(朴春榮) 씨의 발기로 지난 십팔일에 덕천강습소(德泉講習所)에서 창립총회를 개최하고 여러 가지 사항을 결의하엿다더라.(회천)"(「(어린이소식)檜泉少年會 創立」, 『동아일보』, 1927.9.27)

248 「楊州 德亭서 어린이날 記念」, 『동아일보』, 1932.5.6.

# 5

# 한국 아동문학 비평목록

## 가) 아동문학

- 「경성보육 〈녹양회〉 주최, 동요동극의 밤—어린이의 세계를 보라, 명 팔일 장곡천정(長谷川町)공회당에서…」, 『조선일보』, 1931.12.8
- 「경성보육 〈녹양회〉의 동요동극의 밤—본사 학예부 후원으로」, 『조선일보』, 1931.12.3
- 「교문을 나서는 재원들, 그들의 포부와 감상—장차 무엇을 할 것인가, 경성보육, 동화명인 김복진(金福鎭)」, 『조선일보』, 1932.3.10
- 「금후의 예술운동, 〈조선푸로레타리아예술동맹〉 성명」, 『조선일보』, 1928.3.11
- 「꿈결 갓흔 공상을 이상에 선도—넘치는 생명력을 묘절한다 ◇…동화의 본질」, 『매일신보』, 1928.12.17
- 「대망의 동요 동극—금야 7시 공회당, 〈녹양회〉 주최 본사학예부 후원의 '동요·동극의 밤'」, 『동아일보』, 1932.11.22
- 「독 『소년』 잡지(讀少年雜誌)」, 『서북학회월보』 제10호, 1909년 3월호
- 「(독서실)윤복진 군의 동요 『중중떼떼중』」, 『동광』 제21호, 1931년 5월호
- 「(독서실)윤석중동요집」, 『동광』 제37호, 1932년 9월호
- 「동무소식 (지상위안)산노리동요회(전6회)」, 『매일신보』, 1931.5.27~6.21
- 「동요곡집 『봄제비』—뎨일집이 발간되엿다」, 『조선일보』, 1930.6.3
- 「동화의 할아버지 '안데르센' 선생—오늘은 도라가신 지 육십년 되는 날, 어린 때 이야기 몇 가지」, 『동아일보』, 1935.8.4
- 「목소리만 듯고 얼골 모르는 이들!! 경성방송소년예술단체 순례(전5회)」, 『매일신보』,

1936.6.21~8.9

- 「보모좌담회 (5)-번역 동요 문제와 야외놀이 기타」, 『동아일보』, 1933.1.5
- 「보통학교 1. 2학년까지는 이런 이야기를 조하합니다-단순하고 재미나고 반복이 만코 공상적인 것」, 『동아일보』, 1932.1.15
- 「불구시인에 위안 선물-동요회에서」, 『매일신보』, 1927.10.12
- 「불구의 서 소년(徐少年)은 동요의 천재」, 『동아일보』, 1927.10.12
- 「『붉은져고리』 부록」, 『붉은져고리』 제1년 제4호, 경성: 신문관, 1913.2.15
- 「생각한 일입니다. 그림책 선택-어린이들에게 무서운 영향」, 『조선일보』, 1936.12.18
- 「생래의 불우천재 조선 소년 서덕출(徐德出)」, 『조선일보』, 1927.10.12
- 「상급 잇는 글 쏘느기」, 『아이들보이』 제1호, 1913년 9월호
- 「선택해서 줄 애기들 그림책-애기들의 사변 인식」, 『조선일보』, 1937.11.16
- 「셔문」, 『자랑의 단추』, 신문관, 1912.10
- 「세계적 동화작가 안데르센 기념제-금년이 탄생 125주년」, 『조선일보』, 1930.5.25
- 「소년문단」, 『소년』 제1년 제1호, 융희 2년 11월(1908.11)
- 「『소년』 발간 취지」, 『소년』 제1년 제1호, 융희 2년 11월(1908.11)
- 「『소파전집』 기념회-6월 22일(廿二日) 성대히 거행」, 『박문』 제19호, 1940년 7월호
- 「(시평)인형노래」, 『조선일보』, 1927.3.1
- 「(신간소개)조선구전민요집」, 『중앙일보』, 1933.2.14
- 「(신간평)이정호 씨의 『사랑의 학교』」, 『매일신보』, 1933.10.10
- 「신년계획-〈조선아동예술연구협회〉」, 『신동아』, 1936년 1월호
- 「『신소년』 돌격대」, 『신소년』, 1933년 3월호, 5월호
- 「신춘을 장식하는 삼대 소년소설」, 『조선일보』, 1937.12.11
- 「신춘현상문예 모집 기한 10일!」, 『동아일보』, 1939.12.10
- 「아동과 독물(하)」, 『매일신보』, 1924.3.30
- 「『아이들보이』 뎨일호」, 『아이들보이』 제1호, 1913년 9월호
- 「'안더센'의 아버지는 불란서 사람이다」, 『조선일보』, 1935.12.6
- 「(연예와 영화)경성보육학교 아동극 공연-◇…14일부터 양일간 조선극장에서」, 『조선일보』, 1927.12.14
- 「연일 성황을 일운 세계아동예전-입장자 1만을 돌파」, 『동아일보』, 1928.10.5
- 「엿줍는 말슴(전4회)」, 『붉은져고리』 제1년 제1호~제4호, 신문관, 1913.1.1~2.15
- 「엿줍는 말슴」, 『아이들보이』 제1호, 1913년 9월호
- 「우화로 유명한 '이소푸'-신분은 미천하엿스나 지혜는 실로 놀라웟다(전2회)」, 『매일신보』, 1930.12.18~19
- 「윤석중 동요작곡집」, 『매일신보』, 1932.7.21

- 「제1회 중등학생작품 작품지상대회(十月分 발표)」, 『동광』 제28호, 1931년 12월호
- 「특선 아동 독물」, 『조선문단』 속간 제5호, 1935년 12월호
- 「편집실 통기(通奇)」, 『소년』 제1년 제1호, 융희 2년 11월(1908.11)
- 「〈프로예술동맹〉 성명 발표－대(對) 〈자유예술연맹〉」, 『동아일보』, 1928.3.11
- 「(훈화)소년과 독서」, 『영데이』, 1926년 8-9월 합호
- 「홀용한 동요는 10세 내외에 된다－어린이는 감격의 세게로 지도에 노력하자」, 『매일신보』, 1927.5.4
- ×××, 「이해를 보내는 집필 선생의 전모」, 『별나라』 통권79호, 1934년 12월호
- AM, 「아이에게 줄 그림책은 어떤 것이 조흘가－속된 것을 제일 금할 것」, 『동아일보』, 1930.11.27
- C 기자, 「(동무소식)어린의 여러분에게」, 『매일신보』, 1932.5.14
- H 생, 「경성보육 〈녹양회(綠羊會)〉의 동요 동극의 밤을 보고」, 『조선일보』, 1931.12.11
- K, 「윤석중동요집」, 『신동아』, 1932년 9월호
- K. S 생, 「1934년 작가 조명대」, 『신소년』, 1934년 4-5월 합호
- SS 생, 「조선 동요계의 작금과 전망－작년 작품의 총평을 대신하여」, 『아이동무』, 1936년 2월호
- XYZ, 「집필 선생의 전모」, 『별나라』 통권80호, 1935년 1-2월 합호
- XYZ, 「풍문첩」, 『별나라』 통권73호, 1933년 12월호
- Y C, 「어린아이 읽는 책은 반듯이 택해 줄 일－새것이면 그저 조하해(전2회)」, 『동아일보』, 1930.10.27~28
- 강봉의(康鳳儀), 「아동교육 촌감」, 『군산신문』, 1949.5.5
- 강승한[流星], 「(제3회)동요 월평－『아이동무』 9월호」, 『아이동무』, 1935년 10월호
- 강안숙(康安肅), 「(축 창간사)축 창간」, 『가톨릭소년』 창간호, 간도 용정: 가톨릭소년사, 1936년 3월호
- 강영달[牧羊兒], 「(詩評)동시를 읽고」, 『가톨릭소년』, 간도 용정: 가톨릭소년사, 1936년 7월호
- 강영달[牧羊兒], 「독후감－동요를 읽고」, 『가톨릭소년』, 간도 용정: 가톨릭소년사, 1936년 9월호
- 강영달[牧羊兒], 「독후감－8월호의 시」, 『가톨릭소년』, 간도 용정: 가톨릭소년사, 1936년 10월호
- 강영달[牧羊兒], 「독후감」, 『가톨릭소년』, 간도 용정: 가톨릭소년사, 1936년 11월호
- 강영달[牧羊兒], 「(詩評)10·11월호 시단평」, 『가톨릭소년』, 간도 용정: 가톨릭소년사, 1937년 1-2월 합호
- 강영달[牧羊兒], 「독자문단평」, 『가톨릭소년』, 간도 용정: 가톨릭소년사, 1937년 5월호

- 강영달(牧羊兒), 「독자문단 독후감」, 『가톨릭소년』, 간도 용정: 가톨릭소년사, 1937년 12월호
- 강영달(牧羊兒), 「10월호 시평(詩評)과 감상(鑑賞)」, 『가톨릭소년』, 간도 용정: 가톨릭소년사, 1938년 1월호
- 강창복(姜昌福), 「읽은 뒤 감상」, 『별나라』 통권50호, 1931년 5월호
- 강창옥(康昌玉), 「(수신국란)남의 동요와 제 동요」, 『별나라』, 1931년 12월호
- 계윤집(桂潤集), 「(수신국란)『별나라』 독자제군에게」, 『별나라』, 1931년 12월호
- 계윤집(桂潤集), 「(독자로부터)『어린이』 만세-『어린이』를 애독하는 아우에게」, 『어린이』, 1932년 9월호
- 계정식(桂貞植), 「가요곡집 『물새발자욱』을 보고」, 『동아일보』, 1939.7.26
- 고고회(高古懷), 「(문단탐조등)유천덕(劉天德) 군의 '수양버들'」, 『동아일보』, 1930.11.1
- 고문수(高文洙), 「(독자평단)『어린이』는 과연 가면지일까?-『어린이』에게 오해를 삼는 자에게 일언함」, 『어린이』, 1932년 5월호
- 고문수(高文洙), 「『어린이』지 5월호 동요 총평」, 『어린이』, 1932년 6월호
- 고인태(高仁泰), 「아동교육과 아동문예의 서설」, 『실생활』, 1934년 5월호
- 고장섭(高長燮), 「머리말」, 『설강동요집: 1917-1932』, 한성도서주식회사, 1933.5
- 고장환(高長煥), 「머리말」, 고장환 편, 『세계소년문학집』, 박문서관, 1927.12
- 고장환(高長煥), 「세계 소년문학 작가 소전(小傳)」, 고장환 편, 『세계소년문학집』, 박문서관, 1927.12
- 고장환(高長煥), 「동요 의의-동요대회에 임하야」, 『조선일보』, 1928.3.13
- 고장환(高長煥), 「편집 후 잡화(雜話)」, 조선동요연구협회 편, 『조선동요선집-1928년판』, 박문서관, 1929.1
- 고장환[고긴빗], 「가단(歌壇) 선후감」, 『아희생활』 제4권 제3호, 1929년 3월호
- 고장환(高長煥), 「머리에 멧 마듸」, 고장환 역, 『쏭키호테-와 썰리봐여행기』, 박문서관, 1929.5
- 고장환(高長煥) 외, 「무엇을 읽을가」, 『아희생활』 제5권 제10호, 1930년 10월호
- 고장환(高長煥), 「동화 한아버지 안더-센 선생(전4회)」, 『조선일보』, 1933.7.29~8.4
- 고장환(高長煥), 「아동과 문학-1934년의 전망(전7회)」, 『매일신보』, 1934.1.3~28
- 고장환(高長煥), 「인사」, 고장환 편, 『현대명작아동극선집』, 영창서관, 1937.1
- 고장환(高長煥), 「부치는 말」, 고장환 편, 『현대명작아동극선집』, 영창서관, 1937.1
- 고한승(高漢承), 「서」, 마해송, 『해송동화집』, 동경: 동성사, 1934.5
- 고한승[主幹], 「『어린이』를 다시 내면서」, 『어린이』 복간 5월호, 1948년 5월호
- 고화영(高火映), 「조선 초유의 연합학예회의 감상」, 『별나라』 통권60호, 1932년 7월호
- 구옥산(具玉山), 「당면문제의 하나인 동요작곡 일고찰」, 『동아일보』, 1930.4.2

- 구왕삼(具王三), 「아동극에 대한 편견(片見)-〈동극연구회〉 조직을 계기하야」, 『신동아』, 1933년 5월호
- 권구현〔天摩山人〕, 「동화연구의 일 단면-동화집 『금쌀애기』를 읽고」, 『조선일보』, 1927.12.6
- 권독부(勸讀部), 「(소년좌담)이야기책과 이야기 듯는 것」, 『시대상』, 1932년 3월호
- 권동진(權東鎭), 「나의 당부」, 『소년중앙』 창간호, 1935년 1월호
- 권일사(權一思), 「깃인사」, 『영데이』 창간호, 영데이사, 1926년 6월호
- 권태응(權泰應), 「지은이의 말」, 권태응, 『동요집 감자꽃』, 글벗집, 1948.12
- 권해희, 「(신서독후기)윤복진 엮음『노래하는 나무』-세계명작동화선집」, 『경향신문』, 1950.4.23
- 권환(權煥), 「서문(1)」, 『(푸로레타리아 동요집)불별』, 중앙인서관, 1931.3
- 권환(權煥), 「서문」, 『소년소설육인집』, 신소년사, 1932.6
- 금홍주(琴洪主), 「홍천 김춘강(洪川 金春岡) 군의게 여(與)함」, 『소년세계』, 1930년 8-9월 합호
- 김관(金管), 「우리들은 엇더한 노래를 불너야 조흔가」, 『별나라』 통권49호, 1931년 4월호
- 김광섭(金珖燮), 「경성보육학교의 '동요동극의 밤'을 보고(전3회)」, 『조선일보』, 1932. 11.25~30
- 김규택(金奎澤), 「어린이와 방정환」, 『민성』 제5권 제10호, 1949년 10월호
- 김기림(金起林), 「32년 문단 전망-어쩌케 전개될까? 전개시킬까? 문단 제씨의 각별한 의견(10) 신민족주의 문학운동」, 『동아일보』, 1932.1.10
- 김기전(金起瀍), 「머리말」, 방정환 편, 『세계명작동화집 사랑의 선물』, 개벽사출판부, 1922.7
- 김기주(金基柱), 「1930년에 대한 '소년문단 회고'를 보고-정윤환(鄭潤煥) 군에게 주는 박문(駁文)(전2회)」, 『매일신보』, 1931.3.1~3
- 김기주(金基柱), 「서」, 김기주 편, 『조선신동요선집 제1집』, 평양: 동광서점, 1932.3
- 김기진〔八峰學人〕, 「동화의 세계-『우리동무』 독후감(전4회)」, 『중외일보』, 1927.3.10~13
- 김남주(金南柱), 「문예와 교육(전4회)」, 『조선일보』, 1926.2.20~23
- 김남주(金南柱), 「(어린이 강좌, 제5강)소설 잘 쓰는 방법」, 「어린이세상」 其32, 『어린이』, 1929년 10월호 부록
- 김남천(金南天), 「발(跋)」, 현덕, 『(현덕 창작집)남생이』, 아문각, 1947.11
- 김대봉(金大鳳), 「신흥동요에 대한 편견(片見)(전2회)」, 『조선일보』, 1931.11.1~3
- 김대봉(金大鳳), 「동요 비판의 표준(전2회)」, 『중앙일보』, 1932.1.18~19
- 김대봉(金大鳳), 「동요단(童謠壇) 현상의 전망」, 『중앙일보』, 1932.2.22
- 김동리(金東里), 「(신간평)『초생달』 읽고-윤석중 동요집」, 『동아일보』, 1946.8.13

- 김동석(金東錫), 「머리ㅅ말」, 윤석중, 『(윤석중동요집)초생달』, 박문출판사, 1946
- 김동인(金東仁), 「32년 문단 전망－어쩌케 전개될까? 전개시킬까? 문단 제씨의 각별한 의견(1) 자선 주간의 메달일 뿐」, 『동아일보』, 1932.1.1
- 김동인(金東仁), 「녀름날 만평－잡지계에 대한(8)」, 『매일신보』, 1932.7.20
- 김동인(金東仁), 「아동물 출판업자」, 『중앙신문』, 1947.5.4
- 김동환(金東煥), 「학생문예에 대하야」, 『조선일보』, 1927.11.19
- 김동환(金東煥), 「(연예와 영화)희유의 명연극을 다수 민중아 보라!－재공연을 요구함」, 『조선일보』, 1927.12.17
- 김명겸〔金藝池〕, 「(수신국)『파랑새』 발간을 들고」, 『별나라』, 1931년 7-8월 합호
- 김병하(金秉河), 「박물동요 연구－식물개설편(전26회)」, 『조선중앙일보』, 1935.1.26~3.21
- 김병호(金炳昊), 「신춘당선가요 만평－3사분(社分) 비교 합평(전3회)」, 『조선일보』, 1930.1.12~15
- 김병호(金炳昊), 「4월의 소년지 동요(전3회)」, 『조선일보』, 1930.4.23~26
- 김병호(金炳昊), 「최근 동요 평」, 『음악과 시』 창간호, 1930년 9월호
- 김병호(金炳昊), 「최근 동요 평(전3회)」, 『중외일보』, 1930.9.26~28
- 김병호(金炳昊), 「동요강화(童謠講話)(1)」, 『신소년』, 1930년 11월호
- 김병호(金炳昊) 외, 「동생들아! 누이들아!」, 『(푸로레타리아동요집)불별』, 중앙인서관, 1931.3
- 김병호(金炳昊), 「『조선신동요선집』을 읽고」, 『신소년』, 1932년 7월호
- 김봉면(金鳳冕), 「동극에 대한 편론(片論)」, 『예술』 창간호, 1935년 1월호
- 김사엽(金思燁), 「(문예작품 독후감)동요작가에게 보내는 말」, 『조선일보』, 1929.10.8
- 김상덕(金相德), 「남은 말슴」, 김상덕 편, 『세계명작아동극집』, 조선아동예술연구협회, 1936.12
- 김상덕(金相德), 「머리말」, 김상덕 편, 『세계명작아동극집』, 조선아동예술연구협회, 1936.12
- 김상덕(金相德), 「머리말」, 김상덕 편, 『조선유희동요곡집(제1집)』, 경성 두루미회, 1937.9
- 김상회(金相回), 「세아예전감상(世兒藝展感想)(2)」, 『동아일보』, 1928.10.6
- 김성용(金成容), 「'동심'의 조직화－동요운동의 출발 도정(전3회)」, 『중외일보』, 1930.2.24~26
- 김성용〔頭流山人〕, 「동화운동의 의의－소년문예운동의 신전개(전4회)」, 『중외일보』, 1930.4.8~11
- 김성환(金成煥), 「(축창간사)축 창간」, 『가톨릭소년』 창간호, 간도 용정: 가톨릭소년사,

1936년 3월호

- 김소운(金素雲), 「'전래동요, 구전민요'를 기보(寄報)하신 분에게─보고와 감사를 겸하야」, 『매일신보』, 1933.3.23
- 김소운(金素雲), 「윤석중 군의 근업(近業)─동시집『일허버린 댕기』」, 『조선일보』, 1933. 5.10
- 김소운(金素雲), 「오금아 힘써라!」, 『어린이』, 1933년 11월호
- 김소운(金素雲), 「동심 소화(小話)─씨동무」, 『어린이』, 1934년 1월호
- 김소운(金素雲), 「동심 소화(小話)─김치ㅅ국」, 『어린이』, 1934년 2월호
- 김소운(金素雲), 「동요에 나타난 '어머니'」, 『가톨릭청년』, 경성: 가톨릭청년사, 1935년 2월호
- 김소운(金素雲), 「서」, 김소운 편, 『구전동요선』, 박문서관, 1940.5
- 김순석, 「동요 작품에 대하여」, 『아동문학집』 제1집, 평양: 문화전선사, 1950.6
- 김순애(金順愛), 「소녀 독자를 무시─소년잡지 편집자에게」, 『별나라』, 1930년 2-3월 합호
- 김약봉(金若鋒), 「김동인(金東仁) 선생의 잡지만평을 두들김─특히 소년잡지 평에 대하야─」, 『어린이』, 1932년 8월호
- 김억(金億), 「'소곰쟁이'에 대하여」, 『동아일보』, 1926.10.8
- 김억〔金岸曙〕, 「32년 문단 전망─어쩌케 전개될까? 전개시킬까? 문단 제씨의 각별한 의견(3) 민족으로 모여들 박게」, 『동아일보』, 1932.1.3
- 김여수〔朴八陽〕, 「소년문학운동 가부, 어린이들의 문학열을 장려하는 것이 가할가, 고려를 요하는 문제─진정한 의미의 건전한 문학을」, 『동아일보』, 1927.4.30
- 김여수(麗水), 「당선된 학생 시가에 대하야」, 『조선일보』, 1929.1.1
- 김여수(麗水), 「(문단탐조등)'표절' 혐의의 진상─동요 '가을'에 대하야」, 『동아일보』, 1930.9.23
- 김여수〔麗水學人〕, 「신간 독후 유감(有感)(3~4회)」, 『조선중앙일보』, 1933.7.6~7
- 김여수〔朴八陽〕, 「내가 조와하는 동요」, 『소년중앙』, 1935년 2월호
- 김연승, 「머리말」, 『조선동요가곡선집』, 1930.10.25
- 김영두(金泳斗), 「서」, 정창원 편저, 『동요집』, 삼지사, 1928.9
- 김영보(金泳俌), 「머리말」, 『꼿다운 선물』, 삼광서림, 1930.4
- 김영수(金永壽), 「(신간평)윤석중 제7동요집『아침까치』」, 『경향신문』, 1950.6.9
- 김영은(金泳恩), 「유치원 음악과 노래(동요)에 대하야」, 『아이생활』, 1934년 4월호
- 김영일(金永一), 「최후의 승리는 물론 올 것이다」, 『별나라』 통권24호, 1928년 7월호
- 김영일〔金玉粉〕, 「(강좌)동요를 희곡화하는 방법(전4회)」, 『가톨릭소년』, 간도 용정: 가톨릭소년사, 1936년 9월호~1937년 1-2월 합호

- 김영일〔金玉粉〕, 「(강좌)동화를 희곡화하는 방법(전2회)」, 『가톨릭소년』, 간도 용정: 가톨릭소년사, 1937년 6월호~7월호
- 김영일(金英一), 「이구조(李龜祚) 형 영전(靈前)에」, 『아이생활』, 1942년 9월호
- 김영일(金英一), 「선평(選評)」, 『아이생활』, 1943년 7-8월 합호
- 김영일(金英一), 「사시소론(私詩小論)(전2회)」, 『아이생활』, 1943년 7-8월 합호~10월호
- 김영일(金英一), 「김영일 선생 선(選) 소국민문단-선사(選辭)」, 『아이생활』, 1943년 9월호
- 김영일(金英一), 「사시광론(私詩狂論)」, 『아동자유시집 다람쥐』, 고려서적주식회사, 1950.2
- 김영팔(金永八), 「어린이들에게 나의 한 말」, 『학창』 창간호, 1927년 10월호
- 김영팔(金永八), 「(시대와 나의 근감)방송 편감(片感)」, 『시대상』 제2호, 1931년 11월호
- 김영희〔金石淵〕, 「동화의 기원과 심리학적 연구(전10회)」, 『조선일보』, 1929.2.13~3.3
- 김완동(金完東), 「신동화운동을 위한 동화의 교육적 고찰-작가와 평가 제씨에게(전5회)」, 『동아일보』, 1930.2.16~22
- 김완식(金完植), 「전조선 야학 강습소 연합 대학예회를 보고서」, 『별나라』 통권60호, 1932년 7월호
- 김용태(金龍泰), 「(축창간사)『가톨릭소년』의 창간을 축함」, 『가톨릭소년』 창간호, 간도 용정: 가톨릭소년사, 1936년 3월호
- 김용호(金容浩), 「(신간평)종달새」, 『경향신문』, 1947.6.29
- 김용환(金龍煥), 「『흥부와 놀부』에 대하여」, 『(아협그림얘기책 1)흥부와 놀부』, 조선아동문화협회, 1946.9
- 김용환(金龍煥), 「『보물섬』에 대하여」, 『(아협그림얘기책 4)보물섬』, 조선아동문화협회, 1946.10
- 김용환(金龍煥), 「만화와 동화(童畵)에 대한 소고」, 『아동문화』 제1집, 동지사아동원, 1948년 11월호
- 김우철(金友哲), 「아동문학에 관하야-이헌구(李軒求) 씨의 소론을 읽고(전3회)」, 『중앙일보』, 1931.12.20~23
- 김우철(金友哲), 「11월 소년소설평-읽은 뒤의 인상을 중심 삼고」, 『신소년』, 1932년 1월호
- 김우철(金友哲), 「아키타 우자쿠(秋田雨雀) 씨와 문단생활 25(卄五)년-그의 50 탄생 축하보를 듯고」, 『조선중앙일보』, 1933.4.23
- 김우철(金友哲), 「동화와 아동문학-동화의 지위 및 역할(전2회)」, 『조선중앙일보』, 1933.7.6~7
- 김우철(金友哲), 「아동문학의 문제-특히 창작동화에 대하야(전4회)」, 『조선중앙일보』, 1934.5.15~18

- 김우철(金友哲), 「아동문학의 신방향」, 『아동문학』 제1집, 평양: 어린이신문사, 1947년 7월호
- 김원룡(金元龍), 「아동교육의 진실성 – 열과 성으로 실력배양하라」, 『경향신문』, 1947. 4.24
- 김원룡(金元龍), 「(문화)문화촌감(文化寸感) – 왜말 사용을 근절하자!」, 『경향신문』, 1947.9.7
- 김원룡(金元龍), 「꼬리말」, 이원수(李元壽), 『(동요동시집)종달새』, 새동무사, 1947
- 김원룡(金元龍), 「애기 교육과 만화」, 『경향신문』, 1948.4.4
- 김원룡(金元龍) 외, 「아동문화를 말하는 좌담회」, 『아동문화』 제1집, 동지사아동원, 1948년 11월호
- 김원룡(金元龍), 「(신간평)권태응(權泰應) 동요집 『감자꽃』」, 『경향신문』, 1949.3.24
- 김원룡(金元龍), 「(신서평)희망의 꽃다발」, 『경향신문』, 1949.12.8
- 김원섭(金元燮), 「'소곰장이'를 논함」, 『동아일보』, 1926.10.27
- 김월봉(金月峰), 「(수신국)이고월(李孤月) 군에게」, 『별나라』 통권52호, 1931년 7-8월 합호
- 김의환, 「『피터어 팬』에 대하여」, 『(아협그림얘기책 3)피터어 팬』, 조선아동문화협회, 1946.10
- 김의환, 「『어린 예술가』에 대하야」, 『(아협그림얘기책 5)어린예술가』, 조선아동문화협회, 1946.11
- 김의환, 「『껄리버여행기』에 대하여」, 『(아협그림예기책 7)껄리버 여행기』, 조선아동문화협회, 1947.3
- 김인득(金仁得), 「『사랑의 선물』을 낡고……」, 『어린이』 제26호, 1925년 3월호
- 김인숙(金仁淑), 「아동문화 운동의 새로운 방향」, 『아동문학』 제1집, 평양: 어린이신문사, 1947년 7월호
- 김일암(金逸岩), 「(수신국)작품 제작상의 제문제」, 『별나라』, 1932년 2-3월 합호
- 김일준(金一俊), 「동요론 – 동요작가에게 일언」, 『매일신보』, 1940.10.13
- 김장섭(金長燮), 「소년문학운동 가부, 어린이들의 문학열을 장려하는 것이 가할가, 고려를 요하는 문제 – 학교교육의 보충을 위하야」, 『동아일보』, 1927.4.30
- 김재은(金在殷), 「『소년조선(少年朝鮮)』의 창간을 축(祝)함」, 『소년조선』 제2호, 1928년 2월호
- 김정윤(金貞允), 「아동시의 지향(전3회)」, 『태양신문』, 1949.7.22~24
- 김정윤(金貞允), 「아동시 재설 – 아동 자유시와 몬타-주(상)」, 『태양신문』, 1949.10.30
- 김정윤(金貞允), 「아동작품의 신전개」, 『새한민보』 통권59호, 11월 상중순호, 1949.11.20
- 김종명(金鍾明), 「아동극 소론(전3회)」, 『가톨릭청년』, 경성: 가톨릭청년사, 1936년 6

월호, 7월호, 9월호

- 김진섭(金晉燮)(문학연구가), 「32년 문단 전망—어쩌케 전개될까? 전개시킬까? 문단 제 씨의 각별한 의견(1) 형성적 정신에 의하야」, 『동아일보』, 1932.1.1
- 김진태(金鎭泰), 「동요 이야기」, 『새싹』 제6호, 1947년 9월호
- 김진호(金鎭浩) 외, 「늘 보고 십흔 『어린이』 기자 인물상상기」, 『어린이』, 1925년 11월호
- 김창훈(金昌勳), 「송창일(宋昌一) 저 『소국민훈화집』 독후감」, 『아이생활』, 1943년 7-8월 합호
- 김철수, 「동요 짓는 법(전19회)」, 『어린이신문』, 1947.3.29~8.2
- 김철수(金哲洙), 「(새로 나온 좋은 책들) 『사랑의 선물』을 읽고」, 『소학생』 제48호, 1947년 7월호
- 김철수, 「보고 느낀 대로 쓰자」, 『아동구락부』, 1950년 1월호
- 김철수, 「글은 어떻게 지을까?—관찰과 글」, 『아동구락부』, 1950년 2월호
- 김철수, 「글은 어떻게 지을까?—감각을 닦자」, 『아동구락부』, 1950년 3월호
- 김철하(金鐵河), 「(자유논단) 작품과 작자」, 『신소년』, 1932년 8월호
- 김첨(金尖), 「(예원 포스트) 아동문학을 위하야」, 『조선일보』, 1934.12.1
- 김춘강〔金福童〕, 「창작에 힘쓰자」, 『별나라』, 1930년 2-3월 합호
- 김태영(金台英), 「(동요연구, 동요작법) 동요를 쓰실려는 분들의게(전5회)」, 『아희생활』, 1927년 10월호~1928년 3월호
- 김태오(金泰午), 「어린이의 동무 '안더-센' 선생—51년제를 맞고(전2회)」, 『동아일보』, 1926.8.1~4
- 김태오(金泰午), 「동화의 원조 안더센 씨—52년제를 마지하며」, 『조선일보』, 1927.8.1
- 김태오(金泰午), 「(학예) 심리학상 견지에서 아동독물 선택(전5회)」, 『중외일보』, 1927.11.22~26
- 김태오〔金雪崗〕, 「서북지방 동화 순방기(전3회)」, 『아희생활』, 1927년 11월호~1928년 2월호
- 김태오(金泰午), 「어린 동모들에게」, 고장환(高長煥) 편, 『세계소년문학집』, 박문서관, 1927.12
- 김태오(金泰午), 「동요 잡고 단상(전4회)」, 『동아일보』, 1929.7.1~5
- 김태오(金泰午), 「예술교육의 이론과 실제(전9회)」, 『조선일보』, 1930.9.23~10.2
- 김태오(金泰午), 「소년문예운동의 당면에 임무(전8회)」, 『조선일보』, 1931.1.30~2.10
- 김태오(金泰午), 「세계 어린이의 동무 안더-센 선생」, 『아이생활』, 1931년 1월호
- 김태오(金泰午), 「동요운동의 당면 임무」, 『아이생활』, 1931년 4월호
- 김태오〔雪崗學人〕, 「(동요강화) 현대동요연구(전6회)」, 『아이생활』, 1932년 7월호~12월호

- 김태오(金泰午), 「책 끝에 쓰는 말」, 김태오 편, 『꿈에 본 선녀』, 조선야소교서회, 1932.12
- 김태오(金泰午) 외, 「침체된 조선아동문학을 여하히 발전식힐 것인가(전3회)」, 『조선일보』, 1933.1.2~4
- 김태오(金泰午), 「머리말」, 『설강동요집: 1917-1932』, 한성도서주식회사, 1933.5
- 김태오(金泰午), 「동요 짓는 법－(동요작법)－」, 『설강동요집: 1917-1932』, 한성도서주식회사, 1933.5
- 김태오(金泰午), 「동요운동의 당면 임무(전4회)」, 『조선일보 특간』, 1933.10.26~31
- 김태오(金泰午), 「동요예술의 이론과 실제(전5회)」, 『조선중앙일보』, 1934.7.1~6
- 김태오(金泰午), 「조선동요와 향토예술(전2회)」, 『동아일보』, 1934.7.9~12
- 김태오(金泰午), 「동심과 예술감」, 『학등』 제8호, 1934년 8월호
- 김태오(金泰午) 외, 「본지 창간 만10주년 기념 지상 집필인 좌담회」, 『아이생활』, 1936년 3월호
- 김태오(金泰午), 「서문」, 김상덕(金相德) 편, 『세계명작아동극집』, 조선아동예술연구협회, 1936.12
- 김태오(金泰午), 「노양근(盧良根) 씨의 동화집을 읽고」, 『동아일보』, 1938.12.27
- 김태오(金泰午), 「안데르센의 생애와 예술－그의 사후 65년을 당하야(전3회)」, 『동아일보』, 1940.8.2~6
- 김태준(金台俊), 「(조선가요개설)동요편(전3회)」, 『조선일보 특간』, 1934.3.21~24
- 김하명(金河明), 「아동교육의 애로」, 『경향신문』, 1947.2.16
- 김하명(金河明), 「작문교육 단상」, 『경향신문』, 1947.4.20
- 김하명(金河明), 「아동문학 단상」, 『경향신문』, 1947.5.18
- 김한(金漢), 「(학예)전환기에 선 소년문예운동(전3회)」, 『중외일보』, 1927.11.19~21
- 김항아(金恒兒), 「(評記)〈조선소녀예술연구협회〉 제1회 동요·동극·무용의 밤을 보고……」, 『사해공론』 창간호, 1935년 5월호
- 김해강[金大駿], 「사랑하는 소년 동무들에게－우리는 좀 더 동무들을 사랑합시다」, 『별나라』, 1932년 2-3월 합호
- 김해림(金海林), 「(동무소식)미지의 동우 순원(同友 順元) 군!」, 『매일신보』, 1931.9.9
- 김현록, 「명작감상 시」, 『새싹』 제13호, 1949.9.15
- 김현봉(金玄峰), 「(소년평단)철면피 작가 이고월(李孤月) 군을 주(誅)함」, 『어린이』, 1932년 6월호
- 김현점(金鉉點), 「(축창간사)축 『가톨릭소년』 창간」, 『가톨릭소년』 창간호, 간도 용정: 가톨릭소년사, 1936년 3월호
- 김혈기(金血起), 「투고작가 여덜 동무에게」, 『별나라』 통권50호, 1931년 5월호
- 김형기(金亨起), 「(독자로부터)소리처라」, 『어린이』, 1932년 9월호

- 김홍수(金泓洙), 「(신간평)소년기수」, 『경향신문』, 1947.6.26
- 김홍수, 「(신간평)동화 『박달방망이』」, 『동아일보』, 1948.11.10
- 김홍진(金弘鎭), 「세아예전감상(世兒藝展感想)(1)」, 『동아일보』, 1928.10.5
- 김활란(金活蘭), 「나의 당부」, 『소년중앙』 창간호, 1935년 1월호
- 김훈(金勳), 「(신간평)『노래하는 나무』—윤복진(尹福鎭) 편」, 『조선일보』, 1950.4.14
- 남궁랑(南宮浪), 「동요 평자 태도 문제—유(柳) 씨의 월평을 보고(전4회)」, 『조선일보』, 1930.12.24~27
- 남기훈(南基薰), 「(일평)아동극과 방송단체(전2회)」, 『조선중앙일보』, 1936.3.10~11
- 남기훈(南基薰), 「(일평)아동 독품 문제(전2회)」, 『조선중앙일보』, 1936.3.19~20
- 남대우(南大祐), 「『신소년』 3월호 동요를 읽은 뒤의 감상」, 『신소년』, 1934년 4-5월 합호
- 남산학인(南山學人), 「어린이의 생활과 시—주로 어린이 천분을 찬미하여」, 『연합신문』, 1950.5.5
- 남응손〔夕鐘〕, 「(문예작품 독후감)한(韓) 씨 동요에 대한 비판」, 『조선일보』, 1929.10.13
- 남응손(南應孫), 「(수상)가을에 생각나는 동무들(전2회)」, 『매일신보』, 1930.10.5~7
- 남응손(南應孫), 「조선의 글 쓰는 선생님들(전5회)」, 『매일신보』, 1930.10.17~23
- 남응손〔南夕鍾〕, 「『매신(每申)』 동요 10월 평(전9회)」, 『매일신보』, 1930.11.11~21
- 남응손〔南夕鍾〕, 「(수상)가을을 안고—생각나는 것들(전2회)」, 『매일신보』, 1931.9.6~8
- 남응손(南應孫), 「11월 동요평(전3회)」, 『조선중앙일보』, 1933.12.4~7
- 남응손〔南夕鍾〕, 「아동극 문제 이삼(二三)—동요극을 중심으로 하야(전6회)」, 『조선일보 특간』, 1934.1.19~25
- 남응손〔風流山人〕, 「'조선신흥동요운동의 전망'을 읽고(전2회)」, 『조선중앙일보』, 1934.1.26~27
- 남응손〔南夕鍾〕, 「조선과 아동시—아동시의 인식과 그 보급을 위하야(전11회)」, 『조선일보 특간』, 1934.5.19~6.1
- 남응손〔南夕鍾〕, 「문학을 주로—아동예술교육의 연관성을 논함(전2회)」, 『조선중앙일보』, 1934.9.4~6
- 남응손〔南夕鍾〕, 「(아동문학강좌, 1)문학이란 무엇인가」, 『아이생활』, 1934년 9월호
- 남응손〔南夕鍾〕, 「(아동문학강좌, 2)동요란 무엇인가」, 『아이생활』, 1934년 11월호
- 남응손〔南夕鍾〕, 「(아동문학강좌, 3)아동자유시란 무엇인가」, 『아이생활』, 1935년 1월호
- 남응손〔南夕鍾〕, 「(아동문학강좌, 4)작문이란 무엇인가」, 『아이생활』, 1935년 6월호
- 남응손〔南夕鍾〕, 「(아동문학강좌, 5)동화란 무엇인가」, 『아이생활』, 1935년 7월호
- 남응손〔南夕鍾〕, 「(아동문학강좌, 6)동극이란 무엇인가」, 『아이생활』, 1935년 9월호
- 남응손〔南夕鍾〕, 「(아동문학강좌, 7)소설이란 무엇인가」, 『아이생활』, 1935년 10월호
- 남응손〔南夕鍾〕, 「(아동문학강좌, 완)조선의 문사(文士)와 문학 잡지 이야기」, 『아이생

활」, 1935년 11월호

- 남응손[南夕鍾], 「1935년 조선아동문학 회고-부(附) 과거의 조선아동문학을 돌봄」, 『아이생활』, 1935년 12월호
- 남재성(南在晟), 「(문단탐조등)김형식(金亨軾) 군의 '버들편지'는 표절」, 『동아일보』, 1931.3.31
- 남철인(南鐵人), 「최근 소년소설 평」, 『어린이』, 1932년 9월호
- 노양근(盧良根), 「『어린이』 신년호 소년소설 평」, 『어린이』, 1932년 2월호
- 노양근(盧良根), 「『어린이』 잡지 반년간 소년소설 총평(전2회)」, 『어린이』, 1932년 6월호~7월호
- 노양근(盧良根), 「서문」, 박영하(朴永夏), 『만향동요집』, 만향시려(晩鄕詩廬), 1937.10
- 노양근(盧良根), 「자서」, 노양근, 『날아다니는 사람』, 조선기념도서출판관, 1938.11
- 노양근, 「(一週一話)독서하기 조흔 때이니 조흔 책 읽으시오」, 『동아일보』, 1939.9.17
- 노양근(盧良根), 「지은이의 말-서(序)를 대(代)하여」, 노양근, 『열세동무』, 한성도서주식회사, 1940.2
- 노양근(盧良根), 「아동문학에의 길-『열세동무』 출판기념회 소감」, 『신세기』, 1940년 4월호
- 노자영(盧子泳), 「첫머리에 씀(序文)」, 춘성(春城) 편, 『세계명작동화선집 천사의 선물』, 청조사, 1925.7
- 논설, 「『소년』 잡지를 축흠」, 『대한매일신보』, 1909.4.18
- 농소년(農少年), 「소년지 『어린이』의 경신(更新)의 퇴보」, 『신소년』, 1933년 3월호
- 누파(淚波), 「개성(開城)에 잇는 소년문예사 여러 동무를 여러분께 소개합니다」, 『소년계』, 1928년 1월호
- 동아일보사, 「서늘하고도 밤이 긴 가을철은 아이들도 독서할 째다-학년을 따라 조하하는 책도 가지가지, 지도는 어쎄케 해야 할까(전2회)」, 『동아일보』, 1931.9.16~17
- 동아일보사, 「예술적이고도 건전한 것이 제일-아이들에게 보여주어야 할 그림책 선택방법」, 『동아일보』, 1932.2.27
- 뜨·쓰마로꼬바, 「쏘련의 아동문학」, 『아동문학』 제1집, 평양: 어린이신문사, 1947년 7월호
- 로인, 「(자유논단)좀 더 쉬웁게 써다고-신년호 박현순(朴賢順) 동무에 글을 읽고」, 『신소년』, 1933년 3월호
- 마해송(馬海松), 「산상수필(전2회)」, 『조선일보』, 1931.9.22~23
- 마해송(馬海松), 「후기」, 마해송, 『해송동화집』, 동경: 동성사, 1934.5
- 마해송(馬海松), 「(다시 찾은 우리 새 명절 어린이날)어린이날과 방정환 선생」, 『자유신문』, 1946.5.5

- 모윤숙(毛允淑), 「『세계걸작동화집』을 읽고-가정에 비치할 보서(寶書)」, 『여성』, 1937년 1월호
- 모윤숙(毛允淑), 「서문」, 박영하, 『만향동요집』, 만향시려(晩鄕詩廬), 1937.10
- 목해균(睦海均), 「(전시아동문제)아동과 문화-전시아동문화의 실천방향(전7회)」, 『매일신보』, 1942.3.7~19
- 목해균(睦海均), 「조선 아동문화의 동향」, 『춘추』, 1942년 11월호
- 문병찬(文秉讚), 「'소금쟁이'를 논함-홍파(虹波) 군에게」, 『동아일보』, 1926.10.2
- 문병찬(文秉讚), 「머리말」, 문병찬 편, 『세계일주동요집』, 영창서관, 1927.6
- 문순영(文順榮), 「'푸른 하눌' 독후감」, 『소년중앙』, 1935년 7월호
- 문예부원, 「선후감」, 『시대일보』, 1925.11.2
- 민고영(閔孤影), 「(감상문)깃뿐 일! 통쾌한 소식-동무들아 섭々해 말나」, 『별나라』, 1932년 2-3월 합호
- 민대호(閔大鎬), 「창간사」, 『학창』 창간호, 1927년 10월호
- 민병휘(閔丙徽), 「소년문예운동 방지론을 배격(전2회)」, 『중외일보』, 1927.7.1~2
- 민병휘〔閔華景〕, 「아동극에 관한 단편적인 소감 일절-넓니 농촌 강습소와 야학회를 위하야」, 『우리들』, 1934년 3월호
- 민봉호(閔鳳鎬), 「11월 소년지 창기(創紀) 개평(전3회)」, 『조선일보』, 1930.11.26~28
- 민봉호(閔鳳鎬), 「(자유평단: 신진으로서 기성에게, 선진으로서 후배에게)금춘 소년창작(전4회)」, 『조선일보』, 1931.3.31~4.3
- 민봉호(閔鳳鎬), 「(독자로부터)오즉 감격이 잇슬 뿐!-독자의 한 사람으로서-」, 『어린이』, 1932년 9월호
- 박계주(朴啓周), 「(뿍·레뷰)윤석중 저 『어깨동무』를 읽고」, 『삼천리』, 1940년 9월호
- 박고경(朴古京), 「대중적 편집의 길로!-6월호를 읽고」, 『신소년』, 1932년 8월호
- 박기혁(朴璣爀), 「감상법」, 『(창작감상)조선어작문학습서』, 이문당, 1931.3
- 박기혁(朴璣爀), 「동요작법」, 『(창작감상)조선어작문학습서』, 이문당, 1931.3
- 박기혁(朴璣爀), 「머리말-어린 동모들에게」, 박기혁 편, 『(비평 부 감상동요집)색진주』, 활문사, 1933.4
- 박노상(朴魯相), 「『학창』의 출현을 깃버함」, 『학창』 창간호, 1927년 10월호
- 박노홍(朴魯洪), 「김도산(金道山) 군의 '첫겨울'을 보고」, 『어린이』, 1932년 5월호
- 박누영〔朴裕秉〕, 「서」, 박유병 저, 『(어린이얘기책)사랑의 세계』, 광명사, 1936.11
- 박랑(朴浪), 「(수상)아동문단 소감」, 『아이생활』, 1944년 1월호
- 박랑(朴浪), 「아동문단 수립의 급무」, 『조선주보』, 1946.11.4
- 박병도(朴炳道), 「(수신국란)김혈기(金血起) 군에게」, 『별나라』, 1931년 12월호
- 박병도(朴炳道), 「(수신국)맹인적 비평은 그만두라」, 『별나라』, 1932년 2-3월 합호

- 박산운(朴山雲), 「(서평)현덕 저 동화집『포도와 구슬』」, 『현대일보』, 1946.6.20
- 박세영[朴血海], 「(일인일화)체험이 제일」, 『별나라』통권51호, 1931년 6월호
- 박세영(朴世永), 「고식화한 영역을 넘어서-동요·동시 창작가에게」, 『별나라』, 1932년 2-3월 합호
- 박세영(朴世永), 「전선야학강습소사립학교연합대학예회 총관」, 『별나라』통권60호, 1932년 7월호
- 박세영(朴世永), 「동요·동시는 엇더케 쓰나(전4회)」, 『별나라』통권72~75호, 1933년 11월호~1934년 2월호
- 박세영(朴世永), 「작금의 동요와 아동극을 회고함」, 『별나라』통권79호, 1934년 12월호
- 박세영(朴世永), 「조선 아동문학의 현상과 금후 방향」, 조선문학가동맹중앙집행위원회 서기국 편, 『건설기의 조선문학』, 1946.6
- 박세영(朴世永), 「건설기의 아동문학-동요와 소년시를 중심으로」, 『아동문학』제1집, 평양: 어린이신문사, 1947년 7월호
- 박승극(朴勝極), 「(소년문학강좌)소년문학에 대하야(전2회)」, 『별나라』, 1933년 12월 호~1934년 1월호
- 박승극(朴勝極), 「(講話)문학가가 되려는 이에게-편지의 형식으로써-」, 『별나라』통 권78호, 1934년 11월호
- 박승택(朴承澤), 「염근수(廉根守) 급 우이동인(牛耳洞人)에게」, 『동아일보』, 1927.4.2
- 박양호(朴養浩), 「본지 1년간 문예운동에-송년 편감(片感)」, 『소년세계』, 1932년 12 월호
- 박영만(朴英晩), 「자서」, 박영만 편, 『조선전래동화집』, 학예사, 1940.6
- 박영명(朴永明), 「신소년사 기자 선생 상상기」, 『신소년』, 1927년 6월호
- 박영종(朴泳鍾), 「(뿍레뷰)재현된 동심-『윤석중동요선』을 읽고」, 『동아일보』, 1939. 6.9
- 박영종(朴泳鍾), 「동시독본」, 『아이생활』통권164호, 1940년 2월호
- 박영종(朴泳鍾), 「꼬리말」, 윤석중, 『(동요집)어깨동무』, 박문서관, 1940.7
- 박영종(朴泳鍾), 「동요 짓는 법(동요작법)(전11회)」, 『주간소학생』제1호~제12호, 1946.2.11~4.29
- 박영종(朴泳鍾), 「명작감상 동요 독본(전7회)」, 『아동』제1호~제7호, 1946.4~1948.4
- 박영종(朴泳鍾), 「새벽달」, 윤석중, 『(윤석중동요집)초생달』, 박문출판사, 1946
- 박영종(朴泳鍾), 「동요 감상(鑑賞) 자장가」, 『새싹』제4호, 1947.4.10
- 박영종, 「동요 맛보기(전8회)」, 『소학생』제60호~제68호, 1948년 9월호~1949년 6월호
- 박영종(朴泳鍾), 남대우(南大祐), 「아동문화통신」, 『아동문화』제1집, 동지사아동원, 1948년 11월호

- 박영종(朴泳鍾), 「(신간평)단순의 향기─『굴렁쇠』의 독후감」, 『연합신문』, 1949.2.5
- 박영종, 「동요를 뽑고 나서(전8회)」, 『소학생』 제64호~제75호, 1949년 1-2월 합호~ 1950년 2월호
- 박영종, 「발문─지도하시는 분에게」, 『현대동요선』, 한길사, 1949.3
- 박영종, 「너른 세계를 가지자」, 『소학생』 제69호, 1949년 7월호
- 박영종[朴木月], 「동요 교재론」, 『새교육』 제2권 제5-6 합호, 조선교육연합회, 1949.9
- 박영종, 「우리 동무 봄노래」, 『소학생』, 1950년 4월호
- 박영종(朴泳鍾), 「(문화지표)아동문화 향상의 길」, 『신천지』 제46호, 1950년 5월호
- 박영화(朴榮華), 「(신간평)변영태(卞榮泰) 저 영문『조선동화집』」, 『경향신문』, 1946.12.19
- 박용철(朴龍喆), 「32년 문단 전망─어쩌케 전개될까? 전개시킬까? 문단 제씨의 각별한 의견(11) 쎈티멘탈리즘도 가(可)」, 『동아일보』, 1932.1.12
- 박인범(朴仁範), 「내가 본 소년문예운동」, 『소년세계』, 1929년 12월호
- 박인범(朴仁範), 「아동작품 선택에 대하야 부형과 교사에게」, 『자유신문』, 1949.5.5
- 박인범(朴仁範), 「동화문학과 옛이야기(전2회)」, 『자유신문』, 1950.2.5~7
- 박인범(朴仁範), 「(신간평)『노래하는 나무』(세계명작동화선집)」, 『자유신문』, 1950.4.15
- 박일봉(朴一奉), 「예술적 양심(전3회)」, 『중외일보』, 1926.12.6~9
- 박자영(朴赳影) 역, 「이솝의 생애(전15회)」, 『매일신보』, 1932.9.9~28
- 박준표(朴埈杓), 「(강화)동요 짓는 법」, 『신진소년』, 1926년 6월호
- 박준표(朴埈杓), 「축 창간」, 『영데이』 창간호, 영데이사, 1926년 6월호
- 박준표[哲魂], 「끗인사」, 『영데이』 창간호, 영데이사, 1926년 6월호
- 박준표[哲魂], 「선자의 말삼」, 『신진소년』, 1926년 6월호
- 박지병(朴智秉), 「(축창간사)축 창간」, 『가톨릭소년』 창간호, 간도 용정: 가톨릭소년사, 1936년 3월호
- 박철(朴哲), 「아동잡지에 대한 우견(愚見)」, 『아동문화』 제1집, 동지사아동원, 1948년 11월호
- 박태원(朴泰遠), 「『언문조선구전민요집』─편자의 고심과 간행자의 의기(意氣)」, 『동아일보』, 1933.2.28
- 박홍제(朴弘濟), 「운동을 교란하는 망평망론을 배격함─적아(赤兒)의 소론을 읽고─」, 『조선일보』, 1927.12.12
- 박화암, 「(신간평)꽃초롱 별초롱」, 『조선일보』, 1949.11.12
- 박흥민(朴興珉), 「(뿍레뷰)노양근 저 『열세동무』」, 『동아일보』, 1940.3.13
- 박희도(朴熙道), 「오호, 방정환 군의 묘」, 『삼천리』 제23호, 1932년 2월호
- 방정환[牧星], 「동화를 쓰기 전에─어린이 기르는 부형과 교사에게」, 『천도교회월보』

제126호, 1921년 2월호
- 방정환(方定煥), 「(작가로서의 포부)필연의 요구와 절대의 진실로—소설에 대하야」, 『동아일보』, 1922.1.6
- 방정환[小波], 「몽환의 탑에서—소년회 여러분께」, 『천도교회월보』 제138호, 1922년 2월호
- 방정환, 「머리말」, 방정환 편, 『세계명작동화집 사랑의 선물』, 개벽사출판부, 1922.7
- 방정환[小波], 「새로 개척되는 '동화'에 관하야—특히 소년 이외의 일반 큰 이에게—」, 『개벽』 제31호, 1923년 1월호
- 방정환(方定煥), 「처음에」, 『어린이』, 1923.3.20
- 방정환[小波], 「소년의 지도에 관하야—잡지 『어린이』 창간에 제(際)하야, 경성 조정호(曹定昊) 형께」, 『천도교회월보』 제150호, 1923년 3월호
- 방정환[小波], 「나그네 잡긔장(전4회)」, 『어린이』, 1924년 2월호~1925년 5월호
- 방정환[小波], 「어린이 찬미」, 『신여성』, 1924년 6월호
- 방정환(方定煥), 「동화작법—동화 짓는 이에게◇소파생(小波生)◇」, 『동아일보』, 1925.1.1
- 방정환(方定煥), 「사라지지 안는 기억」, 『조선문단』 제6호, 1925년 3월호
- 방정환(方定煥), 「'허잽이'에 관하야(전2회)」, 『동아일보』, 1926.10.5~6
- 방정환(方定煥), 「어린이 동모들께」, 이정호 편, 『세계일주동화집』, 해영사, 1926
- 방정환(方定煥), 「(대중훈련과 민족보건)제일 요건은 용기 고무—부모는 자녀를 해방 후 단체에, 소설과 동화」, 『조선일보』, 1928.1.3
- 방정환(方定煥), 「보고와 감사—세계아동예전을 마치고」, 『동아일보』, 1928.10.12
- 방정환(方定煥), 「(인사말슴)세계아동예술전람회를 열면서」, 『어린이』, 1928년 10월호
- 방정환[夢見草], 「(전람회 미담)눈물의 작품」, 『어린이』, 1928년 10월호
- 방정환, 「머리말」, 연성흠(延星欽) 편저, 『세계명작동화보옥집』, 이문당, 1929.5
- 방정환(方定煥), 「서문」, 이정호(李定鎬) 역, 『사랑의 학교』, 이문당, 1929.12
- 방정환(方定煥), 「7주년 기념을 마즈면서」, 『어린이』 통권73호, 1930년 3월호
- 방정환[方小波], 「연단진화(演壇珍話)」, 『별건곤』 제33호, 1930년 10월호
- 배광피(裵光被), 「창간사」, 『가톨릭소년』 창간호, 간도 용정: 가톨릭소년사, 1936년 3월호
- 배옥천(裵玉泉), 「어린이시간 편성자로서」, 『아동문화』 제1집, 동지사아동원, 1948년 11월호
- 배위량(裵緯良), 「『이솝우언』 셔」, 『이솝우언』, 조선야소교서회, 1921.5
- 배위량(裵緯良), 「우언쟈(寓言者)의 조샹 이솝의 스젹이라」, 『이솝우언』, 조선야소교서회, 1921.5
- 백근(白槿), 「'하우프' 동화가—백년제를 마지하며」, 『동아일보』, 1927.11.22

- 백낙도(白樂道), 「압날의 광명을 노래하자!」, 『별나라』, 1930년 2-3월 합호
- 백남선(白南善), 「작품전람회를 보고 나서」, 『별나라』, 1927년 7월호
- 백석(白石), 「『호박꽃 초롱』서시」, 강소천(姜小泉), 『(동요시집)호박꽃 초롱』, 박문서관, 1941.2
- 백의소년(白衣少年), 「세계 어린이의 동무 '안더-쎈' 소개－그의 50년제를 당하야」, 『조선일보』, 1925.8.6
- 백철[白世哲], 「신춘 소년문예 총평－편의상 『어린이』지의 동시·동요에 한함」, 『어린이』, 1932년 2월호
- 백철, 「(신간평)소파전집」, 『매일신보』, 1940.6.14
- 백학서(白鶴瑞), 「『매신(每申)』동요평－9월에 발표한 것(전8회)」, 『매일신보』, 1931.10.15~25
- 백화동(白化東), 「머릿말」, 『가톨릭소년』창간호, 간도 용정: 가톨릭소년사, 1936년 3월호
- 밴댈리스트, 「에취·지·웰스」, 『동아일보』, 1924.12.29
- 밴댈리스트, 「동요에 대하야(未定稿)」, 『동아일보』, 1925.1.21
- 벽오동(碧梧桐), 「현대의 과학소설－예언적 작가 웰스(전2회)」, 『매일신보』, 1925.11.29~12.13
- 변영로[樹州], 「(문예야화 13)제창 아동문예」, 『동아일보』, 1933.11.11
- 본사 A기자, 「아동문학작가(2) 이동규(李東珪) 씨 방문기」, 『신소년』, 1934년 4-5월 합호
- 본사 B기자, 「아동문학작가(1) 정청산(鄭靑山) 씨 방문기」, 『신소년』, 1934년 4-5월 합호
- 빈강어부(濱江漁夫), 「소년문학과 현실성－아울러 조선소년문단의 과거와 장래에 대하야」, 『어린이』, 1932년 5월호
- 사설, 「동화와 문화－'안더쎈'을 회(懷)함」, 『동아일보』, 1925.8.12
- 사설, 「세계아동예술전람회」, 『동아일보』, 1928.10.2
- 사설, 「아동예술전람회를 보고」, 『중외일보』, 1928.10.8
- 사설, 「아동독물의 최근 경향－제공자의 반성을 촉(促)함－」, 『동아일보』, 1929.5.31
- 사설, 「창작력의 발휘와 아동작품전 개최」, 『동아일보』, 1929.7.22
- 사설, 「아동독물을 선택하자」, 『매일신보』, 1930.8.22
- 사설, 「소년판을 내면서」, 『조선일보』, 1937.1.10
- 서덕출(徐德出), 「창간호브터의 독자의 감상문」, 『어린이』통권73호, 1930년 3월호
- 서정주(徐廷柱), 「(서평)윤석중 동요집 『굴렁쇠』를 읽고」, 『동아일보』, 1948.12.26
- 선자, 「동요 선후감」, 『동아일보』, 1925.3.9
- 선자, 「신춘문예 동화 선후언(전3회)」, 『동아일보』, 1932.1.23~26
- 선자, 「신춘문예 선후감(완)」, 『동아일보』, 1935.1.17

- 선자, 「신춘문예 선후감(전2회)」, 『동아일보』, 1936.1.10~12
- 성촌(星村), 「전식(田植) 군의 동요평을 읽고─그 불철저한 태도에 반박함(전4회)」, 『매일신보』, 1931.9.6~10
- 소년세계사, 「1932년 신년호부터 본지는 경신(更新)된다」, 『소년세계』 통권22호, 1932년 12월호
- 소용수(蘇瑢叟), 「창간호브터의 독자의 감상문」, 『어린이』 통권73호, 1930년 3월호
- 소학생 편집부, 「(아협 상타기 작문 동요 당선 발표)뽑고 나서─작문을 추리고서」, 『소학생』 제49호, 1947년 8월호
- 손길상(孫桔湘), 「『신소년』 9월 동요평」, 『신소년』, 1931년 11월호
- 손위빈(孫煒斌), 「(조선신극25년약사, 9)맹아기의 '학생극'과 '레뷰─' 신극열(新劇熱)의 상승시대─신흥극단의 출현」, 『조선일보』, 1933.8.12
- 손위빈(孫煒斌), 「(조선신극25년약사, 10)허무주의를 고조한 종합예술협회 동화극의 출현」, 『조선일보』, 1933.8.13
- 손진태(孫晉泰), 「조선의 동요와 아동성」, 『신민』, 1927년 2월호
- 손진태(孫晉泰), 「서」, 마해송, 『해송동화집』, 동경: 동성사, 1934.5
- 송남헌(宋南憲), 「창작동화의 경향과 그 작법에 대하야(전2회)」, 『동아일보』, 1939.6.30~7.6
- 송남헌(宋南憲), 「예술동화의 본질과 그 정신─동화작가에의 제언(전6회)」, 『동아일보』, 1939.12.2~10
- 송남헌(宋南憲), 「아동문학의 배후(전2회)」, 『동아일보』, 1940.5.7~9
- 송남헌(宋南憲), 「명일의 아동연극─〈동극회〉 1회 공연을 보고」, 『매일신보』, 1941.5.12
- 송석하(宋錫夏), 「서」, 박영만(朴英晚) 편, 『조선전래동화집』, 학예사, 1940.6
- 송순일(宋順鎰), 「(자유종)아동의 예술교육」, 『동아일보』, 1924.9.17
- 송악산인(松岳山人), 「부녀(婦女)에 필요한 동화─소년 소녀의 량식」, 『매일신보』, 1926.12.11
- 송악산인(松岳山人), 「동요를 장려하라─부모들의 주의할 일」, 『매일신보』, 1926.12.12
- 송영(宋影), 「아동극의 연출은 엇더케 하나?」, 『별나라』 통권48호, 1931년 3월호
- 송영(宋影)(창작가), 「32년 문단 전망─어쩌케 전개될싸? 전개시킬싸? 문단 제씨의 각별한 의견(5) 전기적(前期的) 임무를 다하야…」, 『동아일보』, 1932.1.5
- 송영(宋影), 「소학교극의 새로운 연출(2)」, 『별나라』 통권73호, 1933년 12월호
- 송영〔鶯峯山人〕, 「〈동극연구회〉 주최의 '동극·동요의 밤'을 보고」, 『별나라』 통권75호, 1934년 2월호
- 송영(宋影), 「(『별나라』 속간사)적은 별들이여 불근 별들이여─『별나라』를 다시 내노면서」, 『별나라』 해방 속간 제1호, 1945년 12월호

- 송완순(宋完淳), 「신소년사 기자 선생 상상기」, 『신소년』, 1927년 6월호
- 송완순(宋完淳), 「공상적 이론의 극복―홍은성(洪銀星) 씨에게 여(與)함(전4회)」, 『중외일보』, 1928.1.29~2.1
- 송완순〔九峯山人〕, 「비판자를 비판―자기변해와 신 군 동요관 평(전21회)」, 『조선일보』, 1930.2.19~3.19
- 송완순〔九峰學人〕, 「개인으로 개인에게―군이야말로 '공정한 비판'을(전8회)」, 『중외일보』, 1930.4.12~20
- 송완순〔九峰學人〕, 「동시말살론(전6회)」, 『중외일보』, 1930.4.26~5.3
- 송완순(宋完淳), 「조선 동요의 사적(史的) 고찰(2)」, 『새벗』 복간호, 1930년 5월호
- 송완순〔宋九峰〕, 「동요의 자연생장성 급 목적의식성(전5회)」, 『중외일보』, 1930.6.14~?
- 송완순〔九峰學人〕, 「동요의 자연생장성 급 목적의식성 재론(전4회)」, 『중외일보』, 1930.6.29~7.2
- 송완순〔九峰學人〕, 「'푸로레' 동요론(전15회)」, 『조선일보』, 1930.7.5~22
- 송완순〔素民學人〕, 「(자유평단: 신진으로서 기성에게, 선진으로서 후배에게)공개반박―김태오 군에게(전2회)」, 『조선일보』, 1931.3.1~6
- 송완순〔虎人〕, 「아동예술 시평(전2회)」, 『신소년』, 1932년 8월호~9월호
- 송완순(宋完淳), 「동요론 잡고―연구노―트에서(전4회)」, 『동아일보』, 1938.1.30~2.4
- 송완순(宋完淳), 「아동과 영화」, 『영화연극』 창간호, 1939년 11월호
- 송완순(宋完淳), 「아동문학·기타」, 『비판』 제113호, 1939년 9월호
- 송완순(宋完淳), 「(가정과 문화)아동문학의 기본과제(전3회)」, 『조선일보』, 1945.12.5~7
- 송완순(宋完淳), 「아동문화의 신출발」, 『인민』, 1946년 1-2월 합호
- 송완순(宋完淳), 「조선 아동문학 시론―특히 아동의 단순성 문제를 중심으로」, 『신세대』, 1946년 5월호
- 송완순(宋完淳), 「(문화)아동출판물을 규탄」, 『민보』 제343호, 1947.5.29
- 송완순(宋完淳), 「(피뢰침)어린이의 특권」, 『현대과학』 제7호, 현대과학사, 1947년 12월호
- 송완순(宋完淳), 「아동문학의 천사주의―과거의 사적(史的) 일면에 관한 비망초(備忘草)―」, 『아동문화』 제1집, 동지사아동원, 1948년 11월호
- 송완순(宋完淳), 「소년소설집 『운동화』를 읽음」, 『어린이나라』, 1949년 1월호
- 송완순(宋完淳), 「나의 아동문학」, 『조선중앙일보』, 1949.2.8
- 송창일(宋昌一), 「동요운동 발전성―기성 문인, 악인(樂人)을 향한 제창(전2회)」, 『조선중앙일보』, 1934.2.13~14
- 송창일(宋昌一), 「아동문예의 재인식과 발전성(전4회)」, 『조선중앙일보』, 1934.11.7~17

- 송창일(宋昌一), 「아동문예 창작강좌-동요편(3~4회)」, 『아이동무』, 1935년 3월호~4월호
- 송창일(宋昌一), 「아동극 소고-특히 아동성을 주로-(전6회)」, 『조선중앙일보』, 1935. 5.25~6.2
- 송창일(宋昌一), 「아동불량화의 실제-특히 학교아동을 중심으로 한 사고(私稿)(전9회)」, 『조선중앙일보』, 1935.11.3~13
- 송창일(宋昌一), 「아동문학 강좌-동요편(전9회)」, 『가톨릭소년』 제2권 제9호~제3권 제8호, 간도 용정: 가톨릭소년사, 1937년 11월호~1938년 8월호
- 송창일(宋昌一), 「동화문학과 작가(전5회)」, 『동아일보』, 1939.10.17~26
- 송창일(宋昌一), 「북조선의 아동문학」, 『아동문학』 제1집, 평양: 어린이신문사, 1947년 7월호
- 송창일, 「1949년도 소년소설 총평」, 『아동문학집』 제1집, 평양: 문화전선사, 1950.6
- 송태주(宋泰周), 「어떻게 아동극을 지도할까」, 『아동문학』 제1집, 평양: 어린이신문사, 1947년 7월호
- 승응순(昇應順), 「신소년사 기자 선생님 상상기」, 『신소년』, 1927년 4월호
- 승응순(昇應順), 「두 돌 상에 둘너안저서」, 『별나라』 제3권 제5호(통권24호), 1928년 7월호
- 승응순(昇應順), 「조선소년문예 소고」, 『문예광』 제1권 제1호, 1930년 2월호
- 승응순[昇曉灘], 「조선 소년문예단체 소장사고(消長史稿)」, 『신소년』, 1932년 9월호
- 승응순[金陵人], 「레코-드 1년간 회고, 조선 레코-드의 장래(전2회)」, 『조선중앙일보』, 1936.1.1~5
- 신고송(申孤松), 「9월호 소년잡지 독후감(전5회)」, 『조선일보』, 1927.10.2~7
- 신고송(申孤松), 「동심에서부터-◇기성동요의 착오점, 동요시인에게 주는 몃 말(전8회)」, 『조선일보』, 1929.10.20~30
- 신고송(申孤松), 「새해의 동요운동-동심순화와 작가유도(전3회)」, 『조선일보』, 1930.1.1~3
- 신고송(申孤松), 「동요와 동시-이(李) 군에게 답함」, 『조선일보』, 1930.2.7
- 신고송(申孤松), 「현실도피를 배격함-양(梁) 군의 인식오류를 적발(전2회)」, 『조선일보』, 1930.2.13~14
- 신고송(鼓頌), 「동심의 계급성-조직화와 제휴함(전3회)」, 『중외일보』, 1930.3.7~9
- 신고송(申孤松), 「공정한 비판을 바란다-'비판자를 비판'을 보고(전3회)」, 『조선일보』, 1930.3.30~4.2
- 신고송(鼓頌), 「동요운동의 당면문제는?(전2회)」, 『중외일보』, 1930.5.14~18
- 신고송(申孤松), 「(일인일화)6년 동안의 가치」, 『별나라』 통권51호, 1931년 6월호

- 신고송(申鼓頌), 「슈프렛히·콜−연극의 새로운 형식으로(전5회)」, 『조선일보』, 1932. 3.5~10
- 신고송(申鼓頌), 「(강좌)조회 연극」, 『별나라』 통권58호, 1932년 4월호
- 신고송(申鼓頌), 「연합대학예회의 아동극을 보고」, 『별나라』 통권60호, 1932년 7월호
- 신고송(申鼓頌), 「아동문학 부흥론−아동문학의 르네쌍쓰를 위하야(전5회)」, 『조선중앙일보』, 1936.1.1~2.7
- 신고송(申鼓頌), 「(신간평)동심의 형상」, 『독립신보』, 1946.6.2
- 신길구(申佶求), 「셔」, 신길구 편찬, 『세계명작교육동화집』, 영창서관, 1926.11
- 신동헌, 「머리말」, 『감옥의 천사』, 새동무사, 1948.8
- 신소년사, 「〈아동예술연구회〉의 탄생과 우리들의 태도」, 『신소년』, 1931년 11월호
- 신재향(栽香), 「선후여언」, 『새벗』 제4권 제8호, 1928년 8월호
- 신재향(辛栽香), 「『소년세계』 속간을 마즈며」, 『소년세계』 제3권 제1호, 1932년 1월호
- 심의린(沈宜麟), 「서」, 『(담화재료)조선동화대집』, 한성도서주식회사, 1926.10
- 심의린(沈宜麟), 「머리말」, 심의린 편, 『실연동화(實演童話)』 제1집, 1928.5
- 심의린(沈宜麟), 「(보육학교 당국자에게 보내는 말 3)유치원 개혁은 보육학교서부터−음악회 열 번보다 동요회 한 번이 필요」, 『조선중앙일보』, 1934.11.15
- 심훈(沈熏), 「경성보육학교의 아동극 공연을 보고(전2회)」, 『조선일보』, 1927.12.16~18
- 심훈(沈熏), 「아동극과 소년영화−어린이의 예술교육은 엇던 방법으로 할가(전3회)」, 『조선일보』, 1928.5.6~9
- 심훈(沈熏)(소설가), 「32년 문단 전망−어쩌케 전개될까? 전개시킬까? 문단 제씨의 각별한 의견(14, 15) 푸로 문학에 직언 이삼(二三)(전2회)」, 『동아일보』, 1932.1.15~16
- 안덕근(安德根), 「동화의 가치」, 『매일신보』, 1926.1.31
- 안덕근(安德根), 「푸로레타리아 소년문학론(전12회)」, 『조선일보』, 1930.10.18~11.7
- 안재홍(安在鴻), 「자라가는 어린이들을 위하야」, 『학창』 창간호, 1927년 10월호
- 안재홍(安在鴻), 「『박달방망이』를 추들음」, 정홍교, 『(정홍교 동화집)박달방망이』, 남산소년교호상담소, 1948.10
- 안준식(安俊植), 「첫돌을 마지하면서」, 『별나라』, 1927년 6월호
- 안준식(安俊植), 「단, 한 곳, 단, 한가지」, 『별나라』 통권51호, 1931년 6월호
- 안준식(安俊植), 「전선무산아동연합대학예회를 열면서−『별나라』 6주년 기념에 당하야−(전2회)」, 『조선일보』, 1932.5.28~29
- 안준식(安俊植), 「연합학예회를 맛치고−여러분께 감사한 말삼을 듸림−」, 『별나라』 통권60호, 1932년 7월호
- 안평원, 「신소년사 기자 선생 상상기」, 『신소년』, 1927년 6월호
- 안평원(安平原), 「(小論)알기 쉽게 감명 잇게 씁시다−3월호를 읽고 늣긴 바 잇서 글

쓰는 동무들에게 제의함－」, 『신소년』, 1934년 4-5월 합호
- 안회남(安懷南), 「아동문학과 현실」, 『아동문학』 창간호, 1945년 12월호
- 알렉산드라 브루스타인, 김영건(金永鍵) 역, 「소련의 아동극」, 『문학』 창간호, 조선문학 가동맹중앙집행위원회 서기국, 1946.7
- 알파, 「(정찰기)전래동요 민요곡의 채집」, 『동아일보』, 1935.6.30
- 알파, 「(정찰기)아동문학과 이론 결여」, 『동아일보』, 1935.7.28
- 애드몬드・데・아미-듸쓰 작, 적라산인(赤羅山人) 역, 「사랑의 학교」, 『신민』 제30호, 1927년 10월호
- 양가빈〔梁天〕, 「(강좌)써-클 이야기」, 『별나라』 통권67호, 1933년 4-5월 합호
- 양가빈(梁佳彬), 「『동요시인』 회고와 그 비판(전2회)」, 『조선중앙일보』, 1933.10.30~31
- 양명(梁明), 「문학상으로 본 민요 동요와 그 채집」, 『조선문단』, 1925년 9월호
- 양미림(楊美林), 「방송에 나타난 아동문예계의 한 단면」, 『아이생활』 제140호, 1937년 11월호
- 양미림(楊美林), 「소년필독 세계명저 안내(전3회)」, 『소년』, 1939년 10월호~12월호
- 양미림(楊美林), 「노양근 저 『열세동무』 독후감」, 『조선일보』, 1940.3.11
- 양미림(楊美林), 「(북・레뷰)김태오 요…김성태(金聖泰) 곡, 『유치원동요곡집』」, 『조선 일보』, 1940.4.25
- 양미림(楊美林), 「(사설방송국)노동(老童)은 신성하다」, 『조광』 제6권 제4호, 1940년 4 월호
- 양미림(楊美林), 「아동학서설－아동애호주간을 앞두고(전3회)」, 『동아일보』, 1940.5. 1~5
- 양미림(楊美林), 「아동문제 관견(管見)(전5회)」, 『동아일보』, 1940.6.2~14
- 양미림(楊美林), 「아동예술의 현상(전5회)」, 『조선일보』, 1940.6.29~7.9
- 양미림(楊美林), 「(演藝週題)고상한 취미－아동의 오락 문제」, 『매일신보』, 1940.7.29
- 양미림(楊美林), 「전시하 아동문제(전3회)」, 『매일신보』, 1942.1.29~2.3
- 양미림(楊美林), 「라디오 어린이시간에 대하여」, 『아동문학』 창간호, 1945년 12월호
- 양미림(楊美林), 「아동문학에 있어서 교육성과 예술성(전3회)」, 『동아일보』, 1947.2. 4~3.1
- 양미림(楊美林), 「아동문화의 기본 이념－아동관의 문제를 중심으로(상, 하)」, 『문화일 보』, 1947.4.27~29
- 양미림(楊美林), 「'어린이시간' 방송에의 회고와 전망」, 『소년운동』 제2호, 조선소년운동 중앙협의회, 1947년 4월호
- 양미림(楊美林), 「김원룡(金元龍) 동시집 『내 고향』을 읽고」, 『경향신문』, 1947.11.16
- 양미림(楊美林), 「아동독물 소고」, 『조선교육』 제1권 제7호, 조선교육연구회, 1947년

12월호

- 양미림(楊美林), 「아동방송의 문화적 위치」, 『아동문화』제1집, 동지사아동원, 1948년 11월호
- 양우정(梁雨庭), 「작자로서 평가(評家)에게－부적확한 입론의 위험성: 동요 평가에게 주는 말(전2회)」, 『중외일보』, 1930.2.5~6
- 양우정(梁雨庭), 「동요와 동시의 구별(전3회)」, 『조선일보』, 1930.4.4~6
- 양전정(梁田楨), 「불쾌하기 짝이 업는 문예작품의 표절－연창학(延昌學) 군에게」, 『조선중앙일보』, 1933.8.20
- 양정혁(楊貞奕), 「장차 나슬 일꾼을 위하야」, 『별나라』제3권 제5호, 통권24호, 1928년 7월호
- 양주동(梁柱東), 「32년 문단 전망－어쩌케 전개될까? 전개시킬까? 문단 제씨의 각별한 의견(4) 밋심을 줄 만한 문학을」, 『동아일보』, 1932.1.4
- 양주삼(梁柱三), 「나의 당부」, 『소년중앙』창간호, 제1권 제1호, 1935년 1월호
- 양주삼(량주삼), 「서」, 박유병(朴裕秉) 저, 『(어린이얘기책) 사랑의 세계』, 광명사, 1936.11
- 어린이사, 「돌풀이」, 『어린이』제2권 제3호, 1924년 3월호
- 엄달호(嚴達鎬), 「(강좌)동요에 대하야」, 『가톨릭소년』제2권 제2호, 간도 용정: 가톨릭소년사, 1937년 3월호
- 엄달호(嚴達鎬), 「(동요강좌)진정한 동요(2)」, 『가톨릭소년』제2권 제6호, 간도 용정: 가톨릭소년사, 1937년 7월호
- 엄창섭(嚴昌燮), 「(문단탐조등)'가을'을 표절한 박덕순(朴德順) 군의 반성을 촉(促)한다」, 『동아일보』, 1930.11.14
- 엄창섭(嚴昌燮), 「(문단탐조등)정신업는 표절자 김경윤(金景允)에게」, 『동아일보』, 1930.11.30
- 엄필진(嚴弼鎭), 「서문」, 『조선동요집』, 창문사, 1924.12
- 엄흥섭(嚴興燮) 외, 「여름방학 지상좌담회」, 『신소년』, 1930년 8월호
- 엄흥섭(嚴興燮), 「작문·수필 이야기(전2회)」, 『별나라』통권74호~75호, 1934년 1월호~2월호
- 엄흥섭(嚴興燮), 「(나의 수업시대, 작가의 올챙이 때 ⑦) 7세 때 밤참 얻어먹고 얘기책 보던 시절-다시금 그리워지는 내 고향(상)」, 『동아일보』, 1937.7.30
- 엄흥섭(嚴興燮), 「(나의 수업시대, 작가의 올챙이 때 ⑧) 독서에 형과도 경쟁, 소학 때 동요 창작－『습작시대』전후의 삽화(중)」, 『동아일보』, 1937.7.31
- 엄흥섭(嚴興燮), 「(나의 수업시대, 작가의 올챙이 때 ⑧) 동호자가 모이어 『신시단』발간－당시 동인은 현존 작가들(하)」, 『동아일보』, 1937.8.3

- 엄흥섭(嚴興燮), 「『별나라』의 거러온 길—『별나라』약사(略史)」, 『별나라』해방 속간 제 1호, 1945년 12월호
- 에취, 스텐, 홀베크, 「'에취·씨·안데르센'의 세계문학상의 지위」, 『조선일보』, 1930. 5.25
- 에취 시텐 홀베크, 「'에취·씨·안데르센'의 세계문학상의 지위—탄생 125주년을 당하야」, 『매일신보』, 1930.6.1
- 에취·스틴·홀베크, 「안데르센의 기념제를 마즈며……그의 세계문학상 지위」, 『별건곤』제29호, 1930년 6월호
- 에취 스틴 홀베크, 「안데르센의 세계문학상 지위」, 『신소설』제2권 제3호, 1930년 6월호
- 여성(麗星), 「『동요시인』총평—6월호를 닑고 나서(전7회)」, 『매일신보』, 1932.6.10~17
- 여운형(呂運亨), 「『소년중앙』을 내면서」, 『소년중앙』, 제1권 제1호, 1935년 1월호
- 연성흠(延星欽), 「안더-슨 선생의 동화 창작상 태도(전6회)」, 『조선일보』, 1927.8.11~17
- 연성흠〔果木洞人〕, 「10월의 소년잡지(전5회)」, 『조선일보』, 1927.11.3~8
- 연성흠(延星欽), 「『세계명작동화보옥집』을 내노흐면서」, 호당 연성흠 편저, 『세계명작동화보옥집』, 이문당, 1929.5
- 연성흠(延星欽), 「동화구연방법의 그 이론과 실제」, 『중외일보』, 1929.7.15
- 연성흠(延星欽), 「동화구연방법의 그 이론과 실제(전18회)」, 『중외일보』, 1929.9.28~ 11.6
- 연성흠(延星欽), 「독일 동화작가 '하우쁘'를 추억하야(전2회)」, 『중외일보』, 1929.11. 19~20
- 연성흠(延星欽), 「서문 대신으로」, 이정호 역, 『사랑의 학교』, 이문당, 1929.12
- 연성흠〔延皓堂〕, 「영원의 어린이 안더-슨전(전40회)」, 『중외일보』, 1930.4.3~5.31
- 연성흠(延星欽), 「영원의 어린이 안더-슨 선생—그의 소년시대」, 『어린이』제8권 제4호, 1930년 4-5월 합호
- 염근수(廉根守), 「(문단시비)김여순(金麗順) 양과 『새로 핀 무궁화』—이학인(李學仁) 형제 올님」, 『동아일보』, 1927.3.9
- 염근수(廉根守), 「1만 3천 5백인이 총동원한 조선 초유의 대전람회」, 『별나라』, 1927년 7월호
- 염상섭(想涉), 「(학생문단)'학생문단'의 본의—◇…투고제군에게 촉망하는 바」, 『조선일보』, 1929.10.10
- 염상섭(想涉), 「신춘문예 현상작품 선후감—시조, 동요 기타(3)」, 『조선일보』, 1931.1.6
- 염상섭(廉想涉), 「32년 문단 전망—어쩌케 전개될까? 전개시킬까? 문단 제씨의 각별한 의견(2) 각각 제 길을 밟을 박게」, 『동아일보』, 1932.1.2
- 오세억(吳世億), 「기념사」, 노양근, 『날아다니는 사람』, 조선기념도서출판관, 1938.11

- 오천석〔오텬원〕, 「『금방울』 머리에」, 오텬원 편, 『(동화집)금방울』, 광익서관, 1921.8
- 오천석〔吳天園〕, 「머리로 들이고 십흔 말슴」, 오천원 역, 『세계문학걸작집』, 한성도서주식회사, 1925.2
- 요노매(妖努罵), 「수봉(秀烽) 군에게」, 『어린이』, 1932년 3월호
- 요안자(凹眼子), 「동화에 대한 일고찰―동화 작자에게」, 『동아일보』, 1924.12.29
- 우태형(禹泰亨), 「2주년의 감상」, 『별나라』 제3권 제5호(통권24호), 1928년 7월호
- 원유각(元裕珏), 「조선신흥동요운동의 전망(전5회)」, 『조선중앙일보』, 1934.1.19~24
- 월곡동인(月谷洞人), 「(초역)동요동화와 아동교육(전3회)」, 『조선일보』, 1930.3.19~21
- 월생(月生), 「(어린이란)소년소녀의 친구 방 선생님 이야기―구슬가티 귀한 그 일생(전3회)」, 『동아일보』, 1931.7.26~29
- 유광렬(柳光烈), 「소파(小波)의 영전에―그의 5주기에 임하야」, 『매일신보』, 1936.7.23
- 유도순(劉道順), 「조선의 동요 자랑」, 『어린이』 제7권 제3호, 1929년 3월호
- 유두응(劉斗應), 「(가정과 문화)소년소설의 지도성―소년문학의 재건을 위하야(전4회)」, 『조선일보』, 1946.1.8~11
- 유백로(柳白鷺), 「소년문학과 리아리즘―푸로 소년문학운동(전5회)」, 『중외일보』, 1930.9.18~26
- 유봉조(劉鳳朝), 「소년문예운동 방지론을 닑고(전4회)」, 『중외일보』, 1927.5.29~6.2
- 유상모〔柳相成〕 외, 「(별님의 모임)닑은 뒤의 감상」, 『별나라』 통권51호, 1931년 6월호
- 유석조(庚錫祚), 「끗인사」, 『영데이』 창간호, 영데이사, 1926년 6월호
- 유억겸(兪億兼), 「나의 당부」, 『소년중앙』 창간호, 제1권 제1호, 1935년 1월호
- 유운경(柳雲卿), 「동요 동시 제작 전망(전22회)」, 『매일신보』, 1930.11.2~29
- 유재형(柳在衡), 「『조선일보』 9월 동요(전2회)」, 『조선일보』, 1930.10.8~9
- 유재형〔柳村〕, 「(문단탐조등)'아츰이슬' = 작자로서」, 『동아일보』, 1930.11.2
- 유재형(柳在衡), 「『조선』, 『동아』 10월 동요(전3회)」, 『조선일보』, 1930.11.6~8
- 유재형(柳在衡), 「『조선』, 『동아』 양지의 신춘 당선동요 만평(전3회)」, 『조선일보』, 1931.2.8~11
- 유지영〔버들쇠〕, 「동요 지시려는 분끠」, 『어린이』 제2권 제2호, 1924년 2월호
- 유지영〔버들쇠〕, 「동요 짓는 법」, 『어린이』 제2권 제4호, 1924년 4월호
- 유지영(柳志永), 「동요 선후감(『동아일보』 소재)을 읽고」, 『조선문단』, 1925년 5월호
- 유치진(柳致眞), 「간단한 인형극―그 이론과 실제(전13회)」, 『매일신보』, 1933.6.13~26
- 유현숙(劉賢淑), 「'동심잡기'를 읽고―윤석중 씨에게 답함(전3회)」, 『동아일보』, 1933.12.26~28
- 윤고종(尹鼓鍾), 「표절에 대하야―효정(曉汀) 군에게 드림」, 『매일신보』, 1931.4.8
- 윤고종〔鼓鍾生〕, 「(문단탐조등)소년 연작소설 '마지막의 웃음'은 권경완(權景完) 씨의 원

작」,『동아일보』, 1931.4.22

- 윤고종(尹鼓鍾), 「예술가와 표절(전2회)」, 『매일신보』, 1931.5.22~23
- 윤극영(尹克榮), 「(여학생과 노래)노래의 생명은 어대 잇는가?」, 『신여성』, 1924년 7월호
- 윤극영(尹克榮), 「(想華)지나간 악상(樂想)의 이삼편(二三片)」, 『매일신보』, 1926.11.28
- 윤기정(尹基鼎), 「서문(2)」, 『(푸로레타리아동요집)불별』, 중앙인서관, 1931.3
- 윤기정〔윤효봉〕, 「해방 후 첫 번 동요 동화대회를 보고」, 『별나라』 속간 제2호, 1946년 2월호
- 윤백남(尹白南)(소설가), 「32년 문단 전망―어쩌케 전개될까? 전개시킬까? 문단 제씨의 각별한 의견(9) 생활의식의 해석 비판」, 『동아일보』, 1932.1.9
- 윤복진(尹福鎭), 「3 신문(三新聞)의 정월 동요단 만평(전9회)」, 『조선일보』, 1930.2. 2~12
- 윤복진(尹福鎭), 「동요 짓는 법(전4회)」, 『동화』, 1936년 7-8월 합호~1937년 4월호
- 윤복진, 「고향의 봄」, 『아이생활』, 1936년 6월호
- 윤복진, 「물새발자옥」, 『아이생활』, 1936년 11월호
- 윤복진〔金水鄉〕, 「망향」, 『아이생활』, 1937년 1월호
- 윤복진, 「(여의주)'자장가'를 실으면서」, 『동화』, 1937년 4월호
- 윤복진〔金水鄉〕, 「(영화촌평)동심의 오류―영화 〈수업료〉를 보고」, 『동아일보』, 1940. 5.10
- 윤복진(尹福鎭), 「(신간평)윤석중 씨 동요집『억게동무』를 읽고」, 『매일신보』, 1940.7.30
- 윤복진, 「가을바람이지」, 『아이생활』, 1940년 9-10월 합호
- 윤복진, 「선후감」, 『아이생활』, 1940년 9-10월 합호
- 윤복진(尹福鎭), 「윤복진 선생 평선―선후감」, 『아이생활』, 1941년 4월호
- 윤복진(尹福鎭), 「선후감」, 『아이생활』, 1941년 5월호
- 윤복진(尹福鎭), 「윤복진 선생 선(選)」, 『아이생활』, 1941년 6월호
- 윤복진(尹福鎭), 「선후감」, 『아이생활』, 1942년 1월호
- 윤복진(尹福鎭), 「선후감」, 『아이생활』, 1942년 5월호
- 윤복진(尹福鎭), 「윤복진 선생 선(選)」, 『아이생활』, 1942년 6월호
- 윤복진(尹福鎭), 「윤복진 선생 선(選)」, 『아이생활』, 1942년 8월호
- 윤복진(尹福鎭), 「윤복진 선생 선(選)」, 『아이생활』, 1942년 9월호
- 윤복진(尹福鎭), 「독자 동요선」, 『아이생활』, 1943년 1월호
- 윤복진(尹福鎭), 「민족문화 재건의 핵심―아동문학의 당면임무(전2회)」, 『조선일보』, 1945.11.27~28
- 윤복진(尹福鎭), 「담화실」, 『아동문학』 창간호, 1945년 12월호

- 윤복진(尹福鎮), 「(문예)아동문학의 진로(전2회)」, 『영남일보』, 1946.1.8~9
- 윤복진(尹福鎮), 「아동에게 문학을 어떻게 읽힐가」, 『인민평론』 창간호, 인민평론사, 1946년 3월호
- 윤복진(尹福鎮), 「어린 벗을 사랑하는 친애하는 동지들에게!」, 윤복진 편, 『초등용가요 곡집』, 파랑새사, 1946.3
- 윤복진(尹福鎮), 「머리말」, 윤복진 엮음, 『세계명작아동문학선집 1』, 아동예술원, 1949.7
- 윤복진, 「머리말」, 『꽃초롱 별초롱』, 아동예술원, 1949.8
- 윤복진, 「발문—나의 아동문학관」, 『꽃초롱 별초롱』, 아동예술원, 1949.8
- 윤복진, 「동요 고선을 맡고서」, 『어린이나라』, 1950년 3월호
- 윤복진, 「뽑고 나서」, 『어린이나라』, 동지사아동원, 1950년 4-5월 합호
- 윤복진(尹福鎮), 「석중(石重)과 목월(木月)과 나—동요문학사의 하나의 위치」, 『시문학』 제2호, 1950년 6월호
- 윤석중(尹石重), 「(여행기)선물로 드리는 나그네 '색상자'—(남국여행을 맛치고)」, 『어린이』, 1928년 12월호
- 윤석중(尹石重), 「(JODK)명작 동요의 감상(鑑賞)」, 『매일신보』, 1933.8.4
- 윤석중(尹石重), 「(출판기념 회상)동요집의 회상」, 『삼천리』, 1933년 10월호
- 윤석중(尹石重), 「'동심잡기'에 대한 나의 변해(辯解)—유현숙(劉賢淑) 씨의 질의와 충고에 답함(전3회)」, 『동아일보』, 1934.1.19~23
- 윤석중(尹石重), 「노래를 지으려는 어린 벗에게」, 『조선중앙일보』, 1934.10.15
- 윤석중, 「만들고 나서」, 『소년』 창간호, 1937년 4월호
- 윤석중(尹石重), 「추리고 나서」, 『윤석중동요선』, 박문서관, 1939.1
- 윤석중(尹石重), 「머리말」, 『(동요집)어깨동무』, 박문서관, 1940.7
- 윤석중(尹石重), 「(다시 찾은 우리 새 명절 어린이날)어린이 운동 선구들 생각」, 『자유신문』, 1946.5.5
- 윤석중, 「머릿말」, 박영종, 『초록별』, 조선아동문화협회, 1946.10
- 윤석중, 「금강산 속에 있는 어린 아들딸에게」, 윤석중, 『(윤석중동요집)초생달』, 박문출판사, 1946
- 윤석중, 「(아협 상타기 작문 동요 당선 발표)동요를 뽑고 나서」, 『소학생』 제49호, 1947년 8월호
- 윤석중, 「머릿말」, 『(윤석중동요선집)굴렁쇠』, 수선사, 1948.11
- 윤석중(尹石重), 「머리말」, 권태응, 『동요집 감자꽃』, 글벗집, 1948.12
- 윤석중, 「제 소리와 남의 소리」, 『소학생』 제69호, 1949년 7월호
- 윤석중 외, 「애독자 여러분이 좋아하는 시인·소설가·화가·좌담」, 『소학생』 제71호, 1949년 10월호

- 윤석중(尹石重), 「현상문예작품 아동작품을 읽고」, 『한성일보』, 1950.2.5
- 윤석중, 「머리말」, 『(윤석중 제7동요집)아침까치』, 산아방, 1950.5
- 윤석중(尹石重), 「(문화지표)아동문화 향상의 길」, 『신천지』 제46호, 1950년 5월호
- 윤석중, 「덕출 형을 찾아서-스물두 해 전 이야기」, 서수인 편, 『(서덕출동요집)봄편지』, 자유문화사, 1952
- 윤영춘(尹永春), 「(신간평)윤석중 저『굴렁쇠』」, 『국제신문』, 1948.12.5
- 윤지월(尹池月), 「(동무소식)장성관(張成寬) 군에게」, 『매일신보』, 1931.3.25
- 윤지월(尹池月), 「(자유논단)1932년의 아동문예계 회고」, 『신소년』, 1932년 12월호
- 윤철(尹鐵), 「1932년을 마즈며 소년문예운동에 대해서」, 『신소년』, 1932년 1월호
- 윤태영(尹泰榮), 「국민학교와 아동문화」, 『아동문화』 제1집, 동지사아동원, 1948년 11월호
- 윤호병(尹鎬炳), 「『학창』은 우리의 큰 동모」, 『학창』 창간호, 1927년 10월호
- 이경석(李景錫), 「축사」, 노양근, 『날아다니는 사람』, 조선기념도서출판관, 1938.11
- 이고월(李孤月), 「창작에 힘쓰자-새빗사 정상규(鄭祥奎) 군에게」, 『소년세계』, 1930년 6월호
- 이고월[李華龍], 「나의 답변-춘강생(春岡生)에게」, 『소년세계』, 1930년 8-9월 합호
- 이고월(李孤月), 「(수신국)반동적 작품을 청산하자!!」, 『별나라』 통권50호, 1931년 5월호
- 이고월(李孤月), 「(수신국)회색적 작가를 배격하자」, 『별나라』, 1932년 1월호
- 이고월(李孤月), 「'스무하로밤'을 표절한 한금봉(韓金鳳) 군에게」, 『소년세계』, 1932년 3월호
- 이광수(李光洙), 「머리말」, 이광수 역, 『검둥의 셜음』, 신문관, 1913.2
- 이광수, 「아기네 노래」, 윤석중, 『윤석중동요집』, 신구서림, 1932.7
- 이광수(李光洙), 「(신간평)윤석중 군의 『잃어버린댕기』」, 『동아일보』, 1933.5.11
- 이광수(李光洙), 「윤석중 군의 집을 찾아」, 『아이생활』, 1936년 11월호
- 이구조(李龜祚), 「(아동문예시론)동요제작의 당위성(전7회)」, 『조선중앙일보』, 1936.8.7~14
- 이구조(李龜祚), 「어린이문학 논의(1) 동화의 기초공사」, 『동아일보』, 1940.5.26
- 이구조(李龜祚), 「어린이문학 논의(2) 아동시조의 제창」, 『동아일보』, 1940.5.29
- 이구조(李龜祚), 「어린이문학 논의(3) 사실동화(寫實童話)와 교육동화」, 『동아일보』, 1940.5.30
- 이구조(李龜祚), 「후기」, 『까치집』, 예문사, 1940.12
- 이국상(李國祥), 「『소세(少世)』 속간을 읽고」, 『소년세계』, 1932년 3월호
- 이극로(李克魯), 「머리말」, 노양근, 『날아다니는 사람』, 조선기념도서출판관, 1938.11

- 이기영(李箕永), 「책머리에」, 노양근, 『열세동무』, 한성도서주식회사, 1940.2
- 이기영(李民村) 외, 「새동무 '돌림얘기' 모임」, 『새동무』 제2호, 1946년 4월호
- 이동규(李東珪), 「동요를 쓰려는 동무들에게」, 『신소년』, 1931년 11월호
- 이동규(李東珪), 「소년문단의 회고와 전망」, 『중앙일보』, 1932.1.11
- 이동규(李東珪), 「소년문단 시감」, 『별나라』, 1932년 1월호
- 이동규(李東珪), 「이 적은 책을 조선의 수백만 근로소년 대중에게 보내면서」, 『소년소설 육인집』, 신소년사, 1932.6
- 이동규(鐵兒), 「일농졸·이적아(一農卒·李赤兒) 두상에 일봉—아울러 이원규(李元珪) 두상에도—」, 『신소년』, 1932년 6월호
- 이동규(李東珪), 「해방 조선과 아동문학의 임무」, 『아동문학』 제1집, 평양: 어린이신문 사, 1947년 7월호
- 이동찬(李東燦), 「독자담화실」, 『어린이』 통권93호, 1932.2.20
- 이동찬(李西贊), 「(자유논단)〈소세동지문예회(少世同志文藝會)〉! 그 정체를 폭로함」, 『신소년』, 1933년 5월호
- 이동찬(李西贊), 「벽소설에 대하야」, 『조선일보』, 1933.6.13
- 이동찬, 「『어린이』 속간을 축함」, 『어린이』 제123호(복간5월호), 1948년 5월호
- 이문해(李文海), 「동무소식」, 『매일신보』, 1931.6.2
- 이병기(李炳基), 「동요 동시의 분리는 착오—고송(孤松)의 동요운동을 읽고(전2회)」, 『조선일보』, 1930.1.23~24
- 이병기(李秉岐)(시조작가), 「32년 문단 전망—어쩌케 전개될까? 전개시킬까? 문단 제씨 의 각별한 의견(3) 참되고도 새로워야」, 『동아일보』, 1932.1.3
- 이병기(李秉岐), 「(축 창간사)『가톨릭소년』은 감축하외다」, 『가톨릭소년』 창간호, 간도 용정: 가톨릭소년사, 1936년 3월호
- 이병기, 「어린이는 모두가 시인」, 『소학생』 제69호, 1949년 7월호
- 이병기, 이원수, 김철수, 「'모래밭' 선평」, 『진달래』, 1949년 9월호
- 이분옥(李粉玉), 「처음 출연해 보든 이야기—〈소(牛)병정〉의 '복만(福萬)'이로!」, 『별나 라』 통권48호, 1931년 3월호
- 이상인(李相寅), 「(독자로부터)천만년까지」, 『어린이』, 1932년 9월호
- 이상화(李相和), 최소정(崔韶庭), 「선후에 한마듸」, 『동아일보』, 1924.7.14
- 이석중(李錫重), 「아동도서의 출판」, 『출판대감』, 조선출판문화협회, 1949년 4월
- 이석훈(李石薰), 「(신간평)송창일 씨 저 『참새학교』 평」, 『조선일보』, 1938.9.4
- 이설정(李雪庭), 「(日評)위기를 부르짖는 소년문학」, 『조선중앙일보』, 1936.2.19
- 이연호(李連鎬), 「(자유논단)박 군의 글을 읽고」, 『신소년』, 1933년 3월호
- 이연호(李連鎬), 「(자유논단)평문—『신소년』 신년호에 대한 비판 그의 과오를 지적함」,

『신소년』, 1933년 3월호
- 이영철, 「(신간평)윤석중 동화집 『굴렁쇠』」, 『조선일보』, 1948.12.16
- 이용설(李容卨), 「나의 당부」, 『소년중앙』 창간호, 1935년 1월호
- 이원규(李元珪), 「8·9월 합병호」, 『소년세계』, 1930년 8-9월 합호
- 이원규〔白岳〕, 「1932년을 당하야−속간호를 내면서」, 『소년세계』, 1932년 1월호
- 이원규(李元珪), 「(속간 기념)순회동화를 맞치고」, 『소년세계』, 1932년 1월호
- 이원규(李元珪), 「(속간 기념)순회동화 30일간(2)」, 『소년세계』, 1932년 2월호
- 이원수(李元壽), 「창간호브터의 독자의 감상문」, 『어린이』 통권73호, 1930년 3월호
- 이원수(李元壽), 「아동문학의 사적(史的) 고찰」, 『소년운동』 제2호, 조선소년운동중앙협의회, 1947년 4월호
- 이원수, 「(아협 상타기 작문 동요 당선 발표)생활을 노래하라」, 『소학생』 제49호, 1947년 8월호
- 이원수〔李冬樹〕, 「아동문화의 건설과 파괴」, 『조선중앙일보』, 1948.3.13
- 이원수(李元壽), 「동시의 경향」, 『아동문화』 제1집, 동지사아동원, 1948년 11월호
- 이원수〔李元壽〕, 「윤석중 동요집 『굴렁쇠』」, 『자유신문』, 1948.12.9
- 이원수(李元壽), 「1948년 문화결산 5−아동의 현실을」, 『독립신보』, 1948.12.25
- 이원수(李元壽), 「(신서평)김영일(金英一) 동시집 『다람쥐』」, 『연합신문』, 1950.3.23
- 이원우〔李東友〕, 「우리 마을에 왔든 극단들은 이런 것이다」, 『신소년』, 1934년 2월호
- 이원우〔李東友〕, 「『신소년』 신년호의 독후감」, 『신소년』, 1934년 3월호
- 이원우(李園友), 「(隨感隨想)진정한 소년문학의 재기를 통절이 바람(전2회)」, 『조선중앙일보』, 1935.11.3~5
- 이원조(리원조), 「애기들에게 읽힐 만한 책−『세계걸작동화집』을 읽고 나서(전2회)」, 『조선일보』, 1936.11.27~28
- 이원조(李源朝), 「아동문학의 수립과 보급」, 『아동문학』 창간호, 1945년 12월호
- 이원훈(李元薰), 「(신서평)『노래하는 나무』−세계명작동화선집」, 『연합신문』, 1950.4.13
- 이윤재〔한뫼〕, 「어린이의 참된 동무−방정환 선생 유족을 찾아」, 『어린이』 제133호, 1949년 5월호
- 이은상(리은상), 「옛날 조선의 어린이들의 노래−'어린이날', 어린이들에게」, 『동아일보』, 1931.5.3
- 이은상(리은상), 「어린이의 스승 방정환 선생 가신 날−여러 어린이들에게」, 『조선일보』, 1936.7.23
- 이은상(李殷相), 「『소년』을 내면서」, 『소년』 창간호, 1937년 4월호
- 이익동(李益東), 「동무소식」, 『매일신보』, 1931.3.26
- 이익상〔星海〕, 「동화에 나타난 조선 정조(情操)(전2회)」, 『조선일보』, 1924.10.13~20

- 이익상(李益相), 「소년문학운동 가부, 어린이들의 문학열을 장려하는 것이 가할가, 고려를 요하는 문제-금일의 그것은 별무이익」, 『동아일보』, 1927.4.30
- 이인(李仁), 「출판기」, 노양근, 『날아다니는 사람』, 조선기념도서출판관, 1938.11
- 이일순(李一淳), 「(少年文欄)조선 초유의 동화극대회」, 『천도교회월보』 제149호, 1923년 2월호
- 이재표(李在杓), 「(수신국)소년문사들에게」, 『별나라』, 1930년 2-3월 합호
- 이적권(李赤拳), 「(논단)잡지 보는 데 대하야」, 『소년세계』, 1932년 12월호
- 이정구(李貞求), 「동요와 그 평석(전5회)」, 『중외일보』, 1928.3.24~28
- 이정구(李貞求), 「학생시가 평(전3회)」, 『조선일보』, 1930.12.3~5
- 이정호(李定鎬), 「(少年文欄)나의 일기 중에서」, 『천도교회월보』 제149호, 1923년 2월호
- 이정호(李定鎬), 「『어린이』를 발행하는 오늘까지 우리는 이러케 지냇습니다」, 『어린이』, 1923.3.20
- 이정호(李定鎬), 「『어린이』가 발행되기까지 이러케 지내여 왔습니다(2)」, 『어린이』, 1923.4.1
- 이정호(李定鎬), 「오늘까지 우리는 이러케 지냇습니다(3)」, 『어린이』, 1923.4.23
- 이정호(李定鎬), 「재판을 발행하면서」, 이정호 편, 『세계일주동화집』, 해영사, 1926
- 이정호(李定鎬), 「아동극에 대하야-의의, 기원, 종류, 효과(전8회)」, 『조선일보』, 1927.12.13~22
- 이정호(李定鎬), 「사랑의 학교(1) 『쿠오레』를 번역하면서」, 『동아일보』, 1929.1.23
- 이정호(李定鎬), 「서문 대신으로」, 호당 연성흠 편저, 『세계명작동화보옥집』, 이문당, 1929.5
- 이정호(李定鎬), 「이 책을 내면서」, 이정호 역, 『사랑의 학교』, 이문당, 1929.12
- 이정호[微笑], 「파란 만튼 방정환 선생의 일생」, 『어린이』 제9권 제7호, 1931.8.20
- 이정호(李定鎬), 「100호(百號)를 내이면서 창간 당시의 추억」, 『어린이』, 1932년 9월호
- 이정호(李定鎬), 「오호 방정환-그의 일주기를 맞고」, 『동광』 제37호, 1932년 9월호
- 이정호(李定鎬), 「1933년도 아동문학 총결산」, 『신동아』, 1933년 12월호
- 이정호(李定鎬), 「어린이들과 옛날이야기, 어떤 이야기를 들려줄가?(전4회)」, 『조선중앙일보』, 1934.2.19~22
- 이정호(李定鎬), 「중(中), 보(保), 동창회 주최 동화대회 잡감, 동창회, 연사, 심판자 제씨에게(전13회)」, 『조선중앙일보』, 1934.3.9~27
- 이정호(李定鎬), 「속간호를 내면서」, 『어린이』, 1935년 3월호
- 이정호(李定鎬), 「허고만흔 동화 가운데 안데르센의 작품이 특히 우월한 점-작품발표 백년 기념을 당해서」, 『조선일보』, 1935.8.6

- 이정호(李定鎬), 「서문」, 김상덕(金相德) 편, 『세계명작아동극집』, 조선아동예술연구협회, 1936.12
- 이정호, 「영원한 어린이의 동무 소파 방정환 선생 특집호－파란 많던 선생 일생」, 『주간소학생』 제13호, 1946.5.6
- 이종린(李鍾麟), 「속간사」, 『새벗』 복간호, 1930년 5월호
- 이종수(李鍾洙), 「(신춘현상 동요동화)선후감(전3회)」, 『조선일보 특간』, 1934.1.7~10
- 이종수(李鍾洙), 「전조선현상동화대회를 보고서(전3회)」, 『조선일보 특간』, 1934.3.6~8
- 이종정(李淙禎), 「귀지(貴紙)를 읽고」, 『가톨릭소년』, 간도 용정: 가톨릭소년사, 1936년 9월호
- 이주홍(李周洪), 「아동문학운동 1년간－금후 운동의 구체적 입안(전9회)」, 『조선일보』, 1931.2.13~21
- 이주홍(李周洪), 「아동문학 이론의 수립(전2회)」, 『문화일보』, 1947.5.27~28
- 이주훈(李柱訓), 「아동문학의 한계－최근 동향의 소감(小感)」, 『연합신문』, 1950.3.9
- 이청사(李靑史), 「동요·동시 지도에 대하야(전9회)」, 『매일신보』, 1932.7.12~20
- 이청사(李靑史), 「동화의 교육적 고찰(전7회)」, 『매일신보』, 1934.3.25~4.5
- 이춘식(李春植), 「〈소세동지문예회〉를 이러케 운전하자－〈소세문예회〉를 아래와 갖이 실행합시다」, 『소년세계』, 1932년 12월호
- 이태준(李泰俊), 「32년 문단 전망－어쩌케 전개될까? 전개시킬까? 문단 제씨의 각별한 의견(3) 가튼 길을 나아가라」, 『동아일보』, 1932.1.3
- 이태준(李泰俊), 「아동문학에 있어서 성인문학가의 임무」, 『아동문학』 창간호, 1945년 12월호
- 이하윤(異河潤), 「32년 문단 전망－어쩌케 전개될까? 전개시킬까? 문단 제씨의 각별한 의견(8) 여류문인아 출현하라」, 『동아일보』, 1932.1.8
- 이하윤(異河潤), 「시인 더·라·메-어 연구(1)」, 『문학』 창간호, 시문학사, 1934년 1월호
- 이하윤(異河潤), 「더·라·메-어의 시경(詩境)－시인 더·라·메-어 연구(2)」, 『문학』 제3호, 시문학사, 1934년 4월호
- 이하윤(異河潤), 「(뿍·레뷰)방정환 유저(遺著)『소파전집』 독후감」, 『동아일보』, 1940.6.28
- 이하윤(異河潤), 「정홍교 동화집 『박달방망이』」, 『경향신문』, 1948.11.18
- 이학인(李學仁), 「동경에 게신 소파(小波) 선생에게」, 『천도교회월보』 제139호, 1922년 3월호
- 이학인(李學仁), 「재동경 소파(小波) 선생의게」, 『천도교회월보』 제148호, 1923년 1월호
- 이학인〔牛耳洞人〕, 「글 도적놈에게」, 『동아일보』, 1926.10.26
- 이학인(李學仁), 「조선동화집 『새로 핀 무궁화』를 읽고서－작자 김여순(金麗順) 씨에

게 $-$」, 『동아일보』, 1927.2.25

- 이학인(李學仁), 「(문단시비)염근수(廉根守) 형에게 답함」, 『동아일보』, 1927.3.18
- 이학인[牛耳洞人], 「동요연구(전8회)」, 『중외일보』, 1927.3.21~28
- 이학인[牛耳洞人], 「동요연구(전15회)」, 『중외일보』, 1928.11.13~12.6
- 이학인[牛耳洞人], 「동요 연구의 단편(斷片)」, 조선동요연구협회 편, 『조선동요선집 $-$ 1928년판』, 박문서관, 1929.1
- 이해문[李孤山], 「신문 잡지의 문예선자 제씨에게(상,하) $-$ 김춘파(金春波) 씨의 시 '새 곡조'를 읽고」, 『조선일보』, 1933.6.2~3
- 이해문[李孤山], 「문예작품의 모작에 대한 일고 $-$ 남대우(南大祐) 군에게」, 『조선중앙일보』, 1934.2.15
- 이해문(李海文), 「신영돈(辛永敦) 역 동화집 『목마』」, 『경향신문』, 1948.7.18
- 이헌구(李軒求), 「아동문예의 문화적 의의 $-$ 〈녹양회(綠羊會)〉 '동요 동극의 밤'을 열면서 (전3회)」, 『조선일보』, 1931.12.6~9
- 이헌구(李軒求), 「32년 문단 전망 $-$ 어쩌케 전개될까? 전개시킬까? 문단 제씨의 각별한 의견(6) 극문학의 생명을」, 『동아일보』, 1932.1.6
- 이헌구(李軒求), 「오늘은 불란서 동화 하라버지 페로오가 난 날 $-$ 그는 엇더한 사람인가, 어려서부터 문학 천재이다」, 『조선일보』, 1933.1.12
- 이헌구(李軒求), 「내가 조와하는 노래 2 '어미새'」, 『소년중앙』, 1935년 3월호
- 이헌구(李軒求), 「톨스토-이와 동화의 세계」, 『조광』 제1호, 1935년 11월호
- 이헌구(李軒求), 「(신간평)찬란한 동심의 세계 $-$ 『아동문학집』 평」, 『조선일보』, 1938.12.4
- 이헌구(李軒求), 「소파(小波)의 인상 $-$ 『소파전집』 간행에 앞서서」, 『박문』 제12호, 1939년 10월호
- 이헌구(李軒求), 「(뿍·레뷰)어린이에게 주는 불후의 선물, 『소파전집』」, 『조선일보』, 1940.6.8
- 이헌구(李軒求), 「어린이에게 주는 불후의 선물(『소파전집』 신간평)」, 『박문』 제19집, 1940년 7월호
- 이호접(李虎蝶), 「동요 제작 소고(전5회)」, 『매일신보』, 1931.1.16~21
- 이효석(李孝石), 「서」, 뮤흐렌 저, 최청곡 역, 『어린 페-터-』, 유성사서점, 1930.10
- 이활용(李活湧), 「(수신국란)나면 되는 투고가에게 일언함」, 『별나라』, 1931년 12월호
- 이훈구(李勳求), 「서」, 『조선아동문학집』, 조선일보사출판부, 1938.12
- 이휘영(李彙榮), 「불문학과 어린이 $-$ 빅토오르 유고오(전3회)」, 『경향신문』, 1949.5.9~11
- 이희승, 「(아협 상타기 작문 동요 당선 발표)겉과 속이 같아야」, 『소학생』 제49호, 1947년 8월호

- 이희승, 「느낀 바를 그대로」, 『소학생』 제69호, 1949년 7월호
- 이희승, 「동요를 골라내고서」, 『소학생』, 1950년 6월호
- 이희창(李熙昌), 「용감이 살아갑시다」, 『학창』 창간호, 1927년 10월호
- 인왕산인(仁旺山人), 「(전초병)아동문학의 의의-정당한 인식을 가지자」, 『매일신보』, 1940.7.2
- 일기자(一記者), 「이러케 하면 글을 잘 짓게 됩니다」, 『어린이』, 1924년 12월호
- 일기자(一記者), 「신년벽두에 〈색동회〉를 축복합시다」, 『신소년』, 1927년 1월호
- 일기자(一記者), 「세계아동예술전 초일 관람기(전4회)」, 『동아일보』, 1928.10.5~10
- 일기자(一記者), 「(상식)잡지가 한번 나오자면-이러한 길을 밟어야 한다」, 『신소년』, 1933년 8월호
- 일기자(一記者), 「『별나라』 7주년 기념 '동요·음악·동극의 밤'은 이러케 열엿다-밧게 선 비가 퍼붓는데도 장내엔 1천 4백의 관중!」, 『별나라』 통권70호, 1933년 8월호
- 일기자(一記者), 「만추를 쑤미든 '동요의 밤'-'캐나리아' 가튼 천재 소녀(小女)」, 『별나라』 통권74호, 1934년 1월호
- 일기자(一記者), 「아기들의 영원한 동무 안델센 60주기-동화집 처녀 간행 백주년」, 『조선중앙일보』, 1935.7.28
- 일기자(一記者), 「신춘문예 선평」, 『동아일보』, 1939.1.13
- 일기자(一記者), 「잊을 수 없는 이들」, 『민중일보』, 1947.5.4
- 일보생(一步生), 「(탐조등)동요에 대한 우견(愚見)」, 『조선일보』, 1935.5.3
- 일선자(一選者), 「신춘작품 선평」, 『동아일보』, 1938.1.12
- 임동혁(任東赫), 「(뿍·레뷰)윤석중 저 동요집 『어께동무』」, 『동아일보』, 1940.8.4
- 임서하(任西河), 「(신간평)최병화(崔秉和) 저 『희망의 꽃다발』」, 『국도신문』, 1950.1.13
- 임영빈(任英彬), 「송창일(宋昌一) 씨의 『소국민훈화집(少國民訓話集)』을 읽고」, 『아이생활』, 1943년 4-5월 합호
- 임원호(任元鎬), 「(신간평)『다람쥐』-김영일(金英一) 동시집」, 『조선일보』, 1950.3.22
- 임인수(林仁洙), 「추도문, 노소(怒笑)와 미소(微笑)-애도 고 이윤선(故李允善) 형과의 추억 편편(片片)」, 『아이생활』 제18권 제6호, 1943년 7-8월 합호
- 임인수(林仁洙), 「아동의 명심보감-송창일의 『소국민훈화집』 독후감」, 『아이생활』, 1943년 7-8월 합호
- 임인수(林仁洙), 「아동문학 여담」, 『아동문화』 제1집, 동지사아동원, 1948년 11월호
- 임인수, 「남는 말씀」, 『(동화집)봄이 오는 날』, 조선기독교서회, 1949.3
- 임학수, 「어린이와 독서」, 『아동문화』 제1집, 동지사아동원, 1948년 11월호
- 임화(林和), 「무대는 이럿케 장치하자-(조명과 화장까지)」, 『별나라』 통권48호, 1931년 3월호

- 임화, 「글은 어떻게 쓸 것인가」, 『신소년』, 1932년 4월호
- 임화(林和), 「아동문학문제에 대한 이삼(二三)의 사견(私見)」, 『별나라』 통권75호, 1934년 2월호
- 임화(林和), 「아동문학 압헤는 미증유의 임무가 잇다」, 『아동문학』 창간호, 1945년 12월호
- ㅈ〇생, 「소년의 기왕과 장래」, 『신소년』, 1929년 1월호
- 자하생(紫霞生), 「만근의 소년소설 급 동화의 경향(전3회)」, 『조선』 통권153~157호, 1930년 7월호~11월호
- 장사건(張師健), 「(독서후감)효심에 불타는 소년 '마르코'」, 『조선일보』, 1937.1.17
- 장사동 일독자(長沙洞一讀者), 「방정환 씨 미행기」, 『어린이』 제3권 제11호, 1925년 11월호
- 장선명(張善明), 「신춘동화 개평－3대 신문을 주로(전7회)」, 『동아일보』, 1930.2.7~15
- 장선명(張善明), 「소년문예의 이론과 실천(전4회)」, 『조선일보』, 1930.5.16~19
- 장성관(張成寬), 「(동무소식)윤지월(尹池月) 군이여」, 『매일신보』, 1931.3.11
- 장윤식(張允植), 「〈소세동지문예회〉를 이러케 운전하자－부탁과 실행」, 『소년세계』, 1932년 12월호
- 장지영, 「(아협 상타기 작문)동요를 뽑고 나서」, 『소학생』 제62호, 1948년 11월호
- 장한몽(張寒夢), 「동무소식」, 『매일신보』, 1931.3.31
- 장혁주(張赫宙), 「(신간평)『해송동화집』 독후감」, 『동아일보』, 1934.5.26
- 장혁주(張赫宙) 외, 「책머리에 드리는 말슴」, 『세계걸작동화집』, 조광사, 1936.10
- 적아(赤兒), 「11월호 소년잡지 총평(전8회)」, 『중외일보』, 1927.12.3~11
- 전덕인(붉은샘), 「'푸로'의 아들이여 낙심 마라」, 『소년세계』, 1930년 6월호
- 전수창(全壽昌), 「현 조선동화(전5회)」, 『동아일보』, 1930.12.26~30
- 전식(田植), 「신년 당선동요 평」, 『매일신보』, 1931.1.14
- 전식〔白村人〕, 「동무소식」, 『매일신보』, 1931.4.14
- 전식(田植), 「7월의 『매신(每申)』－동요를 읽고(전9회)」, 『매일신보』, 1931.7.17~8.11
- 전식(田植), 「반박이냐? 평이냐?－성촌(星村) 군의 반박에 회박(回駁)함(전5회)」, 『매일신보』, 1931.9.18~23
- 전식(田植), 「요노매(妖努罵) 군에게」, 『어린이』, 1932년 3월호
- 전식(田植), 「동요 동시론 소고(전3회)」, 『조선일보 특간』, 1934.1.25~27
- 전영택(田榮澤), 「소년문제의 일반적 고찰」, 『개벽』 제47호, 1924년 5월호
- 전영택(田榮澤), 「이야기 할아버지 안델센(전2회)」, 『아희생활』, 1928년 1월호~2월호
- 전영택(田榮澤), 「(아동을 위하야, 其四)소년문학운동의 진로」, 『신가정』, 1934년 5월호
- 전영택(田榮澤), 「서」, 최인화(崔仁化), 『세계동화집』, 대중서옥, 1936.3
- 전영택(田榮澤), 「서」, 박유병(朴裕秉) 저, 『(어린이얘기책) 사랑의 세계』, 광명사,

1936.11

- 전영택(田榮澤), 「서」, 임홍은(林鴻恩) 편, 『아기네 동산』, 아이생활사, 1938.3
- 전영택(田榮澤), 「톨스토이의 민화」, 『박문』 제5호, 1939년 2월호
- 전영택[秋湖], 「서」, 전영택, 주요섭 편, 『전영택 주요섭 명작동화집』, 교문사, 1939.5
- 전영택, 「책머리에」, 노양근, 『열세동무』, 한성도서주식회사, 1940.2
- 전영택(田榮澤) 외, 「책머리에 드리는 말삼」, 『세계걸작동화집』, 조광사, 1946.2
- 전춘파(全春坡), 「평가와 자격과 준비-남석종(南夕鍾) 군에게 주는 박문(駁文)(전5회)」, 『매일신보』, 1930.12.5~11
- 전품계(展品係), 「소전(少展) 성적 발표」, 『별나라』, 1927년 7월호
- 정병기(丁炳基), 「동화의 원조-안델센 선생(50년제를 □□□)」, 『시대일보』, 1925.8.10
- 정병기(丁炳基), 「소년문학운동 가부, 어린이들의 문학열을 장려하는 것이 가할가, 고려를 요하는 문제-실사회와 배치 안 되면 가(可)」, 『동아일보』, 1927.4.30
- 정상규(鄭祥奎), 「나의 답변-이고월(李孤月) 씨의 적발에 대하야」, 『소년세계』, 1930년 8-9월 합호
- 정성채(鄭聖采), 「소년문학운동 가부, 어린이들의 문학열을 장려하는 것이 가할가, 고려를 요하는 문제-이상에 치우침보다 실제 생활로」, 『동아일보』, 1927.4.30
- 정성채(鄭聖采), 「서」, 정성채, 『소년척후교범』, 소년척후단조선총연맹, 1931
- 정순정(鄭順貞), 「무산계급 예술의 비판(14)」, 『중외일보』, 1927.12.10
- 정순정(鄭順貞), 「소년문제·기타(전2회)」, 『중외일보』, 1928.5.4~5
- 정순철(鄭順哲), 「동요를 권고합니다」, 『신여성』, 1924년 6월호
- 정순철(鄭淳哲), 「노래 잘 부르는 법-동요 '옛이야기'를 발표하면서」, 『어린이』, 1933년 2월호
- 정열모[醉夢], 「마리」, 정열모, 『동요작법』, 신소년사, 1925.9
- 정열모, 「꼬깔」, 박기혁(朴璣爀) 편, 『(비평 부 감상동요집)색진주』, 활문사, 1933.4
- 정윤환(鄭潤煥), 「1930년 소년문단 회고(전2회)」, 『매일신보』, 1931.2.18~19
- 정이경(鄭利景), 「어린이와 동요」, 『매일신보』, 1926.9.5
- 정이경(鄭利景), 「사회교육상으로 본 동화와 동요-추일(秋日)의 잡기장에서-」, 『매일신보』, 1926.10.17
- 정인과(鄭仁果), 「본지 창간 일곱 돌을 맞으며」, 『아이생활』, 1933년 3월호
- 정인과(鄭仁果), 「(사설)십년 전을 돌아보노라(본지 창간 정신의 재인식)」, 『아이생활』, 1936년 3월호
- 정인과, 「(사설)본지 창간 11주년을 맞으면서」, 『아이생활』, 1937년 3월호
- 정인섭(鄭寅燮), 「예술교육과 아동극의 효과-어린이사 주최 동화, 동요, 동무(童舞), 동극대회에 제(際)하야(전8회)」, 『조선일보』, 1926.8.24~31

- 정인섭(鄭寅燮), 「(전람회 강화 其四)인형극과 가면극－세계아동예술전람회에 제(際)하야」, 『어린이』, 1928년 10월호
- 정인섭(鄭寅燮), 「아동예술교육(전3회)」, 『동아일보』, 1928.12.11~13
- 정인섭(鄭寅燮), 「학생극의 표어」, 『조선일보』, 1931.11.28
- 정인섭(鄭寅燮), 「32년 문단 전망－어쩌케 전개될까? 전개시킬까? 문단 제씨의 각별한 의견(15) 세계문단과의 연락에(전6회)」, 『동아일보』, 1932.1.16~22
- 정인섭(雪松), 「『소세(少世)』10월호 동요시를 읽고－짤막한 나의 감상」, 『소년세계』, 1932년 12월호
- 정인섭(雪松兒), 「1932년의 조선소년문예운동은 엇더하엿나」, 『소년세계』, 1932년 12월호
- 정인섭, 「동화의 아버지 소파 선생 생각」, 『동화』, 1936년 7-8월 합호
- 정인섭(鄭寅燮), 「서문, 아기는 귀여워요－노리를 많이 줍시다」, 김상덕 편, 『세계명작아동극집』, 조선아동예술연구협회, 1936.12
- 정인섭, 「소년소녀에게 읽히고 싶은 책」, 『소년』, 1939년 9월호
- 정인섭(鄭寅燮), 「(신간평)이구조 저『까치집』을 읽고」, 『매일신보』, 1941.1.11
- 정재면(鄭載冕), 「톨스토이 션생을 소개합니다」, 『아희생활』, 1929년 3월호
- 정지용(지용), 「(서평)윤석중 동요집『초생달』」, 『현대일보』, 1946.8.26
- 정지용, 「(아협 상타기 작문 동요 당선 발표)싹이 좋은 작품들」, 『소학생』 제49호, 1947년 8월호
- 정지용, 「작품을 고르고(전6회)」, 『어린이나라』, 1949년 2월호~10월호
- 정지용(지용), 「(동요·작품을 뽑고 나서)반성할 중대한 재료－특히 선생님들에게 드리는 말씀」, 『소학생』 제69호, 1949년 7월호
- 정진석(鄭鎭石), 「조선 학생극의 분야(전3회)」, 『조선일보』, 1931.11.29~12.2
- 정창원(鄭昌元), 「머리말」, 정창원 편저, 『동요집』, 삼지사, 1928.9
- 정청산(鄭哲), 「(읽은 뒤의 감상)『불별』은 우리들의 것」, 『별나라』 통권49호, 1931년 4월호
- 정청산(鄭哲), 「『소년소설육인집』을 보고」, 『별나라』 통권60호, 1932년 7월호
- 정청산(鄭哲), 「출판물에 대한 몃 가지 이야기」, 『신소년』, 1933년 5월호
- 정청산(鄭靑山), 「소년문학 써-클 이약이」, 『신소년』, 1933년 8월호
- 정태병(鄭泰炳), 「머리ㅅ말」, 정태병 편, 『조선동요전집 1』, 신성문화사, 1946.4
- 정태병(鄭泰炳), 「아동문화 운동의 새로운 전망－성인사회의 아동에 대한 재인식을 위하여」, 『아동문화』 제1집, 동지사아동원, 1948년 11월호
- 정현웅(鄭玄雄), 「(뿍·레뷰)윤석중동요집『어깨동무』」, 『조선일보』, 1940.7.30
- 정홍교(丁洪敎), 「동화의 종류와 의의」, 『매일신보』, 1926.4.25

- 정홍교(丁洪敎), 「아동의 생활심리와 동화(전2회)」, 『동아일보』, 1926.6.18~19
- 정홍교(丁洪敎), 「서」, 고장환 편, 『세계소년문학집』, 박문서관, 1927.12
- 정홍교(丁洪敎), 「소년문학운동의 편상(片想)－특히 동화와 신화에 대하야」, 『조선강단』, 1929년 11월호
- 정홍교(丁洪敎), 「(소년문제연구)'동심' 설의 해부」, 『조선강단』 제3호, 1930년 1월호
- 정홍교(丁洪敎), 「속간에 임하야－부(附) 어린이날을 당하야」, 『새벗』 복간호, 1930년 5월호
- 정홍교(명홍교), 「〈취윤소녀회〉의 긔념작품전람회를 보고」, 『조선일보』, 1931.10.5
- 정홍교, 「『박달방망이』를 내면서」, 정홍교, 『(정홍교 동화집)박달방망이』, 남산소년교호상담소, 1948.10
- 조만식(曹晩植), 「나의 당부」, 『소년중앙』 창간호, 제1권 제1호, 1935년 1월호
- 조선문화건설중앙협의회 조선문학건설본부 아동문학위원회, 「선언」, 『아동문학』 창간호, 1945년 12월호
- 조선아동문화협회, 「〈조선아동문화협회〉 취지서」, 1945년 9월
- 조성녀, 「(신간평)박영종 편 『현대동요선』」, 『경향신문』, 1949.4.8
- 조연현(演鉉), 「(신서평)방기환(方基煥) 저 『손목 잡고』」, 『경향신문』, 1949.7.9
- 조용만(용만), 「(신간평)윤석중 씨의 동시집 『일허버린 댕기』와 김태오 씨의 『설강동요집』」, 『매일신보』, 1933.7.5
- 조재호(曹在浩), 「서」, 이정호 역, 『사랑의 학교』, 이문당, 1929.12
- 조종현[趙灘鄕], 「(문단탐조등)이성주(李盛珠) 씨 동요 '밤엿장수 여보소'는 박고경(朴古京) 씨의 작품(전2회)」, 『동아일보』, 1930.11.22~23
- 조종현[趙彈響], 「(문단탐조등)'갈멕이의 서름'을 창작연 발표한 이계화(李季嬅) 씨에게 (전2회)」, 『동아일보』, 1930.11.28~29
- 조풍연(趙豊衍), 「아동문학」, 『박문』, 1940년 9월호
- 조풍연(趙豊衍), 「인형극 운동(전3회)」, 『매일신보』, 1945.6.5~7
- 조풍연(趙豊衍), 「(신간평)집을 나간 소년」, 『경향신문』, 1947.1.22
- 조풍연, 「머리말」, 조풍연 편, 『(아협그림얘기책 9)왕자와 부하들』, 조선아동문화협회, 1948.2
- 조풍연, 「어떤 작문이 떨어졌나」, 『소학생』 제69호, 1949년 7월호
- 조형식(趙衡植), 「(수신국)우리들의 동요시에 대하야」, 『별나라』, 1932년 2-3월 합호
- 조희순(曹喜淳), 「32년 문단 전망－어써케 전개될까? 전개시킬까? 문단 제씨의 각별한 의견(6) 문학활동과 일반의 이해」, 『동아일보』, 1932.1.6
- 조희순(曹希醇), 「서문」, 김상덕 편, 『세계명작아동극집』, 조선아동예술연구협회, 1936.12
- 주영섭(朱永涉), 「보전(普專) 연극 제2회 공연을 끗마치고」, 『우리들』, 1934년 3월호

- 주요섭(朱耀燮), 「향토의 노래」, 『설강동요집: 1917－1932』, 한성도서주식회사, 1933.5
- 주요섭(朱耀燮), 「아동문학연구 대강」, 『학등』 창간호, 1933년 10월호
- 주요섭, 「서」, 최인화, 『세계동화집』, 대중서옥, 1936.3
- 주요한(朱耀翰), 「머리말」, 문병찬(文秉讚) 편, 『세계일주동요집』, 영창서관, 1927.6
- 주요한, 「동요 월평」, 『아이생활』, 1930년 2월호
- 주요한(朱耀翰), 「동요의 세계에서－10월달의 노래들을 넑음」, 『아이생활』, 1930년 11월호
- 주요한, 「동요 월평(전4회)」, 『아이생활』, 1930년 12월호~1931년 2월호, 4월호
- 주요한, 「동요 감상(鑑賞)(전2회)」, 『아이생활』, 1931년 7월호~8월호
- 주요한, 「동요 감상평(鑑賞評)」, 『아이생활』, 1932년 2월호
- 주요한(朱耀翰), 「(독서실)『조선신동요선집 제1집』, 김기주 편」, 『동광』 제34호, 1932년 6월호
- 주요한, 「동요작법 평」, 『아이생활』, 1932년 7월호
- 주요한, 「동심과 창작성」, 윤석중, 『윤석중동요집』, 신구서림, 1932.7
- 진장섭(秦長燮), 「(동화의 아버지)가난한 집 아들로 세계학자가 된 '안더-센' 선생」, 『어린이』 제31호, 1925년 8월호
- 진장섭(秦長燮), 「동요 잡고 단상」, 조선동요연구협회 편, 『조선동요선집－1928년판』, 박문서관, 1929.1
- 진장섭(秦長燮), 「소파 방 형 생각－고인과 지내든 이야기의 일편(一片)」, 『어린이』, 1932년 7월호
- 진장섭(秦長燮), 「서」, 마해송, 『해송동화집』, 동경: 동성사, 1934.5
- 차빈균(車斌均), 「(예원 포스트)아동문학을 위하야」, 『조선일보』, 1934.11.3
- 차상찬(車相瓚), 「오호 고 방정환 군－어린이운동의 선구자!, 그 단갈(短碣)을 세우며」, 『조선중앙일보』, 1936.7.25
- 채규삼[蔡夢笑], 「(수신국)이고월(李孤月) 군에게」, 『별나라』, 1932년 1월호
- 채호준(蔡好俊), 「현역 아동작가 군상」, 『아동문화』 제1집, 동지사아동원, 1948년 11월호
- 천청송(千靑松), 「조선 동요 소묘－동요 재출발을 위하야－(전3회)」, 『가톨릭소년』, 간도 용정: 가톨릭소년사, 1937년 4월호~6월호
- 최경숙(崔瓊淑), 「처음 출연해 보든 이야기－〈밤ㅅ길〉의 '소녀직공'으로!」, 『별나라』 통권48호, 1931년 3월호
- 최계락(崔啓洛), 「(아동문학시평)동심의 상실－최근의 동향」, 『자유민보』, 1950.3.21
- 최계락(崔啓洛), 「감동의 위치－김영일(金英一) 동시집 『다람쥐』를 이러고」, 『자유민보』, 1950.3.28
- 최규동(崔奎東), 「나의 당부」, 『소년중앙』 창간호, 제1권 제1호, 1935년 1월호

- 최남선(崔南善), 「(소년시언)『소년』의 기왕(既往)과 밋 장래」, 『소년』, 1910년 6월호
- 최남선[번역한 사람], 「서문」, 최남선 역, 『불상한 동무』, 신문관, 1912.6
- 최남선(崔南善), 「셔문」, 이광수 역, 『검둥의 설음』, 신문관, 1913.2
- 최남선(崔南善), 「서」, 한충(韓沖), 『조선동화 우리동무』, 예향서옥, 1927.1
- 최남선[六堂學人], 「처음 보는 순조선동화집」, 『동아일보』, 1927.2.11
- 최남선(崔南善), 「『학창』 발간을 축하고 아울러 조선 아동잡지에 대한 기망(期望)을 말함」, 『학창』 창간호, 1927년 10월호
- 최남선[六堂學人], 「조선의 민담 동화(전15회)」, 『매일신보』, 1938.7.1~21
- 최독견(崔獨鵑), 「32년 문단 전망─어쩌케 전개될까? 전개시킬까? 문단 제씨의 각별한 의견(3) 글세 별 수 잇겟습니까」, 『동아일보』, 1932.1.3
- 최린(崔麟) 외, 「7주년을 맞는 『어린이』 잡지에의 선물」, 『어린이』 통권73호, 1930년 3월호
- 최병화(崔秉和), 「돌마지 긔럼 축하회와 음악 가극 대회」, 『별나라』, 1927년 7월호
- 최병화(崔秉和), 「(隨想)세계명작 감격 삽화」, 『별나라』 통권73호, 1933년 12월호
- 최병화(崔秉和), 「아동문학 소고─동화작가의 노력을 요망」, 『소년운동』 창간호, 조선소년운동중앙협의회, 1946년 3월호
- 최병화(崔秉和), 「동화 아저씨 이정호 선생」, 『새동무』 제7호, 1947년 4월호
- 최병화(崔秉和), 「아동문학의 당면 임무」, 『고대신문(高大新聞)』, 1947.11.22
- 최병화(崔秉和), 「세계동화연구(전7회)」, 『조선교육』, 1948년 10월호~1949년 10월호
- 최병화(崔秉和), 「작고한 아동작가 군상」, 『아동문화』 제1집, 동지사아동원, 1948년 11월호
- 최병화, 「소파 방정환 선생」, 『소년』, 1949년 5월호
- 최병화(崔秉和), 「머리말」, 『(소년소녀 장편소설)꽃피는 고향』, 박문출판사, 1949.5
- 최봉칙(崔鳳則), 「본지 창간 10주년 연감」, 『아이생활』, 1936년 3월호
- 최봉칙(崔鳳則), 「서」, 임홍은 편, 『아기네 동산』, 아이생활사, 1938.3
- 최봉칙(崔鳳則), 「퇴사 인사」, 『아이생활』, 1938년 12월호
- 최상수(崔常壽), 「서」, 『현대 동요·민요선』, 대동인서관, 1944.8
- 최상현(崔相鉉), 「발간사」, 『영데이』 창간호, 영데이사, 1926년 6월호
- 최상현(崔相鉉), 「끗인사」, 『영데이』 창간호, 영데이사, 1926년 6월호
- 최영수(崔永秀), 「동심」, 『아동문화』 제1집, 동지사아동원, 1948년 11월호
- 최영주(崔泳柱), 「회고 10년간」, 『어린이』, 1932년 9월호
- 최영주(崔泳柱), 「아가의 그림은 표현보다 관념(6) 조흔 그림책을 선택해 주시요」, 『조선일보』, 1933.10.29
- 최영주(崔泳柱), 「미소(微笑) 갔는가─도(悼) 이정호 군」, 『문장』, 1939년 7월호

- 최영주(崔泳柱), 「소파 방정환 선생의 약력」, 방운용(方云容), 『소파전집』, 박문서관, 1940.5
- 최영택(崔永澤), 「소년문예운동 방지론-특히 지도자에게 일고를 촉(促)함(전5회)」, 『중외일보』, 1927.4.17~23
- 최영택(崔永澤), 「내가 쓴 소년문예운동 방지론(전3회)」, 『중외일보』, 1927.6.20~22
- 최은경, 「고 소파를 추도함」, 『연합신문』, 1949.5.5
- 최인화(崔仁化), 「편집동심」, 『동화』 창간호, 1936년 1월호
- 최인화(崔仁化), 「자서」, 최인화, 『세계동화집』, 대중서옥, 1936.3
- 최인화(崔仁化), 「서」, 노양근, 『날아다니는 사람』, 조선기념도서출판관, 1938.11
- 최정복(崔正福), 「(축 창간사)귀지(貴誌)의 창간을 축함」, 『가톨릭소년』 창간호, 간도 용정: 가톨릭소년사, 1936년 3월호
- 최증석(崔曾石), 「(읽은 뒤의 감상)『별나라』를 읽고!」, 『별나라』, 1931년 6월호
- 최창선(崔昌善), 「머리말」, 엣디워어쓰 부인 저, 『만인계』, 신문관, 1912.9
- 최청곡〔崔奎善〕, 「서」, 고장환 편, 『세계소년문학집』, 박문서관, 1927.12
- 최청곡〔崔奎善〕, 「사랑하는 동무여」, 최규선 역, 『??왜??(신작동요집)』, 별나라사, 1929.3
- 최청곡(崔青谷), 「소년문예에 대하야」, 『조선일보』, 1930.5.4
- 최청곡(崔青谷), 「서-뮤흐렌 동화『어린 페-터-』를 내노으며」, 뮤흐렌 저, 최청곡 역, 『어린 페-터-』, 유성사서점, 1930.10
- 최청곡(崔青谷), 「(시대와 나의 근감)동화에 대한 근감(近感)」, 『시대상』 제2호, 1931년 11월호
- 최청곡(崔青谷), 「서」, 김기주 편, 『조선신동요선집 제1집』, 평양: 동광서점, 1932.3
- 최태원(崔泰元), 「(어린이 페지)서덕출 군에게」, 『동아일보』, 1927.10.18
- 최학송(崔鶴松), 「(작문강좌)글(文)」, 『새벗』, 1929년 3월호
- 최호동(崔湖東), 「'소금쟁이'는 번역이다」, 『동아일보』, 1926.10.24
- 최호동(崔湖東), 「(문단시비)염근수 형에게」, 『동아일보』, 1927.3.16
- 춘파(春波), 「'어린이' 작품을 읽고-'어린이' 여러분에게(전5회)」, 『매일신보』, 1932.6. 1~9
- 탑원생(塔園生), 「(가뎡평론)유치원 아동의 가극 연극에 대하야(전2회)」, 『조선일보』, 1926.12.10~19
- 편집국(編輯局), 「『별나라』 출세기」, 『별나라』, 1930년 6월호
- 편집국(編輯局), 「『별나라』는 이러케 컷다-『별나라』 6년 약사(略史)」, 『별나라』 통권 51호, 1931년 6월호
- 편집급사, 「(편집실)스켓취」, 『소년조선』, 1929년 1월호

- 편집실(편즙실) 급사, 「『어린이』 기자 이 모양 저 모양」, 『어린이』, 1926년 1월호
- 편집실(編輯室), 「『어린이』는 변한다」, 『어린이』, 1931년 10월호
- 편집위원(編輯委員), 「서」, 조선동요연구협회 편, 『조선동요선집−1928년판』, 박문서관, 1929.1
- 편집인(편즙인), 「독자작품 총평」, 『별나라』, 1926년 12월호
- 편집인(편즙인), 「『어린이』 동모들쎄」, 『어린이』, 1924년 12월호
- 편집인(編輯人), 「독자 작품호를 내면서」, 『어린이』, 1931년 11월호
- 편집자(編輯者), 「'소금장이' 논전을 보고」, 『동아일보』, 1926.11.8
- 편집자(編輯者), 「집필자 소식」, 『아이생활』, 1940년 9-10월 합호
- 표동(漂童), 「문단 촌평」, 『아이생활』 제18권 제8호, 1943년 10월호
- 하도윤(河圖允), 「너의 힘은 위대하엿다」, 『별나라』 통권24호, 1928년 7월호
- 학생사(學生社), 「서언(序言)」, 학생사 역, 『사랑의 학교』, 학생사, 1946.6
- 한동욱(韓東昱), 「동화를 쓰기 전에」, 『새벗』 창간호, 1925년 11월호
- 한석원(韓錫源) 외, 「본지 역대 주간의 회술기(懷述記)」, 『아이생활』, 1936년 3월호
- 한석원(韓錫源), 「서」, 송창일, 『소국민훈화집』, 아이생활사, 1943.2
- 한설야〔韓秉道〕, 「예술적 양심이란 것」, 『동아일보』, 1926.10.23
- 한설야(韓雪野), 「32년 문단 전망−어쩌케 전개될까? 전개시킬까? 문단 제씨의 각별한 의견(12) 생활감정의 재현전달(전2회)」, 『동아일보』, 1932.1.13~14
- 한용수(韓龍水), 「(문단탐조등)문제의 동요−김여수(金麗水)의 '가을'」, 『동아일보』, 1930.9.17
- 한용운(韓龍雲), 「나의 당부」, 『소년중앙』 창간호, 1935년 1월호
- 한운송(韓雲松), 「〈소세동지문예회〉를 이러케 운전하자−〈소세동지문예회〉의 대하야!」, 『소년세계』, 1932년 12월호
- 한인현(韓寅鉉), 「이 책을 내면서」, 『문들레』, 제일출판사, 1946.11
- 한인현(韓寅鉉), 「동요교육」, 『아동교육』, 아동교육연구회, 1948년 2월호
- 한인현, 「동요들의 울타리를 넓히자」, 『진달래』, 1949년 11월호
- 한정동(韓晶東), 「(문단시비)'소곰쟁이'는 번역인가?(전2회)」, 『동아일보』, 1926.10.9~10
- 한정동(韓晶東), 「동요작법(3)」, 『별나라』, 1927년 4월호
- 한정동(韓晶東), 「동요에 대한 사고(私考)」, 조선동요연구협회 편, 『조선동요선집− 1928년판』, 박문서관, 1929.1
- 한정동(韓晶東), 「(어린이 강좌, 제4강)동요 잘 짓는 방법」, 「어린이세상」 其 31, 『어린이』, 1929년 9월호 부록
- 한정동(韓晶東), 「'4월의 소년지 동요'를 닑고(전2회)」, 『조선일보』, 1930.5.6~11
- 한정동(韓晶東), 「어렷슬 때의 노래 '범나비' 뒷등에」, 『소년중앙』, 1935년 4월호

- 한철염(哲焰), 「'붓작난'배(輩)의 나타남에 대하야」, 『신소년』, 1932년 8월호
- 한철염(韓哲焰), 「최근 프로 소년소설평－그의 창작방법에 대하야－」, 『신소년』, 1932년 10월호
- 함대훈(咸大勳), 「1931년 조선의 출판계(완)」, 『조선일보』, 1932.1.15
- 함대훈(咸大勳), 「(독서란)김소운 씨 편저『조선구전민요집』－(조선문)제일서방판」, 『조선일보』, 1933.2.17
- 함대훈(咸大勳), 「아동예술과 잡감 편편(雜感片片)」, 『조선일보』, 1935.7.15
- 함대훈(咸大勳), 「감명 속에 읽은『그림 업는 그림책』의 기억」, 『조선일보』, 1935.8.6
- 함대훈(咸大勳), 「(신간평)윤석중 씨 저『어깨동무』」, 『여성』, 1940년 9월호
- 함일돈(咸逸敦), 「'32년 문단 전망－어쩌케 전개될까? 전개시킬까? 문단 제씨의 각별한 의견(2) 의식에 입각된 것만이…」, 『동아일보』, 1932.1.2
- 함처식(咸處植), 「(보육수첩 제3회)어린이와 그림책」, 『새살림』 제2권 제1호(제8호), 군정청 보건후생부 부녀국, 1948.1.31
- 해초(海草), 「(문단탐조등)한우현(韓祐鉉) 동무의 '고향의 봄'은 이원수 씨의 원작」, 『동아일보』, 1930.4.11
- 허봉락(許奉洛), 「(위인 전기)소년 톨쓰토이」, 『아희생활』, 1929년 2월호
- 허수만(許水萬), 「『별나라』두 돌 상에 돌나안저서－과거보담 미래를 축수함」, 『별나라』 통권24호, 1928년 7월호
- 현동염(玄東炎), 「동화교육 문제－전 씨의 '현 조선동화'론 비판(전4회)」, 『조선일보』, 1931.2.25~3.1
- 현송(玄松), 「신년호 소설평」, 『신소년』, 1932년 2월호
- 홍구(洪九), 「아동문학 작가의 프로필」, 『신소년』, 1932년 8월호
- 홍구(洪九), 「아동문예 시평」, 『신소년』, 1933년 3월호
- 홍구(洪九), 「(수필)주산(珠汕) 선생」, 『신건설』 제1권 제2호(12-1월 합호), 1945.12.30
- 홍구범(洪九範), 「(신간평)방기환(方基煥) 저『손목 잡고』」, 『동아일보』, 1949.7.6
- 홍난파(洪蘭坡), 「서」, 김기주 편, 『조선신동요선집 제1집』, 평양: 동광서점, 1932.3
- 홍북원(洪北原), 「근대 문호와 그 작품」, 『신소년』, 1932년 9월호
- 홍은성(洪銀星), 「머리말」, 문병찬(文秉讚) 편, 『세계일주동요집』, 영창서관, 1927.6
- 홍은성〔宮井洞人〕, 「11월 소년잡지(전5회)」, 『조선일보』, 1927.11.27~12.2
- 홍은성(洪銀星), 「'소년잡지 송년호' 총평(전5회)」, 『조선일보』, 1927.12.16~23
- 홍은성〔洪曉民〕, 「서」, 고장환 편, 『세계소년문학집』, 박문서관, 1927.12
- 홍은성〔銀星學人〕, 「(쌕·레뷰)청춘과 그 결정(結晶)－『세계소년문학집』을 읽고－」, 『조선일보』, 1928.1.11
- 홍은성(洪銀星), 「문예시사감 단편(斷片)(3)」, 『중외일보』, 1928.1.28

- 홍은성〔洪曉民〕, 「병상 잡감」, 『조선일보』, 1928.3.17
- 홍은성(洪銀星), 「금년 소년문예 개평(전4회)」, 『조선일보』, 1928.10.28~11.4
- 홍은성(洪銀星), 「소년문예 일가언(一家言)」, 『조선일보』, 1929.1.1
- 홍은성(洪銀星), 「소년잡지에 대하야-소년문예 정리운동(전3회)」, 『중외일보』, 1929. 4.4~15
- 홍은성〔洪曉民〕, 「금년에 내가 본 소년문예운동-반동의 1년」, 『소년세계』, 1929년 12 월호
- 홍은성(洪銀星), 「소년문예 시감(時感)을 쓰기 전에」, 『소년세계』, 1930년 6월호
- 홍은성(洪銀星), 「소년문예 월평」, 『소년세계』, 1930년 8-9월 합호
- 홍은성(洪銀星), 「조선동요의 당면 임무」, 『아이생활』, 1931년 4월호
- 홍은성〔洪曉民〕, 「(문예시평)소년문학·기타(완)」, 『동아일보』, 1937.10.23
- 홍종인(洪鍾仁), 「1929년 악단(樂壇) 전망기(4)」, 『중외일보』, 1930.1.5
- 홍종인(洪鍾仁), 「아동문학의 황금편-『사랑의 학교』(전3회)」, 『중외일보』, 1930.1. 29~2.1
- 홍종인〔洪〕, 「(독서실)『양양범벅궁』-윤복진, 박태준 동요 민요 집곡집(集曲集)(제2 집)」, 『동광』, 1932년 4월호
- 홍종인(洪鍾仁), 「근간의 가요집(2~3회)」, 『동아일보』, 1932.8.11~12
- 홍종인(洪鍾仁), 「신가요집 『도라오는 배』 출판」, 『조선일보』, 1934.2.28
- 홍파(虹波), 「당선동화 '소금장이'는 번역인가」, 『동아일보』, 1926.9.23
- 홍파(虹波), 「'소곰장이를 논함'을 닑고」, 『동아일보』, 1926.10.30
- 홍해성(洪海星), 「32년 문단 전망-어쩌케 전개될까? 전개시킬까? 문단 제씨의 각별한 의견(13) 현실에 입각·현실을 탈출」, 『동아일보』, 1932.1.14
- 환송(桓松), 「동요를 지으려면(전9회)」, 『매일신보』, 1932.5.21~31
- 황기식(黃基式), 「독자에게!」, 운산(雲山) 편, 『(수양취미과외독물)동화집』, 초등교육 연구회, 1925.10
- 황석우(黃錫禹), 「32년 문단 전망-어쩌케 전개될까? 전개시킬까? 문단 제씨의 각별한 의견(7) 전 문단 폐업도 가야(可也)」, 『동아일보』, 1932.1.7
- 황승봉(黃承鳳), 「머릿말」, 『동화집 새 션물』, 신의주: 의신학원, 1936.3
- 황유일(黃裕一), 「우리 소년회의 순극을 마치고-우리 소년 동무들에게, 이원소년회 순 극단(巡劇團)」, 『동아일보』, 1924.9.29

# 나) 소년운동

- 「경성소년지도자 연합발기총회 의사(議事)」, 『동아일보』, 1925.5.29
- 「금년도 어린이날전국준비위원회 위원 급(及) 부서」, 『소년운동』 창간호, 조선소년운동 중앙협의회, 1946년 3월호
- 「소년관계자 간담회」, 『매일신보』, 1923.6.10
- 「소년단체 순례 ①−아동극단 〈호동원(好童園)〉」, 『소년운동』 창간호, 조선소년운동중 앙협의회, 1946년 3월호
- 「(소년소녀)오늘은 어린이날−2세 국민의 기세를 노피자」, 『매일신보』, 1941.5.5
- 「소년시언」, 『소년』 제1년 제1권, 융희 2년 11월(1908.11)
- 「소년시언」, 『소년』 제2년 제1권, 융희 3년 1월(1909.1)
- 「소년시언」, 『소년』 제2년 제8권, 융희 3년 9월(1909.9)
- 「소년시언」, 『소년』 제2년 제9권, 융희 3년 10월(1909.10)
- 「소년시언」, 『소년』 제2년 제10권, 융희 3년 11월(1909.11)
- 「소년시언」, 『소년』 제3년 제2권, 융희 4년 2월(1910.2)
- 「소년시언」, 『소년』 제3년 제3권, 융희 4년 3월(1910.3)
- 「소년시언」, 『소년』 제3년 제8권, 융희 4년 10월(1910.10)
- 「(소년운동 제1기)〈천도교소년회〉〈반도소년회〉(제일성은 지방에서)어린이 애호 선전」, 『동아일보』, 1929.1.4
- 「(소년운동 제2기)어린이날 설정 〈오월회〉 성립(총기관 조직에 매진)순회동화회 개최」, 『동아일보』, 1929.1.4
- 「(소년운동 제3기)연합회 창립회 준비회 조직(〈오월회〉는 필경 해체)이산에서 통일에」, 『동아일보』, 1929.1.4
- 「(소년운동 제4기)중앙통일기관 〈소년총연맹〉(조혼과 유년 노동 방지)이중운동을 배척」, 『동아일보』, 1929.1.4
- 「어린이날 운동−가명에서도 이날을 직히자」, 『동아일보』, 1924.4.29
- 「(어린이날 특집)어린이날−어른들에게」, 『동아일보』, 1936.5.3
- 「어린이날−그 근본정신을 잊지 말라」, 『동아일보』, 1933.5.7
- 「어린이날−아기네를 두신 부모님께」, 『동아일보』, 1931.5.3
- 「어린이날에 가정에 고함」, 『동아일보』, 1932.5.1
- 「어린이날의 유래와 의의」, 『동아일보』, 1932.5.1
- 「어린이날의 의의와 그 유래」, 『소년운동』 창간호, 조선소년운동중앙협의회, 1946년 3월호
- 「어린이날이란 무엇인가」, 『주간소학생』 제46호, 1947년 5월호

- 「어린이를 옹호하자—어린이데이에 대한 각 방면의 의견(전8회)」, 『매일신보』, 1926.4. 5~12
- 「어린이 명절—5월 5일은 어린이날」, 『어린이신문』 제12호, 1946.3.30
- 「(오늘 일·래일 일)'어린이날' 선전에 대하야」, 『시대일보』, 1924.4.23
- 「5월과 어린이날」, 『어린이신문』 제17호, 1946.5.4
- 「5월 1일—'오월제'와 '어린이날'」, 『동아일보』, 1924.5.1
- 「(우리의 명절)어린이날」, 『조선일보』, 1938.5.1
- 「조선소년운동 연혁—진주에서 첫소리가 나게 되여 이백여 단톄가 생기기에까지」, 『조선일보』, 1925.5.1
- 「조선 소년운동」, 『동아일보』, 1925.1.1
- 「조선 초유의 〈소년군〉—됴철호 씨 등 유지의 발긔로, 오일 오후에 발회식을 거힝」, 『동아일보』, 1922.10.7
- S 기자, 「어린이날의 유래」, 『호남신문』, 1949.5.5
- 고영송(高嶺松), 「(아동을 위하야, 其二)아동도서관의 필요」, 『신가정』, 1934년 5월호
- 고의성(高義誠)(무궁화사), 「(소년운동자의 '어린이날'의 감상, ◇…깃분 날을 마지하면서)전선적(全鮮的)으로 직히십시다」, 『조선일보』, 1928.5.6
- 고장환(高長煥)(서울소년회), 「(소년운동자의 '어린이날'의 감상, ◇…깃분 날을 마지하면서)미래가 연맹 됩니다」, 『조선일보』, 1928.5.6
- 고장환, 「행복을 위하야 어머니들에게—어린이날을 당해서—」, 『중외일보』, 1928.5.6
- 고장환, 「부모형자(父兄母姉) 제씨에게」, 『조선일보』, 1930.5.4
- 고장환(高長煥), 「소년운동 제현께—어린이날에 당하야(전2회)」, 『조선일보』, 1933.5. 7~10
- 고장환, 「생명의 새 명절, 조선의 '어린이날'—열세 돐을 맞으며(전2회)」, 『동아일보』, 1934.5.4~5
- 고장환(高長煥), 「'어린이날'을 직히는 뜻과 지나온 자최(전3회)」, 『매일신보』, 1936.5. 3~5
- 곽복산(郭福山), 「망론의 극복」, 『중외일보』, 1928.5.10
- 권덕규(權悳奎), 「권두에 쓰는 두어 말」, 조철호, 『소년군교범』, 조선소년군총본부, 1925.6
- 권봉렴(權奉廉)(현동완 부인), 「(이날을 마지며, 5월 첫재 공일은 어린이날)개성에 싸라서 양육을 달리하자(3)」, 『조선일보』, 1931.4.23
- 금강도인(金剛道人), 「(독자와 기자)목적은 동일한데 방침이 각각 현수(懸殊)」, 『동아일보』, 1925.10.10
- 금철(琴徹)(강화소년군), 「(소년운동자의 '어린이날'의 감상, ◇…깃분 날을 마지하면서)

꾸준히 할 일」, 『조선일보』, 1928.5.6
- 김기전[金小春], 「장유유서의 말폐-유년남녀의 해방을 제창함」, 『개벽』 제2호, 1920년 7월호
- 김기전[妙香山人], 「〈천도교소년회〉의 설립과 기 파문」, 『천도교회월보』 제131호, 1921년 7월호
- 김기전(金起瀍), 「가하(可賀)할 소년계의 자각-〈천도교소년회〉의 실사(實事)를 부기(附記)함-」, 『개벽』, 1921년 10월호
- 김기전[起瀍], 「개벽운동과 합치되는 조선의 소년운동」, 『개벽』, 1923년 5월호
- 김기전[小春], 「5월 1일은 엇더한 날인가」, 『개벽』, 1923년 5월호
- 김기전(金起田), 「(부형께 들녀 드릴 이야기)어린이날의 희망」, 『어린이』, 1931년 5월호
- 김기전(金起田), 「소년지도자에게 주는 말 (1)」, 『소년운동』 창간호, 조선소년운동중앙협의회, 1946년 3월호
- 김두헌(金斗憲), 「지도정신 수립」, 『신가정』, 1934년 5월호
- 김말성(金末誠), 「조선 소년운동 급 경성 시내 동 단체 소개」, 『사해공론』 창간호, 1935년 5월호
- 김성용(金成容), 「소년운동의 조직문제(전7회)」, 『조선일보』, 1929.11.26~12.4
- 김성용[頭流山人], 「소년운동의 신 진로-약간의 전망과 전개 방도(전5회)」, 『중외일보』, 1930.6.7~12
- 김성환(金成煥), 「연길 〈탈시시오연합소년회〉」, 『가톨릭청년』, 경성: 가톨릭청년사, 1934년 10월호
- 김여수[朴八陽] 외, 「사회문제 원탁회의(속)(원탁회의 제7분과)소년운동」, 『조선일보』, 1930.1.2
- 김영희(金永喜)(안준식 부인), 「(이날을 마지며, 5월 첫재 공일은 어린이날)자녀에게 욕하지 말고 자유롭게 기르자(1)」, 『조선일보』, 1931.4.21
- 김오양(金五洋), 「(자유종)소년운동을 하고 조해(何故 阻害)?」, 『동아일보』, 1926.1.27
- 김원룡, 「어린이날의 내력」, 『어린이나라』, 동지사아동원, 1949년 5월호
- 김원철(金元哲), 「소년운동과 어린이날」, 『소년운동』 창간호, 조선소년운동중앙협의회, 1946년 3월호
- 김정원(金貞媛)(근우회), 「(이날을 마지며, 5월 첫재 공일은 어린이날)어릴 때부터 독물에 주의!(4)」, 『조선일보』, 1931.4.25
- 김정윤(金貞允), 「아동운동의 재출발」, 『한성일보』, 1950.5.5
- 김태석(金泰晳) 외, 「소년운동자로써 부모님에게 한 말슴-어린이날을 마즈면서」, 『조선일보』, 1933.5.7
- 김태오(金泰午), 「전조선소년연합회 발기대회를 압두고 일언함(전2회)」, 『동아일보』,

1927.7.29~30

- 김태오(金泰午), 「정묘(丁卯) 1년간 조선소년운동—기분운동에서 조직운동에(전2회)」, 『조선일보』, 1928.1.11~12
- 김태오(金泰午), 「소년운동의 지도정신(전2회)」, 『중외일보』, 1928.1.13~14
- 김태오(金泰午), 「소년운동의 당면문제—최청곡 군의 소론을 박(駁)함(전7회)」, 『조선일보』, 1928.2.8~16
- 김태오(金泰午), 「인식 착란자의 배격—조문환(曹文煥) 군에게 여(與)함—(전5회)」, 『중외일보』, 1928.3.20~24
- 김태오(金泰午), 「이론투쟁과 실천적 행위—소년운동의 신전개를 위하야(전6회)」, 『조선일보』, 1928.3.25~4.5
- 김태오(金泰午)(광주소년동맹), 「(소년운동자의 '어린이날'의 감상, ◇…깃분 날을 마지하면서)조선을 알게 합시다」, 『조선일보』, 1928.5.8
- 김태오(金泰午), 「어린이날을 당하야 어린이들에게(전2회)」, 『동아일보』, 1929.5.4~5
- 김태오(金泰午), 「어린이날을 마지며 부형모매(父兄母妹)께!」, 『중외일보』, 1929.5.6
- 김태오(金泰午) 외, 「어린이의 날」, 『조선일보』, 1930.5.4
- 김태오(金泰午), 「어린이날을 당하야 어린이들에게—먼저 조선을 알고 꾸준이 힘써 뛰어나는 인물 되자(전2회)」, 『조선중앙일보』, 1933.5.6~7
- 김태오(金泰午), 「소년운동의 회고와 전망—1934년의 과제(전2회)」, 『조선중앙일보』, 1934.1.14~15
- 김홍섭(金洪燮), 「문화건설의 기조—아동문화건설의 의의」, 『건국공론』 제2권 제2-3 합호, 1946년 4월호
- 남기훈(南基薰), 「뜻깊이 마지하자 '어린이날'을!—5월 첫 공일은 우리의 명절」, 『동아일보』, 1936.5.3
- 남기훈(南基薰), 「어린이날을 당하야 조선 가정에 보냅니다」, 『조선중앙일보』, 1936.5.4
- 남기훈(南基薰), 「어린이날을 뜻잇게 마지하자」, 『매일신보』, 1937.5.2
- 남기훈(南基薰), 「조선의 현세(現勢)와 소년지도자의 책무」, 『소년운동』 창간호, 조선소년운동중앙협의회, 1946년 3월호
- 남기훈(南基薰), 「어린이날을 앞둔 소년 지도자에게」, 『소년운동』 제2호, 조선소년운동중앙협의회, 1947년 4월호
- 남기훈(南基薰), 「편집을 마치고」, 『소년운동』 제2호, 조선소년운동중앙협의회, 1947년 4월호
- 남기훈(南基薰), 「커 가는 어린이들」, 『민중일보』, 1947.5.4
- 남기훈(南基薰), 「어린이날을 맞이하야 소년지도자에게(전2회)」, 『부인신보』 제296호~제297호, 1948.5.6~7

- 남응손(南應孫), 「새해를 마지하야 어린니에게 드리는 말슴(전2회)」, 『매일신보』, 1934. 1.3~5
- 남응손(南應孫), 「새해를 마즈며 어린동무들에게 드리는 선물」, 『조선중앙일보』, 1934. 1.5
- 남천석(南千石)(개성소년연맹), 「(소년운동자의 '어린이날'의 감상, ◇…깃분 날을 마지하면서)소년운동의 소년 전체화」, 『조선일보』, 1928.5.6
- 노일(盧一), 「조선의 '어린이날'」, 『실생활』, 1934년 1월호
- 논설(論說), 「어린이날」, 『조선일보』, 1926.5.1
- 논설(論說), 「'어린이날'을 마지하고」, 『부산신문』, 1946.5.5
- 논설(論說), 「어린이날의 행사 성대」, 『중앙신문』, 1946.5.6
- 동아일보사, 「어린이날 역사」, 『동아일보』, 1954.5.2
- 마해송(馬海松), 「가난한 조선 어린이」, 『자유신문』, 1947.5.5
- 마해송(馬海松), 「'어린이날'을 위하야」, 『자유신문』, 1948.5.5
- 무성(武星), 「조선 대표의 〈소년군〉은 어쩌케 그 회를 치럿나?-진상에 대하야」, 『시대일보』, 1924.5.12
- 문책기자(文責記者), 「(세계각국 어린이운동 1)(현재 대원 팔백만명)씩씩하게 자라는 러시아의 피오닐-건강한 러시아의 아동들」, 『조선일보』, 1932.1.1
- 박석윤(朴錫胤), 「영국의 소년군-조철호 선생에게(전5회)」, 『동아일보』, 1926.2.4~22
- 박세영, 「어린이 없는 어린이날-해방 뒤 첫 어린이날을 마치고」, 『주간소학생』 제15호, 1946.5.20
- 박철, 「어린이날의 유래와 의의」, 『부인신문』, 1950.5.3
- 박태보(朴太甫), 「어린이날은 언제 생겼나」, 『예술신문』 제42호, 1947.5.5
- 박해쇠(朴亥釗)(밀양소년회), 「(소년운동자의 '어린이날'의 감상, ◇…깃분 날을 마지하면서)농촌소년과 도시소년 악수」, 『조선일보』, 1928.5.6
- 박흥민[指導部], 「국경일, 어린이날의 정의(定義)」, 『소년운동』 창간호, 조선소년운동중앙협의회, 1946년 3월호
- 박흥민(朴興珉), 「(다시 찾은 우리 새 명절 어린이날)어린이는 명일의 주인이요 새 조선을 건설하는 생명, 오늘을 국경일로 축복하자」, 『자유신문』, 1946.5.5
- 반월성인(半月城人), 「(가정부인)어린이날을 압두고 가경부인에게 부탁한다」, 『매일신보』, 1927.4.26
- 방정환(方定煥), 「새힛에 어린이 지도는 엇지 홀가?(1) 소년회와 금후방침」, 『조선일보』, 1923.1.4
- 방정환(方定煥), 「이 깃분 날-어린이 부형의 간절히 바랍니다」, 『동아일보』, 1925.5.1
- 방정환(方定煥), 「싹을 키우자」, 『조선일보』, 1926.5.1

- 방정환(方定煥), 「래일을 위하야-오월 일일을 당해서 전조선 어린이들께」, 『시대일보』, 1926.5.2
- 방정환(方定煥), 「어린이날에」, 『중외일보』, 1927.5.3
- 방정환(方定煥), 「(일인일화)내가 본 바의 어린이 문뎨」, 『동아일보』, 1927.7.8
- 방정환(方定煥), 「천도교와 유소년 문제」, 『신인간』, 1928년 1월호
- 방정환(方定煥), 「일 년 중 뎨일 깃쁜 날 '어린이날'을 당하야-가뎡에서는 이러케 보내자」, 『동아일보』, 1928.5.6
- 방정환(方定煥), 「어린이날에」, 『조선일보』, 1928.5.8
- 방정환(方定煥), 「조선소년운동의 사적 고찰(1)」, 『조선일보』, 1929.1.4
- 방정환(方定煥), 「조선소년운동의 역사적 고찰(전6회)」, 『조선일보』, 1929.5.3~14
- 방정환(方定煥), 「새 호주는 어린이-생명의 명절 어린이날에」, 『동아일보』, 1929.5.5
- 방정환(方定煥), 「아동재판의 효과-특히 소년회 지도자와 소학교원 제씨에게(전2회)」, 『대조』, 1930년 3월호~5월호
- 방정환(方定煥), 「어린이날을 당하야」, 『조선일보』, 1930.5.4
- 방정환(方定煥), 「오늘이 우리의 새 명절 어린이날임니다-가뎡 부모님께 간절히 바라는 말슴」, 『중외일보』, 1930.5.4
- 방정환(方定煥), 「아동문제 강연 자료」, 『학생』, 1930년 7월호
- 범인(凡人), 「아동문제의 재인식」, 『비판』, 1938년 12월호
- 변영만〔곡명거사〕, 「우리 '어린이'들의 전도(前途)-어린이날을 보내면서」, 『조선일보』, 1931.5.5
- 북악산인(北岳山人), 「조선소년운동의 의의-5월 1일을 당하야 소년운동의 소사(小史)로」, 『중외일보』, 1927.5.1
- 북악산인(北岳山人), 「새해 첫 아침에-어린이 여러분에게」, 『매일신보』, 1933.1.1
- 사설(社說), 「소년운동의 제일성-〈천도교소년회〉의 조직과 〈계명구락부〉의 활동」, 『매일신보』, 1921.6.2
- 사설(社說), 「〈조선소년군〉의 조직-강건한 정신 건장한 신체」, 『동아일보』, 1922.10.8
- 사설(社說), 「〈조선소년군〉의 장래를 옹축(顯祝)홈」, 『조선일보』, 1923.3.4
- 사설(社說), 「〈소년운동협회〉 창립에 대하야」, 『조선일보』, 1923.4.30
- 사설(社說), 「소년운동」, 『매일신보』, 1923.4.30
- 사설(社說), 「소년소녀의 웅변 금지」, 『시대일보』, 1925.10.11
- 사설(社說), 「어린이날」, 『조선일보』, 1927.5.1
- 사설(社說), 「어린이들의 기행렬(旗行列)」, 『동아일보』, 1927.5.5
- 사설(社說), 「소년단체 해체에 대하야」, 『동아일보』, 1927.8.26
- 사설(社說), 「소년운동의 지도정신-〈소년연합회〉의 창립대회를 제(際)하야」, 『조선일

보』, 1927.10.17
- 사설(社說), 「조선의 소년운동」, 『동아일보』, 1927.10.19
- 사설(社說), 「조선의 소년운동」, 『동아일보』, 1928.3.30
- 사설(社說), 「어린이날」, 『동아일보』, 1928.5.6
- 사설(社說), 「'어린이날'에 임하야(전3회)」, 『조선일보』, 1928.5.6~8
- 사설(社說), 「어린이날을 보고」, 『중외일보』, 1928.5.7
- 사설(社說), 「조선소년운동과 지도자 문제−새로운 방침을 세우라」, 『동아일보』, 1929. 5.10
- 사설(社說), 「어린이날」, 『동아일보』, 1929.5.5
- 사설(社說), 「조선의 소년운동」, 『동아일보』, 1930.3.30
- 사설(社說), 「어린이날을 마지하야−차라리 '어른'의 날로 보라」, 『중외일보』, 1930.5.4
- 사설(社說), 「조선 어린이날−독자 기념은 유용」, 『조선일보』, 1931.4.7
- 사설(社說), 「조선 어린이날」, 『조선일보』, 1931.5.3
- 사설(社說), 「어린이의 권리−사회는 이것을 보장하라」, 『동아일보』, 1931.5.3
- 사설(社說), 「명일의 주인」, 『동아일보』, 1932.5.1
- 사설(社說), 「열 돌을 맞는 〈조선소년군〉−씩씩한 발전을 하라」, 『동아일보』, 1932.10.3
- 사설(社說), 「아동중심의 사회」, 『동아일보』, 1933.5.21
- 사설(社說), 「'어린이'날의 재인식−권위 잇는 단체를 조직하라」, 『조선일보』, 1934.4.17
- 사설(社說), 「어린이날」, 『조선일보』, 1934.5.6
- 사설(社說), 「어린이날 어른들에게」, 『동아일보』, 1934.5.6
- 사설(社說), 「어린이날」, 『조선일보』, 1935.5.5
- 사설(社說), 「제14회 어린이날−어린이날의 재인식」, 『동아일보』, 1935.5.5
- 사설(社說), 「어린이의 총동원−가정에서 깨달어야 할 일」, 『조선중앙일보』, 1935.5.6
- 사설(社說), 「아동보호와 사회입법」, 『동아일보』, 1936.4.24
- 사설(社說), 「어린이날의 의의」, 『조선일보』, 1936.5.4
- 사설(社說), 「어린이날−지도방침을 수립하라」, 『조선중앙일보』, 1936.5.4
- 사설(社說), 「소년 소녀를 애호하자−그들은 명일의 주인이다」, 『동아일보』, 1938.5.4
- 사설(社說), 「어린이날을 마지며」, 『영남일보』, 1946.5.4
- 사설(社說), 「어린이날」, 『조선일보』, 1946.5.5
- 사설(社說), 「어린이날」, 『동아일보』, 1946.5.5
- 사설(社說), 「어린이날을 마지하며」, 『자유신문』, 1946.5.5
- 사설(社說), 「어른들의 임무」, 『현대일보』, 1946.5.5
- 사설(社說), 「어린이날을 마지하여」, 『조선일보』, 1947.5.6
- 사설(社說), 「어린이날」, 『연합신문』, 1949.5.5

- 사설(社說), 「'어린이날'의 맞음―지순한 세계에 반성 자괴하라」, 『경향신문』, 1949.5.5
- 사설(社說), 「어린이 지도이념의 확립―어린이날 20주년에 제(際)하여」, 『호남신문』, 1949.5.5
- 사설(社說), 「어린이날」, 『자유신문』, 1950.5.5
- 사설(社說), 「어린이날」, 『한성일보』, 1950.5.5
- 사설(社說), 「어린이날에 제(題)함」, 『연합신문』, 1950.5.6
- 상의, 「조선 소년운동과 어린이날」, 『조선일보』, 1926.5.1
- 서문생(西門生), 「(부인시평)소년운동과 어린이날」, 『중외일보』, 1927.4.30
- 석촌(夕村), 「소년운동의 과거와 현재」, 『소년운동』 제2호, 조선소년운동중앙협의회, 1947년 4월호
- 소년회원(少年會員), 「민족적으로 축복할 5월 1일 '어린이'의 날」, 『천도교회월보』 제151호, 1923년 4월호
- 손용화(孫溶嬅)(방정환 부인), 「(이날을 마지며, 5월 첫재공일은 어린이날)자라는 자녀를 중추인물로―사남매 양육하는(2)」, 『조선일보』, 1931.4.22
- 시평(時評), 「소년운동―사회의 주인」, 『동아일보』, 1927.5.4
- 시평(時評), 「어린이날 기념」, 『조선일보』, 1932.5.1
- 심영의(沈瀅宜)(조철호 부인), 「(이날을 마지며, 5월 첫재 공일은 어린이날)부모가 연구하며 주택지를 선택(5)」, 『조선일보』, 1931.4.29
- 안정복(安丁福), 「파쟁에서 통일로―어린이날을 압두고(전3회)」, 『중외일보』, 1930.4.21~25
- 안정복(安丁福), 「전국 동지에게 〈소총(少總)〉 재조직을 제의함」, 『중외일보』, 1930.6.6
- 안정복(安丁福), 「〈소총(少總)〉 침체와 그 타개책에 대하야(전5회)」, 『조선일보』, 1932.2.10~24
- 안정복(安丁福), 「어린이날―부모들은 깁히 생각하라」, 『조선일보』, 1932.5.1
- 안준식(安俊植), 「(소년강좌)우리들의 설날, 국제 소년데―」, 『별나라』 통권50호, 1931년 5월호
- 안준식(安俊植), 「어린이날준비회에 대한 공개장」, 『중앙일보』, 1932.4.26
- 안준식(安俊植), 「진실한 지도자」, 『신가정』, 1934년 5월호
- 양미림(楊美林), 「어린이날의 의의」, 『중외신보』, 1946.5.5
- 양미림 선생, 「어린이날을 마지하며 어린동무들에게」, 『중앙신문』, 1947.5.4
- 양재응(梁在應), 「(隨想)소년운동을 회고하며―고인이 된 동지를 조(弔)함―」, 『소년운동』 제2호, 조선소년운동중앙협의회, 1947년 4월호
- 엄흥섭〔嚴響〕, 「(실제훈련)우리들의 설날, 국제소년데를 엇더케 마지할가?」, 『별나라』 통권50호, 1931년 5월호

- 오봉환(吳鳳煥), 「〈소년군〉의 기원」, 『조선주보』, 1945년 11월 5-12일호 합호
- 오상근(吳祥根), 「〈조선소년단〉의 발기를 보고−참고을 위하야」, 『동명』 제7호, 1922. 10.15
- 유도순(劉道順), 「새해를 마즈며−어린 벗들에게」, 『매일신보』, 1933.1.3
- 유동민(劉東敏), 「(학예)무산아동 야학의 필요(전3회)」, 『중외일보』, 1927.11.10~12
- 윤석중(尹石重), 「입 꼭 다물고 하낫둘 하낫둘−오늘은 즐거운 어린이날」, 『조선중앙일보』, 1936.5.3
- 윤소성(尹小星)(시천교소년회), 「(소년운동자의 '어린이날'의 감상, ◇…깃분 날을 마지하면서)결의를 잘 직힙시다」, 『조선일보』, 1928.5.6
- 윤재천(尹在千), 「교육자가 본 소년 보도(輔導) 문제」, 『소년운동』 제2호, 조선소년운동중앙협의회, 1947년 4월호
- 이광수[春園], 「자녀중심론」, 『청춘』, 1918년 9월호
- 이광수[魯啞子], 「소년에게(전5회)」, 『개벽』, 1921년 11월호~1922년 3월호
- 이극로(李克魯), 「(다시 찾은 우리 새 명절 어린이날)순진과 자연성과 총명−훌륭한 조선 소년소녀 소질 알라」, 『자유신문』, 1946.5.5
- 이극로(李克魯), 「소년지도자에게 주는 말(2)」, 『소년운동』 제2호, 조선소년운동중앙협의회, 1947년 4월호
- 이기영(李箕永), 「붉은 군대와 어린 동무」, 『별나라』 속간 제2호, 1946년 2월호
- 이단(李團), 「소년 지도자에게 일언함」, 『소년운동』 제2호, 조선소년운동중앙협의회, 1947년 4월호
- 이돈화(李敦化), 「신조선의 건설과 아동문제」, 『개벽』, 1921년 12월호
- 이동규(李東珪), 「(다시 찾은 우리 새 명절 어린이날)어른의 손에서 매를 뺏어 버리자」, 『자유신문』, 1946.5.5
- 이성환(李晟煥), 「소년회 이야기−주고 바든 몃 마듸−」, 『어린이』, 1925년 5월호
- 이여성(李如星), 「(아동을 위하야, 其一)아동보건 문제에 대하여」, 『신가정』, 1934년 5월호
- 이원규(李元珪)(새벗사), 「(소년운동자의 '어린이날'의 감상, ◇…깃분 날을 마지하면서)합동이 깁분 일이오」, 『조선일보』, 1928.5.6
- 이응섭(李應燮)(청총위원 심치녕 부인), 「(이날을 마지며, 5월 첫재 공일은 어린이날)우리 집에서는 산 교훈으로 지도!(5)」, 『조선일보』, 1931.4.26
- 이익상[星海], 「어린이날을 당하야−소년운동의 통일을 제언」, 『조선일보』, 1927.5.2
- 이정호(리명호), 「민족뎍(民族的)으로 다 가티 긔렴(紀念)할 '5월 1일'−조선의 장래(將來)를 위(爲)하야 이날을 축복(祝福)하십시요」, 『부인』, 1923년 5월호
- 이정호(李定鎬)(寄), 「5월 1일−어린이의 날」, 『매일신보』, 1924.4.27

- 이정호(李定鎬), 「민족적으로 기념할 '5월 1일」, 『동아일보』, 1924.4.28
- 이정호(李定鎬), 「5월 1일 어린이날」, 『천도교회월보』 제164호, 1924년 5월호
- 이정호(李定鎬), 「소년운동의 본질 – 조선의 현상과 밋 5월 1일의 의의」, 『매일신보』, 1925.5.3
- 이정호(李定鎬), 「(아동문제강화 4)'어린이날' 이야기」, 『신여성』, 1932년 5월호
- 이정호(李定鎬), 「(5월과 어린이날)조선소년운동 소사(小史) – 금년의 어린이날을 앞두고」, 『신동아』, 1932년 5월호
- 이헌구(李軒求), 「새나라 어린이들에게」, 『민중일보』, 1947.5.4
- 일기자(一記者), 「조선에서 처음 듯는 '어린이의 날' – 5월 1일의 〈천도교소년회〉 창립기념일을 그대로 인용하야」, 『천도교회월보』 제141호, 1922년 5월호
- 일기자(一記者), 「'메이데' 와 '어린이날'」, 『개벽』 제69호, 1926년 5월호
- 임봉순(任鳳淳), 「지도이론 통일」, 『신가정』, 1934년 5월호
- 장도빈(張道斌), 「소년에게 여(與)하노라」, 『학생계』 제12호, 1922년 4월호
- 전백(全栢), 「〈조선소년군〉의 사회적 입각지(전4회)」, 『동아일보』, 1927.2.13~16
- 전소성(田小惺), 「소년운동에 대한 편감(片感)」, 『신민』 제34호, 1928년 2월호
- 전영택〔늘봄〕, 「어린이날의 유래 – 소파 방정환 선생을 추모함」, 『동광신문』, 1949.5.5
- 전원배(田元培), 「나치쓰 독일의 척후대인 히틀러 소년소녀단」, 『아이생활』, 1934년 8월호
- 정성채(鄭聖采), 「새히에 어린이 지도는 엇지 홀가?(2) 〈척후군〉과 금후 방침」, 『조선일보』, 1923.1.5
- 정성채(鄭聖采), 「세계 소년척후운동의 기원(紀元)」, 『아희생활』 제5권 제8호, 1930년 8월호
- 정성채(鄭聖采), 「조선의 소년척후」, 『아희생활』 제5권 제8호, 1930년 8월호
- 정성채(鄭聖采), 「조선의 〈뽀이스카우트〉」, 『신동아』 제5권 제3호, 1935년 3월호
- 정성호(鄭成昊), 「어린이날을 압두고 부모형매에게 – 어린아이를 잘 키웁시다(전3회)」, 『조선일보』, 1933.5.3~5
- 정성호(鄭成昊), 「오늘에 드리는 일곱 가지 조건 – 서로 맹세하고 실행합시다」, 『조선일보』, 1933.5.7
- 정성호(鄭成昊), 「소년운동의 재출발과 〈소협(少協)〉」, 『소년운동』 창간호, 조선소년운동중앙협의회, 1946년 3월호
- 정세진(丁世鎭), 「〈소년군〉의 기원과 그의 유래」, 『조선강단』 창간호, 1929년 9월호
- 정홍교(丁洪教), 「소년운동의 방향전환 – '어린이날'을 당하야」, 『중외일보』, 1927.5.1
- 정홍교(丁洪教), 「무진년(戊辰年)을 마즈며 – 소년 동모에게」, 『소년계』, 1928년 1월호
- 정홍교(丁洪教), 「소년지도자에게 – 어린이날을 당하야」, 『중외일보』, 1928.5.6

- 정홍교(丁洪教), 「어린이날을 마지며 부노형자(父老兄姊)께 ◇…오날부터 이행할 여러 가지(전3회)」, 『조선일보』, 1928.5.6~9
- 정홍교(丁洪教), 「조선소년운동 개관—일주년 기념일을 당하야(전4회)」, 『조선일보』, 1928.10.16~20
- 정홍교(丁洪教), 「금년의 소년 데-=지도자 제현에게 =」, 『중외일보』, 1929.5.6
- 정홍교(丁洪教), 「조선소년운동 소사(小史)(1)」, 『조선일보』, 1930.5.4
- 정홍교(丁洪教), 「어린동무들이 새해에 생각할 일—장내 사회에 압잡이가 되십시다」, 『조선일보』, 1931.1.1
- 정홍교(丁洪教), 「(일인일문)어린이가 울고 웃음이 조선의 울고 웃음—크나 적으나 담합하라」, 『조선일보』, 1931.2.18
- 정홍교(丁洪教), 「우리의 어린이날을 국제소년 데-로 정하자!」, 『어린이』, 1931년 5월호
- 정홍교(丁洪教), 「조선소년운동 개관—금후 운동의 전개를 망(望)함(전6회)」, 『조선일보』, 1932.1.1~19
- 정홍교(丁洪教), 「어린이날을 당하야 륙백만 동무에게—이날을 뜻깁히 마지합시다」, 『조선일보』, 1932.5.1
- 정홍교(丁洪教), 「간단한 력사—압흐로 엇더케 할가」, 『조선일보』, 1933.5.7
- 정홍교(丁洪教), 「소년운동 약사(略史)—18회 어린이날을 맞이하여」, 『경향신문』, 1947.5.1
- 정홍교(丁洪教), 「어린이날의 의의—18회 어린이날을 당하여(전3회)」, 『대동신문』, 1947.5.2~4
- 정홍교, 「'어린이날'의 내력—열여덜 번째의 돌을 마지하며」, 『중앙신문』, 1947.5.4
- 정홍교(丁洪教), 「어린이날의 유래—19회 어린이날을 맞이하야」, 『민주일보』, 1948.5.5
- 정홍교(丁洪教), 「어린이운동 소사(小史)」, 『연합신문』, 1949.5.5
- 정홍조(鄭紅鳥), 「'어린이 데-'를 압두고 임총 개최를 제의함(전2회)」, 『중외일보』, 1930. 4.6~7
- 조문환(曹文煥), 「특수성의 조선소년운동—과거 운동과 금후 문제—(전7회)」, 『조선일보』, 1928.2.22~3.4
- 조문환(曹文煥)(목포소년동맹), 「(소년운동자의 '어린이날'의 감상, ◇…깃분 날을 마지하면서)조선 소년과 다른 나라 소년」, 『조선일보』, 1928.5.6
- 조선소년중앙협의회 어린이날준비위원회, 「5월 5일은 '어린이날'—'어린이날'의 의의와 그 유래」, 『부인신보』, 1948.5.4
- 조용복(趙鏞福)(조선소년문맹), 「(소년운동자의 '어린이날'의 감상, ◇…깃분 날을 마지하면서)질거웁니다」, 『조선일보』, 1928.5.6
- 조철호(趙喆鎬), 「신년의 신의견: 소년군단! 〈조선쏘이스카우트〉—먼저 인간개조로부

터-」,『개벽』제31호, 1923년 1월호
- 조철호(趙喆鎬), 「〈소년군〉에 관하야」,『동아일보』, 1924.10.6
- 조철호(趙喆鎬), 「〈조선소년군〉」,『동아일보』, 1925.1.1
- 조철호(趙喆鎬), 「(寄書)〈소년군〉의 진의의(眞意義)」,『동아일보』, 1925.1.28
- 조철호(趙喆鎬), 「여(予)의 감(感)」, 조철호,『소년군교범』, 조선소년군총본부, 1925.6
- 조철호(趙喆鎬), 「〈소년군〉의 필요를 논함」,『현대평론』창간호, 1927년 1월호
- 조철호(趙喆鎬), 「어린이운동의 역사-1921년부터 현재까지(전2회)」,『동아일보』, 1934.5.6~9
- 조철호(趙喆鎬), 「〈조선소년군〉의 진용」,『신가정』, 1934년 5월호
- 조철호(趙喆鎬), 「조선 '어린이' 운동의 역사-921년부터 현재까지」,『실생활』, 장산사, 1934년 12월호
- 조철호(趙喆鎬), 「〈낭자군(꺼-ㄹ스카웉)〉에 대하야」,『신가정』, 1935년 11월호
- 조철호(趙喆鎬), 「제15주년 어린이 명절을 마지하며」,『신가정』, 1936년 5월호
- 조풍연(趙豊衍), 「맨 처음 '어린이날'-25년 전 이야기」,『주간소학생』제46호, 1947년 5월호
- 주요섭, 「(아동을 위하야, 其三)아동공원을 설치하라」,『신가정』, 1934년 5월호
- 초연동(草緣童), 「'어린이'운동 소사(小史)」,『연합신문』, 1950.5.5
- 최영주(崔泳柱), 「어린이날-히망의 명절 생명의 명절-」,『조선중앙일보』, 1936.5.3
- 최옥성(崔玉星), 「어린이날」,『현대일보』, 1946.5.5
- 최청곡(崔靑谷), 「방향을 전환해야 할 조선소년운동(전2회)」,『중외일보』, 1927.8.21~22
- 최청곡(崔靑谷), 「소년운동의 당면 제 문제(전4회)」,『조선일보』, 1928.1.19~22
- 최청곡(崔靑谷), 「어린이날의 역사적 사명」,『조선일보』, 1928.5.6
- 최청곡(崔靑谷), 「'어린이날'을 어쩌케 대할 것인가?」,『동아일보』, 1928.5.6
- 최청곡〔崔奎善〕, 「소년지도자 제현에-어린이날을 당하야(하)」,『조선일보』, 1929.5.7
- 최청곡(崔靑谷), 「부형 사회에 드리는 몃 말삼」,『조선일보』, 1931.1.1
- 최청곡(崔靑谷), 「(일인일문)남을 위하야 일을 합시다」,『조선일보』, 1931.2.25
- 최청곡(崔靑谷), 「생명의 기념일-'어린이날'을 마즈며」,『어린이』, 1931년 5월호
- 최청곡〔靑谷生〕, 「어린이날에 지도자 제현께-새 진영을 전개시키자」,『조선일보』, 1932.5.1
- 표양문(表良文), 「신기사도-〈조선소년군〉의 진로를 밝힘(전4회)」,『동아일보』, 1932.10.7~12
- 현상윤(玄相允), 「의무교육 실시」,『신가정』, 1934년 5월호
- 홍구〔洪淳烈〕, 「어린이날이란 무엇이냐」,『별나라』통권50호, 1931년 5월호
- 홍은성〔洪淳俊〕, 「장차 잘살랴면 어린이를 잘 교육」,『매일신보』, 1924.8.31

- 홍은성(洪銀星), 「소년운동과 그의 문예운동의 이론 확립(전4회)」, 『중외일보』, 1927. 12.12~15
- 홍은성(洪銀星), 「재래의 소년운동과 금후의 소년운동(전2회)」, 『조선일보』, 1928.1.1~3
- 홍은성(洪銀星), 「소년운동의 이론과 실제(전5회)」, 『중외일보』, 1928.1.15~19
- 홍은성(洪銀星), 「〈소년연합회〉의 당면임무－최청곡 소론을 박(駁)하야－(전5회)」, 『조선일보』, 1928.2.1~5
- 홍은성(洪銀星)(아동도서관), 「(소년운동자의 '어린이날'의 감상, ◇…깃분 날을 마지하면서)이날을 마지할 째에」, 『조선일보』, 1928.5.6
- 홍은성[洪曉民], 「세계소년운동 개관」, 『신가정』, 1934년 5월호
- 홍익범(洪翼範) 외, 「조선 소년운동의 방책」, 『신가정』, 1934년 5월호
- 홍익범(洪翼範), 「지도자와 자원」, 『신가정』, 1934년 5월호
- 황성준(黃聖準), 「연길교구 소년운동 일별(一瞥)」, 『가톨릭청년』, 경성: 가톨릭청년사, 1936년 10월호

## 다) 소년회순방기

- (가나다회) 「귀여운 소녀의 왕궁－생광 잇는 가나다회」, 『매일신보』, 1927.8.16
- (글벗소년회) 「특색 잇는 반성회－글벗소년의 미거(美擧)」, 『매일신보』, 1927.8.25
- (명진소년회) 「회관신축, 회보발행 은인 맛난 명진소년－장무쇠 씨의 가상한 노력」, 『매일신보』, 1927.8.22
- (반도소년회 1) 「어린이들의 뜻잇는 모든 모임을 주최해－반도소년회 공적(1)」, 『매일신보』, 1927.8.30
- (반도소년회 2) 「노동소년을 위안코자 첫가을 마지 대음악회－활약하는 반도소년회(끚)」, 『매일신보』, 1927.8.31
- (불교소년회) 「극락화(極樂花) 쩔기 속에서 자라나는 불교소년」, 『매일신보』, 1927.8.19
- (서광소년회) 「신흥기운이 빗나는 체부동(體府洞) 서광소년회」, 『매일신보』, 1927.8.27
- (서울소년회) 「무산아동의 교양 위해 노력하는 서울소년회」, 『매일신보』, 1927.8.15
- (선광소년회) 「갱생의 오뇌에 싸힌 선광소년회의 현상」, 『매일신보』, 1927.9.2
- (시천교소년회) 「『무궁화』 고흔 향긔로 동모 찾는 시천소년」, 『매일신보』, 1927.8.24
- (애우소년회) 「천명(千名)의 대집단을 목표코 활약하는 애우소년회」, 『매일신보』, 1927.8.18
- (애조소년회) 「부로(父老)들의 이해 엇기에 애를 태오는 애조소년」, 『매일신보』, 1927.9.4

- (여명소년회)「후원회의 배경 두고 빗나가는 여명소년」,『매일신보』, 1927.8.26
- (오월회 1)「다형(多形)에서 통일로 소년기관을 포용-오월회에 과거 현재(상)」,『매일신보』, 1927.9.6
- (오월회 2)「칠십만 선전지 전선(全鮮)에 널니 배포-오월회의 과거 현재(하)」,『매일신보』, 1927.9.7
- (중앙소년회)「인왕산하(仁旺山下)에 자라나는 기세 조흔 중앙소년회」,『매일신보』, 1927.8.20
- (천도교소년회)「역사 오래고 터 잘 닥근 천도교소년회의 깃븜」,『매일신보』, 1927.8.23
- (천진소년회)「혁신의 봉화불 아래 갱생된 천진소년회」,『매일신보』, 1927.8.28
- (취운소년회)「조선의 희망의 새싹 뜻잇는 취운소년회」,『매일신보』, 1927.8.17
- (화일샛별회)「우애와 순결에 싸혀서 자라나는 화일샛별회」,『매일신보』, 1927.8.14


## 라) 한국아동문학비평사 참고자료

- 강소천(姜小泉),「(의견 ①)같은 나무에 달리는 과일」,『아동문학』제3집, 배영사, 1963.1
- 김동리(金東里),「(의견 ③)동요와 동시는 형식적인 면에서밖에 구분되지 않는다」,『아동문학』제3집, 배영사, 1963.1
- 동아일보사,「어린이날 역사」,『동아일보』, 1954.5.2
- 마해송(馬海松),「(특집 신문화의 남상기(濫觴期)나와 〈색동회〉 시대」,『신천지』통권60호, 1954년 2월호
- 박영종〔朴木月〕,「동요 동시의 지도와 감상(鑑賞)」,『아동문학의 지도와 감상』, 대한교육연합회, 1962.1
- 박영종〔박목월〕외,「동요와 동시는 어떻게 다른가」,『경향신문』, 1963.1.25
- 박영종〔朴木月〕,「(특집 심포지움)동요와 동시의 구분」,『아동문학』제3집, 배영사, 1963.1
- 박석홍(朴錫興),「(우리 문화)개화기서 현재까지 좌표 삼을 백년의 발자취-어린이와 문학(전9회)」,『경향신문』, 1973.5.1~6.5
- 어효선(魚孝善),「(암흑기의 아동문학자세)잡지『붉은 져고리』와 육당(六堂)」,『사상계』제165호, 1967년 1월호
- 윤고종(尹鼓鍾),「아동잡지 소사(小史)」,『아동문학』제2집, 1962년 12월호
- 윤극영(尹克榮),「(암흑기의 아동문학자세)〈색동회〉와 그 운동」,『사상계』제165호, 1967년 1월호
- 윤석중(尹石重),「(작가의 유년기)『신소년』지에 '봄'을……」,『자유문학』, 1959년 5월호

- 윤석중(尹石重), 「한국 아동문학 서지(書誌)」, 『아동문학의 지도와 감상』, 대한교육연합회, 1962.1
- 윤석중(尹石重), 「한국 아동문학 소사(小史)」, 『아동문학의 지도와 감상』, 대한교육연합회, 1962.1
- 윤석중(尹石重), 「동심으로 향했던 독립혼－한국어린이운동약사」, 『사상계』, 1962년 5월호
- 윤석중(尹石重), 「(암흑기의 아동문학자세)잡지 『어린이』와 그 시절」, 『사상계』 제165호, 1967년 1월호
- 윤석중(尹石重), 「한국동요문학소사」, 『예술논문집』 제29집, 대한민국예술원, 1990
- 이석현(李錫鉉), 「(암흑기의 아동문학자세)『가톨릭소년』과 『빛』의 두 잡지」, 『사상계』 제165호, 1967년 1월호
- 임인수(林仁洙), 「(암흑기의 아동문학자세)잡지 『아이생활』과 그 시대」, 『사상계』 제165호, 1967년 1월
- 정홍교(丁洪教), 「소년운동과 아동문학」, 『자유문학』, 1959년 5월호
- 조지훈(趙芝薰), 「(의견 ②)노래와 시의 관계－동요와 동시의 구별을 위하여」, 『아동문학』 제3집, 배영사, 1963.1
- 최태호, 「(의견 ④)동시와 동요의 바탕」, 『아동문학』 제3집, 배영사, 1963.1
- 한정동(韓晶東), 「내가 걸어온 아동문학 50년」, 『아동문학』 제7집, 1963년 12월호
- 한정동(韓晶東)·이원수(李元壽), 「한국의 아동문학」, 『사상계』 제181호, 1968년 5월호

# 참고문헌

## 가) 기본자료

『가톨릭소년』,『동화』,『별나라』,『붉은저고리』,『새동무』,『새벗』,『새별』,『소녀계』,『소년』(1908),『소년』(1937),『소년』(1948),『소년계』,『소년세계』,『소년운동』,『소년조선』,『소년중앙』,『주간소학생(소학생)』,『시대상(時代像)』,『신소년』,『신진소년』,『아동문예』,『아동문화』,『아동문학』,『아이동무』,『아이들보이』,『아이생활』,『어린이』,『어린이나라』,『영데이』,『음악과 시』,『학등』,『학창』,『동아일보』,『조선일보』,『시대일보』,『중외일보』,『중앙일보』,『조선중앙일보』,『매일신보』,『京城日報』,『어린이신문』

「나의 아호(雅號)와 그 유래」,『중앙』제4권 제4호, 1936.4.

「문단풍문」,『개벽』제31호, 1923년 1월호.

「문사들의 이 모양 저 모양(전5회)」(海生, 一記者, 春海),『조선문단』, 1924년 10월호~1925년 2월호

「문예가 명록(名錄)」,『문예월간』, 1932년 1월호.

「문예가 명부」,『조선문학』제2권 제1호, 1934년 신년호.

「문예광(文藝狂) 집필자 방명록」,『문예광』, 1930년 2월 10일.

「문예작품총람(1931년)」,『문예월간』제2권 제1호, 1932년 1월호.

「문인일람표: 조선 문인의 푸로삘, 조선 시인 인상기」,『혜성』, 1931년 8월호.

「문필가 일람표」,『조광』제6권 제1호, 1940년 1월호.

「문필가 주소록」,『조선문예연감』, 인문사, 1940.

「문학가 방명록(芳名錄)」,『백민』제5권 제2호, 1949년 3월호.

「별님의 모임」,『별나라』제5권 제2호, 1930년 2-3월 합호.

「본지 집필 제가(諸家)」,『문예공론』창간호~제2호, 1929년 5월호~6월호.

「시인 현주소록」,『시학』제2집, 1939년 5-6월 합호(1939년 5월 20일 발행).

「시인소식 악인소식(樂人消息)」,『음악과 시』, 1930년 9월호(1930년 8월 15일 발행).

「아동문예가 최근 동향」,『동화』, 1936년 9월호.

「아호 별호 급 필명 예명 일람표(雅號別號及筆名藝名一覽表)」,『출판대감』, 조선출판문화협회, 1949.4.

「아호집(雅號集)」,『주간서울』제19호~제26호, 1948.12.20~1949.2.14.

「아호행진곡(雅號行進曲)」,『조광』제5권 제8호, 1939년 8월호.

「예술가 동정」, 『삼천리』 제12권 제10호, 1940년 12월호.

「작가작품 연대표」, 『삼천리』 제9권 제1호, 1937년 1월호.

「제선생(諸 先生)의 아호(雅號)」, 『동화』, 1936년 12월호.

「조선 각계 인물 온·파레드: 단상(壇上)의 인(人)과 필두(筆頭)의 인(人)」, 『혜성』, 1931
    년 9월호.

「조선문단 집필 문사 주소록(전2회)」, 『조선문단』 속간 제1호~제2호, 1935년 2월호, 4월호.

「조선 문예가 총람」, 『문장』, 1940년 1월호.

「조선 문인의 푸로옐」, 『혜성』, 1931년 8월호.

「조선 시인 인상기」, 『혜성』, 1931년 8월호.

「집필자 소식」, 『아이생활』 제15권 제8호, 1940년 9-10월 합호.


## 나) 논문

×××, 「이 해를 보내는 집필 선생의 전모」, 『별나라』 통권79호, 1934년 12월호.

B기자, 「조선문단 신문」, 『조선문단』 속간 제1호, 1935년 2월호.

K·S 생, 「1934년 작가 조명대(照明台)」, 『신소년』, 1934년 4-5월 합호.

XYZ, 「집필 선생의 전모」, 『별나라』 통권80호, 1935년 1-2월 합호.

XYZ, 「풍문첩(風聞帖)」, 『별나라』 통권73호, 1933년 12월호.

계용묵, 「한국문단측면사(전3회)」, 『현대문학』 제10호, 제12~제13호, 1955년 10월호,
    1955년 12월호~1956년 1월호.

금오산인(金烏山人), 「시인 인상기-화산, 심훈, 노산, 여수, 벽암, 춘성 제씨를 찾고」, 『시
    인춘추』 제2집, 1938.1.30.

김경희, 「심의린의 동화운동 연구-옛이야기 재구성을 통한 조선어문학 교육을 중심으로」,
    서울대학교 대학원 박사학위논문, 2016.2.

김광식, 이시준, 「1920년대 전후에 출판된 일본어 조선설화집에 관한 기초적 연구-『신일
    본교육구전설화집』, 『조선의 기담과 전설』, 『온돌야화』를 중심으로」, 『외국문학연구』
    제53호, 한국외국어대학교 외국문학연구소, 2014.2.

김광식, 이시준, 「나카무라 료헤이(中村亮平)와 『조선동화집』 고찰-선행 설화집의 영향을
    중심으로」, 『일본어문학』 제57집, 한국일본어문학회, 2013.1.

김광식, 이시준, 「다카기 도시오(高木敏雄)의 조선민간전승 『조선동화집』 고찰」, 『일본연
    구』 제55집, 한국외국어대학교 일본연구소, 2013.3.

김광식, 이시준, 「마쓰무라 다케오(松村武雄) 『일본동화집(日本童話集)』의 출전 고찰」,
    『일어일문학연구』 제93집, 한국일어일문학회, 2015.

김기진, 「나의 아호·나의 이명」, 『동아일보』, 1934.3.29.

김영일, 「나의 데뷔시절 – 책 속의 주인공이 되어」, 『새교육』 제34권 제8호, 1982년 8월호.

김영일, 「일제시에 자유시의 깃발을 들고 – 자유시 운동의 첫걸음」, 『어린이문예』, 1979.

김태오 외, 「본지 창간 만십주년(滿十週年) 기념 지상 집필인좌담회」, 『아이생활』, 1936년 3월호.

김팔봉, 「우리가 걸어온 30년(전5회)」, 『사상계』 제61호~제65호, 1958년 8~12월호.

김팔봉, 「조선문학의 현재의 수준」, 『신동아』 제4권 제1호, 1934년 1월호.

김팔봉, 「한국문단측면사(전5회)」, 『사상계』 제37호~제41호, 1956년 8~12월호.

남석종, 「『매신(每申)』 동요 10월 평(十月評)(2)」, 『매일신보』, 1930.11.12.

남응손, 「가을에 생각나는 동무들(상, 하)」, 『매일신보』, 1930.10.6~10.7.

남응손, 「조선의 글 쓰는 선생님들(전5회)」, 『매일신보』, 1930.10.17~23.

노자영, 「(나의 아호·나의 이명)회오의 '춘성(春城)'」, 『동아일보』, 1934.3.27.

쌀낭애비, 「『별나라』를 위한 피·눈물·땀!! 수무방울」, 『별나라』, 1927년 6월호.

문장사편집부 편찬, 「조선문예가총람」, 『文章』, 1940년 1월호.

민병휘, 「문단의 신인·캅프」, 『삼천리』 제5권 제10호, 1933년 10월호.

민병휘, 「문학풍토기 – 개성 편(開城篇)」, 『인문평론』, 1940년 7월호.

민병휘, 「조선문단을 지키는 청년작가론(상)」, 『신동아』 제47호, 1935년 9월호.

박영희, 「초창기의 문단 측면사(전9회)」, 『현대문학』 제59호~제65호, 1959년 8월호~1960년 5월호.

박영희, 「평론가로서 작가에게 주는 글(제4회) 작가 엄흥섭(嚴興燮) 형에게」, 『신동아』 제56호, 1936년 6월호.

박진영, 「한국의 근대 번역 및 번안 소설사 연구」, 연세대 박사학위 논문, 2010.8.

박태일, 「수원 지역 어린이문학가 안준식의 삶과 문학」, 『한국문학논총』 제81집, 한국문학회, 2019.4.

박희도, 「오호, 방정환(方定煥) 군의 묘(墓)」, 『삼천리』 제23호, 1932년 2월호.

백민정, 「일제강점기 3대 전래동화집 연구」, 충남대 박사학위논문, 2013.

본사 A기자, 「아동문학작가(2) 이동규(李東珪) 씨 방문기」, 『신소년』, 1934년 4-5월 합호.

본사 B기자, 「아동문학작가(1) 정청산(鄭靑山) 씨 방문기」, 『신소년』, 1934년 4-5월 합호.

승효탄, 「조선 소년문예단체 소장사고(消長史稿)」, 『신소년』, 1932년 9월호.

신산자, 「현역 평론가 군상 – 속 문단지리지」, 『조광』 제3권 제3호, 1937년 3월호.

심훈, 「나의 아호·나의 이명」, 『동아일보』, 1934.4.6.

안석영, 「조선문단 30년 측면사」, 『조광』, 1938년 10월호~1939년 6월호.

엄흥섭, 「(나의 수업시대 – 작가의 올챙이 때…⑧) 독서에 형과도 경쟁, 소학(小學) 때 동요 창작 – 『습작시대』 전후의 삽화」, 『동아일보』, 1937.7.31.

오영식, 「『아이생활』 목차 정리」, 『근대서지』 제20호, 2019.12.

유병석, 「한국문사의 이명(異名) 색인」, 『강원대학 연구논문집』 제8집, 1974.

유병석, 「한국문사의 이명(異名) 연구(전2회)」, 『문학사상』, 1974년 2월호~3월호.

유병석, 「한국문사의 이명(異名) 일람표(전7회)」, 『문학사상』, 1974년 3월호~9월호.

윤석중, 「한국동요문학소사」, 『예술논문집』 제29집, 대한민국예술원, 1990.

윤석중, 「한국아동문학 서지(書誌)」, 대한교육연합회 편, 『아동문학의 지도와 감상(鑑賞)」, 대한교육연합회, 1962.

윤석중, 「한국아동문학소사」, 대한교육연합회 편, 『아동문학의 지도와 감상(鑑賞)」, 대한교육연합회, 1962.

이무영, 「(나의 아호·나의 이명)그림자조차 없는 나」, 『동아일보』, 1934.4.1.

이무영, 「엄흥섭(嚴興燮)을 말함」, 『조선문학』 제15호, 1939년 1월호.

이은상, 「(나의 아호·나의 이명)노산(鷺山)」, 『동아일보』, 1934.4.8.

이정호, 「오호 방정환(方定煥)−그의 일주기를 맞고」, 『동광』 제37호, 1932년 9월호.

이하윤, 「나의 아호·나의 이명」, 『동아일보』, 1934.3.28.

이해문, 「중견시인론−조선의 시가는 어디로 가나」, 『시인춘추』 제2집, 1938.1.30.

일기자, 「신년벽두에 '색동회'를 축복합시다」, 『신소년』, 1927년 1월호.

임화, 「평론가로서 작가에게 보내는 편지(제3회) 외우 송영(畏友宋影) 형께」, 『신동아』 제55호, 1936년 5월호.

정순정, 「문단교우록−지나간 단상을 모아서(전4회)」, 『조선중앙일보』, 1935.6.8~16.

조벽암, 「엄흥섭(嚴興燮) 군에게 드림−남풍에 실려 보내는 수상(愁想)」, 『신동아』 제46호, 1935년 8월호.

주요한, 「나의 아호(雅號)·나의 이명(異名)」, 『동아일보』, 1934.3.19.

최상암, 「문단인물론」, 『신세기』, 1939년 9월호.

최영주, 「미소(微笑) 갔는가−도 이정호(悼李定鎬) 군」, 『문장』 제6호, 1939년 7월호.

편집자, 「문필가 일람표」, 『조광』 제6권 제1호, 1940년 1월호.

홍구, 「아동문학작가의 프로필」, 『신소년』, 1932년 8월호.

홍효민, 「(나의 아호·나의 이명)감개무량」, 『동아일보』, 1934.4.11.

홍효민, 「(한국)문단측면사(전6회)」, 『현대문학』 제45호~제50호, 1958년 9월호~1959년 2월호.

田中梅吉, 「アンデルゼンの童話創作上の態度」, 『文教の朝鮮』, 1926년 2월호.

## 다) 저서

경희대학교 한국아동문학연구센터 편, 『별나라를 차져간 少女(전3권)』, 국학자료원, 2012.

경희대학교 한국아동문학연구센터 편, 『어린이의 꿈(전3권)』, 국학자료원, 2012.

국립중앙도서관, 『한국 아동문학도서』, 국립중앙도서관, 1980.

권영민 편, 『한국현대문학사 연표(Ⅰ)』, 서울대학교출판부, 1987.

권영민, 『월북문인연구』, 문학사상사, 1989.

권영민, 『한국계급문학운동연구』, 서울대학교출판문화원, 2014.

권영민, 『해방 직후의 민족문학운동 연구』, 서울대학교출판부, 1986.

권태호, 『국민가요집』, 희망사출판부, 1949.

김근수, 『한국잡지 개관 및 호별 목차집』, 중앙대학교, 1973.

김기주, 『조선신동요선집』, 평양: 동광서점, 1932.

김병철 편, 『서양문학 번역 논저 연표』, 을유문화사, 1978.

김병철, 『한국근대 서양문학 이입사 연구(상, 하)』, 을유문화사, 1980~1982.

김병철, 『한국근대번역문학사 연구』, 을유문화사, 1975.

김봉희 편저, 『신고송 문학전집(1, 2)』, 소명출판, 2008.

김상덕, 『조선유희동요곡집 제1집』, 경성두루미회, 1937.

김영순, 『일본 아동문학 탐구』, 채륜, 2014.

김영순, 『한일 아동문학 수용사 연구』, 채륜, 2013.

김요섭 편, 『(제1권)환상과 현실』, 보진재, 1970.

김요섭 편, 『(제2권)창작기술론』, 보진재, 1970.

김요섭 편, 『(제3권)안델센 연구』, 보진재, 1971.

김요섭 편, 『(제4권)어머니의 사랑』, 보진재, 1971.

김요섭 편, 『(제5권)문학교육의 건설』, 보진재, 1971.

김요섭 편, 『(제6권)쌩 떽쥐뻬리 연구: Le petit prince를 중심하여』, 보진재, 1971.

김요섭 편, 『(제7권)동요와 시의 전망』, 보진재, 1972.

김요섭 편, 『(제8권)전래동화의 세계』, 보진재, 1972.

김요섭 편, 『(제9권)(안델센 작)그림 없는 그림책 연구』, 보진재, 1970.

김요섭 편, 『(제10권)현대일본아동문학론』, 보진재, 1974.

김윤식, 『한국 근대문예비평사 연구』, 한얼문고, 1973.

김진태, 『동시감상』, 해동문화사, 1962.

김현식, 정선태 편, 『'삐라'로 듣는 해방직후의 목소리』, 소명출판, 2011.

김호연, 『아단문고 장서목록 1: 단행본, 잡지』, 아단문고, 2014.

김환희, 『옛이야기와 어린이책』, 창비, 2009.

대한교육연합회 편, 『아동문학의 지도와 감상』, 대한교육연합회, 1962.

도종환, 『정순철 평전』, 충청북도·옥천군·정순철기념사업회, 2011.

두전하(竇全霞), 『한·중·일 프롤레타리아 아동문학』, 소명출판, 2019.

류덕제 편, 『한국 아동문학비평사 자료집(전7권)』, 보고사, 2019~2020.

류덕제 편, 『한국현대아동문학비평자료집 1』, 소명출판, 2016.

류덕제, 『한국현실주의 아동문학 연구』, 청동거울, 2017.

류덕희, 고성휘, 『한국동요발달사』, 한성음악출판사, 1996.

류희정 엮음, 『1920년대 아동문학집(1, 2)』, 평양: 문학예술종합출판사, 1993~1994.

민경찬, 『한국창가의 색인과 해제』, 한국예술종합학교 한국예술연구소, 1997.

박경수, 『아동문학의 도전과 지역맥락: 부산·경남지역 아동문학의 재인식』, 국학자료원, 2010.

박기혁 편, 『(비평 부 감상동요집)색진주』, 활문사, 1933.

박목월, 『동시 교실』, 아데네사, 1957.

박목월, 『동시의 세계』, 배영사, 1963.

박승극문학전집 편집위원회 엮음, 『박승극 문학전집 1 소설』, 학민사, 2001.

박승극문학전집 편집위원회 엮음, 『박승극 문학전집 2 수필』, 학민사, 2011.

박영종 엮음, 『현대동요선』, 한길사, 1949.

박진영 편, 『신문관 번역소설 전집』, 소명출판, 2010.

박찬호, 『한국가요사』, 현암사, 1992.

박태일, 『경남·부산지역 문학 연구 1』, 청동거울, 2004.

박태일, 『한국 지역문학 연구』, 소명출판, 2019.

박태준, 『박태준동요작곡집』, 음악사, 1949.

박태준, 『박태준작곡집』, 세광출판사, 1975.

새벗사 편, 『어린이 독본』, 회동서관, 1928.

손목인, 『못다 부른 타향살이: 손목인의 인생찬가』, 도서출판 Hot Wind, 1992.

송영, 『해방 전의 조선 아동문학』, 평양: 교육도서출판사, 1956.

신명균 편, 『(푸로레타리아동요집) 불별』, 중앙인서관, 1931.

엄필진, 『조선동요집』, 창문사, 1924.

염희경, 『소파 방정환과 근대 아동문학』, 경진출판, 2014.

예술신문사 편, 『예술연감-1947년판』, 예술신문사, 1947.

오영식 편, 『해방기 간행도서 총목록: 1945~1950』, 소명출판, 2009.

오오타케 키요미(大竹聖美), 『한일 아동문학 관계사 서설』, 청운, 2006.

오오타케 키요미(大竹聖美), 『근대 한일 아동문화와 문학 관계사(1895~1945)』, 청운, 2005.

원종찬, 『동화와 어린이』, 창비, 2004.

원종찬, 『북한의 아동문학-주체문학에 이르는 도정』, 청동거울, 2012.

원종찬, 『아동문학과 비평정신』, 창비, 2001.

원종찬, 『한국아동문학의 계보와 정전』, 청동거울, 2018.

원종찬, 『한국아동문학의 쟁점』, 창비, 2010.

윤복진 엮음, 『세계명작아동문학선집』, 아동예술원, 1949.

윤복진 작시, 박태준 작곡, 『가요곡집 물새발자옥』, 교문사, 1939.

윤복진 편, 『동요곡보집』, 복명유치원하기보모강습회, 1929.

윤복진 편, 『초등용가요곡집』, 파랑새사, 1946.3.

윤복진, 『꽃초롱 별초롱』, 아동예술원, 1949.

윤복진, 『노래하는 나무』, 아동예술원, 1950.

윤복진, 『물새발자옥』, 교문사, 1939.

윤복진, 『소학생 문예독본』(3학년 치), 아동예술원, 1949.

윤석중, 『어린이와 한평생』, 범양사출판부, 1985.

윤장근, 『대구문단인물사』, 대구광역시립서부도서관, 2010.

이재면 편, 『한국동요곡전집』, 신교출판사, 1958.

이재철 편, 『광복 60주년 기념 한국아동문학 100년사 회귀자료집』, 한국아동문학회, 2005.

이재철, 『한국현대아동문학사』, 일지사, 1978.

임홍은 편, 『아기네동산』, 아이생활사, 1938.

장수경, 『학원(學園)과 학원세대』, 소명출판, 2013.

정순철, 『(동요곡집)갈닙피리 제1집』, 문화서관, 1929.12.

정순철, 『(동요집)참새의 노래』, 동덕여자고등보통학교, 1932.

정열모, 『동요작법』, 신소년사, 1925.

정영진, 『문학사의 길찾기-정영진 문학사론집』, 국학자료원, 1993.

정영진, 『통한의 실종문인』, 문이당, 1989.

정창원 편, 『동요집』, 남해: 삼지사, 1928.

정태병, 『조선동요전집 1』, 신성문화사, 1946.

조선동요연구협회 편, 『조선동요선집』, 박문서관, 1929.

조선문학가동맹중앙집행위원회서기국 편, 『건설기의 조선문학』, 백양당, 1946.

조선일보 편집국 편, 『조선일보 학예기사 색인(1920~1940)』, 조선일보사, 1989.

조은숙, 『한국아동문학의 형성』, 소명출판, 2009.

채택룡, 『채택룡문집』, 연변인민출판사, 2000.

최덕교, 『한국잡지백년(전3권)』, 현암사, 2004.

최명표, 『한국근대소년문예운동사』, 도서출판 경진, 2012.

하동호, 『한국근대문학의 서지연구』, 깊은샘, 1981.

한국고음반연구회, 민속원 편저, 『유성기 음반 가사집: 콜럼비아 음반 3』, 한국고음반연구회, 1994.

한국고음반연구회, 민속원 편저, 『유성기 음반 가사집: 콜럼비아 음반 4』, 한국고음반연구회, 1994.

한국아동청소년문학학회 엮음, 『한국아동문학사의 재발견』, 청동거울, 2015.

한용희, 『동요 70년사 한국의 동요』, 세광음악출판사, 1994.

한용희, 『창작동요 80년』, 한국음악교육연구회, 2004.

한용희, 『한국동요음악사』, 세광음악출판사, 1988.

한정호 편, 『서덕출전집』, 도서출판 경진, 2010.

현대조선문학선집편찬위원회, 『현대조선문학선집 10, 아동문학집』, 평양: 조선작가동맹출
　　판사, 1960.

홍난파 편, 『특선가요곡집』, 연악회출판부, 1936.

홍난파, 『조선가요작곡집(제1집)』, 노산시조편, 연악회, 1933.

홍난파, 『조선동요백곡집(상)』, 연악회, 1930.

홍난파, 『조선동요백곡집(하)』, 연악회, 1930.(창문당서점, 1933)

한국아동문학가인명사전편찬위원회 편, 『한국아동문학가 인명사전』, 보리밭, 1986.


臼井吉見(고재석, 김환기 역), 『일본 다이쇼 문학사(大正文學史)』, 동국대학교출판부,
　　2001.

龜井秀雄(김춘미 역), 『메이지 문학사(明治文學史)』, 고려대학교출판부, 2006.

柄谷行人 外(송태욱 역), 『근대 일본의 비평(近代日本の批評 Ⅲ: 明治・大正篇)』, 소명출
　　판, 2002.

柄谷行人 外(송태욱 역), 『현대 일본의 비평(近代日本の批評 Ⅰ, Ⅱ: 昭和篇 上, 下)』, 소명
　　출판, 2002.

柄谷行人(박유하 역), 『일본 근대문학의 기원(日本近代文學の起源)』, 민음사, 1997.

三好行雄(정선태 역), 『일본 문학의 근대와 반근대(日本文學の近代と反近代)』, 소명출판,
　　2002.

栗原幸夫, 『プロレタリア文學とその時代』, 東京: インパクト出版會, 2004.(한일문학연구
　　회 역, 『프롤레타리아문학과 그 시대』, 소명출판, 2018)

朝鮮總督府警務局圖書課, 『諺文新聞の詩歌, 昭和 五年 五月(단대출판부 편, 『빼앗긴 冊－
　　1930년대 무명 항일시선집』, 단대출판부, 1981.

中村光夫(고재석, 김환기 역), 『일본 메이지 문학사(明治文學史)』, 동국대학교출판부,
　　2001.

平野謙(고재석, 김환기 역), 『일본 쇼와 문학사(昭和文學史)』, 동국대학교출판부, 2001.

河原和枝(양미화 역), 『어린이관의 근대(子ども觀の近代)－『빨간 새』와 동심의 이상(『赤い
　　鳥』と'童心'の理想)』, 소명출판, 2007.

葛原シゲル, 『童謠教育の理論と實際』, 東京: 隆文館, 1933.

芥川龍之介, 『蜘蛛の糸』, 東京: 春陽堂, 1932.

高橋亨, 『朝鮮の物語集, 附 俚言』, 京城: 日韓書房, 1910.

高木敏雄, 『新日本教育昔噺』, 東京: 敬文館, 1917.

久保田宵二, 『現代童謠論』, 東京: 都村有爲堂出版部, 1923.

金素雲 譯, 『朝鮮民謠集』, 東京: 泰文館, 1929.

金素雲 譯編, 『朝鮮童謠選』, 東京: 岩波書店, 1933.

金素雲 譯編, 『朝鮮民謠選』, 東京: 岩波書店, 1933.

金素雲 編, 『諺文 朝鮮口傳民謠集』, 東京: 第一書房, 1933.

金田一京助, 田中梅吉 外, 『日本昔話集(下)』, 東京: アルス, 1929.(田中梅吉, 朝鮮篇)

內山憲尙, 『日本口演童話史』, 東京: 文化書房博文社, 1972.

蘆谷蘆村, 『永遠の子どもアンダアゼン』, 東京: コスモス書院, 1925.

蘆谷重常, 『世界童話硏究』, 東京: 早稻田大學出版部, 1924.

童謠詩人會 編, 『日本童謠集』, 東京: 新潮社, 1925.

童謠詩人會 編, 『日本童謠集－1926年版』, 東京: 新潮社, 1926.

百瀨千尋 譯, 『童謠朝鮮』, 京城: 朝鮮童謠普及會, 1936.

百瀨千尋 編, 『諺文朝鮮童謠選集』, 東京: ポトナム社, 1936.

柄谷行人, 『日本近代文學の起源』, 東京: 講談社, 1980.

北原白秋, 『綠の觸角－童謠・兒童自由詩・教育論集』, 東京: 改造社, 1929.

北原白秋, 『兒童自由詩解說(玉川文庫)』, 東京: 玉川出版部, 1946.

北原白秋, 『兒童自由詩解說』, 東京: アルス, 1933.

山崎源太郎(山崎日城), 『朝鮮の奇談と傳說』, 京城: ウツボヤ書籍店, 1920.

三輪環, 『傳說の朝鮮』, 東京: 博文館, 1919.

三木露風, 『眞珠島: 童謠集』, 東京: アルス, 1921.

西條八十, 『新選西條八十集』, 東京: 改造社, 1929.

西條八十, 『現代童謠講話』, 東京: 新潮社, 1924.

小川未明, 『童話と隨筆』, 東京: 日本童話協會出版部, 1934.

小川未明, 『童話雜感及小品』, 東京: 文化書房, 1932.

小川未明, 『小學文學童話』, 東京: 竹村書房, 1937.

松村武雄 編, 『支那・朝鮮・台湾 神話と傳說』, 東京: 趣味の教育普及會, 1935

松村武雄, 西岡英雄, 『朝鮮・台湾・アイヌ童話集』, 東京: 近代社, 1929.

松村武雄, 『(世界童話大系 16, 日本篇)日本童話集』, 東京: 世界童話大系刊行會, 1928. (朝鮮の部)

松村武雄, 『童謠及童話の研究』, 大阪: 大阪毎日新聞社, 1923.

松村武雄, 『童話及び兒童の研究』, 東京: 培風館, 1922.

松村武雄, 『童話童謠及音樂舞踊』, 東京: 兒童保護研究會, 1923.

松村武雄, 『世界童話集(下)(日本兒童文庫; 20)』, 東京: アルス, 1929.

松村武雄, 『兒童教育と兒童文藝』, 東京: 培風館, 1923.

市山盛雄 編, 『朝鮮民謠の研究』, 東京: 坂本書店, 1927.

岸辺福雄, 『お伽噺仕方の理論と實際』, 東京: 明治の家庭社, 1909.

巖谷小波(漣山人), 『(少年文學 第一, こがね丸』, 東京: 博文館, 1891.

巖谷小波, 『日本お伽噺集(日本兒童文庫 10)』, 東京: アルス, 1927.

野口雨情, 『(雨情童謠叢書 第1編)童謠教育論』, 東京: 米本書店, 1923.

野口雨情, 『(雨情童謠叢書 第2編)童謠作法講話』, 東京: 米本書店, 1924.

野口雨情, 『童謠と童心藝術』, 東京: 同文館, 1925.

野口雨情, 『童謠と兒童の教育』, 東京: イデア書院, 1923.

野口雨情, 『童謠十講』, 東京: 金の星出版部, 1923.

野口雨情, 『兒童文藝の使命』, 東京: 兒童文化協會, 1928.

野口雨情, 『雨情童謠叢書. 第1編(童謠教育論)』, 東京: 米本書店, 1923.

野口雨情, 『雨情童謠叢書. 第2編(童謠作法講話)』, 東京: 米本書店, 1924.

柳田國男, 『日本昔話集(上)』, 東京: アルス, 1930.

日本兩親再教育協會 編, 『子供研究講座 第8卷』, 東京: 先進社, 1931.

林房雄, 『繪のない繪本』, 東京: 春陽堂, 1926.

藏原惟人, 『藝術論』, 東京: 中央公論社, 1932.(金永錫・金萬善・羅漢 역, 『예술론』, 개척사, 1948)

田島泰秀, 『溫突夜話』, 京城: 教育普成株式會社, 1923.

槇本楠郎, 『プロレタリア 童謠講話』, 東京: 紅玉堂書店, 1930.

槇本楠郎, 『プロレタリア 兒童文學の諸問題』, 東京: 世界社, 1930.

槇本楠郎, 『新兒童文學理論』, 東京: 東宛書房, 1936.

槇本楠郎, 『赤い旗: 프로레타리아 동요집』, 東京: 紅玉堂書店, 1930.

朝鮮總督府 編, 『朝鮮童話集』, 京城: 株式會社大海堂(大阪屋號書店), 1924.

朝鮮總督府警務局圖書科, 『諺文新聞の詩歌』(調査資料第二十輯), 1930.

鳥越信, 『近代日本兒童文學史研究』, 東京: おうふう, 1994.

仲村修 編譯, 『韓國・朝鮮 兒童文學 評論集』, 東京: 明石書店, 1997.

中村亮平 編, 『朝鮮童話集』, 東京: 富山房, 1926.

秋田雨雀, 『夜明け前の歌－エロシエンコ創作集』, 東京: 叢文閣, 1921.

坪內逍遙, 『家庭用兒童劇(第1集, 第2集, 第3集)』, 東京: 早稻田大學出版部, 1922~1924.

坪內逍遙, 『兒童教育と演劇』, 東京: 早稻田大學出版部, 1923.

河原和枝, 『子ども觀の近代-『赤い鳥』と'童心'の理想』, 東京: 中央公論新社, 1998.

Brüder Grimm(田中楳吉 譯), 『グリンムの童話(獨和對譯獨逸國民文庫 第1編)』, 東京: 南山堂書店, 1914.

Aesop(小野秀雄 譯), 『エソツプ物語(獨和對譯獨逸國民文庫 第2編)』, 東京: 南山堂書店, 1915.

Andersen, Hans Christian(佐久間政一 譯), 『アンデルセンの童話(獨和對譯獨逸國民文庫 第3編)』, 東京: 南山堂書店, 1915.

Hauff, Wilhelm(田中楳吉 譯), 『ハウフの童話(獨和對譯獨逸國民文庫 第4編)』, 東京: 南山堂書店, 1915.

Niebuhr, Barthold Georg(佐久間政一 譯), 『希臘英雄譚(獨和對譯獨逸國民文庫 第5編)』, 東京: 南山堂書店, 1928.

Zur Mühlen, Hermynia(林房雄 譯), 『小さいペーター』, 東京: 曉星閣, 1927.

Zur Mühlen, Hermynia(林房雄 譯), 『眞理の城(世界社會主義文學叢書)』, 東京: 南宋書院, 1928.

## 라) 사전

### 사전(한국)

강만길, 성대경 편, 『한국사회주의운동인명사전』, 창작과비평사, 1996.

권영민 편, 『한국현대문학대사전』, 서울대학교출판부, 2004.

김광요 외, 『드라마사전』, 문예림, 2010.

김희보 편저, 『세계문학사 작은 사전』, 가람기획, 2002.

송방송, 『한겨레음악인대사전』, 보고사, 2012.

송하춘 편, 『한국현대장편소설사전 1917~1950』, 고려대학교출판부, 2013.

이재철, 『세계아동문학사전』, 계몽사, 1989.

친일인명사전편찬위원회 편, 『친일인명사전(전3권)』, 민족문제연구소, 2009.

한국민족문화대백과사전편찬부 편집, 『한국민족문화대백과사전』, 한국정신문화연구원, 1988~1995. (http://encykorea.aks.ac.kr)』

한국인명대사전편찬실 편, 『한국인명대사전』, 신구문화사, 1967.

한국인명대사전편찬위원회 편, 『한국인명대사전』, 여강출판사, 2009. (https://www.krpia.co.kr/product/main?plctId = PLCT00004689)

『doopedia』(http://www.doopedia.co.kr)

『국립국어원 표준국어대사전』(https://stdict.korean.go.kr/main/main.do)

『한국역대인물종합정보시스템』(한국학중앙연구원, http://people.aks.ac.kr/index.aks)

『한국향토문화전자대전』(한국학중앙연구원, http://www.grandculture.net)

## 사전(영미)

『Encyclopaedia Britannica』(https://www.britannica.com)

『Encyclopaedia』(https://www.encyclopedia.com/)

『The Greenwood Encyclopedia of Folktales and Fairy Tales』(Haase, Donald ed., Conn: Greenwood Publishing Group, 2008)

『Wikipedia The Free Encyclopedia』(https://en.wikipedia.org/wiki/Main_Page)

## 사전(일본)

『20世紀日本人名事典』

『ウィキペディア: フリー 百科事典』(https://ja.wikipedia.org/wiki/メインページ)

『デジタル大辭泉』(小學館)

『デジタル版 日本人名大辭典』(講談社)

『ブリタニカ國際大百科事典』(Copyright (c) 2014 Britannica Japan Co., Ltd. All rights reserved.)

『大辭林』(三省堂)

『百科事典マイペディア』(株式會社 平凡社)

『世界大百科事典』(株式會社平凡社)

『新撰 芸能人物事典 明治~平成』

『日本大百科全書(ニッポニカ)』(小學館)

『日本兒童文學大事典(전3권)』(大阪國際兒童文學館)

『日本人名大辭典』(講談社)

『精選版 日本國語大辭典』(小學館)

## 마) 기타

Barnes&Noble(https://www.barnesandnoble.com)의 작가소개(About the Author)

Web NDL Authorities: 國立國會図書館典據データ檢索・提供サービス(https://id.ndl.go.jp/auth/ndla/)

國立國會圖書館: National Diet Library, Japan(https://www.ndl.go.jp/ko/index.html)

# 찾아보기

*굵은 숫자는 표제어의 설명이 있는 쪽수.

543

지은이

# 류덕제 柳德濟, Ryu Duckjee

경북대학교 대학원 문학박사(1995)
대구교육대학교 국어교육과 교수(1995~현재)
The State University of New Jersey(2004),
University of Virginia(2012) 방문교수
대구교육대학교 교육대학원장(2014~2015)
한국아동청소년문학학회 회장(2015~2017)
국어교육학회 회장(2018~2020)

**논문**
「『별나라』와 계급주의 아동문학의 의미」(2010)
「일제강점기 계급주의 아동문학의 방향전환론과 작품적 대응양상 연구」(2014)
「윤복진의 아동문학과 월북」(2015)
「송완순의 아동문학론 연구」(2016)
「일제강점기 아동문학가의 필명 고찰」(2016)
「김기주의 『조선신동요선집』 연구」(2018) 외 다수.

**저서**
『한국 아동청소년문학연구』(공저, 2009)
『학습자중심 문학교육의 이해』(2010)
『권태문 동화선집』(2013)
『현실인식과 비평정신』(2014)
『한국아동문학사의 재발견』(공저, 2015)
『한국현실주의 아동문학연구』(2017)
『김기주의 조선신동요선집』(2020)
『한국 아동문학비평사 자료집 1~8』(2019~2021)
『한국현대 아동문학비평론 연구』(2021)

E-mail : ryudj@dnue.ac.kr

한국 아동문학비평사 자료집 8

# 한국 아동문학비평사를 위하여

2021년 6월 24일 초판 1쇄 펴냄

**지은이** 류덕제
**발행인** 김흥국
**발행처** 보고사

**책임편집** 황효은
**표지디자인** 손정자

**등록** 1990년 12월 13일 제6-0429호
**주소** 경기도 파주시 회동길 337-15 보고사
**전화** 031-955-9797(대표), 02-922-5120~1(편집), 02-922-2246(영업)
**팩스** 02-922-6990
**메일** kanapub3@naver.com / bogosabooks@naver.com
http://www.bogosabooks.co.kr

ISBN 979-11-6587-157-4  94810
       979-11-5516-863-9  (세트)
ⓒ류덕제, 2021

정가 40,000원